BASTEI
LÜBBE

JASON DARK

JOHN SINCLAIR

Besuch aus der Dunkelwelt

Acht spannende Grusel-Abenteuer

BASTEI LÜBBE

BASTEI LÜBBE TASCHENBUCH
Band 73 929

1. Auflage: März 2001

Vollständige Taschenbuchausgabe

Bastei Lübbe Taschenbücher
ist ein Imprint der
Verlagsgruppe Lübbe

Lektorat: Rainer Delfs
Titelillustration: Del Nido / Norma Agency, Barcelona
Umschlaggestaltung: QuadroGrafik, Bensberg
Satz: QuadroPrintService, Bensberg
Druck und Verarbeitung: 54039
Société Nouvelle Firmin-Didot,
Mesnil-sur-l'Estrée, Frankreich
Printed in France

ISBN 3-404-73929-9

Inhalt

Mord-
Insekten

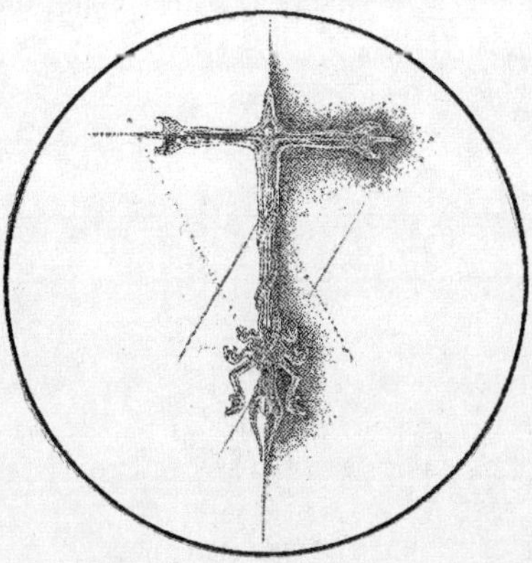

Linda Whiteside stieß ihren schlafenden Mann mit dem Ellbogen in die Seite. »Du, Sam, da ist etwas.«

Sammy brummte nur und drehte sich auf die Kante der Matratze. »Du siehst Gespenster, Darling, was soll schon sein? Nichts, gar nichts. Und jetzt lass mich endlich schlafen. Morgen geht die verdammte Reise los, da will ich ausgeruht sein.«

Wenn Sam so sprach, war er echt sauer, das wusste Linda genau. Aber sie hatte das Geräusch gehört und sie konnte sich auf ihre Ohren verlassen, die auch dann noch gespitzt waren, wenn sie in einen unruhigen Schlaf gefallen war wie in dieser Nacht.

Allerdings traute sie sich nicht, das Licht anzuknipsen. Stattdessen setzte sie sich aufrecht ins Bett und horchte weiterhin in die Dunkelheit hinein.

Im Augenblick war alles still. Kein verdächtiges Geräusch konnte sie wahrnehmen. Das Fenster an der linken Seite des Bettes warf einen Schatten. Ein Flügel stand weit offen. Die Vorhänge blähten sich, als von außen der Wind gegen sie fuhr. Im Raum lastete noch immer die Hitze des vergangenen Tages, aus diesem Grund schlief die dreiundzwanzigjährige Linda auch fast nackt. Nur ein knapp sitzender Slip bedeckte das Allernötigste.

Die Geräusche der Nacht waren normal. Das Schlafzimmerfenster in dem Dreifamilienhaus führte zum Garten hin. Die Mieter über den Whitesides befanden sich im Urlaub, und die dreiundsiebzigjährige Hauswirtin hörte sowieso nichts. Sie kümmerte sich auch nicht um ihr Haus. Anfallende Arbeiten übernahm immer Sammy.

Ruhig wurde es nie in dieser Gegend. Nicht allzu weit entfernt führte eine stark befahrene Straße vorbei. Sie stellte die Verbindung zwischen Greenwich und London dar. Ruhig war es nie, obwohl die Umgebung sehr ländlich wirkte.

Linda hatte auch keine Schritte gehört, es war ein anderes Geräusch gewesen, und sie ließ sich nicht davon abbringen. Leider wusste sie nicht, ob es im Haus oder draußen aufgeklungen war, deshalb entschloss sie sich, nachzuschauen.

Geschmeidig schwang sie ihre schlanken Beine aus dem Bett und strich durch das braune, locker fallende Haar. Ihre Füße fanden die weichen Hausschuhe mit traumwandlerischer Sicherheit, und auf leisen Sohlen schlich sie an der Bettkante entlang.

»Wo willst du hin?« Sammy fragte, denn er hatte noch nicht einschlafen können.

»Ich muss nachsehen. Vielleicht hat sich Billy im Schlaf unruhig bewegt oder sich verschluckt, was weiß ich?«

»Dann hätten wir was gehört.«

»Du bist ein Rabenvater.«

Sam Whiteside lachte nur. »Ich mache mich auf jeden Fall nicht so verrückt wie du.«

»Schließlich ist Billy erst ein Jahr alt, das darfst du nicht vergessen.«

»Schon gut«, schwächte Sam ab, »tu, was du nicht lassen kannst, und schau nach.«

Linda erwiderte nichts. Sie machte sich um Billy Sorgen. Vor einer Woche noch war er sehr erkältet gewesen, wahrscheinlich hatte er unter den Nachwirkungen zu leiden. Am Fenster blieb sie für einen Moment stehen. Die Vorhänge verbargen den Blick nach draußen, aber sie wollte sicnerheitshalber auch in den Garten schauen, deshalb tasste sie nach der Kordel und zog den Stoff mit einem Ruck zurück.

Sie schaute in eine jener seltsamen Nächte, in denen es nie richtig dunkel wird. Typisch für Anfang Juli.

Ein lauer Wind fuhr durch die dichten Gartenbüsche, und vom Himmel fiel silbriges Mondlicht, das auf dem Grün der Pflanzen einen schimmernden Glanz hinterließ.

An einigen Stellen schienen die Schatten ineinander zu wachsen und zu Gestalten zu werden. Linda hatte das Gefühl, als würden sie sich bewegen, doch sie konnte sich auch getäuscht haben, denn in der Fantasie sah man oft bei diesen Wechselspielen von Schatten und seltsam bleicher Helligkeit Gestalten, die es nicht gab.

Linda Whiteside spürte den Schauer, der über ihren nackten Rücken lief, wollte sich vom Fenster wegdrehen und zuckte plötzlich zusammen, weil etwas dicht vor ihrem Gesicht vorbeigehuscht war. Es hatte sich schon verflüchtigt, als sie das Brummen hörte.

Eine Biene oder Wespe hätte sie fast noch erwischt und zugestochen. Aber bei Dunkelheit und in der Nacht? Soviel ihr bekannt war, schliefen die Tiere da.

Wieder hörte sie das Summen. Es kam von links, in diese Richtung war das Insekt geflogen, und dann war es blitzschnell da, tanzte vor Lindas Gesicht, sodass sich die junge Frau gezwungen sah, nach der Biene oder Wespe zu schlagen.

Mit der flachen Hand traf sie das Tier, das auf die äußere Fensterbank fiel, sich auf den Rücken drehte, mit den kleinen Beinen krabbelte und heftig brummte.

Linda verzog das Gesicht. Mit Daumen und Mittelfinger schnippte sie das Tier von der Bank.

»Was war los?«, brummte Sam.

»Ach nichts. Eine Biene.«

»Und?«

»Ich habe sie ins Bienenreich befördert.«

»Ist schlecht. Bienen sind nützliche Tiere.«

»Aber nicht in meinem Schlafzimmer.« Linda drehte sich wieder um und ging zur Tür. Daneben befand sich ein Spiegel. Sekundenlang konnte sie sich darin bewundern, und sie war stolz auf ihre schönen Brüste. Auch sah man ihr nicht an, dass sie Mutter war.

Vielleicht war sie an einigen Stellen ein wenig zu dünn, aber das glich Sam mit seinem Bierbauch wieder aus. Leise öffnete Linda die Tür und schlich auf nackten Füßen in den schmalen Korridor, wo dem Schlafzimmer gegenüber die Flurtür lag.

Das Kinderzimmer befand sich links daneben. Eigentlich war es viel zu klein, nicht größer als eine Hundehütte, aber was wollte man schon in so einem Haus verlangen, das fast sechzig Jahre stand und kurz nach dem Zweiten Weltkrieg renoviert worden war.

Linda Whiteside wusste, dass ihr Junge einen leichten Schlaf hatte, deshalb war sie auch sehr vorsichtig, als sie die Klinke nach unten drückte. Möglichst lautlos wollte sie das Zimmer betreten.

Im Flur hatte sie Licht gemacht und die Lampe so gedreht, dass ihr Schein nicht auf die Kinderzimmertür, sondern entgegengesetzt wies. Trotzdem reichte das Licht noch aus, um das kleine Kinderzimmer zu erhellen, in das nur das Bett hineinpasste, ein Schrank und der kleine geerbte Wickeltisch. Das Fenster verdiente den Namen nicht, Luke wäre besser gewesen.

Kaum hatte die Frau die Tür aufgedrückt, als sie das Geräusch abermals vernahm. Weder Weinen noch Schreien, sondern ein seltsames Brummen oder Summen, das in der Nähe des kleinen Kinderbettes aufklang, in dem Billy fest in seinen Schlafsack gebunden war.

Linda atmete hastig. Sie dachte sofort an die Biene, die sie geärgert hatte. Sollte sich ein Tier vielleicht in das Zimmer des Kleinen verirrt haben?

Linda schüttelte sich, wenn sie daran dachte. Da konnte Sam hundert Mal sagen, Bienen wären nützlich, was sie auch nicht abstritt, aber wenn es um ihren Sohn ging und er vielleicht von einer Biene gestochen worden war …

Sie dachte nicht weiter, durfte daran nicht denken und ging die zwei kurzen Schritte bis zum Kinderbettchen vor.

Das Summen war lauter geworden. Und es klang direkt aus dem kleinen Bett.

Linda sah das helle Oberbett, das sich wie ein Halbkreis hochwölbte und so weit nach vorn gezogen war, dass sie ihren Sohn oder zumindest sein Gesicht nicht sehen konnte.

Aber eine Biene oder sogar mehrere sah sie nicht. Sie hätten sie längst umschwirren müssen.

Mit einem Ruck zog Linda Whiteside das Oberbett weg. Und noch in der gleichen Sekunde glaubte sie, wahnsinnig zu werden.

Nicht ihr Sohn Billy lag vor ihr, sondern eine riesige, gelbschwarz schimmernde Biene, die die Größe des einjährigen Billys aufwies.

Linda schrie wie am Spieß!

Wir warteten bereits seit vier Stunden!

Observieren nennt man dies in der Fachsprache. Gepflegte Langeweile, sagte ich dazu. Dass Suko nicht anders dachte, sah ich seinem Gesicht an, das sich immer dann seltsam verzerrte, wenn er den Mund zum Gähnen öffnete, und das tat er des Öfteren.

»Willst du nicht eine Runde schlafen?«, fragte ich und schaute auf meine Uhr. Der kleine Zeiger hatte bereits die Tageswende überschritten. Es ging auf halb eins zu.

»Ich dachte, wir hätten einen Auftrag.«

»Dann bleibe ich eben wach.«

»Das soll ich dir glauben?«

Ich schraubte die Thermoskanne auf, in der sich Tee befand. Shao hatte ihn uns mitgegeben. »Du kannst es ja mal ausprobieren.«

»Wie denn, wenn ich die Augen zu habe?«

»Dann musst du mir eben vertrauen.«

»Ob ich dir vertraue oder dem Teufel, das spielt keine Rolle«, erwiderte der Chinese müde.

»Und so was schimpft sich Freund.«

»Da sieht man wieder, wie schlecht die Welt ist.«

Ich goss Tee in die Verschlusskappe und nahm einen kräftigen Schluck. Shao hatte ihn mit Zitrone ein wenig angesäuert.

Während das Getränk durch meine Kehle rann, dachte ich darüber nach, weshalb wir uns hier eigentlich die Nacht um die Ohren schlugen.

Es ging um Riesenbienen.

Ob es nun eine Ente war oder nicht, das sollten wir herausfinden. Ein Zeuge hatte angeblich eine Riesenbiene gesehen. Er war sogar von ihr angegriffen worden, hatte aber, aus welchen Gründen auch immer, fliehen können. Die Meldung landete auf dem Tisch der Polizei, und die Beamten hatten es als eine Routinesache aufgefasst und per Kopie weitergeleitet, sodass die Beobachtung, schriftlich niedergelegt, auch auf dem Schreibtisch unseres Chefs, Superintendent Powell, gelandet war. Der hatte sofort Lunte gerochen. Wenn irgendetwas Unerklärliches passierte, mochte es nun bewiesen sein oder nicht, griff er nach wie eine Katze, die eine Maus fangen wollte. Zudem tat er solche Beobachtungen nicht so einfach ab, weil er es schon erlebt hatte, dass Suko und ich gegen Killerfische und Riesenameisen gekämpft hatten. Warum nicht gegen übergroße Killerbienen?

Da seit drei Tagen nichts Besonderes anlag, der letzte Fall war abgeschlossen, wurden Suko und ich losgeschickt. Schließlich hatten wir uns lange genug ausruhen können, wie unser Chef etwas ironisch bemerkte.

Also kümmerten wir uns um die Bienen, wobei mir zweibeinige wesentlich lieber gewesen wären, aber man kann nicht alles haben.

Suko und ich hatten versucht, mit dem Zeugen zu sprechen. Das war nicht möglich gewesen, der Mann stand unter einem Schock und lag in der Klinik. Aus den Aufzeichnungen des Protokolls wussten wir allerdings, wo wir uns hinzubegeben hatten, und das war an der südöstlichen Stadtgrenze, wo London zwar nicht aufhörte, aber Greenwich schon begann. Man hatte den kleinen weltberühmten Ort nach London eingemeindet, doch die Einwohner durfte man nicht als Londoner ansprechen, sonst reagierten sie sauer.

Uns war es am Tag zuvor gelungen, einen relativ genauen Standort herauszufinden, denn wo wir mit unserem Bentley parkten, befand sich schräg gegenüber das Grundstück eines Imkers. Es lag in einer schmalen Seitenstraße, die durch eine ziemlich weitläufig bewohnte Gegend führte, in der noch alte Häuser standen.

Dieser Imker hatte natürlich unsere Aufmerksamkeit erregt. Allerdings hatten wir ihm keinen Besuch abgestattet, sondern wollten sein Haus und das Grundstück erst einmal beobachten.

Viel gab es nicht zu sehen, da das Grundstück zur Straße hin durch eine dichte Buchenhecke abgeschirmt wurde. An einer Stelle jedoch war sie etwas lichter, sodass wir schräg über das mit Bäumen und Sträuchern bewachsene Grundstück schauen konnten, bis zum Haus hin, von dem wir allerdings kaum die Umrisse sahen, sondern nur einen hellen, gelben Fleck in der ersten Etage.

Ein Beweis, dass der Imker auf war und vielleicht sogar noch arbeitete.

Shawn Braddock hieß der Mann.

Wie gesagt, gesehen hatten wir ihn nicht, aber ich war auf Nummer Sicher gegangen und hatte unseren schlauen Computer befragt. Gegen Shawn Braddock lag nichts vor. Er war in unserer Sünderkartei nicht registriert. Für ihn schon ein Pluspunkt.

Ich hatte die beiden Seitenscheiben nach unten fahren lassen. So konnten wir die kühlere Nachtluft genießen, die in den Wagen strömte und unsere Gesichter umfächerte.

»Dieser Braddock ist doch dumm«, meinte Suko nach einer Weile und gähnte wieder.

»Wieso?«

»Der Mann kann ins Bett gehen und bleibt auf. Oder glaubst du, dass er vergessen hat, das Licht auszuschalten?«

Ich schraubte den Deckel der Kanne wieder zu. »Nein, das wohl nicht. Allerdings nehme ich an, dass er noch arbeiten muss.«

»Was denn?«

Ich drehte Suko den Kopf zu. »Meine Güte, was bist du heute wieder pingelig. Geh doch hin und frag ihn. Vielleicht muss er Honig vorbereiten. Ist ja immerhin möglich – oder?«

»Klar. Und er verteilt den auch. Setzt sich morgens auf sein Rad und fährt zum Markt. Ehrlich, John, ich habe keine Lust mehr, hier weiter zu hocken.«

Über Suko wunderte ich mich. Ansonsten war er die Geduld in Person. »Was ist denn nur los?«

»Na ja. Shao wartet. Ich bin so selten zu Hause …«

Mein Grinsen wurde breit. »Verstehe schon, Alter. Ist ja auch menschlich, aber Dienst ist Dienst, und Schnaps ist Schnaps. Ein verdammt beschissenes Leben.«

»Ja, man hat's nicht leicht.« Suko rutschte wieder hoch. Er hatte sich bei unserm letzten Gespräch im Sitz regelrecht ausgestreckt. Dann schlug er mit seiner rechten Hand zu und setzte eine linke gleich hinterher. Es sah komisch aus, und ich musste grinsen. »Was hast du denn?«

»Eine Biene.«

»Wo?«

»Ich habe sie vertrieben.«

»Nein, da sitzt sie.« Ich deutete nach vorn. Die Biene hatte es sich auf der äußeren Seite der Frontscheibe bequem gemacht. Sie hockte auf dem Metall des rechten Scheibenwischers und starrte uns an.

»Für mich sieht die normal aus«, meinte Suko. »Was hat denn der Zeuge gesehen?«

»Eine größere.«

»Die Biene Maja etwa?«

›So ungefähr.«

Dann summte eine zweite Biene heran. Ich hörte die Geräusche an meinem Ohr, schüttelte den Kopf und sah die Biene noch wegfliegen. Ich wunderte mich, denn die Insekten zeigten sich verflixt aggressiv, so kannte ich Bienen nicht.

Und erst recht nicht in der Nacht.

»Fahre die Scheiben wieder hoch«, schlug Suko vor. »Ich habe keine Lust, hier im Wagen Turnübungen zu machen.«

»Lass doch die Tierchen.«

»Tierchen ist gut«, brummte der Chinese. »Die können einem ganz schön auf den Wecker gehen.«

»Vergiss nicht, dass wir uns in der Nähe eines Imkers befinden. Da muss man schon mit Bienen rechnen.«

»Sollen wir uns bei Braddock beschweren?«

»Meinetwegen, dann können wir uns den Knaben wenigstens einmal anschauen.«

»Vergiss nicht, dass wir nur zum Beobachten da sind. Gegen Braddock liegt nichts vor, und wir verlassen uns auf die Aussage eines nicht vernehmungsfähigen Zeugen, der eine Riesenbiene gesehen haben will. Bisher sehe ich noch keine Verbindung, die einen Einsatz unsererseits gerechtfertigt hätte.«

»Ich habe dich nur gewarnt.«

»Klar kenne ich deine Motive. Du willst nur die Nacht

so rasch wie möglich hinter dich bringen. Okay, ich mache dir einen Vorschlag. Wenn Braddock das Licht ausschaltet, warten wir noch fünf Minuten und verziehen uns dann.«

»Einverstanden.«

Vielleicht hätte ich das nicht vorschlagen sollen. Auf jeden Fall löschte Braddock kurz nach Sukos Antwort das Licht. Auch die letzte Lichtquelle verschwand.

Der Chinese lachte und rieb sich die Hände. »Auf geht's, mein lieber John. Wir können verduften.«

»Fünf Minuten noch.«

»All right, die gebe ich dir.« Suko winkelte demonstrativ seinen Arm an und schaute auf die Uhr.

Auch ich war müde. Die Hockerei im Wagen schläfert ein, da kann man nichts gegen tun. Einige Male gähnte ich voll durch und reckte mich, bis sich Suko steif hinsetzte.

»Was hast du?«

Der Chinese wedelte mit der Hand. »Sei mal still, John, ich habe etwas gehört.« Plötzlich war mein Freund hellwach. Nichts mehr von Müdigkeit. Er stieß den Wagenschlag auf und schwang sich nach draußen. Neben dem Bentley blieb er lauschend stehen, wobei er seinen Kopf nach vorn neigte.

Wenn Suko so reagierte, lag etwas im Argen. Ich zog den Zündschlüssel ab und verließ den Bentley ebenfalls. Über die Kühlerhaube hinweg schauten wir uns an. »Was war denn?«

»Ein Schrei. Da, wieder!«

Suko hatte sich nicht getäuscht. Auch ich vernahm den dünn klingenden Schrei, der in der herrschenden Stille jedoch deutlich zu vernehmen war. Allerdings konnten wir nicht feststellen, ob er von einem Mann oder einer Frau ausgestoßen worden war.

Die Richtung lag auf der Hand. Wenn wir die Ursache herausfinden wollten, mussten wir nach links, wo ein Garten die Grenze zur Straße bildete. Das dazugehörige Haus konnten wir nicht sehen, denn Obstbäume verdeckten die Sicht.

Während der Herfahrt hatten wir uns die Gegend so gut angeschaut, wie es eben ging. Aus diesem Grund wussten wir auch von dem Haus, das dem des Bienenzüchters gegenüber lag.

»Sollen wir?«, fragte Suko.

»Und wie!«

Im Bett lag eine Biene!

Linda Whiteside hatte es deutlich gesehen, es war keine Einbildung, das Riesentier existierte tatsächlich, und dieser Anblick ließ sie fast wahnsinnig werden.

Sie konnte einfach nicht mehr aufhören zu schreien. Sie stand wie unter Strom, hatte die Arme leicht angewinkelt und die Hände zu Fäusten geballt.

Ihr Gesicht war knallrot angelaufen, und der Mund stand weit offen.

Sie schrie und schrie!

Markerschütternd hallten die Schreie durch das Haus, drangen bis in den letzten Kellerwinkel und wurden natürlich auch von Sam Whiteside gehört.

Im ersten Augenblick war er zu überrascht, um reagieren zu können. Zudem hatte ihn der Schlaf wieder übermannt, doch als er die gellenden Schreie vernahm, da zuckte er hoch, und seine Lippen formten automatisch den Namen seiner Frau.

Eine Antwort erhielt er natürlich nicht, auch nicht, als er lauter rief, denn Lindas Schreie übertönten seine Stimme.

Keine Sekunde länger blieb Sam Whiteside liegen. Er rollte sich aus dem Bett, schlüpfte in seine Pantoffeln, stolperte fast über die eigenen Beine und schwankte wie ein Betrunkener aus dem Zimmer, wobei er den Bund seiner Schlafanzughose festhielt, weil sie sonst über seinen Kugelbauch gerutscht wäre.

Die Tür hatte seine Frau offen gelassen. Er gelangte in die kleine Diele und sah Linda, die sich überhaupt nicht mehr beruhigen wollte.

Ein Schritt brachte ihn zu ihr. An der Schulter riss er sie

herum und starrte in ihr verzerrtes und tränennasses Gesicht. »Was ist los?«, herrschte er sie an.

Jetzt überfiel Sammy auch eine gewisse Panik, denn er wusste nicht, wie er sich verhalten sollte. Zudem fürchtete er sich irgendwie davor, das kleine Kinderzimmer zu betreten. Wenn Linda so reagierte, war sicherlich etwas mit Billy geschehen.

»Billy, was ist mit ihm? Ist er tot?«

Linda schüttelte den Kopf und schrie weiter. Sie hatte einen regelrechten Krampf.

Dieses schrille Geräusch machte Sam noch wahnsinnig. Er schüttelte seine Frau stärker und wuchtete sie sogar zweimal gegen die Wand.

Das half.

Lindas Schreien ebbte ab. Ihr Mund klappte zu, die Augen wurden groß, und sie blickte ihren Mann an. »Was ist mit Billy? Rede doch, zum Teufel!«

»Er ist – er ...«

»Tot?« Die Stimme des Vaters zitterte, als er dieses schreckliche Wort aussprach.

Linda schüttelte den Kopf.

»Was ist denn? Rede!« Jetzt brüllte auch Sam.

»Sieh selbst nach. Du musst ins Zimmer. In seinem Bett, da liegt, da liegt ...«

»Was?«

Linda schluchzte auf. Sie brachte das Wort nicht über die Lippen. Dem Mann blieb nichts anderes übrig, als dem Rat der Frau zu folgen und nachzuschauen.

Trotzdem beeilte er sich nicht, als er das Zimmer betrat. Das ungute Gefühl blieb. Seine Beine zitterten in Höhe der Knie, auch die Finger bewegten sich unruhig.

Er spürte genau, dass er bald mit irgendetwas Schrecklichem konfrontiert wurde, und hatte eine immense Angst davor.

Auf Zehenspitzen trat er an das kleine Bett heran, beugte sich vor und schaute über das Gitter.

Seine Frau hatte geschrien. Vielleicht hätte er es auch getan, aber er brachte es einfach nicht fertig. Sein Hals war wie zugeschnürt. Der Mann bekam keinen Ton hervor, er riss nur seine Augen auf und starrte auf das, was vor ihm lag.

Es war grauenhaft.

Nicht Billy, sein Sohn, lag in dem Bettchen, nein, da war ein anderes, ein schreckliches Wesen. Grausam und kaum zu beschreiben, weil es so etwas normalerweise nicht gab.

Eine Riesenbiene!

Deutlich sah er den pulsierenden, gelbschwarz gestreiften Körper. Das bösartige Schimmern der großen Facetten stach ihm in die Augen, und er sah auch die großen Flügel, die wie dünnes Glas wirkten. Hinzu kamen vier überlange Beine und die beiden Fühler am Gesicht der Biene.

Als er seinen Blick weitergleiten ließ, sah er, dass der Körper etwa die gleiche Größe wie der seines kleinen Sohnes hatte. Ein schrecklicher Verdacht keimte in ihm hoch und setzte sich in ihm fest.

Billy hatte sich verwandelt. Er war zu einer Biene geworden! Das musste er erst einmal verkraften, und es war verdammt schlimm, das zu begreifen.

Trotzdem wollte er es nicht glauben. Unendlich langsam drehte er sich um und schaute seine Frau an, die sich zitternd an den linken Türrahmen gelehnt hatte und vor lauter Entsetzen keinen Ton hervorbrachte, weil es unbegreiflich war, was sie da mit eigenen Augen sah.

»Ist er …?«

Linda Whiteside nickte.

»Aber wieso?« Plötzlich schrie Sammy. »Wieso ist Billy zu einer Biene geworden? Oder ist er das nicht? Wo ist er hin – wo …?«

»Ich weiß es doch nicht!« Linda brüllte die Worte mit tränenerstickter Stimme heraus. »Ich kann es dir nicht sagen, Sammy. Ich weiß nicht, was passiert ist.«

Sam Whiteside schlug sich gegen die Stirn. Er arbeitete in einer Firma, die Computer baute, und er hatte sich bisher immer für einen realistischen Menschen gehalten, der nur an die Technik und deren Erfolge glaubte, doch was er hier erlebte, das ging über seinen Verstand.

»Nein, nein, nein!«

Sam schüttelte den Kopf, ging in der kleinen Diele im Kreis herum und schlug sich gegen die Stirn. Er öffnete den Mund, um noch mehr zu sagen, nicht ein Wort drang mehr aus seiner Kehle, denn wie Linda hatte auch er das seltsame Geräusch gehört, das aus dem Kinderzimmer drang.

Es war ein gefährliches Brummen. Erst leise, dann immer lauter werdend und dazwischen mit hohen Tönen untermalt.

Das Ehepaar starrte sich an. Jeder dachte wohl das Gleiche, aber keiner von ihnen wagte es auszusprechen.

»Da stimmt was nicht!«, hauchte die Frau und zitterte.

Ihr Mann hatte sich besser gefangen. Er wollte es genau wissen, drehte sich heftig herum und schritt auf das Zimmer zu. Noch auf der Schwelle stehend, sah er das, was sich verändert hatte.

Es war schlimm.

Die Biene schwebte über dem Bett!

Zunächst konnte Sammy es nicht begreifen. Seine Augen wurden noch größer, sie weiteten sich in einer kaum zu beschreibenden Panik, als er die Riesenbiene sah, die über dem Bett schwebte und in der Luft stehen blieb, wobei sich ihre übergroßen Flügel zitternd bewegten. Sie wirkte irgendwie plump, aber der Mann konnte sich vorstellen, dass dies nur eine Täuschung war. Sicherlich war sie ungemein schnell.

Das bewies sie auch.

Plötzlich drehte sie sich auf der Stelle und stieß gedankenschnell vor.

Linda reagierte zuerst. Sie zuckte zur Seite, wäre auf dem Teppich fast ausgerutscht, sodass sie gegen die Wand fiel und sich erst dort fangen konnte.

Sammy Whiteside aber blieb wie erstarrt stehen. Nur sein Mund zuckte, ansonsten schien er eingefroren zu sein und Blei in den Beinen zu haben.

Er sah zwei Augen. Sie kamen ihm übergroß vor, und er glaubte darin so etwas wie Angriffswut und Hass zu lesen. Unwillkürlich drängte sich bei ihm der Vergleich mit einer tödlichen Zigarre auf, und er dachte daran, wie er die Biene abwehren konnte.

Zu spät, denn sie griff an.

Obwohl sie so plump wirkte, war ihr Angriff mit den Augen kaum zu verfolgen. Er erfolgte blitzschnell, sie stieß hart vor und schoss raketengleich auf den schreckensstarr dastehenden Mann zu.

Sammy versuchte, seinen Kopf zur Seite zu nehmen, das gelang ihm nicht mehr, es war ihm, als hätte man seine Füße auf den Boden festgeklebt. Er war absolut unbeweglich.

»Sammmmyyy!« Seine Frau schrie, doch er konnte keine Antwort mehr geben, die Biene war über ihm.

Plötzlich spürte er sie im Gesicht. Die vier Beine hakten sich in seiner Haut fest, das Summen steigerte sich in Nähe seiner Ohren zu einem wahren Orkan, die beiden Flügel schlugen vor seinen Augen in einem wilden, zuckenden Rhythmus, er spürte den Druck des Körpers im Gesicht und wankte zurück.

Die Wand hielt ihn auf.

Linda rief wieder den Namen ihres Mannes, doch der konnte nicht mehr antworten, denn die Biene stach zu.

Sie hatte sich auf seinem Gesicht gedreht. Eines ihrer Beine stach in Sammys linkes Auge, das er glücklicherweise kurz zuvor in einem Reflex geschlossen hatte, und dann spürte er den Einstich zwischen Hals und Kiefer.

Einen Schrei konnte er nicht mehr ausstoßen, weil ihm das Gewicht der Biene den Mund verschloss. Das Brennen im Hals steigerte sich, es wurde zu einer regelrechten Flamme, die sich ausbreitete und ihm vorkam, als wollte sie ihn fressen.

Es war schlimm.

Mit dem Stich wich auch die Kraft aus dem Körper des Mannes, er fühlte sich so seltsam beschwingt und hatte das Gefühl, als würden seine Füße vom Boden abheben.

Langsam sank er zusammen.

Das Summen der Biene hörte sich für ihn an wie Musik. Weich, melodiös, und es begleitete ihn dorthin, von wo es keine Rückkehr mehr gab. Irgendwie glaubte er noch, das Schluchzen seiner Frau zu hören, sie schrie Sammys Namen, doch der Mann befand sich nicht mehr in der Lage, irgendetwas zu erwidern.

Das andere war stärker, zwang ihn zu Boden und hinein in den Schacht des Todes.

Obwohl Linda es nicht hundertprozentig wusste, glaubte sie dennoch daran, dass ihr Mann nicht mehr am Leben war. Sie sah ihn an der Wand hinabrutschen und merkte, dass seine Arme kraftlos nach unten fielen.

Nein, Sammy lebte nicht mehr!

Tot, tot! hämmerte es in Lindas Gehirn. Zuerst der Sohn, jetzt der Mann, und die Biene existierte noch immer.

War sie nun auch an der Reihe?

Der schwere dumpfe Fall unterbrach ihre Gedanken. Sammy war auf den Boden geschlagen. Er zuckte noch einmal, sein Kopf fiel zur Seite. Linda sah die Schwellung an seinem Hals und bemerkte, wie die Augen starr und glanzlos wurden.

So blieben sie auch, und sie starrten Linda an wie zwei leblose Murmeln.

Die Biene aber schüttelte sich, als hätte sie einen Schlag erhalten. Sie kreiste einmal durch die Diele und stieß dann auf den Mann nieder, um ihren Saugrüssel in die Bisswunde zu stecken.

Linda war viel zu entsetzt, um klar denken zu können. Jetzt hätte sie eine Fluchtchance gehabt, aber sie blieb und schaute dem Treiben der Mörderbiene zu.

Das Rieseninsekt trank Blut.

Ja, es schlürfte das Blut des Mannes und ernährte sich davon!

Schaurig sah dies aus, und Linda Whiteside schüttelte sich. Sie fror und schwitzte in einem, schreckte aber zusammen, als die Biene ihren Rüssel wieder aus der Wunde hervorzog und mit schwirrenden Flügeln in die Luft stieg.

Abermals summte sie, und Linda hatte den schrecklichen Verdacht, dass dieses Summen das Vorzeichen eines Angriffs war, der ihr gelten sollte …

Wir liefen durch fremder Leute Gärten.

Der Schrei hatte sich ein paar Mal wiederholt und uns bewiesen, dass wir keiner Täuschung erlegen waren. Es war kein einfacher Weg, denn wir mussten über Beete springen, an einem kleinen Teich vorbei, wichen Stangenbohnen aus und liefen durch ein Feld mit Sommerblumen, das wir einfach zu spät entdeckt hatten.

Suko und ich blieben auf gleicher Höhe und behielten die Hausfassade im Auge. Es war ein alter Bau, den wir da vor uns sahen, zwei Stockwerke hoch, wenn man das Dach mitzählte.

Schließlich fanden wir einen schmalen plattierten Weg, der direkt auf die Rückseite des Hauses zustieß. Er endete dort, wo eine Außentreppe zum Keller führte und zum Garten hin durch ein Geländer gesichert war.

Suko stützte sich darauf ab und flankte hinüber. »Ich schaue mal an der Tür nach«, sagte er in den Aufprall seiner Füße hinein. Meine Antwort wartete er erst gar nicht ab.

»Sie ist offen!«

Jetzt sprang auch ich über das Geländer, kam wuchtig auf und stützte mich mit ausgestrecktem Arm an der Wand neben der Tür ab.

»Gib Acht, John!«, warnte mich Suko. »Die Tür ist ziemlich niedrig.«

Ich zog den Kopf ein. Das war gut, denn trotz dieser Bewegung passte zwischen meinen Haaren und dem oberen Rahmen keine Handbreite mehr.

Suko stand bereits in einer Waschküche, die eine niedrige Decke hatte, sodass ich den Kopf eingezogen lassen konnte. Die Wände waren kahl, aus diesem Grunde klangen unsere Stimmen auch hohl, wenn wir sprachen.

Mein Freund war nur schattenhaft zu erkennen. Er bewegte sich von mir weg.

Ich holte die kleine Bleistiftleuchte hervor, knipste sie an und erkannte in ihrem dünnen Strahl, dass sich der Chinese auf eine Tür zu bewegte, sie aufzog und dahinter verschwand.

Ich folgte ihm rasch.

Beide standen wir in einem Kellergang. Auch hier war die Decke wieder niedrig. Die Wände waren wohl mal weiß gewesen. Jetzt allerdings zeigten sie eine schmutzige, graue Farbe, und ich sah zittrige Spinnweben im Schein meiner Lampe.

Wir schritten den Gang entlang auf eine Treppe zu. Rechts und links öffneten sich kleine Verliese, die mit allerlei Kram vollgestopft waren, der uns aber nicht sonderlich interessierte.

Eine Steintreppe führte nach oben. Suko stieß die Kellertür auf, und wir gelangten in einen Hausflur.

Im selben Augenblick wurde die Tür zur unteren Wohnung geöffnet. Eine alte Frau stand auf der Schwelle. Sie trug ein graues Nachthemd mit Blümchen und eine Schlafhaube auf dem Kopf. Ihre Blicke waren fragend auf uns gerichtet, bis sich Angst in ihre Gesichtszüge stahl und sie die Tür hastig wieder zustoßen wollte.

Suko war schneller und stemmte sich mit der Hand dagegen.

»Gehen Sie!«, keifte die Frau. »Ich rufe die Polizei. Bei mir gibt es nichts …«

»Wir sind von der Polizei«, sagte ich schnell. »Haben Sie so geschrien, Madam?«

»Nein, nein«, erwiderte die Frau hastig. »Das war oben. Die jungen Leute. Ich bin wach geworden.« Sie war völlig aufgelöst. »Es ist schrecklich. Sie müssen sich gestritten haben. So etwas Schlimmes habe ich noch nie gehört.«

»Oben, sagten Sie?«

»Ja.«

»Ist die Tür offen?«

»Nein, sicherlich …«

»Haben Sie einen Schlüssel?«

»Ja, ich …«

»Dann holen Sie ihn rasch.«

»Sofort.« Die Frau verschwand, während Suko und ich uns ansahen.

»Sieht nicht gut aus«, meinte mein Freund. Ich musste ihm Recht geben und unterstrich dies durch ein Nicken.

Momentan war es in der ersten Etage ruhig geworden, doch das hatte nichts zu sagen. Beide schielten wir die Treppe hoch, denn in uns hatte sich ein ungutes Gefühl ausgebreitet. Hoffentlich kam die alte Dame schnell zurück.

Sie erschien. »Es ist schrecklich«, sagte sie, »die jungen Leute waren immer so nett und haben mir …«

Ich nahm ihr den Schlüssel aus der Hand, während Suko bereits am ersten Absatz stand und seine Beretta gezogen hatte, die von der Frau angestarrt wurde wie ein Geist.

Rasch drängte ich mich an dem Chinesen vorbei, drückte noch einmal auf das Flurlicht und schob den Schlüssel in das Schloss der hellbraunen Wohnungstür.

Kaum hatte ich sie einen Spalt geöffnet, als wir Schritte hörten, dann ein Wimmern und Schluchzen.

Ich rammte die Tür vollends auf.

Suko wischte an mir vorbei, stand in der kleinen Diele und sah den am Boden liegenden Mann als Erster. Das Licht einer Deckenleuchte fiel auf sein Gesicht. Dem Ausdruck nach zu urteilen gab es für uns keinen Zweifel, dass der Mann nicht mehr lebte.

Aber wer hatte geschrien?

Es musste eine Frau gewesen sein, und wir hörten jetzt ihre grelle Stimme hinter einer verschlossenen Tür.

Sofort stieß der Chinese die Tür auf. Unser Blick fiel in ein Schlafzimmer, zwei zerwühlte Betten rechts von uns, und links sahen wir die fast nackte Frau, die sich mit ihrem Rücken gegen einen Schleiflackschrank gepresst, die Augen verdreht und die Arme zur Abwehr halb hochgerissen hatte.

Diese Frau verging fast vor Angst, und das hatte seinen Grund.

Etwa eine Armlänge vor ihr, genau in Gesichtshöhe, schwebte eine babygroße Biene!

Ich muss ehrlich gestehen, dass wir damit beide nicht gerechnet hatten. Wir hatten viel erwartet, das jedoch nicht, und plötzlich erhielt die Aussage des unbekannten Zeugen ein völlig anderes Gewicht. Er hatte sich nicht getäuscht und auch nicht gelogen. Die Biene existierte tatsächlich, und sie existierte in dieser Größe, was mir persönlich unbegreiflich war.

Suko erging es nicht anders. Auch sein Gesicht zeigte eine gewisse Starre, die darauf hindeutete, dass er ebenso perplex war wie ich. Ich dachte an den Mann in der Diele. Wahrscheinlich war er von der Biene getötet worden, die damit bewiesen hatte, wie gefährlich sie letztendlich war.

Das Krachen eines Schusses unterbrach meine Gedanken. Suko hatte gefeuert und getroffen.

Die geweihte Silberkugel aus der Beretta hieb genau in die Mitte des Bienenkörpers und riss dort eine tiefe Wunde, aus der seltsamerweise ein fingerdicker Blutstrahl sprudelte.

Dic Mordbiene taumelte.

Sukos Silberkugel hatte sie geschwächt, zudem verlor sie Blut. Die Wucht des Kugeleinschlags driftete sie zur Seite, heftig bewegte sie die gläsern wirkenden Flügel, und ihr Brummen steigerte sich zu einem wilden, gefährlichen Geräusch.

Dann klatschte sie gegen den Schrank. Noch immer pulsierte Blut aus der Wunde. Es benetzte die Flügel, wurde als roter Regen durch das Zimmer geschleudert und hinterließ auf dem Teppich und auf den Wänden ein makabres Muster.

Es war entsetzlich, und wir standen als stumme, aber kampfbereite Beobachter dabei und schauten ihrem Todeskampf zu.

Die Biene schaffte es nicht. Unsere Kugel war stärker als sie. Zwar versuchte sie, vom Boden hochzukommen und durch das offen stehende Fenster zu entwischen, doch ihre Kraft reichte nicht mehr aus. Als hätte man ihr die Flügel abgeschnitten, so sackte sie nach unten und fiel zu Boden, wobei sie wegen ihrer Größe und Schwere beim Aufschlag noch ein dumpfes Geräusch produzierte.

Sekundenlang war es ruhig, nur unser Atem durchdrang die Stille. Bis die Frau einen Namen rief.

»Billy – Billy …« Es war ein leises, wehes Rufen, das mir eine Gänsehaut über den Rücken jagte, und ich glaubte, dass sie mit Billy den Mann draußen meinte, was jedoch ein Irrtum war, wie ich bald darauf auf eine schreckliche Art und Weise feststellen musste.

Die junge Frau befand sich erst einmal in Sicherheit. Um sie konnten wir uns später kümmern. Wichtiger war jetzt die von uns getötete Biene, denn sie begann sich auf erschreckende Art und Weise zu verändern, wobei uns das Austrocknen des Körpers und dessen Zusammenfall nicht einmal so interessierte, wichtiger war der Kopf.

Er wurde zu einem Gesicht.

Suko stieß scharf die Luft aus, als er das sah, ging blitzschnell einen Schritt zur Seite, sodass er sich selbst zwischen die Frau und die Biene brachte.

Das war auch nötig, denn die entstandenen Gesichtszüge glichen denen eines Babys.

Verzerrt, qualvoll und dennoch irgendwie uralt wirkend. Ein schauriges Bild, das nur Sekunden blieb, dann begann eine unheimliche innere Kraft zu wirken. Sie zerstörte das Gesicht, von dem ein grünlichbrauner Staub zurückblieb, der sich in nichts von dem unterschied, den auch der übrige Teil des Tierkörpers hinterlassen hatte.

Das Killerinsekt war tot – aber um welchen Preis?

Ich glaubte mich zu erinnern, von der Diele her durch die offene Tür in ein Kinderzimmer geschaut zu haben, und in mir keimte ein grauenvoller Verdacht hoch. Konnte es möglich sein, dass die Biene und ein Kind eine Verbindung eingegangen waren?

Ich wischte hastig über mein schweißfeuchtes Gesicht und hörte mein Herz überlaut klopfen. Wenn das tatsächlich zutraf, standen wir vor einer grauenvollen Sache.

Suko schaute mich an. Niemand sprach. Wahrscheinlich quälten ihn ähnliche Gedanken wie mich.

Die Frau schluchzte leise. Sie ließ ihren Tränen freien Lauf. Ich fand, dass es gut war.

Schritte auf der Treppe störten uns. Sie klangen seltsam

dumpf und wirkten mühsam. Meiner Ansicht nach konnte es nur die alte Frau sein.

Schnell verließ ich das Zimmer und fing sie noch an der Tür ab. Sie hatte soeben die letzte Stufe hinter sich gelassen. Ihr Gesicht zeigte eine gelbliche Blässe, der Mund zitterte, als sie fragte: »Was ist geschehen, Sir?«

Ich hob die Schultern. »Es tut mir leid, Madam, aber Sie müssen jetzt die Nerven bewahren.«

»Ist jemand verletzt?«

»Schlimmer.«

Angst vor der Wahrheit stahl sich auf ihr Gesicht. Die Lippen formten das nächste Wort aus drei Buchstaben, doch sie sprach es nicht aus, sie konnte es einfach nicht und sah nur mich an. Ich nickte.

Dann senkte die Frau den Kopf. »Tot«, flüsterte sie. »Himmel – wer ist es denn?«

»Der Mann.«

»Mr. Whiteside. Aber um Gottes willen, wieso? Und was ist mit dem Baby geschehen?«

Als sie diese Frage stellte, hatte ich die endgültige Gewissheit, aber ich gab keine Antwort, sondern streckte den Arm aus, und die Frau verstand die Geste.

»Ja, ich gehe schon, Sir. Es ist wahrscheinlich besser, wenn ich nicht hier oben bin.«

»Falls wir Sie brauchen, werden wir Sie rufen.«

Die alte Frau umklammerte den Handlauf des Geländers und schob sich förmlich die Treppe hinunter. Ich wollte ihr behilflich sein, stellte aber fest, dass sie es auch von allein schaffte.

Ich wandte mich wieder ab, ging zurück in das Schlafzimmer und sah, wie Suko der Frau einen Morgenmantel reichte, den sie sich um ihren zitternden Körper schlang. »Kommen Sie«, sagte der Chinese. »Wir müssen uns mit Ihnen unterhalten.«

Die Frau hob den Blick. »Wer sind Sie?«

Als sie die Antwort hörte und vernahm, dass wir von der Polizei waren, atmete sie auf. Wir erfuhren auch ihren Namen. Sie hieß Linda Whiteside, ihr Mann war Sam, und der tote Sohn hatte auf den Namen Billy gehört.

Gemeinsam stützten wir Linda Whiteside, als wir durch den Korridor gingen. Wir wollten nicht, dass sie ihren toten Mann anschaute, sie sah ihn trotzdem und erlitt wieder einen Weinkrampf. Dazwischen verstanden wir die schluchzenden Worte. »Gestochen, sie hat ihn gestochen. Am Hals.«

Das war deutlich zu sehen, denn dort hatte sich eine dicke Schwellung ausgebreitet, über die winzige Blutfäden in feinen Rinnsälen liefen. Auf die Küchentür schoben wir die völlig fertige Frau zu und nahmen dann in dem kleinen Raum Platz. Eine Stofflampe brannte über dem Tisch, an dessen vier Seiten jeweils ein Stuhl stand.

Linda Whiteside hatte ihre Hände gegen die Wangen gepresst und beide Ellbogen aufgestützt. Das Haar hing ihr wirr in die Stirn. Sie sah mir nicht danach aus, als wäre sie vernehmungsfähig. Vielleicht sollte man einen Arzt rufen. Andererseits drängte die Zeit. Ich erkundigte mich nach Beruhigungstabletten. Leider hatte sie keine im Haus.

»Aber Brandy«, sagte sie flüsternd. »Die Flasche steht da drüben im Schrank.«

Suko holte sie. Er brachte auch ein Glas mit. Mich schaute er fragend an, und ich schüttelte den Kopf. Nein, ich brauchte keinen Alkohol, dafür schenkte ich Linda Whiteside ein und reichte ihr das Glas. »So, trinken Sie.«

Sie nahm es dankend entgegen und nickte. Mit beiden Händen musste sie das Glas halten, und doch zitterte sie so stark, sodass sie fast etwas verschüttet hätte.

Sie verschluckte sich, trank noch einmal, dann lehnte sie sich zurück und starrte ins Leere, wobei sich ihre Hände flach auf die Tischplatte legten.

»Tot«, hauchte sie nach einer Weile. »Sie – sie sind beide tot. Ich – ich – bin allein ...«

Ihre Worte gingen mir durch und durch. Sie schnitten in mein Herz, und ich musste schlucken. Was sollte ich sagen? Konnte man diese Frau, die so viel Schweres durchgemacht hatte, überhaupt trösten? Ich glaubte es nicht. Jedes Wort, war es auch noch so gut gemeint, wäre fehl am Platze gewesen. Wieder einmal verfluchte ich innerlich das Schicksal, das vor nichts Halt machte und so grausam und unerbittlich sein konnte, wie wir es eben wieder erlebt hatten.

Und doch konnte ich sie nicht in Ruhe lassen. Ich musste ihr Fragen stellen, denn ich war mir sicher, dass es nicht nur eine Biene von dieser Größe gab. Wenn mehrere existierten, mussten wir eine Spur aufnehmen und die Insekten finden. Ferner dachte ich an den schräg gegenüber wohnenden Shawn Braddock. Seine Nachtruhe würden wir sicherlich stören müssen.

»Sie können sich denken, Mrs. Whiteside, dass wir einige Fragen haben. Ich weiß natürlich, wie Ihnen zumute ist, aber wir müssen diesen Fall aufklären, bevor die Killerbienen noch mehr Unheil anrichten können. Verstehen Sie das?«

Sie nickte, war aber nicht bei der Sache. Wahrscheinlich hätte sie auch so reagiert, wenn ich ihr vorgeschlagen hätte, aus dem Fenster zu springen.

»Können Sie vielleicht der Reihe nach berichten, wie alles geschehen ist, Mrs. Whiteside?«

»Ich – ich werde es versuchen.«

»Bitte sehr, allerdings nur, wenn es Ihnen nicht zu schwer fällt.«

Sie strich mit gespreizten Fingern durch ihre Haare. »Ich weiß ja, was auf dem Spiel steht, und Sie müssen Ihren Job tun, und ich …« Linda stockte wieder und bat um ein Taschentuch.

Ich gab ihr meins.

Linda Whiteside trocknete die Tränen in ihren Augenwinkeln und schnäuzte die Nase. Dann knüllte sie das Taschentuch zusammen und behielt es in der Faust. »Es – war so plötzlich«, begann sie stockend zu berichten. »Ich hörte ein Geräusch und versuchte, meinen Mann zu wecken …«

Wir lauschten ihrer Geschichte. Zu Anfang redete sie noch ein wenig abgehackt, im Laufe der Zeit drangen die Worte flüssiger über ihre Lippen, und wir erfuhren die gesamte entsetzliche Wahrheit. Sie war ungeheuerlich, und natürlich hatten wir noch einige Fragen.

»Haben Sie vielleicht gesehen, dass Ihr Sohn von einer Biene gestochen worden ist?«

»Nein, das nicht.«

»Sie haben also nichts bemerkt. Weder am Tag noch in der Nacht.«

»So ist es, Sir.«

Suko hatte die nächste Frage. »Sie wissen ja, wer Ihnen gegenüber wohnt und arbeitet?«

»Meinen Sie Mr. Braddock?«

»Ja, den Imker.«

»Aber der würde so etwas nie zulassen, glauben Sie mir. Shawn Braddock ist ein netter Mensch, immer freundlich, und er lebt und forscht nur für seine Bienen.«

»Forschen auch?«, warf ich ein.

»Ja, er züchtet, er will ganz besondere Bienen …« Ihre Stimme versagte. Plötzlich wurde ihr bewusst, was sie da erzählt hatte, und mit einem Ruck sprang sie in die Höhe. »Braddock!«, zischte sie. »Er hat es also geschafft. Er ist in Wirklichkeit der Mörder. Er!« Sie schrie und wollte wegrennen, doch Suko hielt sie am Oberarm fest, sodass sie nicht von der Stelle kam.

»Lassen Sie mich!«, kreischte sie und schlug mit der freien Hand um sich, während sie gleichzeitig ihren Körper nach hinten warf, um sich frei zu zerren. »Ich will ihn töten. Ich will das verdammte Schwein umbringen …«

Gegen Sukos Kraft konnte sie nichts ausrichten. Der Chinese zog die Frau wieder zurück. »Sie schaffen es nicht, Mrs. Whiteside. Sie laufen in Ihr Unglück. Er wird Sie töten.«

»Na und? Was macht das schon! Jetzt, wo die anderen nicht mehr da sind. Mein Leben hat keinen Sinn mehr, verstehen Sie?«

Sie ließ sich schwer auf den Stuhl fallen.

»Man wirft das Wertvollste nicht so einfach weg, Mrs. Whiteside«, sagte ich.

Sie lachte nur hart. »Sie haben leicht reden, denn Sie haben nicht das hinter sich, was ich durchgemacht habe.«

Da gab ich ihr Recht, aber das konnte ich ihr nicht sagen. Außerdem wollte ich mehr wissen.

»Reden wir von Braddock«, nahm ich den Gesprächsfaden wieder auf. »Was ist mit ihm los?«

»Er ist ein alter Mann.«

»Und besessen?«

Linda schaute mich aus ihren rotgeweinten Augen an. »Ja, so kann man es auch nennen. Besessen, einfach besessen von seiner Arbeit, das ist es.«

»Wie lange wohnt er schon hier?«, wollte Suko wissen.

»Keine Ahnung. Vielleicht immer? Als wir hier vor zwei Jahren einzogen, da züchtete er schon seine Bienen.«

»Und es hat nie irgendwelche Zwischenfälle gegeben?«

Linda schaute Suko an. »Nein, das hat es nicht. Die Bienen waren immer ruhig, sofern man sie als ruhig bezeichnen kann. Außerdem ließ er an seine Bienenstöcke niemanden heran, da war er sehr eigen. Nur hin und wieder einmal empfing er einen Besucher, und den musste er schon gut kennen, wie meinen Mann.«

»Er war also bei Braddock?«

»Ja.«

»Und hat er sich nach dem Besuch irgendwie verändert gezeigt?«, wollte ich wissen.

Linda Whiteside schüttelte den Kopf. »Nein, er war so wie immer. Da hat sich nichts getan.«

So kamen wir auch nicht weiter. Ich sah es Sukos Gesicht an, dass er das Gleiche dachte wie ich, und er nickte mir zu.

Für uns wurde es Zeit, dass wir Braddock einen Besuch abstatteten.

Aber wohin mit Linda Whiteside?

»Wollen Sie vielleicht zu der älteren Dame gehen?«, schlug ich der Witwe vor.

Sie kam nicht dazu, mir eine Antwort zu geben, denn aus der kleinen Diele vernahmen wir seltsame Geräusche.

Ein tiefes Brummen und Summen, als wären zahlreiche Bienen dort versammelt.

Suko und ich jagten von unseren Stühlen hoch und sprinteten auf die Tür zu. Vor der Schwelle stießen wir zusammen und blieben gebannt stehen, denn was sich vor unseren Augen abspielte, war unglaublich und unwahrscheinlich.

Die Stelle am Hals, wo der Mann von der Biene gebissen worden war, hatte sich verändert. Sie war noch röter geworden und hatte die Größe eines Fußballs angenommen.

Allerdings war dieser ›Fußball‹ aufgeplatzt, und aus ihm strömten zahlreiche Bienen, die den Toten in einem wirren Reigen umtanzten …

Mit schleichenden Schritten bewegte er sich durch sein Haus und rieb dabei seine faltigen Hände. Endlich hatte er es geschafft. Seine Bemühungen hatten sich gelohnt, die Arbeit war nicht umsonst gewesen, und alle diejenigen, die Shawn Braddock ausgelacht hatten, wurden eines Besseren belehrt.

Es gab die Mörderbienen!

Damit war wohl ein alter Traum in Erfüllung gegangen, von dem Shawn Braddock nie gelassen hatte. Es war nicht leicht gewesen, das Ziel zu erreichen. Zehn Jahre seines Lebens hatte er gebraucht, um die Bienen zu züchten, und er hätte es nicht geschafft, wenn er keine Hilfe erhalten hätte.

Diese Hilfe bestand aus einem Buch.

Braddock hatte alles über Bienen gesammelt, was es in der Literatur gab, aber das Buch war in den großen öffentlichen Büchereien nicht zu finden gewesen.

Er hatte es bei einem Trödler in Amsterdam auf dem Flohmarkt entdeckt. Niemand interessierte sich für den Wälzer, der auf seinem harten lederartigen Umschlag eine stilisierte Biene zeigte, und gerade dieses Bild war dem Suchenden ins Auge gesprungen.

Natürlich hatte er das Buch erworben, zu einem Spottpreis, wenn man bedachte, wie brisant sein Inhalt war und wie er ihm weitergeholfen hatte.

Wieder in London und in seiner Wohnung, hatte er studiert. Nächtelang saß er über die Seiten gebeugt und las.

Er lernte Geschichten kennen, die sich mit der Bienenmagie beschäftigten und die man nur in Verbindung mit Menschenblut sehen durfte.

Geheime Rezepte waren aufgeschrieben worden, zu denen Braddock bestimmte Ingredienzen benötigte, die er sich in mühevoller Suche zusammenholte.

Er braute die Rezepte, kochte, destillierte und erschuf das gefährliche Bräu, das er eines guten Tages der Bienenkönigin als Nahrung gab. Sie war verrückt danach, schleckte das Zeug und wurde wie von Sinnen, als hätte ein Mensch Aufputschpillen geschluckt.

In einem kleinen dünnmaschigen Käfig lebte die Bienenkönigin, und dort ließ Braddock sie auch, aber er beobachtete sie.

Die Biene wuchs.

Fast konnte er dabei zusehen, wie sie an Körpergröße gewann. Aus der normalen kleinen Biene wurde ein regelrechtes Monstrum, fast so groß wie ein Mensch.

Braddock wurde fast verrückt vor Freude. Er wollte es kaum glauben, und er wiederholte seinen Versuch an den normalen Arbeitsbienen.

Nur zwei hatte er genommen, die mussten reichen, denn er wusste nicht, wo er all seine Insekten unterbringen sollte. Zudem erinnerte er sich an die Worte aus dem Buch, dass die verwandelten Bienen, die einmal den unheimlichen Keim in sich trugen, ihn auch weitergaben, sodass es zu einer gewaltigen Kettenreaktion kommen konnte.

Auch diese beiden Bienen waren von seinem Gebräu angetan gewesen. Sie hatten es mit einer wahren Hingabe aufgeschleckt und zu sich genommen, und sie waren ebenfalls gewachsen. Allerdings wurden sie nicht so groß wie die Königin. Das musste wohl damit zusammenhängen, dass die Königin eben etwas Besonderes war. Ihre Arbeitsbienen erreichten nur die Größe von Kleinkindern.

Auch so waren sie gefährlich genug, und dann hatte Braddock das Experiment gestartet.

Beide Arbeitsbienen ließ er frei.

Das Gebräu hatte die Bienen nicht nur größer werden lassen, sondern auch aggressiver gemacht. Braddock wusste, dass die Insekten auf Angriff programmiert waren. Ob Menschen oder Tiere, da gab es nichts, was sie ausgelassen hätten, und Braddock wartete fieberhaft auf einen Erfolg.

Den schien es gegeben zu haben, denn durch Zuträger hatte er erfahren, dass eine seiner losgeschickten Bienen von einem Menschen gesichtet worden war. Das Rieseninsekt hatte den Mann angegriffen, allerdings war er entkommen und zu einem gefährlichen Zeugen geworden. Eine kleine, jedoch schwerwiegende Panne, wie der Züchter fand. Sein Plan, seine Arbeit war zu früh entdeckt worden. Von der zweiten losgeschickten Biene hatte er nichts mehr gehört. Es war ruhig geblieben, von der Polizei war er nicht belästigt worden, trotzdem wollte er sein Haus aufgeben.

Er hatte nicht vor zu fliehen, nein, das war keine Flucht, sondern nur eine Umorientierung des Plans. Was er eigentlich erst in Tagen hatte tun wollen, verlegte er jetzt vor.

Shawn Braddock wollte mit seinen Mörderbienen der Stadt London einen Besuch abstatten.

Darauf lief alles hinaus. Wie tödliche, lebende Raketen sollten die Bienen aufräumen, und er wollte sich an der allgemeinen Panik ergötzen.

Rasch hatte er noch Experimente durchgeführt. Zusammen mit der großen Königin besaß er jetzt fünf Killerbienen. Vier waren nur unterarmgroß, aber sehr gute Helfer, denn wer von den Bienen gebissen wurde, der trug selbst den Keim in sich.

Zudem befanden sich noch zwei Bienen in Freiheit. Also konnten bald sieben unterwegs sein.

Shawn Braddock hatte zeit seines Lebens immer auf dem Sprung gelebt. Er war von seinen Kollegen ausgelacht und als Spinner abgetan worden und hatte sich deshalb so etwas wie eine Rückendeckung geschaffen. Wenn es sein musste, dann konnte er ein Haus oder eine Wohnung von einer Stunde zur anderen verlassen.

So war es auch in diesem alten Haus, das er gemietet hatte. Allerdings tat es ihm sehr leid, den Schlupfwinkel verlassen zu müssen, denn er hatte sich in diesem Haus wohlgefühlt, denn allein der Keller war das Mietgeld wert gewesen.

Was hatte er dort experimentieren können, nachdem er die Räumlichkeiten so umgebaut hatte, wie er es für richtig hielt. Da stand alles an seinem Platz, und er hoffte, dass er irgendwann einmal in das Haus zurückkehren konnte, als wahrer Meister und König, den alle anerkannten.

Noch war es nicht so weit. Erst einmal musste er flüchten, denn das Vorhandensein der Bienen würde Aufsehen erregen. Zum Glück hatte sich nur ein Zeuge gemeldet, aber es würden sicherlich mehr werden, die die Aussage des ersten Zeugen erhärteten.

Am Hintereingang stand sein Wagen.

Es war ein Lkw mit geschlossener Ladefläche, der auch als Kühlwagen hätte durchgehen können, doch auf der Ladefläche sah es etwas anders aus. Da hatte Braddock in weiser Voraussicht bereits vor Monaten einiges umbauen lassen.

Die Ladefläche war in vier Käfige aufgeteilt worden. Einen sehr großen für die Königin und drei kleinere für die veränderten Arbeitsbienen. Zudem blieb noch zwischen dem Einstieg und dem Beginn der Käfige so viel Freiraum, dass sich der Meister dort bequem bewegen konnte.

In den letzten beiden Stunden hatte er eine fieberhafte Hektik an den Tag beziehungsweise an die Nacht gelegt, denn die Uhr näherte sich langsam der mitternächtlichen Stunde. Der Wagen war so an die Tür gefahren worden, dass Braddock vom Haus aus direkt auf die Ladefläche steigen konnte.

Trotz seines relativ hohen Alters bewegte er sich noch erstaunlich geschmeidig und flink. Die Sechzig hatte er fast erreicht. Sein Haar war im Laufe der Zeit weiß geworden. Einen Friseur kannte er nur vom Hörensagen, das Haar hatte er sich immer selbst geschnitten, wenn es nötig war, und dementsprechend sah die Frisur auch aus. So stufig, als wäre jemand mit einer Heckenschere daran entlang gegangen. An einigen Stellen berührte es die Schultern, an anderen wiederum ließ es den Nacken durchschimmern.

Nicht nur die Haare fielen bei Braddock auf, sondern auch die Hautfarbe. Sie erinnerte an einen Honigton.

In der Tat aß der Mann sehr viel Honig, er wollte so sein wie seine Bienen. Und er hatte an sich selbst Experimente durchgeführt, hatte sich von behandelten Bienen stechen lassen und etwas anderes gespürt als sonst.

Er verstand sich plötzlich mit den Tieren und spürte eine Sucht nach dem Honig. Äußerlich zwar noch ein Mensch, aber innerlich fühlte er sich den Insekten zugeordnet. Und er schaffte es, die gleichen Laute auszustoßen wie sie, sodass die Tiere von ihm verstanden wurden und er sich sogar als der verlängerte Arm ihrer Königin bezeichnete.

Braddock ging immer ein wenig geduckt, als hätte er vor irgendetwas Angst. Noch ein Überbleibsel aus früherer Zeit, als andere das Sagen hatten und nicht er.

Heute war es umgekehrt.

Noch einmal ging er zum Wagen. Durch die gespitzten Lippen saugte er die etwas kühlere Nachtluft ein. Seine Zunge huschte aus dem Mund, und ein Beobachter hätte auf ihr den ähnlichen gelben Schimmer entdecken können wie in seinen Pupillen. Er öffnete die Tür des Führerhauses und warf einen langen Blick in den Wagen.

Da war alles in Ordnung. Sogar der Schlüssel steckte. Einem schnellen Start stand nichts mehr im Wege.

Als das Geräusch der zuschlagenden Tür verstummt war, zuckte der Imker zusammen.

Er hatte etwas gehört. Einen Schrei, sehr dünn und auch sehr weit entfernt, aber durchaus wahrzunehmen.

Wer hatte geschrien?

Sofort dachte Braddock an seine beiden losgeschickten Bienen, und er begann hämisch zu kichern. Würden sie wieder angreifen und sich neue Opfer holen, damit der Kreislauf geschlossen wurde?

Er blieb für einen Moment stehen, und in seine Augen trat ein noch helleres Leuchten, ein seltsames Gelb, das mit dem der Bienenfarbe übereinstimmte.

Er lauerte.

Wieder der Schrei. Trotz der weiten Entfernung hatte er das Entsetzen vernommen, und freudig rieb er sich die Hände. Ja, er konnte sich nichts anderes vorstellen. Das mussten einfach seine kleinen Freunde sein, die da zuschlugen.

Sie würden stechen und das Blut der Menschen trinken, denn Menschenblut hatte sich auch in dem seltsamen Gebräu befunden, auf dessen Herstellung er so stolz war.

Die Killerbienen waren süchtig nach Menschenblut. Noch nie war es jemandem gelungen, diese Tiermutationen zu züchten. Er, Shawn Braddock, war der Erste, und er griff dorthin, wo in der Seitentasche seines Kittels das kleine, wertvolle Buch steckte, das er auf keinen Fall verlieren wollte und überall mit hinnahm.

Die Zeit drängte jetzt stärker. Noch war die Ladefläche leer, und er musste die Bienen in ihre Käfige schaffen, sonst würde man ihn hier noch überraschen, denn sicherlich waren die Schreie auch von anderen vernommen worden als nur von ihm.

Hastig drehte er sich um, drückte sich an der offenen Türhälfte vorbei und huschte die Kellertreppe hinab. Seine Sandalen klatschten auf die alten, schon leicht brüchigen Steinstufen, doch darum kümmerte er sich nicht im Geringsten.

Wände hatten weichen müssen, um den Keller nach seinen Vorstellungen umzubauen.

Vor den Käfigen blieb er stehen. Unter der Decke befand sich eine Lichtschiene. Vier Lampen sorgten für die nötige Beleuchtung. Den kleineren Käfigen gönnte er kaum einen Blick. In ihnen lagen die vier Arbeitsbienen auf dem Boden und rührten sich nicht mehr. Es war ein trügerischer Schlaf. Das Betäubungsmittel würde schon bald seine Wirkung verlieren, und dann hielt sie nichts mehr.

Im mittleren und größten Käfig befand sich die Königin.

Eine gewaltige Biene, so groß wie ein Mensch und mit einem harten, schillernden Panzer versehen, auf dem kleine, schwarze Härchen wuchsen, die sich auch bewegten und zitterten, wenn die Biene in tiefem Schlaf lag.

Sie war ein Prachtexemplar. Die Flügel hatte sie zusammengelegt, und sie sahen aus wie zwei papierdünne schimmernde Glasscheiben. Die Augen waren von einer unnatürlichen Weite und Größe. Sogar einen Rüssel hatte die Biene. Mit ihm schlürfte sie das Menschenblut, auf das sie so gierig war. Und er sah den Stachel, wenn er zur Seite ging. Ein Prachtexemplar, sehr spitz und ungemein gefährlich. Wenn die Biene damit zustach, konnte sie den Körper eines Menschen durchdringen.

Die Käfige waren abgeschlossen. Bevor Braddock den Schlüssel hervorholte, schaute er auf seine Uhr.

Ja, jetzt wurde es Zeit, denn sehr lange hielt das Betäubungsmittel nicht mehr vor. Dreimal würde er den Weg hin und zurück gehen müssen, denn er konnte seine seltsamen Freunde nicht auf einmal tragen.

Shawn Braddock schloss die Käfigtür auf.

Er atmete schnell und hechelnd, als er die ersten beiden Bienen vor sich auf dem Boden liegen sah. Noch waren sie ruhig, aber es waren schlafende Bomben, die eine ungeheure Gefahr bringen konnten, von denen die Menschen nichts ahnten. Wenn die Bienen erst einmal zugestochen hatten, würde es ein Chaos geben. Davon war Shawn Braddock fest überzeugt. Es war etwas mühsam für ihn, seine Freunde in die Höhe zu hieven. Er wollte ihnen nicht wehtun und transportierte sie vorsichtig durch den Keller.

Zwei konnte er tragen. Also musste er den Weg doppelt gehen. Er klemmte sie jeweils unter die Arme und übte dabei nur wenig Druck aus, denn er wusste von der Empfindlichkeit seiner Schöpfungen.

Haus und Transportwagen bildeten einen fließenden Übergang. Braddock stieg auf die Ladefläche und legte seine beiden Freunde in dem anderen Käfig nieder.

Behutsam drückte er die Tür zu, wandte sich um und ging den Weg zurück.

Er holte die beiden anderen babygroßen Bienen, die ebenfalls noch unter dem Betäubungsmittel schliefen, und schaffte sie auch in den Lastwagen.

Blieb noch sie – die Königin!

Übergroß in ihrem Wuchs, herrlich anzusehen, wenn auch jetzt eine schlafende Königin von seltsam schillernder Haut und mit einem langen Rüssel versehen.

Sie brauchte Blut, sehr viel Blut, und Braddock wollte dafür sorgen, dass sie es auch erhielt.

So lautlos wie möglich schloss er die Tür des Käfigs auf. Er wollte seine herrlichste Schöpfung nicht stören und bewegte sich deshalb nur auf Zehenspitzen. Seine Augen leuchteten, die Mundwinkel zuckten, die Zunge glitt über die Lippen, und auf seinem Nasenrücken lagen zahlreiche Schweißperlen.

Voller Ehrfurcht schaute er auf die Königin nieder. Ja, er hatte Ehrfurcht vor ihr, denn sie war etwas Besonderes, der Teil einer herrlichen Schöpfung, zu der alles gehörte. Menschen, Pflanzen, Tiere und deren Abarten, wie Braddock dachte.

Es bereitete ihm Mühe, die große Bienenkönigin hochzustemmen, denn wegen ihrer Größe war sie doch ein wenig unhandlich. Zweimal setzte er an, dann endlich hatte er die Lage gefunden, die ihm ideal erschien, um die Biene zu transportieren. Er sprach leise auf sie ein, während sein Atem schwer ging und die letzten Yards fast zu einer Qual wurden.

Er betrat den Wagen und schwankte mit seiner Last. Wie ein Betrunkener stand er auf der Ladefläche, biss die Zähne zusammen und hielt sich nur mit Mühe aufrecht.

Den größten Käfig hatte er bereits geöffnet, sodass er sich diese Mühe sparen konnte. Vorsichtig schaffte er sein magisch-biologisches Wunder hinter das Gitter und legte es dort zu Boden. Er war froh, es hinter sich zu haben, und wischte mit dem Ärmel seines Kittels den Schweiß von der Stirn.

Mit zitternden Beinen trat er zurück, verließ die

Ladefläche und schloss die beiden Türhälften. Er holte auch einen Schlüssel hervor und drehte ihn herum.

Jetzt war er zufrieden.

Durch den Hintereingang huschte er wieder zurück in sein Haus und schloss die Tür von innen ab. In den Keller ging er nicht mehr. Dort hatte er alles so weit leergeräumt. Aber er würde den Menschen in der Gegend noch ein besonderes Abschiedsgeschenk hinterlassen. Beim Gedanken daran begann er hohl zu kichern und bewegte seine Finger hektisch hin und her. Braddock lief quer durch das Haus und zog vorsichtig die Eingangstür auf.

Da war nichts zu sehen. Nur die Dunkelheit lastete unter den dicht belaubten Kronen der Bäume. Links von ihm, so ziemlich am Rand des Vorgartens, lagen die Bienenstöcke. Tausende von Tieren schwirrten in ihnen und produzierten den Honig, den er als Alibifunktion benutzte, denn offiziell lebte er vom Verkauf des Honigs.

Sein Kittel wehte, als er über den weichen Rasen hetzte. Am liebsten wäre er geflogen wie seine kleinen Freunde, doch das war ihm leider nicht vergönnt und würde wohl immer ein Traum bleiben.

Nicht alle Bienen würden ihr kleines Reich verlassen. Das war auch nicht nötig. Es reichte, wenn er zwei Bienenstöcke herausnahm und sie kurzerhand in den Garten schleuderte. Die Tiere sahen sich dann gestört und würden Menschen, die in sein Reich eindrangen, attackieren.

Jeder Imker zieht Schutzkleidung über, wenn er sein Bienenhaus betritt. Braddock verzichtete darauf. Die Bienen konnten ruhig stechen, ihm machte es nichts aus, er war dagegen immun, denn in dem alten Buch hatte er auch das Rezept für ein Gebräu gefunden, das so etwas bewirkte.

Er pfiff sogar leise vor sich hin, als er das Bienenhaus betrat, und seine Lippen zeigten dabei ein Lächeln. Das Summen und Brummen der Bienen war Musik in seinen Ohren. Er freute sich, wenn ihn die Insekten umschwirrten.

Er packte zwei Bienenstöcke und hatte sie kaum angehoben, als das Summen aggressiver wurde. Die Tiere fühlten sich gestört.

Sie umschwirrten den Imker, dem dies nichts ausmachte. Er fühlte sich wohl in seiner Haut, auch als die Bienen darüber wischten und mancher Stich ihn traf.

Nichts konnte ihn erschüttern.

Weit schleuderte er die Bienenstöcke in den Garten hinein, blieb für einen Moment stehen, sah, wie sie sich überschlugen und von dunklen, zitternden Wolken umschwirrt wurden, die immer andere Formen annahmen, von der Spirale bis zum rotierenden Kreis.

Es gab Alarmanlagen, die Einbrecher und Störenfriede von Häusern oder Grundstücken abhalten sollten. Die Methode, die er anwandte, war jedoch die Beste.

Jetzt konnte seine Flucht nicht mehr aufgehalten werden. Beinahe provokativ langsam ging er wieder zurück, und er blieb plötzlich stehen, denn er hatte Stimmen gehört.

Auf einmal wurde sein Gesicht starr. Die Stimmen waren nicht mehr weit entfernt, sie befanden sich bereits in der Nähe des Tores, und alles deutete darauf hin, dass die Männer ihm einen Besuch abstatten wollten.

Hatte die Polizei geschaltet?

Wahrscheinlich. Braddock konnte sich gut vorstellen, dass die Typen von der Polizei waren. Sie würden sich wundern, sogar sehr wundern, und zwar sehr schmerzlich, denn die Bienen nahmen auch keine Rücksicht auf Polizisten.

Geduckt huschte er in den Schatten eines Kirschbaumes, dessen Zweige trauerartig nach unten hingen.

Von dieser Stelle aus war es nicht mehr weit bis zum Haus, und er hatte eine gute Deckung.

Gespannt wartete er ab …

Ich konnte sie nicht zählen, aber dass es mehr als ein Dutzend waren, sah ich sofort.

Und es folgten noch mehr. In der Haut des Toten schien

sich ein Nest zu befinden, das laufend neue Bienen produzierte, die ihren wilden Reigen innerhalb der Diele tanzten.

Für uns wurde es gefährlich.

So rasch wie möglich zogen wir uns zurück und rammten die Küchentür zu. Es war eine trügerische Sicherheit, aber erst einmal befanden wir uns durch Holz von den Bienen getrennt. Ich schloss sogar noch ab.

Mir stand der Schweiß auf der Stirn, als ich mich umdrehte und Suko anschaute.

»Sieht mies aus, wie?«, fragte mein Partner.

»Ja, verdammt.«

»Hast du schon gegen Bienen gekämpft?«

»Höchstens gegen zweibeinige«, murmelte ich und dachte darüber nach, wie wir aus dieser Situation herauskommen sollten.

»Die können uns töten, nicht?«, durchdrang die zitternde Stimme der Frau die Stille.

Ich winkte ab. »So leicht stirbt man nicht, Mrs. Whiteside.«

»Das habe ich anders erlebt, da brauche ich nur an meinen Mann und meinen Sohn zu denken.«

Da hatte sie Recht. Ich würde mich in Zukunft hüten, sie mit billigen Phrasen zu trösten. So lief das also nicht.

»Was können wir tun?«, fragte Suko und schaute dabei auf das Küchenfenster. Er hatte den gleichen Gedanken gehabt wie ich.

»Zur Not bleibt uns eben nur das Fenster.«

»Aber wir liegen hoch«, warf Mrs. Whiteside ein. »Da können wir uns etwas brechen.«

»Lieber einen Armbruch, als Opfer dieser Bienen zu werden«, hielt ihr Suko entgegen. »Zudem haben wir so unsere Erfahrungen, was das Springen aus hochliegenden Fenstern angeht.«

»Seid doch mal ruhig!« Ich hatte Suko ermahnt, denn ich hielt mich dicht an der Tür auf, und mir war aufgefallen, dass vom Flur her seltsame Geräusche an meine Ohren drangen. Nicht allein das Summen der freigewordenen Bienen, nein, da war noch etwas anderes.

Dazwischen gab es dumpfe Laute, von denen ich glaubte, sie als Schritte zu identifizieren. Aber wer sollte da kommen? Die alte Frau vielleicht? Mein Gott, das wäre schlimm gewesen. Wir hatten sie nicht warnen können, weil die Zeit nicht ausreichte, und wenn die Frau jetzt zu uns kam, dann lief sie haargenau in ihr Verderben.

Ich konzentrierte mich noch stärker und versuchte, das Summen der Bienen zu überhören. Das war zwar nicht möglich, aber ich erfuhr, dass es doch nicht die Frau war, die nach oben kam, denn die Schritte blieben gleichmäßig laut, sie kamen nicht näher, und sie entfernten sich auch nicht.

Derjenige, vom dem sie stammten, musste sich bereits in der Diele aufgehalten haben. Und da gab es nur einen.

Sam Whiteside!

Allerdings war er tot, und mir lief ein Schauer über den Rücken, als ich daran dachte.

»Was ist denn?«, flüsterte Suko neben mir.

»Hast du nicht auch die Schritte gehört?«

»Ja, die Frau.«

»Von wegen.« Ich lachte leise und bitter auf. Dann erzählte ich Suko von meinem Verdacht.

»Das gibt es doch nicht!«, hauchte er.

»Ich würde gern daran glauben, nur hast du eine bessere Erklärung für die Schritte?«

»Nein.«

»Zudem sind sie ziemlich unregelmäßig. Es hört sich an, als würde ein Erwachsener laufen lernen.«

»Und was tun wir?«

»Erst einmal hier bleiben. Oder traust du dir zu, die Bienen mit Kugeln aus deiner Beretta abzuschießen?«

»Nein, das nicht.«

»Was ist denn geschehen?« Mrs. Whiteside stellte die Frage, und ihre Stimme klang schrill.

Ich wusste nicht, ob auch sie die Schritte hörte. Wenn nicht, wollte ich ihr nichts sagen, denn wenn sich unsere Annahme bestätigte, würde sie die schreckliche Wahrheit wohl kaum verkraften können, das stand fest.

Suko hatte meine Gedankengänge ebenfalls verstanden. Er drehte sich um, drückte die Frau zurück und bat sie, sich hinzusetzen. Sie wollte nicht.

»Da geschieht doch etwas!«, flüsterte sie. »Ich merke das. Sie wollen es mir nicht sagen.«

»Nein, nein …«

Die nächsten Ereignisse straften Sukos Worte Lügen, denn jemand schlug gegen die Tür.

Ich hatte nahe daran gestanden und zuckte hastig zurück, als ich den dumpfen Schlag vernahm. Bienen waren das auf keinen Fall, die konnten nicht gegen das Holz dreschen.

Mrs. Whiteside stand schreckensbleich am Tisch. »Wer – wer war das?«, hauchte sie.

Ich hob wider besseren Wissens die Schultern.

»Aber da ist doch jemand!«

»Ja, das stimmt!«

»Wer?«, schrie ich.

»Mrs. Whiteside«, begann ich. »Sie müssen jetzt …«

»Nein, nein. Ich lasse mich von Ihnen nicht mit Ausreden abspeisen, ich will wissen, wer in der Diele ist. Mrs. Golding kann es nicht sein, die ist unten, und ich habe auch nicht gehört, dass jemand gekommen ist. Versuchen Sie nicht, mich abzuspeisen. Sie …«

Abermals dröhnte ein Schlag gegen die Tür, und das Holz begann zu zittern. Diesmal war er so wuchtig geführt worden, dass sogar der Rahmen vibrierte.

Wir schwiegen erschrocken.

Bis auf Linda Whiteside. Sie hatte plötzlich die richtige Idee und sprach sie auch aus.

»Das ist Sammy. Verdammt, das ist Sammy! Er ist nicht tot. Er will rein zu uns. Ihr habt abgeschlossen. Los, öffnet die Tür! Sammy muss gerettet werden!«

Wenn es eine Rettung für ihn gegeben hätte, okay, wir hätten alles versucht. Aus Erfahrung jedoch wussten wir, dass dieser Frau der Anblick des Mannes erspart bleiben musste.

»Sammmyyy!«, brüllte sie, und selbst Suko schaffte es nicht, sie zu halten. Linda Whiteside wuchtete sich auf die Tür zu, doch da stand ich zum Glück noch, und ich sah keine Veranlassung, ihr den Weg freizugeben. Sie prallte gegen mich. Dabei schlug sie in ihrer wilden Verzweiflung um sich und hätte mich fast am Gesicht getroffen und mit den Fingernägeln Spuren auf meiner Haut hinterlassen, doch ich nahm den Kopf hastig zur Seite, sodass die Hände mich verfehlten.

Dafür packte ich ihre Gelenke. »Reißen Sie sich zusammen!«, fuhr ich sie an.

»Ich will nicht.« Sie trat zu und erwischte mich zweimal. Mein Schienbein wurde getroffen und auch der Oberschenkel.

Der zweite Tritt war nicht so schlimm, aber der gegen das Schienbein trieb mir das Wasser in die Augen, und ich holte pfeifend Luft. Dann schleuderte ich sie von mir, genau in Sukos auffangbereite Arme. Der Chinese fuhr die Frau hart an, und dieses Schreien nutzte wohl etwas, denn ihre Widerstandskraft erlahmte, der Körper erschlaffte regelrecht. Sie ließ sich auf einem Stuhl niedersinken, und ihr Kopf fiel nach vorn.

Endlich konnten wir uns wieder der eigentlichen Aufgabe widmen. Ich war sehr froh, dass ich vorhin abgeschlossen hatte. Wenn der andere gekommen wäre, hätte er auch die Bienen mitgebracht, und abermals erzitterte die Tür unter einem Rammstoß.

Ich wich unwillkürlich zurück, schaute mir das Holz an und fragte mich, wie lange die Tür diesem Anprall wohl noch standhalten würde. Man konnte es bestimmt in Minuten ausrechnen, aber die Gefahr kam von einer ganz anderen Seite.

Auch eine Biene kann Unruhe stiften und gefährlich sein, wenn sie angriffslustig ist. Und das schien die eine zu sein, die den Weg durch das Schlüsselloch gefunden hatte.

»John, gib Acht!«

Suko hatte das Tier entdeckt, ich sprang hastig zurück und sah, wie die Biene an der metallenen Schlossverkleidung hochkrabbelte. Mit der flachen Hand schlug ich zu.

Zurück blieb nur ein Fleck.

»Das war erst eine«, kommentierte Suko, »andere werden folgen. Und ob wir sie immer erwischen, ist fraglich.«

»Ich habe Spray!«

Linda Whiteside hatte so leise gesprochen, dass sie den Satz wiederholen musste, bevor wir ihn verstanden.

»Spray?«

Sie schaute mich an. »Ja, Mr. Sinclair, Insektenspray, ein sehr starkes sogar.«

»Das könnte etwas nützen«, meinte Suko und wandte sich an die Frau. »Wo bewahren Sie es auf?«

Sie hob den Arm und deutete auf eine Schiebetür im Küchenschrank-Obergestell.

Der Chinese schob die Tür auf und schaute nach.

»Hinten in der Ecke.«

Ich behielt inzwischen die Eingangstür im Auge. Bisher hatte sich keine zweite Biene durch das Schlüsselloch verirrt. Mir war natürlich klar, dass wir uns hier nicht ewig und drei Tage aufhalten konnten, sondern etwas unternehmen mussten. Vielleicht gelang uns ein überraschender Angriff.

Wieder zuckte ich zusammen, als der schwere Körper von außen gegen die Tür donnerte und Mrs. Whiteside den Namen ihres Mannes rief.

Eine Antwort erhielt sie nicht. Wenn Whiteside tatsächlich zu neuem, grauenvollem Leben erwacht war, dann würde er kaum in der Lage sein zu sprechen.

Suko schaute mich an. »Packen wir's?«, fragte er.

»Ja.«

»Was wollen Sie denn?«, fragte Linda Whiteside.

Ich ging zu ihr und sprach beruhigend auf sie ein. »Tun Sie uns allen einen Gefallen, Mrs. Whiteside, und helfen Sie uns, indem Sie überhaupt nichts unternehmen. Bleiben Sie ruhig auf Ihrem Stuhl sitzen, das andere erledigen wir.«

»Was denn?«

»Wir werden Sie hier herausholen, das verspreche ich Ihnen. Abgemacht?«

»Aber ich …«

»Kein Wort mehr.« Meine Stimme hatte scharf geklungen, und die Frau hatte verstanden. Ich hoffte, dass sie nicht durchdrehen würde, wenn sie ihren Mann zu Gesicht bekam, denn das konnte bei ihr einen noch größeren Schock auslösen.

Suko stand an der Tür. Er hielt keine Pistole in der Hand, sondern die Spraydose. Es sollte ein scharfes Insektenspray sein, nun ja, wir würden sehen, ob wir die Bienen damit vertreiben konnten.

Noch zögerten wir, doch als der Körper ein weiteres Mal gegen die Tür hämmerte und sie fast aus den Angeln riss, da war alles klar. Mit dieser Attacke hatte er unsere letzten Zweifel beiseite geräumt.

Suko legte die Hand auf die Klinke, während ich den Schlüssel vorsichtig und möglichst lautlos herumdrehte, denn unser Ausbruch sollte überraschend erfolgen.

Linda Whiteside hatte Angst. Sie zitterte so sehr, dass sogar ihre Zähne aufeinander stießen und klapperten.

»Alles klar?«, fragte ich und schaute in das gespannte Gesicht meines Partners.

Suko nickte.

Ich holte noch einmal tief Luft, denn ich wusste, was auf dem Spiel stand.

Dann riss ich die Tür mit einem Ruck auf!

Wir hatten Pech.

Genau in dem Augenblick, als ich die Tür nach innen aufwuchtete, befand sich das Monstrum unterwegs. Es war tatsächlich Sam Whiteside, und er hatte einen möglichst großen Anlauf genommen, um die Tür mit seinem Körper zu zerschmettern.

Es kam auf Bruchteile von Sekunden an, und er hatte gerade die günstigsten erwischt. Es gelang mir noch, seinen Anblick aufzunehmen, der schrecklich genug war.

Eine Mutation griff an.

Ein Mensch mit dem Kopf einer Biene, durch den allerdings noch die normalen Gesichtszüge schimmerten.

Er bot ein grauenhaftes Bild. Ich sah die Wunde an seinem Hals, aus der noch vereinzelte Bienen stiegen, doch die Masse befand sich um ihn herum.

Das alles spielte sich vielleicht innerhalb einer halben Sekunde ab. Die Zeitspanne war so kurz, dass ich nicht mehr rechtzeitig reagieren konnte.

Er prallte gegen mich.

Und das Monstrum hatte sein Gewicht. Ich war darauf nicht gefasst gewesen und musste den Aufprall voll nehmen, der mich zurück und in das Zimmer schleuderte, und zwar so weit, dass ich gegen den Tisch krachte, wobei ich noch einen Stuhl mitriss. Linda Whiteside sprang schreiend in die Höhe.

Dann lag ich auf dem Boden und die schreckliche Mutation über mir.

An Suko waren wir vorbeigeflogen. Der Chinese wollte sich um die Bienen kümmern, er sah den dunklen Schwarm vor sich, hob seinen rechten Arm und drückte auf den schwarzen Knopf der Spraydose.

Aus der Dose zischte ein weißlich-gelber Strahl, der sich danach verbreiterte und ein langgezogenes Dreieck bildete, das voll in den Bienenschwarm hineinstieß.

Sie lösten sich nicht auf, damit hatte Suko auch nicht gerechnet, aber das Spray schuf doch Unruhe zwischen ihnen, und der Schwarm fächerte auseinander.

Einige Bienen jagten auf den Chinesen zu, doch Suko stand wie ein Fels in der Brandung. Er hielt die Spraydose halbhoch, drehte sie dabei im Halbkreis und sprühte das Zeug gegen die heranfliegenden Bienen, wobei er bei einigen sogar einen Erfolg hatte, denn das Spray verklebte die Flügel der Tiere.

Andere jedoch wussten, wo ihr Feind stand. Sie griffen Suko an, und der Chinese schlug mit der freien Hand verzweifelt um sich, um die kleinen Biester abzuwehren.

Es wurde für ihn ein harter Kampf. Er war begleitet vom Schreien der Frau, denn sie musste mit ansehen, wie ich mit einem Wesen kämpfte, das einmal ihr Mann gewesen war.

Noch lag er über mir. Ich wusste nicht, wo er den Stachel hatte und ob überhaupt. Mir war nur klar, dass ich auf keinen Fall so liegen bleiben konnte, deshalb stieß ich ihn weg.

Er schlug mit den Armen um sich, konnte sich allerdings nicht halten und krachte neben mir zu Boden, wobei sein Kopf und sein Maul zuckten und die kleinen Härchen auf dem Panzer vibrierten.

Ich achtete nicht auf die anderen Bienen, die eine große Gefahr darstellten, sondern rollte mich herum und brachte die Beretta in Schussrichtung.

Über mir schrie die Frau, und in ihr Schreien krachte mein Schuss.

Die Kugel traf.

Der Schädel war einfach nicht zu verfehlen. Das Silbergeschoss hieb voll hinein und riss ihn förmlich auseinander. Eine gelblich schimmernde Masse quoll daraus hervor und lief wie Sirup an den beiden Hälften des Kopfes herab.

Ich sprang hoch.

Suko stand dicht vor der Tür, hielt die Sprayflasche halb erhoben und sprühte das Zeug gegen die Bienen, die auch mich und Linda umschwirrten.

Im Flur hatte sich eine gelblichweiße Nebelwolke gebildet, die sicherlich gesundheitsschädlich war, aber darauf konnte ich keine Rücksicht nehmen, wir mussten hier raus! Jede weitere Sekunde vergrößerte die Gefahr.

Ich sprang über das erledigte Monstrum und schrie die Frau an. »Kommen Sie hoch!«

Sie wollte nicht auf mich hören. Mit den Händen schlug sie um sich, denn die Bienen waren angriffslustig geworden, und sie nahmen auch auf Linda Whiteside keine Rücksicht. Ein paar Mal war sie bereits gestochen worden, auch mir war es kaum anders ergangen. Es kam wirklich auf Sekunden an, zudem Suko schon nach Linda und mir schrie, denn länger konnte er die Stellung kaum halten. Ich schleuderte kurzerhand den Tisch um und zerrte Linda in die Höhe. An der Hand zog ich sie hinter mir her, jetzt war es egal, Rücksicht konnte ich nicht mehr nehmen.

Wir gerieten in die Spraywolke, mussten husten, wandten uns nach links und stolperten die Treppe hinab, während Suko versuchte, uns einigermaßen den Rücken zu decken, denn ich hörte noch immer das Zischen des Sprays.

Wohin sollten wir?

Am sichersten war Linda im Bentley, aber der stand zu weit entfernt. Es gab nur noch die Möglichkeit, bei Mrs. Golding Unterschlupf zu finden.

Wir schafften die Treppe in Rekordzeit. Zwar stieß sich die Frau ein paar Mal die Beine, stolperte über ihre eigenen Füße, aber wir erreichten unser Ziel, und ich hämmerte mit dem Pistolenlauf gegen die Tür.

Die alte Frau schien hinter dem Eingang gewartet zu haben, denn sie öffnete sofort.

»Schnell«, sagte ich und schob Linda in die Wohnung. Dann klemmte ich einen Fuß zwischen Türkante und Rahmen, bis Suko ebenfalls da war.

Wir hasteten in die Wohnung und schlossen die Tür hinter uns. Diese Diele hier war größer. Erschöpft lehnten wir uns gegen die Wand, während die alte Dame ihre Mieterin in einen Korbsessel gedrückt hatte, wo sie völlig erledigt hockte und keuchend Luft holte.

Bis hierher hatten wir es geschafft.

Mrs. Golding schaute uns der Reihe nach an und sah unsere verquollenen Gesichter.

»Mein Gott, Sie sind ja gestochen worden.«

»Wir alle«, sagte ich. »Aber kümmern Sie sich erst um Mrs. Whiteside. Rufen Sie einen Arzt.«

»Nein, dazu brauchen wir keinen Arzt«, erklärte die alte Dame. »Ich habe da meine speziellen Hausmittel. Auf einen Doktor können wir verzichten. Kommen Sie mit.«

Wir vertrauten der alten Dame, die uns in ihre Küche führte. Ich stützte Linda Whiteside, während Suko sich auf dem Weg immer wieder umschaute und nach unseren kleinen Gegnern Ausschau hielt, da es durchaus sein konnte, dass sie uns gefolgt waren.

Die Küche war ziemlich geräumig. Ich schaute sofort nach, ob das Fenster geschlossen war. Mrs. Golding bemerkte meinen Blick. »Alle Fenster sind zu«, erklärte sie.

Das war auch sehr nötig, denn hinter der Scheibe erkannte ich drei Bienen.

Mrs. Golding war dabei, die junge Frau zu behandeln. Sie hatte eine grünlich schimmernde Salbe geholt und bestrich damit die Wunden. Eine hauchdünne Schicht blieb auf den kleinen Ausbuchtungen zurück, und Linda flüsterte: »Das kühlt so gut.«

Die alte Dame lächelte. Sie hatte sich einen Morgenmantel mit Streifenmuster übergezogen, der ihr eigentlich viel zu lang war, denn er schleifte über den Boden.

»Keine Angst, so ein Bienenstich ist nicht schlimm. Nur gut, dass ich die Spezialsalbe noch habe.«

»Kann man die kaufen?«, fragte ich.

Mrs. Golding drehte den Kopf. »Nein, Sir, wo denken Sie hin? Mr. Braddock hat sie mir geschenkt. An und für sich hat er seine Tiere ja unter Kontrolle, doch es könnte mal sein, dass ihm eine entwischt und sticht. Dafür ist dann die Salbe gut.«

Braddock! Ihn hatte ich völlig vergessen. Wir wollten ihm einen Besuch abstatten, denn ich glaubte fest daran, dass er mit dem Schrecken unmittelbar zu tun hatte.

Lange konnten wir uns hier nicht mehr aufhalten. Unter Umständen hatte Braddock Lunte gerochen und wollte das Weite suchen. Wir mussten es verhindern.

»Geben Sie uns etwas von der Salbe«, bat ich die Frau.

Sie schaute uns erstaunt an, eine Hand halb erhoben. Auf ihrem faltigen Handteller schimmerte die Salbe.

Ich wollte zwar nicht unhöflich sein, aber es war nicht anders zu machen. Die Tube lag auf dem Tisch. Ich nahm sie an mich und versorgte meine Stichwunden selbst.

Suko tat das Gleiche, während uns die beiden Frauen zuschauten.

»Was ist los mit Ihnen?«, fragte Mrs. Whiteside schließlich.

»Wir können nicht lange bleiben.«

»Aber der Tote …«

»Lassen Sie ihn vorerst liegen, alles andere regeln wir. Die Zeit drängt wirklich.« Wir bedankten uns noch einmal und hörten im Hinausgehen, wie Mrs. Golding fragte: »Welcher Tote?«

Die Antwort hörten wir nicht mehr, denn da standen wir bereits an der Haustür.

Vorsichtig drückten wir sie einen Spalt auf.

Nichts zu sehen. Keine Biene umschwirrte die unmittelbare Umgebung der Tür.

Für uns freie Bahn!

Wir hatten auf dem weiteren Weg wirklich Glück gehabt, nicht angegriffen zu werden. Allerdings hielten wir uns nicht auf der Straße – es hätte einen zu großen Umweg bedeutet -, sondern gingen über ein freies Feld zwischen zwei Gärten.

Braddocks Grundstück grenzte mit seiner Vorderseite an das der Mrs. Golding. Nur eben befand sich zwischen den beiden die Straße, wo mein silbergrauer Bentley stand.

Das Zeug, das wir uns ins Gesicht gestrichen hatten, stank erbärmlich. Wie eine Mischung aus Lakritze, Jauche und einem süßlichen, undefinierbaren Geruch.

Widerlich ...

Hohes Unkraut streichelte unsere Hosenbeine, als wir über das leere Grundstück schritten. Krumme Bäume wuchsen so, dass sich ihre Zweige und Äste ineinander schoben und einen undurchdringlichen Wirrwarr gebildet hatten.

Die Salbe kühlte. Sie stank, aber ich hatte das Gefühl, als würden die Schwellungen zurückgehen. So atmete ich auf, als ich die Straße und meinen Wagen sah.

Er stand etwas in Deckung tiefhängender Zweige und erinnerte mich an ein Ungeheuer, das jeden Augenblick explodieren konnte.

Dann waren plötzlich einige Bienen da. Sie kamen aus der Schwärze, aus dem Nichts, wir hatten sie nicht gehört und nahmen sie erst wahr, als sie uns umschwirrten.

Suko und ich zuckten zurück. Es wäre nicht nötig gewesen, die Tiere taten uns nichts. Wahrscheinlich lag es am Geruch der Salbe, der sie abstieß.

Mein Partner grinste. »Wer sagt's denn!«

Ich gab ihm keine Antwort, da ich meinen Blick bereits auf das Haus fixiert hatte.

»Siehst du etwas?«

Ich schüttelte den Kopf. »Nur das Licht hat er gelöscht.«

»Braddock wird sich hingelegt haben«, vermutete Suko, was ich allerdings nicht glauben wollte.

»Nein, mein Lieber. Nicht in dieser Nacht. Wenn er die Bienen geschickt hat, wird er sich bestimmt davon überzeugen wollen, ob die Angriffe auch Erfolg gezeigt haben.«

»Möglich.«

Gesichert war das Grundstück durch einen grünen Maschendrahtzaun. Kein Problem, ihn zu überklettern. Mit zwei, drei Turnübungen hatten wir es geschafft. Zudem bog sich der Zaun so weit durch, dass er schließlich unter unserem Gewicht riss.

Dieser Teil des Grundstücks war ziemlich verwildert. Hier hielt niemand Ordnung, säuberte das Grundstück, es wurde auch kein Rasen geschnitten oder Büsche gestutzt. Durch einen nahezu dichten Urwald mussten wir uns vorkämpfen.

Zum Glück wurde es nach einigen Schritten besser. Vor uns lag ein relativ gepflegter Garten, so weit wir dies erkennen konnten. Da blühten zahlreiche Sommerblumen, es roch auch nach verblühendem Jasmin, und die Obstbäume hingen mit Früchten voll.

Sogar einen Weg sahen wir. Er teilte sich. Einmal führte er dem Haus entgegen, wobei er unter den Ästen starker Bäume entlang lief, zum anderen knickte er rechts ab. Als wir stehen blieben und ihn mit den Augen verfolgten, da sahen wir, dass er dort verschwand, wo sich ein großer, aber eckiger Schatten befand.

»Sieht mir nach einem kleinen Haus aus«, murmelte Suko.

»Bestimmt das Bienenhaus.«

»Sollen wir dahin?«

»Willst du dich stechen lassen? Zudem ist Braddock wichtiger. Komm, den Knaben kaufen wir uns.«

Waren wir zwangsläufig vorhin langsamer gegangen, so beschleunigten wir jetzt unsere Schritte. Allerdings gingen wir zu beiden Seiten des Wegs, denn auf dem Rasen waren wir so gut wie nicht zu hören.

Das Haus wirkte in der Dunkelheit wie eine kleine Festung. Es sah irgendwie unheimlich aus. Das lag vielleicht daran, dass kein Licht brannte. Noch war es still, doch Suko hörte es zuerst.

Er blieb stehen. »John, die Bienen!«

»Wo?«

Der Chinese deutete nach vorn. »Da fliegen sie. Und verdammt, wenn mich nicht alles täuscht, befinden sich dort auch die komischen Bienenstöcke.«

Suko hatte Recht. Da hoben sich in der Tat zwei Gegenstände vom Boden ab. Und um sie herum befanden sich kleine Wolken, die nie stillstanden, sondern auf- und abschwirrten.

Griffen sie an?

Wir zögerten noch. Es war ein instinktives Reagieren, und ich dachte daran, dass wohl kein Imker der Welt seine Bienenstöcke einfach in den Garten stellt. Da dies hier jedoch geschehen war, musste es seinen Grund gehabt haben.

»Der hat etwas gemerkt!«, flüsterte Suko, der wohl den gleichen Gedanken wie ich gehabt hatte.

»Kann sein. Trotzdem müssen wir weiter.«

Auch durch die Bienenstöcke ließen wir uns nicht aufhalten, sondern lenkten unsere Schritte weiterhin auf das Haus zu.

Das Summen wurde lauter. Ich bekam schweißfeuchte Hände. Meine Beretta brauchte ich erst gar nicht zu ziehen, mit ihr hätte ich doch nichts ausrichten können, die kleinen Insekten waren einfach zu schnell und würden jeder Kugel ausweichen.

Deshalb ließ ich die Waffe stecken.

Und die Bienen kamen.

Sie hatten uns gesehen, da wir uns deutlich vom Boden her abhoben. Wie viele Tiere sich auf uns stürzten, konnte ich nicht zählen, auf jeden Fall waren es zu viele.

In einer instinktiven Abwehrbewegung rissen wir beide die Arme hoch und wollten ausweichen, indem

Suko nach rechts und ich nach links wegspritzte, aber die Bienen holten uns ein.

Plötzlich umschwirrten sie mich, wurden immer mehr, und die Wolke verdichtete sich so stark, dass sie schon fast einen Helm um meinen Kopf bildete.

Es war schlimm.

Aber die Biester stachen nicht.

Die Salbe wirkte wahre Wunder. Sie roch für meine menschliche Nase nicht mehr so stark, doch die Bienen nahmen den Geruch noch voll auf, und der widerte sie an und stieß sie ab.

Ich sah, wie sich einige von ihnen torkelnd aus dem dichten Ring lösten und wegflogen. Ich schlug nun nicht mehr um mich oder blieb auf der Stelle stehen, sondern ging eiskalt weiter und bemerkte, dass Suko sich ebenfalls so verhielt.

Und wir hatten Erfolg.

Die Bienen kümmerten sich nicht mehr um uns, sie hielten sich sogar in einer respektablen Entfernung auf, was für uns natürlich mehr als ideal war.

Suko nahm es mit Humor. »Du wärst kein guter Imker.«

Ich hatte schon eine Antwort auf der Zunge, als ich etwas entdeckte.

Einen Schatten!

Nicht weit von uns hatte er gelauert, und ich stellte fest, dass dieser Schatten menschliche Umrisse hatte. Er entfernte sich sehr rasch von uns und lief auf das Haus zu.

Braddock?

Verdammt, das musste er gewesen sein. Mich hielt nichts mehr auf dem Fleck, ich startete. Suko, der den Schatten wahrscheinlich nicht bemerkt hatte, folgte mir, ohne eine Frage zu stellen.

Der Rasen war weich, nachgiebig, sodass meine Füße Abdrücke hinterließen. Es ließ sich nicht sehr gut darauf laufen, aber dem anderen vor mir ging es sicherlich auch nicht besser. Zweimal drehte er sich um. Ich sah sein helles Haar und glaubte, das Oval eines Gesichts zu sehen.

Leider betrug der Vorsprung zu viele Yards. Ich war nicht schnell genug, um den Mann noch vor dem Haus einholen zu können. Als ich bestimmt noch dreißig Schritte zurückzulegen hatte, da war er bereits die Treppe hochgehetzt und hatte eine Tür aufgerissen. Er verschwand so schnell wie ein Schatten im Licht, und ich hörte nur noch, wie er die Tür zuhämmerte.

Schluss – verloren!

Für einen Moment stoppte ich meinen Lauf und drehte den Kopf. Suko eilte an mir vorbei, und erst dicht vor der Tür holte ich ihn wieder ein.

Obwohl es eigentlich zwecklos war, versuchte ich, die Tür zu öffnen. Sie schwang nach innen. Darüber war ich so perplex, dass ich fast das Gleichgewicht verloren hätte und zu Boden gefallen wäre.

An der Wand hielt ich mich fest und riss dabei ein Bild zu Boden, dessen Glasscheibe zersplitterte und sich als Scherbenregen ausbreitete.

»Ich dachte, du hättest die erste Jugend schon hinter dir«, meinte Suko. »So stürmisch ist nicht mal ein Achtzehnjähriger, der gern möchte.«

»Manchmal bricht es eben durch«, erwiderte ich, zog die Beretta und schaute mich um.

Ein muffiges Haus. Alte Tapeten, dunkle Möbel. An der Garderobe hing ein verschlissener Mantel.

Wir sahen Türen. Eine davon schien mir in den Keller zu führen.

Suko hatte das Licht angeknipst. Er ging jetzt an mir vorbei, um sich im Haus umzuschauen. Auch er hatte seine Waffe gezogen und hielt sie schussbereit in der Rechten.

»Ich gehe in den Keller.«

»Sag Bescheid, sobald du etwas siehst«, meinte Suko.

Die Kellertür war nicht ganz ins Schloss gefallen. Ich zog sie auf, machte Licht und schaute eine Steintreppe hinunter. Ein seltsamer Geruch umfing mich. Er wirkte irgendwie störend. Ich versuchte, ihn zu identifizieren, und glaubte, dass es nach Honig roch, vermischt mit dem Geruch von Blut.

Ich schüttelte mich. Der Keller war mir nicht geheuer, denn so stank es normalerweise in den unteren Räumen eines Hauses nicht. Was war hier schon normal? Wahrscheinlich hatte unser spezieller Freund einige Experimente durchgeführt, die nicht gerade für die Augen der Öffentlichkeit bestimmt gewesen waren.

Wie dem auch sei, ich wollte nicht länger zögern, sondern mir die Sache mal aus der Nähe anschauen.

Schon jetzt konnte ich erkennen, dass Braddock seinen Keller umgebaut hatte. Welcher normale Mensch stellt schon Käfige auf, die bis zur Decke reichen?

Ich jedenfalls würde so etwas nicht tun. Verschlossen waren die Käfige nicht. Ihre Türen standen bis zum Anschlag offen.

Den Keller musste ich untersuchen, dazu allerdings sollte es nicht kommen.

Ich hörte Sukos Ruf. »John!«

Wenn mein Partner so schrie, dann hatte er etwas entdeckt, oder es war etwas passiert. Auf der Treppe machte ich kehrt, nahm die restlichen Stufen mit einem gewaltigen Sprung, wischte um die Ecke und lief ins Haus.

Von Suko sah ich nichts, dafür vernahm ich seine Schritte. Mein Freund und Kollege musste sich innerhalb der anderen Räume befinden. Ich jagte durch ein Wohnzimmer, erreichte einen Durchlass und hörte von draußen her das Brummen eines Motors.

Da wollte jemand fliehen!

Die Hintertür zu suchen fiel mir nicht ein. Es hätte zu viel Zeit gekostet. Ein ziemlich großes Fenster befand sich sehr günstig vor mir. Ich brauchte nur den Arm auszustrecken und konnte den Griff herumdrehen. Ein kräftiger Zug, und das Fenster schwang mir entgegen. Es befand sich noch in der Bewegung, als ich bereits auf der Bank hockte und mich abstieß.

Draußen landete ich weich, direkt neben einer schrägen Abfahrt, die ziemlich breit war und zu einer tiefer gelegenen Kellertür hinunterführte.

Zwei Schüsse peitschten.

Blitzschnell wandte ich mich nach rechts und sah Suko

in Combat-Stellung vor der Auffahrt stehen, die Beretta im Anschlag. Er verschoss zwei Silberkugeln, doch den schnellen Wagen konnte er nicht mehr treffen. Wir erkannten nur noch, dass es ein Lkw war, der hart in die Kurven gerissen wurde und mit seinem Heck schlingerte.

Vor Wut knirschte Suko mit den Zähnen. Auch wenn wir noch so schnell rannten, einholen würden wir den Wagen nicht mehr, sodass uns nichts anderes übrig blieb, als zurückzugehen.

»Wir nehmen den Bentley«, sagte Suko.

»Meinst du, dass wir es schaffen?«

»Was ist los mir dir?«, fragte Suko verwundert. »Hast du deinen Moralischen?«

»Nein, ich bin nur ein wenig deprimiert. Aber das geht vorbei. Komm, wir schnappen ihn uns.«

Ich war tatsächlich seelisch angeschlagen, denn ich dachte daran, dass dieser Mann eine Zeitbombe spazieren fuhr. Dass er mit einem Lkw geflüchtet war, musste einen Grund haben, und der konnte nur in der Ladung bestehen.

Wahrscheinlich hatte er seine gefährlichen Killerbienen mitgenommen und wollte sie auf die Menschheit loslassen.

Wir erreichten meinen Bentley in Rekordzeit. Ich fuhr. Kaum hatte ich den Motor gestartet, als Suko schon nach dem Telefon griff. Ringfahndung. Wäre doch gelacht, wenn uns der andere entwischen würde .

Zum Glück hatten wir noch gesehen, welche Richtung von Shawn Braddock eingeschlagen worden war. Er fuhr nach Westen, denn dort lag London – die City, das Menschengewühl, die Hektik, das Treiben einer schwülwarmen ausklingenden Sommernacht. Da wir zudem noch Freitag hatten, würde London kochen, denn am nächsten Tag konnten die vergnügungssüchtigen Nachtschwärmer ausschlafen. Zudem gab es nicht sehr oft solche Wochenenden, wo wirklich etwas los war und sich die Menschen einmal richtig austoben konnten.

Der Bentley zischte durch die Nacht.

Ich fuhr auf den schmalen Wegen viel zu schnell, aber es ging nicht anders. Ich dachte daran, meine Magnetlampe mit dem Rotlicht zu benutzen, aber noch ging es ohne, zudem wollte ich nicht unbedingt die Pferde scheu machen.

Wie ein silberner Strich zischten wir durch die ländliche Gegend, wobei ich meinen Blick starr nach vorn gerichtet hielt und weit entfernt den helleren Schein über dem nachtdunklen Himmel liegen sah. Das Lichtermeer der Londoner City strahlte seinen Glanz bis in den Himmel.

Suko sprach mit der zuständigen Leitstelle. Exakt gab er seine Meldungen durch, leider konnte er keine genaue Beschreibung des Lastwagens liefern, dafür war es zu dunkel gewesen, er gab den Kollegen allerdings Tipps, wo sie ihre Falle aufbauen konnten.

»Hoffentlich schnappen wir ihn!«

Ich wollte auf die Hauptstraße kommen, die bis nach London hineinführte, war allerdings nicht so recht überzeugt und sprach Suko darauf an.

Der Chinese schüttelte den Kopf. »Ich weiß nicht, John, aber wenn ich Braddock wäre, würde ich die breiten Straßen vermeiden und Schleichwege benutzen. Davon gibt es ja genügend.«

Da hatte er auch wieder Recht. Sicherheitshalber senkte ich die Geschwindigkeit, denn gleich kam die Kreuzung, an der ich mich entscheiden musste.

»Und?«

Ich nickte. »Wir fahren über Land.«

Damit war auch mein Partner einverstanden. Ich zog den Wagen nach rechts in einen schmalen Weg hinein, der sich zum Glück bald verbreiterte und hineinstieß in ein flaches, brettebenes Land, das von Landwirten kultiviert wurde, denn wir schauten über unendlich weite Kornfelder.

Dazwischen gab es Wege. Die meisten waren nicht asphaltiert.

Suko hatte den Sprechverkehr eingestellt. »Wenn er

diese Strecke hier nimmt, dann könnten wir ihn unter Umständen sogar entdecken.«

»Vorausgesetzt, er fährt mit Licht.«

»Das ist klar.«

Langsam rollten wir durch die Felder. Das Korn stand schon relativ hoch, wir konnten gerade so drüberschauen.

Ich löschte das Licht.

»Gute Idee«, murmelte Suko.

»Und da hinten ist er!« Ich deutete nach rechts, wo sich in der Ferne die Felder verliefen und ein dunkler Streifen begann, der mich an einen Waldrand erinnerte.

Parallel dazu bewegten sich zwei Lichter.

»Ja, das ist er«, gab Suko mir Recht. »Verflixt, John, wir haben ihn.«

»Moment, noch ist es nicht sicher.«

Beide behielten wir die Lichter im Auge, die sich weiterbewegten und plötzlich verschwunden waren.

»Jetzt fährt er ohne Beleuchtung«, meinte Suko. »Vielleicht hat er uns entdeckt.«

»Glaube ich nicht so recht.« Ich beschleunigte ein wenig. »Der will auf Nummer Sicher gehen.« Zum Glück rollten wir noch über glatten Asphalt. Wenig später jedoch wurde er von einem normalen, von der Sonne ausgetrockneten Boden abgelöst, der nicht nur zahlreiche Rillen und Erhebungen aufwies, sondern auch Schlaglöcher, sodass wir durchgeschüttelt wurden. Dann folgte ein glattes Stück, danach, als ein Kornfeld in eine Wiese überging, wurde es schwieriger.

In dem Augenblick bog der Lkw ab. Er fuhr nach links. Wir konnten es deshalb so gut erkennen, da Braddock für einen Moment die Scheinwerfer hatte aufblitzen lassen, wahrscheinlich, um sich zu orientieren. Die langen Strahlen fächerten über das Feld und verliefen sich dann in der Dunkelheit.

Suko pfiff leise durch die Zähne. »Jetzt hätte er uns fast mit den Scheinwerfern erwischt.«

Ich sagte nichts, sondern konzentrierte mich auf den Wagen und auf dessen Fahrtrichtung. Der Lkw und wir bewegten uns genau im rechten Winkel aufeinander zu.

Wenn das so weiterging, würden wir irgendwann zusammenstoßen.

»Hoffentlich merkt er nichts«, flüsterte Suko, »und lässt seine verdammten Scheinwerfer aus.«

Das war auch meine Hoffnung, und beide zuckten wir zusammen, als sich das Autotelefon meldete.

Suko hob ab.

An seinem Gesichtsausdruck erkannte ich, wer uns da sprechen wollte. Superintendent Sir James Powell, unser hoher Herr und Meister, oder der Alte genannt, wenn er es nicht hörte.

»Ja, Sir, es hat sich bereits etwas ergeben«, erklärte Suko. »Wir sind fündig geworden.« Er deckte mit der Hand die Sprechmuschel zu und warf mir einen kurzen Blick zu, während er sagte: »Er hat von der Fahndung erfahren.«

Ich nickte nur.

»Nein, Sir«, hörte ich Suko sprechen. »Andere Einheiten brauchen nicht einzugreifen. Wir möchten niemanden in Gefahr bringen.« Er hörte einen Moment zu und meinte: »Wir können uns selbst wehren.« Pause. Dann wieder Suko: »Ja, Sir, das ist sicher.«

Als er aufgelegt hatte, lachte Suko. »Der Alte macht sich Sorgen. Bienen scheinen nicht gerade sein Fall zu sein.«

»Wessen ist das schon?«

»Ich dachte, dir gefallen die Zweibeinigen so sehr.«

»Klar, aber nur, wenn sie nicht stechen.«

»Das machst du, wie?«

Wir grinsten beide, wurden allerdings sehr schnell wieder ernst, denn mittlerweile war die Entfernung so sehr zusammengeschrumpft, dass wir den Lkw schon mit bloßen Augen erkennen konnten. Ich brauchte kein Licht einzuschalten.

Wie ein kompakter, unförmiger Schatten bewegte er sich voran. Es war schwierig, in der Dunkelheit eine Entfernung abzuschätzen, zudem hatte ich das Gefühl, dass der Lkw nicht auf einem normalen Weg fuhr, sondern querfeldein, so sehr schaukelte er auf und nieder.

Und dann machte der Fahrer Licht.

Es waren grelle Lampen, die plötzlich zu explodieren schienen. Wahrscheinlich kamen sie mir auch nur so vor wie Sonnen, da wir bisher in der Dunkelheit gefahren waren. Auf jeden Fall gelang es uns nicht mehr, dem Licht auszuweichen, das in das Innere des Bentley strömte und es erhellte.

Meiner Ansicht nach waren die Scheinwerfer auch falsch eingestellt. So wie die blendeten, war der Wagen eine Gefahr für den normalen Straßenverkehr.

»Jetzt geht es rund«, sagte Suko und hatte mit dieser Prognose nicht einmal Unrecht, denn der Fahrer des Lkw beschleunigte …

Er hieß Greenwood. Ronny Greenwood, und er war ein Star in der Werbebranche. Alles was in London Rang und Namen hatte, sich dabei zu den Geschäftsleuten mit Geld zählte, kam zu Greenwood und ließ sich Werbevorschläge für neue Produkte machen.

Greenwood verkaufte alles. Von der Seife über Büstenhalter bis hin zu Schauspielern, die aus Eigennutz immer nur die besten Fotos von sich haben wollten, denn Greenwood und sein Team waren zudem noch ausgezeichnete Fotografen.

Er verdiente sehr viel Geld, und da er es nicht alles den modernen Vampiren, sprich Finanzbeamten, geben wollte, hatten ihm Bekannte geraten, es anzulegen.

So besaß Greenwood in London zwei Sechsfamilienhäuser, drei vermietete Eigentumswohnungen, in der Schweiz ein kleines Feriendomizil und an der Côte d'Azur einen Bungalow.

Das alles nahm er nebenbei mit, es interessierte ihn nicht besonders, richtig wohl fühlte er sich nur in seinem kleinen Prunkstück, wie er es immer nannte.

Das war ein Penthouse im vornehmen Stadtteil Kensington, nahe dem Normand Park.

Hier residierte er.

Eine Etage tiefer lagen seine Büroräume, und zur Privatwohnung konnte er mit einem Lift hochfahren.

Ron Greenwood wusste, was er sich, seinen Geschäftsfreunden und seinem Ruf schuldig war, wenn er eine Party gab. Da war dann der Bär los, und wen er einlud, der kam auch, denn diese Feiern ließ sich keiner entgehen. In luftiger Höhe, mit einem herrlichen Blick über London und auf einer breiten Terrasse mit Pool, wurde die Party jeweils zu einem Fest, das keiner so schnell vergaß.

Auch in diesem Sommer schlug Greenwood wieder zu. Eingeladen hatte er fast fünfzig Personen, und sie kamen mehr als gern, denn Greenwood sorgte dafür, dass die Top-Modelle seiner Fotostudios anwesend waren, unter denen es manche gab, die sich nicht gerade prüde gaben, denn bei einflussreichen Gästen konnte man sich hier und da einen guten Job ergattern.

Natürlich sorgte Greenwood auch für entsprechende musikalische Untermalung seiner Partys. Es war jedes Mal eine bekannte Band aus irgendeinem Land Europas vertreten, die genau das spielte, was Greenwood wollte. Erst die heißen, fetzigen Rhythmen, und später, wenn der alte Tag bereits gekippt und der neue angebrochen war, wurde die Soft-Masche ausgepackt. Dann waren es die einschmeichelnden Melodien, die über die festlich beleuchtete Terrasse schwangen und in die Körper der Menschen drangen, um sie nach ihren Klängen zu bewegen.

Ja, es war schon etwas los auf diesen Partys, und Greenwood genoss es, wenn seine Gäste sich wohlfühlten und der Champagner in Strömen floss. Er selbst hatte sich an keine feste Frau gebunden. Es war besser so, denn Greenwood liebte quer durch den Garten, zudem war er bisexuell, und er nahm alles auf, was das Leben gab, denn es war verdammt kurz, und vor nichts hatte Greenwood mehr Angst, als wieder arm zu sein und älter zu werden.

Trafen seine Gäste schon in verrückter Kleidung ein, so übertraf er sie bei weitem.

Sein Haar schimmerte lila. Dazwischen gab es weiße Strähnen, aber auch goldfarbene Streifen, sodass die drei Farben ein seltsames Muster bildeten. Es kam immer darauf an, wie und welches Licht auf seinen Kopf fiel, das jeweils eine Farbe stark hervorhob.

Von den Angestellten seiner Agentur wurde keiner eingeladen. Nur die wirklich besten Modelle ließ er zu sich kommen, und besonders Maureen, die Irin mit den schockgrünen Augen, war der Star des Abends. Aber die hatte sich Greenwood persönlich ausgesucht, denn im Moment befand er sich in einer Phase, wo er sich sehr stark zu Frauen hingezogen fühlte. Und Maureen mit dem Körper einer Göttin war genau das Richtige.

An diesem Abend hatte sie das Haar lang auf die Schultern hängen lassen und dabei mit einer schwungvollen Locke aus der Stirn gekämmt. Sie trug ein Kleid, das an ein schräg und flüchtig umgehängtes Badetuch erinnerte und zudem noch an der linken Seite einen raffinierten Schlitz zeigte, der sich bei einem weiten Schritt auffaltete, sodass der lange Schenkel besonders gut zur Geltung kam.

Nur ein Badetuch war es nicht, denn die bestanden nicht aus wertvoller Seide und waren auch nicht von einem italienischen Modezar, denn er hatte das Kleid für die schöne Maureen entworfen.

Schon leicht angetörnt tänzelte sie auf den Gastgeber zu. Greenwood lehnte mit dem Rücken am Terrassengitter, ein halbvolles Glas mit Wodka, seinem Lieblingsgetränk, hielt er lässig in der Hand. Die anderen Gäste amüsierten sich. Pärchen hatten sich gefunden, man tanzte oder sprach leise. Hin und wieder gingen auch besonders hungrige Gäste zum kalten Büfett, um Nachschlag zu holen.

Neben Ron blieb das Mädchen stehen. »Hi«, sagte sie und ließ sich dann gegen ihn fallen. »Irre Party, nicht?«

»Du solltest nicht so viel trinken, Süße!«

Maureen warf den Kopf in den Nacken. »Warum nicht? Ist doch puppig.«

»Nein, das ist nicht puppig oder leicht. Du bist nachher blau wie eine Eule.«

»Und?«

Der Werbemann verzog das sonnenbraune Gesicht zu

einem schiefen Grinsen. »Ich habe dir doch gesagt, dass ich mich mit dir noch zurückziehen will.«

»Und René?«

»Die Sache ist gestorben.«

»Dann bin ich wohl der Ersatz?« Die Frage klang ein wenig aggressiv. So sprach Maureen sonst nie, doch der Alkohol schwemmte ihre wahre Seele ins Freie.

Greenwood lachte leise. Er streckte seinen Arm aus, nahm ein Stück Kleiderstoff zwischen Daumen und Zeigefinger, wobei er es gegeneinander rieb. »Weißt du eigentlich, dass ich Seide ungemein erotisierend finde?«

»Genau wie ich. Deshalb schlafe ich am liebsten in Betten mit Seidenbezügen.«

»Dann kannst du dich in meinem wie zu Hause fühlen«, meinte Greenwood.

»Ich werde es ausprobieren.«

Er nahm ihr das Glas aus der Hand. »Aber nicht im betrunkenen Zustand. Ich mag nämlich keine Frauen, die blau sind.«

Dafür kassierte er einen langen Blick unter künstlichen Wimpern hervor, der ihm unter die Haut ging. »Wenn ich getrunken habe, vergesse ich mich, Ronny-Darling, dann …« Sie kam nicht mehr dazu, Einzelheiten preiszugeben, denn ein etwa sechzigjähriger Mann sprach sie an und sagte mit seiner Reibeisenstimme: »Verdammt, da sind Sie ja, Maureen.« Er schaukelte förmlich näher, seine Smokinghose spannte sich über dem Bauch.

Maureen verzog das Gesicht, eine Reaktion, die Greenwood nicht gefiel, denn der Knabe war einer seiner besten Kunden.

»Sei nett zu ihm, du brauchst ja nur zu tanzen.«

»Der hat seine Finger überall.«

»Na und? Davon geht doch nichts kaputt.«

Maureen schob die Unterlippe vor, drehte sich gehorsam um und zauberte ein strahlendes Lächeln auf ihr Gesicht, das die Augen allerdings nicht erreichte.

»Hi, Al, wo haben Sie sich denn herumgetrieben?«

Der Mann lächelte dröhnend. »Ich habe Sie gesucht und leider nicht gefunden. Vor Kummer musste ich mich dann an einen flüssigen Tröster halten. Sie haben übrigens einen tollen Whisky, mein Freund«, sprach er zu Ron Greenwood.

»Ja, ich hole ihn nur aus einer bestimmten Stadt in Schottland.«

»Und wo?«

»Das verrate ich nicht.«

»Sie Schelm«, lachte Al und legte besitzergreifend einen Arm um Maureen, sodass seine beringte rechte Hand auf ihrer nackten Schulter zu liegen kam und sie den Schweiß fühlte.

»Jetzt werden wir tanzen, kleine Maureen. Die Musik ist genau richtig für mich. Nicht so hektisch und rockig, sondern soft, einschmeichelnd.«

Maureen lachte amüsiert. »Al, Sie kennen ja Worte, einfach sagenhaft.«

»Man bleibt eben jung.« Er zog Maureen, die Ronny Greenwood noch einen ergebenen Blick zuwarf, vom Geländer weg.

Der Werbemann lächelte falsch. Er wusste selbst, wie man zu reagieren hatte, wenn man einen guten Kunden nicht loswerden wollte. Sollte sich Maureen ruhig ein wenig abstrampeln. Gedankenverloren wischte er sich ein imaginäres Stäubchen von seinem weißen, mit Goldfäden durchwebten Jackett. Er schaute dem Paar nach, das auf die beleuchtete Tanzfläche zusteuerte. Der Mann interessierte ihn nicht. Ein Widerling mit viel Geld. Aber er sah Maureen mit dem herrlichsten Gang, den er je bei einer Frau gesehen hatte. Obwohl das Kleid eher wie ein Gewand aussah, war es dennoch so eng geschnitten, dass sich die Bewegungen des Körpers deutlich unter dem Stoff abzeichneten. Greenwood hatte das Gefühl, jede Hautfalte sehen zu können, und seine Lippen begannen nervös zu zucken. Schließlich wand er sich ab und holte eine Zigarette aus dem goldenen Etui.

Er zündete das Stäbchen an. Den Rauch blies er über das Geländer der Terrasse in die Nacht hinein. Er war froh, dass sie ihn in Ruhe ließen. In den ersten Stunden hatten ihn die Gäste regelrecht belagert, danach war es ruhiger geworden, und es wurde auch nicht mehr so viel über Geschäfte geredet. Man widmete sich angenehmeren Dingen wie der Suche nach einer passenden Begleiterin. Jetzt hatten sich die Pärchen gefunden, und wer noch immer solo herumlief, der konnte sich einsargen lassen.

Er überlegte. Die Party war schon ein Erfolg gewesen, denn er hatte einige Abschlüsse tätigen können, die ihm viel einbrachten. Gleich am nächsten Tag wollte er sich mit den Konditionen näher beschäftigen.

Langsam rauchte er die Zigarette. Es war eine besondere Marke. Man konnte sie nicht kaufen, sondern musste sie selbst drehen und sich auch die Tabakmischung selbst herstellen. Der Schuss Marihuana durfte dabei nicht fehlen, den brauchte er, denn er machte ihn beschwingt, wenn er an dem Glimmstängel zog.

Er wollte die Zigarette gerade ausdrücken, als er die Bewegung dicht vor seinen Augen wahrnahm. Wie ein winziger Schatten war da etwas vorbeigehuscht.

Der Blick des Mannes richtete sich nach Nordwesten. Dort lag London zu seinen Füßen. Ein gewaltiges Lichtermeer, ein Puzzlespiel aus Licht und Schatten, Treibhaus einer kochenden Volksseele, die nach Vergnügen schrie, und irgendwo in der Ferne stiegen sogar farbige Leuchtraketen in den Himmel, denn dort wurde ein Feuerwerk abgebrannt, wahrscheinlich als Höhepunkt eines Jahrmarkts.

Über der Stadt lastete am Beginn des Wochenendes eine drückende Schwüle. Es gab nicht oft solche Tage. Wenn sie kamen, dann knüppeldick, und da drehten die meisten Menschen durch, vor allen Dingen in den engen Straßen von Soho und mancher ärmlicher Viertel. Hier auf dem Dach konnte man es aushalten.

London, das war der Kessel, hier oben stand Greenwood auf einem kühleren Berg und schaute mit herabgezogenen Mundwinkeln nach unten in die dunkle Schlucht, wo sich das Leben zusammenballte.

Und doch schwitzte er. Sein Seidenhemd klebte auf der nackten Haut. Die dünne Kette mit dem Diamanten vor der Brust schien mit der Brust verwachsen zu sein. Wenn der wertvolle Stein von einem Lichtstrahl getroffen wurde, funkelte er hin und wieder wie ein fern am Himmel stehender Stern.

Wieder die Bewegung.

Greenwood schüttelte wütend den Kopf, denn das Insekt, um etwas anderes konnte es sich seiner Ansicht nach nicht handeln, war dicht vor seinen Augen vorbeigehuscht, flog einen Bogen und kam zurück.

Er hörte das Summen.

Eine Fliege war es nicht, die brummten nicht so laut, das war eine Biene. Aber Bienen in dieser Höhe?

Greenwood konnte das nicht begreifen. So hoch hatten sich die Tiere noch nie verirrt. Wenn er in einem Garten gefeiert hätte, okay, aber hier oben?

Und die Biene war nicht allein.

Eine zweite huschte heran, eine dritte, eine vierte, und sie hatten sich dasselbe Ziel ausgesucht.

Greenwoods Kopf. Sie umschwirrten ihn wie kleine Raketen, das Brummen steigerte sich, und je mehr Greenwood nach ihnen schlug, umso wütender wurden sie.

Da spürte er den Stich.

Von ihm unbeobachtet, hatte es eine Biene geschafft, sich in seinem Nacken festzusetzen. Er stöhnte auf, klammerte sich mit der linken Hand am Geländer fest, legte den Kopf in den Nacken, klatschte die rechte Hand gegen seinen Hals.

Von der Tanzfläche her hörte er schallendes Gelächter. In diesen Augenblicken kam es ihm wie ein Hohn vor, und er zischte einen wütenden Fluch durch die Zähne.

Der Stich tat weh. Schmerzen konnte der Mann überhaupt nicht vertragen, da reagierte er verdammt sensibel, aber er vergaß, um Hilfe zu rufen, denn sein Blick war über das Geländer gefallen und hatte sich an einer Wolke festgesaugt.

Einer summenden, sich bewegenden Wolke, die tanzte, kreiste und sich immer mehr der Terrasse näherte.

»Bienen«, flüsterte Greenwood. »Verdammt, Bienen …«

Aber nicht nur eine Handvoll, sondern Tausende …

Er hatte uns gesehen, und wahrscheinlich ahnte er instinktiv, wer in dem Wagen saß, der ihm da den Weg abschneiden wollte. Deshalb reagierte er eiskalt oder auch panikerfüllt, denn er beschleunigte.

Der Wagen sah aus wie ein kompaktes Ungeheuer aus Stahl. Eine brutale Masse, die unseren Silbergrauen zerwalzen konnte, wenn sie mit voller Fahrt dagegen krachte.

So weit wollte ich es nicht kommen lassen.

»John, gib Acht«, warnte mich Suko.

Er hätte sich seine gut gemeinten Worte sparen können, auch so stand ich wie unter Strom.

Die erste Blendung hatte ich überstanden, so konnte ich mich auf das Ausweichen konzentrieren. Ich riss den Bentley nach rechts, zog ihn in eine ganz enge Kurve und weg aus der Fahrtrichtung des heranschießenden Lastwagens.

Das schaffte ich soeben noch, ich hätte keine Sekunde länger zögern dürfen, und zwei Schatten fuhren entgegengesetzt aneinander vorbei.

»Himmel, da haben wir Glück gehabt«, sagte der Chinese und wischte über seine Stirn.

Ich sagte nichts, sondern hielt das Lenkrad fest, denn wir waren in ein Kornfeld gefahren. Es tat mir zwar leid, doch eine andere Möglichkeit gab es für uns nicht, wenn wir diesem Verrückten ausweichen wollten.

Ein Bentley ist zwar kein Mähdrescher, aber er rauschte trotzdem hindurch wie eine solche Maschine. Die Halme wurden von der Wucht und der Geschwindigkeit des Wagens geknickt, wir walzten eine Schneise, tasteten uns sekundenlang in der Dunkelheit vor und mussten dann erleben, wie das Innere unseres Wagens hell ausgeleuchtet wurde, als würde die Sonne ihre scharf gebündelten Strahlen hineinschicken.

»Er will uns rammen«, sagte Suko und drehte sich auf seinem Sitz um. Der Chinese hatte sich nicht mehr angeschnallt, denn für was, was jetzt auf uns zukam, brauchte er Bewegungsfreiheit.

Ich versuchte in den Spiegeln etwas zu erkennen. Das war nicht möglich, der andere Wagen schien nur noch aus grellen Sonnen zu bestehen, denn Braddock hatte das Fernlicht eingeschaltet, das uns regelrecht überfiel.

Ich fuhr Schlangenlinien.

Dabei musste ich auch noch beschleunigen, und es war eine wirklich gewagte Fahrweise auf einem Boden, den wir nicht sehen konnten, da er von den Ähren verdeckt wurde.

Suko schaute nur nach hinten und gab seine Kommentare, während der gute alte Bentley hochsprang, zurückfiel, jämmerlich ächzte, sich wieder fing und vorwärts schoss, als ich kräftig Gas gab.

Ich konnte natürlich das Spielchen so weitertreiben und nur Schlangenlinien fahren, aber das hätte nichts gebracht. Schließlich spielten wir hier nicht Räuber und Gendarm, sondern es ging um eine verdammt heiße und gefährliche Sache.

Menschenleben standen auf dem Spiel! Wir mussten alles tun und unsere gesamte Kraft in die Waagschale werfen, damit Braddock seine Pläne nicht in die Tat umsetzen konnte.

Es war nicht zu erkennen, wann das Feld aufhörte, denn die Scheinwerferstrahlen verloren sich im Wirrwarr der Ähren. Sie wurden von ihnen einfach geschluckt, und so fuhr ich erst einmal die Schlangenlinien weiter.

Hin und wieder gab Suko seinen knappen Kommentar. Seine Stimme klang ruhig, überhaupt nicht nervös. Der Chinese verströmte eine Gelassenheit, die mir gut tat.

»Er holt jetzt auf«, kommentierte mein Freund.

In der Tat wurde das Licht im Innern des Bentley noch greller. Ein Zeichen, dass der andere näher herankam und das Gaspedal malträtierte. Ich sah nicht ein, ihm die Chance zu lassen, uns aus dem Verkehr zu ziehen, nein, er hatte lange genug das Spiel diktiert, jetzt war ich an der Reihe, und ich wollte vor allen Dingen die Wendigkeit des Bentley ausnutzen.

Suko tat genau das Richtige und ließ die Scheibe nach unten fahren. »Sieh zu, dass du seitlich an ihn herankommst und ich schießen kann.«

»Mal sehen.«

Staub wirbelte in den Wagen. Zusammen mit den Spelzen und Körnern der Ähren, die durch unseren Bentley wirbelten und das Atmen zu einer regelrechten Qual machten. Ich musste husten, und meine Sicht verschlechterte sich.

»Soll ich das Fenster schließen?«, rief Suko.

»Nein, versuche ihm eine auf den Pelz zu brennen.«

»Einverstanden, aber dann musst du anders fahren.«

Da hatte Suko natürlich Recht, und ich drehte das Lenkrad nach links. Der Wagen gehorchte. Zwar nicht glatt wie sonst, aber auch nicht störrisch schwang der Silbergraue in die Linkskurve. Für Sekunden wurde es wieder dunkel, die Scheinwerfer des Lkw strichen als helle Lanzen rechts an uns vorbei.

Ich nahm die Kurve eng, sogar sehr eng, denn ich wollte an die Rückseite des Lastwagens gelangen, damit sich Suko die Chance bot, auf die Reifen zu feuern.

Da ich zu viel Gas gegeben hatte, protestierte der Motor mit einem unwilligen Geräusch. Die Reifen wühlten den trockenen Boden auf, sie schleuderten Dreck und Staub in die Höhe, vor uns bewegten sich die Ähren wie Meereswogen. Wir hörten das Knacken und Knistern, wenn sie umgerissen wurden. Ich biss die Zähne zusammen und ließ meinen Fuß auf dem Gaspedal.

Wir packten die Kurve.

Der Lkw vor uns war tatsächlich zu schwerfällig. Bis er sich gedreht hatte, befanden wir uns bereits hinter ihm, und jetzt schaltete ich das Fernlicht an, sodass die hellen Streifen an seinem Heck zu kleinen Sonnen explodierten.

»Gut so!«, rief Suko. Er drückte sich auf seinem Sitz hoch und streckte den linken Arm durch das Fenster. Der Chinese musste mit links schießen, was ihm und mir überhaupt nicht passte, aber sein Sitz befand sich nun mal links vom Fahrer.

Es war ungeheuer schwierig, einen gezielten Schuss abzugeben. Noch ein weiteres Handicap kam hinzu. Das war der Staub, der wie eine nie abreißende Wolke zwischen unserem Bentley und dem verfluchten Lastwagen lag.

Vielleicht hätte ein anderer geschossen, nicht so der Chinese. Er wollte keine Silbermunition verschwenden, denn den Reifen zu treffen war bei dieser Schaukelei so gut wie unmöglich. Mein Freund schüttelte den Kopf. »Verdammt, das schaffe ich nicht.«

Konzentriert hockte ich hinter dem Lenkrad. Meine Lippen bildeten einen Strich.

»Soll ich näher ran?«, fragte ich.

»Das wird kaum helfen.«

»Ich versuche ihn zu überholen.«

Suko warf mir einen schnellen Blick zu, in dem eine stumme Frage lag.

»Ja, verflixt, ich mache es.« Dann gab ich Gas. Der Bentley wurde plötzlich schnell, viel schneller als der Lkw, und wir kamen immer näher, wobei der andere wie eine Wand vor uns auftauchte.

Jetzt erst reagierte Braddock.

Wie ich vorhin, so versuchte auch er, Schlangenlinien zu fahren. Das schwere Auto schlenkerte von einer Seite auf die andere, wurde durchgeschüttelt, hochgeworfen, fiel wieder zurück.

Ich war von einer selten erlebten Verbissenheit erfüllt. Ich sah nichts anderes mehr, nur diesen verdammten Wagen, und ich dachte daran, was sich unter der Ladefläche verbarg. Das absolute Grauen, ein gnadenloser Horror und unbeschreiblicher Terror, den ich stoppen musste.

Rechts wollte ich ihn überholen. Ich musste noch mehr auf das Gas treten, denn auch der Lkw beschleunigte. Der Fahrer wusste, dass es jetzt ums Ganze ging, er setzte alles auf eine Karte, denn auch sein Lebenswerk stand auf dem Spiel.

Irgendwie spürte ich, dass die nächsten Minuten die entscheidenden sein würden.

Das Kornfeld war gewaltig. Ich hatte nicht zurückgeschaut, aber ich konnte mir vorstellen, dass die beiden Wagen seltsame Schneisen hinterlassen hatten.

Und weiter.

»Ja, jetzt hast du ihn!«, sagte Suko, als ich mich schon

in Höhe des Hinterrades befand, sodass Suko sich aus dem Fenster beugen konnte, um zu schießen.

Doch Braddock war schlau. Irgendwie musste er geahnt haben, dass wir es zu einer Entscheidung kommen lassen wollten, denn er beschleunigte, und Suko, den Finger schon am Abzug, zog die Waffe wieder zurück.

»Verflucht, es klappt nicht!«

Und ob das klappen würde. So schnell wie dieser unförmige Koloss war ich schon lange.

Wieder gab ich Gas.

Und der Bentley gehorchte prima. Ja, ich kam gut heran, Suko hatte sich wieder aus dem Fenster gebeugt, schussbereit die Beretta, die Mündung leicht gesenkt, sodass er unter Umständen Glück hatte und die Reifen traf.

Da spielte uns das Schicksal einen Streich.

Zuerst traf es den Lastwagen. Beide sahen wir, dass er in die Höhe geschleudert wurde, als hätten unsichtbare Hände ihn angehoben. Mit dem Heck stieg er hoch, dann bockte er wie ein störrischer Gaul, schleuderte und kippte gleichzeitig nach links, aber er fing sich wieder.

Ich reagierte zu spät. Vielleicht hätte ich es durch ein Zurücknehmen der Geschwindigkeit noch geschafft, oder auch durch ein plötzliches Bremsen, aber beides war nicht möglich, und so erwischte der Graben uns ebenfalls.

Es war wie bei einer Fußballmannschaft, die neunundachtzig Minuten gekämpft hat und dann ein Gegentor bekommt. Plötzlich war die Luft weg, das Ziel verschwand, und die guten neunundachtzig Minuten waren vergessen.

So erging es auch uns.

Der Schlag traf den Silbergrauen, als ich mich noch auf den Lkw konzentrierte. Vielleicht war es bei uns nicht so schlimm, trotzdem wurden wir durchgeschüttelt, erst in die Höhe geschleudert, stießen gegen den Wagenhimmel, rutschten wieder zurück, sprangen abermals hoch und mussten mit ansehen, wie der Bentley nach vorn kippte und gleichzeitig ein schmerzerfülltes Stöhnen ausstieß wie ein Leidender, den es erwischt hatte.

Dann stand der Wagen.

Im Graben wohlgemerkt, dazu noch schräg, und die Hinterräder drehten durch.

Ich hatte den Motor abgewürgt. Eine beinahe gespenstische Stille umgab uns, die vielleicht zwei Sekunden anhielt, denn so lange dauerte es, bis wir uns gefangen hatten.

Als diese Spanne vorbei war, da schaute ich wieder den Lkw an. Er hatte es geschafft und befand sich vor uns auf einer schmalen Straße, die zwei Äcker voneinander trennte. Allerdings war es Shawn Braddock nicht gelungen, den Wagen so herumzuziehen, dass er mit allen vier Rädern auf dem Weg blieb. Jeweils das rechte Vorder- und Hinterrad befand sich im Graben.

Und der war tief. Braddock würde Mühe haben, sein schweres Fahrzeug dort herauszumanövrieren.

War das unsere Chance?

Uns war nichts passiert, und an Aufgabe dachten wir noch lange nicht. Nein, Braddock musste gestellt werden, dafür wollte ich unter allen Umständen sorgen.

Fast synchron stießen wir die Wagentüren auf. Ich spritzte rechts, Suko links aus dem Wagen.

Braddock versuchte alles. Er musste seinen Fuß auf das Gaspedal gesenkt haben, denn der Lkw beschleunigte plötzlich, obwohl er sich in einer so schiefen Fahrlage befand.

Er wurde schnell.

Und wir rannten.

Auch ich hatte jetzt meine Beretta gezogen. Wir sprinteten hinter dem schlingernden Wagen her, der mal nach rechts, dann wieder nach links abgedrängt wurde, doch Braddock schien es leid zu sein, immer über die Felder zu fahren, er wollte auf die Straße.

Als der schwere Lastwagen auf den Weg holperte, da versuchten wir es. Ich blieb stehen, während Suko aus vollem Lauf abdrückte und ebenfalls schräg nach unten hielt, wo sich die beiden Hinterreifen drehten.

Fast gleichzeitig blitzten unsere Waffen.

Es waren peitschende Schüsse, die selbst noch das laute Motorengeräusch übertönten und die auch ihr Ziel fanden.

Wer von uns die Reifen getroffen hatte, spielte keine Rolle. Für uns zählte allein die Tatsache, dass es geschehen war, und wir erlebten in den nächsten Sekunden Braddocks verzweifelten Versuch, seinen Wagen und damit sich selbst zu retten …

Keiner von uns wusste, ob Braddock die Schüsse vernommen und ob er überhaupt gewusst hatte, was da geschehen war. Auf jeden Fall gab er Gas, fuhr weiter, unsere Hoffnungsblase schien schon zu platzen, als es ihn dennoch erwischte.

Zuerst schlingerte der Wagen.

Nach rechts drohte er auszubrechen. Braddock steuerte gegen. Es gelang ihm, das schwere Gefährt wieder unter Kontrolle zu bekommen, doch einen Herzschlag später driftete der Lkw nach links.

Dann gab Braddock Gas.

Plötzlich packten die Reifen nicht mehr, das schwere Fahrzeug wurde herumgeschleudert, geriet an den Straßenrand und damit wieder in die Nähe des Grabens.

Die beiden langen Lichtstrahlen führten einen irren, bizarren Tanz auf. Das weiße Licht hüpfte über die Felder, als wollte es der sich anbahnenden Katastrophe eine zusätzliche Beleuchtung geben.

Einmal hatte Shawn Braddock den Graben geschafft, ein zweites Mal packte er ihn nicht mehr.

Der Lkw stellte sich an wie ein störrischer Esel. Plötzlich bockte er, schüttelte sich, irgendwo krachte etwas, Blech bog sich, riss vielleicht, und dann legte sich der Koloss unendlich langsam auf die linke Seite.

Es geschah wie im Zeitlupentempo. Wir sahen alles, denn wir waren mitgelaufen und mussten auch das Ende erleben.

Schwer krachte der Lkw zu Boden.

Es gab einen dumpfen Knall, der Aufprall schüttelte ihn durch, Staub wallte hoch, die Räder drehten sich, der Motor heulte übertourig und verstummte plötzlich.

Aus ... Hatten wir es geschafft?

Beide rannten wir mit langen Schritten auf den Wagen zu. Wir wollten sehen, was mit Braddock war, und hätten lieber an der Rückseite bleiben sollen, denn von der Wucht des Aufpralls hatten sich die hinteren Türhälften aus ihrem Schloss gelöst und waren aufgesprungen.

Doch nicht nur sie.

Auch die Käfigtüren waren nicht so stabil, als dass sie dem Druck standgehalten hätten. Sie waren ebenfalls aufgesprungen, sodass die Monsterbienen freie Bahn hatten.

Sie verließen ihr Gefängnis, denn inzwischen waren die vier mutierten Arbeitsbienen und auch die unheimlich aussehende Königin aus ihrer Betäubung erwacht.

Wie gesagt, das alles sahen wir nicht, denn wir konzentrierten uns zu sehr auf Braddock.

»Ich hole ihn mir!«, rief Suko, zog sich an der Kabine hoch und umklammerte den Türgriff. Es war der rechte, also der der Fahrerseite. Suko wuchtete ihn nach unten, und es gelang ihm tatsächlich, die Tür beim zweiten Versuch aufzureißen.

Der Gegenschwung riss ihn von den Beinen. Als Suko fiel, war ich da und enterte das Fahrerhaus.

Ich sah Braddock. Oder vielmehr sein Gesicht und war entsetzt. Er schaute mich über den Sitzrand hinweg an, ich las den Wahnsinn und die Besessenheit in seinen Augen und sah, da die Kabinenbeleuchtung brannte, seine gelblich schimmernde Hautfarbe und hörte auch die schrecklichen Geräusche, die er ausstieß.

Ein feines Brummen, ähnlich wie es die Bienen machen, um sich zu verständigen. Auch entdeckte ich seltsame Härchen auf seiner Haut, einen sehr spitzen Mund, aus dem die Zunge zuckend hervorgestoßen wurde. Sein Schädel wurde von einem schneeweißen Haarkranz umlodert.

Ich zog mich höher, denn ich wollte ihn lebend haben und kassierte einen Schlag ins Gesicht.

Er hatte gut getroffen, denn der Hieb traf meine Nase. Ich spürte einen scharfen Schmerz, danach das Brennen und merkte, wie etwas aus den Nasenlöchern rann, über die Oberlippe und in meinen Mund lief.

Blut!

Auch Braddock hatte es gesehen, und er lachte kreischend auf, denn jetzt wollte er mir den Rest geben, aber nicht mit den Fäusten, sondern mit einem Schraubenschlüssel, der sich in der Fahrerkabine befunden hatte.

Er umklammerte ihn mit der rechten Hand, während er sich mit der anderen abstützte. Beide Hände konnte ich sehen. Mir fielen die schmalen, dünnen Finger auf, auch ihre Haut zeigte einen gelblichen Ton, und ich sah ebenfalls die feinen Härchen auf den Fingern wachsen.

Er holte aus.

Weit konnte er sich nicht nach hinten lehnen, und doch kam der Schlag hart und blitzschnell.

Es gelang mir im letzten Augenblick, den Kopf einzuziehen. Dicht an meinem Ohr wischte der Schraubenschlüssel entlang und hieb auf das Sitzpolster.

Dann packte ich zu.

Ich hatte alles in diesen Griff gelegt. Härte und Schnelligkeit. Mir gelang es, die Hand mit dem Schraubenschlüssel zu umklammern, und eisern hielt ich sie fest.

Ich wollte dem anderen keine Chance zu einem zweiten Schlag lassen, sondern ihn kurzerhand mitziehen und vielleicht aus dem Wagen schleudern.

Es wurde ein verbissener Kampf. Er gab nicht nach, ich ebenfalls nicht. Braddock schrie, ich keuchte. Obwohl mein Gegner wesentlich älter war als ich, besaß er überraschend starke Kräfte. Wahrscheinlich wurden sie aus der Verzweiflung heraus geboren, sodass es keinen schnellen Sieger bei dieser Auseinandersetzung gab.

Mit den Füßen versuchte ich den nötigen Halt zu finden, um mich abstützen zu können, doch so weit schaffte ich es nicht, denn Sukos Alarmschrei erreichte mich.

»John, die Bienen!«

Seine Warnung schwang noch in der Luft, als mir ein kalter Schauer über den Rücken lief. Unbewusst lockerte ich auch meinen Klammergriff. Diese Chance ließ sich mein Gegner nicht entgehen, er riss sich los und drosch sofort wieder zu.

Da allerdings war ich bereits weg, sodass der Schraubenschlüssel zum zweiten Mal nur die Sitzkante traf.

Ich fiel zu Boden und setzte mich auf mein Hinterteil. Blitzschnell drehte ich mich, denn es fielen Schüsse.

Suko hatte gefeuert.

Etwa fünf Schritte von mir und dem umgekippten Lastwagen stand er entfernt, die Beretta hielt er im Anschlag, und er feuerte auf die gefährlichen Mörderbienen, die sich über uns in der Luft befanden. Vier von ihnen sahen so aus wie die Biene in der Wohnung von Mrs. Whiteside, eine andere jedoch, die fünfte, raubte uns fast den Atem, als wir sie betrachteten.

Es war grauenhaft …

Sie war gewaltig, so groß wie ein Mensch, und sie schwebte etwa vier Yards über uns. Ein gefährliches Monstrum, das nicht ruhig flog, sondern ein heftiges Summen ausstieß, das mich schon an das Brummen eines Flugzeuges erinnerte.

Grauenvoll war diese Mutation anzusehen, mit gewaltigen Flügeln, die auch hier irgendwie gläsern wirkten.

Suko hatte eine Biene getroffen.

Sie torkelte durch die Luft, aus einer Wunde quoll eine undefinierbare, geleeartige Masse, die in einem langen Faden zu Boden rann und dort in dicken Tropfen niederfiel.

Auch ich griff in die Auseinandersetzung ein, sprang auf die Füße, zog die Beretta, die ich vorhin weggesteckt hatte, und suchte mir ein Ziel.

Das gelang mir nicht. Als hätten die Bienen erkannt, dass sich ihnen eine unheimliche Gefahr näherte, so zogen sie sich zurück, stiegen blitzschnell und steil in den dunklen Himmel und wurden schon bald von der Finsternis verschluckt, sodass wir sie nicht mehr sehen konnten.

Die Bienen flohen oder aber formierten sich zu einem neuen Angriff. So gut es ging, suchten Suko und ich mit unseren Blicken den Himmel ab, doch von den Mordinsekten war nichts mehr zu sehen.

Ich hob die Schultern. Diese Bewegung sagte alles. Dann ging ich an die Rückseite des Wagens und warf einen Blick auf die Ladefläche.

Beide Türen waren aufgeplatzt. Auch die der Käfige. Braddock hatte den Wagen in der Tat raffiniert umgebaut und alles vorbereitet.

Ich ging rasch wieder zurück, da die Zeit doch sehr drängte, denn ich dachte daran, dass Braddock sich noch auf freiem Fuß befand. Ich hörte ihn greinen.

Gegen Suko war er machtlos gewesen. Als ich die Wagentür am Führerhaus erreichte, zog der Chinese den Imker soeben hervor. Neben Sukos Füßen lag der Schraubenschlüssel, den Braddock sicherlich gegen den Inspektor eingesetzt hatte.

Er war noch immer nicht am Ende, wehrte sich, indem er um sich schlug und trat, sodass Suko Mühe hatte, ihn zu bändigen. Bis ich kurzen Prozess machte und dem Mann Handschellen anlegte. Erst jetzt wurde er ruhiger, hockte sich auf den Boden und stierte zwischen seine Beine.

»Wisch dir mal das Blut ab«, sagte Suko, bevor er den Gefangenen packte und auf die Beine stellte.

Erst jetzt spürte ich wieder die Schmerzen an meiner Nase. Ich tastete über das Nasenbein und versuchte festzustellen, ob etwas gebrochen war. Zum Glück nicht. Zwar hatte ich nicht gerade Knochen aus Stahl, aber meine hatte den Schlag ausgehalten.

Suko kümmerte sich um Shawn Braddock. Er hatte ihn am Nacken gepackt und schob ihn vor sich her, während wir auf den Bentley zugingen und dabei unsere Fragen stellten.

»Wo wollen die Bienen hin?«, fragte Suko.

Braddock lachte nur und schüttelte seinen Kopf mit der weißen Mähne.

»Rede!«, knurrte ich.

Er lachte so hoch und kichernd wie ein kleines Kind. »Weg!«, hechelte er. »Sie fliegen weg.«

»Ohne Ziel?«

»London ist groß!«

Da hatte er ein wahres Wort gesprochen, und mir ging diese Antwort verdammt unter die Haut.

In London standen den verfluchten Mordbienen alle Türen offen, da konnten sie Unheil anrichten, sich über die ahnungslosen Menschen stürzen und ein Chaos verbreiten.

Wir erreichten unseren Wagen. Schräg stand er im Graben. Jetzt konnte ich nur darauf vertrauen, dass man beim Bau des Autos gute Materialien verwendet hatte und der Silbergraue nicht mit einem Achsenbruch liegen geblieben war.

Während Suko auf den Gefangenen achtete, schaute ich mir die Bescherung an.

Nein, da war nichts mehr zu machen. Mit diesem Fahrzeug würden wir die Strecke nach London nicht schaffen, denn ohne Hilfsmittel bekamen wir ihn nicht aus dem Graben.

Verfluchter Mist, denn inzwischen näherten sich die Bienen bereits der City.

Ich drängte mich nur halb aus dem Fahrzeug und schaute schräg zu Suko hoch. »Keine Chance, wegzukommen.«

»Und jetzt?«

»Ich telefoniere mit dem Alten.«

Sir James musste irgendwie geahnt haben, dass da noch etwas auf ihn zukam, denn er hatte neben dem Telefon gesessen und hob bereits beim ersten Durchläuten ab.

»Sir, wir haben den Initiator«, begann ich mit einer guten Meldung und vernahm die Zustimmung meines Chefs. Danach jedoch jubelte ich ihm die negativen Neuigkeiten schonungslos unter die Weste. Sir James hörte zu. Kein Wort des Vorwurfs drang über seine Lippen. Er erkundigte sich nur danach, ob wir tatsächlich festsaßen.

»So ist es, Sir, ohne Hilfe bekommen wir den Silbergrauen nicht mehr flott.«

»Soll ich einen Hubschrauber schicken?«

Ich lächelte, denn der Alte hatte noch immer sehr gute Ideen. »Das wäre natürlich ideal, Sir.«

»All right, geben Sie Ihren Standort durch.«

Ich tat es, so gut ich konnte. Danach beschäftigten wir uns mit den Bienen. Sir James sah die Gefahr. Er schätzte sie auch richtig ein, denn er wollte Alarm geben.

»Großalarm?«, fragte ich.

»Ja. Allerdings nur bei der Polizei. Man soll den Himmel beobachten und die großen Straßen unter Kontrolle halten. Irgendwie werden die Bienen sich bemerkbar machen. Vielleicht gibt es dann eine Panik, die uns den Weg zur richtigen Stelle weist.«

Der Vorschlag war gut, wenn er auch Risiken in sich barg. Aber ohne Risiko lief eben nichts, nicht in diesem verdammten Fall, der uns so auf den Nägeln brannte.

Ich holte tief Luft. »Wann ungefähr könnte der Hubschrauber bei uns sein?«

»Ich mache die Männer sofort mobil. Rechnen Sie mit einer Viertelstunde, John, und wir halten zudem Kontakt.«

Mein Chef wünschte uns noch alles Gute. Seine Stimme klang belegt, das hatte ich deutlich herausgehört.

Suko wartete neben dem Wagen. Er hatte nicht alles mitbekommen, was gesprochen worden war, und so erklärte ich ihm, was ich mit Sir James vereinbart hatte.

»Ein Hubschrauber ist ausgezeichnet«, sagte er und warf einen Blick auf unseren Gefangenen. »Sollen wir ihn mitnehmen?«

Ich schaute auf den Kerl, der sich hingesetzt hatte und breit grinste. »Nein, den lasse ich von einem Streifenwagen abholen. Wahrscheinlich wird er den Rest seines Lebens in einer Klinik verbringen, wo er meiner Ansicht nach auch hingehört.«

»Klinik! Klinik!«, schrie Braddock. »Nicht in eine Klinik, ich will in einen Käfig, denn ich bin eine Biene!« Er begann irre zu lachen, sodass wir uns schaudernd abwandten. Diesem Mann war nicht mehr zu helfen.

Sie flogen der City entgegen!

Voran die gewaltige menschengroße Riesenbiene. Ihre übergroßen Flügel bewegten sich hektisch, aber in einem stetigen Rhythmus und gleicher Vibration. Ein seltsam hell klingendes Rauschen war zu hören, als sie durch die Luft schwirrte und den Weg angab, den auch ihre drei Begleiter zu fliegen hatten.

Drei waren es nur. Einer lag tot und verwest irgendwo auf einem Acker. Die Königin hatte genau gesehen, wie zwei Männer ihre Dienerin erschossen hatten, mit seltsam hellen Kugeln, die das mutierte Leben radikal zerstörten.

Aber sie würden die Männer finden, das hatte sie sich fest vorgenommen, und sie würde ihnen keine Chance geben. Vielleicht brauchte sie auch nicht zu suchen, denn die beiden würden sicherlich von allein ankommen, das waren die richtigen Jäger.

Sie sah die Lichter.

Unter ihnen glitzerte und strahlte es. Manche Leuchtpunkte lagen sehr tief, verschmolzen fast mit dem Boden, andere wiederum standen höher in der Luft und bildeten regelrechte Muster, die eine leuchtende Geometrie zeigten oder sich wie Perlen auf einem schnurgeraden Band aneinander reihten.

Es war schwül und drückend. Ein Gewitter lag in der Luft. Noch war kein fernes Wetterleuchten zu erkennen, aber es hatten sich erste Wolken gebildet. Hauchdünn nur schwebten sie über den Bienen, kleine Inseln in einem Meer der Schwärze.

Die Königin flog selbstverständlich an der Spitze, hinter ihr die Dienerinnen, wobei sie ein Dreieck bildeten, das vom Boden aus jedoch nicht zu sehen war.

Aber die Bienen sahen. Vor allen Dingen das Licht, denn sie wussten mit ihrem sicheren Instinkt, dass Licht Leben bedeutet, und Leben, das waren Menschen – Opfer!

Und Opfer brauchten die Bienen, um ihren schrecklichen Keim zu säen. So sah es aus, und sie würden sich durch nichts und von niemandem abhalten lassen.

So flogen sie weiter und suchten sich ihr Ziel aus. Aber sie wurden bemerkt. Schon längst hatten ihre normalen Artgenossen die Schwingungen der mutierten Bienen aufgenommen. Auf geistiger Ebene begegneten sie sich, und sie hörten die Befehle einer mächtigen Königin.

Überall rotteten sich die normalen Bienen zusammen. Sie empfingen die Rufe einer fremden, ihnen aber doch so nahen Königin und folgten ihr. Dabei ließen sie alles im Stich, kümmerten sich nicht mehr um ihre Brut, stiegen hoch aus weiten Blumenfeldern und Gärten, und wurden unruhig in ihren Käfigen und Bienenhäusern der Imkereien, wo sie allerdings nicht herauskonnten.

Aber auch die Masse der anderen Bienen reichte. Die Ausstrahlung der Königin war natürlich nicht so stark, als dass sie hätte alle Bienen Londons erreichen können, das wollte sie jetzt auch nicht. Später würde sie zum großen Schlag ausholen.

Die Bienen kamen. Zuerst nur vereinzelt stießen sie aus der Dunkelheit zu den anderen hoch. Dann wurden die drei Killerbienen von ihnen umschwirrt, sie rotteten sich zu Wolken zusammen und reihten sich ein in die Formation.

Das Ziel lag klar vor ihnen. Sie wollten Menschen, und sie wollten dorthin, wo sie sie fanden.

Ein besonders helles Licht stach der Königin ins Auge. Es schwebte hoch in der Luft, eine strahlende Insel in einem hohen, dunklen Turm, und eine freie Insel!

Das allein zählte. Sie brauchten keine Hindernisse zu überwinden. Die Königin hatte dafür einen Blick, und abermals gab sie ihre Befehle, die nur die normalen Bienen erreichten, während sie und die Mordinsekten zurückblieben.

Den Schrecken sollten zuerst die normalen Bienen einjagen und die Menschen durcheinander bringen. Wenn dies geschehen war, dann würden die Killer-Insekten in diese Lücke hineinstoßen ...

Ron Greenwood glaubte an eine Täuschung. Er rieb seine Augen, glaubte, sich getäuscht zu haben, aber das Bild war nicht wegzuwischen. Es blieb. Vor ihm tanzte eine gewaltige Wolke, von der ein sattes, aber auch gefährliches Brummen zu ihm herüberdröhnte, das Ähnlichkeit mit dem Summen von Bienen aufwies.

Und es waren Bienen, dessen konnte sich der Mann sicher sein. Er verspürte Angst. Hatte er nur allein diese kleinen Insekten bemerkt, und waren die anderen ahnungslos?

Er drehte den Kopf, schaute über die Terrasse und blickte zur Tanzfläche hinüber.

Dort lief alles normal ab. Die Band spielte, leise Klänge schwangen über die Terrasse, man tanzte, irgendwo im Hintergrund lachten Frauen, Gläser schwangen mit hellem, melodischem Klang gegeneinander, und am Pool tummelten sich drei Nackte. Ein Schauspieler trieb es mit zwei Mädchen. Sie warfen sich gegenseitig ins Wasser.

Selbstverständlich war die große Glasfront zur Wohnung hin geöffnet. Die Gäste hatten freien Eintritt in die Räume des Penthouse, aber nicht nur die Gäste, auch die Bienen würden sich, falls sie angriffen, dorthin verirren können.

Davor fürchtete sich Greenwood noch stärker, und er schüttelte sich, als hätte jemand Wasser über ihn ausgegossen.

Wieder schielte er zum Himmel.

Hinter dem dunklen, tanzenden Schwarm sah er noch etwas. Umrisse, ein wenig verschwommen, nicht zu identifizieren, aber auch seltsame Flugkörper, wie er feststellen musste.

Bienen?

Nein, so große Bienen gab es nicht. Auf keinen Fall waren das Bienen, sie sahen eher aus wie Vögel, die den Bienenschwarm begleiteten oder schützen wollten, eine andere Erklärung hatte er einfach nicht.

Ronny Greenwood glaubte, eine Stunde auf dem Fleck gestanden zu haben, dabei waren es nur Minuten gewesen, allerdings Minuten, in denen er sich zu keiner

Entscheidung hatte durchringen können. Er wusste nicht, was er tun sollte, denn er hatte Angst, sich vor den anderen zu blamieren.

Ja, es konnte sich als völlig harmlos herausstellen, die anderen würden ihn auslachen, damit ging auch sein Image flöten, dies wollte er auf keinen Fall erleben.

Zwei leicht angetrunkene Männer kamen auf ihn zu. Sie stammten aus der Filmbranche, hatten sich eingehakt und lachten albern, als sie über die Terrasse schritten.

»He, Ronny, von dir hört man so wenig. Was ist denn los, alter Junge?«

Greenwood zuckte regelrecht zusammen, als er angesprochen wurde.

»Was soll schon sein? Nichts.«

Die beiden blieben stehen.

»Das glauben wir dir nicht, Süßer. Hat man dich verlassen? Komm mit uns, wir wissen was Schönes.«

»Nein, lasst mich.«

»Pech, mein Junge, wirklich ...«

»Da, schau mal, Nick.«

Der Mann, der bisher geredet hatte, war von seinem Freund angesprochen worden und drehte den Kopf. »O shit«, stöhnte er und schüttelte den Kopf.

Auch Ron Greenwood stand vor Entsetzen starr. Er schluckte ein paar Mal, öffnete seine Augen, so weit es ging, und er wollte trotzdem nicht glauben, was er da sah.

Es waren die Bienen, aber sie bildeten keine Wolke mehr, sondern einen dreieckigen flachen Keil, ähnlich wie ein Düsenjäger geschnitten. Ihr aggressives Summen steigerte sich zu einem gewaltigen Brausen, das sogar die Klänge der Musik übertönte.

»Verdammt, die greifen an!«, brüllte Nick, als er sah, dass sich die Tiere auf die Terrasse stürzten ...

Der Pilot des Hubschraubers hatte gut reagiert. Da die Scheinwerfer der Wagen brannten, hatte er einen Bezugspunkt, wo er die Maschine aufsetzen konnte.

Diese Landehilfe reichte aus, um den Hubschrauber sacht vom Himmel auf die Erde schweben zu lassen.

Er kam nicht auf dem Kornfeld herunter, sondern ein Stück davor, wo sich eine Wiese ausbreitete. Wir warteten, bis die Rotorblätter still standen, und liefen auf die Maschine zu, deren Ausstieg aufschwang. Der Pilot verließ die Maschine.

Wir hatten inzwischen unsere Waffen überprüft, die Berettas neu geladen, und ich hatte mir auch meinen Bumerang eingesteckt. Den Koffer ließ ich im Wagen zurück. Auf Desteros Schwert konnte ich ja nicht mehr zurückgreifen. Es war durch einen unglückseligen Zufall von dem Bumerang vernichtet worden, wobei es Bill Conolly noch zusätzlich das Leben gerettet hatte.

Wir wiesen uns aus, damit der Pilot auch Bescheid wusste. »Sollen wir sofort fliegen?«, fragte der Mann.

»Ja.« Der Streifenwagen war längst eingetroffen. Die beiden Beamten hatten Braddock zusätzlich noch die Beine fesseln müssen, weil er immer noch tobte, als man ihn in den Wagen verfrachtete. Sie wollten ihn in eine sichere Zelle bringen. Dort war er meiner Ansicht nach am besten aufgehoben.

Der Hubschrauber war geräumig genug, um uns aufnehmen zu können. Wir nahmen hinter dem Piloten Platz, der sich noch mit seiner Leitstelle verständigte, sich dann umdrehte und uns eine Meldung frisch von Sir James durchgab. Die Frequenzen waren jetzt untereinander kurzgeschaltet worden, damit es nicht zu Schwierigkeiten bei der Informationsübermittlung kommen konnte.

Ich hob die Schultern. Einen so schnellen Erfolg hatten wir nicht erwartet, höchstens erhofft, aber man kann nicht alles haben.

Wir starteten.

Das Rotorengeräusch und das Flappen der Blätter war uns sehr bekannt. Dafür waren wir schon zu oft mit einem Hubschrauber geflogen oder hatten ihn selbst gelenkt.

Wir stiegen hoch!

Hinein in eine tiefe Schwärze, denn der Himmel war

bedeckt, und wir sahen weder den Mond noch das Heer der Sterne. Nur die Dunkelheit um uns herum.

Durch das Glas schaute ich nach unten.

Wattig kamen mir die Finsternis und die Schwärze vor. Ohne Grund und auch gefährlich.

Für einen Moment hatte ich nur das Gefühl und schloss die Augen. Sekunden der Entspannung, des Leerlaufs, denn die letzte Stunde hatte es verdammt in sich gehabt. Ich fühlte mich erschöpft, ein wenig ausgelaugt, vielleicht tat auch die Schwüle ihr Übriges, denn im Hubschrauber war es wie in einer Sauna.

»Schläfst du?« Suko musste laut sprechen. Er beugte sich im Hosenträgergurt zur Seite.

Ich schüttelte den Kopf. »Nein, ich habe nur ein wenig nachgedacht.«

»Hast du Erfolg gehabt?«

»Es geht.«

»Wir werden sie packen, John. Vielleicht weiß diese Riesenbiene auch, wer ihre Gegner sind. Möglicherweise kommt sie von allein auf uns zu. Dann haben wir sie.«

Ich war nicht so optimistisch. »Allein wird die nie kommen. Sie weiß, dass sie leicht zu überlisten ist. Die bringt ihre Dienerinnen mit, verlass dich drauf.«

»Wir haben ja die Salbe im Gesicht.«

»Bestimmt ist die Wirkung verflogen.«

»Dann werden wir uns eben neu einschmieren.« Suko griff in die Tasche und holte die Tube hervor. »Die habe ich mitnehmen können«, sagte er. »Mrs. Golding hatte noch eine in Reserve.«

Meine Augen strahlten.

Wir konnten nicht erkennen, ob der Pilot zuschaute, als wir uns einrieben, sicherlich hätte er sich gewundert, aber das war egal.

Abermals stanken wir penetrant. Wir rieben auch die Arme, Hände und den Hals ein. Die Bienen sollten keine Chance bekommen, sich auf irgendwelchen freien Körperstellen niederzulassen.

Wohin wir flogen, wusste keiner von uns. Ein festes Ziel hatten wir nicht. Die Generalrichtung hieß London, denn dorthin mussten sich auch die Bienen orientiert haben.

Noch kreisten wir über den südlichen Vororten. Allerdings hatte die Zahl der Lichter schon zugenommen. In dieser Nacht ging man erst in der frühen Morgenstunde schlafen, man hielt sich so lange wie möglich im Freien auf, um vielleicht ein wenig kühlere Temperaturen zu erhaschen.

Irgendwo dort unten lebten auch die Conollys. Sie hatten ihren Bungalow ebenfalls in den Süden der Riesenstadt gesetzt, dort waren sie ungestört von dem großen Trubel.

Natürlich hielten wir auch Ausschau nach den Bienen. Aber in der Dunkelheit war kaum etwas zu erkennen. Wir sahen nur den Widerschein der Positionsleuchten des Hubschraubers.

Ich ließ mir einen zweiten Kopfhörer geben, damit ich den Sprechverkehr mit anhören konnte. Für einen Neuling wie mich war es schwer, das Kauderwelsch zu verstehen, ich musste schon genau lauschen, um System in den Sprachenwirrwarr zu bekommen.

Sir James Powell hatte in der Tat Großalarm gegeben. Laufend vernahm ich Meldungen. Die Polizisten, die in dieser schwülen Nacht unterwegs waren, entdeckten vieles andere, aber keine Bienenschwärme. Am häufigsten mussten Schlägereien geschlichtet werden. Es kam aber auch zu Messerkämpfen und sonstigen Prügelszenen.

Dann aber meldete sich Sir James.

Seine Stimme erkannte ich sofort. Bevor der Pilot antworten konnte, sprach ich bereits durch das kleine Mikro, das dicht vor meinen Lippen schwebte.

»Sir, Sie brauchen nicht …«

Der Superintendent ließ mich nicht ausreden. »Ein Alarmanruf, die Bienen greifen an.«

»Wo?«

»Nähe dem Normand Park. Bramber Road 18. Es ist ein Penthouse, wo eine Party gefeiert wird. Ungefähr fünfzig Personen.«

»Verdammt!«, flüsterte ich.

»Wo befinden Sie sich jetzt?«

Ich befragte den Piloten. Der gab den ungefähren Standort durch, und wir hatten Glück.

»In drei Minuten können wir da sein, Sir!«

»Fliegen Sie noch schneller. Der Mann, der die Party gibt, heißt Ron Greenwood. Und viel Glück.«

Ich brauchte dem Piloten nicht erst zu sagen, was er zu tun hatte. Er wusste es auch so, legte den Hubschrauber auf die Seite und steigerte die Geschwindigkeit ...

Es war grauenhaft!

Die Mörderbienen kamen so überfallartig wie ein plötzliches Gewitter mit Orkan.

Den ersten gellenden Schrei stieß das Girl am Pool aus. Es kreischte nervenzerfetzend, während sich ihre Freundin und der Mann im Wasser befanden. Im Nu wurde die Nackte von der Wolke umschwebt, die zusammensank und dann die Körperformen des Girls annahm.

Die Kleine schrie zum Steinerweichen.

Auch die Band hörte auf zu spielen. Der letzte Ton verklang mit einem schrillen Heulen. Erst jetzt war zu hören, wie gefährlich schnell die unheimlichen Bienen heran waren. Die Luft zitterte unter dem gewaltigen Brausen und Brummen, das den Menschen wie ein Sturmwind aus der Hölle vorkommen musste.

Am Pool brach das Mädchen zusammen.

Das sah auch noch Ron Greenwood, bevor er sich auf dem Absatz herumwarf und mit eingezogenem Kopf quer über die Terrasse lief, verfolgt von einem Dutzend Bienen, die den Pulk ihrer Artgenossinnen verlassen hatten.

Um seine beiden Gesprächspartner kümmerte er sich nicht mehr. In diesen Augenblicken war sich jeder selbst der Nächste.

Kaum hatte er die Terrasse hinter sich gelassen und die Schwelle zu seiner Wohnung überschritten, kam es zur Karambolage. Andere Gäste, die sich in den Räumen aufgehalten hatten, waren von den Schreien gestört worden.

Einige Mädchen waren mehr als locker bekleidet. Zwei blonde Käfer trugen nur ihre nackte Haut.

Stimmenwirrwarr.

»Was ist los?«

»Verdammt, warum schreit ihr?«

Ein hohes Kreischen. »Da, die Bienen!«

Etwa zwanzig Personen ruckten herum, schauten auf die Terrasse, wo sich der dunkle Schwarm jetzt ausgebreitet hatte und über die Menschen herfiel.

Die Musiker ließen ihre Instrumente im Stich. In wilder Panik rannten sie weg, und sie taten genau das Richtige, indem sie den Weg zum Pool einschlugen.

Kopfüber warfen sich die vier Leute in die Fluten, tauchten unter, denn ins Wasser trauten sich die Bienen nicht.

Dafür fanden sie zwei andere Opfer. Nick und sein Freund waren nicht schnell genug gewesen, die Bienen hatten sie erreicht. Die Insekten umschwirrten die beiden.

Ihre Todesschreie waren schlimm. Niemand konnte sie hören, die meisten Gäste hielten sich die Ohren zu.

»Flieht doch!«, brüllte Ron Greenwood, der einen Telefonhörer ans Ohr gepresst hielt und die Notrufnummer der Polizei wählte. Er war zwar kein großer Freund der Uniformierten, aber hier konnten nur sie helfen.

Sein Schreien wurde gehört.

Doch auch die Bienen ahnten, was die Menschen vorhatten. In mehreren Wolken teilten sie sich auf. Das breite versenkbare Fenster hatte eine so große Öffnung hinterlassen, dass die Bienenwolken nebeneinander in das dahinter liegende Zimmer schwirren konnten.

Jetzt fing die Panik erst an. Während Ron Greenwood hoffte, dass man ihn am Revier verstanden hatte, jagten die Bienen auf ihre Opfer zu. Und es waren genug da, denn niemand hatte die Party vorzeitig verlassen. Vielleicht befanden sich einige in den Nebenräumen, aber dreißig Personen waren bestimmt versammelt.

Plötzlich rannte eine Rothaarige auf Ron Greenwood zu. Es war Maureen. Verfolgt von den Insekten, schlug sie wie irre um sich und schrie auch so.

»Ron, Ron! Hilf mir!« Ihr Gesicht war eine Maske des Schreckens. Die rot geschminkten Lippen hatten sich verzerrt, und sie leuchteten wie eine klaffende Wunde. Das Kleid war an der Schulter zerrissen, und einige Bienen umschwirrten Maureen.

Ronny Greenwood schien nicht zu hören. Er stand wie erstarrt da und hatte eine Hand auf dem Telefonhörer liegen. Die Finger umkrallten dabei den Apparat, als wäre er etwas ungemein Kostbares.

Greenwood starrte ins Leere. Für einige Sekunden hatte er völlig abgeschaltet, er befand sich in einem Vakuum, während um ihn herum das Chaos tobte. Erst als Maureen ihn an der Schulter schüttelte, erwachte er.

Er sah dicht vor sich das Gesicht der Frau, diese verzerrte Fratze aus Schminke und Tränen, und er sah die Bienen, die ihren Kopf umschwirrten. In einem Anfall von Zorn schlug er nach einem Insekt, bevor es sich in den Wulst der langen roten Haare hinabsenken konnte. Die Biene starb.

»Tu was!«, schrie Maureen. »Verdammt, tu was!«

»Was denn, zum Teufel?«

»Du bist doch sonst immer der große Meister. Jetzt beweise mal, dass nicht alles nur Schau war.«

»Lass mich in Ruhe.« Greenwood schaute sich wild um. Die Bienen waren überall. Wie kleine Raketen jagten sie in einem gewagten Zickzack-Kurs durch das Zimmer und fanden natürlich ihre Opfer. Es war nicht einfach, innerhalb dieses Durcheinanders die Beute zu finden, zudem standen sich die Menschen gegenseitig im Weg.

Auch Greenwood wurde zweimal gestochen. Es machte ihm nichts aus, er merkte es wohl, aber er registrierte es nicht so, denn irgendwie übte der plötzliche Überfall eine eigenartige Faszination auf ihn aus.

Das war für ihn, den Künstler, wie ein lebendiges Gemälde, das sich jeden Augenblick veränderte und auf dem die Akteure immer andere Posen einnahmen, als von dem Maler gewollt.

Er lächelte sogar, und er musste mit ansehen, wie der Mann zu Boden ging, der sich so sehr um Maureen bemüht hatte. Beinahe freudig nahm Ron das Ereignis auf.

Al war nur noch ein wimmerndes Bündel.

Auf ihn hatten es die Bienen besonders abgesehen, sie umschwirrten ihn wie die Planeten die Sonne.

Auf die Knie war Al gefallen. Er beugte seine Arme vor und stützte sich ab, während aus seinem offenen Mund Speichel rann und zu Boden tropfte.

Er heulte und jammerte. Seine Augen hatten sich mit Tränen gefüllt, und immer wieder stießen die Bienen auf ihn zu. In einer unendlich langsamen Bewegung drehte er den Kopf und wandte sein Gesicht Maureen zu, die zwar selbst von den Bienen gestochen worden war, nun aber in das Gesicht des anderen schaute und in einen regelrechten Schreikrampf ausbrach.

Die Bienenstiche hatten ihre Spuren hinterlassen und aus der Haut eine aufgequollene Masse gebildet, die rötlich violett schillerte.

Er wollte schreien, das war genau zu sehen, aber er brachte keinen Ton hervor, nicht einmal ein Krächzen drang über seine Lippen, auf die sich jetzt zwei Bienen setzten und zustachen.

Der Mann schrie zum Steinerweichen. Dann kippte er nach vorn, schlug schwer auf und blieb liegen.

»Tot, tot, tot!«, brüllte Maureen hysterisch. »Er ist tot, verdammt. Und du ...« Sie wandte sich zu Greenwood um. »Du verdammter Kerl bist schuld.«

Greenwood hörte gar nicht. Er schaute auf die anderen Partygäste, die einen verzweifelten Kampf gegen die Übermacht der Bienen führten. Die Menschen hatten sich bewaffnet. Sie schlugen mit Kissen um sich oder mit anderen Gegenständen, die ihnen in die Hände fielen.

Da war kaum noch etwas heil geblieben. Die Glasscheibe eines antiken Schranks war in zahlreiche Einzelteile zersprungen. Wertvolles Porzellan lag zertrümmert am Boden, die Zimmer glichen einem regelrechten Schlachtfeld.

Und die Angst nahm kein Ende. Es hatten sich zu viele Menschen in dem Raum aufgehalten und das Grauen herausgefordert. Keiner überlegte mehr klar, jeder versuchte sich zu retten. Einige rannten bereits in wilder Panik nach draußen, wobei auch eine Frau mitlief, von Bienen verfolgt, die dann hart zustachen und sie zum Wanken brachten. Zwei Liegen standen der Frau im Weg. Sie stolperte darüber, fiel lang hin und wurde ein sicheres Opfer der Insekten.

Das alles hatte nur Sekunden gedauert. Eine Spanne, in der Ron Greenwood all seine Eindrücke in sich aufnahm, die wie Bilder bei ihm einrasteten.

Nie würde er den Schrecken vergessen. Er sah die Menschen rennen und hatte selbst eine Idee.

Er musste aus dem Zimmer raus. Die einzige Chance waren die Terrasse und der Pool. Bienen scheuen das Wasser. Das wusste der Mann. Und er dachte nicht länger nach, aber er wollte Maureen mitnehmen.

Bevor sie sich versah oder irgendetwas unternehmen konnte, war er bei ihr, packte sie am Handgelenk und schleuderte sie herum.

»Was ist?«, schrie Maureen.

»Weg!«

»Nach draußen?« Sie drehte dabei den Kopf, und Greenwood wusste, was sie damit andeuten wollte. Dagegen hatte er etwas. Er wusste, dass die Bienen so schlau gewesen waren und den Weg zur Wohnungstür, beziehungsweise ins Treppenhaus verlegt hatten. Sie standen dort wie eine Wand und würden niemanden durchlassen.

»In den Pool!«

Maureen riss in ihrem verquollenen Gesicht die Augen weit auf. Sie begriff es nicht, das spielte auch keine Rolle. Hauptsache, sie weigerte sich nicht.

Mit einem heftigen Ruck riss er Maureen an sich. Dann sprintete er los und schaute nicht nach, ob die Frau auf den Füßen blieb, er wollte nur weg und musste durch eine kleine, aber dichte Bienenwolke.

Er stürzte sich hinein. Todesverachtung zeichnete seine Gesichtszüge, hinter sich hörte er Maureen schreien, und er brüllte ebenfalls seine Angst hinaus.

Sie schafften es, den Schwarm zu durchqueren, sahen dicht vor sich einen Mann, und Ron Greenwood räumte ihn mit einem Schlag aus dem Weg, bevor sich der Mensch an ihn klammern konnte.

Die Idee mit dem Pool hatten auch einige Gäste vor ihm gehabt. Es schwammen auch nicht nur die vier Musiker darin, sondern noch fünf andere Gäste.

Der Pool war belagert. Dicht über der Wasseroberfläche führten die Bienen ihre Tänze auf und warteten darauf, bis ein Kopf aus dem Wasser hochstieß, um sich blitzschnell auf das Gesicht zu setzen und zu stechen.

Es waren gespenstische Bilder, denn die Menschen wehrten sich, wenn sie Luft holten. Sie schlugen um sich, ihre Arme peitschten durch die tanzenden Schwärme, hieben auch auf die Wasserfläche und konnten es doch nicht vermeiden, dass die Insekten immer wieder neue Stellen fanden, die sie noch nicht gestochen hatten.

Es war ein grausamer Kampf, Sieger konnten an sich nur die Bienen bleiben, aber jeder hoffte, dass irgendwann die Polizei eintraf und dem Spuk ein Ende bereitete.

Ronny Greenwood jagte über die Reste des umgestürzten Büfetts, rutschte fast noch auf einer weißrosa schimmernden Sauce aus, sah Girlandenfetzen vor seinen Augen baumeln und bunte Glühbirnen, die gegeneinander schlugen.

Nur wenige Schritte bis zum Rand des Pools. Greenwood steigerte noch einmal seine Geschwindigkeit, denn er wollte sich so dicht vor dem Ziel nicht abfangen lassen. Kurz bevor er sich abstieß, bemerkte er etwas Schreckliches und Unheimliches.

Aus dem dunklen Himmel stießen gewaltige Monster.

Es waren Riesenbienen!

Zuerst wollte er es nicht glauben. Der Anblick hatte ihn so getroffen, dass er, ohne sich darüber bewusst zu werden, einfach stehen blieb, die fast armgroßen Bienen anstarrte und hinter ihnen ein noch gewaltigeres Monstrum sah.

Ebenfalls eine Biene.

So groß wie ein Mensch!

So etwas hatte er noch nie gesehen und sich auch nicht in seinen kühnsten Träumen vorstellen können. Das war unwahrscheinlich, er schien zu versteifen und bemerkte nicht, wie groß die Gefahr für ihn plötzlich wurde.

Dann reagierte Maureen.

Sie wusste selbst nicht, wie sie dazu kam, und ihr war ebenfalls klar, dass sie jetzt etwas unternehmen musste, wollten sie nicht völlig den Killer-Bienen ausgeliefert sein.

Bevor sich Ron Greenwood versah, gab sie ihm einen Stoß in den Rücken. Er schrie noch auf, weil dies so plötzlich geschah, wurde dann zum Rand des Pools katapultiert, bekam das Übergewicht, sah die Wasserfläche plötzlich riesengroß vor sich und schlug auf.

Für den Bruchteil einer Sekunde stand Maureen noch am Pool, sah die erste babygroße Biene dicht vor sich, und es gelang ihr tatsächlich, sich im letzten Augenblick abzustoßen.

Haarscharf nur verfehlte sie das Tier, dann schlugen die Wellen über ihr zusammen.

Sofort tauchte sie unter, geriet mit dem Kopf auf den Grund, spürte Bewegungen neben sich und glaubte trotz dieser Verzweiflungstat nicht mehr an eine Überlebenschance …

Wir jagten über London!

Spannung hatte uns erfasst. Ich fühlte sie. Von den Haarspitzen bis in die Zehen. Es ist ein seltsamer Zustand, den ich schon des Öfteren erlebt hatte. Ich wusste, dass etwas auf uns zukam, etwas Schlimmes, und dass die Entscheidung unmittelbar bevorstand.

Siegen oder verlieren.

Eine andere Alternative gab es nicht.

Nicht zum ersten Mal standen wir irgendwelchen mutierten Tieren gegenüber. Wir hatten schon gegen Urzeitmonstren gekämpft und auch gegen Mutationen wie Chiimal, einer Bestie aus Atlantis. Jedes Mal blieb bei mir dabei trotz der errungenen Siege ein ungutes Gefühl zurück, eine Angst, es beim nächsten Mal nicht zu schaffen, und diese verfluchten Bienen waren in der Überzahl.

Der Pilot war ein erfahrener Flieger, er beherrschte seine Maschine nicht nur ausgezeichnet, er kannte auch die Stadt und fand sich sogar im Dunkeln zurecht. Um sich allerdings noch besser orientieren zu können, schaltete er den Scheinwerfer ein, ein gewaltiger breiter Lichttunnel schnitt durch die Finsternis, wurde geschwenkt und erreichte an seinem Ende die Fassade eines hohen Hauses.

»Das ist es!«, rief Suko.

Beide hatten wir uns gespannt nach vorn gebeugt. Der Pilot verringerte die Geschwindigkeit und regulierte die Richtung des Scheinwerfers, sodass die gelbweiße Lichtlanze höher wanderte und das Penthouse erfasste.

Ja, wir befanden uns dicht vor dem Ziel. Und wir sahen auch, dass dort das Chaos ausgebrochen war. Die Bienen hatten angegriffen. Aber nicht nur die vier Killer-Bienen, wie wir mit Schrecken feststellten, auch völlig normale waren hinzugekommen, hatten sich gesammelt und regelrechte Schwärme gebildet.

Wolken tanzten auf der Terrasse.

»Das darf doch nicht wahr sein«, stöhnte Suko und schüttelte den Kopf. »Mein Gott, ich …«

Er sprach nicht mehr weiter, denn hier war jedes Wort überflüssig. Wir sahen selbst, dass wir zu spät gekommen waren, denn die Bienen hatten die Gäste der Party überfallen, und es gab nicht wenige, die versuchten, den Angriffen auszuweichen und dabei für uns gespenstisch anmutende und bizarre Tänze aufführten.

»Können Sie da landen?«, schrie ich unserem Piloten zu.

»Ich muss es versuchen.«

Es war ein großes Risiko, den Hubschrauber auf dem Dach des Penthouse abzusetzen, doch eine andere Möglichkeit blieb uns nicht, wir konnten nicht auf die Terrasse fliegen, dafür war sie zu klein.

Es blieben uns nur Sekunden, in denen wir noch einige Details abklären mussten.

Wir kamen überein, dass der Pilot wartete. Wenn es galt, Schwerverletzte abzutransportieren, sollte er die Ersten wegschaffen. Tief unter uns, zwischen dem dunklen Park und dem Haus, zuckten die Rotlichter der heranfahrenden Streifen- und Feuerwehrwagen geisterhaft durch die Nacht.

Ein wirklicher Großeinsatz.

Die Hausfassade wurde übergroß. Es ist schwer, in einem fliegenden Hubschrauber zu einem feststehenden Ziel Entfernungen abzuschätzen, ich konnte es nicht, da mussten wir uns voll auf den Piloten verlassen.

Kurz bevor er die Maschine in die Höhe zog, um auf dem Dach zu landen, gelang uns noch ein Blick auf die Terrasse.

Deutlich erkannte ich die menschengroße Bienenkönigin, wie sie herbeischwebte und zur Landung ansetzte. Ein gewaltiger, schillernder Körper, unheimlich anzusehen und dabei brandgefährlich.

Wir hörten die Schreie der Menschen nicht, die Szenen liefen vor uns ab wie ein gespenstischer Stummfilm.

Dann befand sich plötzlich das Dach unter uns. Es gab einen Ruck, als die Maschine nach unten fiel. Noch schwebte sie über dem Dach und hatten die Kufen keinen Kontakt, dann fiel die Maschine weiter nach unten und setzte auf.

Endlich …

Suko und ich hatten uns längst abgeschnallt. Ich warf dem Piloten noch einen fragenden Blick zu, während ich sagte: »Sie wissen Bescheid, Mister?«

»Ja, ich warte hier.«

»Und lassen Sie um Himmels willen die Maschine geschlossen.«

»Bin doch nicht lebensmüde.«

Suko hatte den Ausstieg schon aufgestoßen. Mit eingezogenem Kopf sprang er nach draußen. Ich folgte ihm auf dem Fuß. Hinter uns bewegte sich der Pilot und verschloss die Tür wieder.

Aber wie gelangten wir jetzt vom Dach in die Wohnung? Während ich mich nach den gefährlichen

Insekten umschaute, kümmerte sich Suko um das andere Problem.

Er überquerte das Dach mit langen Schritten und lief fast bis an den anderen Rand. Es musste Luken geben, Einstiege oder Lüftungsschächte für die Klimaanlage.

Das alles war vorhanden, allerdings nicht auf dem Dach des Penthouse, sondern auf dem normalen. Und das lag ziemlich tief unter uns.

Ein paar Bienen hatten sich ebenfalls hierher verirrt und umschwirrten uns. Zu nahe allerdings wagten sie sich an uns nicht heran, denn die Salbe, mit der wir eingerieben waren, wirkte Wunder.

Wir hörten die Schreie.

Die Menschen mussten Schreckliches durchmachen, deshalb durften wir keine Sekunde verlieren.

Am Rand waren wir stehen geblieben. Ich nickte Suko kurz zu, ein Zeichen, dass wir springen mussten.

Noch einmal Schwung geholt, dann hinunter.

Rasend schnell sah ich den Dachboden auf mich zukommen. Für einen Moment verkrampfte ich mich, danach der Aufprall.

O Gott, er war schlimm. Er raste durch meinen Körper, erreichte das Gehirn und schüttelte es regelrecht durch, sodass ich das Gefühl hatte, als wäre es mit Pudding gefüllt.

Dann flog ich nach vorn, konnte mich abrollen, sodass ich mir nicht mein Gesicht oder die malträtierte Nase einschlug.

»Alles klar, John?«

Am liebsten wäre ich liegen geblieben, als ich Sukos Stimme hörte, aber ich biss standhaft die Zähne zusammen und quälte mich auf die zitternden und schmerzenden Beine.

»Muss ja«, erwiderte ich und lief meinem Partner nach, der bereits ein Ziel gefunden hatte.

An der Westseite des Dachs befand sich ein schmales Häuschen, vergleichbar mit dem einer Umspannstation. Wir hofften, dass die Eisentür nicht verschlossen war, und konnten aufatmen, als sie uns entgegenschwang.

Suko hatte sie aufgezogen und schaute in ein enges Treppenhaus, wahrscheinlich den Notausgang dieses Gebäudes.

Selbst hier hörten wir die Schreie, und sie wurden lauter und greller, je mehr Stufen wir hinter uns ließen und uns dem eigentlichen Ziel näherten.

In weiten Sprüngen nahmen wir die Treppe. Der Flur war sehr eng. Manchmal schlugen wir mit den Ellbogen und dem Rücken gegen die Wand, und wir erreichten dann die oberste Etage des Hauses, wobei wir noch nicht in dem eigentlichen Penthouse standen.

Aber es gab einen Fahrstuhl.

Privat, las ich auf der Tür. Ich rüttelte am Griff. Der Lift befand sich oben. Wir mussten ihn erst herunterholen. Abermals verging Zeit. Die Sekunden rannen uns nur so durch die Finger, und auch Suko wurde nervös.

Endlich hielt die Kabine. Suko riss die Tür auf und ließ mir den Vortritt. Den obersten Knopf musste ich drücken. Viel zu lange dauerte es, bis der Lift anfuhr. Wieder verrannen die Sekunden, und dann endlich war es so weit.

Der Stopp.

Wir hatten die Berettas gezogen. Sukos Dämonenpeitsche war ebenfalls ausgefahren, vor der Brust hing mein Kreuz, und den silbernen Bumerang hatte ich griffbereit.

Wir hörten die Schreie, aber wir befanden uns nicht innerhalb des Zimmers, das zur Terrasse führte, sondern in einer sehr geräumigen Diele.

Auch sie war von den Mord-Insekten längst besetzt worden. Das Summen und Brummen war eine makabre Begleitmusik, die zu dem herrschenden Chaos passte.

Mir war nicht bekannt, ob es jemandem gelungen war, mit dem Fahrstuhl zu fliehen, diejenigen, die sich innerhalb der Diele befanden, hatten sich verschanzt. Sie lagen hinter einer umgekippten Couch und schützten ihre Gesichter gegen die angreifenden Bienen mit den Decken und Polstern.

Dabei schrien sie vor Angst, doch niemand war da, um ihnen zu helfen.

Natürlich wurden auch wir von den Bienen gesehen und sofort angegriffen.

Wieder einmal wirkte die Salbe Wunder. Die Bienen schreckte der Geruch so stark ab, dass sie erst gar nicht in die Nähe kamen und schnell abdrehten.

Da sahen wir die Erste der Killer-Bienen. Sie wirkte riesig zwischen ihren normalen Artgenossen, und sie hatte irgendwo versteckt hinter einem Schrank gelauert. Plötzlich huschte sie hervor, und ich vernahm hinter meinem Rücken ihr gefährliches Brummen.

Einen großen Schritt machte ich nach vorn, duckte mich zusammen und kreiselte herum.

Da peitschte schon der Schuss.

Der Chinese hatte abgedrückt, und die Kugel hieb in den Bienenkörper, den sie regelrecht zerriss. Da es sie im Flug erwischt hatte, hielt sie sich nicht mehr in der Luft und stürzte ab. Dicht vor meinen Füßen prallte sie auf einen weißen Teppich und verging, wobei noch diese seltsame geleeartige Flüssigkeit aus der Wunde quoll.

Ein Gegner weniger.

Irgendwie schienen auch die normalen Bienen bemerkt zu haben, dass etwas nicht stimmte. Sie wurden noch unruhiger, und ihre Flüge glichen bizarren Zuckungen.

Ich hätte mir gern die Zeit genommen, den hier versammelten und unter Panik stehenden Menschen die Salbe zu geben, aber das hätte uns zu sehr aufgehalten. Anders konnten wir effektiver sein.

Wir mussten auf die Terrasse.

Ein Schwarm verfolgte und überholte uns, driftete von uns weg, als er dem Gesicht und den eingeriebenen Körperstellen zu nahe kam.

Wir standen auf der Terrasse.

Eine gewaltige Ausdehnung hatte sie, ein regelrechtes Prachtstück, das allerdings jetzt so aussah, als hätten die Vandalen gehaust. Nichts stand mehr auf seinem Platz. Flaschen, Gläser, Reste eines Büfetts, Tische, Stühle, alles war umgekippt, dazwischen hing traurig die bunte Beleuchtung, wovon die meisten Birnen geplatzt und zersplittert waren.

Das alles hatte keine Bedeutung. Viel schlimmer waren die leblosen Körper. Zerstochen, aufgequollen, und in meinem Innern vereiste etwas, als ich sie sah.

Nur im Pool befanden sich noch Menschen. Sie hatten dort Deckung vor den angreifenden Bienen gesucht, aber sie waren keine Fische, sie mussten auftauchen, um Luft zu holen.

Das wusste auch die Bienenkönigin. Sie hatte sich am Rand des Pools aufgebaut, wartete mit nahezu teuflischer Schläue auf ihre Opfer, die schon von allein kommen würden.

Und sie kamen tatsächlich.

Männer und Frauen tauchten auf, wurden umschwirrt von den normalen Bienen und sahen sich auch den Attacken der gefährlichen Mord-Insekten gegenüber.

Es war grauenhaft, denn auch dicht über den tanzenden Wellen schwebten die beiden unterarmgroßen, teuflischen Insekten, die mit tödlicher Zielgenauigkeit zustießen.

Leider hatte die Terrasse diese großen Ausmaße. Wir konnten die Entfernung nicht so leicht überbrücken, sodass uns nichts anderes übrig blieb, als zu feuern.

Und das im Laufen.

Im Kino sieht man immer die Meisterschützen, die in den unmöglichsten Situationen schießen und auch treffen. Wir schossen zwar auch, aber die Bienen erwischten wir nicht, zudem flogen sie sehr dicht über der Oberfläche, sodass wir Angst hatten, auch einen der schwimmenden Menschen zu treffen.

Die geweihten Kugeln wischten über die Killer-Bienen hinweg. Wir wussten nicht, ob wir damit etwas erreicht hatten, sodass sie verschwanden, aber wir hofften, sie irritiert zu haben.

Und wir kamen näher.

Suko setzte mit einem gewaltigen Satz über einen umgekippten Gartenstuhl hinweg, ich lief links an ihm vorbei, denn ich hatte mir die Königin aufs Korn genommen.

Im Laufen wechselte ich die Beretta in die linke Hand

und zog den Bumerang. Dieses Monstrum war groß wie ein Mensch und hatte einen dicken Panzer, der unter Umständen auch Kugeln standhalten würde.

Suko hatte sich von mir weg bewegt. Aufgabenteilung, wie schon so oft zwischen uns beiden. Und er wollte es mit den letzten Killer-Bienen austragen.

Sie schienen ein sicheres Gespür dafür zu haben, wer ihr Feind war und ihnen gefährlich werden konnte. Mit seinem Angriff hatte Suko erreicht, dass sich die Mutationen von den Menschen ab- und ihm zuwandten.

Es gelang dem Chinesen, einen Blick auf den Pool zu werfen. Was er sah, war schrecklich.

Männer und Frauen, einige von ihnen kaum bekleidet, versuchten verzweifelt, sich an der Oberfläche zu halten. Es gab keinen, dessen Gesicht nicht gezeichnet war. Ein Mann hielt eine bewusstlose Frau umklammert, und mit der freien Hand fand er Halt am Beckenrand.

Die beiden Killerbienen wandten sich ihrem neuen Feind zu, während die normalen Insekten noch dicht über dem Wasser und den Köpfen der Menschen kreisten.

Die anderen waren schnell, sehr schnell, und sie schafften es, den Chinesen von zwei Seiten zu attackieren. Ihr Brummen hatte sich verstärkt, es hörte sich an wie ein überdrehter Motor, und es wurde gefährlich laut, als die beiden Bienen auf den Inspektor zuschossen.

Suko sah das Zittern der Flügel, er bemerkte die Wut, die Aggressivität, und er wusste, dass er jetzt noch schneller sein musste.

Mit einem gleitenden Schritt wich er nach rechts aus, schwenkte den Arm mit der Waffe und hatte Pech.

Auf dem Boden lag die Lache einer ausgelaufenen Cocktailsoße. Zusammen mit den Fliesen bildete sie eine Rutschbahn, und Suko erwischte es voll.

Bevor er sich versah, lag er schon auf dem Rücken und musste sich sekundenlang mit sich selbst beschäftigen.

Das nutzte die Killer-Biene eiskalt aus. Bevor Suko etwas zu seiner Rettung unternehmen konnte, war sie über ihm. Für einen Schuss reichte die Zeit ebenfalls nicht mehr, der Chinese konnte sich nur wegrollen und versuchen, seinen Körper zur Seite zu wuchten, wobei er auch noch Glück haben musste.

Da krachte der Schuss.

Suko hörte das Jaulen der Kugel, die sich mit dem gefährlichen Summen der Mordbiene mischte, und als er das Klatschen vernahm, da war es schon um das tödliche Insekt geschehen. Der Aufprall trieb es weiter und aus seiner ursprünglichen Flugrichtung, sodass es ein paar Schritte von dem Chinesen entfernt zu Boden prallte und dort verging.

Hastig drehte Suko den Kopf und sah John Sinclair mit gezogener Waffe in der Nähe. Dann musste er sich um den zweiten Angreifer kümmern, und diesmal nahm Suko sich sogar die Zeit, ein wenig besser zu zielen.

Als er abdrückte, war er sicher, getroffen zu haben.

Der Flug des Killerinsekts wurde unterbrochen. Ein paar torkelnde Bewegungen, das wilde Zittern der Flügel, der spitzwinklige Fall zu Boden – vorbei.

Blieb die Königin!

Und die hatte ich mir vorgenommen.

Ich wusste nicht, aus welchem Grunde sie mit dem Angriff zögerte und mir somit Gelegenheit gegeben hatte, meinen Freund aus einer lebensgefährlichen Lage zu retten, doch als sie ihre letzte Dienerin fallen sah, da wollte sie es wissen.

In ihren seltsam großen, runden Augen schien etwas zu explodieren, ein nie gehörter Laut drang mir entgegen, und die beiden großen Flügel wurden zu einem flirrenden Gebilde, als sie startete.

Ich sprang zurück, zog den Kopf ein und schoss.

Daneben!

Verdammt, das war zu überhastet gewesen, außerdem war die Killer-Biene ungemein wendig und befand sich bereits in einer anderen Position, als ich zum zweiten Mal auf sie anlegte.

Eine Rakete schien durch die Luft zu fliegen, ein

Gegner, der mir alles abverlangte und mich in eine Auseinandersetzung verwickelte, die ich so nicht gewollt hatte.

Trotz seiner Größe bot das mörderische Insekt kein Ziel, das eine Sekunde ruhig blieb. Ich hätte mein Magazin leer schießen und sie nicht erwischen können, weil die Biene zu wendig war.

Aber auch ich war in Bewegung, konzentrierte mich stark auf den mutierten Angreifer, und es stand unentschieden, denn ebenso wenig, wie ich die Biene erwischte, konnte sie mich packen.

Ich hatte keine Gelegenheit, meinen Bumerang einzusetzen, konnte aber feststellen, dass sich Suko näherte.

Zwei Gegner waren für sie schlecht, auch wenn sie noch so schnell war.

Und Suko hatte die Peitsche. Er hielt mit der rechten Hand den kurzen Griff, die drei Riemen bewegten sich züngelnd wie Schlangen, steckten voller Unruhe und warteten darauf, aktiv werden zu können.

Aus dem Handgelenk schlug Suko zu. Selbst ich sah den Schlag erst, als die drei Riemen in einer gewissen Höhe auseinander fächerten und die Flügel erwischten.

Es war ein guter Treffer. Die Flügel zerbrachen tatsächlich wie Glas, und Reste spritzten nach allen Seiten weg. Zudem befand sich die große Bienenkönigin nicht mehr in der Lage, uns noch anzugreifen, das Wichtigste war ihr genommen worden.

Ich hatte leichtes Spiel. Gleich zwei Kugeln setzte ich in ihren hässlichen, übergroßen Insektenschädel und zerstörte ihn so, dass nur noch Klumpen zurückblieben.

Schon bald wimmelte es von Helfern.

Bis auf vier Leute waren alle mehr oder minder schwer verletzt. Die Bienen hatten furchtbar gewütet, aber sie waren ebenso schnell verschwunden, wie sie zuvor aufgetaucht waren. Als ihre Anführerin starb, da rotteten sie sich zusammen und flogen als wirbelnde Schwärme davon in die Nacht.

Und es hatte Tote gegeben.

Kein Arzt der Welt konnte den fünf Menschen mehr helfen. Die meisten anderen mussten so rasch wie möglich in die Hospitäler geschafft werden, damit man sich um ihre Wunden kümmerte.

Unter den Verletzten befand sich auch der Hausherr. Sein Gesicht war von den Stichen gezeichnet, und aus seinen Augen rannen Tränen. Man musste ihn mit Gewalt von einer rothaarigen Frau lösen, deren Leben auf der Kippe stand.

Ich lehnte an der Terrassenbrüstung, rauchte eine Zigarette und hielt mein Gesicht in den Wind. Dabei dachte ich an die Familie Whiteside, die es so fürchterlich getroffen hatte. Dort musste sich die Polizei auch noch umsehen.

Am glimpflichsten war Braddock davongekommen. Man würde ihn in eine Anstalt stecken, wo er den Rest seines Lebens verbringen konnte, meinetwegen auch unter Bienen.

Sir James erschien. Sorgenfalten zeichneten sein Gesicht. Ich wusste, was hinter seiner Stirn vorging, und ohne dass er eine Frage gestellt hatte, hob ich die Schultern.

Er nickte nur. Ein Zeichen, dass er verstanden hatte. Auch mich frustrierte es, dass wir nicht alle Menschen hatten retten können, aber wir waren eben keine Supermänner.

Leider ...

ENDE

Tokatas Erbe

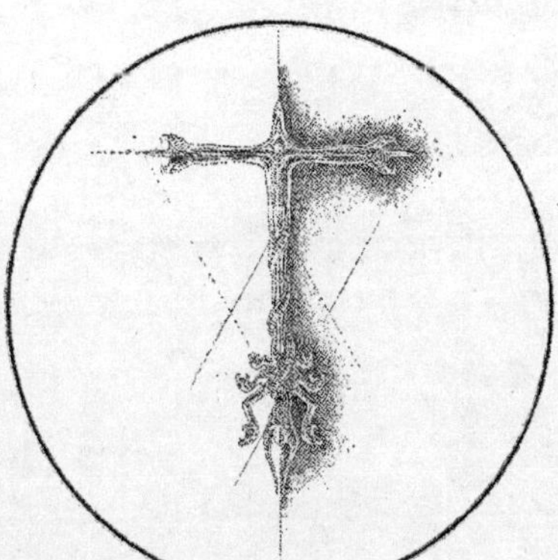

Der Wind war zu einem furchtbaren Sturm geworden, der wie mit gewaltigen Händen über die gigantische Wasserwüste fuhr und die Wellen zu wahren Bergen hochpeitschte, sie dann zerfetzte und die Wassermassen wieder ins Meer zurückschleuderte.

Der Orkan tobte sich über dem nördlichen Teil des Japanischen Meeres aus. Er gehörte zu den Stürmen, die auch Taifune genannt werden und mit ihrer immensen Kraft Dörfer und Städte gnadenlos zerstören.

Zum Glück erreichte der Taifun die Hauptinsel nicht. Er hielt sich in den nördlichen Gefilden, brachte aber auf zahlreichen Inseln die große Verwüstung.

Auch eine ganz bestimmte Insel wurde von dem Sturm nicht verschont. Es war ein Eiland, das die Menschen mieden und ihm deshalb einen bestimmten Namen gegeben hatten.

Die Insel des Schweigens!

Sie war einmal bewohnt gewesen. Nach einem irren Plan der Regierung hatte man auf der Insel Hochhäuser errichtet, um dem Bevölkerungsproblem Herr zu werden.

Doch die Menschen hatten es nicht lange ausgehalten. Mord und Totschlag hatte es gegeben, zudem warnten weise Männer vor dem Fluch der Insel, denn sie war vor langer Zeit ein Hort der Dämonen gewesen und ein Kampfplatz für die Mächte der Finsternis. Auf der Insel des Schweigens hatten sie ihre Auseinandersetzungen bis zum bitteren Ende ausgetragen.

Nachdem die Menschen die Insel verlassen hatten, wollte man sie trotzdem nicht ungenutzt lassen. Ein Zuchthaus wurde gebaut. Ein Komplex des Schreckens. Wer hier einmal einsaß, der kam lebend kaum wieder weg.

Doch die Magie schlief nur. Sie schlummerte im Innern der Insel. Was vor urlanger Zeit einmal gesät worden war, drang wieder an die Oberfläche, denn niemand hatte vergessen, dass auf der Insel der Fächer der Sonnengöttin Amaterasu vergraben lag. Und zwei Wesen waren es, die den Fächer an sich bringen wollten.

Tokata, der Samurai des Satans, und sein Erzfeind, der Goldene Samurai.

Zwischen den beiden kam es zum entscheidenden Kampf, den nur einer gewinnen konnte.

Der Goldene wurde Sieger. Er zwang seinen Gegner, Harakiri zu begehen, und nachdem das geschehen war, schlug ihm der Goldene noch den Kopf ab.

Tokata, der einarmige Samurai des Satans, war besiegt. Eine Todfeindschaft, die Jahrtausende gedauert hatte, nahm ihr Ende. Seine Knochen würden in der Sonne verbleichen, und der Goldene konnte endlich den Fächer der Sonnengöttin Amaterasu an sich nehmen. Mit ihm und seinem Harakiri-Dolch war er so gut wie unbesiegbar. Das in der Jigoku, der Hölle, geschmiedete Schwert des Tokata interessierte ihn nicht. Er ließ es einfach liegen, und auch die beiden Männer, die dem Kampf zugeschaut hatten, nahmen es nicht an sich. Sie waren von der Auseinandersetzung noch so beeindruckt, dass sie daran einfach nicht gedacht hatten, zudem hatte der Goldene sie gewarnt, ihm nie als Feinde über den Weg zu laufen, denn dann würde er keine Gnade mehr kennen.

Die Männer, es waren der Geisterjäger John Sinclair und dessen Freund Suko, verließen die Insel des Schweigens. Zurück aber blieb das Schwert des Tokata.

Monate vergingen. Fast ein Jahr. Der Goldene befand sich wieder in seiner eigenen Welt. Er sonnte sich in seinem großen Sieg, denn durch Tokatas Tod hatte er auch Emma-Hoo, dem Herrscher der Hölle, eine große Niederlage beigebracht.

Und dieser Dämon sann auf Rache. Er wollte es nicht hinnehmen, dass sich der Goldene den Fächer der Sonnengöttin geholt hatte, denn er gab ihm eine zu große Macht. Emma-Hoo überlegte lange, dann hatte er einen Ausweg gefunden.

Er selbst hielt sich im Hintergrund, aber er besaß ein großes Wissen, und er wusste, dass auch der Goldene nicht ohne Feinde war. Da lauerte nämlich jemand im Hintergrund. Und das war Susanoo.

Susanoo und Amaterasu, die Sonnengöttin, waren

Geschwister. Sie stammten wie alle hohen Götter von Izanagi und Izanami ab, den jüngsten Nachkommen von siebenhundert Göttergenerationen.

Amaterasu regierte als oberste Göttin, bis sie von Susanoo vom Thron gestoßen wurde und im Dunkel der Dimensionen verschwand. Sie ging ein in das Dunkle Reich. Dort blieb sie auch, aber sie besaß mächtige Diener, zu denen auch der Goldene Samurai gehörte. Er kämpfte für sie und wollte ihr die Rückkehr auf die Erde ermöglichen. Eine ihrer wichtigsten Waffen hatte er nun an sich genommen, den Fächer. Aber er wusste nicht, wo sich Amaterasu befand. Das Dunkle Reich war für die ›Normalen‹ verschlossen, so konnte er nur hoffen, dass die Sonnengöttin eines Tages zurückkehrte und mit ihrem Fächer das Reich vernichtete. Für diese Zeit wollte der Goldene ihn aufbewahren.

Auch die Gegner wussten, dass der Goldene den Fächer besaß. Wenn ihnen das vielleicht gelang, was Tokata nicht geschafft hatte, konnten sie Amaterasu unter Umständen für immer vernichten, und es würde ihr nie eine Rückkehr gelingen.

So sah die Lage aus, und Emma-Hoo, Herrscher der Jigoku, kannte die Verhältnisse.

Er setzte sich mit Susanoo in Verbindung, Amaterasus Bruder und Gegner.

Sie sprachen über Tokata und das Schwert.

Emma-Hoo war von einer gewaltigen grünen Wolke umgeben, als er sagte: »Niemandem ist es bisher gelungen, Tokatas Schwert an sich zu nehmen. Es ist vergessen worden, aber nicht von mir, deshalb wirst du, Susanoo, auf die Insel gehen und das Schwert an dich nehmen.«

Susanoo, der Gott der japanischen Meere, war aus dem Licht vertrieben worden und hauste nur noch in der Tiefe. Dort hatte er sein schreckliches Reich aufgebaut, und er war froh, dass Emma-Hoo gerade ihn für diese Aufgabe ausgesucht hatte.

»Ja«, sagte Susanoo, »ich werde das Schwert holen, und dann trete ich gegen den Goldenen an. Tokatas Erbe soll nicht verkommen. Er hat zu viele Fehler gemacht, denn er hätte sich nicht denjenigen anschließen sollen, die ihn aus der Tiefe der Erde geholt haben, sondern uns. Unsere Macht ist stärker.«

»Da sagst du etwas.«

Susanoos Vorwürfe galten Dr. Tod. Zu ihm und dessen Mordliga hatte Tokata gehört.

Irgendwie gönnte Susanoo Tokata dieses Schicksal, denn der Samurai hatte sich von seinen Ahnen abgewendet und die Tradition mit Füßen getreten.

Die Folge davon war nicht ausgeblieben. Tokata lebte nicht mehr. Seine Todesspur war erloschen.

Und Susanoo machte sich ans Werk. Auch er lebte und existierte nicht allein. Zahlreiche Diener gehorchten ihm, finstere Wesen und Mutationen, die in der Tiefe lauerten, in einer düsteren, unheimlichen See, die in einer Dimension lag, die ein Mensch wohl nie begreifen würde.

Aber es gab Risse und Spalten, sodass Susanoo aus seinem Reich die Erde erreichen konnte.

Um das Schwert zu holen, schickte er zunächst den Taifun und dann seine Diener. Während das Meer zu gigantischen Wellen aufgeworfen wurde und die kochende Hölle alles verschlang, gelangten die Diener Susanoos an Land.

Von den mörderischen Wellen ließen sie sich weiterspülen und erreichten die inmitten der kochenden Meerhölle stehende Insel des Schweigens. Von den Menschen war sie verlassen worden, doch das Zuchthaus existierte nach wie vor. Und mit ihm auch die Gefangenen, denn in der Regierung hatte man nicht gewusst, wo man ein neues Zuchthaus bauen sollte. Außer unfruchtbaren Diskussionen war nichts herausgekommen, und so blieb alles beim Alten.

Nach wie vor wurden Gefangene auf die Insel geschafft, und nach wie vor starben sie und wurden, eingenäht in Säcken, dem Meer übergeben, was wiederum Haie anlockte.

Die Brecher überschwemmten auch den kleinen Hafen, der vor dem Zuchthaus angelegt worden war. Sie hieben gegen die starken Betonmauern und schleuderten ihre

Gischt meterhoch darüber, sodass ein nie abreißender heller Regen über dem Kai lag, wo sonst die Schiffe vertäut waren.

Niemand bemerkte, welches Unheil sich der Insel näherte, was da von den Wellen herangetragen wurde, aber von den Menschen wollten die Diener Susanoos auch nichts.

Mit einer günstigen Strömung trieben sie dort auf die Insel zu, wo sie noch so urwüchsig war wie vor Hunderten von Jahren. Hinter den gewaltigen Abfallbergen begann das Gebirge mit einer dschungelähnlichen Vegetation. Es gab geheime Wege und versteckt liegende Pfade. Sie waren von den kämpfenden Parteien benutzt worden, bis Tokata und der Goldene das Versteck gefunden hatten, wo der Fächer der Sonnengöttin lag.

Und hier wollten Susanoos Helfer auch hin. Denn an dieser Stelle lag Tokatas wertvolles Schwert.

Die Wesen ließen sich an Land spülen, krochen aus den Wellen und bewegten sich über einen schmalen Strand. Es waren seltsame Geschöpfe, und sie erinnerten an die Zwerge oder Gnome der europäischen Mythologien.

Einem normalen Menschen reichten sie höchstens bis an die Hüfte. Sie besaßen eine glatte, feuerrot schimmernde Haut, übergroße Köpfe und Haare, die den Namen kaum verdienten, weil sie wie die Borsten eines Kamms abstanden. Sie hatten praktisch nur vier Pfoten und bewegten sich auch auf allen Vieren voran. Dabei hüpften sie manchmal wie Affen und stießen seltsame blubbernde Geräusche aus. Ein Gesicht war kaum zu sehen, nur mehr ein paar Ausbuchtungen, die wohl die eigentlichen Merkmale darstellen sollten.

Manchmal packte der Sturm sie und schüttelte sie durch. An besonders windscharfen Stellen wurden sie kurzerhand von ihren Pfoten geweht und zu Boden geschleudert.

Sie krallten sich mit ihren scharfen Greifern an den Felsen fest und gelangten immer höher, sodass sie schon bald den dschungelartigen Bewuchs erreichten.

Hier schlüpften sie ins Unterholz. Als hätte Susanoo

bemerkt, dass seine Diener ihr Ziel erreichten, so schlief der Sturm plötzlich ein.

Es wurde windstill.

Für die beiden Diener des Götzen Susanoo nahezu ideal. Jetzt kamen sie ungestört voran und konnten sich ihrer eigentlichen Aufgabe widmen. Als wären sie den Weg schon immer gegangen, fanden sie die schmalen Pfade, die sich durch das Unterholz wanden und zum Ziel führten, wo die Höhle lag und der Platz, an dem der Goldene Tokatas Schwert zurückgelassen hatte.

Der Dschungel war nass. Nicht allein der Taifun hatte getobt, auch der Regen war aus den tiefliegenden Wolken gefallen und hatte den Boden knöchelhoch mit Wasser bedeckt.

Allmählich nur kam die Sonne durch. Wo ihre heißen Strahlen die Oberfläche trafen, begann die Welt zu dampfen. Dicke Schwaden zogen träge über das wilde Pflanzwerk. Sie vernebelten die Sicht der beiden Wesen, doch das spielte keine Rolle. Diese seltsamen Geister sahen auch, ohne dass sie Augen im eigentlichen Sinne besaßen.

Tiere erwachten im dschungelartigen Unterholz. Seltsame Geräusche waren zu vernehmen. Sie klangen geisterhaft. Da lag ein Pfeifen, Grunzen und Kreischen in der Luft, Angstschreie der Tierwelt vor einer unheimlichen Gefahr, die sich einem bestimmten Ort näherte.

Die Wesen bewegten sich weiter. Sie waren sehr geschmeidig, kamen überall durch und erreichten schließlich den Pfad, den vor Monaten auch ein anderer gegangen war, um den geheimnisvollen Fächer der Sonnengöttin zu holen.

Tokata hatte seine Spur hinterlassen. Denn am Ende des Pfads lag die große Höhle und auch der Platz, wo Tokata seinen Tod gefunden hatte und seine Knochen in der Sonne verbleichten.

Die Wesen nahmen den Rest der Magie noch auf. Sie spürten, dass hier etwas Entscheidendes stattgefunden hatte, und die seltsamen Haare auf ihrem Kopf begannen zu zittern.

Stille um sie herum. Die Dunstschwaden dampften

und wallten träge. Blass schimmerte darüber die Sonne, die es schwer hatte, das Dickicht zu durchdringen.

Endlich am Ziel.

Vor sich sahen sie die Höhle. Da hinein wollten sie allerdings nicht, denn das Schwert musste außerhalb der Höhle liegen.

Sie verständigten sich durch knappe Zeichen und begannen damit, die unmittelbare Umgebung abzusuchen. Das Schwert musste einfach da sein, denn in diese Gegend würde sich wohl kaum ein Mensch verirren und es mitnehmen.

Und die beiden hatten Erfolg!

Ein seltsam hoher Laut wurde von einem der Wesen ausgestoßen, als es sich nahe eines Gebüschs befand und dort herumsuchte. Sein Artgenosse wusste sofort Bescheid, eilte herbei und musste mit ansehen, wie das erste Wesen etwas umklammert hielt, das es aus dem Gebüsch zerrte.

Das Schwert!

Es war schwer. Einer der Diener-Dämonen allein konnte es kaum tragen. Er musste schon daran zerren, hielt es mit beiden Klauen umfasst und keuchte wütend. Die Spitze drückte sich dabei gegen den Fels und schabte darüber.

Endlich lag das Schwert frei.

Beide Diener bauten sich rechts und links davon auf, ihre Schädel hatten sie gesenkt, und sie schauten auf die Klinge, die so wichtig für ihren Herrn Susanoo war.

Bis sich einer abwendete, wieder im Gebüsch verschwand und mit einem dunklen Knochen zurückkehrte. Ein Rest des großen Tokata. Das Wesen packte den Knochen mit beiden Händen und brach ihn durch. Das Splittern erfreute die Dämonendiener, und sie schüttelten sich, ein Gefühlsausbruch, der vielleicht mit dem menschlichen Lachen zu vergleichen war. Fast wütend schleuderten sie die Splitter weg, bückten sich dann gemeinsam und hievten das Schwert hoch.

Einer hielt es am Griff fest, der andere umfasste es vorsichtig an der Spitze.

Die Klinge war längst nicht mehr so blank wie zu der Zeit, als Tokata sie noch getragen hatte. Allerdings zeigte sie keinen Rost, nur eine Verfärbung, sodass sie einen Stich ins Dunkelblaue angenommen hatte. Die beiden Wesen hatten noch einen langen Rückweg vor sich. Sie hielten sich keine Sekunde länger auf, sondern sahen zu, dass sie den dschungelähnlichen Wald verließen und die Region erreichten, die man Strand nannte.

Da der Taifun abgeflaut war, beruhigten sich die Wellen wieder. Aber noch immer rannten und schlugen sie hart gegen das Ufergestein, spritzte die Gischt hoch und übergoss die Felsen mit ihrem feinen, selten abreißenden Sprüh.

Als eine mächtige Welle wieder zurücklief, ergriffen die beiden Wesen die Chance und tauchten in die graugrünen Fluten. Tokatas Schwert nahmen sie mit, denn Susanoo wartete sehnsüchtig darauf …

Samstag!

Ein freier Tag – Wochenende. Und dazu ein schon fast zu heißes Wetter. So erlebte London dieses Weekend im Juli, und die meisten Menschen hielt es nicht in ihren Wohnungen.

Wer nicht über die verstopften Straßen an die Küste fuhr, der versuchte seine Erholung in der Millionenstadt zu finden, und die bot dazu vielfältige Möglichkeiten.

Es gab Straßen- und Kinderfeste, und vor allen Dingen waren es die zahlreichen Parks, die immer wieder die Erholungssüchtigen wie magnetisch anzogen.

Dabei spielte der Hyde Park eine Hauptrolle. Er war die große, grüne Lunge der Millionenstadt – vergleichbar mit dem Central Park in New York – und bot ein buntes, sommerliches Bild. Die Familien lagen auf den weiten Rasenflächen. Wer nicht so viel Sonne vertragen konnte, legte sich in den Schatten der hohen Bäume oder hatte seine Decke am Ufer eines der Seen aufgeschlagen, wo hin und wieder ein kühles Lüftchen wehte.

Eigentlich war es ja Wahnsinn, bei dieser Hitze den

Park zu besuchen, und ich wäre auch lieber zu Hause geblieben oder hätte mich irgendwo anders ans Wasser verzogen, wenn es nicht ein Versprechen gegeben hätte, das ich unbedingt einhalten musste.

Es ging um Johnny Conolly. Ich hatte ihm irgendwann einmal versprechen müssen, mit ihm einen Jahrmarkt, eine große Kirmes, zu besuchen. Und das Versprechen hatte Johnny nicht vergessen, vielleicht hatte Bill, sein Vater, auch ein wenig nachgeholfen, wie dem auch sei, ich wurde dazu vergattert, an diesem Samstag dem Hyde Park und damit der großen Kirmes einen Besuch abzustatten.

Ein Geisterjäger machte in Familie, wenn man das mal so sagen darf. Natürlich zog ich mit dem Kleinen nicht allein los. Sheila und Bill waren mitgegangen, auch sie wollten sich in den Trubel stürzen und wie ich nichts von Geistern und Dämonen wissen.

Da es sehr heiß war, hatte ich auf ein Jackett verzichtet. Wahrscheinlich wäre ich der Einzige mit Jacke gewesen, aber wohin mit der Pistole? Ich hatte mir angewöhnt, sie überall mitzunehmen, so blieb mir nur übrig, sie in den Hosenbund zu stecken und das Hemd über der Hose zu tragen. Zwar malten sich die Umrisse noch darunter ab, aber ich hoffte, dass es so schnell niemand bemerkte, denn für die Besucher gab es Abwechslung genug.

Johnny war natürlich in Form. Er hatte mich als Erster entdeckt, rannte auf mich zu, ich fing ihn auf und schleuderte ihn in die Höhe. »Onkel John!«, rief er. »Onkel John, Daddy hat Unrecht gehabt.«

Ich stemmte ihn von mir weg, lächelte und schaute ihn an. »Was hat Daddy denn gesagt?«

»Er – er meinte, dass du mal wieder keine Zeit hast, Onkel John.«

Da musste ich herzlich lachen, wobei ich den Kopf wandte und in Bills grinsendes Gesicht schaute. »Du hast dem Kleinen Schauermärchen erzählt, wie?«

»Nein, wieso?«

Ich setzte Johnny ab. »Wenn ich sage, dass ich komme, dann bin ich auch da.«

Bill grinste von Ohrläppchen zu Ohrläppchen. »Soll ich dir mal aufzählen, wie oft du gekniffen hast?«

Ich winkte ab. »Lass es lieber sein.«

Bills Grinsen verflachte. »Davon willst du nichts wissen, das kann ich mir vorstellen.«

»Soll ich dich mal an deine leeren Versprechungen erinnern?« Von Sheila, Bills Frau, erhielt ich Unterstützung. Sie war bisher noch nicht zu Wort gekommen, und ich begrüßte sie erst einmal. »Entschuldige, Sheila, aber dein Bettkumpel ist heute wieder in Hochform.«

»Da siehst du, wie ich zu leiden habe.«

»Ich kann es dir nachfühlen.«

Bill nickte und sagte in einem Anflug von Selbstmitleid: »Ja, haut nur immer auf die Schwachen, die haben es ja nicht anders verdient, und mit denen könnt ihr es ja machen.«

Ich hob die Schultern. »Was willst du eigentlich? Ich habe nicht angefangen.«

»Stimmt«, meldete sich Sheila und strich über ihr Haar, das sie an diesem Tag wegen der Hitze hochgesteckt trug. Die dünne Sommerbluse fiel bis über den Gürtel und schimmerte in allen Farben des Regenbogens. Dazu passte die neutrale schneeweiße Leinenhose.

Bill war auch lässig gekleidet, und sein Sohn ebenfalls. Der allerdings drängte uns jetzt, denn er hatte längst die Aufbauten des Jahrmarkts entdeckt. Das hohe Riesenrad und auch die Achterbahn. Beide Vergnügungsstätten überragten alles andere.

Johnny drängte seine Hand in die meine. »Onkel John, komm, lass uns endlich gehen.«

»Dein Wunsch ist mir Befehl, Sir.« Und da ich Johnny diesen Tag versprochen hatte, blieb er auch an meiner Hand und ließ seine Eltern allein gehen.

Die Sonne kannte kein Pardon. Unbarmherzig strahlte sie vom Himmel. Das hielt die Menschen aber nicht ab, denn trotz der Hitze hatten sich Tausende dort versammelt, wo die Kirmes aufgebaut worden war.

Unwahrscheinliche Geruchskomponenten vereinigten sich zu einem mörderischen Gestank. Staub, Schweiß, die

Qualmwolken der Grillgeräte, all das ließ den Gang über den Jahrmarkt zu einer regelrechten Tortur werden.

Ich hatte schon nach wenigen Yards eine Vision. Ein herrlich weißer Strand, vor allen Dingen leer, Sonnenschein und das kühle kalte Wasser, wo man fast bis auf den Grund hinunterschauen und die Fische beobachten konnte.

Als ich Johnnys Stimme hörte, platzte dieser Traum, denn der Kleine fragte: »Fährst du mit mir Geisterbahn?«

Ich blieb stehen. Um uns herum wallte der Trubel. Um mit Johnny reden zu können, senkte ich meinen Kopf. »Hast du denn keine Angst, mein Kleiner?«

»Nein, Onkel John, das ist doch toll!«

Ich strich über sein dunkelblondes Haar. »Na ja, wenn deine Eltern es erlauben.«

»Was ist denn?«, fragte Sheila. Sie und Bill waren stehen geblieben.

»Johnny will in die Geisterbahn.«

Für einen Moment runzelte Sheila die Stirn. Ich wusste, dass sie nicht so sehr davon angetan war, denn mit Geisterbahnen hatten wir so unsere Erfahrungen gesammelt. Aber es konnte ja nicht jedes Mal etwas schief gehen, das sagte ich auch.

»Wie du meinst, John, fahre mit ihm.«

»Ja, ja, ja.« Johnny wollte sich losreißen, um auf die nächste Geisterbahn zuzulaufen. Ich musste ihn zurückhalten.

»Nicht so stürmisch, mein Kleiner. Die Geisterbahn läuft uns schon nicht weg.«

»Aber da ist es so voll.«

»Das stimmt in der Tat«, murmelte ich, wobei ich auf die Schlange schaute, die sich an der Kasse gebildet hatte. Da standen mindestens dreissig Personen, es würde dauern, bis wir an der Reihe waren.

»Du hast es versprochen«, sagte Bill.

»Keine Bange, ich fahre ja auch.« Johnny zog so an meiner rechten Hand, dass ich gar nicht anders konnte, als ihm zu folgen.

Hinter einer Gruppe Kinder stellten wir uns an. In der

Nähe stand eine Erfrischungsbude. Bill machte ein taktisches Zeichen, als würde er einen Becher zum Mund führen.

Ich nickte.

Bis wir an der Reihe waren, konnte ich schon ein paar Becher geleert haben.

Bill und Sheila balancierten die Getränke. Für Johnny hatten sie auch etwas mitgebracht. Er nahm den Pappbecher entgegen, war natürlich zu hastig wie alle Kinder, und der Saft spritzte über, wobei das meiste an meinem linken Hosenbein kleben blieb.

Ich verzog die Mundwinkel.

Sheila lachte. »Da siehst du, wie es einem als Vater ergeht.«

»Lass es trocknen«, riet Bill, der auch seine Erfahrungen besaß.

Das wollte ich auch.

Nur langsam kamen wir voran. Johnny war aufgeregt. Er fragte tausend Dinge, vor allen Dingen die, die mit der Geisterbahn zusammenhingen.

»Gefährlich ist es doch nicht?« Diese Frage wiederholte sich immer.

»Nein.«

»Sind die Geister echt?«

»Auch nicht.«

»Ich hätte ja lieber Nadine mitgenommen. Vor der haben die Geister nämlich Angst.«

»Meinst du?«

»Klar. Nadine ist Klasse. Ich gehe sogar mit ihr spazieren. Da gucken die anderen Kinder vielleicht Aber Mummy ist immer dabei.«

»Das will ich auch hoffen.«

Zehn Sekunden Pause. Dann begann der Kleine von vorn. »Du, Onkel John?«

»Ja?«

»War Nadine mal ein Mensch?«

»Wie kommst du denn darauf?«

»Mummy und Daddy haben mal darüber gesprochen. Und du sollst sie mal sehr gern gehabt haben.«

»Das stimmt allerdings.«
»Dann war sie doch ein Mensch.«
»Ich kann nicht widersprechen.«
»Und wie ist sie zu einem Wolf geworden?«
Eine gute Frage, auf die ich auch eine Antwort wusste, die der Kleine allerdings nicht hätte verstehen können. Nadine war nach ihrem Tod in die Magie des Fenris-Wolfes gelangt. Es hatte ein Seelenaustausch stattgefunden, und die Seele der Nadine Berger war in den Körper eines Wolfs gelangt.
So sah die Tatsache leider aus, aber die konnte ich Johnny natürlich nicht mitteilen.
»Stimmt es?«
»Möglich.«
»Kann sie denn wieder ein Mensch werden?«
»Vielleicht.« Die Antwort klang ein wenig nach Hoffnung, obwohl ich daran selbst kaum glauben konnte. Irgendwie hatte ich mich damit abgefunden, dass Nadines Geist im Körper einer Wölfin steckte, deren Augen seltsamerweise die Farbe der der Frau hatten. Mit einer anderen Sache hatte ich mich ebenfalls abgefunden. Jane Collins stand nicht mehr auf unserer Seite. Wikka, der Oberhexe, war es tatsächlich gelungen, sie zu einer ihrer Dienerinnen zu machen. Ein schlimmes, grauenhaftes Schicksal und eins, gegen das ich mich nicht anstemmen konnte. Die andere Seite hatte ihre Trümpfe eiskalt ausgespielt.
»Was ist mit dir, Onkel John? Du sagst ja nichts.«
»Mir ist ein wenig heiß.«
»Sollen wir gleich ein Eis essen? Dann wird dir bestimmt kühler.«
Ich lachte. »Das könnte dir so passen. Du hast doch erst gerade etwas getrunken.«
»Das ist schon zu lange her.«
»Zunächst einmal fahren wir mit der Geisterbahn. Schließlich wolltest du das auch.«
»Aber danach …«
»Sehen wir weiter und fragen deine Eltern. Okay?«
»Mummy wird es bestimmt nicht erlauben.«

»Dann hat sie auch Recht.«

»Du bist gemein.«

So ging das hin und her, und ich war heilfroh, als wir die Kasse erreichten und zahlen konnten. Wir erhielten unsere Karten, mussten drei Stufen hoch und standen an der Rampe, auf der die Schienen der Bahn herliefen.

Ununterbrochen stießen die kleinen Wagen die Eingangstür auf, und ebenso schnell schossen sie auch aus dem Ausgang hervor. Ein Helfer überwachte den Einstieg der Personen und nahm die Karten entgegen.

Ich schwitzte. Unter dem Dach der Geisterbahn war es noch drückender. Zudem schienen die Wände frisch gestrichen zu sein. In der Hitze strahlte die Farbe einen penetranten Geruch aus. Nein, dieses Wetter war wirklich nichts für mich. Da legte man sich am besten zu Hause in die Badewanne.

Endlich konnten wir einsteigen. Wie immer waren die Wagen viel zu klein für meine langen Beine. Ich musste sie zur Seite drücken. Johnny war aufgeregt. Er drehte den Kopf und winkte seinen Eltern zu, die zurückgrüßten.

»Ich habe keine Angst!«, schrie er, wobei seine Stimme dicht an meinem Ohr explodierte und ich zusammenzuckte. Er wollte noch etwas sagen, doch der Wagen ruckte an und stieß mit seiner Schnauze die beiden Türhälften auf.

»Jetzt geht es los, Onkel John, nicht?«

»Und wie.«

Dann hatte uns das Innere der Geisterbahn verschluckt.

Sheila und Bill blieben zurück. Während Bill den Rest aus seinem Pappbecher trank, scharrte Sheila unruhig mit den Leinenschuhen und blickte dabei zu Boden.

»Was hast du?«, fragte der Reporter.

»Eigentlich nichts.«

»Aber?«

»So ganz gefällt es mir nicht, dass unser Sohn mit John Geisterbahn fährt. Ich ...«

Bill winkte ab. »Hör auf, das ist doch nur ein Spaß.«

»Kann sein, nur wäre es nicht das erste Mal, dass in der Geisterbahn etwas passiert.«

»Pappmonster.«

Sheila hob die Schultern. »Ich weiß nicht so recht, Bill. Ich denke da immer etwas anders.«

»Du machst dir nur unnötige Sorgen«, erklärte der Reporter. »Du wirst schon sehen, es wird alles gut.« Bill drehte den Kopf und schaute zur Bahn hinüber. »Da, sie sind in der ersten Etage.«

Auch Sheila schaute. Die Bahn war zweistöckig, und die Fahrgäste hatten einen Heidenspaß, wenn sie von den Freiflächen der Bahn den wartenden Angehörigen zurufen und -winken konnten.

Johnny machte da keine Ausnahme. Als er und der Geisterjäger an einem Monstrum vorbeifuhren, das wie ein deformierter Gorilla aussah und seine Keule schwang, hatte der Kleine einen Heidenspaß und winkte wie wild.

Bill hatte einen Fotoapparat mitgenommen. Blitzschnell schoss er drei Aufnahmen.

Dann war der Wagen wieder verschwunden. Der Reporter grinste. »Ich weiß überhaupt nicht, was du willst«, wandte er sich an seine Frau. »Aber es läuft doch alles glatt.«

»Ja, ja, schon gut.«

Bill legte seinen Arm um Sheila. »Du bist immer der große Angsthase. Reiß dich doch mal zusammen, den beiden wird schon nichts geschehen.« Der Reporter lachte.

Er fühlte sich inmitten des Trubels wohl, auch wenn die Sonne so unbarmherzig vom Himmel brannte.

Sheila wischte sich den Schweiß aus der Stirn. »Wir könnten am Abend noch eine Runde im Pool drehen.«

»Bei uns?«

»Glaubst du, ich gehe hier ins Freibad, wo man im Becken bald totgetreten wird? Das ist auch nichts für Johnny.«

»Meinen Segen hast du. So eine kleine Erfrischung kann nicht schaden.«

»Meine ich auch.«

Sie warteten wieder. Bill hielt die Kamera schussbereit. Er lauerte darauf, dass sein Sohn mit seinem Patenonkel bald durch die Ausgangstür fahren würde.

Bill hatte sich die Reihenfolge der Wagen genau gemerkt. Er wusste, wer vor den beiden gestartet war. Zwei junge Mädchen, eins davon dunkelhäutig.

Noch erschienen sie erst einmal auf der zweiten Etage. Da winkte und schrie der Kleine abermals. Bill und Sheila hörten ihn allerdings sehr spät, sodass der Wagen schon wieder durch die Klapptür fuhr, als beide ihren Kopf hoben.

»Hat Johnnys Stimme nicht anders geklungen?«, fragte Sheila besorgt.

»Wieso?«

»Ich meine …« Sheila hob die Schultern. »Irgendwie ängstlich, als hätte er Furcht.«

»Du fantasierst wieder.«

»Hoffentlich.«

Bill schüttelte den Kopf und ging einen Schritt zur Seite. Er war nicht beunruhigt, denn er glaubte nicht, dass etwas passierte, denn irgendwann mussten sie ja mal ihre Ruhe haben.

»Wann kommen sie denn?«

»Kann nicht mehr lange dauern«, erwiderte der Reporter und hob bereits seine kleine Kamera. Er hatte sich so hingestellt, dass er die Ausgangstür genau im Blickfeld hatte und ihm nicht zu viele Personen durch das Bild liefen.

Ein Wagen drückte die Türhälften auf. Das waren sie noch nicht. Wenig später folgte der Nächste. Darin saßen die beiden Mädchen und lachten.

Jetzt mussten Johnny und der Geisterjäger kommen.

Wieder klappte die Tür.

Der Wagen war da!

Bill Conolly wollte auf den Auslöser drücken, doch in der Bewegung gefror sein Finger zu Eis.

Seinen Sohn Johnny sah er zwar, der Geisterjäger aber war wie vom Erdboden verschwunden!

Vor uns wurde die Tür aufgestoßen, und der Wagen drängte in eine enge Rechtskurve. Die Fliehkraft presste Johnny gegen mich, ich fühlte seine kleine Hand auf der meinen, und der Kleine rief plötzlich: »Da, da!«

Er hatte ein Ungeheuer gesehen oder vielmehr das Maul eines Ungeheuers, das weit aufgerissen war und in das die Schienen geradewegs hineinführten.

Die beiden Kiefer waren mit starken Zähnen bestückt. Man konnte das Gefühl haben, dass das Maul jeden Augenblick zuklappen würde, das allerdings geschah nicht.

Wir rumpelten hinein und befanden uns in einer engen Röhre, deren Wände sich bewegten. Sie waren mit allerlei Fratzen angemalt, die während der Drehungen so wirkten, als würden sie leben. Johnny klammerte sich an mich und wurde erst ruhiger, als wir die Röhre hinter uns gelassen hatten und es bergauf ging.

Unter uns ratterte es. Wie in fast allen Geisterbahnen. Und die Vibrationen übertrugen sich auf die Fahrgäste.

»Was ist das?«, rief Johnny.

»Ein Schüttelsieb.« Ich hatte die Antwort kaum gegeben, als es schon vorbei war.

Dafür erschien links von uns ein anderes Monstrum. Es schoss aus der Ecke, trug schwarze Kleidung, durch die seine Knochen grünlich leuchteten.

Es huschte an uns vorbei, und wir hörten beide das hohle Pfeifen, das von ihm ausgestoßen wurde.

»Ist ja nicht so schlimm«, rief der Kleine, als vor uns rote Teufelchen von der Decke fielen und anfingen zu kreischen. Sie verschwanden, als der Wagen nahe genug heran war. Nur mich berührten noch irgendwelche Bänder an der Stirn.

Dunkelheit nahm uns auf. Wir sahen nichts, sondern hörten nur Geräusche.

Ein dumpfes Ächzen und qualvolles Stöhnen. Dazwischen das hohle Pfeifen, dann ein meckerndes Gelächter und ein schauriges Brüllen, das in dem Augenblick aufklang, als zwei geisterhaft bleiche Hände erschienen, die nach uns greifen wollten.

Johnny bekam doch Furcht. Er presste sich hart gegen mich, doch die Hände griffen ins Leere.

Inzwischen machte ich mir Vorwürfe, den Kleinen überhaupt mit in die Geisterbahn genommen zu haben. Ich hätte vernünftiger sein sollen, aber manchmal sind die Erwachsenen schlimmer als die Kinder.

»Das ist alles nur Spaß«, versuchte ich Johnny zu beruhigen, und er sagte: »Ich habe auch keine Angst, Onkel John. Ich muss ja auch auf dich Acht geben.«

»Allerdings, mein Schatz.«

Rums! Wir stießen die Tür auf und fuhren ins Freie. Inzwischen waren wir in der ersten Etage gelandet, Johnny schaute nach links, entdeckte seine Eltern und winkte heftig.

Bill schoss eine Aufnahme, Sheila winkte zurück, rechts von uns bewegte sich ein Monstrum mit einer Keule, unter deren Schlag wir hinwegfuhren und auf die zweite Tür zuglitten, die von den Gummiwülsten des Wagens aufgestoßen wurde.

Schon wieder wurde es finster. Ich rechnete damit, in eine weitere Kurve zu fahren, das geschah auch, aber aus der Kurve wurde sehr schnell eine Spirale, die uns nach oben transportierte. Ohne dass wir es merkten, gerieten wir wieder in eine Röhre, die mit einem farbigen Blitzgewitter angefüllt war, das uns schon bald umgab.

Auch ich schloss unwillkürlich die Augen und hörte nur das schaurige Jammern und Wehklagen, das unsere Fahrt begleitete. An dem plötzlichen Ruck merkte ich, dass die Fahrt nach oben beendet war und wir die Röhre hinter uns gelassen hatten.

Der Wagen beschleunigte. Wir fuhren auf einem geraden Stück und direkt auf eine Gruppe von gelblich schimmernden Skeletten zu, deren Knochen aneinander klapperten. Das dabei entstehende hohle Geräusch kam sicherlich von einem Tonband und auch das schrille Lachen, das die Knochenmänner ausstießen.

Sie wichen zur Seite, als wir uns dicht vor ihnen befanden. Nach rechts und links huschten sie weg.

Dann tauchten die üblichen Gestalten auf. Ein

Gehängter schaukelte in einer Nische, ein Sarg öffnete sich, wobei eine bleiche Knochenhand hervorschaute, Gespenster tanzten einen wahren Höllenreigen und kreischten wie verrückt, zwei Mädchen ohne Kopf schwebten an uns vorbei, wobei sie ihre Schädel unter den angewinkelten Armen trugen, und kurz vor der Ausfahrt in der zweiten Etage wischten noch einmal nachgemachte Spinnweben über unsere Gesichter.

Dann stießen wir wieder in die sommerliche Hitze. Mir klebte alles am Körper. Es war schon widerlich zu nennen, denn die Luft innerhalb der Geisterbahn ließ sich kaum atmen. Das Johlen und Schreien, die plärrende und blechern klingende Musik nahm ich nur am Rande wahr, und ich wünschte mich wirklich in eine Badewanne mit kaltem Wasser.

Im nächsten Augenblick stießen wir wieder gegen die Tür. Abermals verschluckte uns die Bahn.

Von dieser Stelle aus ging die Fahrt ununterbrochen in die Tiefe. Wie schon nach dem Eingang öffnete sich auch hier der Rachen eines Ungeheuers, in den wir hineinstießen.

Er verschlang uns. Johnny machte das nichts mehr aus, er lachte sogar, als wir in Schlangenlinien nach unten fuhren und unsere Körper vorgedrückt wurden, sodass ich mir ein paar Mal das Knie stieß.

Wieder huschten Monsterwesen vorbei, und am Ende der sich nach unten schlängelnden Schienenstrecke entdeckte ich eine gewaltige Figur, die ich irgendwann schon einmal gesehen hatte.

Groß, größer als ein normaler gewachsener Mensch. Mit einem goldenen Helm auf dem Kopf, goldenem Panzer, einem goldenen Dolch und ebenfalls goldenen Pfeilen im Köcher.

Das war ...

Ich schluckte ein paar Mal, weil ich meinen eigenen Augen nicht trauen wollte. Aber es gab keinen Zweifel.

Vor uns stand der Goldene Samurai!

Ein Trugbild, eine Halluzination? Echt, nachgebaut? Wenn ja, wieso wussten die Hersteller der Geisterbahn dann von dem Goldenen, dessen Gesicht sogar in der Farbe schimmerte?

Es war wirklich unwahrscheinlich, und mein Magen krampfte sich zusammen. An dieses Bild hätte ich in meinen Träumen nicht gedacht, der Goldene konnte doch überhaupt nicht in dieser Geisterbahn sein, er musste irgendwo in einer anderen Dimension stecken, denn hier hatte er absolut nichts zu suchen.

Und doch gab es ihn.

Wenn ich Johnny nicht bei mir gehabt hätte, wäre ich trotz der ziemlich schnellen Fahrt abgesprungen, so aber blieb ich sitzen und wartete darauf, was noch alles geschehen würde.

Meine Lippen zitterten. Noch einmal brach mir der Schweiß aus allen Poren, und Johnnys Frage hörte ich kaum. »Onkel John, was ist das für einer?«

Der Wagen ruckte und wurde langsamer. Wir hatten die bergab führende Strecke hinter uns gelassen und glitten jetzt völlig normal auf den Goldenen zu.

Er stand mitten auf den Schienen. Eine Hand hatte er auf seinen Dolch gelegt, mit dem er Tokata damals gezwungen hatte, Harakiri zu begehen. Er hatte uns gewarnt, nie als Feinde seinen Weg zu kreuzen, und jetzt stand ich vor ihm.

Feind oder Freund?

Das zu entscheiden gelang mir nicht. Ich hatte plötzlich eine unwahrscheinliche Angst, nicht so sehr um mich, sondern um meinen neben mir sitzenden Patenjungen, für den ich die Verantwortung trug. Unendlich lang erschienen mir die letzten Sekunden, sie dehnten sich wie eine Schnur aus Gummi, und dann schnellte der freie Arm des Goldenen urplötzlich vor.

Johnny schrie noch, aber er hatte bemerkt, dass es kein Spaß mehr war, und er musste mit ansehen, wie ich von dem Goldenen mit unwahrscheinlicher Kraft in die Höhe und aus dem Wagen gerissen wurde.

Ich hörte Johnny schreien, dann fuhr der kleine Wagen, nur mit ihm besetzt, weiter, während von oben schon der Nächste auftauchte.

Ich wusste nicht, was die Insassen dieses Wagens dachten und was sie überhaupt mitbekommen hatten, auf jeden Fall war der Goldene Samurai kein Pappmonster, sondern ein echtes.

Er hatte mich hart angefasst und aus dem fahrenden Wagen geschleudert. Mit dem rechten Knie schlug ich gegen die Haltestange, krümmte meinen Körper so weit es ging zusammen und landete dennoch sicher auf beiden Beinen, weil mich der Goldene zuerst hochhob und dann absetzte.

Ich stand vor ihm. Auf meiner rechten Schulter spürte ich den harten Druck seiner Hand. Er war allein gekommen, seine Diener – sie waren ebenfalls golden – sah ich nicht, obwohl er sich sonst oft mit ihnen umgab.

Weshalb war er gekommen? Wollte er vielleicht Rache nehmen? Warum? Ich stand ihm ja nicht als Feind gegenüber. Automatisch wurde ich wieder an unser Abenteuer auf der Insel des Schweigens erinnert, als wir Tokata und dem Goldenen bei einem erbarmungslosen Kampf auf Leben und Tod zugeschaut hatten.

Es war irre gewesen, wir hatten selbst nicht eingegriffen und waren wirklich nur Statisten. Der Goldene hatte uns nur gewarnt und sich nicht direkt gegen uns gestellt, aber als Feind durften wir ihn nicht haben, dann würde er uns vernichten.

Und dann standen wir uns gegenüber. Noch immer hielt er mich fest, als hätte er Angst, dass ich ihm weglaufen würde. Aber ich blieb stehen und schaute direkt in sein goldenes Gesicht.

Plötzlich spielte Zeit für uns keine Rolle mehr. Ich vernahm weder das Schreien der Kinder und Halbwüchsigen, noch hörte ich die Horrorgeräusche, ich konzentrierte mich voll auf mein Gegenüber.

»Du kennst mich nicht?«, fragte er.

Ich lachte auf. »Wer könnte dich vergessen, Goldener?«

»Ja, das stimmt. Man soll mich nicht vergessen. Aber ich vergesse auch die anderen nicht. Noch habe ich den Fächer der Göttin Amaterasu in meinem Besitz, doch es gibt Anzeichen, dass Susanoo, ihr Feind und Bruder, mir diesen Fächer wieder entreißen will. Er hat die Jigoku aufgewühlt und erhält von Emma-Hoo Unterstützung. Etwas ist ihm bereits gelungen. Er hat das Schwert.«

Im Moment begriff ich nicht. »Welches Schwert?«

»Tokatas!«

Da fiel es mir wie Schuppen von den Augen. Himmel, sein Schwert! Wir hatten das Einzige, was von dem Samurai des Satans übrig geblieben war, nicht mitgenommen, und ich musste ehrlich gestehen, dass wir daran nicht gedacht hatten, da wir so unter Druck der Ereignisse standen. Ich hatte mich wohl später daran erinnert.

Nun war Desteros Schwert durch einen unglückseligen Zufall vernichtet worden, und ich stand ohne da. Gern hätte ich jetzt die starke Waffe des satanischen Samurais besessen, doch wie mir der Goldene mitteilte, war sie gestohlen worden. Keine Chance mehr, an das Schwert heranzukommen.

Was tun?

»Bist du gekommen, um mir das zu sagen, Goldener?«, erkundigte ich mich.

»Unter anderem.«

»Was willst du noch?«

»Dich warnen, denn du musst damit rechnen, dass Susanoo auch dich nicht in Ruhe lässt.«

»Ich habe mit ihm nichts zu tun.«

»Indirekt ja, denn du warst dabei, als Tokata starb, und du hast dich mit deinem Freund nicht auf seine Seite gestellt. Ihr hättet gegen mich kämpfen sollen, so lauten Susanoos Gedanken, und er wird all das vernichten wollen, was ihn an die Niederlage auf der Insel erinnert.«

»Weißt du, was er genau vorhat?«, fragte ich.

»Nein, aber Tokata hat noch mächtige Freunde. Vergiss das nicht, John Sinclair!«

Es waren seine letzten Worte. Der Goldene drehte sich einfach um und ging davon.

Schon nach wenigen Sekunden war er nicht mehr zu sehen, sodass mein ausgestreckter Arm nach unten sank, den ich hochgehoben hatte, um ihn zurückzuhalten.

Ich blieb stehen. Das Auftauchen des Goldenen war zu überraschend für mich gekommen, ich musste mich fassen und auch ein wenig erholen, während neben mir die Wagen vorbeiratterten und ich das vergnügte Schreien der Fahrgäste vernahm.

Es lag also etwas in der Luft, es musste sich klammheimlich über unseren Köpfen zusammengebraut haben. Gefährlich war es bestimmt, denn sonst hätte mich der andere nicht gewarnt.

Susanoo war auf dem Weg.

Gesehen hatte ich diesen finsteren Dämon aus irgendeiner längst vergessenen Zeit noch nie. Wohl von ihm gehört. Ich wusste, dass er ein Bruder und gleichzeitig auch ein Feind der Sonnengöttin Amaterasu war, der der Goldene wiederum diente und deren Fächer er vor dem Zugriff Tokatas gerettet hatte.

Das war mir bekannt. Mehr allerdings nicht. Ich hatte weder Susanoo noch die Göttin Amaterasu zu Gesicht bekommen und war, ehrlich gesagt, auch nicht scharf darauf. Wir hatten es mit so vielen Gegnern zu tun, dass mir die Gestalten aus der japanischen Mythologie eigentlich gestohlen bleiben konnten. Aber durch Tokata war ich mit ihnen zwangsläufig in Berührung gekommen und konnte die Suppe nun auslöffeln, die ich mir selbst eingebrockt hatte.

Mutterseelenallein stand ich in der Geisterbahn. Die Fahrgäste zählten nicht, ich musste zusehen, wie ich hier herauskam, und das war gar nicht so einfach, wie ich aus langer Erfahrung wusste.

Ein paar Mal drehte ich mich um und suchte nach einem Ausgang. Vielleicht einer Seitentür, einem Notausgang, denn so etwas musste es geben, aber die herrschenden Lichtverhältnisse waren katastrophal.

Ich sah nur eine Chance, diesem Wirrwarr zu entkommen. So weit wie eben möglich, musste ich mich in unmittelbarer Nähe der Schienen halten, die zum Ausgang führen mussten.

Früher konnte man in diesen Geisterbahnen noch Angst bekommen. Da gab es noch nicht die

Sicherheitsanlagen wie heute, und man konnte leicht mit irgendwelcher gefährlicher Elektrizität in Berührung kommen. Heutzutage waren die Vorschriften strenger und auch besser geworden.

Hätte ich noch erst einen Höhenunterschied überwinden müssen, wäre es schon schwieriger gewesen, so aber konnte ich auf ebener Erde weiterlaufen und wurde permanent von den kleinen Wagen überholt. Ich sah die große Kurve und nahm an, dass hinter ihr der Ausgang lag. Ein paar Schritte weiter konnte ich dann mehr erkennen. Immer wenn die beiden Türhälften aufgestoßen wurden, fiel Licht in die Geisterbahn.

Und da wurde ich gepackt. Bevor ich noch eine Abwehrbewegung machen konnte, waren die Arme da, umklammerten von hinten meinen Hals und rissen mich zurück …

Bill wusste nicht, ob seine Frau den halbleeren Wagen ebenfalls gesehen hatte, er reagierte sofort. Wie ein Sprinter startete er, stieß zwei Halbwüchsige aus dem Weg, die hinter ihm herschimpften, und rannte auf den auslaufenden Wagen zu, der mit seinem Vorderteil gegen die Rückseite des vor ihm stehenden Wagens stieß.

Der Zusammenprall war nur minimal. Sofort war einer der Angestellten da, um Johnny aus dem Wagen zu helfen, doch Bill beeilte sich sehr und zog seinen Sohn vor dem Mann aus dem kleinen Gefährt.

Der Reporter lief ein paar Schritte zurück und behielt Johnny weiterhin auf den Armen.

»Kind!«, flüsterte er. »Mein Gott, Kind, was ist denn geschehen? Wo ist Onkel John?«

»Ich weiß nicht, Dad.«

Diese Antwort hatte auch Sheila verstanden, denn sie war schnell herbeigeeilt.

»Ist was passiert?« Ihre Stimme klang aufgeregt.

»John ist verschwunden.«

Sheila blieb die Antwort im Hals stecken. Sie drehte den Kopf, schaute zur Geisterbahn hin, doch da war nichts zu sehen. Kein John Sinclair kam aus der Doppeltür.

»Weißt du, wo Onkel John ist?«, fragte Sheila.

»Er war plötzlich nicht mehr da.«

Bill stellte den Kleinen auf den Boden. »Kannst du dich denn daran erinnern, wie es geschehen ist?«

Johnny nickte. »Ja, natürlich, Daddy. Wir – wir fuhren schon nach unten, und da waren richtig tolle Geister, du. Ungeheuer mit solchen Mäulern.« Der Kleine breitete die Arme aus. »Und wir sind sogar in die Mäuler reingefahren, aber es ist nichts passiert.«

»Da war Onkel John noch bei dir?«

»Klar. Er hat mir ja immer gesagt, dass ich keine Angst zu haben brauchte. Die hatte ich auch nicht.«

»Und wann ist Onkel John ausgestiegen?«

Da überlegte Johnny. Er schaute dabei zu Boden und trat von einem Fuß auf den anderen. »So genau kann ich das auch nicht sagen. Bei der großen Figur.«

»Welcher denn?«

Der Kleine hob seinen Kopf und schaute den Vater an. »Die war ganz golden.«

»Richtig aus Gold?«

»Ja, ehrlich, Dad. Und die stand mitten auf den Schienen, bis wir fast bei ihr waren. Dann ist sie zur Seite gegangen und hat ihren Arm ausgestreckt. Danach war Onkel John verschwunden.«

»Hast du denn nachgeschaut?«

»Nein, der Wagen fuhr ja.«

Bill stöhnte auf und wischte über seine Stirn. Er und Sheila warfen sich einen Blick zu. In beiden Gesichtern stand die Sorge um den Freund zu lesen.

Sheila hob die Schultern. »Glaubst du Johnny?«

Bill verzog das Gesicht. »Ich weiß nicht so recht. Das mit der goldenen Figur klingt doch ein wenig fantastisch.«

»Es stimmt aber, Daddy«, beschwerte sich der Kleine, weil man ihm nicht glauben wollte. »Onkel John ist weggerissen worden.«

Bill nickte. »Natürlich, wir glauben dir ja.«

»Was willst du tun?«, fragte Sheila.

»Ich erkundige mich mal an der Kasse, ob es tatsächlich so eine Figur gibt. Dann muss man den Betrieb stoppen und die Geisterbahn durchsuchen.«

»Das wäre eine Möglichkeit.«

Der Reporter ließ seine Familie stehen und eilte auf die Schlange der Wartenden vor der Kasse zu. Rücksicht konnte er nicht nehmen, deshalb drängte er sich vor. Die Frau im Kassenhäuschen verzog grimmig das Gesicht, als Bill vor der Scheibe auftauchte und zu einer Erklärung ansetzen wollte. So weit aber ließ sie es nicht kommen, drehte ihren Kopf und rief den Namen Ivy.

Ivy war einer der Männer, die an der Geisterbahn arbeiteten. Er war ein kräftiger Typ. Mit einem Satz setzte er über das Gitter hinweg und riss Bill herum.

»Nun mach mal keinen Ärger, Mister, sonst kriechst du hier auf allen Vieren vom Rummelplatz …«

»Verdammt noch mal, es ist was passiert.«

Ivy stutzte. »Wie?«

»Lassen Sie mich ausreden.« Bill berichtete dem Mann von den Vorkommnissen und verschwieg auch nicht, was sein Sohn gesehen hatte.

»Eine goldene Figur? Die haben wir nicht.«

»Sind Sie sicher?«

»Klar, Mensch. Ich habe die Geisterbahn doch selbst mit aufgebaut. Muss schließlich wissen, welche Monster wir haben. Ihr Sohn hat gelogen. Der ist auch viel zu jung für so eine Fahrt.«

»Und wo steckt mein Freund? Ich habe selbst gesehen, wie er hineingefahren ist.«

»Keine Ahnung. Woher soll ich das denn wissen?«

»Gut, wir werden ihn suchen.«

»Nein, das werden wir nicht.«

»Aber er muss gefunden werden. Vielleicht ist ihm was passiert. Oder soll ich die Polizei holen?«

Die Frau steckte ihren Kopf durch die Öffnung in der Glasscheibe. »Keine Polizei!«, kreischte sie. »Das Geschäft läuft gerade so gut.«

Bill drehte sich halb um. »Dann sehe ich selbst nach.«

»Okay, meinetwegen, aber Ivy geht mit.«

»Das muss er sogar.«

Der dunkelhaarige Ivy war davon nicht begeistert. Wütend stieß er seine Hände in die ausgebeulten Hosentaschen und nickte dem Reporter zu. Bill folgte ihm. Er schaute auch noch zu Sheila und sah die Sorge auf ihrem Gesicht.

Wenn Bill ehrlich war, dann musste er zugeben, dass ihm persönlich auch nicht sehr wohl bei der Sache war. Er ahnte, dass dieser Jahrmarktbesuch doch keine so gute Idee gewesen war …

Der Typ hinter mir hatte Kraft. Und er setzte sie auch eiskalt ein, indem er mich nach hinten riss, ich den Kontakt mit dem Boden verlor und umkippte.

Jetzt hing ich voll in seinem Griff.

»Ich werde dir helfen, hier herumzuschnüffeln«, hörte ich seine raue und nach Whisky klingende Stimme dicht an meinem Ohr. »Wir machen mit Schnüfflern wie dir immer kurzen Prozess.«

Er wusste genau, was er wollte, und zog mich in den finsteren Hintergrund des Gebäudes. Ich wehrte mich vorerst nicht, denn ich war froh, keinem schwarzmagischen Gegner in die Hände gefallen zu sein. Der Mann hinter mir war wohl ein Angestellter.

Hinter mir hörte ich ein dumpfes Geräusch, danach wurde es heller, weil rötliches Licht uns umschwebte. Ich wurde in eine enge Bude gezogen, in der mein unbekannter Gegner wohl seinen Arbeitsplatz hatte. Dort schleuderte er mich in eine Ecke, wo zahlreiche Kabel lagen und ich auf den Rollen hocken blieb.

Zum ersten Mal sah ich den Typ. Er war kleiner als ich, dafür jedoch mit gewaltigen Muskelpaketen bepackt. Sein schmutziges Hemd stand fast bis zum Bauchnabel offen, auf seiner Brust glänzte der Schweiß. Durch das Licht hatte er einen rötlichen Schimmer angenommen. Seine Augen blickten tückisch, die großen Hände öffneten und schlossen sich krampfhaft.

Irgendwie konnte ich den Mann sogar verstehen. Er musste mich für einen Eindringling und Einbrecher halten, aber dass er gleich zu diesen Radikalmitteln greifen wollte, war doch ein wenig übertrieben.

»Bist du schon mal zusammengeschlagen worden?«, erkundigte er sich knurrend.

»Eigentlich nicht, und das wird auch in Zukunft so bleiben«, erwiderte ich, wobei ich gleichzeitig die Beretta unter dem Hemd hervorholte und ihn in die Mündung schauen ließ.

Der Kerl öffnete seinen Mund. Er vergaß, ihn wieder zu schließen. Ich erhob mich, behielt den Mann im Auge und holte auch noch meinen Ausweis aus der hinteren Hosentasche. »Polizei«, erklärte ich und hoffte, dass er lesen konnte.

Schlucken. Dann hob er die Schultern. »Ich wusste ja nicht, dass du – ähm – Sie ein Bulle ...«

»Geschenkt«, erwiderte ich. »Führ mich hier raus.«

»Ja, ja, sicher.« Er drehte sich um, und wir verließen die Kabine. Dann wandte er sich nach links. Ich folgte seinem Schatten. Die Beretta hatte ich nicht weggesteckt. Erst als er einen Riegel zurückschob und eine schmale Tür öffnete, ließ ich die Waffe verschwinden.

Sonnenlicht traf mich. Es schmerzte ein wenig meine Augen. An dieser Seite der Geisterbahn standen Wohnwagen. Sie bildeten ein offenes Karree. Ich hörte auch eine Stimme und sah den dazugehörigen Sprecher um einen Wagen biegen.

Es war Bill Conolly.

»He«, rief ich ihn an.

Bill blieb ebenso stehen wie der Mann, der ihn begleitete. »John, verdammt, da bist du ja. Wir haben schon wer weiß was gedacht. Ist alles okay?« Er lief auf mich zu.

»Klar.«

»Johnny erzählte etwas von einer goldenen Gestalt, die ...«

Ich unterbrach meinen Freund mit einer Handbewegung. »Nicht jetzt, sonst kriegen hier einige Leute große Ohren.«

Der Reporter verstand.

Ich wandte mich an meinen Helfer. »Seien Sie beim nächsten Mal nicht so rabiat, falls sich mal jemand verirrt.«

Er kriegte einen roten Kopf und nickte. Wir aber gingen. Bill war natürlich neugierig und fragte.

Ich berichtete ihm, was ich erlebt hatte.

»Wirklich der Goldene?«, staunte der Reporter.

»In der Tat.«

»Ich kann es kaum fassen.« Bill schlug sich gegen die Stirn. Er wusste natürlich von unserem Abenteuer auf der Insel des Schweigens, konnte jedoch nicht begreifen, dass die Gegenseite plötzlich so aktiv war. »Erkennst du Zusammenhänge?«

Ich hob die Schultern. »Einige, aber die sind dünn. Auf jeden Fall weiß ich, dass der Goldene nicht auf der Gegenseite steht und wir ihn auch noch bekämpfen müssen.«

»Da sei froh. Ich an deiner Stelle würde alles tun, damit es so bleibt.«

Als ich um die Ecke biegen wollte, um dorthin zu gelangen, wo die anderen warteten, hielt mich Bill am Arm fest.

»Hör mal, John, sollen wir den Besuch abbrechen?«

»Nein, weshalb?«

»Ich meine, es ist ...«

Ich lächelte. »Nichts passiert, mein Lieber. Es war nur eine Warnung. Außerdem sag mir, wie ich mich verhalten soll? Mich im Bunker einschließen, zusammen mit Suko, den ich sowieso nicht erreiche, weil er mit Shao ins Freibad gefahren ist? Und wenn du richtig überlegst, gibt es doch immer einen, der mir an den Kragen will – oder nicht?«

»Da hast du Recht.«

Sheila atmete erlöst auf, als sie ihren Mann und mich sah. Mit Johnny an der Hand lief sie hastig zu uns. »Ein Glück, dass alles okay ist.« Sie schaute mich von oben bis unten an. »Was ist überhaupt losgewesen?«

»Ich bin aus dem Wagen gefallen.«

»Ja, ja«, rief Johnny, »das habe ich genau gesehen.«

»Willst du mich auf den Arm nehmen?«

Ich blickte Sheila treuherzig ins Gesicht. »Das würde ich zwar gern, aber dein Mann ...«

Bill grinste. Sheila drehte sich wütend ab. »Ach, ihr seid beide irgendwie blöd.«

»Aber die goldene Figur war da«, beharrte der kleine Johnny.

Ich streichelte sein Haar. »Sicher war sie da. Du hast gute Augen, mein Schatz.«

»Und du bist rausgefallen.«

»Ja, die Kurve war so stark.«

Da lachte der Junge und zog seine Mutter weiter. Bill gesellte sich an Sheilas andere Seite. Er flüsterte ihr einige Worte ins Ohr. Wahrscheinlich klärte er sie über mein Erlebnis auf und darüber, dass sie sich keine Sorgen zu machen brauchte.

»Und wo gehen wir noch überall hin?«, fragte ich.

Auf diese Frage hatte Johnny gewartet, denn er riss sich von seiner Mutter los und schrie sofort. »In die Achterbahn. Ich will in die Achterbahn.«

Sie war gut zu sehen. Wir brauchten nur den Kopf in den Nacken zu legen und sahen das überdimensionale Vergnügungszentrum, das mit seinen Aufbauten hoch in den Himmel schoss. Es war keine Bahn, deren Wagenkette sich überschlug, aber auch so war sie noch gefährlich genug. Mit ansteigenden Schienen und mörderischem Gefälle.

»Hast du Angst, Onkel John?«

»Nein, aber Hunger. Sollen wir nicht lieber etwas essen?«

»Ein Eis?«

»Auch das.«

Johnny jubelte und hielt nach der nächsten Eisbude Ausschau. Er fand eine, zog mich hin, und ich musste mich wieder anstellen, denn die Eisbuden waren bei der Hitze belagert.

Ich hatte Johnny das Eis nicht ohne Hintergedanken gekauft, denn ich hoffte, dass er die Achterbahn vergessen würde. Den Gefallen tat er mir nicht. Während wir in der Schlange langsam weiterwanderten, redete er ununterbrochen davon.

Ich versuchte, ihn auf Auto-Scooter umzustimmen und lockte damit, dass er da selbst lenken könnte, aber er wollte nicht. Die Achterbahn reizte viel mehr.

»Du bist zu klein«, unternahm ich einen letzten Versuch.

»Nein, Onkel John. Da sind noch viel kleinere in den Wagen, Guck genau hin ...«

Was sollte ich da noch drauf erwidern? Er hatte ja Recht. Bills Sohn war wirklich ein gewieftes Kerlchen.

Johnny erhielt sein Eis und lief zu seinen Eltern zurück. »Wir fahren mit der Achterbahn!«, rief er begeistert.

»Noch habe ich nicht zugestimmt«, schwächte ich ab.

»Aber du hast mal gesagt, dass ich immer damit fahren kann, womit ich möchte.«

Der Junge behielt aber auch alles. Ich zog ein saures Gesicht und musste zähneknirschend zustimmen. Ja, gesagt hatte ich es, daran gab es nichts zu rütteln.

»Also gut, Johnny, du hast mich überlistet. Wir fahren mit der Achterbahn.«

Sheila wollte etwas sagen, sie öffnete schon den Mund, doch die Worte verschluckte sie.

Bill hielt sich raus. Er stand neben uns, hatte den Kopf gedreht und schaute in den strahlend hellen Himmel. Eine Sonnenbrille schützte dabei seine Augen.

Johnny hatte wohl noch nie so schnell ein Eis gegessen. Das geschmolzene Zeug lief außen am Hörnchen nach unten und tropfte auf seine Hand, was ihn jedoch nicht weiter störte, denn er leckte es kurzerhand ab.

Sheila versuchte noch einmal, auf ihren Sohn einzuwirken, doch Johnny wollte unbedingt fahren.

Zum Schluss hatten wir alle drei nachgegeben.

Als er den letzten Krümel verspeist und Sheila ihm den Mund abgewischt hatte, griff er schon nach meiner Hand, damit ich nicht auf die Idee kam, wegzulaufen.

»Dann viel Glück«, sagte Bill und grinste, während Sheilas Lächeln gekünstelt aussah.

Auch ich fühlte mich nicht glücklich, denn ich musste immer wieder an die Begegnung mit dem Goldenen denken. Er hatte mich vor einem Unheil gewarnt. Wann würde es eintreffen und zuschlagen?

Gern hätte ich jetzt in die Zukunft gesehen, aber man kann nicht alles haben, so vertraute ich auf mein Glück, löste zwei Karten und reihte mich mit Johnny in die Schlange der wartenden Menschen ein. Sie war nicht sehr lang. Zudem ging es flott voran. Die Menschen, die aus den Wagen stiegen, sahen unterschiedlich aus. Einige von ihnen lachten und andere waren blass und kalkig im Gesicht, denen war die rasante Fahrt in der Tat auf den Magen geschlagen.

Zum Glück konnten wir nebeneinander sitzen. Hinter uns stiegen zwei Mädchen ein, sie waren etwas älter als Johnny und hatten einen Heidenspaß.

Durch die Hand eines Mannes wurde der Wagen, in dem wir saßen, langsam vorangeschoben, bis zu einem bestimmten Haltepunkt. Ich richtete meinen Blick in die Höhe.

In einer langen Geraden führte die Schiene vor uns hoch. Sie schien in den Himmel stoßen zu wollen.

Johnny ergriff meine Hand. »Onkel John, Angst habe ich wirklich nicht.«

»Das ist fein.«

»Höchstens um dich.«

»Warum das denn?«

»Nachher wird dir noch schlecht. Kinder sind da stärker als Erwachsene, glaube ich …«

»Da hast du sicherlich Recht«, erwiderte ich lächelnd und bemerkte, wie der kleine Wagen sich in die Höhe schob.

Unsere Fahrt mit der Achterbahn begann …

Zu Hause bei den Conollys.

Ein Bungalow im Londoner Süden. Rollos vor den Fenstern. Gekippte Stühle auf der Terrasse, Sonnenstrahlen, die auf das Dach knallten und die Erde im Garten austrockneten. Ein verlassenes Haus, aber trotzdem durch eine ausgezeichnete Alarmanlage gesichert.

Nadine Berger, die Wölfin, lauerte. Das Tier hatte sich ein schattiges Plätzchen ausgesucht, denn die Sonnenstrahlen empfand es wie die Menschen nicht als sehr angenehm. Es hockte unter einer Markise und machte einen schläfrigen Eindruck. Nur hin und wieder öffnete es die Augen, um ein wenig zu blinzeln. Jemand, der Nadine Berger früher gekannt hatte, der wäre erstaunt gewesen, denn die Augen der Wölfin zeigten den gleichen Ausdruck wie die der Nadine Berger als Mensch.

Aber es sah niemand das Tier, und so sollte es auch sein. Nadine wollte im Hintergrund bleiben. Man hatte ihr eine Aufgabe zugeteilt, sie sorgte für den Schutz des kleinen Johnny, und diesen Schutz nahm sie auch sehr ernst.

Plötzlich sträubte sich ihr Fell. Irgendetwas musste sie gestört haben, denn es blieb nicht bei der ersten Reaktion, sondern mit einem plötzlichen Ruck stand sie auf den Pfoten.

Es war eine witternde Abwehrhaltung. Denn Nadine hatte etwas gewittert.

Gefahr!

Deutlich spürte sie es. Gefahr lag in der Luft, aber nicht hier in der Umgebung des Hauses, woanders drängte sich die Gefahr zusammen, und zwar über Personen, die Nadine Berger sehr nahe standen. Deshalb spürte sie auch mit ihren übersensiblen Fühlern, dass sich etwas ereignet hatte.

Es ging um die Personen, die sie beschützen wollte. Nadine wurde immer unruhiger. Sie lief einen Kreis auf der Terrasse, hob den Kopf und knurrte drohend, aber es war ihr nicht möglich, einzugreifen und zu helfen.

Die andere Gefahr war schon da!

Und sie schwebte unsichtbar über den Köpfen ihrer Schützlinge. Nicht nur Johnny befand sich in höchster Lebensgefahr, sondern auch John Sinclair.

Der Wolf stieß ein Heulen aus. Er konnte nicht mehr an sich halten. Und es klang wie das Klagelied für einen Toten …

Wir fuhren Achterbahn!

Mein Patenkind saß neben mir, hatte seine kleinen Hände um den Haltegriff geklammert und fühlte sich ansonsten pudelwohl. Diese Fahrt bereitete Johnny einen Heidenspaß, hier konnte er endlich mal schreien, ohne dass jemand schimpfte.

Noch war es nicht so weit. Wir erlebten das Gefühl der inneren Spannung, das vor dem großen Ereignis steht. Bei vielen Fahrgästen begannen jetzt die Herzen stärker zu klopfen, wenn es den Weg hochging, andere lachten, wieder andere hatten ein großes Mundwerk, um Unsicherheiten zu verbergen.

Ich warf einen schrägen Blick auf den Kleinen.

Sein Gesicht zeigte eine kindliche Freude, aber auch eine gewisse Spannung. Angst oder Unsicherheit konnte ich bei ihm nicht feststellen. Er hatte sich die Fahrt mit der Achterbahn so sehr gewünscht, und ich hielt das Versprechen ein, das ich ihm vor Wochen gegeben hatte. Ansonsten wäre ich mir wie ein Schuft vorgekommen.

Wir befanden uns bereits auf dem letzten Drittel. Ich warf einen Blick nach links und gleichzeitig in die Tiefe.

Die Menschen wurden kleiner, auch die zahlreichen Buden und Karussells schrumpften zusammen. Von hier oben konnte ich den Staub sehen, der über dem Jahrmarkt lag. Die einzelnen Partikel flirrten in der unwahrscheinlichen Hitze.

»Onkel John, gleich sind wir da!« Johnny freute sich und klatschte in die Hände. »Das ist richtig gefährlich, nicht?«

»Nein«, schwächte ich ab. »Es ist nicht gefährlich.«

»Ist da schon mal was passiert?«

»Ich glaube nicht.«

Er nickte. »Wenn wir so rasen, glaube ich immer, wir könnten fliegen.«

Das sollte er sich lieber nicht wünschen. Und wieder dachte ich an das Erlebnis, das ich auf einer dieser Achterbahnen gehabt hatte. Es war gefährlich gewesen, und ich hoffte inständig, dass sich ähnliches nicht wiederholte.

Noch ein paar Yards, dann hatten wir den Endpunkt der Schräge erreicht. Ich setzte mich ein wenig anders hin und ermahnte den Jungen, sich gut festzuhalten.

»Das mache ich schon, Onkel John.«

Dann hatten wir das Ende erreicht. Für eine endlos lange Sekunde stand der kleine Wagen waagerecht auf den Schienen, und wir hatten einen fantastischen Blick über die Kirmes.

Nur das Riesenrad überragte die Achterbahn noch. Ansonsten lag uns alles zu Füßen. Auch der Hyde Park, wobei im Hintergrund das Gewässer *The Serpentine* schimmerte. Das Wasser sah blaugrau aus. Die bunten Segel der Boote und Surfbretter gaben dem See einen farbigen Anstrich.

»Jetzt geht es runter!«, schrie Johnny und hatte die Worte kaum ausgesprochen, als der Wagen kippte.

Und wie er fiel.

Ich hörte den Kleinen schreien, ich selbst schrie ebenfalls, es tat gut, denn die Geschwindigkeit steigerte sich enorm, wir wurden fast so schnell, dass man das Gefühl haben konnte, leicht abzuheben. Es war eine wilde Raserei, die nur Sekunden dauerte, uns jedoch ungemein lang erschien.

Johnny hatte einen Heidenspaß. Er freute sich, schrie und hörte damit sofort auf, als der Wagen einen Schlag erhielt und von der eigenen Geschwindigkeit noch auf eine Schräge gebracht wurde, die in die Höhe führte.

Augenblicklich wurden wir langsamer. Man konnte das Gefühl haben, zu stehen, bis wir uns an den neuen Rhythmus gewöhnt hatten und in eine scharfe Rechtskurve gerissen wurden.

Aus der Kurve wurde ein Kreisel. Die Fliehkraft machte mit uns, was sie wollte, wir wurden wieder schneller, und Johnnys Körper presste sich gegen meinen.

Angst hatte er nicht. Er quietschte vor Vergnügen, und es machte ihm auch weiterhin Spaß, als uns der Kreisel wieder ausspie. Dabei wurde unser Wagen vorgeschleudert. Raketenartig nahm die Geschwindigkeit zu, bevor wir in eine Linkskurve hineinglitten, die nicht in einem

Kreisel verlief, sondern schnell zu einer Geraden wurde, die uns wieder in die Höhe transportierte.

»Das ist Klasse!«

Der kleine Johnny hatte einen unglaublichen Spaß. Er hatte sich auf diese Fahrt schon tagelang gefreut, jetzt kostete er sie richtig aus.

Wir wurden wieder langsamer. Unter uns arbeitete der Kettenzug und zog den Wagen in die Höhe.

Die Schreie der anderen Fahrgäste in den sich ebenfalls auf der Bahn befindlichen Wagen erreichten unsere Ohren als verwehende Fetzen, und dann befanden wir uns auf dem höchsten Punkt dieses stählernen Gebirges.

Diesmal ging es auch in die Tiefe. Allerdings nicht sofort, sondern erst nach einer kleinen Mulde, die wir durchfahren mussten.

Provozierend langsam schob sich unser Wagen voran. Es schien, als sollten die Fahrgäste noch einmal Atem holen, bevor sie endgültig in die Tiefe rasten.

Wir erreichten die Talsohle der kleinen Mulde, kletterten an der anderen Seite wieder hoch und schauten in die Tiefe.

Mein Gott, das war steil.

Fast blieb mir das Herz stehen, und unten, fast am Boden lief diese Schräge in einen Kreisel hinein, der die Wagen mit hoher Geschwindigkeit auf eine andere Bahn schleuderte, wo es dann auf und ab ging und man in Wellenform weiterfuhr.

Was soll ich noch lange darüber berichten? Wir brachten es hinter uns. Als wir aus dem Kreisel katapultiert wurden, hatte ich das Gefühl, mein Magen läge irgendwo im Nacken, und ich begann, mein Versprechen, das ich Johnny gegeben hatte, zu bereuen.

Doch der Kleine freute sich. Auch über die Berg- und Talfahrt, die sich dem Kreisel anschloss. Ihm machte das Auf und Ab großen Spaß, mir weniger, und mir war schon richtiggehend übel.

Noch übler wurde mir, als ich plötzlich sah, was sich vor mir abspielte. Nach dieser welligen Strecke führte eine Gerade wieder in die Höhe. Zwar nicht mehr so hoch wie bei den ersten beiden Malen, sondern auf mittlere Höhe, wo der Wagen noch einmal Geschwindigkeit aufnahm.

Doch am Ende der Aufstiegstrecke stand eine Figur.

Sie hielt sich mitten auf den Schienen auf, und mein Herz wollte plötzlich stillstehen, als ich sie sah.

Das war doch nicht möglich!

Ich klammerte mich unwillkürlich noch härter an den Haltegriff, während ich den Unheimlichen beobachtete und auch Johnnys Stimme vernahm.

»Onkel John, wer ist das?«

Ich gab keine Antwort, denn das Entsetzen hatte mir die Kehle zugeschnürt.

Der Goldene war es nicht. Er sah anders aus. Obwohl ich den Dämon Susanoo noch nie im Leben gesehen hatte, glaubte ich, dass er es war, der sich da auf den Schienen aufhielt, denn er hielt in der rechten Hand etwas, das ich verdammt gut kannte.

Tokatas Schwert!

Ich musste den Schock wirklich erst überwinden. Johnny hörte ich sprechen, wobei ich allerdings nicht verstand, was er sagte. Der Anblick des Dämons war zu schlimm.

Er war nackt bis auf einen weiten, aus Federn bestehenden Lendenschurz. Seine Haut schimmerte in einem giftigen Grün, und diese Farbe breitete sich von den Knien bis zum Gesicht hin aus. Seine Füße konnte ich nicht erkennen, sie steckten in seltsamen geschnürten Schuhen, deren Riemen fast bis an die Schienbeine liefen. Auf dem Schädel trug er einen Helm, dessen Form den Kopf nachmodellierte und auf seiner oberen Seite zwei kleine Flügel hatte.

Die beiden großen Flügel befanden sich auf dem Rücken. Es waren gewaltige Schwingen, deren erste Hälfte silbrig schimmerte und die an den Rändern pechschwarz waren.

Irgendwie wurde ich an den Eisernen Engel erinnert, aber dieser Dämon hier war wesentlich grausamer als der Engel. Das allein zeigte schon sein Gesicht, ebenfalls giftgrün anzusehen, doch mit eiskalten, grellrot leuchtenden Augen. Die Wangen waren eingefallen, die Haut spannte sich dünn über die Knochen, und sein Körper sah so muskulös aus wie der eines Supermans. Der Dämon hatte gewaltige Muskelpakete, die an Tarzan erinnerten.

Das schwere Schwert des Tokata trug er fast lässig. Seinen rechten Arm hatte er ausgestreckt, sodass die Spitze der Waffe genau auf den nächst anfahrenden Wagen wies.

In dem saßen wir!

Mir stockte der Atem. Ich wollte es nicht glauben, doch die Tatsachen sprachen gegen mich. Also hatte mich der Goldene nicht umsonst gewarnt, es gab diesen Gegner, den grauenhaften Dämon, der uns allen ans Leben wollte.

Ein paar Mal holte ich tief Luft, schüttelte den Kopf und bemerkte mit Entsetzen, dass wir diesem unheimlichen Monstrum immer näher kamen.

Aber auch der Schwertspitze …

Johnny hatte Angst. Er klammerte sich mit einer Hand an mich. »Onkel John«, flüsterte er. »Was ist das? Ich habe Angst, Onkel John. Der gehört doch nicht hierher.«

Da hatte mein Patenkind ein wahres Wort gesprochen. Nein, der Dämon gehörte nicht auf die Achterbahn, aber er hatte eine Aufgabe zu erledigen, er wollte uns vernichten.

Ich gab Johnny keine Antwort, dafür zog ich meine Beretta. Jetzt war ich froh, die Waffe mitgenommen zu haben, aber würden die geweihten Kugeln gegen ihn überhaupt etwas nutzen?

Ich wagte es kaum zu glauben. Das Ziehen der Pistole glich mehr einer Verzweiflungstat, und während wir langsam, aber stetig die Schräge hochgeschoben wurden, streckte ich meinen rechten Arm aus und zielte schräg über den Haltegriff auf die schaurige Gestalt des wartenden Dämons.

Der kleine Wagen fuhr nicht glatt. Er rumpelte etwas, schwang dabei hin und her, sodass es gar nicht einfach war, ein Ziel ins Auge zu fassen, auch wenn es so groß war wie dieser Dämon.

Dann feuerte ich.

Zweimal drückte ich ab.

Seltsam dünn klangen die Schüsse. Wahrscheinlich hatte sie kaum jemand gehört, ich schaute auf den Dämon und wartete auf eine Reaktion. Fiel er? Brach er zusammen? Kippte er vom Gestänge der Achterbahn?

Nein, er blieb stehen. Wie eine Statue stand er da, einem Denkmal gleich, und ich konnte nicht einmal feststellen, ob meine beiden Geschosse überhaupt ihr Ziel gefunden hatten.

Susanoo war nichts anzumerken.

Wir aber wurden auf ihn zugeschoben.

Wäre ich allein gewesen, so hätte ich versucht, auszusteigen. Aber Johnny war bei mir, auf ihn musste ich Rücksicht nehmen, alles andere zählte nicht.

Der Kleine fragte weiter, und ich konnte ihm immer nur die gleiche Antwort geben. »Bleib ruhig, Kleiner. Keine Angst, wir schaffen es schon. Das ist nur ein Scherz.«

»Aber du hast geschossen!«

Auf diese sehr richtige Feststellung hin erhielt Johnny keine Antwort. Ich hatte gefeuert, was hätte ich anders tun sollen?

Jetzt bewegte sich der Dämon. Nur den rechten Arm senkte er, sodass die Schwertspitze die Bewegung mitmachte, schräg nach unten wies und damit genau auf uns.

Ich krampfte mich zusammen. Mein Magen bildete plötzlich einen Klumpen, der Atem drang pfeifend über meine Lippen, während ich fieberhaft nach einem Ausweg suchte.

Es gab keinen. Wir waren der Technik der Achterbahn hilflos ausgeliefert und auch dem lauernden Dämon.

Und mein Kreuz?

Selbstverständlich hatte ich es mit, aber konnte es mich gegen Susanoo schützen?

In letzter Zeit machte es sich immer stärker bemerkbar, dass ich seine Geheimnisse nicht vollends kannte. Ich konnte es deshalb auch nicht aktivieren und würde wohl hilflos dem lauernden Dämon entgegenfahren.

Ob er nun von anderen ebenfalls gesehen wurde oder nicht, das alles spielte keine Rolle.

Helfen konnte mir niemand.

Wie viele Yards trennten uns noch? Zwanzig, nur fünfzehn? Es war schwer, wenn nicht unmöglich, eine Entfernung genau abzuschätzen, für mich allein zählte nur noch der Dämon.

Er senkte das Schwert noch weiter. Deutlich sah ich die Spitze und auch die scharfen Schneiden der Klingen. Eine Schwertseite hatte Tokata den Kopf vom Rumpf abgeschlagen, nachdem der Samurai des Satans Harakiri begangen hatte.

Würde sie mich nun köpfen?

In meiner Verzweiflung suchte ich nach einer Bremse. Doch die hatte der Wagen nicht! Ich trat mit den Füßen, tastete über den Boden, vergeblich.

Auch vernahm ich Schreie.

Irgendwo im Hintergrund hörte ich die Menschen, achten konnte ich darauf nicht, denn der Wagen wurde die letzten Yards geschoben und damit genau auf die mörderische Schwertspitze zu …

Die Wölfin war kaum noch zu beruhigen. Sie spürte die Gefahr, ihr Innerstes war regelrecht aufgewühlt. Die Seele des Menschen war vergleichbar mit einer empfindlichen Elektronik. Sie nahm Schwingungen auf und wusste sie auch genau zu deuten.

Die Gefahr wuchs.

Ein fast hilfloses Knurren drang aus dem Maul des Tieres. Es hatte die Schnauze weit aufgerissen. Geifer tropfte daraus hervor, der Schwanz peitschte, und der Kopf schlug von einer Seite auf die andere.

Gerade die Hilflosigkeit machte die Wölfin so verrückt. Als Mensch hatte Nadine Berger diese sensitiven Eigenschaften nicht besessen. Erst als ihre Seele in den Körper des Wolfes eingedrungen war, hatte sich dieses Bewusstsein erweitert.

Ihre Augen glühten in einer seltsamen Farbe. Fast dunkelblau zu nennen, dazwischen mit dem natürlichen Grünschimmer, den sie immer besaßen.

Und sie sandte einen geistigen Hilfeschrei aus. Irgendwer musste ihn doch hören, sie wollte Kontakt haben mit der Person, die sich in ungeheurer Gefahr befand, wollte sie warnen, damit sie weglief, aber der gedankliche Schrei erreichte die Person nicht.

Ungehört verhallte er ...

Oder nicht?

Plötzlich merkte die Wölfin etwas. Jemand hatte ihren Hilferuf vernommen, da war etwas unendlich fern, aber dennoch nah. Über Dimensionen hinweg hallte der verzweifelte Ruf des sensitiven Tieres, wurde aufgefangen und weitergeleitet.

Kam vielleicht Hilfe?

Noch einmal formulierte die Wölfin ihren Schrei, durchstieß mit ihm die Grenzen der Zeit, blieb für einen Moment zitternd stehen und brach dann zusammen, da die Anstrengung weit über ihre eigentlichen Kräfte hinausgegangen war ..

Da stoppte der Wagen!

Es gab noch einen Ruck, und plötzlich blieben wir stehen. Genau so weit von dem Dämon entfernt, dass er uns mit seiner Schwertspitze nicht erreichen konnte, wenn er jetzt zuschlug.

Die Zeit stand still.

Dieses Gefühl hatte ich. Wir schienen uns in einem Vakuum zu befinden, luftleer der Raum, in dem es nichts mehr gab. Kein Vor, kein Zurück, nur eben wir.

Ich holte tief Luft.

Neben mir schluchzte Johnny. Es war ein Geräusch, das mich wieder aus der anderen Welt in die normale hineinriss, und ich somit alles klarer sah.

»Onkel John, warum fahren wir nicht weiter?«

Der Kleine erhielt von mir keine Antwort, denn ich hatte die Rufe vernommen, die unter uns aufgeklungen waren.

Wahrscheinlich war die seltsame Gestalt bemerkt worden. Man hatte reagiert und den Strom abgeschaltet, womit man uns noch eine Galgenfrist gewährte.

Beide vernahmen wir die Lautsprecherstimme. Hohl und blechern drang sie bis in unsere Höhe.

»Behalten Sie die Ruhe, meine Herrschaften. Bleiben Sie um Himmels willen in Ihren Wagen sitzen. Es ist nur ein kleiner technischer Defekt, der allerdings sehr schnell behoben sein wird. Bleiben Sie, wo Sie sind. Wir kümmern uns um Sie.«

Jetzt war mir klar, dass der Strom auf normalem Weg abgeschaltet worden war. Dahinter steckte keine Magie, und mir war es deshalb möglich, den Wagen zu verlassen, ohne dass ich auf eine stromzuführende Schiene trat.

Das tat ich auch.

Johnny erschrak, als er sah, wie ich mich aufrichtete und dabei den Dämon nicht aus den Augen ließ. »Onkel John, wo willst du hin? Bitte, ich habe Angst.«

»Die brauchst du nicht zu haben, mein Kleiner. Bleib du nur sitzen, das andere erledige ich.«

»Aber wenn …

»Bitte, Johnny …« Ich verließ den Wagen und hörte das Weinen des Jungen.

Dann stand ich auf den Schienen. Es war eine Schräge, das hatte ich schon erwähnt. Normal stehen konnte ich nicht, ich wäre nach hinten weggekippt, also versuchte ich mich nach vorn zu beugen, an den Schienen Halt zu finden und so das Gleichgewicht zu halten.

Eine schlechte Lage, wenn ich in einen Kampf mit dem Dämon eintreten sollte. In meiner vorgebeugten Haltung war ich immer benachteiligt.

Jetzt wo das Rattern der Wagen nicht mehr zu vernehmen war, konnte ich die Stille regelrecht fühlen. Sie lastete auf mir wie ein Druck, aber ich hörte auch das Rufen der Menschen. Tief unter mir mussten sie zusammenlaufen, und wahrscheinlich starrten sie in die Höhe, wo wir uns gegenüberstanden.

»Onkel John, Onkel John!«, hörte ich die Stimme des Jungen. »Bitte, komm zurück!«

Nein, ich wollte nicht mehr zurück. Wenn ich es austrug, dann jetzt und hier.

Gnadenlos knallte die Sonne auf mich herab. Ich war in Schweiß gebadet. Das salzige Zeug rann über mein Gesicht, auch den Körper hinab und tränkte die Kleidung.

Verbissen hatte ich die Lippen aufeinandergepresst. Ich musste mich voll konzentrieren und dachte daran, den Dämon wegzulocken. Wenn ich es schaffte, dass er seinen Platz verließ, dann war Johnny nicht mehr in unmittelbarer Gefahr und konnte vielleicht von einem Helfer gerettet werden.

Zudem dachte ich an seine Eltern. Sheila und Bill standen unten. Was mussten sie alles durchmachen, wenn sie sahen, was sich hier oben ereignete!

Ich warf einen Blick nach links. Zuvor hatte ich mich nicht getraut. Jetzt allerdings erkannte ich, dass unter mir auch ein Schienenstrang entlang lief, vielleicht drei Yards entfernt und etwas versetzt. In der Nähe stieg ein Eisenträger in die Höhe. An ihn waren die Schienen vernietet.

Eine Wahnsinnsidee durchzuckte mich. Sollte ich den Sprung wagen? Hatte ich Glück, kam ich auf den Schienen an. Wenn nicht, würde ich fallen und mit zerschmettertem Körper irgendwo liegen bleiben.

All diese Gedanken durchtobten meinen Kopf in Sekundenschnelle, und ich musste mich zu einer Entscheidung aufraffen, sonst war alles verloren.

Noch zögerte der Dämon.

Nicht mehr lange.

Er schien sich seiner Sache sicher zu sein, denn langsam hob er den rechten Arm mit dem Schwert. Ein Sonnenstrahl traf die Klinge und ließ sie hell aufblitzen.

Dann sprang ich.

Es war gefährlich, verdammt, das wusste ich, aber mir blieb keine andere Wahl. Wenn ich den kleinen Johnny aus der Gefahrenzone bringen wollte, dann gab es keine andere Möglichkeit.

Ich fiel.

Plötzlich waren die unsichtbaren Hände da, die mein

Herz umklammerten und es zusammenpressten. Obwohl die Zeit bis zum Aufprall sicherlich nicht mehr als eine Sekunde betrug, kam sie mir dennoch ungemein lang vor.

Der Aufschlag.

Ich hörte Schreie, denn hinter mir stand ein Wagen, in dem zwei Fahrgäste saßen. Um sie konnte ich mich nicht kümmern, ich hatte genug mit mir selbst zu tun. Wenn es mir nicht gelang, mich zu fangen, war alles verloren.

Ich durfte nicht kippen!

Mit dem rechten Bein knickte ich weg. Für einen winzigen Augenblick schwebte ich in Lebensgefahr, dann konnte ich mich wieder fangen, knickte ein, und es gelang mir tatsächlich, mit beiden Händen auf der Schienenmitte den nötigen Halt zu finden.

Tief atmete ich durch, es fiel mir schwer. Im Moment wurde mir schwindlig, ich konnte es noch nicht fassen, gerettet zu sein, aber es war nur eine scheinbare Rettung, denn als ich den Kopf drehte und nach oben schaute, stand der Dämon über mir auf der Schiene und hatte sein Schwert hoch erhoben.

Johnny interessierte ihn nicht!

Dieser Gedanke durchzuckte mich wie ein elektrischer Schlag. Der Kleine war vorläufig gerettet, Susanoo wollte nur mich.

Aber wohin sollte ich?

So rasch es ging, bewegte ich mich auf den Stützpfeiler zu. Er befand sich an der linken Seite der Schiene, stach in die Höhe und verbreiterte sich zu einer Art Gabel, die über mir einen Schienenstrang trug.

Als ich den Pfeiler berührte, sprang auch der andere. Nein, es war kein direktes Springen, sondern eher ein Schweben, denn er hatte seine Flügel ausgebreitet. Sanft lief er sich tragen, und er landete auch sanft.

Ich stand am Pfeiler.

Das Kreuz hielt ich jetzt in der Hand. Mein Innerstes war aufgewühlt, ich zitterte und bebte, der Kampf würde mir alles abverlangen, und ich hoffte, dass ich den tödlichen Schwertstößen wenigstens einige Sekunden lang entgehen konnte.

Er schlug zu.

So langsam er sich zuvor bewegt hatte, so schnell war er jetzt. Mit einer raschen Drehung rettete ich mich und schaffte es, schräg hinter den Pfeiler zu gelangen.

Die Klinge aber klirrte dagegen.

Sie war wuchtig geschlagen worden, ich hatte sogar Angst, dass der Pfeiler knicken konnte, denn er vibrierte stark. Aber er hielt!

Dem zweiten Schlag konnte ich nicht entgehen, das stand fest. Und wenn ich einen Blick in die Tiefe warf, so sah es hoffnungslos aus. Denn da hinunterzuspringen hätte mich das Leben gekostet.

Keine Chance mehr.

Und da geschah etwas Unwahrscheinliches ...

Der Goldene erschien!

Ich vernahm ein fauchendes Geräusch, als wäre hinter mir die Luft zusammengeschlagen.

Blitzschnell drehte ich mich um, wobei ich mich mit einer Hand am Pfeiler festhielt.

Vor mir stand tatsächlich der Goldene Samurai!

Jetzt endlich hatte ich den Beweis, dass sein Erscheinen in der Geisterbahn keine Halluzination gewesen war. Johnny und ich hatten ihn gesehen. Und er war zurückgekommen.

»Ich hatte dich doch gewarnt!«, sprach er mich an und schüttelte den Kopf, wobei blitzende Reflexe entstanden, als das Sonnenlicht auf ihn fiel. »Aber du hast nicht hören können ...«

»Was sollte ich denn tun ...?«

»Gar nichts«, erwiderte der Goldene und schob sich vor. »Jetzt bin ich an der Reihe!«

Er ging an mir vorbei, ohne mich irgendwie zu beachten. Für ihn gab es nur den Dämon Susanoo.

Die beiden hassten sich, sie waren Todfeinde, und würden sie es wirklich hier auf den Schienen der Achterbahn austragen? Eine unwahrscheinliche Vorstellung, die mich irgendwie bedrückte, denn diesem Kampf würden zahlreiche Zeugen zusehen. Menschen, die nichts begreifen konnten und mit hineingerissen wurden in den Kreislauf des Schreckens.

Aber hatte der Goldene überhaupt Waffen? Ich sah nur den Dolch, und der steckte im Gürtel. Doch in der anderen Hand trug er etwas, das ich ebenfalls schon auf der Insel des Schweigens gesehen hatte.

Amaterasus Fächer!

Dieser Fächer war etwas Besonderes. Zusammengeklappt eignete er sich hervorragend als Angriffswaffe. Klappte man ihn jedoch auseinander, wurde daraus eine Abwehrwaffe. Wenn Susanoo ihn mit dem Schwert attackierte, konnte der Goldene ihn abwehren.

Aber würde der Fächer den Schlägen des Susanoo widerstehen können? Ich hoffte es und drückte dem Samurai beide Daumen, als er immer weiter auf Susanoo zuschritt.

Nachdem die beiden nur noch eine Entfernung von höchstens vier Schritten trennte, blieb der Samurai stehen.

Sie sprachen nicht, bis Susanoo lachte. »Ich freue mich«, sagte er, »dass du freiwillig gekommen bist. So brauche ich dich nicht erst zu suchen, um mir das zurückzuholen, was mir gehört. Gib mir den Fächer her!«

»Den Fächer?« Diesmal lachte der Goldene. »Er gehört nicht mir, und er gehört auch nicht dir. Du weißt, dass er einzig und allein der Sonnengöttin Amaterasu zusteht.«

»Na und? Ich bin ihr Bruder!«

»Aber ein Geächteter.«

Da lachte Susanoo. »Geächtet? Nein, niemals. Es war nur eine Rivalität zwischen uns. Sie hätte meinen Befehlen folgen sollen, dann wäre alles in Ordnung gewesen, so aber hat sie nichts, und auch ich habe nichts. Aber ich werde den Fächer meiner Schwester bekommen, das sage ich dir. Nicht umsonst habe ich das Drachenreich verlassen und bin in diese verfluchte Welt gekommen.«

»Dann hole ihn dir!«, peitschte die Stimme des Goldenen.

Susanoo redete nicht mehr. Er griff an. Es war ein wuchtiger Stoß mit dem Schwert, den er führte, wobei sich seine Schwingen ausbreiteten und er leicht über der Schiene schwebte. Ich konnte diesem Fight nur zusehen, und ich kam mir vor wie damals auf der Insel des Schweigens, als Suko und ich Zuschauer beim Kampf der Giganten gewesen waren.

Der Goldene hatte den Fächer. Ich konnte es kaum verfolgen, so schnell klappte er ihn auseinander und machte aus ihm eine Abwehrwaffe. Als er ihn auseinander schlug, da ging eine glutrote Sonne auf, die sich auf der gesamten Fläche des Fächers als Bild zeigte.

Amaterasus Zeichen. Das Stigma der Sonnengöttin.

Ich vernahm das Singen, als das Schwert gegen den Fächer prallte. Mit der Spitze war es dagegen geschlagen, und es schaffte es nicht, den Fächer zu zerstören.

Er war so hart gebaut, dass er auch dem Schwerthieb widerstehen konnte.

Dann erfolgte die nächste Attacke. Leider konnte ich Susanoo nicht sehen, der Rücken des Samurais deckte mein gesamtes Blickfeld ab, aber ich hörte, wie der zweite Streich gegen den Fächer fuhr und eine lange Funkenspur in die Höhe schleuderte.

Rotglühend war sie, und ihr folgte das Lachen des Dämons Susanoo. Bisher hatte der Goldene nicht aktiv in den Kampf eingegriffen, er hatte sich nur auf die reine Defensive beschränkt, und ich bekam Angst, dass es so bleiben würde.

Susanoo schlug zu. Er setzte all sein Vertrauen in das gewaltige Schwert des Tokata, von dem die Sage umging, dass es in der Jigoku, der Hölle, geschmiedet sein sollte.

Ich schaute weiterhin zu.

Aber ich fürchtete um den Goldenen, denn er wurde immer mehr zurückgetrieben, und er geriet dabei in meine Richtung. Den Fächer allerdings, den beherrschte er meisterhaft. Wie er die Hiebe abwehrte, das war schon eine Schau für sich.

Rechts und links wischten sie auf ihn zu. Bei jedem Treffer raste eine Funkenspur vom Fächer weg, schlug einen Bogen und verglühte. Noch stand der Dämon auf den Schienen, aber nicht mehr lange. Ich hatte den

Gedanken kaum zu Ende geführt, als er seine Schwingen ausbreitete und sich erhob.

Plötzlich schwebte er nicht vor dem Goldenen, sondern darüber. Bei dieser Attacke hielt er seine Waffe mit beiden Händen fest. Und seine Schläge erfolgten noch härter, noch gnadenloser und auch wuchtiger.

Wie lange konnte der Goldene diesen Attacken standhalten? Und warum wehrte er sich nicht?

Dann zog er den Dolch.

Es gab einen freudigen Stich in meiner Brust, als ich dies sah. Würde der Goldene jetzt den Gegenangriff starten? Wieder raste schräg ein Schlag auf ihn zu, der Samurai duckte sich, hob den Fächer an und nahm dem Treffer die erste Wucht. Fast wäre er noch gestürzt, aber er konnte sich im letzten Moment fangen.

Knallhart kamen die nächsten Hiebe, bis der Goldene seine Chance erkannte.

Als Susanoo noch einmal weit ausholte und für wenige Augenblicke die Zeit einfach stehen zu bleiben schien, da griff der Samurai eiskalt an.

Mit einem Dolch!

Tokata hatte diese Waffe geschafft. Würde sie auch den Bruder der Sonnengöttin Amaterasu schaffen?

Ich wusste nicht, wie gut der Goldene beidhändig kämpfen konnte, auf jeden Fall hielt er den ausgeklappten Fächer in der rechten und seinen Dolch in der linken Hand.

Damit stieß er zu.

Nie hatte ich den Goldenen so schnell gesehen, auch im Kampf gegen Tokata nicht. Er glitt unter dem auf ihn zufahrenden Schwert hinweg, warf sich in seinen Gegner hinein und erwischte ihn am Bein. In den linken Oberschenkel drang die Klinge, wobei der Goldene nicht losließ und die Waffe einmal hochzog.

Eine Wunde klaffte im Bein des Dämons, und eine hellgrüne Flüssigkeit, die mich an Meerwasser erinnerte, schoss daraus in einem dicken Strahl hervor.

Zum ersten Mal zeigte sich Susanoo geschwächt. Ein hastiger Flügelschlag, und er schwebte über uns. Erledigt war er allerdings nicht, musste aber Acht geben, denn nun spielte der Goldene seinen zweiten Trumpf aus.

Seine Diener waren plötzlich da. Es waren ebenso goldene Wesen wie der Samurai, und sie waren hervorragend bewaffnet.

Ich hatte erlebt, wie gut sie mit Pfeil und Bogen umgehen konnten. Dass sie nichts verlernt hatten, bewiesen sie in den nächsten Augenblicken. Die Pfeile lagen bereits auf den gespannten Sehnen. Sie brauchten nur losgelassen zu werden.

Das taten die Diener.

Ein hohes Singen traf meine Ohren, als drei Sehnen auf einmal zurücksprangen und ihre tödlichen Pfeile auf die Reise schickten. Ungewöhnlich schnell waren sie, mit den Augen kaum zu verfolgen, und sie trafen ihr Ziel.

Nein, ich hatte mich geirrt. Die Pfeile – so schnell sie auch waren – schafften es nicht.

Susanoo war einfach flinker.

Ob er die Gefahr nun gesehen oder nur gerochen hatte, ich konnte es nicht sagen, wie ein Komet tauchte er nach unten, entging den Pfeilen, und bevor seine Gegner die nächsten auf die Sehnen gelegt hatten, war der Dämon verschwunden.

Er kehrte auch nicht zurück. Der Kampf hatte keinen Sieger gefunden. Unentschieden war er ausgegangen …

Ich lehnte zitternd an der hohen Strebe und klammerte mich an ihr fest, als wäre sie der letzte Rettungsanker, der mir überhaupt noch geblieben war.

Dieser Kampf, obwohl ich nicht selbst daran beteiligt war, hatte mich genervt. Wäre der Goldene nicht im letzten Augenblick aufgetaucht, ich hätte es nicht überlebt.

Und Johnny lebte auch noch.

Ich hörte von oben her seine dünne Stimme. »Onkel John, Onkel John, wo bist du?«

»Alles okay, Kleiner«, gab ich krächzend zurück. »Wirklich alles okay, du brauchst dir keine Sorgen mehr zu machen.« Ich musste husten, da mich schon allein das

Sprechen anstrengte. Zudem wollte das Zittern der Knie einfach nicht aufhören, deshalb blieb ich auch weiterhin stehen und spielte nur Statist.

Der Goldene trat auf mich zu. »Du hast Glück gehabt, John Sinclair, großes Glück ...«

Ich nickte. »Das habe ich dir zu verdanken.«

»Nein, jemand anderem.«

Überrascht schaute ich den Goldenen an. »Und wem?«

»Ich weiß es nicht, aber es hat mich ein geistiger Hilferuf erreicht. So etwas kommt höchst selten vor, dass Gedanken auch in meine Dimensionen hineinstoßen, aber es ist passiert. Und dieser Hilferuf machte mich auf die Gefahr aufmerksam.«

»Wer hat ihn ausgestoßen?«

»Den Namen kenne ich nicht. Ich weiß es nicht, wer da gerufen hat. Aber es war kein Mensch, auch kein richtiger Dämon. Ich habe eher das Gefühl gehabt, es mit einem Tier zu tun ...«

»Nadine Berger!«

»Wer ist das?«, fragte er mich.

»Ein Wolf, in dem die Seele eines Menschen lebt. Und er ist für mein kleines Patenkind verantwortlich. Er achtet auf Johnny, und er muss gespürt haben, dass ihm Gefahr droht.«

Der Goldene nickte. »Das kann sein.«

Ich atmete tief aus. Das Gespräch mit dem Samurai hatte mir meinen Lebensmut und Überlebenswillen zurückgegeben. Ich nahm meine Umgebung wieder deutlicher wahr, auch das Zittern der Knie hatte aufgehört. Nur noch der Schweiß klebte auf meinem Körper.

Unter mir musste eine Hölle toben. Das Schreien klang bis zu mir hoch und auch das Heulen von Polizei- und Feuerwehrsirenen. Ich drehte ein wenig den Kopf und sah die beiden Diener des Goldenen an strategisch günstigen Stellen stehen und den Himmel beobachten. Sie trauten dem Frieden nicht und behielten alles im Blickfeld.

»Ich darf dir noch einmal danken«, sagte ich zu dem Goldenen. »Ohne dich wäre alles verloren gewesen.«

»Ich weiß«, gab er zurück. »Du musst mir auch dankbar sein. Und du könntest mir deine Dankbarkeit beweisen.«

»Wieso?«

Das goldene Gesicht verzog sich zu einem Lächeln. »Ich tue nicht gern etwas umsonst, ich habe meinen Preis, und den verlange ich. Außerdem ist es in deinem Sinne, denn Susanoo will ja auch dich töten, da du ebenfalls ein Feind Tokatas gewesen bist.«

»Was muss ich tun?« Meine Stimme klang belegt. Ich hatte den Goldenen für einen Moment als Freund oder Partner angesehen, das allerdings erwies sich als Irrtum. Er dachte nur an seinen eigenen Vorteil und wollte ihn auch ausspielen.

»Es geht um Tokatas Schwert. Ich will nicht, dass es in Susanoos Besitz bleibt. Hol das Erbe zurück!«

»Ich?«

Der Goldene lachte. »Wer sonst? Glaubst du, ich habe dir nur aufgrund deiner Anwesenheit das Leben gerettet? Nein, dahinter steckt schon etwas, das will ich dir sagen.«

»Aber ich bin viel zu schwach, um gegen Susanoo anzukämpfen. Du hast es nicht einmal geschafft. Was soll ich denn da noch alles tun?«

»Du hast Mut, du hast Geschick.«

»Und warum holst du es nicht selbst?« Diese Frage brannte mir schon lange auf der Zunge, und ich war gespannt, welch eine Ausrede mir der andere entgegenhalten würde.

»Weil es nicht geht. Ich komme nicht in das Drachenland hinein.«

»Wohin?«

Der Goldene bemerkte mein Erstaunen und amüsierte sich. »Susanoos Heimat ist das Land der Drachen. So jedenfalls nennen wir es. Und er, der Bruder der großen Sonnengöttin Amaterasu, herrscht über das gläserne Drachenmeer. Das ist seine Heimat, in diesem Land ist er der König und hat die Grenzen für mich versiegelt. Du aber kannst es betreten, das Land zwischen den Dimensionen, ein Land, das nicht sein darf, und ich will, dass du dort deiner Aufgabe nachkommst.«

»Nein, nie!«

»Bist du so undankbar?«

»Ich bin nicht undankbar«, erwiderte ich, »und vielleicht kann ich mich eines Tages mal revanchieren, Goldener. Aber wenn ich einem Menschen das Leben rette, dann denke ich nicht darüber nach, was dieser Mensch noch alles für mich tun könnte. Ich hoffe, wir haben uns verstanden. Das Drachenland werde ich nicht besuchen.«

»Du willst das Schwert nicht zurückholen, John Sinclair?« Seine Stimme klang schon drohend.

»Nein, ich sagte es. Ich lasse mich nicht auf diese miese Art und Weise erpressen.«

»Zwingen könnte ich dich, aber ich tue es nicht. Dann musst du eben allein mit dem Dämon Susanoo fertig werden, mehr sage ich dazu nicht. Viel Erfolg, Geisterjäger ...«

Für ihn war die Sache erledigt. Er drehte sich ab und winkte seinen Dienern.

Geschickt turnten die beiden goldenen Männer auf ihn zu und entzogen sich meinen Blicken.

Ich blieb schwer atmend stehen. Allmählich nur verlor sich die Spannung, die mich umklammert gehalten hatte. Aber noch immer zitterten mir die Knie und liefen mir Schauer über den Rücken. Was ich hinter mir hatte, war ziemlich hart gewesen, da half auch kein Durchatmen, damit das Zittern verschwand.

Über mir befand sich Johnny. Auf der gleichen Schiene mit mir allerdings sah ich den Wagen mit den beiden Fahrgästen, die alles gesehen haben mussten. Ich schaute in ihre Gesichter. Sie waren starr, das sah ich selbst aus dieser Entfernung. Das Grauen zeichnete sich in ihnen ab, und wahrscheinlich standen die beiden unter einem Schock.

Noch immer heulten Sirenen. Unter mir musste der Teufel los sein. Dieser Jahrmarkt hatte seine Sensation. Eine Sensation, die zum Glück keinen Toten gefordert hatte. Das war für mich das Allerwichtigste. Auch Johnny lebte noch.

Als ich an ihn dachte, hörte ich seine Stimme: »Onkel John, da kommt eine Leiter.«

Er hatte einen besseren Sichtwinkel als ich. Ich hielt mich weiterhin an dem Träger fest, das würde auch noch eine Weile so bleiben, erst einmal sollten die Männer den kleinen Jungen retten.

Dabei dachte ich daran, was mir der Goldene alles gesagt hatte. Er hatte von einem verzweifelten Hilferuf gesprochen, der ihn erreicht hatte.

Nadine Berger, die Wölfin, musste ihn ausgestoßen haben. Eine andere Möglichkeit gab es nicht. Zwischen ihr und Johnny gab es meiner Ansicht nach ein unsichtbares Band, das die beiden verband. Konnte sich die Wölfin auf den Jungen einstellen? War sie in der Lage, seine Stimmungen und seine Gefühle zu spüren?

Alles deutete darauf hin, und ich sah es auch so. Für mich gab es keine andere Alternative.

Ich hörte ein summendes Geräusch, und wenig später erschien vor mir das Ende einer ausfahrbaren Leiter.

Zwei Männer der Feuerwehr standen auf den obersten Sprossen. Sie hatten ihre Blicke überall, sahen mich am Pfeiler stehen und winkten.

Ich schüttelte den Kopf und deutete nach oben. »Holen Sie zuerst den Jungen! Er sitzt über mir in einem Wagen.«

»Nein, der Strom wird gleich wieder laufen, dann fahren die Wagen automatisch nach unten.«

Damit hatte der Mann natürlich Recht. Aber ich wollte Johnny nicht allein lassen und drang darauf, dass die Männer der Feuerwehr mich mitnahmen. Als ich ihnen erklärte, wer ich war, hatten sie ein Einsehen.

Ich balancierte auf die Leiter zu. Mir zitterten weiterhin die Knie, als ich über die Schiene schritt und mich der in der Sonne blitzenden Alu-Leiter näherte. Die Arme hatte ich ausgebreitet, sodass ich besser das Gleichgewicht halten konnte.

Man streckte mir Hände entgegen. Dankbar ergriff ich sie und fand schließlich den Halt auf den Sprossen. Zunächst begann das große Aufatmen. Mitleidige Blicke trafen mich, ich hörte auch einen leisen Vorwurf.

»Warum sind Sie nicht in Ihrem Wagen geblieben?«

»Das ist die Frage«, erwiderte ich ausweichend und schaute zu, wie sich die Leiter in die Höhe schob. Immer näher kamen wir der Schiene, wo der kleine Johnny im Wagen wartete.

Als sich Leiter und Schiene auf einer Höhe befanden, verließ ich die Sprossen und kletterte zu meinem Patenkind.

Johnny schaute mich aus großen Augen an. »Ist jetzt alles vorbei, Onkel John?«

»Ja, mein Kleiner, wir haben es hinter uns.«

»Und wann können wir fahren?«

Die Antwort erhielt er nicht von mir, sondern von einem der Feuerwehrmänner. »Wenn wir alles nachgeschaut haben, laufen auch wieder die Wagen.«

Johnny nickte.

Ich kletterte steifbeinig in das Gefährt und schaute mich um, so gut es ging.

Überall standen die Wagen. Sie waren durchweg mit zwei Personen besetzt. Die erste Angst war von den Fahrgästen überwunden worden. Ich hörte kein Weinen oder Schreien.

Nur brannte die Sonne auf unsere Köpfe. Sie trocknete aber auch den Schweiß, der aus unseren Poren drang.

Ich unterhielt mich mit Johnny und erklärte ihm, dass wir uns alle freuten, wenn wir wieder unten waren.

Die Zeit wurde lang. Noch eine Viertelstunde dauerte es, bis die Männer der Feuerwehr alles durchgecheckt hatten und die Strecke quasi freigaben.

Es gab einen Ruck, als wir anfuhren.

»Na ja,«, sagte ich und lachte. »Jetzt brauchst du keine Angst mehr zu haben, Johnny.«

»Und du, Onkel John?«

»Ich auch nicht ...«

Der Reihe nach rollten die kleinen Wagen aus. Jeder, der auf der langen Schiene langsamer wurde, den begrüßten die Zuschauer mit großem Beifall.

Auch bei uns geschah dies.

Ich hatte bereits von oben gesehen, dass sich zahlreiche Menschen dort versammelten, wo sich die Auslaufschiene und das Kassenhäuschen befanden. Sie winkten und riefen die Namen der Fahrgäste, und als wir schließlich standen, da war es eine blondhaarige Frau, die sich mit allen Kräften durch die Masse der Neugierigen schob, ihre Ellbogen einsetzte und immer wieder den Namen ihres Sohnes schrie. Sheila.

Johnny sprang auf, als er seine Mutter sah. Seine Augen strahlten plötzlich. »Das war toll, Mummy. Ich habe ein richtiges Abenteuer erlebt. Wenn ich das meinen Freunden erzähle, die werden mir bestimmt nicht glauben, Mummy.«

Sheila hörte nicht auf das, was ihr Sohn sagte. Dafür schaute sie mich an. In ihrem Blick las ich einen solchen starken Vorwurf, dass ich direkt Angst bekam. Sicherlich schob Sheila mir wieder die Schuld in die Schuhe. Dabei konnte ich ihr nicht einmal einen Vorwurf machen, obwohl ich mich nicht schuldig fühlte. Es waren einfach die Umstände, die mich in diese Situation hineingezwungen hatten.

Mit steifen Beinen verließ auch ich den kleinen Wagen. Der war für groß gebaute Menschen nicht geschaffen. Ich vernahm um mich herum den Stimmenwirrwarr, sah zahlreiche Polizisten und Feuerwehrleute, die heftig diskutierten, und ich entdeckte zwischen ihnen auch Bill Conolly, der immer wieder nach oben deutete.

Vor der Achterbahn standen die Wagen der Beamten. Auf dem hellroten Lack der Feuerwehrautos spiegelte sich die Sonne. Ich bahnte mir meinen Weg und stand schließlich neben Bill, der mich erst wahrnahm, als ich ihm auf die Schulter klopfte.

Dann drehte er sich um, seine Augen weiteten sich, und er sagte nur: »Mensch, John.«

Ich grinste schief. »Alles klar, Dicker?«

»Wie hast du das geschafft? Ich habe Johnny schon gesehen. Ihm ist nichts passiert.«

»Nein, ich konnte den Dämon von ihm weglocken.

Dann war auf einmal der Goldene da, und alles war gelaufen.«

Bill zog ein zweifelndes Gesicht. »Wirklich alles klar?«

»So ungefähr.«

»Hier weiß keiner so richtig, was eigentlich passiert ist. Die Leute glauben an die Tat eines Irren.«

Ich nickte. »Lass sie, Bill, um Himmels willen, lass sie. Es ist am besten, wenn sie die Wahrheit nicht erfahren.«

»Und die sieht schlimm aus.«

»Ja.«

»Ich habe es ja als Erster gesehen«, erklärte mir der Reporter, »weil ich euch nicht aus den Augen lassen wollte. Ich konnte nichts anderes tun, als den Besitzer zu zwingen, die Anlage abzustellen.«

»Das war deine beste Idee seit Jahren.«

Bill lachte freudlos, dann drehte er sich um und hielt nach seiner Familie Ausschau. »Am besten ist es, wenn wir uns irgendwo hinsetzen und erst mal etwas trinken«, schlug ich vor.

Bill war einverstanden.

Lokale gab es genug in der Nähe. Einfache Bierstände. Wir suchten uns einen aus, wo wir unter Bäumen hocken konnten, die ein wenig Schatten gaben.

Das Bier schmeckte mir ausgezeichnet. Auch Sheila hatte mir verziehen. Johnny saß zwischen ihr und Bill. Er hatte das Erlebnis noch immer nicht verkraftet und sprach ununterbrochen davon. Dabei trank er seine Limonade. Der Strohhalm klemmte zwischen seinen Lippen, während er heftig saugte und dabei noch redete.

Wir sprachen natürlich über den Fall. Ich machte den Reporter auch mit Einzelheiten vertraut und rollte noch einmal die Vorgänge auf der Insel des Schweigens auf.

Bill schüttelte den Kopf. »Das verstehe ich alles nicht. Aber es kann sein, dass du noch einmal dorthin musst.«

Ich hob die Schultern. »Möglich, was ich allerdings trotzdem nicht so recht glauben will.«

»Und weshalb nicht?«

»Die Insel des Schweigens liegt in einer normalen Dimension, Bill. Susanoo aber lebt in einer anderen, die wir nicht kennen. Daran solltest du immer denken.«

»Und wie willst du sie finden?«

Ich hob die Schultern. »Vielleicht ist es gar nicht nötig, sie zu finden.«

»Wie meinst du das?«

»Unter Umständen kommt Susanoo zurück. Seine eigentliche Aufgabe hat er ja nicht erfüllt, wie du weißt.«

»Ja, das stimmt.« Bill senkte seine Stimme. »Aber wie willst du ihn bekämpfen?«

»Das weiß ich nicht.«

»Oder hoffst du auf den Goldenen?«

Ich schüttelte den Kopf. »Meiner Ansicht nach müssen wir uns von einem Komplex befreien. Der Goldene ist nicht unser Freund. Auch nicht unser Partner. Er kocht sein eigenes Süppchen, auf der Insel damals hat er uns bereits gewarnt. Und diese Warnung hat er wiederholt, so schlimm sich das auch anhört, aber wir müssen uns den Tatsachen eben stellen.«

»Du warst nicht der Einzige auf der Insel.«

»Ich weiß es.«

»Willst du Suko nicht warnen?«

»Der befindet sich mit Shao im Freibad.«

»Du kannst ihn ausrufen lassen.«

Ich grinste. »Klar, dazu muss ich allerdings wissen, in welchem er sich aufhält.«

Bill verdrehte die Augen. »Auch das noch. Heute läuft aber alles schief.« Er nahm einen Schluck.

Sheila stieß ihn an. »Sollten wir nicht lieber nach Hause fahren?«

Bill schaute mich an. Ich hob die Schultern. »Das müsst ihr wissen. Aber einen Grund gäbe es. Ihr müsst euch bei jemandem bedanken. Wäre Nadine nicht gewesen, hätte es ziemlich düster ausgesehen, wenn nicht sogar pechschwarz.«

Da stimmten mir alle zu. Bill zeigte sich verwundert über die Verbindung Nadines zu Johnny.

»Sei froh, dass es so ist«, erwiderte ich. »Wenn das

Verhältnis so bleibt, hast du einen hervorragenden Leibwächter.«

Die Conollys standen auf. Gezahlt hatte Bill. Er fragte noch, was ich vorhatte.

»Suko suchen.«

»Und dann?«

»Ich halte dich schon auf dem Laufenden. Und ich glaube auch, dass Johnny sich nicht mehr in Gefahr befindet. Da kann Sheila beruhigt sein.«

Sie warf mir einen knappen Blick zu. »Das will ich auch schwer hoffen, mein Lieber, denn der Umgang mit dir wird von Mal zu Mal lebensgefährlicher.«

Bill stand mir zur Seite. »Wer einmal in den sauren Apfel gebissen hat, der muss ihn auch essen.«

Sheila erwiderte nichts, aber ich verstand sie. Gut sogar.

Es war eine völlig andere Welt. Ein Land, das es nicht geben durfte. Mit gewaltigen Bergen, noch größeren Meeren und einer unheimlichen Atmosphäre versehen.

Die Atmosphäre war in ihrer Düsternis wie ein gewaltiger, alles umfassender Schatten, die allerdings von einem seltsamen Gelb durchdrungen wurde, das irgendwo an der Unendlichkeit des Horizonts seinen Ursprung hatte.

Meere und Berge wechselten sich ab. Gewaltige Seen, deren Wasser graugrün schimmerte, zu hohen Wellen aufgetürmt wurde und mit unwiderstehlicher Kraft gegen die Berge donnerte.

Wie dieses Land musste die Welt nach ihrer Entstehung einmal ausgesehen haben. Leer und öd. Und doch lebte etwas in dieser seltsamen Dimension. Tief im Meer hatte Susanoo seinen Herrschaftsbereich, den er allein für sich beanspruchte. Er war der König, herrschte über die Fluten und lenkte sie mit seinem Willen.

Seltsame Wesen begleiteten ihn. Da waren die roten, kleinen Dämonen, die auch schon das Schwert von der Insel des Schweigens geholt hatten, um es ihm zu übergeben.

Monströse Fische durchschwammen die Fluten. Halb Tier, halb Dämon. Und nicht zuletzt die Drachen.

Gewaltige, grüne, schuppige Riesen, die hin und wieder aus den Fluten stiegen und sich gegen die Felsen warfen, sodass die Berge fast bis in die Spitzen erzitterten.

Ein totes, ein grausames Land. Ein Land ohne Grün, ohne Leben. Wild, unheimlich, verlassen und vergessen.

Aber er war jetzt bereit, in den Rhythmus der Zeiten einzugreifen, denn Susanoo deutete die Zeichen richtig.

Der Goldene war wieder aktiv geworden. Und damit stand die Rückkehr der Göttin Amaterasu unmittelbar bevor. Das musste Susanoo auf alle Fälle verhindern. Die Göttin durfte auf keinen Fall wieder die Macht an sich reißen, denn dann würde sie ihn, Susanoo, vernichten. Deshalb wollte er mit allen Mitteln dafür sorgen, dass dies nicht geschah.

Und er hatte bereits einen Plan …

Von diesem seltsamen Land wusste ich nichts. Meine Freunde und ich waren in einen höllischen Kreislauf geraten und mussten zusehen, dass wir ihm wieder entflohen.

Dies würde mehr als schwierig werden, denn auf eine Hilfe des Goldenen konnten wir uns nicht verlassen. Ich schätzte ihn eher als einen Parasiten ein, der andere die Arbeit machen ließ und selbst nur die Früchte ernten wollte.

Diese Gedanken gingen mir durch den Kopf, als ich meinen Bentley durch das heiße London lenkte. Es war kein Vergnügen, bei diesem Wetter zu fahren. Der Belag auf den Straßen schien sich in eine sirupartige Masse zu verwandeln und an den Reifen kleben zu bleiben. Zudem drückte die Luft jetzt, die Abgase der Fahrzeuge lagen wie eine Nebelschicht etwa zwei Yards hoch über der Straße und machten das Atmen zur Qual.

Wie sollten wir das Grauen stoppen?

Mir war klar, dass der erste Angriff nur ein reines Vorgeplänkel gewesen war, beim nächsten Mal würde

Susanoo härter zuschlagen, und ich fragte mich, welchen Plan er austüftelte. Er wollte nicht nur den Goldenen töten, sondern auch die Sonnengöttin Amaterasu, und ich kam einfach nicht umhin, mich auch mit ihr zu beschäftigen.

Japanische Mythologie!

Mein Gott, wie wenig wusste ich darüber. Aber wo konnte ich mehr erfahren?

Es gibt Büchereien, auch besaß die Horror-Oma Sarah Goldwyn eine große Bibliothek. Die alte Dame wollte ich an diesem heißen Tag nicht stören, zudem lag eine der großen Büchereien fast in der Nähe.

Ich fuhr hin.

Hinter dem alten Gebäude mit der Stuckfassade hatte man einen Parkplatz angelegt.

Er war relativ klein. Ich fand trotzdem noch einen freien Platz, denn bei diesem Wetter hatte kaum jemand Lust, in den großen Hallen den Bücherwurm zu spielen.

Eine angenehme Kühle umfing mich, als ich die große Eingangstür aufstieß. Die Information war von einer bebrillten Lady besetzt, die trotz des heißen Wetters noch ein Kleid trug, das fast bis zum Hals zugeknöpft war.

Fragend, aber auch ein wenig ungnädig schaute mich die Frau an. »Was wünschen Sie?«

Ich zeigte ihr meinen Ausweis. Sie wurde sofort freundlicher und erkundigte sich noch einmal nach meinen Wünschen.

»Haben Sie Literatur vorrätig, die sich mit japanischer Mythologie beschäftigt?«

»Natürlich, Sir. Wenn Sie bitte mitkommen wollen?«

»Danke.«

Die Frau verließ ihre Bude. Mit ihr zusammen betrat ich einen breiten Gang. Die Wände waren kahl, der Boden war gefliest, unsere Schritte hinterließen Echos.

Vor einer Rundbogentür blieb sie einen Moment stehen, lächelte mir knapp zu und führte mich in einen Raum, der bis auf die Bücherregale leer war.

Ich war der einzige Interessent.

»Hier werden Sie alles finden, was Sie benötigen, Sir.«

Sie deutete an mir vorbei. »Dort hinten an den beiden Fenstern befinden sich auch Schreibtische. Da können Sie in Ruhe alles nachlesen.«

»Danke sehr!«

Die Frau schloss die Tür, und ich befand mich allein in dem etwas düsteren Raum.

Er erinnerte mich an die Bibliothek in meiner alten Schule. Es roch auch so nach Bohnerwachs und Seifenlauge.

Ein paar Mal holte ich tief Luft und schaute mir dann die Regale näher an. Sie standen nicht nur an den Wänden, sondern waren auch in den Raum hineingebaut worden, sodass sich zwischen ihnen regelrechte Gänge gebildet hatten.

Hätte es in diesem Raum nur Bücher über japanische Mythologie gegeben, so hätte ich wahrscheinlich ein Jahr lang hier sitzen können. So aber war praktisch die Mythologie aller Erdteile vertreten. Von der europäischen über die afrikanische, die asiatische, bis hin zur australischen und der Mythologie ferner Pazifik-Inseln.

Japan fand ich auch.

Zwei Regalreihen waren mit Büchern über dieses Land vollgestopft. Die meisten beschäftigten sich mit der uralten Tradition der Samurais. Sicher würde ich in den Folianten auch einiges über die Göttin Amaterasu und deren seltsamer Verwandtschaft finden, aber wohl nur am Rande, ich wollte spezielle Literatur darüber haben.

Die gab es auch.

»Heilige und Götter« nannte sich das Werk. Ich nahm es und setzte mich hinter den Schreibtisch. Von rechts fiel Sonnenlicht durch die Scheibe, es blendete mich, sodass ich die Hälfte des Fensters mit einem Vorhang verdeckte.

Dann begann ich zu blättern.

Erst jetzt erfuhr ich, wie vielfältig die Mythologie Japans war. Da kam ich überhaupt nicht durch. Es gab ungeheuer viele Gottheiten. Götzen, Götter, Untergötter, Diener, Dämonen, Zwitterwesen und immer wieder diese Familien.

Ich fand auch den Namen der Sonnengöttin Amaterasu. Ihr war ein großes Kapitel gewidmet, denn sie zählte zu den wichtigsten Gottheiten.

Schon beim dritten Absatz tauchte der Name Susanoo auf. Ich erfuhr mehr über den Geschwisterkrieg und auch darüber, dass sie in das Dunkle Reich gestoßen worden war.

Als ich den Begriff las, begann ich zu überlegen. Das Dunkle Reich weckte in mir Assoziationen. Sollte damit etwa das gemeint sein, was wir Hölle nannten? Befand sich die Sonnengöttin etwa in der Hölle? Wenn ja, wo steckte ihr Bruder?

Ich blätterte weiter und stieß abermals auf den Namen Susanoo. Der Verfasser schrieb von ihm, dass er in einem Land zu finden war, das nicht sein durfte.

Ein Land, das jenseits der Zeiten lag und der Vorhof zur Jigoku, der Hölle, war.

Dort hielt sich mein Freund Susanoo also auf. Ich schüttelte den Kopf, denn ich dachte an den Goldenen. Der hatte gewollt, dass ich diesem Land einen Besuch abstattete, um Tokatas Schwert an mich zu nehmen. Nein, auf keinen Fall würde ich dieser Aufforderung Folge leisten. Das war überhaupt nicht drin. Ich hatte die Nase voll von Dimensionsreisen, weil ich kaum glauben konnte, dass man mich freiwillig dort wieder hinausließ.

Noch einen Begriff las ich. Man nannte diese Dimension auch das Drachenland.

Der Verfasser sprach sogar von der Geburtsstätte der Drachen. Unter Umständen waren sie dort entstanden und hatten es verstanden, durch eine Dimensionslücke auch in früher Vorzeit auf unsere Erde zu gelangen. Möglich war alles.

Die nächsten Seiten las ich quer, denn ich wollte mich nicht zu lange in der Bibliothek aufhalten. Schließlich wusste Suko noch nicht Bescheid, was da auf uns zurollte.

Auf den letzten Seiten des Kapitels fand ich auch Abbildungen. Da war einmal der Fächer, den jetzt der Goldene besaß. Die Bilder waren in Farbe gehalten, und ich konnte erkennen, dass der Fächer auf dem Bild so aussah wie in Wirklichkeit.

Auch Susanoo war zu sehen.

Ein gewaltiger Dämon mit riesigen Flügeln, und abermals überkam mich die Erinnerung an den Eisernen Engel. Auf der nächsten Seite sah ich ein Bild der Sonnengöttin. Seltsamerweise zeigte sie sich als Mensch. Wer den Film »Goldfinger« gesehen hat, der weiß vielleicht, was ich meine. Die Haut der Amaterasu schimmerte golden, als hätte jemand mit einem Pinsel hauchdünnes Blattgold über einen nackten Körper verteilt. Schwarz und lang waren die Haare. Sie reichten sehr weit auf den Rücken und umrahmten ein schmales Gesicht.

Ich zuckte zusammen.

Verdammt, das Gesicht kam mir bekannt vor. Ich hatte es schon einmal gesehen, schon des Öfteren. Gestern noch, ich sah es fast jeden Tag.

Mein Herz schlug plötzlich schneller, doch die Tatsachen waren nicht von der Hand zu weisen.

Amaterasu, die Sonnengöttin, hatte eine frappierende Ähnlichkeit mit Shao!

Ich stand da wie vom Donner gerührt. Das war einfach unglaublich, sagenhaft. Ich schaute mir das Bild einmal an, ein zweites und ein drittes Mal.

Die Ähnlichkeit blieb.

Amaterasu, die Sonnengöttin, sah Shao, Sukos Freundin, ungemein ähnlich. Man konnte fast meinen, dass sie Zwillinge waren. Ich hatte Shao nie nackt gesehen, diese Aufnahme hier zeigte die Sonnengöttin unbekleidet, aber ich konnte mir vorstellen, dass Shao ebenso aussah.

Was ließ sich daraus schließen?

Erst einmal dachte ich überhaupt nicht nach, sondern nahm das Buch und ging zu einem kleinen Kopiergerät. Er war leider nicht angeschlossen. Ich musste erst die Lady vom Empfang holen. Sie half mir und kassierte für die Kopie fünf Pence.

»Dann haben Sie gefunden, was Sie suchten, Sir, oder?«, fragte sie voller Neugierde.

Ich schaute sie an. »Fast.«

»Fehlt Ihnen noch etwas?«

»Ja, die Frau fürs Leben.« Bei dieser Antwort ließ ich meinen Blick nicht von ihrem Gesicht. Prompt wurde sie knallrot, machte kehrt und verschwand.

Für Scherze dieser Art schien sie nichts übrig zu haben. Auch ich verließ die Bücherei. Als ich durch den Eingang schritt, war von der Lady nichts zu sehen. Sicherlich hatte sie sich verkrochen.

Draußen traf mich die Hitze wie ein Hammerschlag. Verschwommen schien die Sonne vom Himmel. Um den goldenen Ball hatte sich ein Dunstkreis gebildet, für mich ein Zeichen, dass die Luft immer weiter drückte und es noch schwüler wurde.

Am Abend würde es sicherlich ein Gewitter geben. Ich setzte mich in meinen heißen Wagen und fuhr an. Auf eine Klimaanlage hatte ich damals verzichtet, sie war mir zu teuer gewesen, jetzt trauerte ich ihr nach.

Ich wusste nicht, ob Suko und Shao schon zu Hause waren, hoffte es jedoch, denn überfüllte Freibäder haben beide nicht gern. Gegen siebzehn Uhr erreichte ich schließlich die Tiefgarage, in die ich meinen Bentley lenkte.

Sofort fiel mein Blick auf den Platz, wo normalerweise Sukos Harley steht.

Er war leer.

Ziemlich sauer fuhr ich nach oben in meine Wohnung und riss mir dort die Kleidung vom Körper. Ich hatte das Gefühl, eine zweite Haut zu besitzen, so sehr klebte der Schweiß.

Unter der Dusche wurde es besser. Erst lauwarm, dann ließ ich eiskaltes Wasser nachströmen. Ich trocknete mich ab, zog andere Sachen an und trank klaren Sprudel.

Ich brauchte die Flüssigkeit, zu viel war verlorengegangen. Mittlerweile war wieder eine halbe Stunde vorbei, von Suko und Shao war weder etwas zu hören noch zu sehen.

Noch einmal schaute ich mir das Bild an. Die Ähnlichkeit war wirklich frappierend, und ich stellte mir automatisch die Frage, ob Shao in irgendeiner Beziehung zu Amaterasu stand.

Eine Antwort fand ich nicht, würde ich auch nicht so schnell finden und griff zur zweiten Flasche, als das Telefon anschlug.

Mit einem »Ja, bitte?« meldete ich mich.

Und die Hiobsbotschaft traf mich wie ein Hammerschlag!

Die prüden Zeiten waren vorbei!

Das stellten auch Suko und Shao fest, denn die meisten weiblichen Badegäste, die es sich erlauben konnten, hatten ihr Bikini-Oberteil abgenommen und ließen frei schwingen, wie der Chinese so treffend bemerkte und dabei grinste.

Shao, sie trug einen weißen Bikini, stieß ihren Freund an. »Gib nur Acht, dass du nicht blind wirst.«

»Wieso?«

»Bei den Ausblicken.«

»Die können es sich leisten, so herumzulaufen.«

Shao blieb stehen. Sie stemmte ihre Arme in die Hüften. »Ach nein, und ich nicht?«

»Das habe ich nicht gesagt.«

»Aber gemeint, mein Lieber.« Bevor Suko noch etwas hinzufügen konnte, hatte die Chinesin schon reagiert. Die Bewegungen ihrer Arme waren kaum zu erkennen, und schon hielt sie das winzige Oberteil des Bikinis in den Händen.

»Nun, mein Lieber?«

Suko schluckte. Er lief sogar leicht rot an, und Shao lächelte, denn sie spürte genau, dass einige junge Männer stehen geblieben waren und ihre schlanke Figur bewunderten, die doch an den richtigen Stellen gerundet war. Es tat jeder Frau gut, bei so vielen Konkurrentinnen Beachtung zu finden.

»Jetzt werde ich wirklich blind!«, stöhnte der Chinese.

»Dann nichts wie unter die Dusche.« Shao ließ ihren Freund kurzerhand stehen und lief dorthin, wo die Reihe der Freiduschen aufgebaut war.

Eiskalt war das Wasser, das aus den Düsen sprühte.

Shao hatte ihr langes Haar unter einer Badekappe versteckt. Ein dunkelhaariger Playboy-Typ wollte sich mit unter die Dusche drängen, dagegen hatte Suko etwas. Er schob ihn sanft, aber bestimmt auf die Seite.

Suko und Shao standen eng beisammen. Sie genossen die eiskalten Strahlen. Die verschwitzte Haut dankte es ihnen. Nachdem sie sich genügend abgekühlt hatten, ging es ins Wasser. Einen Kopfsprung konnte keiner von ihnen wagen, es war schon zu voll, aber das Schwimmen auf engem Raum tat trotzdem gut.

Innerhalb des Freibades herrschte ein unwahrscheinliches Geschrei. Ein ständiger Lärmpegel, noch hin und wieder von der blechern klingenden Lautsprecherstimme des Bademeisters unterbrochen.

Auch Suko und Shao gaben sich gelöst. Keiner von ihnen dachte an irgendwelche Dämonen, sie genossen das kühle Wasser und tollten herum wie zwei Kinder.

Dabei näherte sich das Unheil unaufhaltsam …

Nach zwanzig Minuten hatten sie keine Lust mehr. Die große Liegewiese an der Südseite des Bads lockte. Hinter der ansteigenden Wiese begann der Wald.

Wiese und Wald waren durch einen hohen Zaun getrennt. Das obere Drittel des Zauns bestand aus Stacheldraht. Er sollte Unbefugte daran hindern, das Bad zu betreten.

Suko und seine Freundin fanden noch ein freies Plätzchen. Auch ein wenig schattig, denn der hinter ihnen wachsende Wald filterte einen Teil der Sonnenstrahlen.

Eine Decke hatten sie mitgebracht. Shao breitete sie aus, trocknete sich ab und forderte Suko auf, sie einzureiben. Der Chinese machte sich an die Arbeit. Neben ihnen hatten sich zwei Teenies ausgebreitet. Obwohl es verboten war, ließen sie einen Recorder dudeln und verursachten Krach für zehn. Bis es einem gewichtigen Familienvater zu bunt wurde und er mit barschen Worten dafür sorgte, dass die Lärmbelästigung aufhörte.

Die Ruhe danach tat gut.

Sukos Karatehände konnten sehr zärtlich sein, als er

Shao langsam und bedächtig einrieb. Die junge Chinesin stöhnte ein paar Mal auf, sie fühlte sich wohl.

»Möchtest du dein letztes Stück auch noch ablegen?«, fragte Suko und schob seinen Zeigefinger unter das Gummiband des Höschens.

»Untersteh dich!«

»Wenn schon braun, dann überall.«

»Aber nicht hier.«

»Ihr Wunsch ist mir Befehl, Madame.« Suko ölte weiter. Zwischendurch flog ihm mal ein leichter Ball an den Kopf, oder er wurde durch spielende Kinder angerempelt.

»Okay, es reicht«, sagte Shao und wälzte sich träge auf den Rücken. Suko hatte wieder einen sehr guten Blick auf ihren Körper und lächelte.

Auch der Familienvater schielte rüber. Bei seiner besseren Hälfte kein Wunder, denn sie hatte die kernigen Jahre schon längst hinter sich.

Shao hielt die Augen geschlossen. Sie genoss es, von Suko eingerieben zu werden. Und sie genoss vor allen Dingen die freie Zeit, die den beiden endlich zur Verfügung stand. Ein Samstag wie aus dem Bilderbuch, nur hätte es noch um einige Grade kühler sein können, wie die Chinesin fand.

Mit geschlossenen Augen tastete sie nach ihrer Sonnenbrille, die ebenfalls auf der Decke lag. Sie setzte sie auf, spürte Sukos Hände auf ihren Oberschenkeln und genoss die Entspannung.

Die Sonne war wieder ein Stück weitergewandert. Der Wald schützte nicht mehr so sehr, und Shao spürte die heißen Strahlen auf ihrem Gesicht. Sie hatte eigentlich vor, mit der Decke ein Stück weiter in den Schatten zu rücken, fand aber nicht die Kraft, sich zu bewegen. Sie war zu träge. Nur kurz hob sie die Hand und schaute auf ihre Haut.

Das Öl hatte einen seltsam metallischen Glanz. Die Haut kam Shao graublau vor, es konnte allerdings auch an den dunklen Gläsern der Brille liegen.

Den Mund hatte sie leicht geöffnet. Sie dachte an nichts Böses, auch nicht an den Job, dem Suko nachging und in dessen Dunstkreis sie zwangsläufig immer wieder geriet.

Doch dann wurde sie daran erinnert. Plötzlich waren Stimmen in ihrem Gehirn. Sie schienen aus unendlicher Ferne zu dringen, und eigentlich war es nur mehr ein helles Brausen, das Shaos Kopf regelrecht ausfüllte.

Noch achtete sie nicht weiter darauf, schob es auf die Kraft der Sonne, aber als sich das Brausen verdichtete und eine gewisse Form annahm, wurde Shao aufmerksam.

Ja, das war eine Stimme. Sie vernahm sie sogar sehr deutlich, denn sie gehörte einer Frau.

Mit Namen stellte sie sich nicht vor, aber Shao hatte das Gefühl, als würde sie die Unbekannte, die da zu ihr sprach, schon sehr lange kennen.

»Hüte dich vor ihm, denn er ist unterwegs zu dir. Ich kann dir nicht helfen, weil ich eine Gefangene bin, aber du bist mein Ebenbild, du siehst so aus wie ich, und wenn er dich tötet, dann hat er auch ein Stück von mir getroffen.«

Shao zeigte sich verwundert. Das Zucken ihrer Lippen deutete es an, mehr nicht.

Und auch Suko merkte nichts. Er hatte Shao seinen breiten Rücken zugedreht und beschäftigte sich mit ihren Knien, die er kreisend einrieb. Er wunderte sich nur, dass seine Freundin so ruhig, fast statuenhaft liegen blieb, auch wenn er Stellen berührte, bei denen sie normalerweise zusammengezuckt wäre.

»Wer bist du?« Shao flüsterte die Worte. So leise, dass Suko sie nicht verstehen konnte.

»Ich will dir meinen Namen nicht nennen, aber du bist diejenige, die aus einer langen, unendlich langen Ahnengalerie abstammt, deren Urmutter ich war. Du weißt es nicht, vielleicht wirst du es nie mehr wissen oder überhaupt kennen lernen, denn du schwebst in einer großen Gefahr. Deine Vorfahren haben die Abstammung längst vergessen. Sie wussten nicht, woher sie wirklich kamen. Sie stammen längst nicht aus dem Land der aufgehenden Sonne, wie du immer angenommen hast, aber mit der Sonne hast du etwas zu tun. Hüte dich, hüte dich vor Susanoo, denn er wird kommen, um auch den letzten Spross der Jahrtausende alten Ahnenreihe zu vernichten.«

»Bin ich das?«, fragte Shao.

»Ja, du bist es. Das kommt alles sehr plötzlich, ich gebe es zu. Aber hüte dich, mehr kann ich dir nicht sagen.«

Dann war die Stimme verschwunden, und Shao konzentrierte sich wieder auf Sukos weiche Hände. Sie waren bei ihren Füßen angelangt. Ruckartig setzte sich die Chinesin auf.

Suko wandte den Kopf. »Was ist los?«, wollte er wissen, wobei er die Stirn runzelte.

Shao nahm die dunkle Brille ab und blinzelte verwirrt. »Ich glaube, ich habe geträumt.«

»Hoffentlich was Gutes.«

»Nein, nein, ein völlig wirres Zeug. Von einer unheimlichen Gefahr, die auf mich zukommt.«

»Wieso?«

»Da war eine Stimme.«

»Was?«

»Ja, zu mir hat eine Stimme gesprochen. Also nicht richtig geredet, sondern mehr geistig, wenn du verstehst, was ich meine.«

»Kaum.«

»Telekontakt.«

Suko schraubte die Ölflasche zu. »Jetzt noch mal von vorn«, sagte er. »Was ist da genau geschehen?«

»Also es war so …« Shao berichtete, was ihr die fremde Stimme mitgeteilt hatte.

Suko war natürlich skeptisch. Das zeigte er auch, indem er die Stirn krauste. »Sie hat mit dir über deine Vorfahren gesprochen?«

»Ja, und dass alles nicht so gewesen sei, wie wir es uns immer vorgestellt haben.«

»Seltsam, sehr seltsam.« Suko schüttelte den Kopf, als könnte er nicht begreifen.

Shao kreuzte plötzlich die Arme vor der Brust. Über die Haut rann ein Schauer. »Du, ich habe Angst, Suko. Wirkliche Angst, das mit der Stimme war doch nicht normal. Nein, das kann ich nicht glauben. Suko, da steckt etwas dahinter.«

»Möglich.« Der Chinese stand auf. »Nur was?«

»Eine Gefahr aus der Vergangenheit. Und zwar aus der alten Vergangenheit, die aber jetzt zuschlägt.«

»Es war nicht nur ein Traum?«

»Nein. Das war eine Warnung.« Shao schüttelte sich. »Lass uns lieber gehen.«

»Glaubst du, dass hier etwas passiert?«

»Weiß ich nicht, aber ich habe Angst.«

»Okay, gehen wir.« Suko bückte sich, um die Decke einzurollen, die Shao bereits verlassen hatte.

Plötzlich schrie die Chinesin auf.

Sofort spritzte Suko hoch.

Seine Freundin stand auf dem Fleck und hatte den rechten Arm ausgestreckt. Mit der Spitze des Zeigefingers deutete sie auf den Wald, der hinter dem Zaun begann.

Auch Suko schaute hin, und die in der Nähe lagernden Menschen ebenfalls.

Es war gewaltig.

Eine düstere Wolke hatte die Sonne verdeckt und saugte ihre Strahlen auf. In der Wolke war eine schreckliche Gestalt zu sehen. Ein grünhäutiger Flügelmensch mit mächtigen Schwingen, knallroten Augen und einem gewaltigen Schwert in der Hand.

Die Gestalt interessierte Suko nicht besonders. Etwas anderes war wichtiger, die Waffe, die sie in ihrer Rechten hielt. Das furchtbare Schwert, dessen Klinge absolut tödlich war. Suko kannte das Schwert, er hatte zwar noch nie damit gekämpft, aber er hatte mit ansehen müssen, wie Tokata damit umging.

Ja, es war Tokatas Erbe. Das Schwert, das eigentlich hätte auf der Insel des Schweigens liegen müssen, und nun hielt es ein gefährlicher Dämon in der Hand, und seine Absicht war klar.

Plötzlich verstand Suko auch seine Shao. Sie hatte die Stimme gehört, jemand hatte sie gewarnt, leider zu spät, die Gefahr war bereits nah.

Zu nahe ...

Weit hatte der Unheimliche seine Flügel ausgebreitet. Sie hatten eine fast so große Spannweite wie die des Eisernen Engels. Unheimlich anzusehen, hell und dunkel schimmernd und auch von dem Grün des Körpers abstechend.

Sekundenlang standen die Menschen da und starrten die Gestalt an. Niemand war in der Lage, auch nur ein Wort hervorzubringen, zu sehr hatte der Anblick die Menschen geschockt.

Es war nicht nur ungewöhnlich, sondern unheimlich, dass dieses Monstrum aus einer Wolke hervor auftauchte und sich mit rasender Geschwindigkeit dem Erdboden näherte. In einer schrägen Linie suchte es sein Ziel, und das war nun mal das Schwimmbad!

Selten hatte sich Suko einer herbeieilenden Gefahr so hilflos gegenüber gefühlt, denn er besaß keinerlei Waffen. Natürlich nahm er ins Freibad keine Dämonenpeitsche mit, auch keine Beretta oder seinen von Buddha ererbten Stab.

Er konnte sich nur auf seine Fäuste verlassen.

Shao klammerte sich an ihn. Suko spürte ihre feuchten Ölhände auf seiner Haut, er selbst hatte die Hände geballt, stand breitbeinig da, mit auf den Boden gestemmten Füßen.

»Lass uns fliehen!«, flüsterte Shao in sein Ohr. »Komm, wir müssen hier weg!«

Suko rührte sich nicht. Er wusste, dass eine Flucht keinen Sinn hatte, der andere war immer schneller als sie. Ein fliegender Mensch würde sie mit Leichtigkeit einholen.

Das sagte er auch Shao.

Die anderen Menschen hatten sich von ihrer ersten Überraschung erholt. Sie schrien, machten die noch auf dem Boden Liegenden aufmerksam, sodass innerhalb von Windeseile Bewegung in die auf der Wiese liegenden Menschen kam.

Sie spritzten hoch, ließen alles liegen und stehen und dachten nur an die Flucht.

Wie schnell sich eine Panik ausbreiten konnte, das war in dem Freibad zu merken. Keinen hielt es mehr auf dem Platz, und auch aus den drei großen Becken strömten die Menschen, die auf die Umkleidekabinen zuhetzten.

Nur Shao und Suko blieben stehen. Der Chinese und seine Freundin wussten, dass ihnen allein dieser gefährliche Angriff galt.

Wenn sie zusammen mit den anderen geflohen wären, dann hätten sie Unschuldige in Gefahr gebracht, die mit dem Angriff aus dem Unsichtbaren überhaupt nichts zu tun hatten.

Und Susanoo kam.

Wild schwang er das Erbe des Samurais Tokata. Er bewies, dass er mit dessen Schwert umgehen konnte, die lange, blanke Klinge blitzte im Licht der sengenden Sonnenstrahlen und kam Suko vor wie ein Richtschwert, das ihm bald den Schädel abtrennen würde.

Als der Dämon seine Flügel bewegte, vernahm der Chinese ein gewaltiges Brausen. Es war wie ein Sturmwind, der auch ihn erfasst hatte und die beiden Chinesen in eine Wolke aus Staub einhüllte.

Dann hörten sie das Lachen und eine gewaltige hämische Stimme, die brüllte: »Amaterasu habe ich nicht bekommen, der Weg zu ihr ist mir verschlossen, aber dich, die du aussiehst wie die Sonnengöttin und einer unendlich langen Ahnenreihe entstammst, dich werde ich an ihrer Stelle nehmen und dich in mein großes Reich entführen.« Er hatte die Worte kaum ausgesprochen, als er bereits über den beiden war.

Sie sahen ihn in der Staubwolke, und sie sahen sein gefährliches Schwert, dessen Klinge genau zwischen die beiden wies und plötzlich nach unten fuhr.

Suko wusste nicht, ob Shao oder er getötet werden sollte, er tat aber alles, um dies zu verhindern.

Er gab Shao einen Stoß, der sie nach links wegkatapultierte. Schattenhaft sah der Chinese, wie sie ihre Arme hochriss, dann berührte auch er den Boden, rollte sich katzengewandt ab, um sofort wieder auf die Beine zu schwingen.

Susanoo kümmerte sich um Shao. Er hatte sie fallen sehen, stellte seine beiden Flügel hoch und unterbrach seinen rasanten Flug. Von einem Augenblick zum anderen ging er in ein sanfteres Gleiten über, sodass der Dämon landen und Shao, die noch immer am Boden lag, mit einer Hand packen konnte.

Wuchtig riss er sie hoch.

Shaos Körper wurde gestreckt, die Chinesin stemmte sich gegen den Griff, sie schrie lauthals, das jedoch kümmerte den Dämon nicht. Er wollte sein Opfer und hatte es auch.

Plötzlich verlor Shao den Kontakt mit dem Boden. Ihre Füße schwebten über der Erde, und das war genau der Moment, in dem Suko eingriff. Mit einem wahren Panthersatz hechtete er nach vorn und auf die beiden zu. Die Arme hatte er ausgestreckt, seine Hände waren gespreizt, er wollte Shao den Klauen des anderen entreißen.

Der Chinese streckte seinen Körper. Er nahm fast Stromlinienform an, die Muskeln spannten sich, als würden sie jeden Augenblick explodieren.

Und Suko schaffte es.

Bevor der Dämon seine Freundin vollends in die Höhe reißen konnte, hatte die rechte Hand des Chinesen schon zugegriffen, und es gelang ihm, Shaos linken Knöchel zu umfassen. Er wollte sie den Krallen des Dämons entreißen, doch er dachte nicht mehr an das Öl, mit dem er Shao zuvor eingerieben hatte.

Die Faust konnte er noch schließen, nur gelang es ihm nicht mehr, Shao festzuhalten. Der Chinese rutschte einfach ab, und er fiel abermals zu Boden, während Susanoo mit seinem Opfer freie Bahn hatte.

Als Suko aus seiner liegenden Stellung heraus mit einem gewaltigen Sprung auf die Füße kam, da hörte er das grollende Lachen des entschwindenden Dämons.

»Ich habe mein Pfand!«, brüllte er. »Ich habe die, die von Amaterasu abstammt!« Und er lachte wieder dröhnend, während er sich noch höher in die Luft schraubte, wobei er die angststarre Shao mit sich zog.

Suko kam auf die Füße.

Er stand da als Verzweifelter. Tränen nässten seinen Blick. Die hilflose Wut, die Angst um Shao, das Wissen, nicht mehr eingreifen zu können, all dies brachte ihn fast um den Verstand.

»Shaaaoooo!«, brüllte er den Namen seiner Freundin, wobei sich seine Stimme überschlug.

Vielleicht hörte Shao ihn, vielleicht auch nicht. Völlig apathisch lag sie auf den Armen des gefährlichen Wesens, das sie sogar nur mit einer Hand festhielt, während Shaos Arme nach unten baumelten und die Spitzen der Finger auf den Erdboden zeigten.

Das Schwert hielt Susanoo in der linken Hand, es zeigte nach unten. Für Suko sah es so aus, als würde es die Brust seiner geliebten Shao durchbohren …

Ich umklammerte den Telefonhörer so hart wie ein Holzhacker den Stiel seiner Axt. Schweigend hörte ich mir an, was Suko zu berichten hatte, und ich merkte, wie mein Blut in Wallung geriet.

Sukos Stimme entnahm ich, wie fertig er war. Einfach abgeschlafft, am Ende, und ich konnte ihn gut verstehen. Ich hörte seine Worte. Sie erzeugten in meinem Kopf ein Rauschen, wobei ich nicht einmal viel verstehen konnte.

Suko hatte nichts mehr zuzusetzen, er war am Ende.

»In welch einem Freibad steckst du?«, fragte ich ihn.

Tonlos sagte er mir den Namen.

»Okay, halte die Stellung, ich komme rüber. Wie sieht es mit Waffen aus?«

»Ich habe keine mitgenommen.«

Das hatte ich mir gedacht. Mir wäre es nicht anders ergangen. Suko war da kein Vorwurf zu machen. Schnell legte ich auf und öffnete mit dem Zweitschlüssel Sukos Wohnung. Wo der Chinese seine Waffen aufbewahrte, das wusste ich. Es war kein Problem, Dämonenpeitsche, Beretta und Stab zu finden.

Rasch nahm ich die Dinge an mich, während mir tausend Gedanken gleichzeitig durch den Kopf schossen. Einer kristallisierte sich immer wieder heraus.

Welche Verbindung bestand zwischen Shao und der Sonnengöttin? Deutlich war die Ähnlichkeit zu sehen, doch Shao war Chinesin, und die Sonnengöttin stammte aus Japan.

Aber was wusste ich schon von diesen uralten Kulturen, die sich vielleicht im Laufe der Zeit vermischt hatten, wo Völker für die gleichen Götter nur verschiedene Namen hatten?

Ich hatte einen Dämon als Ahnherrn in meinem Stammbaum gefunden, warum sollte es Shao nicht ebenfalls so ergehen? Möglich war alles, und ich hatte mich im Laufe der Jahre schon an die unheimlichsten, unwahrscheinlichsten Dinge gewöhnt.

Warum nicht auch daran?

Ich suchte ebenfalls meine Waffen zusammen. Nur mit der Beretta loszuziehen, das wollte ich nicht. Sogar ein leichtes Jackett zog ich mir über, dann fuhr ich nach unten in die Tiefgarage.

Durch den frühabendlichen Verkehr kämpfte ich mich bis zum Freibad durch. Da gab es zwar einige Parkplätze, doch alle waren belegt. Ich stellte den Silbergrauen kurzerhand auf dem Parkplatz ab, der ansonsten nur Motor- und Fahrrädern vorbehalten war.

Mit langen Schritten eilte ich auf den Eingang zu. Die Stimmen, die mir entgegenschallten, klangen anders als sonst. Nicht so fröhlich, wild und kreischend. Eher ängstlich und noch immer unter dem Schock des eben Erlebten stehend.

Ein Ordner wollte mich aufhalten. Ich zeigte ihm meinen Ausweis, konnte passieren, und mir fielen sofort die drei Polizeiwagen auf, die nahe den Schwimmbecken standen. Durch ein Tor waren sie auf die Wiesen gefahren.

Die Beamten waren nicht zu beneiden. Sie mussten Protokolle aufnehmen, aber das war bei dem Stimmenwirrwarr so gut wie unmöglich. Da redete jeder etwas anderes, auch dem Bademeister gelang es nicht, Ordnung in das Chaos zu bringen.

Der Einsatzleiter kannte mich. Er winkte mir zu,

während ich einen Ring von Neugierigen durchbrach. »Das ist ein Fall für Sie, Sir«, sagte er, als er mir die Hand reichte.

»Wieso?«

Er hob die Schultern. »Hören Sie sich mal die Erklärungen der Leute an. Da kann man das Gefühl bekommen, man wäre in Star Wars, dritter Teil.« Er schüttelte den Kopf. »Unwahrscheinlich, was hier gelaufen sein soll.«

»Und was ist tatsächlich gelaufen?«, wollte ich wissen.

»Das kann ich Ihnen auch nicht sagen.«

Ich verzog die Mundwinkel. »Schwaches Bild, mein Lieber, aber lassen wir das. Haben Sie meinen Kollegen Suko gesehen?«

»Den Chinesen?«, fragte der Bademeister, der sich in unsere Nähe gemogelt hatte.

»Genau den.«

»Er wollte allein sein, hat sich in eine der Umkleidekabinen zurückgezogen, der Mann ist mit den Nerven am Ende. Kein Wunder«, fügte er noch hinzu.

Da gab ich ihm Recht. Shao war vor Sukos Augen entführt worden. Ich konnte mir den Zorn über seine Hilflosigkeit gut vorstellen und erkundigte mich, wo die Kabinen lagen.

Der Bademeister deutete auf einen flachen Bau, der wie eine Kaserne aussah. »Dort werden Sie ihn sicherlich finden.«

Ich bedankte mich mit einem Kopfnicken und machte mich auf die Socken. In dem langen schmalen Haus war es furchtbar schwül. Es roch nach Schweiß und nasser Kleidung. Im großen Umkleideraum befanden sich noch einige Kinder, die sich hastig umzogen. Suko entdeckte ich nicht. Durch eine Schwingtür gelangte ich in einen Gang, der zu beiden Seiten Türen aufwies. Dahinter lagen die Einzelkabinen.

Ich rief Sukos Namen.

Der Chinese antwortete mir. Ich stieß die Tür zur zweiten Kabine auf und sah Suko auf eine Holzpritsche sinken. Den Kopf hatte er gesenkt, das Kinn in die Hände gestützt. Über ihm fiel durch eine schmale, glaslose Öffnung ein handbreiter Lichtstreifen und malte ein helles Muster auf den Kopf des Chinesen.

Ich schloss die Tür. »He, Alter«, sagte ich und tippte Suko auf die Schulter.

Müde hob er den Kopf. »Du bist es.«

»Wer sonst?«

»Danke, dass du gekommen bist.«

»War doch selbstverständlich.«

»Das sagst du so einfach. Schließlich bin ich ein Versager und nicht in der Lage, meine Freundin zu schützen.«

Ich nahm neben ihm auf der Bank Platz. »Nun mach mal einen Punkt, Alter. Mir wäre es auch nicht anders ergangen. Und das ist keine leere Phrase, wenn ich das sage.«

»Möglich«, erwiderte der Chinese tonlos. »Alles durchaus möglich. Nur vergisst du eins. Ich habe einen großen Fehler gemacht und bin ohne Waffe in das Freibad gegangen.«

»Glaubst du denn, dass ich welche mitgenommen hätte?«

»Aber wir müssen immer auf alles gefasst sein«, rief Suko und schlug sich auf die Schenkel. »Jetzt haben wir die Quittung bekommen. Und das ist hart.«

»Wie ist diese ganze Sache eigentlich passiert?«, wollte ich von meinem Freund wissen.

Suko berichtete mit sparsamen Worten. Er schmückte nichts aus, vor allen Dingen kritisierte er seine Leistung und machte sich immer wieder Vorwürfe.

Selbstverständlich wusste ich sofort Bescheid, als Suko mir den Dämon beschrieb.

Das war Susanoo, davon biss keine Maus den Faden ab. Er hatte nicht nur auf dem Jahrmarkt zugeschlagen, sondern auch im Freibad. Mein Freund wunderte sich, dass ich den Namen und den Dämon kannte. Jetzt war es an mir, meine Erlebnisse zum Besten zu geben.

So etwas wie harter Wille blitzte in den Augen meines Freundes. Er ballte die Hände. »Dann hat es die andere Seite nicht nur auf mich abgesehen …«

»Nein, ich bin auch betroffen.«

»Und es geht nur um das Schwert.«

»Zum einen.«

»Wie meinst du das, John?«

Ich legte die Hände gegeneinander. »Über die Verteilung der Rollen bin ich mir noch nicht genau im Klaren. Shao passt irgendwie nicht in das Rätsel hinein. Sie ist nach wie vor die große Unbekannte.«

»Für mich nicht. Man hat mir doch erklärt, dass sie von der Sonnengöttin abstammt.«

»Ich kann das nicht glauben«, erwiderte ich und schüttelte demonstrativ den Kopf. »Es wäre ein wenig viel des Guten. Glenda hat eine Hexe im Stammbaum gehabt, bei mir stimmte auch etwas mit einem Ahnherrn nicht, und jetzt soll Shao, die Chinesin, von einer japanischen Sonnengöttin abstammen.«

»Das ist doch möglich.«

Ich blickte Suko direkt ins Gesicht und sah den Schmerz darin eingegraben. »Natürlich ist das möglich. Alles ist möglich, da sage ich auch nichts, aber dass es irgendwie das gesamte Sinclair-Team treffen soll, will mir nicht in den Kopf.«

»Wer weiß schon, wie die Mythologien entstanden sind«, philosophierte Suko mit trauriger Stimme. »Ich jedenfalls nicht. Und vielleicht hat es früher mal eine Mythologie für zwei Völker gegeben. Chinesen und Japaner, da stand dann die Sonnengöttin Amaterasu so ziemlich mit an der Spitze.«

»Du kannst es glauben oder auch nicht. Wir müssen uns mit den Tatsachen abfinden, und die sehen trübe aus. Shao ist verschwunden, und keiner von uns weiß wohin.«

»Der hat sie in eine andere Dimension geschafft«, sagte Suko.

»Sicher. Aber in welche?«

Da waren wir beide überfragt. Ich reichte meinem Freund die Hand und zog ihn von der Pritsche. Suko sah aus, als könnte er sich kaum auf den Beinen halten. Ich verstand meinen Freund und fühlte innerlich mit. Er musste in diesen Minuten unheimlich viel durchmachen.

Ein geliebter Mensch war eiskalt gekidnappt worden. Was das bedeutete, das hatte auch ich erlebt, denn vor nicht allzu langer Zeit war es mir ähnlich ergangen mit Jane Collins.

Auch da hatte das Schicksal eiskalt zugeschlagen. Der Geist des Rippers war in den Körper der Detektivin gefahren, hatte sie zum Bösen bekehrt, und so etwas nutzte Wikka, die Oberhexe, immer aus. Sie war ständig auf der Suche nach Dienerinnen, nun hatte sie in Jane Collins eine neue gefunden. Die Detektivin wehrte sich auch nicht dagegen, sie ließ es geschehen, dass Wikka sie in diesen Reigen mit einbezog.

Ich hatte damals Ähnliches durchgemacht wie Suko heute. Am Boden zerstört war ich gewesen, völlig down, regelrecht abgeschlafft, wie man immer sagt, und es hatte tatsächlich Tage gedauert, bis ich den Schock einigermaßen überwand.

Gefunden hatte ich Jane noch nicht. Nach wie vor trieb sie sich mit Wikka irgendwo herum und wurde von ihr wahrscheinlich noch tiefer in die höllische Magie der Hexenkunst eingeweiht.

Jetzt erging es Suko ähnlich, wobei ich mich zu fragen begann, ob es überhaupt gut war, dass wir uns bei unserem Job näher an eine weibliche Person banden.

An der Tür war der Chinese stehen geblieben. Er trug noch immer seine Badekleidung. »Die Frage ist, was wir jetzt machen sollen?«, murmelte er. »Wie holen wir Shao zurück?«

»Zieh dich erst einmal an«, sagte ich. Auch bei der Hitze hatte Suko auf seine Motorradkluft nicht verzichtet. Seine und Shaos Sachen lagen geordnet auf der Bank.

Er streifte sie über. Ich packte mir Shaos Kleidung über den Arm, um sie in meinem Bentley mitzunehmen. »Kannst du überhaupt fahren?«, wandte ich mich an meinen Freund.

»Und wie.«

Suko stieß die beiden Worte knirschend hervor. Für mich ein Beweis, dass er den ersten Schmerz so langsam überwand.

Was es noch an polizeilichen Dingen zu regeln gab, besprach ich mit den Beamten. Viel war es nicht. Wenn Fragen auftauchten, sollte man mich beim Yard anrufen.

Dann gingen wir.

Im Wagen herrschte eine Backofenhitze. Der Schweiß brach mir prompt aus allen Poren, und irgendwie hatte ich keine Lust, überhaupt zu fahren.

Ich überwand den inneren Schweinehund und startete. Suko hängte sich an mein Heck.

Zwei deprimierte Geisterjäger fuhren durch London. Zwei Männer, die bisher der Hölle getrotzt hatten und jetzt mehr als ratlos waren. Wir setzten uns in meiner Wohnung zusammen und beratschlagten. Mir kam die Idee mit Sukos Vettern.

»Du kennst doch Land und Leute«, sagte ich. »Kannst du da nichts machen? Hast du keinen Bekannten, der sich in der Mythologie des alten Japans auskennt?«

Suko zeigte mir ein flaches Grinsen. »Du meinst meine zahlreichen Vettern, John?«

»Genau.«

»Das sind alles Chinesen«, erwiderte er. »Und wie du sicherlich weißt, haben sich Japaner und Chinesen nie sehr gut verstanden, die haben oft gegeneinander Kriege geführt, den Tatsachen müssen wir ins Auge sehen. Ich glaube kaum, dass wir bei meinen Vettern etwas erreichen können.«

»Wer hilft uns dann weiter?«

Suko schnippte mit den Fingern. »Ich hab's«, sagte er plötzlich.

Mein gespannter Blick traf sein Gesicht. »Los, raus mit der Sprache.«

»Erinnere dich an die japanische Botschaft. Bevor wir auf die Insel des Schweigens fuhren, hat man uns in die Botschaft geholt, um einiges klarzustellen. Vielleicht können wir dort etwas erfahren. Das wäre doch sicherlich möglich.«

Ich legte meine Stirn in Falten und schabte mit dem Daumennagel über die Haare im Nacken. »Gar nicht so schlecht gedacht. Zumindest sollten wir einmal anrufen.«

Die Nummer suchte ich mir aus dem Telefonbuch. Ich war sicher, dass man sich in der Botschaft noch gut an uns erinnerte. Schließlich hatten wir den Japanern schon manchen Gefallen getan.

An Mr. Tagshi konnte ich mich nicht mehr wenden. Ihn hatte der Pfeil eines Goldenen getroffen, als wir uns damals mit ihm unterhielten. Doch es gab sicherlich noch andere Botschaftsangehörige, die über uns und unsere Arbeit Bescheid wussten.

Es dauerte eine Weile, bis ich einen kompetenten Mann an die Strippe bekam.

Ein Hin und Her war es. Schließlich wurde ich sehr höflich begrüßt, und man erkundigte sich nach meinen Wünschen.

Auf eine blumenreiche Erklärung verzichtete ich, fasste mich so knapp wie möglich und war überrascht, als ich ein leises Schnaufen vernahm.

»Was ist?«, fragte ich den Mann, der sich mir als Mr. Ozaku vorgestellt hatte.

»Die Sonnengöttin, sagen Sie?«

»Ja und ihr Bruder Susanoo.«

Erst nach einer Weile des überraschten Schweigens erhielt ich eine Antwort. »Mr. Sinclair, mit diesen Dingen scherzt man nicht. Die sollte man im Dunkel der Vergangenheit begraben lassen.«

»Mir ist auch nicht nach irgendwelchen Scherzen zumute, Mr. Ozaku, aber hier geht es um Menschenleben, und dass wir keine Spinner sind, müsste sich eigentlich herumgesprochen haben. Ich will von Ihnen klare Antworten. Kennen Sie irgendeinen Menschen hier in London, der sich mit der Mythologie Ihres Landes beschäftigt hat und auch über die einzelnen Zusammenhänge Bescheid weiß?«

»Da müsste ich überlegen.«

»Dauert es lange?«

Er verstand und sagte: »Ich rufe Sie zurück.«

»Wir warten.«

Als ich den Hörer auflegte, sprang Suko hoch. »Was hat er gesagt?«

»Er muss sich erst umhören.«

Mein Partner verzog das Gesicht. Kurz nur, dann wanderte er wieder durch die Wohnung. Von seiner chinesischen Gelassenheit war nicht mehr viel zu spüren. Auch Suko war nur ein Mensch, und er hatte sehr an seiner Freundin Shao gehangen.

»Kann denn der Goldene nichts machen?«, fragte er schließlich.

»Nein, ich habe dir doch erzählt, wie er reagiert. Ihm geht es nur um seinen Vorteil. Wir Menschen interessieren ihn überhaupt nicht. Er will nur Tokatas Schwert, das ich ihm besorgen soll, weil die Dimension des Susanoo für ihn verschlossen ist.«

»Vielleicht ist das die einzige Möglichkeit, um Shao zurückzubekommen«, sagte Suko.

»Ich will es nicht hoffen.«

Suko ging in die Küche und holte sich etwas zu trinken. Mir hatte er auch eine Flasche mitgebracht. Ich war noch dabei, Mineralwasser in ein Glas zu schenken, als das Telefon anschlug. Sukos Hand zuckte zum Hörer, doch ich war schneller.

Es war Ozaku, der Mann aus der Botschaft. Und er hatte relativ günstige Nachrichten für uns.

»Ich habe mich umgehört, Mr. Sinclair, und ich habe dabei auch einiges über Sie erfahren. Entschuldigen Sie, aber ich wusste nicht genau, wie sehr Sie uns verbunden sind. Deshalb möchten wir Ihnen auch helfen. Es gibt tatsächlich jemanden, der sich in der japanischen Mythologie auskennt. Der Mann heißt Ganasaro, ist Professor für japanische Geschichte und lehrt an der hiesigen Universität. Er hat sich stark mit der Mythologie unseres Landes beschäftigt.«

»Und wo können wir ihn finden?«

»Ich habe mir bereits die Freiheit genommen und Sie avisiert. Er erwartet Sie und wird Sie in jeder Hinsicht unterstützen.« Er gab mir noch die Anschrift.

»Ich danke Ihnen sehr, Mr. Ozaku.«

»Für Freunde sind wir immer da«, lautete die schlichte Antwort.

Aufatmend ließ ich den Hörer auf die Gabel sinken. Ein feines Lächeln stahl sich in meine Mundwinkel, das natürlich auch von Suko bemerkt wurde.

»Du hast Erfolg gehabt?«

»Das ist zu viel gesagt, aber wir sind zumindest einen Schritt weiter. Der Mann heißt Ganasaro und lehrt an der hiesigen Uni japanische Geschichte. Ihn werden wir besuchen.«

»Und seine Adresse?«

»Habe ich auch.«

Suko schaute mich an. »Worauf warten wir dann noch?«

Der japanische Dozent hatte sich ein kleines Haus im Stadtteil Brompton gemietet. Er wohnte in der Pont Street, nicht weit von der St. Columba's Church entfernt.

Das Haus war klein. Es lag neben einem Supermarkt und schien von ihm fast erdrückt zu werden. Wir fanden einen Parkplatz schräg auf dem Gehsteig, schritten durch einen kleinen Vorgarten und mussten die Stufen einer Treppe hochsteigen, um an die Haustür zu gelangen.

Dr. Ganasaro hatte uns bereits gesehen und öffnete die Tür. Er lächelte uns an, verbeugte sich und bat uns, sein bescheidenes Heim zu betreten.

Das Haus war klein, europäisch eingerichtet, bis auf ein Zimmer, in das uns der Mann führte.

Es zeigte den japanischen Stil, ein Stück Heimat, und wir zogen, wie auch unser Gastgeber, die Schuhe aus. Auf Sitzkissen konnten wir Platz nehmen. Tee stand bereit, und bevor wir unser Anliegen vortrugen, tranken wir erst einmal.

Eine Zeremonie, gegen die ich bestimmt nichts hatte, aber in diesem Fall brannte uns die Zeit auf den Nägeln.

Ich hatte Muße, mir den Mann zu betrachten. Er trug europäische Kleidung, einen hellen Sommeranzug, der ihm eigentlich viel zu weit war, denn seinen Körper konnte man als schmächtig bezeichnen. Das Haar war glatt gescheitelt, das Gesicht wirkte noch jung, obwohl der Mann mindestens sechzig Jahre hinter sich hatte. Die klugen Augen forschten in unseren Gesichtern, und er lächelte, als er seine Teetasse wegstellte. »Ich sehe es Ihnen an, dass Sie es eilig haben. Das Problem scheint schwerwiegend zu sein.«

»Das ist es auch«, gab ich zu.

»Dann bitte.«

Ich setzte mich auf dem Kissen ein wenig bequemer hin und begann mit meinem Bericht.

Mit Suko war abgesprochen worden, dass zuerst ich redete, dann kam er an die Reihe. Wir wollten chronologisch vorgehen.

In Dr. Ganasaro fanden wir einen stummen, aber sehr aufmerksamen Zuhörer. Ein paar Mal bewegte er nickend den Kopf, wenn ich von besonders brisanten Szenen berichtete. Der Mann schien zu verstehen, und er würde uns auch nicht auslachen, das war sicher.

Nach mir erzählte Suko. Er hielt sich wie ich genau an die Tatsachen und schmückte auch nichts aus.

Als mein Partner seinen Bericht beendet hatte, neigte der Wissenschaftler seinen Kopf. »Es ist schlimm«, murmelte er. »Sehr schlimm sogar. Ich hätte nicht gedacht, dass sich die Voraussetzungen so schnell erfüllen würden.«

»Wie meinen Sie das, Doktor?«, fragte ich.

»Der Geschwisterkrieg ist in vollem Gange. Susanoo hat es nie überwunden, dass er von Amaterasu zum Schluss doch noch besiegt wurde, denn man hat sie mit einem Spiegel aus der Dunkelwelt hervorgeholt und ihren Bruder verstoßen.«

»Dann ist ja alles klar«, rief ich. »Wenn Amaterasu ...«

»Es ist unhöflich, einem Gast ins Wort zu fallen«, sagte der Japaner, »aber in diesem Fall muss ich mich über die Konventionen hinwegsetzen. Auch Amaterasu hat nicht mehr die Macht wie vor Tausenden von Jahren. Sie sitzt in ihrem Reich und kann es nicht mehr verlassen. Es ist zwar das Reich der aufgehenden Sonne, für sie gleichzeitig auch ein Goldener Käfig. Was der Bruder wünscht, lässt sich mit wenigen Worten umschreiben. Eine

Umkehrung des Ganzen. Amaterasu soll wieder in die Dunkelheit gestoßen werden, damit er ans Licht gelangt. Das ist eigentlich alles.«

»Kann die Sonnengöttin gegen ihren Bruder nichts unternehmen?«, fragte Suko.

»Nein.«

»Haben auch wir keine Möglichkeit?«

Da wiegte der Wissenschaftler den Kopf. »Man müsste Susanoo zwingen, seine Geisel wieder herauszugeben.«

»Und so etwas kann klappen?« Suko schaute Dr. Ganasaro hoffnungsvoll an.

»Durch eine Beschwörung.«

Jetzt war es heraus, und wir mussten die Antwort erst einmal verdauen. Suko und ich nickten. »Das ist wirklich eine Chance«, murmelte ich und hatte Angst vor der nächsten Frage. »Können Sie die Beschwörung durchführen?«

»Unter Umständen.«

»Was gibt es für Hindernisse?« Suko hatte gesprochen. Er saß wie auf glühenden Kohlen.

»Ich kann die Beschwörung nicht sofort durchführen«, erklärte er. »Dazu brauche ich Platz und auch Zeit.« Er räusperte sich. »Zudem muss sie erfolgen, wenn der erste Sonnenstrahl das Dunkel der Nacht erhellt, also in den Morgenstunden, und der Sonnenstrahl muss auf eine bestimmte Fläche fallen.«

»Eine große Fläche?«

»Ja, denn ich muss Zeichen aufmalen, und ich darf durch äußere Einflüsse nicht gestört werden, da ich diese geheimnisvollen Zeichen nur in Trance aufmalen kann.«

Das war schwierig. Wo konnten wir die Beschwörung durchführen? Ich blickte Suko an. Man merkte, wie er fieberhaft nachdachte, aber auch zu keinem Ergebnis kam.

»Und wie groß muss die Fläche sein?«, wollte ich von dem Wissenschaftler wissen.

»Zumindest größer als dieses Zimmer«, erklärte er. »Sogar viel größer, wenn Sie verstehen.«

»Und sie muss außerhalb eines Raumes durchgeführt werden?«

»So ist es, Mr. Sinclair.«

Ich hatte die Frage bewusst gestellt, denn ich wollte auf Nummer Sicher gehen.

»Siehst du eine Möglichkeit?«, fragte Suko.

»Ja, mein Lieber, ich sehe sie. Es ist eigentlich ganz einfach, man muss nur darauf kommen. Der Garten der Conollys. Er müsste groß genug sein, und er liegt auch so, dass er von einem ersten Sonnenstrahl berührt wird.«

Suko schlug sich auf die Schenkel. »John, diese Idee ist fantastisch. Das muss klappen!«

Der Meinung war ich auch. Mit dem Wissenschaftler sprach ich darüber. Auch er war der Ansicht, dass mein Vorschlag in die Tat umgesetzt werden konnte.

»Darf ich mal telefonieren?«, fragte ich und stand schon auf.

»Bitte!«

Ich rief Bill an. Er wusste noch nichts von unseren neuen Problemen. In Stichworten berichtete ich ihm, was mit Shao geschehen war und dass es unter Umständen eine Rettung gab.

»Wie?«

»Könnt ihr euren Garten zur Verfügung stellen?«

»Ja, aber …«

»Hör genau zu, Bill. Was ich dir jetzt sage, ich mein voller Ernst.« Ich redete lange mit dem Reporter, und er hatte für unsere Probleme natürlich Verständnis. Bill und auch Sheila wollten alles tun, damit wir Erfolg hatten.

Als ich den Hörer auflegte und mich umdrehte, schauten mich die anderen gespannt an. »Es wird gehen«, sagte ich. »Bei den Conollys ist alles klar.«

»Dann dürfen wir keine Zeit mehr verlieren«, sagte Dr. Ganasaro, »denn ich muss einige Vorbereitungen treffen. Ob die Beschwörung allerdings klappt, kann ich Ihnen nicht versprechen.«

Wir hatten eine schlimme Nacht hinter uns. Das heißt, die Nacht war noch gar nicht beendet. Drei Stunden nach Mitternacht, bald würde die Sonne aufgehen.

Keiner von uns hatte ein Auge zugetan, wir waren dem Wissenschaftler bei seiner Arbeit behilflich gewesen und hatten eine große Rasenfläche als ein magisches Zentrum ausgebaut.

Begonnen hatte es mit einem Kreis. Er sollte das Symbol der Sonne darstellen.

Der Kreis bestand aus seltsam bleichen Stöcken, die mich in ihrer Farbe an Knochen erinnerten, es aber nicht waren, sondern behandelte Kirschblütenzweige. Was damit geschehen war, wollte der Doktor nicht sagen, überhaupt verhielt er sich sehr schweigsam und teilte von seiner Magie keinem etwas mit. Er war ein sehr in sich gekehrter Mensch und nur mit seiner Arbeit beschäftigt.

Nachdem der Kreis gezogen war, nahm er eine Tabelle zur Hand und schaute dort nach. Ich konnte einen Blick über seine Schulter erhaschen, aber nichts lesen, denn die japanische Schrift beherrschte ich nicht.

»Wir müssen ihn einteilen, in zwölf Segmente.«

»Tierkreiszeichen?«, fragte ich.

»Ja.«

Die japanischen Tierkreiszeichen stimmen mit denen unserer Astrologen nicht überein. Für sie gab es Hunde, Katzen und Ratten, während wir an Wassermann, Waage oder Zwillinge glaubten.

Er nahm sich sehr viel Zeit bei der Arbeit, ließ sich von uns auch nicht stören und traf seine Vorbereitungen äußerst exakt.

Noch hatte sich die Atmosphäre nicht verändert. Es war nichts Unheimliches oder Fremdes zu spüren, nur die Luft drückte schwer. Sie war noch schlimmer geworden, das so lang ersehnte Gewitter und die Kühlung danach waren ausgeblieben, stattdessen hatte es am Abend ein paar Tropfen geregnet. Natürlich verdunstete das Wasser nur schlecht, die Feuchtigkeit in der Luft nahm zu, Schwaden hatten sich gebildet, die dünn über den Boden krochen.

Das Atmen fiel uns schwer. Von einem Luftholen konnte kaum die Rede sein, man hatte das Gefühl, als würde Wasserdampf die Lungen ausfüllen.

Wir standen auf der Terrasse und störten den großen Meister nicht. Er hatte sein Jackett ausgezogen. Weiß leuchtete das Hemd. Auf eine Beleuchtung hatte er verzichtet, das Licht würde ihn stören.

Neben mir stand Nadine, der Wolf. Der kleine Johnny schlief längst, und ich kraulte das Fell seiner Beschützerin. Das Tier hatte uns unwahrscheinlich geholfen. Wäre ihr Angstschrei nicht in die Dimensionen des Schreckens vorgestoßen und dort gehört worden, und zwar von dem Richtigen, hätte es für Johnny und mich wohl kaum eine Rettung gegeben.

Der äußere Kreis und auch die astrologischen Symbole waren aufgebaut worden. Nur in der Mitte hatte der Japaner einen kleinen Kreis freigelassen.

Was damit geschehen sollte, wussten wir nicht, konnten uns allerdings vorstellen, dass er eine große Bedeutung hatte.

Dr. Ganasaro schaute sich sein Werk noch einmal an und trat dann auf uns zu.

Er bat um einen Schluck Wasser. Sheila gab es ihm. Auf dem Tisch neben uns standen zahlreiche Flaschen und Gläser. Der Wissenschaftler trank in langen Zügen. Er schloss dabei die Augen und ließ sich Zeit, das Glas zu leeren.

Als er es absetzte, umspielte ein feines Lächeln die Lippen. »Der äußere Ring ist jetzt fertig«, erklärte er.

»Und was ist mit dem kleinen Kreis?«, fragte ich.

Dr. Ganasaro hob die Augenbrauen. »Er ist der Wichtigste überhaupt«, erklärte er uns. »Um ihn auszufüllen, braucht man die Geduld und die Weisheit der Zeiten. Ich hoffe, beides zu haben.« Für uns sprach er in Rätseln, und ich erkundigte mich danach, ob er die Beschwörung schon einmal durchgeführt hatte.

Eine Weile schaute er uns nur an. Der Japaner ließ sich Zeit mit der Antwort, bis er den Kopf schüttelte.

»Dann ist es das erste Mal?«, erkundigte ich mich überrascht.

»Ja.«

Ich bemerkte, wie Suko zusammenzuckte. Seine Gefühle konnte ich durchaus begreifen. Der Chinese hatte Angst, dass die Beschwörung nicht klappen und sich ins Gegenteil umkehren würde. Wenn das eintrat, war alles verloren, und Shao würden wir wohl kaum wiedersehen.

»Sie wissen genau, wie man es macht?«, hakte ich sicherheitshalber noch einmal nach.

»Ja, ich habe mich gut vorbereiten können und mich zudem jahrelang mit der Mythologie beschäftigt.«

»Und doch bleibt ein Risiko«, warf Bill Conolly ein.

»Wo gibt es das nicht, frage ich Sie?«

Da hatte er auch wieder Recht. Nur kam es hier wirklich auf jede Kleinigkeit an, denn wie der Professor selbst erwähnte, war die Beschwörung nicht wiederholbar. Wenigstens nicht in so kurzer Zeit, wie wir es bei einem missglückten Versuch gern gehabt hätten.

»Wann geht die Sonne auf?«, fragte der Japaner.

Bill, Suko und auch ich schauten auf die Uhren. Gleichzeitig kamen unsere Antworten. »In einer halben Stunde.«

»Gut, dann darf ich keine Zeit mehr verlieren.« Er sagte das mehr zu sich selbst, doch die nächsten Worte waren für uns gedacht. »Zudem möchte ich Sie bitten, sich bei dem schwierigsten und wichtigsten Teil der Beschwörung völlig still zu verhalten. Ich darf nicht gestört werden, egal, was geschieht. Versprechen Sie mir das?«

Wir nickten.

»Denn sonst könnten Sie auch mich in eine tödliche Gefahr bringen.«

Obwohl uns wohl eine Frage auf der Zunge brannte, stellten wir sie nicht. Wir wollten den Professor nicht unnötig quälen, er sollte in Ruhe seine Arbeit verrichten können, bei der wir nur Statisten waren.

Die Wölfin hielt sich erstaunlich ruhig. An meiner Seite war sie zusammengesunken. Hin und wieder blickte ich sie an, sah ihre Augen und erkannte darin den Ausdruck, den ich auch bei der lebenden Nadine immer gesehen hatte.

Gewaltsam musste ich die Erinnerung unterdrücken.

Der Japaner bewegte sich an uns vorbei. Er ging dorthin, wo seine Aktentasche stand, die er aus seiner Wohnung mitgenommen hatte. Noch war sie verschlossen, er bückte sich, drückte den Verschluss und klappte den Deckel hoch.

Aus dem Innern der Tasche holte er vier Gefäße. Sie bestanden aus Ton, hatten eine schalenartige Form und waren jeweils mit einem Deckel verschlossen. Auf jedem Deckel sahen wir japanische Schriftzeichen, die keiner von uns entziffern konnte.

Vom Tisch nahm der Professor ein Tablett und stellte die Schalen darauf. Dr. Ganasaro schaute auf die Deckel und breitete seine Hände darüber aus.

Dann begann er zu sprechen. »In diesen Schalen befinden sich die vier Grundelemente in stilisierter Form. Feuer, Wasser, Luft und Erde. Damit hat alles begonnen. Es waren und sind auch noch heute die elementarsten Dinge, die vier, die überhaupt das Leben darstellen und es vernichten können. Ich hoffe, dass sich bei der Beschwörung die vier Elementargeister auf meine Seite stellen und das Böse vernichten werden. Versprechen kann ich es nicht.«

Er nahm das Tablett mit den vier Schalen und näherte sich dem großen Kreis. Mit gemessenen Schritten trat er hinein und blieb neben dem kleinen Kreis in der Mitte stehen. Dort fiel er auf die Knie nieder und baute die Schalen um den Kreis herum auf. Er drehte kurz den Kopf und gab uns ein Zeichen.

Wir verstanden und gingen auf ihn zu. Nur Sheila und die Wölfin blieben zurück.

Neben dem knienden Dr. Ganasaro blieben wir stehen und schauten auf die jetzt geöffneten Schalen.

In einer brannte das Feuer. Eine blasse, bläulich schimmernde Flamme.

In der nächsten Schale befand sich die Erde. Schwarzbraun war sie anzusehen und ein wenig zusammengeklumpt.

»Es ist Erde von der Insel des Schweigens«, erklärte uns der Professor. »Denn diese Insel ist eine der ältesten auf der Welt.«

Die nächste Schale. Wasser befand sich darin. Die

Oberfläche wirkte wie ein glatter Spiegel. Wenn ich sie mir anschaute, hatte ich das Gefühl, tief in die Erde sehen zu können.

»Wasser ist Susanoos Element. Es kann Leben bringen, aber auch töten«, klärte uns der Japaner auf.

Blieb noch eine Schale. Die mit der Luft. Ich blickte hinein und sah sie leer.

»Sie werden sich vielleicht wundern«, sprach der Professor mit leiser Stimme. »Aber diese Schale ist trotzdem gefüllt, denn hier hat der Luftgeist Kamikaze seine Spuren hinterlassen.«

»Ich kenne ihn«, sagte ich rau.

Überrascht schaute mich Dr. Ganasaro an. »Woher?«

»Ich habe ihn erlebt, und ich musste damals eine gefährliche Mutprobe bestehen.«

»Dann hoffe ich, dass er Sie Mutigen nicht vergessen hat«, erwiderte der Wissenschaftler salbungsvoll.

Das hoffte ich auch.

Mit einer Handbewegung bedeutete uns der Professor, den Kreis zu verlassen. Wir gingen wieder zurück, wo uns Sheila mit starrem Gesicht erwartete

Dr. Ganasaro folgte. Für eine Weile blieb er neben uns stehen und schaute auf seine Tasche. Dann bückte er sich und holte etwas hervor, das mich an einen Spiegel erinnerte, und zwar an einen runden Rasierspiegel, wie man ihn früher immer hatte. Er hielt den Spiegel so vorsichtig in der Hand, als könnte er leicht zerbrechen und als wäre er kostbarer als ein Edelstein.

»Was ist das?«, fragte ich.

»Sie haben sich bestimmt schon Gedanken darüber gemacht, aber dies hier ist in der Tat ein Spiegel. Ein schwarzer Spiegel, in dem sich der Geist des Dämons Susanoo fangen soll. Wenn ich ihn in den kleinen Kreis hineinlege, der genau die Ausmaße des Spiegels besitzt, und der Sonnenstrahl auf ihn fällt, so wird die schwarze Fläche verschwinden und einer strahlend hellen Platz machen, die den Dämon durch ihr Licht bannt. Vorausgesetzt natürlich, dass mich die vier Elementargeister nicht im Stich lassen.«

Wir starrten den Mann an, der diese großen Worte so gelassen aussprach. Zum ersten Mal war ich einigermaßen davon überzeugt, dass er es schaffen würde.

Auch Suko dachte ähnlich, dies konnte ich an seinem Gesicht ablesen.

»Ich werde versuchen, den ersten Strahl der Sonne einzufangen, um durch ihn den Dämon zu zwingen, seine Geisel wieder freizugeben. Er darf sie nicht behalten. Ich fühle mich hier als der Vertreter der Sonnengöttin Amaterasu. In ihrem Namen werde ich die Beschwörung durchführen und hoffen, dass die Zeichen der Zeit von Susanoo erkannt werden. Er schafft es nicht mehr, sich den Kräften des Lichts zu widersetzen, denn er ist in dieser Welt längst nicht so stark wie in seiner Dimension. Nur um eins möchte ich Sie bitten: Keine Störung, es wäre dann alles umsonst ...«

Er nahm uns das Versprechen mit den Augen ab, und wir ließen ihn gehen.

Ich schaute hoch zum Himmel. Er hatte die Schwärze der Nacht bereits verloren, zeigte jetzt ein helleres Grau, das die Dunkelheit vertrieb und sich immer weiter ausbreitete. Bald würde es einen breiten Streifen bilden, aus oder hinter dem dann der grelle Sonnenball explodierte, um einen neuen Tag anzukündigen.

Es war nicht still. Auch die Vögel hatten bemerkt, dass die Nacht den Kampf wieder einmal verlor, und sie stimmten bereits ihr fröhliches Konzert an.

Noch lag der Garten im Dunkeln. Wir konnten nicht bis zum Ende des Grundstücks schauen, wo die Tannen standen und sich die Schatten zusammenballten, sodass wir an düstere Inseln erinnert wurden.

Ich war nervös, und meinen Freunden erging es nicht anders.

Sheila hatte bei der Beschwörung nicht mit dabei sein wollen. Sie war ins Haus gegangen, sehr leise, sodass wir nicht einmal das Schlagen der Tür vernahmen.

Suko, Bill und ich waren in diesen Augenblicken nur Statisten. Das Schicksal einer Frau lag jetzt in den Händen eines einzigen Mannes, der einen finsteren Dämon beschwören und ihn zwingen wollte, ein wertvolles Pfand herauszugeben.

Konnte er es schaffen?

Klein, beinahe schmächtig wirkte der Mann, der ein so großes Wissen in sich vereinigte. Er bewegte sich lautlos auf den großen Kreis zu, übertrat den äußeren Ring und näherte sich dem kleinen Kreis, umgeben von den zwölf schmalen Dreiecken der Tierkreiszeichen und vor sich die Schalen mit den vier Grundelementen.

Was wir hier gleich erleben würden, war eine uralte, kaum zu begreifende Magie. Vielleicht waren wir sogar die ersten Nicht-Japaner, die dies sahen, und irgendwie betrachtete ich es als Ehre, dabei sein zu dürfen.

Jetzt kniete er sich nieder.

Der Professor hatte die Stellung eingenommen, die es uns ermöglichte, ihn anzuschauen.

Blass, beinahe fahl leuchtete sein Gesicht. Den Spiegel hielt er mit beiden Händen vorsichtig am Rand umfasst, und seine Finger schwebten für einen Moment über dem kleinen Kreis.

Würde der Spiegel passen?

Er musste es, denn wenn die magischen Riten nicht eingehalten wurden, war alles vorbei.

Der Schweiß tropfte mir von der Stirn, die Feuchtigkeit und die Schwüle hatten sich noch verstärkt, aber nicht sie allein trieben mir den Schweiß aus den Poren, es war auch die gewaltige, innere Spannung, die daran die Schuld trug.

Mit dem gekrümmten Zeigefinger wischte ich über meine Augen. Neben mir hauchte Bill: »Mensch, John, wenn das mal gut geht!«

Ich gab dem Reporter keine Antwort, denn die Tätigkeit des Professors faszinierte mich. Er musste sich unter einem ungeheuren Stress befinden, es war außerordentlich schwer, die Bewegungen langsam durchzuführen und sie zu kontrollieren, denn der schwarze Spiegel musste genau passen.

Dann lag er auf dem Boden.

Und er passte!

Bis zu den Rändern hin füllte er den Kreis völlig aus. Dr. Ganasaro hatte keinen Fehler begangen. Er richtete sich auf, allerdings nur den Oberkörper, die Beine blieben in geknickter Haltung auf dem Boden, und diese Stellung behielt er bei. Ein wenig drehte er sich, wandte uns jetzt schräg den Rücken zu, damit die schwarze Spiegelfläche frei zur aufgehenden Sonne hin lag.

Wir bewegten uns zur Seite, sodass wir den Spiegel im Blickfeld behalten konnten. Alle drei standen wir vor der großen Wohnzimmerscheibe. Stumm und starr wie Soldaten aus Zinn, und wir lauerten auf die große Beschwörung.

Der Wissenschaftler legte seine Hände flach auf die geknickten Oberschenkel.

Noch einmal konzentrierte er sich, dann hob er den Kopf, richtete seinen Blick zum Himmel und begann mit seiner Beschwörung …

Wir hatten alles auf eine Karte gesetzt. Wenn Dr. Ganasaro versagte, gab es auch für Shao keine Rückkehr mehr. Und ich hoffte, dass sie als Lebende zurückkehrte …

Die Stimme des Professors klang leise. Monoton wäre der richtige Begriff gewesen. Ich hatte schon des Öfteren Japaner miteinander sprechen hören, konnte allerdings nie verstehen, was sie sagten. Hier erging es mir ebenso. Dr. Ganasaro redete in seiner Heimatsprache, ich verstand nur Bahnhof.

Einmal sahen wir, wie sein Körper zuckte. Er schien sich aufrichten zu wollen, sackte jedoch im nächsten Augenblick wieder zusammen, und seine Stimme wurde noch langsamer, noch monotoner. Für uns ein Beweis, dass er sich selbst in Trance versetzt hatte.

Mein Blick glitt während seiner Worte automatisch hoch zum Himmel, wo das Grau der Dämmerung heller geworden war und sich immer weiter vorschob. Bald mussten die ersten Sonnenstrahlen innerhalb dieser düsteren Wand explodieren, einer von ihnen sollte auch in den Garten und auf den Spiegel fallen.

Konnten wir das schaffen?

Ich betete, ich zitterte, und ich dachte in diesen Minuten nur an unseren Sieg, den wir erringen mussten.

Die Vögel waren verstummt. Sie schienen gemerkt zu haben, dass etwas nicht stimmte. Für sie war der Garten jetzt eine Insel, die sie nicht betreten durften.

Und dann reagierten die vier Elemente.

Zuerst sah ich das Wasser. Es hatte sich erwärmt, kochte, und Tropfen wurden aus der Schale geschleudert. Gleichzeitig meldete sich auch der Wind.

Vielleicht war sogar Kamikaze da, denn wir alle spürten den eiskalten Luftzug auf unseren Gesichtern, der in Sekundenschnelle den Schweiß trocknete, durch den Garten wischte und die Blätter an den Sträuchern und Büschen bewegte.

Das Feuer puffte hoch.

Eine blaurote Flamme stieg wie eine Säule aus der Schale und sah aus wie ein schmaler, hoher Finger, der in den nachtdunklen Himmel stoßen wollte.

Der Körper des Professors warf im Widerschein der Flamme einen seltsam verzerrten Schatten, und nur die Erde in der letzten Schale reagierte nicht so, wie es vielleicht sein sollte, jedenfalls konnten wir nichts erkennen.

Gefährliche Stimmen wisperten in unserer Nähe. Sie drangen aus dem Unsichtbaren, wir sahen die Geister nicht, aber wir hörten sie raunen und flüstern.

Dr. Ganasaro sprach noch immer. Durch nichts ließ er sich ablenken, denn auch die Reaktion der Geister konnte ihn in seiner Tätigkeit nicht stören. Er rechnete damit, hatte sie einkalkuliert und führte die Beschwörung fort.

Die Zeit wurde uns lang. Wann endlich erschien der erste Sonnenstrahl? Abermals richtete sich mein Blick der langsam herbeischwebenden Dämmerung entgegen. Zeigte das Grau an seinem oberen Rand nicht schon einen helleren Streifen? Hatte sich dort eventuell die Sonne versteckt?

Ich hielt den Atem an. Mich interessierte nur noch der Himmel. Nie im Leben hatte ich bisher so auf einen Sonnenaufgang gelauert. Er musste doch kommen …

Er kam.

»Da!« Es war sogar Suko, der das Wort zischend ausstieß, und im nächsten Moment erlebten wir die ersten Strahlen einer grellen Sommersonne …

Es war keine plötzliche Explosion, wie man sie in den Tropen erlebt, die Sonne schob sich eher schüchtern über die graue Wolkenbank, färbte die graue Dämmerung jetzt rötlichgelb und kroch über den Rand wie ein strahlendes Ungeheuer, das sich durch nichts aufhalten ließ.

Dann die ersten Strahlen.

Am liebsten hätte ich sie mit Freudenschreien begrüßt. Sie waren zwar noch blass, wirkten ein wenig schüchtern, aber sie waren da und fielen auf die Erde.

Die junge Helligkeit erfüllte den Garten der Conollys, fiel in den großen Kreis und erfasste den Spiegel.

In diesen Augenblicken verstummte Dr. Ganasaro. Er hatte seine Aufgabe erfüllt, alles Weitere überließ er den Kräften, die er durch seine Beschwörung aus einer finsteren Welt herbeigerufen hatte. Sie und die Kräfte des Lichts trafen sich, hinzu kamen die Elementargeister, die den Vorgang beschleunigen sollten.

Auf einmal schien der Spiegel in Flammen zu stehen. Er strahlte so hell, dass wir geblendet die Augen schlossen, und im Unterbewusstsein glaubte ich ein Klirren zu hören.

Es war jedoch ein Irrtum. Als ich die Augen wieder öffnete, sah ich den Spiegel an seinem Platz.

Verändert allerdings!

Die schwarze Fläche war verschwunden. Sie hatte einem grellen, strahlenden Weiß Platz gemacht, das mich in seiner Stärke an die Leuchtkraft einer Halogenlampe erinnerte. Ein gewaltiger Strahl fuhr aus dem Spiegel senkrecht in den noch immer düsteren Himmel hinein, wo er praktisch ein Loch in das Grau bohrte und in der Unendlichkeit verschwand.

»Susanoo!«, schrie Dr. Ganasaro. »Susanoo, du finsterer Geist aus den Tiefen des schwarzen Gewässers, du verfluchter Dämon, der die Sonnengöttin vom Thron gestoßen hat, zeige dich und stell dich zum Kampf, denn die Kräfte des Lichts sind ausgefahren, um dich herbeizuholen, damit die Finsternis gelöscht wird.«

Er rief die Worte in unserer Sprache, und wir hofften, dass der Mann Erfolg hatte.

Wenn Susanoo kam und sich uns zeigte, dann musste es innerhalb des Strahls passieren, davon waren wir fest überzeugt, denn Suko, Bill und ich ließen den Strahl nicht aus den Augen.

Und dort, wo er im Grau der Unendlichkeit endete, da tat sich etwas. Eine Gestalt erschien, eine Wolke, riesig, gewaltig, trotz dieser weiten Entfernung erkannten wir dies, und unsere Augen weiteten sich in panischem Entsetzen, als wir sahen, was dort auf uns niederfahren wollte.

Es war eine Wasserwand!

Alles, ja, sie würde alles verschlingen, das war uns längst klar. Diese Wand brachte das Grauen, die Vernichtung, das Chaos. Nicht umsonst war Susanoo Gebieter über das Wasser, und aus seiner Dimension schickte er die schrecklichen Fluten.

Inmitten einer gewaltigen Wand aus Wasser sahen wir ihn. Er hob sich deutlich ab, hatte seine Flügel ausgebreitet und stieß in der gleichen Geschwindigkeit herab wie das Wasser.

Ich warf einen blitzschnellen Blick auf Bill Conolly, weil ich seine Bewegung gespürt hatte. »Verdammt, John, das schaffen wir nicht!«, schrie er. »Nein, das …«

Er wollte weglaufen, doch ich war schneller. Mein Arm stieß vor, die Hand griff zu wie die Klaue eines Vogels, und ich riss den Reporter zurück, denn ich dachte daran, was uns der Professor gesagt hatte. Auf keinen Fall wegbewegen, was immer auch geschah. Daran mussten wir uns halten.

Jetzt durfte nichts mehr passieren, sonst war alles umsonst.

Und Bill blieb.

Auch Suko stand gebannt auf dem Fleck. Verzerrt war sein Gesicht. Er empfand wahrscheinlich das Gleiche wie wir alle, ihn hielt es kaum auf dem Fleck, aber er riss sich zusammen.

Natürlich waren wir nicht die Einzigen, die diese gewaltige Wasserwand bemerkt hatten. Sie war auch dem Professor aufgefallen, der inmitten seines Kreises kniete, den Blick zum Himmel gerichtet hielt, wobei sein Gesicht, das fahl leuchtete, eingefroren zu sein schien.

Dann drang eine krächzende Beschwörung aus seinem Mund. Laute, die ich noch nie im Leben gehört hatte, die aber für die Elementargeister gedacht waren, denn sie begannen sich zu vereinigen und kämpften gegen Susanoo, den Mächtigen.

Zuerst war es das Feuer, das in den Himmel stieg, zu einer Flammenspur wurde und hineindrang in die alles vernichtende Wasserwand. Sie stieß wie ein glühendes Schwert durch die Flüssigkeit. Gewaltige Dampfwolken entstanden, die von einem plötzlichen Orkan erfasst und zur Seite geweht wurden.

Zwei Magien bekämpften sich. Noch stand es unentschieden, noch hielt die starke Magie der Erdelemente die andere zurück, und aus dem Spiegel drang weiterhin der Strahl wie ein Fanal der Hoffnung.

»Gib sie frei!«, brüllte Dr. Ganasaro mit Stentorstimme. »Gib deine Geisel frei, oder die vier, die schon waren, als du noch nicht warst, werden dich vernichten!«

»Shaaaooo!«

Der Schrei drang aus Sukos Mund. Er hatte seine Freundin gesehen, die auf den Armen des Monsters Susanoo ruhte und wie eine leblose Puppe aussah.

Suko hielt nichts mehr auf dem Fleck. Er hatte die Warnung des andern vergessen und stürmte vor.

Seinen Stab, mit dem er die Zeit anhalten konnte, hielt er fest umklammert, er war bereit, ihn einzusetzen. Normalerweise hätte ich nichts dagegen gehabt, der Stab hatte uns oft genug gerettet, doch heute war es etwas anderes. Wenn Suko das bewusste Wort schrie, konnte er alles zerstören. Ich hatte die Befürchtung, dass eine dritte Magie die beiden anderen aufhob.

Mit einem fast schon artistischen Sprung stieß ich mich ab, flog auf Sukos ungedeckten Rücken zu und rammte ihn, als wäre ich ein Stück Eisen. Damit hatte mein Freund nicht gerechnet. Er verlor das Gleichgewicht, fiel zu Boden, und ich riss ihm mit einem Griff den Stab aus seiner rechten Hand.

Suko schaute mich an.

War es Zorn, Wut oder Angst? All das vereinigte sich in seinem Blick, sodass ich hastig zurücksprang, denn ich wollte nicht, dass er mich erreichte.

Da schnellte Suko hoch. »Gib ihn her!« Seine Stimme hörte sich an wie das Knurren eines Raubtieres!

»Nein!«

»Gib ihn mir!« Er brüllte es, und seine rechte Hand stieß dabei zur Waffe.

In diesen Augenblicken wusste Suko nicht, was er tat. Da war er nicht mehr Herr über sich selbst. Ich aber wusste es genau, holte weit aus und schleuderte den Stab über den Kopf des Chinesen hinweg, bis er irgendwo im Gebüsch landete.

Für Suko unerreichbar!

Suko drehte sich wie ein Kreisel. Er hatte nicht genau gesehen, wohin der Stab geflogen war, aber er wollte ihn holen.

»Nein, nicht!«, schrie ich ihn wieder an, packte seine Schulter und schleuderte ihn herum.

Aus der Unendlichkeit war die gewaltige Wasserwand gekommen. Und sie verdeckte fast den gesamten Himmel. Unser Sichtbereich war eingeschränkt, wir sahen nur diese grünlich schimmernde Wand, in die der helle Strahl hineinfuhr und Susanoo bannte.

Er bewegte sich nicht mehr. Wie ein Denkmal erschien er uns, und er hob jetzt den rechten Arm.

Wir sahen Tokatas Schwert.

Eine schlimme Ahnung überkam uns alle drei, als wir die Bewegung verfolgten. Wenn jemand so das Schwert anhebt, dann zu dem Zweck, damit zu töten.

Auch Suko verstand die Bewegung. Seine Lippen formten Shaos Namen. Zu hören war es nicht. Zu entsetzt stand der Chinese vor diesem schrecklichen Bild.

Aus eigener Kraft konnte sich Shao nicht retten …

Dr. Ganasaro versuchte alles!

Er hatte diese gefährliche Beschwörung noch nie in seinem Leben durchgeführt, aber durch die alten Schriften wusste er von der Gefahr, der er sich damit aussetzte. Es konnte durchaus möglich sein, dass sich die Beschwörung ins Gegenteil umkehrte und Susanoo die Kraft der Erdgeister vernichtete.

Deshalb rief er noch einmal die alten, längst vergessenen Worte aus den Büchern der Tempelweisheit, und er versuchte, das Böse zu bannen.

»Amaterasu, Göttin des Lichts, Sonnengöttin, überwinde dich selbst, verlasse dein Reich und zerstöre das, was unser Leben nehmen will!«

Der Mann hatte geschrien, seine Stimme hoch erhoben. Die Gesichtszüge waren maskenhaft starr, die Magie der Erdgeister hüllte ihn ein, und er erlebte, wie die Geister der vier Elemente noch einmal Kraft holten, um Susanoo zu vernichten.

Die Flamme fauchte höher, der Wind wurde wieder zum Sturm, aber das alles nutzte nichts mehr, denn auch der aus dem Spiegel steigende Strahl konnte Susanoo nicht bannen. Er bannte nur seinen schrecklichsten Helfer, das Wasser.

Und er zog sein Schwert.

»Nein, du darfst sie nicht töten! Ich befehle es dir!« Der Schrei des Japaners gellte auf. Ganasaro streckte seinen rechten Arm aus, die Hand wurde zum Pfeil, sie drang in den Strahl ein, und in diesem Augenblick, als der Kontakt zwischen dem Dämon und dem Menschen hergestellt war, griff eine andere ein.

Amaterasu!

Keiner sah sie, aber ihr Handeln war wie eine Explosion. Etwa dort, wo sich Susanoo befand, da wurde der

Strahl zu einem unwahrscheinlich hellen Lichtbündel, plötzlich entstand eine rote Sonne, die gleiche Sonne, wie sie auch auf dem Fächer zu sehen war, und sie war so grell und stechend, dass sie alles andere überdeckte.

Auch den Dämon!

In Millionen von Blitzen schien er zu zergehen. Er brüllte urwelthaft auf, dass ein gewaltiges Krachen ertönte. Dampf zischte auf, die unheimliche Wasserwand wurde zurückgetrieben und verschwand in der Unendlichkeit der Dimensionen.

Innerhalb des Strahls aber schwebte ein fast nackter Frauenkörper.

Shao!

Und die Gesetze der Schwerkraft wurden diesmal nicht aufgehoben. Shao fiel. Aber da waren die Geister der Elemente, die sie auffingen, ihren Fall verlangsamten und für eine sanfte Landung sorgten.

Shao fiel in die Mitte des großen Kreises, und sie begrub die Spiegelscherben unter sich.

Am Himmel aber stand plötzlich eine herrliche Morgensonne, die die Schrecken der Nacht ein für alle Mal vertrieben hatte …

Suko war der glücklichste Mann der Welt. Endlich hatte er seine Shao wieder, auch wenn sie noch in völliger Apathie dalag, sie lebte, und nur das zählte.

Der Chinese brachte sie zu Sheila ins Haus. Wir kümmerten uns nicht darum, sondern standen mit Dr. Ganasaro im Garten. Der Japaner war völlig erschöpft. Mit zitternden Händen hielt er ein Glas fest, das er langsam leer trank.

Dann schaute er Bill und mich an. »Es ist fast über meine Kräfte gegangen, die Geister der Unendlichkeit zu beschwören. So etwas möchte ich nicht noch einmal machen. Eine falsche Betonung, ein verkehrt ausgesprochenes Wort, und wir wären alle vernichtet worden, denn die Elementargeister hätten sich dann gegen uns gewandt.«

»Was können Sie uns über sie sagen?«, fragte ich.

Der Wissenschaftler schüttelte den Kopf. »Nichts, Mr. Sinclair, gar nichts. Denken Sie einfach daran, dass sie existieren, aber man sollte sie schlafen lassen.«

Wir verstanden.

Und Bill fragte: »Aber was ist mit Tokatas Erbe, dem Schwert?«

Da hob der Japaner die Schultern. »Ich weiß es nicht. Ich weiß auch nicht, was mit Susanoo geschehen ist, ob er sich noch retten konnte. Die Zukunft wird es ergeben. Tun Sie mir einen Gefallen! Wecken Sie nie schlafende Löwen. Es könnte Ihr Ende sein ...«

Das wussten wir. Aber in unserem Job hatten wir oft keine andere Wahl, als – sinnbildlich gesprochen – schlafende Löwen zu wecken. Ich war davon überzeugt, dass Tokatas Erbe noch existierte, nur wünschte ich mir, dass es nie mehr zum Einsatz kommen würde ...

ENDE

Stellas Rattenkeller

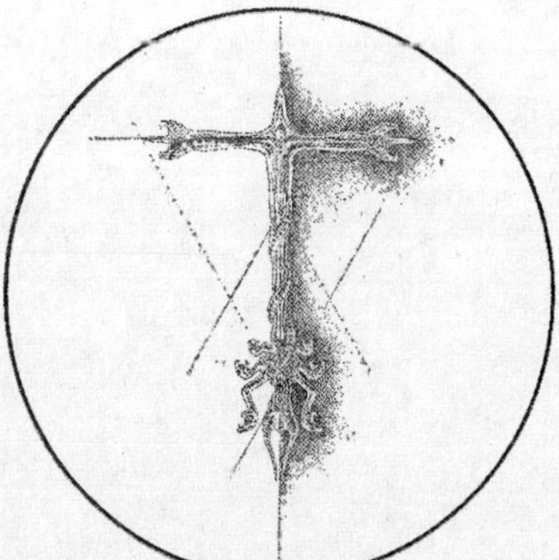

Es war schon ein dummer Zufall, dass es ausgerechnet uns erwischte. Aber manchmal hat wirklich der Teufel die Hand im Spiel. Ich konnte auch nicht so schnell reagieren, denn der dunkle Gegenstand erschien plötzlich im Licht der Scheinwerfer, überschlug sich und krachte auf die Kühlerhaube meines Silbergrauen. Von dort wurde er sofort weggeschleudert.

Suko blieb ruhig neben mir sitzen. Er fragte nur: »Was war das?«

Ich bremste, bis der Bentley stand.

Wir blieben noch im Wagen sitzen. Beide schauten wir in den Spiegel, in der Hoffnung, den Gegenstand zu erkennen. Vergeblich. Hinter uns lag die Straße im Dunkeln, und sie wurde von der langen Westseite des Brompton Cemetery begrenzt, dieses gewaltigen Friedhofs, der fast schon die Größe des Holland Parks hatte.

»Fliegende Leichen gibt's ja wohl noch nicht«, meinte Suko und verzog die Lippen zu einem Grinsen.

»Kaum«, erwiderte ich.

Suko stieß den Wagenschlag auf. Er stieg allerdings nicht aus, sondern drehte den Kopf und schaute mich an. »Nachsehen schadet nicht.«

Auch ich verließ den Bentley. Vor der Kühlerschnauze trafen wir zusammen.

»Wo ungefähr war es?«, fragte ich.

»Vielleicht fünfzig, sechzig Yards zurück.«

»Bist du sicher?«

»Nein, natürlich nicht.«

Ich grinste. »Hoffentlich war das keine Falle oder irgendein übler Scherz.« Ich schaute mich dabei um. »Weißt du, Suko, mir gefällt die Friedhofsnähe nicht.«

»Und weshalb nicht?«

»Nur so.«

Ich war sowieso noch angeschlagen vom letzten Fall. Er war verdammt unbefriedigend gewesen. Wir hatten Shao zurückholen können, aber den Dämon Susanoo hatten wir nicht geschafft. Und auch der Goldene Samurai turnte noch in der Gegend herum. Ihn zu stellen war für uns ein Ding der Unmöglichkeit. Der letzte Fall hatte noch mehr Fragen aufgeworfen und uns einen winzigen Einblick in die japanische Mythologie verschafft.

Ich wollte mal ein paar Tage Ruhe haben, damit ich alles überdenken konnte, und jetzt flog uns so ein Ding auf die Kühlerhaube. Wie gesagt, es hätte mich nicht beunruhigt, aber es war vom Friedhof gekommen, und das machte mich stutzig.

Wir waren auf dem Heimweg von den Conollys. Dort hatten wir den Fall noch einmal durchgesprochen. Vor allen Dingen auch mit Shao, die allerdings bei Sheila geblieben war, weil die beiden Frauen am nächsten Tag einkaufen gehen wollten, um dann für zwei, drei Tage mit dem kleinen Johnny an die See zu fahren. Shao sollte sich erholen. An irgendwelche Eindrücke von ihrer Entführung erinnerte sie sich nicht. Sie wusste nicht einmal, wie haarscharf sie dem Tod entronnen war. Susanoo, der Dämon, hatte sie mit Tokatas Schwert umbringen wollen.

Eine schlimme Sache, die mir im nachhinein noch einen Schauer über den Rücken trieb.

Als wir die ungefähre Stelle erreicht hatten, wo das unbekannte Ding über die Mauer geflogen war, blieben wir stehen und schauten uns um. Es war die Nacht zum Sonntag auf den Montag. Viel Verkehr herrschte nicht, und in einer Stunde begann der neue Tag. Ich hatte eigentlich vor Mitternacht im Bett liegen wollen. Wie es aussah, konnte ich mir das abschminken.

Das schlimme schwüle Wetter hatte sich ein wenig gebessert. Ein relativ kühler Wind wehte aus Richtung Westen und fuhr uns in den Nacken. Ein paar Fahrzeuge huschten vorbei, deren Lichtkegel uns für Bruchteile von Sekunden einfingen, um dann wieder zu verschwinden.

»Ich finde nichts«, erklärte Suko.

»Such weiter, denn ich habe mich nicht getäuscht.«

»Wir hätten nachschauen sollen, ob der Wagen eine Beule hat«, meinte der Chinese ein wenig vorwurfsvoll.

»Das habe ich.«

»Und?«

»Schlecht zu sehen.«

Wir trennten uns jetzt. Suko suchte am gegenüberliegenden Rand der Straße weiter, die näher zum Friedhof hin lag. Wir wollten alle Möglichkeiten einbeziehen.

Ich wurde schließlich fündig. Zwar sah ich den Gegenstand nicht, aber ich stolperte über ihn. Meine Fußspitze kickte gegen etwas Weiches, das nachgab.

Sofort blieb ich stehen, bückte mich und sah einen dunklen Körper halb auf dem Gehsteig und halb im Rinnstein liegen. Beim ersten Hinsehen erinnerte er mich an eine Katze, aber Katzen sind zumeist größer, deshalb bückte ich mich noch tiefer und konnte genauer nachschauen.

Nein, das war keine Katze, sondern eine Ratte!

Unwillkürlich zuckte ich zurück. Damit hatte ich überhaupt nicht gerechnet. Eine Ratte war uns auf die Kühlerhaube gefallen. Nur – seit wann können Ratten fliegen?

»Hast du was gefunden?«, hörte ich Suko fragen.

»Ja, komm mal rüber.«

Als Suko neben mir stand, stieß er zischend den Atem durch die Zähne. »Verdammt, eine Ratte.«

»Genau.«

»Und wo kommt die her?«

Ich drehte mich und deutete auf die Mauer, die an dieser Stelle den Friedhof abgrenzte. »Von da.«

»Ob die gesprungen ist?«

Ich schüttelte den Kopf. »Das kann ich nicht glauben. Nein, die hat jemand rubergeschleudert. Wahrscheinlich in einem Anfall von Wut.«

»Ist sie denn tot?«

»Toter geht's nicht.« Ich zeigte auf das Tier. »Aber nicht durch den Aufprall, die hat schon vorher einer erledigt. Da, das Fell ist ganz nass. Dieser Jemand hat das Tierchen köpfen wollen, wahrscheinlich mit einem scharfen Gegenstand, was er nicht ganz geschafft hat. Der Kopf hängt noch dran.«

»Wohin damit?«

Mit dem Fuß drückte ich die Ratte in den Rinnstein.

»Das ist Umweltverschmutzung«, stellte mein Freund und Kollege trocken fest.

»Wir werden die städtische Müllabfuhr benachrichtigen. Die kann sich um das Problem kümmern.«

»Und wir fahren nach Hause?«

»Willst du warten, bis die nächste Ratte über die Mauer fliegt?«

»Nein, das nicht.« Suko knetete sein Kinn. »Aber mir gefällt die Sache nicht, ehrlich John. Irgendetwas stimmt da nicht. Wo gibt es denn so etwas, dass tote Ratten durch die Luft fliegen.«

»Die hat jemand geworfen.«

»Wer?«

»Was juckt uns das?«

»Eine Menge, John. Vielleicht sollten wir mal einen Blick auf den Friedhof werfen?«

Ich tippte gegen meine Stirn. »Sag mal, bist du scharf auf neue Fälle? Ich dachte, der letzte hätte dir so ziemlich alles abverlangt.«

»Das stimmt schon, aber ...«

»Das ist eine verdammte Inzucht mit euch Biestern. Wo kommt ihr her, ihr fetten Ratten?«

Wir schwiegen, weil wir die Stimme des anderen Mannes gehört hatten. Und sie war hinter der Friedhofsmauer aufgeklungen. Jenseits von ihr stand also der Mann, der höchstwahrscheinlich das Tier über die Mauer geschleudert hatte.

Und dann flog die nächste Ratte. Dabei hatten wir Glück, denn sie hätte fast noch unsere Köpfe gestreift. So aber fand sie den Weg zwischen uns hindurch.

Es ist nicht die feine englische Art, mit Ratten herumzuwerfen, dementsprechend scharf fiel meine Beschwerde aus.

»Hören Sie mal, Mister! Machen Sie das öfters?«

Keine Reaktion. Ein erschrockenes Schweigen, mehr nicht. Mit einer Reaktion auf seinen Wurf hatte der Mann nicht gerechnet.

»He, Sie unheimlicher Rattenwerfer! Sind Sie stumm geworden?«

Jetzt gab er uns eine Antwort. »Wer sind Sie, Mann?«

»Zwei harmlose Menschen, denen Sie eine Ratte auf

die Kühlerschnauze geschleudert haben und eine zweite fast an den Kopf. Klar?«

»Ja.«

»Weshalb werfen Sie denn die Ratten?«, fragte Suko.

»Das geht Sie nichts an. Fahren Sie weiter, ich höre so lange mit meiner Jagd auf.«

Oh, der machte sogar Jagd auf die Tiere. Dann war es bestimmt eine regelrechte Rattenplage, die den Friedhof heimgesucht hatte. Eine andere Möglichkeit konnte ich mir nicht vorstellen. Und irgendwie hatte ich meine Meinung geändert. Nein, ich wollte nicht mehr so dringend nach Hause, sondern mir den komischen Rattenfänger einmal genauer ansehen.

»Wir kommen rüber!«, rief ich.

»Bleibt ja da, ihr neugierigen Fatzken, oder die Ratten werden euch zerfetzen.«

»Sie leben ja auch noch«, hielt ich ihm entgegen.

»Ich kann mich auch wehren. Und jetzt verschwindet, sonst erlebt ihr hier die Hölle.«

»Nein.« Meine Antwort klang überhaupt nicht mehr verbindlich. »Außerdem haben wir ein Recht, uns auf dem Friedhof einmal umzuschauen. Wir sind von Scotland Yard.«

Das schien ihn doch zu beeindrucken, denn er gab keine Antwort mehr. Wir nutzten die Gunst der Stunde und halfen uns gegenseitig, die Mauer zu erklimmen.

Ich stellte zuerst ein Bein in Sukos zusammengelegte Hände. Der Chinese gab mir Schwung, ich bekam den Mauerrand zu fassen und schwang mich hinauf. Dann ließ ich meinen Arm nach unten hängen, damit Suko die Hand erfassen konnte.

Schon bald lag er neben mir.

Erst jetzt kam ich dazu, einen Blick auf die andere Seite des Friedhofs zu werfen.

Viel sah ich nicht, weil eine dicht vor der Mauer wachsende Buschgruppe mir die Sicht nahm. Der Rattenwerfer musste sich dahinter befinden. Er hielt eine Taschenlampe in der Hand, wir sahen den Lichtstrahl durch die Büsche tanzen.

»Seid ihr wirklich Bullen?«, fragte er.

»Und wie.« Ich erhob mich, gab mir Schwung und sprang. Leider zu kurz angesetzt, sodass ich zwischen den Büschen landete und ein paar Zweige abknickte.

Sofort traf mich der Lampenstrahl. Geblendet schloss ich die Augen und hörte nur, dass Suko rechts neben mir landete. Auch er hatte die Büsche nicht ganz überspringen können.

Der Boden war ziemlich weich und knochentrocken, da es in der letzten Zeit kaum geregnet hatte. »Nehmen Sie die Lampe weg!«, fuhr ich den Mann an.

»Erst den Ausweis.«

»Okay.« Es war sein gutes Recht, ihn zu verlangen. Ich gab ihm die Hülle. Suko tat das Gleiche.

»Tatsächlich«, murmelte er, »Bullen.«

»Freundlich fährt man immer besser«, sagte ich und nahm ihm den Ausweis wieder weg. Gleichzeitig drehte ich seinen Arm mit der Lampe zur Seite, sodass wir nicht mehr geblendet wurden. Allmählich konnte ich erkennen, wer vor mir stand.

Er trug eine Art Uniform, sodass man bei ihm auf einen Nachtwächter schließen konnte. Vielleicht auch auf einen Totengräber, so genau war das nicht festzustellen. Der Knabe war ein paar Jahre älter als wir, hatte ein breites Gesicht mit einer unwahrscheinlich langen Nase, deren Spitze wie ein Tropfen nach unten hing. Ich erkundigte mich nach seinem Namen.

»Ich heiße Nose Rafferty. Nein, Slim. Nose ist nur mein Spitzname.« Er lachte bellend. »Sie können sich ja denken, weshalb.«

»Ja, man sieht's.«

»Und Sie jagen Ratten?«, fragte Suko.

»Leider.«

»Aus welchem Grund?«

Er lachte wieder so komisch. »Weil die Viecher da sind. Urplötzlich. Die wühlen den Boden auf. Am Tag war eine Beerdigung, da sind sogar die Ratten aus dem offenen Grab gesprungen. Das hat vielleicht eine Panik gegeben, kann ich Ihnen sagen.«

»Und woher kommen die Ratten?«, wollte ich wissen.

»Keine Ahnung. Mich hat die Stadt abkommandiert. Eigentlich bin ich Kammerjäger. In dem Job muss man eben auch Ratten jagen. Wählerisch kann man nicht sein.«

Ich nickte. »Das kann ich mir vorstellen.« Dann schaute ich Suko an. »Was hältst du davon?«

Der Chinese hob die Schultern. »Wir haben ja noch etwas Zeit. Vielleicht sollten wir dem Herrn helfen.«

»Au, Mann, das ist aber ein Angebot.« Rafferty bückte sich und hob einen Spaten auf, der bisher neben ihm gelegen hatte. »Da müsste ich Ihnen noch Schaufeln oder ähnliches Zeug besorgen.«

»Später«, sagte ich. »Erst einmal schauen wir uns die Tierchen an. Wo sind denn die meisten?«

Rafferty deutete in die Runde. »Überall. Es gibt keine Plätze, wo sie sich besonders konzentriert haben. Die bevölkern den Friedhof, und sie scheinen irgendwie ausgehungert zu sein, denn sie greifen sogar Menschen an, habe ich gehört.«

»Tatsächlich?«

»Ja. Heute auf der Beerdigung. Die Menschen sind geflohen. Ein halbes Dutzend Ratten hatte sich auf sie gestürzt. Unheimlich, kann ich Ihnen sagen.«

»Denkst du noch an den Rattenkönig?«, fragte Suko.

Und ob ich mich daran erinnerte. Der Fall hatte uns damals an die Küste geführt und war zu einer verdammt widerlichen Sache geworden, denn da hatten die Ratten Urlauber überfallen. Zu Hunderten waren sie in die Hotels und Pensionen eingedrungen, und angeführt wurden sie von einer menschengroßen Ratte, eben dem Rattenkönig.

»Der existiert ja wohl nicht mehr«, erwiderte ich.

»Wer?«, fragte Rafferty.

»Ach nichts.« Ich schaute ihn an. »Und was machen Sie mit den toten Ratten? Werfen Sie die einfach über die Mauer auf die Straße?«

»Nein, nein, die schmeiße ich in ein Grab, aber diesmal ist es über mich gekommen. Ich habe die Nerven verloren.«

Das war verständlich. »Wie viele dieser Biester haben Sie denn schon gefunden?«, hakte ich nach.

»Gezählt habe ich sie nicht. Dreißig werden es schon sein. Dahinten am Weg steht meine Karre. Ich lade die Ratten ein und fahre sie zu dem offenen Grab.«

»Und Sie suchen ohne Konzept? Gehen einfach quer über den Friedhof?«

»So ähnlich.«

»Zeigen Sie uns das Grab!«, verlangte Suko.

»Wenn Sie wollen.« Er drehte sich um und stapfte los, während wir ihm folgten.

Nach wenigen Schritten schon erreichten wir den ersten Weg. Er war schmal, aber jetzt im Hochsommer, wo alles voll aufgeblüht und wieder gediehen war, wirkte er noch schmaler, da die Zweige der Büsche über den Rand des Weges wuchsen und sich in der Mitte fast berührten. Wenn wir gingen, streiften die Blätter unsere Hosenbeine.

Ich kannte den Brompton Cemetery einigermaßen und wusste, dass wir uns auf dem alten Gräberfeld befanden. Das neue lag entgegengesetzt. Es war noch nicht so dicht bewachsen, aber wenn am Nachmittag tatsächlich etwas bei der Beerdigung passiert war, dann hatten die Ratten auch von dem neuen Teil Besitz ergriffen.

Der Kammerjäger hatte seine Augen überall. Er ging leicht geduckt. Den Spaten hielt er so, dass er sofort zuschlagen konnte, wenn ein Biest erschien. Dabei bewegte er seinen Kopf, schaute mal nach links, danach schnell wieder nach rechts.

Wenn die Sache nicht so ernst gewesen wäre, hätten wir über ihn lachen können, so aber hielten wir uns zurück, denn Ratten sind nun mal keine spaßige Angelegenheit.

Wir sahen die ersten Gräberfelder. Gespenstisch wirkten sie in der fahlen Dunkelheit. Die Steine kamen mir vor wie Mahnmale der Toten an die noch Lebendigen.

Manchmal wirbelte der Wind Staub hoch. Dann tanzten regelrechte Fontänen zwischen den Büschen oder liefen wie Geistwesen über die Grabfelder.

Hin und wieder hörten wir ein geheimnisvolles Rascheln. Es schien überall zu sein, vor, neben und hinter uns. Vielleicht hätten wir normalerweise nicht so sehr darauf geachtet, doch in diesem Fall war es etwas anderes, da wir immer an die Ratten denken mussten.

Rafferty blieb stehen und winkte uns heran.

»Haben Sie es auch vernommen?«, wisperte er.

Wir nickten.

»Das sind die Ratten. Diese verdammten Biester haben sich hier getroffen, und sie sind überall, kann ich Ihnen sagen. Überall ...« Er nickte bedeutungsvoll. Dass dem Mann nicht wohl war, konnten wir ihm ansehen. Es ist auch nicht jedermanns Sache, des Nachts über einen Friedhof zu schleichen und Ratten zu jagen.

»Haben die Tiere eigentlich ein bestimmtes Ziel?«, fragte ich, bevor sich der Kammerjäger abwenden konnte.

»Wie meinen Sie das?«

»Die Ratten können sich doch an einem Punkt sammeln, anstatt wahllos herumzuirren.«

»Das habe ich noch nicht festgestellt.«

»War auch nur eine Frage.«

Da huschte etwas dicht vor unseren Füßen vorüber. Ein fettes Tier, das sogar quiekte.

Suko war schneller als ich. Er erwischte die Ratte mit einem Tritt, der sie in die Büsche schleuderte. Es musste sie hart getroffen haben, denn wir hörten sie schreien.

»Wieder eine weniger!« Rafferty lachte. »Kommen Sie weiter, weiter. Sie wollen doch was sehen.«

»Klar.«

Links von uns breitete sich jetzt ein Gräberfeld aus. Wir konnten über eine Buschreihe hinwegschauen, da sie erst kürzlich gestutzt worden war. Hier wurden keine neuen Beerdigungen durchgeführt, das sahen wir sofort. Das Feld war belegt. Steine, kitschige Engel, einfache Kreuze, alles an Grabschmuck war vertreten, was man sich nur vorstellen konnte. Auf manchen Gräbern brannte sogar ein Windlicht. Es leuchtete fahl in der Dunkelheit, Wegweiser zum Tod ...

Und auf diesem Feld bewegte sich etwas. Eine gewaltige graue Masse, die quer darüber strömte. Körper an Körper, manchmal sich überschlagend, sich aber zielsicher voranbewegend.

Geschockt und beeindruckt blieben wir stehen. Denn vor uns bewegte sich eine Armee von Ratten …

Ich schüttelte den Kopf und schluckte trocken. Es war ein beängstigendes Bild, das sich unseren Augen bot. Die Ratten marschierten über das Grabfeld, und es gab nichts, was sie aufhalten konnte. Sie waren einfach da und unterwegs zu ihrem Ziel.

Ich konnte nicht vermeiden, dass mir ein Schauer über den Rücken lief, denn ich dachte an einen Angriff dieser Tiere. Wenn sie sich auf uns stürzten, hatten wir nichts mehr zu bestellen.

Slim Rafferty stöhnte auf. »Das – das gibt es doch nicht«, flüsterte er heiser. »Verdammt, das ist unwahrscheinlich. So etwas habe ich noch nie gesehen.« Er drehte hart den Kopf, sodass er uns ansehen konnte. »Sie etwa?«

»Nein.«

Dann sagten wir nichts mehr, denn wir beobachteten die wallende, sich bewegende Masse der Nager. Ich bin ja kein ängstlicher Mensch, aber diese sich über das Gräberfeld bewegenden Ratten flößten mir doch eine gewisse Furcht ein, und ich konnte mich eines unguten Gefühls nicht erwehren.

Suko erging es nicht anders. Als ich meinen Partner anschaute, entdeckte ich auf seinem Gesicht ebenfalls die Gänsehaut.

»Wo die wohl hinwollen?«, fragte Suko.

Ich hob die Schultern. »Keine Ahnung, aber wir können ihnen ja folgen.«

Rafferty hatte meine Worte gehört. »Wollen Sie das wirklich tun?«

»Ja.«

»Aber ohne mich!«

»Wieso? Sie sind doch als Einziger von uns einigermaßen bewaffnet.«

»Das schon. Aber gegen diese Plage komme ich nicht an. Nein, da haue ich lieber ab.«

»Und dann?«

»Hole ich die Feuerwehr oder die Polizei. Die müssen die Ratten mit Giftgas ausräuchern und erledigen.« Er wischte fahrig über sein schweißglänzendes Gesicht. »Ich bin nicht lebensmüde. Mich diesen Biestern da zu stellen, das kann keiner von mir verlangen. Wirklich nicht. Nein!« Er schüttelte demonstrativ den Kopf.

Im Prinzip hatte er Recht. Das konnte wirklich keiner verlangen. Vielleicht war sein Vorschlag sogar gut, denn hier konnte eigentlich nur die Feuerwehr helfen. Die Männer hatten Erfahrung, was den Umgang mit solchen und ähnlichen Katastrophen betraf.

»Okay, gehen Sie«, sagte ich.

Er duckte sich, als hätte er einen Schlag erhalten. »Und Sie? Wollen Sie bleiben?«

»Ja, wir schauen uns die Tierchen mal aus der Nähe an.«

»Ihre Nerven möchte ich haben. Bleiben Sie lieber zurück. Die reißen Sie in Stücke, denn die sind wie die Piranhas. Ich kenne mich da aus.«

»Je schneller Sie verschwunden sind, umso rascher ist auch die Feuerwehr hier«, hielt ich ihm vor.

»Ja, ja, ich bin schon weg.« Er rannte, als wären tausend Teufel hinter ihm her.

Wir aber blieben. Ich hatte einfach das Gefühl, die Ratten nicht mehr aus den Augen lassen zu dürfen, und auch Suko stimmte mir zu. Er sagte: »Die haben irgendetwas vor, John.«

»Und was?«

»Wenn ich das wüsste, aber das sieht mir irgendwie gezielt aus. Das ist kein Paniklauf, ehrlich nicht.«

Da konnte er durchaus Recht haben. Die Nager hatten das gesamte Feld besetzt. Als wir genauer hinschauten, bemerkten wir, dass sie sich keilförmig formiert hatten. Sie ließen das Grabfeld hinter sich und verschwanden zwischen den dicht wachsenden Friedhofsbüschen. Wir sahen sie nicht mehr, aber wir bemerkten, dass sich die

Zweige und Blätter bewegten, als würden Hände sie streicheln.

Irgendwie wirkte es gespenstisch ...

Der Himmel war dunkel. Einen Mond konnten wir nicht sehen. Lange Wolkenbänke verdeckten ihn. Mich erinnerte der Himmel an ein graues Meer.

Vor uns lag der Friedhof in all seiner schaurigen Düsternis. Ich hatte Verständnis für die Menschen, die sich des Nachts nicht auf einen Friedhof trauten. Allerdings war es hier still, nicht so wie auf dem Friedhof der ewigen Schreie, wo ein Mensch in den Wahnsinn getrieben werden konnte.

»Gehen wir ihnen nach?«

Auf Sukos Frage nickte ich. Der Chinese hatte sich bereits umgedreht, als er ebenso wie ich in der Bewegung verharrte.

Beide hatten wir etwas gehört.

Es waren schreckliche, markerschütternde Schreie!

Ewige Schreie?

Nein, hier handelte es sich um etwas anderes, und wir wussten auch wer diese Schreie ausgestoßen hatte. Kein Geringerer als der Kammerjäger. Ihn hatte es furchtbar erwischt. Selbstverständlich mussten wir ihm helfen, doch es war schwierig, festzustellen, woher die Schreie kamen.

Suko hob den rechten Arm. Er deutete tiefer auf den großen Friedhof.

Ich lauschte noch einmal, hatte keinen besseren Vorschlag und nickte nur.

Dann rannten wir los.

Die Ratten waren jetzt zweitrangig geworden. Für uns zählte der Mensch, der sich in Not befand. Ihm mussten wir helfen, und beide konnten wir uns gut vorstellen, dass er von den gefährlichen, ausgehungerten Nagern angefallen worden war.

Regelrechte Sprünge brachten uns voran. Wir jagten auch über Grabsteine hinweg, sanken manchmal in weiches Erdreich ein und drangen wie die Elefanten durch dichtes Gestrüpp, das wir kurzerhand niedertrampelten.

Noch immer waren die Schreie zu hören. Allerdings hatten sie sich verändert. Nicht mehr so gellend, so laut, dafür leiser und wimmernd, wenn mich nicht alles täuschte. So jammerte nur ein Mensch, der Schmerzen empfinden musste.

Ich überholte Suko, gelangte auf einen schmalen Weg, hatte für einen Moment freie Sicht und schaute dorthin, wo sich ein hoher Grabstein groß, kantig und wuchtig aus dem Erdboden zu schieben schien. Auf dem viereckigen Stein befand sich ein Marmorengel mit ausgebreiteten Flügeln.

Diese waren als Halt zweckentfremdet worden, denn Slim Rafferty klammerte sich mit beiden Händen um das Gestein, während seine Beine bis fast zu den Schienbeinen im Boden steckten. Und wir sahen auch die kleinen, grauen Nager, die fortlaufend den Bedauernswerten ansprangen und mit ihren spitzen Zähnen bereits einen Teil der Kleidung zerrissen hatten, sodass sie ihm die ersten Wunden zufügen konnten.

Ich zählte die Ratten nicht, aber überschlägig gerechnet kam ich mindestens auf ein Dutzend.

Rafferty hatte keine Chance!

Drei von ihnen bissen sich an dem Mann fest. Andere sprangen an seinem Körper hoch, wollten hoch zum Kopf und krallten sich in der zerfetzten Kleidung fest.

Das alles nahm ich innerhalb von nur wenigen Sekunden auf, während Rafferty allmählich die Kraft verließ und er sich nicht mehr halten konnte.

Seine Hände rutschten von den Flügeln des Engels ab. In wilder Panik schlug er noch gegen die Vorderseite der Figur, fand auch hier keinen Halt, klatschte gegen den Grabstein und landete schließlich auf der weichen Erde.

Augenblicklich waren die Ratten über ihm.

Auch ich war da.

Ich hatte erst meinen Ekel überwinden müssen, denn es ist nicht gerade jedermanns Sache, gegen Ratten und dazu noch mit bloßen Händen zu kämpfen. Ich traute mich einfach nicht, meine Beretta zu ziehen und zu schießen, denn zu leicht hätte die Kugel einen Rattenkörper durchdringen und in Slim Rafferty einschlagen können. Deshalb musste ich die Hände nehmen.

Suko war ebenfalls da, gemeinsam kümmerten wir uns um den schreienden und sich auf der Graberde windenden Mann. Unsere Hände griffen zu. Wir rissen die Tiere hoch, zappelnde, quiekende, kleine Bestien, die sich in unseren Griffen wanden, die Köpfe drehten und mit ihren nagelspitzen Zähnen zuschlagen wollten.

Neben mir klatschte Suko zwei Tiere gegen den Grabstein. Er schrie dabei seine Wut hinaus, und wir hörten, wie die Tiere vergingen. Ich tat es meinem Partner nach, auch bei meinem Wurf brachen knirschend die Knochen der widerlichen Ratten, die trotz des Tods ihrer Artgenossen längst nicht aufgaben und es immer wieder versuchten.

Von allen Seiten sprangen sie uns an, wollten ihr Gebiss in unsere Kleidung schlagen, zerrten, bissen und rissen, was das Zeug hielt. Ich hieb zu. Meine Handkanten wischten nach unten. Es waren knochenharte Schläge, die die Tiere trafen, und ich erledigte auch einige von ihnen. In meiner ungeheuren Wut trat ich sogar mit den Füßen auf die zuckenden Körper.

So schafften wir einige, während Rafferty nicht mehr in der Lage war, sich zu wehren.

Der Spaten lag neben ihm. Ich entdeckte ihn früher als Suko, schnappte mir die Waffe und erwischte eine Ratte im Sprung, die sich in meiner Bauchdecke hatte festbeißen wollen.

Es war ein Kampf, der uns alles abforderte.

Wir keuchten und schnauften, die Ratten fiepten, und der Verletzte wimmerte. Er hatte den Kopf in seinen Armen vergraben, lag mit dem Gesicht auf dem Boden und zuckte jedes Mal zusammen, wenn es einer Ratte trotz unserer Bemühungen gelang, ihre Zähne in seinen Körper zu schlagen.

Aber es wurden weniger.

Unser ungemein engagierter Einsatz machte sich

bezahlt. Wir wurden der verdammten Plage Herr, sodass wir nur noch drei Ratten sahen, die uns allerdings angriffen.

Ich nahm mir zwei von ihnen vor, da sie sich direkt an meiner Seite befanden.

Die erste klatschte gegen das Spatenblatt, überschlug sich, sodass ich mich um die zweite kümmern konnte.

Sie erwischte ich voll.

Von oben nach unten rammte ich die scharfe Seite des Spatens, und die Ratte wurde in der Mitte zerteilt. Zwei blutige Hälften lagen vor mir, ich schüttelte mich, gab für einen Moment nicht Acht, und es gelang der anderen Ratte, mich anzuspringen und sich in meinem Hosenbein festzubeißen. Sie schüttelte sich regelrecht, wollte den leichten Sommerstoff zerstören, um an mein Fleisch zu gelangen.

Ich war schneller.

Abermals hieb ich den Spaten senkrecht nach unten. Der Nager wurde von meinem Hosenbein gefegt, lag auf dem Boden, ich hob den Fuß und trat mit dem Absatz zu.

Das schreckliche Geräusch erzeugte bei mir eine Gänsehaut, aber mein Tritt hatte seinen Zweck erfüllt – die Ratte lebte nicht mehr. Suko hatte seinen kleinen, vierbeinigen Gegner ebenfalls erledigt, und beide atmeten wir auf.

Bevor wir uns um den Verletzten kümmerten, warfen wir noch einen Blick in die Runde.

Nein, da waren keine Ratten mehr zu sehen. Vielleicht hatten sie sich verzogen oder warteten in irgendeiner Deckung ab, ob wir uns eine Blöße gaben.

Den Gefallen wollten wir ihnen nicht tun. Mit dem Spaten räumte ich die toten Ratten weg, die in unserer Nähe lagen. Ich schleuderte die Kadaver in die Büsche, dort konnten sie meinetwegen verrotten.

Suko hatte den verletzten Kammerjäger auf den Rücken gedreht. Unsere große Befürchtung bewahrheitete sich zum Glück nicht. Keine Ratte hatte es geschafft, sein Gesicht mit ihren Zähnen zu attackieren. Auf den Zügen des Mannes stand nur das Grauen wie eingemeißelt, und auf der Haut lag eine Schicht aus Schweiß und Dreck.

»Sie sind weg«, sagte Suko leise. »Jetzt brauchen Sie keine Angst mehr zu haben.«

Der Mann sprach nicht, er stöhnte nur. Die Zähne der Ratten mussten wie Messerstiche gewesen sein. Ich ließ meinen Blick an seinem Körper hinabwandern, sah die an manchen Stellen aufgerissene Kleidung und auch die Wunden, aus denen das Blut quoll. Vielleicht ein knappes Dutzend waren es.

Wir konnten dem Ärmsten nicht behilflich sein. Er musste dringend in ärztliche Behandlung.

»Gibt es hier in der Nähe ein Telefon?«, fragte ich ihn, denn ich wollte nicht erst zum Wagen laufen, und sicherlich hatte sich Rafferty auf dem Weg zu einem Apparat befunden.

»Ja«, ächzte er. »Nicht weit von hier. An der zweiten Leichenhalle. Da ist auch ein Haus ...«

»Können Sie laufen?«

»Versuchen ...«

Suko und ich packten zu. Wir hievten ihn gemeinsam in die Höhe und stützten ihn unter den beiden Achseln ab. Stehen konnte er kaum, seine Beine wollten wegknicken. Wahrscheinlich eine Folge körperlicher Schwäche, nicht der Verletzung.

Es war für uns klar, dass wir am Ball bleiben würden, obwohl wir darüber mit keinem Wort gesprochen hatten. Aber diese Rattenplage schien mir kein Zufall zu sein, ich hatte das Gefühl, dass sie gesteuert wurde, und zwar bewusst.

Nur – wer steckte dahinter?

Automatisch beschäftigen sich meine Gedanken wieder mit dem Rattenkönig. Er hatte in Southwick gelebt, sein Name war Rocky Koch gewesen. Den letzten Akt des Dramas hatte er überlebt, und ich glaubte, mich daran zu erinnern, dass man ihn in eine Irrenanstalt gesteckt hatte.

Das war damals unumgänglich gewesen, aber nun fragte ich mich, ob er nicht schon entlassen worden war, doch daran wollte ich eigentlich nicht glauben.

Wenn Koch also ausschied, wem gehorchten die Ratten dann?

Ich wusste es nicht, aber ich nahm mir fest vor, es herauszufinden. Natürlich ließen wir unsere Umgebung nicht aus den Augen. Immer wieder schauten wir rechts und links zwischen die Büsche, ohne allerdings einen der Nager zu entdecken.

Der Erdboden schien sie verschluckt zu haben. Dass dem nicht so war, wusste ich sehr genau, nicht umsonst waren die Ratten in einer Formation über den Friedhof gelaufen.

Der Weg mündete in einen breiteren, der fast schon einer Straße glich. Zudem war er geteert, und die Hitze der vergangenen Tage hatte die Teerdecke weich werden lassen. Man hatte das Gefühl, kleben zu bleiben.

»Wir sind gleich da«, ächzte der Verletzte und holte tief Luft. Es war trotz unserer Unterstützung anstrengend für ihn, so zu laufen.

Alle drei atmeten wir auf, als wir den kleinen halbrunden Platz vor dem Gebäude erreichten, das Rafferty uns avisiert hatte. Diesmal knirschten kleine Kieselsteine unter unseren Füßen, als wir auf den düsteren Bau der Leichenhalle zugingen.

Ein so großer Friedhof wie der Brompton Cemetery kommt natürlich mit einer Leichenhalle nicht aus. Ich wusste, dass es vier von ihnen gab. Täglich fanden hier zahlreiche Beerdigungen statt.

Eine Leichenhalle bietet tagsüber schon ein düsteres, wenn nicht abschreckendes Bild, des Nachts war es noch schlimmer. Dieser Bau, der sich vor uns aus der Dunkelheit schälte, kam mir vor wie ein übergroßes Zuchthaus für gefangene Geister. Wahrscheinlich war er, wie die anderen Leichenhallen auch, aus Backsteinen errichtet, hatte zur Vorderseite hin hohe Fenster mit Milchglasscheiben, durch die man nicht schauen konnte.

Die Halle interessierte uns nicht. Der Verletzte deutete mit dem Kopf auf einen Bau links daneben.

»Da müssen wir hin.«

»Ist das Haus besetzt?«

»Nein, aber ich habe einen Schlüssel.« Er blieb stehen. »Greifen Sie mal in meine rechte Hosentasche.«

Das tat ich und beförderte ein Schlüsseletui zutage.

»Der kleinste ist es.«

Es war ein flacher Schlüssel, der zu einem BKS-Schloss passte. Wir mussten noch eine kleine Treppe hoch, dann standen wir vor der Tür, und ich schloss auf.

Zweimal musste ich den Schlüssel drehen, dann konnte ich die schwere Tür aufdrücken.

Der typisch muffige Geruch einer Leichenhalle empfing uns, obwohl in diesem Bau keine Toten aufgebahrt wurden. Aber der Gestank hatte sich eben ausgebreitet, da war nichts zu machen.

Durch einen schmalen Flur mussten wir und konnten in ein dunkles Zimmer schauen, dessen Tür zur Hälfte offen stand. Suko hatte auch im Flur bereits Licht gemacht. Er schob sich an mir vorbei, trat über die Schwelle und suchte nach dem Schalter. Es raschelte, als seine Hand an der Tapete entlang fuhr, den Lichtschalter fand und ihn betätigte.

Es wurde hell.

Gleichzeitig hörten wir Sukos Schrei. »Bleibt draußen, verdammt!« Er rammte hastig die Tür zu.

Ich hatte es bereits gesehen. In dem dahinter liegenden Zimmer hockten zahlreiche Ratten!

Kreidebleich blieb der Chinese stehen und lehnte sich mit dem Rücken gegen die Tür, während ich den Verletzten stützte. Er wusste allerdings nicht, was das zu bedeuten hatte, denn er schaute Suko und mich fragend an.

»Warum gehen Sie nicht rein?«, fragte er.

»Das Zimmer steckt voller Ratten«, erwiderte Suko.

Slim Rafferty erschrak. Er wollte es kaum glauben, schüttelte immer wieder den Kopf und begann zu schluchzen.

Ich schaute den Weg zurück, den wir gekommen waren. Das aus den Wunden des Kammerjägers rinnende Blut hatte auf dem Boden eine makabre Spur hinterlassen. Tropfen reihte sich an Tropfen, bis hin zu uns, wo wir standen.

Schaurig ...

Ich wischte über mein Gesicht. Bisher hatte noch keiner von uns eine Idee gehabt, wie es weitergehen sollte, auch Suko machte keinen Vorschlag.

Es blieb uns nichts anderes übrig, als den Weg noch einmal zurückzulaufen und vom Bentley aus anzurufen. Sicherheitshalber erkundigte ich mich, ob es nicht noch ein zweites Telefon im Haus gab.

Das war nicht der Fall.

»Also gehen?«, stellte der Chinese fest.

Rafferty schüttelte den Kopf. »Nein«, flüsterte er. »Ich will aber nicht, verdammt. Ich kann nicht mehr, verstehen Sie das nicht. Ich will meine ...«

»Denken Sie an die Ratten!«, fuhr ich ihn hart an. »Die verstehen keinen Spaß, die wollen Sie zerreißen.«

Er hob die Schultern.

»Verdammt, ich bin vergiftet. Wer weiß, wo sich diese kleinen Bestien vorher überall herumgetrieben haben? Schafft mich hier weg!«

Damit hatte Rafferty nicht so Unrecht. Rattenbisse können zu gefährlichen Infektionen führen, und es wurde wirklich Zeit, dass wir ihn zu einem Arzt schafften.

»All right«, sagte ich, »dann wollen wir mal.«

»Wohin denn?«

»Zu unserem Wagen. Da haben wir ein Telefon. Es wird allerdings ein etwas beschwerlicher Weg.«

Er sank zusammen. »Mir ist alles egal. Ich will nur weg von diesen verfluchten Ratten.«

Das konnten wir verstehen, auch uns hielt nicht mehr viel auf dem Friedhof. Aller Wahrscheinlichkeit nach mussten wir uns jedoch noch länger mit diesem Problem herumschlagen.

Wir machten kehrt und näherten uns der Haustür. Jetzt von der anderen Seite.

Ich drückte sie auf. Diesmal war ich vorsichtiger, denn dass draußen Ratten lauerten, war gar nicht so abwegig. Deshalb passte ich scharf auf.

Es war nicht nötig. Keine einzige Ratte hockte auf der schmalen Treppe. Der Weg war frei. Ich drehte mich um und winkte den beiden Männern. Sie kamen auch.

Ich ging schon vor und hatte kaum die Treppe betreten, als ich abrupt stehen blieb.

Durch die Nacht hallte ein seltsam hohes Pfeifen, das überhaupt nicht hierher passte ...

Auch Suko und der Kammerjäger hatten das Pfeifen vernommen. Dicht hinter mir blieben sie stehen und lauschten mit angespannten Gesichtern, wie die Töne seltsam hohl und schrill über den alten Friedhof geisterten.

»Das ist doch nicht normal!«, hauchte Suko. Er wandte sich an den Kammerjäger. »Oder haben Sie schon so etwas gehört?«

»Nein, nie ...«

»Wer kann das sein?«, murmelte Suko.

»Ich weiß es nicht, aber mir fällt da eine seltsame Geschichte ein, die ich als Junge mal gelesen habe. Sie spielt in Germany und heißt ...«

»... der Rattenfänger von Hameln«, vollendete ich.

»Genau.«

»Ein Märchen«, meinte Suko.

Ich winkte ab. »Rede nicht so. Denk lieber an den letzten Fall. Susanoo und der Goldene sind auch keine Märchen. Verdammt, hier liegt einiges im Argen.«

»Sollen wir trotzdem raus?«, fragte der Chinese.

»Was hält uns hier?«

»Stimmt auch wieder.«

Wir mussten einfach nach draußen. Denn uns im Haus mit den Ratten auseinander zu setzen, das war nicht mein Fall. Auf dem Friedhof hatten wir mehr Bewegungsfreiheit.

Wir konnten hören, dass dieses seltsam hohle Pfeifen den Ratten galt, denn sie wollten aus dem Zimmer, dessen Tür wir zugezogen hatten. Es gab dumpfe Geräusche, die durch den schmalen Flur hallten, als die vierbeinigen Nager sich von innen gegen das Holz warfen.

Ratten haben scharfe Zähne Sie beißen sich überall durch. Manche Menschen sind überzeugt, dass sie sogar Beton schaffen. Wenn ich das auch nicht so recht glauben wollte, aber Holz setzt ihnen sicherlich kaum Widerstand entgegen.

Es war also nur eine Frage der Zeit, bis sie sich durch die Tür genagt hatten.

Im Rücken haben wollten wir die Ratten nicht. Suko und ich griffen gleichzeitig zu. Abermals umfassten wir den verletzten Kammerjäger und zogen ihn die Stufen hinunter. Er war noch immer down, seine Beine knickten weg, und es bereitete ihm Mühe, überhaupt auf den Füßen stehen zu bleiben.

Das Pfeifen war irgendwie widerlich. Da schwang keine Melodie mit, sondern nur grelle, für unsere Ohren fast schmerzhafte Töne, und auch Suko verzog sein Gesicht.

Der Kies knirschte unter unseren Sohlen, als wir über den halbrunden Platz schritten. Wir beeilten uns jetzt, damit Rafferty in ärztliche Behandlung kam, und plötzlich hörten wir im Haus ein Krachen.

»Die Tür«, flüsterte Suko. »Verdammt, jetzt haben sie die Tür aus den Angeln gerissen.«

Das konnte man zwar nicht wortwörtlich nehmen, aber irgendwie stimmte es schon.

Wahrscheinlich hatten die Biester die Tür so angenagt, dass sie nicht mehr von den Angeln gehalten werden konnte und nach innen in den Flur gekippt war.

»Weg!«, zischte ich. »Jetzt wird es Zeit.«

Wir hätten schon fliegen müssen, um den Ratten zu entgehen, denn sie waren verdammt schnell. Als ich einen Blick über die Schulter warf, da sah ich, wie sie aus der Türöffnung drängten.

Eine widerliche, graue, wirbelnde, durcheinanderquirlende Masse, wo ein Tier das andere überholen wollte, keinerlei Rücksicht kannte und dafür sorgte, dass manche Ratten hinfielen, sich überschlugen und von den anderen mit ihren Körpern und auch den Zähnen zur Seite gedrängt wurden.

Ihr Ziel sahen sie.

Das waren wir! Weglaufen konnten wir nicht mehr, und so stellten wir den Kammerjäger nur hinter uns und deckten ihn mit unseren Körpern. Ich trug auch den Dolch bei mir und zog die Waffe.

Es war nicht nötig, sie einzusetzen, denn die Ratten bogen urplötzlich ab. Sie schlugen einen Bogen, wir waren für sie völlig uninteressant. Etwa zwei Yards von uns entfernt wälzten sie sich vorbei.

Eine Erklärung lag auf der Hand. Die Nager hatten die seltsamen Töne gehört. Danach orientierten sie sich, wir wurden zweitrangig, aber wir atmeten auf, denn dieser Kampf wäre noch härter geworden als der erste.

Wir blieben stehen und schauten den davonlaufenden Ratten nach. Sie hatten es wirklich eilig, dorthin zu gelangen, wo die schrille Musik aufklang, und ich dachte daran, den gleichen Weg zu nehmen.

Darüber sprach ich mit Suko.

»Okay, einverstanden, dann gehe ich aber mit«, meinte der Chinese.

»Und Rafferty?«

»Lassen Sie mich nicht allein!«, kreischte er. »Ich will nicht zwischen dem Rattenvolk bleiben.«

Ich knirschte mit den Zähnen. Rafferty war für uns ein Klotz am Bein. Da fiel mir etwas ein. »Jetzt ist das Haus doch wieder frei. Wir können anrufen. Sie verschanzen sich in einem Zimmer und öffnen erst, wenn die Polizei oder Feuerwehr erscheint.«

»Das – das halte ich nicht durch!«

»Sie müssen«, erwiderte ich schroff, fasste ihn an der Schulter und drehte ihn herum. »Kommen Sie jetzt mit. Es wird Sie keiner mehr stören.«

An Sukos Lächeln erkannte ich, dass er genau meiner Ansicht war.

Slim Rafferty sträubte sich zwar noch, aber wir ließen ihm keine Zeit, sich gegen unseren Plan zu stemmen. Gemeinsam schafften wir ihn in das Haus.

Suko und ich betraten sicherheitshalber das Zimmer und schauten uns um.

Da war keine Ratte zu sehen, nur ein scharfer, beißender Geruch lag in der Luft.

Das Telefon stand auf einem schmalen Wandregal. Die Notrufnummern kennt man auswendig. Ich überlegte, ob ich tatsächlich die Feuerwehr anrufen sollte. Wichtiger war erst einmal, dass Rafferty in Sicherheit gebracht wurde.

Normalen Streifenpolizisten wollte ich das nicht überlassen. Deshalb sprach ich mit unseren Spezialisten, die sich bereit erklärten, den Kammerjäger abzuholen.

Suko hatte den zitternden Mann auf einen Stuhl gedrückt und sprach beruhigend auf ihn ein. Rafferty schaute auf die Tür, die keine mehr war, und schüttelte den Kopf. »Die können zurückkommen«, flüsterte er.

»Nein, sie sind dem Ruf gefolgt. Außerdem dauert es nur Minuten, bis die Polizei hier ist.«

Da gab der Mann seinen Widerstand auf. »Wenn mir etwas passiert, tragen Sie die Schuld.«

Der Satz ging uns beiden unter die Haut. Wir wurden wieder schwankend, aber die seltsamen Töne überzeugten uns schließlich, unseren Weg zu gehen.

Draußen vor dem Haus empfanden wir das schrille Geräusch wieder intensiver. Am liebsten hätte ich mir die Ohren zugehalten, aber wir wollten herausfinden, aus welcher Richtung es kam.

Das war gar nicht einfach, denn diese grässlichen Töne waren überall und hüllten uns ein.

Suko deutete in die entgegengesetzte Richtung, aus der wir gekommen waren. »Dort ist es«, sagte er.

»Dann los.«

Die Leichenhalle war kaum aus unserem Blickfeld verschwunden, als die schrille Musik abbrach. Nicht einmal mit einer letzten Disharmonie, sondern urplötzlich, als hätte man dem Spieler die Flöte aus dem Mund gezogen.

Stille …

Unheimlich, nervensägend …

Auch wir blieben stehen, sprachen nicht und gaben uns nur Zeichen mit den Augen. Dabei hatte Suko die gleiche Idee wie ich. Wir wollten die Strecke weitergehen und bewegten uns jetzt auf Zehenspitzen voran, wobei wir darauf achteten, so wenig Geräusche wie möglich zu verursachen. Keiner konnte wissen, wie sehr die Ratten ihre Ohren gespitzt hatten.

Zum Glück konnten sie sich nicht lautlos bewegen. Wir hätten sie immer gehört, vor allen Dingen, wo sie in solchen Massen auftraten wie hier.

Wie unheimliche, gespenstische Wächter standen die Grabsteine im Boden. Die Dunkelheit verzerrte sie, verwandelte sie in schattenhafte Gestalten, die zudem noch von leichten Dunstschwaden umweht wurden, sodass diese wirkten wie durchsichtige Kleider.

Wir erhielten keinen Hinweis mehr, wo wir suchen mussten. Die Ratten blieben still, und auch das unheimliche Pfeifen oder Flöten war nicht mehr zu hören.

»Da hat der Rattenfänger von Hameln eine Pause gemacht«, sagte Suko. Er grinste mich im Dunkeln an. »Vielleicht genehmigt uns der Alte eine Dienstreise nach Hameln?«

Ich legte die Stirn in Falten. »Willst du dort das Denkmal stehlen?«

Suko wollte eine Antwort geben, er verschluckte sie aber, denn wir hatten abermals ein Geräusch gehört.

Diesmal war es kein Pfeifen oder Flöten, sondern ein gellendes Gelächter.

Hell, kreischend, überdeutlich. Es schallte über den Friedhof, überschlug sich fast durch einen Zungenschlag, sodass es schon bald zum Jodeln wurde.

Wie auch das Pfeifenspiel, so verstummte das Lachen von einem Moment zum anderen.

»Verstehst du das?«, fragte Suko.

»Nein.«

»Aber etwas ist sicher. Da hat kein Mann gelacht, sondern eine Frau. Oder?« Er schaute mich an.

Ich gab meinem Freund Recht. Ein Mann hatte dieses widerliche Gelächter nicht ausgestoßen. Nur – eine Frau? Ich konnte das schlecht glauben. Welche Frau gab sich schon mit Ratten ab? Es sei denn, sie war kein normaler Mensch, sondern eine Dämonin. Sollte das der Fall sein, erhielt die ganze Sache mit den Ratten ein völlig anderes Gewicht.

Wir hatten uns vorgenommen, nicht den gesamten Friedhof zu untersuchen. Dieser Komplex war zu groß. Deshalb schauten wir in einem Umkreis von vielleicht hundert Yards nach. Das musste genügen. Aber wir entdeckten nicht eine Ratte. Eigentlich bekamen wir überhaupt keine Tiere zu Gesicht.

An einem Wassertrog blieben wir stehen. »Wie ausgestorben«, fasste mein Freund Suko das zusammen, was auch ich dachte. Und da hatte er völlig Recht. Dieser Friedhof war leer. Wir sahen von irgendwelchen Ratten keine Spur.

Tief atmete ich ein und hob dabei die Schultern. »Es hat keinen Sinn, Alter, wir müssen zurück.«

Der Inspektor war einverstanden, und so machten wir uns auf den Rückweg, gingen allerdings schneller als zuvor.

Die Kollegen waren bereits eingetroffen. Sie hatten meine Anweisungen nicht vergessen und einen Krankenwagen zusätzlich herbeigeordert. Als wir die Treppe erreichten, wurde Rafferty soeben aus dem Haus getragen. Er sah uns, hob die Hand, und die beiden Pfleger verstanden die Geste. Sie stoppten.

Der Kammerjäger versuchte ein Lächeln. »Okay, okay«, flüsterte er. »Sie haben Recht gehabt. Da war nichts, kein Tier ist zurückgekommen.«

»Sehen Sie.«

Der Mann wies auf Suko. »Haben Sie denn welche von diesen Tierchen entdeckt?«

»Leider auch nicht.«

»Dann haben sie sich versteckt.«

»Möglich. Nur wissen wir nicht wo, aber wir werden es schon noch herausfinden.«

»Ja, das traue ich Ihnen zu.«

»Wir müssen jetzt gehen«, sagte ein Träger und schaute uns dabei an. »Der Mann ist verletzt.«

»Natürlich, Entschuldigung.«

Wir betraten das Haus. In dem Zimmer, wo wir Rafferty zurückgelassen hatten, warteten die beiden Kollegen. Sie sahen ziemlich übernächtigt aus und hatten schlechte Laune.

»Hören Sie mal, Sinclair, was hat der Typ hier dauernd von Ratten geredet? Ist der nicht mehr richtig im Kopf?«

»Haben Sie seine Verletzungen nicht gesehen?«

Der Kollege grinste. »Ja, aber keine Ratten. Die hat er sich wohl eingebildet.«

»Ich kann Ihnen ja die Kadaver der Tiere zeigen, die wir getötet haben«, hielt ich ihm entgegen. »Keine Sorge, ich habe euch nicht umsonst von der nächtlichen Bereitschafts-Pokerrunde weggeholt. Seid froh, dass nichts passiert ist.«

»Können wir jetzt verschwinden?«

»Sicher.«

Die beiden nickten grüßend und gingen.

»Leute mit wenig Humor«, meinte Suko. »Sollen wir auch gehen?«

»Gleich. Ich will nur noch das Haus durchsuchen.«

Das taten wir gemeinsam. Von irgendwelchen Ratten sahen wir nicht einen Schwanz. Auch nicht im Keller. Keine vierbeinigen Nager.

Ich schloss die Haustür ab. Für uns gab es in dieser Nacht nichts zu tun. Am anderen Tag wollten wir weitersehen. Jetzt freuten wir uns beide auf unser Bett.

In den folgenden Stunden träumte ich von Riesenratten, wie sie in der Schädelwelt lebten. Diesmal gewann ich nicht, und die Ratten schafften es, mich auf grausame Art und Weise umzubringen …

Es gibt viele schlimme Dinge, die einem im Sommer passieren können. Eine defekte Klimaanlage allerdings gehört so mit zu den schlimmsten überhaupt, und dass die Anlage defekt war, merkten wir, als Suko und ich unser gemeinsames Büro betraten.

Die Luft stand wie eine Wand.

Dabei hatten wir unser Büro noch gar nicht betreten, sondern erst das von Glenda, aber auch hier war es grausam. Ich war schon dabei, die Tür wieder zuzuziehen, als wir die Stimme unserer Sekretärin vernahmen.

»Kommt ruhig rein, ihr Drückeberger. Ich muss hier schließlich auch schwitzen und dabei noch Kaffee ...«

»Nein, darauf verzichten wir!«, rief ich anstatt eines Morgengrußes.

»Keine Müdigkeit vortäuschen. Hinein mit euch! Die Arbeit wartet.«

Wir schoben uns in das Vorzimmer. Ich sagte: »Unsere Perle hat heute wieder einen Ton am Leib, als wäre sie der Chef persönlich.«

Glenda schwang auf dem Drehstuhl zurück. »Das bin ich auch in Vertretung von Sir James.«

»Wieso ...?«

»Er kommt nicht.« Glenda lächelte. Sie machte trotz der Hitze einen frischen Eindruck. Vielleicht lag es auch an dem bunten Sommerkleid, das luftig geschnitten war und keine eingenähten Schultern hatte, sondern nur zwei hauchdünne Trägerchen. Das Kleid war auch nicht so lang. Es schwang locker um Glendas Knie. Ihre Beine konnten sich sehen lassen, wie auch das andere, das einen Mann so an einer Frau erfreut. Ich musste bei ihrem Anblick unwillkürlich an die Nacht denken, die wir beide in einem wahren Rausch verbracht hatten. Es war einfach über uns gekommen, nachdem wir dem Satan mit vier Armen entwischt waren.

Gewissensbisse?

Vielleicht hatte sie jeder ein wenig, aber wir sprachen nicht darüber, obwohl Glenda ein wenig rot wurde, als sie meinen Blick auf sich spürte. Bestimmt dachte sie das Gleiche wie ich.

Suko unterbrach die etwas peinliche Pause, indem er fragte: »Wieso? Hatte Sir James keine Lust?«

»Das nicht«, erwiderte Glenda schnell. »Er ist krank geworden. Eine Sommergrippe hat ihn aufs Lager geworfen.« Sie lächelte jetzt. »Wenn allerdings etwas Wichtiges anliegt, dann sollen wir ihm ruhig Bescheid geben ...«

Ich winkte mit beiden Händen ab. »Um Himmels willen, nein, das geht nicht an. Wir müssen den Alten in

Ruhe lassen. Der soll ruhig seine Grippe auskurieren, um alles andere kümmere ich mich schon.«

Eine halbe Minute später hockten wir hinter den Schreibtischen. Ich warf Suko ein paar Akten zu, er warf sie mir wieder zurück.

»Die nimmst du«, sagte ich bestimmt.

»Und weshalb?«

»Weil ich einen Anfall bekommen habe.«

»Was für einen Anfall?«

Mein Grinsen fiel breit aus. »Einen Anfall von Arbeitswut. Und wenn das eintritt, setze ich mich so lange in die Ecke und warte, bis der Anfall vorbei ist.«

Suko nickte. »So ist das also. Nur – was machst du, wenn ich den gleichen Anfall habe?«

»Dann warten wir eben beide, bis er vorüber ist.«

Suko verschränkte die Arme vor der Brust. »Okay, lass uns warten.«

Glenda kam mit dem Kaffee. Für Suko hatte sie Tee bereitet. »Bei der Hitze sind warme Getränke das Beste«, erklärte sie.

»Stimmt das auch?«, fragte ich misstrauisch.

»Natürlich.«

»Mal sehen.« Glenda setzte den Kaffee ab und probierte ihn, und Suko trank von seinem Tee.

Beide lobten wir Glenda so intensiv, dass sie es uns schon nicht mehr glaubte und verschwand. Sie schloss sogar die Tür zu ihrem Büro und ließ uns mit unserer Arbeitswut allein.

So weit war es wirklich nicht her, und ich dachte an die vergangenen Nachtstunden. Die Sache mit den Ratten beschäftigte mich immer mehr. Wegen meines Traums hatte ich schlecht geschlafen, auch nach dem Aufwachen dachte ich sofort wieder an die Ratten, und mir war klar, dass wir etwas unternehmen mussten.

Suko unterbrach meine Gedanken, als er sagte: »Ob sie wirklich nichts bemerkt hat?«

»Wer, was?«

»Ich denke an Shao. Sie ist schließlich entführt worden und muss Einblicke in eine andere Welt gehabt haben.«

»Vielleicht war sie bewusstlos?«

»Die ganze Zeit?«

»Warum nicht?«

»Ich würde es zu gern herausfinden«, sagte Suko. »Zu gern.«

»Und hast du dir schon einmal vorgestellt, wie du das machen willst?«, erkundigte ich mich.

»Nein, aber mir ist vorhin ein Gedanke gekommen. Ich dachte an Tiefenhypnose.«

Ich runzelte die Stirn. Im Prinzip war der Vorschlag nicht schlecht.

»Das ist natürlich ein Risiko«, warf ich ein. »Nicht jeder verkraftet eine Tiefenhypnose so leicht.«

»Ich weiß«, sagte Suko, »glaube jedoch, dass Shao innerlich so gefestigt ist, dass sie es, ohne seelischen Schaden zu nehmen, übersteht.«

»Das wäre möglich.« Ich griff zur Zigarettenschachtel und holte ein Stäbchen hervor, um es dann wieder wegzustecken. Nein, bei der Hitze schmeckten die Zigaretten nicht. »Ich meine jedoch, du solltest dir damit Zeit lassen, Suko. Erst einmal ist Shao bei Sheila in guten Händen, und wir haben die Ratten.«

»Das ist das zweite große Problem. Hast du dir inzwischen etwas einfallen lassen?«

»Nein.«

»Schwaches Bild.«

»Daran ist nur die Hitze schuld.«

Wir hatten auf der Fahrt zum Büro das Thema kurz angeschnitten, dann nicht mehr weiter darüber geredet. Mit dem Zeigefinger schrieb ich einen Namen in die Luft, den Suko vergeblich versuchte zu entziffern.

»Was soll das heißen?«

»Rocky Koch.«

Suko stieß prustend die Luft aus.

»Rocky Koch«, murmelte er. »Du hast ihn also noch nicht vergessen.«

»Wie könnte ich.«

»Aber der sitzt.«

»Bist du sicher?«

Suko wiegte den Kopf. »Nicht ganz, ein Anruf könnte uns von dem Problem befreien.«

»Das hatte ich auch vor.« Meine Hand befand sich schon auf dem Weg zum Hörer. Ich wusste natürlich nicht, in welche Anstalt man Rocky Koch gesteckt hatte, deshalb ließ ich mich zuerst mit unserem Archiv verbinden. Was nicht gerade streng geheim ist, haben wir dort gespeichert. Die Top-secret-Dinge sind besonders unter Verschluss genommen worden. Rocky Koch war nicht ›streng geheim‹. Wenn man sich seine Akte anschaute, dann konnte man sie fast als normal bezeichnen. Die Kollegen im Archiv versprachen mir, sich zu beeilen. Zehn Minuten später schon hielt ich eine Kopie des Bildschirmtextes in der Hand.

Suko stand auf und schaute mir über die Schulter.

Rocky Koch saß noch immer. Die Anstalt lag außerhalb der Millionenstadt London. Man wollte ihn so lange unter Verschluss lassen, bis alles geklärt war und er als geheilt entlassen werden konnte.

»Geheilt entlassen«, murmelte ich.

»Das wird der nie«, behauptete Suko.

»Meinst du?«

»Ich glaube kaum, dass er seinen Rattenkomplex loswird. Aber wir haben uns geirrt. Koch kann nicht dahinter stecken.«

Ich legte die Akte zur Seite. Suko sah es meinem Gesicht an, dass ich nicht völlig überzeugt war. Er sprach mich auch darauf an, und ich nickte: »Ja, ich traue dem Braten nicht.«

»Der Computer ist unbestechlich!«

»Das ja. Nur möchte ich mir Rocky Koch gern einmal ansehen. Den Friedhof werden wir später besuchen.«

»All right, meinen Segen hast du.«

Den Namen der Klinik entnahm ich dem Informationsbogen. Wir hatten heute Montag, Wochenanfang, und ich konnte sicher sein, einen Großteil des Personals anzutreffen, wenn auch Urlaubszeit war.

Die Telefonnummer besorgte ich mir über die Auskunft und rief dann an. Es gab ein Hin und Her, bis man mich an den zuständigen Professor weiter verband. Er hieß Gardener und zeigte sich sehr zugeknöpft. Ich hatte damit gerechnet und bat ihn um einen Rückruf, damit er sicher sein konnte, auch mit einem Yard-Beamten zu sprechen.

Der Ruf erfolgte prompt. Der Professor entschuldigte sich noch einmal für sein Misstrauen, ich hatte für die Sicherung vollstes Verständnis.

»Und was ist Ihr Problem, Oberinspektor?«

»Rocky Koch«, erwiderte ich nur.

»O Gott.«

Diese beiden Worte des Arztes reichten, um mich hellhörig zu machen. »Haben Sie Ärger mit ihm?«

»Ärger ist fast ein zu schwacher Ausdruck. Koch dreht hin und wieder durch. Er spricht nur von Ratten, von einer wahren Rattenarmee, und er lässt sich auch nicht davon abbringen, dass sie zurückkehren. Noch in der vergangenen Nacht hatte er einen schrecklichen Anfall, der in einem irren Gelächter endete.«

»Wieso?«

»Er sprach von einer Rattenparty. Von der Rattenrache und von ähnlichen Dingen.«

»Haben Sie Ratten bemerkt?«, wollte ich wissen.

»Nein, nicht bei uns oder in unserer Umgebung. Da war alles ruhig – still, kann man sagen. Bis eben auf diese Wahnvorstellungen des Rocky Koch.«

»Wissen Sie was, Professor, ich komme zu Ihnen.«

»Natürlich. Und wann?«

»So rasch wie möglich. Nach diesem Gespräch werden wir sofort losfahren.«

»Ich erwarte Sie, Oberinspektor.«

Als ich den Hörer auflegte, meinte Suko: »Du hast mich ja überhaupt nicht gefragt.«

»Willst du hier bleiben?«

»Nein.«

»Dann komm.«

Bei Glenda meldeten wir uns ab. Sie war misstrauisch. »Wieder ein neuer Fall oder eine Ausrede?«

»Ein Fall.«

»Dann viel Glück.«

Sie sprach schon wie Sir James Verständlich, der lange Umgang färbt eben ab.

Wer es nicht wusste, der hätte die Klinik auch für ein idyllisch gelegenes Hotel halten können. Wenigstens aus der Ferne, denn sie stand auf einem Hügel. Die Mauern zeigten ein strahlendes Weiß, und in den Fenstern, deren Scheiben bläulich schimmerten, fing sich das grelle Licht der Sonnenstrahlen.

Suko meinte: »Solltest du mal durchdrehen, John, dann schaffen wir dich in diese Klinik. Ist besser, als in der City zu wohnen, wo es so schrecklich stinkt.«

Ich warf meinem Partner einen knappen Blick zu. »Ja, ich gehe in die Klinik, allerdings nicht ohne dich. Du wirst dann als Wärter eingestellt, einen muss ich ja haben, den ich ärgern kann.«

»Auch in der Zwangsjacke?«

»So viel traust du mir zu?«

Suko gab ein nickendes Zeichen. »Sieh mal zu, dass du die Abzweigung nicht verpasst. Zur Klinik geht es gleich rechts hoch.«

Da stand in der Tat ein Schild. Ich kickte den Blinker und lenkte den Silbergrauen in die enge Kurve. Die Straße war gut ausgebaut. Sie durchschnitt Weideflächen, wo Kühe standen und das saftige Sommergras rupften.

Die Klinik, ein Hochhaus, hatte einen flachen Vorbau, wo sich auch die geräumige Eingangshalle befand. Einen Parkplatz fanden wir ebenfalls, sogar weiß gestrichene Parktaschen waren vorhanden. Die Anstalt erinnerte mich an einen Kurbau, wo sich die Menschen so richtig erholen konnten.

Nur würde es in einem solchen Haus keine ausbruchsicheren Zellen geben, da war ich mir sicher.

Als ich meinen Namen am Empfang sagte, wusste der Mann hinter der Scheibe schon Bescheid. »Der Professor erwartet sie«, sagte er. »Fahren Sie in den ersten Stock hoch, Zimmer dreißig.«

»Danke.«

Auch ein Stockwerk höher war nicht zu merken, dass wir uns in einer Anstalt befanden. Das sagte ich auch dem Arzt, dessen Büro sich in seiner Großzügigkeit fast mit dem eines Industriemagnaten messen konnte.

Gardener lachte. »Ja, wir haben Glück gehabt. Dies hier war tatsächlich mal ein Kurheim, aber Sie wissen ja selbst, wie wenig Geld vorhanden ist. Auf jeden Fall ließ es sich nicht mehr finanzieren. Wir haben die Chance genutzt und sind eingezogen.«

»Finde ich gut.«

»Allerdings sind über uns nur die leichteren Fälle untergebracht. Die schweren befinden sich in dem hinteren Anbau. Der ist nicht mehr so gemütlich.«

Obwohl der Arzt jung war, vielleicht in meinem Alter, sprach er mit einer sonoren, tiefen Stimme. Sie hatte auch irgendetwas Beruhigendes an sich. Wie der ganze Mann. Sein kurz geschnittenes, gescheiteltes Haar war von Natur aus schwarz, es zeigte allerdings schon einen leichten Grauschimmer. Professor Gardener trug eine Brille und hatte ein freundliches, verbindliches Wesen.

Er bot uns Plätze an und auch etwas zu trinken. Ein Orangensaft tat jetzt gut.

Dann sprachen wir über Koch.

»Ein seltsamer Patient, mit einem Ratten-Faible, wenn ich das mal so sagen darf.«

»Er macht Ihnen also Schwierigkeiten«, stellte ich fest.

Professor Gardener nickte heftig. »Davon kann unser Personal ein Lied singen.«

»Können Sie uns Einzelheiten nennen?«

Der Arzt lehnte sich zurück und verschränkte die Arme vor der Brust. »Ja, er spielt mit Ratten.«

»Was?«

»Natürlich nicht mit echten. Zur Therapie gehörte, dass wir ihm Ratten besorgt haben.«

»Unwahrscheinlich«, stöhnte ich und schaute Suko an, der nur die Schultern hob.

»Wir mussten das tun«, erklärte der Professor. »Und er hat sich sogar eine Rattenflöte gebastelt.«

Auf einmal wurde ich hellhörig. Ich dachte an die seltsame, schrille Musik auf dem nächtlichen Friedhof. Die konnte gut von einer Rattenflöte stammen, und ich stellte fest, wie vom Magen her ein ungutes Gefühl in mir hochstieg.

»Wie ist er an das Instrument gekommen?«

»Das ist unklar. Aber darüber kann Ihnen Stella Murdock, seine Betreuerin, besser Auskunft geben.«

»Ist sie im Hause?«

Der Professor nickte. »Ich habe schon mit ihr über Rocky Koch gesprochen. Sie erwartet uns. Miss Murdock hat sich rührend um den Patienten gekümmert. Ich glaube, sie ist die Einzige, zu der Rocky Koch Vertrauen gefasst hat.«

»Hat er sie in irgendwelche Pläne eingeweiht?«

»Sicher. Koch hat immer Pläne. Er wollte alles Mögliche, und vor allen Dingen sprach er nur von seinen Ratten. Davon war er einfach nicht abzubringen.«

»Hat er auch Betreuer angegriffen?«, hakte ich nach.

»Nein, dazu ist es nicht gekommen. Wenn er seine Ratten hatte, war er zufrieden. Aber was rede ich. Am besten, Sie sehen es sich selbst an.« Der Professor erhob sich.

Auch wir waren seiner Ansicht. Die Praxis hatte ich der Theorie noch immer vorgezogen.

Der Arzt ging voraus. Wir schritten einen langen Flur bis zum Ende durch und öffneten dort eine stabile Eisentür. Dahinter lag bereits der Anbau.

Es war wirklich ein Unterschied. Auf der einen Seite die hellen, freundlichen Gänge, auf der anderen, wo wir jetzt waren, die düsteren, grauen Mauern mit den Nischen, in denen die Türen lagen. Das Holz zeigte eine braune Farbe. Klinken gab es nicht, wohl aber Gucklöcher.

Nicht zum ersten Mal befand ich mich in einer Anstalt. Sie ist für mich ebenso bedrückend wie ein Leichenhaus. Die armen Teufel hinter den Türen konnten nichts dafür, dass sie das Schicksal so hart getroffen hatte. Meine Bewunderung galt den Menschen, die sich um sie kümmerten.

Irgendwie schienen die Kranken bemerkt zu haben, dass sich jemand näherte und über den Gang schritt. Sie waren sofort an den Türen. Manche von ihnen schrien, andere hämmerten gegen das Holz, und einmal empfing uns ein kreischendes Lachen.

Hart presste ich die Lippen zusammen, auch Suko sagte nichts. Der Professor bemerkte unsere Reaktion. »Es ist schon schlimm«, sagte er, »aber wir geben die Hoffnung nicht auf.«

»Das sollte man auch nie«, antwortete ich. Auch in unserem Kampf gegen die Mächte der Finsternis mussten wir immer alles wagen und hatten doch so manchen Rückschlag erlitten.

Vor der letzten Tür blieb Professor Gardener stehen. »Hier ist es«, erklärte er.

Rocky Koch verhielt sich ruhig. Er schien nicht zu merken, dass der Arzt die sich in Augenhöhe befindliche Klappe zurückschob und einen kurzen Blick in den Raum warf.

Danach trat er zur Seite und gab den Weg damit frei. »Bitte sehr, meine Herren.«

Suko und ich schauten uns an. Der Chinese ließ mir den Vortritt. Ich trat dicht an die Tür heran, reckte ein wenig den Kopf und schaute durch das Glas.

Was ich zu sehen bekam, war schrecklich …

Cherryl Delano war dort gestorben, wo sie die meiste Zeit ihres Lebens verbracht hatte – im Bett.

Das sollte nicht heißen, dass Cherryl immer müde gewesen war, man konnte im Bett auch seiner Arbeit nachgehen, und das war Cherryl ausgezeichnet gelungen. Von der kleinen Verkäuferin hatte sie sich zum Spitzen-Callgirl ›hochgearbeitet‹, das enorme Preise für eine Nacht verlangte und auch erhielt.

Cherryl galt als top und verschwiegen, deshalb arbeitete sie für die Regierung ebenso wie für große Industrieunternehmen. So mancher Scheich hatte schon ihren Körper kennen gelernt, viele Diplomaten ebenfalls.

Sie hieß nicht so, wie sie jetzt beerdigt wurde. Ihren wahren Namen hatte sie vergessen, er war auch unaussprechlich, denn ihre Großeltern stammten aus Polen. Aber Delano hatte ihr gefallen, und den Namen behielt sie bis zu ihrem Todestag bei.

Der kam urplötzlich. Einer ihrer solventesten Kunden hatte Kokain mitgebracht. Cherryl war zwar nicht süchtig gewesen, doch hin und wieder nahm sie eine Prise. Das Wort Dosis gefiel ihr nicht. Prise war da besser, das hatte immer den Hauch von Schnupftabak.

Die Prise an diesem Tag war stark gewesen. Sie hatte Cherryl noch im Bett umgehauen, und der solvente Kunde ergriff natürlich die Flucht. Man wusste nicht, wer Cherryl besucht hatte, aber es ging das Gerücht um, dass es sich dabei um einen Mann gehandelt hatte, der im Dunstkreis der Königsfamilie zu finden war. Falls etwas aufgeklärt wurde, dann würde man dafür sorgen, dass es nicht an die Öffentlichkeit geriet. Skandale konnte man sich nicht erlauben. Sie waren schlecht für das von Krisen geschüttelte Land.

Und dann kam der Tag der Beerdigung. Es hatte lange gedauert, bis die Gerichtsmediziner die Leiche freigaben, erst nach einer Woche konnte sie beigesetzt werden.

Auf dem Brompton Cemetery sollte die Beisetzung stattfinden. Wenn ein Callgirl starb, gibt es wohl kaum Kunden, die ihr die letzte Ehre erweisen, dafür aber Berufskolleginnen. Irgendwie besteht zwischen den Mädchen ein ungemein starker Zusammenhalt, der Tod einer Kollegin spricht sich schnell herum, und so hatten sich an diesem Nachmittag zahlreiche Dirnen auf dem Friedhof versammelt, um Cherryl das letzte Geleit zu geben.

Auch Zuhälter waren vertreten. Sie kamen nicht in Trauerkleidung, sondern sahen eher aus wie Buntspechte. Was sie für elegant hielten, hatten sie angezogen. Farbige Hemden, moderne Streifen- und Karoanzüge, natürlich von den besten italienischen Modeschöpfern. Die Kränze, die von den Männern und ihren Freundinnen gespendet worden waren, hatten es in sich.

Von dem Geld hätte eine sechsköpfige Familie zwei Monate lang leben können.

Die Mädchen hatten auch nicht unbedingt Trauerkleidung angelegt. Wenn eine von ihnen Schwarz trug, dann wirkten die Kleider so aufreizend und provozierend, dass man schon wieder von dem Begriff Berufskleidung sprechen konnte. Ein Großteil des Stoffes war oft dünn wie ein Schleier und zeigte mehr, als er verhüllte.

Vor der Leichenhalle hatte man sich versammelt. Niemand wusste, dass in der Nacht hier die Ratten ihre Bahnen gezogen hatten, und die Beerdigung der Cherryl Delano war die letzte an diesem Tag. Noch war die Leichenhalle geschlossen, da eine Trauerfeier für den davor Beerdigten stattfand.

Zwölf Mädchen und vier Männer hatten sich vor der Leichenhalle versammelt. Hinzu kamen die Eltern von Cherryl und ihr kleiner Bruder Jan, der allerdings abseits stand und starr zu Boden schaute. Vater und Mutter hatten ihn in die Mitte genommen, auch sie wollten mit den Berufskolleginnen ihrer Tochter nichts zu tun haben. Sie hatten immer gewusst, wie Cherryl ihr Geld verdiente, und sie hatten sich für sie geschämt.

Als die Trauergäste der vorherigen Beerdigung die Leichenhalle verließen und ein Sarg hinausgetragen wurde, bekamen einige Leute, die nicht unmittelbar mit dem Hinscheiden des Toten zu tun hatten, große Augen, als sie die versammelten leichten Mädchen sahen. So manch verstohlener Männerblick flog über die gutgewachsenen Girls, die sich jedoch abdrehten und mehr Pietät zeigten als die anderen Menschen.

Für den Sarg war auch gesammelt worden. Cherryl lag in einer kitschigen Totenkiste. Schwarz mit Gold und Silberrändern. Allerdings war davon nicht viel zu sehen, da die Masse der Kränze den Sarg fast erdrückte.

Man konnte die Leichenhalle betreten. Es war Orgelmusik bestellt worden, ein Prediger hatte für seinen Auftritt ein saftiges Honorar erhalten und sprach mit salbungsvoller Stimme, während aus seinem Mund eine nie abreißende Whiskyfahne drang.

Er machte es so richtig schön traurig. Die Mädchen weinten zahlreiche Taschentücher voll, während die Zuhälter hin und wieder versteckt grinsten.

Etwa eine halbe Stunde dauerte die Feier. Dann erschienen Männer und räumten die Kränze zur Seite. Sie wurden auf einen Extra-Wagen geladen, der sie zum Grab schaffte und schon vorausfuhr.

Hinter dem Leichenwagen schritt dann die Prozession der außergewöhnlichen Arbeitskollegen. Die Eltern und der kleinere Bruder gingen direkt hinter dem Wagen, die Dirnen und Zuhälter ließen einen genügenden Abstand.

Die Mutter weinte, während der Vater starr geradeaus schaute und über den Sarg hinwegblickte. In seinen Augen lag ein harter Glanz. Er hatte seiner Tochter noch immer nicht verziehen, dass sie sich fremden Männern für Geld hingab.

Es wurden auf dem Friedhof immer neue Gräberfelder angelegt und die älteren dafür dem Erdboden gleichgemacht. Nach zwanzig Jahren musste das so sein, der Platzmangel zwang die Stadt zu solchen Maßnahmen.

Nur die Leute, die selbst ein Grab gekauft hatten, blieben davon verschont.

Es war Nachmittag, noch immer stand die Sonne hoch am Himmel und schickte ihre heißen Strahlen auf den Friedhof. Mancher Mann lockerte da seinen Krawattenknoten oder wischte verstohlen mit dem Taschentuch über die Stirn.

Noch schützten Büsche und Bäume die kleine Trauergemeinde vor allzu großer Hitze, doch wenig später stieß der Weg in ein frei liegendes Gräberfeld.

Jetzt wurde es heiß.

Auch die Trauergäste der vorherigen Beerdigung schwitzten. Sie begegneten den anderen, und es waren die Männer, die wieder einige Blicke riskierten.

Bis einer einen Fluch ausstieß. »Verdammt, das ist ja eine Ratte!«

Nicht nur die Teilnehmer seiner Trauergesellschaft hörten den Ruf, auch die Dirnen.

Zwei von ihnen begannen zu kreischen, denn sie hatten das fette Biest entdeckt, das am Wegrand lauerte und sie aus tückischen Augen anstarrte.

»Bully, tu doch was!«

Mit Bully war ein Zuhälter gemeint. Der Stärkste von allen. Er löste sich aus dem Pulk, drängte drei Leute zur Seite und trat zu. Leider war er nicht schnell genug, die Ratte drehte sich ab, und Bullys Schuh hieb in den Boden.

»Shit!«, schrie er, verzog das Gesicht und hüpfte auf einem Bein.

Die Ratte aber verschwand in einem nahen Gebüsch und wurde nicht mehr gesehen.

»Ratten, wo gibt's denn so etwas«, schimpfte jemand. »Das ist ja widerlich.«

Die Leute hatten es plötzlich eilig, den Friedhof zu verlassen, während die Mitglieder der Halbwelt noch einiges vor sich hatten, und das in brüllender Hitze.

Irgendwie hatte die Ratte die Stimmung verändert. Während des weiteren Wegs schauten die Mädchen und Männer immer wieder nach rechts und links, doch andere Tiere ließen sich nicht blicken.

Es wurde heißer. Man sah es den Gesichtern der Trauergäste an, dass jeder froh war, wenn er die Beerdigung geschafft hatte. Die Schminke der leichten Mädchen vermischte sich mit dem Schweiß und zeichnete abstrakte Spuren auf die Haut, sodass die Gesichter wirkten, als wären sie eine verzerrte Landschaft.

Da es tagelang nicht mehr richtig geregnet hatte, war die Erde sehr trocken geworden. Bereits der leichteste Windstoß trieb den Staub zu langen Fahnen hoch und legte ihn auf die Kleidung der Trauergäste.

Es sprach niemand. Nur hin und wieder war ein Aufschluchzen zu hören. Die Schritte der Menschen knirschten trocken.

Bully, der Zuhälter, der die Ratte fast erwischt hätte, schwitzte am meisten. Er schaute sich des Öfteren um, denn sein Erlebnis mit dem widerlichen Nagetier konnte er nicht so leicht vergessen.

Und einmal hatte er Glück. Da sah er die Ratte, aber sie hatte Zuwachs bekommen. Vier weitere Tiere hielten sich an ihrer Seite. Als Bully sie entdeckte, verschwanden sie hinter einem der frisch aufgeworfenen Grabhügel.

Bully schüttelte sich. Die winzigen Augen in seinem fleischigen Gesicht wurden noch kleiner. Er überlegte, ob er den anderen Bescheid geben sollte, als die kleine Prozession schon vom Weg abbog und sich nach links wandte, wo das frisch ausgehobene Grab für die Tote lag.

Sie brauchten nicht weit in das Gräberfeld hineinzugehen, denn das Grab lag fast am Weg.

Wie eine Statue stand der Prediger davor. Er trug noch immer seinen dunklen Umhang, der ihm wahrscheinlich mehr Würde verleihen sollte.

Bully hatte die Nase voll. Er trat dicht an den Prediger heran und zischte: »Mach es nur kurz, du Pellauge, sonst mache ich Brei aus dir.«

Der Prediger hob irritiert den Kopf und schluckte zweimal, wobei sein Adamsapfel in hüpfende Bewegungen geriet. Bully grinste und ging an ihm vorbei.

Wie durch Zauberhand erschienen die vier Sargträger. Einer warf noch seine Zigarette weg und trat hastig die Kippe mit dem Absatz aus.

Die Männer hatten in der Hitze rote Köpfe bekommen. Man merkte es ihnen an, wie schwer es ihnen fiel, teilnahmsvolle Gesichter zu zeigen. Gute Schauspieler waren sie nicht. Es ging auch ein wenig hektisch zu, als die Männer den Sarg in die Tiefe gleiten ließen.

Dann stand er.

Die Knaben zogen die Seile zurück, verneigten sich kurz und verließen fast fluchtartig die Begräbnisstätte.

Die Sonne schien direkt in das offene Grab. Rechts daneben lagen die zahlreichen Kränze, und gegenüber stand der Prediger, der gut bezahlt worden war und jetzt wieder eine Rede startete.

»Mach's halblang, du verhinderter Pastor«, sagte einer der Zuhälter. Andere begannen zu lachen.

Die Eltern der Verstorbenen drehten sich um. Auf ihren Gesichtern zeichnete sich der Ärger ab. Sie litten durch den Tod ihrer Tochter, für die Kollegen schien das nur eine lästige Pflichtübung zu sein.

Auch der kleine Jan drehte sich um. Er hatte seine Schwester kaum gekannt. Als er den dicken Bully sah, streckte Jan ihm die Zunge raus.

Bully ballte seine Hand zur Faust und drohte dem Jungen.

Jan grinste nur frech, zeigte dem Zuhälter einen Vogel, und das Spielchen wäre vielleicht noch weitergegangen, wenn der Junge nicht zufällig einen Blick auf den kleinen Kranzhügel geworfen hätte.

Dort tat sich etwas. Die Kränze gerieten in Bewegung, als würden sie von unsichtbaren Händen angestoßen.

»Da, was ist da los?«, rief Jan.

Seine Stimme übertönte die des Predigers.

Der verstummte, aber alle anderen hörten auf den Jungen. Sie sahen die sich bewegenden Kränze, und im nächsten Augenblick sprangen die ersten Ratten darunter hervor ...

Ich war in der Tat schockiert, aber nicht nur über Rocky Koch allein, sondern auch über die Umgebung, in der er sich befand.

Koch saß inmitten seiner Ratten!

Im ersten Augenblick hatte ich das Gefühl, die Ratten wären lebendig und würden jeden Augenblick gegen die Tür springen, dann sah ich, dass es nachgebildete Tiere waren, vielleicht sogar mit dem Fell echter Ratten versehen.

Koch hatte wohl bemerkt, dass sich jemand hinter der Tür befand und ihn beobachtete, denn er drehte sich gemächlich herum, wobei er allerdings auf den Ellbogen gestützt blieb, den Kopf ein wenig anhob und seinen Blick auf die Tür richtete. Sehen konnte er mich höchstwahrscheinlich nicht, er verzog sein Gesicht, bleckte die Zähne und schien selbst eine Ratte nachzuahmen.

Koch hatte sich verändert. Deutlich sah ich ihn noch vor mir, wie er damals vor der Burg stand, das Haar lang, pechschwarz, fast die Schultern berührend. Die Haare hatte man ihm geschnitten. So kurz, dass man schon den

Namen Korea-Bürste oder Igel verwenden konnte. Das Gesicht zeigte rote Flecken, der Blick allerdings war nicht stumpf oder leer, sondern irgendwie prall, wobei ich glaubte, dass Wahnsinn darin leuchtete.

Er trug eine Art Drillich-Kleidung von blaugrauer Farbe und zuckte mit dem rechten Fuß.

Die Ratten umgaben ihn.

Widerliche Geschöpfe, ausgestopft, und eine packte er jetzt, krallte seine Finger in das Fell, hob den linken Arm an und schleuderte das Tier wuchtig und voller Wut gegen die Tür.

Unwillkürlich zuckte ich zurück, drehte mich, wobei ich die Blicke der beiden anderen Männer auf mich gerichtet sah.

»Ist das Ihr Rocky Koch?«, erkundigte sich Professor Gardener.

Ich nickte.

»Darf ich auch mal?«, fragte Suko.

Ich gab den Weg frei, und der Chinese drängte sich an mir vorbei, um ebenfalls einen Blick durch das Guckloch zu werfen.

Professor Gardener meinte: »Sie glauben gar nicht, was wir hier alles für Patienten haben. Da gibt es einen, der zählt nur Geld. Spielgeld, aber das macht nichts. Hauptsache, er spürt die Scheine und die Münzen zwischen seinen Fingern.«

»Wann bekommt Koch denn seine Anfälle?«, wollte er wissen.

»Meistens bei Anbruch der Dunkelheit. Da spricht er dann mit seinen Tieren und spielt mit ihnen. Es sind seine Kinder, und er erzählt ihnen etwas von einer schrecklichen Rache.«

Suko trat wieder zurück. Er senkte den Kopf. Es war auch schwer, für das alles eine Erklärung zu finden. Man konnte es wirklich nur als ungeheure Tragik bezeichnen.

Mir fiel das seltsame Musikinstrument wieder ein. »Wo befindet sich denn die Rattenflöte?«

»Liegt die nicht in der Zelle?«

Ich schüttelte den Kopf.

Professor Gardener schaute noch einmal durch den Spion und bewegte nickend seinen Kopf. »Sie haben Recht, die Flöte liegt nicht mehr im Raum.«

»Aber er hat sie noch?«, meinte Suko.

Gardener hob die Schultern. »Was weiß ich. Vielleicht hat er sie unter der Kleidung verborgen.« Der Arzt winkte ab. »Was spielt das für eine Rolle?«

»Für uns schon«, hielt ich gegen. »Wir hätten uns die Flöte gern einmal angesehen.«

»Da gibt es nicht viel zu sehen. Das ist ein völlig simples Holzinstrument. Nichts Besonderes, wirklich.«

»Würden Sie trotzdem bitte aufschließen?«

»Wenn Sie meinen. Ich kann für Rocky Koch allerdings nicht garantieren.«

»Das ist uns klar, Doc.«

Der Professor besaß einen Allround-Schlüssel. Er holte ihn aus seiner Kitteltasche und schloss die Tür auf.

Wir betraten die Zelle.

Schon beim Öffnen der Tür hatte Rocky Koch reagiert und war auf die Füße gesprungen. Jetzt versuchte er, so viele Ratten wie nur möglich an sich zu raffen, als hätte er Angst, dass ihm seine Lieblingstiere von uns weggenommen werden könnten.

Wir hatten dem Professor den Vortritt gelassen. Er sprach die ersten Worte, redete beruhigend auf Rocky Koch ein, der jedoch wollte davon nichts wissen, schüttelte den Kopf und zog sich in die hinterste Ecke der Zelle zurück.

Fünf Ratten hatte er an sich gerissen. Er presste die Tiere fest gegen sich, stand leicht geduckt da und hatte den Kopf vorgestreckt, während in seinen Pupillen ein seltsames Leuchten irrlichterte.

»Seien Sie vorsichtig«, flüsterte der Professor, »der benimmt sich, als stünde er unter Strom.«

Wir nickten, denn wir sahen selbst, was mit Rocky Koch los war.

Langsam näherten wir uns ihm. Der Professor lächelte, hob grüßend die Hand und sagte freundlich: »Besuch für dich, Rocky.«

»Will nicht.«

»Aber Rocky. Sei doch nicht so. Die beiden Herren möchten mit dir sprechen.«

Rocky Koch begriff. Er schaute uns an. Lange, intensiv. Wir waren stehen geblieben, ließen ihm Zeit, sich uns genau zu betrachten. Erkannte er uns?

»Hi, Rocky«, sagte ich.

»Wer bist du?«

»Wir haben uns schon einmal gesehen. In Southwick, die alte Burg. Erinnerst du dich?«

»Burg?« Er wiederholte das Wort und dachte nach. Dabei zitterten seine Knie und auch die Hände. Seine Lippen bewegten sich flatternd, und uns war nicht klar, ob er sich erinnert hatte.

»Ratten!«, zischte er dann. »Die Ratten. Sie sind meine Freunde. Sie werden euch zerfetzen …«

»Wo sind die Ratten, Rocky?«

Er bewegte seine Arme wie Windmühlenflügel. »Hier – überall. Wir sehen sie. Sie gehorchen mir, und sie kommen immer zu mir. Sie sind noch meine Freunde.«

»Rufst du sie?«, fragte ich.

»Ja, das mache ich.«

»Und wie? Gehorchen Sie deiner Stimme? Wie damals, als du sie zu Hunderten in deiner Burg hattest?«

Da lachte er. Den Kopf warf er zurück, öffnete den Mund und stieß ein helles hohles Kichern aus. »Meine Freunde, sie kommen zu mir. Sie gehorchen mir, ich bin ihr König. Wenn ich sie …«

»Rufst du mit der Flöte?«

»Ja …«

»Wo hast du sie denn?«

Er breitete die Arme aus und schleuderte die Stoffratten in die Luft. »Weg, einfach weg.«

»Dann kannst du sie nicht mehr rufen, Rocky.«

»Doch, das kann ich.«

»Wie?«

Er stierte uns an. Dann atmete er pfeifend ein. Ich hörte noch die gemurmelte Warnung des Professors, aber es war bereits zu spät. Rocky Koch drehte durch.

Zuerst schleuderte er seine Ratten gegen uns. Es geschah so schnell, dass ich es nicht mehr schaffte, auszuweichen. Ich wurde von einem Tier an der Brust getroffen, das andere verfehlte mich und die anderen.

Dann kam er selbst.

Rocky schien auf diesen Angriff gelauert oder sich regelrecht vorbereitet zu haben, denn er legte alle Kraft hinter seinen Sprung, die er besaß.

Ich wich nicht aus, stellte mich allerdings breitbeinig hin und ließ Rocky gegen mich laufen.

Der Aufprall war doch wuchtiger, als ich gedacht hatte. Fast hätte mich Rocky umgeschleudert. Wie ein Ertrinkender an einem Balken, so klammerte er sich an mir fest. Er fauchte und schrie mich an, hatte den Mund weit aufgerissen, wollte es den Ratten nachmachen und mich tatsächlich in die Kehle beißen. Sein heißer Atem streifte schon über die Haut, als ich ihn zu packen bekam. Meinen flachen Handteller presste ich unter sein Kinn und drückte Rockys Kopf zurück.

Er keuchte, spie und würgte, schüttelte sich, schlug um sich, und ich schleuderte ihn gegen die Wand.

Er blieb dort, als wäre er festgeklebt.

»Ratten! Ratten!«, brüllte er, sodass es schaurig in der Zelle widerhallte. »Ratten! Sie werden euch zerfetzen!« Abermals bewegte er seinen Mund und imitierte das Zubeißen dieser Nager.

Der Professor fasste mich an der Schulter. »Kommen Sie, Oberinspektor, es hat keinen Sinn. Aus Rocky Koch ist nichts mehr herauszubekommen, ich kenne ihn.«

Der Mann hatte Recht. So wie Rocky reagiert hatte, war wirklich nicht viel zu machen.

Wir zogen uns zurück.

Dabei wurden wir von regelrechten Hass- und Schimpfkanonaden begleitet. Koch kriegte sich überhaupt nicht mehr ein. Er brüllte und tobte, sprach nur von seinen Lieblingstieren, sodass wir drei schließlich froh waren, es hinter uns zu haben.

Im Gang atmeten wir auf, und wir hörten, wie sich Koch gegen die Tür warf.

Auch die anderen Patienten waren unruhig geworden. Schreie erklangen, hartes, forderndes Trommeln oder ein hohles Kreischen.

»Jetzt sind sie alle rebellisch«, sagte Gardener.

Ich hob die Schultern. »Sorry, aber das war nicht unsere Absicht.«

»Natürlich, Mr. Sinclair. Ich weiß ja nicht genau, um was es geht, aber sollte es tatsächlich mit Rocky Koch zusammenhängen, sind Sie auf dem falschen Dampfer. Aus seiner Zelle kommt er nicht raus. Wir haben nicht einmal eine Toilette oder ein Waschbecken dort. Um seine menschlichen Bedürfnisse kümmert sich ein Pfleger.«

»Nicht die Betreuerin?«, fragte Suko.

»Nein, nein, also das wäre ...« Der Professor hob die Schultern und sprach nicht mehr weiter.

Wir aber waren aufmerksam geworden und hörten das harte Schlagen von Absätzen in unserem Rücken. Jemand rannte den Gang hinunter. Wir drehten uns um und sahen eine Frau schnell näher kommen. Sie trug einen weißen Kittel, der in der Taille lose von einem Gürtel gehalten wurde. Besonders stach uns das blonde Haar ins Auge. Sie hatte es zu einer Turmfrisur gekämmt.

Die Haut zeigte einen hektischen roten Schimmer, der Mund stand halb offen, und das schmal geschnittene Gesicht wirkte irgendwie streng.

Heftig atmend blieb sie vor uns stehen und schaute den Professor dabei an. »Ich habe Rocky toben hören. Was ist denn passiert?«

»Er hat sich aufgeregt, als wir seine Zelle betraten.«

»Steckt er wieder in seiner Phase?«

»Wahrscheinlich.«

Die Frau schüttelte den Kopf und biss sich auf die Lippen. »Es ist schlimm mit ihm ...«

Uns hatte sie bisher nicht beachtet. Das merkte auch der Professor und übernahm die Vorstellung. Die Frau schaute überrascht, als sie hörte, dass wir von der Polizei waren.

»Aber warum das denn? Was hat Rocky mit der Polizei zu tun?«, erkundigte sie sich.

»Eigentlich nichts«, erwiderte ich. »Wir wollten nur einem gewissen Verdacht nachgehen.«

Ihre ansonsten klaren Augen verdunkelten sich. »Einem Verdacht? Welchem Verdacht?«

»Darüber kann ich Ihnen leider nichts sagen. Aber wir sind die Beamten, die Rocky Koch eingefangen haben.«

Die Frau, es war Stella Murdock, presste die Lippen zusammen. »Ja, ich kenne Sie durch Rocky. Er hat im Anfang viel über Sie gesprochen. Dabei muss er Sie beide unwahrscheinlich hassen. Tut mir leid, wenn ich so etwas sage, aber Sie haben ihm schwer geschadet.«

»Da sollte man besser beide Seiten sehen, Miss Murdock. Rocky Koch hat das Leben zahlreicher Menschen in Gefahr gebracht, das dürfen Sie nicht vergessen.«

»Er liebt nun mal seine Ratten.«

»Eine seltsame Liebe.«

Aggressiv schaute sie mich an. »Na und? Andere lieben Katzen oder Hunde. Worin liegt da der Unterschied?«

»Ratten als Haustiere kann ich mir schlecht vorstellen«, meinte Suko.

»Dass Sie so denken, weiß ich. Sie sollten drei Monate hier arbeiten, dann würden Sie Ihre Meinung ändern.« Die Augen der Frau blitzten.

Ich blieb weiterhin freundlich. »Da dies nicht möglich ist, Miss Murdock, möchte ich Sie bitten, uns einige Fragen zu beantworten, denn Fragen zu stellen ist unser Beruf.«

»Was wollen Sie wissen?«

»Es geht um die seltsame Flöte.«

Sie trat mit dem Fuß auf. »Wollen Sie ihm die auch noch wegnehmen, Sie Super-Polizisten?«

Ein schneller Blick zu dem Professor belehrte mich, dass ihm der Verlauf des Gesprächs peinlich war, er griff aber nicht ein.

»Nein«, erwiderte ich, »wir wollen ihm die Flöte nicht wegnehmen, sondern hätten gern erfahren, wo sie sich befindet.«

»Bei Rocky.«

»Dort haben wir sie nicht gefunden.«

Stella Murdock legte die glatte Stirn in Falten. Dabei hob sie die Schultern und sagte: »Dann weiß ich es auch nicht.«

Suko hatte die nächste Frage: »Können Sie uns denn sagen, woher er die Flöte hat?«

»Ja, von mir.«

»Sie haben sie ihm …«

»Geschnitzt, Mister. Er hat mich darum gebeten. Auf mich hört er. Wir haben tage- und nächtelang miteinander geredet. Ich kenne Rocky besser als irgendeiner sonst auf dieser Welt.«

»Das ist sehr lobenswert von Ihnen«, sagte ich. »Trotzdem hätten wir gern gewusst, wo sich die Flöte befindet.«

»Tut mir leid«, erwiderte die Frau, wobei sich ihre Lippen vor dem nächsten Satz zu einem spöttischen Lächeln kräuselten. »Wenn Ihnen so an der Flöte gelegen ist, dann zeige ich mich gern bereit, auch Ihnen eine zu schnitzen.«

»Darum geht es nicht, Miss Murdock.«

»Haben Sie sonst noch Fragen? Ich muss mich nämlich um meinen Patienten kümmern.

»Nein, vorerst nicht.«

Sie nickte uns noch einmal zu, drehte sich um und verschwand in Rockys Zelle.

Wir warteten, bis die Tür zugefallen war. »Eine sehr engagierte und aggressive Dame«, sagte ich.

Der Professor fühlte sich angesprochen. »Es tut mir leid, Mr. Sinclair, aber Miss Murdock ist die Einzige, zu der Rocky Koch Vertrauen gefasst hat. Sie kommt gut mit ihm aus.«

»Das haben wir bemerkt. Dann hat sie ihm also die Flöte geschnitzt. Interessant.«

»Was ist an diesem Instrument denn so überaus wichtig für Sie?«, wollte der Professor wissen.

»Kennen Sie die Geschichte des Rattenfängers von Hameln?«

»Ja.«

»So ähnlich ist es auch hier. Wir haben dieses Flötenspiel vernommen und eine regelrechte Ratteninvasion erlebt. Es ist schwer zu glauben, jedoch eine Tatsache.«

Der Blick des Professors wurde starr. »Wirklich?«

»Keine Täuschung.«

»Und wann?«

»In der vergangenen Nacht.«

Heftig schüttelte Professor Gardener den Kopf. »Tut mir leid, da muss ich Sie enttäuschen. Unser Patient hat sich in der Nacht über in seiner Zelle befunden.«

»Das ist kontrolliert worden?«, erkundigte ich mich sicherheitshalber.

»Natürlich. Jede Stunde machen unsere Leute den Rundgang.«

»Miss Murdock?«

»Nein.« Der Arzt lächelte. »Sie hat anderes zu tun, als des Nachts die Zellen zu kontrollieren. Stella Murdock ist genügend eingespannt, sie soll nachts schlafen. Aber weshalb fragen Sie? Verdächtigen Sie Rocky Koch noch immer?«

»Irgendjemand muss die Ratten angeführt haben. Und da dachten wir an Rocky Koch.«

»Der kommt hier nicht heraus!«, erklärte Gardener mit selbstbewusster Stimme.

Mittlerweile glaubte ich es auch und dachte schon daran, irgendwelchen Wahnvorstellungen nachzulaufen. Die Zelle und die Mauern waren wirklich dicht. Keine Chance für Ausbrecher. Es sei denn, man ließ sie freiwillig heraus, wobei sich die Frage stellte, ob man Rocky Koch wieder einfangen konnte.

»Haben Sie sonst noch Fragen?«, erkundigte sich der Professor.

»Nein, Sir, das hat sich alles erledigt.«

Ich blickte Suko an. Mein Partner schüttelte den Kopf. Er hatte also auch nichts mehr auf dem Herzen.

Wir drei schritten nebeneinander zum Ausgang. »Es tut mir ja selbst leid, dass ich Ihnen nicht helfen konnte, und ich will es Ihnen noch einmal sagen: Rocky Koch sitzt hier fest.«

»Das haben wir gesehen.« Ich reichte dem Professor

die Hand. »Vielleicht müssen wir trotz allem noch einmal herkommen, wenn Sie dann einen Termin für uns ...«

»Immer.« Der Arzt lachte. »Sie sagen die Uhrzeit, und das andere geht klar.«

»Vielen Dank.«

Auch Suko verabschiedete sich. Nebeneinander gingen wir zum Parkplatz. Bis wir den Wagen erreicht hatten, sprach keiner von uns ein Wort. Erst als ich aufschloss, meinte Suko: »Du bist überhaupt nicht zufrieden, John?«

»Nein.«

»Und weshalb nicht?«

Ich stieg ein und öffnete Suko an der linken Seite dieTür von innen. »Irgendwas stimmt da nicht. Das habe ich im Gefühl.«

»Verdächtigst du den Arzt?«

»Kaum.«

»Die Frau?«

»Eigentlich auch nicht. Sie kann doch Rocky Koch in der Nacht nicht aus seiner Zelle lassen. Es würde bei den Kontrollgängen sofort auffallen.«

»Es sei denn, da stecken alle unter einer Decke und haben ein Komplott gebildet.«

Ich startete. »So pessimistisch denke ich ja nicht einmal.«

»Weshalb dann deine Gefühle?«

»Weiß ich auch nicht.«

»Und jetzt?«

»Werden wir uns auf eine lange und nette Rattennacht vorbereiten«, erwiderte ich.

»Iiii!«, schrie Jan. »Das sind ja Ratten. Widerlich!« Er klammerte sich an seiner Mutter fest, die ebenfalls entsetzt war und auf die sechs Tiere starrte, die sich unter den Kränzen hervorgeschoben hatten.

Jan hatte mit seinem Schrei den Anfang gemacht. Danach war die Szene für einen winzigen Moment erstarrt, bis die ersten Mädchen losschrien, denn sie hatten ebenfalls eine panische Angst vor den vierbeinigen Nagern.

So weit sie es konnten, warfen sie sich zurück und wurden von den kräftigen Armen der Zuhälter aufgefangen.

Die Familie der Toten stand dicht am Grab. Der Vater wäre fast noch in die Grube gerutscht. Im letzten Augenblick konnte er sich fangen, aber nicht mehr der Ratte ausweichen, die quer über das Grab setzte und ihn ansprang.

Das war zu viel. Blitzschnell biss sich das Tier an seiner Brust fest. Zum Glück hackte es seine spitzen Zähne nur in das Revers des Anzugs, aber der Mann war trotzdem so geschockt, dass er die Übersicht verlor, zurücktaumelte und nicht mehr an das dahinter liegende Grab dachte, über dessen fest in der Erde sitzendes Kreuz er stolperte. Diesmal konnte er sich nicht auf den Beinen halten und fiel auf den Rücken.

Er brüllte. Seine Frau wollte zu ihm, hatte jedoch Angst. Wie auch Jan sah sie mit an, dass der Mann beide Hände um den Rattenkörper geschraubt hatte und, so fest er konnte, zudrückte. Die Adern traten ihm dabei aus der Stirn. Er keuchte und sah das kleine, weit aufgerissene Maul mit den spitzen Zähnen dicht vor sich.

Die anderen Tiere waren zwischen die Mädchen und die Zuhälter gesprungen. Ungemein aggressiv, gereizt, wütend und darauf aus, endlich zu töten.

Das Girl, das in die starken Arme des Zuhälters Bully geflüchtet war, spürte den Anprall in ihrem Rücken. Sie trug nur ein schwarzes Fähnchen, fast durchsichtig, und der Stoff setzte den Zähnen der Ratte so gut wie keinen Widerstand entgegen.

Das Mädchen schrie.

Es spürte die scharfen Schmerzen, die spitzen Zähne und klammerte sich in seiner Panik noch enger an den Zuhälter. Der kam nicht dazu, eine Waffe zu ziehen, weil ihn die Entsetzte in seiner Bewegungsfreiheit einschränkte.

»Ich sterbe!«, kreischte die Dirne. »Ich sterbe!«

Da bekam Bully es mit der Wut zu tun. Er schleuderte

das Girl von sich, das auf den Rücken krachte, sich sofort herumrollte, sodass Bully das Tier auf dem Rücken sah.

Die Schreie der Dirne wurden leiser, da sie sich mit ihrem Gesicht gegen die Erde presste. Sie zuckte ein paar Mal, warf ihren Unterkörper hoch, und Bully sah das Blut an ihrem Rücken.

Er verzog das Gesicht, verzichtete auf seine Kanone und riss die Ratte von ihrem Opfer weg.

Zwischen seinen zusammendrückenden Fingern knackten die Knochen des Tiers, das er danach wutentbrannt in das offene Grab schleuderte, sich umdrehte und zuschaute, was die anderen taten.

Nicht eine Ratte hatte es auf ihrem Platz gehalten. Wie kleine Teufel waren sie über die Menschen hergefallen. Über das Gräberfeld hallten die Schreie der Trauergäste, auch der Prediger war angegriffen worden. Mit wirbelnden Armen schlug er nach den Tieren, traf sie auch, aber er schaffte es nicht, sie alle von seinem Körper zu schleudern. Er war so in Panik geraten, dass er dem Grabrand zu nahe kam, einen Fehltritt tat und in die Grube fiel.

Als er auf den Sargdeckel krachte, gab es ein dumpfes Geräusch, das nur von dem Schreien des Mannes übertönt wurde.

Niemand kümmerte sich um den Prediger, die Zuhälter und Mädchen hatten genug mit sich selbst zu tun.

Ein Schuss peitschte.

Einem war es gelungen, seine Waffe zu ziehen, bevor eine Ratte auf ihn zuspringen konnte.

Sie wurde getroffen, als sie noch auf dem Boden hockte. Die Kugel zerschmetterte sie fast, eine andere Ratte hauchte ihr Leben unter den Tritten schwerer Sohlen aus. Ein drittes Tier sprang genau in eine Messerspitze hinein.

Noch eine Ratte war da. Sie gab nicht auf und wuchtete ihren grauen Körper durch die Luft.

Ein gezielter Tritt schleuderte sie zurück, bevor sie irgendwelches Unheil anrichten konnte.

Das Tier überschlug sich in der Luft und blieb liegen.

»Das war's«, sagte Bully und lachte rau. »Alle kaputt.«

Auch die anderen lachten, bis sie das Wimmern aus dem Grab hörten. Es war ein schreckliches Geräusch, die Mädchen bekamen eine Gänsehaut, und auch die Zuhälter trauten sich erst nach einer Weile, an der schreckensstarren Familie vorbeizugehen und am Grabrand stehen zu bleiben.

Sie schauten in die Tiefe und schluckten.

Der Prediger lag zwischen Sarg und Grabwand eingeklemmt. Er blutete. Der rote Lebenssaft lief aus zwei Wunden an der Stirn über das Gesicht.

Die Ratte sahen die Männer nicht. Sie musste sich im Grab verkrochen haben.

Irgendwie waren die unterschiedlichen Personen in den letzten Minuten zu einer Solidargemeinschaft zusammengewachsen. Normalerweise hätten sich die Zuhälter um den Mann wohl nie gekümmert, aber in diesem Fall war es etwas anderes. Sie wollten auch noch den Tod der letzten Ratte, und sie zogen ihre Waffen.

Der eine stellte sich an das Kopf-, der andere an das Fußende des Grabs.

Der Typ am Kopfende sah den widerlichen Nager zuerst. »Da, bei dir, Garry!«

Garry schaute schräg nach unten, sah die Ratte, senkte den rechten Arm und schoss.

Ein schwerer Revolver wummerte auf und produzierte einen fahlen Mündungsblitz. Die Kugel hieb genau in den Kopf der Ratte und zertrümmerte ihn.

»Das war die Letzte«, sagte der Mann, der geschossen hatte, und steckte seine Waffe weg. Dann beugte er sich vor und rief in das offene Grab hinein: »He, Prediger, komm hoch, das Tierchen gibt es nicht mehr. Es ist in der Rattenhölle!«

Der Mann rührte sich nicht.

»Vielleicht ist er tot«, sagte der zweite Zuhälter.

»Mach keinen Ärger.«

Nein, tot war der Prediger nicht. Er zuckte ein paar Mal, wimmerte, bedauerte sich dabei selbst und kroch dann mühsam aus der frisch aufgeworfenen Grube.

Die Zuhälter halfen ihm noch.

Es hatte den Mann böse erwischt, aber durch das aus den kleinen Wunden herausrinnende Blut sah nur alles noch schlimmer aus. Lebensgefährlich waren die Verletzungen nicht. Trotzdem gab man dem Mann den Ratschlag, lieber zu einem Arzt zu gehen.

»Ja, ja, ja!«, keuchte er, wischte sich über beide Wangen und verschmierte den Lebenssaft nur noch mehr.

Außer ihm war noch ein Mädchen schwerer verletzt worden. Die Kleine, die sich in Bullys Arme geflüchtet hatte, blutete auf dem Rücken. Sie weinte leise.

Und noch einen Verletzten hatte es gegeben. Den Vater der Toten. Es war ihm zwar gelungen, die Ratte mit seinen eigenen Händen zu zerquetschen, aber sie hatte an seinem Hals doch ihre Spuren hinterlassen. Die Zähne waren scharf wie Messer gewesen. Aus den kleinen Wunden rannen lange, rote Streifen.

Seine Ehefrau kümmerte sich um ihn. Sie hielt schon ein Taschentuch bereit, das sie gegen die Halswunde presste, sodass die Blutung ein wenig schwächer wurde.

Selbst die abgebrühten Zuhälter wussten nicht, was sie sagen sollten. Die Schüsse schien wohl niemand gehört zu haben, denn es eilten keine Menschen herbei.

»Lasst uns abhauen«, sagte eines der Mädchen und erntete damit allgemeine Zustimmung.

Die Verletzte hängte sich bei Bully ein. Sie jammerte und stöhnte, bis Bully sie heftig anschrie, da war sie ruhig.

Nur noch die Familie stand am Grab, auch der Prediger hatte das Weite gesucht.

»Ratten!«, flüsterte der Vater. »Verdammte Ratten.«

Seine Frau schüttelte den Kopf. »Das ist nicht normal. Wirklich nicht, nein, das ist nicht normal.«

»Wie meinst du?«

Eine Gänsehaut lief über das Gesicht der verhärmt aussehenden Frau. »Der Teufel hat hier seine Hand im Spiel, der Teufel. Dieser Friedhof ist verflucht, glaube mir das.«

»Ja, du kannst Recht haben.«

Lange blieb die Familie nicht mehr. Alle drei machten kehrt und gingen davon. An dieses Erlebnis wollten sie nicht mehr erinnert werden und es so schnell wie möglich vergessen.

Dabei war der kleine Überfall erst der Anfang ...

Wir kehrten in unser Büro zurück, ohne dass uns etwas Neues eingefallen wäre. So blieb es bei unserem Plan, dem Friedhof während der Dunkelheit einen Besuch abzustatten. Beide gingen wir davon aus, dass wir die Melodie der seltsamen Rattenflöte wieder hören würden.

»Wenn Rocky Koch sie nicht spielt, wer dann?« Das war die große Frage, die ich zum vielleicht zehnten Mal stellte.

Suko hob die Schultern. »Er muss einen Helfer haben.«

»Klar, aber wen?«

»Jemanden aus der Klinik?«

»Und wer käme dafür in Frage?«

Suko kratzte über seine Stirn. »Hast du dir diese Stella Murdock eigentlich genau angesehen?«

»Ja, wieso?«

»Die Frau gab sich sehr engagiert.«

»Dann glaubst du, dass sie unter Umständen das Erbe des Rocky Koch angetreten hat?«

»Das habe ich nicht gesagt. Und was ich glaube, ist hier zweitrangig, aber man kann damit rechnen.«

»Wir können uns ja mal erkundigen.«

»Wie?«

»Vielleicht liegt etwas gegen sie vor? Wäre doch möglich – oder?« Ich ließ Suko nicht erst zu einer Antwort kommen, sondern rief bei unserer Ermittlungsstelle an. Der Computer sollte herausfinden, was es über Stella gab.

Das dauerte seine Zeit, und ich verzog mich in Glendas Büro. Ein Kaffee hätte mir jetzt gut getan, doch Glenda war nicht zu finden. Sie hatte das Zimmer verlassen.

Kaum war ich wieder zurück, als sich der Apparat meldete. Suko ging dran. Er gab mir ein Zeichen, und ich wusste Bescheid, dass die Kollegen ihre Informationen durchgaben. Suko schrieb mit. Ein paar Mal nickte er, dann hatte er genug erfahren, legte auf und schob mir den Zettel rüber.

Stella Murdock war bei uns nicht registriert. Sie hatte sich also in ihrem bisherigen Leben keines Vergehens schuldig gemacht. Eigentlich hatten wir auch nichts anders erwartet, obwohl ein seltsames Gefühl zurückblieb, denn sie wohnte in einer kleinen Straße zwischen dem Brompton Cemetery und dem Stadion des FC Chelsea, also dicht am Tatort.

Auch Suko war das aufgefallen, und er sprach mich darauf an.

»Das ist in der Tat seltsam«, gab ich zu. »Kann aber auch ein Zufall sein.«

»Sicher. Trotzdem würde ich mir die Wohnung oder das Haus gern ansehen. Was meinst du?«

»Wir fahren hin.«

In diesem Augenblick kam Glenda Perkins zurück. Jetzt war es zu spät für einen Kaffee, denn wir hatten es eilig. Bei Glenda hinterließen wir die Adresse, falls sich irgendetwas ereignete, aber meine Sekretärin hatte noch eine Neuigkeit auf Lager.

»Ich habe gehört, dass auf dem Friedhof etwas passiert ist«, sagte sie.

»Und?«

»Heute ist wieder eine Trauergemeinde von Ratten angegriffen worden.«

»Wann war das?«

»Ich war im Fernschreibraum, als die Meldung eintraf.« Sie nannte die ungefähre Uhrzeit.

»Dann kann sie es nicht gewesen sein«, sagte Suko sofort. Wie auch ich hatte er sofort an Stella Murdock gedacht.

»Hat es Verletzte gegeben?«

Glenda hob die Schultern. »So genau weiß ich es nicht, John. Soll ich noch einmal nachhaken?«

»Ja, tu das.«

Glenda hängte sich an den Hörer und telefonierte zweimal im Haus herum. Schließlich erfuhr sie, was sie wissen wollte. Noch den Hörer in der Hand haltend, drehte sie sich zu mir um und schüttelte den Kopf. »Keine Toten, John.«

Mir fiel ein Stein vom Herzen. Andererseits dachte ich daran, dass wir der Rattenplage so schnell wie möglich Herr werden mussten, es würde sicherlich nicht nur mit Verletzungen abgehen, wie wir es bei Rafferty erlebt hatten.

»Bleibt es bei unserem Plan?«, erkundigte sich Suko.

Ich sah keinen Grund, ihn umzustoßen, denn so richtig traute ich dieser Stella Murdock trotz allem nicht. Vielleicht war es nur eine reine Verlegenheitslösung, da wir nicht genau wussten, wo wir den Hebel ansetzen sollten.

Auf der Fahrt musste ich noch tanken, und so neigte sich der Nachmittag schon fast seinem Ende zu, als wir das Ziel erreichten.

»Vielleicht ist sie schon im Haus«, vermutete Suko, als wir durch eine schmale Straße rollten, in der saubere Häuser standen.

»Glaube ich nicht. In der Klinik wird sicherlich länger gearbeitet. Und wenn sie tatsächlich schon Feierabend hat, umso besser. Da können wir sie das fragen, was in der Klinik nicht ging.«

So dachte auch Suko. Gemeinsam hielten wir Ausschau nach dem Haus Nummer 18.

Wir fanden es fast am Ende der Straße, von wo wir bereits den Friedhof sehen konnten. Wie eine grüne Mauer schoben sich die Kronen der Bäume in den Sommerhimmel.

Wir stiegen aus und sahen uns das kleine Häuschen erst einmal an. Die Fenster waren geschlossen. An den Wänden wuchs der Efeu hoch, als wären es erstarrte Schlangen. Die Dachziegel leuchteten rot, und zwischen dem Grün des Efeus sahen wir die hellen Farbstriche der Fachwerkbalken.

»Das Haus kann man auch allein bewohnen«, meinte Suko und ging auf die kleine Treppe zu.

Vom Grundstück nebenan beobachteten uns zwei Kinder. Sie hatten erst gespielt, jetzt blickten sie auf und schauten uns nach.

Die Tür war verschlossen. Auf unser Klingeln meldete sich niemand. Stella Murdock schien tatsächlich noch in der Klinik zu sein.

Aber ich wollte sicher gehen und winkte die Kinder herbei.

Zögernd kamen sie näher. Sie hatten uns noch nicht erreicht, als sie von einer Frau zurückgerufen wurden.

Wir waren Fremde, ich sah es als verständlich an. Andererseits war es vielleicht gut, dass die Frau gekommen war. Sie konnte mir sicherlich mehr über Stella Murdock sagen.

Über ein kurzes Rasenstück ging ich zu ihr und beruhigte sie erst einmal, indem ich mich auswies.

»Ach, von der Polizei sind Sie«, sagte die Blondine und strich durch ihr Haar.

»Ja, Madam. Es geht um Miss Murdock.«

»Wieso? Hat sie etwas angestellt?« Neugierde blitzte in ihren Augen.

Ich lachte. »Nein, nein, wir haben nur einige Fragen, die einen ihrer Patienten betreffen. Sie wissen sicherlich, wo sie beschäftigt ist?«

Die Frau presste ihren Finger gegen die Stirn. »Ja, sie arbeitet in einer Anstalt für Verrückte.«

»So kann man es auch sagen. Aber wie ich sehe, ist Miss Murdock nicht zu Hause.«

»Doch!«

Die Antwort überraschte mich. »Sind Sie da ganz sicher?«

»Selbstverständlich. Ich habe sie doch vor wenigen Minuten heimkommen sehen.«

»Sie öffnet nicht.«

»Vielleicht sitzt sie in der Wanne.«

»Ja, das ist möglich. Wohnt sie denn allein in dem Haus?«

»Seit dem Tod ihrer Mutter schon.«

»Und haben Sie Kontakt mit Miss Murdock?«

»Kaum. Die geht ja in ihrem Beruf auf. Ich habe mich sowieso gewundert, dass sie schon so früh gekommen ist.«

»Wann ist die Mutter denn gestorben?«

»Vor einigen Wochen. War eine seltsame Sache. Wir haben es erst erfahren, als sie schon begraben war. So ganz zufällig, wissen Sie. Ich finde, Stella ist komisch, aber wer immer mit den Verrückten zusammen ist, bei dem muss es ja mal abfärben.«

»Das ist möglich.«

Plötzlich meldete sich eines der beiden Kinder. Es war das kleine Mädchen, das sagte: »Heute habe ich eine Ratte gesehen.«

Ich zuckte zusammen, ließ mir ansonsten nichts anmerken und tat sehr überrascht. »Eine Ratte? Wo denn?«

»Hinter dem Haus von Miss Murdock.«

»Hat sie dich angegriffen?«

»Nein, sie ist weggelaufen. Ich habe noch mit einem Stein nach ihr geworfen, da ist sie in dem Keller verschwunden.«

»Ich finde es gut, dass du mir so etwas sagst.« Fragend wandte ich mich wieder an die Mutter. »Haben Sie schon des Öfteren hier Ratten gesehen oder erlebt?«

»Ja.«

»Auch in letzter Zeit?«

»Wissen Sie, ich hörte von Nachbarn, dass sie mal ein Biest entdeckt haben, mehr aber auch nicht.«

»Und wo liefen die Tiere herum?«

»Hier in der Nähe. Deshalb habe ich den Kindern eingeschärft, immer nahe beim Haus zu bleiben. Vielleicht kommen die Ratten vom Friedhof. Ich habe mich schon bei der Verwaltung beschwert, aber da wird sich wohl nichts tun.«

»Das würde ich nicht so sagen«, erwiderte ich, wobei ich an Slim Rafferty, den Kammerjäger, dachte. Er war bereits von der Stadt geschickt worden.

»Wollen Sie sonst noch etwas wissen? Ich muss nämlich das Dinner zubereiten.«

»Nein, nein, ich bedanke mich vielmals.«

Im Abdrehen meinte sie: »Wie gesagt, Sie müssen es noch mal versuchen. Ich habe sie heimkommen sehen.«

»Danke für den Rat «

»Na, gut geflirtet?« empfing Suko mich.

Ich war zu Späßen nicht aufgelegt und kam sofort zur Sache. »Stella Murdock ist zu Hause, die Nachbarin hat sie kommen sehen.«

»Und weshalb öffnet sie dann nicht?«

»Das ist die Frage.«

»Vielleicht hat sie uns gesehen und will mit uns nichts zu tun haben«, spekulierte Suko.

»Möglich. Auf jeden Fall werden wir es noch einmal versuchen. So leicht lasse ich mich nicht abwimmeln. Zudem hat eines der Kinder heute eine Ratte gesehen.«

Suko pfiff durch die Zähne. »An einen Zufall glaube ich da nicht.«

»Ich auch nicht.«

Abermals drückten wir auf den Klingelknopf. Wir hörten, wie der Klang im Haus nachhallte, eine andere Reaktion trat nicht ein.

»Sollen wir die Tür aufbrechen?«, fragte Suko.

Ich schabte mit dem Finger über meinen Nacken. »Das Recht haben wir nicht. Es besteht keine Gefahr für Leib und Seele. Ich möchte mich als Polizeibeamter nun nicht über die Regeln hinwegsetzen.«

»Vielleicht gibt es einen offenen Hintereingang.«

»Das lässt sich leicht feststellen.«

Wir wollten um das Haus herumgehen. Die beiden Kinder waren mit ihrer Mutter verschwunden. Sicherlich würden sie uns weiterhin im Auge behalten und hinter den Fenstern stehen.

Mein Blick glitt auch an der Fassade des kleinen Hauses hoch. Mir waren beim Herkommen schon die sauberen Scheiben aufgefallen. Man konnte gut hindurchschauen, und als mein Blick eine dieser Scheiben traf, da sah ich auch die Bewegung.

Sofort blieb ich stehen und schaute genauer hin. Nein, ein Mensch war das nicht. Auf keinen Fall, der hockte sich nicht auf die Fensterbank. Ich sah eine Ratte.

Als hätte sie es geahnt, zog sie sich blitzschnell zurück und sprang in das Zimmer.

Suko hatte nichts gesehen. Er wollte wissen, weshalb wir stehen geblieben waren.

»Im Haus war eine Ratte.«

Für einen Moment presste Suko die Lippen zusammen. Dann sagte er: »Also doch.«

»Jetzt besteht ein Grund!«

»Hätte ich nicht gedacht«, murmelte Suko, als er neben mir auf die Treppe zuschritt. »Wirklich, damit habe ich nicht gerechnet. Stella Murdock also.«

Ich sagte nichts, sondern holte einen Spezialschlüssel hervor. Ihn ließ ich in das Schloss gleiten, und es dauerte nicht einmal zwei Minuten, da konnten wir die Tür aufschieben.

Beide zogen wir unsere Waffen. Allerdings nicht die Berettas, sondern Messer.

Ich hielt meinen geweihten Silberdolch fest, Suko hatte sich einen normalen besorgt. Da die Ratten keinen dämonischen Ursprung hatten, brauchten wir keine geweihten Waffen.

Uns nahm ein enger Flur auf. Eine Treppe führte in die erste Etage, und links von uns musste die Tür in den Raum weisen, in dem ich die Ratte gesehen hatte.

Vorsichtig drückte ich sie auf und schaute in ein Wohnzimmer. Die Möbel hatten ihre besten Zeiten schon hinter sich. Wahrscheinlich hatte Stella Murdock sie noch von ihrer Mutter übernommen. Im Raum selbst war es warm. Hier musste unbedingt mal gelüftet werden, denn die verbrauchte Luft stand wie eine Wand.

Wo steckte die Ratte?

Suko und ich waren links und rechts der Tür stehen geblieben. Möglichkeiten, sich zu verkriechen, hatte das Tier genug. Unter dem Schrank, den Sesseln oder der Couch.

Auf der Fensterbank saß sie nicht mehr. Aber darunter. Sie hatte sich eng an die Leiste geduckt und verschmolz fast mit der Farbe des Teppichbodens.

»Da ist sie!«, zischte ich.

Suko entdeckte sie im selben Moment, und er reagierte schneller als ich. Einen Schritt nach vorn und einen zur

Seite. Dabei holte er aus und warf sein Messer.

In der Luft stand ein blitzender Reflex. Im nächsten Augenblick war er verschwunden, und das Messer steckte tief im Körper der widerlichen Ratte. Sie hatte nicht einmal mehr einen letzten Schrei ausstoßen können, so schnell war alles gegangen.

Suko nahm sein Messer wieder an sich. Er reinigte es und schaute sich um. Es lag auf der Hand, dass sich noch mehr Ratten im Zimmer aufhielten.

Trotz intensiver Suche fanden wir keine. Und wir hörten auch nichts von Stella Murdock. Falls sie sich tatsächlich noch im Haus befand, hielt sie sich gut versteckt.

An Hausdurchsuchungen hatte ich mich im Laufe meiner Laufbahn gewöhnen können, sie liefen alle nach dem gleichen Schema ab. Wir schauten noch in die Küche, sahen dort ebenfalls keine Ratte, nur schmutziges Geschirr, und gingen dann nach oben.

Schema F, dachte ich und irrte mich.

Was wir von der Diele aus nicht bemerkt hatten, das sahen wir, als wir auf halber Höhe der Treppe standen. In der ersten Etage war über uns alles dicht.

Nicht zugemauert, sondern mit Holz verkleidet, und das Zeug roch noch frisch, demnach musste sich die Tannenverschalung dort noch nicht lange befinden.

Als wir stehen blieben und lauschten, hörten wir zum ersten Mal die Geräusche.

Über uns trappelte und trippelte es. Da liefen die Ratten hastig hin und her. Wir konnten nicht herausfinden, wie viele es waren, doch den Laufgeräuschen nach zu urteilen, sicherlich hundert. Es hörte sich an wie ein leises, gefährliches Trommeln, das nie eine Unterbrechung erlebte.

»Da sind sie«, murmelte Suko und fügte zwei Worte hinzu. »Stella Murdock.«

Auch ich war mittlerweile von der Schuld dieser Frau überzeugt. Nicht Rocky Koch, sondern sie hatte sich die vierbeinigen Nager untertan gemacht, wahrscheinlich mit Hilfe dieser seltsamen Flöte, die sie ja für Koch geschnitzt hatte.

Es war nicht der richtige Zeitpunkt, um jetzt über die Hintergründe des Falls nachzudenken, zudem wurden wir abgelenkt. Und zwar von einem Ereignis, das wir in der vergangenen Nacht kennen gelernt hatten.

Flötenspiel!

Zuerst dünn nur drangen die Töne an unsere Ohren. Als würde sich der Spieler oder die Spielerin weit von uns entfernt befinden, dann jedoch – einige Sekunden waren verstrichen – wurde das Spiel lauter und disharmonisch. Es erinnerte wieder an die schrille Melodie, die wir schon auf dem Friedhof gehört hatten.

Mal abgehackt, dann wieder überspitzt, pfeifend oder irgendwie kreischend.

Und die Ratten wurden unruhig.

Das konnten wir hören, obwohl die Flöte gespielt wurde. Die kleinen Füße hämmerten stärker und kräftiger auf den Holzboden. Wir glaubten sogar, dass die Ratten in einem großen Kreis herumliefen, wie Rinder, die von ihren Cowboys über die Weide gejagt wurden.

Suko und ich standen stumm auf der Treppe und schauten uns nur immer an.

Beide konnten wir nicht herausfinden, wo die geheimnisvolle Flötenspielerin steckte.

»Die kann überall sein«, flüsterte Suko. »Unter Umständen auch im Keller.«

Damit hatte er ein Stichwort gegeben. Ich wollte im Keller nachschauen.

»Obwohl die Ratten über dir sind?«, fragte der Chinese.

»Weißt du, ob sich alle da aufhalten?«

»Stimmt auch wieder.«

Auf Zehenspitzen gingen wir die wenigen Stufen wieder hinunter. Wir erreichten den Flur und suchten nach der Kellertür.

Suko sah sie an der Rückseite. Eine simple Holztür, an der der Lack bereits abblätterte. Er zog sie auf und starrte ebenso wie ich in die Dunkelheit.

»Die scheinen doch oben zu sein«, bemerkte ich.

Suko gab keine Antwort. Mein Partner bewegte sich

neben mir. Ich hörte ihn suchen, er fand einen Lichtschalter und drehte ihn um.

Es wurde hell.

Und zwar so hell, dass wir jede Einzelheit sehen konnten.

Wir hatten mit vielem gerechnet, aber nicht mit dem, was sich uns da präsentierte.

Es war der blanke Horror!

Da war erst einmal die Größe des Kellers! Wobei man von dem Begriff Keller schon gar nicht mehr sprechen konnte, der passende Ausdruck war Gewölbe. Dieser ehemalige Keller unter dem Haus öffnete sich nach Verlassen der Treppe zu einem wahren Riesenverlies mit Rundbogendurchgängen und einer gewölbten Decke. Nicht nur das elektrische Licht erhellte den Keller, auch eiserne Stände mit brennenden Kerzen, die rechts und links einer Frau standen, die wir unter dem Namen Stella Murdock kannten.

Doch wie hatte sie sich verändert!

Den weißen Kittel trug sie nicht mehr, sondern ein langes, hellrotes Gewand mit über den Kopf geschlagener Kapuze, sodass von ihr nur das schmale Gesicht zu sehen war. Vielleicht lag es am Licht der Kerzen, vielleicht war es auch die Farbe der Haut, auf jeden Fall zeigte das Gesicht einen blassen, bläulichen Schimmer. Nur das kräftige Rot der Lippen fiel auf, es sah so aus wie die Farbe des langen Umhangs. Keinen Ton wich es davon ab.

Die Frau stand da und sagte kein einziges Wort. Sie spielte auch nicht auf dieser seltsamen Flöte, denn die schrille Musik war nicht mehr zu hören.

Stille ...

Stella allein war natürlich nicht schlimm und keine Horror-Gestalt. Es gab etwas, was uns direkt abstieß.

Die zahlreichen Ratten vor ihren Füßen, die Stella in einem wilden Reigen umtanzten. Dabei liefen sie auch über ein menschliches Skelett, dessen Knochenreste vor

Stellas Füßen lagen. Ein Bein war sogar noch angezogen. Der Knochen stieg schräg nach oben.

Eine Ratte hockte auf dem Schädel. Wir konnten genau erkennen, wie sie ihr Maul bewegte und die spitzen Nager gegen den gelblich schimmernden Schädel hieb, wobei ihre Zunge über den Kopf fuhr.

Wer war der oder die Tote? Und weshalb sorgte Stella nicht dafür, dass das Skelett aus dem Keller geschafft wurde? Komische Gedanken, die mir durch den Kopf gingen, aber ich musste den Anblick dieser Ratten erst einmal verdauen.

»Ich habe Sie erwartet!«, begrüßte Stella uns. »Ich wusste, dass Sie nicht aufgeben würden. Rocky hat mich aufgeklärt. Ihn haben Sie fertig gemacht, doch an mir werden Sie sich die Zähne ausbeißen.«

Ich lachte auf. »Sicher, Stella, sicher. Vielleicht beißen wir uns an Ihnen die Zähne aus, aber wir haben ebenfalls hinzugelernt wie auch Sie, der Sie Rocky Kochs Erbe übernommen haben.«

»Ja, das habe ich«, hielt sie mir entgegen, wobei ich mich wunderte, dass ihre Stimme so dumpf klang, normalerweise musste sie einen hallenden Klang besitzen.

»Leider ist Rocky nicht mehr in der Lage, die Armee der Ratten zu führen, aber er hat mir in nächtelangen Gesprächen davon berichtet, wie wichtig diese Ratten für ihn waren. Sie haben ihn akzeptiert, er ging auf sie ein, er konnte sich in ihre Psyche versetzen, und er fand heraus, dass die Ratten die Menschen ebenso hassten wie er. Mich hat er auch überzeugt. Gemeinsam suchten wir nach einem Weg, die Ratten wieder an uns zu ketten. Und es gibt zahlreiche Nager in London, dessen können Sie gewiss sein. Uns kam die Idee mit der Flöte. Wir beide haben sie hergestellt. Wenn ich darauf pfeife, dann gehorchen mir die lieben Tierchen. Ich spiele genau die Melodien, die sie verrückt machen, wie in dem alten Märchen aus Germany. Und dann geraten sie in Ekstase. Sie fallen über die Menschen her und zerfetzen sie. So wollte Rocky es, so wollte ich es, denn auch ich bin von den Menschen enttäuscht worden.«

»Man sieht's«, sagte ich, wobei ich auf das Skelett deutete.

»Ja, meine Mutter gehörte auch dazu. Sie kam hinter mein sorgsam gehütetes Geheimnis.«

Unsere Gesichter verzerrten sich. Das Grauen kroch unsichtbar über unsere Rücken.

»Ihre Mutter?«, stöhnte ich.

»Ja, genau sie. Sie wollte mich nicht verstehen und musste dafür die Folgen tragen.«

»Was sind Sie nur für ein Mensch!«, stöhnte Suko.

»Mensch? Ein Mensch kann mir gestohlen bleiben«, erwiderte sie voller Hohn. »Ich habe meine herrlichen Ratten, und mir ist es gelungen, mich in die Psyche dieser Tiere hineinzuversetzen. Jeder, der sich mir in den Weg stellt, mir nicht folgen will und mich nicht begreifen kann, muss sterben.«

Das war deutlich genug. Diese Frau gehörte selbst in die Anstalt. Psyche der Ratten – ein Irrsinn war das. Aber ein gefährlicher, das hatte uns Stella Murdock klargemacht. Ihre Rattenparty würde zu einem Erfolg werden.

Mit uns als Gästen!

Im Moment stand die Situation auf des Messers Schneide. Ich wusste nicht, was Stella als Nächstes unternehmen würde, dann sahen wir, wie sich ihr Umhang bewegte und eine Hand aus dem Faltenwurf in der Mitte hervorkroch.

Sie hielt etwas zwischen den Fingern.

Hell schimmerte das Holz, aus dem es gefertigt worden war. Es sah aus wie eine kleine Blockflöte, und es war auch die Flöte, deren schreckliche Melodie wir bereits des Öfteren vernommen hatten.

Voller Spannung schauten wir Stella Murdock zu, wie sie beide Arme anhob und die Flöte zum Mund führte. Sie spitzte ein wenig die Lippen, und einen Augenblick später begann ihr Spiel.

Wir waren jetzt darauf vorbereitet, sodass uns die Disharmonie nicht mehr so zu schaffen machte, doch die Ratten reagierten völlig anders.

Hatten sie sich zuvor schon in Bewegung befunden, so

wurde diese Bewegung jetzt gesteigert. Die Töne des Instruments machten sie regelrecht an und heiß. Die Nager begannen zu zucken, zu tanzen, rotteten sich zusammen, bis sie einen Wall bildeten, der in eine kreisende Bewegung überging.

Im Mittelpunkt dieses Kreises stand Stella Murdock. Sie spielte. Ihre Finger glitten spielerisch leicht über die Löcher der Flöte, hielten einmal dies zu, dann wieder das andere. Ich habe noch nie Flöte gespielt und kenne auch nicht die einzelnen Bezeichnungen oder Löcher im Holz, aber dass die Frau etwas davon verstand, merkten selbst Suko und ich als Laien.

Die Ratten waren nicht mehr zu halten. Keine blieb auf ihrem Platz. Sie bewegten sich immer hektischer, sprangen übereinander, und wir schüttelten uns, als wir sahen, wie die widerlich fetten Biester an der Frau hochkrochen.

Und sie spielte.

Ein selbstvergessener Ausdruck lag auf ihrem Gesicht. Meisterhaft beherrschte sie die Flöte, drehte sich dabei, bewegte kreisend ihren Kopf, die Augen glänzten, während die Töne immer schriller wurden und ich mir am liebsten die Ohren zugehalten hätte, doch diese Blöße wollte ich mir vor der Murdock nicht geben.

Stella genoss die Ratten. Die Vierbeiner hatten sich im Stoff des Gewandes festgekrallt, sie krochen höher und höher, manchmal sprangen sie sogar kurze Strecken, um sich noch härter wieder festzukrallen.

Sie waren überall.

Auf den Schultern hockten sie, an den angewinkelten Armen krallten sie sich fest und näherten sich dem Gesicht der sich wie in Trance befindlichen Frau.

Einen makabren Reigen drehten die Nager. Noch immer deutete sich kein Ende dieses Tanzes an.

»Das ist Wahnsinn!«, flüsterte Suko. »Noch schlimmer als bei Rocky Koch. Diese verdammte Musik ...«

Sie hörten nicht auf. Manche Ratten wurden von ihren Artgenossen kurzerhand weggestoßen, fielen nach unten und krachten auf das Skelett, dessen Knochen auseinander fielen.

Stellas Rattenparty war in vollem Gange. Sie führte uns hier ein widerliches Spiel vor und ergötzte sich daran.

Ich musste mehr als einmal schlucken. Bisher waren wir nur Statisten gewesen, aber das sollte sich ändern Natürlich hätten wir schießen können, aber Stella Murdock war ein Mensch, ich wollte sie auf eine andere Art und Weise ausschalten.

»Holen wir sie uns?«

Suko schaute zuerst auf das Messer in seiner Hand und dann auf mich. Angst kannte mein Partner nicht, das wusste ich. Trotzdem waren wir uns des Risikos meines Vorschlags bewusst.

»Wir werden nicht alle schaffen!«

»Aber Stella!«

Als ich ihren Namen aussprach, da war es mit dem Flötenspiel vorbei. Von einem Augenblick zum anderen stoppte es, und Stille trat ein.

Die Ratten hingen noch immer wie Kletten an der Frau, und die acht Kerzen in den beiden Leuchtern brannten flackernd. Meine Wangenmuskeln zuckten, es war nicht einfach, jetzt standen wir vor der großen Entscheidung.

»Los!«, sagte Suko.

Er jagte als Erster vor, ich war einen halben Schritt hinter ihm, und wir stürmten die restlichen Stufen hinab.

Obwohl ich hinter Suko ging, erwischte es ihn ebenso wie mich. Ich sah noch, wie der Chinese seine Arme hochriss, zurückzuckte, und dann prallte auch ich gegen die unsichtbare Wand. Etwas explodierte an meiner Stirn, platzte auf, ich spürte, wie meine Knie weich wurden und ich langsam nach unten sank, wobei mir das grelle Gelächter der Stella Murdock in die Ohren schnitt …

Es hatte uns zwar hart getroffen, aber nicht so hart, dass wir bewusstlos wurden. Auch fielen wir nicht zu Boden. Ich konnte mich an der Wand noch abstützen, und mein Gehirn arbeitete ebenfalls klar. Jetzt wusste ich Bescheid, weshalb alles so gedämpft geklungen hatte. Die

Glaswand hatte den größten Teil des Schalls abgehalten, obwohl sie durch einige Sprechlöcher aufgelockert worden war.

Sie lachte noch immer, und dieses Lachen drang in mein Bewusstsein. Es machte mich furchtbar wütend, ich holte ein paar Mal tief Luft und riss mich zusammen.

Nur jetzt nicht aufgeben, nur nicht …

Ich schaffte es. Wie auch mein Freund und Kollege Suko, der sich nicht unterkriegen ließ. Ich hörte ihn ächzen, wie er sich an der Glaswand abstützte und sich langsam in die Höhe schob.

Noch konnte ich nicht richtig klar sehen, weil alles vor meinen Augen verschwamm. Den Dolch hatte ich instinktiv losgelassen, er hätte mir bei dem Aufprall selbst noch gefährlich werden können. Eine Verletzung wäre nicht auszuschließen gewesen.

»Ihr Narren, ihr hirnlosen, arroganten Narren! Ihr habt mich erledigen wollen, mich, Stella Murdock, die Königin der Ratten – ha, ha, ha …«

Ihr Gelächter machte uns mobil. Wir bissen die Zähne zusammen und kamen schwankend auf die Füße.

Über Sukos Gesicht lief ein Blutstreifen. Als ich nach dem meinen tastete, fühlte ich ebenfalls etwas Klebriges, und in der oberen Kopfhälfte hämmerten tausend kleine Bergleute.

Noch konnten wir Stella sehen. Aber sie war dabei, das Weite zu suchen.

Sie hatte uns den Rücken zugekehrt und verschwand mit ihren Ratten innerhalb des Kellergewölbes hinter der Scheibe.

Die Dunkelheit verschluckte sie. Dann hörten wir nur noch das disharmonische Flötenspiel.

Suko sprach das aus, was auch ich dachte. »Verdammt, John, da muss es einen Geheimgang geben.«

Der Meinung war ich auch.

Aber wie kamen wir dahin? Mit dieser raffinierten Sperre hatten wir nicht gerechnet. Das musste Panzerglas sein. Suko rieb sich seinen Schädel, ich den meinen ebenfalls. Wir wussten, dass wir hier nicht länger bleiben konnten, und ich ahnte, wohin der Gang unter Umständen führte.

»Der geht wahrscheinlich zum Friedhof«, sprach ich meine Gedanken aus.

Suko ballte die Hände. »Verdammt, John, du kannst Recht haben. Da läuft das letzte Drama.«

»Aber was will sie da?«

»Keine Ahnung, Ratten sind keine Ghouls.«

»Oder war der Friedhof nur ein zweites Versteck?«, murmelte ich mehr zu mir selbst sprechend.

»John, wenn die Murdock sich mit ihrem Rattenvolk unter die Menschen mischt, dann ...«

»Hör auf, hör auf .« Ich vergaß meine Schmerzen, drehte mich um und lief zur Treppe. Schneller als Suko hatte ich sie hinter mich gebracht, und dann traf mich der zweite Schock.

Ich sah es nicht, ich hörte es. Etwas klatschte auf die Treppe. Eine gewaltige Woge drängte von der ersten Etage her in die unteren Räume des Hauses.

Die Ratten aus dem Dachboden. Irgendjemand musste ihnen freie Bahn verschafft haben.

Freie Bahn für die Opfer.

Für uns!

Wie versteinert hatte er lange Zeit auf dem Boden gesessen. Sein Kopf war gesenkt, der Blick fiel zwischen den angezogenen Knien auf den glatten, fugenlosen Boden, die Hände hatte er zu Fäusten geballt und sie auf den Boden gestemmt.

Er wartete ...

Sie hatte es ihm versprochen, sie wollte seine Rache vollenden, und Rocky Koch war davon überzeugt, dass sie es schaffte. Lange genug hatte es gedauert. Zwei Jahre, sogar noch ein wenig mehr, aber jetzt war nichts mehr aufzuhalten, da konnte kommen, was wollte. Sie, Stella, würde seine Rache vollenden.

Er atmete schwer, wenn er an Stella dachte. Er begehrte sie, jedoch nicht als Frau, sondern als sein Objekt. Wie oft hatte er sich vorgestellt, wie sie zwischen all den herrlichen, kleinen Ratten stand, die Flöte an die Lippen hielt und ihre wilde Melodie spielte. Dann begannen die Tierchen zu tanzen, dann gehorchten sie, dann würden sie all das tun, was sie bei ihm auch getan hatten. Dabei dachten sie immer nur an ihn, der in der Zelle hockte. Stella hatte ihm versprochen, ihn aus diesem Elend herauszuholen, damit er endlich zu seinen Ratten konnte und sich nicht mit diesen widerlichen nachgemachten Tieren begnügen musste.

Dann waren die beiden Männer gekommen. Viele Menschen hatte Rocky Koch vergessen, aber nicht die beiden. Sie trugen an seinem Untergang die Schuld, sie hatten dafür gesorgt, dass er in der Klinik sitzen musste, in einem Zimmer, das kaum größer war als eine Hundehütte. Hier verbrachte er die Tage und Nächte, grübelte darüber nach, wie er zu seinen vierbeinigen kleinen Freunden gelangen konnte, und hatte Stella genaue Anweisungen gegeben, wie sie ihr kleines Haus umbauen musste, damit sich seine Tierchen wohlfühlten.

Ja, sie sollten leben, niemand würde sie töten. Sie mussten immer bei ihm bleiben oder auch zu ihm kommen. Es waren die herrlichen Ratten, so anschmiegsam, so zärtlich, so ...

Seine Gedanken stockten. Plötzlich sprang er auf, stellte sich breitbeinig hin, packte zwei Stoffratten, öffnete den Mund, stieß einen gellenden Schrei aus und schleuderte die Ratten zu Boden, um mit den Schuhen darauf herumzutrampeln.

Er wollte nicht mehr, er war es leid, er hasste dies alles und heulte fast auf, als er wieder daran dachte, in der verdammten Zelle zu hocken.

Raus, er wollte raus!

Wie schon so oft rannte er auf die Tür zu, warf sich zuerst ein paar Mal mit der Schulter dagegen, und als dies nichts half, hämmerte er mit den Fäusten gegen das Holz.

Das brachte auch nichts, sodass er schließlich schreiend zusammensank. Oft hatte er es bis zur Erschöpfung getrieben und blieb stundenlang auf dem Boden liegen, wobei er auf einer Ebene mit seinen Ratten lag, die er so mochte.

An diesem Tag allerdings nicht. Da war etwas anders. Rocky Koch hob seinen Kopf wie ein schnüffelnder Hund, er blieb nicht länger liegen, sondern stemmte sich in die Höhe.

Irgendetwas war anders als sonst. Das spürte er, das merkte er, und er reagierte wie ein Empfänger auf die Wellen eines Senders.

Nahte jetzt die Stunde, von der er immer geträumt hatte? Würde er endlich aus der Klinik freikommen und zu seinen Ratten gelangen? Die Nervosität machte ihn verrückt, und sie steigerte sich noch mehr, als er die schweren Schritte auf dem Flur hörte.

Da kamen sie.

Ja, sie waren zu zweit, das konnte er an der Schrittfolge haargenau feststellen.

Und sie kamen von links, wobei sie sich immer mehr seiner Tür näherten. Vorbei gingen sie nicht, konnten sie nicht gehen, sein Zimmer war das letzte auf dem Gang.

Dann blieben sie stehen.

Ein Schlüssel klirrte, bewegte sich im Schloss, die Tür schwang auf …

Reichte die Zeit noch?

Uns standen nicht einmal Sekunden zur Verfügung zu einer Entscheidung. Wir mussten den Weg zur Tür schaffen, aber es war weit und die Ratten schnell.

Schritte können zu Meilen werden, wenn man in einer solchen Lage steckt wie wir.

Die Masse wogte die Treppe hinab. Wir hörten jetzt das Trampeln der Füße, das Klatschen der Leiber, das Fiepen der unheimlichen Nager, das sich wild und aggressiv anhörte, und wir starteten in Windeseile.

Suko war noch schneller als ich. Er erreichte als Erster die Tür, wollte seine Hand auf die Klinke legen, als sich die ersten Ratten kraftvoll abstießen und mit gewaltigen

Sprüngen die Entfernung zu dem Chinesen überbrückten.

Drei auf einmal prallten in Sukos Rücken und bissen sich dort an seiner Kleidung fest.

Ich schrie meinem Partner eine Warnung zu, der sich herumdrehte und nicht mehr daran dachte, die Tür zu öffnen. Die Ratten hatten sich bewusst seinen Rücken ausgesucht, dort bissen sie sich fest. Suko konnte sie kaum von seinem Körper schlagen, sodass ich ihm zur Seite stehen musste.

Da der Chinese mit seinem Körper schräg gegen die Tür gefallen war, konnte ich sie nicht öffnen, aber meine Hand mit dem Dolch fuhr nach unten, und die erste Ratte wurde buchstäblich in zwei Hälften geteilt.

All meine Überlegungen und Taten hatten sich innerhalb von zwei Sekunden abgespielt, und in der dritten Sekunde killte ich die zweite Ratte, während die letzte auf Sukos Rücken hochkletterte, um an seinen ungeschützten Nacken zu gelangen.

Die packte ich mit der linken Hand, riss sie weg und schleuderte sie gegen die Wand.

Dann waren die anderen da.

Was wir zuvor nur bei Stella gesehen hatten, erlebten wir nun am eigenen Leibe. Plötzlich standen wir inmitten der wirbelnden, widerlichen, grauen Rattenmasse, traten, stießen und schlugen und konnten es doch nicht schaffen, alle Ratten von unseren Körpern fernzuhalten, denn sie fanden immer einen Weg.

Vor allen Dingen einen, der uns ein normales Stehen fast unmöglich machte. Sie klemmten sich unter unsere Füße, wir gerieten ins Schwanken, sodass wir mit den Beinen uns kaum noch verteidigten. Nur die Arme fuhren hoch und nieder. Jeder Dolchstich traf zwar, aber er war nur ein Tropfen auf dem heißen Stein.

Die Ratten erhielten immer mehr Verstärkung. Von der Treppe kamen sie. Eine graue, widerliche Woge wälzte sich die Stufen herab, für eine getötete Ratte waren sofort zwei neue da.

»Das schaffen wir nicht!«, keuchte ich und zuckte

zurück, denn ich hatte mich zu weit nach vorn gebeugt, sodass es einer Ratte fast gelungen wäre, mir ins Gesicht zu springen.

Leider standen wir mit dem Rücken zur Tür. Die Zeit für eine Drehung gaben uns die Viecher nicht, sie waren darauf aus, uns zu vernichten. Ihnen sollten wir nicht mehr entkommen.

Dabei blieb als einziger Ausweg die Tür, aber die Tiere schienen dies zu ahnen. Sie griffen uns so raffiniert an, dass wir von der Tür immer weiter weggedrängt wurden.

Es wurde ein höllischer Kampf, und wir sahen ein, dass wir auf die Dauer nicht standhalten konnten.

Es war den Biestern gelungen, sich durch unsere Kleidung zu beißen, und sie hatten uns bereits einige Wunden gerissen. Besonders an den Beinen spürte ich die Schmerzen, und ich zuckte zurück, als mich zwei Nager in Hüfthöhe ansprangen.

Zum Glück hackten ihre Zähne in meinen Gürtel, sodass ich sie mit einem Faustschlag von mir wegfegen konnte.

Und dann kippte ich zur Seite. Wie es den Ratten gelungen war, unter meine Schuhe zu gelangen, konnte ich nicht sagen. Auf jeden Fall verlor ich das Gleichgewicht und sah mit Schrecken die wirbelnde graue Masse auf mich zurasen.

Ich schrie, schlug mit den Armen um mich, versuchte Halt zu finden, und mir wurde drastisch klargemacht, dass Luft keine Balken hatte …

Auch Professor Gardener konnte sich nicht allzu stark auf seine Arbeit konzentrieren. Immer wieder musste er an den Besuch der beiden Yard-Beamten denken und an den Verdacht, den sie geäußert hatten. War es denn möglich, dass ein Mensch wie Rocky Koch, der in seiner Zelle saß, trotz allem noch Kontakt mit der Außenwelt pflegte?

Normalerweise nicht, aber in diesem Fall deutete alles darauf hin, obwohl Koch dauernd kontrolliert wurde und das Personal sich nicht bestechen ließ.

Zwangsläufig dachte er an Stella Murdock, die Therapeutin. Er wurde nervös, als sich seine Gedanken mit ihr beschäftigten. Der Bleistift zwischen seinen Fingern drehte sich schneller. Irgendwie hatte er das Gefühl, dass die beiden Beamten Stella nicht über den Weg trauten, aber einen Grund sah er nicht. Sie gehörte zu den wenigen Menschen, die ein unwahrscheinliches persönliches Engagement mit in ihre Arbeit brachten.

Der Professor sah kein Motiv. Nein, Stella Murdock konnte man als absolut vertrauenswürdig bezeichnen, und davon ließ er sich auch nicht abbringen.

Seufzend stand Gardener auf und trat ans Fenster. Sein Blick fiel durch die blanke Scheibe in den Garten, der ebenfalls zum Haus gehörte, sehr kultiviert angelegt war, kleine Höhenunterschiede hatte, einen gesunden Baumwuchs aufwies und von Kieswegen durchzogen wurde. Hübsch machten sich die weißen Bänke, die fast allesamt belegt waren, denn bei so einem schönen Wetter liefen die Kranken natürlich im Freien herum. Und es waren ja die wenigsten Fälle so schwer, als dass die Menschen ihre Zellen nicht mehr verlassen durften.

Allerdings standen alle unter der Beobachtung des Personals. Bewachung konnte man das nicht nennen.

Die Menschen – es waren Schwestern und Pfleger – hatten sich so verteilt, dass sie die Kranken im Auge behielten, ohne selbst gesehen zu werden. Eine gute Lösung, wie auch Professor Gardener fand.

Diese Art von Überwachungssystem war ebenfalls von der Therapeutin Stella Murdock eingeführt worden. Und jetzt sollte sie quasi von heute auf morgen zu einer verdächtigen Person geworden sein?

Das konnte sich der Professor beim besten Willen nicht vorstellen. Er hätte gern mit Stella geredet, aber sie wollte nicht mehr in der Klinik bleiben. Der Besuch der beiden Polizisten hatte sie zu sehr aufgeregt.

»Warum geben sie denn keine Ruhe? Weshalb wühlen sie den alten Dreck noch einmal auf?«

So hatten ihre Worte vor dem Abschied gelautet. Furchtbar aufgeregt war sie gewesen, denn Rocky Koch war ihr gewissermaßen ans Herz gewachsen. In seine Behandlung hatte Stella Murdock alles hineingelegt, zu dem sie fähig war.

Der Professor wandte sich wieder um und wollte das Büro verlassen. Auf halbem Weg zwischen Schreibtisch und Tür blieb er stehen, da das Telefon läutete.

Das war die direkte Durchwahl, denn eine kleine Lampe flackerte neben dem Telefon.

Gardener runzelte die Stirn. Sehr vielen Menschen war die Nummer nicht bekannt. Er war wirklich gespannt, wer ihn da sprechen wollte, und hob ab.

»Ja?«

»Hallo, Doc.«

Gardener lächelte. So nannte ihn eigentlich nur eine. Das war Stella Murdock.

»Wie geht es Ihnen, Stella? Haben Sie Sehnsucht nach der Klinik? Bekommt Ihnen der Urlaub nicht?«

»Machen Sie keine Scherze, dazu bin ich nicht aufgelegt. Es geht um ernstere Dinge.«

»Reden Sie!«

»Die beiden Männer hatten mit ihrem Verdacht Recht. Doc. Ich habe einiges mit den Ratten zu tun …«

»Moment, Moment.« Der Professor spielte mit dem Telefonkabel, da er plötzlich sehr nervös war. »Was sagen Sie da?«

»Die Polizisten sind nicht umsonst gekommen. Sie haben die Spur gefunden, und sie wissen, dass ich hinter dieser kleinen Rattenplage stecke. Aber ich konnte nicht anders. Rocky Koch hat mich fasziniert, eingefangen, verstehen Sie?«

»Nein.«

»Ist auch nicht wichtig, Doc. Auf jeden Fall wird es ernst, jetzt diktiere ich die Bedingungen.«

Gardener war durcheinander. Aber er ahnte, dass er sich in Stella getäuscht hatte. Sie war eine andere, und sie redete auch mit einer anderen Stimme. Längst klang diese nicht mehr so weich oder verständnisvoll, sondern hart, fordernd, metallisch.

Und sie stellte ihre Bedingungen. Glasklar sagte sie

dem Professor jedes Wort. Der wurde blasser und blasser.

»Nein«, rief er schließlich und ließ sich auf seinen Schreibtischsessel fallen, »das ist unerfüllbar, Stella! Wie stellen Sie sich das vor?«

»Wollen Sie dafür die Schuld tragen, wenn zahlreiche Menschen unter den Rattenbissen sterben?«

»Aber ich kann es nicht ...«

»Sie können, Doc. Und schlagen Sie sich die beiden Bullen aus dem Kopf. Die habe ich erledigt, vielmehr meine kleinen Freunde haben das getan. Sie werden kommen, Doc. Das Ziel habe ich Ihnen gesagt und den Zeitpunkt auch. Mehr gibt es nicht zu besprechen!«

Nach diesen Worten legte die Murdock auf und ließ einen völlig konsternierten Professor Gardener zurück, der sich fassungslos gegen den Kopf schlug und hinter dessen Stirn sich die Gedanken jagten.

Was sollte er tun? Einem ersten Impuls folgend, wollte er zum Telefon greifen, um die Polizei zu benachrichtigen, dann jedoch dachte er wieder an die Bedingungen, die Stella Murdock gestellt hatte. Konnte er es wirklich riskieren, das Leben von Hunderten in Gefahr zu bringen?

Nein, auf keinen Fall. Sosehr er auch überlegte, er musste sich dem Diktat der Stella Murdock beugen.

Müde erhob er sich hinter seinem Schreibtisch. Er griff in die Tasche und holte einen Schlüssel hervor.

Es war der, der zu Rocky Kochs Tür passte ...

Auch Suko kämpfte verzweifelt. Er wusste, dass es ums nackte Leben ging, denn die Ratten waren in der zigfachen Überzahl. Wenn er oder John einmal am Boden lagen, dann hatten sie verloren und würden zu Opfern dieser unheimlichen Nager.

Sukos rechter Arm befand sich in permanenter Bewegung. Immer wieder zuckte die Klinge mit dem Messer vor, traf kleine Körper, die gegen den Chinesen hechteten, und zerstörte sie.

Längst war er mit Blut bespritzt. Das Rattenblut hatte

einen roten Film auf seine Hand und den Unterarm gelegt, es saugte sich im Stoff des Ärmels fest, und ein seltsamer Geruch breitete sich aus, der dem Chinesen widerlich süß in die Nase stieg.

Trotz seiner Bemühungen gelang es den Nagern immer wieder, ihn anzuspringen und die spitzen Zähne in seine Kleidung zu schlagen. Aber nicht nur das. Sie zerrissen die Kleidung, zerbissen sie voller Wut, um an die Haut und damit auch an das Blut zu kommen, das sie noch rasender machte.

Die Übermacht wurde erdrückend. Suko geriet in Gefahr zu stürzen. Von der Tür wurde er immer weiter abgedrängt, er konnte dagegen nichts tun, denn den Ratten gelang es immer wieder, sich unter seine Schuhe zu schieben.

Und da hörte er John Sinclair schreien!

Es war ein gellender Hilfeschrei, der in Sukos Ohren dröhnte, und der Chinese erkannte auch sehr schnell den Grund.

John Sinclair fiel.

Was viele Monster nicht geschafft hatten, das gelang den Ratten. John verlor die Balance, für einen Moment sah es so aus, als könnte er sich noch fangen, dann aber rutschte er nach unten.

Suko war von seinem Freund zu weit entfernt, um direkt eingreifen zu können, aber er konnte etwas anderes tun. Nicht umsonst hatte er Buddhas Stab mitgenommen, der jetzt ihm gehörte. Ein Wort reichte, um die Situation gedankenschnell zu verändern.

So rasch es ging, holte der Chinese den Stab hervor, umklammerte ihn und rief das berühmte Wort.

»Topar!«

Da geschah es. Die Zeit stand plötzlich still. Fünf Sekunden lang konnte sich kein Lebewesen, das sich innerhalb der Rufweite befand, bewegen. Es war praktisch zu Eis geworden, und der Inspektor musste diese Zeit nutzen.

Er ließ den Stab verschwinden und sah unter sich den erstarrten Rattenteppich.

Über die Körper der Tiere musste er hinweg, es war nicht einfach, die Zeit verrann zudem, aber Suko legte alles hinein, wozu er nach diesem Kampf noch fähig war.

Er bückte sich, hob seinen Freund John Sinclair hoch und wuchtete ihn über seine Schulter.

Jetzt noch die Tür öffnen.

Die Ratten blockierten sie!

Suko setzte seine restlichen Kräfte ein. Beide Hände nahm er zu Hilfe, riss die Tür einen Spalt breit auf und drückte sich mit seiner menschlichen Last auf der Schulter hindurch.

Zur Hälfte hatte er es geschafft, als die Zeit vorbei war und die Ratten wieder in Bewegung gerieten.

Auch ich wurde wieder wach und hörte Sukos schrill klingende Stimme. »Roll dich ab, John!«

Dann ließ er mich los. Ich sah das Pflaster auf mich zurasen, da Suko mich von seiner Schulter geschleudert hatte, und verhielt mich vorschriftsmäßig wie im Lehrbuch. Das Abrollen gelang mir ausgezeichnet, aber Suko hatte seine Schwierigkeiten. Ganz war er noch nicht draußen, und die Ratten taten alles, um ein Entkommen des Chinesen zu verhindern. Sie sprangen ihn vom Flur her an, bissen sich an ihm fest, und ich sah, wie Suko mit dem Messer zustach.

Ob er traf, konnte ich nicht erkennen, aber ich wollte ihm helfen. Zwei Sprünge brachten mich an die Tür. Ich packte Suko, schleuderte ihn durch den Spalt und rechnete damit, dass mir zahlreiche Ratten folgen würden. Das geschah nicht.

Die Tiere blieben im Haus.

Nur zwei Ratten huschten mit nach draußen. Die beiden erwischte und tötete ich mit knochenharten Fußtritten.

Dann gelang es mir, den Griff der Tür zu fassen, und bei einer günstigen Gelegenheit konnte ich sie zurammen, sodass sich das Geräusch wie ein Schuss anhörte.

Geschafft!

Mehr taumelnd als gehend lief ich auf Suko zu. Wir sahen uns an, holten tief Luft und schafften es nicht einmal zu grinsen. Wir waren einer wahren Rattenhölle entkommen, und wäre Sukos Stab nicht gewesen …

Aber lassen wir das.

»Und?«, fragte ich.

Der Chinese schaute an sich herab und meinte: »Du siehst nicht besser aus, John!«

Das konnte ich mir vorstellen. Wir glichen in der Tat Horror-Gestalten aus einem Gruselfilm. Über und über waren wir mit dem Blut der Ratten bespritzt, es gab kaum eine Stelle, die nicht von scharfen Zähnen in Mitleidenschaft gezogen war.

Und Schmerzen?

Die Zähne hatten ihren Weg in das Fleisch gefunden. Bis zu den Oberschenkeln bluteten wir. Überall an den Beinen waren kleine Wunden zu sehen, normalerweise mussten wir sofort in ärztliche Behandlung, die konnten wir uns aber momentan zeitlich nicht leisten. Noch hatten wir nicht gewonnen, denn erst ein Teil der Ratten befand sich eingesperrt innerhalb des Hauses. Die anderen Nager hatten zusammen mit Stella Murdock das Haus verlassen.

Wir gingen zum Wagen.

»Großfahndung?«, fragte Suko.

»Nein, die holen wir uns allein«, erwiderte ich, »aber dieses Haus muss ausgeräuchert werden.«

»Und wer übernimmt das?«

»Feuerwehr, Katastrophenschutz, was weiß ich.«

Wir wurden gesehen. Solange die Leute uns nicht belagerten und Fragen stellten, war es mir egal.

Es war wirklich etwas wert, dass ich einen Sonderausweis besaß. So konnte ich meine Kompetenzen ausspielen. Ich verhandelte mit dem Chef des Katastropheneinsatzes und erklärte ihm das Problem.

Er war ein ruhiger Mann, der sofort seine Entscheidungen traf. »Wir kommen und räuchern die Plage aus.«

»Danke sehr! Und bringen Sie einen Arzt mit.«

»Gut.«

Dann wählte ich noch einmal. Als meine Finger über die Tastatur glitten, fragte Suko: »Sir James?«

»Ja, auch wenn er die Sommergrippe hat, er muss Bescheid wissen, was hier vor sich geht.«

Der Superintendent wusste es bereits. Glenda hatte ihn in groben Zügen informiert.

Als er dann meinen Bericht hörte, wurde er sehr schweigsam. »Ist es tatsächlich so schlimm, John?«, fragte er mit krächzender Stimme.

»Noch schlimmer. Wir müssen diese Stella Murdock kriegen.«

»Was kann sie vorhaben?«

»Ich weiß es nicht.«

»Unter Umständen eine Erpressung. Sie wissen, was ich meine.«

Fast hätte ich mir selbst gegen die Stirn geschlagen. Natürlich, sie konnte jetzt Druck auf uns ausüben. Rocky Koch war ihr erklärter Liebling. Allerdings saß er. Mit der kleinen Rattenarmee als Unterstützung war sie durchaus in der Lage, seine Befreiung zu erreichen. Dass ich daran auch nicht mehr gedacht hatte.

Sir James meinte das Gleiche, und ich hatte auch schon meine nächste Entscheidung getroffen. Wir mussten uns mit dem Klinikchef Professor Gardener in Verbindung setzen.

Als ich mich von meinem Chef verabschiedet hatte, wandte ich mich an Suko. »Weißt du die Nummer noch?«

»Der Klinik, meinst du?«

»Klar.«

»Nein.«

Abermals verging Zeit. Von der Auskunft erfuhr ich die Nummer und wählte sie.

Dann hatte ich Pech. »Tut mir leid, Sir, aber der Professor hat das Haus bereits verlassen.«

»Wissen Sie, ob er allein gegangen ist?«

»Darüber kann ich Ihnen leider keine Auskunft geben.« Die Stimme der Frau klang leicht pikiert. »Ich bin es nicht gewohnt, meinem Chef hinterherzuschnüffeln.«

»Schon gut.« Ich legte auf und blieb für einige Sekunden erschöpft sitzen, während Suko das Haus nicht aus den Augen ließ.

»Die Ratten lassen sich nicht blicken«, meldete er.

»Sei froh.«

Suko lachte. »Übrigens, du kannst bald den Wagen reinigen lassen. Deine Polster sind mit Rattenblut verschmiert.«

»Aber erst müssen wir die Murdock haben.«

»Und wo kann sie stecken?«

»Das weiß der Himmel.«

»Oder die Toten.«

»Wieso das?«

Suko drehte sich zu mir um. »Ich kann mir gut vorstellen, John, dass sich Stella Murdock mit ihren Ratten dorthin verzieht, wo wir die Biester zum ersten Mal gesehen haben. Auf den Friedhof. Zudem liegt er in der Nähe.«

»Die Vermutung ist gut.«

»Da gehe ich sogar jede Wette ein.«

Ich hörte gar nicht hin, was mein Freund und Kollege sagte, sondern murmelte: »Gardener ist verschwunden, Suko. Der hat doch bestimmt keinen Feierabend gemacht. Ich nehme eher an, dass er sich Rocky Koch geholt hat und mit ihm unterwegs ist.«

»Auch zum Friedhof?«

»Klar.«

»Das wäre nicht schlecht, dann hätten wir beide.«

Danach sprachen wir nicht mehr weiter, denn heulende Sirenen, die immer lauter wurden, machten eine Verständigung so gut wie unmöglich. Wir stiegen aus, und sahen die Wagen des Katastrophenschutzes. Jetzt erst näherten sich die Neugierigen. Ich wunderte mich wieder einmal, wie schnell sensationshungrige Leute auftauchen können.

Die Männer vom Katastrophenschutz hatten Routine. Sie begannen sofort mit der Absperrung. Ich sprach den Einsatzleiter an und erfuhr, dass er Brooking hieß.

Als er uns sah, bekam er einen Schreck. »Mein Gott, Sie bluten ja wie …«

Ich winkte ab. »Haben Sie einen Arzt mitgebracht?«

»Ja.«

Der Doc kümmerte sich sofort um uns. Ein paar Mal

schüttelte er den Kopf, während er unsere Wunden desinfizierte und wir zum Haus hinüberschauten, wo die Männer vom Katastrophendienst in Zusammenarbeit mit Feuerwehrleuten daran gingen, die Rattenplage auszuräuchern, denn sie schoben vier Schläuche vor sich her, durch die das giftige Gas in das Haus strömen konnte.

Vier Schläuche – vier Seiten, und die Ratten würden sich im Zentrum befinden.

Ein paar Mal zuckten wir zusammen, wenn der Doc es zu gut meinte, dann aber klebten so viele Pflaster auf unserem Körper, dass wir damit zum Maskenball gehen konnten, ohne unter den Verkleideten aufzufallen.

»Sind Sie endlich fertig?«, fragte ich.

»All right, Sie können, aber am besten ist …«

»Nein, nein, lassen Sie das, Doc. Keine Verhaltensregeln, die kennen wir zu Genüge.«

»Ich übernehme aber keine Verantwortung.«

»Kann ich mir vorstellen. Sie haben uns wohl mit Teufelssoße eingerieben, da gibt es nichts, was nicht brennt.«

»Das legt sich wieder.«

Die Kleidung war noch immer blutverschmiert, was uns jedoch nicht störte. Die Leute vom Katastrophenschutz hatten gut gearbeitet. Das Gas wurde bereits in das Haus hineingedrückt. Hinter den Scheiben sah ich die gewaltigen Schwaden, wie sie sich verteilten. Sie bedeuteten das Aus für die Ratten.

»Und wie kriegen Sie das Zeug wieder hinaus?«, erkundigte ich mich.

»Wir saugen es ab.«

»Na denn …«

Suko warf mir einen fragenden Blick zu. Er hielt es hier nicht mehr länger aus, der Friedhof wartete auf uns. Ich aber wollte noch ein paar Sätze mit dem Einsatzleiter reden, gewissermaßen eine Rückversicherung, denn unter Umständen musste er mit seinen Leuten die Rattenplage auch im Freien bekämpfen.

Als ich davon sprach, wurde der Mann blass. »Machen Sie Witze, Oberinspektor?«

»Leider nein.«

»Das ist ja fast wie im Krieg!«, stöhnte er.

»Schlimmer, Mr. Brooking …«

Er saß so steif hinter dem Lenkrad, als hätte er einen Ladestock verschluckt. Sein Gesicht war unbeweglich, als er den schweren Rover aus dem Tor lenkte.

Er hatte Angst, denn er fuhr eine Fracht spazieren, die gefährlicher als ein Bündel Dynamit werden konnte.

Im Fond hockte Rocky Koch!

Mit einem Wächter hatte Professor Gardener ihn aus der Zelle geholt, den Mann allerdings später weggeschickt, weil keiner wissen sollte, wen er aus der Klinik brachte. Wäre es ans Tageslicht gekommen, dann hätte er sich schon eine gute Ausrede einfallen lassen müssen, die er aber nicht parat hatte.

Gefesselt worden war Koch nicht. Er konnte sich auf dem Rücksitz bewegen, wie er wollte. Und er genoss auf seine Weise die Freiheit. Ruhig blieb er nie sitzen. Immer wieder rutschte er hin und her, sprach von seinen Ratten und auch davon, dass er sie bald in die Arme schließen würde.

Er freute sich auf seine »Spielkameraden«. Lange genug hatte er schließlich warten müssen.

Der Motor des Rover war kaum zu hören, deshalb vernahm der Professor auch die geflüsterten Worte des Irren. »Ich werde bei ihnen sein, schon bald. Und dann kommen sie in meine Arme. Sie lieben mich, mich, den Rattenkönig. Ja, ich war ihr König, hörst du?«

»Ich höre!«

Koch lachte und klatschte in die Hände. »Meine Ratten!«, flüsterte er. »Meine kleinen Ratten! Bald bin ich bei ihnen, und dann werde ich wieder ihr Führer sein, und Stella wird mir zu Seite stehen. Sie hat mir geholfen, sie wird mich nie verlassen, mich nicht und auch meine kleinen Freunde nicht.«

Gardener sagte nichts. Es fiel ihm schwer, sich auf den Verkehr zu konzentrieren, denn er hatte inzwischen die

Straße erreicht, die nach London führte. Der Abendverkehr hatte inzwischen eingesetzt. Pendler kamen ihm entgegen, die in der Millionenstadt arbeiteten und außerhalb wohnten.

Der Professor fuhr nicht sehr schnell. Er achtete auf die Geschwindigkeit, wollte auf keinen Fall auffallen, denn dann wäre alles zu spät gewesen. Es tat nicht gut, jetzt noch einer Polizeistreife aufzufallen.

Ein paar Mal musste er sich räuspern, um überhaupt eine freie Kehle zu bekommen. Ausdörrt und wie zugeschnürt war sie, während sein Patient hinter ihm die Freiheit genoss.

Er hatte sich auf den Sitz gekniet, sich gedreht und schaute durch die Heckscheibe nach draußen. Eine sogar verständliche Reaktion für einen Menschen, der so lange nur in einer Zelle gesessen hatte. Wie ein Schwamm das Wasser, so saugte Rocky Koch jede Einzelheit auf, genoss sie und rieb seine Hände, während er immer wieder auf sein Thema zurückkam und von den Ratten murmelte.

Gardener machte sich Vorwürfe, dass er sich nicht intensiver mit dem Vorleben des Patienten beschäftigt hatte. Aber bei der Masse der Patienten hatte ihm dazu die Zeit gefehlt. Er war einfach nicht mehr in der Lage gewesen, näher auf Rocky Koch einzugehen, ebenso wie auf die anderen Patienten, die seiner Hilfe bedurften. Unterbesetzung, so nannte man das wohl.

»Eine Ratte!« Koch kreischte los, und der Professor erschrak so sehr, dass er das Lenkrad fast verrissen hätte. »Ich habe eine Ratte gesehen, neben der Straße!« Koch ließ sich zurückfallen und wälzte sich auf dem Sitz. »Herrlich, diese Ratte. Ich glaube, sie erwarten mich schon. Ja, sie merken, dass ihr König kommt, denn ich bin der Rattenkönig, mir sind sie untertan!«

Er lachte wild und böse, rieb sich abermals seine Hände und kicherte.

Gardener sagte nichts. Er spürte nur, dass sich der Schweiß in seinem Nacken gesammelt hatte und kleine, kalte Rinnsale an seinem Rücken nach unten rannen.

Es war die Angst, die ihn so reagieren ließ. Nie hatte

Gardener vor seinen Patienten Furcht empfunden, hier war es das erste Mal, dass er so reagierte.

London!

Er sah weit vor sich die Kulisse der Riesenstadt. Dazwischen die Grünanlagen, der Londoner Südwesten öffnete sich ihm. Konnte er schon den Brompton Cemetery sehen?

Vielleicht, und er wünschte sich, so weit weg zu sein wie irgend möglich.

Ein schneller Blick auf die Uhr am Armaturenbrett. Ja, er befand sich noch in der gesetzten Zeit. Der Professor wollte es auf alle Fälle vermeiden, sich zu verspäten. Stellas Stimme hatte sehr bestimmt geklungen, als sie verlangte, dass Gardener pünktlich sein müsse.

Er beruhigte sich wieder. So langsam gewöhnte er sich an seinen seltsamen Mitfahrer. Der Rover rollte nicht nur nach London hinein, sondern auch in den heranbrechenden Abend. Dunkel war es zwar noch nicht, aber die Sonne hatte bereits eine rote Farbe angenommen und näherte sich dem Horizont, ein Zeichen, dass sie bald untergehen würde.

Rocky Koch schien sich ausgetobt zu haben. Wenigstens verhielt er sich ruhig. Kaum ein Wort drang noch über seine Lippen. Er blieb im Fond, presste sich gegen die Rückenlehne und hielt den Kopf gesenkt. Der Professor sah ihn, wenn er in den Innenspiegel schaute.

Er hielt sich strikt links, überholte kaum und ließ andere Wagen vorbeifahren.

Dann sah er die ersten Wegweiser zum Chelsea Stadion. Von dieser Fußball-Arena aus war es bis zum Friedhof nur noch ein Katzensprung.

»Wann sind wir da?« Hastig stellte Koch die Frage, und der Arzt zuckte zusammen.

»Gleich.«

»Wann?«, kreischte Koch, der urplötzlich durchdrehte, sich nach vorn schwang, über die Lehne des Fahrersitzes hinweggriff und mit beiden Händen den Nacken des Professors umspannte.

Sofort nahm Gardener den Fuß vom Gas. Der Rover

wurde langsamer. Hinter ihm hupte jemand. Fast wäre der Fahrer mit seinem Wagen gegen den Rover gekracht.

»Lassen Sie mich los!«, keuchte Gardener. »Sind Sie denn ...?« Die anderen Worte verschluckte er, denn wahnsinnig war der Mann, der seinen Hals umklammert hielt.

Koch ließ tatsächlich los, und der Arzt atmete tief ein. »Es dauert wirklich nur ein paar Minuten. Verdammt, gedulde dich noch. Du kommst früh genug zu deinen Ratten.«

Rocky Koch knurrte wie ein Tier. »Sprich nicht so mit mir, verdammt, so darfst du nicht mit mir sprechen.«

»Entschuldige.« Der Professor hielt es für besser, wenn er auf seinen Patienten einging.

Koch kicherte. »Jetzt hast du Angst, wie?«

»Ja, aber nicht um mich, sondern um dich. Wenn ich hier durch deine Schuld einen Unfall baue, kommst du nicht mehr zu deinen Ratten.«

»Unterstehe dich.«

»Dann lass mich in Ruhe.«

»Fahr weiter.«

Gardener betätigte den Blinker und ordnete sich ein.

Der fließende Verkehr nahm ihn auf. Weit durfte er die Straße nicht fahren, da er gleich rechts abbiegen musste. Er ordnete sich ein und rollte auf der Fulham Road weiter.

Hier lief der Verkehr zügiger. An der linken Seite sah er das Rund des Stadions, wenig später tauchten schon die südlichen Ausläufer des Friedhofs auf.

»Gleich ist es so weit, nicht?«, meldete sich Rocky Koch.

»Ja.«

»Fahr nicht zum Haupttor, sondern an das nordwestliche. Das habe ich mit Stella vereinbart.«

»Geht klar.« Der Professor gab seiner Stimme einen ruhigen Klang. In die Ifield Road musste er einbiegen. Sie führte direkt am Friedhof entlang. Die Bäume standen dort wie eine gewaltige grüne Wand. Die große Begräbnisstätte war noch nicht geschlossen worden. Das geschah im Sommer erst kurz nach Sonnenuntergang.

So genau kannte sich der Professor nicht aus. Er konzentrierte sich jetzt sehr stark, und er war froh, als er einen Wegweiser fand. Er bog ein.

Schmal war der Weg, der sich weitete und in einen Parkplatz mündete.

»Sind wir da?«, hechelte Koch.

»Ja.«

Koch kicherte. Er konnte nicht mehr ruhig sitzen bleiben. Das Ziel seiner Wünsche lag vor ihm, und ehe sich Gardener versah, hatte er schon die Fondtür aufgestoßen und war aus dem Fahrzeug geschlüpft. Er blieb breitbeinig stehen, drehte sich ein paar Mal und nahm wie ein Tier schnuppernd die Atmosphäre auf, die den Friedhof umgab.

»Ich rieche sie!«, schrillte seine Stimme. »Ich rieche die herrlichen Ratten. Ja, sie sind da. Sie warten auf mich. In der Nähe lauern sie. Sie haben mich nicht vergessen.« Er legte seinen Kopf in den Nacken und lachte lauthals, sodass einige Besucher, die den Friedhof verließen, aufmerksam wurden und Rocky vorwurfsvolle Blicke zuwarfen.

Der Professor lief um den Wagen herum. Er packte Koch an der Schulter. »Reißen Sie sich zusammen!«

Rocky wurde still. Lauernd schaute er Gardener an »Was willst du, Bastard?«

Gardener hatte sich seine Antwort schon vorher zurechtgelegt. Jetzt sprach er sie aus. »Es geht um Folgendes, Rocky: Ich habe dich hergebracht und meine Pflicht erfüllt. Geh auf den Friedhof, lauf zu deinen Ratten! Ich fahre wieder.«

Natürlich dachte der Professor daran, die Polizei zu alarmieren, wenn Koch allein war, aber der spürte mit einem sicheren Instinkt, dass der andere ihn reinlegen wollte. Heftig schüttelte er den Kopf.

»Nein, Gardener, so nicht. So überhaupt nicht, mein Lieber. Hier werden wir bleiben, auf dem Friedhof, meine ich. Und du gehst mit, oder ich hetze die Ratten sofort auf die Menschen!«

Die Worte reichten. Der Professor sah ein, dass sein

Plan kaum eine Chance hatte. Abermals befand er sich in einer Zwickmühle. Beim ersten Mal hatte Stella Murdock die Bedingungen gestellt, jetzt war Koch an der Reihe, und er hielt die besseren Karten in der Hand. Da gab es nicht viel zu überlegen, deshalb nickte Gardener.

»Gut, du hast gewonnen, ich gehe mit dir.«

»So wollte ich es auch haben!« Koch kicherte. Er fasste an Gardeners rechten Ellbogen und drückte dabei seine eigenen Finger zusammen, sodass der Griff schon mehr einer Klammer glich und besagte, dass Koch nicht gewillt war, seine Geisel loszulassen.

Er gab die Richtung an und dirigierte.

Professor Gardener wurde auf den Friedhof zugeschoben. Das große zweiflügelige und offen stehende Eingangstor lag nicht weit entfernt, nur ein paar Schritte waren zu laufen, und bereits Sekunden später hatten die beiden das Gelände des Friedhofs betreten.

Vier ältere Frauen begegneten ihnen. Sie waren in Schwarz gekleidet und hatten verweinte Augen.

»Auch Opfer für meine Ratten!«, flüsterte Koch.

»Halten Sie den Mund!« Gardener konnte nicht anders, er musste es einfach sagen.,

»Vergiss nie, dass ich hier den Ton angebe«, sagte der ehemalige Rattenkönig.

»Leider.«

Koch lachte. Er ging jetzt schneller, sein Griff hatte sich nicht gelockert, und er blieb auch nicht auf dem Hauptweg, sondern bog sofort in einen schmaleren Pfad ein.

Hier fand er eine bessere Deckung, denn der Weg führte zu dem Teil des Friedhofs, wo vorerst keine neuen Gräberfelder ausgehoben wurden. So hatte die Natur wachsen können. Nur wenn sie zu sehr wucherte, traten die Gärtner in Aktion.

Die Sonne war bereits vom Himmel verschwunden. Zwischen den dicht wachsenden Sträuchern und unter dem hohen Blätterwald der Bäume lag die Luft wie eine Schicht.

Zudem stieg vom Boden Feuchtigkeit hoch, denn das alte abgestandene Wasser in den Trögen verdunstete.

Überall fand man diese Steingefäße. Meist holten die Besucher dort ihr Blumenwasser.

Koch hatte seine Blicke überall. Er schaute nach, ob ihm nicht eine Ratte über den Weg lief, aber noch zeigten sich die gefährlichen Nager nicht. Sie hielten sich in ihren Verstecken auf, von den menschlichen Augen nicht zu entdecken, und sie warteten auf ihre Stunde.

Die würde kommen.

Schon sehr bald, den plötzlich hörten Koch und der Professor das seltsame, disharmonische Flötenspiel.

Rocky blieb stehen. Aus seinem Mund drang ein Schrei, zu vergleichen mit einem Urlaut.

»Sie ist da, sie ist da!«, schrie er. »Stella hat Wort gehalten!« In Rockys Augen glühte der Irrsinn.

Professor Gardener aber bekam Angst …

Auch wir befanden uns auf dem Friedhof. Es war ja nur ein Katzensprung gewesen. Wir hatten den großen Komplex durch einen Nebeneingang betreten.

Um den Friedhof herum flutete zwar der abendliche Verkehr, aber auf dem Gelände selbst herrschte eine nahezu bedrückende Stille. Hier bewegte sich jeder langsam, als hätte er Angst, die Ruhe der zahlreichen Toten unter der feuchten kühlen Erde zu stören.

Auch wir rannten nicht, schritten allerdings zügig aus. Die Schmerzen der kleinen Wunden, die uns von den Rattenbissen zugefügt worden waren, hielten sich in Grenzen. Der Arzt hatte eine Salbe darüber gestrichen, die nicht nur kühlte, sondern auch heilte.

Einen besonderen Plan hatten wir uns nicht zurechtgelegt. Es war auch nicht nötig gewesen, denn wir wussten nicht, wo wir anfangen sollten. Wir hatten nur besprochen, dass wir dort weitermachten, wo wir quasi begonnen hatten.

Und das war die Gegend um die kleinere Leichenhalle.

Mit Waffen hatten wir uns eingedeckt. Allerdings hatten wir die Silberkugeln der Berettas gegen völlig normale Kugeln vertauscht.

Hier hatten wir es zwar mit einem Phänomen zu tun, aber mit keinem dämonischen Gegner. Die Ratten hatten nur ihr Verhalten verändert, jedoch aufgrund menschlicher Beeinflussung und nicht dämonischer.

Suko hielt sich immer einen halben Schritt hinter mir Wie auch ich schaute er sich stetig um, denn wir wollten keinem überraschenden Angriff aus dem Hinterhalt zum Opfer fallen. Wenn die Ratten kamen, wollten wir sie sehen.

Ich hatte die Verantwortlichen des Katastrophenschutzes eingeweiht. Es lag auf der Hand, dass wir beide uns nicht gegen eine Armee von Nagern verteidigen konnten. Sollten wir Hilfe benötigen, würden wir uns per Sprechfunkgerät mit den wartenden Helfern in Verbindung setzen. Mehr konnten wir nicht tun.

Auf dem Gelände herrschte ein seltsames Zwielicht, das die Konturen längst nicht mehr so klar hervorstechen ließ wie tagsüber.

Alles schien zusammenzuwachsen, dichter zu werden, und als etwas vor uns über den Weg huschte, da blieben wir stehen, doch es war keine Ratte, sondern nur ein junges Kaninchen, das vor unseren Schritten flüchtete.

»Langsam sehe ich schon Gespenster«, murmelte ich und schüttelte den Kopf.

»Aber ich hore eins, das ist echt.«

Suko hatte die Worte kaum ausgesprochen, als ich begriff, was er meinte.

Das Flötenspiel!

Entfernt noch und dünn drang es an unsere Ohren, aber es war nicht zu überhören, und wir konnten sicher sein, dass sich unsere Gegnerin Stella Murdock auf dem Friedhof aufhielt.

»Wer sagt's denn?«, flüsterte Suko, wobei er schief grinste. »Wir sind doch nicht allein.«

Ich hob die Hand zum Zeichen, dass Suko still sein sollte. Woher kam denn dieses Spiel?

Auch Suko lauschte, und beide erfassten wir die Richtung.

»In Nähe der Leichenhalle«, sagten wir gleichzeitig.

Jetzt brauchten wir nur noch den Fleck zu finden. Wir hatten leider keine Zeit gehabt, uns einen Lageplan des Friedhofs anzuschauen, sondern richteten uns nach dem Gefühl und auch nach dem Gehör, wie jetzt.

Das disharmonische Flötenspiel war ein guter Wegweiser. Nach wenigen Minuten schon hörten wir es nicht mehr so leise und dünn, ein Zeichen, dass wir nahe daran waren.

Fast verdeckten schief wachsende Büsche die Wegkreuzung vor uns. Wir mussten die Zweige erst zur Seite schieben, danach sahen wir den schmalen Pfad, der nach links führte.

Wenn mich nicht alles täuschte, würde er uns zu unserem Ziel führen. Vielleicht hatten sie sich sogar vor der Leichenhalle versammelt, möglich war es.

Schritte.

Vor uns vernahmen wir sie. Dann ein wildes Keuchen, dazwischen angstvolle, leise Rufe. Sofort gingen wir rechts und links in Deckung. Kaum hatten wir uns hinter den Büschen versteckt, als wir den älteren Mann sahen, der uns entgegenrannte. Der Mund in seinem verzerrten Gesicht stand offen, in den Augen leuchtete die Angst.

Wir ahnten beide, dass er etwas Schreckliches gesehen hatte, aber verfolgt wurde er nicht.

Ich verließ als Erster meine Deckung. Der Mann erschrak fast zu Tode, als er mich sah. Bevor er anfangen konnte zu schreien – das merkte ich an seiner Reaktion –, legte ich ihm eine Hand auf den Mund und zischte das Wort »Polizei«.

Dann ließ ich ihn los.

Der Mann hatte begriffen. Er schrie nicht, sondern atmete nur keuchend, wobei er seine Hand auf den Brustkasten presste. »Mein Gott«, flüsterte er nach einer Weile, »die – die Ratten – sie sind überall – Hunderte – ich – ich habe sie gesehen.«

»Wo genau?«

Er drehte sich halb und deutete den Weg zurück, den er gekommen war. »Da hinten.«

Also waren wir genau richtig.

»Laufen Sie weiter!«, riet ich dem Mann. »Laufen Sie so rasch wie möglich ...«

»Ja, ja ...«

Ich klopfte ihm auf die Schulter. »Und keine Angst, wir schaffen das schon.«

Er blickte mich an, als würde er kein Wort glauben. Mein Optimismus war auch nur gespielt. Dann ließen wir den abendlichen Friedhofsbesucher allein.

Es war wirklich nicht weit. Der alte Mann war höchstens hundert Yards gelaufen. Allerdings schlug der Weg einen Bogen, bevor er dort mündete, wo wir schon einmal gestanden hatten.

Wir gerieten in die Nähe eines Gräberfeldes. Es lag rechts von uns, und was wir dort sahen, das spottete jeder Beschreibung.

Es war einfach entsetzlich!

Rocky Koch hatte es mehr als eilig. Die schrillen Töne beflügelten ihn. Sein Ziel lag greifbar nahe, und er sorgte durch harte Stöße in den Rücken seiner Geisel dafür, dass sich der Professor ebenfalls flotter bewegte.

»Hörst du nicht?«, keuchte der Rattenkönig. »Sie rufen mich. Ich soll zu ihnen kommen. Los, schneller! Lauf endlich, verdammt!«

Gardener dachte an seine Aufgabe und an die zahlreichen Geiseln. Wenn die Frau ihre Drohung wahr machte, trug er einen Teil der Schuld am Tod zahlreicher Menschen, und das wollte er auf keinen Fall.

Sie hielten sich nicht mehr auf den Wegen, liefen querbeet und mussten manchen alten Grabsteinen ausweichen, die versteckt hinter hohem Gras oder Büschen lagen.

Schließlich erreichten sie einen breiteren Weg, und Rocky Koch stieß einen Jubelschrei aus.

Sie waren da – endlich!

Und er sah nicht nur Stella Murdock, sondern auch seine vierbeinigen Freunde – die Ratten!

Sie waren gekommen, um ihren König zu begrüßen ...

Es war die stille Minute der Gänsehaut!

Eine andere Definition fiel mir nicht ein für das, was wir zu sehen bekamen.

Sie waren überall. Die Ratten saßen nicht nur auf dem Weg, sondern hatten ihre Plätze auch auf den Grabsteinen gefunden, wo sie dicht an dicht hockten und ihre grauen, pelzigen Körper die Form der Grabdenkmäler genau nachzeichneten.

Unwahrscheinlich.

Zählen konnte man sie nicht. Die genaue Zahl wusste Stella Murdock sicherlich selbst nicht. Sie stand inmitten ihrer Lieblingstiere und fühlte sich wie eine Königin.

Die Hände hielten die Flöte fest, sie blies Luft in den kleinen Spalt, ihre Finger bewegten sich hektisch, und die schrille Musik geisterte über den ansonst stillen Friedhof.

Auch die mittlerweile einbrechende Dämmerung sorgte dafür, dass die Konturen noch stärker zerflossen. Allerdings nur die der Büsche und Bäume, Stella und ihr Rattenvolk blieben klar und deutlich zu sehen.

Suko und ich hatten uns hinter einen dicken Baumstamm gestellt. Er stand sehr günstig, sodass unser Blickwinkel ausgezeichnet war und wir die Ratten vor uns sahen.

»Schnappen wir sie uns?«, wisperte Suko.

Ich wollte schon eine zustimmende Antwort geben, als wir Schritte vernahmen.

Ganz in der Nähe waren sie aufgeklungen, dann brachen Zweige, etwas knackte, und einen Lidschlag später erkannten wir die beiden Gestalten, die aus den Büschen brachen.

Das durfte nicht wahr sein!

Mir blieb fast das Herz stehen, als ich den Professor sah und auch seinen Begleiter.

Es war Rocky Koch!

Mir stockte tatsächlich der Atem, denn damit hätte ich nie im Leben gerechnet. Oder doch? Hatten wir nicht von einem Plan gesprochen, den Stella Murdock unter Umständen in die Tat umsetzen konnte? Genau dieser Fall war nun eingetreten.

Tief atmete ich ein. Unseren Angriff hatten wir erst einmal zurückgestellt, da wir beide sehen wollten, was nun geschah.

Rocky Koch war nicht mehr zu halten. Er stolperte auf die Tiere zu und schrie »Ratten! Ratten! Meine Ratten. Ich bin der König!« Als er nahe genug herangekommen war, fiel er auf die Knie, fasste mit beiden Händen in die Rattenflut, schleuderte die Tiere hoch und sorgte dafür, dass sie wieder auf ihn zurückfielen.

So blieb er sitzen!

Und so kannten wir ihn auch. Als den Rattenkönig. Stella aber schien das nicht zu passen. Beide bemerkten wir, dass sich ihr Gesicht verzerrte. Sie nahm die Flöte von den Lippen, und es wurde fast ruhig, wenn nicht das aufreizende und an die Nerven gehende Fiepen der Nager gewesen wäre.

Professor Gardener stand daneben. Er wusste nicht, wie er sich verhalten sollte. Mal schaute er auf Stella Murdock, dann blickte er die Ratten an oder Rocky Koch.

»Hallo, Doc«, wurde er von seiner Mitarbeiterin begrüßt. »So sieht man sich wieder.«

Gardener schüttelte den Kopf. »Dass Sie sich zu so etwas hergeben konnten, verstehe ich nicht.«

»Wieso nicht?«

»Kommen Sie, die Frage ist dumm.«

»Sie haben eben nicht begriffen, wie faszinierend Ratten sein können. Welch ein Wohlbehagen es bereiten kann, wenn sie über die nackte Haut Ihrer Arme klettern. Ich habe früher so gedacht wie Sie, Professor. Dann kam Rocky Koch, und ich habe mich von ihm überzeugen lassen, aber der wahre Führer der Ratten ist nicht er, das bin ich. Er ist kein König mehr, nur ein wahnsinniges Bündel Mensch.«

»Und was sind Sie?«

Die Frage hätte der Professor nicht stellen sollen, damit hatte er Stella tief getroffen. Sie schlug ihm ins Gesicht und kratzte gleichzeitig mit den Fingernägeln zu, sodass auf der Haut des Mannes lange rote Streifen zurückblieben.

»Da haben Sie meine Antwort, Doc.«

Gardener hielt sich prächtig. Er hob den Arm und wischte einige Blutstreifen von der Wange. »Ich bedauere Sie, Stella. Tut mir leid, Ihnen das sagen zu müssen.«

»Halten Sie sich nur zurück, Doc, sonst lasse ich Sie zerfetzen ...«

»Ich bin der König, ich bin der Rattenkönig!« Urplötzlich mischte sich wieder Rocky Koch ein und wühlte mit seinen Armen in dem Berg von Ratten.

»Hör auf!«, schrie Stella.

Koch zuckte zusammen. »Du willst einem König Befehle erteilen?«, brüllte er ebenso laut zurück.

»Du bist kein König, sondern ein Idiot! Sei froh, dass ich dich aus der Anstalt geholt habe!«

Koch blieb weiterhin knien, allerdings hob er beide Arme und ballte die Hände zu Fäusten. »Dafür werde ich dich töten! Ja, töten werde ich dich dafür!«

Auf einmal war die Lage gespannt. Nie hätte ich damit gerechnet, dass die beiden sich streiten würden. Hatten sie zuvor noch zusammengehalten, drehte sich der Spieß jetzt um.

»Ich zeige dir, wem die Ratten gehorchen!«, schrie Stella. »Mir! Mir allein. Und ich werde für dich die Todesmelodie spielen!« Blitzschnell setzte sie die Flöte an die Lippen, und im nächsten Augenblick produzierte sie schrille, schaurige Töne, wie wir sie zuvor noch nie von ihr gehört hatten.

Die Nager wurden unruhig. Sie liefen durcheinander, und auch Rocky Koch, der zwischen ihnen hockte, war für einen Moment völlig aus der Fassung gebracht worden. Konsterniert schaute er sich um, sein Blick zeigte Unverständnis.

Bis die erste Ratte zuhackte.

Da begann er zu schreien und starrte auf seine Hand, wo sich die beiden Bissstellen befanden und Blut aus zwei kleinen Wunden troff.

Es war nur der Anfang. Als hätten die anderen Ratten diesen Befehl zusätzlich gebraucht, so griffen sie an. Sie kämpften für Stella und gegen ihren ehemaligen König.

Und Stella spielte.

Ihre Rattenparty lief abermals an. Wie noch vor kurzer Zeit unten im Keller.

Das Flötenspiel wurde fast hysterisch. Es waren nur hohe Töne, die sie produzierte, und die Ratten reagierten genau so, wie sie es haben wollte.

Sie wurden aggressiv, angriffslustig, wütend.

Sekunden noch liefen sie im Kreis, den sie dann immer enger zogen und in dem sich Rocky Koch als Mittelpunkt befand. Er musste irgendetwas spüren, ahnte, dass sich die Lage gewandelt hatte, und begann fürchterlich zu schreien.

»Ihr seid doch meine Freunde. Ihr und ich, wir gehören zusammen. Ihr dürft mir – ahhhhgggrr ...«

Eine Ratte war genau in seinen weit offenen Mund gesprungen ...

Koch schlug um sich, aber er kam gegen die Masse der Ratten nicht an.

Sie waren wie eine graue Woge, und die stürzte über Rocky Koch zusammen.

Der ehemalige Rattenkönig konnte sich nicht mehr halten. Er fiel der Länge nach hin, zu sehen war von ihm kaum etwas, nur hin und wieder die bleiche Hand, wenn sie aus der Masse der Ratten hervorragte.

Uns hatte die schreckliche Szene entsetzt und für Sekunden gebannt. So dauerte es seine Zeit, bis wir uns von dem grauenhaften Anblick losgerissen hatten.

Dann aber hielt uns nichts mehr. Gemeinsam mit Suko stürmte ich vor. Wir wollten nur eine – Stella Murdock!

Sie sah uns.

Plötzlich verzerrte sich ihr Gesicht, das Flötenspiel brach ab. In den nächsten Sekunden wusste sie nicht, was sie tun sollte, und da waren wir bei ihr.

An dem völlig entsetzten und fassungslos dastehenden Professor jagten wir vorbei, sprangen über Rattenkörper hinweg, trampelten sie nieder und hatten Stella schon erreicht.

Ich bekam sie zu packen, schleuderte sie zur Seite, und Suko gelang es, ihr die Flöte zu entreißen.

Er hob sein Knie und brach sie in zwei Teile.

Da schrie Stella auf. Sie drehte durch, als sie sah, dass wir ihr geliebtes Instrument zerbrochen hatten, und in einem Anfall von Raserei stürzte sie sich auf mich.

Stella lief genau in meinen Schwinger.

Es war ein knallharter Schlag, der sie unter dem Kinn traf, ihr den Kopf in den Nacken riss, ihr zusätzlich noch die rote Kapuze vom Kopf schleuderte und sie dann zu Boden warf.

Stella fiel auf den Rattenteppich.

Die Flöte besaß sie nicht mehr, und plötzlich waren die Ratten auch bei ihr.

Es wurde noch einmal grausam.

Suko und ich versuchten alles. Wir schossen, wir kämpften mit dem Messer, trampelten Tiere zu Tode, und es gelang uns tatsächlich, die Masse der Nager in die Flucht zu schlagen. Sie flüchteten wie nächtliche Schatten in der Sonne, huschten unter Büsche und Sträucher und verschwanden aus unserem Blickfeld. Ihre Flucht musste mit der Zerstörung der Flöte zu tun gehabt haben. Zwei blieben zurück.

Stella und Rocky!

Beiden war nicht mehr zu helfen.

»Dass es so etwas gibt«, flüsterte der Professor. »Ich hätte es nie für möglich gehalten.«

Ich hob die Schultern. »Wissen Sie, Professor, die Wissenschaft muss noch sehr viel lernen. Ich möchte hier nicht aus der Schule plaudern, aber Ihnen würden sicherlich die Haare zu Berge stehen.«

Dann zog ich das Walkie-Talkie hervor und gab einen knappen Bericht.

Den Männern vom Katastrophendienst und der Feuerwehr war es gelungen, die Ratten innerhalb des Hauses regelrecht auszuräuchern.

Suko und ich waren dabei, als sie auf einen herbeigerufenen Lastwagen geladen wurden. Sie würden in einer Abdeckerei landen, während Stella und Rocky schon in einfachen Särgen Platz gefunden hatten. Die ersten Männer durchkämmten bereits den Friedhof. Auch dort wollten sie mit der Rattenplage aufräumen.

Ich schaute mich gemeinsam mit meinem Freund und Kollegen noch einmal im Keller des Rattenhauses um. Noch immer wunderten wir uns über die Glaswand. So groß der Keller auch in seinem Vorderteil gewesen war, weiter hinten verengte er sich zu einem Gang, der tatsächlich bis zum Friedhof unterirdisch weiterführte. Jetzt war uns auch klar, welchen Weg Stella genommen hatte.

Als ich Brooking auf den Gang ansprach, da meinte er nur: »Den mauern wir noch in dieser Nacht zu.«

»Aber nehmen Sie Beton«, sagte ich.

»Weshalb?«

»Weil ich mal gehört habe, dass sich daran sogar Ratten die Zähne ausbeißen ...«

ENDE

Der Leichenpfad

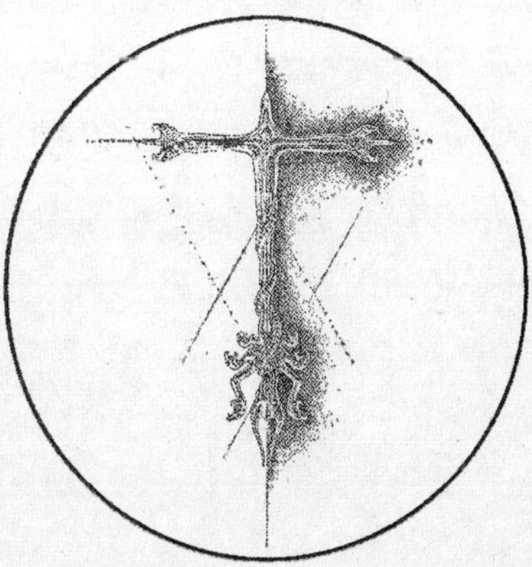

In einer Feuerpause hatten sie die Toten auf einen simplen Holzkarren geladen. Männer, Frauen und Kinder – der Tod hatte keinen Unterschied gekannt. Jetzt standen die Überlebenden da und weinten.

Der Krieg – dieser verdammte, widerliche, sinnlose Krieg – zerstörte alles. Er drang vor bis in das letzte Dorf, und ein Ende war noch nicht abzusehen.

Feuerbomben hatte es geregnet. Im Süden leuchtete der Himmel immer noch in einem Fahlgelb. Von dort hörten die Menschen auch das Donnern der Geschütze. Es waren deutsche Einheiten, die versuchten, den Vormarsch der Amerikaner und Engländer zu stoppen. Ein sinnloses Unterfangen.

Gespenstisch fahl war der Schein, der den Himmel erleuchtete. Auch im Dorf hatte es gebrannt. Vielleicht war es eine verirrte Bombe gewesen, die das Dorf getroffen hatte. Auf jeden Fall hatte sie eine verheerende Wirkung gehabt.

Die Menschen hatten die Köpfe gesenkt. Nur ihr verzweifeltes Schluchzen war zu hören. Kein Licht brannte in dieser Nacht. Man wollte nicht auf sich aufmerksam machen.

März 1945.

Bisher war das kleine Eifeldorf verschont geblieben, nun aber dieser Volltreffer, der die Schrecken des Krieges gebracht hatte, die man sonst nur von den Wochenschauberichten aus den Kinos kannte.

Jemand kam.

Es waren zögernde Schritte, die sich näherten. Man merkte dem Mann an, wie schwer ihm das Gehen fiel. Schließlich stand er neben dem Wagen, auf dem die Toten lagen.

Die anderen hatte die Köpfe gesenkt, als sie den Neuankömmling erkannten. Es war der Pfarrer, der die Hände faltete und ein Gebet sprach, während es in seinen Augen feucht schimmerte.

Er wusste nicht mehr, was er den Menschen noch

sagen sollte. In dieser Zeit von Trost zu sprechen war schon fast paradox. Doch einen Gegenvorschlag hatte auch niemand.

Je länger der Pfarrer sprach, umso lauter wurde seine Stimme. Plötzlich hatte er wieder Hoffnung. Er fand sie in den Textzeilen des Gebets, und irgendwie schaffte er es, die anderen anzustecken. Auch sie falteten die Hände, schlugen verstohlen das Kreuzzeichen und begannen ebenfalls zu beten.

Die kleine Gemeinde fand sich. Sie wurde zu einer Insel inmitten des Krieges, und die Kraft des einen strömte auf den anderen über.

»Und nun lasst uns die Toten begraben, damit sie in Gottes Frieden ruhen für alle Ewigkeiten«, sagte der Pfarrer zum Schluss.

Nach seinen Worten entstand eine Pause. Der Wind jaulte über die Hochfläche und spielte mit den Haaren der Menschen. Niemand wollte so recht etwas sagen, bis der Pfarrer fragte: »Was ist los? Weshalb rührt sich keiner?«

»Wir haben keinen Friedhof«, sagte einer schließlich.

»Aber im Nachbarort.«

»Dann müssen wir über den Leichenpfad gehen«, kommentierte ein anderer.

»Was ist daran so schlimm?«, fragte der Pfarrer.

»Die Weiße Frau.«

»Das sind doch Ammenmärchen.«

»Nein, Herr Pfarrer. Keine. Wer die Weiße Frau sieht, ist des Todes. Sie kommt aus der Erde, und die Menschen, die die Weiße Frau gesehen haben, können sich nicht mehr bewegen. Ehrlich, sie sterben an einem Herzschlag oder so.«

»Sie haben die Weiße Frau gesehen?«

»Nein, dann wäre ich ja nicht hier.«

Der Pfarrer schüttelte den Kopf. »Ich kenne die Geschichte der Weißen Frau und des Leichenpfads, allerdings hätte ich nicht gedacht, dass ihr so fest daran glaubt. Das ist für mich eine Überraschung, aber keine angenehme.«

»Wir wollen warten«, sagte der erste Sprecher.

Der Pfarrer drehte sich zu ihm um und sah einen großen, knochigen Kerl vor sich, der sogar Bäume ausreißen konnte, aber jetzt eine hündische Angst zeigte. Der Mann hätte eigentlich an der Front sein müssen, er war abgehauen, hatte desertiert und in seinem Heimatdorf Unterschlupf gefunden. Bei einer Tante hatte er sich verkrochen.

»Hör zu, Göpfert«, sagte der Pfarrer. »Ich mische mich nicht gern in deine Angelegenheiten, aber gerade du hättest allen Grund, uns dankbar zu sein. Oder nicht?«

Göpfert zuckte zusammen. »Ist ja schon gut.«

Der Pastor oder Herr Pfarrer, wie er immer genannt wurde, schüttelte den Kopf. »Wer geht mit mir den Pfad zum Friedhof?«

Keiner meldete sich.

»Wir können die Toten doch nicht liegen lassen«, beschwerte sich der Geistliche. Er schaute in die blassen, bleichen Gesichter der ihn umstehenden Menschen. »Dickköpfe«, flüsterte er, »verdammte Dickköpfe.« In diesem Augenblick dachte er wie Don Camillo. »Keiner also?«

Schweigen.

Der Pfarrer nickte. »Nun, dann werde ich ein Pferd holen lassen und es vor diesen Leichenwagen spannen.« Er schaute Göpfert durchdringend an. »Du holst das Pferd, verstanden?«

»Ja, ja, Herr Pfarrer.« Göpfert war froh, den Blicken des Mannes schnell entgangen zu sein. Er fühlte sich unter ihnen immer seziert, wobei er das Gefühl hatte, dass der Pfarrer bis auf den Grund seiner Seele schauen konnte. Fast fluchtartig rannte Göpfert in das zerstörte Dorf, wo er hoffte, noch ein Tier auftreiben zu können.

Die anderen warteten. Eine beklemmende Stille hielt die Menschen umfangen. Ein jeder hatte schreckliche Angst, nur wollte es niemand zugeben. Die meisten hielten die Köpfe gesenkt und starrten zu Boden. Vor dem geheimnisvollen Leichenpfad fürchtete sich jeder. Dort ging etwas Unheimliches vor, das sich niemand so recht erklären konnte, obwohl es die alten Geschichten gab, aber die wollte keiner offiziell glauben.

Minuten vergingen.

Der Krieg schien eine Pause eingelegt zu haben. Selbst die Echos des Geschützdonners waren nicht mehr zu hören. Nur die fahlen Lichter zuckten noch über den fernen Himmel.

Nachdem zehn Minuten vergangen waren, kehrte Göpfert zurück. Er führte ein Pferd an der Leine.

Vor dem Wagen blieb der alte Gaul stehen. Er zog sonst Egge und Pflug über die Äcker, jetzt sollte er den Leichenwagen ziehen.

Der Pfarrer schlug das Tier leicht gegen die Kruppe. »Tu deine Pflicht«, sagte er, »und bring die Toten zu ihrem Platz. Wir werden sie am Tage begraben, und dann möchte ich euch alle hier sehen, habt ihr verstanden?«, fragte er und drehte sich um.

Die Männer und Frauen nickten. Zwei männliche Personen lösten sich von der Gruppe und hoben die schwere Deichsel an. Sie verbanden sie mit dem Geschirr des Pferdes, das unwillig seinen Kopf schüttelte, als hätte es ebenfalls Furcht vor dem Weg über den geheimnisvollen Leichenpfad.

Der Pfarrer stieg zuerst auf den Bock.

Göpfert folgte langsamer. Erst als der Geistliche drängte, beeilte er sich, und als er neben dem Pastor saß, da sagte er: »Von dieser Reise komme ich nicht mehr zurück!«

Seine Stimme hatte dumpf geklungen. Jeder der Umstehenden hatte sie vernommen, und keinem war wohl bei der Sache. Sie alle hatten Angst. Manche beteten wieder, andere standen nur starr und schauten mit unbewegten Gesichtern zu Boden.

Pfarrer Schmitz nahm die Zügel und warf sie Göpfert hinüber. »Sei nicht so dumm und mach dir selbst was vor. Los, wir haben nicht so viel Zeit, ich will noch etwas schlafen.«

»Können Sie das denn?«

»Ja, ich kann es. Trotz dieses Elends und des Schreckens.«

Da gab der Mann keine Antwort mehr. Er schlug die Zügel auf den Rücken des Tieres, das sich unwillig in Bewegung setzte und abermals seinen Kopf schüttelte.

Der Wagen ruckte an. Die Räder drehten sich quietschend. Das einfache Gefährt rumpelte über die langen Bodenfurchen und Querrillen, sodass die beiden Männer auf dem Bock durchgeschüttelt wurden. Sie verließen das Dorf und fuhren dort entlang, wo der Wald gerodet worden war, nachdem die schweren Panzer der deutschen Einheiten ihn schon vorher zum großen Teil zerstört hatten.

Hinter diesem Stück begann der Pfad!

Er war wie eine Schlange und wand sich in zahlreichen Kurven dem Nachbardorf zu. Er führte durch ein Wiesen- und Feuchtgelände und endete an einem alten Friedhof, wo schon seit Jahrhunderten die Toten begraben wurden.

Der Friedhof war unheimlich. Sehr klein, aber irgendwie passte er in die Gegend. Des Nachts traute sich niemand mehr, zwischen die Grabreihen zu gehen, während er tagsüber völlig normal aussah.

Auf diesem Totenacker sollten die Leichen am nächsten Tag begraben werden.

Göpfert warf einen Blick zum Himmel. Es war eine düstere Nacht. Kein Mond, kein Stern leuchtete. Der Märzwind brachte noch einmal Kälte mit, und es roch sogar nach Schnee. In der Eifel keine Seltenheit, auch wenn die Frühlingsmonate bereits angebrochen waren.

»Immer noch Angst?«, fragte der Pfarrer.

»Ja.«

»Aber warum?«

»Wir sind des Todes. Dieser Pfad darf gegen Mitternacht nicht benutzt werden. Da kommen die Geister zurück, Herr Pfarrer, das stimmt. Und wir sind des Todes.«

Der Geistliche lachte. »Komisch ist es schon, wie leicht man euch in eurem Aberglauben bestärken kann. Geister, Dämonen, Wesen der Nacht! Himmel, das gibt es alles nicht, so glaub mir doch.«

»Herr Pfarrer, ich sehe das anders.«

»Na ja, dann sieh mal. Auf jeden Fall haben wir den Leichenpfad inzwischen erreicht.«

»Leider.«

Pastor Schmitz lächelte nur. Er wollte Göpfert nicht verstehen, aber die Dörfler waren von ihrem Aberglauben einfach nicht abzubringen, da konnte man reden, wie man wollte.

Ein paar Mal musste Göpfert mit den Zügeln schlagen. Die Lederriemen klatschten hart auf den Pferderücken.

»Was ist los?«

Göpfert schüttelte den Kopf. »Das Tier will nicht so recht. Es spürt die Gefahr, Herr Pfarrer.«

»Unsinn.«

»Tiere sind da anders als Menschen. Ich kenne mich mit ihnen aus. Die haben einen besseren Riecher als wir.«

»Göpfert, du bildest dir da etwas ein und steigerst dich durch dein Reden immer mehr hinein, das ist meine Meinung, so sehe ich es, und davon gehe ich nicht ab.«

Der Mann wollte etwas erwidern, ließ es aber bleiben, weil er sich auf das Pferd konzentrieren musste, das sich ziemlich störrisch zeigte und nicht mehr weiterwollte.

Es blieb stehen.

»He, Paula, los.« Göpfert schlug abermals mit den Zügeln zu. Der Gaul schüttelte sich, er schnaubte protestierend, und nach einem weiteren Zügelschlag setzte er sich in Bewegung. Seine Hufe scharrten über den Boden, wirbelten kleine Grassoden hoch und schleuderten sie weg. Die beiden Räder der Karre quietschten, der Wagen schaukelte über die Unebenheiten des Wegs, und diese Schaukelei übertrug sich auch auf die beiden Männer.

Das Dorf war längst hinter ihnen zurückgeblieben. Auch wenn sie über die Schulter blickten, konnten sie nichts mehr sehen. Sie befanden sich jetzt zwischen den beiden Dörfern, von dem das vor ihnen liegende kaum noch bewohnt war. Der Krieg hatte die meisten Einwohner dahingerafft.

Allerdings spürte auch der Pfarrer die seltsame Atmosphäre, die sie umgab. Irgendwie war es anders geworden, nicht mehr so wie bei ihrer Abfahrt. Die

Gegenwart schien weiter entrückt zu sein, und er hatte das Gefühl, sich in einem Vakuum zu befinden. Gern gab der Geistliche das nicht zu, vor allen Dingen sprach er nicht darüber, aber es stimmte schon, von diesem Pfad ging eine besondere Atmosphäre aus.

»Haben Sie Angst, Herr Pfarrer?«, fragte Göpfert plötzlich.

»Nein, warum?«

»Nur so. Ich komme mir so seltsam vor.«

»Wie denn?«

»Als würde um uns herum alles leben.«

Der Pfarrer lachte unecht. »Unsinn, das bildest du dir alles nur ein. Nein, nein, da ist nichts.« Er räusperte sich. »Ich sehe jedenfalls nichts.«

»Aber ich spüre es.«

»Fahr mal weiter.« Der Geistliche sprach bewusst forsch. Er wollte den Mann nicht noch mehr ängstigen. Es fehlte noch, dass er vom Bock sprang und flüchtete.

Vor ihnen wand sich der Pfad dem einsamen Friedhof zu. Pastor Schmitz schaute stur nach vorn, und er sah die feinen, weißen Schleier, den fast immerwährenden Nebel, der einen Teil des Pfads bedeckte.

Geisterhaft tanzten die Schleier. Wie gespenstische Gestalten kamen sie dem Mann vor, wurden vom Wind erfasst und zu seltsamen Figuren gedreht, die sich in der Schwärze der Nacht zu einem unheimlichen Reigen vereinigten.

Ein völlig normales Bild, doch zusammen mit den Erzählungen und Berichten über den Leichenpfad ergab es doch eine andere Wirkung.

Im nächsten Augenblick rumpelte der Wagen über eine quer liegende Furche. Die beiden Männer mussten sich fest halten, sonst wären sie vom Bock geschleudert worden. Sekundenlang konnten sie sich nicht auf den Weg konzentrieren. Göpfert kümmerte sich um das Pferd, er riss es hart an den Zügeln zurück, sprach beruhigende Worte und brachte das Tier auch wieder unter seine Kontrolle.

Dann hob er den Blick.

Nebel!

Wohin sie auch schauten, nur Nebel. Die Wand schien gewandert zu sein und hielt sie nun umfangen.

»Herr Pfarrer?« Seltsam dumpf und ängstlich klang die Stimme des Mannes. »Herr Pfarrer!«

Der Geistliche gab keine Antwort.

Kalt rieselte es über den Rücken des Mannes, als er einen Blick nach rechts warf.

Im nächsten Moment erstarrte er vor Schreck. Eiswasser schien durch seine Adern zu laufen, er stöhnte auf und wischte über seine Augen.

Pfarrer Schmitz war verschwunden!

Im ersten Moment wusste Göpfert nicht, was er tun sollte. Er saß starr da, sein Mund stand halb offen, die Augen waren ihm aus den Höhlen gequollen. Angst umkrallte sein Herz mit eisernem Griff.

Und das Pferd ging nicht mehr weiter. Mit hängendem Kopf war es stehen geblieben. Seine Flanken zitterten. Es spürte genau, dass einiges nicht mehr stimmte, und auch Göpfert bekam es mit der Angst zu tun. Der schwere Mann zitterte, als er auf die Seite rutschte, sich nach vorn beugte und zu Boden schaute.

Dort lag der Pfarrer.

Leblos ...

War er tot?

Göpfert stieß ein undefinierbares Geräusch aus. In seinen Augen brannte es plötzlich, sein Herzschlag hatte sich verdoppelt, und die Angst wollte einfach nicht weichen.

Einmal war er geflohen, und abermals dachte er an Flucht. Aber diesmal musste er bleiben, er konnte den Pastor nicht einfach liegen lassen, der die heftige Schüttelei nicht überstanden hatte.

Was tun?

Göpfert schaute sich ängstlich um. Er zog seinen Kopf in den Nacken. Auf seinem Gesicht lag eine Gänsehaut, doch er sah nichts. Nur den Nebel, der wie eine Schicht wirkte und mit seinen geisterhaften Fingern alles umhüllte.

Die Weiße Frau!

Automatisch dachte Göpfert an die Spukgestalt. Ob sie hier aufgetaucht war und den Pfarrer getötet hatte? Denn irgendwie rechnete Göpfert damit, dass der Pfarrer nicht mehr am Leben war.

Aber er musste sich überzeugen.

Der Mann erhob sich von der Sitzbank. Er konnte kaum stehen, so sehr bebten seine Knie. Die Zähne schlugen aufeinander, denn die heiße Angst schüttelte ihn durch.

Als er auf der kleinen Trittsprosse stand, beugte er sich vor und stieß sich ab.

Hinter dem Pfarrer landete er auf dem weichen Boden.

Für einen Moment blieb er dort hocken und lauschte in die beklemmende Stille. Von keinem Geräusch wurde sie unterbrochen, nicht einmal von seinem Atem, denn er versuchte, nur durch die Nase Luft zu holen.

Der Geistliche lag auf dem Bauch. Er hatte die Arme angewinkelt, die Hände waren zu Fäusten geballt, das graue Haar bedeckte den Kopf. Göpfert schüttelte sich, als er vorsichtig den Arm ausstreckte und den Pfarrer an der Schulter berührte.

Sofort zuckte seine Hand wieder zurück, der Pfarrer jedoch hatte sich nicht bewegt, es war nur Göpferts Einbildung gewesen, weil er sich so fürchtete.

Eine innere Stimme riet ihm, wegzulaufen, aber er überhörte sie, denn einmal weglaufen, das reichte. Hier musste er die Stellung halten und sich selbst überwinden.

Göpfert starrte auf den Körper. Er wollte herausfinden, ob der Pfarrer noch lebte, denn falls er atmete, musste sich auch der Rücken bewegen. Sosehr der Mann auch schaute, er konnte kein Anzeichen für eine Atmung feststellen.

Göpfert begann zu zittern. Für ihn war klar, dass der Pfarrer nicht mehr lebte. Es hatte einen weiteren Toten gegeben, zu den anderen, die auf der Leichenkarre lagen. Durch das Gitter an der Seite war ein Arm gerutscht. Göpfert verzog das Gesicht, denn er kannte den Mann, zu dem der Arm gehörte. Es war der Wirt des Dorfgasthofes.

»Nein, nein!«, keuchte der Mann. »Hier bleibe ich nicht länger, da wird man ja verrückt.« Er schaute sich gehetzt um und spielte wieder mit dem Gedanken, zu den anderen zu flüchten.

Aber was sollte er ihnen sagen? Wie sollte er den Leuten den Tod des Pfarrers erklären?

Göpfert befand sich in einer Lage, die er nicht mehr überschauen konnte. Er war einfach überfordert. Geduckt hatte er sich hingestellt, wischte seine feuchten Hände am rauen Stoff der Hose ab und glaubte, durchdrehen zu müssen, als er feststellte, dass sich der tot geglaubte Pfarrer plötzlich bewegte.

Er zog das rechte Bein an.

Zuerst wollte Göpfert es nicht glauben, er dachte an eine Täuschung, dann sah er, dass er sich nicht geirrt hatte. Der Pfarrer bewegte sich in der Tat.

Und er stand auf.

Schwerfällig, als hätte er lange geschlafen und wäre zu plötzlich erwacht. Die Nebelschlieren umgeisterten seine Gestalt, die inmitten des Graus wie ein düsterer Schatten wirkte. Er schwankte noch, und Göpfert wollte ihm eigentlich helfen, aber er stellte fest dass er sich kaum bewegen konnte.

Wie angeleimt stand er auf dem Fleck und beobachtete den für ihn unheimlichen Vorgang, wie sich der Pfarrer auf die Füße erhob.

Langsam drehte er sich um.

Göpfert bebte vor Angst.

Da schaute ihn der Pfarrer an.

Fahl und blass war sein Gesicht. Der Mund mit den dünnen Lippen zeigte einen schiefen Knick nach rechts, die Augen blickten starr, die Arme hingen zu beiden Seiten des Körpers, und die Hände waren geöffnet, wobei die Finger nach innen gebogen waren und auf die Handflächen zeigten.

»Herr – Herr Pfarrer?«, hauchte Göpfert.

»Ja …«

»Was ist geschehen? Ich dachte …«

Göpfert verstummte, denn was er sah, war fürchterlich. Der Pfarrer trug immer ein kleines Holzkreuz bei sich. Bei seinem Fall musste es irgendwie so gerutscht sein, dass es jetzt frei vor seiner Brust lag.

Nicht lange, denn auf einmal zersprang das Kreuz!

Göpfert bekam mit, wie die einzelnen Teile zur Seite wirbelten, er selbst wurde noch getroffen, zuckte zurück und hörte das schlimme Lachen des Pfarrers.

In diesen Augenblicken war ihm klar geworden, dass etwas Schreckliches mit dem Geistlichen geschehen sein musste. Eine andere, böse Macht oder Kraft hatte von ihm Besitz ergriffen, denn ein Mensch war der Geistliche nicht mehr.

Breitbeinig hatte er sich aufgestellt, seine Arme vom Körper gespreizt, und aus seinem Mund drangen abgehackte und rau klingende Wortfetzen. Er verdrehte die Augen, sodass das Weiße hervortrat, und er setzte sich langsam in Bewegung, um auf den entsetzten Göpfert zuzugehen.

Während er noch ging, drang ein dünner, heller Schleier aus seinem Mund, zu vergleichen mit einem Rauchfaden, aber das war kein Rauch, sondern ein geisterhaftes Plasma, das sich im Körper des Pfarrers befand und jetzt einen Weg suchte, um in die Freiheit zu gelangen.

Vielleicht die Weiße Frau?

Als Göpfert daran dachte, wurde er noch ängstlicher. Und er hörte auch das leise Jammern und Heulen aus dem Mund des Geistlichen, das ihm entgegengeweht wurde wie ein wimmernder Windhauch.

Die Angst war da. Sie ließ sich nicht wegleugnen, und sie wurde immer größer.

Jetzt streckte der Pfarrer seine Arme aus. Ein wenig ungelenk wirkten seine Schritte und die anderen Bewegungen. Trotzdem konnte man sie als zielstrebig bezeichnen, denn das Ziel des Pfarrers war einzig und allein Göpfert.

Der stand wie zur Salzsäule erstarrt und wusste nicht, wie er reagieren sollte. Irgendwie jedoch schaffte er es, zurückzugehen, stieß gegen den Wagen und wurde plötzlich von den kalten Händen der Leichen berührt, die über seinen Nacken strichen.

Göpfert stöhnte vor Entsetzen.

Da wieherte das Pferd schrill auf. Es war nicht mehr zu halten, zog mit einem Ruck an und riss den Wagen mit, an dessen Seite Göpfert seinen Halt gefunden hatte.

Das geschah so schnell, dass sich der Mann nicht mehr fangen konnte und die Balance verlor.

Mit dem rechten Bein knickte er zuerst weg, das linke folgte, und schließlich lag er am Boden.

Der Pfarrer aber stand.

Und kam auf ihn zu!

Normalerweise überragte Göpfert den Geistlichen, er war fast einen halben Kopf größer als der Pfarrer, jetzt bekam der Mann Angst, so wie der Pastor breitbeinig heranstiefelte und seine Arme dabei schlenkerte.

Eine grauenerregende Gestalt, ein wahres Monstrum, in Schwarz gekleidet, vom Nebel umwallt und mit einem fahlen Gesicht, wobei der Mund weiterhin offen stand und zwischen den Lippen das seltsame Plasma hervordrang.

Gerade dieses Plasma interessierte Göpfert plötzlich. Es wurde vom Wind zwar erfasst, aber nicht davongeweht, sondern sammelte sich über dem Kopf des Pfarrers und nahm dort die Konturen einer Gestalt an.

Die Weiße Frau!

Wie ein Blitzstrahl zuckte der Gedanke im Kopf des Mannes auf. Ja, das war die Weiße Frau, es gab für ihn keine andere Erklärung, dieses unheimliche Gespenst, von dem die Dorfbewohner immer redeten, existierte in Wirklichkeit.

Göpferts Angst wurde so groß, dass seine Zähne abermals hart aufeinander schlugen und ein klapperndes Geräusch die herrschende Stille unterbrach.

Die Weiße Frau!

Wie oft hatte er sich davor gefürchtet, hatte schon als kleiner Junge den Erzählungen gelauscht, und jetzt stand sie tatsächlich vor ihm. Sie schwebte, den Boden brauchte sie nicht zu berühren, weil sie ein Geistwesen war, ein unheimliches Geschöpf aus einer seltsamen Welt.

Göpfert hörte nicht, wie das Pferd fluchtartig weiterrannte und den Leichenkarren hinter sich herschleuderte, er sah nur den Schrecken vor sich.

Der Pfarrer und die Weiße Frau – ein gefährliches Duo. Ein grausames Tandem, das Göpfert keine Chance lassen würde.

Der Pfarrer hatte fast die Füße des auf der Erde sitzenden Mannes erreicht. Er brauchte sich jetzt nur noch vorzubeugen, dann konnte er Göpfert packen.

Der Mann ruckte zurück. Die Kraft, noch einmal auf die Beine zu gelangen, hatte er nicht mehr. Er hob nur den Arm, winkelte ihn dabei an und schützte sein Gesicht.

Es nutzte nichts. Eiskalt ging der unheimliche Pfarrer seinen Weg. Er war nicht mehr der Gleiche, der er noch vor einigen Stunden gewesen war, der Geist hatte ihn völlig verändert, und als er sich vorwarf, da konnte er mit einem Hieb Göpferts Arm zur Seite schleudern, sodass die Kehle des Mannes vor ihm lag.

Göpfert riss noch die Augen auf. Entsetzen beherrschte seinen Blick, und im nächsten Augenblick spürte er Hände an seinem Hals, die heiß wie Feuer brannten.

Gnadenlos drückten sie zu.

Göpfert fiel nach hinten. Er wehrte sich auch nicht mehr und spürte, dass er langsam der Schwelle des Todes entgegenglitt. Das Letzte, was er in seinem Leben hörte, war ein hämisches Lachen, dabei wusste er nicht, ob es die Weiße Frau oder der Pfarrer ausgestoßen hatte. Dann erreichte ihn der Tod …

Die Überlebenden des Bomben-Angriffs warteten. Sie waren unruhig, nervös. Einer hatte Tabak aufgetrieben. Zigaretten wurden mit Zeitungspapier gedreht, man rauchte in der hohlen Hand. Weit im Süden irrlichterte es wieder über den Himmel. Blitze zuckten, ein fernes Donnern war zu hören. Dort ging der Kampf weiter.

Lange, helle Geisterfinger stiegen von der Erde hoch in

die Dunkelheit. Es waren die voll aufgedrehten Scheinwerfer der Flak, die sich an einigen Stellen kreuzten und den Himmel nach feindlichen Bombern absuchten.

Die Stellungen lagen weit entfernt, die Menschen in dem kleinen Eifeldorf brauchten keine Angst zu haben.

Und doch hatten sie Furcht. Der Pfarrer und Göpfert hätten längst zurück sein müssen, und eine alte Frau sprach genau das aus, was alle dachten.

»Die beiden sind tot. Die Weiße Frau hat sie geholt.«

Schweigen. Jeder dachte an die geheimnisvolle Weiße Frau, die nie Ruhe finden konnte und am Leichenpfad lauerte, um sich ihre Opfer zu holen. So mancher drehte sich nach den Worten ab und faltete seine Hände zum stummen Gebet.

Die Angst stand allen im Gesicht geschrieben, aber keiner traute sich, dieses Gefühl auch offen zuzugeben. Man wartete ab, redete nur hin und wieder miteinander und schaute in die Richtung, wo der Leichenwagen verschwunden war.

Und dann – die Morgenstunden hatten schon begonnen – hörten sie das schrille Wiehern.

Einige waren trotz der kühlen Märznacht eingeschlafen. Jetzt schreckten sie auf, schauten sich gegenseitig an und lasen die stummen Fragen von ihren Gesichtern ab.

»Sie kommen zurück.«

Der alten Frau, die diese Worte ausgesprochen hatte, wollte niemand so recht glauben, trotz des Wieherns und des dumpfen Schlagens der Hufe auf dem weichen Boden. Zudem war der allmorgendliche Dunst aufgekommen und wehte in langen Schleiern über den Grund.

Aus dem Dunst schälte sich das Pferd.

»Da ist es!«

Zwei besonders Mutige sprangen vor und griffen nach dem Geschirr des Tieres. Es war gerannt. Helle Schweißflocken klebten auf den Flanken, die Beine zitterten, aus dem Maul drang ein tiefes Schnauben, und jeder sah die zerrissenen Leinenfetzen, die der Gaul hinter sich herschleifte.

Niemand sprach, obwohl man Bescheid wusste.

Während in der Ferne der Donner der Geschütze rollte, fanden sich die Menschen zu einem Gebet zusammen.

Dann gingen sie auseinander. Die Hälfte des Dorfes war zerstört. Aus der Not hatte man eine Tugend gemacht. Familien waren zusammengezogen und lebten in den noch heil gebliebenen Häusern und Scheunen zusammen.

Bald schon graute der Morgen. Ein Blick zum Himmel bewies, dass es ein trüber Tag werden würde. Keine Sonne, kaum Wärme.

Gegen neun Uhr traf man auf dem Dorfplatz zusammen. Der alte Brunnen spie einen dünnen Wasserstrahl. Das Haus gegenüber, es gehörte einem Lebensmittelhändler, war völlig zerstört worden, wie auch das kleine Rathaus mit dem Polizeiposten.

»Wir sollten sie suchen gehen«, schlug jemand vor.

»Bis zum Friedhof?«

»Wenn es sein muss.«

Es fanden sich nach langem Zögern erste Freiwillige. Und auch sie sagten gleich, dass sie den Friedhof nicht betreten wollten.

Dann zogen sie los.

Vier Männer waren es, und sie brauchten wirklich nicht bis ans Ende des Leichenpfads zu gehen, denn den Toten fanden sie schon vorher.

Es war Göpfert!

Er lag auf dem Rücken, sein Gesicht zeigte den Schmerz und die Angst, die er in den letzten Sekunden seines Lebens gespürt haben musste. Die Augen waren verdreht. Wie gläserne Murmeln blickten sie in den trüben Morgenhimmel.

Als die Männer sich von dem ersten Schock erholt hatten, fragte einer: »Und wo ist der Pfarrer?«

Er erhielt keine Antwort. Man suchte nach dem Geistlichen, doch gefunden wurde er nie …

Einige Wochen später war der Krieg beendet. Eine neue Zeit brach an, die alte ruhte.

Aber sie war nicht vergessen. Denn nicht alles, was die Menschen verdrängen, ist tatsächlich tot …

Das Bier schäumte in die Krüge, und der Wirt in dem gemütlichen, stimmenerfüllten Altstadtlokal musste Schwerstarbeit leisten. Aber das Geschäft lief, der Monat Juli hatte seine Kassen klingeln lassen. Da nahm er gern die große Schwitzerei in Kauf.

Mit gezieltem Schub beförderte er die beiden Krüge zu den Bestellern, die, wie andere Gäste auch, dicht an dicht an dem langen Tresen des Lokals saßen.

Zwei Hände griffen zu, umfassten die Griffe und stemmten die Krüge in die Höhe.

»Prost, Herr Mallmann«, sagte eine noch junge Stimme, und der Sprecher führte seinen Krug an den Mund, nahm einen langen Schluck, sodass das Gefäß bis zur Hälfte geleert war, als er es wieder zurückstellte. »Ah«, stöhnte er, »das tat gut«, wobei er sich den Schaumstreifen von den Lippen und der Nasenspitze wischte.

Auch Kommissar Mallmann hatte getrunken. Allerdings einen kleineren Schluck. Mit Ralf Göpfert konnte er doch nicht mithalten. Der junge Volontär oder Assistent befand sich noch im Training, denn sein Studium lag erst ein halbes Jahr zurück.

Der Kommissar grinste. »Sie haben ja einen Durst, alle Achtung.«

Ralf Göpfert holte tief Luft. »Ja, das kann man wohl sagen. Wissen Sie, bei Ihnen im Büro ist die Luft nicht nur trocken, sondern auch staubig.«

»Das stimmt.« Will hob seinen Krug. »Prost.«

Diesmal leerte der Kommissar ihn auch. Er mochte den jungen Mann, der zwei Wochen bei ihm gewesen war und mal in seine Arbeit reingeschnüffelt hatte. Er kam frisch von der Uni, hatte Betriebswirtschaft studiert und wollte die Beamtenlaufbahn einschlagen. Wirtschaftsverbrechen interessierten ihn sehr, er wollte den Weiße-Kragen-Verbrechern auf die Finger schlagen.

Ralf Göpfert ging die Sache noch sehr schwungvoll an. Er steckte voller Tatendrang, und Will hatte ihn erst einmal bremsen müssen. In den letzten Tagen hatten die beiden dann über Fälle gesprochen, die Will erlebt hatte.

Wieso das Thema plötzlich aufkam, wusste er selbst nicht, auf jeden Fall redeten sie über okkulte Dinge.

Der dunkelblonde Ralf Göpfert war Feuer und Flamme gewesen. Er wollte mehr wissen. Da seine Zeit bei Will jedoch zu Ende ging, hatten die beiden vereinbart, sich an einem Freitag nach Feierabend in einer Mainzer Altstadtkneipe zu treffen. Am Tresen wollten sie ausführlicher über den Themenkomplex sprechen.

Natürlich kam die Sprache auch auf John Sinclair. Während Will von dem englischen Geisterjäger berichtete, leuchteten die Augen des jungen Mannes.

»Mann, ist das ein Ding.«

Der Kommissar lachte, nahm einen Bierdeckel und bewegte ihn vor seinem Gesicht, um sich ein wenig Luft zuzufächern. »Ja, mit John Sinclair erlebt man Sachen.«

Ralf bestellte zwei neue Krüge. »Wenn Sie das so sagen, Will, da kriegt man direkt noch mehr Durst. Geister, Gespenster, Vampire, Werwölfe ...« Er lachte. »Bisher habe ich geglaubt, so etwas gibt es nur im Kino, und ich hätte auch jeden anderen ausgelacht, aber Ihnen, Will, glaube ich.«

»Das freut mich.«

Ralf Göpfert nagte auf seiner Unterlippe. »Irgendwie ist es sogar ein Zufall, dass wir gerade jetzt darüber reden.«

»Wieso?«

»Weil ich morgen früh so einer Spukgeschichte nachgehen will. Zusammen mit Frank, meinem Vetter. Wir treffen uns in einem kleinen Nest in der Eifel.«

»Und was ist da los?«

Ralf gab noch keine Antwort. Er nahm erst einmal den vollen Krug und trank einen Schluck. Als er ihn absetzte, behielt er die rechte Hand am Griff. »In der Eifel spukt es.«

»Das hört man öfter.«

»Aber dieser Spuk, den ich meine, der hängt mit meiner Familie zusammen.«

»Wieso?«

»Ein Onkel von mir ist auf eine sehr seltsame Art und Weise ums Leben gekommen. Das war noch im Krieg,

März 1945. Er ist zusammen mit dem Pfarrer den Leichenpfad hinuntergefahren. Sie hatten Leichen geladen. Als die beiden nicht mehr zurückkehrten, gingen die Menschen sie suchen und fanden meinen Onkel, er hieß übrigens auch Ralf, tot.«

»Was war mit dem Pfarrer?«

»Den hat man nie mehr gefunden. Vielleicht hat die Weiße Frau ihn geholt.«

»Die gibt es auch noch?«, erkundigte sich Will amüsiert.

»Mit ihr fing doch alles an. Sie soll am Leichenpfad spuken. Und wer ihr in die Hände fällt, ist verloren.«

»Klingt reichlich verworren«, meinte der Kommissar.

»Das klingt nicht nur so, das ist es auch«, gab Ralf Göpfert ehrlich zu. »Aber um den Knoten zu entwirren, fahre ich morgen in die Eifel, zur Verwandtschaft.«

»Ach, da leben noch Verwandte?«

»Klar, noch ein Onkel. Der ist kurz nach dem Krieg aus Wuppertal hingezogen. Das Haus stand ja leer.«

»Und Ihre Eltern?«, fragte Will.

»Die wohnen noch in Wuppertal. Während mein Vetter Frank wiederum mit seinen Eltern in der Eifel lebt, obwohl er höchstens am Wochenende zu Hause ist, da er in Köln studiert.«

Will Mallmann wiederholte noch einmal murmelnd die Verwandtschaftsverhältnisse und wusste dann Bescheid, zudem nickte der junge Göpfert noch zufrieden.

»Und Sie wollen also die Weiße Frau fangen?«, fragte Mallmann.

»Ja.«

»Wenn es die nun nicht gibt?«

»Die gibt es«, behauptete Ralf.

»Haben Sie das Gespenst gesehen?«

Ralf grinste. »Das nicht.« Dann verdüsterte sich sein Gesicht. »Es hat in den letzten Monaten zwei Morde in dem kleinen Eifeldorf gegeben, und der Mörder läuft noch frei herum.«

»Zwei Morde?«, wiederholte Will. »Sind Sie sicher, dass es die Weiße Frau war?«

»Ja.«

»Warum?«

»Weil die Verbrechen erstens auf dem Leichenpfad geschehen sind und weil die Opfer auf die gleiche Art und Weise ums Leben kamen wie auch mein Onkel.«

»Das kann Zufall sein.«

»Ich glaube nicht daran.« Ralf Göpfert ließ sich von seiner Meinung nicht abbringen. Er hatte seinen Krug wieder leer und bestellte noch einen.

Will wollte nichts mehr trinken. Er hatte seine hohe Stirn in Falten gelegt und dachte nach. Die Geschichte konnte natürlich an den Haaren herbeigezogen sein. Andererseits war es durchaus möglich, dass Schwarze Magie sich mit im Spiel befand. Die Chancen standen fünfzig zu fünfzig.

Ralf nahm einen Schluck. Als er den Krug absetzte, fragte er: »Wie ist es, Kommissar, kommen Sie mit?«

»Nicht so laut mit dem Kommissar. Ich bin hier privat.«

Wills rechter Nebenmann hatte trotzdem etwas mitbekommen. Er war ein breitschultriger Typ, dessen Polohemd mehr als knapp saß. Ein gewaltiger Schnauzer wuchs fast bis zum Kinn und wirkte wie ein dunkler Halbmond. »Kommissar bist du?« Er lachte. »Da können wir ja gleich die Scheibe von Falko auflegen ...«

Will antwortete darauf nicht. Der Typ sagte auch nichts mehr und widmete sich in aufreißerischer Manier seiner Begleiterin, einer herausgeputzten Blondine, die sich unheimlich ›in‹ gab.

»Wollen Sie mit?«, fragte Ralf.

»Wäre zu überlegen.«

»Ach was, nicht erst lange herumreden. Oder sind Sie anderweitig eingespannt?«

»Nein, das nicht.«

»Dann besichtigen wir doch mal die Eifel. Wird bestimmt eine tolle Nacht, denn ich will mir diesen Leichenpfad und auch den Friedhof dahinter näher ansehen.«

»Ich überlege es mir noch.«

»Wie lange?«

Will hob die Schultern. »Ich gebe Ihnen noch vor Mitternacht Bescheid.«

»Das ist eine klare Sache. Am besten wäre es natürlich, wenn Ihr Freund aus London auch noch vorbeikäme.«

Will Mallmann lachte. »Das wird wohl kaum gehen.«

»Warum nicht?«

»Es liegt ja kein Fall an. Zudem hat John Sinclair in seiner Heimatstadt genug zu tun.«

»Auch am Wochenende?«

»Meistens.«

»Rufen Sie doch mal an. Wenn wir da wirklich auf eine irre Sache stoßen, ist es hinterher zu spät. Das gebe ich zu bedenken.«

»Wir haben wirklich nicht viel in der Hand.«

Ralf Göpfert beugte sich vor und gleichzeitig zur Seite. Dabei spreizte er zwei Finger ab und stellte sie in die Höhe. »Es sind zwei Morde passiert, Will, zwei Morde. Keiner wurde aufgeklärt, das sollte doch Grund genug für ihn sein.«

»Eigentlich ist die deutsche Polizei dafür zuständig«, wehrte Will schon ziemlich halbherzig ab.

»Die schlafen ja.«

»Sie haben keine gute Meinung von unseren Beamten.«

»Kommt darauf an. Wenn sie Strafzettel schreiben können, sind sie immer da, aber die Sache in der Eifel ist sicherlich eine Nummer zu groß für sie.«

»Sie sollten ihren Job wechseln und Vernehmungsbeamter werden«, meinte Will. »Irgendwie haben Sie eine besondere Art, andere einzuwickeln.«

»Das sagte schon meine Mutter in Wuppertal.«

Will musste grinsen. Er schlug Ralf Göpfert auf die Schulter. »Sie haben gewonnen, Ralf, ich komme mit.«

Der junge Mann strahlte. »Und John Sinclair?«

Will Mallmann knirschte mit den Zähnen. »Da Sie ja doch keine Ruhe geben werden, rufe ich ihn an ...«

»Ehrlich?«

»Ja.«

»Kommen Sie, Will, darauf nehmen wir noch einen. Den allerdings bezahle ich ...«

Düsseldorf-Lohausen!

So hieß der Flugplatz, auf dem die Maschine, von London kommend, landete.

Und einer der Passagiere war ich. Will Mallmanns Anruf hatte mich mal wieder hochgeschreckt. Mit dem Jet war es von London bis Düsseldorf nur ein Katzensprung, und da in London momentan eine gewisse Ruhe herrschte, die Rattenplage war ja vorbei, hatte ich meinem alten Freund Will den Wunsch nicht abschlagen können und war losgejettet. Ob aus dem Besuch ein Fall werden würde, stand noch nicht fest. Will hatte da keine genauen Angaben gemacht. Er sprach wohl von einer Weißen Frau und zwei rätselhaften Morden, die sich in einem kleinen Ort in der Eifel ereignet hatten, wo auch unser Ziel sein sollte. Ich hatte den Flug erst einmal als Dienstreise betrachtet. Sollte sich da jedoch etwas ändern, würde ich ihn aus eigener Tasche bezahlen.

Sir James lag noch immer mit Sommergrippe flach, und auch ich hatte schon ein paar Mal geniest, hoffte allerdings, keine Erkältung zu bekommen.

Will wollte mich abholen. Ich hoffte, dass er mich entdeckte. Ja, da sah ich ihn schon. Er winkte mit beiden Händen, sprach mit Zollbeamten, und die ließen mich passieren.

»John, du alter Inselschreck. Wie geht es dir?«

»Im Moment noch einigermaßen. Aber wenn ich ein Bier kriegen könnte, ginge es mir besser.«

»Wird erledigt, komm mit an die Bar.«

Dort fanden wir keinen freien Platz. Urlauber nahmen die Hocker ein. Sie hatten schon die richtige Vorfreude mitgebracht und lärmten, dass es durch die Halle schallte.

»Dann muss ich mir ein Bier malen«, sagte ich ein wenig enttäuscht.

»Und der Automat?«

»In der Not frisst der Teufel Fliegen.«

Will trank Saft, während ich mir eine Büchse Bier zog, sie öffnete, nicht Acht gab, sodass der Schaum mich übersprühte.

»Das fängt ja gut an«, beschwerte ich mich und trank

den ersten Schluck trotzdem mit Hochgenuss, denn er ist immer der Beste, wie ich meine.

Will nippte an seinem Saft. Über die Büchse hinweg schaute ich den Kommissar an. »Hast du abgenommen, Will?«

»Zehn Pfund.«

»Warum das denn?«

»Ich fühlte mich zu dick. Habe ein bisschen Diät gemacht. Tat mir ganz gut.«

»Na ja, das Sitzen am Schreibtisch ist nicht gerade das Wahre. Hast du schon wieder etwas von den roten Vampiren gehört?«

»Nein.«

»Und ich auch nicht von Vampiro-del-mar!«

»Wenn sie auftauchen, gebe ich dir sofort Bescheid.«

Ich nickte. »Das hoffe ich stark. Als du anriefst, dachte ich zuerst, es ginge los mit den Blutsaugern.«

»Diesmal dreht es sich um etwas anderes. Um eine Weiße Frau und zwei Morde.«

»Die die Weiße Frau begangen haben soll.«

»Genau.«

»Beweise hat man wahrscheinlich nicht?«

»Nein, die sollen wir finden. Ein junger Beamter wird uns dabei behilflich sein.«

»Wie das?«

Will berichtete mir, was er in der Kneipe alles mit Ralf Göpfert besprochen hatte. Ich hörte genau zu und erfuhr einiges über die verwandtschaftlichen Verhältnisse der Göpferts.

»Und deine Meinung, John?«

»Falls das tatsächlich alles zutrifft, könnten unter Umständen zwei Fälle ineinander greifen.«

»Das wäre möglich.«

Ich warf die leere Bierbüchse in einen neben mir stehenden Abfallkorb. »Es kann auch der genau gegenteilige Fall eintreten. Dass sich alles als eine Seifenblase entpuppt.«

Will grinste. »Dann hängst du am besten noch einen Tag dran, und wir machen Urlaub.«

»Wo sind die Girls?«

»Überall. Ich brauche nur zu pfeifen, dann stehen sie Spalier.«

»Nee, lass mal. Zu viel des Guten ist ungesund.«

Ralf Göpfert war vorausgefahren. Er hatte dem Kommissar einen genauen Streckenplan hinterlassen. Damit konnte er sich schon zurechtfinden, denn ohne Karte durch die Eifel zu kutschieren ist nicht jedermanns Sache.

Es wurde wieder ein heißer Tag. Der Juli hatte es in Deutschland besonders gut gemeint. Eine Hitzewelle löste die Nächste ab. Über dreissig Grad stiegen die Temperaturen, so etwas war schon bald lebensgefährlich. Da legte man sich am besten in ein Freibad und dachte nur noch an Wasser oder kalte Getränke.

Der Gedanke kam dem jungen Mann, als er seinen *Deux Cheveaux* dicht an einem Bad vorbeilenkte. Er riskierte einen Blick, sah gut gewachsene Bikini-Mädchen und braungebrannte Gestalten auf den Brettern des Sprungturms stehen. Unwillkürlich fuhr er langsamer. Der Gedanke, einfach anzuhalten und eine Stunde im Wasser herumzuschwimmen, war schon verlockend, denn in dem Ort, in den er wollte, gab es kein Freibad.

Die Pflicht siegte. Ralf gab sich selbst einen Tritt in den verlängerten Rücken und drückte das schmale Pedal wieder ein wenig tiefer, sodass der Wagen Fahrt aufnahm.

Das Städtchen Monschau lag bereits hinter ihm, und er fuhr jetzt in südliche Richtung weiter. Eigentlich war die Eifel durch den Nürburgring berühmt geworden und durch den Ort Bitburg, weil es dort ein gutes Bier gab, ansonsten sagten sich in dieser Landschaft Fuchs und Hase gute Nacht.

Bis zum Nürburgring brauchte er nicht. Südlich von Blankenheim musste er abbiegen, dorthin, wo sich die Quellen der Ahr befanden. Es war eine landschaftlich reizvolle Gegend, die er durchfuhr, und es herrschte Betrieb, denn nicht wenige Urlauber machten in der Eifel Ferien.

An den Steigungen hatte der Wagen schwer zu kämpfen. Da konnte er fast von einem austrainierten Radfahrer überholt werden, aber bergab und mit Rückenwind glaubte Ralf, fliegen zu können.

Noch ein paar Kilometer, dann hatte er den kleinen Ort erreicht. Er lag in einer Talsenke, eingebettet von bewaldeten Hügeln und mit einem milderen Klima versehen als weiter westlich in der Schnee-Eifel.

Zahlreiche Radfahrer winkten ihm zu, denn er hatte das Stoffverdeck nach hinten gerollt. Zudem schien die Sonne, und es war ein herrlicher Tag. Kaum zu fassen, dass in solchen Stunden auch Verbrechen geschehen. Aber da waren die zwei Morde, die ihn sehr beunruhigten. Kam tatsächlich die Weiße Frau als Täter in Frage?

Dieser Gedanke ließ ihn nicht los. Falls er sie sehen würde, war es fraglich, ob er auch genügend Courage besaß, diesen Anblick zu verkraften.

Das war nämlich nicht jedermanns Sache.

An einer Straßenkreuzung hielt er an. Nach Blankenheim wollte er nicht. Er bog links ab, wo es in einen dunklen Wald hineinging, der das grelle Sonnenlicht filterte.

Es wurde ruhig.

Der Ort, den er ansteuerte, wurde von Touristen nicht besucht. Die wenigen Einwohner wollten unter sich sein, ernährten sich von der Landwirtschaft und waren nicht scharf auf Fremde. Zudem schweißte sie ein gemeinsam erlebtes Schicksal regelrecht zusammen, denn die Nachkriegszeiten waren noch nicht vergessen und durch die beiden Morde wieder aktuell geworden.

Zwei Tote hatte es gegeben.

Ralf kannte die Namen der Ermordeten, da er sich als Kind oft zu Besuch in dem kleinen Ort aufgehalten hatte. Es waren Bekannte gewesen. Er konnte sich kaum vorstellen, dass sie nun nicht mehr am Leben waren. Er hatte gehört, dass die Leichen verschwunden waren. Ob Lüge oder nicht, das würde sich herausstellen, wenn er da war und die ersten Fragen gestellt hatte.

Große Hoffnungen setzte der junge Mann in Will Mallmann und dessen englischen Freund John Sinclair.

Persönlich kannte Ralf Göpfert den Geisterjäger zwar nicht, aber der Kommissar hatte ihm in der Altstadtkneipe noch einiges über John Sinclair erzählt. Genau so viel, um Ralf sehr neugierig zu machen.

Will Mallmann und John Sinclair würden am Nachmittag eintreffen. Bis dahin wollte Ralf schon einige Informationen gesammelt haben. Er war sicher, dass er sie auch erhielt, denn die Einwohner kannten ihn und würden ihn nicht wie einen Fremden behandeln.

Der Wald wurde lichter. Gleich musste die große Kurve kommen. Wie ein weiter linker Bogen schnitt sie in die Landschaft. Und wenn sie durchfahren worden war, lief die Straße bergab, geradewegs auf das kleine Dorf zu.

Früher hatte es ja noch ein zweites Dorf gegeben, zu dem der Friedhof gehörte. Doch die Häuser waren nach dem verheerenden Krieg nicht mehr aufgebaut worden, zudem hatten dort nur noch wenige Menschen gelebt, und die waren halt in die wieder aufgebauten anderen Orte gezogen.

Er fuhr aus der Kurve und hinein in die Sonne. Als feuriger Ball stand sie am Himmel und schickte ihre sengenden Strahlen auf die fast ausgedörrte Erde.

Die Natur lechzte nach Regen. Zu erkennen an den Weiden, deren Gras schon einen gelblichbraunen Schimmer angenommen hatte.

Selbst die Kühe schienen zu faul zum Fressen zu sein. Sie lagen im Gras und ruhten sich aus.

Ralf Göpfert hatte eine dunkle Brille aufgesetzt. Wenn er unter der Sonnenscheibe hinwegschaute und nicht geblendet wurde, konnte er bereits die Häuser mit den roten Dächern erkennen. Rechts und links davon lagen die hohen Hügel in schwammiger, flirrender Hitze.

Mit der Zunge fuhr Ralf über seine Lippen. Er freute sich auf ein Bier. Er würde zuerst den Dorfgasthof betreten und sich einen gewaltigen Eimer des köstlichen Gerstensaftes bestellen, den hatte er nach der langen Fahrt verdient.

Rechts und links der Straße säumten weite Felder die graue Fahrbahn. Zum Teil war die Ernte schon eingefahren worden. Ziemlich früh, wie Ralf fand, sonst geschah das zumeist im August. Wo die Felder von Weiden abgelöst wurden, begann der kleine Ort, und Ralf ging vom Gas.

Fast im Schritttempo rollte er weiter, schaute mal nach links, dann wieder nach rechts, und sein Fuß zuckte automatisch zum Bremspedal.

Er hatte etwas entdeckt.

Auf einem der hellen, dünnen Begrenzungspfähle befand sich etwas Rundes, was dort überhaupt nicht hingehörte.

Ralf war neugierig geworden. Das Bier konnte noch ein paar Minuten warten. Er wollte erst sehen, was auf dem Pfahl steckte.

Er hielt an, öffnete den Wagenschlag, stieg aus, sprang über einen schmalen Graben, erreichte den Pfahl, und im nächsten Augenblick verzerrte sich sein Gesicht zu einer Grimasse.

Auf dem Pfahl steckte ein Kopf!

Urplötzlich spürte der junge Mann die Hitze doppelt stark. Die Sonne schien mit zweifacher Kraft zu brennen, und sie schickte ihre sengenden Strahlen in seinen ungeschützten Nacken, sodass ihm der Schweiß aus allen Poren brach.

Der Kopf war echt. Ein makabres Zeichen am Rand der Straße, und Ralf Göpfert spürte mit einem Mal den kalten Horror, der ihn gepackt hielt. Er hatte das Gefühl, sich in einer unheimlichen Gruft zu befinden, denn auf einmal wurde ihm so kalt, dass sich auf seinem Rücken eine dicke Gänsehaut bildete.

Der Kopf gehörte einer Frau!

Schon die langen Haare wiesen darauf hin. Das Alter war schwer zu schätzen, die Frau hätte zwischen dreißig und fünfzig Jahren sein können. Bleich und blutleer präsentierten sich die Lippen. Sie standen offen, und zwischen ihnen hing ein Stück der Zunge hervor, die eine graugrüne Farbe zeigte. Die Pupillen erinnerten an zwei durchsichtige Steine. Unter dem rechten Auge war ein eingetrockneter Blutfaden zu sehen. Fliegen umschwirrten den Kopf, die Haut hatte einen gelblichen Schimmer und war aufgedunsen, ein Zeichen, dass der Verwesungsprozess schon länger im Gange war.

Das Grauen schüttelte Ralf Göpfert regelrecht durch. Er zitterte und erlebte eine nie gekannte Furcht. Hastig schaute er sich um. Wenn jetzt jemand hier vorbeikam, musste man ihn für den Mörder halten, und bei diesem Gedanken krampfte sich in ihm alles zusammen.

Obwohl es bis zum Dorf nur ein paar Meter waren, war vom Ort her nichts zu vernehmen. Allerdings hörte er in der Ferne ein gleichmäßiges Brummen. Dort fuhr ein Bauer mit einem Trecker über seine Felder. Der Mann war so weit entfernt, dass er Ralf nicht sehen konnte.

Den Graben übersah der junge Mann. Er machte genau einen Schritt zu viel und fiel. Zum Glück führte der Straßengraben kein Schmutzwasser, sodass sich Ralf nur staubige Kleidung holte.

Er stand wieder auf und vermied es krampfhaft, auf den Kopf zu schauen.Was sollte er tun? Wen sollte er benachrichtigen? Der Kopf gehörte einer Frau aus dem Dorf. Er kannte sie, hatte mit ihr früher gesprochen, und jetzt sah er sie so wieder. Schrecklich …

Hoffentlich war Frank, sein Vetter, schon da. Mit ihm musste er über die Sache reden. Nur konnte man den Kopf wohl kaum so lange auf dem Pfahl stecken lassen, ein anderer würde ihn sehen und wahrscheinlich die Polizei mobil machen. Sie konnte Göpfert jetzt nicht gebrauchen. Die Beamten würden ihn fest halten und Fragen stellen. Er kannte die Regeln, schließlich wollte er selbst Polizeibeamter werden.

Nein, da musste es eine andere Lösung geben.

Während er noch überlegte, hörte er plötzlich ein ihm bekanntes Geräusch.

Da kam ein Wagen.

Ralf musste sich jetzt entscheiden. Er konnte es nicht. Stocksteif blieb er zwischen seiner Ente und dem Pfahl stehen, während das fremde Auto immer näher kam …

Will Mallmann fuhr noch immer seinen Manta. Von mir auf das Alter des Wagens angesprochen, konterte er: »Was ist denn mit deinem Bentley? Kann man den als jünger bezeichnen?«

Da hielt ich lieber den Mund. Will hatte Recht. Mein Bentley war auch schon ein altes Schätzchen, aber er fuhr treu und brav, wurde regelmäßig gewartet und hatte alle Unfälle gut überstanden.

Ich lernte zum ersten Mal die Eifel kennen und empfand die Gegend als schön.

Vergleichbar etwa mit den englischen Mittelgebirgen, die ebenfalls sanfte Hügelformen zeigen und vor allen Dingen sehr viel Wald. Den sahen wir auch hier, nachdem wir die Autobahn hinter Bonn verlassen hatten.

Will erzählte von seinen letzten Fällen. Etwas Übersinnliches war nicht dabei gewesen.

Ich gab ihm auch einen Kurzbericht über das, was seit den roten Vampiren alles geschehen war.

Will zeigte sich überrascht. »Da habt ihr ja voll ins Schwarze getroffen.«

»Kannst du wohl sagen.«

Nach zehn Minuten mussten wir uns auf der Karte informieren, welchen Weg wir zu fahren hatten. Ich gab Will Mallmann einige Informationen, denn das Blatt lag auf meinen Knien.

Die Gegend wurde einsamer. Der Verkehr ließ nach. Immer weniger Touristen waren zu sehen. An einer Kreuzung mussten wir links ab, fuhren durch den Wald, gerieten in eine Kurve, und beide atmeten wir auf, denn die Dächer der Häuser unseres Zielortes waren bereits zu sehen.

Will drückte noch einmal kurz auf das Gaspedal. Der Manta beschleunigte. Vor uns schien der grelle Sonnenball am Himmel zu explodieren, ich schaute direkt hinein, hörte Wills Fluch, und einen Augenblick später kreischten Reifen.

Hart presste mich das Manöver in den Gurt. Es kam jedoch zu keinem Aufprall oder Unfall, der Kommissar hatte den Manta rechtzeitig genug zum Stehen gebracht.

»Was ist denn los?«

»Da steht Göpfert und winkt«, erwiderte Will, löste seinen Gurt und drückte die Tür auf.

Den hatte ich wirklich nicht gesehen. Wahrscheinlich hatte mich die Sonne geblendet, auch war ich mit meinen Gedanken woanders gewesen. Ich gab der Hitze daran die Schuld, sie konnte einen Menschen matschig machen.

Ich verließ den Manta ebenfalls. Als die Tür zuschlug, befand sich Will Mallmann schon bei einem jungen Mann mit braunem Haar, der mit ihm redete und seine Worte durch aufgeregte Gesten unterstrich. Die beiden standen neben einem Kleinwagen mit aufgerolltem Schiebedach.

»John!« Will Mallmann winkte mir. »Komm, sieh dir das an!«

Ich war schnell da und nickte Ralf Göpfert zu, der ziemlich blass aussah und mich aus weit aufgerissenen Augen anschaute. Den Grund für seine Angst oder seinen Schrecken erfuhr ich schon wenig später, als wir den Graben übersprangen und vor dem Pfosten standen.

Da befand sich der Kopf.

Ein menschlicher Kopf!

Man hatte ihn auf diesen Kunststoffpfahl gestülpt. Für mich war es ein Rätsel, wie er so Halt finden konnte.

Der Schädel sah schrecklich aus. Er gehörte einer Frau, die Gesichtszüge schienen eingefroren zu sein, im Entsetzen erstarrt und zur Grimasse verzogen.

Ich schluckte ein paar Mal, bevor ich mich umdrehte und mit dem jungen Mann sprach. »Sie haben den Kopf gefunden?«

»Ja, Sir.«

Ich lächelte schmal. »Lassen Sie das Sir mal weg. Nennen Sie mich ruhig John.«

»Danke.«

»Wie war das also?«

Ralf Göpfert berichtete. Ich hörte mir alles an und fragte zum Schluss: »Kennen Sie die Frau, zu der der Kopf gehört?«

»Ja. Ich habe sie schon gesehen. Sie stammt hier aus dem Dorf. Es sind zwei Morde geschehen. Ein Opfer war eine Frau. Eben diese.« Er senkte seinen Blick. Die Wangenmuskeln zuckten.

Mit einem Taschentuch wischte ich mir den Schweiß von der Stirn. Mit so einem Empfang hatte ich nicht gerechnet, aber er bewies mir, dass es später war, als wir dachten. Wir mussten etwas tun, und zwar sehr schnell. Die andere Seite hatte ihr brutales Gesicht gezeigt.

Ich schaute Will an. »Was machen wir?«

»Den Kopf können wir nicht hier lassen, John. Im Wagen habe ich noch eine Tüte.«

Ich war einverstanden.

Will ging zu seinem Manta und öffnete die Haube des Kofferraums. Nicht weit von uns entfernt fuhr der Bauer mit seinem Trecker vom Feld. Er bog auf die Straße und tuckerte in Richtung Ortseingang. Die Reifen ließen braune Dreckstreifen auf dem Asphaltband zurück.

Der Bauer passierte uns. Er drehte neugierig den Kopf. Ich stellte mich so hin, dass er den Schädel nicht sehen konnte. Ohne etwas zu fragen, fuhr er vorbei.

Will kam zurück. Auch er hatte etwas von seiner natürlichen Gesichtsfarbe verloren. Gemeinsam stülpten wir die Tüte über den Kopf, fassten dann erst zu und zogen ihn von der Stange. Will brachte ihn wieder weg.

Ich wandte mich an Ralf Göpfert. »Haben Sie irgendeine Erklärung?«

»Nein.«

»Aber es kann mit dem Leichenpfad zusammenhängen?«

Er hob die Schultern. »Möglich. Bestimmt sogar. Nur sehe ich die Verbindung nicht.«

»Um die herauszufinden, sind wir ja da«, erwiderte ich. »Sie, Ralf, sagen zu niemandem ein Wort. Einverstanden?«

»Natürlich.«

Will deutete auf den in der Sonnenglut liegenden kleinen Eifelort. »Am besten ist es, wenn wir uns erst einmal ein Quartier suchen und danach den seltsamen Leichenpfad besichtigen.«

Damit war ich einverstanden. Ralf Göpfert schlug ich

auf die Schulter. »Kommen Sie, mein Lieber. Irgendwie renkt sich das alles wieder ein.«

Der junge Mann hob nur die Schultern.

Von der grünen Liegewiese aus und mit dem Haus im Rücken, hatte das blonde Mädchen einen herrlichen Blick auf die bewaldeten Hänge der Eifel. Zudem stand die Sonne so, dass sie auf ihren Körper schien, der nur von zwei kleinen Stofffetzen an den für Männer wichtigsten und interessantesten Stellen bedeckt wurde. Sie leuchteten in einem hellen Rot, ein Mini-Bikini, der die schlanke Figur des Mädchens noch deutlicher unterstrich.

Sie genoss es, in der Sonne zu liegen. Weg aus dem heißen, aber sehr schwülen Köln und in dieses leichte Mittelgebirgsklima hinein, wo man die Sonne noch aushalten konnte.

Eine dunkle, modische Brille schützte ihre Augen, die sie geschlossen hielt, und sie dachte daran, dass es ihr gefallen würde, hier vielleicht für immer zu wohnen. Das war unter Umständen möglich, wenn sie Frank heiratete. Er wohnte bei seinen Eltern, die zur Zeit nicht da waren und sich um die kleine Dorfapotheke kümmerten, denn sie gehörte ihnen. Frank und sie waren allein im Haus. Normalerweise hätten sie die Gelegenheit genutzt, um das zu tun, was so menschlich ist, aber jeden Moment konnte Vetter Ralf erscheinen. Von ihm wollten sie sich nicht überraschen lassen.

Die Schritte des jungen Mannes hörte sie nicht. Erst als Frank seine Hände über die Gläser der Sonnenbrille legte, da zuckte sie zusammen. »Wer bin ich?«, hörte sie seine dumpfe Stimme.

»Na, wer schon?«

»Graf Dracula.«

»Bleib lieber beim Bier. Mein Blut wird dir nicht schmecken. Es ist vergiftet.«

»Wieso?«

»Ich bin eine Hexe.«

»Vampire und Hexen passen aber gut zusammen«,

erwiderte Frank und ließ seine Hände über ihre Schultern gleiten, wobei er sie gleichzeitig nach vorn führte und sie dort zur Ruhe kamen, wo die beiden roten Stoffpunkte leuchteten.

Das Mädchen lachte. »Schämst du dich nicht?«

»Weshalb?«

»Wenn uns jemand sieht.«

»Dann wird er sich ärgern, dass er nicht das Glück hat, eine Frau zu besitzen wie ich.«

Sie lachte. »Frau ist gut. Bitte, Frank, nimm die Hände weg. Sonst ...«

»Was ist mit sonst?«

»Nichts.« Sie drehte sich plötzlich und turnte geschmeidig vom Liegestuhl.

Christine Berger – kurz Chris genannt – studierte Sport. Sie war ein As im Bodenturnen. An ihrem Körper stimmte alles, und sie achtete auch darauf, dass er nicht so maskulin wirkte wie der mancher Hochleistungssportlerinnen. Das Haar hatte sie mit einem Gummi zu einem Pferdeschwanz zusammengebunden. Ihr Gesicht zeigte noch die fettige Schicht vom Einreiben, und dies überdeckte die zahlreichen Sommersprossen, die sich auf beiden Wangen ein Stelldichein gaben.

»Und?«, fragte Frank. Er war ungefähr so groß wie sein Vetter, nur hatte er dunkles Haar, das in lässigen Wellen bis über die Ohren fiel. Er trug ein T-Shirt und Bermuda-Jeans.

»Am liebsten möchte ich duschen.«

Frank schaute auf seine Uhr. »Die Zeit kannst du dir noch nehmen. Ich warte solange auf Ralf.«

»Und wann kommen deine Eltern?«

Frank winkte ab. »Die Apotheke machen sie erst gegen achtzehn Uhr dicht. Dann dauert es immer noch eine halbe Stunde.«

»Wissen sie eigentlich, dass ich da bin?«

»Natürlich, warum?«

Chris hob die Schultern. »Nicht dass sie einen Schrecken bekommen.«

Frank grinste. Er ließ seine Blicke über den Körper des

Mädchens gleiten. »Ganz im Gegenteil, meine Liebe, ganz im Gegenteil.«

»Ach, hör auf.«

Chris winkte ab und lief auf die Terrasse zu, über die sie das Wohnzimmer betreten konnte. Sie ging schnell, denn die Platten waren ziemlich heiß. Selbst die Markise hielt nicht so viel Wärme ab. Im nächsten Jahr wollten die Göpferts einen kleinen Pool bauen, nicht zuletzt auf Franks Drängen hin.

Das Haus lag ein wenig außerhalb der eigentlichen Ortschaft, war erst fünf Jahre alt und stand an einem Hang, der zur Rückseite hin abfiel. Wenn man von vorn kam, war kaum mehr als das Dach zu sehen. Eine kleine Zufahrt führte durch einen Steingarten und vorbei an den Pfosten mit den runden Kugelleuchten darauf.

Frank Göpfert folgte langsamer. Er dachte an seinen Cousin. Ralf wollte noch zwei Männer mitbringen. Einer davon war Engländer, ein Oberinspektor von Scotland Yard, der sich mit okkulten und außergewöhnlichen Fällen beschäftigte. Frank stand diesen Dingen ziemlich skeptisch gegenüber.

Aber er wollte nicht zu voreingenommen sein und den anderen eine Chance geben.

Als er das Haus betrat und das Wohnzimmer mit den schweren Eichenmöbeln durchquert hatte, hörte er schon die Dusche rauschen. Am liebsten wäre er mit unter die Strahlen gehüpft, aber da Ralf jeden Augenblick eintreffen konnte, wollte er sich nicht von ihm überraschen lassen. Zudem brachte er noch Besuch mit.

Frank durchquerte die Diele und öffnete die Haustür. Er blieb auf dem kleinen Podest stehen und schaute hinunter ins Dorf. Die Straße war gut zu sehen, und er hielt Ausschau nach der kleinen Ente seines Vetters.

Noch entdeckte er das giftgrüne Gefährt nicht und spielte mit dem Gedanken, sich doch noch schnell zu duschen.

Da hörte er den Knall!

Frank Göpfert zuckte zusammen. Er kreiselte herum und stellte fest, dass die Haustür zugefallen war.

Durchzug vielleicht. Wenn er jetzt hinein wollte, musste er um den Bau herumgehen.

Frank verzog das Gesicht, kickte einen Stein zur Seite, ging die ersten Schritte und blieb neben einem Sommerrosenbeet stehen, denn er hörte die gellenden Schreie, die selbst das Rauschen der Dusche übertönten.

»Mein Gott, Chris«, hauchte er und rannte …

Wir hatten uns von Ralf Göpfert getrennt. Er wollte erst zu seinem Vetter fahren, um uns danach zu treffen. Den Weg zu einem Gasthaus, wo wir wohnen konnten, brauchte er nicht zu beschreiben, wir fanden es auch ohne, denn es gab praktisch nur eine Herberge in diesem kleinen Eifelort.

Zimmer waren frei, das stand an dem Schild über dem Eingang des Gasthauses.

Das Dorf wirkte wie ausgestorben. Entweder befanden sich die Menschen auf den Feldern, oder sie hielten Siesta. Bei dieser Hitze etwas völlig Normales.

Wir stellten unseren Wagen am Straßenrand ab, krochen aus dem Manta und betraten einen kühlen Gastraum, wo der Wirt vor einem Fernseher hockte und sich das Nachmittagsprogramm anschaute. Als er unsere Schritte hörte, drehte er sich um und bekam große Augen.

»Guten Tag«, grüßte Will freundlich. »Haben Sie noch zwei Zimmer frei?«

Der Wirt stand auf. Er spielte mit seinen breiten Hosenträgern, die sich wie zwei Streifen über dem weißen Hemd spannten. »Wollen Sie hier wohnen?«

Da seine Stimme erstaunt klang, fragte der Kommissar. »Ja, ist das so ungewöhnlich?«

»Eigentlich ja. Die Touristen …«

Will winkte ab. »Wir wollten dem Rummel entgehen, das ist alles.«

»Wenn das so ist, sicher. Ich gebe Ihnen die besten Zimmer, die ich besitze. Sogar mit Dusche.«

»Na, das ist doch was.«

»Dann gehe ich mal vor.« Der Wirt schaltete erst die

Glotzkiste aus, bevor er seine zwei Zentner in schaukelnde Bewegungen setzte. Er hatte eine Glatze. Auf ihr sammelten sich Schweißtropfen, die in langen Bahnen über den Stiernacken in seinen Rücken liefen.

Die Stufen der schmalen Treppe ächzten unter dem Gewicht des Mannes, als er nach oben ging. In der ersten Etage lagen die Zimmer. Es waren kleine, saubere Räume.

Wir bedankten uns und kühlten uns danach erst durch eine kalte Dusche ab. Anschließend trafen wir uns wieder, und Will fragte: »Bleibt es bei unserem Plan?«

»Ja, wir sehen uns den Leichenpfad mal an.«

»Und wo finden wir den?«

»Fragen kostet nichts.«

Der Wirt erschrak, als wir uns nach dem Leichenpfad erkundigten. Er ging so weit zurück, bis er mit dem Rücken gegen den Tresen stieß. »Da wollen Sie hin?«

»Ja. Stimmt was nicht?«

»Nein, nein. Tagsüber können Sie sich ruhig umschauen. Aber des Nachts ist es gefährlich.«

»Wieso?«

»Weil es dort nicht mit rechten Dingen zugeht«, erwiderte er mit fester Stimme.

»Und was passiert da?«

Der Wirt schaute sich scheu um. »Es gibt eine alte Geschichte über die Weiße Frau. Sie ist meist gegen Mitternacht am alten Leichenpfad zu sehen, heult und jammert, da ihre Seele keine Ruhe finden kann.«

»Gibt es dafür einen Grund?«

»Klar, den gibt es.«

»Dann nennen Sie ihn uns.«

Der Wirt verzog das Gesicht. »Sie sind fremd hier, und ich weiß nicht, ob Sie sich …«

Will Mallmann sagte: »Wenn wir den Leichenpfad schon tagsüber betreten, dann wollen wir auch wissen, welch eine Bewandtnis es mit ihm hat.«

»Die Leute hier haben Angst«, sagte der Wirt und beugte sich vor, wobei er seine Stimme jedoch zu einem Flüstern senkte. »Große Angst sogar. Die Weiße Frau ist gnadenlos. Sie will alle vernichten, die ihr in die Quere kommen. Es hat schon zwei Morde in der letzten Zeit gegeben.«

Wir taten ahnungslos. »Wirklich?«, fragte der Kommissar erstaunt.

»Ja, und keiner ist aufgeklärt worden.«

»Man schiebt die Taten der Weißen Frau in die Schuhe?«, hakte ich nach.

»So ist es. Sie allein ist schuld daran.« Der Wirt schüttelte sich, als hätte jemand kaltes Wasser über ihn geleert. »Vor dreihundert Jahren fing es an. Da wohnte in den Wäldern eine gewisse Gräfin von Schwarzfeld. Sie war ein Biest, immer hinter Männern her, und sie holte sich zumeist die jungen Burschen aus dem Dorf. Die mussten ihr dann zu Diensten sein. Aber nicht nur das. Wenn es ihr in den Kopf kam, dann tötete sie die Männer. Wer kümmerte sich schon darum? Es waren schließlich Leibeigene. Es müssen schreckliche Dinge passiert sein. Diener karrten die Toten über den Leichenpfad auf den alten Friedhof, wo sie regelrecht verscharrt wurden.«

»Und die Gräfin?«, fragte ich.

»Die ereilte das gleiche Schicksal. Eine Frau aus diesem Dorf hat sie getötet, vielmehr ein Mädchen. Es arbeitete als Dienerin bei der Gräfin. Als sie sah, dass die Gräfin ihren Verlobten auf die Burg schaffen ließ, da drehte sie durch. Bevor die mächtige Frau mit dem Mann ihr schändliches Spiel treiben konnte, traf sie ein vergifteter Dolchstoß. Sie starb noch im Bett und schrie immer nach der Hölle, während sie in den letzten Zuckungen lag. Man hat ihren Körper dann verscharrt, aber seit dieser Zeit spukt sie herum, weil ihre Seele keine Ruhe mehr findet. Der Satan hat ihr ein ruheloses Dasein verschafft. Nachts lauert sie am Leichenpfad und ermordet die Menschen, die ihn betreten. Sie ist furchtbar und grausam, und sie hat Helfer auf dem Friedhof. Davon sind wir überzeugt.«

»Wen denn?«, fragte ich. »Die Toten?«

»Ja, so sagt man.«

»Aber Tote können ...«

Der Wirt unterbrach mich mit wilden Handbewegungen. »Hier können Tote auferstehen. Zumindest einer hat keine Ruhe gefunden. Es ist der ehemalige Pfarrer des Dorfes.«

»Ein Geistlicher?«

»Ja, glauben Sie mir. Da ist eine furchtbare Sache geschehen. Das war in den letzten Kriegstagen. Ich habe davon nicht so viel mitbekommen, aber damals fuhren der Pfarrer Schmitz und ein gewisser Göpfert die Toten eines Nachts über den Leichenpfad zum Friedhof, um sie zu begraben ...« Es folgte nun die Story, die ich schon kannte, aber ich wollte wissen, wie sie der Wirt interpretierte.

Als er seinen Bericht beendet hatte, hakte ich nach. »Hat man den Pfarrer denn nie gefunden?«

»Nein, bis heute nicht.«

»Aber Göpfert.«

»Ja, er wurde begraben. Man sagt, dass er nicht tot war, sondern nachts aus der kühlen Erde steigt und zusammen mit der Gräfin, der Weißen Frau also, am Leichenpfad lauert.«

»Hat ihn jemand gesehen?«, fragte Will Mallmann.

Der Wirt nickte heftig. »Und wie. Diejenigen können leider nichts mehr sagen, sie sind tot.«

»Sie sprechen den Doppelmord an?«

»Genau. Das muss so gewesen sein. Wir fanden die Toten am Leichenpfad, und dann waren sie plötzlich verschwunden. Unter den Augen der Polizei, kurz vor der Beerdigung.« Der Wirt schenkte sich hastig einen Schnaps ein. »Wir alle glauben, dass dahinter nur die Weiße Frau steckt. Sie hat die Toten verschwinden lassen, und vielleicht wird sie die beiden wieder zum Leben erwecken. Es war ein Ehepaar, das immer hier gewohnt hat.«

»Weshalb sind sie des Nachts zum Leichenpfad gegangen?«, wollte ich wissen.

»Das kann ich Ihnen nicht sagen. Der Mann und die Frau haben darüber nicht gesprochen.«

Die Sache wurde immer rätselhafter. Ich schaute zu, wie der Wirt seinen Schnaps kippte, und meinte: »Es kann doch durchaus möglich sein, dass sich die beiden Toten auf dem seltsamen Friedhof befinden, bei dem der Leichenpfad endet oder nicht?«

»Damit rechnen wir auch.«

»Haben Sie nachgesehen?«

»Nein. Wer traut sich schon dorthin?«

»Wir«, sagte der Kommissar. »Wir werden uns den Friedhof einmal anschauen und vor allen Dingen auch den Leichenpfad.«

Der Wirt begann zu jammern. »Wollen Sie sich unglücklich machen? Das ist eine Versündigung. Sie laufen in Ihr Verderben, wirklich. Der Friedhof darf nicht betreten werden. Er ist eine Tabuzone.«

»Und wo begraben Sie Ihre Toten?«, hakte ich nach.

»Nicht dort. Wir haben einen neuen Friedhof angelegt. Am Ende des Dorfes. Er ist zwar noch klein, aber mit der Zeit wird er wachsen. Zudem haben wir ihn geweiht, auf dem alten Totenacker wird niemand mehr begraben, das kann ich Ihnen sagen. Hören Sie auf meine Warnung. Ich möchte nicht vor Ihren Leichen stehen.«

»Das brauchen Sie auch nicht«, erwiderte ich optimistisch und nickte meinem Freund Will zu.

Der Kommissar verstand. Jede Minute, die wir hier verquatschten, war vergeudete Zeit. Wir wollten zum Friedhof. Tagsüber sah immer alles anders aus als in der Nacht.

»Heute Abend erstatten wir Ihnen Bericht«, sagte Will zum Abschluss und lächelte, als wir das Gasthaus verließen.

Vor der Tür merkten wir wieder die stechende Sonne. In der Gaststube war es kühl gewesen. Ich setzte mir meine dunkle Brille auf.

Will war schon auf den Manta zugegangen, ich schaute noch nach links und sah einen Wagen mit hohem Tempo über die Straße fahren. Es war eine grüne Ente, Ralf Göpfert fuhr sie.

»Will!«, rief ich. »Schau mal zurück.«

Der Kommissar drehte sich um, und er sah das Gleiche wie ich. Göpfert hatte uns fast erreicht, trat hart auf die

Bremse und brachte die Ente schlingernd zum Stehen. Sie drehte sich noch, als er bereits die Tür aufstieß.

»Kommen Sie mit, da ist was Schreckliches passiert!«

Ein Teil der oberen Etage des Hauses wurde von Frank Göpfert bewohnt. Er hatte dort ein großes Zimmer mit einer Verbindungstür in sein eigenes Bad.

Durch die Schlitze des Rollos fiel nur wenig Licht, sodass die einzelnen Balken schmale Streifen auf die kleinen Fliesen malten. Selbst sie waren warm, das merkte Chris, als sie mit nackten Füßen zum Duschbecken schritt.

Auf dem Weg dorthin löste sie das Oberteil des Bikinis, blieb dann stehen und stieg aus dem Höschen. Dann schob sie den grünen Duschvorhang zur Seite, betrat das Becken und stellte sich unter die Brause. An der Mischbatterie regulierte sie die richtige Temperatur, denn eiskalt wollte sie nicht duschen.

Eine gewisse Temperatur musste sein, da erfrischte sie sich am besten.

Zuvor hatte sie noch eine Badekappe aufgesetzt, sodass die Wasserstrahlen auf das Gummi trommelten.

Nichts tat besser, als bei dieser Hitze lauwarm zu duschen. Es war ein herrliches Gefühl, unter den Strahlen zu stehen, und Chris bog ihren Körper wie eine Gummifeder, damit auch jede Hautfalte etwas von dem kühlen Nass abbekam.

Und nachdem sie sich das Sonnenöl vom Körper gespült hatte, seifte sie sich ein.

Träge floss der duftende Schaum über ihre Haut. Fingerdicke Streifen liefen von oben nach unten, die Chris mit den Händen verrieb.

Dann drehte sie sich um und stellte sich wieder unter die harten Wasserstrahlen.

Der Schaum wurde weich und wurde abgespült.

Der grüne, leicht durchsichtige Duschvorhang hielt die meisten Wasserspritzer ab, und letzte Schaumreste sammelten sich zwischen ihren Füßen im Duschbecken, bevor das Wasser sie in den Ausguss spülte, wo sie kreisend verschwanden.

Chris wandte dem Vorhang den Rücken zu, deshalb sah sie auch nicht den Schatten, der sich durch das Zimmer bewegte. Er ging gekrümmt, war ziemlich groß, und sein Rücken zeigte eine Rundung, die sich bei genauerem Hinsehen als eine Last entpuppte, die der Eindringling über die Schulter geworfen hatte und durch den Duschraum trug.

Bevor er durch die Tür in Franks Zimmer verschwand, blieb er stehen und drehte sich um.

Bisher hatte ihn die Umgebung nicht interessiert, jetzt aber sah er den menschlichen Umriss hinter dem Vorhang, und er wandte langsam seinen Körper.

Chris genoss die jetzt eiskalten Wasserstrahlen, die wegen ihrer Aufprallwucht die Haut regelrecht massierten, zudem rieb sie noch mit den Händen nach und lockerte die Muskeln.

Da die Strahlen auch den Rücken massieren sollten, drehte sich das junge Mädchen um.

Und sah den Schatten!

Chris erstarrte vor Schreck. Dann dachte sie an Frank, und daran, dass er ihr vielleicht gefolgt war. Als sie genauer hinschaute, erkannte sie, dass dem nicht so war.

Frank hatte eine andere Figur.

Also ein Fremder!

Chris hatte eigentlich schreien wollen, aber die Überraschung war so groß, dass sie nur dastand und auf den Schatten stierte, der sich nicht bewegte und sich erst nach einer Weile allmählich umdrehte, dann jedoch blitzschnell reagierte und seinen Arm nach vorn drückte.

Zielsicher griff der Fremde zu.

Fünf Finger einer knochigen bleichen Hand fanden genau die Lücke zwischen den beiden Vorhanghälften und zogen eine Hälfte nach rechts weg. Das metallene Rollen unter der kleinen Laufschiene ging im Prasseln des Wassers unter.

Chris starrte den Fremden an.

Unheimlich sah er aus. Ein verwüstetes Gesicht, ein

weit aufgerissener Mund, aus dem ein schreckliches Ächzen drang, dunkle Kleidung und Augen, die wie gläserne Steine wirkten.

Sekunden dehnten sich zu kleinen Ewigkeiten, während das Girl in dem Duschbecken stand, als hätte es ein Krampf gelähmt.

Der Unheimliche allerdings senkte seinen Kopf. Er tastete mit Blicken den nackten Körper ab, und die Finger seiner freien Hand bewegten sich greifend.

Endlich hatte Chris den Schock überwunden.

Sie schrie.

Weit riss sie den Mund auf, und es störte sie auch nicht, dass Wasser über die Lippen drang. Sie musste ihre Angst loswerden, die sich in diesen markerschütternden Schrei entlud.

Der Fremde stand unbeweglich und schaute auf das nackte Mädchen, das zu einer Statue geworden war. Chris war so entsetzt, dass sie nicht bemerkte, wie sich der andere bewegte, noch einmal tief stöhnte und dann abdrehte.

Er verschwand in Frank Göpferts Zimmer. Was er dort tat, war nicht zu sehen, es kümmerte Chris auch nicht, deren Schreien an Lautstärke verloren hatte und in einem Wimmern endete. Chris fühlte, wie sich der Krampf löste, die Knie gaben nach, sie begannen zu zittern und konnten das Gewicht des Körpers nicht mehr halten.

Im Zeitlupentempo sank sie in die Knie. Instinktiv streckte sie noch ihre Arme aus, versuchte Halt an der Wand zu finden, doch sie griff nur in den Vorhang. Sie krümmte die Finger, sodass ihr Fall gebremst wurde, als sie auf den Boden der Dusche schlug.

Zuckend blieb sie dort liegen, während weiterhin die Wasserstrahlen auf ihren Körper schlugen.

So fand sie auch Frank Göpfert.

Wie ein Irrer war er um das Haus herumgerannt, durch den Garten gestürmt, an der Rückseite ins Haus gelangt und hatte mit Riesenschritten den Weg nach oben genommen.

»Chris!« Sein Schrei gellte durch den Flur. Er war so in

Panik geraten, dass er die Gestalt übersah, die sich in eine Türnische gedrückt hatte. Frank Göpfert rannte einfach vorbei.

Dann riss er die Tür zu seinem Zimmer auf, schaute auch da nicht genau nach, sondern hetzte in die Dusche.

Dort lag sie.

Franks Gesicht verzerrte sich. Für einen Moment drehte sich alles vor seinen Augen, weil er das Gefühl hatte, eine tote Chris Berger vor sich zu sehen, das jedoch stimmte nicht, seine Chris lebte, sie atmete noch, wenn sie auch am ganzen Leib zitterte und wieder schrie, als Frank sie anfasste.

»Nein, nein, nein!«, rief der Student. »Du brauchst keine Angst zu haben. Ich bin es.« Er hob sie an, stellte die Dusche ab und zog Chris aus dem Becken.

»Frank!«, hauchte sie.

»Ja, ich ...«

»Mein Gott, ich ...«

»Du brauchst nichts zu sagen, Liebes.« Er redete und streichelte sie in einem. »Komm, ich lege dich auf das Bett und gebe dir ein Handtuch. Dann kannst du dich abtrocknen und ...« Frank merkte nicht, dass er alles durcheinander brachte, aber das spielte für ihn keine Rolle. Er war nur froh, dass sie am Leben war.

Auch sein Zimmer war abgedunkelt worden. An einer Seite lief die Decke bereits etwas schräg. Dicke Holzbalken waren zu sehen. Sie glänzten braun. An den Balken hingen Modellflugzeuge, die Frank als Junge so gern zusammengesetzt hatte.

Und es stand auch sein Bett dort.

Darauf fiel sein Blick.

Im nächsten Moment glaubte Frank, wahnsinnig zu werden. Er hielt sich selbst für verrückt, schloss die Augen, öffnete sie wieder, aber er konnte das Bild nicht vertreiben.

Auf seinem Bett lag ein Toter!

Die Leiche sah schlimm aus. Die Haut im Gesicht zeigte einen gelblichen Schimmer mit stockigen, hellen Flecken darin. Ein Teil der Brust war eine einzige Wunde. Blut, Schorf und Haut hatten sich dort zu einem krustigen Gebilde vereint.

Ein schlimmes Bild, das Frank zuvor noch nie gesehen hatte. Als Chris jetzt den Kopf drehte, griff Frank zu und presste seine Hand vor ihre Augen. »Sieh nicht hin!«, keuchte er. »Sieh nicht hin!« Gleichzeitig zog er sie zur Tür.

Chris folgte ihm willenlos wie eine Puppe. Sie ließ sich nach draußen in den Gang ziehen, wo Frank sich mit Chris gegen die Wand lehnte und den Kopf schüttelte. Dass unten im Haus die Tür schlug, hörte er nicht einmal, zu sehr beschäftigten sich seine Gedanken noch mit den Ereignissen der grausamen Vergangenheit.

Nach einigen Minuten hatte sich Chris wieder halbwegs gefangen. Sie klammerte sich noch immer an ihn. Wasser rann über ihre Haut, das Gesicht glänzte nass, die großen Augen waren fragend auf den jungen Mann gerichtet.

»Er war da, Frank. Er war da.«

»Wer?«

»Ich – ich kenne ihn nicht. Ein Mann. Schrecklich sah er aus, ein regelrechtes Untier.«

»Du hast ihn also nicht vorher gesehen?«

»Nein, Frank, nein.«

Göpfert holte tief Atem. »Ich weiß auch nicht, wie er ins Haus gekommen ist, aber er hat …« Hastig schloss er den Mund, weil er seinem Mädchen nichts von dem Toten im Zimmer sagen wollte.

»Was wolltest du sagen, Frank?«

»Nichts, überhaupt nichts.«

»Doch, du …«

»Bitte, Christine, zieh dir etwas über. Du kannst hier nicht so herumlaufen …«

»Meine Sachen sind in deinem Zimmer.«

»Ich hole sie dir.«

Frank löste sich von seiner Freundin, schloss die Tür

auf und betrat den Raum. Er vermied es, einen Blick auf die Leiche zu werfen. Die blaue Reisetasche stand am Schrank. Frank zog den Reißverschluss auf, holte Schuhe hervor, einen Slip und ein leichtes, weißes Sommerkleid aus Baumwollstoff.

Als er das Zimmer wieder verließ, weinte Chris. Unschlüssig blieb Frank stehen. Er hatte viele Fragen, doch er brachte es nicht fertig, eine zu stellen.

»Er holt mich«, flüsterte sie. »Er holt mich bestimmt, das weiß ich genau ...«

»Wer holt dich?«

»Der Mann in der Dusche. Er kommt noch mal zurück. Ich fühle es, Frank. Mein Gott, was soll ich machen?«

»Dich anziehen.« Der Satz rutschte Frank Göpfert automatisch über die Lippen. Er streckte seine Arme aus und reichte seiner Freundin die Kleidungsstücke.

Automatisch streifte sie sie über. Slip, Kleid, auf einen Büstenhalter verzichtete sie.

Da schellte es.

Die beiden schauten sich an. Wieder las Frank die Angst in Chris' Augen.

»Das ist bestimmt Ralf«, sagte der junge Mann, wandte sich ab und ging die Treppe hinunter. Er öffnete allerdings nicht sofort, sondern blieb an der Tür stehen und erkundigte sich nach dem Besucher.

»Mach schon auf.« Das war Ralfs Stimme.

Frank sah seinen Vetter und erkannte die kalkige Blässe in dessen Gesicht. »Mir ist etwas Schreckliches passiert!« Ralf fiel mit der Tür ins Haus. »Ich habe auf der Straße ...« Er verstummte, weil Chris in seinem Blickfeld auftauchte.

Frank bemerkte den veränderten Ausdruck und wandte sich um. Chris stand auf der Treppe. Blass wie eine Leiche, dazu passte noch das weiße Kleid, und das Haar hing wirr um ihren Kopf.

Eine Hand hatte sie auf das Geländer gelegt, als sie fragte: »Ist noch etwas passiert?«

»Ja, ja, aber ...«

Frank schob seinen Vetter nach draußen. Dort flüsterten die beiden miteinander, und wenig später jagte Ralf Göpfert mit seiner Ente den Weg wieder zurück.

Jetzt mussten Kommissar Mallmann und John Sinclair her!

Von dem Weg hatte ich kaum etwas gesehen. Mir war nur aufgefallen, dass wir abgebogen waren, eine schmale Straße hochfuhren und die Ente immer vorausrollte.

Das Haus lag am Hang. Man konnte es per Fahrzeug über eine Zufahrt erreichen und zu Fuß über eine Treppe. Die Reifen der Ente wimmerten, als Ralf Göpfert den Wagen in die engen Kurven legte. Die Haustür stand offen.

Ein junger Mann und ein junges Mädchen warteten dort. Der Mann hatte die Hand auf die Schulter des Mädchens gelegt, eine beschützende Geste.

Die Namen hatte ich ebenfalls erfahren, was allerdings genau geschehen war, wussten weder Will noch ich.

Auch der Kommissar stoppte seinen Manta, als die Ente gebremst wurde. Rasch stiegen wir aus und liefen die wenigen Meter bis zum Eingang. Das Mädchen hatte verweinte Augen. Der Junge, es war Ralfs Cousin, deutete die Treppe hoch.

»In meinem Zimmer. Die zweite Tür.«

Will und ich flogen fast über die Stufen. Als wir die Tür aufstießen, nahmen wir den Duschgeruch wahr, der aus einem Nebenraum strömte.

Dann sahen wir den Toten.

»O Gott!«, sagte Will, als er einen Blick auf die Leiche warf und den Kopf. »Das ist ja entsetzlich.«

Ich stand stumm neben ihm. Es war in der letzten Stunde ein wenig viel auf uns eingestürmt. Erst der Kopf, jetzt eine vollständige Leiche. Fehlte nur noch der Torso der zweiten Ermordeten.

Es gehörte leider zu meinem Job, dass ich mir Leichen anschauen muss. Gern tat ich es nicht. Bei dieser hier drehte sich mein Magen um. Ich fand eine Decke und breitete sie über den Toten.

Neben mir stieß Will scharf die Luft aus. »Damit habe ich nicht gerechnet«, sagte er.

Meine Gedanken waren ganz woanders. Ich sprach sie schließlich so aus: »Immer wieder ist die Familie Göpfert mit in das Spiel hineingezogen worden. Der Wirt hat den Namen ja auch erwähnt, als er von den Vorfällen in den letzten Kriegsmonaten sprach.« Ich streckte den Finger aus. »Da, Will, müssen wir nachforschen.«

»Das ist verdammt lange her.«

»Es bleibt uns nichts anderes übrig.«

»Und die Weiße Frau?«

Ich verzog meine Mundwinkel. »Werden wir auch noch in das Puzzle mit hineinbekommen.«

Auf dem Gang waren Schritte zu hören. Als wir zur Tür schauten, betrat ein leichenblasser Ralf Göpfert das Zimmer. Ich wollte dem jungen Mann den Anblick des Toten ersparen und sagte: »Es wird der zweite Tote sein, der noch fehlte.«

»Ist er – ich meine, hat er auch keinen Kopf ...?«

»Er ist normal, nur eben tot.«

»Und was machen wir jetzt damit?«

Eine gute Frage, auf die mir so schnell auch keine Antwort einfiel, denn liegen lassen konnten wir den Toten auf keinen Fall. Zudem war da noch der Kopf der zweiten Ermordeten.

»Wir müssen die Leichen begraben«, erwiderte ich. »Und zwar auf dem alten Friedhof.«

Als ich das sagte, bekam Ralf Göpfert eine Gänsehaut. Ihn und seinen Vetter wollten wir auf keinen Fall mitnehmen. Das war eine Sache, die nur Will und mich etwas anging. Allerdings konnten uns die beiden Vettern bei den Vorbereitungen behilflich sein.

»Haben Sie vielleicht einen alten Teppich, in dem man den Toten einwickeln kann?«, erkundigte ich mich.

»Im Keller, glaube ich.«

»Dann holen Sie ihn bitte.«

Der Mann nickte und verschwand. Will rief ihm hinterher, er möge noch einen Karton mitbringen. »Für den Kopf«, fügte der Kommissar an mich gewandt hinzu.

Ich hatte ihn auch so verstanden.

»Das wird noch ein harter Strauß«, sagte der Kommissar.

Ich war seiner Meinung.

»Siehst du schon irgendeine Lösung?«

Ich schüttelte mir eine Zigarette aus der Packung und klemmte sie zwischen die Lippen. »Im Augenblick noch nicht. Vielleicht gibt uns der Friedhof eine gewisse Auskunft.«

»Das hoffe ich auch.«

Ein nett eingerichtetes Zimmer hatte Frank Göpfert hier. Wenn ich durch die länglichen Öffnungen nach draußen schaute, sah ich nicht nur auf die bewaldeten und im Sonnenschein badenden Hügel, sondern auch über das Dorf hinweg, bis zu seinem Ende, wo wahrscheinlich der Leichenpfad begann, der zum Friedhof führte.

»Suchst du den Pfad?«, fragte Will.

»Ja.«

»Der ist bestimmt zu weit weg.«

»Glaube ich nicht, aber da sind Bäume, die mir die Sicht nehmen. Na ja, wir werden ihn schon finden.«

Diesmal kam Ralf Göpfert nicht allein. Er hatte seinen Cousin mitgebracht. Bisher waren wir noch nicht dazu gekommen, uns vorzustellen. Das holten wir jetzt dem jungen Mann gegenüber nach.

Unser Lächeln fiel dabei schmal und verkrampft aus, nach den vergangenen Ereignissen kein Wunder.

Die beiden hatten tatsächlich einen Teppich auftreiben können. Ein großer grauer Lappen, in den wir die Leiche einrollen konnten. Wir schickten die beiden jungen Männer aus dem Zimmer und begannen mit der makabren Arbeit.

Zwei Minuten später war alles erledigt. Gemeinsam trugen Will und ich die Leiche nach unten.

An der Tür sahen wir noch einmal Chris Berger. Sie hatte ihre Lippen fest zusammengepresst, und die Furcht war noch immer in ihren Augen zu lesen.

»Ist dein Kofferraum groß genug?«, fragte ich Will.

»Das geht schon.«

Die Sonne schien uns auf die gebeugten Rücken, als wir den Toten in den Kofferraum legten, wo sich noch der Kopf befand. Will bat um den Karton.

Ralf holte ihn rasch. Der Kopf wurde hineingelegt und der Karton zugeklappt. Während ich mich umdrehte, hieb Will den Deckel des Kofferraums zu.

Ralf Göpfert sprach uns an. »Wollen Sie wirklich zu dem alten Friedhof fahren?«

»Ja, es gibt keine andere Möglichkeit.«

»Aber wie kommen Sie dahin?«

»Über den Leichenpfad. Oder kann man ihn mit dem Wagen nicht befahren?«, fragte Will.

»Das schon.«

»Na bitte.« Der Kommissar öffnete die Tür. »Sie bleiben alle im Haus, bis wir zurück sind.«

Die drei jungen Leute nickten. Dabei fiel mir ein, dass wir noch Schaufeln benötigten. Frank Göpfert lief zur Garage rüber. Das Tor der großen Doppelgarage wurde durch die Unterstützung eines elektrischen Motors bewegt.

Frank brachte einen Spaten und eine Schaufel. Wir klemmten die Geräte in den Fond und konnten endlich losfahren, nachdem Ralf uns noch einmal den Weg erklärt hatte.

Es war ein ruhiges Dorf, durch das der Kommissar seinen Manta lenkte. Hier konnte man wirklich noch von einer heilen Welt sprechen. Sogar Hühner sahen wir auf der Hauptstraße, sodass wir nun im Schritttempo weiterfuhren.

Man schenkte dem Manta kaum Beachtung. Ich wollte auch, dass es so blieb. Es brauchte nicht unbedingt jeder Einwohner zu wissen, wer sich in dem kleinen Ort aufhielt.

Hinter dem Dorf wurde die normale Straße besser. Sie allerdings konnten wir nicht benutzen, vor einer Scheune mussten wir links ab und fuhren über einen Weg in ein Wiesengelände hinein.

»Jetzt müsste der Pfad eigentlich gleich beginnen«,

sagte der Kommissar, der sich krampfhaft am Lenkrad festhielt, um die Schaukelbewegungen auszugleichen.

In der Tat machte der Weg einen scharfen Knick nach rechts, und wir sahen vor uns den eigentlichen Leichenpfad.

»Halt doch mal an«, murmelte ich.

Will stoppte.

Ich wollte mir den Pfad einmal in aller Ruhe anschauen. Wie der Körper einer Riesenschlange wand er sich vor unseren Augen bergauf. Stetig führte er in die Höhe, und da die Sonne schon etwas tiefer gesunken war, konnte ich auch sein Ende erkennen, wo sich eine graue Mauer befand, über die zahlreiche Bäume hoch hinauswuchsen.

»Das ist der Friedhof«, sagte ich und deutete nach vorn.

Auch der Kommissar schaute und nickte. »Sollen wir?«

»Okay.«

Auf zahlreichen Wegen, die ein üppiges Wiesengelände durchschneiden, wächst auch noch an zahlreichen Stellen saftiges Gras. Das war bei diesem Leichenpfad allerdings nicht der Fall. Seine Erde wirkte wie verbrannt. Sie zeigte eine grauviolette Farbe, und die Reifen des Mantas wirbelten dichte Staubwolken auf, als der Kommissar mit dem Gaspedal spielte. Zahlreiche Steine bedeckten den Boden. Zumeist kleinere, mehr an Kiesel erinnernd, die auch unter die Karosserie des Mantas sprangen, wobei Will säuerlich das Gesicht verzog.

»Was hast du?«, fragte ich ihn.

»Mein armer Wagen.«

»Hol dir doch einen neuen.«

»Nein, nicht bei meinem Einkommen. Im Zuge der Sparmaßnahmen bekomme ich auch kein zinsloses Darlehen mehr.«

»Das ist Pech.«

Danach schwiegen wir, denn Will Mallmann musste sich auf den Weg konzentrieren.

Dieser Pfad war wirklich nicht normal. Eine ascheartig aussehende Strecke, zu beiden Seiten die saftigen Wiesen, und in der Nähe sahen wir sogar das helle Wasser eines dahinfließenden Bachs. Der Leichenpfad passte einfach nicht in diese Gegend.

Manchmal versuchte Will, den Schlaglöchern auszuweichen, was allerdings nicht immer gelang, sodass der gute alte Manta mehr als einmal schrecklich gebeutelt wurde.

Der Kommissar knirschte danach jedes Mal mit den Zähnen. Er konzentrierte sich sehr auf die Fahrt, dennoch fiel ihm der feine Nadelstreifen an der linken Seite auf.

Ich hatte den Dunst im selben Augenblick gesehen und wunderte mich. »Nebel um diese Zeit?«

»Ich halte mal an.«

Es war auch in meinem Sinne, dass Will seinen Fuß auf das Bremspedal setzte. So warteten wir ab, ob sich in der Nähe des Nebels etwas tat. »Das ist am Bach«, meinte Will. »Kann natürlich möglich sein, dass sich da Feuchtigkeit gebildet hat.«

Ich wollte es genauer wissen, drückte den Wagenschlag auf und stieg aus.

Hitze und Stille umgaben mich. Trotzdem bekam ich eine leichte Gänsehaut, als ich auf den Nebel schaute. Er sah ein wenig seltsam aus, schimmerte rötlich und stand dort wie eine ovale Figur. Folgerichtig musste ich an die geheimnisvolle Weiße Frau denken. Ob sie mit dem Nebel identisch war?

Ich beugte mich zum Wagenfenster hinunter und erklärte Will, dass ich mir den seltsamen Dunst mal anschauen wollte.

»Aber sei vorsichtig.«

»Klar. Schlimmer als Dr. Tods Horror-Nebel wird er schon nicht sein, und dagegen schützt mich mein Kreuz.«

Zwei Schritte benötigte ich, um den Weg zu überqueren. Am linken Rand verließ ich ihn, schritt über die Wiese und steuerte den Nebel auf direktem Weg an.

Jetzt war ich gespannt.

Sicherheitshalber holte ich mein Kreuz hervor und behielt es in der rechten Hand. Unter Umständen brauchte ich es, um den seltsamen Dunst damit zu bannen.

Je weiter ich vorging, umso deutlicher hörte ich das Murmeln des Wassers. Es wurde hart angetrieben und sprudelte nur so über die Steine. Wie der Leichenpfad so verlief auch der Bach nicht gerade, sondern wand sich in zahlreichen Kurven durch das Gelände. Er folgte fast genau dem Lauf des Pfads.

Sollte dieser seltsame Nebel tatsächlich eine menschliche Gestalt darstellen? Fast hatte ich beim Näherkommen das Gefühl, und ich sah jetzt auch, dass sich der Dunst am rechten Ufer des kleinen Bachs aufhielt.

Es wurde etwas kühler, obwohl die Sonne schien. Mit der Nähe des Wassers hatte das kaum etwas zu tun, eher mit der seltsamen Nebelgestalt, die ich jetzt besser sah und mich wunderte, dass sie doch menschliche Konturen angenommen hatte.

Ja, das war sie!

Innerhalb der Nebelwolke sah ich eine Gestalt.

Ein Gespenst am helllichten Tag. Durchscheinend, weiß, wie Plasma und dabei mit leichten, toten Fäden durchzogen, die mich in ihrer Farbe an Blut erinnerten.

Die Weiße Frau stand vor mir. Daran gab es keinen Zweifel. Und wenn sich mir schon die Chance bot, wollte ich sie auch vernichten. Eine Gestalt, der es nichts ausmachte, am helllichten Tag zu erscheinen, denn für Geister oder Wesen aus dem Totenreich ist meistens die Dunkelheit optimal.

Ich hatte nicht so lange zögern dürfen, denn damit gab ich der seltsamen Erscheinung die Chance zu reagieren. Und die nutzte sie sofort aus. Bevor ich mich versah, zog sie sich zusammen. Ich vernahm noch ein fauchendes Geräusch, und im nächsten Augenblick zischte etwas auf mich zu.

Es war ein heller Streifen, ein Hauch, leicht rosig gefärbt – der Nebel.

In Gesichtshöhe glitt mir dieses seltsame Etwas entgegen, und ich ahnte den Angriff mehr, als dass ich ihn sah. Meine Reaktion erfolgte automatisch. Die rechte Hand riss ich hoch und hielt das Kreuz genau vor mein Gesicht.

Ob der Nebelstreifen das geweihte Silber nun berührt

hatte oder nicht, das konnte ich nicht sagen. Auf jeden Fall wurde die unheimliche Erscheinung gestoppt, sie flatterte plötzlich vor mir auseinander und wurde dabei zu einem grauen durchsichtigen Tuch, in dessen Mitte ich eine Gestalt erkannte, eben die Weiße Frau!

Jetzt endlich sah ich sie genauer!

Ein schreckliches Wesen. Gespenstisch, unheimlich und makaber. Ich hatte mich vorhin nicht geirrt, ihr gesamter Körper, so durchscheinend er sich mir auch präsentierte, war von winzigen Blutfäden durchwebt. Jeder Faden nicht dicker als normales Nähgarn und hellrot schimmernd.

Ein wahrlich unheimliches Bild und auch das abstoßend hässliche, verzerrte Gesicht passte zu der Weißen Frau, die ich wohl nicht länger als eine Sekunde so vor mir sah, denn als ich sie mit Hilfe des Kreuzes zerstören wollte, war sie verschwunden.

Einfach weg – aufgelöst ...

Kein Nebelstreif mehr, der über dem Wasser lag. Nur die Sonne brannte vom Himmel.

Weshalb war sie erschienen? Wollte sie uns warnen, dem Friedhof nicht zu nahe zu kommen, oder brauchte sie Opfer?

Ich wusste es nicht. Vielleicht würden wir in naher Zukunft eine Antwort finden, doch zunächst einmal musste ich mich mit der Gegenwart beschäftigen, denn ich hörte Will Mallmanns Ruf.

»John!«

Blitzschnell drehte ich mich. Der Kommissar stand noch am Wagen und winkte.

Hastig lief ich zu ihm. »Was ist denn?«, fragte ich ein wenig atemlos.

Als Antwort umklammerte Will meinen Arm in Höhe des Ellbogens und zog mich um den Manta herum. Vor dem Kofferraum blieben wir stehen. Will legte einen Finger auf die Lippen. Ich verstand das Zeichen und verhielt mich still.

Sekundenlang geschah nichts.

Dann hörte ich es.

Ein grässliches Stöhnen und Ächzen.

Es drang aus dem Kofferraum, wo die Leiche und der Kopf lagen …

»Verdammt, die Leichen«, flüsterte Will Mallmann. Er wurde grau im Gesicht und schluckte.

Auch mir ging es nicht gut. Ich spürte die kalte Hand, die unsichtbar über meinen Rücken strich. Als wir den Schädel und die Leiche gefunden hatten, waren beide tot gewesen.

Sollten sie jetzt etwa leben? Hatte die Weiße Frau diese Ausstrahlung besessen?

Will warf mir einen fragenden Blick zu. Es war klar, wir mussten die Haube öffnen, und ich sagte: »Gib mir den Schlüssel!«

Der Kommissar lief zur offen stehenden Fahrertür und beugte sich in den Wagen.

Abermals vernahm ich das grässliche Ächzen, und der Laut war noch nicht verhallt, da hieben dumpfe Schläge plötzlich gegen die untere Seite des Kofferraumdeckels.

Hatte sich die Leiche aus dem Teppich befreien können? Eigentlich unmöglich, denn der Kofferraum war zu eng, doch ich wollte hier nichts beschwören und fing den Schlüssel auf, den mir Will Mallmann zuwarf.

»Mach du es!«, sagte der Kommissar.

Zuerst zog ich meine Beretta. Dann hängte ich mir das Kreuz um den Hals und wies Will an, ein Stück zur Seite zu gehen. Etwa eine Körperlänge entfernt blieb er stehen und wartete.

Vorsichtig näherte ich mich mit der linken Hand dem kleinen Schloss des Kofferraums. Beim ersten Versuch klappte es noch nicht ganz, der Schlüssel fehlte, danach fand er zielsicher den schmalen Schlitz.

»Achtung, Will!«, sagte ich und drehte den Schlüssel herum. Gleichzeitig hob ich den Deckel noch mit an und ging einen Schritt nach links, wobei ich meinen rechten Arm senkte und mit der Waffenmündung auf den Schädel zielte, der mich anstarrte.

Er lebte!

Seine Lippen bewegten sich, die Augen rollten, das Weiße war zu sehen, und das Bild stieß mich ab.

Ich schoss.

Der peitschende Klang der Beretta schwang durch die heiße Luft. Die Silberkugel hieb genau in das Zentrum des lebenden Kopfes und zerstörte ihn.

Eine seltsame grüngraue Flüssigkeit lief aus dem Kopf und blieb als stinkende Lache liegen.

Jetzt war der Schädel endgültig vernichtet.

Aber da gab es noch die Leiche.

Sie lebte ebenfalls. Ihr Kopf schaute aus dem Teppich, auch hier bewegten sich Mund und Augen.

Ich zielte genau und schloss für einen Moment die Augen. Dabei drückte ich ab.

Irgendetwas hörte ich noch splittern, wandte mich ab und holte erst einmal tief Luft.

Will ging an mir vorbei. Er schaute nach. Ich spürte seine Hand auf meiner Schulter. »Erledigt, John!«

»Bitte, schließ den Deckel!«, sagte ich rau.

»Ja, natürlich.«

Am dumpfen Geräusch des fallenden Deckels war zu hören, dass der Kommissar den Kofferraum geschlossen hatte. Ich wollte das Bild nicht mehr sehen, steckte die Waffe weg und wischte mit einem Taschentuch den Schweiß aus meinem Gesicht.

»Können wir weiterfahren?«, fragte Will. Seine Stimme klang belegt, auch ihn hatte der Anblick geschockt.

»Ja«, erwiderte ich, wobei ich einen Blick auf meine Uhr warf. Es war schon früher Abend, der Nachmittag lag in seinen letzten Zügen, und die Sonne hatte längst nicht mehr die Kraft wie am Mittag. Wir mussten es hinter uns bringen und die jetzt endgültig zerstörten Leichenteile begraben.

»Ich glaube, dass die Weiße Frau am gefährlichsten ist«, sagte Will Mallmann, als er startete.

»Ja, das kann stimmen.«

»Wieso hast du sie nicht erwischen können? Sie raste auf dein Kreuz zu.«

»Im letzten Moment muss sie wohl die Gefahr bemerkt haben«, antwortete ich, »und verschwand.«

Etwas mühsam fuhr der Manta an. Schon nach wenigen Metern wallten wieder Staubwolken auf, und Will lenkte den Wagen in die nächste Kurve.

Die Hälfte der Strecke hatten wir hinter uns. Die Mauer des Friedhofs war nun deutlicher zu sehen. Sie bestand aus dunkelgrauen Steinen und schien den gesamten Friedhof einzufrieden. Wenigstens glaubte ich das. Die hoch gewachsenen alten Bäume warfen gewaltige Schatten. Ich konnte mir vorstellen, dass es unter ihnen kühler war.

Noch immer hatte ich das Bild vor meinem geistigen Auge, das sich mir bei der Öffnung des Kofferraums präsentiert hatte. Ein lebender Kopf in einem Karton. Wahrscheinlich war er so hoch gesprungen, dass er an die Innenseite des Deckels gestoßen war.

Noch zwei Kurven, und wir hatten den Leichenpfad hinter uns gelassen. Dieser Weg hatte es wirklich in sich, da war von den Menschen nichts übertrieben worden.

»Wir sind da«, sagte Will, stellte den Motor ab und löste den Sicherheitsgurt. Er hatte den Manta gut geparkt. Direkt in der Nähe des Friedhofstores. Wir brauchten keine langen Wege zu gehen.

»Okay«, sagte ich und löste meinen Gurt ebenfalls. »Bringen wir es hinter uns.«

Gemeinsam verließen wir den Wagen. Will holte zuerst den Spaten und danach die Schaufel aus dem engen Fond.

Zu helfen brauchte ich dem Kommissar dabei nicht, so hatte ich Zeit, mir die Mauer anzuschauen. Dass sie alt war, konnte man sehen. Der Zahn der Zeit war nicht spurlos an dem Gestein vorübergegangen. Es gab Einkerbungen, Risse, und an einigen Stellen waren ganze Brocken herausgebrochen worden.

Natürlich hatte auch das Moos seinen Weg in die Ritzen und Spalten gefunden. Es schimmerte dort in einem satten Grün. Ansonsten wirkte das Gestein brüchig und trocken.

»Ich bin so weit!«, rief Will Mallmann hinter mir.

Er zwang mich zum Umdrehen. Die Haube des Kofferraums stand schon offen. Was nun folgte, war eine mehr als traurige und makabre Pflicht, auf die ich gern verzichtet hätte.

Zweimal wollten wir nicht gehen. Will nahm den Karton, ich den alten Teppich.

Mühevoll wuchtete ich ihn über meine Schulter, und der aus dem Teppich dringende Verwesungsgeruch drehte mir fast den Magen um. Ich atmete nur durch die Nase und schluckte immer wieder, anders war der Ekel nicht zu verdrängen.

Wir sahen ein Tor. Mehr ein schiefes Eisengitter. Mit dem Fuß kickte Will es auf.

Dann standen wir auf dem Friedhof. Ich hatte keine Zeit, mir einen ersten Eindruck zu verschaffen, da Will zielstrebig voranschritt und nach einem Platz Ausschau hielt, der für unser Vorhaben am geeignetsten war.

Er fand ihn auf einem flachen Hügel, wo kein Gestrüpp wuchs, nur hohes Gras.

Wir legten unsere Last ab.

Keuchend holte ich ein paar Mal Luft. Die paar Meter hatten mich angestrengt, und ich ruhte mich für einen Moment aus.

»Wie eine andere Welt!«, bemerkte Will Mallmann sehr treffend.

»Was meinst du?«

Will deutete in die Runde. »Spürst du denn nicht diese unheimliche Atmosphäre, die auf hier dem Friedhof herrscht?«

Vielleicht war ich bisher zu sehr mit mir selbst beschäftigt gewesen, auf jeden Fall musste ich mich erst einmal umschauen, um das festzustellen, was Will gelungen war.

Er hatte Recht. Dieser Friedhof war anders. Wilder, unheimlicher?

Das spürte ich nicht. Auf jeden Fall kühler, denn dafür sorgten die Zweige der Bäume, die wie lange Arme schützend über den alten Gräbern standen. Das Gewirr von Zweigen und Ästen deckte nicht nur die verwitterten

Grabsteine ab, sondern auch das Unkraut, das hier wucherte. Es wuchs zumeist höher als die Grabsteine, sodass diese leicht zu Stolperfallen werden konnten.

Dieser Friedhof war kein Vergleich zum Brompton Cemetery in London, wo sich das Finale unseres letzten Falls abgespielt hatte. Und Ratten hatte ich hier auch noch nicht gesehen.

Will Mallmann hieb den Spaten in die Erde. »Hier fangen wir an«, sagte er bestimmend.

Ich hatte nichts dagegen. Gemeinsam begannen wir mit der Arbeit. Während der Kommissar den Spaten in die Erde stach und die Brocken wegschleuderte, half ich ihm mit der Schaufel.

Zwei Geisterjäger standen auf einem alten Friedhofshügel und spielten Totengräber. Das hatten wir auch noch nicht gemeinsam erlebt. Zu zweit hackten wir die Erde auf, während uns der Schweiß in Strömen über das Gesicht rann.

Bald hatten wir keinen trockenen Faden mehr am Leib. Doch wir bissen die Zähne zusammen und schufteten weiter. Ich wunderte mich über Wills Kondition, sprach ihn darauf an, und er gab mir grinsend die Antwort.

»Das ist so, John. Wenn ich abnehme, bin ich immer in Hochform. Ich mache das ja nicht umsonst. Und jünger wird man auch nicht.«

»Wem sagst du das«, stöhnte ich.

Die Sonne wanderte weiter. Sie senkte sich, ihre Strahlen verloren an Kraft, sie fielen fast waagerecht über die Erde, wobei es den Anschein hatte, als würden sie den Boden küssen. Manchmal kam ein kühler Wind auf, der unsere Gesichter streichelte und gut tat.

Selbstverständlich mussten wir zwischendurch Pausen einlegen. In den kurzen Intervallen glitten unsere Blicke hinüber zum Dorf, das von dieser Stelle aus gut zu sehen war.

Idyllisch lag es eingebettet in den sanften Bögen der Hügel. An einigen Stellen blitzte es auf. Immer dann, wenn die Strahlen der Sonne auf eine Fensterscheibe trafen.

»Wenn ich nur wüsste, wo sich der Torso befindet«, meinte Will Mallmann und griff wieder zum Spaten.

Ich hob die Schultern. »Da steht uns vielleicht noch eine grausige Entdeckung bevor.«

»Möglich.«

Wir hatten abgesprochen, das Grab nicht zu tief auszuheben.

»Ich glaube, das reicht«, meinte Will und stützte sich auf seinen Spaten.

Ich nickte, wischte den Schweiß von der Stirn und deutete mit einer Kopfbewegung zum Teppich.

Will verstand. Gemeinsam hoben wir ihn mitsamt seinem schaurigen Inhalt in die Höhe und legten ihn in das Grab. Am Fußende mussten wir ihn ein wenig umbiegen, dann passte er. Der Kopf folgte. Wir ließen ihn im Karton.

Will Mallmann rieb sich die Hände. »Das wäre geschafft«, sagte er und atmete tief ein.

Der Rest war ein Kinderspiel. So schnell es ging, schaufelten wir die Erde in das Grab und füllten es wieder auf.

»Das müsste reichen«, sagte ich und ließ die Schaufel fallen.

Auch Will warf seinen Spaten zur Seite, ging einige Schritte und nahm auf einem Grabstein Platz, der nicht weit entfernt aus dem Boden schaute.

Wir hatten Abend. Die Sonne war jetzt untergegangen. Restlicht lag noch über dem Land, aber keine Strahlen mehr. Die Mücken tanzten ihre abendlichen Reigen, und weit hinten auf der Straße fuhren lautlos die Fahrzeuge vorbei.

»Sollen wir warten?«, fragte der Kommissar.

Ich hob die Schultern. »Das ist eigentlich egal. Wir können auch über den Leichenpfad gehen.«

»Dann muss ich den Wagen hier lassen.«

»Du kannst ins Dorf vorfahren.«

»Hör auf!«

Danach schwiegen wir. Jeder von uns nahm die Atmosphäre dieses Friedhofs in sich auf. Er war nicht groß, ein winziger Totenacker, aber er hatte zu einem Dorf gehört, das nur wenige Seelen zählte.

Das zweite Dorf! Wo befand es sich? Ich wollte es wissen. Bisher hatten wir nur zurückgeschaut, jetzt musste ich nach vorn sehen. Ich sagte Will Bescheid, bahnte mir meinen Weg quer über den Totenacker und erreichte die halb eingestürzte Begrenzungsmauer an der anderen Seite.

Tatsächlich, es hatte einmal ein Dorf gegeben. Das konnte ich deutlich erkennen. Noch jetzt waren die letzten Überreste zu sehen. Trümmer einer vergangenen Zeit. Im Laufe von fast vierzig Jahren hatte die Natur natürlich dafür gesorgt, dass von den Trümmern nicht mehr allzu viel zu sehen war. Buschwerk und Pflanzen hatten sich ausgebreitet, waren gewachsen und hatten einen schützenden grünen Mantel über die Reste gelegt. Auch die Wege endeten hier. Was vielleicht früher ins Dorf geführt hatte, war zugewachsen.

Irgendwie passte dieser verlassene Friedhof haargenau dazu. Überhaupt war es ein Totenacker wie aus dem Gruselfilm. Ich hätte mich nicht gewundert, wenn lebende Leichen aus den Gräbern gekrochen wären.

Es wurde immer kühler, der Wind frischte auf. Er wehte von den Hügeln herab, deren Rundungen noch mit einem letzten goldenen Schein überdeckt waren. Erinnerungen an die untergehende Sonne. Ich hielt mein Gesicht in den Wind, schloss die Augen ein wenig und fühlte, wie der Schweiß auf der Haut trocknete.

Dann hörte ich Schritte!

Kam Will Mallmann? Nein, er war es nicht, konnte es nicht sein, denn die Schritte hörte ich jenseits des Friedhofs, wo auch die Überreste des alten Dorfs lagen.

Wer verirrte sich um diese Zeit hierher, wo doch die Gegend von den meisten Menschen gemieden wurde?

Ich griff zur Beretta, ließ sie allerdings stecken, weil ich erst einmal abwarten wollte, was sich überhaupt tat.

Zwischen den überwachsenen Trümmern des zerstörten Dorfes herrschte ein seltsames Zwielicht. Es war nicht hell, auch nicht dunkel, komisch eben, und ich musste meine Augen anstrengen, um etwas erkennen zu können.

Ja, da war jemand.

Deutlich sah ich eine schattenhafte Gestalt zwischen zwei Mauerresten. Sie kam noch ein wenig näher und blieb dann stehen, sodass sie von dem Schlagschatten einer Mauer geschluckt wurde.

Sekunden vergingen.

Schließlich fasste ich mir ein Herz und fragte: »Wer sind Sie?«

Eine Antwort erhielt ich nicht, obwohl der andere meine Stimme gehört haben musste.

Wollte er nichts sagen, oder konnte er nicht? Wenn Letzteres zutraf, war er vielleicht ein Zombie, ein lebender Toter?

Bei der Vorstellung kroch es kalt über meinen Rücken, und ich fragte noch einmal: »Wer bist du?«

Dann erhielt ich eine Antwort. Eine raue, gleichzeitig auch geisterhaft hohl klingende Stimme schwang mir entgegen. »Du wirst mich nicht kennen, aber ich bin der alte Pfarrer.«

»Pfarrer Schmitz?«, flüsterte ich.

Er hatte es trotzdem vernommen, denn er antwortete mit einem stöhnenden »Ja«.

Ich schluckte und merkte, wie sich mein Magen zusammenzog. Der Mann, der Pfarrer, der mir da geantwortet hatte, war offiziell seit siebenunddreißig Jahren tot …

Als das Telefon schrillte, zuckten die drei jungen Leute zusammen, als hätte jemand mit einer Peitsche zwischen sie geschlagen. Die beiden Göpferts saßen zusammen mit dem Mädchen im Wohnzimmer des Hauses und hatten über den Fall geredet. Das Klingeln des Apparats riss sie aus ihren Gesprächen und erinnerte sie wieder an die Wirklichkeit, die irgendwie verlorengegangen war.

Frank sprang auf. Er war hier der Hausherr, solange seine Eltern sich in der Apotheke befanden.

»Wer kann das sein?«, fragte Ralf.

Sein Vetter hob die Schultern. »Werden wir gleich feststellen«, erwiderte er, ging zum Apparat und hob ab.

»Ja?«

»Warum meldest du dich nicht vernünftig?«, hörte er die Stimme seiner Mutter.

»Ich war in Gedanken, Mutter.«

»Dann ist es gut.« Die Frau räusperte sich. »Ist Ralf schon gekommen?«

»Vorhin.«

»Gut, bestelle ihm schöne Grüße, und auch deiner kleinen Freundin Chris. Wir werden uns wahrscheinlich erst in der Nacht sehen, weil wir noch einmal weg müssen. Du kennst doch Dr. Müller aus Adenau. Der hat uns eingeladen, und wir fahren direkt hin. Ist dir das recht?«

»Warum sollte mir das nicht recht sein?«

»War nur eine Frage, Junge. He, was ist mit dir? Du bist so komisch auf einmal.«

»Wieso?«

»Ja, irgendwie anders. So wortkarg.«

»Ach, das täuscht.« Frank spürte den Schweiß zwischen seiner Handfläche und dem Hörer.

»Ist alles in Ordnung?«

Nichts ist in Ordnung, gar nichts, wollte Frank erwidern, aber er konnte es nicht und antwortete mit einer Lüge. »Ja, hier ist alles klar. Wir fühlen uns wohl.«

»Na, dann bin ich beruhigt. Wenn ihr zu Hause essen wollt, es steht genügend im Kühlschrank, sonst könnt ihr in ein Lokal gehen, die Rechnung kann geschickt werden.«

Wie immer war Franks Mutter ein wenig hektisch. Eine typische Geschäftsfrau, leicht gestresst.

»Du brauchst dir keine Gedanken zu machen, Mutter.«

»Gut, dann grüße mir die anderen. Vielleicht seid ihr noch auf, wenn wir kommen.«

»Möglich.«

»Tschüs, Junge …«

Es waren die letzten Worte seiner Mutter, bevor sie auflegte. Frank hielt den Hörer noch für wenige Sekunden in der Hand, schüttelte den Kopf und beförderte den Hörer auf die Gabel.

»Es war meine Mutter«, erklärte er, obwohl die anderen es sicherlich mitbekommen hatten.

»Hat sie etwas gemerkt?«, fragte Ralf.

»Nein, glaube ich nicht. Sie erkundigte sich nur danach, ob alles in Ordnung wäre, aber das tut sie immer. Eine reine Routinefrage. Bin ich von ihr gewöhnt. So ernst meint sie es nicht. Wenn ich die Frage mit nein beantworten würde, käme sie ins Schleudern.« Frank nahm neben Chris Platz und streichelte ihren Arm.

»Warum hast du ihr nichts gesagt?«, fragte Ralf und holte sich eine Zigarette aus der Schachtel.

Frank hob die Schultern. Er schaute durch die große Scheibe nach draußen, wo mittlerweile der Abend heranbrach und eine seltsame Stille herrschte. »Warum sollte ich? Das geht sie doch nichts an. Sie hätte nur Unruhe gebracht.«

»Und dein Vater?«

Chris hatte gesprochen, aber Frank winkte ab. »Mein Vater hat mit sich selbst genug zu tun.« Er grinste. »Aber meine Mutter hat mich auf eine Idee gebracht. Sollen wir etwas essen?«

»Um Himmels willen«, stöhnte Ralf. »Bei dieser Hitze etwa?« Er hob sein Hemd an und fächerte sich kühle Luft zu. »Nein, mein Lieber, ich trinke etwas, denn sich jetzt den Bauch voll zu schlagen, das ist ungesund.«

»Okay, war ja nur 'ne Frage.«

»Wo die beiden wohl jetzt sind?«, flüsterte Christine Berger.

»Auf dem Friedhof«, meinte Frank.

»Ob wir mal nachschauen?«

Frank schüttelte demonstrativ den Kopf. »Erstens kriegen mich keine zehn Pferde dorthin, auch wenn du mir noch Geld dabei gibst, und zweitens haben Will Mallmann und John Sinclair selbst gesagt, dass sie allein sein wollen. Wir können denen doch nicht helfen, stehen ihnen nur im Wege. Die blicken durch und wissen, wo es langgeht.«

»Dann sollen wir also hier warten?«

Frank schaute seinen Vetter an und nickte. »So ist es, mein Lieber.«

»Hast du noch Bier?«

Chris erhob sich. »Ich hole etwas.«

»Steht im Kühlschrank«, rief Frank Göpfert ihr nach.

»Alles klar.«

»Sie hält sich gut, nicht?«, sagte Ralf, als das Mädchen das Zimmer verlassen hatte.

Sein Vetter hob die Schultern. »Was bleibt ihr anderes übrig?«

»Du bist gut, Mann. Da musst du mal andere Weiber sehen. Die drehen doch sofort durch.«

Frank grinste schief. »Hätte ich sie sonst genommen?«

»Wollt ihr denn heiraten?«

»Mal sehen.«

Beide schwiegen, als Chris zurückkehrte. Sie hatte fünf Flaschen Bier mitgebracht und trug sie in einem Korb. Als sie ihn auf dem Tisch abstellte, drehte sie sich noch einmal um.

»Wo willst du hin?«, rief Frank.

»Gläser holen.«

»Quatsch. Die stehen hier. Nimm welche aus dem …«

»Nein, nein, die in der Küche sind besser. Das sind wenigstens richtige Biergläser, wie sie es in den Pinten gibt.«

»Du kannst dich aber anstellen!«, rief Ralf Göpfert und lachte.

Frank hob die Schultern. »Was Chris sich einmal in den Kopf gesetzt hat, führt sie auch aus.«

Ralf lehnte sich im Sessel zurück. »Ist dir eigentlich aufgefallen, dass wir kaum über die schrecklichen Ereignisse gesprochen haben?«

»Nein.«

»Haben wir das unbewusst getan, um sie zu verdrängen?«

»Möglich. Nur …«

Ein spitzer Schrei ließ ihn verstummen. Der Schrei war im Haus aufgeklungen. Der Richtung nach zu urteilen, drang er aus der Küche, und dort befand sich das Mädchen.

»Verdammt, Chris!«, flüsterte Frank und jagte hoch. Ralf hatte etwas mehr Mühe, aus dem Sessel zu kommen, da er weit zurückgelehnt saß. Er lief einen Schritt hinter seinem Vetter her.

Frank betrat als Erster die Küche. Er hatte Angst gehabt, dass Chris etwas passiert war, körperlich jedoch hatte sie keinen Schaden genommen, vielleicht seelisch, denn die Entdeckung, die sie gemacht hatte, war schrecklich.

Chris war so weit zurückgewichen wie eben möglich. In der Küche befand sich ein kleiner Abstellschrank, dessen Tür offen stand. Und herausgekippt war eine kopflose, halbverweste Leiche ..

Auch die beiden jungen Männer packte das Entsetzen. Totenblass wurden sie und pressten ihre Hände gegen die Lippen. Was da vor ihnen lag, konnten sie kaum ansehen. Es war zu grauenhaft.

Chris schrie nicht mehr. Sie stand auf dem Fleck wie eine Steinfigur. Dann schüttelte sie den Kopf, schaute ihre Freunde an, und das Gesicht verzerrte sich.

Frank wusste, dass er jetzt etwas tun musste. Er konnte Christine nicht allein lassen, ging zu ihr, wobei er über die Leiche steigen musste, und fasste sie an beiden Schultern, damit er ihr die Sicht auf den kopflosen Toten nahm.

»Frank!«, flüsterte das Mädchen. »Mein Gott, Frank, sag, dass ich mich irre ...«

Frank Göpfert schüttelte den Kopf. Er wollte das Gegenteil erwidern, aber er konnte auf einmal nicht sprechen. Wie zugeschnürt war seine Kehle.

Kein Irrtum!

Die Leiche gab es tatsächlich. Sie war ebenso Realität wie der Kopf, der auf dem Pfahl gesteckt hatte.

Hinter sich hörte er Ralf würgen. Dann rannte der junge Mann, er konnte den Anblick nicht mehr ertragen. Frank hörte, wie im unteren Bad das Wasser rauschte.

Christine hatte ihr Gesicht gegen seine Schulter gepresst. Sie weinte leise. In diesen Momenten fühlte sich Frank Göpfert überfordert. Er hatte es geahnt, der Kopf war gefunden worden, also gehörte noch ein Körper dazu, aber dass er gerade in einem Abstellschrank versteckt worden war, damit hatte er nie gerechnet.

Grauenhaft ...

»Wir können hier nicht bleiben«, flüsterte Frank Göpfert seiner Freundin ins Ohr. »Komm mit.«

»Aber wohin?«

Das wusste Frank im Moment selbst nicht. Nur weg aus der Küche wollte er. Der Raum – er war ziemlich groß – hatte zwei Türen. Eine führte in die große Diele, eine zweite in einen schmalen Gang, wo sich auch die Tür zum Keller befand.

Und von dort hörten sie Schritte.

Zuerst dachte Frank an seinen Vetter Ralf, doch der ging nicht so schwer. Außerdem hallten seine Schritte nicht so nach. Das musste ein anderer sein.

Plötzlich bekam Ralf es mit der Angst zu tun. Es gab für ihn nur eine Möglichkeit, wenn Ralf es nicht war, der sich der Küche näherte. Dann der Unheimliche, der wieder zurückgekommen war.

Plötzlich begann der junge Mann zu zittern. Er schrie nach seinem Vetter, sogar Chris zuckte zusammen, als sie seine sich überschlagende Stimme vernahm, sie drückte ihren Freund zurück.

»Was ist denn los?«

Frank zog sie einfach mit. Ihm war es egal, ob sie den kopflosen Toten sahen oder nicht. Sie mussten weg, so rasch wie möglich. »Komm, da ist jemand im Haus ...«

Im selben Augenblick flog die Tür auf, und Frank Göpfert stellte mit Entsetzen fest, dass er viel zu spät reagiert hatte. Auf der Schwelle stand eine unheimliche Gestalt.

Der alte Göpfert!

Pfarrer Schmitz!

Ich hatte ihn nie gesehen, nur von ihm gehört. Er hatte ein mutiger Mann sein sollen in den schweren Zeiten des Krieges. Dann war er plötzlich verschwunden. Keiner der Dörfler wusste, wo er sich hingewandt hatte. Jeder rechnete damit, dass auch er umgekommen war, nun aber befand er sich in meiner Nähe.

Ich sah ihn noch immer nicht, sondern nur seinen Umriss, einen düsteren Schatten zwischen zwei halb verfallenen Mauern.

»Warum zeigen Sie sich nicht?«, fragte ich.

»Sie würden einen Schreck bekommen.«

»Das glaube ich nicht. Ich bin viel gewohnt.«

»Ich weiß es.«

»Woher?«

»Keiner aus dem Dorf hätte sich getraut, den Leichenpfad und den Friedhof zu betreten. Ich habe euch beobachtet und auch den Kampf gegen die Weiße Frau gesehen.«

»Ist sie erledigt?«

»Nein, nein, leider nicht. Dann hätte auch ich meine Ruhe gehabt. So aber muss ich weiter umherirren, bis zum Ende aller Tage oder bis jemand kommt, der die Weiße Frau vernichtet.«

»Das habe ich vor.«

»Ich weiß es, aber es wird sehr, sehr schwer sein, junger Freund. Das sage ich Ihnen.«

»Darf ich jetzt zu Ihnen kommen?«, fragte ich.

»Aus welch einem Grund? Wir können uns doch auch so unterhalten oder nicht?«

»Ich möchte Sie gern sehen.«

Eine Zeitlang hörte ich nichts. Dann erklang wieder die Stimme des Pfarrers. »Gut, Sie können zu mir kommen. Zu einem Versager, wie ich es bin.«

Das klang nicht gut, und es hörte sich an, als wollte der Pfarrer aufgeben. Davor musste ich ihn bewahren, denn ich suchte in ihm einen Verbündeten in meinem Kampf gegen die Mächte der Finsternis, die auch hier ihr grausames Netz gezogen hatten.

Ich flankte über die niedrige Friedhofsmauer und kam dort auf, wo das Gelände wieder ein wenig abfiel. Fast wäre ich ausgerutscht. Nach wenigen Schritten schon hatte ich die ersten Überreste des alten Dorfs erreicht.

Da war kaum ein Stein mehr auf dem anderen geblieben. Entweder hatten Bomben für die Zerstörung gesorgt, oder die Menschen hatten nachgeholfen, da sie den Ort aus ihrer Erinnerung verbannen wollten.

Der Platz, wo Pfarrer Schmitz stand, befand sich zwischen zwei Brandmauern. Dort war es am düstersten. Von der Gestalt des Geistlichen war in der Tat nicht viel zu erkennen. Ich musste hohes Unkraut zur Seite schieben und konnte mich erst dann durch den Spalt drücken.

»Bleib so stehen!«, sagte der Pfarrer.

Genau konnte ich den Geistlichen nicht erkennen. Ich sah nur die dunkle Gestalt und in Kopfhöhe etwas Helleres schimmern. Es musste das Gesicht des Mannes sein.

Der Pfarrer hatte angeordnet, dass ich stehen bleiben sollte. Okay, ich tat ihm den Gefallen und ging keinen Schritt mehr nach vorn.

»Sag mir deinen Namen.«

»John Sinclair!«

»Du bist der Mann, der auf die Kraft des Kreuzes vertraut?«

»Ja, das bin ich.«

Ein hohles Lachen klang mir entgegen. »Auch ich habe einmal auf die Kraft des Kreuzes vertraut, aber das ist lange her. Es war in den letzten Wochen eines schrecklichen Krieges, als Göpfert und ich die Gefallenen auf einen alten Karren packten und diesen den Leichenpfad hinunterfuhren, um die Toten zu begraben. Alle wussten, dass die Weiße Frau herumgeisterte, auch ich, aber ich hatte mein Kreuz bei mir und vertraute ihm. Dann kam es zur Begegnung. Mit Heulen und Zähneknirschen erschien sie, ich wurde vom Bock des Wagens geschleudert und musste mit ansehen, wie die teuflische Magie der Weißen Frau auf mich übergriff. Mein Kreuz nutzte mir nichts mehr, es zerplatzte in zahlreiche Stücke, und ich war der Weißen Frau wehrlos ausgeliefert.«

Als er nach dieser Einführung eine Pause einlegte, stellte ich die nächste Frage: »Hat sie dich getötet?«

»Ja und nein.«

»Wie soll ich das verstehen?«

»Ihr Geist drang in mich. Durch meinen Mund schob sich der gefährliche Überrest und nahm von meinem Körper Besitz.«

»Wehrte sich das andere Ich nicht dagegen?«

»Es wurde ausgeschaltet. Ich hatte nichts mehr, woran ich mich noch hätte klammern können, und ich wurde zu einem Diener der Weißen Frau. Ich, ein Mann der Kirche, hatte mich vom Bösen gefangen nehmen lassen. Und das war so grausam.«

»Was hat man von dir verlangt?«, wollte ich wissen.

»Einen Mord!«

Ich zuckte zusammen. Im ersten Augenblick hörte es sich schlimm an, es war auch eine schlimme Sache, dann jedoch dachte ich an die Umstände, die dazu geführt hatten, und fragte weiter: »Und wen hast du getötet?«

»Göpfert, den Mann, der mit mir gefahren war, um die Leichen der Gefallenen zu bestatten. Ihn musste ich töten. Sie zwang mich dazu, es gab keinen anderen Weg.«

»Ist Göpfert wirklich tot?«

Der Pfarrer zögerte mit der Antwort, bevor er ein gequält klingendes »Nein« ausstieß. »Er war vielleicht mal tot, aber er wurde dann zu einem grauenhaften Leben erweckt, durch die Kraft der Weißen Frau, die hier allgegenwärtig ist. Sie beherrscht den Leichenpfad und den Friedhof. Lange Jahre gab sie Ruhe, doch in der letzten Zeit schlägt sie wieder zu. Ihr alter Blutrausch ist durchgebrochen, nur tötet sie nicht selbst, das hat sie ihrem Diener Göpfert überlassen, der schon zwei Morde auf dem Gewissen hat und dabei ist, die nächsten zu begehen.«

Mir kam ein böser Verdacht. »Wen will er töten?«

Der Pfarrer zögerte einen Moment mit der Antwort, als hätte er Angst, mit der Wahrheit herauszurücken.

Mich hielt nichts mehr auf meinem Platz. »Wen?«, rief ich und sprang einfach vor.

Jetzt sah ich ihn genau.

Im ersten Augenblick erschrak ich, denn er hatte sich kaum verändert, sah man mal von seiner Kleidung ab, die schmutzig, zerrissen und abgetragen wirkte. Vom

Gesicht her konnte man nicht auf sein Alter schließen. Hinzu kamen die hellen Haare, in denen der Dreck klebte und die bleiche Haut. Ja, so eine Haut hatte kein Lebender, und als ich so vor ihm stand, hob der Pfarrer seinen Arm, um sein Gesicht zu schützen. »Sieh mich nicht an!«, rief er. »Sieh mich nicht an!«

»Weshalb nicht?«

»Ich bin ein Verurteilter, ein Versager. Deshalb!«

»Nein, du bist ein Opfer!«

Er ließ den Arm sinken, warf den Kopf zurück und schaute in den langsam grau werdenden Himmel. »Ein Opfer? Ich habe den Herrgott verraten, das Kreuz hat mich verlassen, unter seinem Schutz stehe ich nicht mehr, und ich gehorche nur noch ihr, der Weißen Frau.«

»Auch in diesem Moment?«

Da bewegte er seinen Kopf und schaute mich an. »Wie meinst du das?«

»Bist du jetzt, wo du mir alles berichtet hast, auch noch ihr Diener?«

»Ich – ich ...«

Das Wesen tat mir leid. Es konnte nicht leben und auch nicht richtig sterben, da es sich in einem Zwischenstadium bewegte. Aber ich sollte bald eine Antwort erhalten, denn wie aus dem Nichts erschien plötzlich dieser Nebelstreif, und er schwebte über dem Kopf des Pfarrers, wobei er sich zu einer Spirale zusammendrehte, die gedankenschnell vor den Augen des Pfarrers hinweghuschte und mir keine Zeit ließ, etwas zu unternehmen.

Der Plasmastreifen verschwand im Mund des ehemaligen Geistlichen.

Für einen Moment stand Pastor Schmitz stocksteif. Dann veränderte sich sein Gesichtsausdruck auf eine erschreckende Art und Weise. Er zog den Mund breit und stieß ein düsteres Knurren aus, das mit den Geräuschen zu vergleichen war, die man auch von Tieren kennt. Drohend, gefährlich und tödlich klang es, wurde zu einem hohen Heulen und Pfeifen, sodass ich das Gefühl hatte, den Pfarrer nicht mehr selbst reagieren zu sehen, sondern eine andere – die Weiße Frau ...

Ja, sie steckte in ihm.

Musste ich jetzt beide töten? Es war eine Zwickmühle, in der ich mich befand. Die Antwort brauchte ich mir nicht zu geben, die gab mir der Pfarrer auf seine Art und Weise.

Er bewegte seinen rechten Arm, hielt plötzlich einen Stein zwischen den Fingern, schleuderte ihn vor und warf sich im selben Augenblick auf mich zu …

Der alte Göpfert rührte sich nicht. Er stand unbeweglich auf der Türschwelle, eine schreckliche Gestalt mit einem verwüsteten Gesicht, grauer Haut und bleichen Haaren.

Ein Monster …

Ralf Göpfert hieß er, wie sein Nachkomme, und Frank stellte mit Entsetzen fest, dass dieses Wesen nicht atmete. Es war kein Mensch mehr, sondern ein Toter, der lebte.

Ein Zombie!

Jetzt wusste Frank Bescheid. Und er erinnerte sich, dass er in Köln während seiner Freizeit einige Male im Kino gewesen war und entsprechende Zombie-Filme gesehen hatte.

Die Wesen in den Filmen hatten ähnlich ausgesehen wie dieses hier, er dachte an die Schrecken, die er auf der Leinwand vom sicheren Kinosessel aus erlebt hatte.

Aber das hier war echt.

Kein Film, Realität …

Wie auch das Zittern seiner Freundin, um deren Schultern er seinen Arm gelegt hatte. Chris musste Furchtbares durchstehen. Ihre Angst war kaum zu beschreiben, und es glich schon einem Wunder, dass sie nicht losschrie.

Göpfert wollte töten!

Das wurde Frank in diesen Augenblicken klar, denn auch im Film hatten die lebenden Leichen nichts anderes im Sinn gehabt. Zudem brauchte er nur an die beiden Toten zu denken, dann wusste er, was auch ihnen bevorstand.

Konnten sie noch fliehen?

Zum Glück verhielt sich Christine ruhig. Die Angst hatte ihr einen regelrechten Schock versetzt, aber Frank hörte die Schritte seines Cousins Ralf, der zurückkam und sicherlich nachschauen wollte, was sich in der Küche abspielte.

»Ralf!« Frank schrie den Namen, ohne es sich recht bewusst zu werden. »Vorsicht!«

Die Schritte verstummten. Dann erklang Ralfs Stimme. »Was ist denn los bei euch?«

»Bleib da, wir kommen!«

Frank Göpfert hatte den letzten Satz kaum ausgesprochen, als sein untoter Verwandter schon reagierte. Diesmal hatte er lange genug gezögert, denn er merkte, dass ihm die beiden sonst noch entkamen.

Mit zielsicheren Schritten bewegte er sich vor. Dabei hielt er die Arme ausgestreckt, wie Greifer waren seine Hände, damit sie die Opfer packen konnten.

Allein wäre es für Frank Göpfert kein Problem gewesen, das Zimmer zu verlassen, aber er trug noch die Verantwortung für das Mädchen, das er in seinen Armen hielt, und Chris reagierte nicht so schnell wie er.

Frank musste sie mitschleifen und schleuderte sie herum, damit sie, von dem Schwung getragen, durch die Tür in den Gang taumeln konnte.

Der Vorsatz war gut gewesen, die Ausführung weniger, denn in der Hektik des Augenblicks verfehlte Chris die Tür und krachte gegen den dicht daneben stehenden Kühlschrank. Bevor sie sich wieder gefangen hatte, war Göpfert schon da.

Und er fiel Frank an.

Wie Hauklötze waren seine muskulösen, kräftigen Arme. Sie fielen gleichzeitig nach unten. Frank sah sie, duckte sich, um ihnen zu entgehen, aber er war nicht schnell genug. Zwar riss er noch seine Arme hoch, doch die beiden Hände des Monstrums durchbrachen seine Deckung.

Die rechte Hand traf sein Gesicht. Frank spürte einen irrsinnigen Schmerz, und er merkte, dass Blut aus seinen Nasenlöchern floss.

Dann brach er in die Knie. Zwischen Tür und Kühlschrank fiel er zu Boden, wobei er sofort einen harten Tritt kassierte, der ihn zur Seite schleuderte, sodass er nicht mehr zwischen dem Monstrum und seiner Freundin lag. Göpfert hatte freie Bahn.

Das Niederschlagen des jungen Mannes war innerhalb von Sekunden erfolgt. Einem trainierten und an Gefahren gewohnten Menschen hätten sie zur Flucht gereicht, nicht Chris Berger. Zwar war sie körperlich fit, doch der seelische Zustand lag im Argen. Angst lähmte sie.

Der Eindringling schaffte es, sich dem Mädchen zu nähern. Um Frank kümmerte er sich nicht mehr. Der junge Mann lag am Boden und krümmte sich vor Schmerzen. Das Blut rann weiterhin aus seiner Nase und hinterließ auf den hellen Fliesen dicke, rote Flecken.

Die geöffnete Hand zuckte schnell wie ein Säbelstich vor. Chris sah sie übergroß vor ihrem Gesicht auftauchen, dann fiel sie etwas nach unten, streifte noch die Haut und fand sicher das Ziel.

Den Hals!

Die Finger waren wie eine Klammer. Chris lehnte bewegungslos mit dem Rücken an der Kühlschranktür, hatte den Mund weit aufgerissen, doch das Monster ließ ihr keine Chance, auch nur ein Quäntchen Luft in die Lungen zu saugen.

Seine Stärke war in der Hölle geboren. Da nutzte es auch nichts, dass sich Chris Berger plötzlich wehrte. Sie schlug um sich, trat mit den Füßen zu, es gelang ihr auch, die Beine des Zombies zu treffen, aber das war in der Wirkung nicht mehr als ein Mückenstich auf der Haut eines Elefanten.

Göpfert blieb ruhig. Kein Laut drang aus seinem Maul, er keuchte nicht, er stöhnte nicht. Zielstrebig ging er vor, ließ das Mädchen schlagen und wartete sogar eiskalt ab, bis dessen Kräfte erlahmten.

Das geschah bald. Chris Berger war psychisch und physisch nicht mehr in der Lage, mitzuhalten. Sie brach urplötzlich zusammen, der Luftmangel und die nachlassenden Kräfte zwangen sie dazu.

Darauf hatte das Monster nur gewartet. Jetzt konnte ihm sein Opfer nicht mehr entkommen.

Seinen Griff löste er vom Hals des Mädchens, das nun überhaupt keinen Halt mehr hatte und zu Boden fiel. Sofort bückte Göpfert sich. Er wollte Chris in die Höhe ziehen. Seine Klauen berührten schon ihren Körper, als Ralf die Küche betrat. Sofort erfasste er die Situation. Seine Augen weiteten sich, er selbst verlor alle Farbe, aber er machte nicht kehrt, um wegzulaufen, sondern wollte kämpfen.

Mit einer Waffe hatte er sich versorgt. Ralf wusste, dass etwas Schreckliches geschah, in seiner Aufregung hatte er zum ersten Gegenstand gegriffen, der ihm im Bad in die Finger gefallen war.

Ein Schemel!

Nicht sehr groß und vielleicht auch nicht besonders wirkungsvoll, aber besser als nichts.

Auch der unheimliche Mörder bemerkte den jungen Mann, er wusste, dass ihm ein weiterer Feind gegenüberstand, und kam aus seiner gebückten Haltung hoch, um sich des Jungen anzunehmen.

Darauf hatte Ralf gewartet. Dieser Typ reagierte genau richtig. Der Schemel war schon unterwegs, als sich Göpfert noch in der Aufwärtsbewegung befand.

Und er traf genau.

Ein kleines, aber stabiles Möbelstück, das Ralf dem Unheimlichen regelrecht um die Ohren drosch. Zwar konnte er einen Zombie nicht erschlagen, aber aus dem Weg schaffen.

Der Untote flog erst hoch, sein Kopf wurde zur Seite gerissen, dann krachte er auf den Küchenboden und überschlug sich.

In diesem Augenblick schrie Chris los.

Sie wollte sich einfach nicht mehr beruhigen, die Angst musste sich freie Bahn verschaffen, und Ralf drehte den Kopf, denn er wurde durch den Schrei für einen Moment abgelenkt.

Sein Fehler. Plötzlich spürte er fünf Finger, die sein Bein dicht oberhalb des Knöchels umklammerten.

Der Zombie hatte ihn!

Für den Bruchteil einer Sekunde erstarrte Ralf Göpfert. Dann ließ er den Schemel mit voller Wucht auf den Schädel des Untoten sausen. Er selbst schloss dabei die Augen, wollte nicht sehen, was geschah, und als er sie wieder öffnete, da hatte der Zombie ihn nicht nur losgelassen, er sah auch nicht mehr so aus wie vor dem Treffer. Sein Kopf hatte jetzt eine andere Form.

Der Untote lag auf dem Rücken. Die Beine hatte er angezogen und beide Hände gegen den Schädel gepresst. Für die nächste Zeit war er mit sich selbst beschäftigt.

»Frank!«, gellte Ralfs Schrei. »Los, hoch mit dir, verdammt!«

Ralfs Vetter plagten die Schmerzen. Er hörte den Schrei jedoch, wälzte sich auf die Seite und stemmte sich hoch. Noch auf den Knien hockend, erkannte er, dass Ralf den Schemel fallen gelassen hatte und sich um Chris kümmerte. Beide Hände hatte er unter ihre Achseln gelegt und riss sie auf die Füße.

Jetzt mussten sie alles einsetzen, um dem Grauen endlich zu entkommen. Diesmal fiel Christine nicht mehr zurück. Ralf gelang es, sie aus der Küche zu zerren. Das Mädchen befand sich noch in einer schrägen Haltung, seine Füße bewegten sich automatisch und folgten dem Zug, der sie nach hinten zerrte.

Auch Frank fasste mit an. Schrecklich sah er aus. Das Blut rann über sein Kinn, fand den Weg am Hals und versickerte im Hemdkragen, wo es einen breiten, roten nassen Fleck hinterließ. Zeit, sich um seine Verletzung zu kümmern, hatte er ebenso wenig wie Ralf. Für alle drei galt es, ihr Leben zu retten.

»Zur Tür!«, keuchte Ralf. »Wir müssen zur Tür.« Er ärgerte sich darüber, dass das Haus so groß und der Weg zum Ausgang so weit war. Die Hälfte schafften sie und glaubten schon an einen Erfolg, als sie hinter sich einen röhrenden Schrei vernahmen.

Sofort wirbelten die beiden Jungen herum.

Im Gang stand der Zombie.

Und er hatte ein Messer.

Ich musste zwei Reaktionen in einer vereinen. Einmal durfte mich der Stein nicht treffen, zum anderen nicht die von der Weißen Frau geleitete Faust des Ex-Pastors.

Beides schaffte ich nicht. Der Stein streifte zum Glück nur meine Haare, die Faust aber hieb ins Zentrum.

Damit meinte ich mein Gesicht.

Es war ein regelrechter Donner, ein klassischer Treffer, hätte ein Boxkommentator gesagt. Ich sah tatsächlich ein Heer von Sternen vor meinen Augen aufblitzen und wusste nicht, was mit mir geschah, denn in dieser kurzen Zeitspanne trat ich einfach ab. Fast hätte es mich noch aus den Schuhen gehoben, wie man manchmal in irgendwelchen Slapstick-Komödien sieht, dann folgte der Aufprall.

Auch der schüttelte mich durch, denn mein Hinterkopf wurde dabei in Mitleidenschaft gezogen. Zum zweiten Mal sah ich Sterne, aber auch die Schwärze dahinter, die mich zu fressen drohte. Ein Zeichen der nahen Bewusstlosigkeit, wie ich aus Erfahrung wusste.

Manchmal gelang es mir, mich dagegen anzustemmen. Wenn man in so vielen Auseinandersetzungen steckte wie ich, dann hatte man ein gewisses Training, und ich setzte auch hier alles ein, um nicht in dem Tunnel der Schwärze zu verschwinden. Aber die Wogen waren sehr mächtig, und der Schmerz wühlte in meinem Kopf, wobei er am Kinn seinen Ausgangspunkt hatte und hoch bis in die Stirn zuckte.

Ich war nicht völlig erledigt, irgendwie paralysiert, unfähig, mich zu bewegen. Dabei sah ich, was um mich herum geschah, ich hörte auch die Schritte, als sich der Pfarrer mir näherte.

Angst kroch in mir hoch. Jetzt konnte er mit mir machen, was er wollte, mich vernichten.

Und ich hörte eine weibliche zischende Stimme: »Vorsicht, das Kreuz!«

Mein Retter? Hatte mich das Kreuz gerettet? So recht wollte ich es nicht glauben und hatte auch sehr bald die Bestätigung, denn zwei Pranken fuhren von hinten her unter meine Achselhöhlen, griffen hart zu und schleiften mich fort.

Noch sah ich von meiner Umgebung nicht mehr als verwischende graugrüne Schatten, zwischen denen manchmal düstere Wolken wallten. Ich merkte allerdings, dass man mich zuerst über steinigen und etwas später über mit Gras bewachsenen Boden schleifte. Wahrscheinlich sollte ich zu meinem Sterbeplatz gebracht werden, wo mich die Weiße Frau in der Gestalt des Geistlichen dann endgültig vernichtete.

Irgendwann kam ich zur Ruhe. Schwer fiel mein Kopf wieder zurück, und ich spürte abermals den brennenden Schmerz.

Ich konnte wieder besser sehen. Vor meinen Füßen schien die Gestalt des Pfarrers in den Himmel zu ragen, ich glaubte sogar, einen quälenden Ausdruck auf seinem Gesicht zu sehen, und hörte, wie sein Mund mit der Stimme einer anderen sprach.

»Tritt ihn tot!«

»John?« Will Mallmann fuhr aus seiner sitzenden Stellung hoch, als er den Namen des Geisterjägers gerufen hatte. Der Kommissar schaute sich um, wischte über seine Stirn und legte sie in Falten. Verdammt, er hatte doch die Stimme vernommen. An eine Täuschung glaubte er nicht, sein Gehör war gut, und es wurde bestätigt, als er zum zweiten Mal die Stimme des Freundes vernahm.

John Sinclair redete mit jemandem.

Aber mit wem? Der Kommissar brauchte nur kurz nachzudenken. Eigentlich kamen nur zwei Personen in Frage. Entweder Göpfert oder der Pfarrer, der ja auch irgendwie noch eine Rolle spielte.

Will hatte das Gefühl, als könnte ein zweiter Mann bei der Unterhaltung nicht schaden. Vor allen Dingen wollte er John Rückendeckung geben. So lautlos wie möglich bewegte sich der Kommissar auf die Rückseite des Friedhofs zu. Er schlich unter den Zweigen der Bäume entlang, wo es schon wesentlich dunkler geworden war, denn die Sonne hatte sich endgültig verabschiedet.

Dafür lag noch die Hitze über dem Land. Nach wie vor drückte sie, belastete den Kreislauf, und gerade diese Schwüle machte herzkranken Menschen schwer zu schaffen.

Will spürte davon nichts, er war kerngesund und duckte sich jetzt hinter der Friedhofsmauer zusammen. Dann hob er vorsichtig den Kopf und peilte über die Mauer hinweg.

Vor ihm war es dunkel. Etwas undeutlich machte er die Trümmer des ehemaligen Dorfes aus. Hohes Unkraut beeinträchtigte noch zusätzlich die Sicht.

Der Kommissar musste sich voll und ganz auf sein Gehör verlassen, und er vernahm auch die Stimme.

Sie klang seltsam verzerrt, irgendwie fremd, wie eine Mischung zwischen menschlichem Organ und einem Tier.

Seltsam ...

Will erhob sich behutsam, stieg auf die Mauer und sprang an der anderen Seite wieder zu Boden. Da das Gelände abfiel, hatte er auch Schwierigkeiten mit dem Gleichgewicht, blieb allerdings auf den Beinen und zog seine Waffe.

Mit der Beretta in der Hand huschte er vor, nutzte jede Deckung aus und hörte irgendwo vor sich aus dem Zwielicht heraus einen Satz, der ihm die Haare zu Berge stehen ließ.

»Tritt ihn tot!«

Der Zombie hatte das Messer! Woher, das war leicht festzustellen. In seinem Mordwahn musste er eine der Schubladen aufgerissen haben und hatte ausgerechnet eines der Messer erwischt, das die längste Klinge hatte.

Ein gefährliches Instrument und in der Hand dieses Untiers eine tödliche Waffe.

Es war seltsam, wie schleichend er sich plötzlich bewegen konnte, leicht vornüber gebeugt, ein wenig geduckt, den linken Arm pendelnd und den rechten hin und her bewegend, so stampfte er auf die drei jungen Leute zu.

Seine rechte Kopfhälfte war eingedrückt. Dort hatte ihn der Hieb mit dem Schemel getroffen. Eine milchige Flüssigkeit lief aus der Wunde und rann an seiner Wange nach unten.

Die Geräusche, die er ausstieß, waren grauenerregend. Ein dumpfes, wüstes Knurren, und während er ging, zuckte sein rechter Arm mit dem Messer mal vor und zurück.

Drei Schritte weit ließen die anderen den Zombie kommen. Dann mussten sie etwas unternehmen, denn sie wollten ihm nicht hilflos ausgeliefert sein.

Ralf – noch unverletzt und sich am kräftigsten fühlend – drückte seinem Vetter Frank das Mädchen in den Arm. »Los, nimm du sie, ich kümmere mich um ihn!«

»Aber wie?«

»Ich erledige das!« Ralf sprang zur Seite und riss ein Jackett von der Garderobe. Gedankenschnell wickelte er es sich um seinen rechten Arm, während sich Frank und das Mädchen langsam zurückzogen, wobei sie der Tür immer näher kamen.

Auch der untote Spross aus der Göpfert-Familie bemerkte, dass die beiden fliehen wollten, und er zögerte nicht eine Sekunde länger. Keiner hatte mit einem Angriff gerechnet, aber der Zombie wuchtete seinen Oberkörper vor, wobei das Messer auf Ralf Göpfert wies.

Ralf hatte sich viel vorgenommen. Als er der Gefahr so direkt ins Auge sah, da bekam er doch Angst, sein Gesicht verzerrte sich, der Schatten vor ihm wurde größer, und dann erfolgte der Stoß mit dem Messer.

Irgendwie brachte Ralf Göpfert seinen umwickelten Arm in die Stichrichtung. Er konnte ihn sogar noch hochreißen, kürzte den Weg der Klinge dadurch ab, spürte den Aufprall des Untoten und dann den ziehenden, irren Schmerz, als die Klinge durch das Jackett und in seinen Arm fuhr.

Ralf Göpfert schrie wie von Sinnen. Der Aufprall hatte ihn gegen die Wand geschleudert, mit dem Rücken krachte er dagegen, sein rechter Arm sank nach unten, das Jackett rutschte, und Göpfert erkannte mit Schrecken, dass die Klinge eine Ader in seinem Arm getroffen hatte, denn der rote Lebenssaft spritzte im Rhythmus des Pulsschlags hoch.

Ralf wurde bleich. Seine Knie gaben nach, er sank zu Boden und bemerkte den Zombie über sich, der den rechten Arm mit dem Messer zum tödlichen Stoß erhoben hatte.

Blut schimmerte auf der Klinge, die jeden Augenblick nach unten fahren musste.

Da riss Frank Göpfert endlich die Haustür auf. So wuchtig, dass sie ihm aus der Hand geprellt wurde und mit der Klinke gegen die Wand schlug, bevor sie wieder zurückschwang.

Das Aufprallgeräusch hörte auch der Zombie.

Innerhalb einer winzigen Zeitspanne musste sich sein untotes Gehirn entscheiden.

Er folgte dem Instinkt, denn er wollte das Mädchen. Das tödliche Schicksal wandte sich im letzten Augenblick von dem verletzten Ralf Göpfert ab, als sich der Zombie umdrehte und die Verfolgung der beiden jungen Menschen aufnahm.

Schreckensbleich wälzte sich Ralf so hin, dass er seinen Handballen auf den Arm pressen konnte und den Blutfluss zum Stoppen brachte.

Frank und Chris flohen.

Auch das Mädchen hatte bemerkt, um was es ging. Das Monster durfte sie nicht kriegen, dann war sie verloren.

Mit gewaltigen Sätzen hetzte sie den Weg hinab, der in einigen Kurven den Hügel hinunter zur Straße führte. Die beiden blieben zusammen, denn wenn sie sich trennten, war es aus.

Frank kümmerte sich nicht um das aus seiner Nase fließende Blut. Er schaute sich hin und wieder um, sah den Weg zurück, doch das Monstrum folgte ihm nicht.

»Zur Polizei«, keuchte er. »Wir müssen zur Polizei!«

Chris nickte nur. Sie hatte jetzt Vorsprung, ihr trainierter Körper streckte sich, das Kleid klebte auf ihrer Haut, und nachdem sie die nächste Kurve hinter sich gelassen hatten, konnten sie bereits das hell gestrichene Tor erkennen, das nicht geschlossen war.

Frank Göpfert wollte einen Jubelschrei ausstoßen, als das Verhängnis über beide hereinbrach.

Den Weg hatte der Zombie nicht genommen. Eine satanische Schläue veranlasste ihn, abzukürzen. Er lief quer durch den Steingarten und über die schrägen Grasflächen der Hügel.

Bis er die beiden unter sich sah.

Da stieß er sich ab.

Chris und Frank hörten über sich das urwelthafte Brüllen, der junge Göpfert riss noch seinen Kopf herum, sah die schreckliche Gestalt auf sich zufliegen, die Beine und Arme ausgebreitet hatte und das Messer nicht losließ.

Dann erfolgte der Zusammenstoß.

Frank wusste nicht, ob er so geschrien hatte oder das Mädchen. Der Zombie jedenfalls erwischte beide.

Chris verspürte einen fürchterlichen Tritt im Rücken, der sie nach links in den Garten hineinkatapultierte, während Frank unter dem Monster begraben wurde.

Der Zombie war sofort wieder auf den Beinen. Ihm machte so ein gewagter Sprung nichts aus, außerdem verspürte er als nicht Lebender keine Schmerzen. Im Gegensatz zu Chris, die auf dem Boden lag und sich den Rücken hielt. Ihre Hacken hatte sie eingestemmt, den Oberkörper ein wenig hochgedrückt und die Hände darunter geschoben. Ihr Atem ging schnell und pumpend, sie war kaum mehr in der Lage, die Umwelt so recht wahrzunehmen.

Frank lag ebenfalls. Auch ihn hatte der Aufprall hart zu Boden geschleudert. Mit dem Hinterkopf war er gegen einen Stein geprallt. Schmerzen fluteten durch sein Gehirn, er stand dicht vor einer Bewusstlosigkeit.

Der Zombie spürte genau, dass Frank Göpfert für ihn keine Gefahr mehr darstellte, sodass er sich unbesorgt um das Mädchen kümmern konnte. Auch die Kleine würde ihm keinen Widerstand mehr entgegensetzen, zudem hatte der Untote noch das Messer.

Als sich Christine Berger auf die Seite drehte und ihre Hand gegen einen der hellen Steine stemmte, um sich aufzurichten, da war der Zombie plötzlich da.

Chris sah ihn, wollte schreien, doch der Ruf des Schreckens blieb in ihrer Kehle stecken, als sie die breite, leicht rötliche Messerklinge sah, die dicht vor ihrer Kehle zur Ruhe kam.

Nur um eine winzige Spanne brauchte der Zombie das Messer weiter vorzudrücken, dann war es um Chris geschehen.

Das wusste sie, und deshalb verhielt sie sich still.

Der Zombie schob den linken Arm vor, seine Hand traf den Körper der Frau, und die Finger glitten wie dicke Würmer darüber hinweg, wobei ein widerliches Grinsen sein Gesicht verzog. Dann packte er zu. In Christines Aufschrei ging das Lachen des Zombies unter. Er riss das Mädchen in die Höhe, als hätte es überhaupt kein Gewicht und wäre nur eine Puppe.

Und wie eine Puppe klemmte er sich Chris unter den linken Arm, nachdem er das Messer weggesteckt hatte. Dann wuchtete er Chris Berger hoch und warf sie über seine Schulter. Die junge Studentin merkte nicht einmal, dass sie ihre Schuhe verlor. Ihr Kopf lag auf dem Rücken des Zombies, die nackten Füße baumelten dicht vor seinem Gesicht und schwankten bei jedem Schritt.

Göpfert ging. Er hatte sein Ziel erreicht und der Familie einen Schaden zugefügt. Dabei hoffte er, dass die beiden anderen Göpferts nicht mehr lebten, doch das war ein Irrtum.

Als der Zombie sich in Deckung des Hügels weiterbewegte, wurde die Haustür aufgestoßen, und Ralf erschien. Er konnte sich kaum auf den Beinen halten, sah blass wie eine Leiche aus und hielt verzweifelt seinen verletzten Arm.

»Polizei!«, hauchte er. »Ich – ich habe sie angeru…«

Es sollte ihm nicht mehr vergönnt sein, den Satz zu beenden. Die Kräfte verließen ihn, und er fiel schwer zu Boden …

Man wollte mich tottreten!

Die Weiße Frau, deren Geist in dem Körper des Pfarrers steckte, hatte es befohlen.

Würde der Mann gehorchen?

Er musste es, denn er folgte den Gesetzen der Hölle. Seltsam auf einmal, wie ich alles so deutlich mitbekam. Es schien mir, als hätten unsichtbare Hände einen störenden Vorhang vor meinem Gesicht weggezogen und damit auch den Gedankenapparat befreit.

Vor mir stand der Pfarrer.

Sein Gesicht zuckte, und dieses Zucken pflanzte sich über den gesamten Körper fort. Einmal war er zum Mörder geworden, hatte eine schwere Schuld auf sich geladen.

Jetzt sollte der Pfarrer wieder töten!

Mich!

Es waren schreckliche Sekunden, die wir durchmachten. Ich merkte genau, dass sich im Innersten seiner Seele etwas sträubte.

Irgendwie war es der Weißen Frau nicht gelungen, den Pfarrer unter ihren Bann zu zwingen. Sklavisch gehorchte er ihr nicht, er stemmte sich noch dagegen an.

Er bewegte seine Hände, öffnete und schloss sie, hob seinen Fuß, und sein Gesicht verzerrte sich dabei in unendlicher Qual. Pfarrer Schmitz focht einen schrecklichen Kampf mit sich aus, sodass meine Hoffnung immer größer wurde, es dennoch zu überleben.

Er verlor!

Urplötzlich sah ich, wie die Knie des Mannes nachgaben. Er konnte seine alte Standfestigkeit nicht mehr halten, das Böse in ihm gewann die Oberhand, sein Gesicht verzerrte sich, und mir schien es, als wollte sich sein Körper regelrecht aufblähen.

Dann trat er.

Auch im Vollbesitz meiner Kräfte wäre es mir schwer gefallen, dem Tritt auszuweichen. Zwar konnte ich noch meine Hand hochreißen, dass die Schuhspitze dagegen prallte, doch der Tritt wurde abgelenkt, und ich spürte den Schmerz dicht unter der Hüfte.

»Tot! Tritt ihn tot!« Abermals klang die fremde Stimme auf. Sie hetzte, sie verlangte den Mord, und ich krümmte mich zusammen, um den Tritten so wenig Angriffsfläche zu bieten wie nur möglich. Meine Finger ertasteten das Kreuz. Es war für mich die letzte Hoffnung. Wenn ich es über den Kopf streifen konnte, um es gegen den Mann zu werfen …

Da peitschten die Schüsse.

Ich hörte am Klang, dass es nur eine Beretta sein konnte, und der Pfarrer, der sich trotz Gegenwehr in der Gewalt der Weißen Frau befand, zuckte unter den Einschlägen zusammen.

Zweimal hatte Kommissar Mallmann geschossen, und beide Kugeln hatte er genau ins Zentrum gesetzt.

Aus dem Mund des ehemaligen Geistlichen drang ein schreckliches Ächzen. Er beugte seinen Kopf vor, und der Oberkörper folgte, sodass er gekrümmt stehen blieb. Dabei schwankte er, drehte sich und wandte mir den Rücken zu.

Ich hörte Schritte und sah, wie Will Mallmann neben mir auftauchte. Schussbereit hielt er die Beretta, doch er brauchte kein weiteres Mal abzudrücken.

Der Pfarrer fiel zu Boden.

Es war zu schwer für ihn gewesen, noch das Gleichgewicht zu halten. Er blieb auf der Seite liegen und wandte mir sein Gesicht zu. Qual, Schmerzen, aber auch Erleichterung zeichneten sich darauf ab. Irgendwie schien er froh zu sein, es überstanden zu haben und dass es nun mit ihm zu Ende ging.

Aber wie war das mit der Weißen Frau? War auch sie getötet worden? Hatte die Kraft des weißmagischen Silbers ihrer Existenz ebenfalls ein Ende gesetzt?

Ich wusste es nicht, aber wir mussten auf Nummer Sicher gehen. »Will«, keuchte ich, »nimm mein Kreuz. Lege es auf die Brust des Pfarrers. Bitte …«

Der Kommissar verstand. Er ging neben mir in die Hocke, hob meinen Kopf an, fasste nach der Kette und zog sie über meinen Schädel. Dann ging er die drei Schritte vor und hatte den Pfarrer erreicht.

»Jetzt!«, flüsterte ich.

Will ließ das Kreuz fallen. Die Kette spannte sich, das Silber berührte die Haut des Pfarrers, und plötzlich drang ein gewaltiger Schrei aus dem Mund.

Die Weiße Frau!

Sie war durch die Silberkugeln nicht vernichtet worden. Die Gründe kannte ich nicht, sie waren auch egal, für mich zählte nur, dass wir sie vernichteten.

Stoßweise drangen die hellen Fetzen aus dem Mund des Geistlichen. Kleine Wolken, die, kaum dass sie den Mund verlassen hatten, zu verzerrten, rosafarbenen Schatten wurden und sich auflösten, als hätte es sie niemals zuvor gegeben.

Während die Reste der geheimnisvollen Weißen Frau aus dem Mund drangen, wurden die Schreie leiser, gingen über in ein Heulen und Pfeifen, und als der letzte Nebelrest durch die geöffneten Lippen drang, da verstummte auch dies.

Eine Weile blieb der Kommissar noch neben dem Toten stehen. Dann bückte er sich und schloss dem Pfarrer die Augen. »Er hat es nicht geschafft«, murmelte er. »Sosehr er es sich gewünscht hat …«

Ich erwiderte nichts, aber ich war froh, dass Will Mallmann so reagiert hatte, denn dieser eine Schlag, ein Glückstreffer, hatte mich in Schwierigkeiten gebracht.

Will drehte sich um. Er schaute mich mit einem besorgten Gesichtsausdruck an und sagte: »Das war im letzten Augenblick, John.«

»Ja, Will, danke.«

»Unsinn.« Mallmann winkte ab. Er nahm meine ausgestreckte Hand, um mich auf die Beine zu ziehen. Ich hatte Mühe und blieb erst einmal sitzen, weil mich ein Schwindel überkam, den ich nicht so einfach abschütteln konnte.

Mein Kopf tat weh, ein Teil der Rippen auch. Am liebsten wäre ich liegen geblieben. Das war nicht möglich, wir hatten noch einiges vor uns, denn die Gefahr war nach wie vor vorhanden, wenn auch jetzt ein wenig geschwächt.

»Geht es?«, fragte mich der deutsche Kommissar.

»Muss ja.«

Will half mir noch einmal auf die Beine. Ziemlich wacklig blieb ich stehen. Mein Grinsen fiel dünn aus, so recht konnte ich mich über den Sieg nicht freuen.

Ein paar Schritte entfernt lag der Pfarrer bewegungslos. Die Weiße Frau war vernichtet. Wie schnell so etwas manchmal ging. Jahrhunderte über hatte sie mit ihrem Terror die Menschen belästigt, dann aber hatte Will mit dem Kreuz ihrem gespenstischen Dasein ein Ende bereitet.

So einfach war das. Aber leider nicht immer. Wenn ich an die großen Dämonen dachte, die noch im Hintergrund lauerten, dann konnte mir übel werden.

Ich atmete tief durch. Die Luft war irgendwie komisch. Trotz der Höhenlage hatte sich eine gewisse Schwüle über das Land gelegt, die mir zwar nicht gerade auf den Kreislauf schlug, aber dennoch zu schaffen machte. Vielleicht lag es auch an den Schlägen. Ich bewegte mich vorsichtig auf den toten Pfarrer Schmitz zu und schaute in sein Gesicht. Beinahe verklärt sah es aus. Wir hatten ihn durch seinen endgültigen Tod erlöst.

»Eigentlich müssten wir ihn begraben«, sagte der Kommissar.

Ich war seiner Meinung, aber meine Gedanken beschäftigten sich bereits mit etwas anderem. Kurz bevor es zum Kampf gekommen war, hatte mir der Pfarrer noch etwas sagen wollen. Es ging um Göpfert, denn er lebte noch, und er hatte wahrscheinlich einen gewissen Plan verfolgt.

Der hieß: töten!

Ja, der alte Göpfert, der Zombie, würde sich rächen. Da brauchte man kein großer Hellseher zu sein, um so etwas zu wissen. Und die beiden Vettern waren mit dem Mädchen allein im Haus. Sie würden sich kaum wehren können, wenn der Zombie auftauchte.

Auf einmal hatte ich Magendrücken, drehte mich zu Will um, und der Kommissar bemerkte, dass mich etwas beschäftigte.

»Was ist denn los, John?«

»Der alte Göpfert ist frei. Und die jungen Leute sind schutzlos.«

Für die Dauer von einer Sekunde erstarrten die Muskeln in Mallmanns Gesicht. »Himmel, John, du hast Recht. Wir müssen zurück ins Dorf.«

Vergessen waren die Nachwirkungen der Schläge. Jetzt ging es nur darum, weitere Menschenleben zu retten. Hoffentlich reichte die Zeit noch …

Das Ehepaar Göpfert hatte die Apotheke geschlossen. Zehn Minuten früher als sonst, weil sie pünktlich bei den Freunden in Adenau sein wollten.

Während Theo Göpfert noch die Türen und das Gitter kontrollierte, fuhr seine Frau den weißen Mercedes aus dem Hof. Lautlos rollte der 280er durch die schmale Einfahrt und schob seine wuchtige Kühlerschnauze auf den Gehsteig. Die Scheiben waren nach unten gedreht worden, und Frau Göpfert warf ihrem Mann einen fragenden Blick zu.

»Alles in Ordnung, Theo?«

»Glaube schon.«

»Du bist immer superpingelig«, beschwerte sich die Frau. »Hier wird schon nichts passieren.«

Theo Göpfert bewegte die Hand. »Das sagst du so in deinem Leichtsinn. Erst vor kurzem habe ich in einer Fachzeitschrift gelesen, dass die Fixer und Junkies die ländlichen Apotheken aufs Korn genommen haben, um an ihren Stoff zu gelangen.«

»Wer verläuft sich schon in diese Gegend.«

»Ich will aber mit ruhigem Gewissen fahren können«, sagte Theo Göpfert und schlug die Tür zu.

Seine fünfundvierzigjährige Frau Anneliese hob nur die Schultern. Sie trug ein leichtes Oberteil aus Leinen und eine Kniehose, die ihr ausgezeichnet stand, da sie noch eine sehr schlanke Figur hatte. Theo war molliger, sein Bauch quoll über die Hose, und auch durch Joggen hatte er das Halbliter-Geschwür nicht wegbekommen.

Anneliese fuhr. Wenn es sich eben vermeiden ließ, setzte sich Theo Göpfert nicht hinter das Lenkrad. Er wollte seine Nerven schonen.

Um nach Adenau zu gelangen, mussten sie erst bis zur großen Kreuzung zurückfahren und dort links ab. Kurz nach dem Ort kamen ihnen zwei Polizeiwagen entgegen. Die Sirenen jaulten, das Blaulicht auf den Dächern drehte sich.

Unwillkürlich bremste die Frau. »Ob die in den Ort wollen?«, fragte sie leise.

»Möglich.«

»Aber was kann da passiert sein?«

»Ich weiß es nicht.«

»Sollen wir nicht lieber zurückfahren?«, fragte Anneliese.

»Weshalb?«

»Ich habe so ein komisches Gefühl.«

Theo machte eine abwehrende Handbewegung. »Hör auf, Mensch. Die Kinder sind erwachsen. Wenn bei uns zu Hause etwas losgewesen wäre, hätten sie schon angerufen. Und jetzt gib Gas, ich habe nämlich Durst, und die Müllers haben immer das herrliche Bier kalt stehen.«

»An mich denkst du nicht?«

Theo grinste. »Du musst ja fahren.«

Anneliese legte die Stirn in Falten. Mehr sagte sie nicht, sondern gab Gas.

Die Sonne war gesunken. Eine drückende Schwüle hatte sich ausgebreitet. Die Göpferts merkten es an der warmen Luft, die durch die Düsen in das Innere des Fahrzeugs strömte.

Plötzlich zuckte Theo zusammen. Obwohl seine Frau fuhr, hatte sie die Bewegung gesehen.

»Was hast du?«

»Langsamer, langsamer.« Seine Stimme klang ein wenig schrill. Er hatte sich vorgebeugt und starrte nach rechts.

Anneliese stoppte sogar. Ihr Mann löste den Gurt, öffnete die Tür und stieg aus.

Jetzt war die Gestalt weg. Sein Blick glitt über die leeren Wiesen und Weiden, bis hin zum Waldrand. Der Wald schlug einen Bogen um das Dorf und hörte erst hinten am Friedhof auf. Davor befand sich allerdings noch der Leichenpfad.

»Was war?«, rief Anneliese aus dem Auto.

Theo kam langsam zurück. »Ich habe eine Gestalt gesehen«, sagte er.

»Und?«

»Sie war in Schwarz gekleidet«, erwiderte der Mann mit flüsternder Stimme, »und sie trug eine Frau oder ein Mädchen über der Schulter. Ehrlich …«

Anneliese wollte lächeln. Es gelang ihr nicht. Die Worte ihres Mannes hatten zu ernst geklungen.

»Du hast dich geirrt.«

»Nein, auf meine Augen kann ich mich verlassen.«

»Hast du denn keinen erkannt?«

Theo hob die Schultern. »Ja, aber was ich sage, klingt verrückt. Das Mädchen hat mir ausgesehen, als wäre es Chris Berger, die Freundin von Frank, gewesen.«

Für einen Moment saß Anneliese Göpfert steif. Dann schob sie den Automatikhebel nach vorn, gab Gas und wendete.

»Was machst du jetzt?«

»Ich fahre zurück, Theo. Verdammt, du kannst einem wirklich Angst einjagen …«

Wir trafen zur selben Zeit ein wie der Krankenwagen. Zwei Streifenwagen der Polizei standen bereits oben vor dem Haus. Ein Polizist hielt sich am Tor auf und winkte den Rettungswagen durch. Uns wollte er die Weiterfahrt verweigern, doch Will zeigte seinen Ausweis vor, und wir konnten passieren.

Über den schmalen Weg rollten wir hoch. »Wir sind zu spät gekommen«, sagte Will Mallmann leise. Ich enthielt mich einer Antwort. Mit einem Satz hatte der Kommissar alles gesagt.

Vor dem Haus herrschte eine gewisse Hektik, die ich von Unfällen auf der Autobahn kannte. Männer in weißen Kitteln kümmerten sich um Frank Göpfert, der vor der Haustür lag, eine Blutlache breitete sich unter seinem Körper aus und lief über die Fliesen.

Wir stellten den Manta so ab, dass er anderen Fahrzeugen nicht im Weg stand, und stiegen aus.

Soeben sprach ein Arzt. »Da ist eine Ader verletzt worden. Ich hoffe, dass wir es noch schaffen. Er braucht unbedingt eine Bluttransfusion.«

»Und der andere?«, fragte ein Polizist.

»Ist auch verletzt. Wahrscheinlich Rippenbrüche, aber zuerst müssen wir uns um den einen kümmern.«

Ich hatte eine Idee. »Können wir Blut spenden?«

Der Arzt schaute uns an. »Sicher, das wäre gut. Wenn Sie die richtige Blutgruppe haben.«

»Gruppe Null, Rhesus positiv.«

»Das ist ausgezeichnet.«

»Ich habe die Gleiche«, erklärte Will. Mir fiel ein, dass noch ein junges Mädchen im Haus sein musste. Danach fragte ich.

Ratloses Schulterzucken. Und auch als ich mich nach dem Untoten erkundigte, konnte mir niemand Antwort geben.

»Verdammt, der hat sie mitgenommen«, sagte Will Mallmann.

Ich suchte Ralf Göpfert. Er lag auf einer Trage, war nicht bewusstlos, nur sehr mitgenommen. Ich hoffte, dass er mir ein paar Auskünfte geben konnte.

»Ralf«, sprach ich ihn an, während ich neben ihm in die Knie ging. »Können Sie reden?«

Er schaute mich an. Sein Gesicht verzerrte sich. Mit den Augen gab er mir eine bejahende Antwort.

»Wo ist das Mädchen?«

»Weg«, stöhnte er. »Er hat sie mitgenommen ...«

»Der Zombie?«

»Ja.«

»Wissen Sie, wohin?«

»Leichenpfad – Friedhof ...«

Ich spürte eine Hand auf meiner Schulter. Sie gehörte dem Arzt. Seine Stimme klang ruhig, aber bestimmt.

»Bitte, mein Herr, Sie müssen den jungen Mann ...«

Ich stand auf. »Klar, ich weiß es selbst. Wir dürfen ihn nicht überfordern.« Zwei Sanitäter eilten herbei und hoben die Trage an, auf der Ralf lag. Bevor er abtransportiert wurde, lächelte ich ihm noch einmal zu.

Ich warf einen Blick zum Haus zurück. Will hatte bereits sein Hemd ausgezogen. Er wollte Blut spenden und wurde in den Ambulanzwagen geführt.

Ich aber brauchte seinen Wagen. Ralf Göpfert konnte Recht haben. Bestimmt schleppte Göpfert sein Opfer auf den Leichenpfad, und dagegen mussten wir etwas tun.

Vielmehr ich. In langen Sprüngen hetzte ich auf den Manta zu. Der Schlüssel steckte noch. Ich hatte es jetzt furchtbar eilig. Bevor ich einstieg, vernahm ich von der Einfahrt her das Hupen. Ein weißer Mercedes rollte hoch zum Haus. Als der Wagen stand, sprangen ein Mann und eine Frau heraus. Es war zu sehen, dass es nur Franks Eltern sein konnten. Die Ähnlichkeit war unverkennbar.

Beide waren aufgelöst. Sie sprachen mit den Polizisten.

Ich spitzte die Ohren und bekam mit, dass ihnen auf der Fahrt etwas aufgefallen war.

So hörte ich von dem Mann und dem Mädchen.

Weitere Fragen brauchte ich nicht zu stellen. Ich flankte in den Manta und rollte an den überraschten Polizisten vorbei dem Tor entgegen ...

Christine Berger merkte überhaupt nicht, wohin sie geschleppt wurde. Sie befand sich in einem lethargischen Zustand, in dem ihr fast alles egal war.

Ihr Körper, der noch immer über der Schulter des Unholds lag, schaukelte. Da Göpfert nicht gleichmäßig ging, wurde Chris einmal nach vorn, zum anderen wieder nach hinten geworfen. Sie stieß jedes Mal mit dem Gesicht und den Knien gegen die Brust oder den Rücken ihres Entführers.

Bewusstlos war sie nicht. Sie nahm Eindrücke auf und hörte hin und wieder ein Knurren oder gefährliches Ächzen, das der andere in wilder Vorfreude ausstieß.

Die Sonne war gesunken. Einen Rest von Helligkeit hatte sie hinterlassen, der allerdings verschwand, als Göpfert mit seinem Opfer in einen düsteren Wald eintauchte.

Die Bäume wuchsen sehr dicht, und der Zombie musste sich mit einer Hand den Weg bahnen. Er schleuderte kleinere Zweige und Äste zur Seite, manche brach er kurzerhand ab und tobte durch das Unterholz, sodass einige Tiere erschreckt vor ihm Reißaus nahmen.

Es waren vor allen Dingen die Zweige der Nadelbäume, die sich im Haar des Mädchens verfingen, es zurückhalten wollten, doch Göpfert zerrte sein Opfer immer wieder frei, auch wenn das bei Chris mit Schmerzen verbunden war.

Durch eine Senke musste er laufen. Dabei hielt er sich immer nahe dem Waldrand. Zu tief wollte der Unhold nicht eindringen, denn er musste immer sein Ziel im Auge behalten.

Und das war nun mal der Leichenpfad!

»Der Leichenpfad!«, flüsterte er. »Der Leichenpfad. Er wartet auf uns. Ich werde dich über ihn schleppen und zum Friedhof bringen, wo ich dich lebendig begrabe. So hat es die Weiße Frau befohlen, so werde ich es machen …«

Chris hörte zwar, dass der Mann etwas sagte, aber sie verstand die Worte nicht. Es war auch gut so, dass sie nicht erfuhr, welches Schicksal ihr der andere zugedacht hatte.

Schwer stapfte er über den weichen Waldboden. Humus hatte eine weiche Schicht gebildet, die federnd nachgab. Für Jogger war sie gut, nicht für den Zombie. Er wollte schneller voran, aber er konnte seine ungelenken Bewegungen nicht einfach abstellen.

Er blieb stehen und schaute nach vorn. Sein Gesicht verzog sich, als er den westlichen Waldrand entdeckte. Genau dort, wo der Wald zu Ende war, da begann der geheimnisumwitterte Leichenpfad zum Friedhof. Nur noch wenige Meter brauchte der Zombie zurückzulegen. Er ging schneller, nahm keine Rücksicht mehr auf die

Zweige und Äste, es machte ihm nichts, wenn sie gegen sein Gesicht schlugen und auch das Mädchen trafen.

Er sah nur den Pfad!

Und als er ihn endlich erreicht hatte, da stieß er ein triumphierendes, röhrendes Geräusch aus und stierte weit nach vorn, wo sich der Pfad befand.

Er sah aus wie der schwarze Körper einer Riesenschlange. Der Pfad war tatsächlich dunkler als die Umgebung, durch die er führte. Bis zum Friedhof konnte der Zombie nicht schauen, dazu war es einfach zu dunkel, aber er verlor keine Zeit mehr, überbrückte die letzte trennende Distanz und stand endlich auf dem alten Pfad, der für ihn so etwas wie Heimaterde bedeutete und den er als Untoter schon so oft betreten hatte. Andere fürchteten sich davor, er nicht. Für ihn war der Pfad eine herrliche Straße, die in das Paradies führte, wobei bei ihm das Paradies mit dem Friedhof gleichzusetzen war.

Mit einer Hand streichelte er unbewusst über das Haar seiner Geisel. »Wir sind da, Kleine, wir sind da. Ich werde dich auf den Friedhof bringen und dich mit mir gemeinsam begraben. Ist das nicht herrlich, meine Kleine?«

Chris hatte sich tatsächlich in den letzten Sekunden wieder gefangen. Sie hörte diesmal die Worte genau, und vor allen Dingen das Wort begraben.

Sie sollte begraben werden!

Das war wie ein Blitzstrahl, und als sich der Zombie mit einer ungelenk wirkenden Bewegung von seinem Standplatz löste, um auf den Weg zu springen, da stieß sie einen gellenden Schrei aus.

Göpfert reagierte schnell. Eine kurze Bewegung nach links, und sein Opfer rutschte von der Schulter. Er stützte Chris auch nicht ab. Sie fiel hart zu Boden, wimmerte, drehte den Kopf und sah über sich die riesenhaft wirkende Gestalt des alten Zombies.

Ein unheimlicher Schatten in der einfallenden Dämmerung, der einen Fuß erhoben hatte und ihn über dem Körper seiner Geisel schweben ließ.

»Ich ...!«, ächzte er. »Ich ...«

Chris erstarrte. Sie hatte Angst vor diesem Fuß, in dem

die Kraft eines Höllendieners steckte. Wenn er nach unten raste, blieb von ihrem Gesicht nichts mehr übrig.

Göpfert überlegte es sich anders. Er dachte an den Friedhof, stellte sich wieder normal hin, dann beugte er seinen Oberkörper vor und griff mit beiden Pranken zu.

Chris war direkt froh, als sie wieder über der Schulter des Zombies lag und sich nicht mehr in unmittelbarer Gefahr befand. So hatte sie noch eine Galgenfrist.

Göpfert beeilte sich. Er wollte den Friedhof nicht länger warten lassen.

Er konnte nicht mehr so laufen wie vor Jahren, als er noch als normaler Mensch gelebt hatte. Sein Gang glich dem des Monsters Frankenstein in den alten Filmen.

Unbeholfen, ein wenig schwankend, aber dennoch zielstrebig. Chris war jetzt mehr bei der Sache. Die Apathie hatte sie verlassen, und sie überlegte sogar, wie sie sich aus den Klauen dieses Unholds befreien konnte. Hier auf dem Leichenpfad war es schlecht, es gab für sie keine Deckung. Die verbrannt wirkende Erde schlängelte sich als Weg durch eine Wiesen- und Weidelandschaft.

In der Nähe plätscherte ein Bach. Manchmal sah sie das Wasser funkeln.

Der Pfad führte leicht bergauf. Dafür stetig. Ein Mensch hätte längst gekeucht und wäre bereits außer Atem gewesen, ein Zombie nicht. Er holte die Kraft vom Teufel, er lebte ja nicht richtig, war eigentlich tot und stellte nur noch ein seelenloses Gerüst dar.

Je mehr sich der Zombie seinem Ziel näherte, umso stärker veränderte er seine Gangart. Er war jetzt in einen Trab gefallen. Irgendein Instinkt trieb ihn voran, er spürte, dass doch nicht alles so war, wie es sein sollte, und er glaubte, Schwingungen zu vernehmen, die ihm gefährlich werden konnten ...

Ich scheuchte Wills Manta.

Der Wagen war nicht mehr der Jüngste, aber Will hatte ihn gut gepflegt, sodass er mir brav gehorchte.

Die Strecke zum Leichenpfad kannte ich inzwischen.

Wir waren sie schon einmal gefahren, diesmal jedoch hatte ich es wesentlich eiliger, denn es ging um das Leben eines Menschen.

Am Ende des Dorfes musste ich warten, da ein mit Mist beladener und von einem Trecker gezogener Wagen die Fahrbahn überquerte.

Dann erst ging es weiter. Ein kurzes Stück fuhr ich auf der Straße entlang. Der Leichenpfad lag jetzt links von mir. Ich warf einen Blick durch die Seitenscheibe, konnte ihn allerdings noch nicht sehen, weil Büsche und hohes Unkraut mir die Sicht nahmen. Das würde auch so bleiben, wenn der Pfad leicht anstieg, da sich die Straße vor mir entsprechend senkte.

Auf ihr wollte ich nicht bleiben. Nach der nächsten Kurve riss ich das Lenkrad herum und scheuchte den Wagen auf das Gelände. Will mochte mir verzeihen, denn der Manta hüpfte plötzlich über den Straßengraben und kam krachend auf. Die Stoßdämpfer nebst Federung protestierten so jämmerlich, dass es mir schon fast wehtat. Außerdem schlug der Wagen irgendwo hart auf. Darauf konnte ich allerdings keine Rücksicht nehmen, ich musste weiter.

Es war schwer, den Manta in der Spur zu halten. Vor mir wuchsen Büsche und wildes Gestrüpp auf. Der Wagen schlingerte, und die Umgebung begann zu tanzen. Manchmal drehten die Räder auch durch, ich musste gefühlvoller mit dem Gaspedal spielen, kam immer wieder frei und fuhr weiter.

Dann entdeckte ich den Pfad.

Genau an der Stelle, wo ich ihn einsehen konnte, stieg er an. Deutlich war die dunklere Erde zu erkennen, aber auch die Leere des Pfads.

Keine Spur von diesem Zombie.

Ich gab noch einmal Gas, fuhr die schräge Böschung hoch, erreichte den unheimlichen Weg und drehte das Lenkrad sofort nach rechts, damit ich auf den Friedhof zufahren konnte.

Es herrschte ein seltsames Zwielicht. Direkt am Bach sah ich wieder die dünnen Schleier. Diesmal allerdings waren sie echt, keine Weiße Frau erschien, und irgendwo vor mir endete auch der Pfad an der Friedhofsmauer.

War da nicht eine Bewegung?

Ich glaubte, sie gesehen zu haben. Als ich noch einmal nachschaute, war nichts mehr.

Täuschung?

Daran wollte ich nicht so recht glauben. Wenn der Zombie über den Pfad gelaufen war, dann hatten er und sein Opfer ihr Ziel längst erreicht. Es war der Friedhof. Ein Platz zum Sterben.

Auch für das Mädchen?

Ich musste es verhindern!

Der Zombie war mit Chris Berger geschickt über die alte Mauer geklettert. Den Leichenpfad hatte er ohne Schwierigkeiten hinter sich gelassen, jetzt endlich befand er sich an seinem Ziel. Dieser Friedhof war für einen Sterbeplatz wie geschaffen. Hier lagen all die, die ein Opfer der Weißen Frau geworden waren, und auch Chris Berger sollte unter der kalten Erde ihre letzte Ruhestätte finden.

Dem Zombie ging es nicht schnell genug. Er brach durch das hohe Unkraut, stolperte über die alten, schief stehenden Grabsteine, duckte sich unter den Zweigen der Bäume und fand genau die Mischung zwischen Helligkeit und Dunkelheit vor, die er so liebte.

Es war eine gefährliche Stunde. Der Tag ging, die Nacht kam. Und niemand würde ihn stören.

Er wusste schon, wo die Geisel ihren Platz finden sollte. Nicht weit von einem großen Grab entfernt, dessen Stein als rechteckiges kantiges Denkmal aus dem Boden ragte.

An der Stelle hatte er alles vorbereitet. Gräber waren von ihm längst geschaufelt und raffiniert wieder abgedeckt worden, sodass niemand etwas bemerken konnte, der sich auf den Friedhof verirrte, obwohl der Zombie damit kaum zu rechnen brauchte, denn dieser Totenacker wurde gemieden.

Als er stehen blieb, kippte er seine linke Schulter wieder zur Seite, und Chris rutschte zu Boden. Sie schlug dumpf auf. Allerdings dämpfte das weiche Gras ihren Fall, sodass diesmal nicht ein Laut über ihre Lippen drang.

Der Zombie lachte röhrend. Er hatte sich gebückt. Seine Pranken wühlten in den Grassoden, die er als Tarnung über das Grab gelegt hatte, und schleuderten sie weg.

Das Loch kam zum Vorschein.

Bis zu diesem Zeitpunkt hatte es Chris Berger noch nicht so recht glauben wollen, als sie nun die Öffnung sah, da setzte ihr Herz für einen Moment aus, und in ihrer Brust gab es einen schmerzhaften Stich.

Die Angst war da.

Vielleicht auch die letzte Chance?

Noch war der Zombie zu sehr mit seinen Vorbereitungen beschäftigt. Wenn sie jetzt aufsprang, konnte sie dem Unhold unter Umständen entfliehen. Obwohl Chris Berger vor Furcht fast verging, behielt sie die Nerven und überstürzte nichts.

Vorsichtig zog sie erst das rechte Bein an, danach das linke. Dann winkelte sie die Arme, stützte ihre Hände auf und war jetzt sprungbereit.

Ein schneller Blick auf Göpfert!

Der Zombie war beschäftigt und schleuderte soeben die letzten Grasstücke vom Grab.

Das Mädchen schnellte hoch.

Christine war eine gute Sportlerin, das zahlte sich jetzt aus. Ihre Muskeln reagierten automatisch, schattenhaft sah sie vor sich die grüne Wand des wild wuchernden Unkrauts, und im nächsten Augenblick war sie mit einem gewaltigen Satz darüber hinweg.

Der Schrei war röhrend.

Hinter ihr gellte er auf, denn der Zombie hatte bemerkt, dass sein Opfer fliehen wollte.

Plötzlich bewies auch er seine Schnelligkeit. Er war größer als Chris, bewegte sich längst nicht mehr so ungelenk wie sonst und jagte hinter ihr her.

Chris lief um ihr Leben.

Ihr Gesicht war verzerrt, der Atem pumpte, die Angst presste ihr Herz zusammen, und automatisch versuchte sie, einen Laufrhythmus zu finden, um dem Grauen zu entkommen.

Ein Grabstein!

Nicht sehr hoch, aber verdeckt. Er wurde Chris zum Verhängnis. Sie spürte noch den scharfen Schmerz am Fuß, wurde nach vorn geschleudert, und es gelang ihr nicht mehr, sich auf den Beinen zu halten. Mit einem Hechtsprung segelte sie durch die Luft, krachte zwischen die hohen Büsche, spürte Dornen im Gesicht und rollte sich instinktiv zusammen, sodass sie dem Aufprall die größte Wucht nehmen konnte.

Sie wollte sofort wieder hochschnellen, doch ihr weißes Kleid hatte sich in den Zweigen verfangen, die wie ein sperriges Gitter wirkten. Mit Kraft riss sich das Mädchen los, vom Kleid blieben nur Fetzen zurück, die um ihren Körper flatterten.

Ein hastiger Blick über die Schulter.

Er kam!

Wie ein Berserker jagte der Untote durch die hohen Unkrautbüsche. Und er hatte das Messer!

In der rechten Hand hielt er es, der Arm war halb erhoben, sein Gesicht zu einer grässlichen Mordfratze verzerrt, und ihn trennten nur noch ein paar Meter von ihr.

Chris überwand den Schreck. Sie warf sich herum und rannte weiter.

Da war plötzlich die Mauer!

Viel zu spät sah das Mädchen sie. Erst als sie dagegen prallte und der Aufschlag wie ein Stromstoß durch ihren Körper fuhr, da war ihr klar, dass sie verloren hatte.

Zwei Sekunden reichten dem Zombie.

Er überwand die letzte trennende Distanz zu seinem Opfer, sein freier Arm griff zu, und fünf Finger hieben auf die Schulter des Mädchens.

Chris Berger wurde herumgeschleudert.

Er stand vor ihr wie das personifizierte Grauen. Eine Hand benötigte er, um sein Opfer festzuhalten, in der anderen hielt er das gefährliche Messer.

Zum Stoß war es erhoben, die Klinge zielte genau auf die Brust des Mädchens.

»Lebendig wollte ich dich begraben!«, grollte er. »Jetzt werde ich dich töten!«

Der Zombie stach zu …

Wie ich es geschafft hatte, wusste ich später selbst nicht zu sagen. Auch Chris nicht, die sich auf die Klinge konzentriert hatte und damit rechnete, dass sie in ihren Körper fahren würde.

Da war plötzlich die Hand, ein großer Schatten und ein Mann, der wie ein Geist erschien und sich mit seinem Gewicht und seiner Kraft gegen den nach unten rasenden Messerarm stemmte.

Ich bekam ihn auch zu packen. Es war vielleicht ein Glücksgriff, auf jeden Fall konnte ich den Arm des Zombies aufhalten, nach hinten reißen und dann nach unten dreschen.

Und da war mein Knie.

Das Bein hatte ich angewinkelt, es hochgerissen, und der Unterarm des Zombies kollidierte mit meiner Kniescheibe. Ich hörte es knacken, ein Mensch hätte grässlich geschrien, nicht dieser Untote, der spürte keine Schmerzen.

Ich hatte ihn noch im Griff, wuchtete ihn herum, drehte ihn sogar, dass er von der Fliehkraft gepackt wurde, und ließ ihn dann erst los.

Göpfert konnte sich nicht mehr auf den Beinen halten. Er wurde in die Büsche geschleudert, durchbrach sie und krachte mit dem Rücken gegen einen Grabstein.

Ich warf einen Blick auf Chris.

Sie stand an der Mauer, die Augen verdreht, den Mund offen, wahrscheinlich begriff sie noch nicht so recht, welch einer Gefahr sie im letzten Augenblick entgangen war. Diesmal hatte ich noch rechtzeitig genug eingreifen können, in der Vergangenheit aber war ich schon öfter zu spät gekommen.

Um Chris konnte ich mich nicht kümmern, der Zombie

war noch längst nicht ausgeschaltet. Aber er war langsamer geworden. Daran zu erkennen, wie mühsam er sich vom Boden erhob.

Auch das Kreuz hielt ich griffbereit.

Er stemmte sich hoch. Das Messer hatte er in die linke Hand gewechselt. Aus seinem Maul drangen tierische Laute.

Dann schoss ich.

Einmal!

Der Kopf des Unholds schien auseinander zu fliegen. Die Gestalt wurde herumgedroschen, klatschte gegen den Grabstein, zuckte und fing an zu brüllen. In einem Reflex wollte er noch das Messer werfen, doch die Klinge rutschte aus seinen Klauen.

Er selbst brach endgültig zusammen und hieb mit dem Kopf gegen den Grabstein, wo er langsam nach unten glitt. Aus seinem Schädel lief eine milchige Flüssigkeit. Für mich ein Beweis, dass der Zombie endgültig vernichtet war.

Auch mich hielt nichts mehr auf diesem Friedhof. Ich drehte mich zu dem Mädchen um und lächelte. Allerdings war ich nicht sicher, dass Chris das Lächeln auch bemerkte.

Mit ihr zusammen kletterte ich über die Mauer. Sie folgte mir wie ein kleines Kind der Mutter. Ich dachte an ihren Namen. Berger, hieß sie, wie Nadine. Bei ihr war ich damals zu spät gekommen, Chris hatte ich retten können. Es war ein gutes Gefühl …

Bei der Familie Göpfert herrschte helle Aufregung. Auch Will Mallmann hatte sich davon anstecken lassen. Wir kamen gerade rechtzeitig, denn man wollte schon einen Suchtrupp losschicken.

Als ich den Manta oben vor dem Haus stoppte, waren wir sofort umringt. Fragen schwirrten durch die Dunkelheit, jeder wollte sich um Chris kümmern, ich wehrte aber ab und ließ nur den Arzt an sie heran. Danach setzte ich mich auf die Kühlerhaube.

»Der Fluch des Leichenpfads ist gelöscht«, erklärte ich. »Ihr könnt nur noch eins tun und Pfarrer Schmitz begraben. Das ist wirklich alles.«

Will schlug mir auf die Schulter. »Verdammt, John, wir hatten uns schon Sorgen gemacht.«

Ich zeigte ein erschöpftes Grinsen. »Ja, es war wirklich hart, aber auch Zombies leben nicht ewig.«

»Was du zum Glück wieder bewiesen hast«, meinte der deutsche Kommissar.

»Und wie geht es den verletzten Vettern?«

»Den Umständen entsprechend. Ralf wird es überstehen. Frank ebenfalls und Christine auch.«

»Ein Glück.« Ich stand wieder auf und deutete auf den Wagen.

»Was ist denn?«, fragte Will.

»Ich musste ihn leider quer durch das Gelände fahren. Kann sein, dass etwas zurückgeblieben ist.«

»Ehrlich?«

»Ja, Will.« Dann lächelte ich. »Aber du wolltest dir ja sowieso einen neuen kaufen, und für einen Freund tue ich eben alles.«

Wäre Will ein Ghoul gewesen, hätte er bestimmt versucht, mich zu fressen. So aber knirschte er nur mit den Zähnen …

ENDE

Herrin der Dunkelwelt

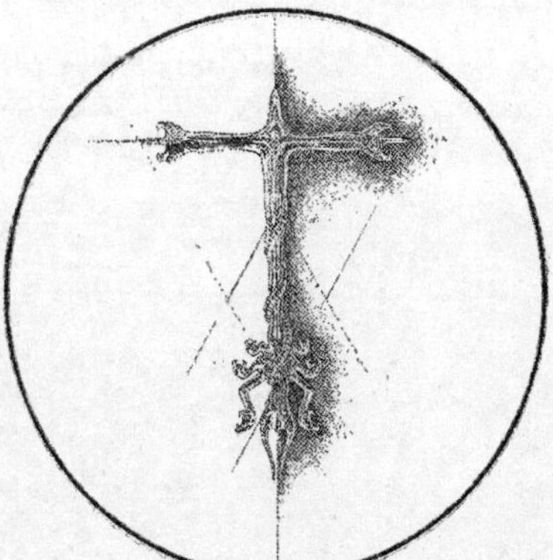

Sein erstaunter Ausruf war lauter als das Klirren der neuen Fahrradkette, die er lässig um seine rechte Hand schwang. Das gab es doch nicht, das durfte nicht wahr sein!

Eine nackte Frau am helllichten Tag! Und das mitten im Regent's Park!

Jerry Shayne bekam vor Staunen den Mund nicht mehr zu. Der Baumstamm, an dem er lehnte, kam ihm weich wie Gummi vor, seine Mundwinkel zuckten nervös, und plötzlich flackerte Gier in seinen Augen.

Sollte er allein bleiben oder die anderen rufen, die hinter den Büschen saßen, picknickten und dabei die Beute vom letzten Einbruch aufteilten?

Jerry Shayne hatte sich zurückgezogen. Er war der Boss. Seinen Anteil hatte er bereits, um den Rest sollten sich die Mitglieder der Bande streiten. Ihre aggressiv klingenden Stimmen blieben zurück, als hätte sich plötzlich eine schallschluckende Wand zwischen ihn und die anderen geschoben. Jerry Shayne starrte auf die Frau.

Teufel, war das ein Bild!

Vielleicht kam sie vom Bedford College, aber die hatten Ferien. Oder wollte sie im See baden? Auch möglich. Da war eigentlich alles drin, doch Jerry hatte sich längst entschlossen, die Nackte mit den herrlich langen Haaren gehörte ihm allein.

Sie hatte tatsächlich Haare, wie er sie noch nie gesehen hatte. Man konnte schon das Wort Flut dafür benutzen Sie reichten nicht nur bis zum Rücken, nein, noch tiefer. Die letzten Spitzen kitzelten die Kniekehlen und vorn, wo die kleinen, spitz aufragenden Brüste durchschimmerten, da fielen sie ebenfalls an den Knien zusammen, sodass sie fast wie ein langes schwarzes Kleid wirkten.

Ein Phänomen – in der Tat.

Shayne leckte sich die Lippen. Dann senkte er seinen Blick und starrte auf die Fahrradkette. Brauchte er sie, brauchte er sie nicht? Nein, die Kleine schaffte er ohne Drohung, und sein Messer konnte er auch stecken lassen.

Noch einmal reckte er sich. Dabei streckte er die Schultern vor und bewegte die Hände. Verflucht, die

Kleine hätte ihn längst sehen müssen, aber sie reagierte nicht. Sie tat, als wäre er Luft. Einfach nicht vorhanden.

Und das ärgerte ihn.

Langsam ging er vor. Er konnte sich Zeit lassen, die Braut lief ihm schon nicht weg, und Zuschauer hatte er auch nicht.

Sie waren ganz allein, wie auf einer Insel.

Der Rocker ging näher. Drei Schritte höchstens betrug die Distanz, eine lächerliche Entfernung, und als er nur noch einen Schritt von der Frau entfernt war, drehte sich diese um.

Beide starrten sich an.

Shayne, der sonst nicht auf den Mund gefallen war, schluckte. Er konnte einfach nichts sagen, denn der Blick dieser Augen bannte ihn. Es waren die seltsamsten Augen, die er je in seinem Leben gesehen hatte. Sie hatten nicht einmal Pupillen, sondern waren jeweils in der Mitte geteilt.

Beide Hälften wiesen eine andere Farbe auf. Schockgrün die rechten, die linken dagegen pechschwarz. Das Gesicht kam ihm ein wenig asiatisch vor, auch die Haut, die einen Farbton aufwies, wie man ihn bei Mädchen aus Indonesien fand. Durch die Haarsträhnen schimmerte sie, und abermals starrte Shayne auf die kleinen Brustspitzen, die zwischen zwei langen Strähnen hervorlugten.

Gerade dieser Anblick war es, der das Blut in seinen Adern aufwallen ließ. Er bewegte seinen Mund, ohne etwas zu sagen, grinste dann und streckte seinen rechten Arm aus, wobei er das Haar dort berührte, wo sich die linke Brust befand.

»Ist deine Wolle echt?«, fragte er dabei, während er eine Strähne anhob und sie durch seine Finger gleiten ließ.

Sie blieb stumm.

Ohne das Haar loszulassen, fragte Shayne: »Kannst du nicht reden, Puppe?«

»Geh!«

Das eine Wort nur erwiderte sie. Es war nicht einmal

laut gesprochen, aber es lag so viel Entschlossenheit darin, dass Jerry zusammenzuckte.

»He, Süße, das meinst du doch nicht im Ernst, oder?«

»Geh!«

Der Rocker lachte. Allerdings klang es unsicher, nicht so herausfordernd wie sonst. Er war sich selbst nicht darüber im Klaren, wie er es anstellen sollte.

Die Kleine faszinierte ihn. Sie hatte alles, was ein Typ wie er verlangte. Ein Rasseweib, wirklich, und so einfach ließ er sich nicht abschmettern.

»Nein, Süße, ich bleibe. Und ich schwöre dir, dass wir noch sehr viel Spaß miteinander haben werden.«

»Es ist nicht gut, wenn du bleibst.«

»Doch, ich zeige dir, wie gut es ist, wenn wir beide jetzt zwischen die Büsche gehen. Ich kenne da einen Platz, wo das Gras besonders weich ist. Und zu Jerry Shayne hat noch nie jemand nein gesagt, das kann ich dir flüstern.« Er stieß dem Mädchen eine Fuselatemwolke ins Gesicht, doch es zuckte nicht zurück.

Die Unbekannte richtete ihren Blick auf den jungen Mann. Sie schien ihn zu sezieren, bis auf den Grund seiner Seele auszuleuchten, und davor fürchtete sich Jerry ein wenig, obwohl er es nicht zugeben wollte. Eine männliche Schönheit sah das Mädchen nicht vor sich. Jerry Shayne war zwar ein kleiner Rockerboss, aber er hatte nicht das Flair jener legendären Typen, die sich als Nachfolger der Easy Rider bezeichneten. Für ihn zählte nur die reine Brutalität. Was er so nicht bekam, holte er sich mit Gewalt.

Seine Haare bildeten auf dem Kopf ein Knäuel. Das breitflächige Gesicht zeigte eine gehörige Portion Verschlagenheit und auch Rohheit. Die Augen wirkten wie leblose Knöpfe, die dicke Unterlippe war vorgeschoben. Er trug die übliche Kleidung. Weste und Hemd waren vor lauter Abzeichen und Stickers kaum zu erkennen. Der breite Gürtel glänzte wegen seiner zahlreichen Nieten, und er bot auch Platz für das Messer und einen gefährlichen Schlagring.

»Du willst nicht, wie?«, zischelte er. »Kann ich mir vorstellen. Aber ich will. Und wenn ich will, dann hast du auch zu wollen. Klar?«

»Nein!«

»Dann zeige ich es dir!« Jerry Shayne sprang plötzlich vor. Er packte mit beiden Händen zu und bekam die Schultern des Mädchens zu fassen. Dabei war er überrascht, dass sich die Kleine nicht einmal wehrte, und sie stemmte sich auch nicht gegen ihn, als er sie zurückdrängte in Richtung Ufer, wo ein besonders dichtes Gebüsch wuchs, hinter dem eine kleine Mulde lag.

Ideal für Jerrys Vorhaben.

Zum Ufer hin fiel das Gelände ein wenig ab. Dann kam der Gebüschgürtel, in den Jerry die Unbekannte hineindrängte. Er lachte dabei, und als sich die Zweige in den langen Haaren verfingen, da sah Jerry zum ersten Mal den Körper.

Er zuckte regelrecht zusammen, in seinem Körper gab es eine kleine Explosion, und es schüttelte ihn durch.

Himmel, war das ein Weib!

Da stimmte alles. Der Schwung der Hüften, die Beine, die Brüste, die Schultern …

»Mann, o Mann …«

»Wenn du mich nicht loslässt, dann töte ich dich!«, erklärte das Mädchen plötzlich mit fester Stimme.

Jerry brauchte einen Augenblick, um die Worte zu begreifen. »Was sagst du da?«, flüsterte er.

Sie wiederholte die Antwort nicht. Stattdessen löste sie ihre Haare von den Zweigen und legte die Strähnen wieder vor ihren Körper. »Du hast es genau verstanden!«

»Ja, das habe ich …«

»Also geh!«

»Nein, Süße. Jetzt erst recht nicht. Verdammt, ich habe dich gesehen, und ich will dich haben, darauf kannst du dich verlassen. Ich kriege dich auch, ich …« Er schluckte und griff zu seinem Messer.

Was Shayne in seinem Leben haben wollte, das hatte er sich immer genommen. Meist mit Gewalt. Hier hatte es ausgesehen, als brauchte er die Gewalt nicht einzusetzen, aber nun gab es keine andere Möglichkeit, er wollte sie mit Brutalität in die Knie zwingen und sich das holen, was ihm seiner Ansicht nach zustand.

Die Unbekannte starrte auf das Messer. In ihren seltsamen Augen bewegte sich nichts, aber dann, als Jerry Shayne zu einem Scheinangriff startete, da reagierte die Unbekannte. Und sie tat es auf eine Art und Weise, wie Shayne es noch nie erlebt hatte.

Die Augen waren plötzlich dunkel. Aber nicht nur sie, auch die Umgebung um Shayne herum verdunkelte sich. Er sah nur noch die Augen, die ihn grün aus der Schwärze anstarrten, und spürte plötzlich die Kräfte, die an seinem Körper zerrten und ihn hochhoben. Jerry schrie, als er durch die Luft flog, sich überschlug, auf die rechte Seite prallte, sich herumdrehte und rücklings liegen blieb.

Die Knochen schmerzten. Ein paar Mal atmete er heftig durch, schüttelte den Kopf, öffnete die Augen und sah wieder alles völlig normal vor sich.

Da waren die Bäume, da war der Rasen, und da erkannte er auch das Gebüsch am Seeufer, aus dem soeben die nackte Frau schritt. Jerry Shayne verzog das Gesicht. Er fühlte sich plötzlich unheimlich blamiert, winkelte die Arme an und stützte sich mit den Ellbogen auf.

Shayne wollte es einfach nicht wahrhaben, dass die Frau ihn besiegt hatte. Er schüttelte den Kopf und sah zu, wie die nackte Unbekannte an ihm vorbeiging, ohne ein Wort zu verlieren. Sie würdigte ihn keines Blickes, sondern schlug den Weg ein, den Shayne gekommen war.

Wenn sie so weiterging, dann musste sie genau auf das Lager stoßen, wo seine Kumpane hockten.

Drei waren es, und Jerrys Gesicht verzog sich zu einem bösen Grinsen. Gegen vier harte Typen würde auch sie nicht ankommen. Deshalb ließ Shayne sie gehen und stieß nur einen Warnpfiff aus, damit seine Kumpane Bescheid wussten.

Schwerfällig stemmte er sich hoch. Einige Stellen an seinem Körper schmerzten, aber das würde er der Nackten zurückzahlen, mit Zins und Zinseszins.

Gelassen streifte er seinen Schlagring über …

Sie lag da mit geschlossenen Augen und träumte.

Es war ein seltsamer, schöner, aber auch gleichzeitig erschreckender und unheimlicher Traum.

Sie sah sich in der Vergangenheit ...

Irgendwo in der Unendlichkeit zwischen Raum und Zeit kam sie sich wie eine Gefangene vor. Ihr Geist war vorhanden, ihr Körper auch, und beide befanden sich auf der Suche nach dem Trank des Vergessens.

Weit, weit entfernt war alles. Sie sah Reiche und Völker, verschiedene Welten und erlebte das Grauen. Aber sie griff nicht ein, sie schwebte über allem.

Alassia!

Plötzlich war der Name da. Deutlich erinnerte sie sich daran, und über ihre Lippen drang während des Schlafs ein Stöhnlaut.

Alassia musste mehr wissen.

Schlagartig endete der Traum, und Kara richtete sich auf. Sie befand sich allein in der Dunkelheit, Myxin war nicht zu sehen, und die vier hohen, seltsamen Steine schimmerten in einem letzten versiegenden Rot. Das wunderte Kara, denn die flaming stones reagierten nur, wenn sie magisch aufgeladen wurden. Bisher hatte sich niemand daran zu schaffen gemacht – oder sollte der Traum etwa ...?

Kara strich das dunkle Haar zurück. Sie fror plötzlich, legte die Stirn in Falten und versuchte verzweifelt, sich an den Traum zu erinnern.

Da war etwas gewesen, etwas Bedeutendes, denn nicht umsonst hatte dieser Traum sie regelrecht gequält.

Ein Name war ihr eingefallen.

Alassia!

Kara erhob sich und hielt ihren Körper dem Wind entgegen. »Alassia«, murmelte sie, »Alassia – wieso komme ich auf den Namen?« Sie hob die Schultern, fand keine Antwort und ging ans Ufer des Bachs, dessen klares Wasser durch ein schmales Bett schäumte und das idyllisch gelegene Tal mit den bewaldeten Hügeln ringsum in zwei Hälften teilte.

Es war eine warme Sommernacht. Der Himmel schimmerte dunkelblau, übersät mit einem Heer von funkelnden Sternen. Kara hob den Blick. Irgendwo in dieser unendlichen Weite des Alls, wo die Grenzen des menschlichen Verstands und Forschungsdrangs sichtbar wurden, und wo es andere Dimensionen gab, da befanden sich die anderen Reiche und Welten. Die der finsteren Mächte, der Dämonen und Wesen aus der Schattenwelt. Himmel und Hölle, Begriffe, die plötzlich verschwammen. Der Himmel konnte überall sein, die Hölle ebenfalls. Und deren Diener. Sie hatte Kara immer bekämpft. Bereits in ihrem ersten Leben in Atlantis hatte sie immer auf der Seite der Guten gestanden. Zusammen mit ihrem Vater Delios und einigen Getreuen hatten sie versucht, den Untergang dieses gewaltigen Kontinents zu stoppen, aber die Gegenkräfte waren zu stark gewesen. Der Schwarze Tod, erschaffen von den Großen Alten, hatte seinen Plan durchführen können und Atlantis zerstört. Oft genug hatte Kara die schrecklichen Bilder des Untergangs vor Augen, erlebte den Tod ihres Vaters und sah dann wieder die gewaltige Feuersbrunst, die über die Insel donnerte sowie den tödlichen Regen der Vulkane, als sie die alles vernichtende Lava ausspien.

Aber heute war der Traum anders gewesen.

Alassia!

Weshalb um alles in der Welt fiel ihr dieser Name wieder ein? Und welch eine Bedeutung hatte er?

Sorgenfalten zeichneten ihr apartes Gesicht. Kara, die Schöne aus dem Totenreich, kam nicht mit ihrem Traum zurecht. Sie wusste nicht, wo sie ihn hinstecken sollte Alassia war und blieb die große Unbekannte in dem seltsamen Traumrätsel. Trotzdem war Kara bewusst, dass dieser Traum etwas zu bedeuten haben musste. War er vielleicht ein Vorzeichen auf zukünftige Ereignisse gewesen? Sollte er eine Warnung darstellen? Das konnte sich die Schöne aus dem Totenreich schon eher vorstellen. Eine Warnung vor Alassia.

Wenn ja, musste sie zu ihren Feinden gehören oder gehört haben. Eine andere Möglichkeit gab es nicht.

Seufzend wandte sie sich ab. Sie wollte versuchen, wie

der zu schlafen, vielleicht erlebte sie den Traum noch einmal, doch als sie sich hinlegte, konnte sie zwar die Augen schließen, doch sie fand keinen Schlaf.

Der Ort zwischen den Flammenden Steinen war die Zuflucht für Kara und Myxin, den Magier. Beide konnte man als besondere Menschen bezeichnen oder zumindest einen als Dämon.

Das war Myxin, der Magier. Ein Dämon, der sich allerdings auf die Seite des Guten geschlagen und nach dem Tod seiner Erzfeindin Asmodina einen Großteil der Kräfte zurückerhalten hatte. Myxin stand nun gegen seine früheren Artgenossen, die ihn ebenfalls erbarmungslos bekämpften.

Eine Bleibe besaßen Kara und Myxin nicht. Sie waren überall und nirgends, sie beherrschten die Teleportation und konnten an jeder Stelle der Erde auftauchen. Zudem besaß Kara noch das Schwert ihres Vaters. Es hatte eine goldene Klinge, die ebenfalls prall mit Weißer Magie gefüllt war. Durch diese Klinge gelang es der Schönen aus dem Totenreich, Verbindung zu anderen Dimensionen herzustellen und vor allen Dingen zu Personen in diesen Dimensionen.

Kara dachte intensiv an ihr Schwert und auch daran, dass sie es vielleicht dazu benutzen konnte, um mit Alassia Kontakt aufzunehmen. Es musste einfach durch das Schwert gelingen. Kara konnte in dieser Ungewissheit nicht leben, und sie richtete sich aus ihrer liegenden Stellung auf.

Ein Schatten bewegte sich durch das Gebiet der flaming stones. Myxin war gekommen.

Als er Kara sah, blieb er vor ihr stehen. Er war klein von Gestalt, wirkte meist ein wenig hilflos und wurde deshalb oft unterschätzt. Aber wer ihn richtig kennen gelernt hatte, der unterschätzte ihn kein zweites Mal, das stand fest.

Er schaute auf Kara nieder. »Du schläfst nicht?«

»Nein.«

Myxin nahm neben ihr Platz. Wie immer trug er seinen langen dunklen Mantel. Seine Haut schimmerte leicht grünlich, sie unterschied sich damit von der eines Menschen.

Der kleine Magier drehte den Kopf. Von der Seite schaute er seine Begleiterin an. »Wenn du nicht schlafen kannst, musst du einen Grund haben.«

»Den habe ich. Es war ein Traum. Ein gefährlicher Traum. Eine regelrechte Bedrohung.«

»Und von wem ging sie aus?«

»Alassia!«

Myxin reagierte kaum. Er senkte nur den Kopf und schaute auf seine angezogenen Beine. »Alassia also«, murmelte er. »Alassia ...«

»Du kennst sie?« Karas Stimme zitterte ein wenig.

»Du denn nicht?« Myxin zeigte sich sehr überrascht.

»Ich weiß im Moment nicht, wo ich ihren Namen unterbringen soll«, erklärte Kara.

»Sie ist die Schatten-Prinzessin, die Königin der Nacht wird sie auch genannt, Herrscherin über das Dunkelreich. Ich habe von ihr des Öfteren gehört. Früher stand sie groß da, als der Spuk noch nicht so mächtig war, und vor Asmodina.«

Kara ruckte herum. »Dunkelwelt!«, flüsterte sie. »Die Herrin der Dunkelwelt. Jetzt weiß ich es auch wieder. In ihrer Welt gibt es kein Licht. Dort herrscht die ewige Nacht.«

»Genau.«

»Aber was soll mein Traum bedeuten?«

»Was hast du denn genau geträumt?«

»Das ist schwer zu erklären. Ich sah nur immer Alassia, mehr nicht. Nur die Frau.«

»Ein wirklich seltsamer Traum«, gab Myxin zu und runzelte nachdenklich die Stirn. »Wenn ich nur wüsste, was er zu bedeuten hat.«

»Eine Warnung vor ihr.«

»Meinst du?«

»Da bin ich mir fast sicher. Ich kann mir vorstellen, dass Alassia uns einen Besuch abstatten will.«

»Welch einen Grund sollte sie haben?«

»Du hast selbst vorhin von Asmodina gesprochen. Sie

ist nicht mehr. Vielleicht sieht Alassia jetzt ihre Chance. Möglich ist in diesem Fall alles.«

»Ja, das könnte sein«, murmelte Kara. »Aber was will sie genau? Ihre Welt ist eine andere. Die Dimension ohne Licht, nur die Dunkelheit regiert …«

»Ich kann es dir nicht sagen.«

»Vielleicht sollte ich versuchen, über mein Schwert Kontakt mit ihr aufzunehmen.«

Myxin fand die Idee nicht schlecht. »Aber es ist gefährlich«, warnte er Kara.

Die Schöne aus dem Totenreich hob die schmalen Schultern. »Ich kann es nicht so genau sagen, weil ich noch keinen Kontakt mit ihr gehabt habe.«

»Dafür ich.«

»Wann?«

»Noch vor meiner Niederlage, die der Schwarze Tod mir zugefügt hat. Damals, in Atlantis. Wie du weißt, haben auf mein Kommando die schwarzen Vampire gehört. Es gab zahlreiche Dämonen, die sehr neidisch darauf waren, unter ihnen befand sich auch Alassia. Sie versuchte einmal, mir meine Diener abspenstig zu machen.«

»Aber sie hat es nicht geschafft?«

»Nein, das nicht.« Der kleine Magier schaute hoch zu den unendlich weit entfernten Sternen. »Geschafft hat sie es wirklich nicht, aber einige Vampire sind in ihre Dunkelwelt geschleudert worden und wurden nie mehr gesehen. Die Welt ohne Licht hat sie regelrecht ver schlungen, so sieht es aus.«

Kara nickte, bevor sie aufstand. »Ich werde es trotzdem versuchen. Kontakt muss ich einfach bekommen, denn ich kann auf diese Art und Weise nicht weiterleben, nicht mit dieser bohrenden Ungewissheit. Ich muss der Gefahr ins Auge sehen.«

»Wir sollten vielleicht John Sinclair informieren«, schlug Myxin vor. »Wenn sie tatsächlich erscheint, dann bedeutet sie eine so große Gefahr, dass wir gewappnet sein müssen.«

»Wie kann man sie besiegen?«, fragte Kara plötzlich.

Da hob Myxin die schmalen Schultern. »Ich weiß es nicht. Vielleicht durch das Gegenteil der Dunkelheit, durch Licht.«

Von Kara erhielt der kleine Magier keine Antwort. Sie hatte sich abgewendet und zog ihr Schwert aus der Scheide. Trotz der Dunkelheit glänzte die goldene Klinge.

»Und John?«, fragte sie.

Plötzlich lächelte Myxin und war im nächsten Augenblick verschwunden. Er hatte sich wegteleportiert.

Nach London …

Zwei Farbfernseher, zwei Recorder, Kassetten und einhundertsechsundzwanzig Pfund an Bargeld hatten die Rocker gefunden und teilten das Zeug. Hundert Pfund waren bereits in die Tasche des Anführers Jerry gewandert.

Das restliche Geld konnten die drei unter sich teilen, ebenso das gestohlene Zeug, das jeder auf eigene Faust verhökern musste. Das Geld dafür kam in die Gemeinschaftskasse, und wehe, wenn einer versuchte, den anderen übers Ohr zu hauen. Zwei Wochen im Krankenhaus waren ihm dann sicher.

Sie saßen ziemlich geschützt. Diese Stelle im Regent's Park wurde von Spaziergängern kaum benutzt. Es führten auch nur wenige Wege an diesem Arm des Sees vorbei, so hatten die Rocker ihre Ruhe.

Als Rückenstützen verwendeten sie Baumstämme, und um die Beute wurde geknobelt.

Keiner war älter als zwanzig. Sie standen in der Blüte ihrer Jugend. Aber an Arbeit dachten sie nicht. Zudem hätten sie sowieso keine bekommen, in England sah es mies aus, und die Eiserne Lady Thatcher nebst ihrer Regierung stöhnte unter den Auswirkungen des Falkland-Krieges, der den Staat viel gekostet hatte.

Fred, der zweite Mann hinter Jerry Shayne, stand auf und reckte sich. »Ihr könnt euch meinetwegen um die geklauten Dinger streiten. Ich halte mich da raus.«

»Wieso?«

Fred hob die Schultern. »Finde keinen Abnehmer. Und verschenken will ich das Zeug nicht.«

»Ob das Jerry gefällt?«

»Der kann mich kreuzweise. Er hat seine Suppe geschluckt und fertig. Außerdem hat er sich verzogen. Ich wüsste gern, wo der Hund sich wieder herumtreibt.«

»Willst du ihn suchen?«, fragte der dritte im Bunde.

»Quatsch, der kommt schon wieder.«

»Vielleicht hat er 'ne Braut aufgerissen und will sie nicht teilen.« Der dritte Rocker lachte gehässig. Doch sein Lachen verstummte ebenso jäh, wie sich ein anderer Ausdruck auf den Gesichtern der kleinen Rockerbande zeigte, als sie plötzlich die Frau sahen, die zwischen den Bäumen einher schritt und sich ihrem Lagerplatz näherte.

Fred verschluckte sich fast am eigenen Speichel, als er flüsterte: »Verdammt, die ist ja nackt.«

Das war besonders gut zu sehen, weil ein leichter Windstoß die Haare zur Seite wehte.

»Mann, und so was läuft noch frei herum.«

Jetzt erhoben sich auch die beiden anderen Rocker, um dem Mädchen in den Weg zu treten. Nebeneinander bauten sie sich auf und bildeten eine menschliche Mauer. Sie hatten sogar noch die Arme ausgestreckt, ein Zeichen, dass sie nicht gewillt waren, die Kleine passieren zu lassen.

»Ein Geschenk des Himmels«, hauchte Fred. »Ich habe ja nie an den lieben Gott geglaubt, aber so was kann nur er geschickt haben. Herrlich, diese Braut.«

»Und für uns alle!«, hauchte ein anderer.

»Das wüsste ich aber«, erwiderte Fred. »Erst einmal bin ich an der Reihe. Dann könnt ihr.«

»Vielleicht will sie dich nicht.«

»Aber dich, wie?«

Der Rocker, der gesprochen hatte, hob die Schultern.

Fred sagte: »Wenn ich so viele Pickel in meiner Visage hätte wie du, dann würde ich mich beim Bäcker als Streuselkuchen ins Schaufenster stellen.«

»Dafür schlage ich dir die Zähne in den Rachen.«

Die Unterhaltung versiegte, denn die Frau war inzwischen so nahe herangekommen, dass die Rocker sie hätten anfassen können. Sie blieb stehen und schaute in drei grinsende Gesichter.

»Lasst mich durch!«, forderte sie mit ruhiger Stimme.

Fred schüttelte den Kopf und starrte Alassia ungeniert an. »Kommt gar nicht in Frage, Süße. So eine Braut wie dich lassen wir doch nicht laufen. Wie kämen wir dazu?«

»Ich warne euch. Schon einmal hat jemand versucht, mich aufzuhalten.«

»Und?« Fred fragte es provozierend.

»Ich musste ihn bestrafen.«

Die Rocker kicherten. »Von dir möchte wohl jeder von uns gern bestraft werden.«

Wie auf ein geheimes Kommando hin zogen sie sich auseinander und bildeten einen Kreis um Alassia. Ihre Gesichter sagten alles. Sie wollten die Frau auf keinen Fall gehen lassen. Sie gehörte ihnen, daran gab es nichts zu rütteln.

Und dann hörten sie die Stimme. »Lasst sie, verdammt! Ich will sie haben. Ich allein!«

Die drei zuckten zusammen. Jeder wusste, dass Jerry Shayne, ihr Anführer, gesprochen hatte. Er stand dort, wo die Motorräder parkten. Sein Gesicht war verzerrt. Über die Finger der rechten Hand hatte er einen Schlagring gestreift. In seinen Augen sprühte der Hass und auch der Wille, sich zu rächen.

Gras klebte an seiner Kleidung, für die anderen ein Beweis, dass er am Boden gelegen hatte.

Bis jetzt hatte Alassia nur gewarnt, und das sagte sie ihnen. Sie machte den Rockern klar, dass sie auch anders konnte. Härter, und dass es mit dem Tod enden würde.

Irgendwie waren die abgebrühten Kerle beeindruckt. Es war seltsam, hätte ihnen das ein Mann gesagt, sie hätten versucht, ihn auseinander zu nehmen.

Aber nicht bei diesem Mädchen oder dieser Frau, die in der Helligkeit, nur mit ihren langen Haaren bekleidet, durch den Regent's Park lief. Da stimmte etwas nicht.

»Euch bleibt nicht mehr viel Zeit!«, warnte die Frau mit kalter Stimme.

Fred nickte Jerry Shayne zu. »Sollen wir nicht doch lieber verschwinden?«

»Nein!« Jerry schüttelte wild den Kopf und kam vor. »Ich habe mit ihr noch eine Rechnung zu begleichen, und die werde ich ihr mit dem Schlagring in den Wanst hämmern …« Er holte aus. Jeder seiner Kumpane nahm an, dass die Frau zu Boden gestreckt würde, dann aber geschah etwas so Unheimliches, dass die abgebrühten Rocker einen Schock fürs Leben erlitten.

Plötzlich wurden nicht nur die seltsamen Augen der Unbekannten völlig schwarz, auch der Umgebung wurde jegliches Licht durch die Augen entrissen.

Die drei Rocker konnten nichts sehen. Sie schrien nicht, standen einfach starr da und fühlten sich eingekreist von seltsamen Kräften, die an ihren Körpern zerrten, bis die Dunkelheit wieder verschwand und dem normalen Tageslicht Platz machte.

Die Frau stand noch immer da. Ein harter Zug lag auf ihrem Mund, auch die Augen zeigten wieder die seltsame grünschwarze Farbe. Und doch war etwas anders.

Es gab Jerry Shayne nicht mehr.

Er war verschwunden – weg, einfach fort. Der Fleck, wo er gestanden hatte, war leer.

Man konnte den Zustand der Rocker als fassungslos bezeichnen. Sie waren bleich geworden und schwiegen. Es dauerte seine Zeit, bis sich einer von ihnen gefangen hatte.

Es war Fred, und er fragte: »Wo – wo ist Jerry?«

Da lächelte die Frau nur, bevor sie langsam ihren Arm in die Höhe hob und zum Himmel zeigte. »Seht her …«

Die Rocker starrten in die Höhe.

Etwas aus der Höhe der Baumwipfel regnete auf die Erde.

Es war schwarzer Staub …

Noch nie im Leben waren die drei Rocker so schnell fortgerannt. Alassia aber lächelte. Sie hatte ihre Visitenkarte hinterlassen …

Normalerweise klingelt mich bei einer Störung zumeist das Telefon aus dem Schlaf, aber in dieser Nacht wurde ich durch etwas anderes wach.

Ich schlug die Augen auf und spürte sofort, dass etwas nicht stimmte. Da war jemand im Zimmer!

Der erste Gedanke galt einem Einbrecher. Doch bei mir gab es nichts zu holen, was sich für einen Dieb gelohnt hätte. Da ich aber einen besonderen Job ausübte, konnte ich mir gut vorstellen, dass der Besuch mit meiner Arbeit zusammenhing.

Ich warf rasch einen Blick auf die Uhr und stellte fest, dass Mitternacht längst um war. Eine wirklich ungewöhnliche Zeit für einen Besuch.

Meinen Arm winkelte ich an und tastete nach meiner Beretta, die in der Nähe des Kopfkissens lag. Das Kreuz hing auch während des Schlafs um meinen Hals, und völlig waffenlos stand ich dem Unbekannten nicht gegenüber.

Dann hörte ich seine Stimme. »Lass die Kanone ruhig stecken, John Sinclair.«

Ich atmete auf. »Myxin, du alter Hecht. Hättest du dich nicht anmelden können?« Gleichzeitig machte ich Licht.

Der kleine Magier stand nahe der Schlafzimmertür und grinste von Ohr zu Ohr. Wie immer trug er seinen langen Mantel, und eigentlich fiel er kaum auf. Wenigstens dem nicht, der Myxin nicht kannte. Meine Freunde und ich jedoch wussten, dass Myxin nicht so harmlos war, wie er aussah, und das hatte auch so mancher Dämon schon zu spüren bekommen.

Auf der Bettkante blieb ich sitzen, rieb meine Augen und gähnte ausgiebig. »Wenn du mich zu einem Drink einladen willst, hast du dich geschnitten«, sagte ich. »Um diese Zeit habe ich meistens keinen Durst.«

»Auf einen Drink nicht.«

»Sondern?«

»Ich möchte dich zu den Flammenden Steinen bringen. Dort wartet Kara schon.«

»Jetzt? Mitten in der Nacht?«

»Ja, sonst wäre ich nicht gekommen.«

Myxin meinte es ernst, das sah ich ihm an. »Kann ich mich wenigstens noch anziehen?«

»Sicher, aber verzichte auf das Waschen.«

»Sehr wohl, Sir.«

Eine Minute später hatte ich mich umgezogen. Myxin stand jetzt in der Diele. Er wirkte sehr konzentriert, denn er benötigte jetzt seine gesamten Kräfte, da er uns beide zu den flaming stones teleportieren wollte.

Ich ging zu ihm, gähnte noch einmal und musste mit ansehen, wie Myxin meine Hand ergriff.

Eigentlich hatte ich noch etwas sagen wollen. Dazu kam ich nicht mehr, denn die Welt um mich herum verschwamm, und einen Augenblick später sagte eine hell klingende Frauenstimme: »Guten Morgen, John!«

Ein wenig verwirrt blickte ich mich um.

Kara lächelte. Sie stand wie ich zwischen den Flammenden Steinen. Die Reise hatte also geklappt. Myxin schmunzelte. Er freute sich, dass er fast seine alten Kräfte wieder besaß.

»Ebenfalls guten Morgen«, begrüßte ich Kara. »Allerdings hätte ich gern noch ein wenig geschlafen.«

»Das kannst du später.«

»Eilt es sehr?«, fragte ich.

»Und wie.«

»Dann berichte mal.«

Ich nahm auf dem Grasboden Platz und zog meine Beine an.

Kara erzählte mir von ihrem seltsamen Traum und von einem weiblichen Wesen namens Alassia.

»Von ihr habe ich nie etwas gehört«, gab ich ehrlich zu.

»Auch nicht von der Dunkelheit?«

»Nein.«

Myxin und Kara schauten sich an, während ich in den Himmel blickte und zahlreiche Sterne sah. Für mich war das alles noch rätselhaft, ich konnte mir wirklich keinen Reim auf die Geschichte machen, aber wenn Kara so heftig reagierte und mich zu den flaming stones holte, dann war zumeist etwas im Busch.

»Was ist denn nun mit dieser Alassia?«, fragte ich.

»Verdammt noch mal, spannt mich nicht so lange auf die Folter. Irgendetwas muss sie ja an sich haben.«

»Sie tötet.«

»Wen?«

»Ihre Feinde.«

Ich lächelte. »Mein Gott, seid doch nicht so einsilbig. Wer sind ihre Feinde, und wie tötet sie sie?«

Kara nickte sehr ernst. »Wer in die Fänge dieser Frau, die sich auch Herrin der Dunkelwelt und Königin der Nacht nennt, gerät, der ist verloren. Er wird getötet.«

»Wie?«

»Alassia entzieht ihm das Licht und die Helligkeit. Er sieht dann die absolute Dunkelheit und vergeht. Zumeist regnet er als schwarze Asche vom Himmel ...«

Ich war grau im Gesicht geworden. Das war ja schlimm, was mir Kara da erzählte. Menschen, die von der Dunkelheit zerstört wurden und von denen nur mehr schwarze Asche zurückblieb. Eine Gänsehaut rann über meinen Rücken. Kara hatte wirklich recht daran getan, mich zu informieren, denn wenn diese Alassia tatsächlich auftauchte ...

Moment mal!

Plötzlich machte es in meinem Kopf klick. Ich setzte mich starr hin und dachte nach.

»Hast du was, John?«, fragte mich die Schöne aus dem Totenreich.

»Ja, mir ist da eine Idee gekommen und gleichzeitig ein furchtbarer Verdacht.« Ich schaute Kara ins Gesicht. »Wo befindet sich diese Alassia jetzt?«

»Das weiß ich nicht. Wahrscheinlich in ihrem Reich.«

»Nicht hier auf der Erde?«

»Kann auch sein.«

»Das glaube ich eher. Ich habe sie zwar nicht selbst gesehen, aber da ist eine Sache in London passiert, von der ich nur einen knappen Bericht gelesen habe. Und das kurz vor Feierabend.«

»Um was ging es denn?«, fragte Kara.

»Eine Rockerbande aus dem Regent's Park ist wahrscheinlich mit Alassia zusammengestoßen.«

»Hat es Tote gegeben?«

Ich verzog das Gesicht. »Weißt du, Kara, bei mir klingelte die Glocke, als du diesen furchtbaren Auflösungsprozess erwähnt hast. Laut Protokoll sollen drei überlebende Rocker ausgesagt haben, dass sich ihr Anführer in einer dunklen Wolke praktisch aufgelöst hat. Als die Wolke verschwand, war auch von dem Rocker nichts mehr zu sehen, und es soll schwarzen Staub geregnet haben.«

Kara ballte die Hand zur Faust. »Das war sie. Das war Alassia, John. Sie ist schon hier. Mein Traum hat mich nicht getrogen.«

Eine Weile sagte niemand von uns ein Wort, bis ich fragte: »Du bist demnach eine Feindin von Alassia?«

»Ja.«

»Und den Traum fasst du als eine Warnung auf?«

»Das stimmt auch.«

»Wer kann dich gewarnt haben, und aus welchem Grund ist Alassia in unsere Welt gekommen?«

»Mich hat mein Unterbewusstsein gewarnt. Ich sollte wieder an sie erinnert werden, denn sie war bereits im alten Atlantis meine Feindin. Wir haben zwar nie direkt gegeneinander gekämpft, dazu ist es nicht gekommen, doch aufgeschoben ist nicht aufgehoben, und ich bin mir fast sicher, dass ein Kampf zwischen mir und der Herrin der Dunkelwelt unausweichlich ist.«

»Besteht ein triftiger Grund?«, wollte ich wissen. »Ich meine, für eure persönliche Feindschaft.«

»Ja, den gibt es!« Karas Stimme klang auf einmal sehr leise und sehr ernst.

»Nenne ihn mir!«

»Ich kann es nicht beweisen, John, aber höchstwahrscheinlich hat Alassia den Trank des Vergessens ...«

Jetzt war es heraus, und ich konnte meine Überraschung nicht überspielen, sie zeichnete sich auf meinem Gesicht ab, denn Kara meinte: »Damit hast du wohl nicht gerechnet?«

»Nein.«
»Es ist aber so. Alassia muss ihn haben.«
Ich stand auf und schüttelte den Kopf. »Woher weißt du das alles? Soweit ich mich erinnern kann, hast du doch nie gewusst, wo sich der Trank befindet!«
Kara ging ein paar Schritte zur Seite und blickte dorthin, wo der Bach sprudelte. »Im Prinzip stimmt das schon, doch ich habe immer versucht, mit den fremden Mächten Kontakt aufzunehmen. Mein Schwert war mir dabei eine große Hilfe. Zudem haben Myxin und ich Dämonen beschworen. Die meisten von ihnen wussten zwar nichts, aber wir erhielten manchmal Hinweise. Es war wie ein Puzzle. Als wir es zusammensetzten, führte eine vage Spur in die Dunkelwelt.«
»Warum hast du mit mir darüber nicht gesprochen?« In meiner Frage schwang ein Vorwurf mit.
»Du hast selbst Probleme genug. Zudem war ich mir nicht sicher, ob sie den Trank des Vergessens tatsächlich besitzt oder näher darüber Bescheid weiß.«
»Aber jetzt weißt du mehr?«
»Ein wenig.«
Ich atmete tief durch. »Glaubst du denn, dass dir Alassia sagen wird, wo sich der Trank befindet, wenn du mit ihr Kontakt aufgenommen hast?«
»Das ist die Frage, aber ich gehe von folgender Überlegung aus. Wenn sie sich tatsächlich auf dieser Welt befindet, hat sie ihre Dimension verlassen und besitzt meines Erachtens nicht mehr die Kräfte, die sie in der Dunkelheit hat. Ich will ihr gegenüberstehen, und möchte dich, John, deshalb bitten, uns zu helfen, denn du bist ein Mensch von dieser Welt und kennst dich aus.«
»Ich tue, was ich kann.«
Kara lächelte. »Das wusste ich. Zunächst jedoch möchte ich Kontakt zu Alassia herstellen, denn ich brauche mehr Informationen. Allein fühle ich mich hilflos.«
»Wie willst du das anstellen?«
»Ich nehme das Schwert. Das müsste gehen. Bist du einverstanden, dass du bei uns bleibst?«
»Dumme Frage, klar.«

»Gut.« Kara nickte und entfernte sich von mir. Stattdessen trat Myxin an meine Seite. Gemeinsam schauten wir zu, wie die Schöne aus dem Totenreich dort stehen blieb, wo sich die magischen Linien der Steine kreuzten, wenn sie aktiviert worden waren. Es war praktisch der Mittelpunkt der flaming stones, wo Kara sich nun aufhielt. Hier konzentrierte sich die Magie, und ich war gespannt, ob sich die Steine auch aktivieren ließen.

Danach fragte ich Myxin.

Der kleine Magier nickte. »Ja, das wird so sein. Die Magie des Schwertes überträgt sich auf die Steine.«

»Wo kommen sie eigentlich her?«

Da hob Myxin die Schultern. »Ich weiß es selbst nicht genau. Sollte mir die Zeit bleiben, werde ich danach forschen.«

»Ja, das würde mich auch interessieren.« Momentan lagen die Steine in Mittelengland in einer ziemlich einsamen Gegend, die kaum von einem Menschen besucht wurde. Ein sehr schmales Tal, ringsum dicht bewaldete Hänge, und ein kleiner Bach, der das Tal durchschnitt.

Das war alles.

Wenn zufällig Wanderer hierher kamen, wunderten sich die Menschen zwar über die geometrische Aufstellung der Steine, aber ihr Rätsel konnten sie nicht lösen. Wahrscheinlich wussten sie auch nicht, was mit den Steinen eigentlich los war.

Es war immer wieder faszinierend, die Magie der Steine zu erleben. Sie vermittelten ein ganz anderes Bild. Man konnte das Gefühl haben, in einer Märchen- und Sagenwelt zu stehen, aber nicht in der normalen Realität. Auf irgendeine Weise machte es mich stolz, etwas über dieses Geheimnis zu wissen.

Ich war gespannt, wie es weitergehen würde.

Kara war dort stehen geblieben, wo sich der Kreuzungspunkt der gedachten Linien befand.

Was würde geschehen?

Auch Myxin konnte jetzt nicht eingreifen oder etwas beschleunigen. Es ging allein um Kara. Die Schöne aus dem Totenreich musste ihre Kräfte voll ausspielen.

Sie kniete nieder.

Irgendwie erschien mir die Bewegung andächtig. Es geschah nicht schnell, Kara glitt allmählich in die Knie, und als sie den Boden berührte, senkte sie den Kopf.

Dann glitt ihr rechter Arm schräg am Körper entlang, und ihre Hand näherte sich dem Schwertgriff.

Die Waffe mit der goldenen Klinge war das Wichtigste überhaupt. Ohne sie war Kara machtlos. Sie zog das Schwert aus der Scheide und stellte es mit der Spitze zu Boden, wobei sie mit beiden Händen den Griff umklammerte.

Es war die Haltung, die sie einnehmen musste, um ihre volle Konzentration zu erlangen.

Myxin und ich sprachen kein Wort mehr. Jeder Satz wäre zu viel gewesen, denn Kara brauchte für ihre Beschwörung und Aktivierung absolute Ruhe.

Wie in Trance versunken, blieb Kara hocken. Wir wussten, dass sie sich jetzt konzentrierte, und sahen auch bereits den ersten Erfolg, denn die Steine veränderten sich.

Als würde die rote Farbe oder das rote Licht tief aus ihrem Innern steigen, so wurde das eigentliche Grau abgelöst. Jede Pore füllte sich mit dem düsteren Rot, es verdichtete sich und wurde von Sekunde zu Sekunde intensiver, bis es seinen höchsten Stand erreicht hatte und plötzlich aufstrahlte.

Ich zuckte zusammen, obwohl ich das Phänomen kannte. Wie geisterhafte Erscheinungen huschten die Strahlen über den Erdboden, sie trafen sich genau dort, wo Kara kniete.

Das war das magische Zentrum.

Auch die Schöne aus dem Totenreich blieb nicht »verschont«. Hatten wir sie zuerst wegen der Dunkelheit nur relativ schwach erkennen können, so legte sich jetzt ein geheimnisvolles rotes Leuchten über ihren Körper, sodass ihr Bild ziemlich unwirklich wurde und Kara mich an eine Geistererscheinung erinnerte.

Allein durch Konzentration hatte sie es geschafft, die Magie zu aktivieren.

Ein Phänomen ...

Stumm und starr blieb sie sitzen, gestützt auf ihr Schwert. Sie schien die Magie der flaming stones zu genießen, denn diese wundersamen Kräfte gaben ihr Kraft und Ausdauer.

Jeder von uns wusste, was kommen würde. Kara versuchte jetzt die zweite Konzentrationsübung. Über ihr Schwert wollte und würde sie Kontakt zu einer anderen Welt aufnehmen, vielleicht sogar zu einem Reich, das sich Dunkelwelt nannte und dessen Herrscherin Alassia, die Königin der Schatten, war.

Ich war ungemein gespannt. Längst war meine Müdigkeit vergessen. Es spielte keine Rolle mehr, dass mich Myxin mitten in der Nacht aus dem Bett geholt hatte, mich hielt die Faszination des Augenblicks gefangen.

Würde das Schwert es schaffen?

Es war eine besondere Waffe. Kara konnte mit ihr nicht nur kämpfen, sondern sie auch als einen magischen Katalysator benutzen, der die Verbindung zu anderen Welten schuf.

Erst einmal geschah nichts. Kara kniete stumm und hielt nach wie vor den Schwertgriff fest. Auch wir mussten uns in Geduld fassen, sahen allerdings, dass der Körper der dunkelhaarigen Frau plötzlich anfing zu zucken.

»Ja!«, stieß Myxin hervor. »Sie hat es geschafft.«

Was sie geschafft hatte, wusste keiner von uns. Es war durchaus möglich, dass sie zwar einen Kontakt bekommen hatte, aber zu einer anderen Welt oder Dimension.

Wie mussten abwarten ...

Zeit verging. Nach wie vor hielten die Steine ihr Strahlen aufrecht, sie schufen somit ein magisches Zentrum, das Kara als Mittelpunkt zeigte.

Dann ein Schrei.

Er drang aus dem Mund der schwarzhaarigen Frau. Wir zuckten zusammen, sahen, wie Kara zitterte, und das Beben lief wie die Ausläufer einer kleinen Explosion durch ihren Körper.

Schlagartig brach die magische Brücke zusammen. Das

Leuchten war nicht mehr vorhanden, auch die Strahlen zogen sich zurück, und Kara kippte zur Seite.

Bevor wir sie auffangen konnten, lag sie schon am Boden. Gemeinsam knieten wir uns neben sie, und trotz der Dunkelheit war zu sehen, wie bleich und spitz ihr Gesicht wirkte.

Kara musste etwas ungemein Schweres hinter sich haben, das stark an ihren Kräften gezerrt hatte.

Myxin tätschelte ihre Wangen. Er rief immer wieder ihren Namen, und Kara schlug flatternd die Augen auf. Ihr Blick traf Myxins Gesicht, sie versuchte ein Lächeln, und ihre Lippen murmelten Worte.

»Ich – ich lebe noch.«

»War es so schlimm?«, erkundigte sich Myxin.

»Ja, sie ist ungemein stark, und ihre Magie ist so mächtig. Sie kann uns alle vernichten.«

Wie Kara das sagte, konnte man Angst bekommen. Denn sie war sonst nicht pessimistisch, aber für ihren Kommentar gab es einen Grund. Davon ging ich aus.

»Was ist denn geschehen?«, wollte ich wissen.

»Alassia ist da, John. Sie ist auf der Erde. Ich habe ihre Anwesenheit genau gespürt, und sie ist dabei, irgendetwas zu unternehmen.«

»Was?«

»Ich weiß es nicht genau. Ich hörte sie nur schreien. Triumphierende Worte. Asmodina ist tot – Asmodina ist tot ...«

Das stimmte in der Tat. Solo Morasso, alias Dr. Tod, hatte Asmodina umgebracht. Aber Dr. Tod selbst und seine Mordliga hatten ebenfalls Federn lassen müssen. Was ich weiter dachte, konnte man als reine Spekulation bezeichnen. War Alassia vielleicht erschienen, um Asmodinas Nachfolge anzutreten?

Diesen Verdacht sprach ich laut aus. Danach schaute ich in die betretenen Gesichter der beiden Freunde. Sie sagten mir, dass auch sie meinen Verdacht nicht von der Hand weisen könnten.

»Dann müssen wir uns auf etwas gefasst machen«, flüsterte Kara und ließ sich von uns auf die Beine helfen.

»Was ist mit dem Trank des Vergessens?«

Da hob Kara die schmalen Schultern. »Ich habe keine direkte Bestätigung bekommen, dass Alassia den Trank besitzt, aber ich bin fest davon überzeugt, dass es so ist. Zudem wird sie die Jenseits-Falle aufbauen, wie ich hörte.«

»Was ist das denn?«

Ich hatte die Frage gestellt, erhielt allerdings keine Antwort, da weder Myxin noch Kara genauer darüber informiert waren.

»Diesen Begriff habe ich nur auffangen können«, erklärte Kara mir. »Mehr war nicht möglich.«

»Und du hast auch nicht herausfinden können, was sie jetzt unternimmt?«, hakte ich nach.

»Nein.«

»Vielleicht wird sie Kontakt zu Dr Tod aufnehmen?«, meinte Myxin, der Magier.

»Weshalb?«

»Die Wege der Dämonen sind rätselhaft«, erklärte er mir. »Wir sollten auf der Hut sein und getrennt marschieren, um vereint zuschlagen zu können.«

Da war ich seiner Meinung. Ich hatte mir auch bereits einen Plan zurechtgelegt, wie ich vorgehen wollte. Aber erst einmal musste ich Genaues wissen.

»Ich kümmere mich um Dr. Tod«, erklärte Myxin.

»Willst du ihn frontal angreifen?«

Er lächelte. »Wenn das so einfach wäre. Der sitzt in seiner Festung in Feuerland, aber ich werde es über Logan Costello versuchen. Irgendwie müssen wir auf die Spur der Alassia stoßen.«

»Soll ich das nicht lieber in die Hand nehmen?«

»Nein, John, es bleibt bei dem Plan. Und ich habe das Gefühl, dass wir irgendwann wieder zusammentreffen werden.«

»Okay, dann schaff mich zurück nach London.«

»Nichts leichter als das.«

Fünf Sekunden später befand ich mich wieder in meiner Wohnung, saß angezogen auf dem Bett und fragte mich, ob nicht doch alles ein böser Traum gewesen war.

Leider war es das nicht. Wir hatten ein neues Problem zu bewältigen.

Und das hieß Alassia …

»Du siehst schlecht aus«, stellte Suko, mein chinesischer Freund und Kollege, fest, als wir uns trafen, um gemeinsam ins Büro zu fahren.

»Wieso?«

»Übernächtigt.«

Alassia und meine seltsame Reise kamen mir in den Sinn. »Ich habe auch einiges hinter mir.«

»Glenda?« Sukos Stimme klang spöttisch.

»Hör auf. Aber eine Frau war mit im Spiel.«

»Kenne ich die?«

»Ja, Kara.«

Suko schlug sich auf die Schenkel. »Nein, John, das hätte ich nicht von dir gedacht. Dass du beide gleichzeitig …«

»Ich war mit Kara dienstlich zusammen.«

»Und worum ging es?«

»Zur Strafe erkläre ich dir das, wenn wir im Büro sind.«

Suko zog einen Flunsch. Er hatte an diesem Morgen seine Harley in der Garage gelassen und fuhr mit mir. An und für sich bin ich kein Morgenmuffel, doch auf der Fahrt war ich nicht eben der gesprächigste Partner. Im Gegenteil, ich war sogar ziemlich ruhig und manchmal auch unwirsch.

Suko ließ mich in Ruhe. Dafür las er die Zeitung kommentarlos. Selbst das beim Weiterblättern entstehende Rascheln machte mich nervös. Auf halber Strecke hielt ich es nicht mehr aus. Ich musste Suko von den Vorgängen der vergangenen Nacht berichten.

Er zeigte sich sehr überrascht. Ein paar Mal nickte er kräftig und rieb sich dann die Hände.

»Was hast du?«

»Auf eine Nachfolgerin der Asmodina bin ich gespannt, John.«

Ich winkte ab. »Das glaube ich nicht. Nein, nein, das wird schon keine Nachfolgerin der Teufelstochter sein. Die hat etwas ganz anderes vor.«

»Und was?«

Ich hob die Schultern. »Noch kann ich es dir nicht sagen, aber in ein paar Tagen vielleicht ...«

»Wo willst du denn einhaken?«, erkundigte sich Suko.

»Wir haben doch Zeugen.«

»Du meinst diese Rocker.«

Ich hatte Suko von den Zusammenhängen berichtet. Nach meiner Auskunft im Büro hatte ich vor, mir die Protokolle einmal genauer anzusehen.

Das tat ich dann auch. Glenda Perkins war noch nicht da. Mir fiel ein, dass sie sich zwei Stunden freigenommen hatte, weil sie etwas besorgen wollte.

Ein paar Anrufe kostete es mich, dann hatte ich die Aussage-Protokolle vorliegen. Da war besonders ein Mann namens Freddy, der sich hervortat. Die anderen beiden hatten kaum etwas gesagt, und für einen sonst schweigsamen Rocker hatte Freddy geredet wie ein Wasserfall. Sein Aussageprotokoll umfasste über drei Seiten.

Ich las es zuerst und reichte den Kram danach meinem Freund Suko rüber.

Währenddessen rauchte ich eine Zigarette und beobachtete den Chinesen über die Rauchschleier hinweg.

Suko gähnte und legte das Protokoll zur Seite.

»Ist das alles, was du zu sagen hast?«, erkundigte ich mich.

»Ja. Das Protokoll langweilt mich. Wie hieß der Knabe noch, der es zu Papier gebracht hat?«

»Das war ein Polizist«, erwiderte ich trocken, »aber diktiert hat es ein Rocker namens Fred Ashley.«

»Und wo wohnt der?«

Suko wollte auf das Gleiche hinaus wie ich. Persönlich mit dem Rocker reden. Ich blätterte ein paar Mal und fand die Adresse. »Der wohnt in Somerstown.«

»Keine schlechte Gegend.«

»Für einen Rocker meinst du?«

»Genau.«

Ich grinste und stand auf. »Komm, wir haben eine schöne Fahrt vor uns!«

»Hoffentlich bringt sie auch ein Ergebnis.«

Ich sagte nichts. Die Fahrt durch die Londoner City passte mir überhaupt nicht. Suko wollte das Steuer übernehmen, denn er sah mir meine Laune an, und ich war dankbar, mich mal auf den Beifahrersitz setzen zu können.

Meine Gedanken kreisten natürlich um den Fall. Der Name Alassia hatte sich regelrecht in meinem Gehirn festgebrannt. Wenn sie ihre Gegner anging, geschah dies auf eine grausame Art und Weise. Sie tötete die Menschen nach den Gesetzen ihrer Welt, die sie mit in die unsrige gebracht hatte.

Konnte ich weitere Morde verhindern?

Das hoffte ich stark, wobei ich allerdings nicht wusste, welche Waffe ich gegen meine Feinde einsetzen konnte. Das Kreuz als Zeichen des Lichts war natürlich möglich, aber dazu musste ich Alassia erst einmal gegenüberstehen.

In einen Verkehrsstau gerieten wir auch, und ich spielte mit dem Gedanken, die Sirene anzustellen, aber das erschien mir unfair gegenüber den anderen Verkehrsteilnehmern, denn es war kein Notfall, zu dem wir fuhren.

Somerstown zeigte sich von einer freundlichen Seite. Es gab ein originelles Kneipenviertel mit kleinen Straßen und netten Lokalen. Nicht weit entfernt wohnte der Rocker.

Keine Abbruchbude, wie man es normalerweise bei diesen Typen erlebt, sondern ein Haus, dessen Dach versteckt hinter hohen Bäumen lag. Da waren vier Bungalows versetzt gebaut worden. Die Ashleys lebten im ersten. Eine Frau stand vor der Tür. Sie hatte eine Katze gefüttert und richtete sich auf, als sie den Bentley sah.

Als wir stoppten, glitt ein misstrauischer Zug über ihr Gesicht. Deshalb lächelte ich freundlich, während wir uns vorstellten.

»Schon wieder Polizei«, murmelte sie.

»Waren meine Kollegen schon einmal hier?«, erkundigte ich mich.

»Ja, leider.«

Mir fiel auf, dass sie gefärbte blonde Haare hatte. Dicht über der Kopfhaut kam die schwarze Naturfarbe durch. »Sie wollen sicherlich zu Fred. Er ist hier, in seinem Zimmer. War ja auch schlimm, was er erlebt hat.«

»Hat es Spuren hinterlassen?«

Die Frau lächelte nicht, sie grinste. »Spuren?«, höhnte sie. »Ja, es waren Spuren. Endlich mal. Das tat direkt gut, können Sie mir glauben, Mister.«

Bevor sie sich wieder über ihren Sohn beschweren konnte, bat ich sie, mit Fred sprechen zu können.

»Gehen Sie rein. Nach der Tür links, am Gang ganz hinten, da hat er sein Zimmer, wo der Totenschädel vor der Tür hängt.«

»Danke.«

Der Totenschädel entpuppte sich als Poster. Auf schwarzem Grund war ein weißer Schädel mit zwei gekreuzten Knochen gezeichnet. Wir waren höfliche Menschen und klopften an, bevor wir den Raum betraten.

Fred lag auf dem Bett. Er hatte uns nicht gehört, denn aus den beiden Lautsprechern des Kopfhörers klang Musik, die ihn alles andere in seiner Umgebung vergessen ließ. Die Augen hielt er halb geschlossen. Damit die Sonne nicht in den Raum schien, hatte er einen Vorhang vor die Scheibe gezogen.

An den Wänden sahen wir keine Tapeten mehr. Nur Poster. Sie alle zeigten fast das gleiche Motiv. Schwere Maschinen oder Rennwagen. Dazwischen hingen noch vereinzelte Playboy-Faltbilder.

Die Anlage stand neben dem Bett. Entweder hatte Fred uns tatsächlich nicht gesehen, oder er wollte uns nicht sehen, auf jeden Fall traf er keinerlei Anstalten, sich zu erheben oder uns überhaupt zur Kenntnis zu nehmen.

Ich schritt auf die Anlage zu und stellte sie ab. Zwei Sekunden geschah nichts, dann spritzte der Typ plötzlich hoch und schaute mich an, als wollte er mich fassen. Er schleuderte den Kopfhörer zur Seite, ballte die Hände, bevor sein Blick auf Suko fiel, der am Türpfosten gelehnt stand und freundlich lächelte.

»Guten Morgen«, sagte ich. »Polizei. Scotland Yard.« Ich zeigte kurz meinen Ausweis.

Fred Ashley verzog das Gesicht und ließ sich stöhnend auf die Bettkante fallen. »Schon wieder, ich habe doch alles gesagt.«

»Wir möchten es noch einmal hören.«

»Könnt ihr nicht lesen?«

Er spielte sich auf und fühlte sich ungemein stark. Dabei trug er nur eine Jeans und ein Unterhemd. Sein Gesicht zeigte noch die Pickel der Pubertät, die Augen jedoch blickten kalt und auch irgendwie lustlos. Ein junger Mann der enttäuschten Generation. So etwas wie ihn findet man heutzutage ja öfter.

Ich holte mir einen Stuhl heran. »Also, Fred, wie war das genau im Park?«

»Nichts.«

»Komm, erzähl keinen Unsinn!« Ich wurde leicht sauer. »Ich kann dich auch ins Yard Building bringen lassen, ist dir das lieber?«

»Keine Ahnung.«

»Dann rede jetzt. Das ist kein Verhör, sondern ein freundschaftlicher Besuch.«

»Bullen und Freunde.« Er kicherte, griff zu seinen Zigaretten und zündete sich ein Stäbchen an. Seine Finger waren nikotingelb. Dann erzählte er.

Wir erfuhren von dem Schrecken, den die drei Rocker erlebt hatten, und von ihrer panischen Flucht. Er beschrieb uns die Frau ziemlich genau und gab auch zu, dass alle, die sie sahen, einen Bock auf die Kleine hatten.

»Und dann?«

»Nichts und dann. Wir sind abgehauen. Sie hat ihre Kraft an Jerry bewiesen.« Er blies mir eine Rauchwolke ins Gesicht. »Oder glauben Sie das auch nicht?«

»Hat man dir denn nicht geglaubt?«

»Wenigstens nicht die Bullen. Die haben so getan, als

wäre alles in Ordnung, ich hätte nur gesponnen, was weiß ich nicht alles. Jedenfalls war ich sauer.«

»Hat die Polizei Nachforschungen angestellt?«

»Weiß ich doch nicht. Glauben Sie mir denn?«

»Ja«, sagte ich.

Er verschluckte sich am Rauch seiner Zigarette. »Wie kommt ihr denn dazu?«

»Erfahrungen, ganz einfach.«

»Aber keine Erklärungen, wie?«

»Die suchen wir ja.«

Fred drückte seine Zigarette aus. »Mehr als ich haben die anderen beiden auch nicht gesehen.« Seine Stimme wurde leiser. Man merkte ihm an, dass er doch nicht so hart war, wie er sich gern gab und sich auch sah. Der Tod seines Freundes war ihm an die Nieren gegangen.

»Hat sie sonst noch irgendetwas gesagt?«, fragte Suko von der Tür her.

»Nein. Nur dass wir ihr aus dem Weg gehen sollten. Wir wollten ja nur ein bisschen Spaß haben.«

»Den Spaß kenne ich«, sagte ich sarkastisch.

Ashley hob die Schultern.

Die Tür wurde aufgestoßen. Mrs. Ashley streckte ihren Kopf ins Zimmer. Sie hatte sich einen Kittel übergestreift und fragte: »Dauert es noch lange?«

»Warum?«

Sie hob die Schultern und schaute mich an. »Weil ich die Bude hier putzen will.«

»Einen Moment noch«, bat ich sie.

Aber die Frau ließ sich nicht abdrängen. »Außerdem ist noch Besuch für dich gekommen, Fred.«

»Wer ist es denn?«

Mrs. Ashley lachte hart auf. »Das kann ich dir sagen, und da wirst du dich wundern. Jerry Shayne ist da!«

Eine Insel an der Südspitze Feuerlands!

Grau war das Meer, grau der Himmel, scharf pfiff der Wind über die See und gischtete sie zu gewaltigen Wogen hoch, die gegen die Inseln anliefen.

Auch an den Strand einer bestimmten Insel brandeten die Wellen. Sie war im Gegensatz zu vielen anderen nicht unbewohnt oder leer. In einem unterirdischen, festungsartigen Bau hatte ein Mensch-Dämon seinen Platz gefunden, der auf den Namen Dr. Tod hörte.

Hier hatte er sich mit den restlichen Wesen seiner Mordliga zurückgezogen, und das waren beileibe nicht mehr viele.

Zum ersten Xorron, Herr der Zombies und Untoten, dann Lady X, eine Blutsaugerin, und Vampiro-del-mar, ein uralter Blutsauger, dessen Vergangenheit zum Großteil im Dunkeln lag und erst allmählich aus der Schwärze hervorgeholt wurde.

Dazu gehörten auch die roten Vampire, die hin und wieder über die Insel kreisten, wenn sie sich nicht gerade in irgendwelchen Höhlen verbargen, die es ebenfalls auf dem Eiland gab und die oft tief in den Fels hineinstießen.

Vampiro-del-mar hatte sie mitgebracht. In den Höhlen der Schwäbischen Alb waren sie entdeckt worden, uralte Wesen, Reste einer Zeit, die längst in Vergessenheit geraten war. Aber nicht für Vampiro-del-mar. Er wollte sie noch einmal aufleben lassen und war dabei, nachzuforschen, um ein Imperium der Blutsauger aufzubauen.

Auf der Insel hatten sie Ruhe, dort wurden sie nicht gestört, denn wer hier lebte, hatte mit dem reinen Menschsein nichts zu tun. Er diente dem Bösen, es war der kalte Horror.

Solo Morasso hatte sich in der letzten Zeit verändert. Er war noch düsterer, noch in sich gekehrter geworden, seit er Lupina verloren hatte. Ein Mitglied der Mordliga hatte die Werwölfin getötet. Gefallen war sie unter den Silbergeschossen der Lady X, da Lupina versucht hatte, den Aufstand zu proben.

Aber es gab da noch jemanden, der vielleicht ihre Nachfolge übernehmen konnte.

Schwarzwolf, ihr Sohn, auch Orapul genannt. Lady X hatte ihn gejagt, doch nicht gefunden, und sie war ohne Erfolg auf die geheimnisvolle Insel zurückgekehrt.

War es in Europa Sommer, so brach hier der Winter

herein. Schwere Stürme erschütterten die See. Tagelang schneite und regnete es, die See war eine kochende Hölle, und tief in der Erde beriet man über das weitere Vorgehen.

Dr. Tod lebte immer noch von dem Bonus, Asmodina vernichtet zu haben. Es war seine bisher größte Tat gewesen, aber er hatte sich verrechnet. Andere Dämonen stellten sich nicht auf seine Seite, geschweige unter sein Kommando. Sie wollten ihn als Chef und Führer nicht anerkennen, und das wurmte Solo Morasso. Innerlich zerriss es ihn fast vor Hass, denn da war auch der Spuk, auf dessen Loyalität er gehofft hatte und der sie ihm verweigerte.

Der Spuk kochte sein eigenes Süppchen und ließ Morasso schalten und walten.

Da er zahlreiche Mitglieder seiner Mordliga verloren hatte, kam Dr. Tod nicht richtig zum Zug. Er wusste, dass Xorron wüten wollte, aber die kalte Überlegung hielt ihn zurück. Es war nicht die Angst vor dem Sinclair-Team, sondern ein wenig die Furcht vor den dämonischen Artgenossen des Xorron. Da lauerte im Hintergrund ein gewaltiger Komplex, der sich Atlantis nannte, und mit ihm mächtige Dämonen, die Großen Alten. Auch sie kämpften gegen Sinclair, und Dr. Tod hatte Angst, zwischen die Mühlsteine zu geraten. Zudem wusste er nicht genau, was er mit Asmodinas Tod im Reich des Schreckens noch alles in Bewegung gesetzt hatte.

So saß er oft tagelang in seinem Betonraum und schaute auf die Monitore, deren Kameras die Insel überwachten. Manchmal stand er auch auf und ging dorthin, wo in einem Becken seine Fische, die Piranhas, schwammen. Dann warf er Fleischstücke hinein und erfreute sich jedes Mal an der Szene, wenn messerscharfe Zähne das Fleisch in Sekundenschnelle von den Knochen lösten.

Seine mächtigste Waffe war der Würfel des Unheils. Viele Schwarzblüter wussten, welch einen Trumpf er damit in den Händen hielt. Der Würfel war manipulierbar, er konnte alles vernichten, und er produzierte den zerstörenden Todesnebel, der aus den niemals ruhefindenden Geistern getöteter Dämonen und deren Dienern bestand.

Der Todesnebel teleportierte ihn auch über Zeit und Raum hinweg, sodass er jeden beliebigen Punkt der Erde erreichen konnte, wenn er wollte. Laufend bastelte er an Plänen herum, verwarf sie wieder, überlegte sich neue, und das Spiel begann von vorn.

Vier Tage hatte der Sturm gewütet, am fünften flaute er ab, und am sechsten war der Himmel wieder einigermaßen klar. Gegen Abend verschwanden fast alle Wolken, sodass die Insel in der reinen Luft lag.

Solo Morasso wollte unbedingt sehen, ob sich etwas verändert hatte. Wieder einmal nahm er vor seinen Monitoren Platz und warf einen Blick auf die Bildschirme.

Die Kameras brachten gute Bilder, Morasso sah die Felsen klar und deutlich. Auch die hohen Gischtstreifen, die heranrollende Wogen produzierten, wenn sie gebrochen wurden.

Er entdeckte aber auch die Gestalten, die auf der Insel ihr Dasein fristeten.

Es waren grausame Wesen, die Xorron gehorchten. Zombies, lebende Tote. Als stumme Wächter hockten sie in zahlreichen Verstecken und gierten nach Menschen.

Es kam immer wieder vor, dass sich Seeleute von ihren gestrandeten Schiffen retten konnten und mit kleinen Booten die Insel anliefen. Sie wurden eine Beute dieser grausamen Ungeheuer, sodass auch ihr Herr, Xorron, zufrieden gestellt wurde.

Neben den Zombies befanden sich die roten Vampire auf der Insel. Dr. Tod beobachtete eines dieser Wesen, wie es in den klaren Himmel stieg und seine mächtigen Flügel spannte. Wie ein Drache sah der Vampir aus, seine Haut schimmerte in einem blutigen Rot, und Morasso dachte daran, dass Vampiro-del-mar weitersuchen würde, denn es musste noch mehr dieser Vampire auf der Erde geben.

Der Vampir ließ sich vom Wind tragen. Allerdings wirkte er seltsam kraftlos, als er in das Tageslicht stieß, er hatte es noch nicht richtig geschafft, bei Helligkeit so zu reagieren wie in finsterer Nacht. Der Flügelschlag wurde matter, und Dr. Tod verzog spöttisch die Lippen, als er mit ansah, wie diese gewaltige Fledermaus plötzlich nach unten kippte, als hätte man ihr die Flügel abgeschnitten. Sie schlug auf einer Hügelkuppe auf und schaffte es nicht mehr, sich zu erheben, so sehr sie sich auch anstrengte.

Das Licht hatte dieser Bestie den Rest gegeben.

Von zwei Seiten schoben sich ungelenk gehende Gestalten heran. Es waren Zombies.

Schaurig sahen sie aus. Ihre Haut wirkte gelblichgrün, die Kleidung war zerlumpt, sie bewegten sich eckig und irgendwie torkelnd. Vor dem sich allmählich auflösenden Vampir blieben sie stehen und schauten auf ihn hinab.

Das war keine Beute für sie.

Morasso grinste. Er lehnte sich zurück und schaute auf seinen Würfel, der stets in der Nähe stand. Bläulichweiß schimmerten die Seiten des Quaders, in dem Glas waren erstarrte Schlieren zu sehen, ein geheimnisvoller, seltsamer Gegenstand, aber mit einer ungeheuren Macht ausgestattet.

Dr. Tod wurde abgelenkt. Den Würfel konnte er in seiner momentanen Passivität lassen, für ihn war das wichtiger, was sich auf dem Bildschirm abspielte.

Dort umstanden die Zombies noch immer die vom Himmel gestürzte Fledermaus. Stumm starrten sie auf das Tier nieder. Einer bückte sich unbeholfen, griff zu, doch nur Staub rieselte durch seine Finger.

Morasso lächelte ...

Er konnte sich am Schrecklichen ergötzen. Und dies hier war schrecklich. Es spiegelte das wider, was sich Tag für Tag auf dieser Insel tat. Hier gab es keine Wärme, keine Menschlichkeit, hier regierte das absolut Böse.

Ein Zufluchtsort des Schreckens!

Dann aber zuckte Morasso zusammen. Er hatte noch etwas gesehen, was ihm überhaupt nicht in den Kram passte.

Eine Bewegung zwischen den Felsen. Füı einen Moment nur, dann war nichts mehr zu erkennen

Morasso spannte seinen Körper. Er war sicher, sich nicht getäuscht zu haben, die Bewegung war vorhanden gewesen, da gab es für ihn keinen Irrtum.

Nur – wer hatte sie ausgelöst?

Sein Blick glitt zu einem anderen Schirm. Die Kamera, die das Bild brachte, war in einem günstigeren Winkel postiert, Solo Morasso konnte diese bestimmte Stelle besser einsehen.

Da war die Bewegung wieder. Jetzt sogar sehr deutlich, und er entdeckte eine seltsame Gestalt, die aus einer Mulde auf einen Felsen kletterte und dort stehen blieb

Es war eine Frau!

Dr. Tod schluckte, als er sie so deutlich sah. Nie hätte er damit gerechnet, und noch nie hatte er so eine Person gesehen. Die Frau hatte langes schwarzes Haar. Es war so lang, dass es ihr bis zu den Knöcheln reichte und den Körper umgab wie ein dunkler Vorhang. Als ein Windstoß über die Insel fuhr, da wurde auch das Haar bewegt und wie eine Fahne zur Seite geschleudert.

Die Frau war nackt!

Dr. Tod sah es mit noch größerem Erstaunen, und diese Nacktheit erregte und stieß ihn gleichzeitig ab.

Letzteres noch mehr, denn er war sich durchaus der Tatsache bewusst, dass die seltsame Frau eine sehr mächtige Person war. Wie sonst hätte sie auf die Insel gelangen können? Zum ersten Mal entdeckte er auch die Wolke, die hinter der Frau langsam dem Meer entgegentrieb, über den Klippenrand rutschte und verschwunden war.

Solo Morasso zögerte noch, Alarm zu geben, denn er stellte fest, dass auch die Zombies den Neuankömmling gesehen hatten. Beinahe gemächlich drehten sie sich um. Beide fixierten die Person jetzt, der eine von der rechten, der andere von der linken Seite. Ihre Blicke nagelten die Frau förmlich fest, und sie setzten sich schaukelnd in Bewegung. Ein Opfer!

Morasso wartete ab. Ein lauernder Zug war in seine Augen getreten. Ohne Gewalt und Tod würde es nicht abgehen, und er fragte sich, ob die Zombies stärker waren als die Nackte.

Die sah sie kommen.

Ruhig blieb sie stehen. Dann sagte sie etwas. Daran zu erkennen, wie sich ihr Mund bewegte, doch Solo Morasso konnte kein Wort von dem verstehen.

Die Sätze waren an die Zombies gerichtet. Sie ignorierten sie völlig.

Sie wollten die Beute.

Die Nackte blieb ruhig. Ein weiterer Windstoß hatte ihre Haare wieder vor den Körper gelegt, sodass von ihrer Haut kaum etwas zu erkennen war.

Einer der Zombies fiel hin. Er hatte einen im Wege liegenden Stein nicht gesehen und war gestolpert. Mit dem Gesicht zuerst schlug er auf. Es machte ihm nichts aus, ein Wesen wie er verspürte keinerlei Schmerzen.

Auf Händen und Füßen bewegte er sich weiter vor, gelangte in die Nähe der Nackten, die ihr Bein hob und den Untoten mit einem Tritt nach hinten beförderte.

Der fiel, riss seine Arme hoch und überschlug sich, so viel Kraft hatte Alassia in den Tritt gelegt.

Diese Aktion hatte der anderen lebenden Leiche Zeit gegeben, sich Alassia zu nähern. Auf Griffweite war der Zombie heran, und für die Herrin der Dunkelheit wurde es Zeit, etwas zu unternehmen. Gespannt wartete Solo Morasso ab. Würde sie es wieder mit einem Tritt oder vielleicht diesmal mit den Fäusten versuchen?

Nein, sie reagierte völlig anders und so, wie es Dr. Tod nie im Leben erwartet hatte.

In ihrem Gesicht veränderte sich etwas. Plötzlich wurde es in Höhe der Augen schwarz. Dort entstand eine dicke dunkle Wolke, die vorwallte und den Untoten im Nu umhüllte.

Morasso glaubte, seinen eigenen Augen nicht mehr trauen zu können. Wo die seltsame Frau stand, gab es überhaupt keine Helligkeit mehr. Nur das tiefe Schwarz. Sie hatte der Umgebung das Licht praktisch entzogen. Ein unwahrscheinliches Phänomen, das selbst ein Mann wie Dr. Tod noch nicht gesehen hatte.

Für einige Sekunden hielt sich die Wolke noch dicht über dem Boden, dann verschwand sie ebenso schnell, wie sie erschienen war, und nur die Frau mit den langen Haaren stand noch dort.

Der Zombie war verschwunden!

Morassos Mund bewegte sich. Mit dem Ärmel fuhr er über seine Stirn, denn dort hatte sich Schweiß angesammelt, und er musste zugeben, dass ihn die Vorgänge geschockt und betroffen gemacht hatten.

Auf seiner Insel war es geschehen. Auf dieser Enklave des Bösen, die er bisher für unantastbar gehalten hatte. Dass es anders sein konnte, hatte man ihm bewiesen.

Morasso war ein wenig durcheinander. Gleichzeitig arbeitete sein Gehirn auf Hochtouren. Wer hatte ihm diese Suppe eingebrockt? Und wer vor allen Dingen schaffte es, so auf die Insel zu kommen und sich seinen Dämonen zu stellen, ohne umgebracht zu werden.

Diese Frau musste ungemein mächtig sein. Mächtiger jedenfalls als viele andere Dämonen, die Morasso kannte. Aber sie kannte er nicht, hatte nie von ihr gehört, und sie drehte sich jetzt voll der Kamera zu, als hätte sie das Objektiv entdeckt.

Zum ersten Mal sah Dr. Tod ihr Gesicht genauer. Und da waren es die Augen, die ihm besonders auffielen.

Zweifarbig.

Aber seltsam auf ihre Art und Weise. Eine Hälfte grün, die andere schwarz. Augen, die es auf der Erde normalerweise nicht geben konnte, und Dr. Tod gelangte zu der Überzeugung, dass er es in der Tat mit einem gefährlichen dämonischen Wesen zu tun hatte.

Gefährlich auch für ihn?

Das war die Frage, denn er konnte sich nicht vorstellen, dass diese Nackte mit den langen Haaren als Freund gekommen war. Dann hätte sie die Zombies nicht vernichtet.

Da flog die Tür auf.

Es gab nur eine, die unangefochten Zutritt zu Solo Morassos Raum hatte. Pamela Barbara Scott, auch Lady X genannt. Die ehemalige Terroristin und jetzige Vampirin war Morassos großer Rückhalt, und er hatte sich über ihre Treue und Loyalität gewundert.

»Hast du gesehen, was ...?«

Morasso winkte ab. Er hatte etwas gesehen, das ihn in seinen Bann schlug. »Da, was ist das?«

Rasch trat Lady X näher. Auch sie schaute jetzt auf den Schirm, der klar und deutlich die Szene wiedergab.

Etwa aus zweifacher Menschengröße rieselte Staub nach unten. Schwarzer Staub, der wie Mehl wirkte, sich auf den Boden niederlegte und vom nächsten Windstoß hochgewirbelt wurde.

Morasso zog die richtigen Schlüsse. »Das war er ...«

»Wer?«

»Der Zombie. Er ist zu Staub geworden!«

Lady X verschloss ihren Mund so hart, dass die Lippen zwei schmale Striche bildeten. Ihre Wangenmuskeln zuckten. Auch ohne es ausgesprochen zu haben, wusste Morasso, dass Lady X ähnliche Gedanken plagten wie ihn.

»Kennst du sie?«, fragte Dr. Tod.

»Nein.«

Morasso beobachtete weiter den Monitor. »Du hast sie wirklich noch nie gesehen?«

»Wenn ich es dir sage!«

»Wer kann sie denn sein?«

Lady X lachte rau. »Wir werden sie fragen, darauf kannst du dich verlassen.«

Normalerweise hätte Dr. Tod sofort zugestimmt. Hier jedoch reagierte er vorsichtiger. »Ich weiß nicht so recht. Auf jeden Fall müssen wir auf der Hut sein. Wie sie mit dem Zombie umgegangen ist, gibt mir zu denken.«

»Xorron wird sich rächen!«

Dr. Tod erhob sich. »Bisher habe ich von ihm noch nichts gesehen.« Er hatte aber erkannt, dass sich die Frau dem Bunkereingang näherte, diesem gewaltigen Stahltor, das sich nur von innen her öffnen ließ und dann den Weg in das unterirdische System freigab.

Dieser Bunker war ein Geschenk des Himmels oder besser gesagt der Hölle gewesen. Irgendjemand hatte ihn im Zweiten Weltkrieg angelegt. Die meisten unterirdischen Gänge waren deshalb schon vorhanden gewesen, doch Solo Morasso hatte ihnen den letzten Schliff gegeben und vor allen Dingen eine moderne Technik eingebaut.

»Sie will zu uns!«, flüsterte Lady X, bewegte ihre linke Schulter und ließ ihren Bräutigam, die Maschinenpistole, herabrutschen. Diese Waffe konnte wahlweise mit geweihten Silberkugeln als auch mit normaler Munition geladen werden, und mit geweihten Kugeln hatte die Vampirin Lady X bereits geschossen.

»Soll ich sie empfangen?«, fragte die Scott.

»Nein, wir beide.« Morasso war schon gegangen, als er sich umdrehte und noch einmal zurückkehrte.

Er nahm den Würfel an sich, schaute ihn für einen Moment an und nickte entschlossen.

Die Fremde würde sich wundern …

Ich glaubte, mich verhört zu haben. »Wer steht da draußen?«, fragte ich Mrs. Ashley.

»Jerry Shayne.«

»Sie sind sich …«

»Natürlich, Mann!«

Da begann Fred zu schreien. »Aber er kann nicht draußen stehen! Er ist tot, tot, tot …«

Seine Mutter winkte ab. »Was du alles gesehen haben willst. Hast wohl wieder gekifft, wie?«

»Ach, halt die Klappe, Mensch!« Fred stieß sich ab, und bevor wir es verhindern konnten, war er mit zwei Riesensätzen bei seiner Mutter, packte ihre Schultern und schüttelte sie durch. »Wer, hast du gesagt, steht da draußen? Wer?«

Diesmal griff Suko zu. Von hinten umklammerte er den Hals des Burschen. Ein Ruck, dann hatte der Chinese Fred herumgezogen. Dabei beließ er es nicht. Wuchtig schleuderte er ihn auf das Bett.

»Und jetzt gib Ruhe!«, sagte der Chinese scharf.

Fred Ashley lag da und zitterte. Sein Atem ging stoßweise, er murmelte Worte, die niemand so recht verstand.

Ich bedeutete Suko mit einer Kopfbewegung, bei dem Rocker zu bleiben, während mich Mrs. Ashley nach draußen begleitete.

»Der spinnt«, murmelte sie. »Mein eigener Sohn spinnt. Verrückt ist der, wirklich. Aber das kommt davon, wenn der Vater dauernd auf Achse ist, um Geld zu machen. Für dieses Scheiß-Haus hier.«

Ich erlebte eine verbitterte Frau, die sicherlich ihre Probleme hatte, um die ich mich allerdings nicht kümmern konnte.

Auf der Türschwelle blieben wir stehen. Aber da war nichts. Keine Spur von Jerry Shayne. Ich schaute nach links und rechts. Der Rockerboss blieb verschwunden.

»Das verstehe ich nicht«, murmelte die Frau.

»Und Sie haben ihn wirklich gesehen?«, forschte ich noch einmal nach.

»Ja, so wahr ich Anne Ashley heiße. Auf meine Augen kann ich mich verlassen. Er war hier.«

»Wie hat er ausgesehen?«

»Was meinen Sie damit?« Sie schaute mich verständnislos an.

»Genau, wie ich gefragt habe. Hatte er seine normale Kleidung an, oder war er nackt?«

»Nackt. Wo denken Sie hin? Die Kerle bringen ja vieles fertig, aber nackt, nein, das kann ich nicht glauben. Er sah aus wie immer. Diese komische Rockerkluft, wissen Sie.«

»Okay, ich habe verstanden.« Die Frau ließ ich stehen. Sie konnte mir nicht mehr helfen. Sie rief zwar etwas hinter mir her, ich aber befand mich schon auf dem Weg, um das Haus zu umrunden. Vielleicht hatte sich Jerry Shayne versteckt. Das war durchaus möglich. Aber wie konnte er existieren, wenn er zu Staub zerfallen war?

Bevor ich um die Hausecke ging, warf ich noch einen Blick zurück. Mrs. Ashley stand vor der Tür, beide Hände hatte sie in die Seiten gestemmt. Auf ihrem Gesicht glaubte ich, ein kaltes Grinsen zu sehen. Hatte sie mich doch auf den Arm genommen?

Ich überlegte nicht mehr weiter, sondern schritt an der Schmalseite des Bungalows vorbei. Hier stand die

Garage. Das Kipptor war nicht geschlossen. Zur Hälfte stand es hoch. Ich konnte in eine etwas düstere Garage schauen und glaubte, an deren Ende eine Bewegung zu sehen. Sofort blieb ich stehen.

Mit der linken Hand umfasste ich den Griff, mit der rechten zog ich meine Beretta.

Das Tor quietschte hässlich, als ich es in die Höhe schob. Wesentlich mehr Licht fiel in die Garage hinein und erreichte auch die Rückwand, wo ich eine menschliche Gestalt sah.

Sie trug eine Lederweste, ein normales Hemd, eine Hose aus Leder und rührte sich nicht.

Jerry Shayne!

Mrs. Ashley hatte also nicht gelogen.

Shayne griff mich nicht an. Er stand nur da, hatte die Arme und die Beine gespreizt, und er erschien mir ein wenig düster. Vielleicht lag es auch an der helleren Garagenwand in seinem Rücken.

Angespannt schritt ich tiefer in die Garage hinein. Ich rechnete damit, von Shayne angegriffen zu werden, nicht einmal angesprochen wurde ich von ihm.

Er blieb stumm.

Da stimmte etwas nicht. Wenn er ein Gegner war, dann musste er etwas unternehmen.

Vorbei an Gartengeräten, einem Fahrrad und einem aufgerollten Schlauch ging ich, bis ich so nahe stand, dass ich ihn mit ausgestreckter Hand hätte greifen können.

Da sah ich, warum er sich nicht mehr rührte. Es war grauenhaft, fürchterlich, und ich hatte schwer an der Erkenntnis zu knacken.

Der Rockerboss Jerry Shayne war eins mit der Mauer geworden!

Solo Morasso und Lady X schritten durch den breiten Gang, der direkt zum Tor führte. Dr. Tod trug ein kleines Gerät bei sich, kaum größer als eine Zigarettenschachtel. Es war ein Sender. Der gab einen Impuls ab, und danach öffnete sich das Tor automatisch.

Zwei Schritte davor blieben die beiden stehen. Die Scott mit schussbereiter Maschinenpistole.

Ein kleines Lämpchen glühte auf dem elektronischen Teil auf, es gab einen Ruck im Tor, danach glitt das schwere Ding fast mühelos zur Seite. Als die Hälfte des Eingangs frei vor ihnen lag, sahen sie die Fremde.

Alassia hatte ebenfalls bemerkt, dass sich etwas änderte, und war stehen geblieben.

Hinter Alassia näherte sich der zweite Zombie. Er hatte es nicht aufgegeben, wollte sein Opfer. Da das Gelände ein wenig abfiel, bewegte er sich sehr schnell und hatte Mühe, sich auf den Beinen zu halten. Er wollte Alassia in den Rücken fallen, das wiederum ließ Lady X nicht zu, eine Demonstration reichte ihr.

Sie ging einen Schritt zur Seite, hob die MPi an und feuerte. Alassia zuckte nicht einmal zusammen, was Lady X sehr wohl registrierte. Der Zombie aber musste die Garbe voll nehmen.

Sie hämmerte ihn regelrecht nieder, riss ihn auseinander, und er verging endgültig.

Lady X war mit sich und ihrem Erfolg sehr zufrieden. Gelassen nahm sie wieder ihre alte Position ein, richtete die Mündung der Maschinenpistole aber wie unabsichtlich auf die wartende Alassia.

»Ich hätte ihn auch erledigt«, sagte die Fremde.

»Das glauben wir dir sogar«, erwiderte Dr. Tod. Er fragte sofort danach: »Wer bist du?«

»Alassia!«

»Mehr nicht?« Morasso zog geringschätzig die Mundwinkel nach unten.

»Es reicht für euch.«

Lady X zuckte zusammen, als sie die arrogante Antwort vernahm. Das konnte sie nicht vertragen, da sie sich selbst für die Größte hielt. Sie ließ sich von keiner anderen die Schau stehlen. Bei Lupina hatte sie das damals sehr deutlich bewiesen.

»Ich wollte zu euch«, fuhr Alassia unbeachtet der Scott'schen Reaktion fort. »Es gibt einige Dinge, die ich regeln muss.«

»Interessant«, sagte Dr. Tod. »Und woher weißt du, dass ich hier auf dieser Insel bin?«

»Weil ich dich gesucht habe.«

»Gut, du hast mich gefunden. Wo kommst du her?«

»Ich stelle hier die Fragen, und ich will wissen, ob du Asmodina erledigt hast.«

»Ja, das habe ich.«

»Dann bin ich richtig, denn Asmodina und ich waren Feindinnen. Es ist schon sehr lange her, aber ich habe nichts vergessen, die Vergangenheit ist nicht tot.«

»Was willst du?« Dr. Tods Stimme klang scharf.

»Euch.«

Sie sprach das Wort gelassen aus, nicht einmal laut, aber jeder hörte es.

Lady X verzog ungläubig das Gesicht. Sie schaute schnell nach rechts, wo Morasso stand, und der tat so, als hätte er sich verhört. »Noch einmal«, flüsterte er, »du willst uns?«

»Genau.«

»Und warum?«

»Ihr sollt mir dienen. Weigert ihr euch, werde ich euch in die Dunkelheit schaffen, denn ich, ich allein bin die Herrin der Dunkelwelt, in die ich meine Gegner hineinziehe.«

»Die Herrin der Dunkelwelt«, wiederholte Lady X. »Von dort bist du also gekommen und glaubst nun, dass wir dir so ohne weiteres zu Diensten sind. Nein, Alassia, da hast du dich geschnitten. Ich gebe dir einen guten Rat. Verschwinde wieder in deine Dunkelwelt und friste dort dein weiteres Dasein!«

Alassia hatte die Worte vernommen. Wie schon bei den Rockern reagierte sie gelassen und sagte: »Ist das auch deine Meinung, Solo Morasso?«

»Ja!«

»Schade«, bemerkte Alassia. »Ich dachte, in euch Partner gefunden zu haben, aber wenn das so ist, sind wir Feinde, und ich werde alles daransetzen, um euch zu vernichten.«

Kaum hatte sie die Worte ausgesprochen, als sie auch

schon reagierte. Sie war nicht für langes Reden, sie handelte sofort, und ihre Augen nahmen wieder einen anderen Ausdruck an.

Erst wurde der Blick kalt, und dann füllte er sich mit dieser unheimlichen Schwärze.

Lady X und Dr. Tod glaubten, ein leises Fauchen zu hören. Das Licht veränderte sich, in ihrer Umgebung wurde es plötzlich dunkel. Die Vampirin spürte zuerst dieses unheimliche Phänomen der Dunkelwelt. Schrecklich begann sie zu schreien. Die Schwärze ergriff Besitz von ihr, raubte ihr alles, und freiwillig schleuderte Lady X die Maschinenpistole fort, etwas, was sie sonst nie getan hätte.

Auf den Füßen konnte sie sich ebenfalls nicht mehr halten. Die andere Kraft war stärker, sie riss die Vampirin von den Beinen und schleuderte sie hart zu Boden.

»Morassoooo!« Ein gellender Schrei löste sich aus dem weit geöffneten Mund der ehemaligen Terroristin. Lady X wusste plötzlich, dass sie gegen die andere nicht ankam, denn diese war zu stark, die Kräfte der Dunkelwelt fraßen die des Lichts.

Zwei Sekunden hatte Morasso zugeschaut. Er sah seine Getreue am Boden liegen und dachte daran, dass er schon zahlreiche Mitglieder seiner Mordliga verloren hatte.

Jetzt auch noch Lady X, das wäre zu viel gewesen. Die Nackte mit den langen Haaren, die jetzt eingehüllt in eine pechschwarze Wolke dastand, war ungemein mächtig.

Dr. Tod dachte an seinen Würfel.

Die allerletzte Chance für ihn und Lady X, denn die schwarzen Schatten waren dabei, auf die Vampirin zuzukriechen.

Morasso konzentrierte sich. Den Würfel hatte er in beide Hände genommen, sein Gesicht war verzerrt, er richtete all seine Gedanken auf den Würfel des Unheils und wünschte sich die Vernichtung der vor ihm stehenden Alassia.

Der manipulierbare Würfel ließ Dr. Tod nicht im Stich. Die eingeschlossenen Schlieren begannen sich zu bewegen, sie gewannen mehr Kraft, wurden intensiver, und sie krochen aus den dicken Glaswänden heraus, wobei sie plötzlich den alles zerstörenden Todesnebel bildeten, der den schwarzen Wolken entgegenkroch.

Es war die Auseinandersetzung unheimlicher, gewaltiger Magien. Auf der einen Seite die der nicht erforschten, geheimnisvollen Dunkelwelt, auf der anderen die des Würfels.

Wer würde siegen?

Ein lautloser Kampf, der nur untermalt wurde durch das Schreien der Lady X.

Sie lag auf dem Rücken, ihre Arme zuckten, mit den Beinen schlug sie ebenfalls um sich, und ihre Haut hatte einen grauen Farbton angenommen. Sie musste Schreckliches durchmachen, aber der Prozess schritt nicht weiter fort, die Gegenmagie des Würfels begann sich auszuwirken.

Beide hatten sich vermischt. Der Todesnebel stieß in die quellenden, schwarzen Wolken hinein. Er quirlte sie durcheinander, es wurde eine magische Mischung, und Dr. Tod hielt den Würfel weiter fest, wobei er sich allein auf die Vernichtung konzentrierte.

Wo der Nebel und die Wolken sich trafen, bildeten sich seltsame Formen. Tanzende Spiralen, aufquellende Wolken, dazwischen ein regelrechter Sog, der alles an sich riss, zuerst nach unten fiel, dann in die Höhe stieg und zu einem gewaltigen Pilz auseinander puffte.

Das Grauen schlug erbarmungslos zu.

Schreie waren zu hören.

Plötzlich erlebten die feindlichen Parteien, dass der Nebel lebte. Sekundenlang erschienen schreckliche Gesichter, Fratzen, in Entsetzen verzerrt, und aus den schwarzen, wallenden Wolken schlugen tatsächlich dunkle Blitze.

Ein regelrechtes Inferno, und noch immer stand kein Sieger fest.

Aber der Nebel breitete sich aus. Er hatte jetzt eine lange Wand gebildet, markierte eine Sperrzone und einen Schutz für Solo Morasso sowie Lady X.

Der Todesnebel, oft genug als schreckliche Waffe eingesetzt, begann seinen Siegeszug.

Er drängte die Schatten zurück.

Auch Lady X ging es wieder besser. Sie war der Vernichtung knapp entronnen. Das Grau der Haut ging zurück, sie nahm wieder die normale kalkige Vampirblässe an, nur die Bewegungen der Scott waren noch gelähmt. Sie blieb am Boden liegen und rührte sich nicht.

Man hörte Dr. Tod nicht atmen, aber es waren verbissen klingende Geräusche, die er durch seine Zähne ausstieß. Ein schweres Ächzen und Stöhnen, dazwischen ein regelrechtes Würgen, dies alles zeugte von der ungewöhnlichen Verbissenheit, mit der Solo Morasso diesen Krieg gegen eine Feindin aus der Dunkelwelt anging.

»Ich werde dich zurückschmettern!«, schrie er. »Zurück in deine Dunkelwelt, der Nebel soll dich vernichten …« Mit vor Triumph glänzenden Augen sah er, wie sich die schwarze Wolke verzog. Immer weiter wurde sie zurückgedrückt, und der Todesnebel lag schon bald als eine graue Schicht über dem Weg.

Dr. Tod stand da und lachte. Er lachte aus vollem Hals. Es schallte in den Nebel hinein, und sein Lachen musste auch von Alassia gehört werden, doch sie rührte sich nicht.

Sie zog sich zurück.

Mit dieser Entwicklung hatte Alassia nicht gerechnet. Sie ahnte nicht, dass ihr Angriff abgeschmettert worden war, und dieser Sieg über eine Dämonin steigerte Morassos Selbstwertgefühl immens.

Er konzentrierte sich nicht mehr auf den Nebel, sondern schraubte seine Gedanken regelrecht zurück.

Der Würfel schien zu einer Saugpumpe zu werden. Der Todesnebel geriet in Bewegung, er quirlte und drehte sich, bildete eine langgezogene, waagerecht verlaufende Spirale, um wieder in den geheimnisvollen Würfel hineinzuströmen, wo er sich mit den Schlieren verband.

Die Sicht klarte von Sekunde zu Sekunde auf. Solo Morasso konnte den Weg hinaufschauen. Er sah an seinem Ende einige Zombies stehen, aber auch einen dunklen Schatten, der über den Weg huschte.

Alassia zog sich zurück.

Morasso leckte seine Lippen. Sein Gesicht verzerrte sich, und er schrie ihr einige Sätze hinterher. »Wage es nur nicht, uns noch einmal unter die Augen zu treten, dann werde ich dich vernichten!«

»Sie hat noch nicht aufgegeben!«

Als Dr. Tod die Stimme vernahm, stieß er einen lästerlichen Fluch aus und drehte sich nach links.

Dort standen zwei Personen.

Kara und Myxin.

Ein Mensch steckte in der Wand!

Oder sein Schatten? So genau war das nicht festzustellen. Ein Bild, das mich faszinierte und gleichzeitig abstieß. Schrecklich anzusehen. Ich verspürte regelrechtes Magendrücken, als ich näher hinschaute und noch etwas Schlimmes erkannte.

Der Mensch in der Wand war nicht mehr so wie früher. Da hatte sich etwas verändert, erst einmal wirkte seine Haut recht grau und irgendwie schmutzig, zum anderen aber schienen mir seine Proportionen verschoben zu sein.

Ich will es erklären, denn es war auch für mich nicht einfach, dies alles zu begreifen.

Das Gesicht war verzerrt und zeigte einen unheimlichen Schrecken.

Eine Augenbraue verlief schräg nach unten. Mund und Nase waren deformiert.

Ein Arm war länger, bei einer Hand wirkten die Finger kürzer, und an den Beinen stellte ich das gleiche Phänomen fest. Ein schrecklicher Verdacht kam mir, als ich diesen Menschen so anschaute. Vielleicht hatte die magische Kraft ihn in seine einzelnen Bausteine aufgelöst, und er war dann nicht mehr richtig zusammengesetzt worden.

So liefen meine Überlegungen, wenn ich sie auf einen einfachen Nenner brachte.

Wie konnte er eins mit der Wand werden? War es wirklich ein Schatten, der wanderte?

Die Beretta ließ ich verschwinden. Dafür streckte ich die Hand aus und berührte die Wand dort, wo sich der andere in ihr befand.

Die Wärme schien mir im ersten Moment normal zu sein, aber ich wollte die Probe aufs Exempel machen, trat an eine andere Stelle der Wand und fühlte dort nach.

Da war es kühler.

Ein sehr seltsames Phänomen, fast unwahrscheinlich zu nennen, und ich schüttelte den Kopf.

Wie konnte ich ihn wieder aus der Wand holen?

Mit dem Kreuz!

Ein Zeichen des Lichts. Alassia war ein Geschöpf der Dunkelheit. Wie würde das Kreuz auf ein Opfer reagieren? Fast zitterten meine Hände, so aufgeregt war ich, als ich das Kreuz hervorholte und mit der alles entscheidenden Probe begann.

Vom Kopf des Eingeschlossenen führte ich das Kreuz von oben nach unten und hatte kaum Kontakt mit der Mauer, als ich ein hohes, singendes Geräusch hörte und einen leisen, aber trotzdem furchtbaren Schrei.

Hastig sprang ich zurück und sah, wie sich die Gestalt in der Wand auf eine seltsame Art und Weise verzerrte. Sie lief ein. Ähnlich einer gemalten Figur, deren Farbe man mit Wasser wegwischte. Gleichzeitig wurde sie dunkler, die graue Haut nahm eine schwarze Farbe an, und die menschliche Gestalt verwandelte sich in eine Wolke, die in einen Sturm zu geraten schien, denn sie drehte sich rasend um die eigene Achse, sodass sie einen regelrechten Wirbel bildete.

Pechschwarz war sie.

Fasziniert schaute ich sie an. Mein Kreuz hatte ich nicht weggesteckt, es ragte nach wie vor aus meiner Faust, und ich spürte seine Wärme.

Würde es noch weiter reagieren?

Ja, auf den Schatten wirkte das Kreuz wie ein Magnet. Es riss die schwarze Wolke aus der Wand!

Unwahrscheinlich, was sich da vor meinen Augen alles

abspielte. Die rotierende Wolke wurde schmaler und dünner, erinnerte mich an einen langen Streifen, der wie ein Blitz aus der Wand schoss und Kurs auf mich nahm.

Eigentlich nicht so sehr auf mich, sondern auf das Kreuz in meiner rechten Hand.

Für den schwarzen, wirbelnden Schatten war es wie ein Magnet. Er wurde angezogen, und obwohl ich das Kreuz in der Hand hielt, spürte ich die unheimliche Gegenmagie.

Es war wie ein gewaltiger Strom, der in das Metall hineinraste, es durchschüttelte und an mich weitergeben wollte, aber da waren die Kräfte in dem geweihten Kruzifix.

Sie spielten nicht mit, ließen das Böse nicht voll zur Wirkung kommen und absorbierten es.

Ich vernahm ein hohles Pfeifen. Ein Geräusch, das entsteht, wenn ein Zug mit hoher Geschwindigkeit dicht an einer Hauswand vorbeifährt. So verhielt es sich auch hier, und das Pfeifen schwang so lange nach, bis der Schatten, das heißt Jerry Shayne, verschwunden war.

Mein Kreuz hatte ihn aufgesogen!

Danach blieb ich erst einmal stehen und holte Luft. Das letzte Ereignis hatte mich mitgenommen. So einfach kam ich nicht darüber hinweg. Ich schüttelte den Kopf, drehte mich um und ging dorthin, wo es heller war.

Mein Blick war auf das Kreuz gerichtet. Täuschte ich mich, oder hatte es an Glanz verloren?

Plötzlich klopfte mein Herz schneller. So rasch es ging, lief ich ans Licht, um das wertvolle Kruzifix genauer anzuschauen.

In der Tat, es sah anders aus.

Viel matter, mit einem Grauschleier. An diesen Begriff aus der Werbung dachte ich, nur konnte ich das Kreuz nicht waschen und auch nicht vorwaschen.

Ich musste warten.

Meine Geduld wurde belohnt. Es tat sich wirklich etwas. Der Grauschleier wurde zurückgedrängt, denn das Kreuz reaktivierte sich. Ein sagenhaftes Phänomen. Ich war baff.

Meine Hand, die das Kreuz hielt, begann zu zittern. Ich konnte meine Aufregung nicht verbergen, verließ die Garage und atmete auf, als ich mein Kreuz wieder in seinem alten Glanz vor mir sah.

Verwundert schüttelte ich den Kopf. Manche Dinge waren nicht einfach zu begreifen, andere überhaupt nicht. Dazu zählte ich die eben erlebten. Das Kreuz hatte mir eine völlig neue Möglichkeit aufgezeigt, indem es wie ein magischer Trichter wirkte, es hatte das Böse an sich gezogen und verschluckt.

Noch einmal ging ich in die Garage zurück. Die Wand war leer. Von Jerry Shayne war nichts mehr zu sehen. Ich stand nicht nur vor der Mauer, sondern auch vor einem Rätsel.

Wie war es möglich, dass Shayne eins mit der Mauer geworden war? Schulterzucken, das war meine einzige Reaktion, und ich verließ die Garage wieder, als ich Sukos Stimme hörte. »John! Bist du da? Ist etwas passiert?«

»Nein, nein, alles klar.« Mit Suko traf ich vor dem Haus zusammen. Der Chinese musterte mich. »Irgendetwas ist doch mit dir, mein Lieber. Das sehe ich dir an.«

»Ja, es ist bescheiden!«

»Und?«

»Ich habe Shayne gesehen.«

»Tot?«

Ich berichtete Suko von meinen Erlebnissen. Auch der Inspektor zeigte sich überrascht. Sein Mund blieb vor Staunen offen, er schüttelte ein paar Mal den Kopf und sagte: »Das darf doch nicht wahr sein.«

»Ist es aber.«

»Und jetzt?«

»Schlag mich tot, aber ich weiß es nicht, Suko. Ich blicke einfach nicht mehr durch.«

Nicht einmal Erklärungen für das erlebte Phänomen fand ich. Es war mir alles rätselhaft. Diese Königin der Schatten oder wie sie sich auch immer nannte, hatte es geschafft, uns zu verunsichern.

»Ob Fred Ashley noch etwas weiß?«, fragte Suko.

»Kaum.«

Seine Mutter kam. Sie hatte rote Flecken im Gesicht und zeigte sich sehr aufgeregt. »Haben Sie mit Jerry Shayne gesprochen, Sir?«, fragte sie mich.

»Nein.«

»Aber er war doch ...« Sie schüttelte ungläubig den Kopf.

»Sicher war er da. Ich mache Ihnen auch keinen Vorwurf«, erwiderte ich lächelnd. »Aber gesprochen haben wir nicht miteinander.«

»Na ja, ich meinte auch nur.«

»Kann ich jetzt mal mit Ihrem Sohn reden, Mrs. Ashley?«

»Der sitzt ja noch in seinem Zimmer.«

Den Weg kannten wir. Suko schloss sich mir an, während uns die Frau nachschaute.

Fred schien sich nicht von der Stelle gerührt zu haben. Er hockte auf seinem Bett und starrte ins Leere. Leicht verkniffen wirkte sein Gesicht. Dabei hob er kaum den Kopf, als wir den Raum betraten.

»Habt ihr mit Jerry gesprochen?«, fragte er.

»Nein«, sagte Suko.

»Er war nicht da«, stellte ich richtig.

Fred drehte sich. »Was hat meine Alte dann gesehen? Die erzählte doch diesen Mist.«

»Sie hat ihn schon gesehen, doch als wir nach draußen kamen, war er verschwunden.«

Fred grinste und verteidigte danach seinen Boss. »Ja, Jerry ist verdammt schnell. Wenn der läuft, bleiben andere stehen, kann ich euch sagen.«

»Was war da eigentlich noch im Regent's Park, Fred?«

Er schlug mit der flachen Hand auf sein Bett. »Das habe ich euch doch schon alles gesagt.«

»Uns geht es um die Frau. Hat sie nicht gesagt, wohin sie wollte?«

»Nein, die wollte doch nur, dass wir sie nicht aufhielten. Und das haben wir auch getan.«

»Okay, schon gut.«

»War das alles?«, fragte er.

»Ja.«

»Hattest du mehr erwartet?«, erkundigte sich Suko noch.

»Na ja, was man von euch Bullen so hört …«

Ich winkte ab. »Vergiss es.« Von der Mutter des Jungen verabschiedeten wir uns nicht. Wir sahen sie erst gar nicht und atmeten auf, als wir das Haus verlassen hatten.

»Irgendwie bin ich froh, wenn der Sommer vorbei ist«, meinte Suko.

»Wieso das?«

»Bei dieser Schwüle ist das doch beschissen.«

Da hatte mein Partner Recht. Es gab kein schönes warmes Sommerwetter mehr, weil es sofort schwül wurde. Auch der Bentley war kein Eiskeller. Wir stiegen ein. Diesmal fuhr ich.

Wir ließen eine kleine Wohnidylle zurück, wo Kinder spielten und die Männer sich krumm legten, um das Haus abzubezahlen. Aber was kümmerte es mich? Alassia war wichtiger.

Und da steckten wir nach wie vor in einer Sackgasse!

Lady X und Dr. Tod stürzten von einer Überraschung in die andere. Zuerst Alassia, eine Gegnerin aus der Dunkelwelt, deren Angriff sie soeben abgeschmettert hatten, und jetzt noch die beiden Tod- und Erzfeinde Myxin und Kara.

Dr. Tod schüttelte den Kopf. Er konnte das Bild, das er mit eigenen Augen sah, kaum begreifen. Für ihn war es eine Ungeheuerlichkeit, dass sich Myxin und Kara in sein Refugium gewagt hatten, denn hier regierte die Hölle, und die beiden standen auf der anderen Seite. Morasso dachte sogar noch weiter. Wenn es denen gelang, sich auf der Insel zu materialisieren, dann müsste dies vielleicht auch John Sinclair, seinem Erzfeind, möglich sein.

So fest, als wollte er ihn zerbrechen, umklammerte Dr. Tod seinen Würfel. Er war bereit, den Todesnebel auch gegen die beiden einzusetzen, doch erst einmal wollte er wissen, was sie wollten.

Sie hatten sich einen relativ sicheren Platz ausgesucht,

denn sie standen auf einem kleinen Hügel, wo der Weg zu Ende war, und konnten zu Morasso und Kara hinabschauen. Karas rechte Hand lag auf dem Griff des Schwerts. Diese Haltung verdeutlichte, dass sie zu kämpfen bereit war.

Myxin stand neben ihr. Aber Dr. Tod wusste genau, dass es nicht mehr der gleiche Myxin war wie noch vor Jahren. Seit dem Tod Asmodinas hatte er Oberwasser bekommen, zum Teil seine magischen Kräfte zurückerlangt, und er setzte sie auch ein.

Lady X rappelte sich schimpfend auf. Es war nicht einfach für sie, denn der Angriff war nicht so leicht zu verkraften. Mit einer routinierten Bewegung nahm sie die Maschinenpistole an sich und zischte durch die Zähne: »Das gibt es doch nicht!«

»Leider ist es wahr«, gab Morasso zurück.

»Aber wie kommen die ...?«

»Sei ruhig.«

Myxin begann plötzlich zu lachen. »Deine Insel, Solo Morasso«, sagte er. »Deine hübsche Insel. Sie ist doch nicht so sicher, wie du immer angenommen hast.«

»Für mich ist sie sicher genug. Was wollt ihr?«

»Mit dir sprechen!«

»Wir sind Feinde. Todfeinde. Ihr seid zwar gekommen, aber ich werde auch dafür sorgen, dass ihr hier bleibt. Und zwar für immer!«, schrie er den beiden entgegen.

»Warte doch erst einmal ab, was wir dir zu sagen haben!«

»Nein!« Morasso hatte nicht vor, irgendeinen Kompromiss einzugehen. Er wollte sich auf nichts einlassen und sah rechts der beiden eine Bewegung. Dort näherten sich zwei Untote, aber sie waren nicht allein. Irgendwie hatte auch Xorron gemerkt, was sich hier anbahnte, und er kam, um nachzusehen.

Xorron war ein Phänomen, ein Untier, ein grauenvolles Geschöpf aus tiefer Vorzeit. Wo er genau herkam, wusste niemand. Unter dem Central Park in New York hatte er all die Jahre über gelegen, bis Dr. Tod ihn erweckt hatte.

Xorron war der Herr der Ghouls und Zombies. Er

kannte kein Erbarmen, war ein mordendes Untier und so gut wie unbesiegbar.

Seine Gestalt zeigte menschliche Formen. Übergroß war er. Eine dicke milchige Haut, durch die bei näherem Hinsehen Knochen schimmerten, ansonsten war seine Gestalt glatt. Es gab weder Nase, Ohren noch Augen, nur Striche oder Schlitze. Bisher hatte sich Xorron mit dem Leben auf der Insel zufrieden gegeben, doch wenn ihm dieser Platz einmal zu klein wurde, dann würde er explodieren und zuschlagen.

Er war sich seiner Macht bewusst, hatte seine Zombies um sich geschart und näherte sich den beiden Neuankömmlingen.

Um Morassos Lippen spielte ein zynisches Lächeln. Vielleicht brauchte er selbst nicht mehr einzugreifen. Xorron hatte Blut gerochen und würde das erledigen. Davon war Solo Morasso fest überzeugt. Er war weiterhin gespannt, wie Myxin und Kara reagierten.

Auch sie hatten festgestellt, wer sich ihnen da näherte. Ein knapper Blick über die Schulter hatte gereicht. Kara warnte Morasso: »Schick deine Vasallen zurück!«

»Das sehe ich gar nicht ein!«, konterte Dr. Tod. »Ihr seid freiwillig hergekommen, ich habe euch nicht gerufen. Wer diese Insel betritt, ohne von mir eingeladen worden zu sein, der wird vernichtet. Bei euch mache ich keine Ausnahme.«

»Wenn sie es nicht schaffen, greife ich noch ein«, erklärte Lady X und hob ihre Waffe.

»Mit Kugeln richtest du nichts aus.«

»Da bin ich mir nicht so sicher …«

»Warte erst einmal ab!«, zischte Dr. Tod. Inzwischen hatten sich Xorron und seine Vasallen den beiden uneingeladenen Besuchern so weit genähert, dass sie auch von Morasso und der Scott gesehen werden konnten.

Wie immer schritt Xorron an der Spitze. Er war nicht nur der Anführer, er dokumentierte es auch. Die anderen hielten sich in seiner Nähe. Es waren schreckliche Gestalten, grausame Wesen, die einem Albtraum hätten entsprungen sein können.

Sie hatten sich bewaffnet. Treibgut wurde genug angespült, und da waren auch manche Dinge dabei, die sich als Schlag- oder Stichwaffen hervorragend eigneten.

Vor allen Dingen Knüppel. Manche kurz und handlich, andere länger. An einigen von ihnen klebte Blut. Es war das erschlagener Tiere, ein schauriges Andenken, denn die Zombies fielen in ihrer rasenden Gier auch über Tiere her.

Einige waren verletzt. Die Wunden lagen offen. Dem kleinsten fehlte sogar der linke Arm, in der rechten hielt er einen Stock.

Vier Untote hatte Xorron mitgenommen. Zwei gingen rechts von ihm, die anderen beiden links.

Solo Morasso zog seine Lippen zurück und grinste böse. »Jetzt bin ich mal gespannt!«, flüsterte er.

»Die machen die Zombies fertig«, sagte Lady X.

»Und Xorron?«

Als Morasso von der Scott keine Antwort erhielt, da lachte er. Denn Xorron war die große Unbekannte in der Gleichung.

Aber Kara und Myxin waren nicht gekommen, um zu kämpfen. Sie wollten verhandeln und vor allen Dingen über die neue Feindin, Alassia reden.

»Pfeif sie zurück«, sagte Kara. »Es ist wirklich besser für euch.«

»Das musst du schon uns überlassen«, erwiderte Morasso kalt. »Meine Freunde wollen Blut, das sollen sie haben.«

Kara und Myxin schauten sich an. Schließlich hob die Schöne aus dem Totenreich die Schultern. »Ich merke, dass dies dein letztes Wort gewesen ist, Solo Morasso, was jetzt folgt, hast du dir selbst zuzuschreiben!« Mit einer geschmeidigen, glatten Bewegung zog sie ihr Schwert aus der Scheide. Dabei fiel ein Lichtstrahl auf die goldene Klinge, und sie blitzte für einen Moment auf. Es wirkte wie ein Startsignal. Nicht nur für Kara, sondern auch für die Zombies.

Sie fächerten auseinander. Dann griffen sie an.

Wer konnte uns Informationen über Alassia geben?

Diese Frage quälte Suko und mich. Als wir an einem von außen gemütlich aussehenden Pub vorbeifuhren, fand ich in der Nähe einen Parkplatz und lenkte den Wagen hinein.

»Was ist denn jetzt los?«, fragte Suko.

»Ich will etwas trinken.«

»Im Dienst?«

»Ja, auch das.«

»Himmel, du bist heute wieder ungenießbar.«

Mein Lächeln fiel entschuldigend aus. »Sorry, aber ich weiß selbst, dass ich nicht in Form bin. Dieser verdammte Fall macht mich noch fertig. Vielleicht ist auch das Wetter schuld daran.«

Der Pub war wirklich nett. Wir warfen nur einen Blick hinein, sahen einige Gäste und entschieden uns dann, draußen Platz zu nehmen, denn der Wirt hatte vor seinem Lokal einige Stühle und Tische aufgestellt. Hier servierte er den Gästen die Erfrischungen.

Wegen der Pistole ließ ich meine dünne Jacke an. Die anderen Gäste saßen in Hemd und Hose. Es waren jüngere Leute. Wir sahen schicke Mädchen und die braungebrannten Typen mit den offenen Hemden, die sich immer so lässig gaben und die starke Autos fuhren. Uns bedachte man mit fast mitleidigen Blicken, als wir ganz außen an einem noch freien Tisch Platz nahmen.

»Bei der Hitze ist wohl ein Bier am besten«, meinte Suko und bestellte sich ebenfalls eins, als der Wirt nach unseren Wünschen fragte.

»Kommt sofort, die Herren«, sagte der Mann, machte kehrt und verschwand.

Ich spielte mit dem Aschenbecher. »Bisher haben wir nur ins Leere gefasst«, murmelte ich. »Alassia ist einfach nicht zu packen.«

»Dann wäre es leicht für Kara gewesen, den Trank des Vergessens zu finden.«

»Ob sie ihn wirklich hat?«

Suko hob die Schultern. »Nach allem, was so passiert ist, glaube ich daran.«

Unser Bier wurde gebracht. Es war deutsches, das hatten wir extra bestellt. Herrlich sah die Schaumkrone aus. Der Wirt kassierte gleich. Ich hatte meinen spendablen Tag und bezahlte.

Vor uns wurden zwei Tische zusammengerückt. Die Gäste waren in Form. Sie ließen die Gläser kreisen und lachten, als würde hier ein Film mit Jerry Lewis ablaufen.

»Was will Alassia?«, fragte ich und drehte dabei den kühlen Krug zwischen den Händen.

»Macht!«

Sukos schlichte Antwort traf den Nagel auf den Kopf. Ich nahm erst mal einen Schluck. Oh, das tat gut. Eine herrliche Erfrischung war dieser Schluck. Danach nahm ich Sukos Antwortfaden auf. »Da Asmodina nicht mehr existiert, kann es sein, dass sie jetzt ihre Stelle übernehmen will. Oder sehe ich das falsch?«

»Ganz und gar nicht.«

»Nur etwas gefällt mir nicht an der Sache. Alassia wird erstens wissen, wie Asmodina umgekommen ist, und zweitens muss ihr bekannt sein, wer sie umgebracht hat.«

»Morasso!«

»Genau.«

Suko trank ebenfalls. »Glaubst du denn, dass sie sich an ihn halten wird?«

»Davon kann man ausgehen. Myxin und Kara denken ähnlich. Nur weiß ich nicht, wie Morasso reagieren wird. Er ist für mich der Unbekannte. Du darfst nicht vergessen, dass seine Mordliga schwere Verluste erlitten hat. Womöglich sucht er Nachfolger für Tokata, Lupina und Mondo. Da kann ihm Alassia gerade recht kommen.«

»Aber unter seinem Befehl.«

»Sicher.«

Suko war nicht meiner Ansicht. »Nein, John, daran glaube ich nicht. Wir kennen Morasso gut, all right. Aber wir haben auch Alassia kennen gelernt. Wie ich sie einschätze, wird sie sich kaum dem Diktat eines Dr. Tod beugen.«

Ich klopfte eine Zigarette aus der Packung und zündete das Stäbchen an. Was Suko da sagte, war wirklich nicht von der Hand zu weisen. Diese Alassia, obwohl eine Dämonin, konnte man als ungemein starke Persönlichkeit einschätzen. Die würde sich die Butter wirklich nicht vom Brot nehmen lassen.

»Möglicherweise hast du Recht«, gab ich zu.

»Und wie würde sie dann reagieren?«

Ich hob die Schultern. »Frag mich nicht immer so etwas Schweres. Ich kann es dir nicht sagen.«

Suko starrte missmutig in sein Glas. »Da sitzen wir hier herum, reden, und irgendwo taucht die feine, nackte Dame auf. Es ist zum Heulen.«

Ich vernahm Sukos Worte zwar, hörte jedoch nicht richtig zu, sondern dachte an mein Kreuz und damit auch an die Szene in der Garage. Ich hatte einen von Alassia getöteten Menschen in der Garagenwand als ein makabres Zerrbild gesehen. Als ich die Erscheinung mit meinem Kreuz berührte, da hatte sie reagiert, war zu einem Schatten und von dem Kreuz aufgesaugt worden. Irgendwie hatte ich das Gefühl, mit dem Kreuz einen großen Trumpf gegen Alassia in der Hand zu halten.

Ich holte es hervor. Ein wenig Unsicherheit spielte dabei mit, ich wollte sehen, ob nicht doch bleibende Schäden zurückgeblieben waren. Es sah völlig normal aus. Nichts wies darauf hin, wie es noch vor kurzer Zeit reagiert hatte.

»Ob man sie mit dem Kreuz locken kann?«, murmelte Suko und beugte sich vor.

»Da wird eher das Gegenteil eintreten«, erwiderte ich. »Das Kreuz vertreibt sie.«

»Oder zerstört sie.«

»Was natürlich besser wäre.« Ich lehnte mich zurück und richtete meinen Blick gegen den Himmel. Dann murmelte ich. »Dunkelwelt. Mensch, Suko, wo liegt sie?«

»Keine Ahnung.«

»Aber Alassia schafft es, sie zu verlassen. Was will sie?«

»Unterdrückung, John. Wir bewegen uns im Kreis bei diesen Fragen, glaub mir.«

Ich seufzte auf. »Ja, du hast Recht. Da gibt es nirgendwo einen Punkt, an dem wir einhaken können.«

Gelächter an den Nachbartischen ließ uns aufhorchen. Jemand hatte einen scharfen Witz erzählt, besonders laut lachten die weiblichen Personen. Ich hatte die Worte zwar auch verstanden, blieb jedoch ernst, mir war nach Humor nicht zumute.

»Sollen wir?«

Suko war einverstanden.

Ich trank mein Glas leer und stand auf. Der Bentley parkte einige Yards entfernt. Wir schoben uns noch an den aufgestellten Tischen vorbei, als auf der Straße plötzlich das Chaos begann.

Da kreischten Reifen über den Asphalt, Hupen dröhnten, etwas klirrte, und die Sonne verfinsterte sich.

Es wurde dunkel!

»Der Weltuntergang!«, schrie jemand mit schriller Stimme.

Ein Weltuntergang war es nicht, aber so ähnlich, denn Alassia war gekommen …

Zwei Zombies wurden von Xorron, ihrem Herrn und Meister, zurückgehalten. Die anderen schickte er vor.

Kara hielt ihr Schwert in der Hand. Es war das alte Erbstück ihres Vaters, und die Klinge war eine Meisterleistung weißmagischer Schmiedekunst. Sie würde die Zombies vernichten, wenn sie ihr zu nahe kamen.

Die Schöne aus dem Totenreich führte das Schwert in einer wahren Meisterschaft. Sie wartete, bis die Untoten dicht heran waren, eine kurze Bewegung nur, und der lebende Tote konnte nicht einmal mehr seinen Arm mit dem Knüppel heben.

Das Schwert traf voll.

Der leichte Stoß reichte aus, um den Zombie verglühen zu lassen. In der Tat verglühte er direkt, sein Körper wurde dunkelrot, dann fielen nur noch graue Aschereste zu Boden.

Kara wandte sich sofort dem zweiten Gegner zu, doch Myxin wollte auch nicht untätig herumstehen.

Er hatte sich gegen den Untoten geworfen, als dieser ihm an die Kehle wollte. Und der kleine Magier bewies, dass man ihn nicht mehr demütigen und fertig machen konnte, er zeigte dem Horror-Wesen, wo es langging.

Als der Arm mit der leichenblassen Haut nach unten fuhr, da schnellte Myxins rechte Hand in die Höhe. Sehr genau hatte er gezielt, und er schloss seine Finger wie die Stahlbacken einer Zange um das Handgelenk des Untoten.

Der Zombie wehrte sich.

Verzweifelt warf er sich zurück, wollte den Klammergriff lösen, doch Myxin lächelte nur.

Im nächsten Augenblick wurde der Zombie von einem rasenden Wirbel erfasst. Aus den Fingern von Myxins freier Hand schossen grüne Blitze, die voll ins Ziel trafen.

Sie zerschmetterten den Untoten. Dabei blieb es jedoch nicht. Aus seinen Überresten entstand graue Asche.

»Verdammt!«, fluchte Lady X. »Die machen die Zombies fertig. Wir müssen etwas unternehmen.«

»Warte ab.« Dr. Tod hielt sie zurück. »Noch ist Xorron da. Ich will erleben, wie er sich wehrt.«

»Und wenn er verliert?«

»Glaube ich nicht.«

Natürlich hatte Xorron mitbekommen, was seinen Dienern geschehen war. Zuerst schaute er auf die Asche, die vom Wind weggeweht wurde. Dann drang ein Geräusch aus seinem Innern, das an das Knarren einer alten Tür erinnerte. Und Xorron war nicht langsam, wenn er angriff. Er konnte schnell wie ein austrainierter Mensch sein.

Da Kara ihm am nächsten stand, attackierte er sie zuerst.

Myxin warnte seine Begleiterin noch, doch Kara wusste auch schon so Bescheid. Sie ließ sich die Butter nicht vom Brot nehmen. Blitzschnell wich sie zur Seite aus und schlug aus der Drehung zu.

Ein normaler Zombie wäre vergangen, hier aber hatte sie es mit Xorron, einem Phänomen, zu tun.

Es gab ein klirrendes Geräusch, als die Klinge gegen

die Gestalt hieb. In Hüfthöhe etwa hatte sie getroffen, und dort sprühten plötzlich zahlreiche Funken auf, die eine lange, rötlich schimmernde Spur zogen, bevor sie verglühten.

Kara, die viel Wucht in den Hieb gelegt hatte, war zur Seite geschleudert worden und wäre fast noch ausgerutscht. Sie hob sofort den rechten Arm, um abermals zuschlagen zu können. Das war auch gut, denn Xorron hatte sich ihr bis auf eine Schrittlänge genähert. Er wollte sich gegen Kara werfen und befand sich bereits auf dem Weg.

Blitzschnell drehte Kara die Klinge herum. Xorron konnte nicht mehr ausweichen. Er fiel mit der Brust zuerst in die Klingenspitze hinein. Kaum hatte sie die unheimliche Gestalt berührt, als ein seltsames Zischen ertönte. Und wieder war der Blitz da, der nicht zu Boden fuhr, sondern von der Auftrefferstelle her seinen Weg mit zackigen Linien in die Luft fand.

Xorron wankte.

In seinem flachen Gesicht hatte sich ein Spalt geöffnet. Es war ein Loch entstanden, aus ihm drangen urige Laute, Schreie der Wut und Enttäuschung.

Kara sprang zurück. Ihr Blick wurde von dem offenen Maul angezogen, wo Xorron seine Zähne zeigte. Es waren mörderische Stifte, regelrechte Reißer, die Xorron auch erbarmungslos einsetzte.

Jetzt wollte er Kara!

Aus welch einem Material die Haut bestand, die das leicht durchschimmernde Knochengerüst bedeckte, war nicht bekannt. Aber sie widerstand Schwarzer und Weißer Magie, sogar Feuer konnte ihr nichts anhaben.

Kara musste zurück, denn Xorron kam mit der Wucht einer Dampfwalze. Blitzschnell führte Kara zwei über Kreuz geschlagene Hiebe, die beide trafen und eine Funkenspur über die milchige Haut zucken ließen. Dann war Xorron heran.

Myxin sah die Gefahr, und er hörte auch den triumphierenden Schrei der Lady X.

Todesmutig warf er sich zwischen die beiden Kämpfer.

Er hätte es geschafft, doch da waren noch die beiden Zombies. Einer davon hatte sich geduckt, lag fast flach auf dem Boden und umklammerte Myxins Knöchel.

Der kleine Magier beherrschte zwar zahlreiche Tricks, aber gegen diesen Griff war er machtlos.

Der Zombie riss Myxin von den Beinen. Dabei fiel er so unglücklich, dass er dicht am Rand des Abhangs liegen blieb, über die schmale Hügelkuppe glitt und den Hang hinunterrollte.

Zusammen mit dem Zombie, der nicht daran dachte, seine Beute loszulassen.

Xorron aber warf sich auf Kara!

Zu schnell und zu plötzlich tauchte die unheimliche Gestalt vor der Schönen aus dem Totenreich auf. Kara schlug zwar noch zweimal mit der Klinge zu, traf auch, doch dann war Xorron über ihr.

Noch nie hatte sie ein so grausames und triumphierendes Fauchen gehört wie in diesen Augenblicken. Sie merkte kaum, wie sie sich gegen diesen Unhold wehrte, all ihre Bewegungen waren nicht mehr bewusst gesteuert und wurden nur mehr von reinem Überlebenswillen diktiert.

Xorron wollte ihre Kehle zerfetzen!

So weit es ging, hatte er sein Maul aufgerissen. Die starken Zähne bildeten eine stählerne Kette, die an ihren Enden zugespitzt war, und Kara verspürte Angst, als sie in dieses schreckliche Maul schaute.

Xorron biss zu!

Niemand konnte ihn in diesem Augenblick stoppen. Kara wäre auch erledigt gewesen, wenn ihr diesmal nicht das Glück zur Seite gestanden hätte.

Als Xorron sich auf sie geworfen hatte, da war es ihr im letzten Augenblick gelungen, den rechten Arm anzuwinkeln. Das Schwert lag waagerecht und bildete vor ihrer Kehle einen Schutz.

In den hackte Xorron seine Zähne.

Die Magie der Klinge hatte er schon zuvor nicht ausschalten können. Und sie traf ihn voll.

Xorron, dieses unheimliche Monstrum, begann grässlich zu schreien. Zwischen seinen Zahnreihen und innerhalb des geöffneten Mauls zuckten gefährliche Blitze. Sie führten dort einen makabren Tanz auf, bildeten ein Netz, das mit seinen magischen Entladungen das Maul ausfüllte.

Dr. Tod und Lady X hatten den Kampf beobachtet Zuerst glaubten sie an einen Sieg des Zombie-Meisters, doch dann sahen sie, wie Kara sich wehrte, und sie fürchteten um Xorrons Leben.

Der Kampf wogte hin und her. Es waren regelrechte Wechselbäder, die die Zuschauer erlebten. Abwechselnd feuerten sie Xorron an, und als es dem Unheimlichen gelang, sich auf Kara zu stürzen, da sprang Lady X in die Höhe und stieß einen wilden Schrei aus.

»Er hat sie. Er hat sie …!« Jetzt konnte auch Dr. Tod sie nicht mehr halten. In langen Sätzen jagte die Vampirin los und nahm Kurs auf die beiden Kämpfenden.

Xorron wollte zubeißen.

Lady X sah genau, wie er über Kara lag. Dann aber hatte sie unwahrscheinliches Glück, weil die Zähne des Unheimlichen in die Klinge hackten.

Auch Lady X bekam mit, wie sich sein Maul mit Blitzen füllte und wie Xorron von seiner Gegnerin abließ und seinen gewaltigen Körper hochwarf, zu Boden fiel und sich dort überrollte. Die Blitze jagten sogar durch seinen Körper. Sie zeichneten das Knochengestell unter der Haut nach, und die einzelnen Teile schimmerten rosarot auf.

Kara lag noch erledigt am Boden. Sie hatte den ersten Angriff zwar überstanden, war aber zu schwach, um sich auf die Füße zu erheben. Es dauerte seine Zeit, bis sie sich erholte.

Diese Sekunden nutzte die Vampirin aus. Sie schien über den Boden zu fliegen, näherte sich Kara ungewöhnlich schnell und hörte, wie Dr. Tod brüllte: »Nicht schießen!«

Dann war sie da.

Im selben Augenblick hatte Kara ihre Schwäche einigermaßen überwunden und richtete sich auf.

Sie hatte das Gefühl, jemand würde auf sie zufliegen, so schnell bewegte sich die Scott.

Und sie hatte die Maschinenpistole.

Für den Bruchteil einer Sekunde schaute Kara in das hässliche Mündungsloch, dann verschwand es, denn Lady X hatte die Waffe herumgedreht. Gedankenschnell hämmerte sie die Machinenpistole nach unten. Kara wollte ihr Schwert noch in die Höhe reißen, um den Hieb abzuwehren, aber diesmal war sie nicht schnell genug.

Der Waffenlauf traf ihre Schläfe. Er explodierte dort förmlich, und für Kara gingen sämtliche Lichter aus …

Lady X aber stand triumphierend über ihr, hielt den rechten Arm mit der Waffe hoch, hatte den Mund weit aufgerissen und zeigte ihr schreckliches Vampirgebiss.

Diesmal hatte sie gewonnen!

Der Zombie ließ nicht los!

Was er einmal gekrallt hatte, das wollte er nicht wieder hergeben. Zu Myxins Pech war dies sein Knöchel.

Sicher, der kleine Magier hätte sich wegteleportieren können, aber der Zombie wäre bei ihm geblieben, und das Problem wäre somit nicht gelöst worden.

Also rollte er zusammen mit der lebenden Leiche den Hang hinab, bis sie zu einem Geröllfeld gelangten, dessen große Steine ihren Fall stoppten.

Myxin hatte das Pech und prallte zuerst mit dem Rücken gegen den blanken Felsen. Das machte ihm nichts aus, er verspürte keine Schmerzen, aber der Zombie lag nun auf ihm und wollte seine Chance sofort nutzen, indem er seine Arme ausstreckte und nach Myxins Kehle tastete.

Der Magier rammte seinen Kopf in die Höhe und stieß die Stirn gegen das Gesicht des Untoten. Er spürte die weichen Knochen dieser widerlichen lebenden Leiche und glaubte schon, sie wären von dem Treffer eingedrückt worden.

Als der Zombie zurückfiel, sah Myxin die Einbuchtung an dessen Stirn. Doch eine weiche Masse.

Aber sein Gegner war längst nicht erledigt. Er hielt einen Stein zwischen den Fingern und schlug damit nach Myxin.

Der kleine Magier hatte sich aufgerichtet. Mit Leichtigkeit wich er dem Hieb aus. Als der Zombie ein zweites Mal zuschlagen wollte, da streckte Myxin nur seinen Arm vor, wobei sein Zeigefinger auf die Gestalt am Boden wies.

Der grüne Blitz hieb in den Untoten hinein wie ein Messer. Er riss ihn auseinander, und das Wesen verkohlte.

Der Magier erhob sich. Er verzog das Gesicht, als er auf seinen Gegner schaute, drehte dann den Kopf und blickte den langen Hang hoch, den sie hinuntergerollt waren.

Er hörte auch die hellen Schreie und wusste sofort, dass sie nicht von Kara stammten. Lady X hatte geschrien. Triumphierend. Dies konnte nur bedeuten, dass sie etwas mit Kara angestellt hatte.

Angst schoss in dem kleinen Magier hoch. Er versteifte, konzentrierte sich auf seine Fähigkeiten und teleportierte sich im nächsten Augenblick auf die Hügelkuppe, wo er bereits von Xorron erwartet wurde, der sich mit einem schrecklichen Gebrüll auf ihn stürzte.

Sofort setzte Myxin seine Magie ein.

Diesmal hieb der grüne Strahl in den Körper des Unheimlichen. Aber er zerstörte ihn nicht, drang nicht einmal durch die Haut, sondern zuckte über ihn, wobei er einen grünen Schleier auf das milchige Weiß der Haut legte.

Xorron wurde durchgeschüttelt, aber Myxins Gegenwehr konnte seine Angriffswut nicht stoppen.

Unaufhaltsam stampfte er weiter auf Myxin zu. Er setzte auf seine Unzerstörbarkeit und auf die Gewalt.

Myxin musste weg. Er nahm noch wahr, dass auch Kara abgeschleppt wurde, und zwar hatte Lady X sie kurzerhand über die Schulter geworfen. Mit ihr zusammen rannte sie auf Dr. Tod zu, der noch immer vor dem großen Eingangstor stand.

Lady X schien über den Boden zu fliegen. Die Last auf

ihrer Schulter behinderte sie nicht, ihre Kräfte waren die der Hölle.

Für Myxin gab es nur noch eine Chance, um Kara zu retten. Er musste sich zu ihr teleportieren und den Kampf mit Lady X im direkten Vergleich austragen. Für den Augenblick hatte er Xorron abgeschüttelt. Myxin konnte sich konzentrieren.

Das tat er.

Aber er hatte den großen Unbekannten in der Rechnung vergessen. Und das war Dr. Tod.

Bisher hatte Dr. Tod nicht eingegriffen, sondern zugeschaut, was die anderen taten. Aber er war ungemein wachsam geblieben, und er brauchte kein großer Hellseher zu sein, um zu wissen, was Myxin, der Magier, vorhatte. Aus diesem Grunde aktivierte Solo Morasso seinen Todesnebel.

Er kroch aus dem Würfel. Gefährliche Schwaden, die die absolute Vernichtung brachten.

Und sie richteten sich nach Dr. Tods Willen. Eine regelrechte Wand bauten sie auf, wobei sie einen schmalen Durchlass freiließen, der Lady X und Kara aufnahm. Hinter den beiden schloss sich die Wand sofort wieder.

Morasso aber stieß ein meckerndes Lachen aus. Wenn sich Myxin jetzt in seine Nähe teleportierte, dann würde er vergehen. Und zwar ein für alle Male.

Aber Myxin roch die Gefahr.

Kaum hatten die ersten Schwaden den Würfel verlassen, da änderte er die Richtung. Der kleine Magier teleportierte sich auf das Dach des Bunkers, das noch ein wenig aus der Erde ragte.

Dort blieb er stehen.

Diesmal sah er Xorron aus der Ferne. Er hatte seine restlichen Zombies um sich versammelt und hob drohend die Faust.

Myxin interessierte das nicht mehr. Seine Gedanken beschäftigten sich mit Kara.

Man hatte sie entführt. Zudem war sie noch in die Höhle des Löwen geschleppt worden.

Gab es für Myxin eine Chance, Kara zurückzuholen?

Der kleine Magier verzog gequält das Gesicht. Er litt auf schreckliche Art und Weise. Bisher waren er und Kara immer zusammen gewesen, und nun dieses.

Wie sollte er reagieren?

Da kam ihm John Sinclair in den Sinn. Alassia konnte warten. Jetzt ging es um Kara.

Und John Sinclair musste helfen!

Wir sahen alles wie in einer Zeitlupenaufnahme.

Die schleudernden, bremsenden Wagen, wir hörten das Kreischen der Reifen, das nervenzerfetzende Geräusch, wenn Blech gegen Blech prallt, und wir vernahmen den schrillen Ton, der über allem schwebte, weil irgendwo die Hupe eines Wagens eingeklemmt worden war.

Das Chaos hatte einen Grund.

Der hieß: Alassia!

Sie war plötzlich aus dem Nichts erschienen. Sie schwebte über der Straße, und ihre seltsame Gestalt hatte die anderen Autofahrer in ihren Bann gezogen.

Ein Wesen wie aus einem Märchen.

Selbst Suko und ich, die wir schon von ihr gehört hatten, standen nur da und staunten. Ebenso erging es den anderen Gästen des Pubs. Sie waren von ihren Stühlen aufgesprungen, klammerten sich aneinander fest, hatten die Köpfe in den Nacken gelegt und standen dort mit offenen Mündern, um der Erscheinung zuzuschauen.

Die gesamte Straße schien sich in einem Vakuum zu befinden. Es gab nur uns, nichts anderes mehr, alle Uhren schienen stehen geblieben zu sein, Zeit spielte keine Rolle mehr.

Und Alassia genoss ihren Auftritt. Wie sie aus dem Himmel schwebte, ähnelte sie einer Göttin. Das lange Haar umwallte die frauliche Gestalt vom Scheitel bis fast zu den Füßen, und wenn es einmal zur Seite gedrückt wurde, dann präsentierte sie uns ihren nackten Körper.

Neben uns sprach jemand das aus, was auch wir dachten. »Ich glaube, ich träume.«

Es war kein Traum, sondern Wirklichkeit. Alassia kam, und sie wollte etwas von uns.

Ich merkte nicht einmal, dass die Hupe verstummte, sondern hatte nur Augen für die Rächerin aus der Dunkelwelt. Von der schwarzen, zerfressenden Dunkelwolke war nichts zu sehen. Alassia kam aus der Luft und wuchs immer größer vor uns auf.

Ich holte mein Kreuz wieder hervor. Einen kurzen Blick warf ich darauf und glaubte, Lichtreflexe über dem Metall zucken zu sehen. Es schimmerte seltsam silberfarben, hatte sich auch erwärmt, und ich war gespannt, wie Alassia auf das Kruzifix reagierte.

Noch schwebte sie weiter vor, und es war niemand da, der sich ihr in den Weg stellte.

»Ich gehe auf die Straße!«, flüsterte ich Suko zu, drängte mich an meinem Partner vorbei und blieb mit der Schuhspitze an einem Stuhlbein hängen. Der Stuhl fiel hin. Überlaut hörte ich das Geräusch. Erst jetzt wurde mir klar, dass es so still geworden war.

Nirgendwo ein Laut. Eine gespenstische Ruhe hatte sich ausgebreitet, sie lag wie ein unsichtbares Tuch über allem.

Alassia war zum Glück noch so weit entfernt, dass ich mich nicht unbedingt auf sie zu konzentrieren brauchte. Ich konnte mir auch die anderen Menschen anschauen.

Sie waren in ihren Haltungen erstarrt. Schwarze Magie hatte sie in einem gewaltigen Netz eingefangen.

Ein Wagen klebte an einem dicken Baumstamm. Der Fahrer hatte die Kurve nicht rechtzeitig genug bekommen. Die Tür war aufgeschlagen und der Mann mit seinem Oberkörper nach draußen geschleudert worden. Zwei andere Autos waren aufeinandergefahren, ein weiteres Fahrzeug hatte einen Laternenmast »geküsst«.

Und niemand rührte sich.

Nur ich konnte gehen und dachte dabei an Suko und warf noch einen Blick zurück.

Auch mein Freund war erstarrt. Ihm erging es so wie mir, wenn er seinen Stab aktivierte und das Wort Topar rief. Da konnte ich mich auch nicht mehr rühren.

Das ganze Auftreten dieser Frau hatte natürlich einen Sinn. Und dieser Sinn oder Grund war ich.

Ich verließ den Gehsteig, ging um einen roten BMW herum und blieb auf der Straßenmitte stehen.

Etwas breitbeinig baute ich mich auf, und so erwartete ich die Herrin der gefährlichen Dunkelwelt.

Noch musste ich den Kopf heben, um sie zu sehen. Wie ein düsterer Todesengel schwebte sie nieder und berührte schließlich mit beiden Füßen den Belag der Straße.

So blieb sie stehen.

Eindringlich fixierten wir uns. Unsere Blicke bohrten sich ineinander, jeder Zoll des Körpers wurde abgetastet, seziert, und als ihre Haare vor der Brust ein wenig zur Seite geweht wurden, konnte ich die Rocker sogar verstehen, dass sie bei dem Anblick unruhig geworden waren, weil sie einen fantastischen Körper zu sehen bekamen.

»Du bist John Sinclair!«

Zum ersten Mal hörte ich sie sprechen. Ich lauschte dem Klang ihrer Stimme. Er war irgendwie rau, so konnte ich mir die Stimme einer Chanson-Sängerin vorstellen, und er traf mich bis ins Mark.

»Ja, ich bin John Sinclair«, erwiderte ich schlicht. »Wahrscheinlich hast du mich gesucht.«

»Sicher. Ich war von Beginn an auf dich fixiert und bin deinetwegen in diese Stadt gekommen.«

»Und nun?«

Ihr Gesicht verzog sich etwas. Wahrscheinlich lächelte sie. Das jedoch konnte ich wegen der über die Wangen fallenden Haare nicht so genau erkennen.

»Du weißt von Asmodina.«

»Ich selbst habe sie bekämpft.«

»Aber nicht getötet!«, hielt mir Alassia das vor, worüber ich mich noch immer ärgerte.

»Das gebe ich zu.«

»Und ich bin gekommen, um die Nachfolge Asmodinas anzutreten. Lange genug habe ich in meiner Schattenwelt gehaust, endlich ist der Zeitpunkt da, wo ich frei bin. Asmodinas Niedergang hat die Tore der Welt für mich geöffnet.«

Ich lächelte ebenfalls. Allerdings ziemlich spöttisch. Dann sagte ich: »Dagegen, so glaube ich, hätten bestimmt einige andere Dämonen etwas.«

»Denkst du an Dr. Tod?«

»Unter anderem.«

»Ich war bei ihm und habe ihn getestet. Mit ihm und seinen Verbündeten werde ich fertig, aber ich frage mich, ob du nicht auch etwas gegen eine Nachfolge einzuwenden hättest.«

»Darauf kannst du Gift nehmen«, erwiderte ich kalt.

»Man hat mir gesagt, wie du als Gegner einzuschätzen bist«, sprach sie weiter. »Und ich habe mich danach gerichtet. Du hast erlebt, zu wessen ich fähig bin, und ich habe noch nicht meine volle Kraft ausgespielt. Auch in diesem Fall hier habe ich die Menschen geschont. Wenn ich will, können sie gefressen werden, denn ich bin die Dunkelwelt.«

»Und die Schatten?«, fragte ich.

Sie machte eine wegwerfende Handbewegung. »Die produziere ich selbst. Ich bestehe nur aus Schatten. Weil ich auf diese Welt gekommen bin, habe ich einen menschlichen Körper angenommen und ...«

»Ich bin gespannt, wie der Spuk reagieren wird«, sagte ich.

»Er ist ein Feind«, gab Alassia zu.

Wenigstens etwas. Der Spuk war ein Intrigant und ein Machtblock ohnegleichen. In seinem Reich der Schatten hausten die Seelen getöteter Dämonen. Er selbst war ebenfalls nur ein Schatten, und hier hörte ich das Gleiche.

Alassia hatte nur die menschliche Gestalt angenommen, weil sie auf der Erde weilte, ansonsten existierte sie als Schatten. Waren sie und der Spuk vielleicht artverwandt?

Danach fragte ich sie.

»Ja«, bestätigte sie mir. »Es gibt eine Verbindung zwischen uns. Wir waren einmal gleichrangig, dann kam es zu gewaltigen Machtkämpfen, und ich musste weichen. Der Spuk hat das Kommando übernommen, ich wurde zur Dunkelwelt verflucht, zu einem Dämon ohne Licht.

In meiner Welt gibt es nur die Finsternis, und die bin ich selbst.«

Ein bisschen unverständlich das alles. So ganz kam ich nicht mit. »Was hat das denn mit Asmodina zu tun?«

»Sie hat sich ein paar Mal an mich erinnert und wollte mich auf ihre Seite ziehen, ich aber ahnte ihre Niederlage voraus und ließ es bleiben. Als Asmodina nicht mehr war, kam ich frei. Der Teufel hat sich auf meine Seite geschlagen. Asmodis löste den magischen Bann, den der Spuk um mich gelegt hatte, und es gelang mir, deine Welt zu erreichen. Ich werde ein gewaltiges Reich regieren und werde aus den Menschen Schatten machen, das verspreche ich dir.«

»Du willst sie töten, so wie du es mit dem Rocker getan hast?«

»Ja, ein Körper vergeht. Er rieselt als schwarzer Staub zu Boden, doch seine Seele bleibt in meinen Klauen. Und sie kann ich sichtbar machen, und zwar als ein konturenloses Etwas, das überall eindringen kann. Die Seele hat sämtliche Informationen über den Körper gespeichert, sie ist auch in der Lage, diese Informationen wieder abzugeben und ein Ebenbild des Menschen zu schaffen. Allerdings nicht drei-, sondern mehr vierdimensional.«

Jetzt hatte ich die Erklärung, weshalb Jerry Shayne von mir in der Mauer zu sehen gewesen war. Eine raffinierte Taktik, das musste ich ehrlich zugeben.

»Und dir macht es nichts aus, im Hellen zu sein?«, fragte ich.

»Nein, denn dieses Licht stört mich nicht.«

»Welches denn?«

»Ein anderes, ein magisches.«

»Vielleicht das?«, schrie ich, hob mit einem Ruck den Arm und zeigte ihr mein Kreuz …

»Wir haben sie!«

Drei Worte sagte Solo Morasso nur, aber in diesen drei Worten schwang all das mit, was er empfand.

Triumph, Genugtuung und die Gewissheit, der Sieger

zu sein. Er hatte Kara auf eine Liege geschleudert und das Schwert an sich genommen. Sie befanden sich dort, wo Dr. Tod das große Becken hatte anlegen lassen, das mit den Piranhas. Dabei war ihm ein wahrlich teuflischer Gedanke gekommen, den er auch in die Tat umsetzen wollte, doch erst einmal musste Kara aus ihrer Bewusstlosigkeit erwachen.

Lady X hatte sie ziemlich hart erwischt. An der Stirn war die Haut aufgeplatzt. Ein Blutfaden sickerte aus der Wunde, rann dicht am Auge vorbei und lief über die Wange.

»Tot ist sie ja wohl nicht«, stellte Solo Morasso mit einem fragenden Blick auf Kara fest.

»Nein, so hart habe ich nicht zugeschlagen.«

»Das will ich dir auch geraten haben, meine Liebe. Wir brauchen sie nämlich noch.«

»Als Druckmittel?«

»Genau.«

Lady X lachte. »Dann willst du, dass Myxin herkommt.«

»Ja, ich will ihn hierher in den Bunker locken. Das ist mein ganzes Sinnen und Trachten. Er soll erleben, wie seine Geliebte Kara von den Piranhas zerfetzt wird.« Morasso lachte heiser und schlug sich dabei auf die Schenkel. »Ich habe lange genug warten müssen. Es ist der erste große Sieg nach Asmodinas Vernichtung.« Er stockte und kreiselte herum, damit er die Scott anschauen konnte. »Vielleicht ist es sogar gut, dass die Mordliga reduziert wurde. So nämlich können wir effektiver arbeiten und zuschlagen.«

»Wie du meinst.«

Dr. Tod warf einen Blick auf das Becken. Es war nicht sehr groß und hatte eine viereckige Form. Ringsum standen Kübel mit Pflanzen, und es gab sogar Liegen an den Rändern. Auf den dunkelrot schimmernden Polstern ruhte sich Solo Morasso hin und wieder aus, wobei er dem Treiben der Fische zuschaute.

Ein Eimer mit Fleisch stand an jeder Liege. Die rohen Brocken waren zusammengepresst, ein ekliger Blutgeruch schwebte über den Gefäßen. So kalt dieser Raum eingerichtet war, man spürte doch die unheimliche Atmosphäre, besonders dann, wenn die kleinen glitzernden Leiber aus dem Wasser schossen und im hohen Bogen wieder zurückglitten.

Piranhas – Killerfische.

Dr. Tods Lieblinge!

Da Kara noch immer in tiefer Bewusstlosigkeit lag, wollte sich Dr. Tod die Zeit vertreiben. Er legte das Schwert mit der goldenen Klinge zu Boden, da er Kara bei Lady X in guten Händen wusste. Dann trat er an den in der Nähe stehenden Eimer heran und holte zwei Fleischbrocken hervor. Das Blut rann an seinen Fingern entlang, als er das Fleisch anhob und ins Wasser schleuderte.

Sofort waren sie da.

Morasso lachte, er sah, wie die Oberfläche aufschäumte und sich die kleinen Piranhas regelrecht festbissen. Rasend schnell hackten ihre Nager in den blutigen Brocken. Sie waren so wild, dass sie aus dem Wasser sprangen, sich wieder zurückwarfen, um erneut die Beute mit ihren Zähnen zu traktieren.

Morasso rieb sich die Hände. So und nicht anders wollte er es haben. Mit der gleichen Fresswut würden sie sich auch auf Kara stürzen, wenn er sie in das Becken schleuderte.

Aber er wollte es spannend machen. Kara wäre nicht das erste Menschenopfer gewesen, das in diesem Becken seinen Tod gefunden hätte. Solo Morasso hatte sich da etwas Besonderes einfallen lassen. Es war ein am Kopfende des Beckens montierter Flaschenzug, der über Rollen lief und anstelle eines Hakens eine Schlinge hatte, in die man das Opfer hineinhängen konnte.

Vor dem Flaschenzug blieb Dr. Tod stehen und schaute hoch. Seine Lippen bewegten sich dabei. Er sprach mit sich selbst, doch kein Wort drang aus seinem Mund.

»Ein herrliches Instrument!«, hörte er stattdessen Lady X sprechen. »Ich würde es einsetzen, sonst rostet es.«

Er drehte den Kopf. »Ja, du hast Recht. Wir werden

dafür sorgen, dass es nicht einrostet. Soll ich dir helfen?«

Die Vampirin lachte. »So etwas wie die schaffe ich allein. Ganz allein«, erklärte sie, bückte sich und hob Kara von der Liege. Beinahe lässig warf sie die Schöne aus dem Totenreich über die Schulter, schritt um das Becken herum und blieb neben Dr. Tod stehen.

»Wie gut, dass ich einen Motor habe einbauen lassen«, sagte er und betätigte einen Knopf.

Eine Winde setzte sich in Bewegung. Sie sorgte dafür, dass die Schlinge nach unten gelassen wurde und sich der Wasseroberfläche näherte. Als sie die richtige Höhe hatte, stoppte Solo Morasso den teuflischen Apparat.

Sein Gesicht zeigte ein Lächeln, als er auf die schwarzhaarige Frau schaute. Es war ein kaltes, böses Lächeln, und sein Gesicht verzog sich kaum dabei. Die Augen blieben kalt wie die der im Becken schwimmenden Fische.

Er trug wie immer seinen dunkelgrauen hochgeschlossenen Anzug, der ihn ein wenig an einen Soldaten erinnerte. Das Haar war kurzgeschoren, eine Bürste, der Kopf wirkte eckig, die Haut hatte die Farbe von Beton. Solo Morasso, das Betongesicht.

So hatte man ihn einmal genannt, damals, in Sizilien, als er noch Mafiafürst gewesen war. Auch heute hielt er die Verbindungen zu den Mafiosi aufrecht. Heute, als Mensch-Dämon, verbreitete sein Name noch immer Angst und Schrecken.

Dr. Tod streckte den Arm aus und griff nach der Schlinge. Er zog sie so nahe an den Beckenrand heran, dass es keine Schwierigkeiten geben würde, die Bewusstlose hineinzuhängen.

»Fass mit an!«, befahl er.

Lady X verzog die Lippen. »Wüsste nicht, was ich lieber täte«, sagte sie und bückte sich.

Gemeinsam hievten Dr. Tod und Lady X die bewusstlose Kara in die Höhe. »Am liebsten würde ich sie jetzt schon in das Becken stoßen«, sagte die Vampirin.

»Das glaube ich dir. Aber man gibt so einen wertvollen Trumpf nicht zu leicht aus der Hand.«

»Mal sehen, ob er sticht.«

Es war für die beiden ziemlich mühevoll, die Schöne aus dem Totenreich in die Schlinge zu hängen. Man musste sie unter die Achseln herführen, dann saß sie fest. Die Beine baumelten nach unten. Sehr stark durfte das Wasser im Becken nicht bewegt werden, dann schäumte es über die Füße der in der Schlinge hängenden Kara.

»Ja, so ist es gut«, lobte und begutachtete Dr. Tod sein Werk. »Was meinst du, Lady X?«

Die Untote war ebenfalls zufrieden. »Aber was ist, wenn Myxin hier eintrifft?«

»Da habe ich noch den Nebel.«

»Wieso ...«

»Ich werde mit Hilfe des Todesnebels einen Ring um die Festung ziehen. Da kommt der Magier nicht durch. Es gibt für ihn danach nur eine Möglichkeit. Er, als Teleporter, muss in das Zentrum dieser Anlage springen, und das ist eben hier.«

Lady X dachte einen Moment über die Worte nach. »Nicht schlecht, wirklich nicht schlecht.«

»Sag ich doch.«

»Aber der Todesnebel draußen kann auch die Zombies oder roten Vampire vernichten.«

»Na und?«

»Das wird Xorron und Vampiro-del-mar überhaupt nicht gefallen, sollte es eintreten.«

»Sie können sich vorher zurückziehen, dazu gebe ich ihnen die Gelegenheit.«

»Wie du meinst ...«

Die Scott drehte sich um und warf noch einen Blick auf die in der Schlinge hängende Kara.

Es war der Moment, als die Schöne aus dem Totenreich die Augen aufschlug ...

Da war mein Kreuz!

Ich hatte die Faust vorgestreckt, wollte mich nicht mehr auf langes Reden einlassen, sondern handeln. Dieses Wesen musste vernichtet werden, bevor es richtig zuschlagen konnte.

Und wie mein Kreuz reagieren konnte, das hatte ich bei Jerry Shayne erlebt.

War Alassia vorhin noch so siegessicher gewesen, so sah sie sich nun mit einer Magie konfrontiert, gegen die sie kaum etwas ausrichten konnte.

Zudem strahlte das Kreuz in meiner Hand auf.

Aber auch Alassia reagierte. Ich schaute über das Kreuz hinweg und sah, wie sich ihre Augen veränderten. Sie füllten sich mit einer unheimlichen tiefen Schwärze, die nicht nur auf die Augen beschränkt blieb, sondern sich ausbreitete und als Wolke die Herrin aus der Dunkelwelt umschwebte.

Das war also diese schwarze Todeswolke. Ich hatte schreckliche Angst, dass sie die anderen Menschen in ihren Bann ziehen und zu schwarzem Staub auflösen würde. Deshalb musste ich etwas tun, bevor die Wolke sich noch weiter ausbreitete.

Mit langen Sätzen sprang ich vor und stürmte dabei in die Wolke hinein.

Es war fantastisch. Mein Kreuz hieb eine regelrechte Schneise. Ein heller Tunnel entstand in der Wolke. Rechts und links davon waberte die Schwärze, aber sie wurde permanent durch zuckende Lichtexplosionen aufgerissen.

Dann war die Wolke verschwunden. Wie ein zerplatzender Luftballon, so wurde sie in die verschiedensten Richtungen fortgeschleudert. Lange, bizarre Fetzen, die irgendwann vergingen.

»Du hast eine sehr starke Waffe, John Sinclair«, sagte eine Stimme neben mir.

Ich drehte mich um und schaute in das lächelnde Gesicht der Dämonin Alassia.

Von wegen vernichtet! Nein, sie stand noch da und blickte mich spöttisch an. Der Wind hatte mit ihren langen Haaren gespielt und sie ein wenig zur Seite geweht, sodass ich ihren gut gewachsenen Körper bewundern konnte.

»Du hast dem Kreuz widerstanden?«, fragte ich lauernd.

»Wie du siehst!«

Sie winkte ab und tat es mit einer lässig wirkenden Geste. »Ich war längst aus dem Schatten heraus, du hast nur die Wolke zerstört, ich existiere weiterhin.«

»Was willst du?«

»Das habe ich dir schon einmal gesagt.«

»Sicher hast du das, aber ich bin nicht gewillt, dich auf der Erde am Leben zu lassen. Du sollst vernichtet werden, Alassia. Du gehörst nicht hierher. Zurück in dein Reich!«

Während ich das letzte Wort rief, warf ich mich vor. Ich wollte so schnell sein, dass sie nicht mehr dazu kam, eine Gegenmagie aufzubauen. Doch da war etwas, das mich hinderte, mein Vorhaben in die Tat umzusetzen.

Nicht Alassia, die Rächerin aus der Dunkelwelt, sondern ein Dritter griff in den Kampf ein. Mein rechtes Handgelenk wurde gepackt, und jemand drehte mir den Arm nach hinten.

»Nicht, John!«, schrie jemand.

Ich blieb tatsächlich in der Haltung, denn ich hatte die Stimme erkannt.

Myxin stand neben mir.

Langsam drehte ich den Kopf. Der kleine Magier hatte für Alassia keinen Blick, er schaute nur mich an, und ich las so etwas wie Furcht in seinen Augen.

»Was ist denn geschehen?«

»Kara!«

»Wie?«

»John, begreife. Es geht um Kara. Sie befindet sich in der Gewalt von Solo Morasso!«

»Auch das noch!«, flüsterte ich. Jetzt verstand ich erst, was Myxin mir da mitgeteilt hatte. Dr. Tod war es gelungen, Kara in seine Gewalt zu bringen. »Aber wie?«

»Dafür ist keine Zeit mehr, dir das zu erklären ...« Er drehte sich um. »Ich ...« Auf einmal sah er die Wolke und darin die Gestalt der Alassia. »Sie ist an allem schuld!«, rief der kleine Magier. »Nur sie. Ihre verdammte Dunkelwelt, und der Trank des Vergessens ist auch bei ihr. Hast du ihn?«

Alassia lachte laut auf. »Du und Kara!«, schrie sie

»Was hast du mit der Schönen aus dem Totenreich zu tun? Ich weiß, dass sie den Trank sucht. Und in meiner Welt ...« Sie verstummte.

Ich schüttelte den Kopf. Ehrlich gesagt, im Moment wusste ich mir keinen Rat. Es war ein völliges Durcheinander. Ich verstand die Vorgänge nicht mehr richtig und wunderte mich auch über den kleinen Magier, der fast durchdrehte.

»Wo ist der Trank?«, schrie er Alassia an. Aus seinen gespreizten Fingern schlugen grüne Blitze, und sie trafen mit vehementer Wucht den Körper der Dämonin.

Ich sah sie einschlagen. Es war schlimm. Für einen Moment hatte ich das Gefühl, als würden die Blitze Alassia zerreißen. Sie zerschnitten den Körper in mehrere Teile. Wie die eines Puzzles schwebten sie unabhängig voneinander in der Luft, wobei die ursprüngliche Form noch beibehalten wurde.

»Wo ist der Trank?«

Myxin beging einen Fehler. Er schloss die Hände wieder. Augenblicklich wuchs Alassia zusammen. Und bevor ich eingreifen konnte, löste sich Alassia freiwillig auf.

Abermals entstand die absolute Schwärze, die so stark war, wie ich sie noch nie zuvor gesehen hatte. Eine wallende Wand, die in der Luft schwebte und im nächsten Augenblick verschwunden war.

»Wir sehen uns wieder ...«

Aus weiter Ferne klang die Stimme an unsere Ohren, dann war Alassia verschwunden – und hatte gleichzeitig ihre Magie aufgehoben. Die Menschen standen nicht mehr unter ihrem Bann. Die Lähmung löste sich. Man konnte sich wieder normal bewegen.

Stimmengewirr kesselte uns ein. Auf der Straße war es zu einem mittleren Chaos gekommen. In der Ferne hörte ich das Heulen von Polizeisirenen, auch die Sonne kam wieder durch, ich spürte ihre Hitze und fragte Myxin: »Was ist jetzt?«

»Wir müssen zu Morasso!«

Er hatte die Worte kaum ausgesprochen, als er mich anfasste. Zuletzt sah ich noch meinen Freund Suko, dann verschwand die Welt um mich herum, als Myxin mit mir zusammen den Teleporter-Sprung durchführte.

Das Nichts nahm uns auf …

Im ersten Augenblick wusste Kara überhaupt nicht, was geschehen war. In ihrer Erinnerung klaffte ein Loch. Sie hatte zwar die Augen aufgeschlagen, schaute sich auch um, aber sie konnte nicht feststellen, wohin man sie gebracht hatte.

Da war alles so fremd, so anders, sie wollte gehen und merkte, dass ihre Beine in der Luft schwebten. Es gab überhaupt keinen Kontakt zum Boden mehr.

Obwohl sie sich noch nicht zurechtfand, wusste sie doch, dass sie in Schwierigkeiten steckte. Das alles konnte nicht normal sein. Zumindest hätte sie einen Kontakt mit der Erde spüren müssen.

Kara senkte den Blick.

Unter ihr schimmerte es. Da war eine hellere Fläche, die sich bewegte und auch Wellen produzierte.

Wasser!

Meine Güte, sie befand sich über einem Wasser und nahm erst jetzt den Druck unter ihren Achseln wahr.

Man hatte sie aufgehängt!

Glasklar wusste Kara, was mit ihr geschehen war. Und jetzt fielen ihr auch die Ereignisse der Vergangenheit ein. Sie dachte an Alassia, an Dr. Tod, den Kampf auf der Insel und daran, dass man sie überwältigt hatte. Ihr letzter Eindruck war eine Frau gewesen, die auf sie zustürmte und mit irgendeinem Gegenstand zugeschlagen hatte.

Danach war das Aus gekommen.

»Sie ist wieder da, unser kleiner Gast«, vernahm Kara eine spöttische Stimme. Von links war sie aufgeklungen. Unter großen Mühen drehte die Schöne aus dem Totenreich den Kopf.

Sie sah Lady X. Die Vampirin zeigte ihre beiden spitzen Zähne und hatte am Beckenrand Aufstellung genommen. Wieder einmal hielt sie ihre Maschinenpistole in der Hand, die Mündung wies auf die über dem Wasser hängende Kara, als hätte die Scott Angst, dass die Schöne aus dem Totenreich trotz ihrer miesen Lage noch durchdrehen und sie angreifen könnte.

Die beiden Frauen starrten sich an. Kara erkannte die blanke Gier und den unversöhnlichen Hass in den Augen der ehemaligen Terroristin, und sie wusste, dass man sie töten wollte. Zu den Füßen der Blutsaugerin lag ihr Schwert. Die einzige Waffe, die ihr geholfen hätte, war unerreichbar. Ihre Feinde hatten genau gewusst, wie man sie wehrlos machte, und als Kara ihren Blick abermals senkte, da glaubte sie, dicht unter der Wasserfläche Bewegungen zu sehen. Es waren schnelle, huschende Bewegungen, quirlig, mit den Augen kaum zu verfolgen.

»Freust du dich schon auf die Fischlein?«, erkundigte sich die Vampirin höhnisch.

»Welche Fischlein?«

»Ach so. Vielleicht kennst du sie nicht. Es sind Piranhas. Manche sagen, dass sie schrecklicher als Haie wären, und der Meinung schließe ich mich an. Willst du mal sehen?« Lady X lachte, während sie sich bückte. Die Maschinenpistole hatte sie in die linke Hand gewechselt. Sie ging in der geduckten Haltung einige Schritte weiter und holte aus einem Eimer einen frischen, noch blutigen Fleischbrocken. Für einen Moment behielt sie ihn in der Hand, drehte ihn so, dass Kara ihn genau sehen konnte, bevor die Scott ihn in das Becken schleuderte.

Im Nu war der Teufel los. Das Wasser begann zu kochen. Es gischtete und brodelte auf. Plötzlich spritzten Fontänen in die Höhe. Der Fleischklumpen schien sich zu bewegen. Unzählige kleine, silbrig glänzende Leiber hatten sich an ihm festgehakt und sägten mit ihren messerscharfen Zähnen das Fleisch von den Knochen.

Manche Fische sprangen auch aus dem Wasser. Einige sogar sehr dicht vor Kara, die wusste, was mit ihr geschehen würde, wenn sie mit den Tieren in Berührung kam.

So schnell es ging, hob Kara die Füße an. Das war auch nötig, denn drei Fische schleuderten ihre Körper aus den Fluten und schnappten bereits nach ihren Zehen.

Karas Gesicht verzerrte sich. So wie sie da hing, war es

fast unmöglich, die Stellung zu halten. Ihr Gewicht drückte, sie musste einfach die Beine ausstrecken und konnte es auch riskieren, da sich die Fische jetzt mehr um das Fleisch kümmerten und es nur noch Sekunden dauerte, bis sie es restlos aufgefressen hatten. Für einen Moment schwammen noch zwei Knochen auf der Oberfläche, dann sanken sie langsam in die Tiefe.

»Nun«, höhnte Lady X, »wie hat dir die kleine Demonstration gefallen?«

Kara war leichenblass geworden. Schweiß stand auf ihrer Stirn. Sie schwieg, eine Antwort geben konnte sie nicht, dazu saß der Schock zu tief.

»Diese Piranhas freuen sich besonders auf Menschen«, erklärte die Scott kalt. »Sie sind gewissermaßen ein Festessen für sie. Und nun rate mal, welchen Tod wir für dich vorausgesehen haben, kleine Kara?«

»Du bist eine Bestie!«

»Ja, das bin ich in der Tat.« Lady X lachte. »Schade, ich hätte dir einen anderen Tod gewünscht. Einen süßeren, einen viel schöneren, aber leider war das nicht zu machen. Ich hätte dich gern als Vampir gesehen, glaub mir.«

»Darauf kann ich verzichten.«

»Du wirst in den Sekunden deiner Todesqualen anders darüber denken«, gab Lady X kalt zurück.

Da schauderte Kara und schwieg. Sie wollte sich nicht noch mehr aufputschen lassen, es war schlimm genug, was man mit ihr anstellte, es sollte nicht weiter durch Worte untermalt werden.

Bisher hatte die Scott nur von ihr gesprochen und nicht von Myxin. Befand er sich noch auf der Insel? War er gefangengenommen worden, oder war ihm die Flucht gelungen?

Wenn ja, sah Kara noch einen rosigen Streifen am Horizont. Dann war es durchaus möglich, dass er sich in ihrer Nähe befand und versuchen würde, sie zu befreien.

Aber sie dachte auch an den gefährlichen Todesnebel. So wie sie rechneten ihre Gegner sicherlich auch. Der Nebel war die große Waffe eines Solo Morasso, und Kara glaubte, dass sich Dr. Tod ebenfalls in der Nähe aufhielt.

Sie hörte Schritte, und ihre Gedankengänge wurden unterbrochen. Langsam drehte sie den Kopf nach links, denn aus dieser Richtung war das Geräusch der Schritte aufgeklungen.

Ein Mann erschien.

Dr. Tod.

Er hielt den Würfel des Unheils zwischen seinen Händen. Kara ahnte, dass sie mit ihrer Vermutung Recht behalten hatte. Der Todesnebel war von ihm eingesetzt worden. Sie erhielt auch gleich darauf die Bestätigung. Ohne Kara zu beachten, sagte Dr. Tod zu Lady X gewandt: »Um die Festung liegt der Ring. Wer ihn durchbrechen will, wird aufgelöst.«

»Gut!«, lobte die Vampirin ihren Chef. »Sehr gut.«

Erst jetzt drehte sich Solo Morasso und schaute die in der Schlinge hängende Kara an. »Na, wie geht es denn unserem Gast?«, höhnte er.

Die Schöne aus dem Totenreich gab keine Antwort.

Dr. Tod lächelte kalt. »Ich kann mir vorstellen, dass die Lage nicht bequem ist, aber die Umstände zwangen mich zu dieser Lösung. Zudem warten wir noch auf deinen Begleiter. Er ist uns tatsächlich entkommen.«

In Karas Augen blitzte für einen Moment so etwas wie Hoffnung auf, Morassos folgende Worte allerdings zerstörten sie sofort wieder.

»Sollte er wirklich kommen, kann er draußen nicht bleiben. Da er die Gabe der Teleportation besitzt, muss er sich in die Festung teleportieren, und hier erwarten wir ihn.«

So etwas hatte sich Kara schon gedacht. Und sie konnte sich gut vorstellen, mit welch einer Akribie die Falle aufgebaut worden war. Wahrscheinlich hatte Myxin überhaupt keine Chance.

Dr. Tod war noch nicht am Ende. »Wenn Myxin hier erscheint, wird er dich sehen und versuchen, dir zu helfen. Was dann geschieht, kannst du dir vorstellen. Die Fische freuen sich schon ...«

Morasso begann zu lachen, und Lady X stimmte in das

Gelächter mit ein. Für die beiden war alles klar. Schief gehen konnte nach ihren Berechnungen überhaupt nichts mehr …

Auch Suko, der es an und für sich gewohnt war, schnell zu reagieren, hatte seine Mühe, sich zurechtzufinden. Er wusste nicht mehr, wie ihm geschah, als er wie nach einem langen Schlaf und einem schweren Traum aufwachte.

Die Umgebung war fremd, die Stimmen klangen so anders. Er hörte Schreie, Sirenen, schüttelte den Kopf und merkte, wie der seltsame Druck in seinem Schädel sich allmählich verflüchtigte.

Dann schaute er auf.

Suko hatte Glück. Er blickte in die Richtung, wo der Geisterjäger und Myxin standen. Aber wo kam der Magier so plötzlich her? Bevor Suko eine Antwort finden konnte, verschwanden John Sinclair und Myxin.

Zeitsprung!

Suko knirschte mit den Zähnen. Er selbst beherrschte die Gabe der Teleportation nicht, Myxin war ihm da weit voraus, und er musste, so leid es ihm auch tat, bleiben.

Ein langer, sich drehender, roter Streifen wischte durch die Luft. Ausgelöst durch eine rotierende Sirene auf einem Polizeifahrzeug. Der erste Wagen bog in die Straße und musste stoppen, weil er nicht weiterkonnte. Sekunden später trafen die nächsten beiden Streifenwagen ein und mit ihnen zusammen ein Fahrzeug der Ambulanz.

Die Polizisten sperrten sofort die Straße. Sie sahen sich Menschen gegenüber, die kaum Bescheid wussten. Es hatte mehrere Unfälle gegeben, über die Ursache allerdings konnte niemand etwas Genaues sagen.

Männer in weißen Kitteln hasteten zu den Verletzten. Eine Trage wurde herbeigeschafft.

Suko, der mit den uniformierten Kollegen reden wollte, hatte Mühe, sich durch die aufgeregten Menschen zu schieben. Jeder wollte etwas sagen, man redete auf die

Polizisten ein, und der Chinese schnappte sich kurzerhand den Einsatzleiter am Arm und zog ihn zur Seite.

Der Mann wollte protestieren, sah zuvor allerdings auf Sukos Ausweis und verstummte.

Der Inspektor lächelte, als er den fragenden Blick des Mannes auf sich gerichtet sah.

»Ich bin nur Zeuge«, sagte er, »und kann Ihnen auch nicht weiterhelfen. Es wird keinen Sinn haben, wenn Sie lange nach der Ursache des Unfalls forschen.«

»Wieso? Ich …«

»Es war ein Blackout«, versuchte Suko zu erklären. »Vielleicht eine Folge der Hitze, was weiß ich. Sie können auch Massenpsychose dazu sagen.«

Der Beamte kratzte sein Kinn. »Mann, Inspektor, machen Sie mich nicht wahnsinnig.«

»Es ist aber so.«

»Und die Verletzten?«

»Sind eine Folge dieser Psychose.«

Der Beamte zog seinen Mund schief. So recht wollte er das nicht glauben, was ihm Suko mitteilte. »Also, ich weiß nicht. Ich habe schon vieles erlebt, aber …«

»Nehmen sie es so hin, und sorgen Sie nur dafür, dass der technische Ablauf der Dinge gewährleistet ist. Okay?«

»Natürlich, Sir.«

»Kann ich von Ihrem Wagen telefonieren?«

»Sicher.«

Sukos Schritte wirkten müde, als er zum Streifenwagen ging. In seinem Magen saß ein Kloß. Er wollte mit seinem Chef, Sir James Powell, sprechen und ihm einiges erklären.

Über John Sinclair konnte er ihm nichts sagen. Und das bereitete Suko schwere Sorgen …

Der Teleporter-Sprung löschte bei mir sämtliche Gedanken und Gefühle aus. Man überwindet Räume und auch Zeiten, befindet sich in einem Nichts, einem Vakuum und kann erst wieder voll denken, wenn das Ziel erreicht ist.

In unserem Fall die Insel an der Südspitze Feuerlands. Dr. Tods Hauptquartier.

Plötzlich waren wir da. Die Leere und die Dunkelheit verschwanden. Ich kam mir vor, als hätte jemand einen Vorhang zur Seite gezogen, wobei man mir nun eine freie Sicht gestattete.

Ich sah das Meer.

Graugrüne Wellen, die gegen einen leeren Strand anrannten. Ein kalter scharfer Wind durchschnitt meine dünne Kleidung. Schließlich war ich aus dem Sommer in den Winter gekommen. Dicke Schneewolken am Himmel.

Ich fror und zog die Schultern hoch.

Myxin sagte: »Wir sind da, John!«

»Ja, das sehe ich.« Einmal drehte ich mich im Kreis und musste gegen den plötzlichen Schwindel angehen. Was ich sehen wollte, das hatte ich gesehen, und es stimmte mich nicht eben fröhlich.

Das Hauptquartier des Dr. Tod und seiner restlichen Mordliga lag unter einem Nebel.

Es war der Todesnebel!

Mein Magen zog sich zusammen, als ich in diese grauen Wolken starrte. Ihre Gefährlichkeit hatte ich bereits des Öfteren erlebt. Wer mit diesem Nebel in Berührung kam, dem erging es schlecht. Er wurde auf grausame Art und Weise getötet, denn der Nebel brachte es fertig, ihm das Fleisch von den Knochen zu lösen, sodass der Bedauernswerte als Skelett seinen Tod fand.

Ich starrte ihn an.

Unheimlich sahen die grauen Schwaden aus, durch die hin und wieder lange, grüne Schlieren liefen. Ich spürte die Nähe meiner Todfeinde, und mein Magen hatte sich zusammengezogen.

Aber niemand ließ sich blicken.

Weder Dr. Tod, Xorron, Vampiro-del-mar noch Lady X.

Myxin hatte meine Gedanken erraten. »Sie werden sich in der Festung befinden«, sagte er.

»Mit Kara?«

»Ich hoffe es.«

Myxin war deprimiert. Früher, als Asmodina noch

Jagd auf ihn machte, hatte ich ihn in diesem Zustand erlebt. Nach ihrem Tod war es das erste Mal, dass er so reagierte. Ich wollte irgendetwas tun und legte ihm eine Hand auf die Schulter. »Keine Sorge, wir schaffen es schon, auch in der Höhle des Löwen.«

»Hoffentlich.«

Ich kannte die Insel und wusste auch, dass sich außer den Mitgliedern der Mordliga noch andere Wesen dort aufhielten. Zombies, die zu Xorron gehörten, auf seiner Seite standen und nur seinen Befehlen gehorchten. Aber selbst von diesen Wesen sah ich nichts.

Über der Insel lag ein unsichtbarer, gefährlicher Ring der Ruhe. Eine regelrechte Schweigezone, ein lauerndes Abwarten, das wir irgendwann durchbrechen mussten.

Träge wallte der Nebel. Wellen schlugen hart gegen den Felsenstrand, in der Ferne verschwammen Meer und Horizont zu einem dunstigen Grau.

»Komm«, sagte ich leise.

»Wir können den Ring nicht durchbrechen«, sagte Myxin leise. »Du vielleicht, weil du das Kreuz hast, aber ich nicht ...«

»Wir werden uns in die Festung teleportieren.«

Myxin schaute mich nur an. Dann schluckte er. »Ja, es ist die einzige Chance.«

Als er nach meiner Hand griff, merkte ich, wie sehr seine Finger zitterten. Myxin musste Schlimmes durchmachen, die Sorge um Kara ließ ihn zu einem anderen werden.

Fast unvorstellbar, wenn ich daran dachte, dass die beiden vor langer Zeit einmal Todfeinde gewesen waren.

Aber das hatte sich in Atlantis abgespielt, vor dem Untergang des gewaltigen Kontinents.

Dann erfolgte der Sprung. Schlagartig verschwand die wildromantische Umgebung vor meinen Augen, und einen Lidschlag später befanden wir uns woanders.

Im Innern der Festung! In Dr. Tods Hauptquartier.

Als ich daran dachte, lief es mir doch kalt den Rücken hinab. Auch ich hatte Gefühle, und so einfach ging das alles nicht an mir vorbei, da war ich ehrlich genug.

Wir standen in einem langen Gang, er war kahl. Betonwände vermittelten einen bunkerähnlichen Eindruck. Hier kam niemand so leicht heraus, wenn Morasso es nicht wollte.

Ich drehte mich um und sah hinter mir das stabile Eisentor des Eingangs. Wäre der Nebel nicht gewesen, hätte ich versucht, es zu öffnen, so aber mussten wir uns auf das Innere der Festung beschränken.

Auch Myxin schaute sich um. Wir wussten nicht, wie viele Räume und Verliese es hier gab, demnach blieb uns nichts anderes übrig, als uns durchzuschlagen.

Weißes Licht strahlte von den Lampen an der Decke. Es ließ die Wände und den Boden noch glatter, unpersönlicher und auch kälter erscheinen. Wir sahen graue Türen, die von dem Gang abzweigten, die meisten waren verschlossen, und wir entdeckten plötzlich die starren Glotzaugen der Kameras.

Wir wurden überwacht!

Ich machte Myxin darauf aufmerksam. Der kleine Magier mit der grünlich schimmernden Haut schüttelte sich, als hätte er einen Guss Wasser abbekommen.

Wenn Solo Morasso wirklich vor einem Monitor saß, brauchten wir nicht mehr leise zu sein oder zu versuchen, Deckungen auszunutzen. Am Ende des Ganges befand sich eine Tür. So rasch wie möglich liefen wir darauf zu und hatten sie noch nicht erreicht, als sie von der anderen Seite aufgestoßen wurde.

Nach links und rechts spritzten wir in Deckung. Es konnte durchaus sein, dass Lady X erschien und sofort schoss.

Diese Befürchtung traf nicht ein. Aber wir sahen zwei andere Gestalten. Zombies! Sie torkelten durch die Tür, waren mit Knüppeln bewaffnet und suchten uns.

Dem einen jagte ich meinen geweihten Silberdolch genau zwischen die Rippen. Er stieß ein schreckliches Ächzen aus, wollte hochspringen, jedenfalls sah es so aus, und fiel dann zusammen.

Allmählich löste er sich auf.

Der Zweite hatte Myxin an die Wäsche gewollt. Da

kam er gerade richtig. Der kleine Magier war in einer regelrechten Zombie-Vernichtungsstimmung. Er schien unter Strom zu stehen, hatte sich fast aufgeplustert und vernichtete den lebenden Toten mit seinen aus den Händen schießenden grünen Strahlen.

Zwei Gegner weniger.

Wir sprangen über die vergehenden Gestalten hinweg und tauchten in den Gang hinter der Tür ein.

Kaum waren wir drei Schritte gelaufen, als uns eine heisere Lautsprecherstimme entgegenhallte. »Kommt nur weiter, ihr beiden. Und ich begrüße besonders dich, John Sinclair. Mit dir hätte ich nicht gerechnet, umso besser, dass du mitgekommen bist, dann können wir gleich zwei Fliegen mit einer Klappe schlagen.«

Wir waren entdeckt worden. Klar, es hatte ja nicht ausbleiben können, und Solo Morasso konnte Triumphe feiern.

Es hatte keinen Sinn, weiter durch die Gegend zu laufen, deshalb blieben wir stehen und warteten auf weitere Erläuterungen. Wir hoben unsere Köpfe an und sahen unter der Decke die Rillen eines Lautsprechers dicht neben einem Kameraauge.

»Ich freue mich, euch hier in meiner Festung begrüßen zu können, und werde euch als Gastgeber gern zu mir leiten. Folgt nur meinen Anweisungen, dann kann nichts geschehen.«

Nach diesen Worten dröhnte uns ein höhnisches Gelächter entgegen.

Es kümmerte uns nicht. In dieser Festung war Solo Morasso der große Meister. Wir konnten nichts anderes tun, als seinen Anordnungen Folge leisten.

Er dirigierte uns erst durch den Gang, und bevor wir sein Ende erreicht hatten, mussten wir stoppen.

»Geht durch die rechte Tür!«

Scharf wandten wir uns um. Eine Klinke gab es an der Tür nicht. Auch keinen anderen Griff, deshalb standen wir ziemlich ratlos davor. Das Problem löste sich sehr schnell. Auf einen Kontakt hin schob sich die graue Eisentür zur Seite, und wir hatten freien Eintritt.

Ich wusste nicht, ob es das Allerheiligste dieser Festung war, aber fast sah es mir so aus.

Dahinter lag ein Raum, der auch in einen Bond-Film früherer Art gepasst hätte.

Eine Reihe von Monitoren waren in einem Halbkreis aufgebaut worden. Die einzelnen Schirme standen auf Konsolen, auf deren Oberseite ich zahlreiche Hebel und Knöpfe entdeckte. Von hier aus konnten die verschiedensten Funktionen innerhalb der Festung ferngesteuert werden.

Obwohl der gesamte Raum nichts Übersinnliches oder Unheimliches hatte, lief es mir doch kalt den Rücken hinab, als ich mich so umschaute. Vor allen Dingen entdeckte ich auch die zweite Tür, die in einen anderen Raum führte.

Einen Ausschnitt konnte ich erkennen. Wenn mich nicht alles täuschte, gab es dort ein Wasserbecken, ähnlich einem Pool.

Ich dachte an meine Waffen. Kreuz, Beretta und Dolch. Auch die magische Kreide steckte in meiner Tasche, mehr hatte ich nicht.

Und Myxin war nur auf sich selbst und seine magischen Kräfte angewiesen, die er einsetzen konnte.

Würde es reichen?

»Was steht ihr da herum?«, höhnte Dr. Tod. »Los, kommt!« Diesmal sprach er nicht über Lautsprecher, er hielt sich im Nebenraum auf.

An den Monitoren gingen wir vorbei. Von dort aus waren es nur wenige Schritte bis zum Durchlass.

Wir übertraten die Schwelle und blieben dicht dahinter wie angewurzelt stehen.

Man erwartete uns.

Und Dr. Tod hatte alles aufgeboten, was in seiner Mordliga noch Rang und Namen hatte ...

»Herzlich willkommen«, sagte er mit beißendem Spott und deutete selbst eine Verbeugung an ...

Da standen sie nun!

Ganz links Xorron, der Herr der Zombies und Ghouls. Eine unheimliche Gestalt mit einer milchigen Haut, durch die dunklere Knochen schimmerten.

Xorron hielt keine Waffe in den Klauen, aber er selbst war Waffe genug.

Nicht weit entfernt und am Rand eines viereckigen Pools hielt sich Vampiro-del-mar auf. Ein uralter Vampir und Herrscher über die legendären roten Vampire, die ich ebenfalls kennen gelernt hatte. Vampiro-del-mar war eine Gestalt des Schreckens. Eingehüllt in Lumpen und nach Moder und Grab stinkend. Sein Gesicht zeigte Pusteln und Beulen, das Haar war verfilzt, wie ein Netz hing es zu beiden Seiten seines gewaltigen Schädels nach unten. Am gefährlichsten waren seine beiden Vampirzähne. Noch nie im Leben hatte ich so lange Hauer gesehen, die mich schon an die eines Säbelzahntigers erinnerten.

Wieder ein Stück weiter stand Lady X.

Eine Frau wie ein Eisblock. Bleich das Gesicht, von einer maskenhaften Starre. Wie immer war sie in Leder gekleidet und hielt ihre Maschinenpistole fest. Sie selbst hatte Lupina, die Königin der Wölfe, getötet, weil die Räson der Mordliga es so verlangte. Die ehemalige Terroristin und jetzige Vampirin hatte sich voll auf die Seite Solo Morassos geschlagen.

Dr. Tod selbst sah aus wie immer. Grau der Anzug und fast grau auch die Haut seines starren Gesichts, in dem sich so gut wie nichts bewegte.

Ein Typ wie ein Eisblock. Kalt, brutal, unnahbar!

Dr. Tod wollte das Grauen, wollte die Macht, wollte herrschen. Trotz zahlreicher Rückschläge hatte er nie aufgegeben und würde auch nicht aufgeben, denn es war ihm gelungen, abermals einen heißen Trumpf in seine Hände zu bekommen.

Kara, die Schöne aus dem Totenreich!

Sie lebte noch, aber es sah so aus, als hätte sie keine Chance mehr, den nächsten Tag zu erleben. Man hatte sie über das Becken gehängt. Eine Schlinge war unter ihren Achseln durchgezogen worden und hielt sie fest. Ihre

Füße schwebten dicht über der Wasseroberfläche, und was ich innerhalb des Pools sah, war nicht dazu angetan, meinen Optimismus zu steigern.

Fische tummelten sich im Becken.

Kleine, silbrig schimmernde Jäger. Gefährliche Beißer und Nager, die ihre Heimat in den tropischen Gewässern des südamerikanischen Kontinents hatten.

Piranhas!

Und ich brauchte nur auf Kara zu schauen, um zu wissen, was Dr. Tod mit ihr vorhatte.

Myxin hatte dies natürlich auch bemerkt. Ich hörte ihn aufstöhnen. Er konnte sich kaum noch bezähmen.

Unsere Chancen standen nicht nur schlecht, sie waren sogar mehr als mies. Es schockte mich nicht einmal, dass die Mündung der Maschinenpistole auf mich zielte, ich hatte nur Blicke für Dr. Tod und Kara. Morasso stand nahe dem Gerüst, an dem die Schöne aus dem Totenreich hing. Es kostete ihn nur eine Handbewegung, dann konnte er den teuflischen Mechanismus in Gang setzen.

Noch genossen unsere Gegner den Schreck, der uns in den Klauen hielt. Sie lächelten spöttisch, bis auf Xorron und Vampiro-del-mar. In Xorrons Gesicht rührte sich nichts, während der Supervampir seine Zähne zeigte.

Da uns niemand aufgefordert hatte, stehen zu bleiben, gingen wir einfach weiter, bis wir den Rand des Beckens erreicht hatten und Solo Morasso ein »Stopp« schrie.

Wir standen still.

»Es ist noch gar nicht so lange her, dass wir uns gegenübergestanden haben, Geisterjäger«, sagte Morasso. »Erinnerst du dich? Vor den Stufen des Throns, auf dem der Spuk seinen Platz hat. Damals wolltest du mir den Nagel zwischen die Augen rammen, doch das hat nicht geklappt, denn Xorron rettete mich im letzten Augenblick.«

O ja, ich erinnerte mich nur zu gut an die verdammte Szene. Fast hätte ich Morasso gehabt. So nahe wie nie war ich an ihn herangekommen. Im Vorhof der Hölle hatte ich mich mit fast der gesamten Mordliga auseinandergesetzt. Als ich glaubte, auf der Siegerstraße zu sein, hatte Xorron zugeschlagen. Dabei verlor ich noch den Nagel, er war im Vorhof der Hölle zurückgeblieben.

Diesmal stand ich Morasso wieder gegenüber. Allerdings unter veränderten Vorzeichen.

Heute war er am Drücker.

Er verließ sich dabei auf seine mächtige Waffe, den Würfel des Unheils. Er hatte sich mal in meinen Händen befunden. Wenn ich ihn zurückbekam, ging es mir besser, aber danach sah es nicht aus. Obwohl uns nur wenige Yards trennten, war der Würfel so weit entfernt, als lägen Meilen dazwischen.

Es bereitete Dr. Tod Spaß, mir wieder einmal seine Macht zu beweisen. Er behielt den Würfel in seiner Hand und holte mit der anderen aus einem Eimer einen Fleischbrocken.

Im hohen Bogen schleuderte er ihn in das Wasser. Kaum hatte er die Oberfläche durchbrochen, als die silbrig schimmernden Piranhas in Rage gerieten.

Wie gierige Teufel stürzten sie sich auf den Brocken und zerrissen ihn.Das Wasser färbte sich blutig, und auf der Oberfläche quirlte rosafarbener Schaum.

Nur Knochen ließen die Piranhas übrig. Mit dieser Demonstration hatte uns Morasso bewiesen, welches Schicksal uns bevorstand. Ich musste ehrlich zugeben, dass mir verdammt flau im Magen wurde. Gegen Dämonen konnte ich kämpfen, gegen Piranhas nicht.

Dr. Tod sonnte sich in seinem Erfolg. Die Vorstellung hatte ihm gefallen, und er rieb sich die Hände. »Ihr könnt wählen. Wer von euch will zuerst springen?«

Natürlich gaben wir ihm keine Antwort. Myxin starrte nur seine Kara an, ich blickte auf das Wasser, in dem sich die teuflischen Fische tummelten.

Was nutzte mir mein Kreuz?

Nichts, ich stand von meinen Gegnern zu weit entfernt. Wenn ich es schleuderte, schoss Lady X. Sie brauchte nur über das Becken zu halten, und die Garbe würde mich von den Beinen fegen.

Die Zwickmühle, in der Myxin und ich steckten, war perfekt. Die Falle war zugeschlagen.

»Wir können es auch anders lösen«, sagte Dr. Tod. »Ich brauche nur die Winde nach unten zu lassen, dann verschwindet eure Kara im Becken. Und das geht langsam. Zuerst tauchen die Füße ein, dann die Beine, danach die Knie ...«

»Hören Sie auf!«, rief Myxin.

Morasso lachte. »Willst du springen?«

Der kleine Magier zögerte mit der Antwort.

Ich hielt die Luft an und war gespannt, wie er auf Dr. Tods Forderung reagieren würde. Hatte Myxin die Nerven, das alles durchzustehen?

Ein wenig drehte er den Kopf nach links, um Solo Morasso anschauen zu können. »Ja«, sagte er, »ich werde springen, aber dann lass sie frei. Kara hat dir nichts getan!«

Schweigen.

Selbst Morasso schien über Myxins Entschluss regelrecht geschockt zu sein. Er räusperte sich ein paar Mal und blickte auf die in der Schlinge hängende Kara.

Trotz der Angst, mit der sie sicherlich zu kämpfen hatte, waren ihr die Worte nicht entgangen. Vor allen Dingen nicht die letzten, die Myxin gesprochen hatte.

»Nein!«, schrie sie laut, dass ihre Stimme fast überkippte. »Das kannst du nicht tun! Er wird nie auf dein Angebot eingehen. Ich kenne ihn. Er ist ein Lügner, ein Bastard ...«

»Halte den Mund, verdammt!« Morasso zuckte zusammen. Er stellte den Würfel des Unheils ab, und seine Hand näherte sich dem Griff, der die Winde in Bewegung setzte.

Sollte er jetzt sein Versprechen in die Tat umsetzen ...? Ich hielt den Atem an.

Zum Glück rettete Myxin die Situation. »Lass es!«, rief er scharf. »Ich habe mich entschlossen zu springen und werde diesen Entschluss auch durchführen!«

»Ja, das ist gut.« Morasso zog den Arm wieder an. Er blickte dem Magier entgegen, der, ohne mich noch einmal anzusehen, vorschritt. Ich wollte ihn zurückhalten, meine Kehle war plötzlich wie zugeschnürt. In Schweiß gebadet war ich. Ein kaltes Rinnsal lief über meinen Rücken.

Ich hörte Kara schluchzen und starrte auf Myxins Rücken, der mir seltsam durchgedrückt erschien. Es lag an der steifen Haltung, die er während des Gehens eingenommen hatte.

Noch einen Schritt, und er stand dicht am Beckenrand. Dort blieb er stehen.

Vor und unter ihm gurgelte das Wasser. Die Fische waren wie aufgedreht. Sie spielten regelrecht verrückt, als schienen sie zu ahnen, dass es bald neues Futter für sie gab.

Solo Morasso streckte seinen Arm aus. Der Zeigefinger wies auf den kleinen Magier.

Lady X spannte ihren Körper. Das Gesicht veränderte sich. Es nahm einen verzerrten Ausdruck an, als sie die Lippen zurückschob und ihre beiden Vampirzähne zeigte.

Nur Vampiro-del-mar und Xorron blieben ruhig. Irgendwie teilnahmslos schauten sie über das Wasser, aber ich wusste, dass sie jede Kleinigkeit registrierten.

Würde Myxin springen?

Alles deutete darauf hin. Der kleine Magier hatte keine Chance gesehen, er wollte sich für Kara opfern.

Als ich daran dachte, begann mein Herz noch schneller zu schlagen, und die Kehle schien mir von unsichtbaren Händen zugeschnürt zu werden.

»Es hat keinen Sinn, noch zu zögern. Spring, du verdammter Zwerg!«, schrie Dr. Tod. »Dann hast du es hinter dir!«

Myxin nickte. Ich sah, wie sich sein Kopf ruckend bewegte. Danach hob er die Arme, wie jemand, der sich mit einem Kopfsprung in die Fluten stürzen wollte.

Im nächsten Augenblick stieß Myxin einen wilden Schrei aus und drückte sich ab …

Ich hatte damit gerechnet, dass der kleine Magier springen würde, aber nicht so, wie er es tat.

Myxin warf sich nicht auf das tödliche Wasser zu, sondern in die entgegengesetzte Richtung. Nach hinten und gleichzeitig zur Seite.

Die Hände hielt er hoch, dabei leicht gebogen und die Finger gespreizt. Sie zeigten in verschiedene Richtungen, und das wollte der kleine Magier auch.

Aus der linken Hand zuckte ein hellgrüner Blitzstrahl, der genau auf Lady X gezielt war und sie auch traf.

Aus der rechten Hand wischte ebenfalls ein Strahl. Er hieb in den Körper von Dr. Tod, der davon völlig überrascht wurde und die Übersicht verlor.

»Johnnn!«

Es war ein wilder auffordernder Kampfschrei, den Myxin ausstieß, aber er hätte ihn sich sparen können. Ich wusste auch so, worauf es ankam.

Lady X hatte ich fallen sehen. Ich wusste nicht, wie schwer sie getroffen und ob es ihr gelungen war, den Magiestoß auszugleichen, mich interessierten nur Kara und Dr. Tod.

Auch Xorron und Vampiro-del-mar starteten. Beide ohne einen ausdrücklichen Befehl, denn sie sahen, was sich hier abspielte und dass sich das Blatt langsam wendete.

Da ich um das Schwimmbecken herum musste, verlor ich wertvolle Sekunden. Zeit, die Morasso nutzen konnte. Er kam auch wieder auf die Beine, wobei er nach dem Würfel des Unheils greifen wollte.

Ich hatte die Beretta gezogen, feuerte im Laufen und drückte mir selbst die Daumen, dass ich das Ziel nicht verfehlte.

Das Krachen meiner Beretta war lauter als Morassos Schreie. Er war schon wieder so weit, dass seine Hände den Würfel berührten, als die ersten beiden Geschosse dicht neben dem Würfel auf die Fliesen klatschten und als Querschläger davonheulten.

Das dritte Geschoss traf den Würfel.

Er hieb genau in eine Seite hinein, und ein Blitzstrahl löste sich, der in die Decke fuhr, wo er einen regelrechten Riss hinterließ.

Morasso zuckte zurück. Er öffnete dabei den Mund und heulte wie eine Sirene.

Wieder feuerte ich. Diesmal jedoch zu überhastet. Ich

traf weder den Würfel noch Solo Morasso. Das Geschoss wurde an einer Wand platt gedrückt.

Eine Ecke des Beckens übersprang ich, schwebte für den Bruchteil einer Sekunde über dem Wasser, kam wieder auf den Fliesen am Rand auf und wäre fast in einer Wasserlache ausgerutscht und hingefallen.

»John!«

Kara schrie in höchster Not.

Als ich herumfuhr, sah ich den Grund. Dr. Tod hatte sich halb aufgerichtet und hechtete auf den Hebel zu, um ihn herumzulegen ..

Morasso schaute genau in den Mündungsblitz.

In geduckter Stellung stand ich da und hatte geschossen. Diesmal fehlte ich nicht, und ich sah noch sein wie im Wahnsinn verzerrtes Gesicht, bevor das silberne Geschoss in seinen Schädel hieb.

Ein mörderischer Schlag traf ihn. Morasso riss die Arme hoch, die Finger hatten den Hebel nicht mehr berührt, denn meine Kugel war schneller gewesen.

Die Winde mit dem Flaschenzug befand sich dicht am Boden. Auch Dr. Tod hatte sich dort zwangsläufig aufhalten müssen, nun erhielt er die Quittung.

Meine Kugel stieß ihn zurück.

Er wollte sich trotz des Kopftreffers abstützen, aber er schaffte es nicht mehr. In einer letzten verzweifelten Bewegung riss er den Würfel des Unheils an sich, und mit ihm zusammen verschwand er in dem mit Piranhas gefüllten Becken.

Fast stockte mir der Herzschlag.

Dann waren die Tiere zur Stelle. Das Wasser gischtete, schäumte, brodelte – und ich hörte einen wilden, mächtigen Schrei.

Es riss mich herum.

Xorron hatte ihn ausgestoßen.

Der weiß schimmernde Körper des Monstrums befand sich in Bewegung. Mit Riesenschritten hatte Xorron den Beckenrand erreicht und stürzte sich in die Fluten.

Wie schon damals im Vorhof zur Hölle, wollte er auch hier seinen Herrn und Meister retten.

Gelang es ihm?

Ich konnte es nicht sagen und mich auch nicht darauf konzentrieren, denn ich musste mich um Kara kümmern, die ihre Beine angezogen hatte, weil unter ihr das Wasser hoch aufgischtete. Mit einer Hand hielt ich mich an der Winde fest, mit der anderen bekam ich Kara zu fassen und zog sie an den Beckenrand heran. Mit zitternden Händen löste ich das Seil.

Kara war so erschöpft, dass sie nicht stehen konnte. Sie brach zusammen.

Ich aber huschte weiter. Dr. Tod brauchte ich nicht mehr zu fürchten, aber die anderen, und ich sah Lady X, wie sie um sich schlug und Myxin, den Magier, aus dem Weg räumte …

Mit diesem unheimlich harten Energiestoß hatte Lady X nicht gerechnet. Dem gezackten Blitz konnte sie nicht mehr ausweichen. Er traf sie voll und schmetterte sie zu Boden.

Sie fühlte die Schwäche, die von ihrem Körper Besitz ergriff, und wusste, dass sie es nur ihrer Stärke zu verdanken hatte, dass sie nicht getötet worden war wie ein normaler Zombie.

Trotzdem war es hart. Sie lag am Boden und krümmte sich. Wie ein letzter Rettungsanker hielten ihre Finger noch die Maschinenpistole umklammert, und sie hörte die Schüsse einer Pistole wie durch eine Watteschicht gedämpft.

Sinclair hatte gefeuert!

Er und Myxin hatten sie reingelegt. Eine ungeheure Wut kochte in ihr hoch. Diese Wut und der Hass überwanden die Schwäche gemeinsam. Lady X rollte sich herum und setzte sich aufrecht.

Da hechtete Xorron an ihr vorbei ins Wasser. Die Vampirin riss die Augen auf. Freiwillig war das Monstrum bestimmt nicht in das Becken mit den Killerfischen gesprungen, da musste etwas anderes dahinter stecken. Xorron wühlte durch die Fluten. Auch er wurde angegriffen, doch die scharfen Zähne dieser Nager konnten seiner Haut nichts anhaben. Sie war resistent gegen die Angriffe.

Xorron bewegte sich wie eine Maschine. Und dann erkannte Lady X mit Schrecken das Ziel. Es war Solo Morasso.

Nicht Myxin wurde von den Piranhas zerfleischt, sondern ihr Boss, Dr. Tod!

Er kämpfte, schlug um sich, versuchte die gefräßigen Tiere abzuwehren, doch das schaffte er nicht. Das Schicksal, das er seinen Feinden zugedacht hatte, traf nun ihn.

Lady X sah eine Hand aus dem Wasser ragen. Drei Fische hatten sich daran verbissen und nagten mit rasender Geschwindigkeit das Fleisch von den Knochen.

Im nächsten Augenblick hatte Xorron seinen verzweifelt kämpfenden Boss erreicht. Ob er noch etwas retten konnte, sah Lady X nicht, denn Myxin war plötzlich da.

Sein Anblick trieb die Vampirin noch einmal in die Höhe. Sie stürzte auf den kleinen Magier zu, der diesmal nicht schnell genug reagierte und zu Boden geschmettert wurde, bevor die Blitze seine Hände verlassen konnten.

Die ehemalige Terroristin packte die Maschinenpistole und richtete die Mündung auf den kleinen Magier.

Das sah ich.

Ich weiß auch nicht, warum ich geschrien habe, vielleicht war es die ungeheure Anspannung, jedenfalls war der Schrei ein großer Fehler. Lady X hörte ihn und sprang zur Seite, sodass meine beiden schnell geschossenen Silberkugeln sie verfehlten.

Haken wie ein Hase schlug sie plötzlich, rannte weg und floh durch die noch immer offen stehende Tür in den Nebenraum.

Ich aber wurde von Vampiro-del-mar angegriffen. Er kam wie ein Berserker von der Seite her. Grollend stürzte er sich auf mich. Ich sprang zurück, hob gedankenschnell mein Kreuz an und stieß es ihm entgegen.

Vampiro-del-mar stoppte. Er riss die Arme vor sein Gesicht, ich setzte nach, sprang dabei über den am Boden liegenden Myxin hinweg, aber der Super-Vampir war schneller. Vor allen Dingen hörte er die Stimme der Scott.

»Weg hier!«

Trotz meines Kreuzes hätte mich Vampiro-del-mar angesprungen, so aber machte er kehrt und rannte gedankenschnell davon, wobei er sich duckte, um so wenig Ziel wie möglich zu bieten.

Weshalb hatte die Scott geschrien? Verdammt, es war doch nicht alles verloren.

Sie musste einen Grund gehabt haben, und den erfuhren wir sehr bald. Ein dumpfes Grollen war unter unseren Füßen zu hören und pflanzte sich immer weiter fort.

Die Erde bebte.

Aber kein normales Erdbeben, das war künstlich ausgelöst worden, und ich glaubte auch die Ursache zu ahnen.

Explosionen!

Lady X sprengte die Stellung in die Luft. Sie hatte gesehen, wie Dr. Tod zerfleischt worden war, jetzt kannte sie keine Rücksicht.

Ich riss Myxin hoch. »Wir müssen verschwinden!«, schrie ich. »Los, es darf keine Sekunde ...«

Der kleine Magier ließ mich nicht erst ausreden. Noch nie habe ich ihn so schnell rennen sehen. Im Lauf riss er noch Karas Schwert an sich, lief auf seine Kampfgefährtin zu, packte sie, während eine zweite Explosion sogar die Betonwände erschütterte und sie allmählich zermürbte.

Für uns wurde es höchste Eisenbahn.

Zwei Herzschläge später stand auch ich bei Myxin und Kara. Wir mussten den Sprung schaffen.

Als letzten Eindruck erhaschte ich noch einen Blick auf das Becken. Soeben tauchte Xorron auf.

Er hielt eine halbzerfressene Gestalt in den Armen, die schrecklich aussah.

Dr. Tod!

Dann verschwand die Welt um uns herum ...

Wir tauchten genau dort wieder auf, wo wir verschwunden waren, und machten das Chaos noch perfekter.

Eine Frau fiel in Ohnmacht, als sie uns aus dem Nichts erscheinen sah, zwei Polizisten drehten fast durch, und nur mit Mühe gelang es Suko, sie zu beruhigen.

Auch mein Ausweis half mit.

Mein Freund schüttelte den Kopf. »Seid ihr es wirklich?«, fragte er.

»Keine Angst, wir sind es.«

»Und wie war der Ausflug?«

»Sehr nett. Er hat uns nach Feuerland geführt, dort haben wir zwei Zombies erledigt, Kara befreit, Dr. Tod endgültig zu seinen Ahnen geschickt, die Festung in die Luft gesprengt …«

»Moment, Moment, wie war das?«

Ich lachte. »Weißt du was, Suko? Was wir erlebt haben, glaubt uns kein Mensch. Ich erzähle es dir trotzdem, aber später. Okay?«

»Und so etwas will ein Freund sein«, beschwerte sich der Chinese …

ENDE

Dr. Tods Rache

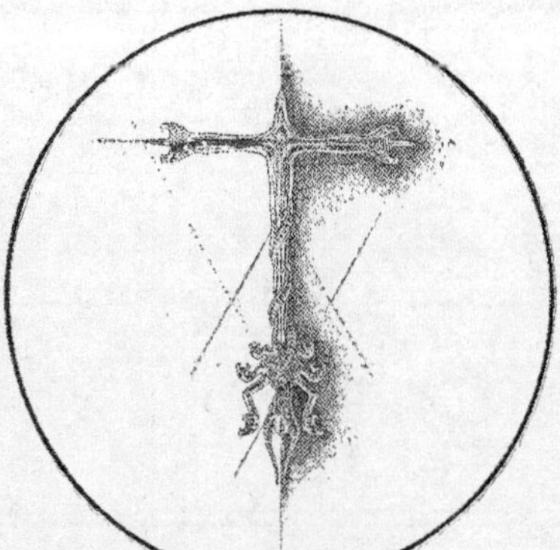

Die Insel erzitterte!

Zuerst war es nur ein dumpfes, rollendes Grollen aus dem Innern der Erde. Vergleichbar mit einem gewaltigen Räuspern oder Atemholen vor dem großen Knall.

Und der kam.

Mit der Wucht von Titanenfäusten wurde das Betondach des Bunkers in die Höhe geschleudert. Es schien in die grauen Wolken hineinrasen zu wollen, zerbarst dann in zahlreiche Teile, die raketenartig durch die Luft pfiffen und mit tödlicher Wucht über die Insel geschleudert wurden, bis sie zwischen die Felsen krachten oder im Meer versanken.

Dem Dach folgte das Feuer. Eine explodierende fauchende Flammenwand, die aus der Öffnung stieg. Eine mörderische Lohe, die alles, was sich in ihrer unmittelbaren Nähe befand, vernichtete, auffraß, zerstörte ...

Es war ein gieriges Feuer, das aus dem gewaltigen Krater schlug, wo sich einmal die unterirdische Bunkerfestung befunden hatte. Und noch immer erschütterten Explosionen das, was ein Mann namens Dr. Tod in mühevoller Arbeit aufgebaut hatte.

Innerhalb von Minuten wurde es zerstört.

Glühende Steine, schmelzendes Metall, Asche, Holz, Trümmer – das alles schoss aus dem Krater hervor, den die Explosionen gerissen hatten. Es verteilte sich über die Insel und weckte auch die auf, die bisher in versteckt liegenden Höhlen geschlafen und die Dunkelheit abgewartet hatten.

Es waren die roten Vampire!

Sie wussten nicht, was geschehen war. Bei Tageslicht trauten sie sich nicht aus den Höhlen, und so warteten sie ab, bis die Dunkelheit über das Land fallen würde.

Eine Explosion folgte der anderen. Krachende Donnerschläge, die weit über das Wasser hallten und sich in der Ferne verloren. Das Feuer und vor allen Dingen der Rauchpilz, der eine seltsame Form annahm, schwebten über der kleinen Insel. Oben fächerte er mehr auseinander, wurde an seiner höchsten Stelle abgerundet und zeigte plötzlich die Umrisse eines Totenschädels.

Es konnte auch Zufall sein, dass der Rauch sich so zusammengeformt hatte, und als ein Windstoß in den Schädel hineinfuhr, da zerflatterte er.

Das Eiland des Todes lag nur noch unter dem normalen Rauchschleier, der träge in die Höhe stieg und vom Wind erfasst wurde. Von Südwesten trieben dicke Wolkenbänke heran. Mit ihnen vermischte sich der Rauch sehr schnell.

Eine tote Insel?

Im ersten Augenblick hatte es den Anschein. Doch nicht alles, was so tot wirkte, das war auch tot. Menschen überlebten solche Katastrophen nicht, Dämonen waren da aus anderem Holz geschnitzt.

Sie selbst hatten die Insel in die Luft gejagt, weil sie keine andere Chance sahen, aber damit stand noch längst nicht fest, dass sie sich selbst auch vernichteten.

Im Gegenteil ...

Ich musste erst einmal tief Luft holen und fing mir einen schrägen Blick meines Freundes Suko ein. »Was hast du, John?«

»Stimmt es wirklich?«

»Was?«

»Dass es Dr. Tod nicht mehr gibt. Dass wir ihn endgültig vernichtet haben?«

»Wer kann das schon genau wissen?«

»Ich nicht, aber du, wenn ich deinen Erzählungen glauben kann.«

Ich ließ mich auf dem Stuhl zurücksinken, wobei meine Arme rechts und links nach unten baumelten. »Ja, Suko, wir haben es geschafft. Stell dir vor, ich war noch vor einer Stunde in Feuerland.«

»Übertreibe mal nicht. Drei Stunden ist es mindestens schon her.«

»Meinetwegen. Aber Feuerland, fast schon Südpol ...«

»Jetzt übertreibst du wieder.«

Ich beugte mich vor und schlug mit der flachen Hand auf den Tisch. »Dass ich Dr. Tod eine Silberkugel in seinen

Schädel gejagt habe und er anschließend in das mit Piranhas gefüllte Becken fiel, ist keine Übertreibung.«

»Du musst es wissen.« Suko grinste. »Schließlich warst du dabei und nicht ich.«

»Genau.«

»Hast du denn seine Leiche gesehen?«, wollte Suko wissen. »Ich meine, direkt ...«

Ich schüttelte den Kopf und nickte fast gleichzeitig. Eine Bejeinung, wie Suko feststellte. »Also nicht.«

»Doch.«

Mein Freund hob die Schultern und griff zu einem Teeglas, während ich aufstand, zum Fenster wanderte und nach draußen schaute, wo sich der Abend über London senkte und die ersten Lichter aufstrahlten. Ich war innerlich ungemein aufgedreht, die letzten Ereignisse hatten mir alles abgefordert, und ich war davon auch überrascht worden.

Solo Morasso tot!

Das war ein Ding. Unglaublich, durch meine Kugel gestorben, möglicherweise. Ich konnte es noch nicht fassen. Was hatte Morasso nicht alles überlebt, die Hölle, im wahrsten Sinne des Wortes. Er hatte die Teufelstochter erledigt, und nun hatte ihn mein geweihtes Silbergeschoss in ein Becken mit mordgierigen Piranhas geschleudert. Ich sah noch genau das Bild vor mir, wie Xorron, der noch versucht hatte, seinen Herrn zu retten, zusammen mit Solo Morasso wieder auftauchte und wie Dr. Tods Hand aus dem Wasser ragte.

Zerfressen von den Fischen, nur aus Knochen bestehend.

Ein scheußliches Bild.

Vielleicht das Letzte, das ich von Dr. Tod gesehen hatte?

Ich wusste es nicht und wollte auch nicht näher darüber nachdenken, wenigstens jetzt nicht.

Aber die Unruhe blieb. Ich konnte mich einfach auf nichts anderes mehr konzentrieren, drehte mich um, und Suko schaute in mein von Sorgenfalten gezeichnetes Gesicht.

»Dir geht es an die Nieren, wie?«

Ich lachte hart auf, während ich mich auf einen Stuhl fallen ließ. »Da sagst du was.«

»Rechne einfach damit, dass er endgültig vernichtet ist, John.«

»Das kann ich nicht.« Ich schüttelte den Kopf. »Nein, das ist mir unmöglich. Du kennst ihn nicht so lange wie ich, Suko. Ich habe ihn vor Jahren schon erlebt. Der hat das Feuer überstanden, und seine Seele ist in den Körper eines anderen gelangt.«

»Rechnest du mit einer Wiederholung?«

Ich hob die Schultern. »Keine Ahnung. Allerdings will ich daran nicht so recht glauben, denn dass der Spuk seine Seele auf Asmodinas Drängen hin freigegeben hat, war die große Ausnahme. Ich glaube nicht daran, dass er ein zweites Mal seine Prinzipien umwirft. Sollte Solo Morassos Seele in sein Reich eingegangen sein, dann wird sie auch dort bleiben. Und zwar für immer.«

»Du hast eine gute Meinung vom Spuk.«

»Das hat mit guter Meinung nichts zu tun. Es sind einfach die Regeln, die dort herrschen.«

»Und jetzt? Du willst doch nicht etwa in dieser Ungewissheit weiterleben?«

»Nein.«

»Dann müsstest du noch einmal auf die Insel.«

»Darauf wollte ich hinaus.«

Suko hob die Schultern. »Sie wird zerstört sein, nehme ich an. Oder bist du anderer Meinung?«

»Kaum. Nur ist Lady X rechtzeitig die Flucht gelungen. Sie hat Vampiro-del-mar mitgenommen, und Xorron übersteht so etwas. Dem macht doch Feuer nichts aus. Zudem darfst du eins nicht vergessen. Als Solo Morasso in das Becken geschleudert wurde, da hat er es tatsächlich geschafft, den Würfel des Unheils an sich zu reißen. Er hat ihn also mitgenommen, und ich konnte in den Mond schauen.«

»Wenn Morasso tatsächlich erledigt ist, wird ihm der verdammte Würfel auch nicht viel helfen.«

»Das stimmt schon. Nur könnte Xorron ihn gerettet

haben, das darfst du nicht vergessen. Und wenn Lady X auch entkommen ist, hat sie doch die Waffe.«

»Ja, wenn man von diesen Überlegungen ausgeht, hast du Recht, John.«

Ich drückte mich aus dem Stuhl hoch und ging in das verlassene Vorzimmer. Glenda hatte längst Feierabend gemacht. Die Kaffeemaschine kam mir verwaist vor.

Ein Rest befand sich noch darin. Ich trank ihn kalt, weil ich einen schlechten Geschmack im Mund spürte. Mit der leeren Kaffeetasse kehrte ich zurück.

»Und an Alassia denkst du überhaupt nicht?«, fragte Suko, als ich über die Schwelle trat.

»Nein, die habe ich erst einmal aus meinen Gedanken verbannt. Sie hat die Flucht in ihre Welt angetreten.«

»Nimm das nicht so leicht. Mit der kann uns noch eine gefährliche Gegnerin heranwachsen«, warnte Suko.

»Möglich. Aber im Moment habe ich andere Sorgen. Dass auch Myxin und Kara nicht hier sind, ärgert mich. Die beiden müsste das alles auch interessieren.«

»Du weißt, was Kara hinter sich hat«, ergriff Suko für die Schöne aus dem Totenreich Partei, »das ist alles nicht so leicht zu verkraften.«

»Stimmt auch.«

»Da scheint uns nichts anderes übrig zu bleiben, als zu warten, bis sich irgendetwas tut.«

»Mensch, du hast Nerven.«

»Sag mir eine andere Lösung.«

»Ich weiß keine.«

»Eben.«

Ich griff zu den Zigaretten und steckte mir ein Stäbchen zwischen die Lippen. Über die Flamme des Feuerzeugs starrte ich auf die Schreibtischplatte. Eigentlich hätten wir schon zu Hause sein müssen, aber wir kriegten einfach nicht die Kurve. Vielleicht spürten wir, dass etwas in der Luft lag, allerdings wussten weder Suko noch ich etwas Konkretes, deshalb schwiegen wir lieber.

Als ich den ersten Zug aus dem Glimmstängel nahm und den Rauch wieder ausatmete, geschah es. Im Vorzimmer fiel etwas um.

Sofort spritzte Suko hoch, doch er brauchte nicht hinzulaufen, ein alter Bekannter erschien auf der Türschwelle. Myxin!

»Mensch, du!«, stöhnte ich und war gleichzeitig erleichtert.

Der kleine Magier lächelte. »Ich wusste doch, dass ihr beide Sehnsucht nach mir hattet.«

Ich lächelte. »Ist zwar ein wenig übertrieben ausgedrückt, aber im Prinzip trifft es den Kern schon. Weshalb bist du gekommen?«

»Unter anderem wollte ich dir gratulieren.«

»Wozu?«

»Du hast doch Solo Morasso erledigt. Was dir bei Asmodina nicht gelungen ist, konntest du bei Morasso ausgleichen.«

Ich winkte ab. »Mach's halblang, so schlimm ist es nicht, wie du es darstellst.«

»Verstehe ich nicht.«

»Ehrlich gesagt, Myxin, es fällt mir schwer, an Dr. Tods endgültige Vernichtung zu glauben. Das wollte ich dir sagen.«

»Wundert mich. Du bist doch sonst nicht so pessimistisch.«

»Aber in diesem Fall hat es seine Berechtigung Ich kenne ihn und weiß, zu was er fähig ist.«

Myxin nahm auf der Schreibtischkante Platz. Sein grünlich schimmerndes, etwas flach wirkendes Gesicht zeigte ein Lächeln. »So völlig hast du da nicht unrecht.«

»Aha, auch du hast ein schlechtes Gewissen.«

»Das eigentlich nicht. Nur hätte auch ich mich gern davon überzeugt, ob es stimmt.«

»Bist du deshalb gekommen?«

»Ja.«

»Okay, dann teleportiere uns hin.«

»Will Suko auch mit?« Der kleine Magier drehte sich zu meinem Freund um.

»Und wie!«

»Willst du noch Waffen mitnehmen?«, wandte sich Myxin wieder an mich.

»Der Bumerang könnte nicht schaden.«

»Okay, dann nimm ihn.«

Ich musste ihn aus dem Einsatzkoffer holen, der im Wagen lag. Mit dem Fahrstuhl fuhr ich nach unten. Der Bentley stand auf dem Parkplatz, nicht weit von einem Baugerüst entfernt, denn bei uns wurde umgebaut. Es hatte einen fürchterlichen Dreck gegeben. Auf dem Wagen lag eine helle Schicht. Da die Luft schwül und feucht war, klebte der Dreck wie ein Schmierfilm auf dem Dach.

Mit dem Bumerang kehrte ich zurück und hörte noch, wie Suko sagte: »Also, deine Fähigkeiten möchte ich auch besitzen, Myxin.«

»Dafür kannst du etwas anderes.«

»Was denn?«

»Karate!«

»Das eine hebt das andere aber nicht auf.«

»Streitet euch nicht, Kinder. Ich möchte auch so vieles können, und es ist nicht möglich. Los, wir werden die Sache schon schaukeln. Feuerland wartet.«

Myxin fasste uns an. Dann konzentrierte er sich. Sein Gesicht wurde straff, die Haut an den Wangen zuckte noch einmal, und im nächsten Augenblick waren wir drei verschwunden …

Die Wolken waren näher gekommen. Eine gewisse Düsternis lag über der Insel und einem großen Teil des Meeres. Der Wind hatte aufgefrischt. Kalt und scharf fuhr er über das kleine Eiland, während er die graugrünen Wogen zu gewaltigen Bergen auftürmte, um sie gegen die Insel zu schleudern.

Es war ein Wetter, das in diese windige Ecke der Welt passte und auch die Stimmung wiedergab, die über dem Eiland lag.

Rauch und Trümmer!

Diese einfache Beschreibung traf genau den Kern der Sache. Von dem gewaltigen unterirdischen Bunker war so gut wie nichts mehr zurückgeblieben. Die Explosionen hatten selbst die starken Betonfundamente und Wände zerrissen.

Die Trümmer waren himmelhoch geschleudert worden und lagen überall verteilt. Dazwischen schimmerten metallene Teile. Kabel, elektrische Anlagen, Steuerpulte, Monitore, alles war ein Opfer des Chaos geworden.

Wo der Bunker gestanden hatte, erinnerte jetzt nur noch ein Krater an seine Existenz. Gewaltig in seinen Ausmaßen, mit eingerissenen gezackten Rändern. Auf dem Grund des Kraters schimmerte Wasser. Dazwischen lagen die verkohlten und verglühten Teile der technischen Anlage, und von den Rändern stiegen dünne, giftige Rauchwolken zitternd in die Höhe.

Eine tote Insel, vom ersten Eindruck her. Doch wer näher hinschaute, der entdeckte, dass es auch Menschen erwischt hatte. Allerdings Menschen, die im eigentlichen Sinne keine waren, sondern nur noch so aussahen. Man konnte sie auch anders bezeichnen.

Zombies!

Sie gehörten zu Xorron, ihrem Herrn und Meister. Seinem Kommando gehorchten sie, doch sie hatten nicht die Widerstandsfähigkeit des uralten Dämons.

Einige von ihnen hatten sich innerhalb der Bunkeranlage befunden, als diese in die Luft flog.

Vielleicht hätten sich noch welche von ihnen retten können, wenn es nicht gerade Zombies gewesen wären. So wurden die meisten von ihnen von der Explosion zerstört, denn diese Wesen hatten keinen Verstand mehr, sie konnten eine Gefahr nicht einschätzen.

Nicht alle waren vernichtet worden. Einige, die sich außerhalb der Anlage befanden, hatten sich retten können. Und sie irrten jetzt wie gespenstische Wesen auf der Insel umher. Drei von ihnen hatten sich am Strand versammelt, wo sie aus stumpfen Augen gegen die heranrollenden Wellen stierten.

Im Moment waren sie ohne Führung, standen nur herum, stemmten sich gegen den Wind und stießen sich manchmal gegenseitig von den Beinen, bevor sie sich mit torkelnden Bewegungen wieder erhoben.

Es gab in dieser Gegend der Insel, wo sie sich aufhielten, die großen Felsen. Graue Gebilde, im Laufe von Millionen von Jahren entstanden, durchsetzt mit Spalten, Rissen, kleinen Schluchten und auch Höhlen. In Letzteren lauerten die roten Vampire, Diener des Supervampirs Vampiro-del-mar.

Sie allerdings trauten sich erst aus ihren Verstecken, wenn die Dunkelheit angebrochen war. Tageslicht schwächte sie, machte sie krank und zerstörte sie. Diese Felsen gaben eigentlich eine ideale Deckung, um einer Katastrophe zu entgehen. So hatten auch Lady X und Vampiro-del-mar gedacht, als sie zwischen ihnen kauerten und das Chaos abwarteten. Sie hatten in einer Höhle Schutz gefunden.

Jede Explosion hatte Lady X mit steinernem Gesicht verfolgt. Sie allein wusste, dass sie sich dafür verantwortlich zeigte, denn sie hatte keine andere Möglichkeit mehr gesehen, nachdem Solo Morasso von der geweihten Kugel des Geisterjägers in das Piranha-Becken geschleudert worden war. Für Lady X war damit ein Kapitel beendet, das den Namen Mordliga getragen hatte.

Diese starke Gemeinschaft war durch die Vernichtung ihres Anführers gesprengt worden.

Jetzt musste man weitersehen.

Hatte Lady X John Sinclair schon früher gehasst, so hatte sich ihr Hass in der letzten Zeit noch gesteigert. Nach den Vorfällen war der Geisterjäger zum Feindbild Nummer eins für die Vampirin geworden. Er hatte ihr alles genommen, denn sie gab ihm und dem Magier Myxin die Schuld an der Vernichtung.

Und sie schwor Rache.

In diesen langen Minuten, als sie mit Vampiro-del-mar in der Höhle hockte, da wusste sie, dass sie Sinclair nicht mehr loslassen würde. Mit eiserner Energie wollte sie ihren Plan verfolgen, während ihre Gedanken immer wieder von Detonationen unterbrochen wurden.

Irgendwann wurde es still.

Über die Insel legte sich eine beinahe gespenstische Ruhe. Sie konnte auch trügerisch sein, deshalb warteten die beiden Blutsauger noch ab, bevor sie die Höhle verließen.

Das Gesicht des Uralt-Vampirs schimmerte fahl. Nur wenig Licht fiel darauf, es zeichnete trotzdem die Kraterlandschaft in der Haut genau nach.

Wer in diese Visage starrte, konnte durchdrehen. Aufgedunsen die Haut, übersät mit Geschwüren und Eiterpickeln sowie Blasen und Pusteln. Nur wenn Vampiro-del-mar Blut getrunken hatte, regenerierte er sich ein wenig.

»Haben sie nun überlebt oder nicht?«, flüsterte Lady X und ballte die Hände.

Vampiro-del-mar gab ihr keine Antwort. Er wirkte lethargisch, und nur seine Augen glühten in einem unheimlichen Feuer.

Er dachte nicht so weit wie Lady X, vielleicht konnte er es auch nicht, aber die ehemalige Terroristin interessierte sich vor allen Dingen für den Würfel des Unheils.

Er war verschwunden!

Dabei hatte sie gesehen, wie Morasso ihn in die Tiefe des Beckens hineinriss. Nur – wo befand er sich jetzt?

Sie glaubte nicht daran, dass die Explosion den Würfel zerstört hatte. Und deshalb würde sie ihn suchen, und wenn sie die Insel zentimeterweise durchforstete.

Der Würfel des Unheils gehörte ihr!

»Willst du mit?«, fragte sie Vampiro-del-mar, als sie sich duckte, um die Höhle zu verlassen.

Der Supervampir nickte.

»Dann komm!«

Lady X kroch aus der Höhle. Danach musste sie sich durch eine enge Schlucht winden, die kaum die Breite ihres Körpers hatte und zwei Felsen spaltete. Anschließend stand sie am Strand und schaute auf die Rücken der drei Zombies.

Die hatten bemerkt, dass sich hinter ihnen etwas bewegte, und drehten sich schwerfällig um. Einer, er hatte keine Haare mehr, streckte seine Arme aus. Gurgelnde Laute drangen aus seinem Mund.

»Hau ab!«, zischte die Vampirin, als er nach ihr fassen

wollte. Der Zombie ließ sich nicht beirren. Lady X machte kurzen Prozess. Sie hieb ihm den Lauf ihrer Maschinenpistole durch das Gesicht. Dieser Schlag schleuderte den Zombie in den Ufersand, wo er sich schwerfällig auf den Bauch rollte, um danach wieder auf die Beine zu kommen. Er war wie ein Stehaufmännchen, das es immer wieder versuchte.

Lady X ging weiter. Sie steckte voller Rachegedanken, während sie am Strand entlangschritt und die anrollenden Wellen sah, die ebenfalls düster wirkten, sich dabei von den Wolken aber kaum in der Farbe abhoben. Nur die hochgeschleuderten Gischtstreifen schimmerten manchmal wie lange, glänzende Perlenketten, wenn sie ihre Bögen schlugen.

Schon bald stieg das Gelände an. Die Scott ging schneller. Nur noch wenige Schritte, dann würde sie die Ausmaße der Verwüstung genau überblicken können.

Der Sand war weich, er gab zu sehr nach. Dann erreichten sie felsigen Boden und brauchten nicht mehr so nach vorn gestemmt zu laufen. Noch drei Schritte, davon ein langer, und sie hatten einen hohen Punkt erreicht, der ihnen eine fast perfekte Rundumsicht erlaubte.

Der Bunker hatte in einer kleinen Mulde gelegen.

Hatte, wohlgemerkt, denn von ihm war nicht mehr viel übrig geblieben. Nur noch Trümmer.

Ein Bild der Zerstörung bot sich den Augen der ehemaligen Terroristin. Von dem Bunker war nichts mehr zu sehen. Die unheimliche Wucht der Explosion hatte selbst die Betonmauern zerrissen. Das andere Mauerwerk, dazu die technischen Anlagen waren verschmort und bildeten am Boden des Kraters eine erstarrte, sich allmählich abkühlende Masse, die Blasen geworfen hatte und sich an manchen Stellen noch bewegte.

Eine schlimme Tatsache.

Gerade für Lady X, denn sie hatte sich in dieser Festung mehr als wohlgefühlt, und sie dachte daran, wem sie das alles im Prinzip zu verdanken hatte.

John Sinclair!

Dieser verdammte Name brannte sich in ihr Hirn. Sinclair musste vernichtet werden, er war ein Teufel, er gab nicht auf, und er sollte nicht mehr länger leben.

Hinter sich hörte sie Schritte. Die Scott brauchte sich nicht umzudrehen, sie wusste, dass Vampiro-del-mar an ihre Seite getreten war und ein tiefes Keuchen ausstieß.

»Sieh dir das an«, sagte die Vampirin, »alles verloren, alles umsonst. Und wir haben ihn überlebt.«

»Wo ist Xorron?«

Es waren die ersten Worte, die der Supervampir seit langem sprach, und er traf damit haargenau die Vorstellung der Vampirin. Auch sie suchte den Herrn der Zombies und Ghouls, aber sie konnte ihn nicht finden. Er war verschwunden, vielleicht unter den Trümmern begraben, und sie hoffte, dass seine Haut die Katastrophe überstanden hatte.

»Wir müssen ihn suchen!«, flüsterte die Scott. »Ich will ihn und den Würfel!« Während dieser Worte zuckte ihr Gesicht. Es spiegelte die innere Erregung wider, die die Blutsaugerin gepackt hielt. Sie klammerte sich mit einer Hand an ihrer Waffe fest, spürte unter den Fingern das kühle Metall, und ein Strom der Befriedigung rann durch ihren Körper. Ja, auf die Maschinenpistole konnte sie sich verlassen.

»Willst du hinunter?«, fragte sie.

Der Supervampir nickte. Da Lady X ebenfalls Bescheid wissen wollte, zögerte sie auch nicht länger.

Sie stiegen in den Krater.

Die zerschmolzenen Leitungen und Kabel sonderten giftige Dämpfe ab. Ein grünlich schimmernder Brodem lag über dem Krater. Menschen hätten die Flucht ergriffen, doch die beiden Untoten brauchten nicht zu atmen.

Einige Schritte voneinander getrennt kletterten sie dem Grund des Kraters entgegen. Es war nicht einfach, denn der Boden erwies sich als nachgiebig und an manchen Stellen sogar heiß, wenn sich glühende Blechteile in ihn gebohrt hatten.

Betontrümmer lagen im Weg, denn nicht alles war geschmolzen. Lady X sah sogar Wasser, das sich in einer kleinen Mulde gebildet hatte, allerdings war von den Piranhas nichts mehr zu entdecken. Die Explosionen hatten die Fische restlos vernichtet.

Schräg rutschten sie weiter. Immer darauf bedacht, das Gleichgewicht zu halten.

Je tiefer sie gelangten, umso schlechter wurde die Luft. Auch heißer, denn noch immer waren die Folgen der verheerenden Explosion nicht gelöscht. An einigen Stellen brannte es noch. Rauchschwaden nahmen ihnen manchmal die Sicht, und als sie schließlich am Grund des gewaltigen Kraters standen, spürten sie auch die Hitze.

Vorsichtig umrundeten sie noch glühendes Metall und näherten sich dem kleinen See, dessen Wasser wie durch ein Wunder nicht verdunstet war, von zwei Seiten.

Am Ufer blieben sie stehen.

Das Wasser schimmerte seltsam. Fast alle Farben des Spektrums fanden sich auf der Oberfläche. Dafür zeichnete sich das herausgelaufene Öl verantwortlich, das an die Oberfläche getrieben worden war.

Was befand sich darunter?

Während Vampiro-del-mar wie ein Denkmal stehen geblieben war, bückte sich Lady X und hob einen Stein auf. Sie schleuderte ihn in den kleinen Kratersee.

Die Brühe spritzte auf, dann war der Stein nicht mehr zu sehen. Viel hatte sie damit nicht erreicht. Lady X schaute zum anderen Ufer hinüber und sah dort eine dicke grüne Flüssigkeit, die wie geschmolzener Kunststoff wirkte. Das Zeug schwamm auf der Oberfläche und wurde mehr und mehr zur Mitte des kleinen Sees hingetrieben.

Es herrschte allerdings kein Wind, und Lady X fragte sich, wie so etwas möglich sein konnte.

Gespannt wartete sie ab. Sie spürte, dass sich irgendetwas ereignen würde und sie dicht vor einer wichtigen Entscheidung stand.

Die ehemalige Terroristin warf einen raschen Blick auf Vampiro-del-mar. Der stand unbeweglich am Ufer des kleinen Sees und starrte auf die Oberfläche.

Das grüne Zeug schien er überhaupt nicht zu sehen.

Aber Lady X ließ es nicht aus den Augen, und sie tat gut daran, denn plötzlich bewegte sich die Schicht.

Sie wurde nicht schneller und breitete sich auch nicht weiter aus, die Bewegung kam von unten.

Unterhalb dieser geschmolzenen und auf dem Wasser treibenden Masse musste sich etwas abspielen.

Die Vampirin wusste nicht, was es war. Sie wollte auf Nummer Sicher gehen, bewegte die Schultern, und wie von selbst glitt die Maschinenpistole über den Schulterbogen an ihrem Arm entlang nach unten. Dann hielt sie die Waffe in der Hand, senkte die Mündung und zielte auf die sich bewegende Masse.

Sie wurde durchbrochen.

Plötzlich stieß eine Hand daraus hervor. Auch grünlich schimmernd, doch sehr schnell wieder die alte Farbe zeigend, da das Zeug an der Hand entlangrann.

Eine milchig schimmernde Klaue kam aus der Masse zum Vorschein.

Lady X lächelte plötzlich. Sie zog ihre Lippen so weit in die Breite, dass die Vampirzähne sichtbar wurden.

Dann flüsterte sie nur einen Namen.

»Xorron!«

Er war es tatsächlich!

Der Herr der Zombies und Untoten hatte also überlebt. Wie Lady X es sich dachte. So leicht konnte man Xorron nicht vernichten. Er war ein Wesen, das man schon fast als unbesiegbar bezeichnen konnte. Dem Feuer, Säure, Kugeln und Granaten nichts ausmachten, weil er aus einem Material bestand, das es wohl auf dieser Erde nicht gab. Unter dieser grünen Masse hatte er sich verborgen gehabt, und er musste geahnt haben, dass er Besuch bekommen hatte, sonst wäre er wohl nicht an die Oberfläche getaucht.

Mehrmals hintereinander flüsterte Lady X Xorrons Namen. Und sie hoffte, dass er sogar noch mehr gerettet hatte als nur sich selbst. Vielleicht auch den Würfel des Unheils – oder Dr. Tod …

»Komm«, sagte sie, »komm endlich, wir warten auf dich, Xorron.«

Als hätte das Monster die Worte verstanden, so bewegte es sich dem Ufer zu, und er zeigte mehr von sich als nur seine Hand oder einen Teil des Arms.

Auch die Schulter erschien und dann der Kopf.

Über die milchige Haut liefen die dicken, grünen Schlieren. Sie sahen aus wie Leim, der auf der glatten Haut sehr schnell seinen Weg nach unten fand.

Xorron öffnete das Maul. Mund konnte man dazu nicht sagen. Lady X starrte auf seine metallisch glänzenden Zahnreihen, mit denen er fast alles zerreißen konnte.

Menschen hatten keine Chance ...

Er musste Grund unter den Füßen spüren. Am Verlauf der Wellen erkannte Lady X, dass er über den Grund schritt und sich immer mehr dem Ufer näherte. Dabei hielt er den linken Arm seltsam verkrampft und nach hinten gedrückt, so, als würde er irgendetwas hinter sich herziehen. Natürlich dachte die Scott sofort an den Würfel, und sie hoffte inständig, sich nicht getäuscht zu haben.

Xorron stand am Ufer. Mit der rechten Hand stützte er sich ab, bückte sich und zog dann auch den linken Arm aus dem Wasser.

Nein, den Würfel des Unheils brachte er nicht ans Ufer. Aber etwas anderes, eine Leiche.

Es war Solo Morasso!

»Nein!«, flüsterte Lady X, als sie dies sah. Sie schüttelte sogar den Kopf, wollte das Bild irgendwie wegwischen, aber es war eine Tatsache und blieb.

Xorron hatte Dr. Tod gerettet – aber wie sah er aus!

Furchtbar! Die Piranhas hatten schrecklich gewütet.

Dr. Tod war kaum zu erkennen. Die linke Seite war ein Opfer der rasiermesserscharfen Zähne geworden. Die Fische mussten sich in einem Anfall von Wahn auf ihn gestürzt haben, aber sie hatten nur seine linke Seite zerstört.

Vielleicht kam es daher, dass Xorron Dr. Tod nachgesprungen war und versucht hatte, ihn zu retten.

Unbewusst hatte das Monster dann die rechte Seite des Solo Morasso geschützt. Egal, wie es auch war, überleben konnte so etwas niemand.

Obwohl Dr. Tod kein Mensch gewesen war, sondern ein Mensch-Dämon. Vielleicht ...

Lady X dachte nicht mehr weiter. Sie schaute zu, wie Xorron seinen Herrn an Land schleifte. Plötzlich wurden die Augen der Blutsaugerin groß. Sie erkannte den Würfel. Im Todeskampf hatte Dr. Tod seinen Arm um den Würfel des Unheils gekrallt und ihn fest gehalten. Den Zähnen der Fische hatte der Würfel ebenfalls widerstanden, sodass er völlig normal aussah und keinen Kratzer aufwies.

Xorron legte Dr. Tod zu Boden, richtete sich auf und starrte auf die Schreckensgestalt.

Lady X und Vampiro-del-mar hatten ihre Blicke ebenfalls gesenkt. Niemand sprach ein Wort, aber vielleicht dachten sie an die Mordliga und deren Zerstörung. Mit dem Ableben ihres Führers hatte sie ihr Ende gefunden.

Die Trennung lief fast kerzengerade durch Solo Morassos Körpermitte. Die Kleidung war ebenso zerfetzt worden wie die Haut. Abgenagt, sodass nur die bleichen Knochen zu sehen waren. Sogar die Nase war geteilt worden, und wo sich sonst das linke Auge befunden hatte, sahen die drei dämonischen Wesen nur eine leere, dunkle Höhle.

Die rechte Seite sah normal aus. Zwar schimmerte die Haut bleich wie bei jedem Toten, aber da war das Auge noch vorhanden sowie die Hälfte der Lippen, Nase, Kinn und auch noch das Ohr.

Lady X musste sich erst fangen, bevor sie Xorron ansprechen konnte. »Lebt er noch?«

Der Unhold hob die Schultern.

Eine dumme Frage, dachte Lady X und schaute dorthin, wo die Silberkugel des Geisterjägers getroffen hatte.

Das Einschussloch war genau zu sehen. Es saß exakt zwischen den Augen.

Ein echter Dämon wäre gestorben. Doch bei Dr. Tod lag die Sache anders. Er war ein Mensch-Dämon, eine rätselhafte Erscheinung, er konnte durch eine normale Kugelgarbe nicht getötet werden wie auch die normalen Schwarzblüter, aber er war gleichzeitig in der Lage, weißmagische Dinge zu berühren, John Sinclairs Kreuz zum Beispiel. Vielleicht war es möglich, dass Dr. Tod noch lebte.

Lady X bewegte sich. Einen Schritt nur brauchte sie vorzugehen, bückte sich dann und fasste mit beiden Händen zu, um den Würfel aus Dr. Tods angewinkeltem Arm zu lösen.

Es tat ihr gut, ihn in der Hand zu wissen, und sie schaute in die Runde.

Weder Vampiro-del-mar noch Xorron erhoben Anspruch auf den Würfel des Unheils.

Lady X wollte ihn behalten.

»Ich danke dir, dass du versucht hast, ihn zu retten«, sprach sie Xorron an, »allerdings müssen wir uns jetzt fragen, wie es weitergehen soll. Die Mordliga existiert in ihrer alten Form nicht mehr. Solo Morasso müssen wir abschreiben, und ich bin der Meinung, dass wir einen neuen Anführer wählen. Einverstanden?«

Die beiden düsteren Gestalten nickten.

»Gut«, fuhr Lady X fort. »Ich werde mich als neue Anführerin der Mordliga zur Verfügung stellen, denn ich allein kann mich unauffällig in der Welt bewegen und Pläne nicht nur schmieden, sondern auch durchführen. Hat jemand etwas dagegen?«

Lady X hatte keinen Widerspruch erwartet, und sie wurde nicht enttäuscht. Die anderen erkannten sie als Führerin an, waren ihren Argumenten zugänglich, denn sie hatte als einzige ihr Menschsein nicht vergessen. Sie reagierte als Untote noch ebenso wie früher, wo sie gelernt hatte, eiskalt ihre Chance auszunutzen, auch wenn sie über Leichen gehen musste.

Und sie ging über Leichen, das hatte sie in der jüngsten Vergangenheit oft genug bewiesen. Es störte sie auch nicht, Artgenossen oder Verbündete zu vernichten, Hauptsache, es diente der Sache.

Sie selbst sah sich als eine ideale Führerin der

Mordliga, und wenn sie näher über diesen Status nachdachte, da empfand sie es plötzlich als gar nicht mehr so tragisch, dass Dr. Tod umgekommen war. Er hatte in letzter Zeit sowieso die Übersicht ein wenig verloren und Lady X so manche Aufgabe überlassen, die er hätte wahrnehmen müssen.

Ein alter Spruch aus ihrer menschlichen Ära fiel ihr ein. Die Sache ist gelaufen, doch wohin mit der Leiche? In diesem Fall war es Dr. Tod, der vor ihren Füßen lag. Sollte man ihn hier auf der Insel liegen und verrotten lassen?

Es wäre die einfachste Lösung gewesen. Aber irgendwie gefiel Lady X das nicht. Zudem hätte Xorron sicherlich etwas dagegen gehabt, denn er hing mit nahezu hündischer Ergebenheit an seinem Herrn und Meister. Da musste man sich schon etwas anderes einfallen lassen.

Mehrere Pläne zuckten der Blutsaugerin durch den Kopf. Sie verwarf die meisten davon, bis sich ihre Gedanken an einem Plan festhakten. Erst einmal mussten sie hier weg, das war die Voraussetzung für ein Gelingen des Plans.

Und Lady X wusste auch ein Versteck!

Sandhurst Forest, das alte Sarglager, das Logan Costello gehörte. Auch ihm, dem Londoner Mafiaboss, musste sie noch klarmachen, wer ab jetzt den Ton angab, obwohl das im Moment zweitrangig war.

Wichtig war, dass sie hier wegkamen, und dabei würde ihnen der Würfel des Unheils helfen.

Mit oder ohne Solo Morasso.

»Mit!«, flüsterte die Vampirin, denn sie hatte sich innerhalb von Sekunden entschieden.

Xorron horchte auf und schaute die ehemalige Terroristin an, die plötzlich lachte. »Wir nehmen ihn mit«, erklärte Lady X, »und wir werden dem Geisterjäger ein persönliches Geschenk bereiten. ›Dr. Tod schickt seine Leiche!‹« schrie sie und begann gellend zu lachen. »So genau muss es sein.« Sie wollte noch etwas hinzufügen, zuckte jedoch zusammen und sprach nicht mehr weiter.

Die Dämonen hatten etwas vernommen.

Schüsse!

Es war alles anders!

Die seltsame und mir noch immer unbegreifliche Reise hatten wir, ohne Schaden zu nehmen, überstanden und befanden uns mitten auf der einsamen Insel.

Das Wetter stand kurz vor dem Umschwung. Dies war zu merken. Erst durch das Fallen der Temperatur, und dann hatten sich am Himmel schwere Wolken zusammengeballt, die mir verdächtig nach Schneewolken aussahen.

Auch der Wind war schärfer geworden. Unangenehm fuhr er durch unsere Kleidung.

Wir standen in der Nähe des Strands. Hohe Wellen donnerten heran und wurden von den vor dem Strand aus dem Wasser ragenden Felsen gebrochen. Gewaltige Schaumstreifen wirbelten durch die Luft, wurden auf den Strand geschleudert und verliefen sich in langen Wellen, die bis an unsere Füße reichten.

Von unseren Gegnern sahen wir nichts. Wenn sie sich auf der Insel befanden, gab es zahlreiche Verstecke zwischen den Felsen und auch in den Höhlen.

Schon bei unserem Eintreffen war uns der seltsame Geruch aufgefallen, der über der Insel lag. So kannte ich dieses Eiland nicht, denn hier war die Luft immer klar und rein gewesen.

Ich sprach Suko darauf an.

»Riecht wie Gas«, meinte der Chinese.

»Genau.« Ich nickte. »Das ist auch wahrscheinlich Gas. Die Explosion, die verschmorten Leitungen, Kunststoff, der kokelt. Bin gespannt, was zurückgeblieben ist.«

»Dann bleib nicht hier stehen.«

»Antreiber.« Ich grinste.

Wir gingen hintereinander, denn wir mussten an dieser Stelle der Insel die Felsen hochklettern, um das weite Plateau zu erreichen, von dem der Rundumblick am besten war. Von da aus konnte man auch dorthin schauen, wo die ehemaligen Bunkeranlagen gestanden hatten.

Einen Weg fanden wir nicht. Wir kletterten über Felsen. Myxin hielt sich hinter mir, Suko bildete den Schluss.

Der widerliche Geruch verstärkte sich mal, dann flaute er wieder ab. Je nachdem, aus welch einer Richtung der Wind blies.

Vor mir stieg eine Wand senkrecht in die Höhe. Sie zu überklettern wäre zu anstrengend gewesen. Also ging ich parallel zu ihr und passierte eine Höhle, wobei ich überrascht stehen blieb, denn aus dem Dunkel starrten mich zwei glühende Augen an.

Dort hockte jemand.

Sofort blieb ich stehen und griff zur Beretta.

Da hörte ich auch schon ein Klatschen und erinnerte mich an das Geräusch sehr gut.

Vor einigen Wochen hatten wir gegen die roten Vapire gekämpft. Es war in Deutschland geschehen, Will Mallmann hatte sich noch an unserer Seite befunden.

Und plötzlich erschien so ein Blutsauger in der Gestalt einer gewaltigen Fledermaus.

Zum Glück war der Höhleneingang eng. Ich konnte mir Zeit lassen, zielte genau und schoss.

Die Silberkugel drang in das offene Maul des roten Vapirs und zerstörte das Wesen. Es schrie furchtbar, bevor es zu Staub zerfiel.

Vielleicht gab es noch weitere Überraschungen. Wesentlich vorsichtiger gingen wir weiter. Schließlich fanden wir einen Aufstieg, den wir ohne große Mühe nehmen konnten. Zwar lagen überall Felsbrocken verteilt, doch die waren leicht zu umgehen.

Auf halber Höhe lauerten die Zombies. Wir hatten sie nicht sehen können, sie lagen einfach in zu guter Deckung.

Ich bemerkte es, als es zu spät war, dicht vor mir wuchs ein Untoter, ein glatzköpfiges Wesen mit halb eingedrücktem Schädel, in die Höhe, hielt die Arme ausgestreckt und ließ sich einfach fallen.

Es war zu eng, um noch rechtzeitig genug ausweichen zu können. Der lebende Tote fiel gegen mich.

An der linken Seite erwischte er mich, und der verdammte Druck riss mich von den Beinen.

Ich wurde zu Boden geschleudert, hörte die überraschten Rufe meiner Freunde und überschlug mich schon, während ich die Klauen des Zombies in meinem Gesicht spürte.

Verdammt, das tat weh.

Dieses widerliche Wesen griff hart zu. Es drückte mein Fleisch zusammen und riss an meinen Haaren. Ich schlug zwar um mich, doch entscheidende Treffer konnte ich bei dem Zombie nicht landen. Nicht mit den Fäusten.

Zudem befand ich mich in Bewegung und rollte zusammen mit meinem Gegner den Hang wieder hinunter, den ich erst mühsam aufgestiegen war.

Dann prallten wir gegen einen Felsbrocken.

Zum Glück war er so schwer, dass er liegen blieb, und ich konnte mich wieder zurechtfinden.

Die Klaue hielt noch immer mein Gesicht gepackt. Ich nahm einen widerlichen Verwesungsgeruch wahr und hätte mich am liebsten übergeben, doch die Klaue umschloss auch meine Lippen.

Nur mein Bein konnte ich anziehen. Während ich es in den Leib des Zombies rammte, hörte ich einen röchelnden Todesschrei. Wahrscheinlich hatte Myxin oder Suko einen Gegner erledigt.

Es wurde Zeit, dass auch ich meinen erledigte. Der Tritt hatte ihn in die Höhe geschleudert. Zudem war seine Hand von meinem Gesicht abgerutscht. Zwar schmerzten meine Wangen noch, aber der widerliche Geruch war nicht mehr vorhanden.

Schnell richtete ich mich auf.

Der Zombie kam nicht so rasch in die Höhe. Ich konnte noch einen Blick auf Suko und Myxin erhaschen.

Der Chinese hatte seinen Feind bis gegen einen hohen Felsen gestoßen. Dort stand der Zombie, hatte die Arme vor sein Gesicht gerissen und sah den Mündungsblitz nicht, der aus der Waffe fuhr.

Die Kugel vernichtete ihn.

Auch ich nahm die Beretta. Beim Marsch hatte ich sie weggesteckt. Aus einer Körperlänge Entfernung traf das geweihte Geschoss den Untoten voll in den Kopf.

Erledigt …

Ich stand auf.

Suko und Myxin winkten mir zu, während ich über mein Gesicht tastete. Die Finger des Zombies hatten die Haut aufgeraut. Zum Glück waren es keine spitzen Fingernägel gewesen, sonst wäre ich mit blutigen Streifen herumgelaufen.

»Komm hoch, du lahme Krücke!«, rief mein Freund und schaute zu, wie ich mich den Abhang hochquälte.

»Alles klar?«, fragte ich.

»Bei uns ja.«

»Dann weiter.«

Wir bedachten die vergehenden Zombies mit keinem Blick mehr. Es waren Vasallen, uns interessierten die anderen, die mächtigeren Dämonen. Nur wenige Schritte weiter hatten wir so ziemlich den höchsten Punkt der Insel erreicht und konnten sie gut überblicken.

Wir sahen den Krater. Sekundenlang sprachen weder Suko, Myxin noch ich ein Wort. Mir jedoch rieselte eine Gänsehaut über den Rücken, wenn ich daran dachte, wie leicht es auch uns hätte erwischen können, wenn wir nicht im letzten Augenblick die Bunkerfestung verlassen hätten. Das war wirklich knapp gewesen.

Suko streckte den Arm aus.

»Da sind sie!«

Die Distanz war zwar relativ groß, trotzdem konnten wir die drei erkennen.

Xorron fiel besonders auf. Neben ihm stand Vampiro-del-mar und den beiden gegenüber Lady X.

Sie also hatten es überstanden und waren nicht zusammen mit der Bunkerfestung untergegangen.

Na ja, man konnte nicht alles haben.

Einen sahen wir nämlich nicht.

Solo Morasso, alias Dr. Tod!

Myxin meinte: »So allmählich fange ich auch an zu glauben, dass Morasso nicht mehr existiert. Sonst wäre er sicherlich dabei.«

Ich nickte nur. So weit es mir gelang, suchte ich jeden Zoll des Bodens innerhalb des Kraters ab. In der Mitte schien sich ein kleiner See gebildet zu haben. Das Wasser schimmerte, und ich sah auch einen grünen Schein an einer Stelle.

Suko ging ein paar Schritte vor

»Hast du was?«, fragte ich ihn.

Er hatte die besten Augen von uns und schüttelte den Kopf. »Ich bin mir nicht sicher, aber ich glaube, dass vor den Füßen der Lady X jemand liegt.«

Alarm! Sollte Dr. Tod es doch noch geschafft haben? Oder lag da vielleicht seine Leiche?

Möglich war alles, deshalb wollte ich ebenfalls näher heran. Plötzlich sah ich, wie Lady X ihren Arm hob und in unsere Richtung deutete. Sie hatte uns also gesehen.

»Was machen wir?«, fragte Suko.

»Sollen wir runter?« Ich gab diese fragende Antwort und drehte mich dabei zu Myxin um.

»Es wird schwer«, gab der kleine Magier zu.

Leider brauchten wir zu lange für eine Entscheidung. Lady X kam uns zuvor.

Dass sie den Würfel an sich genommen hatte, sah ich erst jetzt. Sie hielt ihn zwischen ihren Händen, hatte die Arme ausgestreckt und konnte ihn dank ihrer Gedankenkraft manipulieren.

»Die verschwinden!«, stieß Suko hervor.

Es hätte nicht erst seines Kommentars bedurft. Wir bekamen es mit, wie der Würfel reagierte. Eine Wolke drang aus ihm hervor, wurde zu einem regelrechten Wirbelwind und verschlang die drei dämonischen Wesen. Wir hatten das Nachsehen.

»Das war's wohl«, stellte der Chinese sarkastisch fest und schaute uns betroffen an.

»Ich habe es auch nicht ändern können«, sagte Myxin leise.

Ich ärgerte mich ebenfalls. Es hatte jedoch keinen Sinn. Die drei waren und blieben verschwunden. Sie konnten überall ihr Ziel gesucht haben, auf dieser Welt und auch in einer fremden Dimension. Das war egal. Nur wussten wir nicht, wo wir sie suchen sollten, und einen endgültigen Beweis für Solo Morassos Vernichtung hatten wir auch noch nicht erhalten.

Aber ich wollte ihn!

»Sollen wir nach seiner Leiche suchen?«, fragte ich meine Freunde.

Sie wussten sofort Bescheid, was gemeint war. So beschlossen wir, in den Krater hinabzusteigen.

Sehr schnell mussten Suko und ich einsehen, dass dies nicht so leicht möglich war. Die giftigen Dämpfe raubten uns den Atem und stachen in unsere Hälse.

Wir mussten zurück.

Nur Myxin ging weiter. Ihm machten diese Gase nichts aus. So warteten wir am Rand des Kraters, bis er zurückkehrte. Der kleine Magier teleportierte sich schließlich in unsere Nähe. Seinem Gesicht war abzulesen, dass er keinen Erfolg gehabt hatte.

»Die Leiche ist also verschwunden«, murmelte ich. Verdammt, damit hatte ich nicht gerechnet.

»Vielleicht liegt er unter den Trümmern«, meinte Suko. »Wir können ja keine Planierraupen hierher schicken und nachforschen lassen.«

»Ja, das stimmt.«

»Sollen wir die Insel nach Zombies absuchen?«, fragte Myxin.

Das taten wir. Noch zwei Untote fanden wir in sicheren Verstecken. Mittlerweile wurde es dunkel, und die Finsternis war die Zeit der roten Vampire.

Auf sie machten wir ebenfalls Jagd und zerstörten sie.

Zwölf waren es insgesamt.

Ich war mir allerdings klar darüber, dass man dies nur mit dem berühmten Tropfen auf den heißen Stein umschreiben konnte, denn Vampiro-del-mar hatte sicherlich noch mehr seiner alten Diener in der Hinterhand.

Als es noch anfing zu schneien, hielt uns nichts mehr auf der Insel. Myxin teleportierte uns wieder nach London, und jeder von uns hatte ein ungutes Gefühl, wenn wir an die Zukunft dachten ...

Zwei Razzien hatten die Bullen durchgeführt, und beide Male war es ein Schuss in den Ofen gewesen. Nichts gefunden. Kein Rauschgift, keine minderjährigen Mädchen, keinen unverzollten Alkohol.

Alles war clean.

Aber auch nur, weil Logan Costello einen guten Mann in der Polizeispitze sitzen hatte. Von ihm hatte er den Tipp erhalten, den sich Costello tausend Pfund kosten ließ.

Die hatte der Mann verdient. Und Logan Costello hatte eine so ruhige Nacht verbracht, dass er sich am nächsten Morgen mehr als ausgeschlafen fühlte, wobei sein Tatendrang schon beinahe ansteckend wirkte, denn das bekam sein Anwalt Paul Sorvino als Erster zu spüren. Noch im Bett liegend, telefonierte Costello mit ihm.

»Ich brauche die beiden Häuser in Mayfair dringend«, sagte er. »Zahlen Sie, was die Verkäufer verlangen.«

»Aber das ist zu viel«, erklang die erschreckte und gleichzeitig müde klingende Stimme des Anwalts aus dem Hörer.

»Ich will sie haben.«

»All right. Sie haben das Geld!«

»Genau, mein Lieber.«

»Und was geschieht danach, Mr. Costello?«

Der Mafiaboss verzog sein breites Gesicht und strich über das lackschwarze Haar. »Wir lassen die Häuser erst einmal stehen. Verrotten. Anschließend wird ein Kommando dort ein wenig Unordnung schaffen. Danach erhalte ich vom Staat die Genehmigung, die Buden abreißen zu dürfen, das ist alles.«

»Ich habe verstanden.«

Zufrieden legte Costello auf. Er wollte die beiden Häuser abreißen lassen und sie neu aufbauen. Als Wohn- und Geschäftshäuser, mit Apartments, denn gerade in Mayfair sah er noch Chancen für gewisse Mädchen, die die hohen Mieten in den modernen Apartments gern bezahlten, denn woanders in London waren nur schwerlich Wohnungen zu bekommen.

Als es an die Tür klopfte, richtete sich Costello im Bett

auf. Er wusste, wer es war, und rief: »Komm herein, Mama!«

Die Türklinke wurde mittels eines Ellbogens aufgedrückt, da die Frau noch ein Tablett trug, auf dem das Frühstück des Mafioso stand. Mama nannte er sie, weil sie ihn immer an seine Mutter erinnerte. Eigentlich hieß sie Carla, aber sie hatte die gleichen Ausmaße wie Costellos Mutter. Einen wogenden Busen, schwarzgraues Haar, streng zurückgekämmt, sie trug immer dunkle Kleidung, und sie konnte kochen, dass es eine Wucht war. Selbst in Sizilien hatte Costello nicht so gute Spaghetti gegessen, und Mama war die Einzige, die mit ihm reden konnte, wie ihr der Schnabel gewachsen war.

»*Buon giorno*«, sagte sie fröhlich, um im nächsten Augenblick den Kopf zu schütteln, wobei sie auf das Telefon schielte. »Sie haben ja schon wieder gearbeitet. Denken Sie daran, dass man vor dem Frühstück alles anders sieht. Erst mit einem guten Frühstück im Magen kann man die richtigen Entscheidungen treffen.«

Costello bekam große Augen. »Ja«, sagte er plötzlich. »Das stimmt, Mama, du hast Recht. Ich werde sofort ...« Er wollte zum Telefon greifen, doch Mama schüttelte den Kopf.

»Gar nichts werden Sie. Erst einmal essen. Danach ist noch immer Zeit.«

Wenn Mama das anordnete, gab es keinen Widerspruch, und Logan Costello fügte sich in sein Schicksal.

Die Frau holte die Bank und baute sie über Costellos Brust auf. Dann stellte sie das Tablett ab.

Es war überladen. Orangensaft, frisch gepresst, Kaffee, Schinken aus Parma, ein weiches Ei, Konfitüre, Butter. Was das Herz begehrte, hatte La Mama auf das Tablett gepackt.

»Guten Appetit wünsche ich«, sagte sie, nickte und verschwand.

Costellos Augen glänzten. »Du bist die Beste, Mama.«

Die Frau wurde rot und lief mit schaukelndem Busen hinaus. Sie würde in die Küche gehen, denn dort war ihr Domizil. Da fühlte sie sich wohl, dort herrschte sie mit eiserner Strenge. Und wehe, es lief nicht so, wie sie es wollte. Ihre Schimpfkanonaden waren berühmt-berüchtigt.

Zuerst trank Costello den frisch gepressten Orangensaft. Das war für ihn eine Wohltat, die Säure machte ihm nichts aus, er hatte einen gesunden Magen.

Er benötigte zwei Schlucke, bevor das Glas leer war. Zwischen diesen Schlucken schenkte er Kaffee ein.

Pechschwarz, stark und bitter. So mochte er ihn. Nur La Mama durfte diesen Kaffee kochen, andere schafften es nicht. Diesmal fand er keinen Schafskäse aus Sizilien vor. La Mama war wohl mit der Qualität nicht zufrieden gewesen und hatte keinen gekauft. Das war in Costellos Sinn.

Dafür stammte das Ei nicht von der Hühnerfarm. Er schlug es auf, und seine Augen begannen zu glänzen.

Da klingelte das Telefon.

Für Logan Costello war dies ein Alarmzeichen, denn nur wenige kannten seine Geheimnummer und konnten direkt durchwählen. Zu den wenigen gehörte Solo Morasso, alias Dr. Tod.

Hatte er vielleicht Sehnsucht nach Costello?

Da sich der moderne Quälgeist nicht abstellen ließ, hob Costello beim vierten Läuten ab.

Nicht Solo Morasso wollte mit ihm sprechen, sondern eine Frau. »Bist du schon wach, Costello?«

»Ja!«

»Du weißt, wer hier spricht!«

»Ich kann es mir vorstellen. Die Scott.«

»Genau.«

Costello verzog das Gesicht. Er mochte dieses Weib nicht. Er mochte überhaupt keine Frauen, wenn es um geschäftliche Belange ging. Die sollten sich raushalten. Andererseits wusste er auch, über welche Machtmittel die Scott verfügte. Sie war ein brisantes Frauenzimmer, brandgefährlich, und nahm in der Hierarchie der Mordliga einen der obersten Plätze ein. Die Macht der Mordliga kannte Costello auch. Deshalb war er schön vorsichtig und provozierte die Scott auf keinen Fall.

»Was willst du?«, fragte er.

»Ich werde zu dir kommen. Sage deinen Aufpassern Bescheid, dass du Besuch erwartest. Wenn sie irgendwie dumm reagieren, werde ich sie töten.«

Abermals verzog Costello das Gesicht. Die würde es tatsächlich fertig bringen und seine Leute eiskalt killen.

»Es ist gut«, erwiderte er, »ich sage den Männern Bescheid.«

»Bis später.« Die Scott legte auf.

Costello verzog das Gesicht. Am liebsten hätte er das Tablett gegen die Wand geschmettert. Der Appetit war ihm plötzlich vergangen. Nicht einmal mehr das Ei konnte er essen. Dabei hatte er sich so darauf gefreut.

Ächzend stieg Costello aus dem Bett. Das Bad befand sich nebenan. Es war ein großer Raum, prachtvoll ausstaffiert, mit goldenen Armaturen versehen.

Er ließ Wasser in die Wanne laufen. Auf ein morgendliches Vollbad wollte er nicht verzichten, da konnte kommen, was wollte.

Die Wanne war natürlich nicht normal, sondern schon fast ein kleines Kinder-Schwimmbecken. Aus vier Kränen lief das Wasser. Ein Gel verwandelte es in eine weiche Flüssigkeit mit einem wallenden Schaumberg.

Was die Scott wohl wollte? Costello überlegte hin und her. Sicherlich sollte er ihr und der Mordliga wieder behilflich sein. Nein konnte er da nie sagen, denn auch Dr. Tod tat etwas für ihn. Er brauchte nur daran zu denken, als einige seiner Konkurrenten über ihren eigenen Schatten springen und ihr Gebiet ausdehnen wollten. Da hatte Dr. Tod die Leichenkutsche geschickt, und mit ihr Xorron. In London hatten damals gewisse Leute ihr Leben ausgehaucht.

Er stieg in die Wanne. Mit Hilfe der Mischbatterie hatte er die Temperatur seinen Wünschen entsprechend eingestellt. Das Wasser war herrlich und sehr angenehm.

Wohlig stöhnte er auf, während er sich zurücksinken ließ. Bald schaute nur sein Kopf aus dem Schaumberg. In den nächsten Minuten konnte ihm die Mordliga gestohlen bleiben.

Logan Costello schloss die Augen. Es tat gut, sich so auszustrecken. Dieses morgendliche Bad war ein Ritual, da ließ er sich von niemandem stören – und wehe, wenn jemand es jemals wagte …

Heute wurde er gestört.

Vor der Tür vernahm er Stimmen. Die von La Mama klang schrill. Ein Zeichen, wie aufgeregt die Frau war. Sie wollte keinen zu ihrem Chef lassen, aber dass sie ausgerechnet Lady X dabei gegenüberstand, konnte leicht ihr Tod sein.

Die Frau überschüttete Lady X mit einem Schwall von Worten. Sie drohte und schrie, bis es ein klatschendes Geräusch gab. Im nächsten Moment verstummte La Mama.

Costello setzte sich gespannt hin. Er schluckte ein paar Mal trocken und stellte seine Ohren auf Horchposition. Weshalb kam die Scott nicht in das Bad? Sicher wusste sie, wo Costello zu finden war, aber nein, sie ließ sich provozierend lange Zeit.

Da stimmte etwas nicht.

Costello schluckte, und er zuckte noch einmal zusammen, als er einen schweren Fall hörte.

Die Scott war es sicherlich nicht, die das Geräusch verursacht hatte. Es kam nur La Mama in Frage.

Sollte sie vielleicht von Lady X gebissen worden sein?

Costello wurde bleich, als er daran dachte. Wenn dieses verdammte Vampirweib La Mama etwas getan hatte, dann …

Da wurde die Tür aufgestoßen.

Auf der Schwelle stand Lady X! Lässig, betont locker und die Maschinenpistole im Hüftanschlag. Weiches Leder umschmeichelte ihre Figur. Sie hätte wirklich für ein Killermädchen durchgehen können, wären da nicht die blutigen Lippen gewesen, auf die Costello starrte.

»Hast du sie …?«, flüsterte er.

»Natürlich habe ich sie. Du hast doch nicht auf mich gehört. Ich habe dir schließlich gesagt, dass sich mir niemand in den Weg stellen soll. Anscheinend hat dein Personal nicht gehört. Man wollte mich aufhalten, aber das Blut dieser dicken Frau hat mir nicht geschmeckt. Du brauchst keine Angst zu haben. Sie ist kein Vampir. Ich habe nur einen kurzen Test mit ihr gemacht.«

Der abgebrühte Logan Costello, den wirklich so leicht nichts umwarf, spürte sein Herz oben im Hals schlagen.

Lady X dachte nicht daran, den Raum zu verlassen, solange Costello noch in der Wanne lag. Auf einem mit flauschigem Fell gepolsterten Hocker nahm sie Platz und beobachtete aus kalten Augen den in seiner Wanne hockenden Mafiaboss.

Plötzlich fragte sie: »Was hältst du von mir?«

Costello zuckte zusammen. »Ich?«

»Ja. Ich will wissen, was du von mir hältst. Wahrscheinlich nichts, wie ich dich kenne. Aber du wirst es kaum zugeben, Costello, weil du zu feige bist und nicht den Mumm hast.«

»Nein, das darfst du so nicht …«

»Hör auf zu labern, Costello. Du hältst von mir nichts und würdest mir am liebsten einen Eichenpflock ins Herz stoßen, damit ich zu Staub zerfalle, nicht wahr?«

Costello begehrte auf. »Das habe ich nie gesagt. Es ist eine bodenlose Unterstellung.«

»Nein, die Wahrheit«, konterte die Scott. »Die reine Wahrheit, mein Lieber …«

Costello hob seine Arme aus dem Wasser. Über die Haut rann der Schaum in langen Spuren. »Ich verstehe nicht, was das alles soll! Weshalb erzählst du mir das?«

»Aus einem einfachen Grund, Costello. Weil du dich in Zukunft nur noch mit mir abgeben wirst.«

»Was?«

»Ja, du hast richtig gehört, ich bin dein Boss.«

»Aber Solo Morasso …«

Lady X winkte ab. »Vergiss ihn!«, zischte sie. »Es gibt keinen Dr. Tod mehr. Solo Morasso ist vernichtet worden, und ich habe die Führung übernommen!«

Costello wurde in der Wanne so klein, dass man befürchten musste, das Wasser würde über ihm zusammenschwappen. Sein Gesicht veränderte sich. Das Staunen und die Überraschung wuchsen förmlich hinein, er schüttelte den Kopf, seine Speckfalten gerieten dabei in Wallung, und die Arme begannen zu zittern. Eine Welle schwappte über seine Unterlippe. Wasser drang in seinen Mund.

Lady X saß da und grinste kalt. Sie schaute zu, wie Costello hustete und anfing zu zittern. Dann lief sein Gesicht rot an, und das lag nicht nur an der Hitze des Wassers.

»Hast du dich wieder beruhigt?«, fragte sie.

»Nein, nein. Das kann ich nicht glauben«, hauchte Costello. »Das gibt es nicht.«

»Doch, er ist tot.«

»Aber wieso? Man kann Solo Morasso nicht umbringen. Das geht nicht, er muss ...«

»Sinclair!«, sagte Lady X nur.

Costello schüttelte sich, als er den Namen hörte. John Sinclair war einer seiner Hauptfeinde. Er gab dem Oberinspektor die Schuld am Tod seines Bruders, und er verfolgte den Geisterjäger mit einem nahezu wilden Hass. Ein paar Mal atmete Costello keuchend. »Hat dieser verdammte Hund wirklich ...?«

»Ja, er hat es getan. Solo Morasso bekam eine Silberkugel in den Schädel, und er fiel danach in ein Becken, in dem Piranhas schwammen. Sie haben sein Fleisch bis auf die Knochen abgenagt. Das genau ist geschehen, und aus diesem Grund habe ich die Führung der Mordliga übernommen. Ich allein ...«

»Aber das ist ja schrecklich ...«

Lady X nickte. »Für dich vielleicht, für mich nicht. Es wird so weitergehen, als würde Dr. Tod noch leben. Du unterstehst mir voll und wirst das tun, was ich dir sage. Hast du verstanden?«

»Ja ...«

»Dann ist es gut.«

»Ich begreife es trotzdem nicht«, flüsterte der Mafioso, »ich kann es einfach nicht fassen.«

Die Scott lachte. »Kann ich mir vorstellen, mein Lieber. Es ist auch schwer zu begreifen, und ich habe das Gefühl, als würdest du mir noch immer nicht trauen. Das wird sich ändern. Du steigst jetzt aus deiner Wanne und kommst mit.«

»Wohin?«

»Ich werde dir Morassos Leiche zeigen!«

Für einen Moment schien der Blick des Mafioso zu erstarren. Auch sein Gesicht fror ein, danach nickte er, und es war nicht einmal klar, ob er es überhaupt merkte.

»Raus aus der Wanne!«, kommandierte die Vampirin.

Nie wäre es Costello früher in den Sinn gekommen, vor den Augen einer Fremden aus der Wanne zu steigen. Aber hier waren die Vorzeichen andere. Auf irgendwelche Regeln konnte er jetzt keine Rücksicht nehmen. Lady X hatte die Hand am Drücker, er musste sich fügen.

Die Vampirin interessierte sich nicht für den nackten Mafioso. Sie war ein geschlechtliches Neutrum. Was kümmerte es sie, ob ein Mann nackt oder halb oder ganz angezogen war?

Sie sah in ihm entweder ein Opfer oder einen Diener. Costello war das Letztere. Und sollte er sich nicht fügen, wurde er sehr leicht zum Opfer.

Sein Badetuch lag bereit. Ein großer, viereckiger, flauschiger Gegenstand, in den Logan Costello sich einwickelte. Er wagte Lady X nicht anzusehen, während er sich abtrocknete.

Die Blutsaugerin war nicht auf dem Hocker sitzen geblieben. Sie wanderte in dem großen Bad auf und ab. Dabei passierte sie die Spiegelwand.

Costello, der sie aus den Augenwinkeln beobachtete, machte eine seltsame Entdeckung.

Die Scott warf kein Spiegelbild!

Der Mafioso wusste, dass man sich über Vampire Geschichten erzählte, die seit langen Zeiten überliefert waren. Unter anderem hieß es dort, dass die Blutsauger Knoblauch hassen, Angst vor fließendem Wasser haben und tagsüber die Zeit in finsteren Grüften oder Särgen verbringen.

Bei Lady X war das anders. Auf sie traf nur das Nichtwerfen eines Spiegelbildes zu, ansonsten konnte sie sich auch bei Tageslicht bewegen, und sie gehörte gewissermaßen zu einer modernen Generation von Vampiren. Trotzdem hatte sie Angst vor geweihtem Silber. Das also war geblieben.

»Beeil dich!«, fuhr die Scott ihn an.

»Ja, ja, aber meine Kleidung befindet sich im Schlafzimmer.«

»Hol sie!«

Costello ging an der Scott vorbei auf die Tür zu. Mit zitternden Knien betrat er das Schlafzimmer, wo nicht nur das Bett stand, sondern auch der große mehrtürige Schrank in die Wand eingelassen war. Er nahm die gesamte Breite ein.

Die linke äußere Tür öffnete Costello. Dort hingen seine Anzüge. Darüber lagen Hemden in den Fächern.

Seine Hände zitterten, als er ein blaues hervornahm, denn immer wieder fiel sein Blick auf die am Boden und vor dem Bett liegende La Mama.

Sie war bleich im Gesicht, und aus einer Wunde am Hals sickerte Blut.

Dort hatte Lady X eine Wunde gerissen.

Lebte La Mama überhaupt noch? Oder war sie zu einem Vapir geworden, weil Lady X geblufft hatte?

»Ich habe nicht ewig Zeit!«

Costello erschrak, als er die Stimme in seinem Rücken hörte. Die ehemalige Terroristin stand in der offenen Tür und beobachtete ihn mit Argusaugen.

Hastig zog sich Costello an. Dabei verfehlte er zweimal sein Hosenbein, weil er zu nervös war. Sein Gesicht zuckte, und eine Krawatte konnte er sich wegen seiner zitternden Finger erst gar nicht binden.

»Was – was ist mit ihr?«, fragte er flüsternd.

»Ich habe dir doch gesagt, dass mir ihr Blut nicht schmeckte«, erwiderte die Scott kalt. »Ich bin in der letzten Zeit anspruchsvoll geworden, mein Lieber.«

»Das habe ich gesehen.«

»Na also.«

Costello streifte seine Jacke über und war fertig.

»Gehen wir«, sagte die Scott.

»Und wohin?«

»Das wirst du schon sehen. Ich möchte dir nur die Leiche eines guten Freundes zeigen.«

Costello schüttelte sich, als er daran dachte, den toten Solo Morasso zu sehen. Aber die Scott hatte hier das Sagen, er konnte sich nur fügen, das war alles.

Costello verließ als Erster das Zimmer. Sein Gesicht war unbewegt, als er über die breite Treppe nach unten schritt. Von seinen Leibwächtern war niemand zu sehen. Sie hielten sich im Nebentrakt auf. Costello konnte sie rufen, wenn er sie brauchte.

»Müssen wir weit?«, fragte er.

»Mein Wagen steht in der Nähe.«

Lady X fuhr.

Costello hockte neben ihr wie ein Häufchen Elend. Er zitterte noch immer, denn er war der einzige Mensch unter Monstern.

Die Vampirin hatte sich einen schwarzen Mercedes-Kombi besorgt. Die Fenster der Ladefläche waren verhängt worden, und das war auch nötig, denn auf der Ladefläche hielten sich zwei schreckliche Gestalten auf.

Vampiro-del-mar und Xorron!

Sie hatten die Untote begleitet auf dem Weg vom Sandhurst Forest zu Logan Costello. Innerhalb des großen Wald- und Manövergebietes Sandhurst Forest fühlten sie sich am wohlsten. In dem alten Bunker, wo die zahlreichen Särge standen, fühlten sie sich ein wenig wie auf der Insel, denn auch der Bunker aus dem letzten Krieg glich irgendwie einer Festung. Zudem machte es ihnen Spaß, sich zwischen den Särgen aufzuhalten, denn dieses Lager sollte den Ghouls als Unterkunft dienen. Xorron hatte vor, eine Armee von Ghouls dort unterzubringen. Leider war er dazu noch nicht gekommen.

So musste er abwarten.

Lady X gab sich ruhig und gelassen. Sie fuhr sehr vorsichtig, hielt die Geschwindigkeitsregeln exakt ein, sodass für die Polizei keine Notwendigkeit bestand, sie zu stoppen.

Costello sagte nichts. Er war bleich im Gesicht. Hin und wieder holte er ein Tuch hervor und wischte damit über seine Stirn, wo sich der Schweiß von neuem sammelte, wenn er ihn abgewischt hatte. Der Mann konnte seine innere Angst nicht unterdrücken.

»Mach dir nicht in die Hosen«, sagte die Scott scharf. »Ich dachte immer, du wärst ein großer Mafiafürst.«

»Das bin ich.«

»Scheint mir aber nicht so.«

»In meinem Job habe ich auch normalerweise nichts mit Dämonen zu tun. Da wird alles mit einer ehrlichen Kugel geregelt.«

Die Scott lachte. »Ehrliche Kugel ist gut.« Sie drehte kurz den Kopf und zeigte Costello ihre Vampirzähne. »Mir ist ein ehrlicher Biss lieber. Darauf kannst du dich verlassen.«

Der Mafioso schüttelte sich. Er konnte sich in die Welt eines Blutsaugers nicht hineindenken.

Xorron und Vampiro-del-mar verhielten sich auf der Ladefläche ziemlich still. Nur hin und wieder stieß der Supervampir ein wütendes Schnauben aus.

Lady X wusste den Grund. Er brauchte Blut, denn zu lange konnte er den Lebenssaft nicht entbehren. Aber erst kam die Arbeit, dann das Vergnügen.

Die Gedanken der ehemaligen Terroristin beschäftigten sich mit der Zukunft.

Immer wieder stellte sie sich die Frage, wie es weitergehen sollte. Sie musste sich jetzt, da sie sich zur Führerin der Mordliga aufgeschwungen hatte, mehr Gedanken machen. Früher hatte sie mit Solo Morasso darüber diskutieren können, heute sah die Sache ein wenig anders aus. Da bestimmte sie die Richtlinien, und ihr durfte kein Fehler unterlaufen.

Lady X wusste selbst, dass sie unter den Schwarzblütern zahlreiche Feinde hatte. Da war nicht nur Lupinas Sohn Orapul, sondern auch Asmodis mit seinem Gefolge. Er hatte bestimmt nicht vergessen, dass seine Tochter von Solo Morasso geköpft worden war. Und Lady X hatte dabei zugesehen.

Also stand auch sie auf der falschen Seite. Wenigstens im Sinne des Teufels.

Ob er bereits erfahren hatte, was mit Solo Morasso geschehen war? Bestimmt, denn sicherlich befand sich die Seele des Dr. Tod schon im Reich des Spuks.

Und diesmal würde sie nicht wieder freigelassen werden!

Die Innenstadt hatten sie hinter sich gelassen und näherten sich dem großen Waldgebiet des Sandhurst Forest. Hier gab es trotz der Stadtnähe noch zahlreiche Verstecke, unter anderem eben den alten Bunker, der mit Särgen vollgestopft war.

Die Vampirin beschleunigte. Noch konnte sie sich eine höhere Geschwindigkeit erlauben, denn sie befanden sich auf einer asphaltierten Straße.

Es herrschte wenig Betrieb, die großen Herbstmanöver liefen erst später an. Links sah sie bereits die grüne Lunge des Forest. Ein weites, herrliches Gebiet, ideal zum Ausspannen für großstadtmüde Londoner. Doch dort, wo der Bunker lag, kam kaum ein Mensch hin. Die alte Festung interessierte nicht.

Nicht mehr lange, dann mussten sie abbiegen. In weiten Kurven schlängelte sich der Weg voran. Manchmal zweigten schmale Wege ab, die in das dichte Waldgebiet führten.

Die Bäume trugen grüne Blätter und bildeten ein dichtes Dach. Der August hatte London noch sehr schöne Tage gebracht, und ein paar Wochen später würde das Laub schon eine andere Farbe annehmen.

Links ab!

Lady X drehte das Lenkrad. Der Mercedes ruckte herum, die Reifen fanden auf dem schmalen Waldweg Halt, griffen durch, und schon bald schaukelte der Wagen unter dem grünen Dach der Bäume weiter und tiefer in den Forest hinein.

Es machte der Vampirin nichts aus, dass die Zweige über die Karosserie kratzten oder an den Scheiben schabten, sie wollte nur so rasch wie möglich ihr Ziel erreichen.

»Wo liegt er denn?«

»Das wirst du schon sehen.«

»Sieht er schlimm aus?«

Die Scott lachte nur.

Da wusste Logan Costello, dass er sich auf einiges gefasst machen konnte, und er wurde auf dem Beifahrersitz noch kleiner, als er sowieso schon war.

Der Wagen schaukelte auf dem unebenen Weg wie ein Schiff bei starkem Seegang. Zum Glück lief der Weg in eine Lichtung aus, und dort stand auch der Bunker.

Ein Klotz.

Grau in der Farbe und irgendwie düster aussehend. Logan Costello hatte ihn gemietet, von der Mordliga wurde er benutzt. Das Eisentor zeigte schon wieder Rost, die schweren Riegel und auch das Schloss sorgten dafür, dass niemand den Bunker betreten konnte.

Die Vampirin stoppte. Sie lachte und zeigte dabei ihre spitzen Hauer. »Bald wirst du den sehen können, für den du alles getan hast«, erklärte sie dem Mafioso.

Costello nickte nur. Sprechen konnte er nicht. Seine Kehle war zu. Er ahnte, dass ihn eine grauenvolle Überraschung erwartete, und der Gedanke daran war ihm unerträglich.

»Aussteigen!«

Lady X hatte den Befehl gegeben. Sie verließ als Erste den Wagen. Costello sollte ihr folgen, während Vampiro-del-mar und Xorron zurückbleiben mussten.

Mit schnellen, sicheren Schritten ging die Scott auf die Bunkertür zu. Costello folgte ihr langsamer, als hätte er Angst vor den nächsten schlimmen Minuten.

Die Scott hatte den Schlüssel. Sie spielte sich als Chefin auf, Costello kam sich vor wie ein Statist. Es war schwer, das Tor zur Seite zu schieben. Der Mafioso musste mithelfen und geriet durch die ungewohnte Anstrengung ins Schwitzen.

Endlich stand das Tor offen. Freier Blick in den Bunker!

Ein unheimliches Bild bot sich den Ankömmlingen. Während ein normaler Mensch vielleicht Angst bekommen hätte, war das bei Lady X nicht der Fall.

Sie freute sich, wenn sie Särge sah, und sie stellte sich

vor, dass einmal alle mit Vampiren belegt waren. Das war ihr großer Traum, für den sie lebte.

Die Särge standen in zwei Reihen. Links und rechts der Bunkerwände waren sie aufgebaut worden, sodass sich zwischen ihnen ein Gang befand. Es waren prunkvolle und schlichte Totenkisten darunter, schwarze, braune und auch helle Särge.

Costello hatte damals gekauft, was er in die Finger bekam. Und er spürte auch die unheimliche Atmosphäre, die dieses Sarglager ausströmte.

Er konnte sie kaum beschreiben, denn sie war einfach da, und sie zerrte an den Nerven des Mafioso.

Bisher hatte sich Logan Costello immer im Hintergrund gehalten und die Aktionen entweder nur befohlen oder als Organisator geleitet. Nun wurde er selbst mit dem Schrecken konfrontiert, und er hatte das Gefühl, als würden Eisfinger über seinen Rücken streichen. Sehr vorsichtig bewegte er sich voran, achtete darauf, dass er auf Zehenspitzen ging. Die Distanz zwischen ihm und Lady X wurde größer.

Die Vampirin blieb stehen. Sie schaute schräg über die Schulter, ihre Mundwinkel verzogen sich. »Los, komm, du Feigling!«

Costello nickte heftig. Er schwitzte wieder, wagte aber nicht, sich den Schweiß aus dem Gesicht zu wischen. Er wollte sich nicht noch mehr Blößen geben.

Am Ende des Mittelganges blieb Lady X stehen. Sie hatte schon bei ihrem Eintritt Licht gemacht. Die trüben Birnen an der Decke verbreiteten nur so viel Helligkeit, dass man sich innerhalb des Bunkers orientieren konnte.

Rechts und links führten zwei Gänge tiefer in die Seitenteile des Bunkers.

Und links stand auch der Sarg!

Er war offen.

Lady X hielt sich dicht neben ihm auf, dass ihre Beine fast das dunkle Holz berührten.

Costello zögerte noch. Er hatte plötzlich schreckliche Furcht, seinen ehemaligen Chef zu sehen. Er spürte das Grauen, wie es unsichtbar einen Ring um ihn schloss.

»Komm schon näher!«, flüsterte die Scott. Im müden Schein der Lampe wirkte ihr Gesicht seltsam verzerrt und verschwommen zugleich. Eine widerliche Fratze.

Costello zog den Kopf ein. Es gab kein Zurück. Jetzt musste er sich den Tatsachen stellen.

Und die lagen in dem offenen Sarg!

Wäre Logan Costello allein gewesen, so hätte er vielleicht geschrien, aber er beherrschte sich mit großer Mühe und starrte auf das, was in dem Sarg lag.

Ein Mann?

Nein, ein Monstrum. Halb Mensch, halb Skelett, mit einem Kugelloch in der Stirn.

Man konnte noch erkennen, dass es Solo Morasso gewesen war, da die rechte Seite sich fast in einem normalen Zustand befand. Doch die andere, die linke, war völlig zerfressen. Da hatten die Piranhas wirklich ganze Arbeit geleistet und das Fleisch von den Knochen des Mannes restlos abgenagt. Kein Fetzen hing mehr daran.

Wie mit Feuer verstärkt, brannte sich das Bild dieses Monstrums in Logan Costellos Gehirn, und er schüttelte den Kopf, während er unfähig war, ein Wort zu reden.

»Nun?«, fragte die Blutsaugerin.

Stöhnend holte Costello Atem. Es fiel ihm schwer, den Kopf zu heben und Lady X anzuschauen. Sein Blick flackerte, er stand wie unter Strom und zitterte auch so.

»Erkennst du ihn?«, fragte die Scott.

Das gehauchte »Ja« war kaum zu verstehen.

»Und was sagst du dazu?«

Es sah hilflos aus, wie Costello seine Schultern hob. »Er – er ist es tatsächlich?«

»Glaubst du, dass ich dich angelogen hätte?« Scharf und peitschend klang die Stimme der Untoten. »Nein, diese Figur in dem Sarg ist Dr. Tod. Das kannst du sehen.«

Costello nickte. Es war schwer für ihn, sich zu fassen, deshalb fragte er: »Was soll weiter geschehen?«

Da lächelte Lady X, hob einen Fuß an und stellte ihn auf den Sargrand. »Es gibt verschiedene Möglichkeiten. Wir können ihn vollends vernichten, indem wir ihn verbrennen, wir können aber auch etwas anderes mit ihm machen.«

»Und was?«, erkundigte sich Costello zögernd.

»Er und Sinclair waren Todfeinde. Wir werden ihm seine Leiche schicken. Dr. Tod schickt seine Leiche. Hört sich doch gut an oder nicht?« Sie lachte bellend.

»Ich – ich weiß nicht.«

»Hör auf zu jammern, du Waschlappen!«, fuhr Lady X den Mann an. »Ich habe es beschlossen, und so wird es auch gemacht. Fertig und basta. Keine Widerrede.«

»Und wie soll es geschehen?«, fragte Costello nach einer Weile.

»Das lass mal meine Sorge sein. Ich werde zuerst einen Versuch unternehmen, über den ich schon lange nachgedacht habe.«

»Und was ist es?«, fragte der Mafioso.

»Kennst du den Würfel des Unheils?«

Costello nickte. »Ja, den kenne ich.«

»Dann wirst du dich bald sehr wundern«, versprach Lady X und lächelte teuflisch …

London hatte uns wieder!

Und wir hatten das getan, was jeder vernünftige Mensch einmal in vierundzwanzig Stunden tun sollte.

Schlafen!

Die Nacht war schnell herum, und kaum hatte ich die Augen aufgeschlagen, da beschäftigten sich meine Gedanken schon wieder mit Solo Morasso und dessen Ende.

War er wirklich tot?

Hatte dieser Mensch-Dämon tatsächlich alles hinter sich? Gab es ihn nicht mehr? Brauchte ich ihn und seine schrecklichen Vasallen nicht mehr zu fürchten?

Seine Vasallen schon, denn auf der Insel hatten wir Lady X, Xorron und Vampiro-del-mar ziemlich deutlich gesehen. Auch hatten sie uns entdeckt, und ich konnte mir vorstellen, welche Rachegedanken sich in ihren untoten Hirnen formierten.

Während ich mir mein Frühstück zubereitete, drehten sich meine Gedanken nur um Dr. Tod. Sir James Powell, unser Chef, wusste noch nichts davon. Ich war gespannt, wie er die Nachricht aufnehmen würde.

Als ich meinen Kaffee aufbrühte, schellte schon das Telefon. Ich ließ die Maschine laufen und hob ab.

Es war Sir James.

»Sie sind noch zu Hause?«, begrüßte er mich.

»Ja, wo sonst?«

»Im Büro sollten Sie sein. Mir sind Gerüchte zu Ohren gekommen, dass sich etwas Entscheidendes verändert hat.«

»Das stimmt, Sir. Dr. Tod gibt es nicht mehr!«

Meinen Boss konnte man so gut wie gar nicht schocken. Diesmal jedoch schaffte ich es, denn es blieb ruhig im Hörer, sodass ich mir ein kleines Grinsen nicht verkneifen konnte.

»Sagen Sie das noch mal, John!«

Ich wiederholte den Satz.

»Und Sie sind sich sicher?«

»Fast, Sir.«

»Aha, schon wieder ein Pferdefuß. Mir dauert es zu lange, bis Sie sich endlich bequemt haben, ins Büro zu kommen. Berichten Sie am Telefon, was sich getan hat!«

Ich beschloss, mich zu verteidigen. In knappen Worten legte ich meinem Chef dar, weshalb ich noch nicht im Büro war, doch er hatte diesmal kein Verständnis.

»Außergewöhnliche Fälle erfordern eben außergewöhnliche Maßnahmen. Wenn Solo Morasso erledigt ist, was kommt danach?«

»Darüber können wir reden. Zudem habe ich mir bereits meine Gedanken gemacht.«

»Dann bitte.« Seine Stimme klang schon friedlicher. Manchmal konnte der Alte wirklich unausstehlich sein. Auf nüchternen Magen und mit monotoner Stimme spulte ich meinen Bericht ab, der hin und wieder von einem trockenen »Hm« kommentiert wurde. Ich erzählte von Beginn an, auch von dem Auftauchen der Dämonin Alassia, denn mit ihr hatte schließlich alles begonnen.

Nach diesem Wesen erkundigte sich Sir James nach meinem Bericht zuerst. »Kann man sie nicht auf unsere Seite ziehen, John?«

»Das glaube ich kaum. Da würden Kara und auch Myxin etwas dagegen haben. So einfach ist das nicht.«

»All right, vergessen wir sie und nehmen wir an, dass Morasso tatsächlich tot ist. Was kommt danach?«

Ja, was kam danach? Eine gute Frage, auf die ich erst einmal keine Antwort wusste.

»Sie sind so schweigsam, John!«

»Das bin ich in der Tat, Sir.«

»Wie könnte es weitergehen?«

Ich ließ mich auf einen Stuhl fallen und fuhr mit der Hand durch mein Haar. »Da gibt es verschiedene Möglichkeiten. Wenn wir davon ausgehen, dass Morasso tatsächlich vernichtet ist, sind nur noch drei aus der ehemaligen Mordliga übrig. Xorron, Vampiro-del-mar und Lady X. Wovon ich Letztere im Prinzip für fähig halte, die Führung der beiden anderen Monster zu übernehmen.«

»Sie sehen sie als neue Chefin?«

»So ungefähr, Sir.«

»Und dann?«

»Wird sie versuchen, Dr. Tods Erbe weiterzuführen. Eine andere Möglichkeit gibt es für mich nicht. Sie muss irgendetwas tun. Sie muss vor allen Dingen den beiden anderen Monstern beweisen, dass sie fähig ist, sie zu lenken und zu führen.«

»Und Vampiro-del-mar? Haben Sie mir nicht mal berichtet, dass die beiden Feinde wären?«

»Im Prinzip ja. Nur kann sich Vampiro-del-mar kaum in der Öffentlichkeit sehen lassen. Er muss sich immer versteckt halten, was bei Lady X nicht der Fall ist.«

Da gab mein Chef mir Recht. »Das haben Sie gut durchdacht, John. So ähnlich stelle ich mir die Lage auch vor. Demnach können wir nicht die Hände in den Schoß legen und so tun, als wäre nichts geschehen. Jetzt aber weiter. Wenn wir davon ausgehen, dass sich die drei nicht mehr auf der Insel befinden, wo könnten sie dann stecken? Wissen Sie eine Lösung?«

»Nein.«

»Sie brauchen aber Unterstützung, trotz allem.«

Ich ahnte, dass mein Chef einen bestimmten Plan verfolgte, und er rückte auch schnell damit heraus. »Ich denke da an gewisse Hilfskräfte, die sich innerhalb unserer Stadt befinden, John. Muss ich noch weiterreden?«

»Logan Costello!«

»Genau, John.«

Dass ich nicht selbst darauf gekommen war, wunderte mich. Aber ich war wohl noch zu müde, und mein Denkapparat hatte eine gewisse Ladehemmung.

»Wie wär's mit einem Besuch bei Logan Costello?«, erklang die Stimme meines Chefs.

»Ob der mich empfangen wird? Sie wissen ja selbst, wie er zu uns steht!«

»Wenn nicht, schicken wir ihm eine Einladung. Versuchen Sie es mit einem Anruf, und informieren Sie mich dann. Sehe ich Sie noch im Büro?«, setzte Sir James eine Spitze hinterher.

»Ja.«

»Und wann?«

»Bestimmt noch in diesem Jahr.« Die Antwort konnte ich mir nicht verkneifen, bevor ich auflegte. Jetzt würde der Alte bestimmt vor Wut in die Schreibtischkante beißen, denn es ärgerte ihn immer, wenn ihm jemand spöttische Antworten gab.

Costello hatte mehrere Telefonnummern. Unter anderem eine direkte. Eine Geheimnummer, die uns dank unserer Beziehungen zum Fernmeldeamt allerdings bekannt war. Diese Nummer tippte ich ein.

Sechsmal läutete es durch. Ich wollte schon auflegen, als trotzdem abgehoben wurde. Ein schwaches »Ja, bitte?«, schwang mir entgegen.

Da hatte kein Mann gesprochen, sondern eine Frau. Costellos Freundin? Das konnte ich mir kaum vorstellen. Der Mafioso war kein Mann, der eine seiner Gespielinnen an den Apparat ließ.

»Mein Name ist John Sinclair«, meldete ich mich. »Ich hätte gern mit Mr. Logan Costello gesprochen.«

»Tut mir Leid ...«

»Ist er nicht da?«, fragte ich.

»Nein.«

Ich biss mir auf die Lippe. Das konnte auch eine Finte sein. »Hören Sie zu, ich bin Oberinspektor bei Scotland Yard. Wenn Sie Logan Costello nicht an den Apparat holen wollen, dann komme ich mit einer dienstlichen Vorladung ...«

»Nein, nein, Sir, so ist es nicht. Er ist wirklich nicht da.«

Erst jetzt fiel mir auf, dass in der Stimme ein etwas hart klingender südlicher Akzent mitschwang. Vielleicht war die Frau eine der Angestellten.

»Ist er schon weggegangen?«, forschte ich weiter.

»Sicher.« Die Frau sprach bedrückt.

»Wissen Sie wohin?«

»Nein, ich – es – ist alles so schrecklich.« Die Stimme hörte sich an, als würde sie gleich ersticken.

Da musste etwas passiert sein! Ich versuchte, möglichst ruhig zu reden und sagte: »Nun beruhigen Sie sich einmal«, sagte ich. »Nichts ist so schlimm, wie es aussieht. Also, was ist geschehen?«

Ich weiß nicht, ob mir die Frau das auch gesagt hätte, wenn alles normal gewesen wäre. Doch sie schien unter einem Schock zu stehen, und deshalb plauderte sie aus.

Ich erfuhr von dem Besuch einer schwarzhaarigen Frau, die sich sehr gewalttätig benommen hätte. »Stellen Sie sich vor, sie wollte mir in den Hals beißen.«

Da war mir endgültig klar, dass es sich bei der Schwarzhaarigen nur um Lady X handeln konnte. »Was ist dann geschehen?«, wollte ich wissen.

»Ich – ich weiß nicht mehr. Ich wurde ohnmächtig. Und als ich erwachte, war Mr. Costello nicht mehr da.«

»Die Frau auch nicht?«

»So ist es!«

»Haben Sie mit einer anderen Person außer der meinen über den Vorfall gesprochen?«

»Nein, Sir. Ich – ich bin ja auch eben erst aus der Ohnmacht erwacht. Ich habe Kopfschmerzen und blute am Hals.«

»Geht es Ihnen sonst gut?«

»Eigentlich ja.«

»Sie haben keine Veränderungen an sich festgestellt?«

»Nein, Sir.«

»Auch nicht an den Zähnen?«

Jetzt schwieg sie für einen Moment. »Wie meinen Sie das genau, Sir?«

Ich erklärte es ihr, denn ich hatte den Verdacht, dass Lady X sie zu einer Blutsaugerin gemacht haben könnte. Aber bei ihr war alles normal, wie sie mir versicherte.

Ich atmete auf und beschwor die Frau, mit niemandem über das Erlebnis zu reden. Sie gab mir ihr Wort.

Als ich den Hörer fallen ließ, blieben Schweißflecken auf dem Kunststoff zurück. Das Gespräch hatte mich doch sehr mitgenommen, und ich schüttelte mich. Dr. Tods Erben waren bereits aktiv geworden. Und zwar hier in London. Die Vermutung meines Chefs ging voll in Erfüllung. Nur – was hatten sie vor?

Diese Frage beschäftigte mich, als ich in die kleine Küche ging und endlich die Kaffeekanne von der Warmhalteplatte der Maschine nahm. Ich schenkte mir eine Tasse voll, lehnte mich an den kleinen weißen Tisch und trank den Kaffee in langsamen Schlucken. Dazu aß ich eine Scheibe Brot, obwohl ich an sich keinen Hunger hatte, denn der frühe Anruf war mir auf den Magen geschlagen.

Die Zukunft sah trübe aus, davon biss keine Maus den Faden ab. Wenn sich die Monster hier in London befanden, würden sie auch zuschlagen, und zwar mit aller Härte.

Es schellte.

Diesmal nicht das Telefon, sondern die Türklingel. Ich warf einen schnellen Blick auf die Uhr.

Das konnte eigentlich nur Suko sein, der geklingelt hatte, weil er mit mir fahren wollte.

Ich stellte die Tasse ab, verließ die Küche und durchquerte die kleine Diele. Der Schlüssel steckte noch im Schloss. Zweimal drehte ich ihn herum, dann war die Tür offen.

Ich rechnete wirklich mit Suko und hatte schon ein »Komm rein!« auf den Lippen, als ich zusammenzuckte.

Das war nicht Suko, der da vor mir stand. Es sei denn, er hätte sich verdoppelt, ein anderes Gesicht bekommen und sich einen dunkelgrauen Anzug übergestreift.

Die beiden Typen sahen aus wie Männer von einem Beerdigungsinstitut. Es waren auch welche, und sie nahmen jetzt ihre Mützen ab, bevor der Rechte von ihnen fragte: »Mr. Sinclair?«

»Ja, das bin ich.«

»Das ist für Sie«, sagte der Mann, streckte seinen Arm aus und deutete auf den schwarzen Sarg …

Ein Sarg für John Sinclair!

Verdammt, jemand hatte mir einen Sarg geschickt. Eine pechschwarze Totenkiste, hochpoliert und verschlossen, dazu mit messingfarbenen Griffen.

Im ersten Augenblick wurde mir ein wenig blümerant zumute. Ich glaube, jeder ist geschockt, wenn er einen Sarg geschickt bekommt, mir erging es da nicht anders.

Auf meiner Stirn hatten sich feine Schweißperlen gesammelt, die ich automatisch mit dem Handrücken wegwischte. »Und der ist wirklich für mich?«, fragte ich.

»Ja, Sir. Mr. John Sinclair ist als Empfänger angegeben. Und das sind Sie Ihren eigenen Aussagen nach.«

»Wer hat Ihnen den Auftrag gegeben?«, forschte ich weiter.

»Keine Ahnung. Da müssten Sie sich mit meinem Chef in Verbindung setzen. Wir sind nur die Ausführenden.«

Ich schaute auf den Sarg und hob die Schultern. Sollte ich ihn zurückgeben?

Bevor ich mich zu einer Antwort entschließen konnte, griffen die beiden Männer ein.

»Können wir ihn hineinbringen?«

»Ja, bitte.« Ich trat zur Seite. »Lassen Sie ihn in der Diele stehen.«

»Sehr wohl, Sir.« Die beiden Männer hoben den Sarg an. Auf ihren Mützenschirmen stand der Name des

Beerdigungsinstituts. Ewiger Friede hieß der Laden. Ich kannte ihn, denn das Geschäft hatte einmal Logan Costellos Bruder gehört, wurde jetzt allerdings von einem anderen Mann betrieben, der sicherlich in Logan Costellos Diensten stand. Allerdings fehlten uns die Beweise.

»Das wär's dann, Sir«, sagte der Sprecher und nickte mir zu, bevor er und sein Partner sich verzogen.

Ich entfaltete eine fieberhafte Aktivität. Sofort lief ich in den Wohnraum und wäre fast über den Sarg gestolpert.

Den rechten großen Zeh stieß ich mir und unterdrückte nur mühsam einen Fluch.

Die Nummer des Beerdigungsinstituts hatte ich schnell gefunden. Ich rief an, doch keiner ging ans Telefon. Die wussten Bescheid und hielten sich zurück.

Suko!

Er musste rüberkommen, und ich läutete nach nebenan durch. Shao hob ab. Sie begann zu lachen. »Hast du dich auch verschlafen, John?«

»Ein wenig. Ist Suko fertig?«

»Ja, er wollte ...«

»Er soll sofort zu mir kommen.«

»Ist was passiert?« Shao hatte schon fast das misstrauische Wesen der Sheila Conolly entwickelt.

»Noch nicht, aber ich muss ihn sprechen.«

»Ich sage ihm Bescheid.«

Ich zündete mir eine Zigarette an und ging in die Diele. Noch einmal betrachtete ich mir die wirklich gut gefertigte Totenkiste. Dabei fiel mir ein weißer Streifen auf, der aus dem Schlitz zwischen Unter- und Oberteil hervorlugte.

Ich bückte mich, fasste mit spitzen Fingern zu und zog einen weißen Zettel hervor. Er war beschriftet.

›Dr. Tod schickt seine Leiche‹, las ich.

Ein Scherz? Nein, nicht in dieser Situation. Ich kam nicht dazu, mir näher darüber Gedanken zu machen, denn ich hörte Suko vor der Wohnungstür.

Rasch öffnete ich.

»Was ist denn los?«, fragte der Chinese.

»Komm rein!«

Kaum hatte Suko die Schwelle überschritten, als er wie angewurzelt stehen blieb. Er schluckte, und seine Augen wurden groß. »Das – kann doch nicht wahr sein. Ein Sarg?«

»Siehst du doch.«

»Vielleicht ein Scherz?«

»Nein, das nicht.« Ich schüttelte den Kopf und reichte Suko gleichzeitig den Zettel. »Noch nie habe ich gehört, dass Dr. Tod oder die Mordliga scherzen.«

»Stimmt auch wieder.« Suko las den Text und murmelte ihn mit. »Das verstehe, wer will, ich nicht.«

»Es bleibt uns nur eine Möglichkeit. Wir öffnen den Sarg, dann sehen wir ja, wer darin liegt, falls überhaupt.«

»Hast du da schon einmal einen Blick hineingeworfen?«

»Noch nicht.«

»Dann los.«

»Augenblick noch.« Ich holte mein Kreuz hervor und hängte es vor meine Brust. Auch die Beretta war griffbereit. Sollten wir irgendwie überrascht werden, dann wollte ich in der Lage sein, schnell zu reagieren. Als wir uns bückten, da erkannten wir sofort, dass der Deckel nicht fest verschraubt war. Er ließ sich leicht öffnen, wir brauchten ihn nur anzuheben.

Suko fasste an einem, ich am anderen Ende an.

Es war ein Klacks. Wir hoben den Deckel gemeinsam hoch und ließen ihn fast vor Schreck fallen, als wir den Inhalt sahen.

Vor uns lag Solo Morasso!

Ich stand wie ein Denkmal und rührte mich erst, als die Zigarettenglut meine Lippen anwärmte. Hastig riss ich die Kippe aus dem Mund und warf sie in einen Ascher.

»Solo Morasso!«, stöhnte Suko. »Verdammt, damit hätte ich wirklich nicht gerechnet.«

Ich auch nicht, wenn ich ehrlich sein sollte. Sein Anblick war furchtbar.

Halb Mensch – halb Skelett!

Die Piranhas hatten ihre teuflische Arbeit ausgezeichnet verrichtet. Und wieder dachte ich an die Szene, wie Morasso, von meiner Kugel getroffen, in das Becken gestürzt war und die Fische ihn als willkommenes Opfer ansahen.

»Die Kugel muss aus dem Kopf wieder ausgetreten sein«, sagte Suko leise. »Nur noch das Loch ist zu sehen.«

Ich nickte. Sprechen konnte ich nicht. Dieser fürchterliche Anblick schnürte mir einfach die Kehle zu. Gleichzeitig merkte ich, dass sich in meinem Magen etwas tat. Ich musste aufstoßen und brachte noch ein wenig Kaffee mit hoch.

Suko hatte sich gebückt. Er streckte seine Hand aus und berührte die Knochen. »Kalt«, sagte er. »Kalt …«

»Und der grüne Schleim?« Er war mir erst beim zweiten Hinsehen aufgefallen, denn er befand sich unter dem Toten, wo er eine dünne Schicht bildete.

Suko hob die Schultern. »Keine Ahnung. Ob die Leiche ihn abgesondert hat?«

»Weiß ich nicht.«

»Wir könnten ihn ins Labor schaffen, wie überhaupt dieses ganze Monster.«

Die Idee war gut. Ich stimmte sofort zu. Allerdings brauchten wir jemanden, der den Sarg abholte.

»Ich rede mal mit Sir James und rufe auch unsere Spezialisten an«, sagte ich und ging in den Wohnraum.

Auf halber Strecke hörte ich bereits das Klingeln des Telefons. Ich runzelte die Stirn. Wer konnte jetzt noch etwas von mir wollen? Oder hatte es sich bereits herumgesprochen, dass bei mir in der Wohnung etwas passiert war?

»Soll ich abheben?«, fragte Suko, der mein Zögern bemerkte.

Ich schüttelte den Kopf. »Nein, nein, ich erledige das schon.« Nach dem vierten Läuten hielt ich den Hörer endlich in der Hand. Mit einem knappen »Ja« meldete ich mich.

Zuerst hörte ich nichts. Ich dachte schon daran, dass

sich jemand beim Wählen vertippt hatte, als ich das hämische Lachen hörte. Es war nur leise zu vernehmen. Trotzdem klang der widerliche Spott durch, mit dem mich die Person überschüttete.

Es war eine Frau!

Eine Ahnung stieg in mir hoch, die sehr schnell zur Gewissheit wurde, als die Frau die ersten Sätze sprach.

»Na, Sinclair? Hast du das kleine Geschenk von mir erhalten?«

Ich atmete vor der Antwort tief durch. »Das habe ich, Lady X!«

»Das freut mich wirklich, Geisterjäger. Schon immer wollte ich dir etwas schenken, aber ich habe nie das Richtige gefunden. Bis heute, da wusste ich es.«

In meiner Kehle wurde es trocken. Suko kam herbei und blickte mich fragend an.

Ich malte ein L und ein X in die Luft. Da wusste der Chinese genau Bescheid.

»Du sagst ja nichts, Sinclair? Hat es dir etwa die Sprache verschlagen?«

»Das nicht.«

»Aber?«

»Ich frage mich nur, was das alles soll. Aus welch einem Grund hast du mir den Sarg mit der Leiche Solo Morassos geschickt?«

»Damit du dich noch einmal von deinem grandiosen Erfolg überzeugen kannst, Geisterjäger. Das allein ist der Grund. Es hat doch lange gedauert, bis du Dr. Tod vernichtet hast. Deshalb sollst du dich in deinem Triumph sonnen können.«

»Ich bin nicht rachsüchtig.«

Ihr Lachen klang schrill. »Nicht rachsüchtig!«, wiederholte sie. »Meine Güte, Sinclair, du bist sehr edelmütig.«

»Das hat damit nichts zu tun«, konterte ich. »Nur habe ich die Last mit der Leiche.«

Da lachte sie wieder. Und diesmal hörte es sich so an, als empfände sie eine diebische Freude. »Die Last mit der Leiche«, wiederholte sie. »Toll, wie du das sagst. Ja, aber diese Last habe ich dir gern hingeschafft.«

»Das kann ich mir vorstellen.«

»Behalte ihn als Andenken.«

Ich hatte Angst, dass sie auflegen würde, deshalb fragte ich sehr schnell weiter. »Solo Morasso gibt es also nicht mehr. Wie geht es mit der Mordliga weiter? Hat sie sich aufgelöst?«

»Nein, das denke nur nicht. Die Mordliga fängt erst an. Denn nun habe ich deren Führung übernommen.« Ihre Stimme klang plötzlich kalt und irgendwie aggressiv. Ich konnte sie mir wirklich gut als Leiterin der Mordliga vorstellen. Vielleicht würde sogar Xorron vor ihr kuschen. Das konnte man alles nicht so recht sagen. Zudem träumte sie von einer Allianz der Vampire. Lupina hatte es damals nicht geschafft, die Werwölfe zu vereinen. Lady X traute ich das mit ihren Vampiren zu. »Ich habe gespürt, was Macht bedeutet«, unterbrach ihre zischende Stimme meine Gedanken. »Verdammt, Sinclair, ich habe es gespürt. Und ich denke nicht mehr daran, diese Macht aus den Händen zu geben. Darauf kannst du dich verlassen.« Nach diesen Worten legte sie auf.

Das passte mir gar nicht. Ich hielt den Hörer so hart fest, als wollte ich den Griff zerdrücken. Dann wandte ich mich langsam meinem Freund Suko zu.

»Jetzt haben wir sie im Nacken«, meinte er. Der Chinese hatte aus den Gesprächsfetzen entnehmen können, wie der Dialog verlaufen war.

»Stimmt genau. Und sie hat auch die Führung an sich gerissen. Lady X leitet die Mordliga.«

»Besser oder schlechter für uns?«

Ich hob die Schultern. »Wahrscheinlich bleibt sich das im Endeffekt gleich.«

»Und was machen wir jetzt mit ihm?« Suko warf einen Blick auf die im Sarg liegenden Überreste des Solo Morasso.

Auch ich schaute hin. Halb Mensch – halb Skelett. Ein widerlicher Anblick. Und eingebettet lag dieses Monster in dem widerlichen grünen Schleim, der mich an eine Mischung aus Gelee und Sirup erinnerte und mir irgendwie aufgequollen zu sein schien.

»Wir lassen die Leiche wie besprochen zum Yard schaffen«, erwiderte ich.

Suko nickte. Ihm war anzusehen, dass ihm der Anblick des Toten ebenfalls zusetzte.

Ich deutete auf den Deckel. »Fass mal mit an.«

Gemeinsam hievten wir den Sargdeckel in die Höhe. »Wegen dieses Satans muss man noch arbeiten«, beschwerte sich Suko und schüttelte den Kopf. »Wirklich, ich habe keinen Bock.«

Ich grinste schief. »Arbeit adelt, mein Lieber.«

»Jawohl, Sir John.«

Trotz meiner leichten Sprüche war ich froh, den Deckel endlich auf dem Unterteil zu haben. Der grässliche Anblick des Solo Morasso schlug mir irgendwie auf den Magen. Vor allen Dingen vielleicht deshalb, weil ich daran nicht ganz unschuldig war.

Während ich zum Telefon ging, schraubte Suko den Sargdeckel fest. »Der sitzt«, sagte er zufrieden.

Ich hatte schon eine bestimmte Nummer gewählt. Und zwar die Mordkommission. Als der zuständige Leiter meine Stimme hörte, ahnte er Schlimmes und wurde schon unruhig. Ich besänftigte ihn mit wenigen Worten und machte ihm nur klar, dass er einige Männer und einen Wagen schicken sollte.

»Reichen zwei Leute?«

»Natürlich.«

»Die kann ich gerade entbehren.«

Ich klärte ihn noch darüber auf, dass er die Leiche in die Pathologie schaffen lassen sollte. »Aber das sage ich Ihren Leuten sicherheitshalber selber.«

»Geht klar.«

Froh, diesen Anruf hinter mich gebracht zu haben, drehte ich mich wieder um. Suko hatte in einem Sessel Platz genommen und beide Hände auf die Lehnen gelegt. »Was machen wir?«

»Kriminalistenarbeit.«

»Wie in den Fernsehfilmen.«

Ich setzte mich und streckte ebenfalls die Beine aus. »So ungefähr, mein Lieber. Wir warten das Ergebnis ab.«

»Glaubst du nicht daran, dass Morasso erledigt ist?«

Ich hob die Schultern und wiegte zudem zweifelnd meinen Kopf. »So recht kann ich es nicht glauben, auch wenn ich den Gegenbeweis mit eigenen Augen gesehen habe. Aber es will mir einfach nicht in den Sinn, dass es ihn nicht mehr geben soll. All die Jahre ...«

»Irgendwann ist Schluss.«

Ich klatschte in die Hände. »Aber er ist schon einmal zurückgekehrt. Denk daran.«

»Da waren die Vorzeichen auch andere.«

»Stimmt.«

Suko lachte. »Ich kann dich verstehen. Leider ist mit seinem Ausscheiden das Kapitel Mordliga nicht beendet, und das ärgert mich noch mehr. Zum Glück sind es nur noch drei.«

»Ein angeschlagener Boxer ist oft gefährlicher als ein topfiter«, gab ich zu bedenken. »Bei Morasso wussten wir, was er vorhatte. Dr. Tod wollte nach der Weltherrschaft greifen. Wie sieht es aber bei Lady X aus? Was hat sie sich alles ausgedacht? Wie wird sie reagieren? Das ist es, was mir Sorgen bereitet.«

»Vampiro-del-mar«, sagte Suko.

Sofort wusste ich, worauf er anspielte. Dieser Uralt-Vampir und Lady X vertrugen sich nicht. Zwischen ihnen bestand keine Partnerschaft, sondern mehr ein Waffenstillstand.

Bisher hatte Dr. Tod dafür gesorgt, dass es zwischen ihnen nicht zur offenen Feindschaft oder Eskalation kam. Die Frage stellte sich nun, ob sich daran etwas geändert hatte und wir vielleicht die lachenden Dritten sein konnten.

Es waren Spekulationen, und wir mussten erst einmal abwarten, wie sich die Dinge überhaupt entwickelten.

In die Zukunft brauchten wir vorerst nicht gedanklich hineinzusteigen, denn die Türglocke erinnerte uns wieder an die Gegenwart. Ich stand auf.

»Das sind die beiden«, meinte Suko, als ich mich auf dem Weg zur Tür befand.

Über Lautsprecher redete ich mit den Männern und

erklärte ihnen, dass sie ihren Plastikbehälter, der sargähnliche Formen hatte, ruhig unten lassen konnten.

»Machen wir, Sir.«

Wenig später standen die Männer in meiner Wohnung. Sie trugen graublaue Kittel. Es waren kräftige Burschen, die ich vom Ansehen her kannte. Jetzt erfuhr ich auch ihre Namen. Der dunkelhaarige hieß Spirea, der andere Burland.

Burland war der Kräftigere und grinste breit, als sein Blick auf den Sarg fiel. »Wie ist der denn in Ihre Wohnung gelangt, Sir?«

»Geflogen ist er nicht«, erwiderte ich.

»Sorry, Sir.«

Ich winkte ab. »Schon gut.«

Burland gab Spirea eine knappe Aufforderung. Die beiden bückten sich und hoben den Sarg an. Durch die schmale Diele schleppten sie ihn. Da die Wohnungstür offen stand, konnten sie in den Flur gehen, wo sie sich sofort nach links zu den Fahrstühlen hinwandten.

Ich ging neben ihnen her.

Burland fragte: »Haben Sie besondere Anweisungen?«

»Nein, fahren Sie nur auf schnellstem Wege in die Pathologie. Ich werde ebenfalls bald da sein.« Als ich dann den spitzen Schrei hörte, fuhr ich herum.

Eine Nachbarin hatte ihn ausgestoßen. Soviel ich wusste, war sie seit zwanzig Jahren Witwe und in einer Organisation tätig, die gegen alles anging, was menschlich ist. Klar, dass der Anblick des Sargs der Frau nicht gefiel. Sie lehnte bleich an der Flurwand und schüttelte sich.

»Trinken Sie einen Schnaps«, riet ich ihr. »Dann geht es Ihnen besser.«

»Alkohol!«, stöhnte sie. »Nein, so etwas. Ich habe …«

Was sie noch sagte, hörte ich nicht mehr, denn ich ging wieder zurück in meine Wohnung, während die beiden Männer mit ihrer makabren Last nach unten fuhren.

Wir wollten auch zum Yard Building fahren. Allerdings erst später.

Und das war ein Fehler!

Burland und Spirea hatten einen günstigen Parkplatz für ihren Wagen gefunden, deshalb brauchten sie mit der Last nicht sehr weit zu laufen. Sie schoben den Sarg in den grauen, unscheinbar wirkenden Wagen hinein und schlossen die Tür der Ladefläche. Mit dem Kopf deutete Burland in Richtung Fahrerhaus.

Spirea blieb stehen. Mit den Fingern zeichnete er seinen Schnauzer nach. »Also, ich will doch mal wissen, was so in dieser komischen Totenkiste steckt.«

»Das juckt uns doch nicht.«

»Mich schon.«

»Wie lange fährst du schon Leichen?«, fragte Spirea und klopfte eine Zigarette aus der Packung.

»Ein paar Jahre sind es.«

»Eben. Und nie hast du dich darum gekümmert, wer in einer Totenkiste lag. Ausgerechnet heute.« Burland zündete sich das Stäbchen an. »Weshalb eigentlich?«

»Weil das alles so geheimnisvoll ist.«

Burland paffte zwei blaue Wolken. »Nichts ist geheimnisvoll. Nur Mache. Steig endlich in die Karre und dann nichts wie weg. Ich habe keine Lust, hier die Zeit zu vertrödeln.«

»War auch nur 'ne Frage.«

Burland und Spirea stiegen ein. Der Mann mit dem südländischen Namen fuhr. Als er den kleinen Transporter startete, da ahnte er nicht, was sich auf der Ladefläche tat …

Es war der grüne Schleim, der reagiert hatte. Diese widerliche geleeartige Masse, von der John Sinclair und Suko nicht wussten, aus welchem Material sie bestand, hatte den Boden der Totenkiste nicht ohne Grund bedeckt.

Es war eine Hinterlassenschaft der Vampirin Lady X, und es gehörte zu einem teuflischen, gerissenen Plan.

In der Finsternis des Sarges geriet sie in Bewegung. Zuerst zog sich die Masse zusammen, bildete Klumpen, die sich dann immer weiter ausbreiteten und einen größeren Raum einnahmen. Es entstanden dicke Blasen.

Sie bildeten regelrechte Kugeln, ihre Haut wurde zunehmend dünner, dann zerplatzten sie. Die dabei entstehenden Laute gingen allerdings in den Fahrgeräuschen unter.

Der Schleim kam nicht zur Ruhe. Er vermehrte sich sogar. Und er bedeckte nun nicht mehr nur den Boden, sondern stieg entgegengesetzt der Schwerkraft in die Höhe, um sich über den Körper des widerlichen Wesens zu legen, das einmal der Mensch-Dämon Dr. Tod gewesen war.

Der Schleim bedeckte ihn schon nach kurzer Zeit wie ein grüner Mantel. Er suchte seinen Weg.

Zuerst kroch der Schleim über die linke Seite. Dort hatten die messerscharfen Zähne der Fische Solo Morasso das Fleisch von den Knochen gefressen. Er war dort nur ein Skelett. Da gab es kein Ohr mehr, keine Nase, keine Haare, kein Auge. Die Piranhas hatten Morasso wirklich mit Haut und Haaren gefressen.

Über die bleichen Knochen kroch der Schleim. Er bewegte sich wie dickes flüssiges Gummi, glitt auf das Gesicht zu und fand auch seinen Weg in das leere Auge.

Sofort füllte es die Höhle aus, quoll wieder hervor, breitete sich auf dem Gesicht aus, tropfte da hinein, wo sich die Hälfte der Nase befand, und machte sich daran, auch den Rest des Gesichts zu erfassen.

Einmal aktiviert, war der widerliche Schleim nicht mehr aufzuhalten. Und er hinterließ seine träge, blasige Spur auf dem gesamten Körper der Horror-Gestalt.

Der Schleim wuchs. Er schien aus zahlreichen Zellen zu bestehen, die sich innerhalb von Sekunden vermehrten und fast den gesamten Innenraum des Sargs einnahmen. Von der eigentlichen Horror-Gestalt war nichts mehr zu erkennen. Hätte jemand den Sarg geöffnet, so wäre ihm nur der Anblick des grünen Schleims aufgefallen.

Das gefährliche Zeug arbeitete. Es quoll, breitete sich auch in der Höhe aus und füllte inzwischen den Sarg bis über den Abschnitt hinaus, wo die beiden Hälften aufeinander lagen.

Der Schleim arbeitete. Es blieb nicht allein bei der Vermehrung, er bewegte sich auch.

Und das heftig. Mit Stößen, die dicht aufeinander folgten und den Sarg in Mitleidenschaft zogen. Hatte er bisher still und ruhig auf der Stelle gestanden, so wurde es jetzt anders.

Die Totenkiste tanzte!

Von einer Seite auf die andere wurde sie geschüttelt, kippte einmal nach rechts, dann wieder nach links, wurde vorn hochgehoben und auch hinten, schlug schwer zurück, sodass das dabei entstehende Geräusch durch den Lieferwagen dröhnte.

Was sich weiterhin im Innern des Sargs abspielte, wusste niemand. Aber es waren schreckliche Vorgänge, die man mit dem Begriff Schwarze Magie umschreiben konnte ...

Dr. Tod schickt seine Leiche.

Ich starrte auf den Zettel, las den Satz einmal, ein zweites Mal, murmelte ihn und schüttelte den Kopf.

»Was hast du?«, fragte Suko.

Ich hob die Schultern. »Fassen kann ich es noch immer nicht. Dr. Tod soll nicht mehr existieren, das ist einfach unwahrscheinlich und will nicht in meinen Schädel.«

»Kann ich mir vorstellen.« Mein Partner lachte und schwenkte den Dreharm des Telefonständers zur Seite, sodass der Apparat in meine Richtung glitt.

Wir saßen wieder in unserem gemeinsamen Büro. Sir James wusste bereits über alles Bescheid. Seinen Reaktionen zufolge war die Gefahr nicht geringer, sondern größer geworden. Er hatte sich unserer Ansicht angeschlossen. Dr. Tod war eher auszurechnen als Lady X. Er war zwar eine Existenz ohne Gewissen gewesen, doch er hatte im Prinzip bei seinen Aktionen immer ziemlich menschlich reagiert. Wie würde es bei Lady X sein?

Sir James hatte seine Bedenken, ich ebenfalls. Bei ihr konnte es möglich sein, dass sie alle Hemmungen über Bord warf und sich mit einer wahren Vampirflut über die Menschen stürzte. Unter Umständen sogar zusammen mit Vampiro-del-mar, denn sicherlich würden sie ihre Gegensätzlichkeiten über Bord werfen und sich zu einer Einheit zusammenschließen.

Was das bedeutete, daran wollte ich überhaupt nicht denken. Im Augenblick waren Dr. Tod und der grüne Schleim wichtiger. Beides sollte in unserer Pathologie untersucht werden.

Irgendwie hatten Suko und ich ein seltsames Gefühl. Wir sprachen zwar nicht darüber, aber es war uns anzusehen. Auf unseren Gesichtern spiegelte sich das wider, was wir empfanden und wie wir auch die nahe Zukunft sahen.

Rosig sah es nicht aus.

Ich warf einen Blick auf die Uhr. Eigentlich hätte der Wagen schon längst am Yard Building eintreffen müssen. Dem schien nicht so zu sein, man hatte uns nämlich noch keinen Bescheid gegeben. Den allerdings erhielten wir bald. Leider auf eine Art und Weise, wie wir es uns nicht vorgestellt hatten.

Die Tür wurde hart aufgestoßen.

Wie ein finsterer Racheengel stand einen Herzschlag später Sir James Powell im Raum. Die Augen hinter den dicken Brillengläsern blitzten. Der Adamsapfel befand sich in hektischer Bewegung, ein Zeichen, dass unser Chef nervös war.

Ich stand sicherheitshalber auf, denn ich befürchtete nichts Gutes. Suko erging es ähnlich.

»Ihr Plan ist in die Hose gegangen!«, fuhr Sir James uns beide ziemlich barsch an. »Jetzt haben wir den Salat.«

»Was ist denn los?«, fragte ich.

Sir James lachte rau. »Was los ist? Der Teufel, meine Herren. Der Teufel ...«

Wo das historische Gebäude der Queen's Gallery liegt und sich der St. James Park mit dem Green Park trifft, da bemerkten die beiden Männer im Führerhaus es zuerst.

Spirea fuhr langsamer. »Da stimmt was nicht.«

»Was?«

»Merkst du das denn nicht?«

Burland schaute sich um. Halten war nicht möglich. Es herrschte einfach ein zu großer Trubel. Die beiden Männer waren froh, dass sie überhaupt einigermaßen durchkamen und die südlich gelegene Victoria Street ansteuern konnten. In der Nähe des Metropole Cinema schließlich konnten sie stoppen. Von dieser Stelle aus war es ein Katzensprung bis zum Victoria Square, getrennt nur durch die Buckingham Palace Road.

Spirea stellte den Motor ab.

»Und jetzt?«, fragte Burland.

»Hast du das denn nicht bemerkt?«, fragte Spirea und wedelte aufgeregt mit beiden Händen.

»Die Geräusche auf der Ladefläche?«

»Ja!« Spirea verdrehte die Augen.

Burland grinste schief. »Du bist eben zu scharf gefahren. Da wird der Sarg gewackelt haben.«

»Nein, das geht nicht.«

»Nenne mir einen anderen Grund!«

Spirea holte zweimal Luft, bevor er antworten konnte. »Den kann ich dir nennen, mein Lieber«, flüsterte er. »Den kann ich dir sogar doppelt und dreifach nennen.«

»Bitte.«

»Mit dem Sarg stimmt was nicht. Da hat man uns etwas untergejubelt, mein Lieber.«

Burland lachte. Er riss dabei weit den Mund auf. »Wieso? Vielleicht ein Scheintoter.«

»Ja, kann doch sein.«

»Du spinnst. Ich jedenfalls ...«

Das weitere ließ Burland unausgesprochen, denn jetzt hörte auch er sehr deutlich den dumpfen Laut von der Wagenfläche. Irgendetwas war dort geschehen, und es hatte sich angehört, als wäre ein großer Gegenstand umgefallen.

»Der Sarg!«, hauchte Spirea. »Der Sarg ist gekippt.«

Burland wollte es noch immer nicht glauben. Das widersprach ihren Erfahrungen. »Unsinn. Da ist zwar was, aber kein gekippter Sarg.«

»Dann lass uns nachschauen!«, forderte Spirea.

Burland hatte etwas dagegen. »Es ist nur noch ein Katzensprung bis zum Yard. Da klärt sich dann alles auf.«

Spirea blieb stur. »So lange warte ich nicht.«

Burland kannte seinen Kollegen. Wenn der sich etwas in den Kopf gesetzt hatte, war es so gut wie unmöglich, ihm dies auszureden. Es sei denn, man versuchte es mit Gewalt. Und das hatte Burland auf keinen Fall vor.

»Also gut«, lenkte er schließlich ein, »sehen wir uns die Sache mal gemeinsam an.«

Sie blieben noch sitzen und vernahmen abermals das dumpfe Poltern. Jetzt gelangte auch Burland allmählich zu der Überzeugung, dass sein Kollege Recht hatte. Dieses Geräusch war nicht normal. Und wenn sich niemand auf der Ladefläche versteckt hielt, dann musste das Poltern der Sarg verursacht haben. Aber wie war das möglich? Vielleicht hatte sich jemand im Innern der Totenkiste versteckt? Unter Umständen war dieser Jemand überhaupt nicht tot, sondern nur scheintot. Da gab es ja oft die tollsten Dinge, obwohl in der beruflichen Laufbahn der beiden Männer bisher alles glatt verlaufen war.

Selbst Burland spürte die Gänsehaut auf seinem Rücken. Er schaute seinen Kollegen an und nickte.

Die beiden verließen den Wagen.

Um sie herum flutete der Verkehr. Sie aber fühlten sich wie auf einer einsamen Insel gefangen, als sie mit zögernden Schritten parallel zur Ladefläche entlanggingen.

Die beiden Türen waren leicht zu öffnen. Nach rechts und links klappten die Hälften weg, sodass die Männer einen Blick auf die Ladefläche werfen konnten.

Da stand der Sarg.

Nichts deutete daraufhin, dass er sich bewegt hatte. Vielleicht stand er ein wenig schräger als sonst, das war alles. Burland kratzte sich am Kopf.

»Na?«, fragte er. »Bist du jetzt zufrieden?«

»Da waren aber Geräusche.«

»Habe ich ja auch gehört, aber aus dem ...« Plötzlich hatte Burland das Gefühl, als wollte ihn jemand zum Narren halten. Und das war der Sarg, denn er bewegte sich plötzlich, wurde in die Höhe gedrückt, schwebte vielleicht eine Fingerlänge über dem Boden, fiel danach wieder zurück, kippte erst nach links, dann wieder nach rechts und kam schließlich zur Ruhe.

Die beiden Männer standen da mit offenen Mündern und staunten nur noch. Etwas anderes blieb ihnen nicht übrig, denn sprechen konnten sie nicht, die unerklärlichen Vorgänge hatten ihnen die Sprache verschlagen.

»Bin ich denn besoffen?«, hauchte Burland.

Sein Kollege schüttelte den Kopf. »So wenig wie ich. Das ist alles wahr.«

»Komm, lass uns fahren!«

Burland hatte die Worte kaum ausgesprochen, als die beiden Männer ein erneuter Schock traf. Ausgelöst durch den Sarg, denn plötzlich wurde der Deckel in die Höhe geschleudert. Als würde er unter einem ungeheuren Druck stehen, so platzte er weg, krachte gegen das Dach, und beide Männer erkannten mit Schrecken, was sich innerhalb der Totenkiste abspielte.

Eine Leiche lag nicht im Sarg. Wenigstens konnten die Männer keine erkennen.

Dafür sahen sie etwas anderes.

Schleim!

Eine widerliche Masse, die grünlich schimmerte, hatte von unten gegen den Deckel gedrückt und die Verschlüsse gesprengt. Jetzt hatte sie freie Bahn.

Sie spritzte hervor, große Klumpen, die grünlich aussahen und – wie die beiden Männer mit Schrecken feststellten – menschliche Formen angenommen hatten.

Das waren Monster!

Burland und Spirea waren vor Schreck gelähmt. Sie konnten sich nicht bewegen, denn so etwas hatten sie noch nie in ihrem Leben erlebt oder gesehen.

Das war grauenhaft, schaurig – und unbegreiflich, was sich innerhalb des Sargs abgespielt hatte.

Grüne, kleine Schleimwesen mit bösen Gesichtern, hellen Augen und krallenartigen Händen krochen aus dem Sargunterteil und verteilten sich gedankenschnell innerhalb der Ladefläche.

Fünf zählten sie.

Und jedes Wesen besaß das gleiche Gesicht. Die Züge glichen sich aufs Haar, diese grünen Schleimwesen konnten Fünflinge sein, ihre Gesichter unterschieden sich in nichts.

Burland fand die Sprache als Erster zurück. »Das – das gibt es doch nicht«, hauchte er. »Ich – ich spinne ...«

Spirea reagierte praktischer. Eine Ahnung sagte ihm, dass er die Monster nicht entkommen lassen durfte, deshalb schleuderte er Burland zur Seite, um die Tür zuzurammen.

Es klappte fast.

Zwei Monster waren jedoch schneller. Bevor das Türschloss fassen konnte, hatten sie ihre Arme ausgestreckt und sie zwischen den Spalt geklemmt, sodass die Tür nicht zugedrückt werden konnte.

Die Arme schauten hervor.

Zwei schleimige, grün schillernde, schlangengleiche Ableger, die mit ihren Händen zugriffen und Spirea als Opfer ausgesucht hatten.

Der Mann wollte noch schreien, als er die Klaue dicht vor seinem Gesicht auftauchen sah. Es gelang ihm nicht mehr, denn die Hand drückte auf seine Lippen.

Spirea hatte das Gefühl, einen Erstickungsanfall zu erleiden. Augenblicklich bekam er keine Luft mehr, taumelte zurück, und seine Hand, die noch den Griff umklammert hielt, riss die Türhälfte wieder auf.

So hatten die anderen freie Bahn.

Auch das Wesen, das seine Hand auf den Mund des Mannes gepresst hielt. Es stieß sich ab.

So viel Kraft hätte Spirea diesem unheimlichen Ding überhaupt nicht zugetraut. Es wuchtete hart gegen ihn, Spirea wurde zurückgeschleudert, er schrie noch, dann fiel er.

Der gesamte Vorgang hatte höchstens Sekunden gedauert. Eine dennoch ziemlich lange Zeitspanne, die Burland eigentlich hätte nutzen sollen, aber er war ebenso geschockt wie sein Partner und kam nicht schnell genug weg.

Sein Fehler!

Plötzlich waren die anderen da.

Zu viert hechteten sie von der Ladefläche, und sie griffen frontal an. Es waren die widerlichen Schleimwesen, aber sie befanden sich in einem weiteren Stadium der Veränderung.

Aus ihnen wurden kleine Menschen.

Zwerge!

Und jeder von ihnen sah gleich aus. Kantige Gesichter, dessen graue Gesichtsfarbe immer stärker durchschimmerte, weil sich der grüne Schleim allmählich verlief.

Grau das Gesicht, zudem irgendwie flach und die Umrisse kantig, wie ein Kopf aus Beton.

Und ein Betongesicht hatte auch Dr. Tod gehabt!

Beide Männer hatten den Mensch-Dämon noch nie gesehen, deshalb wussten sie auch nicht, dass er nun vor ihnen stand. Allerdings in fünffacher Ausfertigung.

Fünfmal Solo Morasso!

Vier Zwerge hatten sich in Burlands Kleidung verhakt und zerrten an ihm. Sie hatten Kraft. Burland wurde kurzerhand umgerissen. Er fiel hart auf die Straße, überschlug sich dort und wollte wieder aufstehen, was die Zwerge nicht zuließen.

Sie bewiesen ihre Grausamkeit.

Wie Messer waren ihre spitzen Krallen. Burland, der auf dem Rücken lag, hatte keine Chance. Er wollte noch schreien, doch da waren auf einmal die Schmerzen in seinem Hals, als die spitzen Nägel zustachen, durch das Fleisch drangen und sich das Halsinnere des Mannes mit Blut füllte.

Burland starb.

Es war ein schlimmer, grausamer Tod, der ihn so urplötzlich überfallen hatte. Unter seinem Körper breitete sich allmählich eine dunkelrote Lache aus, die immer weiter rann und zwischen den Rillen eines Kanaldeckels verschwand.

Spirea lebte noch.

Ihm war es gelungen, seine Hände um den kleinen Hals des Wesens zu klammern. Verzweifelt drückte er zu, wollte dem anderen die Luft nehmen, aber ein lebender Toter benötigte keinen Sauerstoff zum Atmen.

Das Gesicht, aus dem der letzte Schleim verschwunden war, zeigte überhaupt keine Regung. Es schien, als würde das Wesen den Druck der Hände nicht spüren, und Spirea merkte mit Entsetzen, dass er es nicht fertig bringen würde, seinen Gegner abzuschütteln.

Der Kleine war zu stark.

Hin und her schüttelte Spirea ihn, dabei stieß er Laute aus, die nichts Menschliches mehr an sich hatten. Vor seinem Mund sprühte Speichel, und als er feststellte, dass er nichts gegen den anderen unternehmen konnte, da versuchte er es auf eine andere Art und Weise. Er schleuderte den Zwerg von sich.

Spirea hatte all seine Wut in diesen Wurf gelegt. Er wollte den Tod seines Gegners erreichen und wuchtete ihn gegen eine Kante an der Ladefläche.

Einem Menschen wäre das Rückgrat gebrochen worden, bei diesem Wesen war es anders.

Spirea hörte den Schlag, das dumpfe Klatschen, und er rechnete damit, dass der andere zerbrechen würde, doch das war nicht der Fall. Er war zwar gegen die Ecke geklatscht und danach auch zu Boden gefallen, aber er erholte sich wieder.

Wie eine kleine Puppe stand er auf und versuchte es von neuem.

Spirea erwischte ihn mit einem Tritt. Das Wesen wurde zurückgeschleudert. Es geriet dabei unter den Wagen und drehte sich dicht neben einem Reifen liegend.

Spirea dachte daran, dass er erst einmal genug getan hatte. Er wollte sich um Burland kümmern, zudem bestand jetzt die Chance zu einer sicheren Flucht.

Aber Burland lag in seinem Blut.

Spirea glaubte, wahnsinnig zu werden, als er seinen Kollegen auf dem Boden liegen sah. Der Schock traf ihn bis in die Haarwurzeln. Er verzog das Gesicht, begann zu zittern und ballte die Hände zu Fäusten.

»Nein«, hauchte er, »nein ...«

Burland war tot.

Vier Zwerge mit kalten Gesichtern und blutenden Mörderklauen hatten seinen Kollegen umgebracht.

Und das mitten in London!

Spirea hörte nicht die gellenden Schreie der Passanten, das Bremsen der Fahrzeuge, er starrte nur auf Burland, der sich nicht mehr rührte. Die Blutlache unter seinem Körper vergrößerte sich zusehends. Der so wichtige Lebenssaft verließ den Mann.

Dann brüllte Spirea los. »Hilfe!«, gellte seine Stimme. »Verdammt, so helft mir doch!« Er drehte sich auf dem Fleck, streckte seine Arme aus, die Hände bewegten sich fordernd, und er schrie nach der Polizei. Plötzlich umstanden Menschen ihn. Sie schauten ihn an. Groß waren ihre Augen, bleich die Gesichter. Als die Tränen Spireas Blick verschleierten, da waren die Gesichter nur noch verschwommen, bleiche Flecken in einer langen Kette.

Trugbilder, die er mit hinein in die Ohnmacht nahm, ebenso wie das Heulen der Polizeisirenen …

Wir fuhren mit eingeschalteter Sirene!

Was uns Sir James erzählt hatte, war grauenhaft, und beide machten wir uns schwere Vorwürfe. Wir hätten den Wagen nicht ohne Begleitschutz fahren lassen dürfen. Dr. Tod war eine Leiche, aber auch in so einem Zustand konnte er noch gefährlich werden, das hatte er uns hinlänglich bewiesen.

Uns war nicht allzu viel bekannt. Wir wussten nur, dass irgendetwas mit dem Wagen passiert sein musste. Was es genau war, konnten wir nicht sagen, auf jeden Fall schien es Verletzte, wenn nicht sogar einen Toten gegeben zu haben.

Vorbei an der Westminster City Hall rasten wir in Richtung Osten. Was in London nicht sehr oft geschah, das erreichte unsere Sirene. Sie verschaffte uns freie Bahn.

Die Fahrzeuge wichen vor uns zur Seite. Nach links und rechts fuhren sie, und es sah so aus, als würde sich ein stählerner Blumenkelch vor uns öffnen.

Aber nicht nur wir waren unterwegs. Auch Streifenwagen rasten in die entsprechende Richtung. Sie fuhren ebenfalls mit heulenden Sirenen, das alles sah mir fast nach einem Großalarm aus.

Wir kamen gut durch, bis zu einem dichten Ring von stehenden Autos. Da waren auch wir am Ende. Selbst ein Gehsteig bot nicht genügenden Platz.

Wir stoppten, sprangen aus dem Wagen und jagten mit Riesenschritten los. Wie überall standen auch hier die Neugierigen herum. Obwohl die meisten von ihnen überhaupt nichts sehen konnten, behinderten sie die Männer, die mit dem Fall zu tun hatten.

Gegen diese Unart hatten wir immer wieder anzukämpfen. Manche Gaffer zeigten sich noch störrisch, wenn wir das Wort »Polizei« riefen und sie zur Seite drängten.

Wir konnten uns durchwühlen und sahen den Wagen.

Der Mann am Boden fiel uns erst beim zweiten Hinsehen auf. Dafür war sein Anblick umso schrecklicher. Wir brauchten keine Ärzte zu sein, um zu wissen, dass der Mann nicht mehr lebte. Es war Burland, einer der beiden Fahrer. Er war auf eine grausame Art und Weise getötet worden, eine Beschreibung möchte ich Ihnen ersparen.

Aber wo steckte der Täter?

Ich hatte meine Beretta gezogen. Einige Polizisten durchbrachen den Kreis, Suko kümmerte sich um den zweiten am Boden liegenden Mann. »Spirea ist nur verletzt«, rief der Chinese, als ich auf die Ladefläche des kleinen Transporters stieg, um mir den Sarg einmal genau anzuschauen, denn meiner Ansicht nach konnte nur aus ihm das Verderben über die beiden Männer gekommen sein.

Der Sarg war nicht geschlossen!

Dies fiel mir zuerst auf, und mein Gesicht verzog sich für einen winzigen Augenblick.

Wer hatte ihn geöffnet?

Es gab Spuren. Grüner Schleim bedeckte den Boden und klebte auch an den Wänden. Als ich mit den

Fingerkuppen über die Reste tastete, da stellte ich fest, dass sie hart geworden waren. Sie wirkten wie eingetrocknet.

Dann blickte ich in den Sarg.

Er war leer!

Zwar hatte ich irgendwie damit gerechnet, aber die direkte Konfrontation mit der leeren Totenkiste schockte mich doch. Das Monster Dr. Tod war einfach gestohlen worden. Jemand musste ihn befreit haben, eine andere Möglichkeit gab es für mich augenblicklich nicht. Aber wer hatte das getan? Von wem war der Transporter angehalten worden? Wahrscheinlich konnten mir Zeugen darüber Auskunft geben, wobei ich besonders auf die Aussage des Fahrers hoffte, wenn er aus seiner Bewusstlosigkeit erwacht war.

Als ich den Wagen verließ, hatten die Polizisten die Gaffer zurückgedrängt und selbst einen Ring gebildet, den niemand durchbrechen konnte.

Ich wurde sofort erkannt. Neben Suko stand ein Mann in Zivil und saugte an seiner Pfeife, während sich um den verletzten Spirea zwei Weißkittel kümmerten. Der Tote war inzwischen zugedeckt worden.

Mein Schatten fiel auf Suko, und der Chinese drehte sich um. Fragend schaute er mich an.

»Morasso ist verschwunden!«

»Was?«

»Ja, der Sarg ist leer. Wenn du mir nicht glaubst, schau selbst nach.«

Der Chinese wischte mit dem Handrücken über sein Gesicht. »Aber das ist doch unmöglich. Morasso war tot ...«

Ich strich über mein Gesicht. »Bei ihm müssen wir mit allen Überraschungen rechnen. Dr. Tod schickt seine Leiche. So allmählich glaube ich an einen makabren Scherz. Wahrscheinlich wollte man uns verwirren.«

Suko war auch meiner Ansicht. »Fragt sich nur, wo er hingegangen ist.«

»Frag mal die Zeugen, die müssen ja etwas gesehen haben. Oder auch Spirea.«

»Ja, der müsste eigentlich Bescheid wissen.« Suko warf ihm einen Blick zu. »Leider noch bewusstlos.«

Ich strich durch meine Haare. Die Vorwürfe, die ich mir machte, wurden nicht weniger, im Gegenteil, sie waren stärker geworden. Wir hätten es verhindern können und auch müssen. Dann wäre uns Solo Morasso niemals entwischt. Aber wer konnte das alles vorher wissen?

Der Bewusstlose wurde abtransportiert. Ich sah kurz sein bleiches Gesicht. Nein, es sah nicht so aus, als könnten wir schon bald mit ihm reden.

Es musste andere Zeugen geben. Einem Uniformierten gab ich den Auftrag, uns so viele Zeugen wie möglich herbeizuschaffen. Es war mir zwar bekannt, dass verschiedene Aussagen dabei herauskommen würden, aber irgendwie würde es sicherlich auch Punkte geben, bei denen man eine Übereinstimmung feststellte.

Die Wartezeit verkürzte ich mir mit einer Zigarette. Soeben fuhren die ersten Wagen wieder an. Man hatte den Verkehr umgeleitet.

Auch die Mordkommission war eingetroffen. Viel gab es nicht zu untersuchen. Man schoss einige Aufnahmen, kümmerte sich nur um den reinen technischen Teil und überließ die eigentliche Arbeit Suko und mir.

Vier Zeugen waren aufgetrieben worden. Ich stellte mich kurz vor und begann mit der Befragung.

Es lief besser, als ich gedacht hatte. Alle vier erklärten übereinstimmend, dass aus dem Wagen seltsame kleine Wesen gekommen waren.

»Wie sahen sie aus?«

Eine Frau antwortete. »So grünlich.«

Die drei Männer unter den Zeugen nickten.

»Grün angestrichen?«, hakte ich nach. »Oder irgendwie ...«

»Nein, nein. Die erinnerten mich an Wesen, die man in einen Farbtopf getaucht hat und wo die Farbe dann an den Körpern herabläuft, wenn Sie verstehen ...«

»Ja, ich verstehe.«

»Ich aber nicht«, sagte Suko. »Kannst du mir das erklären?«

»Es wird innerhalb des Sargs einen magischen Umwandlungsprozess gegeben haben.«

»Und Solo Morasso?«

Da war auch ich überfragt. »Tut mir leid, aber ich kann dir nicht sagen, was mit ihm geschehen ist.«

»Das grüne Zeug ist aber irgendwie abgelaufen«, sagte ein Mann. Er trug einen steifen Hut und trotz des warmen Wetters noch einen dunklen Mantel.

»Wieso?«

»Nun ja, Sir. Das war so. Der Schleim verschwand, und darunter kam ein Mensch zum Vorschein. Aber nur so groß wie ein Zwerg.« Der Mann bückte sich und zeigte die ungefähre Größe an.

»Da sind Sie sicher?«

»Klar, auf meine Augen kann ich mich verlassen. Fünf Zwerge haben wir gesehen. Vier griffen den einen Mann an. Mit den Händen töteten sie ihn. Wir konnten nichts machen, weil wir ...«

»Da ist ja einer dieser Zwerge!«, rief die weibliche Zeugin mit schriller Stimme. »Hinter Ihnen, unter dem komischen Wagen schaut er hervor.«

Suko und ich kreiselten gleichzeitig herum. Die Frau hatte sich nicht getäuscht. Neben einem Rad war tatsächlich einer der Zwerge aufgetaucht.

Er starrte uns hasserfüllt an und hatte seine blutigen Finger gespreizt. Wie er da stand, bot er trotz seiner Größe ein schreckliches Bild. Viel schlimmer für uns war sein Gesicht.

Wir kannten es, denn Solo Morasso, alias Dr. Tod, hatte so ausgesehen!

Wenn ich mit allem gerechnet hätte, damit allerdings nicht. Dr. Tod hatte uns tatsächlich noch einen makabren Streich gespielt. Er hatte seine Leiche geschickt, und nun sahen wir ihn wieder vor uns.

Als Zwerg!

Neben mir blitzte es auf.

Suko hatte geschossen. Als ich den hellen Abschuss der

Beretta hörte, war die Gestalt schon verschwunden und hatte hinter dem Reifen Deckung gefunden. Sukos Kugel hatte nicht das Wesen getroffen, sondern den Reifen und dort ein Loch hinterlassen, aus dem allmählich die Luft entwich.

Ich war natürlich nicht stehen geblieben, sondern zur Seite gehuscht. Aus den Reihen der zurückgedrängten Zuschauer drangen heftige Rufe. Die Leute hatten sich ebenso erschreckt wie die Polizisten, von denen sie zurückgedrängt worden waren.

»Du rechts, ich links!«, schrie ich meinem Freund und Kollegen zu. Suko verstand und setzte sich in Bewegung. Wir wollten diesen Zwerg in die Zange nehmen.

Auch ich hatte jetzt den Wagen erreicht und bückte mich. Aufrecht stehen konnte das Wesen nicht, denn so klein war es nicht. Es musste noch unter dem Wagen stecken, weder Suko noch ich hatten es hervorkriechen sehen.

Als ich mich bückte, hörte ich das Lachen.

O verdammt, es kam mir so bekannt vor. Das Wesen lachte mit der gleichen Stimme wie mein Erzfeind Dr. Tod. Und jetzt fing es auch noch an zu sprechen.

»Sinclair. Geisterjäger John Sinclair. Ist das nicht eine kleine Überraschung, die ich dir bereitet habe?«

Es wartete auf meine Antwort. Ich gab sie ihm nicht. Wir starrten uns nur an. Wenn ich an ihm vorbeischaute, erkannte ich auf der anderen Seite des Fahrzeugs meinen Freund Suko. Wie ich hielt auch er seine Waffe schussbereit, denn wir unterschätzten die Gefährlichkeit des Wesens keinesfalls.

In den letzten Minuten hatte Morasso bewiesen, wie grausam er auch in seiner veränderten Gestalt sein konnte, und noch jetzt klebte an seinen Händen das Blut des Toten.

»Du bist Morasso«, sagte ich hart. »Solo Morasso, der Mann, den ich in das Piranha-Becken geschleudert habe, der von meiner Kugel getroffen wurde und den die Fische fast zerrissen hätten, wäre nicht Xorron da gewesen.«

»Der bin ich.«

»Wie kommt es, dass du lebst?«

In Morassos Betongesicht hatte sich bisher kein Muskel gerührt. Nun allerdings tat sich dort etwas, denn seine uns grau erscheinenden Wangen zuckten. »Tot und doch nicht tot«, sagte er mehr lachend als sprechend. »Magie, Sinclair, Schwarze Magie. So ist es doch. Du hast sie immer bekämpft, aber du bist zu schwach. Dir fehlt der Würfel des Unheils. Er allein war es, der dies alles ermöglichte, denn der Würfel produzierte den Schleim. Dieser grüne Schleim, der im Sarg lag, hatte es in sich. Er ist etwas ganz Besonderes, und nur der Würfel kann ihn produzieren. Willst du es wissen?«

Obwohl ich innerlich fieberte, blieb ich gleichgültig. »Du brauchst es mir nicht zu sagen, denn dir wird der Schleim bestimmt nicht mehr helfen.«

»So kann nur jemand sprechen, der die Gefahr noch nicht begriffen hat«, erhielt ich zur Antwort.

»Und wenn ich dich diesmal verbrenne, Morasso, entkommen wirst du mir nicht mehr.«

Diese Antwort amüsierte ihn. Sein Betongesicht zog sich in die Breite, in den Augen lag ein Ausdruck, den ich nicht zu deuten wusste, aber er wollte sprechen, also ließ ich ihn.

»Dieser Schleim, Geisterjäger, ist der Stein der Weisen. Und wer die alten Geheimnisse genau kennt, kann mit Hilfe des Würfels den Schleim produzieren, und er allein ist in der Lage, tote in lebende Materie umzuwandeln und umgekehrt. Verstehst du mich, Geisterjäger?«

Ich nickte. Und ob ich ihn verstand. Danach hatten die Menschen schon immer geforscht. In der Frühzeit wie auch im Mittelalter. Viele Alchimisten suchten nach dem Stein der Weisen, sie wollten für ihre Fürsten und Könige Gold herstellen. Alles Mögliche hatten sie versucht, es aber nie geschafft. Der Stein der Weisen war trotz intensiver Forschungen nicht gefunden worden. Es gab keinen Materieumwandler. Damit musste sich die Menschheit auf der jetzigen Entwicklungsstufe abfinden. Und nun hörte ich von diesem Wesen, dass so etwas doch existierte. Der Würfel des Unheils konnte es schaffen, die Materie umzuwandeln. Das wollte mir einfach nicht in den Kopf.

Und wer besaß den Würfel?

Lady X!

Eine unheimliche Macht war ihr damit in die Hände gegeben worden. Dr. Tod schien in seiner ehemaligen Existenz dies noch nicht begriffen zu haben, aber die Scott. Nicht umsonst hatte sie den vom Würfel produzierten Schleim mit in den Sarg gepackt. Das Ergebnis sah ich nun vor mir. Eine kleine, ansonsten haargenaue Abbildung des Solo Morasso.

»Du überlegst, Geisterjäger. Bist du noch immer nicht dahinter gestiegen?«

»Doch, ich weiß Bescheid.«

»Dann nimm einen Rat von mir an«, sagte der Zwerg, der im übrigen die gleiche Kleidung trug, wie sie auch der echte Morasso getragen hatte. »Gib den Kampf auf. Du kannst ihn nicht gewinnen. Gib auf, bringe dich selbst um, oder vergrabe dich in der Tiefe der Erde, denn uns kannst du nicht stoppen!« Ein schauriges Lachen folgte, in das Sukos Worte fielen.

»Machen wir ein Ende, John! Gib ihm eine Kugel!«

Morasso hob die Hände. Sein Gesicht verzerrte sich. »Ja, schießt nur, tötet mich. Tötet mich wieder. Ich warte direkt darauf. Los, drückt ab, ihr Bastarde!«

Diesmal war es Suko, der feuerte. Ich sah das fahle Blitzen vor der Mündung und einen Augenblick später hieb die Kugel genau in den Schädel des kleinen Monsters.

Morasso schrie nicht. Die Kugel war hinten in seinen Kopf gefahren und hatte ihn auseinandergerissen. Ich bekam alles haargenau mit, schaute auch weiterhin zu und hörte als Letztes sein Lachen, das abrupt verstummte, als das Wesen mir entgegenkippte und am Boden liegen blieb. Praktisch ohne Kopf.

Sukos und mein Blick trafen sich. Der Chinese nickte nur. »Das wär's«, sagte er.

Auch ich war zufrieden, bückte mich noch weiter,

streckte dabei den rechten Arm aus und berührte das, was von Solo Morasso übrig geblieben war.

Er zerfiel unter meinen Fingern, denn die geweihte Silberkugel hatte aufgeräumt.

»Das hätten wir hinter uns«, kommentierte der Chinese, als er aufstand und ich es ihm nachtat. Allerdings war ich nicht so optimistisch wie mein Freund. Ich hatte da so meine Bedenken, und die teilte ich Suko auch mit.

»Denk an die Zeugenaussagen, mein Lieber. Wir haben es nicht nur mit einem Gegner zu tun, sondern mit fünf davon.«

»Fünfmal Dr. Tod?«

Ich nickte.

Mein Freund wurde blass und schluckte. »Verdammt, verdammt, wenn das mal gut geht ...«

»Da sagst du was!«

Fünfmal Dr. Tod!

Nein, jetzt nur noch vier, denn einmal war eine Gestalt von der Silberkugel zerstört worden.

Aber viermal Dr. Tod, das bedeutete Gefahr. Auch wenn die Gestalten nicht mehr so waren wie früher, so spielte die körperliche Größe bei ihnen kaum eine Rolle, denn in den Gehirnen steckte noch all die teuflische Gedankenkraft, zu der sie fähig waren. Und Pläne ausdenken sowie schmieden, das konnten sie.

Die vier hielten zusammen, nachdem sie den Sarg verlassen und den Mord hinter sich hatten. Zwar wurden sie gesehen, doch die Zeugen nahmen sie nicht als Feinde wahr, das hieß, die Zwerge wurden von den Menschen nicht verfolgt und konnten ungesehen verschwinden.

Zwar gelang es ihnen nicht, in irgendwelchen Ritzen oder Spalten zu verschwinden, doch sie mischten sich in den Strom der Passanten und trennten sich dann mit einem letzten, verstehenden Blick.

Ein neues Ziel lag vor ihnen. Es war egal, wie sie das Ziel erreichten, ankommen würden sie.

Und sie hatten keine Scheu. In London gibt es 80000 Taxis, das wussten auch die Wesen, die wie Vierlinge dachten. Es ist leicht, einen Wagen zu bekommen, zudem sind Londoner Fahrer vieles gewöhnt. So bereitete es den Wesen auch keine Schwierigkeiten, die Fahrzeuge anzuhalten.

Zwei von ihnen fuhren mit den Taxen zu einem gemeinsamen Ziel, während sich die anderen beiden ein anderes ausgesucht hatten. Es kam ihnen zugute, dass das Sinclair-Team nicht zusammenlebte und gewissermaßen aufgesplittert war.

Das wollten die Wesen nutzen.

Die Fahrer grinsten, als die Zwerge in die Wagen stiegen. Sie dachten an Liliputaner und ahnten nicht, welch eine Fracht sie tatsächlich beförderten.

Einer wunderte sich nur, als die beiden Zwillinge, wie er annahm, ein seltsames Ziel angaben.

Scotland Yard!

Selbst ein Mann wie Sir James Powell überlegte in letzter Zeit sehr oft, ob der Kampf gegen die Mächte der Finsternis überhaupt noch zu gewinnen war.

Es hatte zwar Siege gegeben, überraschende sogar, aber es war wie bei einer vielköpfigen Schlange. Schlug man einen Schädel ab, so wuchsen gleich zwei weitere nach.

So auch hier.

Neue Dämonen tauchten auf. Dabei war das Problem der Großen Alten vorerst in den Hintergrund gedrängt worden, allein durch die Aktivitäten der Mordliga.

Die Hälfte der Mitglieder war vernichtet worden, aber nur eben die Hälfte, die übrig gebliebenen Mitglieder würden sich viel besser konzentrieren können und auch konzentrierter angreifen. Dafür würde Lady X sicherlich sorgen.

Sir James dachte über Dr. Tod nach. Er selbst hatte diesen Mensch-Dämon als Leiche nicht gesehen, er musste sich da auf das Urteil seines besten Mannes verlassen.

Aber auch ein John Sinclair war nicht unfehlbar. Das war kein Mensch! John konnte sich irren, und er hatte sich höchstwahrscheinlich sogar geirrt, denn dem Transporter war etwas passiert.

Die Meldungen hatten schlimm genug geklungen. Zwar wusste Sir James keine Details, aber ein Unfall war es nicht gewesen. Er hatte John und Suko augenblicklich losgeschickt, und jetzt hoffte er auf einen Anruf der beiden.

Die Zeit verging. Normalerweise hatte Sir James einiges zu tun, doch im Augenblick konnte er sich auf seine normale Arbeit nicht konzentrieren.

Als mehr als eine Viertelstunde vergangen und auch nach über zwanzig Minuten kein Anruf gekommen war, da hielt es Sir James nicht mehr länger aus.

John Sinclair war über Autotelefon zu erreichen, und die entsprechende Nummer wählte der Superintendent.

Niemand hob ab.

Befand Sinclair sich noch im Einsatz? Sir James glaubte daran, ließ abermals fünf Minuten verstreichen, schluckte zwei Tabletten und säuberte seine Brille.

Dann rief er wieder an.

Diesmal meldete sich der Oberinspektor.

»Schlafen Sie?«, fragte Sir James scharf und versuchte, mit dem barschen Ton seine Sorge zu übertünchen.

»Nein, Sir«, hörte er die Stimme des Geisterjägers ein wenig dünn. »Aber hier ist einiges im Argen.«

»Berichten Sie.«

Der Superintendent hörte gespannt zu. Sein Gesicht zuckte ein paar Mal, und auf seiner Stirn bildeten sich Schweißperlen. »Einen Liliputaner haben Sie also erledigt«, stellte er fest, »aber es fehlen noch vier.«

»So ist es, Sir!«

»Haben Sie einen Verdacht, wo sie stecken könnten?«

»Nein, Sir!«

»Aber sie werden ein Ziel haben«, hielt Sir James entgegen.

»Das sicherlich. Vielleicht sogar Lady X. Unter Umständen hält sie sich in London auf.«

»Wäre eine Möglichkeit. Forschen Sie auf jeden Fall nach, bleiben Sie am Ball und informieren Sie mich, sobald sich etwas Neues ergeben hat. Vielleicht müssen wir eine Fahndung einleiten.«

»Das wäre schlimm, Sir.«

Der Superintendent hatte aufgehängt. Er wischte sich den Schweiß von der Stirn. Seine Befürchtungen waren also berechtigt gewesen. Solo Morasso ließ sich so leicht nicht ausschalten. Er hatte seine Leiche geschickt, doch dies war eine geschickte Falle gewesen, eine raffinierte Täuschung, auf die das Sinclair-Team reingefallen war.

Doch was bezweckte Dr. Tod damit? Oder wurde auch er nur gesteuert? Sir James wusste es nicht, aber wenn es Morasso in vierfacher Ausfertigung gab, dann war die Gefahr unter Umständen ebenfalls um das Vierfache gestiegen.

Als er daran dachte, wurde es ihm im Hals regelrecht trocken. Viermal Dr. Tod, das konnte kaum jemand verkraften.

Er goss sich einen kleinen Schluck von seinem Magenwasser ein und trank das Glas in kleinen Schlucken leer. Innerlich vibrierte er. Leicht zu erkennen an seinen zitternden Händen. Da lief alles nicht so glatt, wie er es gern gehabt hätte, und er wusste auch nicht, was die andere Seite vorhatte.

Dann schrillte das Telefon. Sir James zuckte zusammen. Er hatte nicht damit gerechnet. Rasch griff er nach dem Hörer, meldete sich und war erstaunt darüber, dass er von dem Anrufer nicht angesprochen wurde.

Der andere blieb stumm.

»Was ist los?«, fragte Sir James. »He, warum sagen Sie …« Die Leitung war tot, der Superintendent brauchte nicht mehr weiterzusprechen. Dafür erklang an der Tür eine Stimme auf.

»Guten Tag, Sir James!«

Der Superintendent drehte sich so schnell um wie selten in seinem Leben. Er schaute auf einen Liliputaner, der eine verteufelte Ähnlichkeit mit Solo Morasso hatte …

Der Motor des Porsche heulte noch einmal auf, bevor der Reporter Bill Conolly seinen Wagen abbremste, das Lenkrad nach rechts wirbelte und in die Auffahrt zu seinem Haus einrollte.

Es war doch später geworden, als er seiner Frau Sheila versprochen hatte, aber in der Redaktion hatte man ihn zu sehr aufgehalten, und Bill hatte sich einfach festgeredet. Er hatte einen spannenden Bericht geliefert, die Zeitung bekam ihn exklusiv, und jetzt sollte Bill auch noch die Fotos dazu aussuchen.

Diese Arbeit würde noch den nächsten Vormittag in Anspruch nehmen, sodass Bill sich noch rechtzeitig von den Magazinleuten hatte lösen können. Er freute sich auf sein Zuhause.

Das Tor zum Grundstück öffnete sich auf einen elektronischen Kontakt hin, und Bill konnte den flachen Wagen über den gewundenen Weg in Richtung Haus lenken.

Der Reporter hatte im Laufe der Jahre seine Erfahrungen mit den Mächten der Finsternis gesammelt. Das ergab sich bei ihm einfach aus der Nähe zu John Sinclair, denn der Geisterjäger war sein bester Freund. Und leider war auch Bills Familie mit in diese Auseinandersetzung hineingezogen worden. Ein paar Mal schon hatten seine Frau Sheila und Johnny, sein Sohn, in Lebensgefahr geschwebt.

Seit einigen Monaten allerdings hatte der Kleine einen Beschützer. Nadine, eine Wölfin. Es war ein seltsames Tier, denn in ihm lebte die Seele eines Menschen weiter, und der Vierbeiner hatte auch noch die Augen eines Menschen.

Johnny und Nadine waren unzertrennlich. Beide wären füreinander durchs Feuer gegangen, wobei vor allen Dingen der Wolf immer wieder auf den Kleinen achtete.

Als Bill die dritte Kurve anschnitt und das Haus schon ziemlich nahe vor sich sah, bemerkte er eine Bewegung zwischen den Kiefern.

Dort stand jemand!

Der Reporter reagierte gedankenschnell. Sein rechter Fuß drückte das Bremspedal nach unten. Der Porsche stand sofort.

Augenblicklich stieg Bill aus, ließ die Tür offen, lief um die Kühlerschnauze herum und suchte die Gestalt. Vier Kiefern standen auf dem Rasen. Der Boden war nicht glatt, er nahm hier die Form eines Hangs ein, der bis hoch zum künstlichen Hügel führte, wo auch das Haus stand. Bill dachte an die erste Entdeckung und auch daran, dass die Gestalt nicht sehr groß gewesen war. Johnny war es trotzdem nicht gewesen, ein anderer musste sich versteckt gehalten haben.

Ebenfalls ein Kind?

Behutsam schob der Reporter einige Zweige zur Seite, die seine Sicht behindert hatten. Jetzt hatte er einigermaßen freies Blickfeld – und hörte hinter sich das Lachen.

Bill Conolly warf sich herum. Seine Augen wurden groß. Er wollte nicht glauben, was er sah, aber die Gestalt vor ihm war keine Spukerscheinung, sondern Realität.

Ein Liliputaner stand dort.

Dr. Tod.

Schnaufend atmete der Reporter aus. Dieses Bild ging ihm unter die Haut. Er merkte das Zittern in den Knien und spürte die Angst, die allmählich in ihm hochstieg. Aber es war nicht die Angst um seine Person, sondern die um seine Familie, die sich im Haus und damit auch in der Nähe dieses gefährlichen Wesens befand.

Dr. Tod als Liliputaner. So etwas hatte Bill Conolly noch nie gesehen. Er konnte auch keine Erklärung dafür finden, sosehr er suchte. Es war alles zu irreal.

Oder war er eine Puppe? Vielleicht eine Nachbildung, die man elektrisch steuern konnte? Es konnte sein, und Bill wollte es genau wissen.

Er ging langsam vor. Näherte sich Schritt für Schritt dieser kleinen Figur, die aussah, als wäre sie überhaupt nicht am Leben. Bis der Reporter auf einen Schritt herangekommen war, da begann der Kleine nämlich zu sprechen.

»Stopp!«, sagte er.

Bill Conolly zuckte zusammen. Diese Stimme hatte ihm den Schock versetzt, denn mit der gleichen Stimme hatte auch Solo Morasso, alias Dr. Tod, gesprochen.

Sollte dieser Liliputaner Solo Morasso sein?

Bill war völlig durcheinander. Sicherheitshalber zog er seine Pistole und richtete die Mündung schräg nach unten, sodass sie auf den Kopf des anderen wies.

»Okay, mein Freund, bisher hast du deinen Spaß gehabt. Jetzt bin ich an der Reihe. Du wirst mir Rede und Antwort stehen. Wenn nicht, kenne ich keine Rücksicht.« Das meinte Bill auch so, denn mit Dämonen oder dämonischen Wesen Pardon zu haben, war ein Luxus, den man sich kaum leisten konnte. Die andere Seite würde immer härter und brutaler zuschlagen.

»Was willst du wissen?«

»Wer bist du?«

»Das weißt du nicht? Du solltest mich kennen, Bill Conolly. Ich bin Dr. Tod.«

»Gut, nachgebildet, aber ...«

»Keine Nachbildung. Ich bin der Echte.«

Bill lachte. »Herrlich, du bist also der Echte. Dann aber verdammt geschrumpft.«

Morasso lachte. »Das ist möglich. Vielleicht werden wir noch wachsen ...«

»Wir?«, dehnte Bill.

»Ja, ich habe noch Brüder. Dreh dich mal um, Conolly, und schau hinüber zu deinem Haus.«

Bill wurde es sehr komisch zumute. Eine unsichtbare Hand schien über seinen Rücken zu streichen. Das Gefühl einer beklemmenden Angst breitete sich in seinem Innern aus.

Zum Haus schauen sollte er.

Dort befand sich seine Familie. Und vorhin war das Wort ›wir‹ gefallen. Der Liliputaner, der aussah wie Dr. Tod, war also nicht allein, er hatte Verstärkung mitgebracht.

Vorsichtig drehte sich der Reporter um, wobei er zusah, dass die Waffenmündung weiterhin in die Richtung des Zwerges wies. Er hatte einen nicht sehr guten Standpunkt. Der Blick zum Haus war durch Buschgruppen zum Teil verwehrt, aber er konnte die Tür und das daneben liegende Fenster sehen, und hinter der Scheibe, wo sich die Diele hinzog, sah er die Bewegung.

Dort stand jemand!

Allerdings nicht einer, sondern zwei. Zwei Personen, beide klein. Bill sah nur die Umrisse, aber glaubte, in einer dieser Personen seinen Sohn zu erkennen.

Jemand schien eine glühende Nadel durch sein Herz zu stoßen, so machte sich die Angst bei ihm bemerkbar. Bill schüttelte sich, seine Lippen öffneten sich, und das Gesicht zeigte plötzlich einen verzerrten Ausdruck.

Morasso ahnte, was in dem Reporter vorging. Er lachte leise und schüttelte dabei sogar den Kopf. »Ich weiß, was du vorhast, aber glaube nur nicht, dass du damit durchkommst. Eine falsche Bewegung von dir, und dein Junge ist tot.«

»Was habt ihr vor?«, fragte Bill, wobei er seine Stimme kaum wiedererkannte.

»Die Vernichtung. Wir werden das Sinclair-Team vernichten. Das genau wird es sein.«

»Wer seid ihr?«

»Dr. Tod!«

Bill schüttelte den Kopf. »Nein, das kann ich nicht glauben. Solo Morasso gibt es nicht mehr. John Sinclair hat ihn vernichtet. Er hat es mir selbst gesagt. Ich glaube dir nicht.«

»Traust du deinen eigenen Augen nicht mehr?«, höhnte Morasso.

»Doch, aber ...«

»Solo Morasso ist tot, das stimmt, Bill Conolly. Aber er lebt trotzdem weiter. Und zwar in vierfacher Ausfertigung. Aus eins mach vier. Und wir vier werden dafür Sorge tragen, dass das Sinclair-Team ein für alle Mal ausgerottet wird!«

Nadine! Bill dachte an die Wölfin. Wo steckte sie? Warum hatte sie nicht eingegriffen? Sie passte doch sonst auf den Kleinen auf. Und wie ging es Sheila? Befand sie sich ebenfalls in der Gewalt des zweiten Teufels?

Bill starrte seine Waffe an. Sie kam ihm plötzlich sinnlos vor. Er hätte sie ebenso gut wegwerfen können, aber er brachte es nicht fertig. Zudem störte sich Morasso auch nicht an der Beretta. Seine Sicherheit grenzte schon an Überheblichkeit.

»Komm mit«, sagte der Liliputaner mit dem glatten Betongesicht. »Du kennst dich ja aus.«

»Ins Haus?«

»Natürlich, wir wollen die Familie beisammen haben. Gemeinsam stirbt es sich leichter!«

Bill wurde von seiner Angst fast aufgefressen. Allerdings kochte er auch innerlich vor Hass und Wut. Wäre er allein gewesen, hätte er längst versucht, diesem Wesen vor ihm den Hals umzudrehen. So aber konnte er nichts tun und musste sich den Befehlen des anderen unterordnen.

»Soll ich den Wagen nehmen?«, fragte Bill.

»Nein, die letzten Schritte kannst du laufen.«

Der Reporter hob die Schultern. Er ging vor, denn die Spielregeln waren ihm bekannt. Nach einigen Schritten hatte er ein besseres Blickfeld auf das Haus.

Von seinem Sohn und der zweiten Gestalt war nichts mehr zu sehen. Sie hatten sich von dem bis zum Boden reichenden großen Flurfenster zurückgezogen.

Bills Magen spannte sich. Die nächsten Sekunden würden schrecklich werden, das wusste er, und in diesem Augenblick drehte Bill durch. Er wirbelte auf dem Absatz herum, riss den rechten Arm mit der Beretta hoch und feuerte die geweihte Silberkugel ab.

Drei Schritte Entfernung waren so gut wie nichts. Bill hatte sich einfach nicht mehr beherrschen können. Die Silberkugel drang in den Betonschädel des Solo Morasso!

Wie sie ihn zerriss, das wollte der Reporter nicht mehr sehen, denn er hörte vom Haus her einen gellenden Schrei. Er bekam auch nicht mehr mit, wie sich der Liliputaner auflöste, nachdem er zu Boden gestürzt war. Bill wollte jetzt nur noch eins: seine Familie retten.

Ob er es schaffte, war mehr als fraglich …

Materieumwandler!

Mit Schrecken dachte ich daran, was mir Solo Morasso offenbart hatte. Wenn der Würfel des Unheils dies tatsächlich schaffen sollte, dann war er ein noch grausameres Instrument, als ich überhaupt angenommen hatte.

Ich malte mir aus, was mit ihm alles anzustellen war. Da konnte man feste in flüssige Stoffe umwandeln, da würde er in der Lage sein, alle möglichen Monster herzustellen. Wahrscheinlich in drei- oder vierfacher Ausführung, wie ich es bereits erlebt hatte.

Und deshalb schwor ich mir, diesen Würfel des Unheils unter allen Umständen in meinen Besitz zu bringen. Lady X hatte ihn. Und wie ich sie kannte, würde sie ihn freiwillig wohl kaum herausrücken. Also bedeutete es Kampf.

Während der Fahrt zurück zum Yard rauchte ich eine Zigarette. Suko saß schweigend neben mir. Ihn schienen die gleichen Gedanken zu plagen wie mich.

Plötzlich schüttelte er den Kopf. »Verdammt«, sagte er, »da passt mir einiges nicht.«

Ich lachte. »Denkst du mir?«

»So allgemein meine ich das nicht, mehr speziell. Hör zu, John, die Sache ist doch die: Solo Morasso hat es in fünffacher Ausfertigung gegeben. Einen haben wir erledigt. Vier sind entkommen. Welches Ziel haben sie?«

»Wenn ich das wüsste.«

»Eben, ich auch. Und ich will dir eins sagen, John. Dr. Tod ist auf Vernichtung programmiert. Vor allen Dingen auf das Sinclair-Team. Als einzelner hatte er weniger Chancen als in vierfacher Ausfertigung. Das muss jedem einleuchten. Viermal Solo Morasso, und er kann an vier Stellen gleichzeitig zuschlagen.«

Da hatte Suko Recht. Unwillkürlich betätigte ich den rechten Blinker und fuhr nahe an den Straßenrand, wo einige Wagen parkten. »Du meinst also, dass die vier versuchen werden, an den verschiedensten Stellen ihre Mordabsichten auszuführen?«

»Richtig, John. Und ich denke dabei an Shao!«

Bisher hatte ich noch nicht angehalten. Jetzt trat ich das

Bremspedal weit durch und stoppte. »Suko«, sagte ich eindringlich. »Steig sofort aus. Nimm dir ein Taxi, und dann nichts wie weg zu Shao. Ich denke ähnlich wie du. Bleib in der Wohnung, denn wenn wirklich dieser Liliputaner dort erscheint …« Ich schüttelte den Kopf. »Verdammt, das ist kaum auszudenken.«

Suko hatte mich gar nicht richtig aussprechen lassen, sondern den Wagenschlag aufgestoßen. Bevor ich mich versah, war er schon draußen, und er bekam auch innerhalb von wenigen Sekunden einen Wagen.

Ich aber fuhr weiter. Sobald ich im Büro war, wollte ich bei Suko anrufen. Hoffentlich war alles glatt gegangen, denn wenn die andere Seite so zuschlug, wie wir vermuteten, dann schwebte Shao wahrscheinlich in höchster Gefahr.

Bis zum Yard war es nur ein Katzensprung. Den Wagen stellte ich auf dem Parkplatz ab.

Als ich ausstieg, fielen erste Regentropfen. Ein kühler Wind pfiff durch die Straßen. Er rüttelte an den Planen, die die Baustelle abdeckten, denn bei uns wurde umgebaut.

Ich zog den Kopf ein, betrat das Gebäude durch den Hinterausgang und steuerte sofort die Fahrstühle an. Ich hatte immer einen bestimmten, der mich nach oben schoss.

Alles war Routine, das Anlehnen an die Holzwand, der Druck auf den entsprechenden Knopf, nur die plötzliche Dunkelheit war keine Routine.

Und auch das Halten des Lifts nicht!

Das ging ruckartig, und es überraschte mich sehr, denn ich war in Gedanken gewesen.

Plötzlich stand der Lift.

Die Finsternis war absolut. Nicht einmal die Knopfreihe leuchtete und gab Licht. Ich kam mir vor wie in einem Verlies zwischen Himmel und Erde.

Meine Gedanken wirbelten. So etwas war mir noch nie passiert. Wie oft war ich mit der Kabine hoch und nieder gefahren, und jetzt dieses Pech, denn in all den Jahren war nie etwas passiert.

Nur – war es wirklich Pech? Oder steckten andere Kräfte dahinter, die die Technik manipulierten?

Da es sehr still war, vernahm ich das Klopfen meines Herzens. Ich dachte darüber nach, was alles passieren konnte. Der Lift stand zwischen den Stockwerken. Klar, es würde irgendwann auffallen, doch in der Zwischenzeit konnte sich schon einiges tun.

Und da spürte ich das Vibrieren!

Es war nur ein leichtes Zittern. Ich spürte es deshalb so deutlich, weil es zuvor noch nicht da gewesen war. Jetzt aber war es vorhanden, davon biss keine Maus den Faden ab.

Ich dachte daran, dass der Fahrstuhl an einem Seil hing, und irgendwie hatte ich das Gefühl, dass dieses seltsame Vibrieren über mir seinen Ursprung hatte.

Über meinen Rücken rieselte eine Gänsehaut. Wenn mich jemand umbringen wollte, brauchte er nur das Seil zu kappen.

In den nächsten Sekunden erwachte ich zu einer fieberhaften Aktivität. Da es stockfinster in der Kabine war, musste ich erst einmal Licht haben. Ich knipste die Bleistiftleuchte an, lehnte sie an die Wand, wobei die Lampe auf dem Boden stand und ihr Licht in einem schrägen Winkel nach oben stach.

Es war nur ein kleiner Kreis, den die Lampe an die Decke der Kabine malte, aber er reichte aus, um erkennen zu können, dass das Vibrieren tatsächlich über der Kabine seinen Ursprung genommen hatte.

Dort musste sich jemand befinden.

Selbstverständlich dachte ich an Dr. Tod. Er war ein Liliputaner, und irgendwie musste es ihm gelungen sein, in das Yard Building einzudringen.

Eine andere Lösung gab es für mich nicht. Jede Kabine hat an ihrer Decke eine Klappe. Gewissermaßen einen Notausstieg, den man im Gefahrenfalle benutzen kann.

Auch bei diesem Lift war es nicht anders. Wenn ich mich reckte, kam ich sogar heran.

Vier Schrauben hielten die Klappe. Allerdings standen die Schrauben so weit vor, dass ich sie mit den Händen erreichen konnte, wenn ich mich auf die Zehenspitzen stellte. Sie ließen sich leicht lösen. Zwei zog ich hervor. Bei der Letzten gab ich nicht Acht. Sie rutschte mir über die Hand und fiel zu Boden. Das hell klingende Geräusch gefiel mir überhaupt nicht.

Der Fahrstuhl vibrierte stärker. Ein Beweis dafür, dass der Unbekannte über mir etwas bemerkt hatte. Noch hielt die Klappe, ich brauchte nur die restlichen Schrauben zu lösen, tat das auch, und im nächsten Augenblick zog ich den Kopf ein und ging etwas zur Seite, weil mir die Klappe entgegenfiel.

Ich fing sie erst gar nicht auf, sondern ließ sie zu Boden scheppern. Der Strahl meiner kleinen Lampe konnte jetzt frei durch die Öffnung dringen, die nicht einmal die Hälfte des Kabinendachs einnahm.

Der Schein traf eine Gestalt!

Es war Dr. Tod, der zusammengekauert auf dem Dach hockte und sich an dem Drahtseil zu schaffen gemacht hatte. Mit seinen Händen wollte er es durchsägen. Und das fiel ihm leicht, denn seine Nägel waren zu spitzen Messern geworden, mit denen er sogar das dicke Drahtseil durchtrennen konnte.

Als die Klappe fiel, hatte er in seiner Arbeit innegehalten.

Ich wollte die Beretta ziehen.

Im selben Moment stieß sich der Liliputaner ab und hechtete mit ausgestreckten Armen auf mich zu …

Superintendent Sir James Powell hielt sich erstaunlich gelassen, als er auf den Liliputaner starrte, der eine so große Ähnlichkeit mit Solo Morasso aufwies.

Er hob nur die Augenbrauen, ein Zeichen, dass er innerlich unter Strom stand.

Morasso verzog die dünnen Lippen. Nichts regte sich sonst in seinem Betongesicht, die Augen blieben kalt, und Sir James las darin einen ungebrochenen Mordwillen.

»Wer sind Sie?«, fragte er dennoch.

»Sie kennen mich nicht?«, höhnte der kleine Mann.

»Ich bitte Sie, Sir James, das ist schon fast eine Beleidigung.«

»Nun ja, mir kommt es vor, als wären Sie Dr. Tod!«

»So ist es.«

Sir James tat so, als wäre der andere überhaupt nicht anwesend. Der Superintendent ging ein paar Schritte zur Seite und nahm auf seinem Schreibtischstuhl Platz. »Solo Morasso oder Dr. Tod ist erledigt«, erklärte er mit fester Stimme. »Sie sind höchstens eine billige Imitation.«

»Wenn Sie es so sehen wollen, bitte«, erwiderte das kleine Wesen. »Aber diese Nachbildung ist gekommen, um Sie zu töten. Vier gibt es von uns. Und wir haben uns geteilt, um das Sinclair-Team auszurotten. An verschiedenen Stellen schlagen wir gleichzeitig zu. Ich habe die Aufgabe übernommen, Sie zu töten, ein anderer befindet sich ebenfalls in der Nähe. Er wird sich um John Sinclair kümmern. Wenn ich richtig berechne, lebt Sinclair höchstens noch einige Minuten. Wir werden uns so lange unterhalten, bis die Katastrophenmeldung kommt. Mit dem Lift wird der Geisterjäger abstürzen und mit zerbrochenen Knochen irgendwo unten liegen bleiben.«

»Das waren zwei«, sagte Sir James mit ruhiger Stimme. »Wo sind die restlichen?«

Dr. Tod gestattete sich ein Lächeln. »Das kann ich Ihnen sagen. Es gibt da welche, die uns immer wieder Schwierigkeiten gemacht haben. Die Conollys!«

Die Finger des Superintendenten zuckten. Diese Antwort hatte ihn doch getroffen. Sir James merkte, wie sich auf seiner Stirn ein Schweißfilm sammelte. John Sinclair konnte sich wehren, Bill Conolly vielleicht auch, aber da waren eine Frau und ein kleines Kind. Sie waren dem Teufel hilflos ausgeliefert.

»Geschockt?«, höhnte Morasso.

»Was haben die Conollys damit zu tun?«

»Viel, sogar sehr viel. Dieser Bill Conolly hat oft genug an John Sinclairs Seite gekämpft. Er muss getötet werden. Wenn er und seine Familie nicht mehr sind, kümmern wir uns um den Chinesen und dessen Freundin, auch sie dürfen nicht mehr leben. Ebenso wie Sie. Der Plan besteht,

Lady X hat ihn ausgeklügelt, und es wird weiterhin einen Solo Morasso geben, obwohl er eigentlich tot ist. Auch das habe ich John Sinclair zu verdanken, aber meine Rache wird trotzdem alle treffen. Der Würfel des Unheils, dessen Kräfte unwahrscheinlich sind und in grauer Vorzeit geboren wurden, trägt dafür Sorge, dass vom Sinclair-Team nichts als die Erinnerung zurückbleibt!«

Sir James verzog die Lippen. Er hatte die Worte wohl verstanden. Und wie es aussah, hielt die Gegenseite alle Trümpfe in der Hand. Sie hatte das Spiel eingeleitet, ein brutales, hartes Spiel, mit einem hohen Einsatz, und es war ihr gelungen, das Sinclair-Team herauszubluffen, denn alle hatten sich darauf verlassen, dass Solo Morasso endgültig erledigt war.

Nun stand er vor Sir James, und er hob seine Hände. Etwas war anders an ihm, sah man von der Größe einmal ab. Seine Finger waren zu gefährlichen Waffen geworden, denn die zehn Nägel stachen vor wie spitze Messer.

Damit konnte er töten!

Und er würde töten, denn er bewegte seine Finger, als er sie Sir James Powell zeigte.

Grau schimmerten die Nägel. Dem Superintendenten kamen sie vor wie Stahl. Die Spitze eines Messers konnte nicht schlimmer sein als dieser Finger.

Noch blieb Sir James sitzen. Stille lag über dem Büro. Der Superintendent suchte nach einem Ausweg aus der Klemme. Er war kein Mensch, der mit körperlicher Kraft kämpfte. Diese war ihm zuwider. Er verließ sich lieber auf seine Geisteskraft, die konnte er gut ausspielen, und damit war er den meisten Gegnern überlegen.

Aber hier nutzte sie ihm nichts.

Morasso bedachte die Tür mit einem schnellen Blick. Sie war geschlossen. Es würde kaum jemand kommen, die Sekretärin saß in einem anderen Raum, auch wenn sie erschien, würde sie ein Opfer der tödlichen Finger werden.

Sir James hatte die Chance genutzt, die ihm der andere bot. Da er den Superintendenten nicht mehr so im Auge behielt, gelang es diesem, nach einem Brieföffner zu greifen, der auf dem großen Schreibtisch lag. Die einzige Waffe, die Sir James im Augenblick besaß. Es gab da noch eine Pistole, aber die lag irgendwo in seiner Schreibtischschublade unter Papieren und Akten.

Seine Finger umschlossen den Griff. Sir James packte hart zu, die einzige Chance war dieser Brieföffner.

Auch Dr. Tod bemerkte, was der Superintendent vorhatte. Doch für diese Aktion hatte er nur ein müdes Lächeln übrig und eine spöttische Bemerkung.

»Glauben Sie wirklich, Sie könnten damit gegen mich etwas unternehmen?«

»Vielleicht.«

»Machen Sie sich nicht lächerlich. Sie sind eine Witzblattfigur. Für das Büro wie geschaffen, aber nicht um zu kämpfen.« Nur eine Schreibtischbreite trennte die beiden.

Sie schauten sich an.

Sir James sah in den Augen des anderen den kalten, unheimlichen Ausdruck. Die Mordgier, die Lust zu töten, weil die endgültige Entscheidung herbeigeführt werden sollte.

Diese kleine Gestalt, die gerade über den Schreibtisch schauen konnte, strömte eine so große Grausamkeit aus, dass den Superintendenten direkt fröstelte.

Er stand auf.

Heftig geschah dies, und der Stuhl hinter ihm kippte zu Boden. Das dumpfe Geräusch schien für den Liliputaner ein Startsignal zu sein, er federte kurz in den Knien, und mit einem gewaltigen Sprung, der dem einer Katze ähnelte, stand er schon auf dem Schreibtisch.

Damit hatte Sir James nicht gerechnet. Er wankte zurück und sah mit an, wie der andere sich blitzschnell bückte, seinen rechten Arm vorstieß und alle fünf Finger seiner rechten Hand in den Telefonhörer hineinhieb.

Der Kunststoff splitterte. Plötzlich bestand der Hörer nur noch aus zwei Teilen, und beide Hälften blieben zwischen dem Wirrwarr aus Plastik und Drähten liegen.

Morasso schaute auf. »So wird es auch dir ergehen, alter Mann!«, zischte er. »Genau so, darauf kannst du dich verlassen!« Er lachte leise und gefährlich.

Sir James wich noch weiter zurück, bis er neben der Tür stand und mit dem Rücken die Wand berührte. Ein schneller Blick zur Tür. Der Superintendent brauchte nur den Arm auszustrecken, um die Klinke zu berühren, dann konnte er fliehen.

Das aber wusste auch Dr. Tod. Und er reagierte sofort. Ein gewaltiger Sprung brachte ihn vom Schreibtisch zur Tür hinüber. Als er sich noch in der Luft befand, da wuchs Sir James über sich selbst hinaus. Er sprang praktisch über seinen eigenen Schatten, denn er bewegte sich zur Seite und stach mit dem Brieföffner zu.

Vielleicht hätte Dr. Tod ausweichen können, aber er wollte es nicht. Morasso sprang in den Stich hinein.

Der Brieföffner fuhr in seine linke Wange und schlitzte sie auf. Wie zwei Stofflappen, so fiel die Haut nach links und rechts zur Seite, eine große Wunde klaffte, aber es strömte kein Tropfen Blut daraus hervor.

Ein irres Lachen schallte Sir James entgegen, als sein Gegner auf dem Boden landete und seinerseits einen Angriff riskierte. Er stach.

Es waren fünf Finger und fünf kleine Messer, die Sir James trafen. Der Schmerz war furchtbar. Die Finger drangen durch den Stoff seiner Hose. In der Höhe des Oberschenkels zerfetzten sie ihn, und der Superintendent stöhnte auf, als er merkte, dass sein rechtes Bein nachgab und er sich nicht mehr fangen konnte. Zwar wollte er sich noch an der Wand abstützen, die Fläche war aber zu glatt. Mit dem Handballen rutschte er daran entlang und fiel hin.

Es waren fürchterliche Schmerzen, und Sir James hatte das Gefühl, als wäre sein Bein mit Feuer gefüllt. Er konnte nicht verhindern, dass ihm die Tränen in die Augen traten, obwohl er sich dafür schämte, denn Morasso bemerkte sehr deutlich seinen Zustand.

Mit Entsetzen stellte der Superintendent fest, dass er gegen diesen Gegner nicht ankam, so klein er auch war.

Weiterhin hielt er den Brieföffner fest. Die Spitze zeigte schräg nach oben, etwa in die Richtung, wo sein Gegner stand. Wenn er den Arm jetzt vorstieß, dann konnte er ihn noch einmal erwischen. Vielleicht besser als beim ersten Versuch.

Es sah beinahe lässig aus, wie der Liliputaner seinen rechten Fuß hob und zutrat. Sir James konnte den Arm nicht mehr schnell genug zur Seite nehmen. Die Fußspitze traf ihn in Höhe des Gelenks. Gebrochen wurde es nicht, aber der Schmerz trieb dem Superintendenten abermals die Tränen in die Augen.

Er ließ den Brieföffner los. Als er zu Boden gefallen war, kickte ihn Morasso weg. Unerreichbar für Sir James blieb er einige Schritte weiter liegen.

Morasso lachte kalt. Er senkte den Blick und starrte auf die Spitzen seiner rechten Hand.

Blut hatte sich dort gesammelt und tropfte zu Boden, wobei es auf dem Teppich ein dunkles Muster hinterließ.

»Dein Blut!«, zischelte Solo Morasso. »Das Blut eines Gegners. Und es wird noch viel mehr hinzukommen, das verspreche ich dir.« Er schüttelte sich vor Lachen, bevor er abermals zustieß.

Diesmal schrie Sir James. Es war kein lauter Schrei, eher ein Stöhnen, aber er sah mit Schrecken, dass Morasso sein zweites Bein getroffen hatte.

Rechts und links …

»Aller guten Dinge sind drei!«, keuchte Dr. Tod und holte ein weiteres Mal aus.

In diesem Augenblick flog die Tür auf.

Auf der Schwelle stand eine Frau.

Glenda Perkins!

Es sah gefährlich aus, wie der Kleine durch die Luke flog, die Arme vorgestreckt hatte und seine zehn spitzen Finger auf mich zielten.

Alles ging so schnell, dass ich keine Zeit hatte, Angst zu empfinden, ich musste nur schnell ausweichen. Das war in der engen Kabine schwer genug, denn Morasso hatte seine Arme gespreizt, damit er eine möglichst optimale Angriffsfläche hatte.

Ich unterlief ihn.

Es war gar nicht einfach, weit musste ich mich hinunterducken, schaffte es zum Glück, krachte gegen die Wand und drehte mich sofort wieder.

Auch Morasso war bereit. Er zog nur noch die fünf Finger seiner linken Hand aus dem Holz und ließ mir wiederum nicht die Zeit, meine Beretta zu ziehen.

In Oberschenkelhöhe flog er heran.

Mit den Händen konnte ich nichts machen. Dafür mit den Beinen. Suko hätte sich vielleicht besser und geschmeidiger bewegt, ich war froh, dass ich seinen Kopf und die rechte Schulter überhaupt traf. Trotzdem sah es böse für mich aus, denn er erwischte mich auch.

Zuerst riss in Wadenhöhe der Stoff, dann spürte ich das Brennen, als die Spitzen in das Fleisch hieben. Ich sprang trotzdem in die Höhe, denn mein Gegner stieß noch einmal zu.

Diesmal ins Leere. Zum Glück erwischte ich ihn, als ich wieder nach unten fiel. Meine rechte Schuhsohle landete genau auf seinem kantigen Schädel.

Die Wucht drückte Morasso zu Boden. Ich sprang zurück, prallte wieder gegen die Wand und kam endlich dazu, meine Beretta zu ziehen. Auch Morasso kreiselte herum, dabei stützte er sich mit seinen gespreizten Händen am Boden ab, wollte hoch, sah plötzlich in die Mündung, und jetzt spiegelte sich die Angst auf seinen sonst unbeweglichen Zügen wider.

Es tat mir gut, dies zu sehen, und ich schoss.

Aus dieser Entfernung hätte ein Kind getroffen. Ich aber wollte ihn endgültig zerstören, und sein Kopf war überhaupt nicht zu verfehlen.

Die Kugel zerriss ihn.

Der Abschussknall pflanzte sich fort, fand seinen Weg durch die Öffnung und verhallte im Schacht.

Wieder einer weniger.

Nur noch drei.

Ich steckte die Waffe weg, wischte mir den Schweiß von der Stirn und schaute mir erst dann meine Verletzung an, denn das Brennen war ziemlich schmerzhaft.

Die Hose war hin. An der Wade hatte er ins Fleisch

gestochen. Das Blut rann nach unten und lief in den Socken sowie den Schuh. Wenn ich auftrat, schmerzte die Wunde stärker. Darum konnte ich mich nicht kümmern, ich hatte nämlich die Worte des anderen nicht vergessen. Er war nicht allein gekommen, musste Helfer gehabt haben, und diese steckten sicherlich innerhalb des Yard Building.

Nur – wo?

Außerdem, wie kam ich aus diesem verdammten Lift wieder raus? Hatten die Leute denn Tomaten auf den Augen oder Bohnen in den Ohren? Die mussten doch etwas gehört haben, aber bei uns wurde ja gebaut, und da schienen Zwischenfälle an der Tagesordnung zu sein.

Falls es keine andere Möglichkeit gab, musste ich eben so lange rufen, bis man mich hörte.

Aber ich wurde gerufen.

»Hallooo!« Die Stimme schallte durch den Schacht.

Ich schrie zurück. »Holt mich hier raus, verdammt! Ich stecke fest.«

»Was ist denn geschehen?«

»Irgendein freundlicher Zeitgenosse hat an dem Seil geknabbert. Beeilung, hier spricht Oberinspektor Sinclair, ich habe noch einiges zu tun.«

»Augenblick, Sir.«

Aus dem Augenblick wurde mehr als eine Minute, in der ich wie auf heißen Kohlen saß. Dieser verdammte Zwerg war nicht allein gekommen, das spürte ich. Der hatte irgendwo noch seinen Verbündeten sitzen, und der befand sich wahrscheinlich auf dem Weg, um andere zu töten.

An Suko kam er nicht heran. Wer blieb noch? Sir James Powell und Glenda Perkins.

Man musste sie warnen.

Ich selbst saß in der Kabine wie in einem Gefängnis, also sollten dies andere für mich tun.

Dazu kam es nicht mehr, denn über mir schallte eine Stimme durch den Schacht. »Oberinspektor Sinclair!«, hallte es mir entgegen. »Geben Sie Acht, wir werfen ein Seil.«

Das wurde auch Zeit.

Kaum hatte der Mann die Worte ausgesprochen, da fiel das Seil schon nach unten, es klatschte zuerst auf das Dach, rutschte durch die Luke und fiel mir praktisch in die Hand. Mit beiden Fäusten umklammerte ich es und gab meinen Okay-Ruf.

Sie hievten mich hoch. Ruckartig lief das ab, während ich hin und wieder nachhangelte. Ich kam sogar gut durch die Luke, obwohl ich meinen Körper einmal drehen musste. Wenig später schwebte ich über dem Dach des Fahrstuhls, und es dauerte nicht lange, bis man mich durch eine kleine Tür in der Schachtwand ziehen konnte. Wir waren in einer Zwischenetage gelandet. Über eine schmale Treppe gelangte ich in den normalen Flur.

Ohne mich bei meinen Rettern großartig zu bedanken, jagte ich trotz meiner verletzten Wade sofort die Treppe hoch und sah zu, dass ich in die Etage gelangte, in der mein Büro liegt.

Der Gang war leer.

Dafür hörte ich einen Schrei.

Nicht aus meinem Büro, sondern weiter hinten. Dort lag das Zimmer meines Chefs, Sir James ..

Sheila Conolly hatte schreckliche Minuten hinter sich. Und nicht nur sie allein, auch ihr kleiner Sohn Johnny. Die Ereignisse waren über sie gekommen wie ein Sturmwind. Das Klingeln an der Tür, und dann, als sie öffnete, hatte sie zuerst keinen gesehen. Erst nach zwei Schritten war der Liliputaner aus seiner Deckung gesprungen. Blitzschnell, wie ein Schatten. Er war an Sheila vorbeigehuscht und hatte sich sofort Johnny geschnappt, den er noch immer in seinem Griff hielt.

Die rechte Hand war angewinkelt. Fünf messerspitze Finger zeigten auf Johnnys Kehle.

Bei irgendeiner falschen Bewegung des Kleinen oder bei einer Reaktion ihrerseits würde der Liliputaner sofort zustoßen.

Deshalb wagte Sheila nicht, sich zu rühren. Sie stand

auf dem Fleck wie angewachsen und hörte sich die schrecklichen Beschimpfungen des Eindringlings an.

Sheila hatte nur Augen für ihren Jungen, während sie gleichzeitig an Nadine Berger dachte.

Der Wolf, der sich sonst immer in der Nähe des Kleinen aufhielt, war nicht aufzufinden. Er musste sich irgendwo verkrochen haben, vielleicht schlief er auch im Keller, jedenfalls griff er nicht ein, und die bangen Minuten dehnten sich zu kleinen Ewigkeiten.

Sie kannte das Gesicht, und sie würde es nie in ihrem Leben vergessen, denn nicht zum ersten Mal sah sie es.

Vor ihr stand Dr. Tod.

Allerdings nicht mehr in seiner ursprünglichen Größe, sondern verkleinert.

Das war ihr ein großes Rätsel, denn von Bill wusste sie, dass es John Sinclair gelungen war, Dr. Tod zu besiegen. Und nun dieses hier.

Sheila begriff keine Hintergründe, sie wusste nicht, wieso es zu dieser seltsamen Verwandlung gekommen war, es war ihr auch egal, für sie allein zählte die Tatsache, dass sie und ihr Kind sich in den Klauen dieser grässlichen Gestalt befanden.

Und sie wartete auf Bill.

In der Diele hielt sie sich auf. Durch das große Fenster konnte sie in den Garten schauen und genau sehen, wann der Reporter eintraf. Und sie wusste auch, dass dieser Morasso nicht allein gekommen war. Im Garten lauerte noch jemand.

Die Falle war zugeschnappt.

Sheila zitterte. Ein paar Mal schon hatte sie es mit Bitten und Flehen versucht, doch bei Morasso auf Granit gebissen. Er wollte seine Rache, und er würde sie ausführen.

Johnny hielt sich erstaunlich tapfer. Er rührte sich nicht im Griff des Mannes, sondern schaute nur aus seinen großen, angstvoll aufgerissenen Augen die Mutter an.

Schon des Öfteren hatten die Conollys schreckliche Szenen in ihrem Haus erlebt, und auch heute sah es wieder so aus, als wäre die Lage aussichtslos.

Und dann kam Bill.

Sheila hörte das Brummen des Porschemotors. Sie zuckte zusammen, schaute durch die Scheibe, und Morasso, der sie beobachtet hatte, drehte ebenfalls seinen Kopf, ohne allerdings die Lage seiner Hand zu verändern. Sie zeigte nach wie vor auf die Kehle des Kleinen. Bill fuhr nicht bis zum Haus. Er stoppte noch. Was geschah, wusste Sheila nicht, denn sie durfte die Tür nicht öffnen.

Auch Morasso wartete ab. Sein graues Gesicht hatte einen gespannten Zug angenommen. Für ihn wurde es ebenfalls dramatisch, denn er stand dicht vor einem Sieg.

Bis der Schuss fiel!

Da schrie Sheila auf, während Morasso ein böses Fauchen ausstieß, einen Fluch hinterher setzte, Johnny gegen die Wand schleuderte und seinen rechten Arm hob ...

Sir James hatte noch eine Galgenfrist! Plötzlich war Glenda Perkins da. Sie stand in der Tür, sah die schreckliche Szene, all das Blut und konnte einen Schrei nicht unterdrücken.

Der Schrei riss Morasso herum. »Du bist es!«, brüllte er. »Dann kann ich dich auch mit in die Hölle nehmen!« Er stürzte auf Glenda zu, denn Sir James lief ihm nicht weg, der war schwer verletzt. Erst wollte er die Frau töten. Glenda sah ihn kommen, diesen kleinen, höllisch gefährlichen Teufel, und sie war einfach nicht fähig, sich vom Fleck zu rühren.

Da krachten die Schüsse.

Mitten im Lauf wurde Morasso getroffen. Die Kugeln hieben in seinen kleinen Körper, das geweihte Silber riss die Wunden, und es sah so aus, als würden die Einschläge den Mann regelrecht zerstören.

Er lief zwar noch weiter, aber er begann zu torkeln, die Kraft rann bereits aus seinem Körper. Bevor er Glenda erreichte, brach er zusammen. Sein rechter Arm rutschte dabei vor, die fünf Finger wiesen wie zum Hohn auf die erstarrt dastehende Sekretärin, die noch immer nicht glauben konnte, dass sie gerettet war.

Ich war wirklich im letzten Moment eingetroffen und hatte den Liliputaner mit zwei gezielt geschossenen Kugeln stoppen können. Noch die Beretta in der rechten Hand haltend, stand ich in der Tür und schaute auf die schreckliche Szene.

Als ich das Blut sah, bekam ich einen immensen Schreck. Aber ich stellte auch fest, dass sich Sir James bewegte und sogar etwas sagen wollte.

»Lassen Sie, Sir!« Zwei lange Sätze brachten mich in ein anderes Büro, wo das Telefon stand, von dem aus ich anrufen konnte. Um den Rest sollten sich die Ärzte kümmern …

Plötzlich war der Schatten da. Gewaltig und groß wuchs er innerhalb des Ganges auf. Er schien aus dem Nirgendwo zu kommen, und bevor Dr. Tod zustechen konnte, war Nadine Berger, der Wolf, über ihm. Die Wucht des Zusammenpralls riss den Liliputaner von den Beinen. Er fiel hin, stach trotzdem zu und traf Nadine in die Flanke. Schrecklich jaulte sie auf. Aber sie ließ einfach nicht los, sie wusste, worum es ging und verbiss sich im Hals des Solo Morasso.

Sheila sprang über die beiden hinweg, riss die Tür auf und schrie den Namen ihres Mannes. Bill war schon auf dem Weg. Mit langen Sätzen jagte er heran, wuchtete sich an Sheila vorbei und erfasste die Situation mit einem Blick.

Morasso und Nadine kämpften. Da war ein Fauchen und Schreien zu hören, eine Blutlache lag auf dem Boden, durch die sich beide wälzten, und als sie für einen Moment stillagen, da hatte Bill Conolly Zeit, auf den Kopf des Monstrums zu zielen.

Der Reporter jagte Dr. Tod eine Kugel in den Schädel. Ohne es zu wissen, hatte Bill Conolly unter das Kapitel Dr. Tod einen endgültigen Schlussstrich gezogen.

Winselnd kroch Nadine, der Wolf, zur Seite. Bill kümmerte sich sofort um das Tier. Es hatte mehrere Verletzungen erlitten, und der Reporter hoffte, dass es sich wieder erholen würde.

Johnny war nichts geschehen. Seine Mutter brachte ihn in sein Zimmer und blieb bei ihm. Bill aber telefonierte. Vor allen Dingen musste John Sinclair wissen, was vorgefallen war, und Nadine brauchte einen guten Tierarzt. Sie hatte Johnny gerettet und bis zuletzt auf ihre Chance gelauert. Bill konnte der Wölfin mit der Seele eines Menschen gar nicht dankbar genug sein.

Wir zogen Bilanz, und auch Bill Conolly war hinzugezogen worden, während Sir James in der Klinik lag, wo man sich um seine Verletzungen kümmerte. »Das Kapitel Dr. Tod wäre also ausgestanden«, stellte ich fest und hob mein Glas.

»Aber nicht das Kapitel Mordliga«, sagte Bill Conolly darauf. »Da können wir uns noch auf einiges gefasst machen.«

Leider sollte er mit dieser Prognose Recht behalten ..

ENDE

Meer der weißen Särge

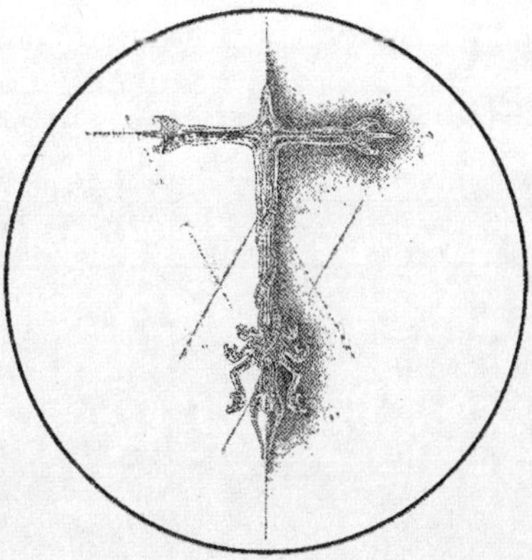

Zwischen den alten, verfallenen Gemäuern nistete das Unheil. Gespenstisch hörte es sich an, wenn das Wasser gegen die porösen Hauswände klatschte, als wären seltsam glucksende Stimmen dabei, von einem anderen, geisterhaften Leben zu erzählen.

Die Nacht war fast schwarz. Der Mond, sonst Bote der Verliebten – besonders in Venedig –, hielt sich vornehm zurück, denn die gewaltigen Wolken konnte auch er mit seinem fahlen Licht nicht durchdringen.

Venedig schlief.

Doch es war eine trügerische Ruhe. Irgendetwas lebte in dieser geheimnisvollen Stadt, in dem der Atem der Geschichte fast körperlich zu spüren war. Etwas lauerte im Verborgenen, schien eins geworden zu sein mit dem brackigen Wasser und den alten Palästen der großen Vergangenheit dieser Metropole.

Um diese Zeit fuhr kein Tourist mehr auf den Kanälen. Es war drei Uhr morgens, eine Zeit, in der sogar die meisten Wasserratten schliefen. Man wartete auf den neuen Tag, holte Atem, bis die Stadt dann mit einem quirligen Leben erfüllt war.

Von weit her ertönte ein klagendes Lied. Ein einsamer Gondoliere sang es. Sein Lied erzählte von einer unendlichen Traurigkeit, von Depressionen und Vergänglichkeit. Die klagende Melodie fing sich über dem Wasser und huschte geisterhaft als Echo durch die engen Kanäle, bevor sie irgendwo verklang wie das Säuseln eines Sommerwindes.

Aus den schmalen Wasserstraßen stieg ein seltsamer Geruch an den Fassaden empor. Moder, Verwesung, fauliges Wasser – all dies vereinigte sich zu einem atemnehmenden Gestank, der träge wie Blei über der Perle an der Adria lag.

Das Lied des Gondoliere verstummte. In den engen Wassergassen wurde es wieder still. Hier und da brannte in den Häusern ein vereinzeltes Licht. Meist schimmerten nur gelbe Streifen durch die Lücken in den Fensterläden und malten ein verschwommenes, zuckendes Muster auf die Wellenkämme.

»Venedig wird sterben!«, hauchte auch das junge Mädchen und schmiegte sich enger an seinen Begleiter, mit dem es in dem düsteren Flur stand, wobei es das graue Rechteck der Tür nicht aus den Augen ließ.

Der Mann zuckte zusammen. Für Sekunden verkrampften sich seine Hände, bevor er antwortete: »Wir schaffen es, Franca, wir schaffen es ganz bestimmt.«

»Nein, Marco, ich glaube nicht daran.« Sie atmete tief ein und schüttelte sich dann, als wollte sie den Gestank loswerden, der sich auch in ihrer Kleidung festgesetzt hatte. »Du hast den Frevel begangen, und dafür werden wir büßen.«

»Ich kann mich wehren!« Die Stimme des Mannes klang laut, und Franca legte erschrocken einen Finger auf seine Lippen.

»Willst du, dass man uns hört?«

»Es ist mir egal.«

»Sei nicht verrückt. Du hast das Grab gefunden. Und jetzt ist die Sache für uns erledigt, denk immer daran!«

»Ich will aber nicht.« Seine Hand legte sich auf die Hüfte des Mädchens und fuhr daran herunter, bis sie den Oberschenkel erreicht hatte. Dort verharrte sie.

»Der Gondoliere hat aufgehört zu singen, Marco. Auch er gab auf. Denk daran. Es war eine letzte Warnung. Sie werden kommen, das verspreche ich dir.«

»Dann sind wir weg.«

»Und wohin? Du bist nirgends sicher. Auch mich werden sie fangen.« Franca schüttelte sich. »Diese Stadt steckt voller Grauen. Ich spüre es. Da sind viele Gräber, von denen wir nichts wissen. Auch in den alten Bleikammern leben sie noch. Ich – ich glaube …«

»Wir werden gehen.«

»Und dann?«

»Nichts. Bei der Polizei sind wir sicher.«

»Falls man uns glaubt.«

Marco hob die Schultern. Er konnte Francas Angst verstehen. Auch er hatte es nicht für möglich gehalten, was sich hier im Geheimen abspielte, aber sie hatten den Beweis, und der war schrecklich genug.

»Ich sehe mal nach«, flüsterte Marco. Ohne eine Antwort des Mädchens abzuwarten, schritt er zur Tür. Unter seinen Sohlen knirschte der Dreck. Kleinere Steine wurden zertreten. Von den Wänden war der Putz gerieselt. An vielen Stellen waren Löcher zu sehen, als hätte jemand mit einem Hammer gegen die Mauern geschlagen.

Vor der Tür holte Marco noch einmal tief Atem. Sein schmaler Körper spannte sich. Die Tür selbst war so alt wie das Haus. Es grenzte an ein Wunder, dass sie sich überhaupt noch öffnen ließ. Die gebogene Klinke zeigte die Form einer Löwenpranke. Im Laufe der Zeit hatte das Metall Rost angesetzt, und sie ließ sich nur stockend bewegen, bevor sie so weit heruntergedrückt war, dass Marco die Tür aufziehen konnte.

Durch den Spalt schaute er nach draußen.

Die Häuserwände gegenüber schienen so nah zu sein, dass er sie mit der Hand hätte greifen können. Davor schimmerte das Wasser. Eine schwarze träge Flüssigkeit, die kleine Wellen warf, an den Wänden entlang leckte und das sowieso schon poröse Gestein noch immer weiter aushöhlte.

Dafür jedoch hatte der junge Mann keinen Blick. Er verschwendete nicht einmal einen Gedanken daran, für ihn war wichtig, dem Unheil zu entrinnen.

Ein Blick nach rechts und links.

Die Luft war rein!

Kein Verfolger befand sich auf dem Wasser. Die Boote, die auf den Wellen dümpelten, waren alle vertäut. Links sah er den Schatten einer schmalen Brücke. Sie führte über das Wasser von einer Seite zur anderen, und Marco war schon oft über die alten Steine gegangen.

Bevor er das Haus verließ, drehte er sich um und winkte seiner Freundin.

Franca folgte ihm zögernd.

»Mach schon«, drängte Marco. »Los, beeil dich. Sie wissen nicht, wo wir sind.«

»Ja, ja ...« Das Mädchen ging jetzt schneller. Es klammerte sich an Marco fest, als es ihn erreicht hatte. Einfach war es nicht, sich neben dem Kanal herzubewegen. Dort gab es nur einen schmalen Steg. Er schien an der Hauswand zu kleben. In der Breite konnte man ihn mit einem Sims vergleichen.

Da mussten sie rüber!

Franca hatte schreckliche Angst, dass sie abrutschen und in der schmutzigen Brühe landeten, aber es gab keinen anderen Weg für sie. Ewig konnten sie sich in dem verlassenen Haus nicht versteckt halten. Einmal schon waren sie gejagt worden und nur knapp entkommen, ein zweites Mal würden sie sicherlich nicht mehr so viel Glück haben.

Über Francas Rücken rieselte es kalt, wenn sie an die unermessliche Gefahr dachte, in der sie schwebten. Was sie gesehen und entdeckt hatte, war unbeschreiblich, unglaublich, und es gehörte in das Reich der Fabel und nicht in die Realität.

Aber was war schon in Venedig Realität? In der Stadt, wo jeder nur mit der Vergangenheit lebte und irgendwie darauf zu warten schien, dass die Stadt endgültig versank.

Von der Adria her blies ein frischer Wind. Er drang auch in die engen Gassen und kühlte die Gesichter der beiden jungen Menschen. Sie bewegten sich eng an der Hauswand entlang. Marco hatte die Spitze übernommen. Eigentlich hätte er zwei Hände gebraucht, um sich an der Wand entlang zu tasten, aber er stützte sich nur mit einer ab. Die andere hatte er nach hinten gestreckt, sodass Franca seinen Arm umfassen konnte und ihr dieser Kontakt Sicherheit gab.

Der Sims war ebenso bröcklig wie das gesamte Mauerwerk. An manchen Stellen waren Steine abgebrochen, und die beiden Flüchtlinge mussten ihre Schritte vergrößern, um die Lücken zu überqueren. Oft brach dicht vor Marco das Gestein weg. Mit einem dumpfen ›Blubb‹ klatschten die Brocken jedes Mal ins Wasser. Dieses Geräusch erzeugte bei Franca eine Gänsehaut. Es erinnerte sie daran, wie leicht auch sie abrutschen und nach unten fallen konnten.

»Bitte – sei vorsichtig«, hauchte sie immer wieder.

Marco hörte die Worte zwar, er kümmerte sich aber nicht darum. Er hatte genug mit sich selbst zu tun, presste hart die Lippen aufeinander und konzentrierte sich auf den Weg. Er war nur froh, dass sie nicht wieder angegriffen wurden, denn das war am schlimmsten.

Marco wollte die Brücke erreichen. Sie war sein Ziel. Wenn sie dort ihren Fuß hingesetzt hatten, dann konnten sie zum ersten Mal aufatmen, obwohl sie sich noch längst nicht in Sicherheit befanden, wie beide wussten.

»Kannst du noch?«, fragte Marco.

»Geh weiter!« Die Stimme des Mädchens klang gepresst. Sie zeigte ein wenig von der Angst, die Franca empfand.

Der Weg zog sich in die Länge. Jeder Schritt kostete Nerven und Konzentration. Stoßweise ging der Atem des Mannes. Er spürte den Schweiß, der sich zu Tropfen sammelte und dann in langen Bahnen über sein Gesicht lief. Die Haare klebten auf der Haut. Manchmal verschwamm die Brücke auch vor seinen Augen, dann hielt er inne, konzentrierte sich aufs Neue, und weiter ging es.

Die beiden schafften es. Vom Sims aus konnten sie sich, wenn sie die Arme hoben, an dem Steingeländer fest klammern und sich dann in die Höhe ziehen. Die Brücke verband zwei schmale Durchlässe, handtuchbreite Einfahrten, die ein kompakter Mensch kaum durchgehen konnte, weil er mit den Schultern an den Mauern schleifte.

»Warte du!«, sagte Marco und zog sich in die Höhe.

»Okay.«

Marco streckte seinen Körper noch einmal, bekam die steinerne Umrandung zu fassen und zog sich in die Höhe. Mit den Knien und Füßen musste er etwas nachhelfen, hatte es dann geschafft und stand auf der gebogenen Brücke.

Er ruhte sich nicht erst aus, sondern beugte sich vor und streckte abermals seinen Arm aus, um seiner Freundin in die Höhe zu helfen.

Obwohl Franca ein Leichtgewicht war, hatte Marco alle Mühe, sie auf die Brücke zu ziehen. Dort blieb sie erst einmal stehen, lehnte sich an die Brüstung und atmete tief durch.

Franca brauchte die Erholungspause ebenso wie Marco. Beide zitterten am ganzen Leib. Die letzten Minuten waren einfach zu strapaziös gewesen.

In ihren Augen schimmerte wieder Hoffnung und auch der Glaube daran, es am Ende doch noch schaffen zu können.

An beiden Enden der Brücke begann der schlauchartige Weg. Er schnitt wie mit dem Messer gezogen zwischen den Häuserzellen. Marco wusste, dass dieses Viertel von Venedig kaum bewohnt war. Zu sehr hielt der Verfall die Häuser bereits in seinen Klauen.

Sie umarmten sich und blieben sekundenlang in dieser Haltung stehen. Jetzt dachte auch Marco daran, dass sie letzten Endes doch noch durchkamen und diese grauenvolle Stadt verlassen konnten. Vielleicht brauchten sie nicht einmal zur Polizei, denn dort hätte man ihnen wahrscheinlich nicht geglaubt.

»Komm«, sagte Marco nach einer Weile.

»In welche Richtung?«

Marco deutete hinter sich, wo die enge Gasse begann und sogar leicht anstieg. Der Boden war nicht glatt. Das Pflaster lag auch nicht eben, sondern war holprig und aufgerissen, sodass sich in der Gasse zahlreiche Stolperfallen befanden.

Hintereinander wollten sie gehen und hatten schon den ersten Schritt getan, als Marco stehen blieb. Sein Gesicht verzerrte sich in namenlosem Schrecken, bevor es bleich wie ein Leichentuch wurde.

In der Gasse lauerte das Ungeheuer.

Ein wüster, gewaltiger Klumpen, der sich deutlich vom Boden abhob und so schrecklich groß werden konnte, wie beide wussten.

Mit Francas Beherrschung war es vorbei. Sie konnte einen Schrei nicht unterdrücken, dessen Echo zwischen den Wänden zitterte. Dann schüttelte sie den Kopf, wollte etwas zu ihrem Freund sagen, doch sie bekam die Zähne nicht mehr auseinander, da Marco sie herumriss und in die entgegengesetzte Richtung zog.

Hinein in die Gasse und zuerst über die Brücke weg.

Ihr Lauf wurde schnell, stoppte allerdings ebenso abrupt, denn Marcos Befürchtung bewahrheitete sich.

Auch in der anderen Gasse lauerte das Untier.

Sie saßen in der Falle!

Viele Menschen kennen Venedig nur von den Erzählungen her. Ich nicht. Schon einmal hatte ich in der Stadt an der Adria zu tun gehabt, in dieser ach so oft beschriebenen und besungenen Metropole einer glanzvollen Vergangenheit.

Die Seufzerbrücke, Campanile, die Tauben, die Kirche von San Marco, der Platz davor, das alles zählte neben den prachtvollen Palästen der ehemals so mächtigen Dogen für die Touristen. Uns interessierte es weniger, denn Suko und mich hatte ein Fall in die Stadt geführt.

Begonnen hatte es mit den toten Tauben!

Zu Hunderten regneten sie vom Himmel, bedeckten die Gassen und Plätze. Tierkadaver, die irgendwie vergiftet schienen. Jedenfalls glaubte man das. Bis die Vögel genauer untersucht wurden, und da stellte man fest, dass sie keinen Tropfen Blut mehr besaßen. Sie wirkten leergesaugt, als hätte ihnen jemand das Blut abgezapft. Man fand sogar Bissstellen, die auf dieses ungewöhnliche Phänomen hinwiesen, und die Polizei wurde eingeschaltet.

Sie stand vor einem Rätsel.

Blutleere Tauben fielen nicht einfach vom Himmel, das musste einen Grund haben. Also ging man der Sache nach, doch zu einem Ergebnis kam man nicht.

Das Motiv blieb im Dunkeln.

Bis sich Menschen meldeten, die ein seltsames Phänomen beobachtet hatten. Da sprachen glaubwürdige Zeugen von gewaltigen Fledermäusen, die sie über der Stadt gesehen haben wollten. Riesige Vögel mit blutroter Haut, großen Mäulern und gefährlichen Zähnen. Diese Wesen wurden zweifelsohne als Fledermäuse identifiziert, aber Fledermäuse von dieser Größe gab es nirgendwo auf der Welt.

Die Entdeckung konnte verheimlicht werden, die

Presse bekam keinen Wind davon, aber im Polizeipräsidium rauchten die Köpfe. Ein logischer Schluss lag nahe. Wenn die Fledermäuse unter Umständen die Tauben angegriffen und ihnen ihr Blut ausgesaugt hatten, dann war es durchaus möglich, dass sie sich irgendwann einmal auf Menschen stürzten. Das wollte keiner der Verantwortlichen zulassen. Aus diesem Grund verstärkte man die Polizeistreifen. Der Erfolg stellte sich bald darauf ein, denn zwei Carabinieri sahen die Wesen.

Allerdings weit draußen, schon im Golf, jenseits der zahlreichen Inseln und des Lido. Dort schwebten sie lautlos durch die Luft, griffen die Menschen zum Glück nicht an, und den Polizisten gelang es tatsächlich, die beiden Wesen etwa zehn Minuten lang zu beobachten, bevor die Tiere in der wattigen Dunkelheit über dem Wasser verschwanden.

Die Protokolle über die Beobachtungen waren streng geheim und nur bestimmten Beamten zugänglich. Einer dieser Männer war Commissario Tolini, ein alter Fuchs, dem man so leicht nichts vormachen konnte. Seit er denken konnte, tat er in Venedig Dienst, er hatte sich mit Taschendieben, Mafiakillern und Fixern herumgeschlagen, aber er hatte auch ein Erlebnis gehabt, das schon einige Jahre zurücklag.

Da hatte es in der Stadt ein seltsames Phänomen gegeben, denn die Todesgondel zog ihre Bahn. Es ging da um die Bande der goldenen Masken, und den Fall aufgeklärt hatte schließlich ein Oberinspektor aus London. Ein Mann, der sein Geld bei Scotland Yard verdiente und sich mit okkulten Dingen beschäftigte.

An ihn erinnerte sich Tolini, und er hatte den Namen des Mannes behalten.

John Sinclair!

Commissario Tolini ging zum Polizeipräsidenten. Er wurde gnädig empfangen und sogar sehr schnell, denn die Sache mit den toten Tauben bereitete auch dem höchsten Chef der Polizei einiges an Kopfzerbrechen. Alles, was damit in Zusammenhang stand, wurde vorrangig behandelt, sodass Tolini seine Audienz bekam.

Sie dauerte länger, als er ursprünglich angenommen hatte. Über zwei Stunden musste er reden, bis der Polizeichef schließlich seinen Segen gab.

»Bene, Tolini, dann holen Sie diesen Wundermann.«

»Er ist kein Wundermann, bitte sehr, aber John Sinclair bringt die nötige Erfahrung mit.«

Die brachte er nicht allein mit. Unter anderem hatte ich auch Suko mitgenommen, denn als wir etwas von den roten Vampiren hörten, die eigentlich nur Vampiro-del-mars Geschöpfe sein konnten, da reagierten wir rasch und unbürokratisch.

Jetzt waren wir in Venezia und hatten ein Wiedersehen mit Tolini gefeiert.

Der Commissario war in den letzten Jahren noch ein wenig dicker geworden. Sein Leib hielt den Vergleich mit einer Kugel stand, aber er war noch immer so quirlig und springlebendig. Der schwarze Schnäuzer zitterte vor Freude, wenn der Beamte mit uns sprach. Zudem befanden sich seine Hände in permanenter Bewegung, denn jedes Wort wollte er extra unterstreichen. Die Haare waren vielleicht weniger geworden. Aus der Halbglatze wurde mittlerweile eine richtige Glatze, aber so etwas ist eben der Lauf der Zeit.

Wir hatten uns die Tauben angesehen. Vor allen Dingen interessierten uns die Bissstellen.

»Ganz klar von Vampiren«, lautete Sukos Kommentar.

»Vampire!« Der Commissario hatte gestöhnt und sich an den Kopf gegriffen. »Das darf nicht wahr sein.« Er trat mit dem Fuß auf. »Es ist unmöglich. Das können keine Vampire gewesen sein.«

»Und weshalb nicht?«

Er schaute mich an. »Weil sonst die Tauben auch zu Vampiren geworden wären.«

Da hatte er im Prinzip Recht, aber Tiere waren eben keine Menschen. Vielleicht reagierten sie anders, obwohl es schwer war, den Commissario davon zu überzeugen.

»Dann müssen wir sie beobachten«, schlug Suko vor.

Das hatten wir auch getan. Zu dritt waren wir des Nachts unterwegs, immer auf der Lauer nach den roten

Vampiren. Zwei Nächte hatten wir uns bereits um die Ohren geschlagen, getan hatte sich rein gar nichts. Länger als drei Tage wollten wir eigentlich nicht bleiben, denn wer konnte wissen, was sich in London tat?

Dort hatte sich mit der endgültigen Vernichtung des Solo Morasso einiges verändert.

Dr. Tod existierte nicht mehr.

Aber noch lebten die Mitglieder seiner Mordliga. Unter anderem Lady X und Vampiro-del-mar. Wie sie reagieren würden, war die große Frage, und wir sprangen wirklich auf alles an, was mit diesen beiden in einem unmittelbaren Zusammenhang stand. Allerdings gehörte noch ein Dritter zu dem Club.

Xorron, Herr der Zombies und Untoten. Er würde es mir sicherlich nicht verzeihen, dass ich es gewesen war, der Solo Morasso eine Kugel durch den Kopf geschossen hatte.

Wahrscheinlich herrschte momentan in der Mordliga ein großes Durcheinander oder die Ruhe vor dem Sturm.

Beides war möglich.

Die roten Vampire, zu denen meine Gedanken wieder zurückkehrten, waren für uns keine Unbekannten. Wir hatten sie in Deutschland erlebt und auch auf der Insel des Solo Morasso, die in die Luft geflogen war, als die Mordliga ihre Zelte dort abbrach. Sie waren an sich leicht zu erledigen, Silberkugeln töteten sie, aber man durfte sie nicht zu nahe herankommen lassen, dann wurden die Diener des Supervampirs Vampiro-del-mar gefährlich.

Zwei Nächte hatten wir uns erfolglos um die Ohren geschlagen. Und jetzt war die dritte Nacht auch fast um.

Wie schon in den beiden vorhergegangenen Nächten erlebten wir ein stilles, fast unheimliches Venedig, durch das wir fuhren. Allerdings nicht mit dem Wagen, sondern mit einem Boot der Wasserschutzpolizei, das Commissario Tolini steuerte.

Venedig um drei Uhr morgens!

Das war ein seltsam beklemmendes Gefühl, diese Stadt so zu erleben. Die Kanäle schienen in der Dunkelheit noch enger zu werden, die Mauern rückten näher zusammen, das Wasser war geschwärzt, als hätte jemand Teer hineingekippt, der Himmel eine dunkle Fläche, und die alten, oft prachtvollen Häuser glichen regelrechten Gespensterburgen.

Wir hielten uns nicht da auf, wo die Stadt extra für Touristen herausgeputzt wird, nein, da hatten wir nichts zu suchen, in der Gegend waren die roten Vampire auch nicht beobachtet worden, wir fuhren dorthin, wo die Stadt allmählich verkam, wo sich keine Lobby gebildet hatte, um die alten Häuser zu erhalten. Wer in diesen feuchten Bauten wohnte, gehörte zu den Ärmsten der Armen, zu den Menschen, die am Rande einer Existenzgrundlage dahinlebten.

Obwohl wir in zwei Nächten die Gegend schon durchfahren hatten, kannten wir das Gebiet noch immer nicht. Jeder Kanal sah gleich aus und war doch irgendwie anders. Sie mündeten alle ineinander, bildeten ein regelrechtes Flechtwerk aus Wasserstraßen. Deren Oberfläche glänzte wie ein schwarzer Spiegel, als sollten die Geheimnisse, die unter ihr lagen, verborgen bleiben.

Unser Boot war nicht groß, aber wir hatten erlebt, dass es sehr schnell sein konnte, wenn es darauf ankam, und das würde vielleicht nötig sein, denn noch hatten wir die Hoffnung nicht aufgegeben.

Tagsüber hatten wir nicht viel von Venedig gesehen, da wir meist schliefen, um für die Nacht fit zu sein. Fitter jedenfalls als der Kommissar, denn er hatte tiefe Ringe unter den Augen, ein Zeichen, dass ihn der Dienst stresste, denn der Commissario musste auch während des Tages über fast die gesamte Zeit im Büro sein.

Wir tuckerten jetzt durch einen etwas breiteren Kanal. Tuckern ist der richtige Ausdruck, denn unser Boot fuhr nicht einmal mit einem Drittel der Kraft. Hinter uns quirlte die Schraube des Wasser zu einem helleren Schaum auf, der sich teilte und als breite Streifen in diese schwarze Fläche hineinstieß.

Als wir unter einer Brücke hindurchglitten, drehte sich Tolini um. »Wollen Sie wirklich morgen wieder fahren?«, fragte er und zog dabei ein bedauernswertes Gesicht.

»Heute schon, mein Lieber«, sagte ich. »Wir können uns hier nicht die Nächte um die Ohren schlagen.«

»Und wenn dann etwas passiert?«

»Geben Sie uns Bescheid.«

»Dann kann es zu spät sein.«

Ich hob die Schultern. »Das Risiko, mein Lieber, müssen wir eben eingehen.«

»Ihr Engländer habt keine Geduld.«

Suko lachte. »Sie vergessen, dass ich Chinese bin.«

»Nehmen Sie sich ein Beispiel an Ihren Vorfahren. Die konnten warten und warten …«

»Die hatten auch mehr Zeit«, sagte der Inspektor.

»Dabei wollte ich noch mit Ihnen in ein tolles Lokal gehen«, versuchte Tolini es jetzt anders herum. »Wirklich Spitzenklasse, kann ich Ihnen sagen …«

»Vielleicht im Urlaub.«

Der Kommissar ließ vor Schreck das Steuer los. »Bekommen Sie auch Urlaub?«

Da musste ich passen.

Auch der Kommissar schwieg. Er kannte den Job, den Stress, den harten Dienst, aber es hatte auch aus seinen Worten ein wenig Egoismus herausgeklungen, denn wenn die Vampire erscheinen und wir abgereist waren, stand er auf verlorenem Posten. Außerdem würde ihm sein Chef eine Rüge erteilen.

Vor uns erschien eine Kreuzung zweier Wasserstraßen. Für einen Moment schaltete Commissario Tolini den Scheinwerfer ein. Sein helles Licht zuckte nicht nur über das Wasser, wo es Reflexe warf, sondern traf auch Hauswände und ließ uns dort all das Morbide sehen, was manche Menschen an Venedig so fasziniert.

Mich stieß es eher ab.

»Wir können wählen«, sagte Tolini. »Rechts oder links.«

»Fahren Sie dort entlang, wo wir gestern auch gefahren sind«, erwiderte ich müde. Ich glaubte nicht mehr so recht daran, dass sich noch etwas tun würde, die roten Vampire konnten wir in die über Venedig hängenden schwarzen Wolken schreiben.

»Bitte sehr«, sagte der Kommissar und zog das kleine Boot in eine scharfe Rechtskurve.

Die Stunden zwischen Mitternacht und dem Hellwerden gehören zu den schlimmsten. Da verlor man die Kondition, der Körper verlangte nach Schlaf, und es war kein Wunder, dass ich gähnen musste.

Suko stieß mich in die Rippen, aber Tolini hatte es bereits bemerkt. »Keine Kondition, die jungen Leute. Was sollen wir denn da erst sagen?«

»So alt sind Sie auch nicht«, erwiderte ich und gähnte ein weiteres Mal.

Den Mund hatte ich noch offen, als es passierte. Etwas rumpelte gegen die rechte Bordwand. Schlagartig fiel die Müdigkeit von mir ab, denn dieses Geräusch war nicht normal. Auch Suko hatte es gehört, beugte sich über Bord und schaute wie auch ich nach.

Der Kommissar hatte gut reagiert, sofort Gas weggenommen und zog das Boot in eine enge Kurve, damit er an den Gegenstand herankam, der schon ein wenig abgetrieben worden war.

Weiß und hell schimmerte es auf der Wasseroberfläche. Suko und ich hatten uns gedreht, aber genau konnten wir noch nichts erkennen. Der sah mir aus wie ein Kasten.

»Vielleicht Unrat«, vermutete Suko.

Ich erwiderte darauf nichts, denn ich schaute mir den Gegenstand genauer an und erkannte plötzlich, um was es sich bei ihm handelte.

Auch Tolini und Suko hatten ihn jetzt identifiziert. Ich hörte den Kommissar keuchen. »Verdammt«, flüsterte er und schlug hastig ein Kreuzzeichen, »das ist ja ...«

Er sprach nicht mehr weiter, aber ich sagte die bewussten Worte.

»Ein Sarg, Kommissar, sehen Sie, ein weißer Sarg ...«

Sie standen auf der Brücke!

Zwei Menschen suchten verzweifelt nach einem Ausweg aus dieser Misere, und beide wussten, dass es kaum einen für sie gab, denn die Falle war zugeschnappt.

Ihre Gegner hatten es raffiniert angestellt, die beiden erst in Sicherheit gewiegt und dann zugeschlagen. Umso größer und härter war die Überraschung jetzt.

Franca klammerte sich an ihrem Freund fest. Sie hatte den Kopf in den Nacken gelegt, um in sein Gesicht schauen zu können, das ihr wie ein bleicher Fleck vorkam. Ihr Schrei war längst verhallt. Stille umgab die beiden jungen Menschen, und Franca hörte ihr eigenes Herz überlaut schlagen. Die Schläge dröhnten in ihrem Kopf wider. Es war ein rhythmisches Hämmern, Ausdruck einer inneren fiebernden Angst.

»Was sollen wir denn jetzt machen?«, flüsterte sie und schüttelte den Kopf.

»Ich weiß es nicht«, lautete die ehrliche Antwort. »Ich weiß es wirklich nicht.« Marco schaute nach vorn. Dort war ihm der Weg versperrt. Wenn er nach hinten sah, stellte er das Gleiche fest. Es gab keinen Zweifel, dass ihre Gegner genau gewusst hatten, was sie taten. Eine Möglichkeit allerdings war sie für die beiden noch offen.

Der Sprung ins Wasser!

»Wenn wir uns retten wollen, müssen wir ins Wasser springen!«, sagte Marco rau.

Franca zuckte zusammen. »Was sollen wir?« Sie begann sich zu schütteln, als würde sie sich ekeln. »Unmöglich, ich kann doch nicht ...«

»Unsere einzige Chance!«

»Aber die Monster werden uns ...«

»Ich habe noch keine Vampire gesehen, die schwimmen können. Und die beiden vor und hinter uns sind Vampire. Gewaltige Fledermäuse ...«

»Dann komm!« Die letzten Worte hatten Franca überzeugt. Sie wollte es endlich hinter sich bringen, auch wenn sie sich vor dieser widerlich schmutzigen Wasserbrühe immer geekelt hatte. Aber es war in der Tat die einzige Chance.

Marco warf noch einen Blick auf die zusammengekauerten Fledermäuse. Vielleicht gab es doch noch einen anderen Weg, als in die schmutzige, verseuchte Brühe zu springen, aber da bewegte sich eine der Fledermäuse. Es war ein träges Heben der Flügel, kein Fliegen, und Marco empfand es als eine Art Warnung. Das Monster hatte seine Flügel nicht ganz ausgefahren, das ging nicht, da die Gasse viel zu schmal war, aber dieses Anzeichen reichte aus, um Marco einen Schauer über den Rücken zu jagen.

Er dachte wieder an das Grab, an diese verfluchte, unheimliche Stätte, die sie entdeckt hatten, und er verwünschte die Minute dieser Tat. Rot leuchteten auch die Augen der Fledermaus. Im Schwarz des Kopfes wirkten die Augen wie zwei Tropfen aus gefrorenem Blut. Darunter ein Maul, das, wenn es aufgerissen war, fast die Hälfte des Kopfes einnahm. Ein Bild des Schreckens, ein Bild zum Fürchten, und Marco dachte plötzlich an die toten Tauben, die er gesehen hatte.

Blutleer lagen sie auf dem Boden, ausgesaugt, leergetrunken …

Wenn die Tauben sterben, dann stirbt auch Venedig, hatte ihm einmal jemand gesagt.

Fast glaubte er daran.

»Marco, was ist denn?« Die drängende Stimme seiner Freundin unterbrach Marcos Gedanken.

Der junge Mann schrak zusammen. »Ja, ja!«, hauchte er. »Ich komme schon …«

Er straffte sich. Franca ließ ihn los. Sie brauchte nur einen Schritt, um die Steinbrüstung der Brücke zu erreichen. Auch hier war das Gestein im Laufe der Zeit morsch geworden. An einigen Stellen fehlten die kleinen Quader, aber davon ließ sich Marco nicht beirren. Er musste es wagen.

Immer die Fledermäuse im Auge behaltend, schob er Franca auf die Mauer. Er drückte seine Hand unter ihren angewinkelten Arm und half ihr so auf den Rand.

Dort blieb Franca gebückt stehen. Sie schwankte ein wenig, zudem zitterte sie, und Marco nickte.

»Spring!«

Da fasste sich das Mädchen ein Herz. Franca stieß sich ab, als ihr Freund erst auf die Brüstung kletterte.

Seine Aktion war auch ein Zeichen für die beiden

Riesenfledermäuse. Bisher hatten sie sich bis auf das kurze Bewegen ihrer Flügel still verhalten, nun aber sahen sie sich um ihre Beute betrogen. Sie flatterten auf.

Das genau in dem Moment, als Franca die Wasserfläche berührte. Es klatschte, ihr Körper verschwand, und auch Marco ließ sich fallen.

Er sah nicht mehr, wie sich die beiden Monster in die Lüfte erhoben und ihre ausgespannten Flügel breiter waren als die Brücke. Sie hatten keineswegs die Absicht, ihre Opfer entkommen zu lassen. Die Blutgier trieb sie voran.

Der Kanal war nicht sehr tief. Marco erreichte mit seinen Füßen den Grund. Er hatte das Gefühl, gierige Hände würden sich um seine Knöchel legen, so tief und fest war der Schlamm, der den Grund des Kanals bedeckte.

Hier hatte niemand aufgeräumt. Der Abfall und der Dreck bildeten eine regelrechte Falle. Sie waren wie Gummi, und der junge Mann musste trampeln, um sich zu befreien.

Er wühlte den Schlamm auf, Wolken umgaben ihn. Schwimmbewegungen brachten ihn wieder an die Oberfläche, wobei er im ersten Moment nichts sehen konnte. Mit zwei knappen Bewegungen schüttelte er sich die Haare aus der Stirn, dann sah er wieder klarer.

Das Mädchen schwamm neben ihm. Francas Bewegungen waren hektisch. Sie hatte Wasser geschluckt, spuckte und keuchte. Weit aufgerissen waren die Augen. Ihr Kopf erschien dem jungen Mann wie ein blasser Ballon, der auf der Wasserfläche tanzte.

»Die Vampire – wo sind sie?«

Abgehackt drangen die Worte aus ihrem Mund, und Marco drehte sich hastig um.

Er sah sie. Wie zwei Denkmäler hockten sie auf der Brüstung. Aus ihren blutroten Augen fixierten sie die beiden Menschen, die unter ihnen im Wasser paddelten, und es war klar, dass sie jeden Augenblick angreifen würden.

»Schwimm um dein Leben!«, schrie Marco. »Los, wir müssen weg!« Er hatte die Worte kaum ausgesprochen, als er sich nach vorn warf und die schmutzigen Fluten mit wilden Kraulstößen aufwühlte. Er wusste, dass er schneller schwimmen konnte als Franca, aber er wollte sie nicht im Stich lassen, aus diesem Grunde drosselte er sein Tempo.

Die Angst verlieh dem Mädchen gewaltige Kräfte. Auch ihre Arme teilten die schmutzige Brühe. Vor ihren Augen spritzte das Wasser in schaumigen Streifen hoch. Franca konnte nicht vermeiden, dass sie es schluckte, sie keuchte, spie und schrie, aber sie gab nicht auf und kämpfte unverdrossen weiter.

Neben ihr schwamm Marco. Er wollte sehen, wie sich die Verfolger benahmen, und hatte sich dabei auf den Rücken gelegt. Seine Arme arbeiteten wie die Flügel einer Windmühle. Im Rückenschwimmen war er zwar kein Meister, aber er konnte immerhin das Tempo, das von Franca vorgelegt wurde, mithalten.

Sie durfte nicht daran denken, was alles zusammen mit dem schmutzigen Wasser in ihren Mund drang und sie schlucken musste, dann hätte sie sich bestimmt übergeben. Für sie zählte nur die Gefahr.

Und die war übergroß!

Die beiden Fledermäuse hatten eiskalt abgewartet. Sie wollten mit ihren Opfern spielen, ließen ihnen sogar einen kleinen Vorsprung. Als er für sie ausreichend genug war, da spreizte die erste Fledermaus die Flügel.

Es hatte den Anschein, als würde jemand ein Zelt auseinander falten. So groß, so gewaltig wirkten die Monster, diese finsteren, unheimlichen Schattenwesen, die niemand mehr stoppen konnte und die sich ihrer Beute sicher waren.

Lautlos segelten sie von der Brüstung der Brücke. Zwei Schläge reichten aus, um sie in die Luft zu tragen und Geschwindigkeit aufzunehmen.

Zum Glück hatte sich der junge Mann auf den Rücken gelegt. So konnte er die Monster sehen, und er bemerkte, wie nahe sie schon waren, denn ihre ebenfalls dunklen Körper verschmolzen fast mit der Finsternis.

»Fran...« Die letzten Buchstaben des Namens verschluckte er, weil ein Wasserschwall in seinen Mund drang, aber das Mädchen hatte die Warnung auch so verstanden.

Franca tauchte weg.

Zusammen mit ihrem Freund, der sich ebenfalls unter die Wasserfläche gedrückt hatte, und das war buchstäblich im letzten Augenblick geschehen, denn die beiden Fledermäuse hatten ihre Krallen bereits nach ihnen ausgestreckt.

So griffen sie ins Leere.

Die Flüchtlinge befanden sich unter Wasser. Sie schwammen jetzt dicht nebeneinander, gingen tiefer. Hände wühlten den Schlamm auf, die Körper berührten sich, stießen sich ab, und sie schwammen um ihr Leben. Aber sie waren keine Fische und mussten irgendwann einmal an die Oberfläche, um Luft zu holen.

Bei Franca machte sich der Mangel an Sauerstoff zuerst bemerkbar. Ihr Freund merkte, wie sich der Schatten von seiner rechten Seite entfernte, wie er hochstieg, und er dachte daran, dass er noch hätte unter Wasser weiterschwimmen können, aber er wollte in Francas Nähe bleiben, deshalb tauchte er zusammen mit ihr auf.

Das wilde Flattern war über ihm. Er tat das einzig Richtige. Es war egal, ob Franca Luft geholt hatte oder nicht. Seine Hand schnellte vor, die Finger verkrallten sich in den nassen Haaren der Italienerin, dann drückte er ihren Kopf mit aller Gewalt wieder nach unten, während auch er tauchte.

Der Schlag traf ihn trotzdem. Es war ein Hieb mit dem Flügel. Schnell geführt und härter, als er es überhaupt für möglich gehalten hatte. Er spürte Schmerzen auf seinem Rücken, doch er wusste, dass er nicht aufgeben durfte.

Weitermachen!

Er tauchte in die Tiefe. Stieß abermals hinein in die widerliche Brühe des Kanals, erreichte den Grund und bewegte sich dort weiter. Aber Franca musste hoch. Er sah sie als Schatten, ihre Beine bewegten sich wie die eines Froschs, sie wollte an die Oberfläche. Marco betete, dass es klappte, dann konnten beide Luft holen. Das Rauschen der Flügel war nicht zu hören.

Hatten sie eine Galgenfrist erhalten?

Franca konnte nicht reden. Sie war zu erschöpft. Nur mit Mühe hielt sie ihren Kopf über Wasser, während ihre Arme hektische Schwimmbewegungen ausführten.

Sie wollte sprechen, aber es gelang ihr nicht. Dafür spuckte sie Wasser, röchelte, und Marco stellte mit Schrecken fest, dass ihre Kräfte allmählich erlahmten.

»Halte noch durch!«, keuchte er. »Verdammt, halte durch!« Er selbst schaute sich um, so weit dies möglich war, und er entdeckte die Riesentiere nicht.

Hatten sie aufgegeben?

Es spielte für ihn im Augenblick keine Rolle. Wichtiger war Franca. Sie konnte nicht mehr weiter schwimmen, deshalb mussten sie zusehen, an Land zu klettern.

Aber wo?

Sie sahen nur die Rückfronten der Häuser. Glatte Fassaden, ohne Stuckwerk oder irgendwelche Vorsprünge, an denen sie vielleicht hätten Halt finden können.

Nein, da kam kein Mensch hoch.

Aber ein Stück weiter vorn, da schaukelte eine alte Gondel auf den Wellen. Sie war für Marco wie ein Geschenk des Himmels, und er wies seine Freundin darauf hin. »Bis dahin musst du es schaffen, Franca. Du musst!«

Sie bewegte sich nicht.

»Schwimm!«, schrie er. »Schwimm!«

Sie versuchte es. Marco stellte fest, dass Francas Bewegungen kraftloser geworden waren. Ihre Arme schienen mit Blei gefüllt zu sein.

Marco wusste nicht, ob die Gondel die Rettung bedeutete. Auf jeden Fall waren sie auf dem Trockenen, und eine Gondel fahren, das konnte er ausgezeichnet, denn in den letzten Monaten hatte er oft als Aushilfsgondoliere gearbeitet und Touristen über den Canal Grande geschippert.

Noch immer war von den beiden Fledermäusen nichts zu sehen. Trotz der gefährlichen Lage dachte Marco über den Grund nach, und er konnte sich nur einen denken.

Die mit Wasser gefüllte Gasse, in der sie sich aufhielten, war für die Monster zu schmal. Hier konnten sie ihre Flügel nicht richtig ausbreiten und waren demnach nicht beweglich genug.

Marco erreichte die Gondel als Erster. Auf und nieder schaukelte sie auf den Wellen, ein uraltes Schiff, das keiner mehr haben wollte und das zum Verrotten vertäut an der Hauswand lag. Das Seil war durch einen Ring gezogen. Man brauchte es nur zu entknoten.

Mit einer Hand hielt sich Marco an der Bordwand fest. So wartete er auf Franca.

Mit letzter Kraft schwamm sie herbei. Marco streckte ihr seine freie Hand entgegen. Das Mädchen ergriff seine Finger und ließ sich an das Boot heranziehen.

»Kannst du noch?«

Franca weinte als Antwort.

»Halte dich nur fest!«, keuchte ihr Freund und schwang sich selbst in die Gondel, die unter der plötzlichen Gewichtsbelastung noch stärker schwankte. Dann half der junge Mann seiner Freundin in das Boot.

Völlig erschöpft blieb Franca auf den schmutzigen Planken liegen. Mit dieser Gondel würde kaum ein Tourist fahren. Die Sitzbank im Heck war zerstört. Nur noch hölzerne Fragmente stachen in die Höhe. Aber es war eine Ruderstange vorhanden, zwar morsch und angefault, auch kürzer als die normalen, doch Marco traute sich zu, das Boot mit ihr bewegen zu können.

Er entknotete das Tau, drückte eine Hand gegen die Hauswand und stieß sich zusammen mit Franca und dem Boot ab.

Marco wusste nicht, wann der Kanal aufhörte. In dieser Gegend kannte er sich nicht aus, er hoffte jedoch, dass sie bald bekanntere Gewässer erreichten und eine Polizeistation fanden.

Das Mädchen hatte sich hingesetzt. Noch immer war Franca völlig erschöpft. Auch das aufmunternde Lächeln ihres Freundes konnte ihr die Kraft nicht zurückgeben, die nötig gewesen wäre, um sich gegen die Fledermäuse zu wehren. Schwer atmend hockte sie auf dem Boden und wrang ihr Haar aus.

Marco stach die Stange in das Wasser. Er bewegte die alte Gondel geschickt voran. Jetzt spielte er seine gesamte Routine aus, und die war etwas wert.

Zwischendurch schaute er sich nach den Blutsaugern um. Er entdeckte sie nicht. Sie hatten sich bestimmt irgendwo versteckt, denn an eine Aufgabe ihrerseits glaubte Marco nicht.

Auch Franca beschäftigte sich gedanklich mit den Monstern. »Wo – wo sind sie?«

»Ich weiß es nicht.«

»Dann haben wir es geschafft?«

Da lachte Marco nur freudlos.

Die Gondel schaukelte. Marco bemerkte auch, dass, da sie jetzt tiefer lag, an einer bestimmten Stelle an der Backbordseite Wasser eindrang. Er hoffte aber, dass sie den Wassereinbruch überstehen würden.

Unendlich lang erschien ihnen der Kanal. Er führte in Richtung Golf. Der Wind blies von vorn. Da sie beide in nassen Kleidungsstücken im Boot saßen, froren sie, denn der Wind, sonst als angenehm empfunden, drang durch die feuchte Kleidung und erzeugte auf ihrer Haut einen Schauer.

Glatt waren die Fassaden der Häuser. Es gab nur wenige, die an den Rückseiten baufällige Treppen hatten oder winzige Anlegeplätze für Boote.

Licht war überhaupt nicht zu sehen. Hinter den Luken oder oftmals zerstörten Fenstern nistete die Dunkelheit.

Einmal nur hörten sie ein krächzendes Gelächter, das aus einem offen stehenden Fenster über ihnen drang. Es ließ beide Flüchtlinge zusammenzucken.

»Mein Gott, ob wir das wirklich schaffen« flüsterte das Mädchen und schüttelte sich.

»Wir müssen, Franca, wir müssen!« Nach diesen Worten verdoppelte der junge Mann seine Anstrengungen. Noch nie war er so schnell gefahren, denn die Touristen hatten Zeit.

Auch dieser Kanal hatte sein Ende. Vor einer Mauer war plötzlich Schluss. Sie hielt den Wasserstrom auf. Aber dicht vor der Mauer zweigte nach rechts hin ein noch schmalerer Kanal ab. Marco sah ihn im letzten Augenblick. Er lenkte die Gondel hinein, und das war sein Glück, denn auf der Mauerkrone zeichneten sich zwei gefährliche Schatten ab.

Die Blutsauger!

»Großer Gott, da sind sie!« Francas Stimme überschlug sich. Sie schüttelte in wilder Panik den Kopf, all ihre Hoffnungen zerbrachen, denn die Fledermäuse würden sie auf keinen Fall entkommen lassen. Sie sollten leer gesaugt werden und in dieser unheimlichen, zu den Bestien passenden Gegend sterben.

Zwar war der Kanal schmal, aber die Fledermäuse würden es trotzdem schaffen, sich in die Lüfte zu erheben, was sie auch taten, denn nahezu provozierend langsam breiteten sie ihre roten, wie altes Leder schimmernden Flügel aus.

Lautlos hoben sie ab. Die Mauerkrone blieb unter ihnen zurück, und das Mädchen drehte sich um. Es stolperte auf Marco zu, hieb seine Hände in seine Schultern und wiederholte die Worte von vorhin.

»Verdammt, ich weiß selbst, dass sie da sind!«, schrie der junge Mann zurück. Bisher hatte er noch einigermaßen die Ruhe und auch die Übersicht behalten, nun aber wurde er nervös.

Verzweifelt versuchte er, die Gondel zu wenden. Es war nicht einfach, das ziemlich sperrige Boot in den superschmalen Kanal zu manövrieren. Er benötigtes sein gesamtes Geschick, um damit fertig zu werden, aber die Gondel wollte ihm nicht mehr so recht gehorchen. Hinzu kam die zu kurze Ruderstange. Dadurch waren sie nicht mehr so beweglich wie sonst.

Die Backbordseite schabte an der linken Häuserzeile entlang. Es gab ein hässliches Geräusch, und das morsche Holz hielt dem Druck nicht stand. Es bog sich erst und brach danach, wobei die Gondel regelrecht hüpfte.

Franca fiel hin. Sie konnte den plötzlichen Schwung nicht mehr ausgleichen, und auf dem Rücken liegend sah sie plötzlich die beiden gewaltigen Schatten, die sich lautlos näherten.

Im selben Augenblick hatte Marco die Gondel herumgedreht. Er tauchte mit dem Schiff in den Kanal ein, die Stange wühlte an der Steuerbordseite das schmutzige Wasser auf, und er setzte noch einmal alle Kräfte ein, um die Gondel von der Stelle zu bewegen.

Es war ein verzweifelter Kampf, aber er konnte ihn nicht gewinnen, denn die anderen waren stärker.

Marco sah sie nicht, da sie sich ihm von hinten näherten. Es spürte nur ihre Anwesenheit, und er wusste, dass er etwas unternehmen musste. Geschickt drehte er sich zur Seite weg, riss die Ruderstange aus dem Wasser und schlug zu.

Das Holz klatschte gegen die erste Fledermaus. Die Stange hieb genau in das hässliche Gesicht des Monsters, und für wenige Atemzüge verschwanden die roten, kreisrunden Augen. Im nächsten Moment hatte sich das Wesen wieder erholt, und die Augen waren von neuem da.

Marco kämpfte. Er hatte sich in eine Verbissenheit hineingesteigert, denn es ging nicht nur um sein Leben, sondern auch um das seiner Freundin.

Mit der Ruderstange schlug er auf die beiden Tiere ein. Wenn sich sein Blick irgendwann einmal klärte, dann sah er Franca auf den Planken liegen. Sie hatte sich zusammengerollt, deckte ihren Kopf mit beiden Händen ab und wimmerte.

Die Gondel schwankte. Durch die andauernden Gewichtsverlagerungen wurde sie einmal nach rechts gedriftet und im nächsten Augenblick nach links. Fast unmöglich für einen Menschen, dabei das Gleichgewicht zu behalten. Dass es Marco trotzdem schaffte, erschien ihm wie ein kleines Wunder. Hin und wieder benutzte er die Ruderstange als Speer. Dann stieß er sie vor, traf die Fledermäuse und hatte ein paar Mal Glück, dass sie nach hinten geworfen wurden.

Und noch etwas war für ihn von Vorteil. Es war die Enge des Kanals, denn auf dieser Breite konnten die Fledermäuse ihre Schwingen nicht voll ausfahren. Deshalb waren sie auch nicht so beweglich, sodass es

Marco gelang, sich die Bestien einigermaßen vom Hals zu halten.

Dann wurde das Schiff von einem Schlag erschüttert.

Mit dem Bug war die Gondel gegen die rechte Begrenzung des Kanals gerammt, und dieser Anprall schüttelte das Gefährt durch. Er übertrug sich auch auf den verzweifelten Kämpfer, sodass Marco nach hinten geschleudert wurde, zudem über den Körper seiner Freundin stolperte und lang auf den Rücken fiel.

Die erste Fledermaus reagierte sofort. Wie ein halb auseinandergefaltetes, mit Blut getränktes Zelt kam sie Marco vor, als sie sich auf ihn stürzte.

Der junge Mann hatte seine Ruderstange nicht aus der Hand gelassen. In einem Reflex riss er sie hoch, und mit der Spitze, wo das Ruderblatt zersplittert war, konnte er sie in den Leib der beutegierigen Bestie rammen.

Die Stange war kein Messer, deshalb widerstand die Haut auch. Aber die Fledermaus war gestoppt.

Dafür die zweite nicht. Sie fiel über den Italiener her wie ein Verdurstender über das Wasser. Da half Marco auch die Ruderstange nichts mehr, die Fledermaus war einfach zu nahe bei ihm. Er konnte seine Arme nicht mehr so bewegen, wie er wollte, und er hatte plötzlich das Gefühl, in einem Sack zu stecken.

Die Bestie faltete ihre Flügel über Marco zusammen. Bevor sie diese schloss, glaubte der junge Mann, noch einen verzweifelten Schrei zu hören. Wahrscheinlich den seiner Freundin, die ihn in ihrer Panik ausgestoßen hatte. Dann musste er sich um sich selbst kümmern.

Die Fledermaus roch nach Tod und Moder. Er spürte plötzlich Krallen, die so scharf waren, dass sie sogar seine Kleidung zerfetzten. Gnadenlos hackten sie hinein, rissen den Stoff auseinander, und einen Herzschlag später spürte er sie auf der Haut.

Es waren teuflische Schmerzen, als die Krallen lange Furchen in die Haut rissen. Er sah es nicht, aber er spürte, wie das Blut aus diesen Wunden schoss.

Und Blut ist Lebenssaft für Vampire!

Sollte er so enden?

Der Gedanke war kaum in seinem Hirn aufgezuckt, als es bereits geschah. Die Bestie hatte sich zum entscheidenden Biss bereit gemacht, und sie führte ihn auch aus.

Auf einmal kam Marco der Kopf dieser Fledermaus riesengroß vor. Er erschien dicht vor ihm, zusammen mit den gefährlichen Augen und den beiden spitzen Zähnen.

Der Biss!

Ein blitzschnelles, aber irgendwie grausames Stechen in Höhe der Schlagader am Hals, das Pumpen des roten Lebenssaftes, der aus den kleinen Wunden strömte und danach das gierige Schmatzen, als das kleine Maul des Vampirs das Blut aufsaugte.

Wahnsinn! dachte Marco noch.

Er zuckte heftig unter der Fledermaus, aber das merkte nicht einmal er selbst, sondern nur Franca, die erst völlig apathisch auf den Planken gelegen hatte, dann aber ihre Angst überwand, weil ihr plötzlich klar wurde, dass sie etwas unternehmen musste. Noch hatte sich die zweite Fledermaus nicht um sie gekümmert. Sie hatte sich mit ihren Krallen in einer Ausbuchtung in der Hauswand fest geklammert und beobachtete die Szene aus der Höhe mit ihren bösen, tückischen Augen.

Die Hacken des Mannes schlugen auf die Planken. Franca hörte dieses harte Trommeln, ihr Gesicht verzerrte sich, sie atmete mit offenem Mund, und sie ahnte, dass es für ihren Freund keine Rettung mehr gab.

Urplötzlich war ihr dieses Wissen gekommen. Und ihr war auch klar, dass es ihr ebenso ergehen würde, wenn sie nichts unternahm. Zögern durfte sie nicht mehr, die zweite Bestie hatte sie bereits ins Visier genommen.

Während ihr Freund unter den nadelspitzen Zähnen der Bestie sein Leben aushauchte, schwang sich Franca auf die Füße, blieb für einen Moment unsicher auf den schwankenden Planken stehen, schaute in die schwarze Brühe und stieß sich dann ab.

Sie warf sich kurzerhand nach vorn, rollte über die Bordwand und klatschte ins Wasser.

Einmal waren sie schwimmend den Bestien entkommen. Franca hoffte, dass sie es diesmal auch allein schaffte.

Sie blieb unter Wasser, schwamm, so lange es ging, ohne Luft zu holen, dann aber schrammte sie mit der Schulter unter Wasser an einer Hauswand entlang, stieß sich noch den Kopf und tauchte auf.

Hastig holte sie Luft. Sehen konnte sie im ersten Augenblick nichts, weil die langen Haare ein Gittermuster vor ihren Augen bildeten, doch als sie den Kopf drehte, hörte sie die Schreie der zweiten Fledermaus.

Sie war schon unterwegs!

Wieder tauchen? Wieder wegschwimmen? Franca wusste genau, dass sie dies nicht mehr schaffen würde, aber gab es für sie überhaupt eine andere Chance?

Da hatte sie Glück im Unglück.

Nicht weit über sich sah sie einen dieser winzigen Balkone, wie sie in südlichen Ländern üblich sind. Das Gitter war gedreht, es hatte auch Rost angesetzt, aber wenn sie sich genügend Schwung gab und die Arme dazu ausstreckte, konnte es ihr vielleicht gelingen, die Stäbe zu fassen.

Franca sammelte alle Kräfte. Ein paar Mal noch atmete sie tief ein, dann schnellte sie sich in die Höhe. Ihre zuerst noch geöffneten Hände schlossen sich, und es gelang ihnen tatsächlich, die Gitterstäbe zu umfassen.

Geschafft!

Noch einmal musste Franca alles einsetzen, denn es war nicht so einfach, die Brüstung zu überwinden.

Die Todesangst verdoppelte ihre Kräfte. Franca gelang es, sich über die Balkonbrüstung zu rollen. Mit einer Hand hielt sie sich fest, damit sie den Fall auf der anderen Seite noch ein wenig dämpfte. Trotzdem schlug sie hart auf.

Im ersten Augenblick war Franca benommen. Als sie jedoch die hässlich klingenden Schreie der herbeieilenden Riesenfledermaus hörte, war das für sie eine Stimulanz.

Das Mädchen raffte sich hoch.

Dicht vor sich sah Franca eine Tür. Sie bestand aus zwei Hälften, war dunkel gestrichen und hatte Lamellen, durch die Licht fallen konnte.

Wie alles in dieser Gegend, so wirkte auch die Tür ziemlich verfallen und morsch. Darauf baute Franca ihre Chance.

Um erst noch groß Anlauf zu nehmen, hatte sie nicht den Platz, deshalb hoffte sie, dass es auch so klappte.

Im Film hatte sie solche Szenen oft gesehen. Nun musste sie es selbst versuchen.

Das Mädchen warf sich mit seinem gesamten Körpergewicht gegen die Tür. Sie hatte ziemlich genau die Mitte anvisiert, die Arme dabei vorgestreckt, sie angewinkelt, und im nächsten Augenblick rammte sie mit ihrem Körper gegen das Holz.

Es klappte!

Zwar spürte Franca den Widerstand, den ihr das Holz entgegengesetzt hatte, und für einen kurzen Augenblick flammte auch die Angst in ihr hoch, dann jedoch war sie durch.

Und wie!

Als wäre sie von einer Rakete abgefeuert worden, so wurde sie in das Zimmer katapultiert. Sie hörte das Knirschen des Holzes, spürte, dass Splitter in ihre Haut gedrungen waren, aber das alles interessierte sie nicht.

Für sie war der Weg in die Freiheit wichtig. Und nur das zählte. Franca stürmte in das Zimmer hinein, torkelte, wollte sich noch fangen, aber sie rutschte aus, fiel auf kalten, harten Boden, überschlug sich dabei und riss noch einen Gegenstand mit um, der verdachtig klirrte, als er zu Boden knallte.

Hinter ihr krachte es. Der Riesenvampir versuchte mit aller Gewalt, sich durch die Tür zu quetschen. Sie war jedoch zu schmal, auch wenn er sich drehte, schaffte er es nicht.

Noch nicht!

Als Franca einen Blick zurückwarf, da sah sie sehr wohl, dass es ihm irgendwann gelingen würde, er brauchte sich nur oft genug dagegen zu werfen. Die Angst schoss wieder in ihr hoch.

Nur weg!

Abermals rappelte sie sich auf. Wo es ihr überall

wehtat, das spürte sie überhaupt nicht. Ihr gesamter Körper schien die Schmerzwellen auszustrahlen. Da sich innerhalb des Raumes kein Licht befand und sich nur das zerstörte Fenster als helleres Rechteck abhob, musste sich das Mädchen quasi vortasten, um zu seinem Ziel zu gelangen.

Es führte zum Glück eine Tür in irgendeinen anderen Raum oder einen Flur, und Franca betete, dass die Tür in diesem alten, verfallenen Haus nicht verschlossen war.

Mit Todesverachtung stürzte sie darauf zu, fand eine schwere Klinke, drückte sie nach unten und torkelte in einen Gang, in dem nicht nur allerlei Gerümpel lag, sondern sich auch Menschen aufhielten, die sich durch den Krach gestört fühlten.

Plötzlich hörte Franca das harte Lachen. Ein Licht blitzte, traf ihr Gesicht, und sie sah einen gewaltigen Schatten mit den Umrissen einer vergrößerten Hand, die nach ihr griff.

Feuchte Finger glitten durch ihr Gesicht, jemand fasste nach ihren Oberschenkeln, dann wieder das Lachen, in das hinein sich Francas Schreie mischten.

Sie wollte nicht. Sie schlug um sich, trat, biss, hörte Schreie und merkte, wie ihre Handrücken in feiste, oft bärtige Gesichter klatschten.

Franca war in einer Pennerbude gelandet. Die Kerle sahen sie als ein willkommenes Geschenk an, doch nicht mit Franca. Sie kämpfte sich weiter vor und konnte sich befreien.

Es gelang ihr sogar, die Hand mit der Lampe zur Seite zu schlagen. Der dazugehörige Arm dröhnte gegen die Wand, und mit einem gezielten Kniestoß genau ins Zentrum schaffte sich Franca auch den Mann aus dem Weg.

Sie fiel gegen eine Mauer, tastete sich weiter, spürte, dass ihre Hand ins Leere griff, und drehte ihren Körper um die Ecke. Dann rannte sie los bis zu einer Steintreppe, die sie zum Glück im letzten Augenblick sah.

Trotzdem konnte sie nicht rechtzeitig genug stoppen. Sie warf sich nach rechts und fiel gegen das alte

Holzgeländer, das federte und den Schwung zurückgab.

Dann stolperte Franca die Treppe hinunter, während sie die aufgeschreckten Stimmen der Penner hinter sich hörte.

Die Männer ließen sie laufen.

Und Franca rannte. Planlos sah dies aus. Sie stolperte, raffte sich hoch, rannte weiter, fiel gegen eine Tür, und es vergingen Sekunden, bis sie festgestellt hatte, dass sie die Tür öffnen konnte.

Das Mädchen taumelte nach draußen.

Kühl kam ihr die Luft vor, die ihr Gesicht fächerte. Das Haus lag nur mit seiner Rückseite an einem Kanal. Zur Front hin verlief eine normale Straße, allerdings kaum breiter als der letzte Kanal, doch sie konnte trockenen Fußes weiterrennen.

Das Mädchen hetzte über das holprige Pflaster. Sie dachte an das Grauen, das hinter ihr lag, und Franca beschleunigte ihre Schritte, wobei sie nicht wusste, wo sie jetzt noch die Kraft zu diesem Verzweiflungsakt hernahm.

Dann eine Brücke!

Schattenhaft tauchte sie vor ihr auf. Rechts und links des Geländers standen steinerne Figuren, tagsüber bei Licht und Sonnenschein vielleicht kulturhistorisch bedeutsam und auch herrlich anzusehen.

In der Nacht wurden die Figuren für Franca zu regelrechten Monstern.

Waren es Schatten, die sich bewegten, waren es wirklich Monster? Franca wusste es nicht. Sie rannte einfach weiter, hatte das Gefühl, die Figuren würden das Doppelte ihrer Größe annehmen und …

Ihre ganze Angst entlud sich in einem gellenden, verzweifelten Schrei, der auch nicht endete, als sie ins Leere trat und über die Abgrenzung hinweg neben der Brücke in einen Kanal stürzte …

Ein weißer Sarg!

Da hatte sich keiner von uns getäuscht. Wir waren von einem schwimmenden weißen Sarg gerammt worden. Er schaukelte so harmlos auf den Wellen, doch aus lauter Spaß warf niemand einen Sarg in den Kanal, dahinter musste ein Motiv stecken.

Ich hatte mich aus dem Boot gebeugt und über die Bordwand gegriffen, wobei ich den Sarg fest halten wollte, doch eine Welle schwemmte ihn von mir weg.

»Fahren Sie näher ran, Kommissar!«

Tolini nickte. Er hatte inzwischen seinen ersten Schrecken überwunden und wusste, was er tun musste. Er ließ den Motor wieder an und lenkte das Boot in einen Kreis. Die Schraube am Heck erzeugte Wellen und Strudel, die schaumig über die Oberfläche quirlten, sich ausbreiteten und die helle Totenkiste erfassten, sodass sie den Sarg immer wieder ein Stück von uns wegtrugen.

Gegen das Motorboot hatte der Sarg keine Chance. Wir kamen heran, und schon bald stieß er ein zweites Mal gegen die Bordwand. Suko hatte sich neben mich gekniet. Wie auch ich streckte er seine Arme und versuchte, den Sarg zu fassen, um ihn näher an das Boot heranzuziehen, damit wir ihn über Bord hieven konnten.

»Halt fest!«, riet ich meinem Freund, denn ich merkte, wie glatt und seifig das Holz durch die nasse Oberfläche geworden war.

Beide mussten wir uns sehr weit hinabbeugen, bis es uns gelang, die Hände auch unter die Totenkiste zu schieben, um sie dann anheben zu können.

Wir schafften den Sarg an Bord.

Kaum stand er zwischen uns, als der Kommissar den Motor abstellte und das Boot treiben ließ. Neugierig kam er näher. Wir machten Platz, und Tolini schaute auf den Sarg, während er sich durch seinen Schnäuzer fuhr, die Stirn in nachdenkliche Falten legte und schließlich fragte: »Jetzt bleiben Sie sicherlich.«

»Wahrscheinlich«, antwortete ich.

»Ob der Sarg etwas mit den toten, blutleeren Tauben zu tun hat?«, meinte Tolini.

»Vielleicht.«

»Dann öffnen Sie ihn doch.«

»Wenn das mal so einfach ginge«, sagte Suko, der dabei war, die weiße Totenkiste zu untersuchen. »Ich finde keine Verschlüsse, die sich öffnen ließen.« Suko drückte seinen Körper zurück. »Schau du mal nach, John.«

Auch ich untersuchte den seltsamen Sarg. Suko hatte Recht. Verschlüsse konnte ich nicht entdecken. Die beiden Teile schien jemand aufeinander gepresst zu haben.

Wirklich seltsam.

»Das ist kein normaler Sarg«, meinte auch Commissario Tolini. »Wirklich nicht, der ist nicht normal.«

»Es sieht aber so aus«, bemerkte Suko trocken.

Der Italiener schlug ein Kreuzzeichen. In der Dunkelheit leuchtete sein Gesicht bleich. Die Zunge huschte nervös über seine trocken gewordenen Lippen. »Vielleicht versündigen wir uns, wenn wir ihn öffnen. Lasst uns lieber zurückfahren und ihn ins Polizeipräsidium bringen. Wenn wir ihn dort ...«

Ich winkte ab. »Da versündigen wir uns auch. Nein, nein, mein lieber Tolini, Sie haben mit Ihrem Anruf in London die Suppe zum Kochen gebracht. Jetzt bleiben Sie auch dabei, wenn wir sie gemeinsam auflöffeln.«

»Ich nehme mal das Taschenmesser«, sagte Suko, griff in die Tasche, holte das Messer hervor und klappte es auf. Dann legte er sich auf die Planken und suchte nach einem Spalt, in die er die Spitze des Messers schieben konnte.

Der war schwer zu finden, denn die beiden Teile klebten fast aufeinander. »Als wären sie mit Gummi abgedichtet«, murmelte Suko, hatte es dann aber geschafft und drückte die Spitze zwischen Ober- und Unterteil der Totenkiste.

Danach hebelte er.

Wir ließen den Chinesen in Ruhe. Mich hatte eine ebensolche Spannung erfasst wie den Kommissar. Wir waren wirklich gespannt, was wir in dem Sarg finden würden.

War er leer?

Das konnte natürlich auch sein, auf jeden Fall konnte kein sehr schwerer Gegenstand innerhalb der Totenkiste liegen, denn dann wäre sie nicht auf dem Wasser geschwommen.

»Ich hab's«, meldete Suko, der es mit seinem Taschenmesser an mehreren Stellen versucht hatte und endlich Erfolg hatte. Er schaute zu uns hoch. »Fasst mal mit an!«

Tolini wollte sich auch bücken, ich aber stellte mich vor ihn und sagte »Warten Sie lieber!«

Suko und ich nahmen die Sache in Angriff. An den beiden Enden packten wir an. Ein saugendes Geräusch entstand, als der Deckel in die Höhe glitt und wir wenig später in den Sarg hineinschauen konnten.

Im ersten Augenblick wollte ich es nicht glauben. Wie betäubt war ich. Aber das Bild trog mich nicht.

Im Sarg lag etwas.

Es war eine Strige – eine Satanseule!

Darüber nachdenken konnte ich nicht. Ich war zu geschockt, aber sofort entstand ein Bild vor meinem geistigen Auge. Ich sah die Conollys und mich auf einem Schiff. Wir hatten eine Kreuzfahrt unternommen, als der Liner von den Satanseulen angegriffen worden war. Es war an Bord zu haarsträubenden Szenen gekommen, Bill und ich hatten gemeinsam mit einem Teil der Besatzung wie die Berserker gekämpft, und es war uns gelungen, den Angriff abzuwehren.

Entkommen aber war Strigus, der Anführer dieser Satanseulen. Das menschengroße Geschöpf mit dem grauenhaften Aussehen. Und nun sah ich eine Strige wieder.

Vor mir lag sie, in einem Sarg.

Sie sah aus wie die Tiere, die ich von der Kreuzfahrt her kannte. Halb Eule, halb Skelett.

Der Körper zeigte sich mir normal, wenn das Gefieder mir auch ein wenig zu grau schimmerte. Nur der Kopf hatte sich verändert. Statt eines normalen Kopfes hatte die Strige einen bleichen knöchernen Kopf mit leeren Augenhöhlen. Wie ein gefährliches Messer stach der Schnabel hervor, von dem ich wusste, dass er so scharfe und blutende Wunden reißen konnte.

Wo kam die Strige her?

Ich schraubte mich wieder in die Höhe und ging unwillkürlich einen Schritt zurück. Dabei schaute ich meinen Freund und Kollegen Suko an, dessen fragendem Blick ich eine Antwort schuldig war.

»Ist das eine Strige?«

»Ja, das ist sie.« Ich hatte Suko, der bei der Kreuzfahrt nicht mit dabei gewesen war, natürlich von dem Abenteuer erzählt und die Strigen genau beschrieben.

»Aber wie kommt sie hierher?«

Ich hob die Schultern.

Commissario Tolini schaute zwischen uns hindurch. Sein Gesicht zeigte nicht nur einen ängstlichen, sondern auch einen erstaunten Ausdruck. Er konnte mit diesem dämonischen Monster nichts anfangen. »Was – was soll das? Das ist aber keine Taube.«

Ich lachte auf. »Bestimmt nicht. Es ist eine Eule. Die korrekte Bezeichnung lautet Strige.«

»Noch nie gehört.«

»Kann ich mir vorstellen«, erwiderte ich. »Bisher hatte ich gedacht, dass sie ihre Heimat in Norwegen hat, aber wie kommt sie nach Italien?«

»Es muss eine Verbindung geben«, meinte Suko. »Und wir werden sie finden.« Mein Freund gab sich sehr optimistisch.

»Die lebt ja!« Tolinis Stimme elektrisierte uns. Der Kommissar hatte Recht. Die Strige war nicht tot. Man hätte es annehmen können, weil sie still dagelegen hatte, aber jetzt zuckte sie mit einem Flügel, und in den leeren Augenschächten schien sich etwas zu bewegen.

»Gehen Sie lieber zurück!«, warnte ich den italienischen Kollegen und zog sicherheitshalber meine Beretta.

Noch sah ich keinen Grund zu schießen. Erst wenn die Eule uns angriff, wollte ich feuern.

Sie blieb innerhalb des Sarges liegen. Aber sie zuckte weiterhin mit ihren Flügeln, und mir schien es, als würde sie nach einem langen Schlaf endlich Leben eingehaucht bekommen.

Auch Suko hatte seine Waffe gezogen. Wie ich wartete auch er die weiteren Reaktionen der Eule ab.

Dann hatte sie sich gefangen. Das ging blitzschnell, so wie sie ihre Flügel ausbreitete und plötzlich in die Höhe schoss. Daran hatte sie auch der verhältnismäßig enge Sarg nicht hindern können. Die Strige kam frei.

Sie musste uns gesehen oder zumindest gespürt haben, aber sie griff nicht an. Zudem folgten wir ihr mit den Mündungen der Waffen und hielten sie so unter Kontrolle.

Normal wäre es gewesen, wenn sich die Eule auf uns gestürzt hätte. Das tat sie nicht, im Gegenteil, sie bewegte sich sogar noch von uns fort und flatterte heftig mit ihren normalen Flügeln, wobei sie sich bemühte, die gleiche Höhe zu behalten.

»Die hat irgendetwas vor«, murmelte Suko.

Ich war seiner Meinung und gab ihm mit einem Nicken Recht. »Fragt sich nur, was.«

»Die fliegt ja weg!« Der Kommissar sagte dies, wobei seine Stimme leicht zitterte.

Die Strige drehte sich in der Luft, um eine andere Flugrichtung einzuschlagen. Allerdings hatte sie sich nicht uns als Ziel ausgesucht, sondern drehte einen Bogen und glitt lautlos über das Wasser des Kanals. Sie gewann noch etwas an Höhe und flog bis zu den Dächern der Häuser hinauf.

Wir folgten ihr mit unseren Blicken, denn jeder wollte sehen, was die Strige vorhatte.

Wir konnten es erkennen, denn von einem Hausdach lösten sich plötzlich zwei gewaltige Schatten. Sie hatten etwa dort gehockt, wo sich eine kleine Brücke befand, und die beiden Schatten, die sich irgendwie zeitlupenhaft bewegten, hatten sich die Eule als Ziel ausgesucht.

»Das darf doch nicht wahr sein!« Unwillkürlich drangen die Worte über meine Lippen, denn inzwischen hatte ich die Schatten identifiziert. Es waren ebenfalls alte Bekannte von uns.

Vampiro-del-mars rote Riesenfledermäuse!

Suko brauchte ich nichts zu sagen. Auch er hatte die Bestien gesehen, und der Chinese stieß einen leisen Pfiff aus. »Da wird doch der Hund in der Pfanne verrückt«, hauchte er. »Sollte sich denn alles gegen uns verschworen haben? Die Strigen kann ich ja noch verkraften, aber Vampiro-del-mars Leibwächter – das geht nun doch ein wenig zu weit. Verdammt noch mal.«

Auch ich sah keinen Zusammenhang zwischen den Monstern.

Da schlug man sich zwei Nächte um die Ohren, wollte schon aufgeben, und plötzlich überstürzten sich die Ereignisse.

Ich war wirklich ein wenig überfordert.

»Was sind das denn für zwei?« Commissario Tolini begriff überhaupt nichts mehr. Auch nichts von unserem Gespräch, er schien mir völlig von der Rolle zu sein.

»Später, mein Lieber, später«, antwortete ich und warf einen schnellen Blick über die Schultern. »Es könnte allerdings gefährlich werden. Gehen Sie lieber in Deckung.«

»Ja – aber …«

»Machen Sie schon!« Ich hatte den armen Kommissar scharf angefahren, aber in Anbetracht der Lage war mir nichts anderes übrig geblieben, denn die Riesenvampire und die Eule waren kein Spaß, sondern eine brandgefährliche Sache.

Tolini verkroch sich unter dem Ruderstand. Mit den Bestien mussten wir allein fertig werden, falls es überhaupt zu einem Kampf kam, denn noch wies nichts darauf hin.

Obwohl eigentlich wir eine Beute für die Fledermäuse waren, hatten sie für uns keinen Blick.

Sie interessierte die Eule!

Dabei flogen sie so, dass sie die Strige von zwei Seiten in die Zange nehmen konnten.

Die beiden Vampire hielten sich ziemlich hoch. Es war besser für sie, denn dicht über dem Wasser und zwischen den eng beieinander stehenden Hauswänden konnten sie ihre Schnelligkeit nicht entfalten.

Allerdings nicht für die Strige.

Sie stellte es sehr geschickt an und flog etwa zwei Meter über dem Wasser des Kanals. Ihr Gehabe sah mir nach einer Flucht aus. Aber wovor wollte die Strige fliehen?

Eigentlich kamen nur die beiden Vampire in Frage, wenn ich uns selbst mal außer Acht ließ. Wenn die Satanseule tatsächlich vor den Fledermäusen Reißaus nahm, dann mussten sie Feinde sein.

Für mich ein völlig neues Gefühl. Die roten Vampire und die Strigen Feinde. Da schien sich noch einiges anzubahnen, das wir nur mit Spannung abwarten konnten.

Die Strige hatte es zwar schlau angefangen, aber sie hatte einen Nachteil. Sie war allein und die roten Vampire zu zweit.

Hinter mir hörte ich ein Geräusch. Commissario Tolini hatte es in seiner Deckung nicht mehr ausgehalten, er wollte unbedingt sehen, was geschehen war.

Wir konnten nicht viel erkennen. Höchstens drei Schatten, die durch die Dunkelheit huschten. Einer davon war kleiner, eben die Strige, und sie geriet in Bedrängnis.

Der erste Vampir ließ sich fallen. Er faltete seinen Flügel zusammen und stürzte nach unten. Es sah gefährlich für die Satanseule aus, und das war es auch.

Kurz bevor der rote Vampir die Strige erreichte, da öffneten sich seine Flügel. Zwar konnte er die volle Spannweite nicht ausspielen, aber es gelang ihm, sich über Wasser zu halten.

Die Schwingen schienen zu zittern, so heftig bewegten sie sich. Aber sie erfüllten ihren Zweck.

Die Fledermaus versperrte der Strige den Weg.

Trotz der Dunkelheit konnten wir sehen, dass der Flug der Horroreule nicht mehr so glatt war wie zuvor. Sie versuchte im Zickzack zu fliehen, aber die Fledermaus stand vor ihr wie eine Wand. Für die Strige gab es eigentlich nur ein Zurück.

Das war auch nicht möglich, denn unhörbar hatte sich die zweite Bestie herangearbeitet. Sie lauerte schräg hinter der Strige, deren beinerner Schädel noch am besten von ihrem gesamten Körper für uns zu erkennen war.

Auf einmal zuckte sie. Sie schüttelte sich, als hätte sie einen Schlag erhalten, und im nächsten Augenblick konnten wir nichts mehr sehen, dann die Fledermaus hinter der Strige hatte sich von ihrem Platz gelöst und jagte auf die Eule zu.

Dann nahmen wir nur noch das wilde Auf und Ab der Flügel wahr, hörten ein hohes Kreischen, dazwischen zischende Laute, und erst als sich die Fledermäuse drehten, konnten wir Genaues erkennen.

Sie hatten die Strige zwischen sich genommen. Mit ihren Krallen hielten sie die Satanseule fest, und das monsterhafte Tier wurde von den Vampiren zerrissen.

Sie fetzten den Körper förmlich auseinander. Da flogen die Federn, da sahen wir die Fleischstücke ins Wasser fallen, und ganz zum Schluss löste sich auch der Schädel.

Wie eine Kugel fiel der Schädel nach unten. Das Wasser spritzte noch einmal auf, danach war der Schädel verschwunden.

Und die Vampire?

»Wir holen sie uns!«, knirschte Suko. Ich hatte nichts dagegen, doch beide wurden wir von einem Schrei abgelenkt, der schräg hinter uns aufgeklungen war.

Blitzschnell drehten wir uns um.

Wo eine der unzähligen Brücken über den schmalen Kanal führte, sahen wir eine Gestalt. Ein Mädchen, vielleicht eine Frau. Sie schrie und schien auf die Brücke zuzulaufen.

Das allerdings war eine Täuschung. Die Person lief an einem Brückenpfeiler vorbei und näherte sich dem Kanal. Sie übersah dabei die Abgrenzung.

Ein Fehltritt – wir sahen noch ihre hochgerissenen Arme, dann landete sie in den Fluten.

Bevor ich etwas unternehmen konnte, hatte sich Suko schon abgestoßen. Sein Körper beschrieb einen Halbbogen, als er sich streckte und danach mit dem Kopf zuerst in das Wasser tauchte.

Wie das Maul eines gierigen Ungeheuers schluckte das

schmutzige Wasser den Chinesen, der mit kräftigen Kraulstößen versuchte, die Brücke zu erreichen.

Suko musste sich beeilen, denn das Mädchen war bisher noch nicht wieder aufgetaucht …

Commissario Tolini und ich fieberten. Schaffte Suko es? Würde er das Mädchen retten?

Vielleicht musste ich auch noch ins Wasser und hinschwimmen. Bereit machte ich mich schon, zog die Jacke aus und hatte sie kaum über die Schultern gestreift, als ich Suko sah.

Er tauchte aus den schmutzigen Fluten und mit ihm das Mädchen oder die Frau.

Wie eine Puppe hielt er sie im Arm. Er winkte uns mit einer Hand zu, der Kommissar verstand das Zeichen. Sofort ließ Tolini den Motor an. Unser Boot bewegte sich auf den Chinesen und das ins Wasser gefallene Mädchen zu.

»Lebt sie noch?«, fragte ich, als wir nahe genug heran waren.

»Keine Ahnung.«

Tolini steuerte gut. Er fuhr scharf links, sodass ich die Hand ausstrecken konnte, die von Suko sofort gepackt wurde. Er stemmte die Gerettete hoch. Das Wasser hatte ihre Kleidung schwer werden lassen. Ich hatte Mühe, die Kleine ins Boot zu hieven. Schon jetzt hatte ich erkannt, dass es sich bei ihr um eine junge Frau mit langen, schwarzen Haaren handelte, und mir war ferner aufgefallen, dass sie noch lebte, denn als ich nachfühlte, spürte ich den Herzschlag.

Als ich das Mädchen hinlegte, da stellte ich fest, dass es nicht bewusstlos war, nur völlig erschöpft und am Rande seiner Kräfte. Das Boot begann heftiger zu schaukeln, als Suko hineinkletterte, nass wie eine Wasserratte.

Commissario Tolini besorgte zwei Decken. Eine wärmte das Mädchen, die andere meinen Freund und Kollegen.

Bevor ich mich um die Gerettete näher kümmerte, warf ich einen Blick zum Himmel hoch. Er war dunkel wie grauer Samt. Unter ihm zeichneten sich die Schatten der beiden Riesenvampire ab. Gewaltige Fledermäuse, deren Bekanntschaft wir zum ersten Mal in Deutschland gemacht hatten, in der Schwäbischen Alb, tief unter der Erde, als wir zusammen mit Kommissar Mallmann eine Höhle erkundeten.

Die Blutsauger beobachteten uns, davon biss keine Maus den Faden ab. Und ich war fast sicher, dass sie uns auch irgendwann angreifen würden. Wäre es anders, entspräche dies nicht ihrem Naturell.

Ich wandte mich an den Kommissar. »Haben Sie eine Apotheke oder Ähnliches?«

Tolini grinste. »Sie meinen Alkohol?«

Tolini reichte eine schmale Flasche. Inzwischen begann das Mädchen zu husten. Es spie Wasser. In regelrechten Fontänen drang die schmutzige Brühe aus ihrem Mund. Die Kleine weinte, hustete und musste sich übergeben.

Ich hielt sie dabei so, dass sie über die Bordwand speien konnte, und klopfte ihr dabei sanft auf den Rücken. Es dauerte seine Zeit, bis sie sich einigermaßen gefangen hatte, trotzdem war sie noch sehr erschöpft.

Suko hatte sich in die Decke eingewickelt, hockte auf der Rückbank und beobachtete uns.

»Geht es wieder?«, sprach ich das Mädchen an. Ich hatte es zurückgezogen und hingesetzt.

Sie hob den Blick. In den dunklen Augen las ich die Angst. Sie musste viel durchgemacht haben, aber jetzt war sie in Sicherheit, und das gab ich ihr zu verstehen.

»Wollen Sie einen Schluck trinken?« Der Kommissar fragte es und hielt ihr die aufgeschraubte Flasche hin.

Das Mädchen schüttelte den Kopf. Es zog die Nase hoch und wischte über ihre Augen.

»Wie heißen Sie denn?«, fragte ich.

Schwach kam die Antwort. »Franca Patelli.«

Auch wir sagten unsere Namen, obwohl ich nicht sicher war, dass sie sie auch behalten würde. Ihre Lippen zuckten, als sie mit dem Sprechen begann.

»Schrecklich!«, flüsterte sie, »es war schrecklich. Ich – ich habe eine Hölle hinter mir.«

»Lasen Sie sich Zeit mit Ihrem Bericht.«

Franca schüttelte den Kopf. »Nein, nein, es ist schlimm. Marco haben sie gepackt.«

»Wer ist Marco?«

»Mein Freund.«

»Und wer hat ihn?«, schaltete sich der Commissario ein.

»Die Fledermäuse.«

Ich presste hart die Lippen zusammen, und meine Wangenmuskeln zuckten. Also hatten sie doch ein Opfer gefunden. Ein menschliches Opfer und nicht nur die Strige, wie wir es gesehen hatten. Unwillkürlich drehte ich den Kopf und schaute in die Höhe.

Ja, da oben schwebten sei. Lautlos zogen sie ihre Kreise und hatten die gewaltigen Flügel ausgebreitet. Sie lauerten in der Luft, und sie würden sich sofort nach unten stürzen, wenn sie sich ihrer Beute sicher waren.

Ich nickte der Kleinen beruhigend zu. »Am besten ist es, wenn Sie ganz von vorn beginnen, Franca, einverstanden?«

Sie nickte.

Anschließend erfuhren wir ihre Geschichte. Sie berichtete von der Jagd durch die Gassen und Kanäle dieses Viertels und davon, dass sie und ihr Freund eine furchtbare Angst ausgestanden hatten. Mit einer Gondel wollten sie fliehen.

»Marco hat es nicht geschafft!«, sagte sie zum Schluss, wobei Tränen aus ihren Augen quollen.

»Ist er tot?«, wollte ich wissen.

»Ja oder nein. Ich weiß es nicht genau, denn ich konnte kaum hinschauen.«

Wir schwiegen, denn die Wahrheit wollten wir ihr nicht sagen. Wer von den Fledermäusen angegriffen wurde und sich nicht mit den entsprechenden Waffen verteidigen konnte, der hatte gegen diese Bestien keine Chance. Das wussten wir aus eigener Erfahrung.

»Das alles muss aber einen Grund gehabt haben«, meldete sich Suko von der Bank am Heck des Bootes. »Weshalb hat man Sie verfolgt, Franca?«

»Es ging um das Grab.«

Aha, jetzt wurde es interessant. Ich hakte sofort nach und fragte: »Welches Grab?«

»Das in dem alten Dogenpalast. Marco wollte es so. Er hatte gehört, dass dort ein Schatz zu finden war ...«

»Und? Haben Sie einen Schatz gefunden?«

Franca Patelli schüttelte den Kopf. »Nein, wir fanden keinen Schatz. Aber wir drangen in eine Grabkammer ein, in der sich die Vampire befanden.«

»Haben Sie noch mehr gesehen?«

»Vielleicht. Es ging alles zu schnell. Kaum hatten wir das große Grab betreten, als sich die Vampire, von denen wir glaubten, dass sie schlafen würden, in die Höhe ...« Sie konnte nicht mehr weitersprechen. Die Erinnerung an das Schreckliche ließ ihre Stimme versiegen.

Wir gaben Franca Zeit und warteten so lange, bis sie sich wieder beruhigt hatte. Erst dann sprach ich weiter. »Können Sie den Weg zur Grabkammer zurückfinden?«

»Ja – wahrscheinlich.«

»Es ist nicht weit von hier?«

»Nein, ich bin ja nur durch die Gassen und Kanäle gehetzt. Das alles kommt mir nur so schrecklich weit vor, doch so ist es nicht.«

»Gut, Franca, dann werden wir uns das Grab einmal genauer ansehen.«

Sie erschrak. »Das ist doch gefährlich!«, flüsterte sie. »Man wird Sie auch umbringen und ...«

Ich schüttelte den Kopf. »Das glaube ich kaum. Außerdem können wir uns unserer Haut wehren. Machen Sie sich wegen uns mal keine Gedanken.«

Franca hob die Schultern. »Und was ist mit Marco?«, hauchte sie schließlich.

Das war in der Tat ein Problem. Ich schaute Suko an, der aufgestanden war, näher trat und mit seiner um die Schultern hängenden Decke fast schon einem Vampir glich. Er zog ein besorgtes Gesicht. Wahrscheinlich dachte er das Gleiche wie ich.

Nur Commissario Tolini verstand nicht so recht.»Wir müssen ihn suchen, vielleicht können wir ihn noch retten!«

Als Franca die Worte vernahm, sprang sie auf. »Ja, das müssen wir. Wenn es noch eine Möglichkeit gibt ...«

»Wir erledigen das schon«, sagte ich ihr und schielte zum Himmel, wo die Vampire weiterhin ihre Kreise zogen. »Können Sie uns den Weg zeigen, den Sie gelaufen sind?«

Franca deutete dorthin, wo sich die Brücke befand, die sie in ihrem panikartigen Lauf verpasst hatte. »Wenn wir dorthin fahren, kann ich es besser erklären.«

»Warum nicht?«, rief Commissario Tolini. »Also packen wir es an, meine Herren.« Er wollte den Motor anlassen, doch Sukos »Halt« ließ ihn innehalten.

»Was ist denn?«, fragte der Beamte.

Eine akustische Antwort erhielt er von dem Chinesen nicht. Suko deutete nur nach vorn, wo sich plötzlich ein Schatten über das Wasser schob. Der Schatten wurde größer, wir konnten ihn jetzt besser erkennen und identifizierten ihn als eine Gondel.

Sie schob sich aus einem kleinen Seitenkanal. Zur Hälfte war sie schon zu sehen, und sie schien lautlos und von unsichtbaren Händen gesteuert zu werden.

Als das letzte Drittel der Gondel in unser Sichtfeld geriet, da sahen wir auch den Mann, der sie lenkte. Sein schmaler Körper hob sich wie ein Scherenschnitt von der grauen Dunkelheit ab.

Franca stieß einen Schrei aus und klammerte sich im nächsten Augenblick an mir fest.

»Was ist denn?«

»Der – Mann ...« Ihre Stimme bebte. »Das ist Marco!«

Verdammt, damit hatten wir wohl alle nicht gerechnet. Ich hörte es an den Geräuschen, die Tolini ausstieß, und auch Sukos Gesicht zeigte Betroffenheit.

Es stellte sich eine Frage. Lebte Marco noch, oder wurde die Gondel von einem Untoten, vielleicht einem Vampir, gesteuert? Das mussten wir herausfinden.

Ich gab Tolini ein Zeichen. »Fahren Sie auf die Gondel zu«, flüsterte ich, »aber vorsichtig.«

Tolinis Augenbrauen zuckten. Seine Hände spielten nervös. »Glauben Sie denn …?«

»Fahren Sie erst mal.«

Er ließ den Motor an. Ich drückte Franca Patelli zur Seite und befahl ihr, sich auf den Boden zu legen, was sie auch tat, wobei mir ihr Gesichtsausdruck zeigte, dass sie nicht so recht verstanden hatte.

Der Motor unseres Bootes hörte sich in der Stille unnatürlich laut an. Den seltsamen Gondoliere schien das überhaupt nicht zu stören. Er behielt seinen einmal eingeschlagenen Kurs bei und lenkte die Gondel in den etwas breiteren Kanal.

Die Vampire hatten ebenfalls bemerkt, dass sich etwas anbahnte. Sie zogen zwar nach wie vor ihre Kreise, waren jedoch tiefer gegangen und ließen, so schien es mir, das Boot nicht aus den Augen. Wahrscheinlich befand sich dort ein Diener von ihnen.

Wir näherten uns der Gondel im rechten Winkel. Wenn wir so weiterfuhren, mussten wir kollidieren.

Die Spannung wuchs.

Suko und ich hatten unsere Waffen gezogen, während der Kommissar gespannt am Ruder stand und ebenfalls das fremde Boot nicht aus den Augen ließ.

Der Gondoliere tat, als hätte er uns überhaupt nicht bemerkt. Er stand wie eine Statue am Heck des Bootes, tauchte die Stange ins Wasser, bewegte seine Arme dabei rhythmisch vor und zurück, und es sah so aus, als würde ihn niemand stoppen können.

»Marco – mein Marco …« Franca hauchte den Namen ihres Freundes mit tränenerstickter Stimme. Sie kniete jetzt, hatte die Arme hoch erhoben und die Hände zusammengepresst. Auch sie schien zu ahnen, dass mit Marco nicht mehr alles so war wie früher.

Wir glitten mit unserem Boot noch näher an ihn heran.

Mittlerweile konnten wir sein Gesicht sehen. Zwar nur als einen bleichen Fleck, aber wir erkannten, dass er stur geradeaus schaute. Er wollte uns anscheinend nicht bemerken.

Bevor wir die Gondel erreichten, flüsterte ich dem

Chinesen zu: »Achte du bitte auf die Vampire, ich kümmere mich um Marco.«

»All right.«

Rasch drehte ich mich um, denn für meinen Geschmack hatte das Boot noch zu viel Tempo. »Können Sie etwas Fahrt wegnehmen?«, fragte ich den Commissario.

»Dann muss ich den Motor abstellen!«

»Tun Sie das!«

Das Tuckern verstummte. Wir hatten noch so viel Schub, dass wir auch ohne Motor die Gondel erreichen konnten. Schwankend näherten wir uns dem Gefährt, die Wellen trugen uns weiter, die Entfernung schmolz zusammen, jetzt waren es nur wenige Yards, und der unheimliche Gondoliere kümmerte sich noch immer nicht um uns. Er musste sich seiner Sache sehr sicher sein.

Einen Plan hatte ich längst gefasst. Natürlich hätte ich schießen können, aber ich war mir meiner Sache nicht hundertprozentig sicher, aus diesem Grunde wollte ich eine andere Möglichkeit ergreifen und auf das andere Boot springen.

Ich duckte mich. Dabei federte ich leicht in den Knien, um gut abspringen zu können.

Drei Yards noch …

»Die Vampire kommen!«, vernahm ich Sukos Stimme.

Darum konnte ich mich jetzt nicht kümmern. Für mich war der Mann auf der Gondel wichtiger.

»Zwei Yards …

»Spring, John!«

Als Suko das sagte, befand ich mich bereits auf dem Weg. Ich berührte mit beiden Füßen die Planken der alten Gondel und bemerkte, dass Wasser hochspritzte. Das Boot musste irgendwo ein Leck haben, durch das die Brühe gedrungen war.

Durch den Aufprall wurde die Gondel backbordlastig. Sie schaukelte heftig. Ich breitete meine Arme aus, damit ich besser das Gleichgewicht halten konnte, mit dem auch der Gondoliere zu kämpfen hatte, denn plötzlich stand er nicht mehr so ruhig.

Da prallte das Motorboot gegen die Gondel. Es hatte

sie nicht voll getroffen, denn dann wäre dieser alte Kahn wahrscheinlich auseinander gefallen, aber diese Streifkollison reichte aus, dass ich das Gleichgewicht verlor.

Ich ging in die Knie.

Erst jetzt schien mich der andere zu bemerken. Mit einem heftigen Ruck riss er die Ruderstange aus dem Wasser, hob die Schultern und hielt die hölzerne Stange plötzlich wie eine Lanze vor sich.

Seine Absicht war klar. Er wollte mich mit der Stange über Bord fegen.

Noch hielt ich die Beretta fest und schaute in das Gesicht meines Gegners, das sich über der Stange abzeichnete. Es war ein blasses Gesicht, blutleer sah es aus. Ich hatte schon des Öfteren solche Gesichter gesehen – bei Vampiren!

Dieses Wesen war auf meinen Lebenssaft scharf. Und, verdammt noch mal, es sollte ihn nicht bekommen.

Der Vampir griff an!

Er wuchtete sich plötzlich vor. Die Stange hielt er dabei so, dass sie mich in Brusthöhe getroffen hätte. Groß ausweichen konnte ich nicht, mich höchstens fallen lassen, und das tat ich auch.

Bevor die Stange mich berühren konnte, tauchte ich weg, als wären mir die Beine unter dem Körper fortgerissen worden.

Trotzdem erwischte sie mich an der Schulter. Das war rechts, wo ich die Waffe hielt. Ich wurde auf die Planken geschleudert, prallte gegen die Bordwand, und die Gondel geriet noch mehr ins Schwanken. Sie kippte mal nach rechts, dann wieder nach links, und mein Gegner hatte Mühe, sich überhaupt auf mich zu zu bewegen.

Ich schoss.

Genau in dem Augenblick, als der Mündungsblitz vor der Waffe für die Länge eines Atemzugs eine fahle Helligkeit schuf, da öffnete der unheimliche Gondoliere seinen Mund.

Ich sah sein Gebiss.

Zwei Zähne stachen deutlich hervor. Aus dem Oberkiefer wuchsen sie, sie waren lang und wirkten unten wie spitz angefeilt. Hatte ich bisher noch ein wenig daran gezweifelt, es mit einem Vampir zu tun zu haben, so wurden diese Zweifel nun beseitigt, und ich brauchte den Schuss nicht zu bereuen.

Das geweihte Geschoss hieb in seinen Körper. Schräg fuhr es hinein, und die Macht des Silbers erstickte augenblicklich sämtliche Aktivitäten des Monsters.

Es ließ die Stange fallen, taumelte zur Seite, sein Gesicht verzerrte sich in einer unendlichen Qual. Schaum stand plötzlich vor dem Mund, in den Augen war das Weiße zu sehen, und der nächste Schritt brachte den Blutsauger bis dicht an die Bordwand.

Er stolperte und konnte das Gleichgewicht nicht mehr halten, obwohl er mit den Armen ruderte. Vor meinen Augen verschwand er im Wasser. Ich hörte nur das Klatschen.

Sofort robbte ich auf die Bordwand zu. Während des kurzen Wegs schaute ich auch zu dem Motorboot hinüber. Es war nach der kleinen Kollision wieder abgetrieben worden. Suko konnte ich gut erkennen. Er stand aufrecht und verfolgte die beiden kreisenden Riesenfledermäuse mit dem Lauf der Beretta. Geschossen hatte er noch nicht.

Tolini stand geduckt am Ruder, während Franca wohl noch in Deckung lag. Gesehen hatte ich von ihr jedenfalls nichts.

Für mich war der Vampir wichtiger.

Ich schaute über die Bordwand. Wo er ins Wasser gefallen war, sah ich noch Schaum auf der Oberfläche. Von ihm selbst allerdings konnte ich nichts erkennen.

Aber er war noch da.

Plötzlich kam er an einer anderen Stelle wieder hoch. Diesmal rechts von mir. Zuerst sah ich ihn nicht. Ich bemerkte nur, dass sich das Boot zur Seite neigte, und als ich nachschaute, da entdeckte ich die beiden Klauen, die sich um die Bordwand geklammert hatten. Zwischen den Armen und dicht unter der Wasserfläche sah ich einen dunklen Fleck, den Kopf des Monsters, der von den Wellen überspült wurde.

Dann passierte etwas Grauenhaftes.

Der Vampir versuchte noch, sich in die Gondel zu ziehen, aber das Silber war zu stark. Es hatte schon längst mit seinem Zerstörungswerk begonnen.

Von den nassen Händen fiel die Haut ab. Sie war spröde geworden, löste sich allmählich auf, und nur noch Fetzen blieben zurück, die allerdings so porös waren, dass sie durch die anlaufenden Wellen von den Knochen geschwemmt wurden.

Bleiche Skeletthände kamen zum Vorschein. Versehen mit dicken Knorpeln, und in einem letzten Anfall von Kraft stemmte oder zog sich der Blutsauger noch einmal hoch.

Nein, ich schaute in kein menschliches Gesicht mehr, sondern in ein zusammengezogenes, lederartiges - das einer entstehenden Fledermaus, die allerdings schon wieder verging, denn das Silber ließ es so weit nicht erst kommen.

Einen Herzschlag später rutschten die Hände ab. Das Wasser zog noch einmal einen Kreisel genau dort, wo der Vampir verschwand, dann war von ihm nichts mehr zu sehen.

Ich atmete tief ein. Ausruhen jedoch konnte ich mich nicht, denn da waren noch die beiden anderen roten Vampire, die über uns in der Luft schwebten.

Als ich den Kopf hob, peitschte ein Schuss.

Diesmal hatte Suko gefeuert, denn ein Vampir hatte sich zu nahe an das Boot herangewagt, und es hatte so ausgesehen, als wollte er sich darauf stürzen.

Der Inspektor hatte genau gezielt. Die rote Riesenfledermaus wollte ihren Flug noch fortsetzen, doch es gelang ihr nicht mehr. Aus dem Kreisen wurde ein Trudeln, die Schwingen schlugen unregelmäßig, von der linken fiel bereits ein Stück ab, und die Bestie konnte sich nicht mehr in der Luft halten.

Sie stürzte wie ein manövrierunfähiger Düsenjäger ins Wasser. Und zwar zwischen den beiden Booten. Da hatten wir noch Glück gehabt, dass sie nicht auf uns gefallen war.

Blieb die Zweite.

Sie hatte mit angesehen, was mit ihrem Artgenossen geschehen war. Sofort schraubte sie sich in die Höhe, um im Grau des Himmels zu verschwinden, wo sie vor unseren Kugeln sicher war.

Es hatte keinen Sinn mehr, ihr noch nachzuschießen, das wäre nur Munitionsverschwendung gewesen.

Wir sahen sie noch als einen huschenden, schattenhaften Punkt, dann war auch er verschwunden.

Ich winkte Suko zu.

»Wir kommen!«, rief der Kommissar rüber und stellte den Motor wieder an. Seiner Stimme entnahmen wir deutlich die Erleichterung, die er verspürte.

Alle hatten wir die Gefahr ohne Schaden zu nehmen überstanden. Aber gewonnen hatten wir nur eine Schlacht, keinen Krieg, das musste man sich vor Augen halten. Welche finsteren Geheimnisse hier noch lauerten, wusste keiner von uns. Ein Grab, die roten Vampire und die Strigen. Irgendwie mussten wir diese drei an sich voneinander unabhängigen Dinge in die richtige Reihenfolge bringen.

Eine Leine brauchte man mir nicht zuzuwerfen, ich gelangte auch so auf das andere Boot, denn Tolini bewies wieder einmal sein Können, indem er seinen Kahn so scharf an die Gondel heranlenkte, dass ich mit einem Schritt hinübersteigen konnte.

»Das war meisterlich«, begrüßte mich Tolini. Seine Augen strahlten dabei.

Ich winkte ab. »Die Riesenvampire sind zwar gefährlich, aber wenn man die entsprechenden Waffen besitzt, ist es leicht, sie zu erledigen. Glauben Sie mir.«

»Ich frage mich nur, woher sie kommen«, murmelte der Kommissar.

Das fragten wir uns auch. Zudem wussten wir, dass Vampiro-del-mar nie weit entfernt war, wenn die roten Blutsauger irgendwo in unserer Nähe erscheinen. Also mussten wir auch noch mit ihm als Gegner rechnen.

Ich fasste zusammen. »Die Strigen, die Fledermäuse und Vampiro-del-mar. Da kommt was auf uns zu.«

Suko hatte noch einen Einwand. »Hast du nicht mal von Strigus, dieser menschengroßen Eule, erzählt?«

»Das stimmt.«

»Vielleicht befindet sich dieses Monster ebenfalls noch in der Nähe.«

Ich verdrehte die Augen. »Mal den Teufel nicht an die Wand, Suko. Mir reichen die anderen.«

»Und das Grab«, sagte Tolini.

»Genau, das ist es.« Ich drehte mich um und suchte das Mädchen. Es hatte sich neben dem Ruder zusammengeduckt und weinte.

»Sie hat leider gesehen, was mit ihrem Freund geschehen ist«, erklärte der Kommissar und hob in einer hilflos wirkenden Geste beide Schultern.

Ich schritt zu Franca und ging vor ihr in die Hocke. Sie nahm mich kaum wahr und hob nicht den Blick.

Ich sprach sie leise an. »Franca, bitte, Sie müssen jetzt stark sein. Ich weiß, was sie durchgemacht und jetzt auch gesehen haben, aber es gab keine andere Möglichkeit. Ihr Freund war für die Menschheit verloren, glauben Sie mir.«

»Warum haben Sie ihn denn erschossen?«, fragte sie mit gequälter Stimme. »Er hat doch nichts getan.«

Nein, er hatte nichts getan. Aber er hätte es. Aus ihm wäre sicherlich noch eine Fledermaus geworden, die Blut brauchte. So sahen die Tatsachen aus. Ich versuchte, dieses Franca mit behutsamen Worten beizubringen. Es war fast unmöglich, denn sie wollte es nicht begreifen.

»Hätte man ihn denn nicht retten können?«

»Nein, nur auf diese Art und Weise, wie ich es getan habe. Das war die Rettung – sein Tod.«

»Ich begreife es nicht ...«

»Sollten wir nicht lieber zurückfahren?«, schlug Commissario Tolini vor.

Ich dachte an das Grab, das Franca und Marco entdeckt hatten. Dann schaute ich wieder auf das Mädchen mit den langen schwarzen Haaren. Nein, Franca würde wohl kaum in der Lage sein, uns zu dem Grab zu führen. Nicht in ihrer jetzigen Verfassung. Wir mussten ihr einfach Zeit geben. Nicht der Kommissar stimmte mich um, sondern sie in ihrem Zustand. Deshalb nickte ich.

»Es ist gut, wir fahren zurück.«

»Ich will nicht nach Hause«, flüsterte Franca. »Nicht in meine Wohnung, da habe ich Angst.«

»Das brauchen Sie auch nicht. Der Kommissar weiß sicherlich einen guten Platz für Sie, an dem Sie sicher sind.«

»Bei der Polizei?«

»Warum nicht?«

»Aber ich …«

»Keine Bange, dort kommt niemand hin. Und trockene Kleidungsstücke wird es dort sicherlich auch geben?« Dabei schaute ich Tolini fragend an. Er nickte.

Franca Patelli hob die schmalen Schultern. »Wenn Sie meinen.«

Ich gab Tolini ein Zeichen. Der Kommissar drehte auf, und mit schäumender Bugwelle rauschten wir durch den Kanal unserem neuen Ziel entgegen.

Meinen Platz hatte ich am Heck gefunden, und hinter meiner Stirn wirbelten schwere Gedanken, denn die nahe Zukunft sah ziemlich grau aus …

Nicht nur in die Lagunenstadt Venedig stürmten Jahr für Jahr Tausende von Touristen, der herrliche Strand war ein ebenso begehrtes Ziel. Hier lagen sie dann in der prallen Sonne wie die Ölsardinen, schauten auf die vor ihnen wogende Adria und ließen ihre Haut bräunen.

Es gab nicht nur die Touristenstrände. Exklusive Hotels hatten sich ebenfalls etabliert. Aber nicht dort, wo sich die Touristenstrände befanden, sondern auf den Inseln, die wie kleine Flecken im Blau der Adria lagen. Wer in diesen Hotels wohnte, der wurde mit Booten herangefahren, erlebte ein Höchstmaß an Komfort und blieb von dem normalen Touristen getrennt.

War die Personaldecke in den üblichen Hotels ziemlich dünn, so traf das für die exklusiven Schuppen nicht zu. Hier wurde die feine Gesellschaft von vorn bis hinten bedient, man trug ihnen die Liegestühle an den Strand, brachte die Drinks und blies den Gästen Zucker wer weiß wohin.

Natürlich hatte dies alles seinen Preis, doch wer die Millionen besaß, der schaute nicht auf Kleingeld.

Noch bevor die Sonne aufging, waren die ersten Helfer unterwegs. Zu ihnen gehörte auch Pablito, ein Spanier, der irgendwann einmal in Venedig hängen geblieben war. Pablito, der kleine Pablo, wie er eigentlich hieß, war in Wirklichkeit nicht so klein, sondern ein stämmiger Bursche mit grauschwarzen Haaren, die ein wirres Lockenmuster auf seinem Kopf bildeten.

Pablito war immer einer der Ersten, die das Hotel verließen und zum Strand gingen. Den Wetterbericht hatte er genau im Kopf, deshalb wusste er, dass mit Anbrechen des neuen Tages strahlender Sonnenschein über Venedig liegen würde. In der vergangenen Nacht war es etwas bewölkt gewesen, doch der frische Morgenwind hatte die dicken Wolken vertrieben. Es würde wirklich ein schöner Tag werden, Pablito hatte da so seine Erfahrungen.

Seine Aufgabe war es, die Liegestühle zu richten und den Strand von irgendwelchem Unrat zu reinigen. Zwar lag kaum etwas herum, des Abends wurde auch gesäubert, aber über Nacht konnte ja etwas angeschwemmt sein, was den Augen der Gäste nicht genehm war. Das würde Pablito sofort entfernen.

Er verließ das Hotel durch einen Seiteneingang. Der gewaltige Bau war im viktorianischen Stil errichtet, dicke Mauern, die in der Sonne oft braungold leuchteten.

Das Portal wurde von zwei gewaltigen Säulen gestützt, die zur Hälfte die Umrisse von steinernen Löwen zeigten. Eine breite Treppe führte hoch zu der großen Glastür, hinter der die vollklimatisierte Halle begann.

Mit seinem kleinen Wagen zog Pablito in Richtung Strand. Noch sah die Luft irgendwie schmutzig aus. Die Nacht konnte sich nicht entscheiden zu fliehen, und der Tag war nicht nah genug herbeigeeilt, um das Grau abzulösen.

Das Morgengrauen würde schnell kommen, und urplötzlich war auch dann der strahlende Tag da.

Der feine Sand schimmerte seltsam hell. Damit stach er von der grauen Wand ab, durch die urplötzlich die ersten Sonnenstrahlen fielen. Sie schienen Schneisen in die Mauer zu schneiden, und hoch oben glühten die Ränder schon in einem kräftigen Rot.

Der Sonnenaufgang war nicht mehr zu stoppen.

Den Anlegesteg für die Boote ließ der Mann hinter sich, überquerte die kleine Zufahrtsstraße und erreichte den feinen Sandstrand. Vor ihm lag jetzt das Meer.

Wenn er über das Wasser schaute, konnte er in der Ferne sehr schwach die Umrisse einer anderen Insel erkennen. Dort standen zwei Hotels, allerdings nicht so vornehm und teuer wie das auf dieser Insel, die die größte in Küstennähe war und auf der es sogar einen Golf- sowie Tennisplätze gab.

Man tat wirklich alles für die vornehmen Gäste.

Pablito liebte es, zu dieser Stunde am Strand zu bummeln. Da konnte er mit seinen Gedanken allein sein und sie schweifen lassen. Er brauchte auf keine Gäste Rücksicht zu nehmen, denen man hier jeden Wunsch von den Augen ablas.

In der Küche wurde ebenfalls gearbeitet. Pablito konnte es riechen, denn der Duft von frisch hergestellten Croissants zog über den Strand, und dem Spanier lief das Wasser im Mund zusammen.

Bisher hatte er noch keinen Abfall entdeckt, der während der Nacht angeschwemmt war. Soweit Pablito erkennen konnte, war der Strand sauber, und da es immer heller wurde, nahm der Sand einen goldenen Schimmer an.

Pablito schaute aufs Meer. Ruhig rollten die Wellen heran. Das Wasser war nicht mehr so klar wie vor Jahren noch, deshalb badeten auch die meisten Gäste nur im Pool des Hotels. Am Strand ließen sie sich bräunen.

Immer mehr verschwand vom Grau der Morgendämmerung. Gewaltige Farbkaskaden schienen am Himmel zu explodieren, sie erzeugten ein buntes Spektrum, und auch die graue Fläche des Meeres wurde langsam heller, sodass schon eine Trennung zwischen dem Wasser und dem Himmel zu erkennen war.

Pablito kniff die Augen zusammen. Er hatte eine Möwe beobachtet, und sein Blick war dabei auf die Wellen gefallen mit ihren manchmal weißen Kämmen.

Das Weiße, das er entdeckt hatte, war jedoch keine Welle, sondern ein Gegenstand, der auf dem Wasser schwamm.

Treibgut?

Vielleicht. So recht wollte der Spanier daran nicht glauben, denn er sah nicht nur einen weißen Fleck, sondern mehrere. Sie tanzten auf den Wellen, wurden bewegt und im Laufe der Zeit immer weiter dem Strand entgegengeschoben.

Pablito war gespannt, um was es sich bei diesen Gegenständen handelte. Noch befanden sie sich zu weit entfernt. Ohne Glas war es für Pablito schwer, Genaues zu erkennen.

Aber Kisten waren es.

Sein Blick glitt wieder in die Höhe. Immer mehr Sonnenlicht drang durch die graue Wand, spaltete sie, riss sie auf und ließ die Konturen klarer und deutlicher hervortreten.

Auch die Umrisse der Vögel.

Plötzlich vergaß Pablito zu atmen. Er schüttelte den Kopf, fasste sich an die Stirn und hörte sein Herz dumpf unter der Brust schlagen. Das war doch unmöglich! Solche Vögel konnte es nicht geben. Wenigstens nicht in dieser Gegend. Vielleicht im tiefsten Dschungel oder in einsamen Bergregionen, aber über dem Meer?

Obwohl sie weit entfernt waren, gelang es Pablito, ihre Größe einigermaßen zu schätzen. Seiner Ansicht nach waren es schon kleine Drachen, die da über den Himmel schwebten und aus der Sonne zu kommen schienen.

Ja, fast wie Drachen.

Zudem mit einer gewaltigen Flügelspannbreite. So breit, wie Pablito sie noch nie gesehen hatte.

Er versuchte die Vögel zu zählen. Wie viele waren es?

Fünf, sechs, nein, noch mehr. Drei weitere stießen aus dem Grau des Morgens hinzu, und der Spanier zählte bis zehn.

Mein Gott, zehn drachenähnliche Vögel. Und sie flogen, wenn ihn nicht alles täuschte, haargenau die Insel an.

Unwahrscheinlich …

Er hatte sich in den letzten Sekunden zu sehr mit dem Anblick dieser fliegenden Wesen beschäftigt. Die seltsamen weißen Kisten hatte er dabei vergessen.

Als er den Blick wieder senkte, da stellte er fest, dass die ersten Kisten schon ziemlich nahe an den Strand herangetrieben worden waren. Zwar immer noch einige hundert Meter entfernt, und es sah auch so aus, als würden sie von der Strömung vorbeigeschoben, aber er konnte sie jetzt identifizieren.

Pablito war ein gläubiger Mensch. Und wie viele Menschen fürchtete er sich vor bestimmten Dingen. Dazu zählten Tote, Friedhöfe, Leichenhallen und Särge!

Aber das, was dort fast angeschwemmt wurde, waren Särge.

Weiße Särge!

Der Spanier stöhnte auf. Vorbei war es mit der Idylle des einsamen Strands. Was er da vor sich sah, konnte man mit dem reinen Schrecken umschreiben.

Ja, es war schrecklich.

Mehr Särge als Vögel. Und die Totenkisten leuchteten besonders stark, da sie von den kräftigen Strahlen der Morgensonne getroffen wurden.

Pablito hatte es gelernt, sich im Hotel und in dessen Nähe immer zusammenzureißen. Kein Gast sollte durch lautes Rufen oder etwa Schreien gestört werden.

Nun aber brach diese Sperre bei ihm. Er hielt es nicht mehr aus, warf sich auf dem Absatz herum und rannte schreiend davon, während er sich dabei bekreuzigte.

Die Polizei muss her! Das war sein einziger Gedanke.

Geschlafen hatten wir nach den Ereignissen der vergangenen Nacht kaum, obwohl man das kleine Mittelklasse-Hotel, das in einer Seitenstraße lag, als eine Oase der Ruhe bezeichnen konnte.

Unser Doppelzimmer war winzig. Zum Glück jedoch hatte es ein kleines Bad und eine Toilette.

Irgendwann waren Suko und ich in einen unruhigen Schlaf gefallen, aus dem ich wie gerädert aufwachte.

Der Chinese hatte die Vorhänge aufgezogen, stand auf dem kleinen Balkon und schaute in den Himmel, der allmählich hell zu werden begann. Ich trat hinter meinen Freund.

»Suchst du die Roten Vampire?«

»So ähnlich.«

»Ich gäbe ein Monatsgehalt dafür, wenn ich wüsste, wo die sich versteckt halten.«

»Und die Strigen.«

»Genau.«

»Ich habe schon geduscht«, sagte Suko, was mich erstaunte, denn gehört hatte ich nichts.

»Dann werde ich mal verschwinden.«

»Aber gib Acht, das Wasser rieselt nur spärlich.«

Damit hatte der Chinese nicht übertrieben. Was da aus der Dusche kam, war wirklich nicht berauschend. Auch als ich mich einseifte, dachte ich immer wieder an die Strigen und die roten Vampire. Wo bestand zwischen ihnen eine Verbindung? Es musste eine geben, etwas anderes konnte ich mir nicht vorstellen und wäre auch wider alle Erfahrungen gewesen. Hing vielleicht das Auftauchen dieser beiden Dämonengruppen mit dem rätselhaften Grabmal zusammen, das Franca und Marco entdeckt hatten?

Das konnte durchaus möglich sein, und ich war auf den heutigen Tag mehr als gespannt. Hoffentlich war das Mädchen überhaupt in der Lage, uns das Grab zu zeigen.

Nach dem Anziehen gingen wir die schmalen Treppen hinunter. Die Wirtin, eine dicke Signora, hatte das Frühstück bereits fertig. Sie strahlte uns an und erkundigte sich, ob wir gut geschlafen hätten.

Wir bejahten und logen.

Das stellte sie zufrieden. Uns aber entschädigte ihr Frühstück. Es war wirklich gut. Und der Kaffee schmeckte fast so wie der von Glenda Perkins, meiner Sekretärin.

Wir langten kräftig zu, und ich wunderte mich eigentlich über Sukos Appetit. Zu Hause aß er weniger.

Eine halbe Stunde später konnten wir endlich fahren. Die Wirtin hatte uns ein Taxiboot gerufen.

»Ohne Umwege zum Polizeipräsidium«, erklärte ich dem Fahrer, der daraufhin zusammenzuckte.

Ich war so aufgetreten, als würde ich Venedig kennen. Das beeindruckte in den meisten Städten die Fahrer, hinzu kam noch das Ziel, da würde der Mann sicherlich vor Umwegen zurückschrecken.

Wir erreichten das Präsidium in Rekordzeit. Aus früheren Tagen kannte ich es noch. Es war ein alter, vierstöckiger Bau mit hohen Fenstern, breiten Treppenhäusern und einem kleinen Hafen an der Rückseite. Die Sonne wärmte bereits jetzt. Die Stadt konnte noch einmal Atem holen, bevor die Touristen ausschwärmten, um sie zu erobern. Dass der August besonders heiße Tage haben kann, hatten wir gerade hier erlebt.

Soweit ich mich erinnern konnte, hatte sich nichts verändert. Noch immer mussten wir durch die große Halle, deren Decke von Säulen gestützt wurde. An den Säulen standen Carabinieri. Sie trugen weiße Koppel zu schmucken Uniformen, und über ihren Schultern hingen kurzläufige Maschinenpistolen.

Am Empfang erkundigte ich mich nach Commissario Tolini. Der Mann dahinter schaute uns misstrauisch an. »Wer sind Sie? Was wollen Sie vom Kommissar?«

Ich zeigte ihm meinen Ausweis und sagte noch Scotland Yard. Da klärte sich sein Gesicht auf. »Sie sind die beiden Kollegen aus England. Gehen Sie nur hoch. Der Commissario sitzt in Zimmer ...«

»Das wissen wir doch«, erklärte ich dem Mann, nickte ihm noch einmal zu und verschwand.

Vielleicht gab es einen Lift. Wir hatten keine Lust, ihn zu suchen, und nahmen die Treppe.

Breit schwang sich das Treppenhaus durch die gewaltigen Flure. Auch die Stufen waren sehr bequem, man konnte sie leicht nehmen, nur in den Gängen fand man sich nur schwer zurecht. Zum Glück wusste ich noch Bescheid. Es roch nach Bohnerwachs und anderen Putzmitteln. Als wir schließlich vor Tolinis Tür standen, wurde die zum Nebenraum geöffnet, und ein junges Mädchen mit einer Kaffeekanne trat auf den Gang.

»Sie können uns einen mitkochen«, sagte ich zu ihr.

Eine Antwort erhielten wir nicht. Die Kleine schaute uns nur hochnäsig von oben bis unten an und ging mit wackelndem Po davon. Er zeichnete sich deutlich unter dem grünen engen Lederrock ab.

Als ich zu lange hinterherblickte, stieß Suko mich an. »Los, du Lüstling, schau lieber dem Kommissar ins Auge.«

Ich verdrehte den Blick. »Als ob ich davon etwas hätte.«

»Vielleicht Informationen. Die Frauen machen nur Ärger.«

»Du musst es ja wissen.«

»Weiß ich auch.« Suko grinste, klopfte und öffnete die Tür. Es roch nach Kaffee und kaltem Zigarrenrauch. Der Kommissar hockte hinter dem alten Holzschreibtisch, hatte sein Kinn in beide Handflächen gestützt, die Ärmel hochgekrempelt und schielte zur Tür.

»Kommen Sie rein!«

Tolini schaute uns mit einem traurigen Blick an. Geschlafen hatte er wohl wieder nicht, und ich fragte: »Kennen Sie eigentlich noch Ihr Bett, Meister?«

»Nein.«

»Und was sagt Ihre Frau?«

»Hat sich den Gasmann genommen. Aber nur im Dunkeln. Als der meine Alte im Hellen sah, hat er sie wieder laufen lassen.« Tolini lachte glucksend, wurde jedoch schnell ernst, als er unsere Gesichter sah. »Ich habe mal nachgeforscht. Viel ist dabei nicht herausgekommen, das will ich Ihnen ehrlich sagen.«

»Wobei nachgeforscht?«

»Diese komischen Fledermäuse lagen mir im Magen.

Venedig ist ja reich an Geschichte, ich bilde mir ein, mich da ein wenig auszukennen, habe auch geblättert, aber gefunden habe ich nichts. Da können Sie die Jahrhunderte durchgehen ...«

Wir hatten inzwischen auf Holzstühlen Platz genommen. »Auch nicht bei den Dogengräbern?«, fragte Suko.

Tolini hob die Arme. »Es gibt sie«, gab er zu. »Aber da ist nichts Außergewöhnliches dabei, glauben Sie mir.«

»Dann müssen wir uns voll und ganz auf die Aussage des Mädchens verlassen«, stellte ich fest.

»So ist es.«

»Wo steckt sie eigentlich?«

»In unserer besten Zelle.« Tolinis Hand näherte sich dem Telefonhörer. »Soll ich Franca holen lassen?«

»Wäre am besten, bevor wir noch mehr Zeit verlieren.«

Da wurde die Verbindungstür geöffnet, und die Kleine mit dem Lederrock betrat das Büro. Ihr Kopf lief rot an, als sie uns sah. Das Geschirr auf dem Tablett in ihren Händen begann zu wackeln, ich hatte Angst, dass es fallen würde, grinste sie an und sagte: »Stellen Sie es schnell ab, sonst gibt es Scherben.«

Tolini zeigte ein überraschtes Gesicht. »Was ist los? So kenne ich Gina gar nicht.«

»Wir haben uns auf dem Gang kennen gelernt.«

»Und?«

»Die junge Dame wollte uns keinen Kaffee mitkochen.«

Gina schaute auf, noch immer rot im Gesicht. »Einen Moment, Signori, ich hole sofort zwei Tassen.«

Als sie verschwunden war, lachten wir alle drei. Tolini meinte: »Manchmal hat sie ihre Launen, ansonsten ist sie brauchbar.«

Wir warteten ab, bis Gina mit zwei leeren Tassen zurückkehrte. »Und holen Sie noch eine dritte.« Tolini schickte sie noch einmal weg. »Für das Mädchen.« Danach gab er Bescheid.

Etwa fünf Minuten später erschien Franca. Zum ersten Mal sahen wir sie im Hellen. Sie machte einen bedauernswerten Eindruck. Unter ihren Augen lagen tiefe Ringe, die Lippen zuckten, die Hände spielten nervös, und die langen Haare hingen wirr bis auf die Schultern. Mit der Zungenspitze fuhr sie über die Lippen, das Lächeln fiel schwach aus, als sie uns begrüßte. Man hatte ihr andere Kleidung gegeben. Trockene Sachen. Eine verwaschene Jeans, einen Pullover mit V-Ausschnitt, darunter eine helle Bluse.

Der Commissario holte ihr einen Stuhl aus dem Nebenraum. Kaffee erhielt sie auch. Wir als Gäste ließen dem Kommissar den Vortritt, damit er die Fragen stellen konnte.

Tolini bewies Einfühlungsvermögen und ließ es deshalb behutsam angehen. »Wie fühlen Sie sich, Franca?«, erkundigte er sich.

»Schlecht. Ich habe kaum geschlafen.« Ihre Stimme klang leise und tonlos.

»Das kann ich verstehen, aber Sie werden sicherlich einsehen, dass wir an dem Fall arbeiten müssen.«

»Natürlich.«

»Erinnern Sie sich noch an den Weg, den Ihr Freund und Sie in der vergangenen Nacht gegangen sind?«

»Möglich.«

»Könnten Sie ihn aufzeichnen?«

Franca atmete tief durch. Dann hob sie die Schultern. »Ich weiß es nicht, ob ich die Wege noch im Kopf habe. Wenn ich sie gehen würde, dann könnte ich mich vielleicht daran erinnern …«

»Versuchen Sie es!«, drängte ich.

Sie senkte den Kopf. Der Kommissar stand auf, nahm einen Block nebst Bleistift und ging zu ihr. »Bitte.« Er drückte ihr beide Dinge in die Hand.

Da meldete sich das Telefon. »Verdammt, ich wollte doch nicht gestört werden!«, schimpfte Tolini, ging zum Apparat und hob ab.

Ich sah es seinem Gesicht an, dass er mit einer Schimpfkanonade loslegen wollte, doch schon das erste Wort blieb ihm im Hals stecken, denn er hörte schweigend zu. Nur sein Gesicht war interessant zu beobachten. Es zerfiel immer mehr und wurde bleich. Schweiß stand plötzlich auf seiner Stirn. Als er den Hörer schließlich auf die Gabel legte, blieb auf dem Kunststoff ebenfalls ein Schweißfleck zurück.

»Was ist geschehen?«, fragten Suko und ich wie aus einem Munde.

»Die Vampire und die Särge. Sie sind vor der Küste gesichtet worden und befinden sich wahrscheinlich bereits in Venedig ...«

Diese Nachricht hatte uns fast aus den Schuhen gehauen. Der Schweiß war mir ausgebrochen, und das hatte auch nicht aufgehört, als wir vom Dach des Polizeigebäudes mit dem Hubschrauber starteten.

Wir hatten uns dazu entschlossen. Franca lief uns nicht weg. Sie hatte uns versprochen, ihre Aussagen schriftlich zu fixieren, aber die Särge oder die roten Riesenfledermäuse mussten wir einfach sehen. Commissario Tolini hatte die Idee mit dem Hubschrauber gehabt. Ein Pilot flog, der Kommissar saß neben ihm, Suko und ich hockten auf den hinteren Sitzen und schwitzten weiter, denn die grellen Sonnenstrahlen drangen durch die Kanzel aus Glas.

Tolini hatte uns erklärt, wo die Särge und die Fledermäuse entdeckt worden waren. Vor der Stadt, noch über dem Meer. Ein Katzensprung mit dem Hubschrauber, und vielleicht sahen wir noch etwas.

Unter uns wischte Venedig dahin. Ein Wirrwarr aus Kanälen, Brücken, Häusern und Plätzen. Dazwischen die Menschen. Sie wirkten wie Ameisen. Aber ihre Kleidung und die bunten Markisen der Geschäfte waren belebende Farbtupfer in den von oben manchmal grau wirkenden Straßenschluchten.

Dann öffnete sich unter uns der Markusplatz. Zahlreich die Tauben, diesmal allerdings lebende, die unter dem Hubschrauber wegstrichen. Rasch war der Markusplatz vergessen, wir flogen jetzt in Richtung Meer, sahen schon bald die Dächer der Hotels und den langen Lido, den Strand, auf dessen Sand sich jetzt bereits die ersten Menschen sonnten.

Da stieg in einem das Verlangen nach Urlaub auf, aber ich dachte an die großen Vampire.

Wir hatten einen Vorteil. Diese Bestien konnten tagsüber nicht bestehen, da mussten sie sich verkriechen. In irgendwelchen dunklen Höhlen oder Schlupflöchern. Erst wenn die Dunkelheit angebrochen war, wagten sie sich wieder heraus. Mit den Vampiren brauchten wir also nicht zu rechnen. Wohl mit ihrem Anführer, Vampiro-del-mar. Ihm machte das Tageslicht wohl nichts aus. Ob es ihn schwächte, wusste ich nicht.

Besonders hielten wir nach den weißen Särgen Ausschau. Bis jetzt hatte keiner von uns eine derartige Totenkiste entdeckt.

»Ob die schon in die Stadt geschwemmt wurden?«, rief Suko gegen den Lärm des Motors an.

Ich hob die Schultern. Hoffentlich war das nicht eingetreten, denn wenn die Strigen über die Menschen herfielen, gab es mindestens Verletzte, falls nicht sogar Tote.

Verzweifelt grübelte ich über das Motiv nach. Was trieb die beiden Feinde, Strigen und Vampire, hier zusammen?

Noch wussten wir nichts, gar nichts …

Der Pilot drehte nach Norden ab. Unter uns lag jetzt die Wasserfläche der Adria. Herrlich anzusehen. Erste Segelboote fuhren. Die Inseln erschienen, und die Boote kreuzten zwischen ihnen. Nichts deutete auf die weißen Särge hin.

Unser Ziel war eine Insel, auf der ein Luxushotel stand. Wer hier wohnte, gehörte zu den oberen Fünfhundert. Der Pilot steuerte die Insel im Direktflug an.

Wir sahen schon das Hotel. Kein moderner Bau, sondern von außen mehr ein alter Kasten. Dahinter lagen die Grünflächen eines Golfplatzes, und es schimmerte auch der dunkelrote Kunststoff von Tennisplätzen. Einen Landeplatz für Hubschrauber gab es ebenfalls. Er war mit einem großen Kreuz markiert worden.

Unser Pilot setzte die Maschine sacht auf. Über unseren Köpfen drehten sich die Rotorblätter, als wir geduckt die Maschine verließen und dorthin liefen, wo mehrere

Leute standen, unter anderem einer im schwarzen Anzug. Der Knabe machte mir einen mehr als hochnäsigen Eindruck und betrachtete uns nur mit Widerwillen.

»Es war nicht meine Idee, dass die Polizei verständigt wurde«, erklärte er sofort nach der Begrüßung.

»Das hatte ich mir gedacht!«, konterte Tolini. »Wer hat uns denn nun verständigt?«

»Ich.« Der Sprecher hatte sich bisher im Hintergrund gehalten. Nun trat er vor. Ein großer, hoch gewachsener Mann mit schwarzen Haaren. Die gesunde Gesichtsfarbe war einer ungesunden Blässe gewichen. Wir sahen dem Mann an, dass ihn Sorgen quälten.

»Sie haben die Särge gesehen?«, fragte ich ihn.

Er nickte.

»Särge, wenn ich den Quatsch schon höre …« Das war der hochnäsige Typ, der gesprochen hatte.

Tolini drehte sich. Scharf fuhr er den Mann an: »Ein Wort noch, dann nehmen wir Sie mit. Als Zeuge, mein Lieber. Und ich kann Ihnen versprechen, wir werden Sie lange befragen.«

Da endlich schwieg der Knabe. Er zog sich beleidigt einige Schritte zurück. Da noch mehr Männer in der Nähe standen, erkundigte ich mich bei ihnen, ob sie auch etwas gesehen hatten.

Sie hatten tatsächlich.

Särge, weiße Särge!

Wir erfuhren von dem Hauptzeugen, er hieß Pablito mit Namen, dass die Särge auf den Wellen geschwommen und getanzt hätten, und über ihnen, in der Luft, da wären die Drachen geschwebt.

»Ja, Commissario, es waren Drachen!«, hauchte Pablito. »Riesige Vögel, das können Sie mir glauben.«

»Und?«

Das eine Wort hatte ich gesprochen. Deshalb schaute mich Pablito auch an. »Wie soll ich das verstehen?«

»Haben Sie die Drachen landen sehen?«

»Nein.«

»Aber können es nicht auch Fledermäuse gewesen sein? Sie kennen doch Fledermäuse.«

Er nickte heftig. »Ja, die kenne ich aus Argentinien, wo es die größten gibt.«

»Okay, aber ich behaupte, dass Sie keine Drachen, sondern Fledermäuse gesehen haben.«

Pablito bekreuzigte sich. »Das kann doch nicht wahr sein«, hauchte er, »so große ...«

»Ja, so große, zudem noch rot in der Farbe Rote Fledermäuse, rote Vampire.«

Pablito schlug die Hände vor dem Gesicht zusammen. »Das kann ich kaum glauben. Ich – ich habe sie nicht so genau gesehen. Sie flogen zwar auf mich zu, aber nicht so weit, als dass ich sie hätte genau erkennen können.«

»Lassen wir das. Und die Särge?«

»Die habe ich gesehen.«

»Klar, das sagten Sie bereits. Aber wo befinden sich die weißen Totenkisten? Sie sind doch auf die Insel hier zugeschwemmt worden oder nicht?«

»Das schon.«

»Aber?«

»Kein Sarg hat die Insel berührt. Die Wellen trieben sie weiter. Ich jedenfalls habe keinen gesehen, der an Land gespült wurde.«

»Haben Sie die Insel untersucht?«

»Nein.«

»Woher wollen Sie es dann so genau wissen?«

»Weil – weil ich ...« Er geriet ins Stottern. »Ich sah einige, wie sie vorbeitrieben.«

Tolini nickte mir zu. Ich wollte kein Kreuzverhör starten, sondern überließ dem Commissario die nächsten Fragen. Auch er wollte genau wissen, was der Mann gesehen hatte, und er erhielt die gleiche Antwort wie ich.

Ich hatte mich etwas abseits hingestellt, rauchte eine Zigarette und dachte daran, dass wir die Insel eventuell einmal absuchen mussten, um sicher zu gehen. Darüber wollte ich erst noch mit Tolini reden. Suko hatte sich sowieso von uns entfernt. Er musste sich irgendwo am Strand aufgehalten haben, denn als er zurückkam, sah ich den feinen Sand an den unteren Hosenbeinen und den Schuhen.

»Nichts«, meldete der Inspektor. »Ich habe keinen Sarg entdeckt. Auch keine Teile.«

»Damit war schon fast zu rechnen.«

Suko schaute auf seine Schuhspitzen. »Dann glaubst du also nicht, dass die Särge hier auf der Insel zu finden sind?«

»Nein, mein Lieber. Die Strömung wird sie vorbeigetrieben haben. So sehe ich es.«

»Zu welchem Ziel?«

»Wohin kann die Strömung die Totenkisten wohl treiben? Vielleicht an den Lido oder aber in die Stadt hinein, in die Kanäle drücken, wie wir es ja erlebt haben. Da werden die Satanseulen am Ziel sein und sich auf die Menschen stürzen.«

»Die Eulen haben es ja irgendwie gut«, meinte Suko. »Liegen bequem in den Särgen, aber was machen die roten Vampire?«

Da hatte er eine berechtigte Frage gestellt, auf die ich auch keine Antwort wusste.

Commissario Tolini wurde vom Hubschrauber aus gerufen. Zudem winkte der Pilot mit beiden Armen. Auch wir sahen die Bewegungen, und ich hatte dabei ein seltsames Gefühl. Dieser Anruf konnte unter Umständen etwas mit unserem Fall zu tun haben.

Suko war der gleichen Meinung wie ich. Gemeinsam liefen wir neben Tolini auf den Hubschrauber zu.

»Ich habe zwar hinterlassen, wo wir uns befinden«, erklärte der Kommissar, »wollte allerdings nur in Notfällen gerufen werden.«

»Vielleicht liegt so ein Notfall vor«, sagte ich.

Tolini wedelte mit beiden Händen. »Malen Sie den Teufel nicht an die Wand.«

»Der wird bereits in Aktion sein«, erwiderte Suko sarkastisch.

Der Kommissar kletterte als Erster in den Hubschrauber. Er setzte sich sofort einen Kopfhörer auf, den der Pilot ihm gereicht hatte. Wir warteten am Einstieg.

Tolini sprach. Allerdings so schnell, dass wir kaum etwas verstanden. Als das Gespräch beendet war, deutete er mit dem Daumen nach oben, und der Pilot verstand die Geste.

Starten!

Wir kletterten in den Helikopter. »Was ist los?«, erkundigte ich mich sofort.

Tolini schluckte. Sein Schnauzer zitterte dabei. »Die Särge sind gesichtet worden.«

»Wo?«

Da verdrehte Tolini die Augen. »Kann ich Ihnen sagen, aber halten Sie sich fest. Auf dem Canal Grande!«

Diesmal verzog ich das Gesicht. Verdammt, das war ein Hammer. Der Canal Grande ist der Broadway Venedigs. Die Prachtstraße, wenn auch nicht asphaltiert, sondern nur ein Kanal. Dort befinden sich die Anlegestellen der Gondeln, fast jede Bootsfahrt beginnt an diesem berühmten Kanal.

Und jetzt die Särge!

Mir lief es kalt den Rücken hinab. So rasch es ging, enterten wir den Hubschrauber und befanden uns Sekunden später bereits in der Luft ...

Es hatte eine Panik gegeben!

Drei Särge trieben zwischen den fahrenden Gondeln auf dem Canal Grande, erschreckten nicht nur die Touristen, sondern auch die Gondolieri.

Minutenlang herrschte auf dem Wasser ein regelrechtes Chaos. Niemand wusste so recht, was er tun sollte. Es kam zu Kollisionen. Zahlreiche Gondeln wurden von den Totenkisten gerammt.

Dann griff die Polizei ein.

Zwei Boote der Flusspolizei rauschten heran. Sie kreisten die Särge ein. Männer nahmen mit langen Stangen die Totenkisten in Schlepp, um sie ans Ufer zu befördern.

Dort hatten sich schon zahlreiche Leute versammelt. Die Neugierigen sind immer sofort zur Stelle, wenn es etwas Besonders zu sehen gibt. Da wurden Bilder geschossen, surrten Kameras, und die Polizisten fühlten sich wie die Helden eines Spielfilms.

Sie hievten die Särge an Bord. Das größte Boot nahm zwei auf, das andere den restlichen.

Natürlich waren die Beamten gespannt, was sie in den Totenkisten finden würden. Sie suchten nach Verschlüssen, damit sie die Särge öffnen konnten, und vom Kai her schaute man ihnen zu.

Allerdings fiel einem Polizisten ein, dass es ein Rundschreiben gegeben hatte. Dieses Schreiben befasste sich indirekt mit den Särgen, und es hatte darin gestanden, dass bei irgendeinem rätselhaften Fund sofort Commissario Tolini Bescheid gegeben werden sollte.

Der Mann, der sich an das Rundschreiben erinnert hatte, meldete dies seinem Vorgesetzten.

Der überlegte einen Augenblick. Er hieß Mario Gentile, war noch jung und zudem ehrgeizig, denn er wollte auf der Erfolgsleiter gern schnell nach oben steigen.

»Ja«, sagte er unwirsch, »ich habe das Rundschreiben auch gelesen. Lassen Sie den Commissario benachrich tigen.«

Der Polizist salutierte und verschwand in dem kleinen Unterstand, wo sich die technische Anlage des Bootes befand. Er erhielt schnell eine Verbindung.

Inzwischen dachte Gentile nach. Er war, wie gesagt, sehr ehrgeizig, er kannte auch Tolini, und wenn er ehrlich war, dann mochte er ihn überhaupt nicht. Tolini war in seinen Augen ein Technokrat, kein Action-Mann. Bene, informiert hatten sie ihn. Der Pflicht war Genüge getan worden, aber die andere Sache wollte er doch gern selbst in die Hand nehmen. Weshalb sollten die Totenkisten nicht geöffnet werden? Da wollte Tolini sicherlich sein eigenes Süppchen kochen, aber Gentile war ein Mensch, der ihm die Suppe versalzen wollte.

Er würde den Sarg öffnen!

Zumindest einen.

Gentile schaute sich auf dem Boot um. Sein Blick fiel auch auf den Kai. Dort standen noch immer die Touristen und knipsten, was ihre Kameras hergaben.

Gentile wurde sehr oft auf Fotos oder einen Film gebannt. Er grinste, sonnte sich in dem Gefühl, ein kleiner

Filmstar zu sein, und schaute wieder auf die beiden Totenkisten.

Irgendwie mochte er die weiße Farbe nicht. Sie stieß ihn ab. Särge waren für ihn meist dunkel, aber weiß ...

Trotzdem, er wollte sie öffnen lassen. Zwei seiner Leute mussten Meißel oder ähnliches Werkzeug besorgen. Die beiden waren schnell wieder zurück.

Mario Gentile wollte es sich nicht nehmen lassen, den ersten Sarg persönlich zu öffnen. Er rechnete damit, eine Leiche zu finden. Vielleicht sogar die eines lang gesuchten Verbrechers. Möglich war schließlich alles. An die Wahrheit dachte er nicht im Entferntesten ...

Um das Werkzeug in den Spalt zwischen Ober- und Unterteil einklemmen zu können, musste er in die Knie gehen. Die beiden andern Beamten umstanden ihn, was ihm nicht passte, und er ordnete an, dass sich die zwei um den anderen Sarg kümmern sollten.

Vom Nebenboot wurde gefragt, ob der dritte Sarg auch geöffnet werden sollte.

Gentile überlegte einen Moment. »Ja!«, rief er dann zurück.

Sein Herz klopfte schneller. Zwar stand er hier wie auf dem Präsentierteller, das kümmerte ihn jedoch nicht. Er wollte sehen, was sich in der Totenkiste befand.

Seine Hand zitterte ein wenig. Darüber ärgerte er sich zusätzlich. Viermal musste er ansetzen, um die schmale Kante des Werkzeugs zwischen die beiden Teile zu drücken. Geschafft!

Gentile schwitzte, als er den meißelähnlichen Gegenstand als Hebel benutzte. Er spürte, wie sich das Holz bewegte, wie eine Lücke zwischen Unter- und Oberteil entstand, und das Gleiche geschah mit dem zweiten Sarg, um den sich seine Leute kümmerten.

»Soll ich Ihnen helfen?«, fragte der Steuermann des Bootes.

Gentile hatte einen roten Kopf bekommen. »Nein, zum Teufel, ich schaffe das allein!«

»Dem Commissario habe ich Bescheid gegeben. Er kommt mit dem Hubschrauber.«

»Wie schön für ihn!«, keuchte Gentile und lachte leise auf, als er es geschafft hatte. Jetzt konnte er das Oberteil abheben. Er legte den Meißel zur Seite, bückte sich, packte mit beiden Händen an und hob den Deckel in die Höhe.

Er war doch schwerer, als er gedacht hatte. Gentile kippte den Deckel auf sich zu, sodass ihm die Sicht in den Sarg versperrt blieb. Hätte er etwas sehen können, so hätte er den Deckel sicherlich wieder fallen gelassen, so aber nahm das Unheil seinen Lauf.

Zuerst hörte er den Schrei eines Kollegen. Gentile ließ den Deckel hastig los. Er sah seinen Kollegen neben dem Sarg stehen und schaute selbst in die Totenkiste.

Mario Gentile wurde ebenso bleich wie die übrigen Polizisten. Was er da sah, war ungeheuerlich.

Im Sarg lag eine Eule!

Aber keine normale. Sie hatte einen gefiederten Körper, doch ihr Kopf bestand aus einem Skelettschädel, in dem nur der Schnabel wie eine spitze Hacke vorstach.

Damit hatte wohl keiner der Beamten gerechnet. Aber einer von ihnen entdeckte es zuerst. Er schrie die Worte, und sie hallten über den berühmten Kanal.

»Die Eule lebt!«

Erst jetzt sah Mario Gentile das Zucken ihrer Flügel. Im nächsten Augenblick schien sie ein Kraftstrom zu durchfahren, denn sie schnellte förmlich in die Höhe.

Wie ein Blitz schoss sie aus dem Sarg, breitete die Flügel aus und flatterte plötzlich über ihrer Totenkiste. Aber nur für einen Moment blieb sie in der Luft stehen, dann hatte sie ihr Ziel gefunden.

Mario Gentile!

Dessen Gesicht verzerrte sich, als er das Monster so dicht vor seinen Augen sah. Er wollte den Kopf noch zur Seite nehmen, doch die Eule war einfach zu schnell. Sie hackte ihre Krallen in sein Revers, blieb so hocken, bewegte ihren beinernen Totenschädel nach vorn und hieb mit dem messerscharfen Schnabel zu.

Messerscharf war wirklich der richtige Ausdruck. Dieser krumme Schnabel hatte mitten ins Ziel getroffen. Das war der Hals des jungen Polizeioffiziers.

Er selbst sah das Blut. Sein Blut, das aus der Wunde spritzte, die Eule übergoss und sogar in die Augenhöhlen drang. Erst dann spürte er den Schmerz.

So etwas hatte er noch nie erlebt. Gentile glaubte, sein Hals würde zerrissen. Plötzlich bekam er keine Luft mehr, er wollte seine Arme noch nach vorn bringen, um die Eule zu packen, selbst das gelang ihm nicht.

Gentile war zu schwer verletzt.

Und er merkte mit einer nahezu brutalen Deutlichkeit, wie das Leben aus seinem Körper wich. Auf den Beinen konnte er sich nicht mehr halten, die Knie gaben nach, das Boot und der Sarg drehten sich vor seinen Augen, dann fiel er langsam nach vorn.

Riesengroß wurde der Sarg für ihn. Aber seine Umrisse verschwammen bereits, als er genau in das offene Unterteil der Totenkiste hineinschlug.

Warum hilft mir denn keiner? Es war nur ein gedanklicher Schrei, den er in den letzten Sekunden seines Lebens ausstieß, dann hatte ihn der Sarg regelrecht verschluckt.

Die Eule aber flatterte hoch. Blutig war ihr Schädel, der Schnabel geöffnet, sie hatte Blut getrunken und war gestärkt worden.

Auch wenn die anderen gewollt hätten, sie hätten Mario Gentile nicht helfen können, denn sie hatten den gleichen Fehler begangen wie ihr Chef und die Särge geöffnet.

Auf so etwas warteten die Eulen nur.

Auch aus den anderen beiden Särgen waren sie gestiegen und griffen die Polizisten an.

Es ging alles sehr schnell, und die Menschen am Ufer wurden Zeugen von schrecklichen Szenen. Einige wollten sich Mut machen. Sie sprachen von einem Film, der vielleicht gedreht wurde und in dem man die Szenen mit einer versteckten Kamera aufnahm, damit sie vielleicht lebensechter wirkten.

Doch es war kein Film.

Die Männer kämpften um ihr Leben.

Drei Eulen waren es, die angriffen. Eine von ihnen war

blutverschmiert. Sie umflogen die Boote wie gefährliche Todesboten.

Es dauerte Sekunden, bis sich die Polizisten einigermaßen gefangen hatten. »Schießen, verdammt! Wir müssen schießen!« Der Mann, der die Worte gesprochen hatte, wollte zur Waffe greifen, aber das ließ die sich in seiner Nähe befindliche Strige nicht zu.

Pfeilschnell griff sie an.

Der Polizist schaffte es nicht mehr, seine Waffe zu ziehen, denn die Strige rammte ihn. Der Mann hatte Pech, da er zu dicht an der Bordwand stand. Er konnte den Rückstoß nicht mehr ausgleichen, riss zwar noch die Arme hoch, aber Luft hat bekanntlich keine Balken.

Der Polizist fiel in das Wasser des Canal Grande!

Die Eule huschte über den fallenden Körper hinweg, drehte sich, flog einen Kreis, und genau in diesem Moment tauchte der Polizist wieder auf. Er hatte einen Fehler gemacht, denn er hätte unter Wasser weiterschwimmen sollen, so aber fanden die Strigen ihr zweites Opfer.

Kaum hatte der Polizist seinen Kopf aus den Fluten gestreckt, als sich die Strige auf seine Haare setzte, sich dort fest klammerte, den Kopf beugte und zuhackte.

An der Stirn wurde der Mann getroffen!

Zwischen seinen Augen wurde ihm von dem scharfen Schnabelhieb die Haut aufgerissen. Wie zuvor Mario Gentile, so spürte auch er den heißen Schmerz, wollte untertauchen, doch der zweite Schnabelhieb kam einfach zu schnell.

Diesmal traf es ihn weiter unten und schräg nach links versetzt. Der Mann konnte plötzlich auf einem Auge nichts mehr sehen. Er schrie gellend, bis er nach unten sackte, Wasser in seinen offenen Mund geriet und aus dem Schrei ein Röcheln wurde.

Die Strige flatterte hoch.

Da krachte der erste Schuss. Der Mann, der gefeuert hatte, konnte zielen, und er jagte die Bleikugel in den Körper der Strige. Die Wucht trieb das Untier auch zurück, es verlor einige Federn, doch es stürzte nicht tot ins Wasser.

Der Polizist riss entsetzt die Augen auf. Er hatte fest mit dem Ende der Eule gerechnet und musste jetzt mit ansehen, dass dies doch nicht der Fall war. Die Mutation lebte weiter!

Noch einmal feuerte er.

Aber er hatte zu hastig geschossen, die Kugel fehlte. Dafür erhielt er die Quittung. Zwar hörte er noch das Flattern der Flügel hinter sich, reagieren konnte er aber nicht mehr. Die Strige war schon zu nahe, wuchtete sich gegen ihn, krallte sich an seiner Jacke fest und hackte sofort mit ihrem Schnabel zu.

Der hellrote Lebenssaft sprudelte aus dem Nacken des Mannes. Einfach irre war der Schmerz, und der Beamte konnte sich nicht mehr auf den Beinen halten.

Er fiel nach vorn.

Bevor er jedoch auf die Bootsplanken prallte, hörte er ein Geräusch. Es war das Flappen von Rotorblättern …

Wir waren geflogen, was die Maschine hergab. Commissario Tolini hatte dem Piloten klargemacht, um was es ging, und der Mann bewies sein Können.

Unter uns huschte die Stadt hinweg. Auf dem Hinflug hatte ich noch markante und allgemein bekannte Plätze sowie Bauwerke erkennen können, das war jetzt nicht mehr der Fall. Zudem hatte der Pilot die Maschine leicht schräg gelegt, sodass wir uns an den Sitzen fest klammerten, obwohl wir angeschnallt waren.

Tolini stand in ständiger Funkverbindung mit seinem Büro. Es trafen Meldungen ein. Er redete, und wir sahen nur, wie sich seine Lippen bewegten, verstehen konnten wir wegen des Lärms nichts.

Wann endlich waren wir da?

Plötzlich deutete Tolini nach unten und rief: »Der Canal Grande!«

Im nächsten Augenblick ging der Hubschrauber tiefer. Ich hatte das Gefühl, mein Magen würde bis ins Gehirn gedrückt, zudem verringerte der Pilot die Geschwindigkeit noch, sodass wir Einzelheiten erkennen konnten.

In einem Fall hatten wir Glück. Die Sonne stand günstig für uns, wir wurden nicht geblendet, konnten nach vorn schauen, sahen die schnurgerade Wasserstraße, die zahlreichen Gondeln und auch die beiden Polizeikreuzer.

Dann stockte uns der Herzschlag.

Suko und ich entdeckten die Eulen zur selben Zeit. Sie flogen tatsächlich über dem Wasser, aber nicht nur das, sie griffen die Polizisten auf den Booten an.

Innerhalb von Sekunden wurde die Szene deutlicher, weil der Pilot trotz allem noch sehr schnell flog. Ich schlug ihm auf die Schulter. »Gehen Sie noch tiefer, und werden Sie um Himmels willen langsamer.« Gleichzeitig löste ich meinen Gurt.

Suko tat es mir nach.

Commissario Tolini drehte sich um. »Was haben Sie vor?«, brüllte er gegen den Motorlärm an.

»Keine Zeit mehr, um zu landen!«, schrie ich zurück. »Wir müssen Sie aus der Luft bekämpfen.«

»O Himmel!« Der Kommissar rang die Hände.

Fast hatten wir unser Ziel erreicht. Innerhalb weniger Augenblicke musste ich mir einen Überblick verschaffen.

Es sah schlimm aus.

Diese Idioten hatten trotz gegenteiliger Anordnung die Särge geöffnet und die Strigen befreit. Drei zählte ich, und sie hatten schon mit ihrem grauenvollen Angriff begonnen.

Im Unterteil eines Sargs lag ein Polizist. Er rührte sich nicht mehr. Selbst aus dieser Höhe konnte ich das Blut sehen. Ein anderer schwamm wie tot im Wasser. Vielleicht hielt ihn der Auftrieb noch an der Oberfläche, und ein dritter Polizist lag auf den Bootsplanken und kämpfte gegen ein Tier.

Zwei andere Beamte schossen auf die Eulen, senkten aber ihre Waffen, als sie den Hubschrauber sahen.

Die Gaffer nahm ich nur aus den Augenwinkeln wahr.

An dem Piloten drückte ich mich vorbei und öffnete den Ausstieg. Die schwere Tür fuhr zur Seite, ich konnte aus dem Hubschrauber und nach unten schauen.

Hinter mir hörte ich Sukos Stimme. Er scheuchte Tolini

zur Seite, damit er den Ausstieg an der gegenüberliegenden Seite ebenfalls öffnen konnte. Als er es geschafft hatte, wühlte der Durchzug meine Haare hoch.

Ich wandte mich an den Piloten. »Keine Fahrt mehr!«

Er nickte nur.

Ich aber hängte mich halb aus dem Helikopter. Mit der linken Hand hielt ich mich an einem Griff fest, die andere hatte ich ausgestreckt, wobei die mit Silberkugeln geladene Beretta eine Verlängerung bildete.

Drei Eulen hatten wir gegen uns. Zwei von ihnen flogen auf meiner Seite, die andere auf Sukos.

Ich hörte einen Schuss. Suko hatte abgedrückt. Ob er getroffen hatte, konnte ich nicht sehen, zudem musste ich mich um die beiden Strigen kümmern, die ihre neuen Gegner natürlich schon gesehen hatten.

Die eine flog heran.

Dabei nahm sie den direkten Weg, zielte auf mich, ich sah ihren beinernen Schädel, behielt die Nerven und ließ sie noch näher kommen, weil ich mir keinen Fehlschuss erlauben wollte.

Ich hätte früher schießen sollen, denn als ich den Stecher durchzog, da musste sie es irgendwie gefühlt haben, ließ sich den berühmten Sekundenbruchteil vorher fallen, sackte wie ein Stein nach unten weg, fing sich sofort wieder und stieß in einer Schräge von unten nach oben auf die offene Hubschraubertür zu.

Dort stand ich und brachte die Waffe nicht schnell genug herum. Die Eule war zu schnell. Ich konnte nur noch meinen Arm hochreißen und mit der Hand zuschlagen. Auf keinen Fall durfte mich ein Schnabelhieb treffen, danach würde ich mich in eine Eule verwandeln. Diesen grausigen Vorgang hatte ich schon einmal erlebt.

Mit einem wilden Stoß konnte ich die Strige aus ihrer Flugrichtung befördern. Sie klatschte gegen die gebogene Frontscheibe des Hubschraubers, rutschte daran entlang und konnte sich wieder fangen.

Ich hatte mich krampfhaft fest gehalten, die Waffe in die richtige Schussposition gebracht, zielte kurz und feuerte schräg nach unten.

Die Kugel traf.

Dicht unter dem Totenkopfschädel drang das geweihte Geschoss in den Lieb der Mutation. Ein heftiges Flattern mit den Flügeln, dazu grässliche Schreie, dann kippte sie weg.

Eine weniger!

Mir tat mittlerweile der linke Arm weh. Auch meine Knie zitterten, denn ich hing in einer Schräglage. Und doch änderte ich meine Haltung nicht, denn so hatte ich den besten Überblick.

Unter mir befanden sich die beiden Polizeiboote. Mein Treffer hatte die restlichen Eulen von den Booten weggelockt, doch raffiniert, wie sie waren, hatten sie Deckung gefunden, und zwar zwischen den Polizeibooten und den Gondeln.

Besetzten Gondeln, muss ich hinzufügen, und ich hatte Angst um die Menschen.

Die meisten Gondolieri hatten ihre Boote gestoppt. Nur einige fuhren noch weiter, und der Erste von ihnen wurde angegriffen. Wie ein abgeschossener Pfeil, so schnell wischte die Strige über das Wasser, auf dessen Oberfläche die Sonnenstrahlen blitzende Reflexe verursachten.

Mir stockte der Herzschlag.

Allerdings nur eine Sekunde, dann war ich wieder voll da. Ich drehte den Kopf und brüllte dem Piloten zu: »Fliegen Sie, verdammt! Los, starten Sie, schnell!«

Der Mann reagierte. Plötzlich wirbelten die Rotorblätter über meinem Kopf, sie stellten sich waagerecht, es gab einen Ruck, den ich nur mühsam ausgleichen konnte, und der Hubschrauber nahm Fahrt auf.

Es war riskant, so wie ich am offenen Ausstieg stand. Action-Stars ließen sich in vielen Filmen bei solchen Szenen doubeln. Ich hatte keinen, der für mich einsprang, und wollte es auch nicht, denn ich musste die Strige erwischen.

Die Maschine wurde schnell. Ich spürte den Fahrtwind, meine Augen wollten tränen, weil er hineinbiss. Hart presste ich die Lippen zusammen, das Boot kam näher, ich sah die Eule und die drei Menschen in der Gondel. Wie konnte es auch anders sein: Am Heck saß ein Liebespärchen. Er hatte seinen Arm um sie gelegt, presste sie an sich, der Gondoliere aber bewies Mut und verteidigte sich.

Die Ruderstange hatte er aus dem Wasser gerissen und hielt sie quer.

Beim ersten Mal verfehlte er die Strige, kantete die Stange dann hoch und drosch erneut zu.

Diesmal ein Treffer.

Der Mann erwischte den beinernen Schädel, brachte die Satanseule somit aus der Flugrichtung und verschaffte sich damit eine kurze Galgenfrist.

Plötzlich waren wir da.

Wie eine stählerne Riesenlibelle schwebte der Hubschrauber über der Gondel. Das Pärchen hatte sich vor lauter Angst auf den Boden gelegt. Aus schockgeweiteten Augen schauten die beiden zu uns hoch, und sie sahen auch die Strige, die einen Kreis flog, um einen erneuten Angriff zu starten.

Ich feuerte.

Fehlschuss!

Im nächsten Augenblick war das Tier verschwunden. Es musste sich meiner Ansicht nach auf der anderen Seite des Hubschraubers befinden, doch da lauerte Suko.

Wieder hörte ich das Krachen seiner Waffe und wenig später seinen Triumphschrei. »Treffer!«

Mir fiel ein Stein vom Herzen. Zwei Strigen hatten wir vernichten können, blieb noch eine.

Ich tauchte wieder in die Maschine hinein, drückte mich am Pilotensitz vorbei, sah Tolini schreckensbleich im Hintergrund der Maschine und schrie Suko an.

»Wo ist die Letzte?«

»Keine Ahnung, John!«

Teufel auch, sollte sie uns entwischt sein? Hastig sog ich die Luft ein. Die Nerven vibrierten, denn wir durften auf keinen Fall eine Strige entkommen lassen.

»Fliegen Sie höher!«, wies ich den Piloten an, der den Helikopter sofort in die Höhe zog.

Jetzt hatten wir einen weitaus günstigeren Überblick. Was sich alles an Booten in den letzten Minuten auf dem Canal Grande gestaut hatte, interessierte mich nicht, ich suchte die Eule.

Suko entdeckte sie vor mir. »Da, John, sie fliegt über den Häusern. Die flieht.« Mein Freund wies schräg nach oben, er zeigte mir die Richtung an, ich folgte mit meinen Blicken.

Das sah wirklich nach Flucht aus.

Wie damals auf dem Schiff, da waren die Eulen auch plötzlich geflohen, und ich grübelte noch immer über den Grund nach. Bei der Kreuzfahrt waren es mehrere gewesen, hier nur eine. Hatte diese eine vielleicht Angst um ihr dämonisches Leben?

Wir mussten mit allem rechnen und auch damit, dass die Eule vielleicht zu einem Versteck fliehen wollte. Sollte dies zutreffen, mussten wir ihr auf den Fersen bleiben.

»Hinterher!«, rief ich dem Piloten zu.

Er drehte kurz den Kopf. »Sie meinen die Eule?«

»Genau.«

Suko hatte noch einen Einwand. Er schlug mir auf die Schulter und sagte: »John, wir können nicht beide losfliegen!«

»Wieso nicht?« Ich begriff nicht sofort.

Sukos Gesicht zeigte Anspannung. »Denk an die Menschen, die von den Satanseulen angegriffen worden sind. Die verwandeln sich doch auch in diese Mutationen.«

Meine Augen wurden groß. Shit, daran hatte ich nicht mehr gedacht. Es war eben zu viel auf einmal geschehen. Sofort fasste ich einen Entschluss. »Okay, dann musst du dich eben um die Eulen hier kümmern, wir verfolgen die andere.«

»Wird gemacht.« Suko drehte sich um und ging zum Ausstieg.

»Wo wollen Sie denn hin?«, rief Tolini.

»Das sehen Sie doch«, erwiderte der Chinese, stieß sich ab und verschwand.

Wir aber flogen weiter ...

Der Inspektor war kein Selbstmörder, auch wenn seine Aktion im ersten Augenblick selbstmörderisch gewirkt hatte. Er wusste aber seine Chancen genau einzuschätzen, hatte blitzschnell die Höhe zur Wasserfläche abgecheckt und war zu der Überzeugung gelangt, dass er es schaffen konnte.

Im Kopfsprung fiel er nach unten!

Rasendschnell schoss er auf die graue Fläche zu. Er fürchtete einen Moment lang, auf eine Gondel zu treffen, das jedoch bewahrheitete sich nicht.

Dicht neben dem Boot tauchte er in das Wasser, das wie eine kalte Wand über ihm zusammenschlug.

Von Suko war nichts mehr zu sehen. Sehr tief war der Kanal nicht. Als sich der Chinese drehte, wühlte er mit seinen Händen den Schlamm am Boden auf, der hochgetrieben wurde und ihn in dicken Wolken umgab.

Mit weit ausholenden Schwimmbewegungen drückte er sich wieder der Oberfläche entgegen, tauchte auf und sah die beiden Polizeiboote nicht weit entfernt.

Drei verletzte Polizisten oder auch Tote, das war für Suko noch nicht genau feststellbar. Aber drei andere Beamte lebten noch. Der Chinese begann zu schwimmen. Er kraulte weiter und sah plötzlich dicht vor sich eine Leiche auf der Oberfläche. Die Eule hatte den Tod verschuldet und dem Mann mit ihren Schnabelhieben am Kopf so starke Verletzungen beigebracht, dass er nicht mehr am Leben war. Seine Augen zeigten sich verdreht, eins war sogar zur Hälfte zerstört.

Suko bekam den Toten zu fassen und schob ihn quasi vor sich her dem Boot entgegen. Dort standen zwei Beamte bereit, um ihm an Bord zu helfen.

Zuerst schafften sie die Leiche hoch. Als die Polizisten ihren toten Kollegen sahen, traten Tränen in ihre Augen. Voller Wut ballten sie die Hände, der Zorn fraß sich in ihre Herzen, und die Hilflosigkeit war am schlimmsten.

Suko kletterte ebenfalls an Bord, schüttelte sich und nahm von den lebenden Männern keine Notiz. Er hatte nur Augen für die am Kopf blutende Gestalt in Uniform, die bäuchlings im Boot lag.

Der Inspektor schluckte zweimal hart, drehte sich um und schaute die Polizisten fragend an. Einer von ihnen nickte. »Ja, Signor, Mario Gentile ist tot. Die Eule war zu stark. Sie hätten früher kommen müssen.«

»Nein, das ist nicht das Problem. Ihr hättet den Sarg geschlossen lassen sollen. Es bestand die Anweisung, die weißen Särge auf keinen Fall zu öffnen, aber Sie haben sich leider darüber hinweggesetzt. Wir hatten schon unsere Gründe.«

Die beiden Beamten schwiegen. Sie konnten nichts sagen, denn sie wussten selbst, dass Fehler gemacht worden waren. Damit sie wussten, mit wem sie es zu tun hatten, präsentierte Suko ihnen seinen Ausweis und fügte noch »Scotland Yard« hinzu.

Den Begriff kannte jeder.

Danach kam der Chinese wieder zur Sache. »Zwei Tote hat es gegeben«, resümierte er, »aber es gibt noch einen dritten Mann, der angegriffen wurde.« Dabei schaute Suko zu dem zweiten Boot hin, das führerlos über das Wasser trieb und auf dessen Planken der Polizist hockte.

»Was ist mit Ihnen?«, rief Suko hinüber.

Der Beamte drehte den Kopf. Sein Nacken war blutig, das Gesicht schmerzverzerrt. »Ich brauche einen Arzt.«

Suko nickte. »Rufen sie einen über Funk«, wies er die Polizisten auf seinem Boot an. Er selbst ließ die beiden Toten nicht aus den Augen, denn er dachte daran, dass die Eulenbisse ungefähr die gleiche Wirkung hatten wie die der Vampire. Wenn das tatsächlich zutraf, würden sich die angeblichen Toten irgendwann wieder erheben und neuen Schrecken verbreiten. Allerdings nicht als Menschen, sondern als mutierte Eulen.

Da hörte Suko einen Schrei!

Er war auf dem zweiten Boot aufgeklungen, und der Verletzte hatte ihn ausgestoßen. Sofort fuhr der Inspektor herum, und er sah den Mann, der von der Strige in den Nacken gebissen worden war.

Der Polizist hatte sich aufgerichtet. Er war dabei, sich die Jacke vom Körper zu reißen, schleuderte sie zur Seite und fetzte dann den Hemdärmel entzwei.

Jetzt sahen alle seinen Arm!

Es war kein normaler Menschenarm mehr, sondern ein schon verkürzter Stumpf, aus dessen Hautporen in nahezu rasender Geschwindigkeit Federn wuchsen.

Suko stockte der Atem. Wie die Polizisten auf seinem Boot reagierten, merkte er nicht, wahrscheinlich lähmte sie das Entsetzen, aber er sah, dass die Verwandlung auch am Kopf begann und offensichtlich mit starken Schmerzen verbunden war, denn der Gebissene begann zu zucken. Dann schrie er, schlug gegen sein Gesicht, das sich sehr rasch veränderte und von dem plötzlich die Haut abfiel.

Es gab nur eine Möglichkeit. Suko musste die Mutation töten, damit sie keine anderen Menschen anfallen konnte.

Er zog die Beretta, streckte seinen rechten Arm aus, zielte über Kimme und Korn – und schoss.

Ein peitschendes Geräusch erklang. Die Kugel jaulte über das Wasser und hieb genau ins Zentrum, denn Suko konnte die Brust des Mutierten nicht verfehlen.

Der brüllte noch einmal auf, sackte zusammen und blieb halb über der Bordwand hängend liegen.

Aus …

Stille. Suko kam sich vor wie in einem Vakuum. Auch die Polizisten redeten nicht. Bis einer sagte: »Mein Gott, das halte ich nicht mehr aus. Ware ich doch geflohen wie Roberto.«

»Und wer ist das?«, fragte Suko.

»Ein Kollege.«

Der Chinese hob die Schultern. »Vielleicht wäre es wirklich besser gewesen.«

»Mussten Sie ihn denn töten?« Ein bitterer Vorwurf schwang in der Frage mit.

»Ja, ich musste es. Leider. Es gab wirklich keinen anderen Weg. Dieses Wesen hätte wer weiß was angestellt, deshalb konnte ich nur den einen Weg gehen.«

Da stellten sie keine Fragen mehr.

Suko wandte sich den Toten zu. Noch lagen sie leblos vor seinen Füßen, aber der Chinese ahnte, dass auch sie bald von einem untoten Leben erfüllt sein würden.

Und dagegen musste er etwas unternehmen.

Er hörte Polizeisirenen. Andere Boote jagten heran, und auch an Land sah er schon die ersten Polizisten.

Viel Zeit blieb ihm nicht mehr.

Der Chinese zog seine Dämonenpeitsche. Mit ihr wollte er Vorsorge treffen.

Einmal schlug er mit der Peitsche einen Kreis über den Boden. Augenblicklich fielen die drei lederartigen und aus der Haut des Dämons Nyrana bestehenden Riemen aus der Öffnung. Die Polizisten bekamen große Augen, als sie diesen Vorgang sahen, trauten sich allerdings nicht, eine Frage zu stellen.

In Sukos Gesicht regte sich kein Muskel, als er jetzt dicht an den Sarg herantrat und mit der Peitschte ausholte. Dabei atmete er noch einmal tief ein und schlug blitzschnell zu.

Nicht nur Suko vernahm das Klatschen, mit dem die drei Riemen die Gestalt trafen, auch die Beamten. Sie zuckten zusammen. So was waren sie nicht gewohnt, und dann geschah etwas für sie Grauenhaftes.

Ein gellender Schrei ertönte aus dem offenen Sarg. Die ›Leiche‹ hatte ihn ausgestoßen. Plötzlich bäumte sich der Körper noch einmal in die Höhe, ein gewaltiges Zucken durchlief ihn, dann sackte er wieder zurück und blieb im Sarg liegen.

Das war's! Suko drehte sich um. An den wie zu Statuen erstarrten Beamten schritt er vorbei zu dem nächsten Opfer. Auch hier schlug er einmal und sehr hart zu.

Aus diesem Mund löste sich kein Schrei. Aber wie bei einer stummen Drohung hob der andere seine Hand, bevor sie wieder zurückfiel und auf die Planken klatschte.

Suko drehte sich wieder um. Ein Teil der Arbeit lag hinter ihm. Das Allerschwierigste würde noch folgen, und er dachte dabei an Kommissar Tolini und John Sinclair.

Wie mochte es den beiden inzwischen ergangen sein?

Mit unserem Piloten hatten wir wirklich Glück. Man sagt den Italienern ja nach, dass sie forsche, allerdings auch gute Autofahrer sind. Dieser Pilot war ein ebenso guter Flieger. Denn seine Aufgabe war fast unmöglich zu lösen. Er musste eine fliegende Strige im Auge behalten und durfte sie auf keinen Fall verlieren.

Das war verdammt schwer.

Die Horroreule schien bemerkt zu haben, dass wir sie verfolgten. Sie flog nicht in einer geraden Linie weiter, sondern schlug einen Zickzackkurs ein, der sie über die Hausdächer führte, wobei sie manchmal, wenn sie genügend Platz hatte, sogar dicht über den Boden segelte, dann wieder hochstieg, damit sie weitere Lücken auskundschaften konnte. Ein irres Spiel, und der weitaus trägere Hubschrauber konnte all die Kapriolen nicht immer nachvollziehen.

Ein paar Mal verloren wir sie aus den Augen. Besonders dann, wenn sie über dem Wasser der sehr engen Kanäle entschlüpfen wollte, doch sie tauchte immer wieder auf.

Der Pilot war nicht nur ein ausgezeichneter Flieger, er hatte auch die Augen eines Falken. Denn er war es letztendlich, der die Strige jedes Mal sah.

Ich hatte mich auf den Sitz des Copiloten gequetscht. Allerdings nicht angeschnallt und hockte so in angespannter Haltung und leicht nach vorn gebeugt.

Meine dunkle Brille musste ich vor den Augen behalten, denn manchmal knallten die Sonnenstrahlen wie lange, gleißende Speere durch das Kabinenglas in das Innere und blendeten fürchterlich.

»Da ist sie wieder!«, sagte der Flieger, als er die Eule abermals entdeckte. »Genau über dem Taubenschwarm.«

Er hatte Recht. Der kleine, sich rasch bewegende Punkt in der Luft war tatsächlich die Strige.

Auch Tolini hatte sie jetzt gesehen. »Sinclair«, sagte er aufgeregt. »Die fliegt genau in die Richtung, die wir in der vergangenen Nacht durchsucht haben.«

»Sie meinen das Viertel?«

»Ja.«

Unser Pilot meldete sich zu Wort. »Da sind die Gassen und Kanäle für den Hubschrauber aber zu eng.«

»Viel weiter wird sie ja nicht fliegen«, erwiderte ich hoffnungsvoll.

Commissario Tolini dachte nicht so optimistisch, das sah ich seinem Gesicht an. Es zeigte skeptische Züge. Ich war da anders, denn wenn ich erst einmal den Optimismus verlor, konnte ich ganz einpacken.

Dicht flogen wir über den Häusern hinweg. Manchmal glaubte ich, die Maschine würde die Schornsteine abrasieren, aber unser Pilot hatte den Hubschrauber fest im Griff.

Auf einmal verschwand die Eule.

Fast wie ein Schwimmer ins Wasser, so tauchte sie plötzlich in eine Lücke zwischen die eng gegenüberstehenden Häuser.

Befand sich dort ihr Ziel?

Ich machte dem Piloten durch Handbewegungen klar, kreisend zu fliegen. Er ließ die Maschine ein wenig in die Höhe steigen und flog nun in die Runde.

»Wo sind wir hier?« Diese Frage galt dem Kommissar.

Tolini deutete nach rechts. »Nicht weit von hier haben wir uns in der vergangenen Nacht herumgetrieben.«

»Liegen hier auch Grabmäler irgendwelcher Dogen?«

Tolini hob die Schultern. »Wie mir bekannt ist, nicht. Wenigstens nicht die Grabstätten der berühmten.«

Sollten wir landen? Ich überlegte hin und her. Die Strige tauchte vorerst nicht auf. Es war ein Spiel, in dem die Chancen gleich schlecht oder gleich gut standen, wobei es auf den Blickwinkel ankam.

Mit dem Daumen deutete ich nach unten.

Unser Pilot verstand. »Aber nicht hier!«, rief er. »Die Straßen sind zu schmal.«

»Versuchen Sie in der Nähe einen Platz zu finden!«

Das tat der Mann. Wir hüpften praktisch von Hausdach zu Hausdach. Sie waren nicht alle gleich hoch, und die Schaukelei schlug mir ein wenig auf den Magen.

Dann hatten wir einen Ort gefunden.

Es war ein ovaler Platz, von zwei Wasserstraßen eingeschlossen. Von hier oben sahen wir einige Bänke, auf denen Menschen saßen. Sie blickten zu uns hoch.

Schnell verlor die Maschine an Höhe. Sie wurde danach langsam und setzte schließlich sacht auf.

Die Einheimischen auf den Bänken starrten uns an, als kämen wir vom Mars. Einige von ihnen standen auf und liefen davon. Auf den beiden Kanälen fuhren Boote. Meist wurden sie gerudert und waren mit Waren beladen, die zu einem Markt transportiert wurden. Die Schiffer bekamen ebenfalls große Augen, als wir aus dem Hubschrauber kletterten.

Wir hatten dem Piloten klar gemacht, erst einmal zu warten. Er verstand. »Soll ich als Rückendeckung hier bleiben?«

»So ungefähr.« Ich schaute Tolini an. »Sie gehen mit. Falls wir irgendetwas finden, schicke ich Sie zurück, damit Sie meinen Kollegen Suko holen.«

Der Kommissar wiegte zuerst den Kopf, zeigte sich nach einigem Überlegen allerdings einverstanden. »Nur werden wir zu Fuß kaum gehen können«, meinte er. »Wir müssen es mit einem Boot versuchen.«

Da hatten wir das Dilemma. Woher nehmen und nicht stehlen? Tolini regelte das. Er sprach mit den Leuten, die uns zuschauten, palaverte einige Minuten und hatte Erfolg. Ein älterer Mann brachte uns zu einer Treppe, die zum Kanal führte.

Ein kleines Motorboot. Es hatte einen Außenborder. Ich zahlte die Leihgebühr, und der Besitzer löste höchstpersönlich die Leine. Dann stiegen wir ein, und ab ging die Fahrt.

In der Nacht sind alle Katzen grau. Als mir Tolini erklärte, dass wir vor Stunden noch die gleiche Strecke gefahren waren, wollte ich es kaum glauben.

Aber ich spürte irgendwie dieses andere Venedig. Kaum ein Mensch befand sich unterwegs. Die Häuser sahen am Tage noch schlimmer, noch verfallener aus. Hier konnte man nicht mehr leben, nur noch hausen. Manchmal schauten aus glaslosen Fenstern finstere Gesichter. Man bespie uns, jemand warf auch eine

Büchse, dann war es wieder still, und ich ließ mich von der Umgebung regelrecht fesseln.

Irgendwie war sie unheimlich. Jeder Stein hier, obwohl stumm, schien von Moder, Tod und Vergänglichkeit zu reden. Über dem Wasser lag ein seltsam fauliger Geruch. Tauben flogen durch die Luft. Ihre Flügelschläge waren träge, und ich musste wieder an die Vögel denken, die tot aufgefunden worden waren.

Es gab Häuser, die beschriftet waren. Inschriften, die ich kaum entziffern konnte, weil sie in Latein geschrieben waren. In diese Gegend fiel nur selten ein Sonnenstrahl, in den engen, schluchtartigen Gassen war es wesentlich kühler als sonst, und das unsichtbare Gespenst des Verfalls geisterte überall umher.

Der Lärm des kleinen Außenborders kam mir direkt störend vor. Dann erschien vor uns die Brücke, und der Kommissar erklärte mir, dass es die gewesen war, die das Mädchen verfehlt hatte, bevor es ins Wasser stürzte.

»Wenn wir jetzt eine Zeichnung hätten«, murmelte ich.

»Aber sie hat doch ausgesagt.«

»Haben Sie die Worte noch im Kopf?«

Tolini hob die Schultern. Er hatte die Geschwindigkeit gesenkt, saß am Heck und schaute nur.

Wir fuhren unter der Brücke her. Irgendwie drohend sahen die Rückseiten der Häuser aus. Verfallene Fassaden, oft dicht über dem Wasser mit Moos bewachsen, und manchmal entdeckte ich eine Treppe.

Ich spürte, dass wir dicht vor dem Ziel waren, und sollte mich nicht getäuscht haben.

Plötzlich sah ich etwas auf dem Wasser schwimmen. Mehrere Gegenstände, etwa doppelt so groß wie eine Hand und weißlich schimmernd. Wir glitten näher heran, und ich konnte die Gegenstände identifizieren.

Es waren tote Tauben!

Und sie schwammen mit den Bäuchen nach oben. Deshalb dieses hellere Schimmern.

»Halten Sie an!«, sagte ich mit rauer Stimme. Ich war etwas nervös geworden, denn wir befanden uns sicherlich nicht mehr weit vom Ziel entfernt.

Der Motor verstummte. Ein wenig wurden wir noch weitergetrieben und gerieten zwischen die toten Tauben. Ich zählte sie rasch und kam auf die Zahl achtzehn.

Achtzehn tote Tauben! Hart musste ich schlucken. Wer hatte ihren Tod verschuldet?

An die Strigen wollte ich nicht so recht glauben, denn die letzte Satanseule war in der Nähe eines Taubenschwarms vorbeigeflogen, ohne dass sich etwas getan hätte. Wahrscheinlich waren die toten Riesenvampire an der Vernichtung dieser Tiere schuld.

Befand sich die Strige vielleicht auch in der Nähe? Ich drehte mich in dem kleinen Boot um, so gut es ging. Stille lastete zwischen den Hauswänden. Nur das Glucksen und Klatschen des Wassers war zu hören, wenn es gegen die Hauswände spülte.

»Die Kleine hat doch von einem Balkon erzählt«, sagte Tolini. »Vielleicht sehen wir ihn hier.«

Es gab zwar Balkone, aber ob nun der dabei war, über den Franca Patelli geklettert war, konnte ich nicht sagen.

Unser Boot stieß mit dem Rumpf gegen die Hauswand, wurde wieder zurückgedrückt, weitergetrieben und glitt dorthin, wo ich etwas in die Wand eingemeißelt sah.

Einen Text.

Automatisch begann ich zu lesen. Die Stellen waren ebenfalls in lateinischer Sprache verfasst, man hatte die Worte dicht nebeneinandergedrückt, kaum Zwischenraum gelassen, aber ein Name fiel mir auf.

Strigus!

Verdammt, er war hier.

Oder er musste hier gewesen sein, denn nicht umsonst war sein Name hier verewigt worden.

»Das ist es«, sagte ich mit fester Stimme und nickte dem Kommissar zu.

»Wieso?«

»Hier muss das Grab des Dogen oder was weiß ich liegen. Der Name Strigus ist in die Wand gemeißelt worden.«

Eine Minute ließ ich Tolini Zeit, sich den Text anzuschauen. Dann fragte ich: »Habe ich Recht?«

»Ja«, hauchte er. »Da steht Strigus und etwas von Todfeindschaft.«

»Mit wem?«

»Mit den Trinkern des Blutes.«

»Das sind die Vampire!«, stieß ich hervor.

»Wahrscheinlich.«

»Nicht nur das, sondern ganz sicher.« Mein Gesicht spannte sich. »Ich stehe dicht vor dem Ziel, Commissario, verdammt dicht sogar, und ich denke nicht daran, aufzugeben. Jetzt geht es los. Sie fahren zurück, holen meinen Partner, sperren das Viertel meinetwegen ab, und ich versuche, Strigus zu finden.«

»Das ist gefährlich.«

»Wie das Fahren mit einem Auto. Beeilen Sie sich, Kommissar.« Beim letzten Wort ging ich daran, das Boot zu verlassen. Ich hatte eine schmale Treppe gesehen. Mit einem Sprung erreichte ich sie und ließ Tolini zurück.

Der Polizeikommissar fuhr davon. Noch einmal winkte er mir zu, dann gab er dem kleinen Boot Stoff.

Ich begann mit der Suche nach Strigus …

Die Treppe endete vor einer Tür. Faulig war das Holz. Es roch auch so. Als ich mein Gesicht bis dicht an die Tür brachte, verzogen sich meine Mundwinkel.

Ein paar Mal trat ich im unteren Drittel dagegen, und es gelang mir, sie aufzustoßen.

Langsam schwang sie zurück.

Wie ein Schattenriss zeichnete sich mein Körper im Türrechteck ab. Ich stand im Hellen, während vor mir ein düsterer Gang lag, der in das Treppenhaus führte.

Ein unheimliches Haus, dies spürte ich sofort. Hier ballte sich der Mief der Vergangenheit, einer alten Epoche, von der nur noch Überreste zurückgeblieben waren. Früher hatten die Menschen auf Geld nicht zu schauen brauchen. Venedig war eine reiche Stadt gewesen, dementsprechend präsentierten sich auch die Häuser.

Selbst in den weniger prächtigen wie diesem, in dem

ich stand, gab es immer noch Marmorwände, einen Steinfußboden aus dem gleichen Material, und mir schien es, als hätte die damaligen Bauherren die Häuser für die Ewigkeit errichten wollen.

Natürlich war vieles zerstört. Ich musste über Schutt steigen, Steinen ausweichen und an den zerkratzten Wänden entlanggehen, damit ich die Treppe erreichte.

Sie war zerstört.

Eine Hoffnung weniger. Ich hatte gedacht, über eine Treppe die oberen Etagen zu erreichen. Dort konnten sich unter Umständen die Strigen oder auch andere Gegner versteckt halten, doch allem Anschein nach gab es da noch andere Schlupfwinkel.

Strigus hatte hier gelebt! Davon ging ich aus. Er musste mit diesem Haus etwas zu tun gehabt haben. Etwas Verbotenes, Grauenhaftes, Gefährliches.

Und wo konnte er das durchführen?

Im Keller!

Eine tote Taube wies mir den Weg. Sie lag auf dem Boden wie abgeschossen, und ich entdeckte tatsächlich in einem Winkel des Flurs den Eingang in die Tiefe.

Für einen Moment blieb ich davor stehen. Eine kalte Gänsehaut kroch über meinen Rücken, als ich in das düstere Loch schaute. Irgendwie hatte ich Angst, den Keller zu betreten. Ich war sicher, dass dort unten das Unheil lauern würde, und ich stand allein.

Aber es half nichts. Zudem war ich nicht ohne Waffen und konnte mich meiner Haut wehren.

Den Kopf musste ich einziehen, als ich die ersten Schritte ging und mich der dunkle Eingang verschluckte. Mit Kellern hatte ich zwar meine Erfahrungen gesammelt, aber nicht mit Kellern in Venedig. Eigentlich hatte ich mit der Existenz einer Treppe gerechnet, die jedoch war nicht vorhanden. Bevor ich meine Bleistiftleuchte hervorholen konnte, trat ich auf eine Schräge, konnte mich nicht mehr richtig halten und rutschte in die Tiefe.

Allzu lange befand ich mich nicht auf dieser unfreiwilligen Rutschpartie. Aber ich landete mit einem Krach, denn vor mir befand sich Holz oder was nicht alles.

Wenn man mich bisher noch nicht gehört hatte, jetzt war alles klar. Sollten meine Gegner hier lauern, dann wussten sie, dass ich da war.

Lange blieb ich nicht liegen, rollte mich zur Seite, sprang auf die Füße, holte endlich meine Lampe hervor und schaltete sie ein.

Dünn, sehr dünn war der Strahl. Aber er zeigte mir doch, wo ich mich befand.

In einem Keller voller Gerümpel. Irgendjemand hatte hier seinen Abfall hingekippt. Zwischen uralten Bettgestellen, zerbrochenen Holzkisten und fauligen Kartons kam ich mir deplatziert vor. Vor allen Dingen deshalb, weil ich keine Strige sah.

Auch keine Spur von den roten Vampiren. Ich schien das einzige Lebewesen hier zu sein.

War es eine Täuschung gewesen? Alles deutete darauf hin, dass ich mich in diesen feuchten Keller nur verirrt hatte. Wenn meine Schätzungen stimmten, dann musste er sogar halb unter Wasser liegen, das heißt, der Wasserspiegel des Kanals war ein bis zwei Meter höher als der Kellerfußboden.

Wenige Schritte ging ich vor und ließ dabei den Lampenstrahl zu Boden sinken.

Dann entdeckte ich doch etwas. Es war eine Klapptür oder eine Falltür, wie immer man es auch sehen wollte.

Schon oft in meiner Laufbahn war ich auf ähnliche Türen gestoßen, und mich hatte immer interessiert, was darunter oder dahinter lag.

Der eiserne Ring lud geradezu ein, die Falltür anzuheben, was ich auch tat. Ich brauchte nicht einmal viel Kraft einzusetzen.

Als sie senkrecht stand, konnte ich sie nicht mehr halten. Sie bekam das Übergewicht und fiel nach hinten.

Ich hatte freie Sicht – und schaute auf Wasser.

Ja, darunter befand sich graues, schmutziges Wasser, allerdings nicht so hoch, dass es den Rand der Klappe erreicht hätte. Zwischen ihm und dem Wasserspiegel befand sich ein etwa kopfhoher Zwischenraum, der mit Atemluft gefüllt war.

Das Risiko, in das Wasser zu steigen, war also nicht sehr groß. Ich konnte immer wieder auftauchen und Luft holen. Zunächst einmal ging ich in die Hocke und leuchtete. Der Strahl verlor sich sehr rasch in der trüben Flut, aber ich glaubte, die Umrisse eines aufrecht stehenden Gegenstandes zu erkennen.

Vielleicht eine Figur?

Jetzt war ich schon so weit gegangen und wollte es genauer wissen. Die Lampe steckte ich weg und tauchte in die brackige Flut. Sie war nicht sehr kalt, fast angenehm, aber es schwamm viel Dreck herum. Ich sank in die Tiefe, hatte die Beine ausgestreckt und spürte plötzlich Grund unter meinen Füßen. Soeben gelang es mir, zu stehen und dabei den Mund über Wasser zu halten.

Um jedoch die Figur besser erkennen zu können, musste ich tauchen. Das tat ich nach zweimaligem Luftholen.

In die Stille hinein glitt ich, kam der Figur näher, deren Umrisse sich allmählich klarer herauskristallisierten, und ich erkannte sie.

Das war Strigus!

Vor mir stand diese widerliche Dämonenabart als Modell, als ein Bildnis, als Denkmal.

Damit hatte ich nicht gerechnet. Ich schwamm sehr dicht heran und konnte sie mir sogar ansehen.

Strigus sah so aus, wie ich ihn kannte. Halb Skelett halb Eule. Der Schädel schien in der Mitte geteilt zu sein. Die eine Hälfte gehörte einer Eule, die andere bestand nur aus bleichen Knochen.

Ich schwamm so dicht heran, dass ich ihn hätte berühren können. Waren die Knochen nun echt oder aus Stein nachgebildet? Ich wusste es nicht, und ich kam auch nicht mehr dazu, darüber nachzudenken, denn die Ereignisse überstürzten sich und wurden mir aus der Hand gerissen. Bevor ich mich mit den Flügeln dieser seltsamen Mutation befassen konnte, spürte ich das Ziehen an meinen Füßen.

Es war ein Gefühl, als hätten mich unsichtbare Hände gepackt. Hände waren es nicht, sondern diese Kraft ging einzig und allein von dem Wasser aus, das den Keller überschwemmt hielt.

Es wurde abgesaugt!

Ein gewaltiger Sog entstand links von mir. Dieser Sog war so stark, dass er auch mich in die Richtung ziehen wollte, und es wäre ihm fast gelungen, wenn ich mich nicht im letzten Augenblick an Strigus fest geklammert hätte.

Die Luft wurde mir knapp. Jetzt hätte ich nach oben schwimmen müssen, um einzuatmen, doch ich konnte nicht loslassen, der Sog war einfach zu stark und hätte mich in mein Verderben gezogen.

Wie lange dauerte es.

Mein gesamter Körper schrie nach Luft, doch ich durfte auf keinen Fall loslassen. Das Wasser um mich herum befand sich in Bewegung, der Keller leerte sich. Ich hoffte darauf, dass in einem bestimmten Zeitraum genügend Wasser abfloss, damit ich wieder atmen konnte.

Ich hatte Glück.

Plötzlich lag mein Gesicht frei. Nur noch der Körper wurde hochgeschwemmt, ich atmete tief ein, schaute nach unten und sah, wie immer mehr Wasser den Keller verließ.

Jetzt konnte ich auch wieder die Lampe nehmen und stellte fest, dass ich bis zu den Knöcheln im Schlamm stand.

Aber wo war das Wasser abgelaufen?

Von meiner Position aus konnte ich nichts erkennen. Ein paar Schritte musste ich schon vorgehen, entdeckte dann das Loch in der Wand, das wirklich riesig war, sah dahinter einen feuchten Felsgang und schritt ihn entlang.

Überrascht blieb ich wenig später stehen. Vor mir lag eine große, unter dem Wasser liegende Höhle, in der sich ein kleiner See angesammelt hatte. Auf ihm schwammen die weißen Särge.

Hier also war ihr Ziel.

Es war ein irgendwie unheimliches Bild. Das dunkle Wasser, vor dem sich die Särge besonders scharf abhoben. Ich wusste ja, womit sie gefüllt waren, und verspürte einen leichten Schauder. Die Decke sowie die Wände des Gewölbes bestanden aus rauem Gestein, und ich war mir sicher, dass unterhalb des Wasserspiegels ein weiterer Abfluss liegen musste.

Furcht packte mich, als ich gegen die Decke leuchtete. Dort hockten gewaltige Schatten. Sie hatten sich im Gestein festgekrallt, ich wurde wieder an die großen Höhlen der Schwäbischen Alb erinnert, denn dort hatten sie in der gleichen Haltung gesessen.

Es waren die roten Vampire!

Vor mir die Särge, über mir die Vampire. Die Blutsauger als auch die Strigen waren Feinde von mir, sodass ich mich fühlte wie jemand, der zwischen den Fronten stand.

Aber das Spiel war noch nicht beendet. Das Wasser geriet plötzlich in Bewegung, es warf Wellen, die Särge begannen zu schaukeln, aus der Tiefe her musste etwas nach oben steigen.

Unwillkürlich hielt ich den Atem an. Was würde dort auftauchen? Sekunden später hatte ich die Antwort.

Zuerst erschien der Kopf. Halb Eulen- halb Skelettschädel. Bei der Schulter war es das Gleiche. Auch hier Knochen und Federn. Immer höher tauchte die Gestalt, die ebenso aussah wie hinter mir das Denkmal. Diesmal war der echte Strigus erschienen, und auf seiner rechten Schulter hockte die Eule, die wir verfolgt hatten …

Es war ein grauenhaftes, schauriges Bild, wie es da aus dem Wasser stieg, und mit jedem Stück, das er hinter sich ließ, wurde das Grauen stärker.

Mein Herz klopfte schneller. Ich schaute auf die Särge und stellte fest, dass sich die Deckel bewegten. Von unten wurde gegen sie gedrückt, man stemmte sie in die Höhe, sodass die Strigen ihre Totenkisten verlassen konnten.

So leise es ging, geschah dies, und auch ich war ein stummer Beobachter.

Meine Beretta hatte ich gezogen, richtete die Mündung auf Strigus, der sich überhaupt nicht stören ließ und aus dem See kletterte.

Dann standen wir uns gegenüber.

Zum ersten Mal. Ich dachte daran, wie schnell er auf dem Schiff gewesen war, als ich meinen magischen Bumerang auf ihn geschleudert hatte. Er war sogar dieser Waffe ausgewichen und konnte mir deshalb entkommen. Angst zeigte er nicht, denn er wusste seine Helfer hinter sich, die allesamt in den jetzt offenen Särgen hockten.

Sie waren vom Meer herangetrieben worden. Jetzt hatten sie ihr Ziel erreicht, und ich war gespannt, was sie hier wollten. Ich dachte an die Feinde, die roten Vampire, und Strigus' Organ unterbrach meine Überlegungen.

»Wir kennen uns, John Sinclair!«

Zum ersten Mal hörte ich ihn sprechen. Er krächzte mehr, ich musste mich anstrengen, um ihn verstehen zu können.

»Das stimmt allerdings«, sagte ich. »Dabei habe ich sogar gehofft, dass wir uns noch einmal begegnen würden.«

»Sicher, aber für dich ist es der falsche Zeitpunkt, denn du wirst zwischen die Fronten geraten und vernichtet.«

»Weshalb seid ihr hier?«, fragte ich, denn ich wollte endlich die Lösung des Rätsels erfahren.

Strigus gab erst einmal keine Antwort. Er bewegte seinen hässlichen Schädel, schaute in die Höhe, sah die Vampire wohl, doch er redete nicht darüber.

Dieser Dämon musste sich sehr sicher sein. Dann antwortete er urplötzlich: »Es gibt eine lange, lange Feindschaft zwischen uns und den Vampiren. Vor allen Dingen waren es die roten Vampire, die uns immer wieder angriffen und ausrotten wollten. Sie haben es aber nie geschafft, denn wir waren schlauer.«

»War dies vor der Zeit des großen Schlafes?«

»Du hast es erfasst. Auch wir sind damals in den großen Schlaf gefallen, als die Erde noch längst nicht so war wie heute. Die Menschen begannen sich erst zu entwickeln, sie hatten es gelernt, mit den Dämonen zu leben, sie akzeptierten uns. Wir kamen aus den weiten Nordländern und wollten uns die Menschen untertan machen. Dann aber trafen wir auf die roten Vampire, die das gleiche Ziel verfolgten. Wir wurden Feinde, bekämpften uns, und bis zum langen Schlaf des Vampiro-del-mar blieb es unentschieden. Es konnte einfach keinen Sieger geben, aber dieser Kampf ist noch längst nicht beendet. Mit der Wiederauferstehung des Vampiro-del-mar und seiner roten Vampire erinnerten auch wir uns der alten Zeiten, und wir werden diesen Kampf fortsetzen, bis es einen Sieger gibt. Deshalb sind wir hier. Überall auf der Welt gibt es noch Orte, wo man sich an uns erinnert. Wie hier in Venedig. Die Menschen haben ein Denkmal geschaffen. Aus den Überlieferungen wussten sie, wer wir waren. Die alten Römer schon haben uns verehrt, ebenso die Wikinger und die Völker des Nordens. Die Strigen waren nicht vergessen, sie sind die wahren Herrscher, und ich, Strigus, werde sie wieder zu dem machen, was sie einmal gewesen sind. Zuvor aber müssen wir die roten Vampire töten. Heute beginnen wir damit. In dieser Höhle vernichten wir sie.«

»Was hat es mit dem Grabmal auf sich?«

Das Eulenwesen stieß ein hässliches Geräusch aus, das wohl ein Lachen sein sollte. »Das Grabmal ist eine Täuschung. Du hast es selbst gesehen. Es ist ein Denkmal, kein Grabmal. Die roten Vampire wussten, dass wir irgendwann hierher kommen würden. Vampiro-del-mar hat sie geschickt, um uns aufzulauern. Niemand soll wissen, was hier bald geschehen wird. Wer das angebliche Grabmal entdeckt, ist dem Tod geweiht. Er wird nicht nur von den Strigen, sondern auch von den gewaltigen Vampiren gejagt.«

Jetzt wusste ich auch, weshalb Franca Patelli und ihr Freund Marco gejagt worden waren.

Die beiden hatten sich in den Keller hinter mir verirrt und waren gesehen worden. Wie ich waren auch sie zwischen die Mühlsteine einer gewaltigen Auseinandersetzung geraten. Von ihnen allerdings hatte sich nur eine Person retten können. Die andere war ein Opfer der Vampire geworden.

»Dann haben die Strigen auch die Tauben getötet?«, wollte ich wissen.

»Das waren die Vampire und wir. Aber zumeist die Fledermäuse. Wir brauchen Blut, um existieren zu können. Es ist etwas anderes, ob man lebt oder in einem langen Schlaf liegt. Leben bedeutet Kraft. Und diese Kraft gibt uns allein das Blut, wobei es egal ist, ob es von einem Menschen oder einem Tier stammt.« Das eine Eulenauge schaute mich an. »Bist du jetzt zufrieden?«

»Ja.«

»Dann kannst du sterben!«

Zwar hatte ich noch fragen wollen, wie es den Riesenfledermäusen gelungen war, in das Gewölbe zu gelangen, doch die Zeit ließ Strigus mir nicht mehr. Er griff nicht selbst an, sondern schickte die Eule, die wir verfolgt hatten.

Wie ein Pfeil, so schnell löste sie sich von seiner Schulter und jagte auf mich zu.

Auch Strigus bewegte sich, brachte sich dabei aus der Schussrichtung, während aus den Särgen die ersten Strigen hochstiegen. Gleichzeitig lösten sich die roten Vampire von ihren Plätzen, und in diesem Augenblick begann ein Kampf ohnegleichen …

Commissario Tolini hatte den Piloten zu noch größerer Eile angetrieben. Noch nie war er so schnell über seine Stadt geflogen, aber jede Sekunde zählte.

Während des Flugs schon gab Tolini Alarm. Seine Anweisungen erfolgten knapp und präzise. Über Bordtelefon setzte er sich mit seinen Vorgesetzten in Verbindung, der auch noch eine Neuigkeit für ihn hatte.

»Wir wissen jetzt, woher die Särge stammen. Sie sind aus einem Lager gestohlen worden. Allerdings nicht in Venedig, sondern in Genua. Soeben kam die Meldung.«

Tolini bedankte sich und klärte seinen Chef dann über den Großeinsatz auf.

Der Mann wollte es nicht glauben, hielt alles für einen makabren Scherz, doch Tolinis Stimme bewies ihm, dass es dem Kommissar sehr ernst war. »Dann scheuchen Sie in Gottes Namen die Hundertschaft!« Der Kommissar erhielt grünes Licht.

Wenig später schon landete der Hubschrauber am Canal Grande. Dort sah es inzwischen völlig anders aus. Der Kanal war gesperrt worden, keine Gondel fuhr mehr, und auch an den Ufern wimmelte es von Polizei. Es gab kaum einen Platz, wo der Pilot hätte landen können, der musste erst geschaffen werden.

Suko war inzwischen ebenfalls an Land gegangen. Tolini rannte winkend auf den Chinesen zu. »Kommen Sie mit. Ich weiß jetzt, wo sich das Grabmal befindet. Zudem habe ich Großalarm gegeben.«

Der Inspektor stellte keine Fragen, enterte die Maschine, und ab ging die Post.

Wieder einmal rauschten sie über die Stadt. Beide Männer hofften, dass sie nicht zu spät kommen würden …

Auch während des Gesprächs hatte ich immer mit einem Angriff der Strige gerechnet, deshalb wurde ich auch nicht davon überrascht und konnte meine Gegenmaßnahmen ergreifen.

Gedankenschnell glitt ich zur Seite, drehte mich dabei um und schoss. Es musste alles innerhalb einer Sekunde geschehen, denn mehr Zeit würde man mir nicht lassen.

Übermäßig laut krachte die Beretta im Innern des Gewölbes. So flink die Strige auch war, diesmal konnte sie der geweihten Kugel nicht ausweichen. Das Silbergeschoss hieb in das graue Gefieder, die Strige wurde zur Seite geschleudert, überschlug sich in der Luft, fiel dann zu Boden und verging.

Völlig dunkel war es in der Höhle nicht. Von irgendwoher über mir drang ein spärliches Licht, und es wurde sogar noch ein wenig heller, denn Strigus' Körper überzog sich mit einem grünlichen Leuchten. Auch das kannte ich von der Kreuzfahrt her, ja, eigentlich hatte ich Strigus so kennen gelernt.

Ich wandte mich um. Er befand sich längst nicht mehr auf seinem Platz, sondern hatte sich ins Kampfgetümmel gestürzt.

Die roten Vampire hatten sich ebenfalls wie beutegierige Tiger von der Decke fallen lassen, breiteten ihre gewaltigen Schwingen aus, ich hörte das Brausen, und dann prallten die beiden Parteien aufeinander.

Ich zog mich zurück. Dicht am Ausgang blieb ich stehen, schussbereit die Beretta. Fasziniert schaute ich dieser gnadenlosen Auseinandersetzung zu.

Hier ging es um Sein oder Nichtsein. Eine Dämonenart bekämpfte die andere, jede wollte die Herrschaft gewinnen. Innerlich bebte ich, ich wusste nicht, zu wem ich halten sollte, und schaute nur zu. Für die beiden verfeindeten Parteien schien ich nicht existent zu sein, sie kümmerten sich nicht um mich.

Von der Größe her hätten die Eulen eigentlich unterlegen sein müssen, aber sie spielten ihre Schnelligkeit aus, während sich die Vampire mit ihren großen Schwingen manchmal gegenseitig stark behinderten. Einem Blutsauger war es gelungen, eine Satanseule zu packen. Er hielt die Eule zwischen seinen Krallen, huschte sogar dicht an mir vorbei, stieg in die Höhe, und dann wurde die Strige zerrissen.

Der Riesenvampir stürzte sich auf den nächsten Gegner.

Da hatte er sich verrechnet. Die zweite Strige war schneller. Sie drehte sich, befand sich plötzlich über dem Blutsauger und saß mit einem Mal auf ihm.

Ihr Schnabel hackte zu.

So scharf wie ein Messer war er, und er riss die Haut am Kopf der Fledermaus auf.

Ein seltsam schriller Schrei drang an meine Ohren. Für mich hörte er sich an wie der Todesschrei des Blutsaugers.

Dem war auch so.

Der Vampir hielt sich nicht mehr, sondern fiel zu Boden.

Der würde nie mehr aufstehen. Und die Strige hatte mir bewiesen, wie sehr sie kämpfen konnte.

Ich suchte den Anführer. Weit brauchte ich nicht zu schauen, er befand sich inmitten des Pulks.

Er war gut zu erkennen, da die grünliche Aura ihn nach wie vor umhüllte. Gern hätte ich ihn erschossen, aber die riesenhaften Fledermäuse befanden sich in dauernder Bewegung zwischen ihm und mir.

Das Gewölbe war erfüllt von einem hohen Kreischen und abgehackten Krächzen. Es übertönte sogar noch das Flattern der Flügel, und immer wieder stießen beide Gegner aufeinander.

Sie verbissen sich ineinander oder rissen sich entzwei, und ich war nach wie vor nur Zuschauer.

Sollte ich es bleiben?

Nein, ich wurde selbst in den Kampf mit hineingezogen, denn die roten Vampire wussten ebenfalls, wer ich war. Ein Schatten segelte plötzlich auf mich zu. Er fiel von der Decke, wurde riesengroß, ich sah die großen Schwingen ausgebreitet und zwischen ihnen den relativ kleinen Kopf.

Da hinein setzte ich die Kugel.

Sie zerschmetterte den Schädel der Fledermaus. Trotzdem hatte sie noch so viel Wucht, dass sie über mich fiel und mich fast unter sich begraben hätte. Ich kämpfte mich frei, wollte mich aufrichten und sah mich gleich zwei Strigen gegenüber, die von verschiedenen Seiten auf mich zuflogen.

Ausweichen konnte ich nicht mehr. In meiner Verzweiflung riss ich einen noch intakten Flügel der Fledermaus wie ein schützendes Tuch hoch, und die rechte Strige donnerte dagegen.

Die Krallen der anderen aber fanden mein Haar.

Der Schmerz zuckte durch meinen Kopf. Für den Bruchteil einer Sekunde überfiel mich die Panik. Wenn sie jetzt zuhackte, dann …

Da fiel der Schuss.

Den Luftzug der Kugel glaubte ich zu spüren, so dicht strich das Geschoss über meinen Scheitel hinweg und riss die Strige von meinen Haaren.

Gefeuert hatte mein Freund und Kollege Suko, der am Eingang stand und weiterhin auf die Bestien zielte.

Die geweihten Kugeln schlugen in die Körper. Sie trafen Vampire und Strigen, stifteten ein heilloses Durcheinander. Zeit, mich bei Suko zu bedanken, hatte ich jetzt nicht, ich wollte sehen, dass mir Strigus nicht noch einmal entwischte.

Er schwebte. In der Größe stach er wesentlich von den anderen Satanseulen ab. Groß wie ein Mensch, unheimlich aussehend und mit einem noch längeren Schnabel versehen als die anderen Eulen.

Ich brüllte seinen Namen. Dabei rechnete ich, dass er zu mir herumfahren würde, doch das Gegenteil war der Fall. Er stieg der Decke entgegen, kollidierte mit einem Vampir, hackte in dessen Kopf und tauchte im Dunkel des Gewölbes unter, wobei ich den grünen Schein langsam verschwinden sah.

Und mit ihm die restlichen Strigen.

Wieder einmal flüchteten sie, wollten es nicht bis zum Ende auskämpfen. Ein für mich unhörbarer Befehl hatte die Wesen erreicht. Sie folgten ihm sofort.

Gedankenschnell flogen sie hinter ihrem Anführer her, verschwanden ebenfalls, und ich musste mich mit den roten Vampiren herumschlagen, die unfreiwillig zu Fluchthelfern der Strigen geworden waren.

Den Dolch setzte ich ebenfalls ein.

Mit beiden Waffen kämpfte ich mir einen Weg frei, wobei mich mein Partner Suko noch unterstützte.

Seite an Seite räumten wir mit der verdammten Brut auf und fügten indirekt Vampiro-del-mar eine schwere Niederlage zu, denn die roten Todesboten waren seine getreuen Diener.

Ein paar Schläge bekamen wir ab. Sehr hart waren die Schwingen, wenn sie auf uns zufuhren, aber mit unseren Waffen schafften wir es immer wieder, uns den Weg so freizukämpfen, dass uns kein Vampir mehr in die Quere geriet.

Wir siegten.

Schließlich hatten wir die Riesenvampire ausgeschaltet. Nicht einmal an der Decke hielt sich noch jemand fest. Zurück blieb grauer Staub, durch den unsere Schuhe schleiften.

Wo steckten die Strigen?

»Siehst du sie?«, fragte Suko.

Wie ich, so blickte sich mein Partner ebenfalls um, aber von den Satanseulen entdeckten wir nicht eine einzige Feder mehr. Nur noch die leeren Särge schaukelten als makabres Andenken auf den Wellen des Sees.

Das war alles …

Nach einiger Suche und auch mit Hilfe der venezianischen Polizei hatten wir schließlich den Fluchtweg gefunden. Aus einer schmalen Röhre waren sie entschlüpft. Dieser Schacht war für die Riesenfledermäuse einfach zu klein, die Satanseulen hatten die Blutsauger letzten Endes überlistet.

Die Dummen waren wir.

Und auch bei einer Großaktion kam nichts mehr heraus. Den Polizeibeamten blieb schließlich nichts übrig, als die Särge einzusammeln.

»Und warum sind sie in den Särgen gekommen?«, stellte Commissario Tolini die Fragen.

Wir konnten nur raten.

Suko meinte: »Vielleicht wollten sie abschreckend wirken. Die Menschen sollten schon vorher zittern, denn vor Särgen fürchten sich ja die meisten Leute.«

Da konnte er Recht haben.

Wir stiegen wieder an die Oberfläche. Spezialisten untersuchten das unterirdische Kanalsystem. Die Abflussanlage war raffiniert angelegt. Man arbeitete mit Strom und Gegenstrom. Wirklich gut gemacht, wenn man daran dachte, wie alt das schon alles war.

Dennoch atmeten wir auf, als wir das Tageslicht erblickten. Über der Perle der Adria stand die Sonne. Ich hatte das Gefühl, als würde sie noch kräftiger scheinen als sonst. Vielleicht deshalb, weil eine große Gefahr vorbei war.

Wir blieben den Tag noch in Venedig. Die Fahndung war nicht aufgehoben worden. Zahlreiche Polizisten suchten nach den Strigen. Nicht eine wurde gefunden.

Dafür sprengten Fachleute die Figur im Keller.

Am Abend gingen wir essen. Italienisch. Tolini kannte da ein tolles Lokal, wo man keine Touristen traf.

Es wäre gemein, die einzelnen Speisen aufzuzählen, aber wer von Ihnen die italienische Küche kennt, dem wird auch so das Wasser im Munde zusammenlaufen …

ENDE

Voodoo-Samba

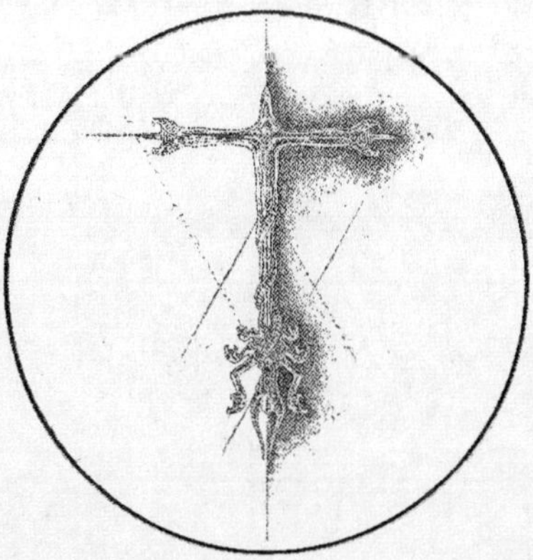

Obwohl es zehn Männer waren, verursachten sie kaum ein Geräusch. Die nackten Füße schleiften über den schmutzigen Boden, hinterließen Spuren, die schon bald von dem aufgewirbelten Staub, der durch die alte Ruine fuhr, verdeckt wurden.

In der Ruine lauerte das Grauen.

Versteckt, wo früher die Kellerräume lagen, hatte es sich manifestiert, und in dieser stürmisch gewordenen Nacht sollte es hervorgeholt werden.

Der Bau eignete sich vorzüglich für das Vorhaben. Vor zwei Monaten war er ausgebrannt. Ein sechsstöckiges Haus, von dem nur die äußeren Mauern noch standen. Gespenstisch wirkten die Vierecke der leeren Fensterhöhlen inmitten der rußschwarzen Mauern, kein direktes Licht traf das alte, ausgebrannte und verlassene Haus, und es stand mit seiner düsteren Silhouette vor dem nachtdunklen Himmel.

Das Haus befand sich in London. Es hätte auch ebenso gut in Tokio, New York oder Paris stehen können, denn in all diesen Städten gab es ebenfalls Viertel, die man als Slums bezeichnete. Selbst von Polizisten wurden sie nach Möglichkeit gemieden.

Wer hier lebte, der gehörte zum Ausschuss, zu den Pennern, den Trinkern, den Freaks der Gesellschaft. Obwohl auch sie Träume und Wünsche hatten, die aber nie über den Blickwinkel einer leeren Ginflasche hinausgingen.

Nathan Kilby war so ein Mann. Auch er dachte an Alkohol. Da er jedoch bei den umliegenden Wirten der Kaschemmen keinen Kredit mehr hatte, entschloss er sich, auf andere Art und Weise Geld zu verdienen.

Er stellte seine Ohren auf Lauschposition. Und wer richtig hinhörte, der erfuhr auch was.

So war es dann auch mit Kilby. Schon einige Male hatte er der Polizei Tipps gegeben und dafür kassiert. So konnten Diebstähle aufgeklärt werden, zwei Raubüberfälle und eine Vergewaltigung.

Kleine Fische für Kilby, die nur wenig brachten. Er träumte von dem großen Fischzug.

Und den glaubte er nun entdeckt zu haben, denn was in der Ruine geschah, das war schon mehr als unheimlich zu bezeichnen. Das grenzte an Zauber, Magie – und an Mord …

Daraus ließ sich bestimmt Kapital schlagen.

Nathan Kilby gab Scotland Yard einen Tipp …

Und wir reagierten.

Wir, das waren Suko und ich. Vielleicht hätten wir früher gelacht, doch mittlerweile hatten wir uns entschlossen, auch den kleinsten Spuren nachzugehen. Lieber mal einen Tritt ins Leere riskieren, als anschließend die Suppe auszulöffeln.

So eine Suppe schien zu brodeln, wenn man den geheimnisvollen Andeutungen des Spitzels Nathan Kilby Glauben schenken durfte. Er hatte mich nicht direkt erreicht, sondern einen Verbindungsmann von mir. Der hatte aber sofort geschaltet und mich gefragt, ob ich für den Tipp etwas springen lassen würde.

»Wie viel?«, lautete meine Frage.

»Fünf Pfund.«

Das war zwar nicht die Welt, aber auch nicht gerade wenig. Und ein Krösus bin ich auch nicht. Trotzdem ließ ich mich mit diesem Spitzel verbinden.

Über seine ginraue Stimme musste ich grinsen. Das verging mir, als ich seine Informationen hörte, die, wenn sie stimmten, verdammt brisant sein konnten.

»In der alten Ruine bereiten sie etwas vor. Magie, Zauber, Köpfe, Sir. Ja, Köpfe, die gelb leuchten und mal auf Körpern gesessen haben.«

»Schrumpfköpfe?«, fragte ich.

»Kann ich nicht sagen, nur Köpfe. Kommen Sie, und bringen Sie das Geld mit. Entscheiden Sie sich schnell, Sir.«

»Ich bin mir nicht sicher, ob Sie mich auf den Leim führen wollen, denn fünf Pfund …«

»Nathan Kilby handelt nicht. Meine Informationen waren bisher immer gut.«

»All right, überredet. Und wo sollen wir uns treffen?«

Er nannte eine Straße zwischen den Stadtteilen Hoxton und Shoreditch. Das war finsteres Londoner Eastend. Wer da nicht zugehörte und trotzdem hinging, musste sich fünf Leibwächter mitnehmen. Ungefähr so wie die South Bronx in New York.

»Und wie finde ich Sie?«

»Nehmen Sie die U-Bahn bis zur Old Street. Ich warte da ab zweiundzwanzig Uhr auf Sie.«

»Ich bringe aber jemanden mit.«

»Mir egal, nur denken Sie an die fünf Pfund. Nicht vergessen ...«

Dieses Gespräch spukte mir im Kopf herum, während Suko und ich in einem Wagen der U-Bahn hockten. Bis in den Stadtteil Holborn hinein waren die Wagen noch gut gefüllt, aber sie wurden schnell leerer, je mehr wir uns dem Londoner Eastend näherten.

Wie ein Pfeil raste der Zug durch die Röhren. Rumpeln, Schaukeln, mal das Fauchen von Bremsen, alles Geräusche, an die ich mich längst gewöhnt hatte, und auch Suko, mein Freund und Kollege, saß mit stoischem ›U-Bahn‹-Gesicht neben mir.

Ich stieß ihn an. »Träumst du?«

»Ich denke!«

»Seit wann kannst du das denn?«

»Ich mache einen Fernkursus, Thema: Wie denke ich daran, an meine zehn Shilling zu kommen, die ich dir gestern geliehen habe?«

Ich verdrehte die Augen. »Mensch, bist du ein Geizkragen.«

»Das war mein Taschengeld.«

»Ich bezahle dann den nächsten Kaffee.«

»In Ordnung.« Suko grinste.

Die Unterhaltung war natürlich nur Spaß gewesen. Keiner von uns hatte es ernst gemeint.

Wieder das Zischen. Der Bremsvorgang wurde eingeleitet. Durch die negative Beschleunigung gerieten die Gegenstände ins Rollen, die auf dem Wagenboden lagen.

Papier, Flaschen aus Kunststoff und leere Büchsen. Eine prallte mir gegen den Fuß. Ich kickte sie weg.

Wir mussten noch eine Haltestelle weiter. Die beiden letzten Fahrgäste, die mit uns im Wagen gesessen hatten, verließen ihn. Es waren zwei ältere Frauen.

Ich schaute nach draußen. Die beiden hasteten an der Wagenreihe entlang und sahen zu, dass sie so rasch wie möglich die nach oben führende Treppe erreichten.

Fast leer war der unterirdische Bahnhof. Trübes Licht fiel gegen die gelben Kachelwände, schuf manchmal mehr Schatten als Helligkeit und wurde zu einem wirbelnden Schemen, als der Zug ruckartig wieder anfuhr und sehr schnell beschleunigte, als wollte der Fahrer zusehen, diese Gegend so rasch wie möglich zu verlassen.

Ich hatte beim Stopp aus den Augenwinkeln bemerkt, dass Leute eingestiegen waren. Leider sehr spät, so konnte ich nichts Genaues erkennen. Aber wir sahen sie bald.

Als das Licht im Wagen anfing zu flackern, rissen sie die Tür auf. Zuerst dachte ich an Rocker oder an eine gefährliche Gang aus der Gegend, in die wir fuhren, das jedoch war eine Täuschung. Hier standen uns völlig andere Typen gegenüber.

Fremd aussehende.

Vier zählten wir.

Alle schwarzhaarig. Jeder zeigte ein verschlossenes Gesicht. Die Haut war dunkler als die meine. Bei einem entdeckte ich indianische Züge. Die Lippen wirkten verkniffen. Die Kerle trugen eine braune, sackähnliche Kleidung, die mich schon fast an Büßergewänder mittelalterlicher Mönche erinnerte.

In Höhe der Taille wurden die Gewänder durch Kordeln zusammengehalten. Kaum hatten sie den Wagen betreten, da setzte sich Suko aufrecht hin. Vorbei war es mit seiner angeblichen Faulheit. Plötzlich war er wach, ebenso wie ich, denn die vier bedachten uns mit finsteren Blicken. Der Erste blieb sogar stehen, bevor er uns passierte. Er senkte seinen Kopf, schaute auf uns nieder, und ich sah eine Reihe von spitzen, angefeilten Zähnen, die wie das Gebiss des Beißers aus den Bondfilmen wirkten. Oder an das meines ›Freundes‹ Xorron.

»Ist irgendetwas?«, fragte ich.

Der Mann – es war der mit den indianischen Gesichtszügen – stieß nur ein Knurren aus und ging weiter. Seine drei Freunde folgten ihm. Sie nahmen im hinteren Teil des Wagens Platz.

»Seltsame Typen«, murmelte Suko. »Man sollte sie im Auge behalten.«

Der Meinung war ich auch. »Ist auch schlimm, was sich im Londoner Eastend so alles herumtreibt. Hier bist du deines Lebens nicht mehr sicher, Alter.«

»Was tut man dagegen?«

»Frag mich nicht, die Stadt hat kein Geld.«

»Jetzt spielen sie mit ihren Messern«, sagte der Inspektor.

Ich schaute in den hinteren Teil des Wagens. In der Tat. Die vier hatten ihre Messer zuvor unter der Kleidung versteckt gehalten, sie jetzt hervorgeholt, warfen sie geschickt in die Luft und fingen sie wieder auf.

Wie sie das machten, war schon artistisch. Irgendwie bewundernswert, ich hätte das mit meinem Dolch nicht geschafft.

Bis einer plötzlich das Messer besonders hoch warf, es sich kurz vor dem Wagendach überschlug und mit der Spitze zuerst nach unten raste, genau auf die offene Handfläche des Werfers, der nicht im Traum daran dachte, sie wegzuziehen.

Die Klinge traf ihn voll.

Hart schlug sie auf seine Hand. Ich erwartete schon, dass sie an der Rückseite mit der Spitze wieder hervortreten würde, doch das geschah nicht. Das Messer blieb stecken, wippte, und der Typ drehte den Kopf, sodass er mich anschauen konnte.

Ich wich dem Blick nicht aus.

Seine Augen schienen plötzlich zu leuchten. Dann grinste er breit, bewegte den Arm und schob ihn so in meine Richtung, dass ich sehr klar das in seiner Handfläche steckende Messer sehen konnte.

»Und das alles, ohne Eintritt zu bezahlen«, bemerkte Suko.

Ich ging darauf nicht ein, sondern schaute zu, wie der

Mann die Finger der Hana bewegte und flüsterte: »Macumba, Macumba, er will Köpfe!«

Köpfe?

Hatte nicht auch Nathan Kilby davon berichtet? Ich saß wie festgeleimt, jedoch nur einen Moment, denn plötzlich bremste der Zug mit einem gewaltigen Ruck, der Suko und mich fast von den Beinen gefegt hätte. Zum Glück konnten wir noch eine Stange packen, an der wir uns fest klammern konnten.

Dann stand der Zug.

Old Street. Unser Ziel. Ich schaute nach links, wo die vier Kerle hockten. Sie waren schon aufgestanden und verließen bereits den Zug, dessen Türen sich zischend öffneten. Als Letzter ging der mit dem Messer in der Hand.

Auch Suko und ich standen auf. »Hast du das gesehen?«, tragte ich meinen Partner, als wir durch den Wagen gingen.

»Man konnte ja nicht vorbeischauen.«

Wir beeilten uns mit dem Aussteigen. Als wir auf dem schmalen Bahnsteig standen, waren die vier Kerle verschwunden. Die dunkle Tunnelröhre schien sie aufgesaugt zu haben.

Hinter uns schlossen sich die Türen. Ein Stoß durchlief den Zug. Die Wagen schüttelten sich und rauschten ab. Die Räder rollten ratternd über die Schienen, und das fauchende Echo wurde vom Tunnel, in dem der Zug verschwand, verschluckt.

Es wurde ruhig.

Tief atmeten wir durch. Der Bahnsteig war etwas größer. Diesen hier konnte man als einen Knotenpunkt bezeichnen. Tagsüber herrschte sicherlich Betrieb, um diese Zeit – es war kurz vor zweiundzwanzig Uhr – war er gähnend leer.

Erst als wir zu den Treppen gingen, sahen wir die Penner. Sie lagen neben einem Kiosk, hatten sich mit alten Zeitungen zugedeckt und lehnten rücklings an dem Gitter. Unter den Hutkrempen hinweg trafen uns abschätzende Blicke, und so manches Gesicht war gar nicht so alt, wie es wirken sollte.

Alles nur Tarnung.

Wo steckte Nathan Kilby, unser Informant? Wir waren nur auf unser Glück angewiesen, wir kannten ihn nicht, er würde uns aber erkennen. Eigentlich konnte jeder diesen Nathan Kilby spielen, wenn er wollte. Aber er wollte ja auf uns zukommen, ich würde ihm auch die entsprechenden Fragen stellen.

»Willst du warten?«, fragte Suko.

Ich schaute auf meine Uhr. Den vereinbarten Zeitpunkt hatten wir erreicht. Eigentlich hätte sich Kilby jetzt zeigen müssen. Saß er vielleicht inmitten der Penner am Kiosk?

Dieser Bahnsteig um diese Zeit gefiel mir überhaupt nicht. Von ihm ging eine seltsame Kälte aus.

Fünf Minuten warteten wir, saugten die Atmosphäre in uns ein, spürten die Blicke der Penner wie Messerspitzen und fühlten uns in diesem Bahnhof um keinen Deut wohler.

Ich rauchte eine Zigarette. Zwischendurch kam ein Zug. Ich kannte das Gefühl, das mich immer dann überkommt, wenn Züge in die Bahnhöfe einfahren. Es ist ein Schauer, der sich auf meinen Körper legt, als würde er sich vor diesem rasenden Monstrum fürchten.

Erlebt hatten wir es, als wir in den U-Bahnschächten die verdammten Ghouls jagten.

Zwei Fahrgäste stiegen aus. Ein Mann, der eine Lederjacke trug, und ein anderer Typ, der dem Lederjackenmenschen erst misstrauisch nachschaute, ihm anschließend folgte und dabei so dicht an uns vorbeikam, dass wir sein Flüstern hörten.

»Folgt mir.«

War das Kilby? Wir konnten es nur hoffen und gingen auf seinen Vorschlag ein.

Dabei ließen wir jedoch einen respektablen Abstand zwischen uns. Kilby war vorsichtig gewesen, wir wollten nicht, dass er diese Vorsicht durch unsere Eile aufs Spiel setzte.

Die Stufen waren ebenso schmutzig wie das Geländer.

Oben standen wir an einer Kreuzung. Die Old Street und die City Road trafen hier zusammen.

Weiter östlich lag die Gegend, in die uns Kilby führen wollte. Er lenkte seine Schritte bereits dorthin.

Etwa fünf Minuten gingen wir hintereinander her. Die Nacht war dunkel. Nicht weit entfernt lag der Bahnhof an der Liverpool Street. Wir hörten das Rattern von Rangierwaggons. Die Gegend wurde schlagartig mieser, als wir die breite Old Street verlassen hatten. Wie die Mäuse in ihren Löchern, so verschwanden wir in einer Seitenstraße und wurden von der Dunkelheit regelrecht verschluckt.

Neben einer defekten Straßenlaterne blieb Kilby stehen. Er hatte sich an den Pfahl gelehnt und schaute uns entgegen.

Ein komischer Typ war er schon. Sein langer Mantel reichte bis auf die Knöchel. Er trug ihn offen. Darunter sahen wir einen schwarzen Anzug, dem die Knöpfe am Jackett fehlten und der vorn wie auch hinten überhaupt nicht passte.

Kilbys Gesicht zeigte ein mausähnliches Aussehen, so spitz lief es unter der Nase zu. Auf dem Kopf nur wenige Haare, die er glatt und ohne Scheitel nach hinten gekämmt hatte, sodass sie wie angeklatscht wirkten.

»Kilby?«, fragte ich den Mann, dessen Alter so gut wie überhaupt nicht zu schätzen war.

»Ja.«

»Hier sind die drei Pfund.« Ich ließ meine Rechte in der Tasche verschwinden.

»Nein, Bulle, keine drei. Fünf sind es.«

Ich grinste. »Okay, dann fünf. Das war auch nur ein Test. Ich wollte wissen, ob Sie es tatsächlich sind.« Ich reichte ihm die Banknote, die er auseinander faltete, sich anschaute und dann in seiner Kleidung verstaute. »Wer seid ihr?«

»Spielen Namen eine Rolle?«

Kilby legte den Kopf schief. »Eigentlich nicht, Mister. Ihr seid aber bei den Bullen was Besonderes – oder?«

»Wie kommen Sie darauf?«

»Weil ich nicht mit einfachen Bullen reden will. Die Sache ist viel zu heiß.«

»Dann sehen wir sie uns mal an«, schlug Suko vor.

»Sie sind 'n Chink, wie?«

»Chinese«, verbesserte Suko, »und zudem Inspektor bei Scotland Yard, Meister.«

»Klar, ich meinte auch nur.« Er grinste. »Kommt mit und haltet euch immer dicht bei mir.«

Das taten wir auch, obwohl es uns schwer fiel, denn Kilby roch wie eine Mülltonne.

Diese Gegend von London war mir ziemlich unbekannt. Kaum ein Fall hatte uns hierher geführt. Es war das reinste Abbruchgelände. Die Häuser konnte man nur mehr als bessere Ruinen bezeichnen, aber sie waren bewohnt.

Aus den Fenstern fiel Licht, erhellte immer Ausschnitte der Straße, und manchmal sahen wir auch die schattenhaften Gestalten, wenn sie durch die hellen Streifen huschten.

»Wir sind zu dritt«, flüsterte Kilby, »da werden sie sich hüten, uns anzugreifen.« Einen Atemzug später sahen wir ihn nicht mehr. Da war er wie vom Erdboden verschwunden.

Wir blieben stehen, hörten sein Lachen und wandten uns nach rechts. Eine bleiche Hand schob sich uns entgegen. Sie drang aus einem düsteren Spalt zwischen zwei Häusern. Der Weg war gerade so breit, dass ein Mensch hindurch passte, wobei er noch Mühe hatte, nicht mit den Schultern anzustoßen.

Wir folgten Kilby. Ein ungutes Gefühl hatte ich schon, und meine Hand blieb in Nähe der Beretta.

Hinter mir hörte ich Sukos Schritte.

Kilby kicherte, bevor er sagte: »Wenn es unter euren Füßen weich wird, dürft ihr euch nicht wundern. Dann seid ihr auf eine der Ratten getreten, die hier rumliegen.«

»Danke für die Information.«

Wir traten tatsächlich auf Ratten. Unter mir bewegte sich dieser tote Körper, als er mit dem Gewicht belastet wurde. Ich war nur froh, dass wir kein Licht gemacht hatten, der Anblick einer zerquetschten Ratte ist nicht eben das Wahre.

Weit brauchten wir nicht mehr zu laufen. Die schmale

Gasse hatte ungefähr die Länge einer Hausbreite. Anschließend landeten wir in einem Hof. Obwohl keine Lampe brannte, konnten wir mehr sehen. Dies lag allein schon an der Weite.

Fast wäre ich gegen Kilby gelaufen. Als ich auswich, zupfte er mich am Arm.

»Sehen Sie den Berg da?«

»Ja.«

»Das ist eine Schutthalde. Wir müssen da hoch.«

Nun, die Schutthalde war ein kleiner Hügel, nur wenige Schritte von uns entfernt. Leider war der Aufstieg mit Geräuschen verbunden, und ich trat so manches Mal auf ein undefinierbares Zeug, das man mit dem Sammelbegriff widerlich umschreiben konnte.

Hier hörten wir die Ratten sogar. Ihr scharfes Fiepen erschreckte uns. Wir vernahmen das Rascheln, und ich spürte auch Bewegungen an meinen Hosenbeinen.

Suko schimpfte ebenfalls, aber das interessierte Kilby nicht weiter. Er stieg voran und blieb erst stehen, als er sich auf dem Hügel befand. Wie ein kleiner Feldherr wirkte er. Seine Gestalt zeichnete sich als Schatten ab.

Ich erreichte ihn als Zweiter, suchte mir einen einigermaßen festen Stand, und Suko folgte als Letzter, wobei sich der Chinese an meiner Schulter abstützte.

»Seht mal nach vorn!«, verlangte Kilby flüsternd.

Das taten wir.

»Und?«, fragte Suko.

»Könnt ihr nicht das Haus erkennen? Man kann es nur von hier sehen, gut sehen, meine ich.«

»Wo denn?«

Kilby nahm meinen Arm, brachte ihn in die Höhe und richtete ihn genau aus. »Da, mein Lieber.«

Tatsächlich, da war ein Haus. Ich hätte es nicht erkannt, wenn ich es nicht gewusst hätte, weil eben kein Licht zu sehen war.

»Das ist die Ruine«, flüsterte Kilby.

»Ruine?«

Der Spitzel schaute mich an. »Klar, Meister. Das Haus ist doch ausgebrannt, es stehen eigentlich nur noch die

Grundmauern, aber im Innern ist trotzdem was los Macumba, sage ich nur.«

»Wer ist das schon wieder?«

»Ein Zauber.«

»Brasilien«, fügte Suko hinzu. »Wahrscheinlich auch Voodoo.«

Ich pfiff durch die Zähne. Wenn das zutraf, dann waren wir hier genau richtig.

»Sollen wir nicht los?« Diese Frage stellte ich und sah, wie Kilby den Kopf schüttelte.

»Nein, nicht. Wir müssen noch warten. Gleich werden sie beginnen. Ich habe das in der letzten Nacht auch erlebt.«

»Womit beginnen?«

»Lassen Sie sich überraschen.« Kilby kicherte und hustete unterdrückt. Wir mussten noch einige Minuten auf dem Abfallhügel stehen bleiben, bis wir endlich etwas entdeckten.

Im Haus erkannten wir einen Lichtschein.

Da hatte niemand das elektrische Licht angezündet, so etwas gab es dort nicht, nein, die Helligkeit stammte von Fackeln, die durch die Gänge oder Flure des Hauses getragen wurden, deshalb war es flackernd, verschwand manchmal, wenn sich die Träger der Fackeln außerhalb der Fensterhöhlen bewegten, und tauchte wieder auf, sobald die anderen hinter den Vierecken zu sehen waren.

Nach einer Weile war uns klar, dass sie in den Keller des Hauses gingen. Sie bewegten sich nämlich von oben nach unten. Ich wollte sicher gehen und fragte Kilby:

»Versammeln die sich im Keller?«

»Ja.«

»Und was machen sie da?«

Selbst im Dunkeln bemerkte ich, wie heftig der andere den Kopf schüttelte.

»Mann, Mister, Sie können von mir nicht verlangen, dass ich da nachschaue. Ich traue mich nicht in den Keller. Ich habe nur ihre Gesänge gehört, die waren schlimm genug.«

»Worum ging es da genau?«, schaltete sich Suko ein.

»Um Zauber.« Der Spitzel hatte seine Stimme gesenkt. »Die sprechen von einem Zauber und von Köpfen. Das ist schlimm, ehrlich. Mir läuft es jetzt noch kalt den Rücken runter.«

Wir warteten eine Weile, bis das Licht nicht mehr zu sehen war.

»Jetzt sind sie alle im Keller«, hauchte Kilby.

»Dann wollen wir uns das mal ansehen«, erwiderte ich, drehte mein Gesicht Nathan Kilby zu und fragte: »Kommen Sie mit?«

»Nein, mein Job ist hier zu Ende. Ich werde mich hüten, in das Haus zu gehen. Die massakrieren mich …«

»Leicht verdiente fünf Pfund.« Ich konnte mir den Satz nicht verkneifen. »Bringen Sie uns wenigstens bis zur Straße.«

Nathan Kilby überlegte eine Weile. Schließlich nickte er und zeigte sich somit einverstanden.

Wir rutschten die Müllhalde an der anderen Seite wieder hinunter. Allmählich wurde auch ich gespannt …

Wir verließen den schmutzigen Hinterhof, auf dem wir gelandet waren, durch eine ebenso schmale Gasse wieder. Die Straße, in die die Gasse mündete, war nicht viel breiter, und es war auch nicht die, in der das besagte Haus stand.

Obwohl sie so dunkel und unheimlich wirkte, war sie doch belebt. Bewohnte Häuser, hin und wieder ein fahler Lichtschein, meist ausgehend von einer nackten Glühbirne unter schmutziger Decke. Schattenhafte Gestalten, einmal lachte eine Frau.

Es kamen uns auch welche entgegen. Jugendliche, denen wir auswichen, weil sie selbst nicht daran dachten, uns Platz zu machen. Abfalltonnen und Müllhaufen entdeckten wir ebenfalls. In ihrem Schatten schliefen Säufer.

»Hier lebt der traurige Kolonialzeitrest des ehemals so großen Empire«, sagte unser Führer voller Verachtung. »Dass es so weit gekommen ist, haben sich die Briten selbst zuzuschreiben.«

Innerlich gab ich ihm Recht, hatte jedoch keine Lust, mit ihm darüber zu diskutieren.

Nicht weit von dem besagten Haus entfernt lag ein Park. Wir sahen ihn als einen dunklen Flecken, der sich hin und wieder bewegte. Es waren die Kronen der Bäume, mit denen der Wind spielte.

Die Straße musste früher einmal zu einer guten Wohngegend gehört haben, denn als wir in sie einbogen, da sah ich an beiden Seiten Parkuhren stehen.

Man hatte sie nicht abmontiert. Sie standen hier als Zeugen einer längst vergangenen, besseren Zeit.

Das Haus, in dem sich dieser geheimnisvolle Vorgang abspielen sollte, lag ziemlich am Ende der Straße.

Ruhig war es nie. Nicht nur unsere Schritte konnte man hören, auch der Wind fuhr in die Straßenschlucht hinein, spielte mit dem Abfall, wirbelte Papier vor sich her oder leere Dosen, die scheppernd durch die Rinnsteine rollten.

Von dem Licht sahen wir nichts mehr, dafür torkelte jemand auf uns zu. Der Kerl war angeheitert. Als er näher kam und sprach, da merkte ich, dass wir es mit einer Frau zu tun hatten.

»Sie – sie sind wieder da«, sagte die Frau mit schwerer Zunge. »Sie – sie kommen schon …«

»Wer?«, fragte ich.

Die Frau stand schwankend vor mir. Sie hatte Mühe, mein Gesicht zu erfassen. An der Stirn war ihre Haut aufgeplatzt, wahrscheinlich hatte sie mit einem harten Gegenstand Bekanntschaft gemacht. »Wer, fragst du? Die Köpfe, Macumba – die Toten werden gerufen …« Sie lachte schrill und verschwand.

Wir ließen sie gehen.

»Weiter!«, drängte Suko.

Auch ich hatte es eilig, aber unser Spitzel wollte nicht mehr mit.

»So long«, sagte er und war im nächsten Augenblick verschwunden.

Jetzt standen wir allein auf weiter Flur und beschleunigten unsere Schritte.

Wenig später schon blieben wir stehen. Gleichzeitig hatten Suko und ich das gelbe Licht gesehen, und wir hörten auch den seltsamen Singsang. Im nächsten Augenblick geschah etwas Unheimliches.

Ich hatte ja viel erlebt, aber so etwas noch nicht. Mir kam es vor, als würde jemand in der Straße der Reihe nach Lichter einschalten. Nur keine elektrischen Glühbirnen, sondern etwas anderes.

Auf der anderen Seite, wo das Haus stand, begann es.

Da glühte etwas auf. Ein gelblicher Schein war zu sehen. Er schwebte etwa in Brusthöhe.

Genau gegenüber geschah das Gleiche, und der Schein wanderte auf uns zu.

Immer mehr »Lampen« wurden angeknipst, aber es waren keine Lampen, das sahen wir, als der Schein intervallweise näher kam.

Was sich als Haube praktisch auf den Parkuhren befand, war so grauenhaft, dass unser Verstand sich weigerte, es zu erfassen.

Das waren Köpfe!

Wir standen wie angewachsen auf dem Fleck, unfähig, uns zu rühren, und beobachteten nur.

Auf beiden Seiten der Straße wurde Kopf für Kopf ausgeleuchtet. Ein schauriges, makabres Bild, vor dem man sich eigentlich nur schütteln konnte.

Auch in unserer Nähe befanden sich Parkuhren. Wir hatten die Köpfe beim ersten Mal wegen der Dunkelheit nicht gesehen, jetzt aber leuchteten sie auf, sodass wir sie uns näher anschauen konnten.

Von innen her glühten sie gelb. Dabei zeigten sie außen eine dunkelrote Farbe. Aber durch die leeren Augenhöhlen, die Nasenlöcher, die Mäuler und auch die Ohrlöcher schimmerte das gelbe Licht und legte einen unheimlichen Schein über die Schädel.

Die Köpfe rissen helle Inseln in die Dunkelheit. Jedes Gesicht wirkte so, als wären seine Züge in Schmerzen erstarrt.

Nachdem ich meine Sprache zurückgefunden hatte, atmete ich tief durch und flüsterte: »Ob die echt sind?«

»Werden wir gleich sehen«, sagte Suko, löste sich von mir und schritt auf die am nächsten stehende Parkuhr zu. Er streckte seinen Arm aus, hob ihn halb an und tastete mit den Fingern über das Gesicht des widerlichen Schädels.

»Fühlt sich hart an«, sagte er über die Schulter gewandt zu mir.

Ich blieb auch nicht stehen und ging zu ihm.

Suko hatte die Hand wieder zurückgezogen. »Als wären es Halloween-Attrappen«, murmelte er.

»Bist du sicher?«

Da lachte er und sagte: »Was ist hier schon sicher, John? Nichts, aber auch gar nichts.«

Da hatte mein Partner Recht. Wir konnten es mit allem zu tun haben, auch mit Schwarzer Magie. Und daran mussten wir glauben, wenn wir die Vorgänge zusammenzählten.

»Woher stammt das Licht?«

Als ich die Frage stellte, hatte der Inspektor bereits seine Hände um den Schädel gelegt. Er musste Kraft einsetzen, um den Kopf abzuziehen. Dann hielt er ihn zwischen den Händen, drehte ihn um und schaute durch den Halsstumpf in das Innere.

»Sieht aus wie ein künstliches Gebilde«, bemerkte er

»Aber verdammt echt nachgemacht.«

Suko gab mir Recht und drehte den Kopf wieder herum, sodass uns das Gesicht anschaute.

Dunkelrot schimmerte es, wie ich schon zuvor erwähnte. Das Licht musste aus dem Material selbst dringen, und es machte den Schädel transparent. Interessant wirkten auf uns die erstarrten Gesichtszüge. Es kam mir vor, als würden sie nur pausieren und irgendwann wieder erwachen. Der Gedanke daran war nicht gerade angenehm.

»Zähne sind auch noch vorhanden«, erklärte Suko. »Sogar ziemlich spitze Dinger.«

»Wie bei dem in der U-Bahn!«

»Ich werde das Bild nicht vergessen, wie der Kerl mit

den indianischen Gesichtszügen uns angestarrt hat. Und ich bin sicher, Suko, dass er und seine Freunde mit dieser Sache hier zu tun haben. Darauf kannst du Gift nehmen.«

»Lieber nicht.«

»Was machen wir mit dem Schädel?«

Suko lachte leise. »Wir können ihn ja in das Haus bringen und den Burschen vor die Füße werfen.«

»Nicht schlecht, Herr Specht«, murmelte ich, schielte auf den Kopf und schrie Suko eine Warnung zu.

Mein Freund reagierte gedankenschnell. Er ließ den Kopf fallen, gerade noch im rechten Augenblick, denn der Schädel hatte zubeißen wollen. Er tat es auch, und seine Zähne hieben zum Glück nicht in Sukos Hand, sondern daneben.

»Der lebt«, flüsterte ich und hatte schon meine Beretta gezogen.

»Nicht, John!« Suko streckte seinen Arm aus. Er griff zur Dämonenpeitsche, schlug einmal einen Kreis damit über dem Boden, und die drei Riemen hatten freie Bahn.

Der Kopf lag auf der Erde. Er war so gefallen, dass uns das Gesicht anstarrte. Durch die aus Mund und Augen dringende Helligkeit war jedes Detail gut zu erkennen.

Ich sah, wie sich das Maul bewegte. Es klappte langsam auf und zu.

Ein schauriges Bild, das Suko sehr bald zerstörte. Mit der Peitsche hieb er zu, und er hatte so geschlagen, dass alle drei Riemen voll trafen.

Gerechnet und gehofft hatten wir, dass die Peitsche den Schädel zerstören würde. Aber wir wurden dennoch von dem unheimlichen und schmerzerfüllten Heulen überrascht, das aus dem Maul des Schädels drang, bevor er mit einem Zischen verging.

Das Zischen führten wir auf die kleine, gelbe Flamme zurück, die aufzuckte und mithalf, den Kopf zu zerstören.

Zurück blieb ein Rest von Staub ...

Suko rührte mit der Fußspitze darin herum. »Das war's dann wohl«, bemerkte er und grinste. »Jetzt weißt du, John, wie du die übrigen Köpfe erledigen kannst. Du brauchst nur an der Reihe der Parkuhren entlangzugehen und zuzuschlagen.«

»Bist du auch dafür?«

»Es bleibt uns wohl nichts anderes übrig.«

Da hatte mein Freund und Kollege völlig Recht. Zudem mussten wir so gewalttätig reagieren, denn uns war klar geworden, dass diese maskenähnlichen Schädel zwar keine Menschenköpfe waren, dafür gefüllt mit Schwarzer Magie.

Und die musste vernichtet werden.

Es sollte jedoch nicht dazu kommen, denn die andere Seite übernahm die Initiative.

Nicht die Köpfe, nein, sie blieben nach wie vor auf den Ständern der Parkuhren, es waren die Menschen, die sich im Keller versammelt hatten und irgendeine Beschwörung durchführten. Sie schienen am Ende damit zu sein, denn aus dem Haus fiel der erste Lichtschein nach draußen.

Es war ein tanzender, zuckender Balken. Wir konnten erkennen, dass es sich bei ihm nur um Fackelschein handelte. Aus dem Balken wurden zwei, drei und vier. Sie vereinigten sich zu einem Lichtteppich, der nicht nur auf der Straße lag und deren gesamte Breite einnahm, sondern auch noch über den Köpfen der Fackelträger schwebte.

Zum ersten Mal sahen wir unsere Gegner. Vielmehr die Umrisse davon, genau konnten wir sie nicht erkennen, da sich zwischen uns fast die gesamte Straßenlänge befand.

Die nächsten Sekunden vergingen schweigend.

Wir nahmen das unheimliche, gespenstische Bild in uns auf. Da standen mindestens sechs Gestalten, die ihre Fackeln hoch erhoben hatten. Der Widerschein dieses Lichts glitt lautlos und geisterhaft über die düsteren, schmutzigen Wände der verlassenen Häuser, die in der Straße dicht an dicht standen, sodass ich keine Lücke entdeckte und die Häuser wie eine Wand wirkten.

Im Mauerwerk gähnten die Öffnungen der ehemaligen Fenster. Auch sie wirkten auf ihre Art und Weise unheimlich. Man konnte glauben, dass jeden Moment schreckliche Gestalten aus den Höhlen auftauchen würden, um uns den Garaus zu machen.

Über allem lag der düstere Nachthimmel, und der Widerschein der Fackeln verlor sich auf halber Distanz zwischen uns und den Gestalten.

Ein apokalyptisches Bild, eine Szene vom Untergang einer Großstadtstraße, wie sie John Carpenter in seinem Film »Die Klapperschlange« so ausgezeichnet und deprimierend realistisch in Szene gesetzt hatte. Ich wurde an den Film erinnert, als ich dieses Bild sah, und ein kalter Schauer glitt über meinen Rücken.

»Da scheinen wir gerade noch rechtzeitig gekommen zu sein«, bemerkte Suko mit leicht kratziger Stimme.

Er hatte einen wahren Satz gelassen ausgesprochen. Ich merkte, dass sich Schweiß auf meiner Haut gebildet hatte. Er war von der Anspannung, und wie auf ein geheimes Kommando hin gingen wir vor.

Schritt für Schritt näherten wir uns den anderen, die stehen blieben und warteten.

Als wir etwa zehn Yards zurückgelegt hatten, hörten wir die Trommel. Sie klang nicht auf der Straße auf, sondern musste in einem Haus geschlagen worden sein.

Der dumpfe Rhythmus schwang über die Fahrbahn, und er passte sich dem unheimlichen Bild an.

Wie eine Allee von Schädeln kam mir die Szene vor. Fast auf jeder Parkuhr hockte ein Kopf, aus dessen Augenhöhlen der gelbe Schein drang, uns jedoch nicht erreichte, sondern sich am Rand der Straße verlor.

Längst hatte ich meine Beretta gezogen. Was wir hier erlebten, war kein Spaß oder Film, wir mussten höchstwahrscheinlich um unser Leben kämpfen, denn ich glaubte nicht daran, dass diejenigen, die für den Zauber verantwortlich waren, so einfach aufgaben.

Suko und mich trennte etwa die Länge eines Schrittes. Ich versuchte, meine innere Spannung unter Kontrolle zu halten, was mir auch recht gut gelang, und als wir dann die Ausläufer des sich bewegenden Lichtscheins erreichten, blieben wir stehen, ohne uns vorher abgesprochen zu haben.

Abwarten hieß die Devise.

Ich zählte nach.

Mit sechs Gegnern hatten wir es zu tun. Das Haus, aus dem sie gekommen waren, lag, von uns aus gesehen, auf der rechten Seite. Auch dort sah ich noch den blassen geisterhaften Schein, und ich ging davon aus, dass es noch mehr Gegner gab.

Keine guten Aussichten. Wir hatten nun einmal in den sauren Apfel gebissen und mussten ihn auch essen.

Bisher hatte niemand von uns ein Wort gesprochen. Dennoch lag die Feindschaft wie ein unsichtbares Band zwischen uns. Jede Gruppe wusste genau, was sie von der anderen zu halten hatte.

Schließlich übernahm ich die Initiative. Ich schleuderte den Männern meine Worte entgegen und fragte sie: »Was hat das hier zu bedeuten? Gebt mir eine Antwort.«

Schweigen. Nur die Arme der Männer bewegten sich hin und wieder, sodass der Fackelschein jedes Mal anfing zu wandern und andere, seltsame Figuren schuf.

»Könnt ihr nicht reden?«

Da löste sich aus der Mitte des Pulks ein Mann. Auch er trug eine Fackel, senkte den rechten Arm, und der gelblichrote Schein glitt näher an sein Gesicht.

Der Mann ging nicht sehr weit, er blieb nach zwei Schritten schon stehen. Die Distanz reichte mir allerdings aus, um ihn erkennen zu können. Wir hatten ihn schon in der U-Bahn gesehen. Es war der Typ mit den indianischen Gesichtszügen, die durch das zuckende Licht seltsam grimassenhaft wirkten. Er hatte sich das Messer in die Hand fallen lassen, ohne sich zu verletzen.

»Macumba«, sagte er nur.

Vielleicht wären andere, seine Landsleute, zum Beispiel, nach dieser Antwort verschwunden, denn das Wort war drohend ausgestoßen worden, wir jedoch blieben stehen, und Suko stellte die nächste Frage.

»Was ist mit Macumba?«

»Der Totenzauber.«

»Den ihr hier aufführt?«, fragte ich.

»Wir rufen den Geist an. Die Köpfe werden ihm den

Weg weisen. Ihr seid Fremde, flieht, oder Macumbas Rache wird euch vernichten. Einen Diener habt ihr zerstört, er wird sich dies nicht gefallen lassen, das könnt ihr mir glauben ...«

»Nein, wir werden nicht fliehen, sondern dem Spuk ein Ende bereiten. Wir ...«

Ich sprach nicht mehr weiter, da ich von einem Schrei unterbrochen worden war. Rechts außen brach einer der Männer zusammen. Er taumelte noch ein Stück vor, dann konnten seine Beine das Gewicht des Körpers nicht mehr halten.

Er fiel nach vorn. Als er hart aufschlug, da entglitt die Fackel seiner Hand. Auf dem Boden brannte sie weiter.

Der Mann, mit dem ich gesprochen hatte, zuckte zusammen. Aus seinem Mund drang ein drohendes Geräusch. »Du hast ihn getötet«, flüsterte er rau. »Nur du allein ...«

»Moment, das ist doch wohl ein Irrtum, ich habe nicht ...«

»Einer von euch beiden!« Er blieb bei seiner Ansicht.

»Wir haben ihn nicht berührt«, hielt ich ihm entgegen. »Er ist von allein gefallen.«

Der Bursche hob die freie Hand, ballte sie zur Faust und schleuderte seinen Arm vor. »Nicht berührt?«, zischte er. »Und ob ihr ihn berührt habt. Wer hat den Kopf zerstört?«

Da wusste ich Bescheid. Auf diese Tour sollte es also hinauslaufen. Verdammt, ich hätte es mir denken können. Zwischen den Masken oder Köpfen auf den Parkuhren und den Menschen vor mir gab es also eine Übereinstimmung. Sie standen untereinander in Verbindung. Wenn einer starb, vernichtet wurde, dann war es auch mit dem anderen aus.

Von solchen Verbindungen hatte ich schon des Öfteren gehört und es auch erlebt. Es gab diesen seltsamen Zauber, wo ein Teil den anderen am Leben erhielt, nur weil die andere Hälfte noch auf eine magische Art und Weise existierte.

Wenn ich das Wort Macumba in die Diskussion hineinwarf und an Brasilien dachte, wie Suko schon erwähnt hatte, dann mussten wir mit einem fernen Zauber rechnen, einem außereuropäischen, gegen den es schwer sein würde, anzukämpfen.

Ich mochte diese fernen Dschungelzauber nicht. Sie beschworen Kräfte herauf, die man kaum unter Kontrolle halten konnte.

Während ich darüber nachdachte, starrten die anderen uns stumm und hasserfüllt an. Ihre Blicke waren gefährlich, sie erinnerten an Dolche, so scharf und spitz.

»Wer bist du?«, fragte ich den Mann mit den indianischen Gesichtszügen.

Sein Körper streckte sich. Er holte tief Luft, unter dem sackähnlichen Gewand spielten die Muskeln, und er antwortete mit rauer Stimme. »Ich bin Cassara, Macumbas Vertreter. Ich werde ihm ein Opfer bereiten, der alte Zauber muss auferstehen.«

»Nichts wirst du«, erwiderte ich kalt.

Suko schaltete sich ein. »Es wird keinen Voodoo-Samba geben, darauf kannst du dich verlassen.«

Mit einem gleitenden Schritt bewegte sich Cassara zur Seite und lachte scharf auf, als ich meine Waffe hob.

»Du brauchst nicht zu schießen, ich will dir nur etwas zeigen!«

Er bückte sich, drehte den Toten auf den Rücken und hielt dessen Fackel so, dass sie das Gesicht des Mannes anleuchtete.

Wir zuckten zusammen. Das Grauen streifte uns wie kalter Atem. Der Tote hatte kein Gesicht mehr.

Nur eine grauweiße Masse war zu sehen. Weder Augen, Nase, Mund noch Ohren.

Cassara richtete sich wieder auf. »Er hat sein Gesicht verloren!«, flüsterte er. »Und deshalb wird er ein ewig Verdammter bleiben. Das Totenreich ist ihm versperrt. Ihr«, schrie er anklagend, »ihr seid schuld daran, und euch wird die Rache des großen Macumba treffen!«

Die Worte beeindruckten mich, jedoch zeigte ich es nicht. Stattdessen wies ich mit meiner Waffe auf das leer stehende und innen ausgebrannte Haus.

»Wie viele von euch treiben sich noch dort herum?«

Er hatte sich wieder aufgerichtet und schüttelte den Kopf. »Was interessiert es dich? Zähle die Köpfe nach, dann weißt du es. Und Macumba wartet auf euch Frevler, ihr werdet uns nicht abhalten!«

Starke Worte, in der Tat. Aber konnte er sie einhalten?

Cassara hatte genug geredet, er wollte Taten sehen, und er ließ seinen Männern freie Bahn ...

Wir hatten natürlich mit dem Angriff gerechnet, waren auch nicht völlig unvorbereitet, und doch überraschten sie uns. Denn sie warfen sich nicht nur gegen uns, sondern griffen mit ihren Fackeln an. Dabei versuchten sie, uns die Flammen gegen die Gesichter zu schleudern.

»Aufpassen, John!« Diese Warnung schrie Suko mir zu. Er hätte es nicht gebraucht, ich wusste auch so, wie ich reagieren musste.

Ein Sprung zurück und gleichzeitig zur Seite brachte mich zunächst aus der unmittelbaren Gefahrenzone. Als ich mit der Schulter auf den Boden schlug, flog die erste Fackel bereits über meinen Kopf hinweg und prallte irgendwo hinter mir zu Boden.

Ausruhen konnte ich mich nicht. Ein paar Mal drehte ich mich sehr schnell um die eigene Achse, gewann auf diese Art und Weise Distanz und konnte wieder auf die Füße springen.

Suko hatte sich, von mir aus gesehen, nach rechts geworfen. Während ich noch keinen direkten Kontakt mit meinem Gegner hatte, war Suko in die Vollen gegangen.

Er griff an.

Der Chinese beherrschte ostasiatische Kampftechniken. Er konnte zu einem menschlichen Sturmwind werden, und das bekamen die Fackelträger zu spüren.

Der Lichtschein begann stärker zu tanzen, als es dem Inspektor gelang, durch gezielte Schläge den Kerlen die Fackeln aus den Fäusten zu schleudern.

Ich hörte Schreie, Rufe der Wut und des Zorns, und ich sah, wie Körper durch die Luft wirbelten.

Suko räumte auf.

Wir hätten natürlich auch schießen können, doch das vermieden wir beide. Diese Menschen waren keine Dämonen, sondern irregeleitete, unter dämonischem Einfluss stehende Geschöpfe, die man vielleicht aus dem magischen Bann erlösen konnte.

Andererseits brauchte ich nur an die Szene zu denken, als Suko seine Dämonenpeitsche eingesetzt hatte. Nach der Zerstörung des Kopfes war auch einer der Männer vergangen.

Ich war fast über die gesamte Straßenbreite gerollt. Dreck, Staub und Abfall klebten an meiner Kleidung, und wie im Krampf hielt ich die Beretta fest. Dabei hoffte ich noch immer, dass die anderen zur Vernunft kommen würden, dies allerdings war nicht der Fall.

Sie machten weiter.

Es war nicht der Kerl mit den indianischen Gesichtszügen, der sich als Erster auf mich stürzte, sondern ein anderer, kleinerer Typ, den ich auch in der U-Bahn gesehen hatte. Diesmal hielt er ein Messer in der Hand. Die Spitze wies nach unten. Der Kerl fiel mir entgegen, das Messer würde mich treffen.

Meine freie Hand schnellte in die Höhe. Ich bekam den Arm im richtigen Moment zu packen und schleuderte den Kerl über meinen Kopf hinweg nach hinten.

Dann sprang ich auf.

Der Gegner krachte gegen einen Parkuhrenständer. Aber er war nicht besiegt. Schnell wie eine Katze kam er wieder auf die Füße, griff mich erneut an, und nicht nur er, sondern auch zwei andere, die sich mir von hinten näherten.

Hilfe würden wir in dieser Gegend nicht erhalten, das stand fest. Die Menschen, die hier lebten, hielten sich lieber zurück, sie wollten in Auseinandersetzungen nicht mit hineingezogen werden, also mussten wir etwas tun.

Drei mit Messern bewaffnete Gegner waren ein wenig viel. Ich konnte jetzt keine große Rücksicht mehr nehmen, sondern schoss.

Dem Kerl, der am schnellsten und mir damit am nächsten war, setzte ich die Kugel in den rechten Oberschenkel. Sein Angriff wurde gestoppt. In der Sekunde, die mir blieb, erkannte ich, was mit ihm geschah. Das rechte Bein knickte ihm weg, er fiel zu Boden, neben seine Fackel, sodass ich deutlich sein Gesicht sehen konnte. Er hatte seinen Mund weit aufgerissen.

Ein Schrei drang nicht hervor. Er erreichte von ganz woanders her meine Ohren.

Und zwar von der Parkuhr schräg hinter mir.

Es war ein heulender Laut, der mir durch Mark und Bein schnitt. Bevor ich die Stellung wechselte, riskierte ich noch einen Blick auf den Schädel.

Sein Mund hatte sich weiter geöffnet. Er nahm fast die gesamte untere Hälfte des Kopfes ein, in den Augen sprühten kleine Flammen, mehr sah ich nicht, denn zwei Kerle griffen mich an.

Bevor sie auf mich zusprangen, vernahm ich den Schuss. Suko musste gefeuert haben, diesmal allerdings ertönte kein Schrei.

Dafür ein Pfiff.

Er schrillte über die Straße, wurde auch von den Macumba-Dienern gehört. An die war er gerichtet.

Die beiden Männer vor mir vergaßen ihre Absicht, mich zu töten. Wie Marionetten blieben sie stehen, schwenkten die Köpfe und schauten zu Cassara, der in die Nähe des innen ausgebrannten Hauses geflüchtet war und ihnen zuwinkte.

Er brauchte diese Bewegung nicht lange durchzuführen. Man verstand ihn. Dann bewegten sie sich wie die Wiesel, so ungemein schnell, und sie rannten im Zickzack über die Straße, wobei ihr Ziel das Haus war.

So rasch kam ich gar nicht mit. Bevor Suko und ich uns gesammelt hatten, waren sie schon verschwunden. Die düsteren Fensterlöcher und Eingänge in dem großen Haus hatten sie verschluckt.

Fast leer war die Straße.

Bis auf die Köpfe und den einen Mann, der von mir angeschossen worden war.

Düster und verlassen lag die Fahrbahn vor mir. Das

Fackellicht war verschwunden, und ich hatte das Gefühl, von einem grauen Vorhang der Dunkelheit umhüllt zu werden, die den Schrecken gnädig verdeckte.

Aus welchem Grund waren sie ins Haus gelaufen? Da hockten sie doch in der Falle.

Ich sprach mit Suko darüber, und er stimmte mir zu, obwohl er noch hinzufügte: »Möglicherweise haben sie noch einen Trumpf in der Hinterhand. Damit müssen wir rechnen.«

So Unrecht hatte mein Partner da nicht. Wie dem auch sei, hier stehen bleiben konnten wir nicht, wir mussten uns das Haus einmal von innen ansehen.

»Einen Kopf habe ich noch erledigt«, sagte der Inspektor. »Es gab keine andere Chance.«

»Leider.«

Also waren jetzt zwei Parkuhren leer. Auf den anderen hockten nach wie vor die Schädel, nur schienen sie mir nicht mehr von innen her so intensiv zu leuchten. Der Schein konnte sich kaum ausbreiten. Er blieb in Höhe des Schädels.

Wir begingen nicht den Fehler und jagten wie die Wilden in die Ruine hinein, wir blieben erst einmal davor stehen. Unsere Blicke glitten an der Hauswand hoch.

Die Rechtecke der leeren Fenster erinnerten mich an viereckige, dunkle Augen. Was dahinter lauerte, konnte keiner von uns wissen, nur ahnen.

Aber wir vernahmen das Trommeln.

Abermals klang es dumpf, vielleicht sogar noch dumpfer als zuvor. Es erinnerte mich an eine Trauermusik für Dämonen.

Suko hatte eine Idee. »Wir brauchten eigentlich gar nicht in das Haus hineinzugehen«, meinte er und rieb sich gedankenverloren über sein Kinn.

Ich schaute ihn an. »Was hast du vor?«

»Köpfe sammeln.«

Nach dieser Antwort musste ich erst einmal schlucken, überlegte danach genauer und kam auf den Trichter. Eigentlich war der Vorschlag nicht so schlecht. Wenn wir die Köpfe oder Masken von den Parkuhren hoben und damit drohten, sie zu zerstören, würden sie vielleicht freiwillig das Haus verlassen, und wir konnten uns eine lebensgefährliche Jagd in dem alten Gebäude ersparen.

»Na, was sagst du?«, fragte mich mein Freund.

»Eigentlich nicht schlecht.«

»Und sonst?«

Ich hob die Schultern. »Einer von uns müsste das Haus im Auge behalten. Losen wir es aus.«

Suko lachte kurz. »Ich weiß schon, was in dir vorgeht. Du bist heute nicht in Form, John. Lass mal gut sein, ich werde die Sache schon übernehmen.«

»Okay.«

Der Inspektor steckte die Dämonenpeitsche weg, damit er beide Hände frei hatte. Dann schritt er quer über die Straße und nahm sich die Parkuhr vor, die am weitesten von uns entfernt stand.

Mein Blick wechselte zwischen Suko und dem Haus. Den Freund sah ich nur als Schattenriss, erkannte aber an seinen Bewegungen, dass er dabei war, die Köpfe von den Parkuhren zu ziehen. Zurück kam er mit zwei Schädeln, die er unter den Armen trug.

Neben mir legte er sie auf den Boden.

»Wie viele sind es denn noch?«, fragte ich ihn.

»Acht.«

»Ohne die beiden?«

»Ja.«

Zehn Köpfe. Das hieß zehn gegen zwei.

Aber wir hatten einen Vorteil. In unseren Händen befanden sich die Schädel.

Im Haus wurde noch immer getrommelt. Samba-Trommeln waren das.

Natürlich ärgerte ich mich über die Dunkelheit. Da sie innerhalb des Hauses dick wie schwarze Watte lag, konnte ich nicht erkennen, was sich drinnen abspielte.

Die Vorderseite des Hauses ließ ich nicht aus den Augen. Manchmal glaubte ich, hinter den leeren, dunklen Fensterhöhlen Bewegungen zu erkennen. Es war auch eine Täuschung leicht möglich, da ich mir in meiner Fantasie vom langen Starren irgendetwas einbildete.

Hin und wieder erschien Suko bei mir und brachte neue Köpfe. Er legte sie wohlgeordnet in eine Reihe, und er fragte jedes Mal: »Immer noch nichts?«

»Nein.«

»Noch zwei Schädel«, berichtete er.

Ich nickte. Dass er immer Schädel sagte, passte mir irgendwie nicht. Denn diese Köpfe sahen mir eher wie mit Leben gefüllte Masken aus. Köpfe oder auch Schrumpfköpfe waren es auf keinen Fall.

Macumba-Trommeln!

Ich hörte sie wieder lauter. Für mich ein Beweis, dass etwas im Gange war.

Ich winkte Suko, der dabei war, den letzten Kopf von der deformierten Parkplatzuhr zu nehmen.

»Was ist denn, John?«

»Die Trommeln sind lauter geworden.«

Der Chinese ließ die Schädel fallen und schaute ebenfalls auf das große Loch in der geschwärzten Hauswand, dem Eingang. »Vielleicht sollten wir es mal wagen«, schlug er vor.

Ich wiegte den Kopf. »Sicher bin ich mir nicht. Sieht mir eher nach einem Schlag der Gegenseite aus.«

»Es hörte sich so an!«, korrigierte der Inspektor.

»Meinetwegen auch das.«

Er hatte den Satz kaum ausgesprochen, als es auch schon rundging. Wieder ertönte der Pfiff. Er lenkte uns von den Köpfen ab, sodass wir zum Haus schauten.

Deshalb bemerkten wir nicht, wie sich hinter uns die Köpfe selbständig machten und in die Höhe ruckten ...

Auch in den nächsten Sekunden konzentrierten wir uns nur auf das von innen ausgebrannte Haus. Ich ging noch ein paar Schritte vor, um näher an den Eingang zu gelangen, während Suko zurückblieb, damit er weiterhin einen größeren Blickwinkel hatte.

Zur selben Zeit bemerkten wir, was hinter uns geschah. Ich, weil ich mich noch einmal umdrehte, Suko deshalb, weil ihm der veränderte Lichtschein auffiel, der nicht mehr vom Boden her hochstrahlte, sondern jetzt von oben kam.

Das war Warnung genug.

Suko drehte sich um, ich mich ebenfalls, und in diesem Augenblick nahmen die Köpfe Tempo auf, als würden sie durchstarten, gewannen im Nu an Höhe und hatten schon fast das Dach des Hauses erreicht, als wir endlich die Berettas oben hatten und schossen.

Die Kugeln hätten wir uns sparen können. Wie kleine Kometen verschwanden die Köpfe zwischen den noch stehenden Resten des abgebrannten Dachstuhls. Wie dicke, unregelmäßige Finger sahen die geschwärzten Balken aus. Als sich die Köpfe in der Höhe befanden, wurden sie für einen Moment erhellt und verschwanden danach sehr schnell wieder in der Dunkelheit.

»Die sind entwischt«, sagte Suko, als er den Arm sinken ließ und neben mir stehen blieb.

Ich nickte nur.

»Vielleicht können wir noch welche im Haus kriegen. Los, John, keine Müdigkeit vortäuschen!«

Suko war heute wieder agil. Ich stand der Sache skeptischer gegenüber, wollte jedoch kein Spielverderber sein und hielt mich an der Seite des Chinesen.

Wir sahen erst jetzt, dass aus dem Eingang Mauerwerk herausgebrochen war, und wir gelangten dicht dahinter in einen breiten, düsteren, stinkenden und mit Abfall überhäuften Flur.

Das war das Haus, in dem sich Ratten wohlfühlen konnten, aber keine Menschen. Oder welche, die etwas zu verbergen hatten.

Wenn es den Schädeln gelungen war, in das Haus einzudringen, dann würden wir ihnen sicherlich irgendwo innerhalb des Treppenhauses begegnen.

Suko war hinter mir geblieben. Er hatte seine Taschenlampe eingeschaltet, es war die Bleistiftleuchte, wie auch ich eine besaß, und der dünne Lichtfinger geisterte an mir vorbei und strich wie ein Hauch über den Boden.

Der Flur war sehr breit. Hier unten zweigten bereits

die Türen zu den einzelnen Wohnungen ab. Es war wie in einer Kaserne. Als ich die erste Wohnung betrat, sah ich zwei Zimmer vor mir, mehr nicht.

Der Trommelklang war verstummt. Sonst hätten wir uns nach ihm richten können. Leider wussten wir nicht genau, wo sich unsere Gegner verborgen hielten.

Es kamen einige Etagen in Betracht, und auch von oben her hörten wir Geräusche.

Ich legte den Kopf schräg und peilte in die Höhe.

Durch den Schacht konnte ich schauen, sah etwas Helleres und vernahm die Stimme des Macumba-Vertreters Cassara.

»Ihr habt nicht gesiegt. Wir werden uns stärken und zurückkommen, verlasst euch darauf …«

Es waren seine letzten Worte. Hoch über uns klang ein Heulen und Pfeifen auf, Suko raste nach draußen, ich schaute seiner Schattengestalt nach und sah, wie er stehen blieb.

Er deutete in den Himmel.

Ich brauchte erst gar nicht zu gehen. Mir war klar, dass wir von diesen dämonischen Dienern nichts mehr finden würden. Cassara hatte das Weite gesucht.

Suko kehrte zurück, den Blick hatte er auf den Boden gerichtet, und er deutete mit dem Daumen nach unten. »Weißt du, John, ich kann mir nicht helfen, aber ich habe das Gefühl, die Trommeln wären im Keller aufgeklungen.«

»Sehen wir mal nach.«

»Das wollte ich soeben vorschlagen.«

Wir hatten beide kein gutes Gefühl, als wir durch das leere Haus schlichen und nach der Kellertür suchten. Die rußgeschwärzten Wände kesselten uns förmlich ein. Überall lag Staub, zudem stank es erbärmlich nach verfaultem Abfall.

Den Bergen wichen wir aus. Man hatte den Müll einfach in den Flur gekippt, und auch die Treppe war regelrecht zugeschüttet worden. Wir sahen nicht einmal ihren Beginn.

»Schlimm«, bemerkte Suko, »dass es so etwas gibt.«

Ich sagte gar nichts. Ändern konnten wir beide daran nichts. Die Strahlen unserer kleinen Lampen vereinigten sich über dem Abfallberg, als wir am Beginn des Hügels standen und nach unten leuchteten. Hinter den letzten Resten sahen wir den Beginn der Treppe. Es war sicherlich schon die letzte Hälfte der Stufen, so weit reichte der Müll.

Ich stieg zuerst über ihn, stützte mich an der schmutzigen Wand ab und hatte leider keine Hand frei, um mir die Nase zuzuhalten, so erbärmlich stank es.

Nach der Kellertreppe sahen wir uns in einem rechteckigen Flur. Zwei sich gegenüberliegende Türen zweigten ab. Wir konnten uns sowohl für die rechte als auch die linke Seite entscheiden.

»Gemeinsam?«, fragte ich.

Suko schüttelte den Kopf. »Wenn einer von uns etwas entdeckt, kann er den anderen warnen.«

Ich war einverstanden. Da ich links neben Suko stand, ging ich auch in diese Richtung weiter.

Seltsamerweise traf der Lampenstrahl eine Eisentür. Sie sah ungemein demoliert aus, doch dem Feuer schien sie widerstanden zu haben. Und sie hing lose in den Angeln.

Mit einem Fuß schob ich sie so weit auf, dass ich hindurchgehen konnte, und gelangte anschließend in einen Kellergang.

Hier unten sah es aus wie in den oberen Etagen. Die Kellerräume, kaum mehr als Löcher, waren allesamt leer. Das heißt, ich fand Abfall, aber keine Spur von unseren Gegnern und auch nichts von dem geheimnisvollen Trommler.

Kurz nach meinem Eintritt in den Keller erreichte ich einen größeren Raum.

Eine Waschmaschine stand zwar nicht dort, jedoch sah ich einen Sockel, auf dem sie mal gestanden hatte. Überrascht blieb ich stehen, denn im Strahl der dünnen Lampe wurde ein Pfahl aus der Dunkelheit gerissen, der eine verdammte Ähnlichkeit mit den Marter- und Totempfählen der Indianer aufwies.

Der Pfahl interessierte mich.

Die Trommel sah ich schließlich auch. Etwa eine Körperlänge neben dem Pfahl stand sie. Sie war mit einem roten Tuch oder Fell bespannt und sah aus wie ein langgezogener Zylinder.

»Suko!« Meine Stimme hallte durch den verlassenen Keller.

Rasch war mein Freund zur Stelle. Er fand mich vor dem Pfahl stehend. »Was ist denn das?«, fragte er.

Ich hob die Schultern und schaute den Pfahl hinauf und herab. Er reichte fast bis zur Decke. Da hätte höchstens noch eine Handbreit Platz gefunden.

»Vielleicht eine Kultstätte«, vermutete ich.

»Und das in einem Slum.«

Zwei Lampen geben mehr Licht als eine. Gemeinsam untersuchten wir den Pfahl.

Er bestand aus Holz. Welche Art von Holz es war, konnte ich nicht sagen, es war auch unwichtig, die Bemalung war viel interessanter.

Mit roter Farbe hatte man nicht gespart. In der oberen Hälfte sah ich verzerrte Fratzen, und sie wurden grimassenhafter und schlimmer, je mehr sich die beiden Lampenstrahlen der unteren Hälfte näherten.

In der Mitte war es besonders krass. Da entdeckten wir die Fratze des Macumba, jedenfalls rechneten wir stark damit, dass sie es war.

Eigentlich war es nur ein Kopf oder ein Maul. Aber keiner von einer gewöhnlichen Größe, sondern zusammengeschrumpft, sodass der Gedanke an einen Schrumpfkopf nahe lag.

Suko tastete darüber.

Sofort zuckte seine Hand wieder zurück, und er raunte: »Verdammt, John, das ist Haut, Menschenhaut …«

Mit etwas Ähnlichem hatte ich gerechnet, deshalb war ich nicht einmal überrascht. Nachfühlen wollte ich auch nicht, und als Suko sagte: »Den werden wir zerstören!«, trat ich zur Seite.

Mein Freund griff wieder zur Dämonenpeitsche. Ich rechnete damit, dass er gegen den Pfahl und da genau in

Schrumpfkopfhöhe schlagen würde, das tat er jedoch nicht.

Er packte stattdessen die drei Riemen, legte sie dicht nebeneinander auf die offene Handfläche und drehte sie mit zwei, drei schnellen Bewegungen zusammen.

Jetzt hielten sie.

Suko war mit seinem Vorhaben noch nicht am Ende. Bevor ich mich versah, hatte er die drei aus der Haut eines Dämons bestehenden Riemen um den Pfahl gewickelt.

Kaum hatten sie Kontakt mit dem im Pfahl eingelassenen Schrumpfkopf, da passierte es schon.

Feuer schlug hervor.

Ich sprang noch rechtzeitig weg, sonst hätte es mich erwischt. Gespenstisch wurde der Keller erhellt, unsere Körper zeichneten sich als vibrierende Schatten an den Wänden ab, und Suko zog die Peitsche sofort zurück, als die magische Reaktion begann.

Die Flammen brannten nur dort, wo der Schrumpfkopf gesessen hatte. Und sie zerstörten den Totempfahl. Wir hörten das Knirschen, als er brach, und schauten dabei zu, wie der Pfahl in zwei Hälften zerfiel, die beide zu verschiedenen Seiten hin wegkippten.

»Das war's dann«, meinte Suko, als die Teile auf dem Boden lagen.

»Ist Macumba jetzt vernichtet?«

Suko lächelte schmal und schaute mich an. »Meinst du das im Ernst, John?«

Ich hob die Schultern.

Suko wirkte in den nächsten Sekunden sehr ernst. »Was ich über den Macumba-Zauber weiß, ist zwar nicht viel, aber mir ist bekannt, dass er der stärkste Zauber Brasiliens ist. Wir müssen uns auf etwas gefasst machen, mein Lieber.«

»Hier in London?«

»Wer weiß, was sich Cassara alles ausdenkt. Vielleicht müssen wir auch nach Rio.«

»Dazu habe ich aber keine Lust.«

»Ich könnte auch allein fahren«, meinte Suko.

»Ach, Unsinn. Ich fahre mit.« Scharf schaute ich ihn an »Was macht dich eigentlich so sicher?«

»Eigentlich nichts. Nur der Grund, dass der Macumba-Zauber eben da seine Heimat hat.«

»Wir werden sehen. Der Pfahl ist zerstört, was hält uns noch hier in diesem verdammten Loch?«

»Nichts mehr.«

Zwar war die Luft draußen auch nicht besonders, aber im Gegensatz zu der im Keller erschien sie mir wie der reinste Sauerstoff-Himmel.

Wir gaben Acht, als wir das Haus verließen, deshalb sahen wir gleichzeitig die Gestalt, die auf der Straße neben dem von mir niedergeschossenen Mann stand.

Suko und ich verständigten uns mit einem Blick. Wir beide waren gespannt, was derjenige da zu suchen hatte.

Ungesehen kamen wir nicht heran. Die Gestalt bemerkte uns, richtete sich auf und schaute uns entgegen.

»Guten Abend«, sagte sie dann mit einer volltönenden Stimme, die uns überraschte, denn sie gehörte einer Frau …

Wenn das keine Überraschung war, dann wollte ich mein Leben lang die Straße fegen.

Eine Frau in dieser Gegend. Vielleicht noch allein. Wie war sie hergekommen? Diese Frage ließ sich beantworten, denn hinter ihr, fast schon mit den Schatten der Dunkelheit verschmelzend, stand ein Fahrzeug mit eingeschalteten Scheinwerfern.

Als wir näher herankamen, da sahen wir sie genauer und wurden zum zweiten Mal überrascht.

Diese Frau fiel völlig aus dem Rahmen. Sie war in Schwarz gekleidet, und schwarz war auch die gestickte Mantilla, die sie um Kopf und Schultern gehängt hatte. So gingen in den romanischen Ländern die Frauen zur Kirche. Sogar schwarze Handschuhe trug sie.

Mir fiel nicht nur das schmale Gesicht mit der leicht gekrümmten Nase und den großen Augen auf, sondern auch das kleine goldene Passionskreuz, das an einer

Kette um ihren Hals hing. Das Passionskreuz zeigte im Zentrum, wo sich die beiden Balken trafen, einen goldenen Strahlenkranz, der selbst jetzt leuchtete.

»Ich habe ihn getötet«, sagte die Frau zur Begrüßung.

Die dritte Überraschung. Sie brauchte nicht zu erklären, wen sie umgebracht hatte, ich sah es so. Es war der Mann, der meine Kugel ins Bein bekommen hatte. Auf der Stirn, genau zwischen seinen Augen, befand sich der Abdruck des kleinen Passionskreuzes. Damit hatte die Frau ihn umgebracht.

Vielleicht wären wir auch dazu gezwungen worden, es zu tun, aber ich hätte mich gern mit ihm unterhalten, um vielleicht mehr zu erfahren. Das war nun nicht mehr möglich.

Keiner von uns sprach ein Wort. Wir schauten uns nur an. Schließlich räusperte sich die Frau und sagte: »Ich glaube, Gentlemen, ich bin Ihnen eine Erklärung schuldig.« Ihr Englisch war hart, man hörte den südländischen Akzent durch.

»Der Meinung sind wir auch«, antwortete ich für meinen Partner direkt mit. »Wir sind beide Scotland-Yard-Beamte.«

Die Frau, deren Alter schwer zu schätzen war, nickte. »Das weiß ich, zudem kenne ich Ihre Namen. Aber lassen wir das. Ich möchte mich zunächst vorstellen. Mein Name ist Ines del Bosque.«

»Spanien, Portugal …?«

Sie lächelte schmal. »Keines von beiden Ländern. Ich komme aus Brasilien.«

Geahnt hatten wir es schon. Da wir nichts darauf erwiderten, fühlte sich die Frau dazu animiert, weiterzusprechen. »Ich bin nach London gekommen, um jemanden zu rächen.«

»Wen?«, fragte Suko.

Ruckartig hob sie den Kopf, die Mantilla verrutschte ein wenig, und ihre Gesichtszüge wurden hart wie Stein. »Ich will meinen Mann rächen und meinen Bruder töten!«

Wieder eine Überraschung. Wenn das so weiterging,

konnten wir uns noch auf etwas gefasst machen. »Sie wollen töten?«

»Ja, Cassara! Denn er ist mein Bruder, und er hat sich dem Macumba-Kult verschrieben. Er ist der Erste Diener dieses Götzen. Dass er es wurde, verdankt er dem Mord an meinem Mann. Es war gewissermaßen seine Aufnahmeprüfung. Der Mord geschah vor einem halben Jahr. Seit dieser Zeit jage ich ihn. In London hatte er sich verkriechen wollen, ich spürte ihn auf, doch er ist mir wieder entkommen.«

»Wir haben den Pfahl zerstört«, warf ich ein.

Plötzlich leuchteten ihre Augen. »Dann hat er hier keine Chance mehr und wird woanders zuschlagen.«

»Haben Sie einen Verdacht?«

Sie schaute mich an und lächelte schmal. »Den habe ich gewiss, Mr. Sinclair. Rio!«

Da hatten wir den Salat. Sukos Voraussagen trafen also doch ein. Ich sah uns schon am Zuckerhut.

»Wieso gerade Rio?«, hakte ich nach.

»Dort hat er die größte Unterstützung«, erwiderte die seltsame Frau leise. Sie machte einen ungemein entschlossenen Eindruck. Ich spürte, dass mir hier eine besondere Person gegenüberstand, in deren Augen die Kraft leuchtete, um eine lange Rache durchzuhalten.

»Ist der Kult sehr gefährlich?«, fragte ich.

Sie nickte. Auf dem Kopf verrutschte die Mantilla etwas, und ich konnte sehen, dass ihr Haar ebenfalls dunkel war. »Brasilien ist ein Land, in dem Glaube und Aberglaube dicht nebeneinander liegen. Die Menschen sind christlich, sie gehen in die Kirche, sie beten. Doch das eine schließt das andere nicht aus. Es existieren auch die alten, einheimischen Götter und Dämonen. Ihnen wird ebenfalls des Öfteren eine große Ehre zuteil. Sie werden angerufen und angebetet, wenn die Menschen keinen Ausweg wissen. Vor allen Dingen in den Slums von Rio und Sao Paulo haben die Dämonen des Macumba-Kults ihre größte Anhängerschaft. Ebenfalls in den geheimen Plätzen mitten im Dschungel oder in den Hütten der Bewohner. Macumba ist überall.«

»Und ihn wollen Sie ausrotten, Senhora del Bosque?«

»Zumindest muss ich meinen Bruder töten, damit er nicht noch mehr Unheil anrichtet«, sprach sie mit tonloser Stimme, schaute an mir vorbei, und ihr Blick war in die Ferne gerichtet.

»Was geschieht denn im einzelnen bei den Beschwörungen? Und weshalb werden sie durchgeführt?«

»Ich kann Ihnen nur so viel sagen, dass Köpfe und Körper trotz ihrer Trennung eine Einheit bilden. Der Geist, der noch in den Körpern wohnt, kann dann in das Totenreich eingehen und wird unsterblich.«

Ich verstand nicht so recht, und das sagte ich auch.

Ein schmales Lächeln zitterte um die Lippen der Frau. »Es ist auch nicht nötig, Mr. Sinclair, lassen Sie das. Für London ist die Gefahr gebannt, bevor sie richtig zur Geltung gekommen ist.«

»Da haben Sie Recht, Senhora del Bosque, aber ich fühle mich in meiner Ehre gekränkt, und meinem Freund wird es ebenso ergehen. Ich möchte, dass Cassara gefasst wird, wenn Sie verstehen, was ich meine.«

»Dann müssen Sie nach Rio.«

»Daran hatten wir gedacht.«

Die Frau schaute mir offen ins Gesicht. »Sie sind sehr mutig, Mr. Sinclair.«

»Nicht mehr als andere, vielleicht schon ein wenig abgestumpfter, denn ich habe einiges hinter mir. Sie muss man bewundern. Haben Sie keine Angst, sich hier zu bewegen?«

»Nein, nein, wo denken Sie hin? Überlegen Sie mal, welch eine Stadt Rio ist. Dagegen können Sie London als ein kleines harmloses Dorf bezeichnen. In Rio ist die Hölle los, also lebe ich mitten in der Hölle und habe sie bisher gut überstanden, nicht zuletzt dank meines Leibwächters Jago, der am Wagen wartet.«

Ich schaute dorthin, wo das Fahrzeug stand. Viel war nicht zu erkennen, nur ein langer, düsterer Schatten, der sich von der Straße abhob. Er stand dort wie ein Fels und strahlte Sicherheit aus.

»Wenn Sie das so sehen.«

»Außerdem habe ich mich informiert, bevor ich herkam. Man konnte mir über Sie und Ihren Partner einiges sagen. Ich wäre also in London nicht so schutzlos gewesen.«

»Trotzdem bewundere ich Ihren Mut.«

»Danke.« Sie nickte und drehte sich um. »Sind Sie auch mit dem Wagen hergekommen, Mr. Sinclair?«

»Nein, mit der U-Bahn.«

»Dann kann ich Sie mitnehmen.«

»Ja, das wäre nicht schlecht. Zumindest bis zum nächsten Revier. Ich muss den Mann hier wegschaffen lassen.«

Ines del Bosque schaute noch einmal auf den toten Körper. Ihre Lippen verzogen sich dabei, und sie schüttelte den Kopf. »Sie können ihn auch vermodern lassen!«, zischte sie.

Ich zuckte zusammen. Diese Frau steckte voller Hass. Sie musste Schlimmes durchgemacht haben, dass sie so reagierte. Abrupt drehte sie sich um und ging auf den Wagen zu.

Suko und ich verständigten uns mit einem Blick. Wir folgten der Brasilianerin mit wenigen Schritten Abstand. Noch immer hatte sich kein Zeuge blicken lassen. Die Leute hier verkrochen sich wie Ratten, wenn sie Gefahr spürten. Hier wollte niemand etwas mit der Polizei oder anderen Menschen zu tun haben, denn die kamen für sie aus einer fremden Welt.

»Sollen wir nach Rio?«, wisperte Suko.

»Mal sehen, was Sir James dazu sagt.«

»Er wird sich überzeugen lassen, denn der Kult ist nicht gerade harmlos. Zudem versuchte er, in London Fuß zu fassen, das muss der Alte einsehen.«

»Wird er auch.«

Danach verstummte unser Gespräch, denn wir sahen, dass die Frau den Wagen erreicht hatte.

Kaum war sie stehen geblieben, als sich die Fahrertür öffnete und ein Mann ausstieg.

Überrascht blieben wir stehen.

Suko bekam große Augen, ich schluckte, denn dieser

Jago war eine Figur, wie ich sie noch nie gesehen hatte. Unwahrscheinlich.

Er verbeugte sich vor seiner Herrin und öffnete ihr die Tür. Wir hatten Zeit, ihn zu taxieren.

Wesentlich größer als ich, auch breiter. Die Uniform, in der er steckte, musste ein Schneider hergestellt haben. Er hatte eine dunkle Haut und kein einziges Haar auf dem Kopf. Sein Schädel glich einer Kugel mit runden Augen darin und einer breiten Nase, hinzu kamen die dicken Lippen und der kurze Hals, der wie ein Baumstumpf wirkte. Seine Jacke trug er offen, wir sahen den breiten Gürtel, an dem er eine besondere Waffe hängen hatte.

Es war ein Gewehr mit verkürztem Lauf. Aber dieser Lauf zeigte mindestens die dreifache Dicke eines normalen. Was er daraus verschießen konnte, konnte man ahnen.

Ines del Bosque sprach mit Jago in ihrer Heimatsprache. Ich konnte zwar kein Wort Portugiesisch, aber ich verstand etwas Spanisch. Ein wenig gleichen sich die Sprachen, sodass ich ein paar Worte begriff.

»Sie stellt uns vor«, erklärte ich Suko.

»Hoffentlich als Freunde.«

Ich musste grinsen. »Traust du dich nicht, ihn zu besiegen, Alter?«

»Sagen wir so, John. Ich möchte es nicht darauf ankom men lassen.«

»Bitte, steigen Sie ein«, forderte er uns auf und öffnete die Fondtür. Drei hatten auf der hinteren Sitzbank des Rolls-Royce bequem Platz. Ines del Bosque saß bereits und lächelte uns zu, als wir in den Wagen stiegen.

Als ihr Leibwächter die Türen zugeschlagen hatte, fragte sie, ob wir die Vorhänge vor die Fenster ziehen sollten. Ich war dagegen.

»Wie Sie wünschen. Und wie hat Ihnen Jago gefallen?«

Suko antwortete. »Er ist ein Naturereignis.«

Ines del Bosque lachte hell auf. »Das stimmt. Mein Mann hat ihn aus dem Dschungel geholt. Er besitzt immense Kräfte, aber gegen die einer Anaconda-Schlange kam er nun doch nicht an. Vor allen Dingen spielte sich der Kampf noch unter Wasser ab. Mein Mann kam hinzu und tötete die Schlange. Seit dieser Zeit ist uns Jago treu ergeben, und er würde für uns in den Tod gehen.«

Wir hatten kaum bemerkt, dass der Wagen anfuhr. Jago steuerte ihn sanft und sehr vorsichtig.

»Es gibt selten Menschen, auf die man sich so verlassen kann wie auf Jago«, pries die Frau die Vorzüge ihres Leibwächters. »Aber bei Ihnen wird es ähnlich sein, nicht wahr?«

Ich nickte. »Sie haben Recht. Suko und ich würden füreinander durchs Feuer gehen.«

Ich spürte ihre kühle, schmale Hand auf der meinen. »Das ist gut, Mr. Sinclair. Ich freue mich immer, wenn ich so etwas höre. Wirklich. Und gerade in unserer Zeit.«

Danach schwiegen wir. Irgendwie kam ich mir vor wie in einem seltsamen Traum. Zuerst die Fahrt mit der U-Bahn in die Slums, dann der Kampf gegen die dämonischen Gegner und jetzt die Rückreise in einem eleganten Rolls-Royce, der in diese Gegend passte wie ein Schneeball in den Urwald.

Wirklich unwahrscheinlich ...

Es dauerte nur Minuten, dann hatten wir wieder die Old Street erreicht. Wenig später setzte uns Jago an einem Polizeirevier ab.

Wir verabschiedeten uns von Senhora del Bosque. Sie teilte uns noch mit, dass wir sie im Ritz Hotel erreichten. Im nächsten Moment glitt das schwere Schiff lautlos davon.

Suko wurde von ähnlichen Gedanken geplagt wie ich. Er wischte sich über die Augen und fragte: »Sag mal, John, habe ich das eigentlich alles nur geträumt?«

»Nein, das hast du nicht.«

Rio de Janeiro!

Eine Stadt, über die man seitenlang erzählen konnte, um danach festzustellen, dass es immer noch etwas gab, das man vergessen hatte zu schreiben.

Ein unwahrscheinlicher Flecken Erde.

Glanz und Elend – High Society und Verbrechen, schöne Mädchen und gefährliche Killer, Copacabana und Zuckerhut sowie die Christus-Statue mit ihren ausgebreiteten Armen darauf, die im Schein einer untergehenden Tropensonne glänzte, als wäre sie mit flüssigem Messing übergossen worden.

Ein sagenhaftes Bild, das sich unseren Augen bot, als wir uns im Anflug auf Rio befanden.

Die Stadt lag unter uns. Und der Strand ebenfalls. Dahinter das herrliche Meer, aus dem die Wellen anrollten, lange, weiße Hauben trugen, bevor sie sich auf dem feinen Sandstrand der Copacabana verliefen.

Es war heiß in Rio, das wussten wir. Der Strand war belebt. Wir sahen die Menschen als winzige Figuren, als wir aus dem Fenster der ersten Klasse schauten.

Ja, wir flogen ›First‹. Senhora del Bosque hatte den Flug finanziert. Als Eigentümerin gewaltiger Kaffee-Plantagen konnte sie sich das erlauben.

Auch Sir James hatte keine Einwände. Persönlich hatte er im Hotel mit der Brasilianerin gesprochen, und eine Teestunde in diesem Laden ist für den konservativ und königstreu eingestellten Sir James das Zweitgrößte nach seinem Clubleben.

Wir hatten inzwischen Nachforschungen eingeleitet und die Leiche näher untersuchen lassen.

Der Mann war tot. Das Passionskreuz hatte ihm das Leben genommen. Während wir Rio anflogen, wurde er begraben.

Ich hatte kein gutes Gefühl. Das geht mir immer so, wenn ich in eine fremde Stadt oder Umgebung komme. Man kennt sich dort nicht aus, die Menschen sind anders, reden in einer fremden Sprache, haben andere Sitten und Gebräuche, und es ist für einen Europäer schwer, sich mit der Seele dieses Mischvolkes auseinander zu setzen.

Längst waren wir angeschnallt und sanken der erleuchteten Rollbahn entgegen.

Die Christus-Statue verschwand aus unserem Blickfeld. Vor uns lag jetzt der beleuchtete Flughafen, über ihm ein wolkenloser, dunkelblauer Himmel.

Die Sicht war herrlich.

Ich sprach Senhora del Bosque darauf an.

Sie nickte heftig. »Ja, gegen Abend ist die Sicht gut, aber morgens können Sie nichts sehen. Da steigen die Nebel aus der Bucht und hüllen einen Teil der Stadt in ihre grauen Tücher ein.«

Wie sie das sagte – fast schon poetisch.

Bodenkontakt.

Kaum ein Rumpeln war zu merken, der Pilot verstand sein Geschäft ausgezeichnet. Er ließ die Maschine ausrollen und bremste ab. Wir schnallten uns los und erhoben uns.

Ich rechnete mit Zollkontrollen und wurde überrascht, dass wir so einfach passieren durften. Der Arm unserer Begleiterin reichte noch weiter, als wir angenommen hatten.

Auf dem großen Flughafen herrschte ein unwahrscheinlicher Trubel. Wer entknotete den Sprachenwirrwarr, der uns umschwirrte? Alle Rassen und Nationen waren vertreten. Wir sahen Geschäftsreisende, Musiker, Samba-Tänzer, hörten dazwischen die Lautsprecherdurchsagen, entdeckten elegante Menschen, die nach der neuesten Mode gekleidet waren und sich lässig bewegten, wobei sie sehr arrogant und hochnäsig schauten. Und zwischen den Reisenden sahen wir die barfüßigen Jugendlichen, die scharf auf irgendwelche Dienstleistungen waren, um sich ein paar Münzen zu verdienen.

Schon hier bekamen wir einen Vorgeschmack dessen, was Rio, diese gewaltige Stadt, ausmachte.

Jago wich nicht von unserer Seite. Sein wachsamer Blick war überall, nichts entging ihm, und manchmal befand sich seine Hand sehr nahe am Kolben der Waffe.

»Fahren wir mit einem Taxi?«, wandte ich mich an die Frau.

»Nein, Mr. Sinclair, wir werden abgeholt.«

Irgendjemand hatte sich um das Gepäck gekümmert – nur den Einsatzkoffer trug ich selbst –, denn als wir am Wagen standen, war bereits alles eingeladen.

In einen Rolls-Royce stiegen wir nicht ein, dafür in

einen dunkelblauen Lincoln Continental von gewaltigen Ausmaßen. Ein Schwarzer in weißer Uniform verbeugte sich vor uns und öffnete die Türen. Wir nahmen wieder im Fond Platz, nur Jago setzte sich neben den Fahrer.

Dann rollte der Wagen an, und unsere Fahrt durch Rio begann.

Es war sagenhaft. Diese Stadt faszinierte mich auf eine kaum beschreibbare Art und Weise. Der Verkehr, die breiten Straßen und dahinter direkt die Slums.

Geschäfte, Lokale, Musik, sogar Sambatrommeln hörte ich. In der Luft lag ein seltsamer Geruch aus Blütenduft und Benzingestank, der anschließend verschwand, als wir uns dem Viertel der Reichen näherten, wo auch Ines del Bosque wohnte.

Ihre Villa lag in den Bergen. Hanglage, mit einem prächtigen Blick auf das Meer und den Zuckerhut – und auf die Hütten der Slums, die wie Fliegendreck am Felsen klebten.

Wir sahen dies, als wir die gewundene Passstraße hochfuhren, die uns zur Villa führte.

Sie lag in einem tropischen Park, der von einem hohen Gitterzaun umgeben war. Eine gewundene Auffahrt führte hoch zum Eingangstor, neben dem zwei Laternen brannten.

Bedienstete öffneten das Tor, wir rollten hindurch, gelangten auf eine glatte Asphaltstraße und näherten uns dem strahlend weißen Prachtbau.

Davor gab es einen Parkplatz, den sich manches Kaufhaus gern gewünscht hätte, so groß war er.

Der Wagen stoppte sacht.

Wir stiegen aus, man führte uns zum Haus und öffnete eine große Flügeltür.

Eine Halle nahm uns auf. Weißer Marmor glänzte, und in der Halle stand ein aufgeklappter Flügel.

Pechschwarz war das Holz lackiert. Notenblätter lagen auf dem Ständer, auf dem Boden standen zwei große Vasen mit frischen Blumen, und aus einer Ecke kam auf lautlosen Pfoten ein gewaltiger Hund. Eine Mischung aus Bulldogge und Schäferhund.

Er begann zu winseln, als er Senhora Bosque sah, warf sich vor ihren Füßen zu Boden und ließ sich streicheln.

»Das ist El Bravo«, stellte sie uns das Tier vor. »Er zerreißt Menschen, wenn ich es will. Sie aber wird er beschützen und sein Leben notfalls für Sie opfern.«

Das Tier schien die Worte verstanden zu haben, es erhob sich und kam auf uns zu.

Suko ging in die Knie. Er umfasste den Hals des Hundes, streichelte das Tier, und anschließend war ich an der Reihe, meine Finger in das herrliche Fell zu tauchen.

»Er hat jetzt Freundschaft mit Ihnen geschlossen«, erklärte die Hausherrin und wandte sich an ihr abwartend dastehendes Personal. »Zeigen Sie meinen Freunden ihre Zimmer, und bereiten Sie alles für ein Bad sowie ein Essen vor.«

Da sagten wir nicht nein.

Die Zimmer lagen in der ersten Etage. Über eine gewundene Treppe schritten wir hoch, und abermals waren wir von der Großzügigkeit und Pracht beeindruckt.

Man hatte an nichts gespart. Hier paarten sich Europa und Südamerika. Ich sah indianische Kultgegenstände, wertvolle Skulpturen, Waffen, dann wieder eine Ecke, in der ein prachtvoller, moderner Sessel eines italienischen Designers stand, abermals eine kleine Halle, von der mehrere Räume abzweigten und in deren Mitte ein Brunnen plätscherte.

Ein kaum hörbares Summen durchzog das Haus. Das einzige Geräusch, das die perfekt funktionierende Klimaanlage produzierte.

Dann unsere Zimmer.

Sie lagen nebeneinander. Groß, geräumig, jedes hatte ein Bad. Perfekt eingerichtet, dabei nicht kalt, sondern gemütlich. Vor den Räumen lag ein breiter Balkon, auch Loggia genannt. Von dort aus hatte man einen herrlichen Blick in den Park.

Ich betrat den Balkon. Diesmal fiel mir die Feuchtigkeit besonders auf, denn ich hatte einen klimatisierten Raum hinter mir gelassen.

In der Luft lag der Duft exotischer Blüten. Vögel lärmten im Blattwerk der tropischen Bäume, und hinter dem Park, von meinem Platz aus kaum zu erkennen, schimmerte das Meer, das eine dunkle Farbe angenommen hatte. Lichtstrahlen wurden reflektiert und gegen den Himmel geworfen.

»Ein Paradies«, hörte ich Sukos Stimme von nebenan.

Ich drehte den Kopf nach rechts. Mein Partner hatte die gleiche Idee gehabt wie ich.

»Das kannst du wohl sagen.«

»Senhor, das Bad, bitte sehr.«

Ich hörte die Stimme aus dem Zimmer. Der Diener stand in der Tür und schaute mir lächelnd entgegen.

Ich schloss den Balkon wieder, durchquerte das Zimmer und betrat das Bad.

Auch jetzt war ich überrascht. Im hellen Grün einer erwachenden Natur waren die Wände gekachelt worden. Die große Wanne befand sich im Boden. Sie zeigte eine ovale Form, um sie herum gab es eine breite Ablage, wo alles deponiert war, was man für ein langes Bad braucht. Es begann bei den flauschigen Tüchern, ging über Badesalze, Essenzen, Duftwässerchen bis hin zu Lesestoff.

»Ist das Wasser angenehm?«

Ich probierte mit der Hand. »Ja.«

»Dann wünsche ich Ihnen eine gute Entspannung, Senhor«, sagte der kraushaarige Diener und verbeugte sich. Wie alle anderen trug auch er eine weiße Livree.

Ich zog mich aus.

Auf dem Wasser lag eine hellblau schimmernde Schaumschicht. Kleine Bläschen zerplatzten, und ich konnte mich während des Ausziehens im Spiegel beobachten.

Er nahm die gesamte Badhöhe ein, reichte vom Fußboden bis zur Decke. Das Licht war gedämpft. In der Wand entdeckte ich die Lampen. Sie verbreiteten ein angenehmes, blendfreies Licht.

Meine Kleidung hängte ich über einen Metallständer und legte auch die Waffen ab.

Bis auf das Kreuz. Das ließ ich vor meiner Brust hängen und wollte es nur abnehmen, wenn ich mich wusch.

Ich stieg in die große, ovale Wanne, setzte mich hin und streckte meine Beine aus.

Die Wanne war so groß, dass meine Zehen den anderen Rand nicht erreichten. Mir war nicht bekannt, welches Mittel als Badezusatz genommen worden war, auf jeden Fall fühlte es sich prickelnd auf der Haut an und gab mir das Gefühl einer echten Entspannung.

Seife lag auch bereit. Ich drehte mich ein wenig, griff danach und spürte gleichzeitig, wie etwas gegen meinen linken Oberschenkel stieß. Unter der Berührung zuckte ich zusammen, denn ich wusste nicht, was es war. Ich rechnete mit einem Schwamm. Um ihn zu greifen, musste ich mich aufrichten. Ich setzte mich hin, streckte meine Arme aus und bekam den »Schwamm« zwischen die Finger.

Moment mal, Schwamm?

Nein, der fühlte sich anders an.

Plötzlich rann es trotz des warmen Wassers kalt über meinen Rücken. Meine Gesichtszüge froren ein, ein schrecklicher Verdacht keimte in mir hoch, ich riss die Hände aus dem Wasser und sah meinen Verdacht bestätigt.

Zwischen den Fingern hielt ich einen Kopf!

Es war ein Schock. Auch für mich, der ich allerhand gewohnt bin. Aber einen Kopf in der Badewanne hatte ich noch nie gefunden.

Es war kein normaler, das muss ich vorausschicken, sondern einer, wie ich ihn aus London kannte. So ein toter Schädel hatte auch auf den Parkuhren gesteckt. Wie in London glühte er. Nur nicht so stark. Das Licht drang aus den Augenhöhlen, den Nasenlöchern und dem Mund wie ein feiner, gelber Schleier.

Ich starrte den Kopf an, er starrte mich an, jedenfalls hatte ich das Gefühl.

Sekunden vergingen, in denen mir zahlreiche Gedanken durch das Gehirn schossen, denn ich dachte an dieses Haus und auch daran, dass der Macumba-Zauber davor nicht Halt gemacht hatte.

Wir steckten mittendrin.

Noch immer hielt ich den Kopf fest, bis ich mich schließlich überwand und ihn zur Seite legte.

Neben der Wanne fand er seinen Platz. Dort sollte er auch liegen bleiben. Mir war die Lust an einem Bad vergangen, da war ich ehrlich genug, dies zuzugeben.

Ich blieb allerdings noch einen Moment sitzen, um die Nerven zu beruhigen. Meine Hände hatten sehr stark gezittert, als sie das makabre Fundstück aus dem Wasser holten.

Ein paar Mal schluckte ich, atmete tief durch und dachte daran, den Kopf durch das Kreuz zu zerstören. Allerdings nicht, wenn ich in der Wanne hockte.

Meine Hände lagen bereits auf den Rändern, ich wollte mich gerade hochstemmen, als es geschah.

Plötzlich flog die Tür zum Bad auf.

In den Raum stürmte der Mann, der mir das Wasser eingelassen hatte. Er trug nicht mehr seine Livree, sondern das mir schon bekannte sackähnliche Gewand.

Das alles hätte mich nicht gestört. Schlimmer war das Messer mit der unterarmlangen Klinge, das er in seiner rechten Hand hielt, und mir war klar, dass ich durch diese Waffe sterben sollte …

»Macumba! Macumba!«, drang es gellend aus seinem Mund, und diese Schreie stachelten ihn noch mehr an.

In den Sekundenbruchteilen, die mir blieben, musste ich eine Lösung finden, um nicht von der verdammten Messerklinge vom Leben in den Tod befördert zu werden.

Was konnte ich tun?

An meine Waffen kam ich nicht heran. Das Kreuz über den Kopf zu streifen, würde nicht klappen, da es zu viel Zeit kostete, aber es gab vielleicht eine andere Chance.

Da war die Größe der Wanne und das Wasser.

Ich schleuderte meinen Körper nach vorn, hieb gleichzeitig mit der flachen Hand auf die Oberfläche, schaufelte das Wasser hoch und gegen den heranstürmenden Macumba-Diener.

Die Ladung traf ihn genau in dem Augenblick, als er sich abstoßen wollte.

Durch meinen Stellungswechsel hatte er die Richtung etwas ändern müssen. Das gelang ihm allerdings nicht mehr, weil ihm die Ladung voll ins Gesicht geklatscht war. Zudem hatte ich ihm heißes Wasser entgegengeschleudert, und er wurde zwangsläufig aus dem Konzept gebracht.

Meine Chance!

Stoppen konnte er nicht mehr. Der Arm mit dem mörderischen Messer senste nach unten, traf mich allerdings nicht, sondern hieb in das Wasser, das einen Herzschlag später noch mehr aufschäumte, als er in die Wanne fiel.

Eine halbe Armlänge von ihm entfernt kniete ich und nahm die Gelegenheit wahr, als er mir für einen Moment deckungslos seinen Rücken präsentierte.

Meine Handkante zischte von oben nach unten.

Es war ein gewaltiger Hieb, den ich ihm in den Nacken setzte, und er schüttelte ihn durch. Ein Stromstoß schien durch seinen Körper zu laufen, der Kopf kam nicht mehr aus dem Wasser hervor, der Mund stieß unter der Oberfläche Luft aus, die als Blase zerplatzte.

Dann wurde er schlaff.

Ich verzog das Gesicht und rieb meine Hand. Der Schlag hatte mir fast einen Knöchelbruch besorgt, und ich biss die Zähne zusammen, als ich über die Stelle mit den Fingern fuhr. Bewegen konnte ich die Hand noch. Das stellte ich sehr schnell unter Beweis, als ich den Macumba-Diener aus dem Wasser zog, denn ertrinken sollte mir der Knabe nicht.

Er war wirklich bewusstlos. Das Wasser rann ihm noch aus dem Mund, als ich ihn über den Wannenrand schob, auf dem Bauch liegen ließ und seinen Kopf zur Seite drehte, sodass alles Wasser aus den Lungen fließen konnte.

Das war geschafft.

Wie Gott mich erschaffen hatte, blieb ich für einen Moment sitzen und versuchte, meine Nerven unter

Kontrolle zu bringen. Es war schwer genug, ein Schock kommt zumeist später, und diesmal hatte er mich verflixt hart getroffen.

Neben dem Kopf lag der Besiegte. Ich kümmerte mich nicht weiter um ihn, sondern trocknete mich hastig ab und stieg in andere Kleidung, die bereitlag.

Den Schwarzen behielt ich dabei immer im Auge.

Er rührte sich nicht.

Natürlich machte ich mir meine Gedanken. Dieser heimtückische Überfall bewies, dass die Macht des Macumba weiter aufgeblüht war, als Senhora del Bosque vielleicht annahm. Selbst in ihrem Haus hatte sie sich manifestiert, der Einfluss ihres Bruders Cassara war jedenfalls nicht zu leugnen, wie ich vorhin sehr drastisch erlebt hatte

Das Messer lag noch immer in der Wanne. Dort sollte es auch vorläufig bleiben.

Dann erwachte der Mann.

Es begann mit einem Zucken seiner Füße. Er zog das Bein an, ich wollte mich gerade bücken, um nach ihm zu greifen, als er sich in einen Irrwisch verwandelte.

Der Schrei stieg aus seiner Kehle, und blitzschnell kam er in die Höhe. Dabei drehte er sich noch geschickt zur Seite weg, sodass meine Hände ins Leere griffen.

Ich fasste nach und kassierte einen Tritt.

Dass der Mann so hart und schnell reagieren konnte, obwohl er kurz zuvor bewusstlos gewesen war, damit hätte ich nie gerechnet. Der Hammer erwischte mich in Höhe des Schlüsselbeins und trieb mich zurück. Fast wäre ich sogar in die Wanne gefallen.

In die Wanne aber hechtete der andere. Er wollte sein Messer. Hoch spritzte das Wasser, als er kopfüber darin verschwand.

Obwohl mir nicht danach zumute war, musste ich doch grinsen. Während er im Wasser herumsuchte, fand ich Zeit, meine Beretta zu ziehen. Ich wollte ihn eigentlich nicht aus der Wanne kommen lassen, doch er schnellte hoch wie ein Stehaufmännchen und stand plötzlich am Rand.

Mit dem Messer.

»Lass es fallen!«, befahl ich, wobei ich meiner Stimme einen drohenden Unterton gab.

Er glotzte mich nur an und tat so, als würde er kein Wort begreifen. Aber er konnte Englisch, vorhin hatte er mir das bewiesen. Eigentlich war er eine traurige Gestalt, wie er da stand mit seinem nassen, am Körper angeklatschten, sackähnlichen Gewand. Nur das verdammte Messer störte mich.

»Mach schon!« Ich wurde langsam sauer.

Da passierte etwas, womit ich nicht gerechnet hatte. Die Tür war nicht wieder zugefallen, sondern stand einen Spaltbreit offen. Ich selbst hatte sie nicht im Blickfeld, aber ich konnte in den hohen Spiegel schielen und sah dort, dass sich die Tür etwas bewegte und dann ruckartig aufgestoßen wurde.

Ein Schatten jagte herein.

Unheimlich schnell.

Es war El Bravo, der Bluthund, und er knurrte drohend.

Hatte Senhora del Bosque nicht gesagt, er sollte mich bewachen? Das tat er auch, aber auf eine Art und Weise, wie ich sie nicht voraussehen konnte.

Der Hund war so schnell, dass der Macumba-Diener keine Chance hatte, irgendetwas zu unternehmen. Bevor er sich rühren konnte, war El Bravo schon bei ihm, schoss in die Höhe und wollte ihm an die Kehle.

Der Mann riss seinen Arm hoch, die Zähne des Hundes verfingen sich in seinem Fleisch, und der wuchtige Aufprall schleuderte ihn zurück, wobei der Hund nicht losließ und weiterhin seinen Messerarm umklammert hielt.

Alles geschah in Sekundenschnelle. Die beiden näherten sich dem Spiegel, krachten hinein, Tausende von Scherben und Spiegelstücken wirbelten zu Boden, ich hörte den gellenden Schrei, der im nächsten Moment verstummte, als der Hund nach der Kehle des Mannes schnappte.

Und danach ein Geräusch, das ich nie vergessen

werde. Ich schaute nicht hin, konzentrierte mich auf die nachfolgende Stille und bemerkte, wie der Hund an mir vorbei auf die Tür zutrottete, ohne mich eines Blickes zu würdigen.

Aus seinem Maul tropfte Blut ...

Ich stand da und spürte die Schauer auf meinem Rücken. Die Ereignisse hatten mich überrascht, ich begriff es nicht.

El Bravo verschwand, dafür erschien Suko. Er hatte sich nur ein Badetuch um die Hüften gewickelt, hielt jedoch die Beretta in der rechten Hand.

»John, verdammt, was ist los?« Auf der Türschwelle blieb er stehen, und sein Blick wieselte durch das Bad. »Mein Gott«, flüsterte er dann.

»Es war El Bravo«, sagte ich mit krächzender Stimme. »Ich konnte nichts tun.«

»Verstehe.«

Wieder hörten wir Schritte. Zusammen mit Jago, dem Leibwächter, tauchte Senhora del Bosque auf. Sie hatte sich umgezogen, trug trotzdem Schwarz und blickte aus kalten Augen auf den Toten.

»Es war El Bravo«, sagte ich.

Sie nickte. »Er wollte sie beschützen.«

Dann holte sie tief Luft. »Ich wusste, dass sie bereits in meinem Haus sind. Cassaras Arm reicht sehr, sehr weit.« Sie wandte sich an ihren Leibwächter und sprach mit ihm in seiner Heimatsprache.

Danach schaute sie uns wieder an. »Kommen Sie dann zum Essen, meine Herren?«

Alles was recht war, Nerven hatte die Frau, das musste man ihr lassen. Wie konnte sie nur ans Essen denken, wenn so etwas Schreckliches passiert war!

Senhora Ines del Bosque wurde mir immer rätselhafter ...

Jago schaute uns finster an, als trügen wir die Schuld am Tod des Bediensteten.

Er hatte seltsame Augen. Ziemlich kleine, dunkle

Pupillen, die Augäpfel dahinter jedoch erstrahlten förmlich in einem hellen Weiß. Das hatte ich bei einem lebenden Menschen noch nicht gesehen.

»Komm, wir gehen zu mir.« Suko stieß mich an. Sicher, der Inspektor musste sich ja noch umziehen.

Auf dem Flur sahen wir El Bravo. Er stand vor einem großen Fleischnapf und fraß schmatzend. Seine Flanken bewegten sich dabei, auch die Beine zuckten, und mir gefiel der Hund plötzlich nicht mehr. In Verbindung mit dem Tod des Mannes und dem Fressen jetzt war es doch ein sehr komisches Gefühl. Als wir ihn passierten, hob er kurz den Kopf, schaute uns an und widmete sich danach wieder seiner Mahlzeit.

Sukos Zimmer glich dem meinen aufs Haar. Nur das Bad war bei ihm hellblau gekachelt. Ich sah die Fliesen durch die offene Tür. Eine kleine Bar stand bereit. Einen Schluck konnte ich vertragen, nahm ein Glas hoch und genehmigte mir einen Agavenschnaps. Der raubte mir fast die Luft, so scharf war er.

Als Suko ins Zimmer trat, schnappte ich noch immer nach Atem. »Was ist denn los?«, fragte er.

»Der – der Schnaps.«

»Warum bist du auch immer so gierig?«

»Ich gebe dir gleich auch einen.«

»Nein, lieber dem Hund. Wenn der das Zeug schlürft, geht er senkrecht die Wände hoch.«

Ich wechselte das Thema. »Was hältst du von der Frau?«

Suko knöpfte sein Hemd zu und hob die breiten Schultern. »Ich weiß es nicht genau, aber seltsam ist sie schon. Zudem benimmt sie sich irgendwie anders als in London.«

»Vergiss nicht, dass das hier ihre Heimat ist.«

»Hast du auch wieder Recht.«

»Hunger verspüre ich kaum.«

»Du kannst ja so tun, als würdest du essen. Ich bin nur mal gespannt, mit welchen Überraschungen die Senhora noch aufwartet.«

»Das kann keiner sagen, aber aus lauter Sympathie

und Spaß hat die uns nicht hergeholt. In dieser Nacht werden wir wohl kaum schlafen. Ich warte nur noch auf das Trommeln.«

»Mal nicht den Teufel an die Wand.« Suko war fertig angezogen und nickte mir zu. »Meinetwegen können wir.«

Als ich die Tür öffnete, da hörten wir das Klavierspiel. Es klang von unten zu uns hoch.

»Ob die del Bosque spielt?«, fragte Suko.

»Jago bestimmt nicht.«

»Man kann nie wissen.«

Wir schritten die Treppe hinab. Ich kannte das Stück. Rachmaninow, wenn mich nicht alles täuschte. Schwer die Klänge, irgendwie beklemmend. Chopin wäre mir lieber gewesen.

Gedeckt worden war im Dinnerraum. Das Klavier stand in der Halle, und ich musste alles zurücknehmen, denn nicht Senhora del Bosque spielte, sondern Jago.

Das hätte ich dem Leibwächter nicht zugetraut. Bei den Killerhänden, die er hatte.

Jago saß wie selbstvergessen vor dem Flügel und spielte. Sein Gesicht zeigte einen entrückten Ausdruck, er nahm uns nicht zur Kenntnis, als wir ihn passierten, sondern spielte weiter.

Der lange Tisch war bereits gedeckt. Zwei Mädchen trugen noch Blumenschmuck herbei, dann verschwanden sie.

Senhora del Bosque empfing uns auf der Türschwelle. Sie lächelte ein wenig, bevor sie sagte: »Ich liebe Rachmaninow. Seine Musik hilft mir, zu vergessen.«

Ich war ehrlich und erwiderte: »Sie ist mir zu schwermütig.«

»Aber sie passt in die Zeit.«

»Das ist Ansichtssache.« Ich bin immer Optimist geblieben, trotz aller Widrigkeiten, und irgendwie glaubte ich an das Gute im Menschen und dass sich irgendwann alles drehen würde, so schlimm es auch manchmal aussah.

Senhora del Bosque legte ihre sonst glatte Stirn in

Falten und bat uns sehr höflich, an der Tafel Platz zu nehmen.

Personal stürzte herbei und stellte uns die Stühle zurecht. Die Besitzerin des Hauses saß am Kopfende des Tisches, wir flankierten sie. Als Lichtquelle dienten drei Kerzen. Sie steckten in einem goldenen Halter, der seinen Platz zwischen zwei Blumenschalen auf dem Tisch gefunden hatte.

Man servierte den Wein. Das Personal hatte die Kleidung gewechselt. Die jungen Männer trugen rote Fräcke. Zur Eröffnung gab es einen trockenen Weißwein, mehr als Aperitif zu verstehen. Die Dame des Hauses nickte uns zu und hob ihr Glas. »Auf dass es uns gelingen möge, den unheimlichen Zauber zu vernichten«, sagte sie, und ich hatte selten einen so makabren Trinkspruch gehört.

Durch unsere Kopfbewegungen schlossen wir uns ihrer Meinung an. Ich hatte noch immer den Geschmack des Agavenschnapses auf der Zunge und konnte mir deshalb kein Urteil über den Wein erlauben.

Das tat Suko. Er machte es sehr geschickt. Die Frau konnte den Eindruck haben, mit einem Weinkenner zusammenzusitzen.

Die Vorspeise wurde serviert. Keiner von uns brauchte zu warten. Für jede Person am Tisch war ein Ober zuständig. Das fand man in keinem Restaurant.

Als Vorspeise gab es eine Komposition von Meeresfischen. Was da für tote Tierchen auf dem erlesenen Porzellan lagen, wusste ich nicht. Ich aß sie trotzdem, und sie schmeckten sogar in Verbindung mit einer leicht schaumig geschlagenen Soße sehr gut.

Eine warme Früchtesuppe folgte, die mir nicht so gut mundete, und anschließend wurde der Hauptgang serviert.

Das alles zog sich hin. Jago spielte weiter, Senhora del Bosque sprach kaum ein Wort, und nur das Klappern der Bestecke erreichte neben dem Klavierspiel unsere Ohren.

Ein schweigendes Mahl.

Das Hauptgericht wurde gebracht. Zwei Ober schleppten eine große, ovale Platte heran. Was drauflag, konnte keiner von uns erkennen, denn ein Warmhaltedeckel war über die Platte gestülpt worden.

Die Hausherrin ergriff wieder das Wort. ›Mögen Sie Wild?«, erkundigte sie sich.

»Ja.«

»Es ist eine Spezialität meines Kochs«, erklärte sie uns. »Ein Wildschwein nach Art des Hauses. Noch sehr jung. Wir jagen es im Dschungel.« Sie nickte den beiden Männern zu, die Platte abzustellen.

Hoffentlich sind keine Schrotkörner mehr im Fleisch, dachte ich.

Der Deckel wurde weggezogen.

Jäh lähmte uns das Entsetzen. Auf der Platte lag kein Wildschein, sondern etwas anderes.

Ein Kopf!

Ich sah, wie Senhora del Bosque bleich wurde. Ihre Finger krallten sich in das Tischtuch fest, der Atem drang pfeifend über ihre Lippen, und die Wangen zitterten.

Der Mann, der den großen Deckel abgehoben hatte, stieß einen Schrei aus, taumelte zurück und ließ den Deckel fallen, der mit einem metallenen Scheppern über den glatten Boden rutschte.

Abrupt hörte das Klavierspiel auf. Rachmaninow war vergessen, wir hörten Jagos Schritte, und er blieb hinter seiner Herrin stehen, wobei er die hohe Stuhllehne umklammerte und auf den Schädel starrte.

»Geht weg, geht weg!«, zischte die Frau und meinte damit das Personal, das entsetzt herumstand. Sie unterstrich die Aufforderung mit fahrigen Handbewegungen.

Wie die Denkmäler saßen wir am Tisch. Der Schädel auf der Platte bot einen fürchterlichen Anblick. Die Augen waren weit geöffnet, der Mund ebenfalls, und die Zunge hing heraus. Schwarzes Haar klebte auf dem Schädel, es wirkte wie angeklatscht.

Niemand sprach mehr.

Und dann hörten wir etwas Entsetzliches, denn

Senhora del Bosque stöhnte grauenvoll auf. »Es ist der Kopf meines Mannes«, keuchte sie. »Der Kopf von Ernesto …« Sie stieß die Worte hart hervor, schlug die Hände vor das Gesicht, stützte die Ellbogen auf und begann zu schluchzen.

Suko saß mir gegenüber. Unsere Blicke trafen sich. Ich wollte eigentlich etwas sagen, aber mein Hals war zu. Wer konnte das getan haben? Wer war so grausam, so . .

Plötzlich wurden meine Gedanken unterbrochen, denn mit dem Kopf geschah etwas.

Die Platte war warm, vorgeheizt, und diese Hitze drang jetzt in den Schädel ein.

Er veränderte sich. Es fing am Halsstumpf an, denn dort schmolz die Haut vor unseren Augen weg, als wäre sie Talg.

Aber Haut besteht nicht aus Talg …

»John«, hauchte Suko. »Denkst du das Gleiche wie ich?«

Ich nickte, denn in diesem Moment dachte ich ebenso wie mein Freund und Kollege.

Es war kein echter Kopf, den man uns hier präsentierte, sondern ein naturgetreu nachgebildeter Schädel aus Wachs!

Wie er jetzt dahinschmolz und welche Grimassen das Gesicht dabei schnitt, war schon als schrecklich zu bezeichnen. Da verzog sich der Mund, seine Winkel wurden nach unten gedrückt, die Lippen verliefen, die Nase begann zu tropfen und Tropfen rannen auch aus den Augen und über die Wangen, sodass sie wirkten wie dicke Tränen.

Selbst die Haare lösten sich auf. Das schwarze Wachs vermischte sich mit dem helleren und bildete ein wirres Muster.

Trotz des schlimmen Vorgangs atmete ich auf. Wir hatten es nicht mit einem echten Kopf zu tun, alles andere war jetzt zweitrangig, mochte es auch noch so schrecklich aussehen.

Ich schob den Stuhl zurück. Das Schaben der Beine auf dem Marmor unterbrach die lastende Stille.

Sofort schaute Jago mich scharf an. Ich hielt seinem Blick stand und sagte: »Erklären Sie es Ihrer Herrin!«

Die Worte hatte auch Senhora del Bosque vernommen. Sie ließ die Hände sinken und hob den Kopf. »Was«, flüsterte sie, »was soll er erklären, Mr. Sinclair?«

»Sehen Sie sich den Kopf an, Senhora.«

Sie stierte. Ja, ein anderes Wort traf den Blick nicht so genau. Es war ein Stieren, und sie holte pfeifend Luft, als sie sah, was mit dem Schädel geschah.

Bis auf die Hälfte seiner ursprünglichen Größe war er zusammengeschrumpft, und der Vorgang beschleunigte sich, denn die herrschende Wärme sorgte dafür, dass der Schädel immer kleiner wurde.

Nur noch so groß wie eine Faust war er!

»Wachs!«, hauchte Senhora del Bosque. »Es ist Wachs!« Ihre Augen weiteten sich. Sie öffnete den Mund – und schrie. »Wachs, verdammt, es ist Wachs!« Sie schnellte von ihrem Stuhl, griff ein Messer und hieb es in den Rest hinein. Weit hatte sie sich dabei vorgebeugt. Sie blieb auch in der Haltung, wobei ihre Faust den hölzernen Griff der Waffe umklammerte. Aus ihrem Mund drangen zischende Worte. Wir verstanden sie nicht, sondern schauten nur auf die Frau, die eigentlich mehr erlebt hatte, als normale Nerven vertragen können.

Wir ließen sie in Ruhe. Auch der Leibwächter sagte kein einziges Wort. Wie eine stumme Drohung stand er hinter dem Stuhl und richtete seinen Blick über den Tisch.

Minuten vergingen, während der Kopf immer kleiner wurde, das Messer bald keinen Halt mehr finden würde und schon abrutschte. Mit einem reißenden Geräusch kratzte es über die Platte.

Auch die Frau wäre fast zusammengesunken. Wir sprangen gleichzeitig hinzu und hielten sie fest.

Ich spürte das Zittern. Sie hob den Kopf an. »Macumba«, hauchte sie. »Dieser verfluchte Zauber. Er ist überall, du kannst ihm nicht entkommen, nicht Macumba.« Dann ging ein Ruck durch ihre Gestalt, und mit fast normaler Stimme befahl sie: »Lassen Sie mich los!«

Das taten wir auch.

Aufrecht stand sie vor dem Stuhl. Ihr Blick traf Suko und auch mich. Noch schimmerte es in den Augen feucht. Tränen hatten nasse Spuren auf ihren Wangen hinterlassen, aber keine Schminke zerstört, für uns ein Beweis, dass sie nichts im Gesicht trug.

»Entschuldigen Sie, meine Herren, dass ich mich habe so gehen lassen. Sie werden verstehen, ich dachte, man hätte mir den Kopf meines Mannes serviert. Er war es nicht, nur eine Nachbildung, allerdings sehr echt, wie ich zugeben muss. In diesem Licht kaum zu unterscheiden. Die haben genau gewusst, was sie taten.«

»Wenn ich Sie mal unterbrechen darf, Senhora del Bosque, so haben Sie gerade das Stichwort gegeben, als sie von mehreren Personen sprachen. Wer kann dahinter stecken?«

»In meinem Haus geschehen Dinge, über die ich nicht informiert bin. Das ist das Schlimme.«

»Dann haben Sie keinen Verdacht?«, formulierte Suko die nächste Frage

»Verdacht?« Sie lachte auf. »Jeder kann es sein. Macumba ist überall. Deshalb habe ich Sie mitgenommen«, sprach sie weiter, wobei die Stimme zitterte. »Ihnen kann ich vertrauen, Sie sollen mir Schutz gewähren, den andere nicht schaffen. Die Feinde haben mich umzingelt, ich sitze in der Falle. Cassara wird kommen und mich töten!«

»Noch sind wir da«, sagte ich. »Auch Jago steht Ihnen zur Seite. Er wird sein Leben für Sie geben.«

»Was nutzt es, wenn er stirbt? Dann bin ich erst recht in Gefahr. Die Dinge spitzen sich zu, ich habe es gewusst. Schon vor ein paar Tagen in London ist mir dies klar geworden. Jetzt kommt es zur Entscheidung. Er will alles. Und wenn er sich in den Besitz gebracht hat, kann er Macumba ein würdiger Diener sein, denn dann hat Cassara auch großen finanziellen Einfluss, weil unsere Familie zu den reichsten des Landes gehört.«

Abgehackt hatte sie die Worte hervorgestoßen, und sie legte nun eine Schweigepause ein.

Von dem Kopf war nur eine Lache zurückgeblieben, die auf dem Tablett schwamm und allmählich erkaltete.

Jedem von uns war klar, dass wir hier keine Ewigkeit sitzen bleiben konnten, ohne etwas zu unternehmen, und das sagte ich der Frau auch. »Sie sind hier die Hausherrin, kennen die Gegebenheiten, und von Ihnen müsste eigentlich ein Vorschlag kommen, was zu tun ist.«

»Haben Sie sich nichts überlegt?«

»Ich dachte daran, dass wir unter Umständen erst einmal Ihr Personal verhören. Irgendjemand muss den Wachsschädel ja auf das Tablett gelegt haben.«

Sie winkte heftig ab. »Kommen Sie mir nicht mit so etwas, Mr. Sinclair. Verhöre, das ist Unsinn. Sie stecken alle unter einer Decke – alle. Sie belauern mich, sie warten nur auf meinen Tod und freuen sich, wenn es Macumba endlich gelingt, mich zu besiegen. Ich habe Sie unter anderem hergeholt, damit der Vorgang beschleunigt wird. Meine Rechnung ist aufgegangen. London, das war eine von mir inszenierte Affäre. Ich habe meine Verfolger in diese Stadt gelockt, um Sie aufmerksam werden zu lassen. Auch der Spitzel ist von mir bestochen worden. Es war ein riskantes Spiel, ich gebe es zu, aber ich habe gewonnen.« Sie lächelte schmal. »Der Spitzel tat genau, was ich wollte. Ohne es groß zu merken, schwenkte er auf meine Linie ein.«

Verdammt, diese Frau war noch raffinierter, als ich gedacht hatte. Sie hatte uns regelrecht vor ihren Karren gespannt, ohne dass wir etwas bemerkt hatten.

Auch Sir James nicht. Er war der Senhora ebenfalls auf den Leim gegangen. Als ich daran dachte, musste ich grinsen, denn so etwas war dem Alten sicherlich noch nicht passiert.

»Denken Sie jetzt daran, abzureisen, Mr. Sinclair?«, erkundigte sich die Frau.

»Nein.« Meine Antwort erfolgte spontan. »Wir stecken bereits zu tief in der Sache. Außerdem habe ich es nicht gern, wenn man mich mit dem Messer attackiert und mir als Hauptgericht einen Kopf servieren will. Darüber können sich andere freuen, ich jedenfalls nicht.«

»Dann habe ich Sie genau richtig eingeschätzt.«

»Und Sie meinen, dass ein Verhör des Personals keinen Sinn hat?«, meldete sich Suko.

»Genau das.«

»Wie würden Sie denn vorgehen?«, fragte ich.

Da lächelte sie. »Ich möchte Sie bitten, mit mir einen kleinen Spaziergang zu unternehmen.«

»Warum nicht?«

»Gut, dann lassen Sie uns bald aufbrechen. Die Leute werden abräumen.« Ines del Bosque stemmte ihre Hände auf die Platte, um sich in die Höhe zu drücken.

Ich hatte noch eine Frage. »Dieser Spaziergang, Senhora – haben Sie da ein bestimmtes Ziel im Auge?«

»Natürlich.«

»Und welches?«

»Wir gehen in eine Gruft!«

Es gibt Millionäre, die haben keinen Spleen, andere Leute mit viel Geld besitzen ihn dafür doppelt. Zu welcher Kategorie ich die Frau vor mir zählen sollte, wusste ich nicht.

Ein Spaziergang zu einer Gruft, damit hatte ich nicht gerechnet. Ein wenig laue Luft hätte gut getan, aber zu einer Gruft zu laufen, war wohl nicht das Wahre.

Senhora del Bosque sah es meinem Gesicht an, dass ich nicht gerade begeistert war, und sie fragte: »Was ist? Gefällt Ihnen der Spaziergang nicht, Mr. Sinclair?«

»Doch, doch, der Spaziergang wohl. Nur das Ziel ist ein wenig außergewöhnlich, finden Sie nicht auch?«

»In der Tat, eine Gruft ist nichts Alltägliches. Aber wir haben es auch hier nicht mit alltäglichen Vorgängen zu tun. Ich kann nicht mehr im Haus bleiben, ich muss an die Quelle des Schreckens, wenn Sie verstehen. Mein Mann hat sich bereits zu Lebzeiten ein Grabmal errichten lassen, es steht weit hinten im Park, da können wir hinlaufen oder auch fahren. Ich habe für die weiten Wege kleine Elektrowagen anschaffen lassen. Sie sind umweltfreundlicher.«

Wenig später standen wir im Park und warteten auf die Senhora und ihren Leibwächter, denn Jago sollte mit.

Wohl fühlten wir uns beide nicht. In den Tropen ist die Dunkelheit sehr intensiv. Früher kam sie mir irgendwie schwarzblau vor, und so wirkte sie auch hier.

Blauschwarz, undurchdringlich, wenn die Scheinwerfer nicht gewesen wären. Nicht nur vom Dach des Hauses fielen Strahlen, die Scheinwerfer waren überall im Park verteilt. Sie standen zumeist am Boden, schickten ihre Lichtstreifen schräg in die Dunkelheit und spannten ein helles Netz in das dichte Blattwerk der Bäume.

Unzählige Insekten schwirrten in den Lichtinseln. Ihre Tänze waren von einer nahezu wilden Faszination. Manche glühten auf, bei größeren wurde das Licht von den fast durchsichtig wirkenden Flügeln reflektiert.

Wir hörten, dass eine der Türen zum Park hin aufgezogen wurde. Zwei Gestalten erschienen, die Hausherrin und ihr Leibwächter. Jago überragte sie um zwei Kopfeslängen. Im Zwielicht wirkte er düster und gefährlich wie eine abgestellte Kampfmaschine, die allerdings jeden Augenblick explodieren konnte.

»Gut, dass der auf unserer Seite steht«, sagte ich. »Mit Jago möchte ich nicht in den Clinch.«

Suko hob die Schultern. »Wenn, dann darfst du ihn wenigstens nicht zu einer Aktion kommen lassen, den musst du mit dem ersten Schlag gleich flach legen, mein Lieber.«

»Sicher, ich trainiere mit einem Baumstamm.«

Suko lachte leise und sprach nicht mehr weiter, weil die beiden uns schon entgegenkamen.

Die Senhora wollte sich nicht stützen lassen. Sie schritt aufrecht und hatte den Kopf stolz erhoben. Als sie uns erreicht hatte, blieb sie stehen. Jago entfernte sich.

»Ich habe ihm gesagt, er soll den größten Wagen holen, darin haben wir alle Platz.«

»Wie Sie meinen.«

Auf ihr Gesicht trat ein etwas lauernder Ausdruck. »Ihnen beiden passt es wohl nicht so recht, dass wir diese kleine Fahrt unternehmen.«

»Davon haben wir kein einziges Wort verlauten lassen«, hielt ich ihr entgegen.

Sie lachte leise. »Ich sehe es Ihnen an, tut mir leid. Aber wir müssen den Zauber zerstören.«

»Am Grab Ihres Mannes?«

»So ist es.«

»Senhora«, sagte ich und hatte vorher tief Luft geholt. »Ich glaube, dass Sie uns etwas verschweigen. Mit anderen Worten, Sie wissen mehr, als Sie zugeben wollen.«

»Wie kommen Sie darauf?«

»Weil Sie so zielstrebig vorgehen. Sie zeigen sich nicht irritiert. Nur als der Wachskopf auf dem Tisch lag, verloren Sie ein wenig die Übersicht, ansonsten wissen Sie immer genau, was Sie tun.«

»Das stimmt.«

»Spielen Sie mit offenen Karten!«, verlangte ich. »Was werden wir in der Gruft finden?«

»Das Grab meines Mannes.«

»Aber das ist nicht alles.«

Sie ließ sich Zeit mit der Antwort. »Wahrscheinlich nicht«, murmelte sie schließlich.

»Und was noch?«

»Der Macumba-Zauber ist zu vergleichen mit dem des Voodoo. Es kann sein, dass ...« Sie sprach nicht mehr weiter, denn Jago kam mit dem Elektrowagen.

Wir hatten auch so verstanden. Voodoo, das bedeutete lebende Tote, Zombies ...

Kalt rann es mir den Rücken hinab. Wenn das hier geschehen würde, konnten wir uns auf etwas gefasst machen.

Der Wagen hatte gehalten. Senhora del Bosque stieg ein. »Wollen Sie nicht?«, fragte sie.

»Natürlich, wir kommen«, sagte Suko.

Es war ein seltsames Gefährt. Mich erinnerte es an die Fahrzeuge, die auf Messen und Ausstellungen zu sehen waren und die die Gäste von einer Halle zur anderen transportierten. Nur kleiner.

Es gab einen Führerstand, da hatte Jago Platz genommen. Wir saßen dahinter.

Scheiben waren nicht vorhanden, nur Stangen, an die wir uns in den Kurven klammern konnten.

Ein summendes Geräusch ertönte, als der E-Wagen anfuhr. Wir saßen uns gegenüber. Senhora Del Bosques Gesicht wirkte angespannt und gleichzeitig verkniffen. Mir kam sie vor, als wäre sie in der letzten Stunde um Jahre gealtert. Die Hände hielt sie gegeneinander gepresst, in den Augen flackerte es hin und wieder.

Suko und ich hatten uns nebeneinander gequetscht. Die Sitzbänke waren nicht sehr breit, und die Federung des Gefährts ließ auch zu wünschen übrig.

Der Weg war nicht eben. Er passte sich dem Gelände an. Hin und wieder wurden wir geblendet. Immer dann, wenn wir durch die Lichtstrahlen fuhren, was mir überhaupt nicht gefiel.

In den hinteren Winkel des Parks fuhren wir, wobei ich mir vorkam wie im Dschungel. Auch die entsprechenden Tierstimmen und Geräusche umgaben uns, die Luft war feucht und schwer, wir schwitzten beide, nur der Brasilianerin schien sie nichts auszumachen.

»Wir nähern uns jetzt der Westgrenze«, sagte sie nach einer Weile. »Es ist die höchste Stelle. Dort haben Sie einen fantastischen Blick über die Bucht. Schauen Sie nach links.«

Wenn Ines del Bosque schon Fremdenführerin spielte, wollten wir ihr gern den Gefallen tun und schauten nach links.

Noch verwehrte uns die wild wuchernde Natur den Blick, doch wenig später riss sie auf. Menschenhände hatten eine Schneise geschlagen. Jago erhielt den Auftrag, zu stoppen.

Er hielt.

Auszusteigen brauchten wir nicht. Der Punkt war günstig, der Blick mehr als wundervoll.

Unter uns lag Rio.

Und auch die berühmte Statue mit den ausgebreiteten Armen. Sie wurde angestrahlt, es sah so aus, als hätte sie einen Heiligenschein.

Ein wirklich einmaliges Bild, bei dem mir die passenden Worte fehlten, um es richtig zu beschreiben. Das Meer konnte man mit welligem, dunkelblauem Samt vergleichen, auf dem hin und wieder sich bewegende helle Wattetupfer lagen – die Schaumkronen.

Erleuchtet war auch der berühmte Badestrand. Copacabana, das bedeutete nicht nur Sand und Meer, sondern auch Jubel, Trubel, Vergnügen, Restaurants, Bars, willige Mädchen und braungebrannte Playboys, die nur aufs Anmachen scharf waren und ansonsten vom Geld ihrer Väter lebten. Ich vermeinte, schwache Musikfetzen zu hören. Es konnte Einbildung sein.

Ein strahlender Lichterglanz in der mondänen City. Kaum Beleuchtung in den Slums.

Von meinem Standort aus glaubte ich, die gespenstische Ruhe fühlen zu können, die dort herrschte. Viele Straßenzüge hatten kein elektrisches Licht, und nur dort, wo der Papst bei seinem Brasilien-Besuch durchgewandert war, hatte man die Umweltbedingungen verbessert. In Rio lebten Arm und Reich nebeneinander, wie auf einem Pulverfass, dessen Lunte schon lange brannte …

Es waren nur kurze Eindrücke, die Suko und ich in uns aufnahmen. Das andere war wichtiger.

Macumba!

»Wir können meinetwegen weiterfahren«, sagte ich zu Senhora del Bosque.

Sie nickte und gab eine knappe Anordnung an Jago, den Leibwächter, weiter.

Der startete. Abermals rollte der E-Wagen fast lautlos an. Sekunden später wurde uns der Blick durch den dschungeldicht wachsenden Pflanzenwuchs wieder verwehrt.

»Ist es noch weit?«, fragte ich die Frau.

»Nein, wir werden in wenigen Minuten da sein.«

»Glauben Sie daran, dass wir noch andere Personen dort treffen als nur einen Toten?«, wollte Suko wissen.

Als er das Wort ›Toten‹ sagte, da schaute ihn die Frau seltsam und von unten herauf an. »Wir müssen mit dem Schlimmsten rechnen«, erwiderte sie gerade so laut, dass sie das Summen des Motors übertönte.

»Also Macumba-Diener«, präzisierte ich.

»Vielleicht.«

»Ich wundere mich nur darüber, dass wir keine auf Ihrem Grundstück gesehen haben, Senhora.«

»Sie halten sich versteckt.« Ein verkniffenes Lächeln zuckte um ihren Mund. »Glauben Sie mir, Mr. Sinclair, die sind überall, sie halten uns unter Beobachtung.« Kaum hatte sie die Worte ausgesprochen, da hob sie den Kopf und schaute zum Himmel. »Da, sehen Sie doch!«

Auch wir hoben die Köpfe.

Schädel schwebten über uns. Rote Schädel und von innen gelb ausgeleuchtet. Sehr deutlich hoben sie sich von der dunklen Farbe des Himmels ab. Wieder erinnerten sie mich an Kometen, als sie über das Firmament rasten und dann verschwunden waren.

»Da haben Sie Ihre Diener«, sagte die Frau.

Und Jago knurrte: »Macumba, Macumba ...«

Wie er das aussprach, da konnte einem schon angst und bange werden. Wir waren einiges gewohnt. Mich erfasste eine innerliche Spannung, zudem wollte ich wissen, wie das alles zusammenhing zwischen den Dienern und den Masken.

Wir waren so in unser Gespräch vertieft gewesen, dass ich nicht bemerkt hatte, wie frei die Gegend plötzlich geworden war. Der Wald hatte sich gelichtet, wir fuhren in eine kultivierte Parklandschaft hinein, und Jago stoppte.

»Endstation«, sagte die Senhora mit dumpfer Stimme.

Wir stiegen aus. Suko und ich mussten uns erst umdrehen, um alles erkennen zu können.

Vor unseren Augen lag ein Rondell. Sehr gepflegt, mit einem satten grünen Rasen und dazwischen die tropischen Blumen mit ihren leuchtenden Farben. Aus der Mitte des Rondells erhob sich eine Figur, ein Mann. Er stand da in Feldherrenpose, wurde von zwei dünnen Strahlern angeleuchtet, und ich hörte die leisen Worte der Ines del Bosque.

»Das ist mein Gatte!«

Ich verstand diesen Kult nicht, der hier Auferstehung feierte. So etwas sah man sonst nur in kommunistischen

Staaten, und auch Deutschland hatte mal so eine Zeit erlebt. Ich wollte von mir jedenfalls kein Denkmal haben.

Das sagte ich auch, worauf Suko meinte: »Da würden auch nur die Tauben drauf machen …«

Um sich jetzt zu streiten war die Lage zu ernst. Es ging vorrangig um das Grabmal.

Hinter dem Rondell lag es, und es war ein Haus für sich.

Das seltsame Grabmal glänzte in einem fahlen Weiß. Es wurde nicht angestrahlt, und doch hob es sich deutlich von dem dunklen Untergrund ab. Ein Riesengrab in Weiß. Normalerweise fürchtet man sich vor dunklen, schaurigen Grüften, aber auch dieses Grabmal flößte mir irgendwie ein unbehagliches Gefühl ein. Von diesen Mauern ging überhaupt nichts Positives aus, allein die Kälte des Todes herrschte vor.

Das Gebäude war mehr lang als breit. Über dem Eingang befand sich ein vorgezogenes, säulengestütztes Dach. Abermals war Marmor verwendet worden. Ein heller, kalter Marmor, der den Belag zum Eingang hin bildete.

Senhora del Bosque streckte ihren Arm aus. »Da liegt er!«, flüsterte sie.

Wir erwiderten nichts. Es war sehr still um uns herum. Mir schien es, als hätte selbst die Natur Ehrfurcht vor der letzten Ruhe eines Toten.

Wir hielten uns neben der Brasilianerin auf, während ihr Leibwächter Jago einen großen Schritt nach vorn gegangen war und dastand wie ein witterndes Tier. Er hatte sein Jackett aufgeknöpft, die rechte Hand lag auf dem Kolben der unförmigen Waffe. Jago war bereit, sofort zu schießen, wenn etwas geschah.

»Haben Sie genug gesehen?«, wandte sich Ines del Bosque an uns.

»Ja.«

»Dann werden wir das Grabmal betreten.« Sie sprach den Satz so aus, als wäre er ihr letzter, endgültiger in diesem Leben.

Nur langsam ging sie vor, und wir folgten der Frau.

Unsere Schritte knirschten. Ein Sturm hatte Blätter und kleine Zweige auf den Marmorweg geweht.

Unter dem Dach wurde es besser, auch konnten wir die Tür erkennen und sahen ebenfalls das Licht. Jago hatte es angeknipst. Über der Tür befand sich eine von drei Seiten verdeckte Leiste, die ihren Schein nach unten warf.

Totenweiß auch hier die Farbe. Aber einen goldenen Knauf hatte die Tür, und darunter befand sich das schmale Schloss, von dem die Frau den Schlüssel besaß.

Ihre Hände zitterten, als sie den Schlüssel in die enge Öffnung schob. Ich schaute derweil zurück.

Düster und gespenstisch wirkend lag der Park hinter uns. Niemand war zu sehen, dennoch glaubte ich mich von zahlreichen Augen beobachtet. Zudem brauchte ich nur an die Köpfe zu denken, die wir hoch über den Bäumen gesehen hatten.

Ines del Bosque hatte aufgeschlossen. Ihre schmale Hand legte sich auf den Knauf. Bevor sie ihn nach links drehte, blickte sie uns noch einmal an, nickte sich danach selbst zu und öffnete.

Lautlos schwang die schwere Tür zurück.

Wir konnten in das Grabmal hineinschauen und erlebten eine erste Überraschung.

Suko und ich hatten damit gerechnet, dass es dunkel sein würde. Das stimmte nicht. Das Grabmal wurde von innen erhellt. Dafür sorgten brennende Kerzen, die in schwarzen Ständern an der Wand hingen. Schatten sah ich kaum, denn auch hier präsentierten sich die Wände in einem fahlen, mir unsympathischen Weiß.

Vor uns lag ein langer Gang. Ich hatte das Gefühl, den Geruch von Trauer und Erde zu spüren. Sie kennen den, der oft über Friedhöfen liegt und sich dann ausbreitet, wenn Kränze und Blumenschmuck verwelken. Hier roch es ähnlich.

Wir sprachen nicht. Jeder hütete sich, die Ruhe des Toten zu stören. Senhora del Bosque atmete seufzend ein, bevor sie die nächsten Schritte unternahm.

Sie ging den kahlen, ziemlich breiten Gang entlang, bis sie abermals vor einer Tür stand.

Wir waren noch stehen geblieben, und ich wandte mich an den Leibwächter Jago. »Wer hat die Kerzen angezündet?«, murmelte ich.

Als Antwort bedachte er mich mit einem scharfen Blick, sodass ich erst gar nicht wagte, die nächste Frage zu stellen. Ich hob die Schultern und setzte mich zusammen mit Suko in Bewegung. Erst jetzt sahen wir, dass die Frau vor einer Schiebetür stehen geblieben war.

Auch sie musste aufgeschlossen werden. Das war schnell erledigt, und wir halfen Ines del Bosque dabei die beiden Hälften auseinander zu schieben.

En leises Summen ertönte, der Blick in den dahinter liegenden Raum wurde frei, und jeder von uns sah ihn.

Es war ein Sarg!

Schwarz wie die Nacht. Als wäre das Holz mit Pech überstrichen worden. Er stand auf einem kleinen Marmorpodest, dadurch etwas erhöht, und um ihn herum lagen noch Kränze und Blumen. Licht spendeten abermals Kerzen. Jeweils drei von ihnen standen zu beiden Seiten des Sargs. Die Flammen brannten nicht ruhig. Durch den entstandenen Luftzug wurden sie bewegt und malten Schatten an die Wände, den Boden und tanzende Reflexe auf den Sarg.

»Da liegt er!« wisperte die Frau.

Wir schwiegen. Ines senkte den Kopf. Ihre Hände fanden sich. Sie legte sie gegeneinander, wobei sich die Lippen bewegten, ohne dass wir hörten, was die Frau sagte. Höchstwahrscheinlich sprach sie ein stummes Gebet.

Ich wusste noch immer nicht, wer die Kerzendochte angezündet hatte, und fragte Ines danach, als sie aufgehört hatte zu beten.

»Sie wissen es nicht?«

»Ich ahne es wohl.«

»Dann ist Ihre Ahnung richtig.«

»Macumba«, sagte ich nur.

»Genau.«

Sie waren also hier. Gewaltsam konnten sie nicht eingedrungen sein. Ich sprach die Frau darauf an, sie schüttelte den Kopf und meinte: »Cassara hat einen Schlüssel.«

»Gibt es in diesem Grabmal noch weitere Räume?«, erkundigte sich Suko.

»Nein, wir sind durch. Das hier ist das Zentrum.«

»Und Sie wollten Ihren Mann niemals begraben lassen? Ich meine, unter der Erde.«

»Ich will ihn sehen können.«

»Aber er verändert sich, er verwest«, hielt Suko ihr entgegen.

Sie gab uns eine Antwort, die uns erschreckte. »Für mich ist er auch als Toter schön.«

O Himmel, welch eine Frau. War sie überhaupt noch normal, oder hatte sie sich in ihrer Verzweiflung eine eigene Welt geschaffen?

Das war eine reine Provokation dem Toten gegenüber sowie auch anderen Menschen.

»Kann ich ihn sehen?«, erkundigte ich mich höflich.

»Wir müssen den Sarg sogar öffnen.«

»Weshalb?«

»Vielleicht will er ihn verlassen.«

»Glauben Sie, dass aus Ihrem Mann ein Zombie geworden ist, Senhora del Bosque?«

»Ich muss damit rechnen, denn Macumba macht alles möglich – alles ...«

Es waren starke Worte. In dieser gespenstischen Umgebung wirkten sie doppelt schwer.

Ich warf Suko einen Blick zu und nickte dann. Mein Freund und Kollege verstand.

Gemeinsam schritten wir vor. Jago blieb zurück. Er hatte von seiner Chefin keinerlei Anweisungen erhalten. Und von allein handelte er nicht. Er stand jedoch auf dem Sprung.

Mit einem Fuß schob ich ein paar Kränze zur Seite. Zwischen Kerzen und Sarg blieben Suko und ich auf jeweils zwei verschiedenen Seiten stehen. Unsere Gesichter waren unbeweglich. Wir schauten uns die prächtige schwarze Totenkiste an und stellten gleichzeitig fest, dass der Deckel nicht verschlossen war.

Das sagte ich auch Senhora del Bosque.

Sie stand zwischen Tür und Sarg. Der Widerschein des sich bewegenden Kerzenlichts zeigte ihre Umrisse verwaschen. Es war kaum zu sehen, als sie den Mund öffnete.

»Ich weiß, dass der Sarg offen ist, denn ich verschließe ihn nie ...«

»Dann schauen Sie immer nach?«

»Das hatte ich Ihnen doch schon gesagt.«

»Natürlich.« Ich wunderte mich trotzdem. Nicht gefragt hatte ich, wie lange der Tote schon im Sarg lag. Wahrscheinlich würden wir eine schon in Verwesung übergegangene Leiche finden.

Kein schöner Anblick.

»Bist du so weit?«, fragte ich Suko.

Mein Partner nickte.

»Heben Sie den Deckel hoch!«, erklang die Stimme der Senhora del Bosque.

Wir packten ihn von zwei Seiten an. Suko vorn, ich hinten. Er war schwer, wir mühten uns ab und stellten ihn dann hochkant gegen den Sarg.

Jetzt erst konnten wir einen genauen Blick in das Unterteil der Totenkiste werfen.

Dort lag er.

Aber wie sah er aus!

Vielleicht war er schon Monate tot, jedenfalls bot die Leiche einen scheußlichen Anblick. Die Haut war noch vorhanden, aber sie lebte nicht mehr, zeigte an einigen Stellen bräunliche Flecken, andere wiederum schimmerten gelblich.

Die Augen waren zurück in die Höhlen gerutscht, von der Nase fiel schon das erste Fleisch. Schrecklich lange Fingernägel wirkten wie die Krallen eines Dschungelraubtieres, der Mund stand offen, ein widerlicher Leichengeruch strömte uns entgegen, und ich fragte mich wiederholt, ob Ines del Bosque nicht wahnsinnig war, dass sie sich dieses Bild jeden Tag anschaute.

Ich trat zurück, denn ich hatte genug gesehen. Nicht länger als nötig wollte ich mir den Toten anschauen.

Als ich zu der Frau zurückging, kroch über meinen Rücken eine Gänsehaut. Fragend schaute mich Ines del Bosque an, sodass ich nickte.

»Er liegt noch da.«

Sie atmete auf. »Ich dachte schon, sie hätten ihn gestohlen, um aus ihm einen Zombie zu machen. Macumba braucht Tote …«

Der Fall wurde immer rätselhafter. Bisher hatten wir es nicht mit Zombies zu tun gehabt, sollte es hier anders sein? Ich dachte an die Typen in London. Zombies waren es nicht gewesen, nein, keine lebenden Leichen, aber Dämonendiener, die ihre Seele dem Macumba-Zauber verkauft hatten.

»Und was sollen wir jetzt tun?«, wandte ich mich an die Frau.

»Warten.«

»Auf wen?«

»Sie werden kommen«, flüsterte Ines, »ich spüre es, sie sind bereits in der Nähe, heute ist die Nacht der Entscheidung. Sie wollen ihn mir wegnehmen, er soll nicht mehr in seinem Sarg liegen bleiben, das ist ihr Plan. Er soll wieder zurückkehren, als Monster, aber ich will es nicht. Macumba darf nicht siegen …«

… siegen …

Ihre Stimme hallte durch das Grabmal. Die kahlen Wände produzierten ein schauriges Echo. Suko und mir war es nicht wohl in unserer Haut. Wir erlebten hier einen kalten, nicht greifbaren Horror. Die Spannung verdichtete sich, sie würde irgendwann eskalieren – und dann?

Ich schaute auf meine Uhr.

Da erschrak ich. Nur noch wenige Minuten bis Mitternacht. Wir hatten einen genauen Zeitplan eingehalten. Um Mitternacht, in der Geisterstunde, sollte es geschehen, dessen war ich mir sicher.

Und es begann.

Trommeln!

Dumpf, rhythmisch, fordernd und anklagend zugleich. Die Trommel wurde irgendwo im Garten geschlagen, wo unsere Feinde zwischen den Büschen versteckt lauerten. Das Geräusch zerrte an meinen Nerven. Ich stand wie unter Strom, schielte auf meine Uhr, verfolgte die Zeiger und zählte die Minuten.

Noch drei …

»Soll ich mal draußen nachsehen?«, fragte Suko.

Die Idee war gut, und ich hatte nichts dagegen.

Der Chinese ging. Ich blickte ihm so lange nach, bis er nicht mehr zu sehen war.

Schnell war mein Freund wieder zurück. Seinem Gesichtsausdruck entnahm ich, dass etwas geschehen war. Der Inspektor ließ sich auch nicht lange bitten, sondern berichtete sofort, was er gesehen hatte. »Sie stehen draußen«, sagte er, »und es sind die Gleichen, wie wir sie schon aus London kennen. Sie tragen Stangen in den Händen. Auf den Stangen stecken die Köpfe.«

»Was tun sie sonst noch?«

»Nichts, nur warten.«

»Bis Mitternacht«, murmelte ich.

»Haben Sie meinen Bruder gesehen?«, fragte Ines del Bosque, drehte sich scharf um und fasste nach Sukos Arm.

»Ja, Senhora, ich habe ihn gesehen. Als einziger trägt er keine Fackel. Er ist der Anführer. Alle Gesichter sind bemalt, und Cassara hat sich den Griff eines Messers zwischen die Lippen geklemmt.«

Die Frau wankte zurück. »Das Blutmesser«, flüsterte sie. »Damit will er mich töten …«

Jago bewegte sich. Er drehte sich um und hob dabei ein wenig den rechten Arm. Durch diese Aktion hebelte er seine Waffe aus dem Gürtel los, ich konnte zum ersten Mal das Ding genau sehen.

Jetzt wusste ich auch, was er sonst immer verborgen gehalten hatte. Es war eine Schrotflinte mit verkürztem Lauf, um die Streuwirkung zu erhöhen. Eine mörderische Waffe.

Ich wandte meinen Blick wieder der Uhr zu.

»Mitternacht!«, flüsterte ich.

»Es geschieht«, flüsterte Ines del Bosque heiser.

Sie sollte Recht behalten. Mich störte der Trommelklang nicht, der plötzlich lauter wurde, ich sah etwas ganz anderes, während ich mein Kreuz hervorholte.

Ernesto del Bosque, die Leiche, bewegte sich. Wir hörten zuerst ein schabendes Geräusch, danach ein tiefes Stöhnen, und im nächsten Augenblick erschien eine bleiche Hand über dem Sargrand …

Die Nacht der lebenden Toten!

Dieser Satz fiel mir ein, als ich die Hand des Zombies sah. Seine Zeit war vorbei. Lange genug hatte er in seinem Sarg gelegen, er würde ihm entsteigen – und dann?

Ja, was geschah dann?

Ich kannte mich mit Zombies aus, wusste, dass sie nur deshalb erwachten, um zu töten. Eine unlogische, widersinnige, grausame Folgerung, aber sie entsprach den Tatsachen. Wir kamen nicht umhin, sie zu akzeptieren.

Del Bosque richtete sich auf. Wir sahen zuerst nur seinen Hinterkopf. Er hatte einen Teil der strähnigen Haare schon verloren. Beide Hände nahm er zu Hilfe, um sich an den Sargrändern abzustützen, und er schaffte es auch, sich hinzuknien, wobei er sich schwerfällig umdrehte.

Wie würde seine Frau reagieren?

Ich starrte Ines del Bosque an. Sie stand in einer verkrampften Haltung. Die Hände hatte sie zu Fäusten geballt, ihr Blick war starr auf ihren Mann gerichtet, der sich nicht abhalten ließ und weiter aus dem Sarg stieg.

»Ernesto!«, stöhnte die Frau. »Ernesto …«

Die lebende Leiche konnte ihre Bewegungen noch nicht kontrollieren. Das können Zombies zwar nicht völlig, aber bei ihm wirkte es besonders tapsig. Er fiel über den Sargrand, prallte zu Boden und riss dabei zwei Kerzenständer mit um

Die Flammen leckten noch ein Stück über den Marmor, dann verlöschten sie.

Es wurde düsterer.

Der Zombie lag auf den Knien, während draußen, vor dem unheimlichen Grab, der Trommelklang anschwoll.

Schaukelnd bewegte sich der Kopf des lebenden Toten. Es sah so aus, als würde er abfallen, dann wuchtete sich del Bosque schwerfällig zur Seite, und es gelang ihm, seinen seelenlosen Körper in die Höhe zu stemmen.

Er stand.

Schwankend, als würde Wind gegen ihn strömen und versuchen, ihn von den Füßen zu holen. Aber er schaffte es, fiel nicht wieder hin, drehte sich sogar um und starrte Ines del Bosque, seine Frau, an.

Suko und ich standen auf dem Sprung. Wenn irgendetwas geschehen sollte, wollten wir eingreifen. Ich glaubte nicht, dass die Frau durchdrehen würde. Sie hatte lange auf den Augenblick gewartet, und sie würde ihn auskosten – auf ihre Weise.

Noch stand sie auf dem Fleck. Sie starrte ihren Mann an, der sich ihr ebenfalls zugewandt hatte und dessen Gesicht vom Widerschein der noch brennenden Kerzen getroffen wurde, wobei es noch schauriger aussah als normal.

»Ernesto!« Jeder Buchstabe des Namens löste sich zögernd von den Lippen der Frau. Sie streckte die Arme aus, spreizte die Hände und schien bereit, den Zombie zu umfangen.

Der Untote stöhnte. Wenigstens hielt ich die Laute, die er ausstieß, für ein Stöhnen. Er hatte seine Arme ausgebreitet und versuchte so, besser das Gleichgewicht zu halten.

»Zu mir, Ernesto, komm her ...«

Mein Gott, die Frau machte mich noch wahnsinnig. Sie wusste ja nicht, auf was sie sich da einließ. Dieses Monster würde sie töten, das war nicht mehr ihr Ernesto, sondern eine untote Bestie.

Der erste, zögernde Schritt.

Ich griff ein. Zunächst nur mit Worten. »Machen Sie keinen Unsinn, Senhora, das ist nicht mehr Ihr Mann!«

Scharf drehte sie den Kopf und schaute mich an. »Was kümmern Sie sich darum! Für Sie sind die anderen da. Ich habe ihn wieder – endlich. Dafür habe ich nur gelebt. Ich wollte ihn haben, ich werde ihn in mein Haus nehmen, er soll sich so fühlen wie früher, und ich werde mit einem Toten zusammenleben. Ich hasse den Macumba-Zauber, aber er hat mir meinen Mann zurückgebracht. Mehr sollte er nicht tun, jetzt können Sie ihn vernichten, Sinclair! Schießen Sie die Macumba-Diener zusammen, töten Sie auch meinen Bruder, aber lassen Sie mich mit meinem Mann in Ruhe. Hören Sie, Oberinspektor!«

Nun erst durchschauten Suko und ich ihr hinterlistiges Spiel ganz. Diese Frau war noch raffinierter, als wir angenommen hatten, aber wir würden ihre Forderungen auf keinen Fall erfüllen. Nein, ich konnte es nicht zulassen, dass sie freiwillig in den Tod ging. Es gibt kein Zusammenleben mit einem Zombie. Unmöglich!

»Sie werden nichts tun!«, erwiderte ich hart. »Sie bleiben stehen und können meinetwegen zusehen, wie ich Ihren Mann vernichte! Es ist die einzige Möglichkeit.«

Ines del Bosque ging tatsächlich nicht weiter. Dafür tat sie etwas anderes. Sie hob die Arme, und ihre Finger fanden die Kette mit dem Goldkreuz. Bevor Suko oder ich eingreifen konnten, hatte sie das goldene Passionskreuz bereits über den Kopf gestreift und schleuderte es weg. Es gab ein hell klingendes Geräusch, als es zuerst gegen die Wand und dann zu Boden fiel.

Freiwillig hatte sie sich ihrer einzigen Waffe entledigt, die sie besaß. Jetzt war sie schutzlos.

»Ernesto!«, rief sie mit zittriger Stimme. »Ich komme, mein Liebling. Wir werden wieder zusammensein. Wie früher …«

»Stehen bleiben!«, gellte meine Stimme. Ich handelte auch und wollte Ines del Bosque den Weg abschneiden.

Dazu kam es nicht, denn es griff jemand ein, der sich bisher zurückgehalten hatte.

Zwar hörte ich noch Sukos Warnung, doch es war für mich längst zu spät. Lautlos hatte sich der Leibwächter bewegt, und ich spürte plötzlich die Mündung der gefährlichen Schrotflinte im Kreuz, während Jago zischte: »Bleib nur stehen, du Hund!«

So war das also!

Ich glaubte, wahnsinnig zu werden. Gleichzeitig wurde ich tief enttäuscht und wieder auf den Boden der Tatsachen zurückgerissen. Wenn Ines del Bosque sich je im Leben in einem Menschen geirrt hatte, dann wohl bei ihrem Leibwächter Jago. Sie hatte geglaubt, dass er auf ihrer Seite stehen würde, ein verdammter Irrtum. Jago hatte sie in dem Glauben gelassen und sein Spiel gespielt. Nun war seine große Stunde gekommen. Endlich konnte er sein wahres Gesicht zeigen.

Jago gehörte zur anderen Seite. Auch er war dem Macumba-Zauber verfallen!

Dabei musste er seine Blicke überall haben, denn er fauchte auch meinen Freund Suko an.

»Für dich gilt das Gleiche, Chink. Keine Bewegung! Du bleibst still stehen, sonst ist er tot!«

»Keine Angst«, erwiderte Suko mit einer Stimme, die vor unterdrückter Wut zitterte, »ich bleibe!«

Auch Ines del Bosque hatte die Worte vernommen. Sie hielt inne und schaute ihren Leibwächter an. »Du bist doch der Beste, mein lieber Jago. Ich freue mich, dass du zu mir hältst. Ich werde Ernesto sagen, dass er dich belohnt.«

Jago lachte glucksend. »Er soll mich belohnen? Ich bin bereits belohnt worden!«

»So?«

»Ja, durch Cassara. Ich gehöre zu ihm. Unser Herr ist der Macumba-Zauber!«

Noch nie im Leben habe ich einen so enttäuschten Menschen gesehen. Für Ines del Bosque musste eine Welt zusammenbrechen. Jago, ihr Vertrauter, hatte ihr eiskalt erklärt, dass er auf der anderen Seite stand und nicht daran dachte, sie zu beschützen. Er hatte ihr nur etwas vorgespielt, und sie war ihm auf den Leim gegangen. Auch musste ich an Sukos Worte denken. Er wollte einem Kampf mit Jago möglichst aus dem Weg gehen. Wie es aussah, würde sich dies nicht vermeiden lassen, vorausgesetzt, Jago erschoss uns nicht.

Es war eine teuflische Situation, und irgendwie tat mir

Senhora Ines del Bosque leid. Auf ihrem Gesicht spiegelten sich die Gefühle wider, die in ihrem Innern tobten.

Es war schlimm.

Sie torkelte zurück. Wie ein Fisch auf dem Trockenen schnappte sie nach Luft. Die rechte Hand hatte sie dorthin gelegt, wo unter den Rippen das Herz schlägt. Die Augen waren groß, hatten sich in ungläubigem Staunen geweitet, und das Gesicht schien einzufallen, die Wangen wurden allmählich grau.

Sie fing sich wieder. Wenigstens konnte sie sich auf den Beinen halten, während sie den Kopf schüttelte und den Namen ihres Leibwächters aussprach.

Aus diesem einen Wort hörten wir all die Enttäuschung, und die steckte verdammt tief.

Ich musste schlucken. Auch mir ging dieser Vorgang an die Nerven. Hier erlebten wir das psychische Ende einer Frau, die lange Zeit der Täuschung verfallen war und für die eine Welt zusammenbrach.

»Haben Sie das nie gewusst, dass ich auf der Seite Ihres Bruders stehe, Senhora?«

»Nein – nein …«

»Dann wissen Sie es jetzt. Das hier ist unsere Nacht. Heute schlagen wir zu!«

»Was – was wollt ihr denn?« Ines del Bosque quälte sich die Worte über die Lippen.

»Macht. Wir wollen Macumba zum Sieg verhelfen.«

Das war auch mir klar. Aber Jago hatte den Begriff Macumba erwähnt. Bisher hatte er nicht fassbar immer über uns geschwebt. Ich wollte endlich wissen, worum es sich genau handelte. Wenn ich mit Jago darüber sprach, gewann ich gleichzeitig Zeit.

»Jago!«, redete ich in das Schweigen hinein. »Wer oder was ist Macumba? Rede!«

»Du kennst ihn nicht?«

»Nein, ich habe ihn nie gesehen. Ich glaube fest, dass es ihn überhaupt nicht gibt.« Dies war provozierend gesprochen, das hatte ich auch vorgehabt.

»Du Narr!«, zischte Jago, und er konnte plötzlich englisch sprechen. »Du Tor, du Idiot, du Ignorant. Wie kann man nur so größenwahnsinnig sein und Macumba verachten.«

»Nur wenn man nicht weiß, was er ist.«

»Macumba ist überall. Macumba ist so alt wie die Welt. Vielleicht sogar noch älter. Macumba sitzt in den Wäldern, den Städten, den Flüssen und den Bergen. Er ist ein gewaltiger Geist, von dem niemand weiß, wie er aussieht. Überall hängen seine Bilder. Der eine stellt ihn sich wie einen Vogel mit drei Augen vor, der andere wie einen Schrumpfkopf aus dem tiefen Dschungel. Wie man ihn zeigt, spielt keine Rolle. Die Hauptsache ist, man glaubt an ihn. Er hütet die Toten, er ist der Herr über das Reich der Schatten, und seine Diener müssen Böses tun, um ihm zu gefallen. Er hat die Kraft, durch den Voodoo-Zauber Tote wieder auferstehen zu lassen. Wenn die Macumba-Trommeln geschlagen sind und sein Geist beschworen wird, erleben seine Diener die Stärke dieses Zaubers. Uns zeigt er sich in den Masken, die er mit seinem Licht erfüllt hat. Wer die Masken aufsetzt, ist ihm verfallen, der ist sein Diener für immer.«

»Du hast ihn auch nicht gesehen?«, fragte ich, wobei ich überlegte, ob mit Macumba vielleicht der Spuk gemeint sein konnte, denn Jago hatte vom Reich der Schatten gesprochen.

»Niemand hat ihn je gesehen oder nur wenige Auserwählte.«

»Kennst du einen?«

»Ja, sein Erster Diener in diesem Land hat ihn gesehen. In einer finsteren Nacht hat Cassara ihn beschworen, und er hat sich ihm gezeigt. Macumba ist gekommen und hat Cassara den Auftrag gegeben, das Land in Besitz zu nehmen. Er hat die Masken seiner toten Diener geschickt, sie mit seinem Geist gefüllt, um neue Diener zu gewinnen. Das ist Macumba, der Größte von allen. Und wer versucht, sich gegen ihn zu stellen, wird vernichtet. So wie es mit euch bald geschehen wird. Hört ihr die Trommeln? Lauscht genau, ihr Wahnwitzigen. Cassara ist da, er wird ihn anrufen, denn heute ist seine Stunde. Die Masken sind versammelt. Vor diesem Grabmal werden wir euch

Macumba opfern. Durch die Erweckung des Ernesto del Bosque hat er uns ein Zeichen gegeben, dass er bereit ist, unser Opfer auch anzunehmen. Macumba wird siegen!«

Den letzten Satz hatte Jago herausgeschrien, er war sich seiner Sache sicher.

Und er hatte Recht. Draußen vor dem Grabmal musste sich einiges verändert haben. Nicht nur der Trommelklang hatte sich verstärkt, es war auch ein Feuer angezündet worden, denn der Widerschein hochlodernder Flammen drang durch die offenen Türen bis weit in dieses Grabmal hinein und hinterließ auf dem hellen Marmorboden graue, sich hastig bewegende Schattenspiele. Da tat sich etwas, während wir im Innern die berühmte Ruhe vor dem Sturm erlebten.

Auch der Zombie hielt sich zurück. In einer seltsamen Haltung wartete er ab. Er stand da, hatte den Körper zurückgebeugt und sah aus, als würde er jeden Augenblick nach hinten kippen. Die Arme vom Körper gespreizt, Augen und Mund geöffnet, das Gesicht fahl und gleichzeitig versehen mit einem zuckenden Schattenmuster.

Er trug ein Leichenhemd.

Bei der Beerdigung mochte es einmal kostbar und teuer gewesen sein, jetzt allerdings wirkte es wie ein feuchter, nach Leichengeruch stinkender Lappen. Und es klebte an seinem Körper, wobei an einigen Stellen der Stoff in Fetzen gerissen war.

Eine Gestalt zum Fürchten. Und so etwas wollte Ines del Bosque mit in ihr Haus nehmen.

Ich schüttelte mich bei dem Gedanken, dafür hatte ich kein Verständnis. Auch die Hausherrin hatte die Worte ihres Leibwächters begriffen. Sie wusste nun, dass sie in einem tödlichen Kreisel steckte, aus dem es für sie kein Entrinnen gab.

Der Einzige, der sich noch bewegen konnte, war Suko, auch wenn es ein Risiko für ihn bedeutete, denn wenn er eingriff, schoss Jago mir in den Rücken.

Ich kannte meinen Freund und Kollegen lange genug, um zu wissen, dass er verzweifelt nach einem Ausweg suchte. Man sah ihm an, dass es hinter seiner Stirn arbeitete, aber er traute sich nicht, einzugreifen. Jago hätte getötet.

Noch griff der Zombie nicht ein. Er hatte seine Haltung beibehalten, stand nach wie vor auf dem Fleck, und ich glaubte, dass er dem Trommelklang lauschte, der immer hektischer wurde und auch von entzückten, manchmal irre klingenden Schreien durchbrochen wurde.

Die Stunde des Macumba näherte sich unausweichlich. Wir sollten die Opfer werden.

Noch trugen wir unsere Waffen. Aber auch daran dachte Jago. Er kannte uns inzwischen und wusste, dass wir nicht unvorbereitet nach Rio gekommen waren.

»Chink!«, sprach er meinen Freund Suko an.

Betont langsam und bedächtig drehte sich Suko so, dass er Jago sehen konnte.

Der Leibwächter stieß ein hämisches Lachen aus. »Ich weiß, dass du so einige Dinge bei dir trägst, die mir nicht gefallen. Leg deine Waffen weg!«

Suko runzelte die Stirn. Gern tat er es nicht, das war ihm genau anzusehen.

»Ich warte nicht länger!«

Der Inspektor nickte. »Ist gut, Jago, ich komme deinem Befehl nach!«

Auch Ines del Bosque meldete sich. »O Gott!«, stöhnte sie. »Wohin soll das nur alles führen ...«

Sie schien zur Vernunft gekommen zu sein, legte wieder die Hände ineinander und fiel dann auf die Knie.

Suko, der zu seiner Beretta gegriffen hatte, unterbrach die Bewegung, Jago sah es, und er zischte: »Mach weiter, du Hundsfott von Chinese. Los, beeil dich!«

Mein Freund zog die Beretta aus dem Holster. Er ließ sie fallen, fing sie mit dem Fuß ab, sodass sie nicht zu hart auf den Marmorboden prallte.

»Weiter, verdammt, weiter! Du hast doch noch diese Peitsche, das habe ich gesehen.«

»Es stimmt.« Suko griff danach.

Ich beobachtete ihn aus schmalen Augen. Vom langen Stehen war ich verkrampft. In meinem Nacken hatte sich

Schweiß gesammelt, und er rann in langen, kalten Bahnen über meinen Rücken.

Würde mein Freund die Peitsche nehmen und einen Kreis schlagen? Nein, das konnte er nicht riskieren, Jago war zu wachsam. Suko hielt seine Waffe nur mit zwei Fingern, sodass der andere sah, dass er nicht vorhatte, sie einzusetzen. Auch die Peitsche fiel zu Boden. Sie blieb dicht neben der Beretta liegen.

»Hast du noch mehr Waffen?«, fragte Jago.

»Ja, eine.«

»Dann weg damit.«

»Natürlich.«

Suko sprach das Wort so leicht und lässig aus. Ich wusste im selben Moment Bescheid. Sicher, er hatte noch eine dritte Waffe. Das war Buddhas Stab, der es möglich machte, die Zeit für fünf Sekunden anzuhalten. Dabei konnte sich nur der Träger des Stabes bewegen, nicht die anderen Personen, die sich in Rufweite befanden. Sie erstarrten für den Zeitraum von fünf Sekunden.

Der Stab war Sukos und auch unsere Chance!

Bevor er ihn hervorholte, und er ließ sich abermals Zeit dabei, hatte sich Ines del Bosque von ihrem ersten Schrecken erholt. Sie stand wieder auf, fand an der Marmorwand Halt und kam zitternd auf die Füße. In ihrem Gesicht hatte sich der Ausdruck verändert. Er zeigte mit einem Mal eine wilde Entschlossenheit, keine Trauer oder Enttäuschung mehr, sondern den Willen, die Enttäuschung abzuschütteln und zu kämpfen.

Aber sie würde nicht gewinnen können, die andere Seite hielt alle Trümpfe fest. Vielleicht machte ich einen Fehler, wenn ich jetzt eingriff, doch ich konnte die Frau nicht in ihr Verderben laufen lassen. »Bitte nicht, Senhora, bleiben Sie ruhig. Es wird alles ins Reine kommen. Noch leben wir.«

Sie schaute mich mit einem seltsamen Ausdruck in den Augen an. »Leben?«, hauchte sie. »Was ist das denn für ein Leben? Es ist alles zerstört, für das ich gekämpft habe. Man hat mich verraten, man hat mich betrogen, und man will mir jetzt auch den Mann nehmen …«

»Ihr Mann ist tot, verdammt!«, schrie ich.

»Nein, nein, er lebt, er kann sich bewegen!«

»Trotzdem ist er tot. Eine lebende Leiche, verstehen Sie doch! Er wird Sie nicht hören, er will nichts mehr mit Ihnen zu tun haben, er kann es nicht. Verdammt …«

»Sinclair, halt dein Maul!« Jago sprach die Worte dro hend aus, und ich begriff. Ich hatte mich gehen lassen, riss mich wieder zusammen, denn ich wollte nicht durch Unbeherrschtheit die Chance meines Freundes zerstören.

Für einen Moment wurde es still.

Dann ein schlurfender Schritt.

Der Zombie bewegte sich. Er hatte sich umgedreht. Durch die offen stehenden Türen fegte von draußen her ein Windstoß in das große Grabmal, legte die Kerzenflammen waagerecht und verlöschte sie fast, doch die Flammen fingen sich wieder und richteten sich auf.

Wie der Zombie.

Ich sah, wie sein Mund weiter aufklappte. Ein Heulton drang daraus hervor, nichts Menschliches war mehr daran, und der Zombie warf sich mit seinem gesamten Körpergewicht genau auf Ines del Bosque zu.

In diesem Augenblick handelte Suko.

Nichts, aber auch gar nichts kündete an seiner Haltung an, dass er etwas Entscheidendes vorhatte.

Auch Jago merkte nichts.

Dann erschallte Sukos Ruf.

»Topar!«

Alles wurde anders!

In dem Augenblick, als der Ruf des Chinesen erschallte, da erstarrten die Anwesenden bis auf einen.

Ob Mensch oder Monster, es spielte keine Rolle, nur Suko konnte sich bewegen, denn er war der Träger des Stabs. Und wie er sich bewegte, denn er wusste, dass alles auf ihn ankam und fünf Sekunden verdammt kurz waren.

Am wichtigsten war Jago! Er stand wie ein Eisblock hinter dem Geisterjäger John Sinclair, die Hand an der

Waffe, den Finger am Abzug, aber er konnte sich nicht bewegen.

Suko benötigte nur einen Sprung, um Jago zu erreichen. Dann riss er ihm die abgesägte Schrotflinte aus der Hand. Töten durfte er den Gegner nicht, sonst wäre die Wirkung des Stabes aufgehoben worden, aber Suko wusste sich auch anders zu helfen.

Weit holte er aus.

Jago war ein Brocken, ein Koloss. Um ihn aus dem Weg zu schaffen, musste man schon Kraft einsetzen.

Suko schlug zu.

Es war ein Hammer. Waagerecht wischte die gefährliche Waffe durch die Luft. Sie traf Jago nicht im Gesicht, Suko hatte da Hemmungen, aber an der Brust.

Es kam über ihn wie ein Orkan.

Jago konnte sich nicht halten, er flog zurück, weit zurück, sogar durch die offene Schiebetür, und er krachte erst in dem Gang zu Boden, der aus dem Grabmal führte.

Zeit war vergangen. Den Rest wollte Suko nutzen. Er kreiselte herum und nahm seine Waffen auf. Wenn die fünf Sekunden vorbei waren, konnte sich der Zombie wieder bewegen, dann würde er ihn eiskalt auflaufen lassen.

Vorbei die Zeit!

Auch ich konnte mich wieder bewegen, aber ich spürte keinen Druck mehr im Rücken, war von der Waffenmündung befreit, sah Suko und erkannte, wie er dem Zombie entgegenstürzte, der sich unbedingt auf die Frau werfen wollte.

»John, der Leibwächter!«

Suko schrie mir den Satz zu. Ich verstand, drehte den Kopf und sah ihn als kompakten Schatten am Boden liegen, vom zuckenden Flammenschein umspielt.

»Pack ihn dir!«

Was ich schon immer befürchtet hatte, trat nun ein. Ich musste gegen Jago kämpfen …

Suko beschäftigte sich mit dem Zombie. Er hatte sich in der ersten Aufregung verschätzt, der untote Ernesto war schon näher an seiner Frau, als Suko gedacht hatte.

Und er griff zu.

So schnell konnte Ines nicht reagieren. Sie brachte die Arme nicht rasch genug in die Höhe, die griffbereiten Totenklauen fuhren darüber und erreichten ihr Ziel.

Kalt und hart waren die Würgehände, die sich plötzlich um die Kehle der Brasilianerin legten. Sie kriegte keine Luft mehr. Wie abgeschnitten war der Sauerstoff, ein dumpfes Röcheln drang aus ihrer Kehle, und sie sackte in die Knie.

Da war Suko heran. Die Dämonenpeitsche auszurollen, dazu war er nicht gekommen, er musste den Untoten mit einer Silberkugel töten. Die Beretta hatte er längst an sich genommen, und er hielt sie so, dass er dem Untier die Kugel aus kürzester Distanz in den Kopf schießen konnte.

Der Chinese feuerte.

Vorbeischießen konnte er aus dieser Entfernung nicht. Das geweihte Silbergeschoss drang in den Schädel der untoten Bestie und zerstörte sie auf schreckliche Art und Weise.

Für einen Moment hatte es den Anschein, als hätte die Silberkugel nichts ausgerichtet, und der Zombie würde trotz seiner hinteren zerstörten Kopfhälfte noch weiterleben, dann aber kippte er um und hätte Ines del Bosque unter sich begraben, wenn Suko nicht zur Stelle gewesen wäre. Er griff hastig zu, erwischte den Zombie an der Schulter und schleuderte ihn herum.

Mit Schrecken sah er, dass der langsam vergehende Untote noch immer seine Hände um den Hals der Frau gekrallt hielt und es auch weiter tun würde, wenn Suko nichts unternahm.

Die Kräfte eines Toten sind ungeheuer. Suko musste sich einiges einfallen lassen, wenn er die Frau noch retten wollte. Er nahm keine magischen Waffen, mit reiner körperlicher Kraft wollte er die unheimliche Totenklauen-Klammer sprengen.

Suko drehte sich um, sodass er neben den wankenden Gestalten stand, rammte seine Arme von unten hoch und jagte sie in die Lücke zwischen den beiden Würgearmen des Zombies.

Für den Bruchteil einer Sekunde sah er die Gesichtsausdrücke der beiden.

Das der Frau war ebenso verzerrt wie das des Zombies. Suko glaubte, in gebrochene Augen zu schauen, der Mund stand offen, eine Maske der Pein schaute ihn da an, und der Chinese setzte alles in seine letzte verzweifelte Aktion.

Ein wilder Schrei drang aus seinem Mund. Er musste sich einfach entladen, und es gelang ihm tatsächlich, den mörderischen Würgegriff zu sprengen.

Der Zombie kippte nach links und klatschte auf den Rücken, wo er sich langsam auflöste.

Ines del Bosque aber konnte sich ebenfalls nicht mehr halten. Suko fing sie auf.

Steif wie ein Brett lag sie in seinen Armen. Der Inspektor wollte sie ansprechen, doch da blieb ihm das Wort im Hals stecken. Senhora Ines del Bosque würde nie mehr antworten können. Sie war tot!

Eine Sekunde lang blieb Suko so sitzen, die Tote in seinen Armen. Der Zombie hatte es doch geschafft. Ein Toter hatte einen anderen Menschen ermordet.

Vielleicht war das Grauen der letzten halben Stunde auch zu stark gewesen. Ines del Bosque war schon älter, vielleicht hatte auch ihr Herz nicht mehr mitgespielt – wer konnte das sagen? Jetzt, wo für sie alles vorbei war.

Aber für John und ihn nicht.

Macumba lebte weiter. Dieser unheilvolle Zauber, der sich wie ein Lauffeuer ausgebreitet hatte und jetzt von Cassara übernommen worden war, dem Ersten Diener des Macumba.

Sie waren da, und man musste sie stören.

Suko schnellte hoch, denn er hatte die Schreie gehört. Kampfschreie waren es gewesen, und er dachte sofort an John Sinclair und Jago.

Plötzlich hatte er Angst um seinen Freund …

Von Beginn an hatte ich mich davor gefürchtet, mit Jago zusammenzutreffen, auf harte, brutale Art und Weise. Nun gab es keinen anderen Weg mehr.

Vielleicht hatte ich einen Vorteil. Jago war von Suko schwer getroffen worden, er musste angeschlagen sein, und darauf konnte ich nur hoffen. Auch zog ich meine Beretta, ich wollte ihn nicht erschießen, nur in die Schranken verweisen.

Der Hieb machte ihm zu schaffen, denn er wand und wälzte sich auf dem Boden. Als ich nahe genug an ihn heran war, da richtete er sich auf und schaute in die kleine, aber sehr gefährliche Mündung meiner Waffe.

»Rühr dich nicht!«, sprach ich ihn an. »Eine Bewegung nur, und du bist erledigt!«

Auf seinem Gesicht lag Schweiß. Ich schaute nicht an ihm vorbei nach draußen, wo ein Feuer brannte und ein Spiel von Licht und Schatten durch den Park warf. Ablenken lassen wollte ich mich nicht, ich schaltete praktisch ab, hörte auch nicht mehr den aggressiver gewordenen Klang der Trommeln und kümmerte mich nicht um maskenbewehrte, huschende Gestalten – ich sah nur den Gegner vor mir und damit sein rundes Gesicht, dunkel und vor Schweiß glänzend, mit weißen Augäpfeln. Dazu ein Körper, der riesig zu nennen war, die Hände glichen Schaufeln, sie waren für ihn Waffen, obwohl er die Flinte mit den gekürzten Läufen nicht mehr besaß.

Wir starrten uns an.

Keiner ließ den Blick von dem anderen. Sie bohrten sich ineinander. Das Band der Feindschaft hing unsichtbar zwischen uns, und ich las in seinen Augen, dass er noch nicht aufgegeben hatte. Nicht ein Mann wie dieser Jago, der kämpfte bis zum allerletzten Atemzug.

Ich musste ihn dazu zwingen, aufzustehen, sich dann umzudrehen, damit ich ihm den Lauf meiner Pistole über den blanken Schädel ziehen konnte. Bewusstlos war er mir am liebsten.

»Hoch mit dir!«

Er tat so, als würde er mich nicht verstehen. Nur seine Lippen zuckten. Ich beugte mich noch ein wenig weiter vor und trat ihm dabei mit der Fußspitze gegen die Schuhsohle.

»Verdammt, in die Höhe!«

»Ja, ja!«, keuchte er, rutschte ein Stück zurück und begann zu grinsen, was mir überhaupt nicht gefiel, denn sicherlich hielt er noch einen Trumpf in der Hinterhand

Als er die Wand spürte, blieb er sitzen. Ich trat sicherheitshalber einen Schritt zur Seite, hatte ihn so besser im Blickfeld und lauerte darauf, wie er meinen Befehl befolgen würde.

Diesmal sträubte er sich nicht. Er stützte sich mit der rechten Hand ab und verzog sein Gesicht, wahrscheinlich hatte er Schmerzen, Nachwirkungen des Schlages. Pfeifend holte er Luft.

Das lenkte mich ab, denn Jago war doch raffinierter, als ich angenommen hatte.

Sein Angriff erfolgte mit den Füßen. So schnell, so schlangengleich, dass ich ihn erst bemerkte, als es zu spät war. Da hatte sich sein Fuß um meinen Knöchel gehakt.

Ein gedankenschneller Ruck, ich verlor den Halt, fiel nach hinten, krachte gegen die Wand und hatte Schwierigkeiten, meinen rechten Arm hochzureißen.

Einen zweiten Schuss konnte ich nicht mehr abfeuern, denn da war noch das zweite Bein, und das wischte in die Höhe. Schon artistisch, wie er das anstellte und genau meinen Unterarm traf.

Einem so harten Tritt hatte ich nichts entgegenzusetzen. Fast von selbst öffnete sich meine Faust, die Beretta verlor ich und musste zurück, weil sich diese menschliche Kampfmaschine auf mich zuwarf.

Sein Hammerschlag verfehlte mich. Er streifte fast meinen Hosengürtel, der zweite Tritt folgte, ich wich ihm aus und konterte selbst.

Mit der Handkante.

Wie der Kerl so rasch auf die Füße gelangt war, konnte ich nicht sagen, auf jeden Fall lief er in den Hieb hinein, der ihn durchschüttelte, aber nicht außer Gefecht setzte.

Er wankte und hielt sich.

Noch ein Schlag und abermals einer. Dann ein Tritt. In

meiner unheimlichen Wut ging ich voll hinein, hämmerte von links und rechts und wunderte mich, dass er nicht mit Schlägen konterte, obwohl seine Lippen bereits aufgeplatzt waren und er auch nahe seiner rechten Augenbraue etwas abgekriegt hatte.

Aber er hatte nicht aufgegeben, sondern wartete auf eine schwache Phase. Und diese Schwachstelle fand er bei mir. Er schlug nicht, nein es wurde noch schlimmer für mich.

Plötzlich umfassten mich zwei gewaltige Arme, sie waren wie Klammern und pressten meine Arme hart an den Körper.

Im ersten Moment war ich geschockt. Dann merkte ich, wie meine Füße den Kontakt mit dem Boden verloren, ich schwebte in der Luft, wurde nur von meinem Gegner gehalten.

Nicht eine Handbreite, passte mehr zwischen unsere Gesichter, so nahe lagen sie zusammen.

Ich roch den säuerlichen Schweiß, den der Körper des Leibwächters ausströmte, sah das Blut in seinem Gesicht und las den Mordwillen in seinen Augen. Jago wollte mich vernichten.

Ein gewaltiges Brüllen drang aus seinem Mund, ich schrie ebenfalls, als er mich herumwuchtete, ein paar Schritte vorlief und mich dann von sich wegschleuderte wie ein Stück Holz, durch die offene Eingangstür und den Macumba-Dienern nicht nur vor die Füße, sondern auch auf das lodernde Feuer zu …

Suko wurde zum Tiger!

Er hatte die Schreie gehört, sah, dass sich sein Freund in den Klauen des Leibwächters befand, und war einfach zu weit weg, um eingreifen zu können.

Er jagte in dem Augenblick los, als Jago seinen Freund wegschleuderte. John konnte er nicht mehr helfen, der flog wie eine menschliche Rakete dem Ausgang zu, aber Suko wollte verhindern, dass Jago noch mehr Unheil anrichtete.

Der Chinese stieß sich ab. Es war ein Karatesprung aus vollem Lauf, das linke Bein angewinkelt, das rechte vorgestreckt, und dies genau traf Jago ins Kreuz.

Die Wucht eines Hammerschlages hätte nicht schlimmer sein können. Damit hatte Jago nicht gerechnet, er wurde nach vorn katapultiert, konnte sich nicht mehr fangen und landete auf dem Boden. Mit dem Bauch zuerst war er gelandet, und so schlitterte er ein Stück über den Marmorboden.

Suko setzte nicht nach. Er tat etwas anderes. Aus seinem Gürtel riss er blitzschnell die Dämonenpeitsche, schlug ebenso schnell einen Kreis über den Boden, sodass die drei Riemen herausrutschten, und hatte sie schlagbereit.

Jago war kein Dämon, er würde die Schläge überstehen, und Suko hatte auch nicht vor, ihn auf diese Art und Weise zu attackieren. Er wollte etwas ganz anderes.

Er ließ sich sogar noch die Zeit, um einen Blick auf das Feuer zu werfen, aus dem eine Funkenspur gegen den Himmel stob, dann musste er sich wieder um Jago kümmern.

Der hatte sich auf den Rücken geworfen, schüttelte den Kopf, rollte mit den Augen und verzerrte sein Gesicht zu einer wilden Grimasse. Nein, noch hatte er nicht aufgegeben, aber seine Bewegungen waren schwerfälliger geworden.

Suko nutzte die Chance.

In der Handhabung der Peitsche war er ein Meister, er konnte damit umgehen, als hätte man sie ihm in die Wiege gelegt. Und das bewies er jetzt.

Suko stand schräg vor seinem Gegner, der sich in einer Stellung befand, von der er kaum angreifen konnte, weil er sich erst auf die Beine wuchten musste.

Gedankenschnell und ziemlich flach schlug der Inspektor zu. Jago riss trotzdem die Hand hoch und hätte die Riemen auch fast gepackt, doch sie streiften nur seine Finger und wickelten sich mit ungeheuerer Geschwindigkeit um seinen Hals.

Jetzt hatte Suko ihn.

»Uuuuahhh!«

Der Schrei des Leibwächters erstickte in einem Gurgeln, als Suko die drei Riemen noch enger um seine Kehle zog und den Mann mit einem heftigen Zug zu Boden schleuderte, sodass er auf den Rücken stürzte.

Suko tat das, was er tun musste, nicht gern. Er hasste solche Angriffe, aber er war dazu gezwungen, denn auf einen langen Kampf durfte er sich nicht einlassen.

Jago wehrte sich, er trampelte mit den Füßen, hob die Arme und wollte seine Finger unter die Riemen schieben, um sie von seinem Hals wegzureißen.

Das gelang ihm nicht. Seine Hände konnte man zwar als Waffen bezeichnen, diesmal waren sie jedoch für ihn von Nachteil, da seine Finger einfach zu dick waren.

Er wehrte sich lange, dann wurden seine Bewegungen schwächer, bis sie schließlich völlig erlahmten.

Sofort lief Suko auf den Mann zu und löste die Peitsche von dessen Hals. Wo die Riemen gesessen hatten, waren deutliche Streifen in der Haut zu erkennen.

Suko fühlte nach dem Herzschlag.

Alles okay, der Mann war nicht tot, nur bewusstlos. Und das war der Sinn der Sache gewesen.

Lange durfte sich der Chinese nicht neben ihm aufhalten. Er spritzte sofort wieder in die Höhe und kümmerte sich um seinen Freund John Sinclair …

Zuerst war es nur der Flug, dann erfolgte der harte Aufprall und einen Moment später die Schmerzen.

Ich hörte die Schreie und sah mich plötzlich von Funkenbahnen umtobt. Ohne recht zu überlegen, tat ich genau das Richtige und rollte mich mehrmals um meine eigene Achse, um dem Feuer zu entgehen.

Um mich herum loderte und tobte die Hölle. Flammen, Funken und glühende Holzteile, denen ich verzweifelt auszuweichen versuchte.

Ich war zum Glück nicht auf den harten Marmorboden gefallen, sondern dicht daneben, wo sich der Rasen wie ein weiter, weicher, grüner Teppich ausbreitete, und das war mein Glück. So hatte ich mir jedenfalls nichts gebrochen oder verstaucht.

Gegen Feuer war ich nicht resistent. Obwohl es nur Sekunden waren, in denen ich direkten Kontakt mit den Flammen gehabt hatte, reichte die Zeit, um einen Teil meiner Kleidung anzusengen oder auch in Brand zu setzen.

Das merkte ich, als ich auf die Füße sprang. Augenblicklich begann ich, mit beiden Händen auf meinen Körper zu klopfen, um die schwelenden Stellen zu löschen.

Ich hätte mich lieber um die Macumba-Diener kümmern sollen, so aber kassierte ich einen Schlag, der mich zurückschleuderte, und erst das Denkmal stoppte mich.

Ich schüttelte den Kopf, atmete pfeifend ein und hatte plötzlich freies Sichtfeld.

Sekunden ließ man mir, um die Eindrücke aufzunehmen.

Die Macumba-Diener hatten ein Feuer entfacht, und sie tanzten in einem wilden Reigen um die Flammen herum. Dabei sahen sie schaurig aus. Die Masken, die ich noch aus London von den Parkuhren kannte, steckten nun auf ihren Köpfen.

Einer von ihnen trug eine besonders schaurige Maske. Das musste Cassara, der Anführer, sein. Wie bei allen anderen, so steckte auch in seinem Mund der Griff eines Messers. Die Klinge hatte fast die Länge eines Unterarms, wem dieser Stahl in den Leib drang, konnte sein Leben abschließen.

Die Macumba-Diener hatten sich um das Feuer aufgebaut. Sie standen so, dass sie mich anschauen konnten, und ich hätte jetzt gern ihre Gesichter gesehen, die echten, meine ich, aber da war nichts zu machen. Jeder trug eine Maske.

Außen glühten sie rot, innen strahlten sie gelb auf. Diese Masken mussten mit ihren Trägern eine Verbindung eingegangen sein, eine Symbiose. Wahrscheinlich erhielten die Diener durch die Masken auch die Kraft, die sie benötigten.

Macumba gab sie ihnen!

Wütend war das Trommeln. Einer der Diener saß etwas abseits des Feuers, wurde nur von seinem Widerschein erfasst, der über die kauernde Gestalt zuckte.

Er bewegte seine Arme in gleichmäßigem Rhythmus. Die Trommelstöcke wirbelten in seinen Händen. Den Kopf hatte er zurückgeworfen, das Gesicht war bemalt, der Mund stand offen, und ich glaubte, dumpfe Worte über seine Lippen strömen zu hören.

»Macumba – Macumba …«

Er rief den bösen, den großen Geist an.

Aber wer war Macumba? Eine Antwort darauf hatte ich noch immer nicht, sondern sah mich nur den Dienern gegenüber, deren Körper hektisch zuckten, als sie mit tanzenden Bewegungen dem Rhythmus der unheimlich klingenden Trommel folgten.

Was mit Jago geschehen war, wusste ich nicht. Auf jeden Fall war er mir nicht gefolgt, ich konnte nur hoffen, dass sich mein Freund Suko mit ihm beschäftigte und die menschliche Kampfmaschine ausschaltete.

Jetzt hatte ich Gelegenheit, Schwelbrände auf meiner Kleidung zu löschen. Mit beiden Händen schlug ich zu, hieb gegen den Stoff, dass die Funken stoben und mich der beißende Rauch umgab. Ein Hustenanfall schüttelte mich durch, und ich dachte daran, dass ich nur mit meinem Kreuz, dem Dolch und der Gemme bewaffnet war. Die Beretta hatte ich leider verloren.

Die Masken waren dämonischen Ursprungs. Nach Möglichkeit musste ich an sie herankommen und sie zerstören. Die Frage stellte sich nur, in wie weit sie mit den Menschen eine Verbindung eingegangen waren, denn ich scheute davor zurück, auch die Macumba-Diener zu vernichten.

Cassara bewegte sich auf mich zu.

Er tanzte schneller als die anderen und wuchtete seinen geschmeidigen Körper vor. Dabei öffnete er weit den Mund. Das Messer fiel heraus, und er fing es geschickt auf.

»Macumba!«, schrie er. »Macumba!«

Ich zog meinen Dolch. »Zeig doch deinen Macumba!«, brüllte ich zurück. »Los, zeig ihn!«

Er lachte rau und schallend. »Du wirst ihn noch früh genug sehen. Macumba ist stark, stärker als du, er wird dich vernichten, er wird alle vernichten, die nicht auf seiner Seite stehen.«

Brüllend lachte er auf. Die Maske auf seinem Kopf bewegte sich hektisch, der nackte Oberkörper glänzte, denn er hatte ihn mit irgendeinem Fett eingerieben, und die Muskeln unter der Haut spielten.

Dieser Cassara war schon ein gefährlicher Bursche, das konnte ihm niemand absprechen, und Macumba hatte sich genau den Richtigen ausgesucht, der seine Sache vertrat.

Seine Brust hatte die Breite eines Bodybuilders. Dieser Kerl war durchtrainiert bis in den letzten Knochen, und der Vergleich mit dem gefährlichen Jago fiel nicht schwer.

Seine Kumpane ließen ihn nicht im Stich. Kaum hatte er sich auf mich zu bewegt, als sie ebenfalls schneller wurden, dem Rhythmus der Trommel folgten und Kurs auf mich nahmen.

Auch ihre Messer fielen aus den innen gelb glühenden Maskenköpfen und wurden geschickt von den dunklen Händen aufgefangen.

Zehn Gegner hatte ich. Nicht gerade wenig. Sie würden mich fertig machen, wenn sie nahe genug an mich herankamen. Vielleicht hatten sie vor dem Kreuz Angst.

Ich nahm es in die linke Hand und hielt es so, dass die Diener des Macumba es sehen mussten.

Der Widerschein tanzte über das Silberkreuz. Er gab ihm eine völlig andere Farbe, das Silber trat ein wenig in den Hintergrund, stattdessen zuckten schwarzrote Schattenspiele über das Kruzifix und bildeten auf meiner Hand eine Verlängerung.

Cassara befand sich inmitten seiner Gefolgsleute, an ihn kam ich nicht so leicht heran, aber ich wollte wenigstens die Wirkung des Kreuzes ausprobieren und nahm mir den links außen stehenden dämonischen Diener vor.

Ohne es zuvor anzukündigen, startete ich. Es waren

gewaltige Sprünge, die mich auf ihn zubrachten, er hatte nicht damit gerechnet, auch seine Kumpane nicht, und bevor er sich versah, hatte ich den Arm schon vorgestoßen.

Nicht mit dem Dolch, sondern mit dem Kreuz. Ich presste es kurzerhand auf die Maske, warf mich dann herum und sah zu, dass ich nach links wegkam.

Der Schrei war fürchterlich. Er wurde nicht durch die Maske gedämpft, denn die Kraft meines Kreuzes war stärker als die des Macumba-Zaubers. Die Maske wurde zerstört.

Sie explodierte nicht, sondern löste sich in einer grünlichen Rauchfahne auf, die nach Schwefel und Verbranntem stank, bevor sie träge in Richtung Feuer flatterte und sich dort auflöste.

Der Mann brach in die Knie. Er riss seine Arme hoch und presste sie gegen sein Gesicht, das nur noch eine helle, konturenlose Masse war ohne irgendwelche Organe.

Ich bekam dies durch einen Seitenblick mit und schüttelte mich vor Grauen. In diesem Augenblick spätestens wurde mir klar, dass die Menschen und die kopfgroßen Masken nicht so einfach voneinander zu trennen waren. Wenn ich eins davon zerstörte, wurde das andere direkt mit vernichtet.

Sollte ich hier zehn Tote zurücklassen?

Die Vorstellung gefiel mir überhaupt nicht, sie ging mir gegen den Strich. Wären es Ghouls oder Vampire gewesen, meinetwegen, da gab es keine andere Chance, aber bei diesen Verblendeten sah die Sache anders aus.

Vielleicht konnte ich sie auf andere Weise zur Vernunft bringen. Sie würden meinen Befehlen natürlich nicht folgen, deshalb musste ich mir, wenn es ging, den Anführer schnappen.

Und der hieß Cassara!

Er hatte genau gesehen, was mit seinem Freund geschehen war, und er stieß mir ein schreckliches, urwelthaftes Brüllen entgegen. Gleichzeitig drang aus dem gelblich schimmernden Maul eine giftgrüne Wolke, sie strömte auf mich zu, ich riss das Kreuz hoch, doch bevor sie es erreichen konnte, stoppte sie und breitete sich aus, damit sich aus ihr etwas formen konnte.

Ein Gesicht!

Macumba! Endlich sah ich ihn, endlich wusste ich, wer er war. Und ich erlebte eine tolle Überraschung. Ich kannte ihn nämlich.

Es war mein alter Feind Asmodis, der Teufel!

Er also steckte hinter Macumba! Eigentlich hätte ich es mir denken können, denn der Satan hat viele Namen. Hier nannte man ihn Macumba, im Orient Scheitan, in Japan Emma-Hoo, in jedem Volk, in jeder Mythologie hatte er seinen eigenen Namen.

Asmodis und ich.

Todfeinde. Zwei, die sich hassten bis aufs Blut, obwohl er mir einmal den Weg aus dem Zentrum des Schreckens, der Vorhölle gezeigt hatte. Aber da waren die Verhältnisse andere gewesen.

Die Macumba-Diener aber waren zu Boden gefallen. Auf die Knie hatten sie sich geworfen, denn sie sahen ihr Leitbild.

Asmodis, vielmehr sein Gesicht, stand zwischen mir und Cassara. Es schützte seinen Diener, dessen Körper und Geist von Asmodis in Besitz genommen worden war.

Sekundenlang geschah nichts.

Er kam mir zuvor. Asmodis griff nicht an, ich sah nur sein widerliches, hässliches, dreieckiges Gesicht, das die Form eines Ziegenbockkopfes zeigte, der allerdings seltsame Bemalungen aufwies, wie sie dem brasilianischen Dschungelzauber entsprachen.

»John Sinclair!« Jetzt sprach er auch, und seine Stimme klang aus allen Richtungen, als würden wir beide in einem großen Trichter stehen. »John Sinclair, wir sehen uns wieder, das hatte ich dir versprochen.«

»Natürlich, Asmodis. Hattest du daran gezweifelt?«

»Nein.« Er lachte dröhnend. »Aber inzwischen ist viel passiert.«

»Bist du erschienen, um über Vergangenes zu sprechen?«, fragte ich und horchte gleichzeitig auf, da ich hinter mir Schritte vernahm.

»Nein, das nicht.«

»Sondern?«

»Ich bin es nur, John!«

Ein Stein fiel mir vom Herzen, da ich Sukos Stimme erkannt hatte. Er hatte das Grabmal verlassen und trat auf mich zu.

»Ich werde Cassara gegen dich einsetzen. Vielleicht schafft er es, dich zu töten. Lange genug hat er üben können. Wenn nicht, hat er Pech gehabt, ich existiere weiter und kann neue Pläne schmieden. Du weißt doch, Geisterjäger, der Teufel ist unausrottbar. Er kann wohl Niederlagen erleiden, aber er wird sich immer wieder erholen und neue Möglichkeiten finden. Wie hier in Brasilien. Macumba lebt weiter. Diesen Zauber kann man nicht brechen. Er steckt in den Herzen der Menschen, und man wird weiterhin flüsternd von ihm sprechen.«

Ich erwiderte nichts. Reden hatte keinen Sinn. Stattdessen schleuderte ich ihm blitzartig mein Kreuz entgegen.

Und es reagierte!

Nicht aus dem Zentrum des Kreuzes schlug der Blitz, sondern an seinen Seiten wurde es strahlend hell.

Dort hatten die Erzengel ihr Zeichen hinterlassen. Und sie waren die Feinde der Hölle, vor allen Dingen Luzifers Todfeind, denn der Satan war der Überlieferung nach ebenfalls ein Erzengel gewesen, der jedoch die Macht gesucht hatte und größer sein wollte als Gott. Er hatte den Aufstand geprobt, doch der Erzengel Michael hatte Luzifer in die Hölle gestoßen.

Diese überlieferte Szene war oft abgebildet worden. Zahlreiche alte Holzschnitte zeigten Luzifer als einen Drachen, dessen Leib von dem Schwert des Erzengels durchbohrt wurde.

Das war der erste Sieg des Guten über das Böse!

Seit dieser Zeit hatte es zahlreiche Schlachten und Kämpfe gegeben. Das Böse war nicht ausgerottet worden, es regenerierte sich immer wieder. Zum Glück jedoch blieb das Gute auch bestehen, und es gab immer wieder Menschen, die sich auf seine Seite stellten.

Wie meine Freunde und ich.

Das Kreuz leuchtete an seinen Enden auf. Ich schaute in das helle Licht, stand da wie ein Felsen, war vor Ehrfurcht und Demut stumm geworden, denn ich glaubte, innerhalb der Helligkeit vier Gesichter zu sehen, wie sie mir schon einmal begegnet waren, als Asmodis auf seiner Blutorgel spielte.

Vier Helfer kämpften mit der Kraft ihres Lichts.

Die Teufelsfratze war machtlos.

Sie wurde vernichtet.

Gellende, unheimliche Schreie schallten durch die Nacht und übertönten das Knistern der Flammen. Es waren Schreie des Entsetzens, der Qual und Pein, innerhalb des Lichts sah ich helle Explosionen, glaubte, Cassara auf mich zutaumeln zu sehen, und undeutlich nahm ich wahr, wie die Teufelsfratze zerstört wurde.

Ein Diener des Bösen verging in den kalten Flammen des Lichts. Hier wiederholte sich das ewige Spiel, der Vorgang von der Entstehung der Welt, der oft totgeschwiegen und -geredet wurde, doch nie vernichtet werden konnte.

Wie lange das dauerte, konnte ich nicht sagen, denn die Zeit war wieder einmal für mich bedeutungslos geworden. Ich stand in einem Vakuum, umklammerte nur das Kreuz und wartete darauf, dass die Reaktion beendet wurde.

Dies geschah sehr schnell.

Von einer Sekunde zur anderen fiel die helle Wand ineinander, die Umgebung um uns herum wurde wieder normal, ich sah das Feuer, den flackernden Widerschein, und ich erkannte meine Gegner.

Sie lagen am Boden!

Suko sprach das aus, was ich dachte: »Mein Gott, was war das nur?«, hauchte er.

Ich schwieg, denn ich hatte Angst, dass sich die Macumba-Diener nie mehr erheben würden. Das wollte mir nicht in den Kopf, so grausam konnte die andere Seite nicht sein, denn sie vertrat das Gute, sie …

Meine Gedanken stockten, denn mein Blick war auf Cassara, den Anführer, gefallen.

Einen Schritt vor mir lag er. Die Maske war zerplatzt, sein Kopf jedoch nicht, sondern nur sein Gesicht konnte ihm niemand mehr zurückgeben. Es existierte einfach nicht mehr. Wir sahen nur eine glatte Fläche.

Seltsam klar und rein erschien mir die Luft. Von Asmodis war nichts mehr zu sehen. Die Macht der vier Erzengel musste ihn zurück in das Reich des Schreckens geschleudert haben.

Tief atmete ich durch, bevor ich mich neben Cassara kniete. Suko untersuchte inzwischen die anderen Menschen.

Ich schaute auf die glatte, graue Fläche, die einmal sein Gesicht gewesen war. Unter der Haut vermeinte ich, eine Bewegung zu sehen, und zuckte zurück, als ich die Haut aufplatzen sah.

Etwas Schreckliches geschah.

In seinem Körperinnern musste ein Vorgang stattgefunden haben, der nicht erklärbar war, wenigstens nicht für mich, denn plötzlich sah ich die Würmer, die aus dem Körper stiegen und im Nu eine krabbelnde, sich bewegende Masse bildeten, die weiterhin die Umrisse des Körpers nachzeichneten.

Ein Mensch, der aus Würmern bestand – widerlich!

Ich stand auf und schüttelte mich. Cassara hatte alles gewollt und auf schreckliche Art und Weise verloren. Nichts war von den Kopfmasken zurückgeblieben, das Licht hatte sie zerstört.

Ich vernahm Sukos Stimme. »John, komm doch mal her!«

Da fielen mir wieder die anderen ein. Sollten sie etwa auch Cassaras Schicksal erlitten haben?

Sie hatten!

Geschockt standen wir vor den langsam zusammensinkenden Flammen und schauten zu, wie auch aus den

Körpern der Macumba-Diener das Ungeziefer kroch. Sie alle hatten eine Maske besessen, und sie alle waren deswegen zu tief in der Sache verstrickt gewesen.

Ich war blass geworden, hatte die Hände zu Fäusten geballt, denn mit diesem Ende hätte ich nie gerechnet.

Aber es war noch nicht zu Ende. Das merkten wir sehr bald, denn hinter uns erklang ein grauenhafter Schrei.

»Jago!«, zischte mein Freund ..

Wir wirbelten herum. Zu orientieren brauchten wir uns nicht, wir wussten auch so, wo Jago auftauchen würde.

Er torkelte aus dem Grabmal.

Es war eine schlimme Szene, denn auch Jago hatte bis zu den Ohren im Macumba-Zauber gesteckt. Die zerstörende Weiße Magie meines Kreuzes hatte auch ihn nicht verschont, obwohl er sich nicht innerhalb des direkten Umfelds befand.

Er kam und starb …

Aber noch hielt er sich auf den Beinen. Besonders gut zeichnete sich seine Gestalt vor dem hellen Marmorweg ab, den er entlang torkelte. Bei seinem Gesicht hatte es begonnen. Hier krochen die Würmer hervor, und obwohl er beide Hände davorgeschlagen hatte, konnten wir sehen, wie sie zwischen den Fingern krabbelten.

Wir ließen ihn laufen.

Er taumelte an uns vorbei, ohne Suko und mich überhaupt wahrzunehmen, und kurz vor dem immer kleiner werdenden Feuer verließ ihn die Kraft.

Er fiel nach vorn und genau in die Flammen, die noch einmal aufstoben und einen glühenden Funkenregen in die Nacht schickten.

Sein Ende war schrecklich. Wir konnten für ihn leider nichts mehr tun.

Suko sprach ein wahres Wort gelassen aus. »So enden sie alle, John, die sich mit dem Teufel einlassen …«

Es gab in den nächsten Tagen noch viel Arbeit. Wir fanden keine Zeit, Rios Schönheiten auszukosten, denn wir mussten uns mit den brasilianischen Behörden herumschlagen.

Offiziell wollte niemand etwas von einem Macumba-Zauber wissen, man schwieg ihn tot, wie in Italien die Mafia. Aber inoffiziell erklärte mir ein hoher Polizeibeamter, dass man mit diesem Zauber seine Mühen hatte.

»Glaube und Aberglaube, Senhor Sinclair, sie liegen hier in Brasilien eben noch dicht beieinander. Und das werden wir auch nie ausrotten können. Es gibt nur Teilsiege, so wie bei Ihnen. Hängen Sie den Fall bitte nicht an die große Glocke.«

Ich schüttelte den Kopf. »Auf keinen Fall.«

»Um Ines del Bosque tut es mir leid«, sagte der Mann. »Sie war eine fabelhafte Frau. Ich werde veranlassen, dass sie ein christliches Begräbnis bekommt.«

Bis zur Beerdigung allerdings blieben wir nicht. Während sich die Schönen von Rio bereitmachten, den Strand zu erobern, saßen wir im Flugzeug und flogen in Richtung Osten. Nicht einmal einen Blick auf die Tanga-Mädchen am Strand konnten wir erhaschen.

Suko trug es mit Fassung, ich trank einen Whisky und schaute dabei in das lächelnde Gesicht der reizenden brasilianischen Stewardess, die uns beiden einen guten Flug wünschte …

ENDE

Liliths Hexenhöhle

»Es lebe die Hölle!«
»Champagner für den Teufel!«
»Wir pfeifen auf die Ewigkeit!«
Wilde, orgienhafte Feten feierten die Hexen. Sie ließen den Teufel zwar hochleben, tatsächlich aber dienten sie einer anderen Person. Lilith, die böse Inkarnation einer sagenumwobenen Ur-Dämonin.
Uns gelang es, eines dieser Feste zu sprengen. Doch ich geriet in Liliths Fänge. Man schaffte mich in die Hexenhöhle, wo ich den Verlockungen dieses Teufelsweibs erliegen sollte ...

3–404–73239–1

Halloween, das Fest der Geister und Dämonen, wird auch in Deutschland immer populärer. In dieser Anthologie sind sowohl klassische als auch moderne Erzählungen versammelt, die sich mit allen wesentlichen Aspekten des Unheimlichen befassen.
Autoren von Weltruf – Charles Dickens, Bram Stoker, Arthur Conan Doyle, Robert Louis Stevenson, Jules Verne – sind ebenso vertreten wie Schriftsteller der jungen Generation. Die einzelnen Beiträge beweisen, daß die Lust am Schrecklichen und Makabren zu allen Zeiten gegenwärtig war. Gleichzeitig bietet die Anthologie einen Querschnitt durch 100 Jahre phantastischer Literatur.

ISBN 3-404-14438-4

BASTEI LÜBBE

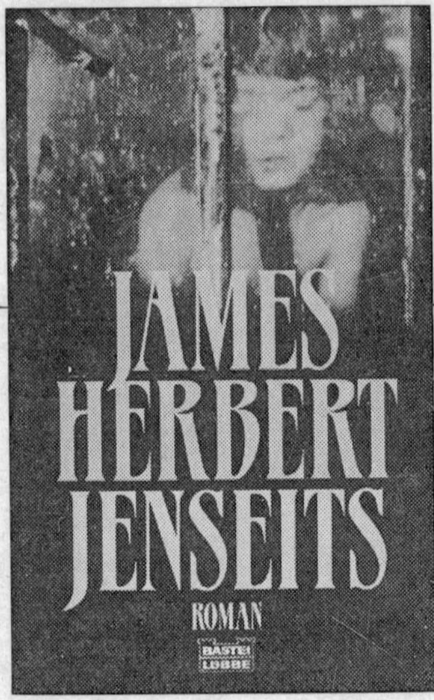

Als die attraktive Shelly Ripstone das Büro des Privatdetektivs Nicholas Dismas betritt, kann dieser nicht ahnen, welche Gefahren ihm drohen. Denn Shellys Anliegen klingt zunächst völlig harmlos: sie, die erst vor kurzem ihren Mann verloren hat, brachte vor ihrer Ehe ein Kind zur Welt. Dieses Kind war angeblich stark deformiert und starb kurz nach der Geburt. Doch Shelly Ripstone ist überzeugt, daß ihr Kind am Leben ist. Nicholas Dismas wird beauftragt, das Kind zu suchen. Er macht die Hebamme ausfindig, die seinerzeit bei der Geburt anwesend war. Doch die alte Dame, die in einem Seniorenheim namens Perfect Rest untergebracht ist, stirbt kurz nach Nicholas' Besuch unter mysteriösen Umständen. Und überhaupt scheint in dem Altenheim nicht alles mit rechten Dingen zuzugehen.

ISBN 3-404-14452-X

BASTEI
LÜBBE